중고생이 꼭 읽어야 할

한국단편소설 45

중고생이 꼭 읽어야 할
한국단편소설 45

1판 1쇄 발행 2019년 8월 20일
1판 10쇄 발행 2024년 4월 8일

지은이 김동인 외
엮은이 오대교, 안영준, 조정희, 오세림, 임수현, 이근일,
선우애림, 이소영, 김다슬, 류호성
펴낸이 최용민

발행처 생각뿔
주소 서울특별시 광진구 능동로 209
등록번호 제25100-2015-30호
전화 02-536-3295
팩스 02-536-3296
e-mail tubook@naver.com
ISBN 979-11-89503-72-7(44810)
979-11-89503-71-0(세트)

생각뿔은 '생각(Thinking)'과 '뿔(Unicorn)'의 합성어입니다.
신화 속 유니콘의 신성함과 메마르지 않는 창의성을 추구합니다.

중고생이 꼭 읽어야 할

한국단편 소설 45

김동인 외 지음   오대교·조정희 외 엮음

김동인, 「감자」, 김동인, 「배따라기」, 김동인, 「붉은 산」, 김유정, 「금 따는 콩밭」, 김유정, 「동백꽃」, 김유정, 「땡볕」, 김유정, 「만무방」, 김유정, 「봄·봄」, 김유정, 「소낙비」, 김정한, 「모래톱 이야기」, 나도향, 「벙어리 삼룡이」, 박완서, 「착한」, 심훈, 「상록수」, 염상섭, 「두 파산」, 오상원, 「유예」, 유진오, 「김 강사와 T 교수」, 윤흥길, 「종탑 아래에서」, 이범선, 「오발탄」, 이범선, 「표구된 휴지」, 이상, 「날개」, 이태준, 「달밤」, 이태준, 「돌다리」, 이태준, 「복덕방」, 이효석, 「돈」, 이효석, 「메밀꽃 무렵」, 이효석, 「나상」, 이효석, 「산」, 전광용, 「꺼삐딴 리」, 전영택, 「화수분」, 주요섭, 「사랑손님과 어머니」, 채만식, 「레디메이드 인생」, 채만식, 「이상한 선생님」, 채만식, 「치숙」, 채만식, 「태평천하」, 하근찬, 「수난이대」, 현덕, 「나비를 잡는 아버지」, 현덕, 「하늘은 맑건만」, 현진건, 「B사감과 러브레터」, 현진건, 「고향」, 현진건, 「술 권하는 사회」, 현진건, 「운수 좋은 날」, 황순원, 「독 짓는 늙은이」, 황순원, 「별」, 황순원, 「소나기」, 황순원, 「학」,

생각뿔

머리말

세상에는 수많은 이야기가 존재합니다. 어떤 이야기는 한 사람의 마음에 닿아 깊은 공감을 주지만, 어떤 이야기는 외면당한 채 캄캄한 책장 속에 오래 잠들어 있기도 하지요. 우리는 보통 국어 교과서를 통해 한국 단편 소설들을 만나게 됩니다. 시험 점수를 위한 공부의 대상으로 작품들을 만나게 되면, 그 무게에 눌려 이야기의 진짜 즐거움을 느끼기 어려울지도 모릅니다.

하지만 이렇게 생각해 보면 어떨까요? 교과서 속 소설들 또한 다른 시대, 다른 환경에서 살아왔겠지만 결국에는 나와 다르지 않은 한 사람이 내게 건네는 이야기라고 말입니다. 누군가를 깊이 있게 이해하려면 그 사람과 우선 대화를 나누어야 합니다. 좋은 대화가 오고 간다면 차차 그를 이해하게 되고, 결국 그와 절친한 친구가 될 것입니다. '교과서 속 한국 단편 소설'이라는 얼굴로 다가왔지만, 지난 시절 누군가가 우리에게 건넨 이야기는 결국 우리가 앞으로 살아가면서 무수한 선택과 마주하게 되었을 때 가장 현명한 조언을 건네는 든든한 친구가 되어 줄 것입니다.

그렇다면 한국 단편 소설들과 어떻게 대화해야 할까요? 이러한 어려움에 봉착한 친구들에게 이 책이 큰 도움을 줄 것입니다. 작가가 작품을 통해 우리에게 무엇을 전하고 싶었는지, 왜 그런 이야기를 해야만 했는지, 어떤 상황 속에서 살고 있었는지, 그리고 그 이야기가 현재 우리에게 어떤 의미를 줄 수 있는지 하나하나 차근차근 짚어 주고 있으니까요. 이런 과정을 통해 여러분은 한국 단편 소설들과 대화하는 법에 익숙해질 것입니다.

우선 '미리 들여다보는 인물 X 파일'을 통해 작품 속 등장인물들의 관계와 성격을 파악할 수 있도록 했습니다. 이어 '수능 만점 선생님의 감상 꿀팁'에서는 중점을 두어 읽어야 하는 부분을 짚어 주면서 작품에 대한 선이해를 도왔습니다. 본문에서는 어려운 어휘에 풀이나 설명을 달아서 바로바로 문장을 이해할 수 있도록 했고, 수능 만점 선생님이 중요한 문장이나 내용을 콕 집어 조언해 주는 방식으로 감상을 돕고자 했습니다. '정리해 볼까요'에서는 선생님과 학생의 그룹 채팅 형식을 통해 작가나 작품에 대한 중요 정보를 정리하고, 특히 학생의 코멘트를 통해 작품 이해의 방향을 안내했습니다. 또한 주인공이나 핵심 인물의 뇌 구조를 통해 작품 속에서 살아 숨 쉬는 인물들을 쉽게 이해하는 데 도움을 주고자 했습니다.

마지막으로 '내신·수능 만점 키우기'에는 수능이나 모의고사 기출 문제, 내신에 도움이 될 만한 객관식, 서술형 문제 등을 수록함으로써 시험에도 실질적인 도움을 받을 수 있도록 구성했습니다. 이렇게 문제 유형을 파악한 후 다시 '수능 만점 선생님의 감상 꿀팁'을 통해 꼭 기억해야 할 내용을 한 번 더 정리할 수 있게 했습니다.

우리가 이 책을 통해 만나게 될 22명의 작가는 서로 다른 목소리로 자신만의 이야기를 전하고 있습니다. 식민지 시기 음울한 상황 속에서도 어떻게든 살아가야만 했던 처절한 아픔을 이야기하기도 하고, 농촌의 현실을 사실적으로 보여 주기도 합니다. 가슴 아프게 절절한 사랑 이야기도 있고, 살기 위해 악독해져야만 했던 인물의 비극적인 이야기도 들려주지요.

지난 시기의 진부한 이야기라고 생각할지도 모르지만, 마음을 열고 들여다본다면 그 이야기 속에는 우리 자신의 모습이 담겨 있음을 알 수 있습니다. 그것을 발견해 내는 과정이 바로 '이해'지요. 이러한 이해의 과정에 도달한다면, 여러분은 시험 문제들이 여기저기에 교묘하게 설치해 놓은 어떤 함정에서도 쉽게 벗어날 수 있을 것입니다.

여러분이 이 책을 통해 한국 단편 소설을 읽는 즐거움을 느끼고, 또 이를 발판 삼아서 다른 이야기들과도 즐겁게 대화할 수 있기를 바랍니다. 이러한 과정은 분명 여러분이 단단한 내면을 가진 사람으로 성장하는 데 든든한 밑바탕이 되리라고 믿습니다.

2019년 8월
김다슬, 류호성, 선우애림, 안영준, 오대교,
오세림, 이근일, 이소영, 임수현, 조정회

〈한눈에 보는 한국 현대 작가 프로필〉

◆ **김동인**(1900~1951) **작가**는 작품 속에서 여러 서술 방식을 실험해서 소설을 순수 예술의 경지로 끌어올리는 데 공헌했다. 계몽주의를 타파하고 구어체 문장을 확립한 데다가 근대 사실주의를 도입한 소설을 썼다. 또한 시점을 도입하는 등 우리나라 문학사에 큰 공적을 남겼다.

• 대표작: 「감자」 – 극빈한 농촌 사회 속에서 인간의 존엄성이 어떻게 유지될 수 있는지를 보여 주는 역작!

냉소주의자 # 현대적인 문체의 대가 # 밑바닥 보여 주기 전문가 # 평론과 풍자도 잘했어

◆ **김유정**(1908~1937) **작가**는 주로 빈곤에 시달리던 식민지 현실을 바탕으로 한 작품을 창작했다. 그의 작품이 어두운 현실을 그리고 있으면서도 생기가 넘치는 것은 해학적인 문체 때문이다. 그만큼 해학적이고 토속적인 문장을 농도 있게 구사한 작가는 드물다는 평가를 받는다.

• 대표작: 「봄 · 봄」 – 점순이와 결혼하기 위해 머슴살이와 장인과의 몸싸움까지 서슴지 않는 '나'의 결혼 대작전!

블랙 유머의 대가 # 빈정빈정 전문가 # 금광 마니아 # 이상의 친한 친구 # 요절한 다작왕

◆ **김정한**(1908~1996) **작가**는 민중의 목소리를 생기 있는 문체로 소설화하면서 우리나라 문학의 큰 물줄기를 새롭게 형성했다는 평가를 받고 있다. 현재와 밀접한 관계에서 역사를 파악하고, 토속적인 요소를 중시하는 편이다. 민족적 리얼리즘을 기조로 한 작품이 많다.

• 대표작: 「모래톱 이야기」 – 일제 강점기 부당한 권력의 횡포와 부조리한 현실을 압축적으로 보여 주다!

민중의 대표자 # 역사 덕후 # 농촌 현실 폭로자 # 부산을 대표하는 소설가 # 의리파

◆ **나도향**(1902~1926) **작가**는 빈곤 문제 등 냉혹한 현실과 정면으로 대결하며 극복 의지를 드러내는 주인공들의 모습을 객관적인 사실 묘사를 통해 보여 주는 작품을 썼다. 당대 현실과 사회를 부정적이면서도 예리하게 묘사했다. 안타깝게도 젊은 나이에 요절했다.

• 대표작: 「벙어리 삼룡이」 – 주인아씨를 향한 벙어리 삼룡이의 절절하고도 잔혹한

사랑!

#요절한 천재 #현실의 비참함을 알아 버린 낭만주의자 #예리한 관찰자

◆ **박완서**(1931~2011) **작가**는 분단의 비극을 다루거나 소시민적인 삶, 여성에 대한 차별과 억압을 다룬 내용을 주로 썼다. 유려한 문체와 섬세한 감각으로 현실을 그려 냈다. 물질 중심주의와 가부장제에 대한 비판적 의식을 보여 준 대표적인 작가로 평가받고 있다.

• 대표작: 「황혼」 – 고부 갈등과 노인 소외 문제를 섬세한 시선으로 치밀하게 그려 낸 대작!

#섬세한 시선의 소유자 #여성 작가들의 버팀목 #노년 문학의 대가

◆ **심훈**(1901~1936) **작가**의 작품에는 강한 민족의식을 바탕으로 행동하는 지성인이 주로 등장한다. 민족주의와 계급적 저항 의식, 휴머니즘이 작품의 밑바탕을 이루고 있다. 3·1 운동에 참여한 독립운동가로, 식민지의 부조리한 사회상을 비판하는 작품과 리얼리즘에 입각한 농민 소설을 쓰기도 했다.

• 대표작: 「상록수」 – 일제 강점기 농촌 계몽 운동을 함께하던 두 연인의 비극적인 운명을 다룬 역작!

#독립운동가 #권력에 저항한 휴머니스트 #숭고한 민족의식의 찬양자 #계몽주의자

◆ **염상섭**(1897~1963) **작가**는 우리나라 리얼리즘 소설의 성좌로 불릴 정도로, 당대 시대상을 세밀하게 다루었고 암울한 시대의 어두운 면모를 치밀하게 그려 냈다. 자연주의와 사실주의 문학을 뿌리내린 최초의 작가로, 치밀한 묘사와 관찰 기법을 잘 활용했다.

• 대표작: 「두 파산」 – 물질 만능주의적 세태 속에서 참혹하게 몰락하는 인간의 모습을 여실하게 드러내다!

#어둠의 아들 #몰락 마니아 #자연주의 문학의 선구자 #현실 파악의 일인자

◆ **오상원**(1930~1985) **작가**는 이데올로기의 갈등으로 빚어진 인간 문제를 집요하게 파헤치는 작품을 주로 발표했다. 6·25 전쟁 전후 세대의 사회적·도덕적 문제를 다루어 전후 세대의 정신적 좌절을 행동주의적 안목으로 표현했다는 평가를 받는 1950년대의 대표적 작가다.

대표작: 「유예」 – 전쟁이란 무엇인가. 인간 실존의 무의미함을 고발하다!

행동주의 휴머니스트 # 인간의 실존 연구학 박사 # 이념보다 사람이 먼저다

◆ **유진오**(1906~1987) **작가**는 대부분 작품에서 일제 강점기 무력한 지식인의 고뇌를 그렸다. 일제 강점기라는 암울한 시대에 태어나 자유로운 생각을 펼치기는 커녕 억압을 받으며 현실과 타협해야 하는 상황이 많았기 때문인지 그에 대한 절망과 갈등이 작품 속에 고스란히 녹아 있다.
• 대표작:「김 강사와 T 교수」– 일제 강점기 소시민적인 모습에 대한 비판적 자화상!

자유를 꿈꾸는 새 # 대한민국 헌법의 기초자 # 양심의 예민한 감지자

◆ **윤흥길**(1942~) **작가**는 우리 민족 고유의 정한을 6 · 25 전쟁과 같은 역사적 격동기에서 다루거나 지식인의 입장에서 민중의 고난에 찬 삶을 주로 다루었다. 리얼리즘 기법으로 시대의 모순을 드러내고, 우리나라 현대사에 대한 예리한 통찰을 보여 주었다.
• 대표작:「장마」– 동족상잔의 비극인 6 · 25 전쟁이 가족 전쟁으로까지 비화된 슬픈 현실을 담다!

소외된 자들의 지킴이 # 시대 모순의 고발자 # 치밀한 현대사 분석가 # 통찰력 대장

◆ **이범선**(1920~1981) **작가**는 자신이 겪은 음울한 현실을 반영하면서 무기력하게 훼손되어 한에 젖은 인간들을 부각시키고, 사회와 현실에 대한 비판적인 입장을 담담하게 작품에 담았다. 빈곤한 약자가 생존하기 위해 분투하는 모습과 침울한 사회상을 주로 표현했다.
• 대표작:「오발탄」– 불안한 사회 속에서 삶의 방향성을 상실한 인간의 방황을 그린 문제작!

위선자 묘사의 대가 # 존재 의미의 탐색자 # 갈등 구도 만들기의 달인 # 담담한 고발자

◆ **이상**(1910~1937) **작가**는 폐병으로 말미암은 절망을 이기기 위해 본격적으로 문학 활동을 시작했다. 극단적인 내향성을 중심으로 의식의 흐름 기법으로 창작한 작품이 많다. 플롯이나 띄어쓰기를 무시함으로써 자의식의 고백을 독특한 기법으로 형상화시킨 점이 특징이다.
• 대표작:「날개」– 날자, 날자꾸나! 자유를 갈구하는 무능력한 남자의 수기!

난해함은 내가 최고 # 모던 보이 # 자의식 과잉 # 건축 기사로도 일했어

◆ **이태준**(1904~?) **작가**는 내관적 인물 묘사와 완결된 구성법에 힘입어 우리나라 현대 소설의 기법적인 바탕을 이룩한 작가로 평가받고 있다. 허무와 서정의 세계 속에서도 현실과 밀착된 시대정신을 추구했다. 그러면서도 예술적 정취가 짙은 아름다운 글을 썼다.

• 대표작:「돌다리」- 변화하는 사회 속에서 진정으로 추구해야 할 가치를 탐색하다!

진정한 가치 발견자 # 전통 마니아 # 아이러니 구성의 대가 # 단편 소설의 완성자

◆ **이효석**(1907~1942) **작가**는 초기에는 도시 빈민층의 삶을 통해 사회적 모순을 고발하며 반도시적 성향의 작품을 많이 썼다. 하지만 이후에는 인간의 본능적 세계를 추구하고, 이를 자연이나 심미와 조화시킨 세계를 보여 주었다. 아름다운 문장을 구사한 작가로 손꼽힌다.

• 대표작:「메밀꽃 필 무렵」- 아름다운 메밀밭의 추억, 우리나라 현대 소설의 백미!

시야, 소설이야 # 문장 자체가 예술 # 향수의 문학 # 독보적인 작품 세계

◆ **전광용**(1919~1988) **작가**는 국문학자로서 치밀한 현장 답사와 자료 수집 등으로 소설 구성에서 완벽성을 구현해 내기 위해 노력했다. 그는 주로 '시대와 삶'이라는 주제에 관심을 두었다. 그러면서 다양한 인물 군상을 통해 당시 사회와 인간의 삶을 조명했다.

• 대표작:「꺼삐딴 리」- 기회주의자의 시선으로 보여 주는 시대의 초상!

치밀한 분석가 # 오직 사실만을 취급하지 # 인물 표본 수집가 # 완벽주의자

◆ **전영택**(1894~1968) **작가**는 대체로 인도주의적인 성향의 작품을 썼고, 현대 소설 초기 작가들에게서 찾아보기 힘든 간결한 문체를 구사했다. 어디에서나 만날 수 있는 가난하고 착한 사람들을 등장인물로 설정했다. 이는 목사라는 그의 신분의 영향인 것으로 보인다.

• 대표작:「화수분」- 비극의 극단을 보여 주는 서러운 눈발 같은 서사의 극치!

비극 속에서 꽃핀 인간애 # 박애주의자 # 눈물 쏙 빼는 아련함 주의

◆ **주요섭**(1902~1972) **작가**는 하층 계급의 비참한 생활상을 사실적으로 묘사한 작품을 많이 썼다. 광복 후의 작품은 사회 고발적인 내용이 많다. 그의 대표작들은 대부분 중기에 창작되었으며, 인간의 내면세계를 예술적으로 표현하고 있다.

• 대표작:「사랑손님과 어머니」 – 유교적 윤리관과 애틋한 애정 사이의 갈등을 아이의 시선으로 바라보다!

연애 소설가가 아니야 # 통속적 이야기 제조기 # 시인 주요한의 동생 # 관심이 필요해

◆ **채만식**(1902~1950) **작가**는 실직 인텔리들의 고뇌와 궁핍한 생활에 깊은 관심을 가졌다. 그는 작품을 통해 인텔리를 양산하면서도 그들에게 기회를 주지 않는 식민지 정책을 비판했다. 일제의 검열을 피하기 위해 풍자라는 우회적 방법으로 사회 현실을 고발했다.

• 대표작:「레디메이드 인생」 – 공장 생산품이 되어 버린 인텔리들의 실상을 낱낱이 고발하다!

돌려 말하기의 장인 # 희곡, 동화도 썼지 # 프로 검열 회피자 # 결벽증

◆ **하근찬**(1931~2007) **작가**는 궁핍한 농촌을 무대로 우리 민족의 비극과 사회 병리의 단면을 포착해 냈다. 그는 농촌을 사회 변화에서 유리된 자연 공간이 아닌, 역사적 수난과 고통을 가장 절실하게 축적한 삶의 현장으로 그려 내 문제성을 드러냈다.

• 대표작:「수난이대」 – 서로에게 손을 건네는 따뜻함만이 수난을 극복하는 힘이었다!

농촌 이야기 전문가 # 조화로운 서사 구성의 달인 # 절실함과 호소력 최고

◆ **현덕**(1909~?) **작가**의 작품은 일제 강점기의 고통스러운 시간 속에서도 꿈꾸고, 고민하고, 갈등하며 성장해 가는 아이들을 생생하게 그리고 있다. 아이들에게 상처를 주는 불합리하고 폭력적인 사회에 대한 비판 의식이 강하게 드러난다.

• 대표작:「나비를 잡는 아버지」 – 소작농 아버지, 아들에 대한 애정을 덤덤하게 보여주다!

김유정과 친했지 # 이념에 따라 월북 # 아동 문학에서 빛난 작가 정신

◆ **현진건**(1900~1943) **작가**의 소설에는 식민지 치하에서 핍박받는 우리 민족의 참상과 일제에 대한 저항 의식이 은연중에 드러나 있다. 사실주의 작가로서 정확하고 섬세한 묘사체를 구사했으며, 긴밀한 극적 구성법과 탁월한 반전 기법으로 단편 소설의 기교를 확립했다.

• 대표작:「운수 좋은 날」– 극도의 반어적 기법이 보여 주는 처절한 슬픔!
반어법은 내가 최고 # 독립운동가 # 굳센 신념의 소유자 # 최초의 근대식 문장

◆ **황순원**(1915~2000) **작가**는 서정적인 아름다움과 예술성을 추구한 소설을 많이 썼다. 아마 시인으로 문학의 길에 들어섰기 때문일 것이다. 간결하고 세련된 문체, 다양한 기법, 휴머니즘 정신, 전통에 대한 애정 등을 갖추고 있어 우리나라 현대 소설의 전범으로 평가받고 있다.

• 대표작:「소나기」– 시골 소년과 도시 소녀의 애틋하고 풋풋한 사랑 이야기!
시험 단골 출제 작가 # 유려한 문장의 장인 # 섬세한 감성의 휴머니스트 # 문인 집안

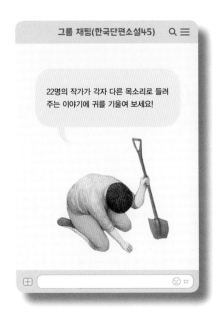

차례

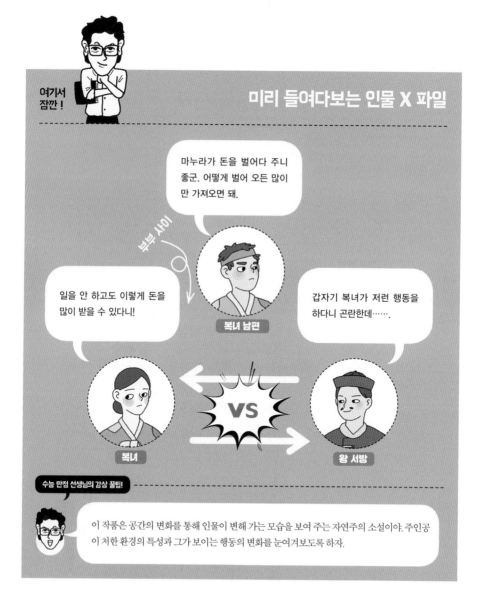

여기서
잠깐!

미리 들여다보는 인물 X 파일

마누라가 돈을 벌어다 주니
좋군. 어떻게 벌어 오든 많이
만 가져오면 돼.

부부 사이

일을 안 하고도 이렇게 돈을
많이 받을 수 있다니!

갑자기 복녀가 저런 행동을
하다니 곤란한데…….

복녀 남편

복녀

VS

왕 서방

수능 만점 선생님의 감상 꿀팁!

이 작품은 공간의 변화를 통해 인물이 변해 가는 모습을 보여 주는 자연주의 소설이야. 주인공
이 처한 환경의 특성과 그가 보이는 행동의 변화를 눈여겨보도록 하자.

감자

#복녀는 왜 다른 사람이 되어 버렸나

싸움, 간통, 살인, 도적, 구걸, 징역이 세상의 모든 비극과 활극(活劇, 격렬한 사건이나 장면을 비유적으로 이르는 말)의 근원지인, 칠성문 밖 빈민굴로 오기 전까지는, 복녀의 부처는 (사농공상의 제2위에 드는) 농민이었었다.

복녀는, 원래 가난은 하나마 정직한 농가에서 규칙 있게 자라난 처녀였었다.❶ 이전 선비의 엄한 규율은 농민으로 떨어지자부터 없어졌다 하나, 그러나 어딘지는 모르지만 딴 농민보다는 좀 똑똑하고 엄한 가율이 그의 집에 그냥 남아 있었다. 그 가운데서 자라난 복녀는 물론 다른 집 처녀들과 같이 여름에는 벌거벗고 개울에서 멱 감고, 바짓바람으로 동리를 돌아다니는 것을 예사로 알기는 알았지만, 그러나 그의 마음속에는 막연하나마 도덕이라는 것에 대한 저품('두려움'의 옛말)을 가지고 있었다.

그는 열다섯 살 나는 해에 동리 홀아비에게 팔십 원에 팔려서 시집이라는 것을 갔다. 그의 새서방(영감이라는 편이 적당할까)이라는 사람은 그보다 이십 년이나 위로, 원래 아버지의 시대에는 상당한 농군으로서 밭도 몇 마지기가 있었으나, 그의 대로 내려오면서는 하나둘 줄기 시작하여서 마지막에 복녀를 산 팔십 원이 그의 마지막 재산이었다. **그는 극도로 게으른 사람이었었다.❷** 동리 노인들의 주선으로 소작 밭깨나 얻어 주면, 종자만 뿌려 둔 뒤에는 후치질(극쟁이질. 극쟁이는 땅을 가는 데 쓰는 농기구)도 안 하고 김도 안 매고 그냥 내버려 두었다가는, 가을에 가서는 되는대로 거두어서 '금년은 흉년이네' 하고 전주(田主, 논밭의 임자) 집에는 가져

❶ ➡ 복녀가 성장한 배경을 설명하고 있어. 이는 추후에 전개될 사건을 강조하는 역할을 하지.
❷ ➡ 복녀 남편의 게으른 성격 때문에 가세가 기울게 된단다.

아주
중요해!

수능 만점 선생님

도 안 가고 자기 혼자 먹어 버리고 하였다. 그러니까 그는 한 밭을 이태(두 해)를 연하여 부쳐 본 일이 없었다. 이리하여 몇 해를 지내는 동안 그는 그 동리에서는 밭을 못 얻으리만큼 인심을 잃고 말았다.

복녀가 시집을 간 뒤 한 삼사 년은 장인의 덕택으로 이렁저렁 지나갔으나, 이전 선비의 꼬리인 장인은 차차 사위를 밉게 보기 시작하였다. 그들은 처가에까지 신용을 잃게 되었다.

그들 부처는 여러 가지로 의논하다가 하릴없이 평양성 안으로 막벌이로 들어왔다. 그러나 게으른 그에게는 막벌이나마 역시 되지 않았다. 하루 종일 지게를 지고 연광정에 가서 대동강만 내려다보고 있으니, 어찌 막벌이인들 될까. 한 서너 달 막벌이를 하다가, 그들은 요행 어떤 집 막간(행랑. 대문간에 붙어 있는 방)살이로 들어가게 되었다.

그러나 그 집에서도 얼마 안 하여 쫓겨 나왔다. 복녀는 부지런히 주인집 일을 보았지만 남편의 게으름은 어찌할 수가 없었다. 매일 복녀는 눈에 칼을 세워 가지고 남편을 채근하였지만, 그의 게으른 버릇은 개를 줄 수는 없었다.

"벳섬 좀 치워 달라우요."

"남 졸음 오는데. 님자 치우시관."❸

"내가 치우나요?"

"이십 년이나 밥 먹구 그걸 못 치워!"

"에이구, 칵 죽구나 말디."

"이년, 뭘."

이러한 싸움이 그치지 않다가, 마침내 그 집에서도 쫓겨 나왔다.

이젠 어디로 가나? 그들은 하릴없이 칠성문 밖 빈민굴로 밀리어 나오게 되었다.

칠성문 밖을 한 부락으로 삼고 그곳에 모여 있는 모든 사람들의 정업(正業, 정당한 직업이나 생업)은 거라지요, **부업으로는 도적질과 (자기네끼리의) 매음(賣淫, 돈을 받고 몸을 팖)**, 그 밖에 이 세상의 모든 무섭고 더러운 죄악이었었다.❹ 복녀도 그 정업으로 나섰다.

❸ ➡ 사투리를 사용해서 현장감을 잘 살리고 있어.
❹ ➡ 칠성문 밖은 범죄의 온상과도 같은 곳이었어. 이러한 환경에 놓인 복녀는 어떻게 변하게 될까?

내신 준비!!

수능 만점 선생님

그러나 열아홉 살의 한창 좋은 나이의 여편네에게 누가 밥인들 잘 줄까.

"젊은 거이 거랑질은 왜."

그런 소리를 들을 때마다 그는 여러 가지 말로, 남편이 병으로 죽어 가거니 어쩌거니 핑계는 대었지만, 그런 핑계에는 단련된 평양 시민의 동정은 역시 살 수가 없었다. 그들은 이 칠성문 밖에서도 가장 가난한 사람 가운데 드는 편이었다. 그 가운데서 잘 수입되는 사람은 하루에 오리짜리 돈뿐으로 일 원 칠팔십 전의 현금을 쥐고 돌아오는 사람까지 있었다. 극단으로 나가서는 밤에 돈벌이 나갔던 사람은 그날 밤 사백여 원을 벌어 가지고 와서 그 근처에서 담배 장사를 시작한 사람까지 있었다.

복녀는 열아홉 살이었었다. 얼굴도 그만하면 빤빤하였다. <mark>그 동리 여인들의 보통 하는 일을 본받아서 그도 돈벌이 좀 잘하는 사람의 집에라도 간간 찾아가면 매일 오륙십 전은 벌 수가 있었지만, 선비의 집안에서 자라난 그는 그런 일은 할 수가 없었다.</mark>❺

그들 부처는 역시 가난하게 지냈다. 굶는 일도 흔히 있었다.

기자묘 솔밭에 송충이가 끓었다. 그때, 평양 '부'에서는 (은혜를 베푸는 뜻으로) 그 송충이를 잡는 데 칠성문 밖 빈민굴의 여인들을 인부로 쓰게 되었다.

빈민굴 여인들은 모두 다 지원을 하였다. 그러나 뽑힌 것은 겨우 오십 명쯤이었다. 복녀도 그 뽑힌 사람 가운데 한 사람이었었다.

복녀는 열심으로 송충이를 잡았다. 소나무에 사다리를 놓고 올라가서는, 송충이를 집게로 집어서 약물에 잡아넣고 잡아넣고, 그의 통은 잠깐 새에 차고 하였다. 하루에 삼십이 전씩의 공전이 그의 손에 들어왔다.

그러나 대엿새 하는 동안에 그는 <mark>이상한 현상</mark>❻을 하나 발견하였다. 그것은 다른 것이 아니라, 젊은 여인부 한 여남은 사람은 언제나 송충이는 안 잡고 아래서 지절거리며(낮은 목소리로 자꾸 지절이며) 웃고 날뛰기만 하고 있는 것이었다. 뿐만 아니라, 그 놀고 있는 인부의 공전(工錢 물건을 만들거나 어떤 일을 하는 데 드는 품삯)은 일하는 사람의 공전

---

❺ ▶ 복녀는 바람직하지 않은 행동을 통해 쉽게 돈을 벌 수도 있지만 도덕성을 지키고자 해.

❻ ▶ 이것은 복녀의 인생을 바꾸는 계기가 된단다.

수능 만점 선생님

보다 팔 전이나 더 많이 내어 주는 것이다.

감독은 한 사람뿐이지만 감독도 그들의 놀고 있는 것을 묵인할 뿐 아니라, 때때로는 자기까지 섞여서 놀고 있었다.

어떤 날 송충이를 잡다가 점심때가 되어서, 나무에서 내려와서 점심을 먹고 다시 올라가려 할 때에 감독이 그를 찾았다.

"복네, 얘 복네."

"왜 그럽네까?"

그는 약통과 집게를 놓은 뒤에 돌아섰다.

"좀 오나라."

그는 말없이 감독 앞에 갔다.

"얘, 너, 음…… 데 뒤 좀 가 보디 않갔니?"

"뭘 하레요?"

"글쎄, 가야……."

"가디요, 형님."

그는 돌아서면서 인부들 모여 있는 데로 고함쳤다.

"형님두 갑세다가레."

"싫다, 얘. 둘이서 재미나게 가는데, 내가 무슨 맛에 가갔니?"

복녀는 얼굴이 새빨갛게 되면서 감독에게로 돌아섰다.

"가 보자."

감독은 저편으로 갔다. 복녀는 머리를 수그리고 따라갔다.

"복네 좋갔구나."

뒤에서 이러한 고함 소리가 들렸다. 복녀의 숙인 얼굴은 더욱 발갛게 되었다.

그날부터 복녀도 '일 안 하고 공전 많이 받는 인부'의 한 사람으로 되었다.

복녀의 도덕관 내지 인생관은 그때부터 변하였다.❼

그는 아직껏 딴 사내와 관계를 한다는 것을 생각하여 본 일도 없었다. 그것은 사람의 일이 아니요 짐승의 하는 짓으로만 알고 있었다.❽ 혹은 그런 일을 하면 탁 죽어지는지도 모를 일로 알았다.

---

❼ ➜ 복녀는 '그 동리 여인들이 보통 하는 일'을 하게 되고 말았어. 복녀가 도덕적으로 타락하는 계기가 되지.

❽ ➜ 도덕적으로 타락하기 이전에 복녀가 가지고 있었던 가치관이야.

내신 준비

수능 만점 선생님

그러나 이런 이상한 일이 어디 다시 있을까! 사람인 자기도 그런 일을 한 것을 보면, 그것은 결코 사람으로 못 할 일이 아니었었다. 게다가 일 안 하고도 돈 더 받고, 긴장된 유쾌가 있고, 빌어먹는 것보다 점잖고……

일본 말로 하자면 '삼박자(三拍子)' 같은 좋은 일은 이것뿐이었었다. 이것이야말로 삶의 비결이 아닐까. 뿐만 아니라, 이 일이 있은 뒤부터, 그는 처음으로 한 개 사람이 된 것 같은 자신까지 얻었다.[9]

그 뒤부터는, 그의 얼굴에는 조금씩 분도 바르게 되었다.

일 년이 지났다.

그의 처세의 비결은 더욱더 순탄히 진척되었다. 그의 부처는 이제는 그리 궁하게 지내지는 않게 되었다.

그의 남편은 이것이 결국 좋은 일이라는 듯이 아랫목에 누워서 벌신벌신 웃고 있었다.[10]

복녀의 얼굴은 더욱 이뻐졌다.

"여보, 아즈바니. 오늘은 얼마나 벌었소?"

복녀는 돈 좀 많이 번 듯한 거라지를 보면 이렇게 찾는다.

"오늘은 많이 못 벌었쉐다."

"얼마?"

"도무지 열서너 냥."

"많이 벌었쉐다가레, 한 댓 냥 꿰 주소고래."

"오늘은 내가……"

어쩌고 어쩌고 하면, 복녀는 곧 뛰어가서 그의 팔에 늘어진다.

"나한테 들킨 댐에는 뀌구야 말아요."

"난 원 이 아즈마니 만나문 야단이더라. 자, 꿰 주디. 그 대신 응? 알아 있디?"

"난 몰라요. 해해해해."

"모르문, 안 줄 테야."

---

⑨ ➡ 복녀의 도덕적 가치관이 완전히 변했음을 알려주는 구절이야. 인생의 보람까지 느끼고 있지.

⑩ ➡ 복녀의 남편은 아내가 매음해서 돈을 벌어 와도 좋아하고 있어. 역시나 도덕적으로 타락한 사람이지.

집중!

수능 만점 선생님

"글쎄, 알았대두 그런다."

그의 성격은 이만큼까지 진보되었다.⑪

가을이 되었다.

칠성문 밖 빈민굴의 여인들은 가을이 되면 칠성문 밖에 있는 중국인의 채마밭에 감자며 배추를 도적질하러 밤에 바구니를 가지고 간다. 복녀도 감자깨나 잘 도적질하여 왔다.

어떤 날 밤, 그는 감자를 한 바구니 잘 도적질하여 가지고, 이젠 돌아오려고 일어설 때에, 그의 뒤에 시꺼먼 그림자가 서서 그를 꽉 붙들었다. 보니, 그것은 그 밭의 소작인인 중국인 왕 서방이었었다. 복녀는 말도 못 하고 멀진멀진 발아래만 내려다보고 있었다.

"우리 집에 가."

왕 서방은 이렇게 말하였다.

"가재문 가디. 훤, 것두 못 갈까."

복녀는 엉덩이를 한 번 홱 두른 뒤에 머리를 젖히고 바구니를 저으면서 왕 서방을 따라갔다.

한 시간쯤 뒤에 그는 왕 서방의 집에서 나왔다.⑫ 그가 밭고랑에서 길로 들어서려 할 때에, 문득 뒤에서 누가 그를 찾았다.

"복네 아니야?"

복녀는 홱 돌아서 보았다. 거기는 자기 곁집 여편네가 바구니를 끼고 어두운 밭고랑을 더듬더듬 나오고 있었다.

"형님이댔쉐까? 형님두 들어갔댔쉐까?"⑬

"님자두 들어갔댔나?"

"형님은 뉘 집에?"

"나? 눅 서방네 집에. 님자는?"

"난 왕 서방네……. 형님 얼마 받았소?"

"눅 서방네 그 깍쟁이 놈, 배추 세 페기……."

⑪ ➡ 복녀는 예전과는 전혀 다른 사람이 되어 버렸어.
⑫ ➡ 복녀가 왕 서방을 상대로 매음했음을 알 수 있지.
⑬ ➡ 다른 여인들도 생계를 위해 몸을 팔 정도로 빈곤하다는 사실을 알 수 있지.

내신 준비!

수능 만점 선생님

"난 삼 원 받았디."

복녀는 자랑스러운 듯이 대답하였다.❿

십 분쯤 뒤에 그는 자기 남편과, 그 앞에 돈 삼 원을 내어놓은 뒤에, 아까 그 왕 서방의 이야기를 하면서 웃고 있었다.

그 뒤부터 왕 서방은 무시로 복녀를 찾아왔다.

한참 왕 서방이 눈만 멀진멀진 앉아 있으면, 복녀의 남편은 눈치를 채고 밖으로 나간다. 왕 서방이 돌아간 뒤에는 그들 부처는, 일 원 혹은 이 원을 가운데 놓고 기뻐하고 하였다.

복녀는 차차 동리 거지들한테 애교를 파는 것을 중지하였다. 왕 서방이 분주하여 못 올 때가 있으면 복녀는 스스로 왕 서방의 집까지 찾아갈 때도 있었다.

복녀의 부처는 이제 이 빈민굴의 한 부자였었다.

그 겨울도 가고 봄이 이르렀다.

그때 왕 서방은 돈 백 원으로 어떤 처녀를 하나 마누라로 사 오게 되었다.

"흥."

복녀는 다만 코웃음만 쳤다.

"복녀, 강짜(질투)하갔구만."

동리 여편네들이 이런 말을 하면, 복녀는 흥 하고 코웃음을 웃고 하였다.

"내가 강짜를 해?" 그는 늘 힘 있게 부인하고 하였다. 그러나 그의 마음에 생기는 검은 그림자는 어찌할 수가 없었다.

"이놈 왕 서방, 네 두고 보자."

왕 서방의 색시를 데려오는 날이 가까웠다. 왕 서방은 아직껏 자랑하던 기다란 머리를 깎았다. 동시에 그것은 새색시의 의견이라는 소문이 쫙 퍼졌다.

"흥."

복녀는 역시 코웃음만 쳤다.

❿ ➜ 도덕성을 완전히 결여한 복녀의 모습이야.

마침내 색시가 오는 날이 이르렀다. 칠보단장(七寶丹粧, 여러 가지 패물로 몸을 꾸밈)에 사인교(四人轎, 네 사람이 메는 가마)를 탄 색시가, 칠성문 밖 채마밭 가운데 있는 왕 서방의 집에 이르렀다.

밤이 깊도록, 왕 서방의 집에는 중국인들이 모여서 별한 악기를 뜯으며 별한 곡조로 노래하며 야단하였다.

복녀는 집 모퉁이에 숨어 서서 눈에 살기를 띠고 방 안의 동정을 듣고 있었다.

다른 중국인들은 새벽 두 시쯤 하여 돌아갔다. 그 돌아가는 것을 보면서 복녀는 왕 서방의 집 안에 들어갔다. 복녀의 얼굴에는 분이 하얗게 발리어 있었다.

신랑 신부는 놀라서 그를 쳐다보았다. 그것을 무서운 눈으로 흘겨보면서, 그는 왕 서방에게 가서 팔을 잡고 늘어졌다. 그의 입에서는 이상한 웃음이 흘렀다.

"자, 우리 집으로 가요."

왕 서방은 아무 말도 못 하였다. 눈만 정처 없이 두룩두룩하였다(크고 둥그런 눈알을 자꾸 조금 천천히 굴리다). 복녀는 다시 한번 왕 서방을 흔들었다.

"자, 어서."

"우리, 오늘 밤 일이 있어 못 가."

"일은 밤중에 무슨 일."

"그래두, 우리 일이……."

복녀의 입에 아직껏 떠돌던 이상한 웃음은 문득 없어졌다.

"이까짓 것."

그는 발을 들어서 치장한 신부의 머리를 찼다.

"자, 가자우, 가자우."

왕 서방은 와들와들 떨었다. 왕 서방은 복녀의 손을 뿌리쳤다.

복녀는 쓰러졌다. 그러나 곧 다시 일어섰다. 그가 다시 일어설 때는, 그의 손에는 얼른얼른하는 낫이 한 자루 들리어 있었다.

"이 되놈, 죽어라, 죽어라. 이놈, 나 때렸디! 이놈아, 아이구, 사람 죽이누나."

그는 목을 놓고 처울면서 낫을 휘둘렀다. 칠성문 밖 외딴 밭 가운데 홀로 서 있는 왕 서방의 집에서는 일장의 활극이 일어났다. 그러나 그 활극도 곧 잠잠하게 되었다. 복녀의 손에 들리어 있던 낫은 어느덧 왕 서방의 손으로 넘어가고, 복녀는 목으로 피를 쏟으면서 그 자리에 고꾸라져 있었다.

복녀의 송장은 사흘이 지나도록 무덤으로 못 갔다.⑧ 왕 서방은 몇 번을 복녀의 남편을 찾아갔다. 복녀의 남편도 때때로 왕 서방을 찾아갔다. 둘의 새에는 무슨 교섭하는 일이 있었다. 사흘이 지났다.

　밤중에 복녀의 시체는 왕 서방의 집에서 남편의 집으로 옮겨졌다.

　그리고 그 시체에는 세 사람이 둘러앉았다. 한 사람은 복녀의 남편, 한 사람은 왕 서방, 또 한 사람은 어떤 한방 의사. 왕 서방은 말없이 돈주머니를 꺼내어, 십 원짜리 지폐 석 장을 복녀의 남편에게 주었다. 한방의의 손에도 십 원짜리 두 장이 갔다.

　이튿날 복녀는 뇌일혈로 죽었다는 한방의의 진단으로 공동묘지로 실려 갔다.[16]

⑮ ➡ 기구하게 살다 간 복녀의 일생으로 보아 '복녀'라는 이름은 반어적인 표현임을 알 수 있지.
⑯ ➡ 복녀의 비극적인 죽음은 돈 몇 푼에 쉽게 조작되어 버렸어.

김동인_감자　23

정리해 볼까요(그룹 채팅)

● **작가에 대해서 알아볼까요?**

킬링 포인트

김동인 작가는 1900년 평안남도 평양에서 태어났어. 일본 메이지 학원 중학부를 졸업하고 가와바타 미술 학교를 다니다가 중퇴했지. 최초의 문예 동인지인 〈창조〉를 창간한 인물이기도 해. 우리나라의 대표적인 자연주의 작가이자 최초의 SF 작가로도 알려져 있어. 김동인 작가의 소설은 문체의 경향성이 다양하다는 특징이 있단다. 「감자」와 「명문」에서는 자연주의적 특징이 나타나고, 「광염소나타」와 「배따라기」에서는 탐미주의, 「붉은 산」에서는 민족주의, 「발가락이 닮았다」에서는 인도주의적 경향이 나타나거든.
김동인 작가는 스스로 일제에 대한 충성심을 보이기 위해 노력했지. 광복 후에도 그는 자신의 잘못을 뉘우치지 않고, 오히려 자신의 행위를 정당화하는 글을 발표하기도 했어.

읽음

뛰어난 능력을 지닌 문인이었지만, 그 역량을 올바르게 사용하지는 못했군요.

👍 100점

● **작품에 대해서 정리해 보죠!**

킬링 포인트

작가 : 김동인
갈래 : 순수 소설, 사실주의 소설, 자연주의 소설
배경 : 시간적 – 1920년대 | 공간적 – 칠성문 밖 빈민굴
시점 : 3인칭 관찰자 시점
주제 : 가난이 만들어 낸 한 여인의 비극
출전 : 〈조선문단〉(1925)

킬링 포인트

무조건
알아야 해!

「감자」는 가난이 만들어 낸 한 여인의 비극적인 사건을 다루고 있는 작품이야. 복녀는 원래 가난하지만 정직한 농가에서 자랐어. 하지만 게으른 남편과 결혼한 후 가세가 기울면서 칠성문 밖 빈민굴에서 살게 되지. 인부로 일하면서 매음하게 된 복녀는 돈을 많이 벌게 되고 이후 왕 서방과도 매음하게 돼. 어느날, 왕 서방이 한 처녀를 아내로 사 오자 복녀는 그를 찾아가 협박하지. 하지만 복녀는 도리어 왕 서방에게 살해당하게 돼.
이 작품은 가난이라는 경제적인 조건이 도덕적인 인물을 부도덕하게 만들어가는 과정을 그리는 자연주의적 경향을 보인단다. 사투리와 비속어를 사용해 현장감을 높이고, 사건 전개가 빠르다는 특징이 있어. 하지만 일제 강점기 빈곤의 원인에 대해서는 다루지 않았다는 점에서 비판을 받고 있기도 해.

읽음

가난 때문에 사람이 변해 가는 과정은 언제나 씁쓸함을 동반하는 것 같아요……. 이 작품은 그러한 모습을 사실적으로 보여 주고 있네요.

 👍 100점

칼림 포인트

발단: 복녀가 게으른 홀아비에게 시집감

복녀는 가난하지만 정직한 집안에서 자랐어. 그녀에게는 최소한의 도덕적 관념이 있었지. 복녀는 열다섯 살 때 80원에 팔려 시집가게 돼. 그녀는 남편의 게으름으로 말미암아 가세가 기울어 빈민굴에서 살게 되지.

전개: 송충이 잡는 일을 계기로 복녀가 타락하게 됨

복녀는 송충이 잡는 일을 하게 돼. 그곳의 감독관과 매음하게 된 복녀는 이후 성에 대한 관념이 바뀌어 버리지.

위기: 복녀가 왕 서방과 관계를 맺게 됨

칠성문 밖 사람들은 중국인 채마밭을 도둑질하곤 했어. 복녀도 그중 하나였지. 어느 날, 도둑질하던 그녀는 왕 서방에게 들켜 그의 집으로 가게 돼. 왕 서방과 매음하고 나온 그녀는 그 후 그와 수시로 만나지. 그러던 어느 날, 왕 서방이 한 처녀를 아내로 사 오자 복녀는 질투심을 느껴.

절정: 복녀가 왕 서방과 다투다가 죽음

복녀는 신혼 첫날밤인 왕 서방의 방에 쳐들어가지. 낫을 들고 왕 서방을 위협하던 그녀는 도리어 왕 서방의 손에 죽고 말아.

결말: 복녀가 뇌일혈로 죽었다는 진단을 받고 공동묘지로 실려 감

복녀가 죽은 지 사흘이 지나도 장례는 치러지지 않아. 사흘 후 왕 서방, 한의사, 복녀 남편이 모여 모종의 거래가 이루어지지. 결국 복녀는 뇌일혈로 죽었다는 진단을 받은 후에 공동묘지로 옮겨진단다.

OOPS!
읽음

복녀가 가난 때문에 타락해 가는 것도 비극적이지만, 돈으로 죽음의 원인이 위조된 사실이 너무 충격적이에요.

👍100점

● **복녀의 뇌 구조를 알아볼까요?**

저 사람은 왜 일하지 않고도 풍삭을 받지?

감독관이 갑자기 왜 날 부르지?

일을 안 해도 돈을 벌 수 있어!

왕 서방을 직접 찾아가 보자.

나를 두고 처녀를 사다니……

수능 만점 감사

내신·수능 만점 키우기

1 이 작품에 대한 설명으로 옳지 <u>않은</u> 것은?

① 한 인물의 타락 과정을 그리고 있다.

② 인물의 고뇌와 갈등이 잘 드러나는 작품이다.

③ 환경 결정론적인 관점에서 주인공을 바라보고 있다.

④ 행위 중심으로 사건을 속도감 있게 전개하고 있다.

⑤ 평범하지만 반어적 이름을 가진 주인공을 내세움으로써 당시 하층민 여성들의 모습을 대변하고 있다.

2 이 작품의 문예 사조와 그 특징에 대한 설명으로 옳지 <u>않은</u> 것은?

① 환경 결정론으로 대변되는 자연주의 소설이다.

② 인물이 처한 환경이 인물의 운명을 결정하는 문예 사조다.

③ 관찰과 실험을 통해 현실을 사실적으로 묘사한다.

④ 주인공이 주어진 환경을 바꿔 가는 과정을 보여 줌으로써 인간의 운명이 의지에 달려 있음을 전하고자 한다.

⑤ 우리나라의 대표적인 자연주의 작가로는 염상섭, 김동인, 현진건 등이 있다.

3 다음 중 복녀가 타락해 가는 원인을 가장 잘 파악한 사람은?

① 현진: 복녀는 원래 그런 운명을 가지고 태어난 사람이라고 할 수 있어. 사람은 저마다 주어진 운명에 따라 살기 마련이야.

② 동현: 복녀는 인간이 가진 악한 본성에 의해 타락한 것이라고 할 수 있어. 성악설을 보여 주는 인물이라고 할 수 있지.

③ 민경: 사람은 친구를 잘 만나야 해. 송충이 잡는 일을 할 때 친구를 잘 만났더라면 이런 일은 일어나지 않았을 거야. 복녀가 타락한 건 친구 때문이야.

④ 상희: 복녀는 가난해서 제대로 된 교육을 받을 수 없었어. 한 번이라도 제대로 된 교육을 받았더라면 그녀는 타락하지 않았을 거야.

⑤ 준기: 복녀는 가난과 황금만능주의 때문에 타락해 버린 인물이야. 인간의 의지보다 그를 둘러싼 환경의 힘이 더 강한 법이지.

4 이 작품의 한계에 대한 설명으로 옳은 것은?

① 일제 강점하 구조적 빈곤의 원인과 그에 대한 해결책 모색이 미흡하다.

② 일제 강점기라는 시대적 배경을 고려할 때, 독립에 대한 의지를 담아내지 못했다.

③ 반전 없는 밋밋한 서술 구조는 독자들의 흥미를 끌기에 부족하다.

④ 자극적인 내용을 내세워 서사가 지니는 힘을 약화시켰다.

⑤ 평면적 인물을 보여 줌으로써 전체적으로 지루한 느낌을 준다.

5 이 작품의 발단 부분에 제시된 배경이 의도하는 바로 가장 옳은 것은?

> 싸움, 간통, 살인, 도적, 구걸, 징역 이 세상의 모든 비극과 활극의 근원지인, 칠성문 밖 빈민굴로 오기 전까지는, 복녀의 부처는 (사농공상의 제2위에 드는) 농민이었었다.
>
> 복녀는, 원래 가난은 하나마 정직한 농가에서 규칙 있게 자라난 처녀였었다. 이전 선비의 엄한 규율은 농민으로 떨어지자부터 없어졌다 하나, 그러나 어딘지는 모르지만 딴 농민보다는 좀 똑똑하고 엄한 가율이 그의 집에 그냥 남아 있었다. 그 가운데서 자라난 복녀는 물론 다른 집 처녀들과 같이 여름에는 벌거벗고 개울에서 멱 감고, 바짓바람으로 동리를 돌아다니는 것을 예사로 알기는 알았지만, 그러나 그의 마음속에는 막연하나마 도덕이라는 것에 대한 저품을 가지고 있었다.

① 무난한 도입부를 위해 당시의 환경을 활용한 것이다.
② 극적 반전을 위해 당시의 일상적인 배경을 설정한 것이다.
③ 주인공이 타락해 가는 과정을 강조하기 위해 설정한 장치다.
④ 뒤에 나올 자극적인 요소를 돋보이게 하기 위해 설정한 배경이다.
⑤ 주인공의 일탈에 대한 욕구를 암시하기 위해 설정한 배경이다.

6 이 작품에서 '칠성문 밖 빈민굴'이라는 공간적 배경이 지니는 의미에 대해 서술하시오.

> 칠성문 밖 빈민굴은 무법 지대로 각종 범죄가 들끓는 곳이다. 복녀는 이곳에 오기 전까지는 도덕성을 갖춘 인물이었으나, 이곳으로 온 이후에는 타락하고 만다. 즉, 칠성문 밖 빈민굴은 도덕적인 복녀와 타락해 가는 복녀를 보여 주기 위한 공간적인 배경이자 비극적 결말을 이끌어 내기 위한 배경이라고 할 수 있다.

● **수능 만점 선생님의 감상 꿀팁**

> 「감자」는 환경 결정론에 바탕을 둔 자연주의 소설이야. 주인공인 복녀가 환경의 변화에 따라 타락해 가는 모습은 이러한 자연주의 소설의 특징을 잘 보여 주지. 이 소설의 또 다른 특징은 간결하고 속도감 있게 사건이 전개된다는 점이야. 이러한 점에 유의하면서 작품을 이해하도록 노력해 보자.

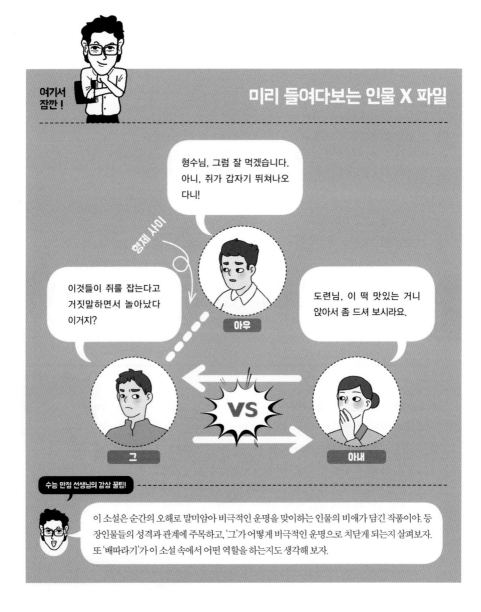

미리 들여다보는 인물 X 파일

여기서 잠깐!

형님, 그럼 잘 먹겠습니다. 아니, 쥐가 갑자기 뛰쳐나오다니!

아우

형제 사이

이것들이 쥐를 잡는다고 거짓말하면서 놀아났다 이거지?

그

VS

도련님, 이 떡 맛있는 거니 앉아서 좀 드셔 보시라요.

아내

수능 만점 선생님의 감상 꿀팁!

이 소설은 순간의 오해로 말미암아 비극적인 운명을 맞이하는 인물의 비애가 담긴 작품이야. 등장인물들의 성격과 관계에 주목하고, '그'가 어떻게 비극적인 운명으로 치닫게 되는지 살펴보자. 또 '배따라기'가 이 소설 속에서 어떤 역할을 하는지도 생각해 보자.

배따라기

#순간의 오해가 불러온 무시무시한 파국

좋은 일기이다.

좋은 일기라도, 하늘에 구름 한 점 없는──우리 '사람'으로서는 감히 접근 못할 위엄을 가지고, 높이서 우리 조고만 '사람'을 비웃는 듯이 내려다보는, 그런 교만한 하늘은 아니고, 가장 우리 '사람'의 이해자인 듯이 낮추 뭉글뭉글 엉기는 분홍빛 구름으로써 우리와 서로 손목을 잡자는──그런 하늘이다. 사랑의 하늘이다.❶

나는, 잠시도 멎지 않고 푸른 물을 황해로 부어내리는 대동강을 향한, 모란봉 기슭 새파랗게 돋아나는 풀 위에 뒹굴고 있었다.

이날은 삼월 삼질(세 번째 날), 대동강에 첫 뱃놀이하는 날이다. 까맣게 내려다보이는 물 위에는, 결결이 반짝이는 물결을 푸른 놀잇배들이 타고 넘으며, 거기서는 봄 향기에 취한 형형색색의 선율이, 우단(羽緞, 벨벳)보다도 부드러운 봄 공기를 흔들면서 날아온다. 그리고 거기서 기생들의 노래와 함께 날아오는 조선 아악(雅樂)은 느리게, 길게, 유창하게, 부드럽게, 그리고 또 애처롭게, 모든 봄의 정다움과 끝까지 조화하지 않고는 안 두겠다는 듯이, 대동강에 흐르는 시커먼 봄물, 청류벽에 돋아나는 푸르른 풀 어음(풀이 바람에 흔들리며 서로 부딪쳐 나는 소리를 말하는 소리에 비유해 이르는 말), 심지어 사람의 가슴속에 봄에 뛰노는 불붙는 핏줄기까지로도, 습기 많은 봄 공기를 다리 놓고 떨리지 않고는 두지 않는다.

봄이다. 봄이 왔다.

❶ ➜ '나'는 굉장히 인간 친화적인 자연관을 가지고 있어. 앞으로 나올 이야기와 대비되는 부분이지.

수능 만점 선생님

부드럽게 부는 조고만 바람이, 시커먼 조선 솔을 꿰며, 또는 돋아나는 풀을 스치고 지나갈 때의 그 음악은, 다른 데서는 듣지 못할 아름다운 음악이다.❷

아아, 사람을 취케 하는 푸르른 봄의 아름다움이여! 열다섯 살부터의 동경(東京) 생활에, 마음껏 이런 봄을 보지 못하였던 나는, 늘 이것을 보는 사람보다 곱 이상의 감명을 여기서 받지 않을 수 없다.

평양성 내에는, 겨우 툭툭 터진 땅을 헤치면 파릇파릇 돋아나는 나무새기('나물'의 사투리)와 돋아나려는 버들의 어음으로 봄이 온 줄 알 뿐 아직 완전히 봄이 안 이르렀지만, 이 모란봉 일대와 대동강을 넘어 보이는 가나안 옥토를 연상시키는 장림(長林, 길게 뻗쳐 있는 숲)에는 마음껏 봄의 정다움이 이르렀다.

그러고 또 꽤 자란 밀 보리들로 새파랗게 장식한 장림의 그 푸른빛! 만족한 웃음을 띠고 그 벌에 서서 내다보는 농부의 모양은, 보지 않아도 생각할 수가 있다.

구름은 자꾸 하늘을 날아다니는 모양이다. 그 밀 위에 비치었던 구름의 그림자는 그 구름과 함께 저편으로 물러가며, 거기는 세계를 아까 만들어 놓은 것 같은 새로운 녹빛이 퍼져 나간다. 바람이나 조금 부는 때는 그 잘 자란 밀들은 물결같이 누웠다 일어났다 일록일청(一綠一靑, 한 번은 녹색으로 한 번은 청색)으로 춤을 춘다. 그리고 봄의 한가함을 찬송하는 솔개들은, 높은 하늘에서 동그라미를 그리면서 더욱더 아름다운 봄에 향기로운 정취를 더한다.

"다스한 봄 정에 솟아나리다. 다스한 봄 정에 솟아나리다."

나는 두어 번 소리 나게 읊은 뒤에 담배를 붙여 물었다. 담뱃내는 무럭무럭 하늘로 올라간다.

하늘에도 봄이 왔다.

하늘은 낮았다. 모란봉 꼭대기에 올라가면 넉넉히 만질 수가 있으리만큼 하늘은 낮다. 그리고 그 낮은 하늘보다는 오히려 더 높이 있는 듯한 분홍빛 구름은 뭉글뭉글 엉기면서 이리저리 날아다닌다.

나는 이러한 아름다운 봄 경치에 이렇게 마음껏 봄의 속삭임을 들을 때는 언제든 유토피아를 아니 생각할 수 없다.❸ 우리가 시시각각으로 애를 쓰며 수고하는 것은, 그 목적은 무엇인가? 역시 유토피아 건설에 있지 않을까? 유토피아를

❷➜ '나'는 아름다움을 중요하게 생각하는 인물이라는 것을 알 수 있어.

❸➜ '나'의 인생관을 알 수 있는 부분이야. '나'는 유토피아 건설과 '미(美)'를 추구하는 인물이라고 할 수 있단다.

아주 중요해!

수능 만점 선생님

생각할 때는 언제든 그 '위대한 인격의 소유자'며 '사람의 위대함을 끝까지 즐긴' 진나라 시황(始皇)을 생각지 않을 수 없다.

우리가 어쩌면 죽지를 아니할까 하여, 소년 삼백을 배에 태워 불사약을 구하러 떠나보내며, 예술의 사치를 다하여 아방궁을 짓고, 매일 신하 몇천 명과 잔치로써 즐기며, 이리하여 여기 한 유토피아를 세우려던 시황은, 몇 만의 역사가가 어떻다고 욕을 하든, 그는 참말로 인생의 향락자이며 역사 이후의 제일 큰 위인이라고 할 수가 있다.❹ 그만한 순전한 용기 있는 사람이 있고야 우리 인류의 역사는 끝이 날지라도 한 '사람'을 가졌다고 할 수 있다.

"큰사람이었었다."

하면서 나는 머리를 흔들었다.

이때다. 기자묘 근처에서 무슨 슬픈 음률이 봄 공기를 진동시키며 날아오는 것이 들렸다.

나는 무심코 귀를 기울였다.

'영유 배따라기(평안도 영유 지역의 뱃노래)'다.❺ 그것도 웬만한 광대나 기생은 발꿈치에도 미치지 못하리만큼, 그만큼 그 배따라기의 주인은 잘 부르는 사람이었다.

비나이다, 비나이다.
산천후토(山天后土, 하늘과 산의 신령) 일월성신(日月星辰, 해와 달과 별) 하나님전 비나이다.
실낱같은 우리 목숨 살려 달라 비나이다.
에—야, 어그여지야.

여기까지 이르렀을 때에 저편 아래 물에서 장고 소리와 함께 기생의 노래가 울리어 오며 배따라기는 그만 안 들리게 되었다.

나는 이 년 전 한여름을 영유서 지내본 일이 있다. 배따라기의 본고장인 영유를 몇 달 있어 본 사람은 그 배따라기에 대하여 언제든 한 속절없는 애처로움을 깨달을 것이다.❻

영유, 이름은 모르지만 ×산에 올라가서 내다보면 앞은 망망한 황해이니, 그

❹ ➜ '나'는 역사가들이 비판하는 진시황의 향락을 극찬하고 있어. 이 작품의 유미주의적 성향이 드러나는 부분이지.
❺ ➜ '나'와 '그'를 이어 주는 소재야. 이 소재는 '그'가 범상치 않은 인물임을 암시하지.
❻ ➜ 배따라기의 분위기를 알려 주는 부분이야.

아주 중요해

수능 만점 선생님

곳 저녁때의 경치는 한 번 본 사람은 영구히 잊을 수가 없으리라.❼ 불덩이 같은 커다란 시뻘건 해가 남실남실 넘치는 바다에 도로 빠질 듯 도로 솟아오를 듯 춤을 추며, 거기서 때때로 보이지 않는 배에서 '배따라기'만 슬프게 날아오는 것을 들을 때엔 눈물 많은 나는 때때로 눈물을 흘렸다. 이로 보아서, 어떤 원의 아내가 자기의 모든 영화를 낡은 신 같이 내어던지고 뱃사람과 정처 없는 물길을 떠났다 함도 믿지 못할 말이랄 수가 없다.

영유서 돌아온 뒤에도 그 '배따라기'는 내 마음에 깊이 새기어져 잊으려야 잊을 수가 없었고, 언제 한번 다시 영유를 가서 그 노래를 한 번 더 들어 보고 그 경치를 다시 한번 보고 싶은 생각이 늘 떠나지를 않았다.❽

장고 소리와 기생의 노래는 멎고 배따라기만 구슬프게 날아온다. 결결이 부는 바람으로 말미암아 때때로는 들을 수가 없으되, 나의 기억과 곡조를 종합하여 들은 배따라기는 이 대목이다.

> 강변에 나왔다가
> 나를 보더니만
> 혼비백산하여
> 꿈인지 생시인지
> 와르륵 달려들어
> 섬섬옥수(纖纖玉手, 가냘프고 고운 여인의 손을 일컫는 말)로 부쳐 잡고
> 호천망극(昊天罔極, 어버이의 은혜가 크고 다함이 없음을 이름)하는 말이
> '하늘로서 떨어지며
> 땅으로서 솟아났나
> 바람결에 묻어 오고
> 구름길에 쌔여 왔나'
> 이리 서로 붙들고 울음 울 제
> 인리제인(隣里諸人, 이웃 마을의 모든 사람)이며

---

❼ ➡ 영유가 바닷가 마을이란 것을 알 수 있어. 공간적 배경이 바깥 이야기의 '평양'에서 속 이야기의 '영유'로 옮겨 갈 것을 유추할 수 있지.

❽ ➡ 배따라기가 '나'와 '그'를 이어 주는 소재라는 것을 알 수 있어.

수능 만점 선생님

일가친척이 모두 모여

여기까지 들은 나는 마침내 참지 못하고 벌떡 일어서서 소나무 가지에 걸었던 모자를 내려 쓰고, 그곳을 찾으러 모란봉 꼭대기에 올라섰다. 꼭대기는 좀 더 노랫소리가 잘 들린다. 그는, 배따라기의 맨 마지막, 여기를 부른다.

밥을 빌어서
죽을 쑬지라도
제발 덕분에
뱃놈 노릇은 하지 마라.
에―야, 어그여지야.

그의 소리로써 방향을 찾으려던 나는 그만 그 자리에 섰다.
"어딘가? 기자묘? 혹은 을밀대?"
그러나 나는 오래 서 있을 수가 없었다. 어떻든 찾아보자 하고, 현무문으로 가서 문밖에 썩 나섰다. 기자묘의 깊은 솔밭은 눈앞에 좍 퍼진다.
"어딘가?"
나는 또 물어 보았다.
이때에 그는 또다시 배따라기를 시초부터 부른다. 그 소리는 왼편에서 온다.
왼편이구나 하면서, 소리 나는 곳을 더듬어서 소나무 틈으로 한참 돌다가, 겨우, 기자묘치고는 그중 하늘이 넓고 밝은 곳에 혼자서 뒹굴고 있는 그를 찾아내었다. **나의 생각한 바와 같은 얼굴이다. 얼굴, 코, 입, 눈, 몸집이 모두 네모나고 그의 이마의 굵은 주름살과 시커먼 눈썹은 고생 많이 함과 순진한 성격을 나타낸다.**[9]
그는 어떤 신사가 자기를 들여다보는 것을 보고 노래를 그치고 일어나 앉는다.
"왜? 그냥 하지요."
하면서 나는 그의 곁에 가 앉았다.

9 → '그'에게 많은 사연이 있음을 암시하는 부분이야.

수능에 나올 수도 있어!

수능 만점 선생님

"머……."

할 뿐 그는 눈을 들어서 터진 하늘을 쳐다본다.

좋은 눈이었다. 바다의 넓고 큼이 유감없이 그의 눈에 나타나 있다. 그는 뱃사람이라 나는 짐작하였다.

"고향이 영유요?"

"예, 머, 영유서 나기는 했디만 한 이십 년 영윤 가 보디두 않았시요."

"왜, 이십 년씩 고향엘 안 가요?"

"사람의 일이라니 마음대로 됩데까?"

그는, 왜 그러는지, 한숨을 짓는다.

"거저, 운명이 데일 힘셉디다."

운명의 힘이 제일 세다는 그의 소리는 삭이지 못할 원한과 뉘우침이 섞여 있다.⑩

"그래요?"

나는 다만 그를 건너다볼 뿐이다.

한참 잠잠하니 있다가 나는 다시 말하였다.

"자, 노형의 경험담이나 한번 들어 봅시다. 감출 일이 아니면 한번 이야기해 보소."

"머, 감출 일은……."

"그럼, 어디 들어 봅시다그려."⑪

그는 다시 하늘을 쳐다보았다. 그러나 좀 있다가,

"하디요."

하면서 내가 담배를 붙이는 것을 보고 자기도 담배를 붙여 물고 이야기를 꺼낸다.

"십구 년 전 팔월 열하룻날 일인데요."

하면서 그가 이야기한 바는 대략 이와 같은 것이다.

그의 살던 마을은 영유 고을서 한 이십 리 떠나 있는, 바다를 향한 조고만 어

---

⑩ ➡ '그'가 무언가 비극적인 사건을 겪었음을 짐작할 수 있어.

⑪ ➡ 이 소설의 구성은 바깥 이야기와 속 이야기가 있는 '액자식 구성'이야. 바깥 이야기는 '나'가 '그'를 만난 내용이고, 속 이야기는 '그'의 사연이란다.

수능에 나올 수도 있어!

수능 만점 선생님

촌이다. 그의 살던 조고만^(서른 집쯤 되는) 마을에서 그는 꽤 유명한 사람이었다.

그의 부모는 모두 열댓에 났을 때 돌아갔고, 남은 사람이라고는 곁집에 딴살림하는 그의 아우 부처(夫妻, 부부)와 그 자기 부처뿐이었다. 그들 형제가 그 마을에서 제일 부자이고 또 제일 고기잡이를 잘하였으며 그중 글이 있었고 배따라기도 그 마을에서 빼나게 잘 불렀다. 말하자면 그 형제가 그 동네의 대표적 사람이었다.

팔월 보름은 추석 명절이다. 팔월 열하룻날 그는 명절에 쓸 장도 볼 겸, 그의 아내가 늘 부러워하는 거울도 하나 사 올 겸, 장으로 향하였다.

"당손네 집에 있는 것보다 큰 것이오. 잊디 말구요."

그의 아내는 길까지 따라 나오면서 잊지 않도록 부탁하였다.

"안 잊어."^⑫

하면서 그는 떠오르는 새빨간 햇빛을 앞으로 받으면서 자기 마을을 나섰다. 이렇게 말하기는 우습지만 그는 아내를 고와 했다. 그의 아내는 촌에는 드물도록 연연하고도 예쁘게 생겼다. 그는 나에게 이렇게 말하였다.

"성내^(평양) 덴줏골^(갈보촌)을 가두 그만한 거 쉽디 않갔시요."

그러니까 촌에서는, 그리고 그 당시에는 남에게 우습게 보이도록 그 내외의 새는 좋았다. 늙은이들은 계집에게 혹하지 말라고 흔히 그에게 권고하였다.

부처의 새는 좋았지만, 아니 오히려 좋으므로 그는 아내에게 샘을 많이 하였다. 그리고 그의 아내는 시기를 받을 일을 많이 하였다. 품행이 나쁘다는 것이 아니라, 그의 아내는 대단히 천진스럽고 쾌활한 성질로써 아무에게나 말 잘하고 애교를 잘 부렸다.^⑬

그 동네에서는 무슨 명절이나 되면, 집이 그중 정결함을 핑계 삼아 젊은이들은 모두 그의 집에 모이고 하였다. 그 젊은이들은 모두 그의 아내에게 '아즈마니'라 부르고, 그의 아내는 '아즈바니, 아즈바니' 하며 그들과 지껄이고 즐기며, 그 웃기 잘하는 입에는 늘 웃음을 흘리고 있었다. 그럴 때마다 그는 한편 구석에서 눈만 힐근거리며^(힐금거리며) 있다가 젊은이들이 돌아간 뒤에는 불문곡직(不問曲直, 옳은지 그른지를 묻지 않음)하고 아내에게 덤벼들어 발길로 차고 때리며, 이전에 사다 주었던 것

---

⑫ → '그'의 성격이 무뚝뚝하다는 것을 알 수 있어.

⑬ → '그'는 예쁘고 애교가 많은 아내에게 쉽게 질투심을 느껴. 이로 말미암아 갈등이 생기지.

아주 중요해!

수능 만점 선생님

을 모두 걷어 올린다. 싸움을 할 때에는 언제든 곁집에 있는 아우 부처가 말리러 오며, 그렇게 되면 언제든 그는 아우 부처까지 때려 주었다.

그가 아우에게 그렇게 구는 데는 이유가 있었다. 그의 아우는, 시골 사람에게는 쉽지 않도록 늠름한 위엄이 있었고, 맨날 바닷바람을 쏘였지만 얼굴이 희었다.⑭ 이것뿐으로도 시기가 된다 하면 되지만, 특별히 아내가 그의 아우에게 친절히 하는 데는, 그는 속이 끓어 못 견디었다.⑮

그가 영유를 떠나기 반 년 전쯤, 다시 말하자면 그가 거울을 사러 장에 갈 때부터 반 년 전쯤, 그의 생일날이었다. 그의 집에서는 음식을 차려서 잘 먹었는데, 그에게는 괴상한 버릇이 있었으니, 맛있는 음식은 남겨 두었다가 좀 있다 먹고 하는 것이 습관이었다. 그의 아내도 이 버릇은 잘 알 터인데 그의 아우가 점심때쯤 오니까, 아까 그가 아껴서 남겨 두었던 그 음식을 아우에게 주려 하였다. 그는 눈을 부릅뜨고 '못 주리라'고 암호하였지만 아내는 그것을 보았는지 못 보았는지 그의 아우에게 주어 버렸다. 그는 마음속이 자못 편치 못하였다. '트집만 있으면 이년을……' 하고 그는 마음먹었다.⑯

그의 아내는 시아우에게 상을 준 뒤에 물러오다가 그만 그의 발을 조금 밟았다.

"이년!"

그는 힘껏 발을 들어서 아내를 냅다 찼다. 그의 아내는 상 위에 거꾸러졌다가 일어난다.

"이년, 사나이 발을 짓밟는 년이 어디 있어!"

"거 좀 밟아서 발이 부러졌쉐까?"

아내는 낯이 새빨개져서 울음 섞인 소리로 고함친다.

"이년! 말대답이……."

그는 일어서서 아내의 머리채를 휘어잡았다.

"형님! 왜 이리십니까."

아우가 일어서면서 그를 붙잡았다.

"가만 있거라, 이놈의 자식."

---

⑭ ➡ '그'가 아우에게 열등감을 느낀다는 것을 유추할 수 있는 부분이야.

⑮ ➡ '그'와 아내, 아우는 삼각관계를 형성하고 있어.

⑯ ➡ '그'의 성격적 결함과 폭력적인 성향을 엿볼 수 있어.

주목!

수능 만점 선생님

하며 그는 아우를 밀친 뒤에 아내를 되는대로 내리쩧었다.

"죽일 년, 이년! 나가거라!"

"죽에라, 죽에라! 난, 죽어도 이 집에선 못 나가!"

"못 나가?"

"못 나가디 않구. 뉘 집이게……."

이때다. 그의 마음에는 그 '못 나가겠다'는 아내의 마음이 푹 들이박혔다. 그 이상 때리기가 싫었다.[17] 우두커니 눈만 흘기고 있다가 그는,

"망할 년, 그럼 내가 나갈라."

하고 그만 문밖으로 뛰어나와서,

"형님, 어디 갑니까?"

하는 아우의 말에는 대답도 안 하고, 곁 동네 탁주 집으로 뒤도 안 돌아보고 가서, 거기 있는 술 파는 계집과 술상 앞에 마주 앉았다.

그날 저녁 얼근히 취한 그는 아내를 위하여 떡을 한 돈어치 사 가지고 집으로 돌아왔다.

이리하여 또 서너 달은 평화가 이르렀다. 그러나 이 평화가 언제까지든 계속될 수가 없었다. 그의 아우로 말미암아 또 평화는 쪼개져 나갔다.

오월 초승부터 영유 고을 출입이 잦던 그의 아우는, 오월 그믐께부터는 고을서 며칠씩 묵어 오는 일이 많았다. 함께, 고을에 첩을 얻어 두었다는 소문이 퍼졌다. 이 소문이 있은 뒤 아내는 그의 아우가 고을 들어가는 것을 벌레보다도 더 싫어하고, 며칠 묵어나 오는 때면 곧 아우의 집으로 가서 그와 담판을 하며 심지어 동서 되는 아우의 처에게까지 못 가게 하지 않는다고 싸우는 일이 있었다. 칠월 초승께 그의 아우는 고을에 들어가서 열흘쯤 묵어 온 일이 있었다. 이때도 전과 같이 그의 아내는 그의 아우며 제수와 싸우다 못하여, 마침내 그에게까지 와서 아우가 그런 못된 데를 다니는 것을 그냥 둔다고, 해보자 한다. 그 꼴을 곱게 보지 않았던 그는 첫마디로 고함을 쳤다.

"네게 상관이 무에가? 듣기 싫다."

"못난둥이. 아우가 그런 델 댕기는 걸 말리디두 못하구!"

분김에 이렇게 그의 아내는 고함쳤다.

[17] ➜ 사실 '그'는 아내를 사랑하고 있기 때문이야.

집중!

수능 만점 선생님

"이년, 무얼?"

그는 벌떡 일어섰다.

"못난둥이!"

그 말이 채 끝나기 전에 그의 아내는 악 소리와 함께 그 자리에 거꾸러졌다.

"이년! 사나이에게 그따윗 말버릇 어디서 배완!"

"에미네 때리는 건 어디서 배왔노! 못난둥이."

그의 아내는 울음소리로 부르짖었다.

"샹년 그냥? 나갈, 우리 집에 있디 말구 나갈."

그는 내리쪟으면서 부르짖었다. 그리고 문을 열고 아내를 밀쳤다.

"나가디 않으리!"

하고 그의 아내는 울면서 뛰어나갔다.

"망할 년!"

토하는 듯이 중얼거리고 그는 그 자리에 주저앉았다.

그의 아내는 해가 져서 어두워져도 돌아오지 않았다. 일단 내어 쫓기는 하였지만 그는 아내의 돌아옴을 기다리고 있었다. 어두워져서도 그는 불도 안 켜고 성이 나서 우들우들 떨면서 아내의 돌아오기를 기다렸다. 그러나 그의 아내의 참 기쁜 듯이 웃는 소리가 그의 아우의 집에서 밤새도록 울리었다. 그는 움쩍도 안 하고 그 자리에 앉아서 밤을 새운 뒤에, 새벽 동터 올 때 아내와 아우를 죽이려고 부엌에 가서 식칼을 가지고 들어와서 문을 벌컥 열었다.[18]

그의 아내로서 만약 근심스러운 얼굴을 하고 그 문밖에 우두커니 서서 문을 들여다보고 있지 않았다면, 그는 아내와 아우를 죽이고야 말았으리라.

그는 아내를 보는 순간 마음에 가득 차는 사랑을 깨달으면서, 칼을 내던지고 뛰어나가서 아내의 머리채를 휘어잡고, 이년 하면서 들어와서 뺨을 물어뜯으면서 함께 이리저리 자빠져서 뒹굴었다.

그런 이야기를 다 하려면 끝이 없으되 다만 '그', '그의 아내', '그의 아우' 세 사람의 삼각관계는 대략 이와 같았다.

각설(화제를 돌릴 때 말 첫머리에 쓰는 접속 부사)——

거울은 마침 장에 마음에 맞는 것이 있었다. 지금 것과 대 보면 어떤 때는 코

내신 준비!

[18] ➜ 아내와 아우에 대한 '그'의 감정이 날이 갈수록 격해진다는 것을 알 수 있지.

수능 만점 선생님

도 크게 보이고 입이 작게도 보이는 것이지만, 그 당시에는, 그리고 그런 촌에서는 둘도 없는 귀물이었다.

거울을 사 가지고 장을 본 뒤에 그는 이 거울을 아내에게 주면 그 기뻐할 모양을 생각하며, 새빨간 저녁 햇빛을 받는 넘치는 듯한 바다를 안고, 자기 집으로, 늘 들러 오던 탁주 집에도 안 들러서 돌아왔다.[19]

그러나 그가 그의 집 방 안에 들어설 때에는 뜻도 안 하였던 광경이 그의 눈에 벌리어 있었다.

방 가운데는 떡 상이 있고, 그의 아우는 수건이 벗어져서 목 뒤로 늘어지고 저고리 고름이 모두 풀어져 가지고 한편 모퉁이에 서 있고, 아내도 머리채가 모두 뒤로 늘어지고 치마가 배꼽 아래 늘어지도록 되어 있으며[20] 그의 아내와 아우는 그를 보고 어찌할 줄을 모르는 듯이 움쩍도 안 하고 서 있었다.

세 사람은 한참 동안 어이가 없어서 서 있었다. 그러나 좀 있다가 마침내 그의 아우가 겨우 말했다.

"그놈의 쥐 어디 갔니?"

"흥! 쥐? 훌륭한 쥐 잡댔구나!"

그는 말을 끝내지도 않고 짐을 벗어 던지고 뛰어가서 아우의 멱살을 끌어 잡았다.

"형님! 정말 쥐가……."

"쥐? 이놈! 형수하고 그런 쥐 잡는 놈이 어디 있니?"

그는 아우를 따귀를 몇 대 때린 뒤에 등을 밀어서 문밖에 내어던졌다. 그런 뒤에 이제 자기에게 이를 매를 생각하고 우들우들 떨면서 아랫목에 서 있는 아내에게 달려들었다.

"이년! 시아우와 그런 쥐 잡는 년이 어디 있어!"

그는 아내를 거꾸러뜨리고 함부로 내리찧었다.

"정말 쥐가……. 아이 죽겠다."

"이년! 너두 쥐? 죽어라!"

그의 팔다리는 함부로 아내의 몸 위에 오르내렸다.

---

⑲ ➡ 아내에 대한 '그'의 사랑을 느낄 수 있는 부분이야. 앞으로의 비극과 대비돼, 더욱 '그'의 운명을 가혹하게 만들지.

⑳ ➡ '그'가 아내와 아우의 사이를 오해하게 되는 상황이야. 그동안 쌓여 왔던 아내와 아우에 대한 감정이 폭발하는 계기가 된단다.

수능 만점 선생님

"아이, 죽갔다. 정말 아까 적온이^(시아우)가 왔기에 떡 먹으라구 내놓았더니……."

"들기 싫다! 시아우와 붙은 년이 무슨 잔소릴……."

"아이, 아이, 정말이야요. 쥐가 한 마리 나……."

"그냥 쥐?"

"쥐 잡을래다가……."

"상년! 죽어라! 물에래두 빠데 죽얼!"

그는 실컷 때린 뒤에, 아내도 아우처럼 등을 밀어 내어 쫓았다.^㉑ 그 뒤에 그의 등으로,

"고기 배때기에 장사해라!"

하고 토하였다.

분풀이는 실컷 하였지만, 그래도 마음속이 자못 편치 못하였다. 그는 아랫목으로 가서 바람벽을 의지하고 실신한 사람같이 우두커니 서서 떡 상만 들여다보고 있었다.

한 시간…… 두 시간…….

서편으로 바다를 향한 마을이라 다른 곳보다는 늦게 어둡지만, 그래도 술시^(戌時, 십이시의 열한째 시. 오후 일곱 시부터 아홉 시까지)쯤 되어서는 깜깜하니 어두웠다. 그는 불을 켜려고 바람벽에서 떠나서 성냥을 찾으러 돌아갔다.

성냥은 늘 있던 자리에 있지 않았다. 그래서 여기저기 뒤적이노라니까, 어떤 낡은 옷 뭉치를 들칠 때에 문득 쥐 소리가 나면서 무엇이 후덕덕 뛰어나온다. 그리하여 저편으로 기어서 도망간다.

"역시 쥐 댔구나!"

그는 조그만 소리로 부르짖었다. 그리고 그만 그 자리에 맥없이 덜썩 주저앉았다.^㉒

아까 그가 보지 못한 때의 광경이 활동사진과 같이 그의 머리에 지나갔다.

아우가 집에를 온다. 아우에게 친절한 아내는 떡을 먹으라고 아우에게 떡 상을 내놓는다. 그때에 어디선가 쥐가 한 마리 뛰어나온다. 둘이서는 쥐를 잡노라

㉑ → 앞으로 벌어질 비극을 암시하는 부분이야.

㉒ → 모든 오해가 풀리는 순간이야. '그'는 자신의 행동이 성급했음을 깨닫고는 죄책감을 느끼지.

내신 준비!

수능 만점 선생님

고 돌아간다. 한참 성화시키던 쥐는 어느 구석에 숨어 버린다. 그들은 쥐를 찾느라고 뒤룩거린다('두리번거리다'의 사투리). 그럴 때에 그가 집에 들어선 것이다.

"샹년, 좀 있으믄 안 들어오리……."

그는 억지로 마음먹고 그 자리에 드러누웠다.⑳

그러나 아내는 밤이 가고 날이 밝기는커녕 해가 중천에 올라도 돌아오지를 않았다. 그는 차차 걱정이 나서 찾아보러 나섰다.

아우의 집에도 없었다. 동네를 모두 찾아보아도 본 사람도 없다 한다.

그리하여, 낮쯤 한 삼사 리 내려가서 바닷가에서 겨우 아내를 찾기는 찾았지만 그 아내는 이전 같은 생기로 찬 산 아내가 아니요, 몸은 물에 불어서 곱이나 크게 되고, 이전에 늘 웃음을 흘리던 예쁜 입에는 거품을 잔뜩 문, 죽은 아내였다.

그는 아내를 업고 집으로 돌아오기까지 정신이 없었다.

이튿날 간단하게 장사를 하였다. 뒤에 따라오는 아우의 얼굴에는,

"형님, 이게 웬일이오니까."

하는 듯한 원망이 있었다.

장사를 지낸 이튿날부터 아우는 그 조그만 마을에서 없어졌다. 하루 이틀은 심상히 지냈지만, 닷새 엿새가 지나도 아우는 돌아오지 않았다. 그래서 알아보니까, 꼭 그의 아우같이 생긴 사람이 오륙 일 전에 멧산자 보따리를 하여 진 뒤에 시뻘건 저녁 해를 등으로 받고 더벅더벅 동쪽으로 가더라 한다. 그리하여 열흘이 지나고 스무날이 지났지만 한 번 떠난 그의 아우는 돌아올 길이 없고, 혼자 남은 아우의 아내는 매일 한숨으로 세월을 보내게 되었다.

그도 이것을 잠자코 보고 있을 수가 없었다. 그 불행의 모든 죄는 죄다 그에게 있었다.

그도 마침내 뱃사람이 되어, 적으나마 아내를 삼킨 바다와 늘 접근하며 가는 곳마다 아우의 소식을 알아보려고, 어떤 배를 얻어 타고 물길을 나섰다.㉔

그는 가는 곳마다 아우의 이름과 모습을 말하여 물었으나, 아우의 소식은 알 수가 없었다.

이리하여 꿈결같이 십 년을 지내서 구 년 전 가을, 탁탁히 낀 안개를 꿰며 연

㉓ ➡ '그'의 불안함을 엿볼 수 있어. 앞으로 다가올 비극을 예견할 수 있는 부분이기도 하지.

㉔ ➡ '그'가 뱃사람이 된 이유야. 일종의 속죄 의식이란다.

안 바다를 지나가던 그의 배는, 몹시 부는 바람으로 말미암아 파선을 하여, 벗 몇 사람은 죽고, 그는 정신을 잃고 물 위에 떠돌고 있었다.

그가 겨우 정신을 차린 때는 밤이었었다. 그리고 어느덧 그는 뭍에 올라와 있었고 그를 말리느라고 새빨갛게 피워 놓은 불빛으로 자기를 간호하는 아우를 보았다.

그는 이상히도 놀라지도 않고 천연하게 물었다.

"너, 어떻게 여기 완?"

아우는 잠자코 한참 있다가 겨우 대답하였다.

"형님, 거저 다 운명이외다."[25]

따뜻한 불기운에 깜빡 잠이 들려다가 그는 화닥닥 깨면서 또 말했다.

"십 년 동안에 되게 파랬구나."

"형님, 나두 변했거니와 형님두 몹시 늙으셨쉐다."

이 말을 꿈결같이 들으면서 그는 또 혼혼히^(정신이 아뜩해 가물가물한 모양) 잠이 들었다. 그리하여 두어 시간, 꿀보다도 단 잠을 잔 뒤에 깨어 보니, 아까같이 새빨간 불은 피어 있지만 아우는 어디로 갔는지 없어졌다. 곁엣사람에게 물어보니까, 아우는 형의 얼굴을 물끄러미 한참 들여다보고 있다가 새빨간 불빛을 등으로 받으면서 터벅터벅 아무 말 없이 어둠 가운데로 스러졌다 한다.

이튿날 아무리 알아보아야 그의 아우는 종적이 없어지고 알 수 없으므로 그는 하릴없이^(어찌할 도리 없이) 다른 배를 얻어 타고 또 물길을 떠났다. 그리하여 그의 배가 해주에 이르렀을 때, 그는 해주 장에 들어가서 무엇을 사려다가 저편 맞은 편 가게에 얼핏 그의 아우 같은 사람이 있으므로 뛰어가서 보니 그는 벌써 없어졌다. 배가 해주에는 오래 머물지 않으므로 그의 마음은 해주에 남겨 두고 또다시 바닷길을 떠났다.

그 뒤 삼 년을 이리저리 돌아다녔어도 아우는 다시 볼 수가 없었다.

그리하여 삼 년을 지내서 지금부터 육 년 전에, 그가 탄 배가 강화도를 지날 때에, 바다를 향한 가파른 뫼켠에서 바다를 향하여 날아오는 '배따라기'를 들었다. 그것도 어떤 구절과 곡조는 그의 아우 특색으로 변경된, 그의 아우가 아니면 부를 사람이 없는, 그 '배따라기'였다.[26]

내신 준비!

㉕ ➡ 운명의 힘을 거역하지 못하는 인간의 비애가 드러나는 부분이지.

㉖ ➡ '배따라기'는 '그'와 아우를 이어 주는 소재라고 할 수 있어.

수능 만점 선생님

배가 강화도에는 머무르지 않아서 그저 지나갔으나, 인천서 열흘쯤 머무르게 되었으므로, 그는 곧 내려서 강화도로 건너가 보았다. 거기서 이리저리 찾아다니다가 어떤 조그만 객줏집에서 물어보니, 이름도 그의 아우요 생긴 모습도 그의 아우인 사람이 묵어 있기는 하였으나, 사나흘 전에 도로 인천으로 갔다 한다. 그는 곧 돌아서서 인천으로 건너와 찾아보았지만, 그 조그만 인천서도 그의 아우를 찾을 바가 없었다.

그 뒤에 눈 오고 비 오며 육 년이 지났지만, 그는 다시 아우를 만나 보지 못하고 아우의 생사까지도 알 수가 없다.

말을 끝낸 그의 눈에는 저녁 해에 반사하여 몇 방울의 눈물이 반득인다.

나는 한참 있다가 겨우 물었다.

"노형 계수(季嫂 남자 형제 사이에서 동생의 아내를 이르는 말)는?"

"모르디요. 이십 년을 영유는 안 가봤으니깐요."

"노형은 이제 어디루 갈 테요?"

"것두 모르디요. 덩처가 있나요? 바람 부는 대로 몰려댕기디요."

그는 다시 한번 나를 위하여 배따라기를 불렀다. 아아, 그 속에 잠겨 있는 삭이지 못할 뉘우침, 바다에 대한 애처로운 그리움!⁽²⁷⁾

노래를 끝낸 다음에 그는 일어서서 시뻘건 저녁 해를 잔뜩 등으로 받고 을밀대로 향하여 더벅더벅 걸어간다. 나는 그를 말릴 힘이 없어서 멀거니 그의 등만 바라보고 앉아 있었다.

그날 밤, 집에 돌아와서도 그 배따라기와 그의 숙명적 경험담이 귀에 쟁쟁히 울리어서 잠을 못 이루고, 이튿날 아침 깨어서 조반도 안 먹고 기자묘로 뛰어가서 또다시 그를 찾아보았다. 그가 어제 깔고 앉았던, 풀은 모두 한편으로 누워서 그가 다녀감을 기념하되, 그는 그 근처에 보이지 않았다. 그러나, 그러나 배따라기는 어디선가 쟁쟁히 울리어서 모든 소나무들을 떨리지 않고는 안 두겠다는 듯이 날아온다.

"모란봉이다. 모란봉에 있다."

하고 나는 한숨에 모란봉으로 뛰어갔다. 모란봉에는 사람이 하나도 없다. 부

㉗ ➡ '배따라기'는 '그'의 죄책감과 비애를 표출하는 소재이기도 하지.

집중!

수능 만점 선생님

벽루에도 없다.

"을밀대다."

하고 나는 다시 을밀대로 갔다. 을밀대에서 부벽루를 연한, 지옥까지 연한 듯한 골짜기에 물 한 방울을 안 새이리라고 빽빽이 난 소나무의 그 모든 잎잎은 떨리는 배따라기를 부르고 있지만, 그는 여기도 있지 않다. 기자묘의, 하늘을 향하여 퍼져 나간 그 모든 소나무의 천만의 잎잎도, 그 아래쪽 퍼진 천만의 풀들도, 모두 그 배따라기를 슬프게 부르고 있지만, 그는 이 조고만 모란봉 일대에서 찾을 수가 없었다.

강가에 나가서 알아보니 그의 배는 오늘 새벽에 떠났다 한다.

그 뒤에 여름과 가을이 가고 일 년이 지나서 다시 봄이 이르렀으되, 잠깐 평양을 다녀간 그는 그 숙명적 경험담과 슬픈 배따라기를 남겨 두었을 뿐, 다시 조고만 모란봉에 나타나지 않는다.

모란봉과 기자묘에 다시 봄이 이르러서, 작년에 그가 깔고 앉아서 부러졌던 풀들도 다시 곧게 대가 나서 자줏빛 꽃이 피려 하지만, 끝없는 뉘우침을 다만 한 낱 '배따라기'로 하소연하는 그는[28], 이 조고만 모란봉과 기자묘에서 다시 볼 수가 없었다. 다만 그가 남기고 간 '배따라기'만 추억하는 듯이, 기념하는 듯이 모든 잎잎이 속삭이고 있을 따름이다.

내신 준비!!

[28] → 끊임없이 새롭게 탄생하는 자연과 과거의 죄책감에 얽매이는 '그'가 대비되면서 한층 더 깊은 비애가 느껴지는 부분이야.

수능 만점 선생님

정리해 볼까요(그룹 채팅)

● 작가에 대해서 알아볼까요? --

킬링 포인트

김동인 작가는 1900년 평안남도 평양에서 태어났어. 일본 메이지 학원 중학부를 졸업하고 가와바타 미술 학교를 다니다가 중퇴했지. 최초의 문예 동인지인 〈창조〉를 창간한 인물이기도 해. 우리나라의 대표적인 자연주의 작가이자 최초의 SF 작가로도 알려져 있어. 김동인 작가의 소설은 문체의 경향성이 다양하다는 특징이 있단다. 「감자」와 「명문」에서는 자연주의적 특징이 나타나고, 「광염소나타」와 「배따라기」에서는 탐미주의, 「붉은 산」에서는 민족주의, 「발가락이 닮았다」에서는 인도주의적 경향이 나타나거든.
김동인 작가는 우리나라 문학계에 새로운 바람을 가져왔다는 평가를 받아. 소설의 구어체 문장 확립, 근대 사실주의 도입, 시점 도입, 과거 시제 사용, 액자식 구성 등이 그 이유지.

읽음

「배따라기」는 김동인 작가가 시도한 새로운 성향들이 많이 보이는 작품인 것 같아요!

● 작품에 대해서 정리해 보죠! --

킬링 포인트

작가 : 김동인
갈래 : 단편 소설, 액자 소설
배경 : 시간적 – 일제 강점기 | 공간적 – 평양(바깥 이야기)과 영유(속 이야기)
시점 : 바깥 이야기 – 1인칭 관찰자 시점 | 속 이야기 – 1인칭 관찰자 시점, 전지적 작가 시점
주제 : 질투와 오해가 부른 비극적 운명과 이를 거역하지 못하는 인간의 비애
출전 : 〈창조〉(1921)

킬링 포인트

무조건
알아야 해!

「배따라기」는 낭만적이고 유미주의적인 경향이 잘 드러난 작품이야. 한순간의 오해와 질투로 파멸에 이른 운명, 그리고 그 운명을 거스를 수 없는 한 인간의 무력함과 회한이 소설의 중심을 이루고 있단다. 이러한 감정들은 바다를 배경으로 해 서정적으로 표현돼 있어. 또한 이 작품은 평안도 지역의 민요인 '영유 배따라기'를 소재로 한 많은 인물의 내력을 엮어 놓았어. 이 작품의 주제 의식은 운명과 마주하면서 생기는 한(恨)의 정서야. 한순간에 가족들을 파멸로 이끈 '그'의 끝없는 자책과 회한(悔恨), 그리고 운명 앞에 선 인간의 무력한 모습은 매우 서정적인 심미감을 더해 준단다.

읽음

맞아요. 저도 이 소설을 읽는 내내 '그'의 한이 느껴졌어요.

● **구조적 접근을 꼭 알아야 해요!**

킬링 포인트

도입: '나'가 '그'를 만남
'나'는 우연히 '그'의 배따라기를 듣고는 '그'의 사연을 알게 돼.

발단: '그'에게는 아내와 아우가 있었음
'그'에게는 의젓한 아우가 있었어. 이 형제는 영유에서 '배따라기'를 가장 잘 불렀지. '그'의 아내는 시골에서 드물게 예쁜 여자였어.

전개: '그'는 질투심에 사로잡힘
'그'의 아내는 '그'의 아우를 굉장히 아꼈어. 이 때문에 '그'의 질투심은 날이 갈수록 커지지. 질투심에 사로잡힌 '그'는 자주 아내와 아우를 때리게 돼.

위기: '그'는 아우와 아내를 오해함
'그'는 아우와 아내가 옷이 흐트러진 채 한방에 있는 모습을 보게 돼. 두 사람은 쥐를 잡다가 그런 것이었지. 하지만 '그'는 두 사람을 내쫓아.

절정: 아내가 죽고, 아우는 고향을 떠남
'그'는 방에서 쥐를 발견하고는 자신이 오해했다는 것을 깨달아. 하지만 이튿날 집을 나간 아내는 바다에서 시체로 발견되고 아우도 마을을 떠나지.

결말: '그'는 아우를 찾아 방랑함
'그'는 뱃사람이 되어 아우를 찾아 나서지. 10년 후, '그'는 배가 난파돼 물 위를 표류하다가 아우를 만나게 돼. 하지만 이후로는 아우를 만나지 못하지.

마무리: '그'는 '나'를 위해 배따라기를 한 번 더 부르고 떠남
'그'는 '나'를 위해 한 번 더 배따라기를 부르고는 자리를 떠나지.

OOPS! 읽음

'나'의 이야기와 '그'의 이야기가 같이 소개되는 액자식 구성이어서 더욱 흥미진진한 소설이었어요!

👍100점

● **'그'의 뇌 구조를 알아볼까요?**

1 이 작품에서 아내를 대하는 '그'의 태도로 가장 옳은 것은?

① 아내에게 물건을 자주 사다 주었고, 그러한 일을 즐겼다.
② 아내를 아끼는 마음이 커서 항상 아내를 잘 대해 주었다.
③ 아내가 외모만 예쁘고 마음씨가 삐뚤어진 것을 못마땅해했다.
④ 아내를 사랑했지만, 그런 마음을 전혀 표현하지 않았다.
⑤ 아내를 사랑했지만, 종종 시샘을 내어 아내를 괴롭혔다.

2 다음은 이 작품에 대해 토론한 내용이다. 올바른 평가를 한 사람을 <u>모두</u> 고르면?

> 은경: 이 소설은 이성적이기보다는 감정적이고, 객관적이기보다는 주관적이야. 낭만적
> 인 경향을 띤 낭만주의 소설에 속하기도 해.
> 병준: 이 작품은 실제 '그'에게 일어난 일을 작가가 인터뷰를 통해 적은 글이기 때문에
> 수필이라 할 수 있지.
> 세영: 이 소설은 두 개의 '만남과 헤어짐'이 있는 구조라 할 수 있어.
> 정음: 이 작품의 주제는 운명에 맞서는 인간의 담대함과 개척 정신이야. 그래서 인본주의 소
> 설로 분류할 수 있지.
> 송조: 이 작품은 미적 가치를 우선시하는 유미주의 소설의 특징도 보이고 있어. 배따라기 가
> 락의 애조, 이야기의 비극성이 드러나면서 슬픔의 미학이 발생하고 있지.

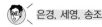 은경, 세영, 송조

3 다음 글에서 '그'의 행동을 유발시킨 심적 요소와 관련 있는 것은?

> 그 동네에서는 무슨 명절이나 되면, 집이 그중 정결함을 핑계 삼아 젊은이들은 모두 그의 집
> 에 모이고 하였다. 그 젊은이들은 모두 그의 아내에게 '아즈마니'라 부르고, 그의 아내는 '아
> 즈바니, 아즈바니' 하며 그들과 지껄이고 즐기며, 그 웃기 잘하는 입에는 늘 웃음을 흘리고 있
> 었다. 그럴 때마다 그는 한편 구석에서 눈만 힐근거리며 있다가 젊은이들이 돌아간 뒤에는
> 불문곡직하고 아내에게 덤벼들어 발길로 차고 때리며, 이전에 사다 주었던 것을 모두 걷어
> 올린다.

 ① 질투　　　　② 미움　　　　③ 분노　　　　④ 원망　　　　⑤ 불신

4 다음 글에서 밑줄 친 부분이 의미하는 것으로 옳지 <u>않은</u> 것은?

> 그가 겨우 정신을 차린 때는 밤이었었다. 그리고 어느덧 그는 뭍에 올라와 있었고 그를 말리느라고 새빨갛게 피워 놓은 불빛으로 자기를 간호하는 아우를 보았다.
> 그는 이상히도 놀라지도 않고 천연하게 물었다.
> "너, 어떻게 여기 완?"
> 아우는 잠자코 한참 있다가 겨우 대답하였다.
> <u>"형님, 거저 다 운명이외다."</u>

① 인간은 운명을 피할 수 없다.
② 운명의 힘이 가장 세다.
③ 모든 것을 받아들여야 한다.
④ 운명을 거역하는 자는 비참할 뿐이다.
⑤ 모든 인간사는 운명에 의해 결정된다.

5 이 작품에 등장하는 인물의 태도로 볼 수 <u>없는</u> 것은?

① '그'는 현실을 받아들이고 삶을 초월했다.
② 아우는 '그'와 화해할 수 없는 운명적 거리를 느끼고 있다.
③ '그'는 과거 자신의 행동에 대해 죄책감을 지니고 있다.
④ 아우는 신념에 따라 살고, 매사를 낙천적으로 대하려고 한다.
⑤ '나'는 '그'의 이야기에서 인간의 비애를 느끼고 있다.

6 이 작품에서 '배따라기'가 지니는 의미에 관해 서술하시오.

> 이 작품에서 '배따라기'는 '나'와 '그'를 만나게 하는 역할을 하며, 회한과 죄책감, 뉘우침 등 '그'의 감정을 표출하는 매개가 된다. 또한 '그'와 아우를 연결해 주기도 하며, 전체적인 이야기의 비극성과 함께 소설의 유미주의적 특성을 강화시키기도 한다.

● **수능 만점 선생님의 감상 꿀팁** ------------------------------

> 이 소설은 단편 소설의 미학을 제대로 보여 주는 작품이야. 극단적인 미(美)를 추구하는 성향의 '나', 질투심으로 말미암아 아내와 아우를 잃고 유랑하는 '그'는 '배따라기'라는 하나의 주제 속에서 어우러진다고 할 수 있지. 이들의 비극적인 운명에 초점을 맞춘다면, 이 작품을 더욱 깊게 이해할 수 있을 거야.

미리 들여다보는 인물 X 파일

마을 사람들을 걸핏하면 괴롭히는 삵이 송 첨지의 억울한 죽음을 알까?

여행 중에 만난 사이

여(나)

우리 동포의 비극을 가만히 보고 있을 수만은 없어!

송 첨지, 소출이 이게 뭔가? 말로 해선 안 되겠구먼.

정익호(삵)

VS

중국인 지주

수능 만점 선생님의 감상 꿀팁!

이 소설은 '여'가 만주를 여행하다 들른 조선족 마을에서의 목격담을 적은 수기 형식의 작품이야. '붉은 산'과 '흰 옷'이 무엇을 상징하는지, 송 첨지가 억울하게 죽은 후 삵이 어떻게 변하는지에 주목하면서 감상해 보자.

붉은 산

#골칫거리 '삵'의 붉디붉은 애국심

　그것은 여(余)❶가 만주를 여행할 때의 일이었다. 만주의 풍속도 좀 살필 겸 아직 껏 문명의 세례를 받지 못한 그들의 새에 퍼져 있는 병(病)을 좀 조사할 겸 해서 일 년의 기한을 예산하여 가지고 만주를 시시 골골이 다 돌아온 적이 있었다. 그때 에 ××촌이라 하는 조그만 촌에서 본 일을 여기에 적고자 한다.

　××촌은 조선 사람 소작인만 사는 한 이십여 호 되는 작은 촌이었다.❷ 사면을 둘러보아도 한 개의 산도 볼 수가 없는 광막한 만주의 벌판 가운데 놓여 있는 이 름도 없는 작은 촌이었다.

　몽고 사람 종자(從者, 남에게 종속되어 따라다니는 사람)를 하나 데리고 노새를 타고 만주의 촌 촌을 돌아다니던 여가 그 ××촌에 이른 때는 가을도 다 가고 어느덧 광포(狂暴, 미쳐 날뛰듯이 매우 거칠고 사나움)한 북국의 겨울이 만주를 찾아온 때였다.

　만주의 어느 곳이라 조선 사람이 없는 곳은 없지만 이러한 오지에서 한 동리 가 죄 조선 사람뿐으로 되어 있는 곳을 만나니 반가웠다. 더구나 그 동리는 비록 모두가 중국인의 소작인이라 하나 사람들이 비교적 온량하고 정직하며 장성한 이들은 그래도 모두 천자문 한 권쯤은 읽은 사람들이었다. 살풍경한 만주, 그 가 운데서 살풍경한 살림을 하는 중국인이며 조선 사람의 동리를 근 일 년이나 돌 아다니다가 비교적 평화스런 이런 동리를 만나면 그것이 비록 외국인의 동리라

---

　❶ ▶ '나'를 뜻하는 1인칭 대명사야. 당시의 언어 습관과 더불어 이 소설이 1인칭 관찰자 시 점으로 전개된다는 걸 알려 주지. ❷ ▶ '조선 사람 소작인'이라는 언급을 통해 당시 만주 에서 비참하게 살아가던 우리 민족의 처지를 알 수 있어.

하여도 반갑겠거든 하물며 우리 같은 동족의 동리임에랴. 여는 그 동리에서 한 십여 일 이상을 일없이 매일 호별([戶別]) 방문을 하며 그들과 이야기로 날을 보내며 오래간만에 맛보는 평화적 기분을 향락하고 있었다.

'삵'이라는 별명을 가지고 있는 정익호라는 인물을 본 곳이 여기서이다.

익호라는 인물의 고향이 어디인지는 ××촌의 아무도 아는 사람이 없었다. 사투리로 보아서 경기 사투리인 듯하지만 빠른 말로 죄죄거릴 때에는 영남 사투리가 보일 때도 있고 싸움이라도 할 때에는 서북 사투리가 보일 때도 있었다. 그런지라 사투리로써 그의 고향을 짐작할 수가 없었다. 쉬운 일본 말도 알고 한문 글자도 좀 알고 중국 말은 물론 꽤 하고 쉬운 러시아 말도 할 줄 아는 점 등등 이곳저곳 숱하게 주워 먹은 것은 짐작이 가지만 그의 경력을 똑똑히 아는 사람은 없었다.

그는 여가 ××촌에 가기 일 년 전쯤 빈손으로 이웃이라도 오듯 후덕덕 ×× 촌에 나타났다 한다. 생김생김으로 보아서 얼굴이 쥐와 같고 날카로운 이빨이 있으며 눈에는 교활함과 독한 기운이 늘 나타나 있으며❹ 바룩한(귀, 코, 그릇 따위의 전이 밖으로 바라져 있는) 코에는 코털이 밖으로까지 보이도록 길게 났고 몸집은 작으나 민첩하게 되었고 나이는 스물다섯에서 사십까지 임의로 볼 수가 있으며 그 몸이나 얼굴 생김이 어디로 보든 남에게 미움을 사고 근접지 못할 놈이라는 느낌을 갖게 한다. 그의 장기는 투전이 일쑤며 싸움 잘 하고 트집 잘 잡고 칼부림 잘 하고 색시들에게 덤비어들기 잘 하는 것이라 한다.

생김생김이 벌써 남에게 미움을 사게 되었고 게다가 하는 행동조차 변변치 못한 일만이라, ××촌에서도 아무도 그를 대하는(마주 응하거나 맞서는) 사람이 없었다. 사람들은 모두 그를 피하였다. 집이 없는 그였으나 뉘 집에 잠이라도 자러 가면 그집 주인은 두말없이 다른 방으로 피하고 이부자리를 준비하여 주고 하였다. 그러면 그는 이튿날 해가 낮이 되도록 실컷 잔 뒤에 마치 제집에서 일어나듯 느직이 일어나서 조반을 청하여 먹고는 한마디의 사례도 없이 나가 버린다.

그리고 만약 누구든 그의 이 청구에 응하지 않으면 그는 그것을 트집으로 싸움을 시작하고 싸움을 하면 반드시 칼부림을 하였다.

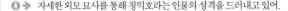

❸ ➡ 익호가 그동안 일정한 거처 없이 떠돌이 생활을 해 왔다는 걸 짐작할 수 있는 대목이야.

❹ ➡ 자세한 외모 묘사를 통해 정익호라는 인물의 성격을 드러내고 있어.

동리의 처녀들이며 젊은 색시들은 익호가 이 동리에 들어온 뒤로부터는 마음 놓고 나다니지를 못하였다. 철없이 나갔다가 봉변을 한 사람도 몇이 있었다.

　'삵.'

　이 별명은 누가 지었는지 모르지만 어느덧 ××촌에서는 익호를 익호라 부르지 않고 '삵'이라고 부르게 되었다.

　"삵이 뉘 집에서 묵었나?"

　"김 서방네 집에서."

　"다른 봉변은 없었다나?"

　"요행히 없었다데."

　그들은 아침에 깨면 서로 인사 대신으로 삵의 거취를 알아보고 하였다.❺

　'삵'은 이 동리에는 커다란 암종(癌腫, 악성 종양)이었다. '삵' 때문에 아무리 농사에 사람이 부족한 때라도 젊고 든든한 몇 사람은 동리의 젊은 부녀를 지키기 위하여 동리 안에 머물러 있지 않을 수가 없었다. '삵' 때문에 부녀와 아이들은 아무리 더운 여름 저녁이라도 길에 나서서 마음 놓고 바람을 쏘여 보지를 못하였다. '삵' 때문에 동리에서는 닭의 가리(싸리나무로 엮어 둥글게 만든 닭장)며 도야지 우리를 지키기 위하여 밤을 새우지 않을 수가 없었다.

　동리의 노인이며 젊은이들은 몇 번을 모여서 삵을 이 동리에서 내쫓기를 의논하였다. 물론 합의는 되었다. 그러나 내쫓는 데 선착수(先着手, 남보다 먼저 손을 댐)할 사람이 없었다.

　"첨지가 선착수하면 뒤는 내 담당하마."

　"뒤는 걱정 말고 형님 먼저 말해 보시오."

　제각기 삵에게 먼저 달려들기를 피하였다.

　이리하여 동리에서는 합의는 되었으나 삵은 그냥 태연히 이 동리에 묵어 있게 되었다.

　"며늘 년들이 조반이나 지었나?"

　"손주 놈들이 잠자리나 준비했나?"

　마치 그 동리의 모두가 자기의 집안인 것 같이 삵은 마음대로 이집 저집을 드나들었다.

❺ ➜ 동네 사람들에게 삵이 큰 골칫거리이자 화제의 대상이 되었다는 걸 알 수 있지.

××촌에서는 사람이라도 죽으면 반드시 조상^(弔喪, 남의 상사에 대해 조의를 표함) 대신으로,

"삶이나 죽지 않고."

하는 한마디의 말을 잊지 않고 하였다.

누가 병이라도 나면,

"에잇, 이놈의 병 삶한테로 가거라."고 하였다.❻

암종. 누구든 삶을 동정하거나 사랑하는 사람이 없었다.

삶도 남의 동정이나 사랑은 벌써 단념한 사람이었다. 누가 자기에게 아무런 대접을 하든 탓하지 않았다. 보이는 데서 보이는 푸대접을 하면 그 트집으로 반드시 칼부림까지 하는 그였었지만 뒤에서 아무런 말을 할지라도, 그리고 그것이 삶의 귀에까지 갈지라도 탄하지 않았다.

"흥……."

이 한마디는 그의 가장 커다란 처세 철학이었다. 흔히 곁 동리 중국인들의 투전판에 가서 투전을 하였다. 때때로 두들겨 맞고 피투성이가 되어 돌아오는 일도 있었다. 그러나 그 하소연을 하는 일이 없었다. 한다 할지라도 들을 사람도 없거니와. 아무리 무섭게 두들겨 맞은 뒤라도 하루만 샘물에 상처를 씻고 절룩절룩한 뒤에는 또 그 이튿날은 천연히 나다녔다.

여가 ××촌을 떠나기 전날이었다.

송 첨지라는 노인이 그해 소출^(所出, 논밭에서 나는 곡식)을 나귀에 실어 가지고 중국인 지주가 있는 촌으로 갔다. 그러나 돌아올 때는 그는 송장이 되었다. 소출이 좋지 못하다고 두들겨 맞아서 부러져 꺾어진 송 첨지는 나귀 등에 몸이 결박되어서 겨우 ××촌으로 돌아왔다.❼ 그리고 놀란 친척들이 나귀에서 몸을 내릴 때에 절명되었다.

××촌에서는 와작하였다.

"원수를 갚자!"

명 아닌 목숨을 끊은 송 첨지를 위하여 동리의 젊은이며 늙은이는 모두 흥분되었다. 제각기 이제라도 들고 일어설 듯하였다.

❻ ➔ 삶에 대한 동네 사람들의 혐오감과 증오감이 극도로 높아졌다는 걸 알 수 있어.
❼ ➔ 일제 강점기 다른 민족에게 핍박받던 우리 민족의 수난사가 구체적으로 드러난 대목이란다.

내신 준비!

수능 만점 선생님

그러나 그뿐이었다. 누구든 앞장을 서려는 사람이 없었다. 만약 이때에 누구든 앞장을 서는 사람만 있었다면 그들은 곧 그 지주에게로 달려갔을지 모른다. 그러나 제가 앞장을 서겠노라고 나서는 사람은 없었다. 제각기 곁사람을 돌아보았다.

발을 굴렀다. 부르짖었다. 학대받는 인종의 고통을 호소하며 울었다. 그러나 그뿐이었다. 남의 일로 지주에게 반항하여 제 밥자리까지 떼이기를 꺼림인지 어쩐지는 여로는 모를 배로되 용감히 앞서서 나가는 사람은 없었다.

의사라는 여의 직업상 송 첨지의 시체를 검분(檢分, 지켜보면서 검사함)을 한 뒤에 돌아오는 길에 여는 삵을 만났다. 키가 작은 삵을 여는 내려다보았다. 삵은 여를 쳐다보았다.

'가련한 인생아. 인종의 거머리야. 가치 없는 생명아. 밥버러지야. 기생충아.❽

여는 삵에게 말하였다.

"송 첨지가 죽은 줄 아우?"

여의 말에 아직껏 여를 쳐다보고 있던 삵의 눈이 아래로 떨어졌다. 그리고 여가 발을 떼려는 순간 얼핏 삵의 얼굴에 나타난 비창한(마음이 몹시 상하고 슬픈) 표정을 여는 넘길 수가 없었다.❾

고향을 떠난 만 리 밖에서 학대받는 인종의 가엾음을 생각하고 그 밤은 여도 잠을 못 이루었다. 그 억분(抑憤, 억울하고 분한 마음)함을 호소할 곳도 못 가진 우리의 처지를 생각하고 여도 눈물을 금치를 못하였다.

이튿날 아침이었다. 여를 깨우러 달려오는 사람의 소리에 여는 반사적으로 일어났다. 삵이 동구 밖에서 피투성이가 되어 죽어 있다는 것이었다.

여는 삵이라는 말에 눈살을 찌푸렸다. 그러나 의사라는 직업상 곧 가방을 수습하여 가지고 삵이 넘어진 데까지 달려갔다. 송 첨지의 장례 때문에 모였던 사람 몇은 여의 뒤로 따라왔다.

여는 보았다. 삵이 허리가 기역 자로 뒤로 부러져서 밭고랑 위에 넘어져 있는 것을. 여는 달려가 보았다. 아직 약간의 온기는 있었다.

"익호! 익호!"

❽ ➡ 송 첨지의 죽음에 대한 울분과, 쓸모없는 삶을 살아가는 삵에 대한 경멸이 드러나 있어.
❾ ➡ 삵의 태도가 극적으로 변할 것을 암시해 주는 부분이야.

내신 준비!

수능 만점 선생님

그러나 그는 정신을 못 차렸다. 여는 응급수단을 하였다. 그의 사지는 무섭게 경련되었다.

이윽고 그가 눈을 번쩍 떴다.

"익호! 정신 드나?"

그는 여의 얼굴을 보았다. 끝이 없이 한참을 쳐다보았다.

그의 동자가 움직였다. 겨우 의의(意義: 말이나 글의 속뜻)를 깨달은 모양이었다.

"선생님, 저는 갔었습니다."

"어디를?"

"그놈, 지주 놈의 집에."

무얼? 여는 눈물이 나오려는 눈을 힘 있게 닫았다. 그리고 덥석 그의 벌써 식어 가는 손을 잡았다. 잠시의 침묵이 계속되었다. 그의 사지에서는 무서운 경련이 끊임없이 일었다. 그것은 죽음의 경련이었다.

듣기 힘든 작은 그의 소리가 또 그의 입에서 나왔다.

"선생님."

"왜?"

"보구 싶어요. 전 보구 시……."

"뭐이?"

그는 입을 움직이었다. 그러나 말이 안 나왔다. 기운이 부족한 모양이었다. 잠시 뒤 그는 또다시 입을 움직이었다. 무슨 소리가 그의 입에서 나왔다.

"무얼?"

"보구 싶어요. 붉은 산이…… 그리구 흰 옷이!"

아아, 죽음에 임하여 그는 고국과 동포가 생각난 것이었다. 여는 힘 있게 감았던 눈을 고즈넉이 떴다. 그때에 삶의 눈도 번쩍 띄었다. 그는 손을 들려 하였다. 그러나 이미 부러진 그의 손은 들리지 않았다. 그는 머리를 돌이키려 하였다. 그러나 그 힘이 없었다.

그의 마지막 힘을 혀끝에 모아 가지고 그는 다시 입을 열었다.

"선생님!"

"왜?"

⑩ ▶ 말의 차례를 바꾸어 쓰는 도치법을 사용해 '붉은 산'과 '흰 옷'을 강조하고 있어. 두 소재는 조국애 또는 민족에 대한 향수를 상징한단다.

내신 준비!

수능 만점 선생님

"저것…… 저것……."

"무얼?"

"저기 붉은 산이, 그리고 흰 옷이…… 선생님 저게 뭐예요."

여는 돌아보았다. 그러나 거기는 황막한 만주의 벌판이 전개되어 있을 뿐이다.

"선생님, 창가 불러 주세요. 마지막 소원…… 창가를 해 주세요. 동해물과 백두산이 마르고 닳도록……."⑪

여는 머리를 끄덕이고 눈을 감았다. 그리고 입을 열었다. 여의 입에서는 창가가 흘러나왔다. 여는 고즈넉이 불렀다.

"동해물과 백두산이……."⑫

고즈넉이 부르는 여의 창가 소리에 뒤에 둘러섰던 다른 사람의 입에서도 숭엄한 코러스는 울리어 나왔다.

"……무궁화 삼천리 화려 강산……."

광막한 겨울의 만주 벌 한편 구석에서는 밥버러지 익호의 죽음을 조상하는 숭엄한 노래가 차차 크게 엄숙하게 울리었다. 그 가운데서 익호의 몸은 점점 식었다.

⑪ → 조국에 대한 사랑과 더불어 조국 독립의 절실함이 생생하게 느껴지는 대목이야.

⑫ → '여'는 관찰자 입장에서 벗어나 마을 사람들과 같은 민족이라는 동질감을 드러내고 있어.

집중!

수능 만점 선생님

정리해 볼까요(그룹 채팅)

● 작가에 대해서 알아볼까요? --

킬링 포인트

김동인 작가는 1900년 평안남도 평양에서 태어났어. 일본 메이지 학원 중학부를 졸업하고 가와바타 미술 학교를 다니다가 중퇴했지. 최초의 문예 동인지인 〈창조〉를 창간한 인물이기도 해. 우리나라의 대표적인 자연주의 작가이자 최초의 SF 작가로도 알려져 있어. 김동인 작가의 소설은 문체의 경향성이 다양하다는 특징이 있다. 「감자」와 「명문」에서는 자연주의적 특징이 나타나고, 「광염소나타」와 「배따라기」에서는 탐미주의, 「붉은 산」에서는 민족주의, 「발가락이 닮았다」에서는 인도주의적 경향이 나타나거든.
김동인 작가는 작중 인물의 호칭을 '그'로 통칭하고, 간결체를 형성했어. 하지만 1930년대 후반부터 친일 작품을 집필하기도 했지.

OOPS!
읽음

우리나라 근대 문학을 꽃피우는 데 이바지한 작가지만, 생애에 큰 오점을 남겼군요!

👍100점

● 작품에 대해서 정리해 보죠! --

킬링 포인트

작가 : 김동인
갈래 : 민족주의 소설, 액자 소설
배경 : 시간적 – 일제 강점기 | 공간적 – 만주 ××촌
시점 : 1인칭 관찰자 시점
주제 : 일제 강점기 만주로 이주한 우리 민족의 고통스러운 생활상과 조국에 대한 사랑
출전 : 〈삼천리〉(1932)

킬링 포인트

무조건
알아야 해!

「붉은 산」은 일제 강점기 만주로 이민 가서 살던 우리 민족의 수난을 삵이라는 인물을 통해 드러낸 작품이란다. 김동인 작가의 작품 중에서 유난히 역사의식을 내세운 소설이지. 독특한 점은 사실성과 설득력을 높이기 위해 목격담을 적은 수기 형식을 취했다는 거야. 그래서 이야기 속에 또 다른 이야기가 들어 있는 액자소설이란다. 삵이라고 불리는 정익호는 고국을 떠나 유랑하는 우리 민족을 상징하고, 송 첨지의 죽음은 만주에 사는 우리 동포의 비극을 뜻해. 삵이 죽어 가면서 보고 싶어 한 '붉은 산'과 '흰 옷'은 조국애 또는 민족에 대한 향수를 상징하고, 이 작품의 정신적 배경이자 중요한 소재란다.

OOPS!
읽음

'여'가 목격한 삵의 변화를 통해 우리 민족의 비극을 생생하게 드러낸 작품이네요.

👍100점

킬링 포인트

도입: '여'가 ××촌에서 겪은 일을 적음
질병 조사차 만주를 돌아본 적 있는 여가 ××촌에서 본 일을 적으면서 소설이 시작되지.

발단: 정익호(삵)가 ××촌에 나타남
어느 날, 조선인 소작인들이 모여 사는 ××촌에 삵이 찾아든단다. 그는 독하게 생긴 데다 투전을 일삼고, 트집을 잘 잡아서 사람들에게 미움을 사지.

전개: 마을 사람들은 삵을 내쫓지 못함
삵이 아무리 행패를 부려도 마을 사람들은 그를 내쫓지 못하지.

위기: 지주에게 갔던 송 첨지가 죽어서 돌아옴
만주인 지주 집에 간 송 첨지가 소출이 좋지 못하다는 이유로 맞고 돌아와 결국 죽음에 이르게 돼. 하지만 마을의 누구 하나 지주에게 복수하지 못하지.

절정: 지주에게 항변하러 간 삵이 피투성이가 되어 돌아옴
송 첨지의 죽음을 전해 들은 삵은 혼자 지주에게 복수하러 가. 결국 그는 피투성이가 되어 동구 밖에 버려지지. 여는 삵을 살리기 위해 응급조치를 시작해.

결말: 사람들이 애국가를 부르는 가운데 삵이 죽어 감
삵은 혼미한 정신에도 붉은 산과 흰 옷을 찾으며 애국가를 불러 달라고 간청해. 노래가 마을에 울려 퍼지는 가운데 삵의 몸은 차갑게 식어 간단다.

읽음

일제 강점기 만주에서 살아가던 우리 민족의 수난과 민족애를 느낄 수 있는 작품이었어요. 삵의 태도가 바뀐 부분, 일종의 반전도 흥미로웠고요!

100점

● **'삵'의 뇌 구조를 알아볼까요?**

오늘도 사람들은 날 욕하고 피하는군.

내일은 어디서 먹고 잘까?

송 첨지가 맞아서 죽다니……

이제라도 지주에게 복수하자!

붉은 산과 흰 옷이 그리워……

수능 만점 강사

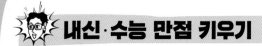

1 이 작품에 나타난 '삵'의 심리로 옳은 것은?

① 자신을 미워하고 피하는 사람들을 증오하고 있다.
② '여'에게 미안한 마음을 품고 있다.
③ 송 첨지의 죽음을 안타까워하고 있다.
④ 송 첨지를 죽게 한 지주를 두려워하고 있다.
⑤ 늘 고국에 대한 그리움을 품고 있다.

2 다음은 이 작품에 대해 토론한 내용이다. 적절한 의견으로 묶인 것은?

> ㄱ. 김동인 작가의 모든 작품이 그렇듯이, 이 소설 역시 민족주의적 경향을 보여 주고 있어.
> ㄴ. 식민지 시대 만주 이주민들의 고통스런 생활상이 잘 드러나 있어.
> ㄷ. 삵은 처음부터 민족애와 조국에 대한 사랑이 넘쳤어. 표현을 안 했을 뿐이지.
> ㄹ. 목격담을 적은 수기 형식으로 사실성을 높이고 있어.

① ㄱ, ㄴ   ② ㄱ, ㄹ   ③ ㄴ, ㄷ
④ ㄴ, ㄹ   ⑤ ㄷ, ㄹ

3 다음은 이 작품의 마지막 부분이다. 이처럼 서술한 작가의 의도로 볼 수 <u>없는</u> 것은?

> 여는 고즈넉이 불렀다.
> "동해물과 백두산이……."
> 고즈넉이 부르는 여의 창가 소리에 뒤에 둘러섰던 다른 사람의 입에서도 숭엄한 코러스는
> 울리어 나왔다.
> "……무궁화 삼천리 화려 강산……."
> 광막한 겨울의 만주 벌 한편 구석에서는 밥버러지 익호의 죽음을 조상하는 숭엄한 노래가
> 차차 크게 엄숙하게 울리었다. 그 가운데서 익호의 몸은 점점 식었다.

① 이중적인 의미를 담아 주제를 강조하고자 했다.
② 어떤 인물이라도 조국에 대한 사랑을 가지고 있음을 알리고자 했다.
③ '밥버러지'라는 표현에서 볼 수 있듯 끝까지 인물을 비판하고 있다.
④ 민족애를 보여 준 인물의 죽음을 통해 여운을 남기고자 했다.
⑤ 개인의 죽음을 통해 민족의 비극을 드러내고자 했다.

4 다음 중 이 작품과 같은 시점이 사용된 것은?

① 나는 눈에 쌍심지가 오르고 사지가 부르르 떨렸으나 사방을 한 번 휘돌아보고야 그제서 점순이 집에 아무도 없음을 알았다. -김유정, 「동백꽃」 중

② 노인과 나는 결국 그런 식으로 서로 주고받을 것이 없는 처지였다. 노인은 누구보다 그것을 잘 알고 있었다. -이청준, 「눈길」 중

③ 소녀와 헤어져 돌아오는 길에 소년은 혼잣속으로 소녀가 이사를 간다는 말을 수없이 되뇌어 보았다. -황순원, 「소나기」 중

④ 실토이지 나는 점순이가 아침상을 가지고 나올 때까지는 오늘은 또 얼마나 밥을 담았나, 하고 이것만 생각했다. -김유정, 「봄·봄」 중

⑤ 내가 이발소에 들어서면 그는 말없이 의자 위의 방석을 한 차례 툭툭 털어 앉으라는 시늉을 할 뿐이었다. -구효서, 「이발소 거울」 중

5 다음은 김동인의 소설에 대해 정리한 것이다. ①, ②에 들어갈 내용을 서술하시오.

작품	경향	주제
「감자」	자연주의	환경으로 말미암아 파멸해 가는 인간상
「광염소나타」	탐미주의, 자연주의	미에 대한 한 예술가의 광기 어린 동경
「발가락이 닮았다」	인도주의, 자연주의	혈육에 대한 본능적 욕구와 무력한 인간의 숙명
「붉은 산」	① 민족주의	② 식민지 시대 만주 이주민들의 고통스러운 생활상과 조국에 대한 사랑

● **수능 만점 선생님의 감상 꿀팁** ------------------------------

이 작품은 김동인 작가의 다른 소설과 달리 개인적인 면보다 민족적인 면이 잘 드러나 있어. 삶의 변화가 개인적인 문제에 머무르지 않고 민족을 위한 희생으로 나타나 있다는 점이 특징이지. 특히 죽어 가는 삶이 마을 사람들이 부르는 애국가를 들으면서 '붉은 산'과 '흰 옷'이 보고 싶다는 말을 남기는 대목은 이 소설의 주제를 잘 보여 준단다.

미리 들여다보는 인물 X 파일

금이라니! 이제 코다리도 먹어 보고 흰 고무신에 분칠도 할 수 있겠구나!

부부 사이

영식 아내

콩밭에서 금만 나온다면 바로 부자가 될 거야!

이 밭에서 금이 나올 줄 알았는데……. 이러다간 내가 해를 입겠어. 도망가야겠다.

영식

VS

수재

수능 만점 선생님의 감상 꿀팁!

이 소설은 1930년대 황금 열풍을 배경으로 삼고 있는 작품이야. 착실하게 살아가던 영식이 헛된 욕망에 사로잡혀 무너지는 모습을 통해 당시 농촌 사회의 현실이 어떠했는지, 작가가 비판하는 점은 무엇인지 유념하며 작품을 감상해 보자.

금 따는 콩밭

#가난한 소작농 영식의 금줄 찾기 분투기

땅속 저 밑은 늘 음침하다.

고달픈 간드레(광산의 구덩이 안에서 불을 켜들고 다니는 등) 불. 맥없이 푸르끼하다. 밤과 달라서 낮엔 되우 흐릿하였다.

거칠은 황토 장벽으로 앞뒤 좌우가 꼭 막힌 좁직한 구뎅이.❶ 흡사히 무덤 속같이 귀중중하다(매우 지저분하다). 싸늘한 침묵, 쿠더부레한 흙내와 징그러운 냉기만이 그 속에 자욱하다.

곡괭이는 뻔질 흙을 이르집는다(흙 등을 파헤치다). 암팡스러이 내려 쪼며,

"퍽 퍽 퍽—."

이렇게 메떨어진(촌스러운) 소리뿐. 그러나 간간 우수수 하고 벽이 헐린다.

영식이는 일손을 놓고 소맷자락을 끌어당기어 얼굴의 땀을 훑는다. 이놈의 줄이 언제나 잡힐는지 기가 찼다. 흙 한 줌을 집어 코밑에 바싹 들이대고 손가락으로 샅샅이 뒤져 본다. 완연히 버력(광석이나 석탄을 캘 때 나오는, 광물 성분이 섞이지 않은 잡돌)은 좀 변한 듯싶다. 그러나 불통버력이 아주 다 풀린 것도 아니었다. 말똥버력(양파 모양으로 벗겨져 부스러지기 쉬운 버력)이라야 금이 온다는데 왜 이리 안 나오는지.

곡괭이를 다시 집어 든다. 땅에 무릎을 꿇고 궁뎅이를 번쩍 든 채 식식거린다. 곡괭이는 무작정 내려찍는다.

바닥에서 물이 스미어 무르팍이 흥건히 젖었다. 굿(구덩이) 엎은 천판(천반. 채굴 현장의 천장)에서 흙 방울은 내리며 목덜미로 굴러든다. 어떤 때에는 윗벽의 한쪽이 떨어지며 등을 탕 때리고 부서진다. 그러나 그는 눈도 하나 깜짝하지 않는다. 금을 캔다고 콩밭 하나를 다 잡쳤다.❷ 악이 올라서 죽을 등 살 등, 눈이 뒤집힌 이판이다. 손바닥에 침을 탁 뱉고 곡괭이 자루를 한번 꼬나 잡더니 쉴 줄 모른다.

❶ ➔ 당시 힘들었던 농민들의 삶을 상징해.

❷ ➔ 헛된 욕망에 사로잡혀 어리석은 행동을 한 영식의 모습이야.

아주 중요해!

수능 만점 선생님

등 뒤에서는 흙 긁는 소리가 드윽드윽 난다. 아직도 버력을 다 못 친 모양. 이 자식이 일을 하나, 시조(時調)를 하나. 남은 속이 바직바직 타는데 웬 뱃심이 이리도 좋아.

영식이는 살기 띤 시선으로 고개를 돌렸다. **암말 없이 수재를 노려본다.**[3] 그제야 꾸물꾸물 바지게에 흙을 담고 등에 메고 사다리를 올라간다.

굿이 풀리는지 벽이 움찔하였다. 흙이 부서져 내린다. 전날이라면 이곳에서 아내 한번 못 보고 생죽음이나 안 할까 털끝까지 쭈뼛할 게다. 그러나 인젠 그렇게 되고도 싶다. 수재란 놈하고 흙더미에 묻히어 한껍에 죽는다면 그게 오히려 날 게다.

이렇게까지 몹시 몹시 미웠다.

이놈 풍치는(허황해서 믿음성이 없는 말이나 행동을 하는) 바람에 애꿎은 콩밭 하나만 결딴을 냈다. 뿐만 아니라 모두가 낭패다. 세 벌 논도 못 맸다. 논둑의 풀은 성큼 자란 채 어지러이 널려 있다. 이 기미를 알고 지주는 대로(大怒, 크게 화냄)하였다. 내년부터는 농사질 생각 말라고 발을 굴렀다. 땅은 암만을 파도 지수가 없다. 이만 해도 다섯 길은 훨씬 넘었으리라. 좀 더 지펴야 옳을지 혹은 북으로 밀어야 옳을지, 우두커니 망설린다. 금점(金店, 금광) 일에는 으뜸이다. 입때껏 수재의 지휘를 받아 일을 하여 왔고, 앞으로도 역시 그러해야 금을 딸 것이다. 그러나 그런 칙칙한 짓은 안 한다.

"이리 와 이것 좀 파게."

그는 으쓱 위풍을 보이며 이렇게 분부하였다. 그리고 저는 일어나 손을 털며 뒤로 물러선다.

수재는 군말 없이 고분하였다. 시키는 대로 땅에 무릎을 꿇고 벽채(광산에서 사용하는 연장의 한 종류)로 군버력을 긁어 낸 다음 다시 파기 시작한다.

영식이는 치다 나머지 버력을 짊어진다. 커다란 걸대를 뒤룩거리며 사다리로 기어오른다. 굿문을 나와 버력더미에 흙을 마악 내치려 할 제,

"왜 또 파. 이것들이 미쳤나 그래!"

산에서 내려오는 마름과 맞닥뜨렸다. 정신이 떠름하여 그대로 벙벙히 섰다. 오늘은 또 무슨 포악을 들으려는가.

"말라니까 왜 또 파는 게야."

하고 영식이의 바지게 뒤를 지팡이로 꽉 찌르더니,

❸ ➡ 수재에게 의심과 분노가 생겨서 노려본 거야.

수능 만점 선생님

"갈아먹으라는 밭이지, 흙 쓰고 들어가라는 거야, 이 미친 것들아. 콩밭에서 웬금이 나온다구 이 지랄들이야, 그래."

하고 목에 핏대를 올린다. 밭을 버리면 간수 잘못한 자기 탓이다. 날마다 와서 그 북새를 피우고 금하여도 다음 날 보면 또 여전히 파는 것이다.

"오늘로 이 구뎅이를 도로 묻어 놔야지, 낼로 당장 징역 갈 줄 알게."[4]

너무 감정에 격하여 말도 잘 안 나오고 떠듬떠듬거린다. 주먹은 곧 날아들 듯이 허구리(허리 양쪽 갈비뼈 아래의 잘쏙한 부분)께서 불불 떤다.

"오늘만 좀 해 보고 그만두겠어유."

영식이는 낯이 붉어지며 가까스로 한마디 하였다. 그리고 무턱대고 빌었다. 마름은 들은 척도 안 하고 가 버린다.

그 뒷모양을 영식이는 멀거니 배웅하였다. 그러나 콩밭 낯짝을 들여다보니 무던히 애통 터진다. 멀쩡한 밭에 구멍이 사면 풍풍 뚫렸다.

예제없이(여기나 저기나 구별이 없이) 버력은 무더기무더기 쌓였다. 마치 사태 만난 공동묘지와도 같이 귀살쩍고(마구 얼크러져 정신이 뒤숭숭하거나 산란하고) 되우 을씨년스럽다. 그다

④ ➔ 영식이 파는 밭은 영식의 밭이 아니라는 사실을 알 수 있어. 영식은 소작농 신세거든.

지 잘되었던 콩 포기는 거반 버럭더미에 다아 깔려 버리고 군데군데 어쩌다 남은 놈들만이 고개를 나풀거린다. 그 꼴을 보는 것은 자식 죽는 걸 보는 게 낫지 차마 못 할 경상이었다.❺

농토는 모조리 떨어질 것이다. 그러나 대관절 올 밭도지(남의 밭을 빌려서 부치고 그 삯으로 해마다 주인에게 내는 현물) 벼 두 섬 반은 뭐로 해내야 좋을지. 게다 밭을 망쳤으니 자칫하면 징역을 갈는지도 모른다.

영식이가 구뎅이 안으로 들어왔을 때 동무는 땅에 주저앉아 쉬고 있었다. 태연 무심히 담배만 뻑뻑 피우는 것이다.

"언제나 줄을 잡는 거야."

"인제 차차 나오겠지."

"인제 나온다?"

하고 코웃음을 치고 엇먹더니(사리에 맞지 않는 언행으로 비꼬더니) 조금 지나매,

"이 새끼."

흙덩이를 집어 들고 골통을 내려친다.

수재는 어쿠 하고 그대로 폭 엎드린다. 그러다 벌떡 일어선다. 눈에 띄는 대로 곡괭이를 잡자 대뜸 달려들었다. 그러나 강약이 부동. 와살스러운 팔뚝에 퉁겨져 벽에 가서 쿵 하고 떨어졌다. 그 순간에 제가 빼앗긴 곡괭이가 정바기('정수리'의 사투리)를 겨누고 날아드는 걸 보았다. 고개를 홱 돌린다. 곡괭이는 흙벽을 꽉 찍고 다시 나간다.❻

수재 이름만 들어도 영식이는 이가 갈렸다. 분명히 홀딱 속은 것이다.

영식이는 본디 금점에 이력이 없었다.❼ 그리고 흥미도 없었다. 다만 밭고랑에 웅크리고 앉아서 땀을 흘려 가며 꾸벅꾸벅 일만 하였다. 올엔 콩도 뜻밖에 잘 열리고 맘이 좀 놓였다.

하루는 홀로 김을 매고 있노라니까,

"여보게 덥지 않은가, 좀 쉬었다 하게."

❺ ➡ 당시 농촌의 현실을 알 수 있는 구절이야. 또한 영식이 그동안 성실하게 농사를 지어 왔음을 보여 주기도 하지.
❻ ➡ 해학성이 잘 드러난 장면이야.
❼ ➡ 과거 회상으로 넘어가는 부분이야. 이 소설은 '현재 – 과거 – 현재'의 순서로 서술되고 있거든.

내신 준비!!

수능 만점 선생님

고개를 들어 보니 수재다. 농사는 안 짓고 금점으로만 돌아
다니더니 무슨 바람에 또 왔는지 싱글벙글한다. 좋은 수나 걸
렸나 하고,

"돈 좀 많이 벌었나. 나 좀 꿔 주게."

"벌구말구. 맘껏 먹고 맘껏 쓰고 했네."

술에 거나한 얼굴로 신껏 주적거린다(주책없이 잘난 체하며 자꾸 떠들다). 그리고 밭머리에
쭈그리고 앉아 한참 객설을 부리더니,

"자네, 돈벌이 좀 안 하려나. 이 밭에 금이 묻혔네, 금이."

"뭐?"

하니까, 바로 이 산 너머 큰골에 광산이 있다, 광부를 삼백여 명이나 부리는 노
다지판인데 매일 소출되는 금이 칠십 냥을 넘는다, 돈으로 치면 칠천 원, 그 줄맥
이 큰 산허리를 뚫고 이 콩밭으로 뻗어 나왔다는 것이다.**❽** 둘이서 파면 불과 열
흘 안에 줄을 잡을 게고, 적어도 하루 서 돈씩은 따리라. 우선 삼십 원만 해도 얼
마냐. 소를 산대도 반 필이 아니냐고.

그러나 영식이는 귀담아듣지 않았다. 금점이란 칼 물고 뜀뛰기다. 잘되면 이거
니와 못 되면 신세만 조진다. 이렇게 전일부터 들은 소리가 있어서였다.

그담 날도 와서 꾀송거리다(그럴듯한 말이나 행동으로 남을 속이거나 부추겨서 자기 생각대로 끌다가) 갔다.

셋째 번에는 집으로 찾아왔는데 막걸리 한 병을 손에 들고 영을 피운다. 몸이
달아서 또 온 것이었다. 봉당에 걸터앉아서 저녁상을 물끄러미 바라보더니 조당
수(좁쌀을 물에 불린 다음 갈아서 묽게 쑨 음식)는 몸을 훑는다는 둥 일꾼은 든든히 먹어야 한다는
둥 남들은 논을 사느니 밭을 사느니 떠드는데 요렇게 지내다 그만둘 테냐는 둥
일쩝게(일거리가 되어 귀찮거나 불편하게) 지절거린다.

"아주머니, 이것 좀 먹게 해 주시게유."

그리고 비로소 영식이 아내에게 술병을 내놓는다. 그들은 밥상을 끼고 앉아서
즐겁게 술을 마셨다. 몇 잔이 들어가고 보니 영식이의 생각도 적이 돌아섰다. 딴
은 일 년 고생하고 끽 콩 몇 섬 얻어먹느니보다는 금을 캐는 것이 슬기로운 짓이
다. 하루에 잘만 캔다면 한해 줄곧 공들인 그 수확보다 훨씬 이익이다. 올봄 보낼
제 비료 값, 품삯, 빚에 빚진 칠 원 까닭에 나날이 졸리는 이 판이다. 이렇게 지지

❽➔ 핵심 사건이 발생하게 되는 원인 중 하나라고 할 수 있지.

하게(오래 끌기만 하고 보잘것없게) 살고 말 바에는 차라리 가로지나 세로지나 사내자식이 한번 해 볼 것이다.

"낼부터 우리 파 보세. 돈만 있으면이야, 그까진 콩은······."

수재가 안달스리 재우쳐(빨리 몰아치거나 재촉해) 보채일 제 선뜻 응낙하였다.

"그래 보세, 빌어먹을 거 안 됨 고만이지."

그러나 꽁무니에서 죽을 마시고 있던 아내가 허구리를 쿡쿡 찔렀게 망정이지 그렇지 않았더면 좀 주저할 뻔도 하였다.➒

아내는 아내대로의 셈이 빨랐다.

시체(時體, 그 시대의 풍습이나 유행)는 금점이 판을 잡았다. 섣부르게 농사만 짓고 있다간 결국 비렁뱅이밖에는 더 못 된다. 얼마 안 있으면 산이고 논이고 밭이고 할 것 없이 다 금쟁이 손에 구멍이 뚫리고 뒤집히고 뒤죽박죽이 될 것이다. 그때는 뭘 파 먹고 사나. 자, 보아라. 머슴들은 짜기나 한 듯이 일하다 말고 후딱 하면 금점으로들 내빼지 않는가. 일꾼이 없어서 올엔 농사를 질 수 없느니 마느니 하고 동리에서는 떠들썩하다. 그리고 번동 포농이조차 호미를 내던지고 강변으로 개울로 사금을 캐러 달아난다. 그러다 며칠 뒤엔 다비신('양말'의 사투리)에다 옥당목(玉唐木, 옥양목보다 품질이 낮은 무명의 피륙)을 떨치고 히짜를 뽑는 것이 아닌가.

아내는 콩밭에서 금이 날 줄은 아주 꿈밖이었다. 놀라고도 또 기뻤다. 올에는 노상 침만 삼키던 그놈 코다리(명태)를 짜장(과연 정말로) 먹어 보겠구나만 하여도 속이 미어질 듯이 짜릿하였다. 뒷집 양근댁은 금점 덕택에 남편이 사다 준 고무신을 신고 나릿나릿 걷는 것이 무척 부러웠다. 저도 얼른 금이나 펑펑 쏟아지면 흰 고무신도 신고 얼굴에 분도 바르고 하리라.➓

"그렇게 해 보지 뭐. 저 양반 하잔 대로만 하면 어련히 잘될라구."

얼떨하여 앉아 있는 남편을 이렇게 추겼던 것이다.

동이 트기 무섭게 콩밭으로 모였다.

수재는 진언(眞言, 주문)이나 하는 듯이 이리 대고 중얼거리고 저리 대고 중얼거리고 하였다. 그리고 덤벙거리며 이리 왔다가 저리 왔다가 하였다. 제 딴은 땅속에 누운 줄맥을 어림하여 보는 맥이었다.⓫

➒ ➡ 영식이 결심하는 데 아내도 한몫했음을 알 수 있어.
➓ ➡ 영식 아내는 허영심이 강한 인물이지.
⓫ ➡ 해학성을 보여 주는 또 다른 장면 중 하나야.

내신 준비!

수능 만점 선생님

한참을 밭을 헤매다가 산 쪽으로 붙은 한구석에 딱 서며 손가락을 펴 들고 설명한다. 큰 줄이란 본시 산운, 산을 끼고 도는 법이다. 이 줄이 노다지임에는 필시 이켠으로 버듬히 누웠으리라. 그러니 여기서부터 파들어 가자는 것이었다.

영식이는 그 말이 무슨 소린지 새기지는 못했다마는, 금점에는 난다는 소재이니 그 말대로 하기만 하면 영락없이 금퇴야 나겠지 하고 그것만 꼭 믿었다. 군말 없이 지시해 받은 곳에다 삽을 푹 꽂고 파헤치기 시작하였다.

금도 금이면 애써 키워 온 콩도 콩이었다. 거진 다 자란 허울 멀쑥한 놈들이 삽 끝에 으스러지고 흙에 묻히고 하는 것이다. 그걸 보는 것은 썩 속이 아팠다. 애틋한 생각이 물밀 때 가끔 삽을 놓고 허리를 구부려서 콩잎의 흙을 털어 주기도 하였다.

"아 이 사람아, 맥쩍게^(열없고 쑥스럽게) 그건 봐 뭘 해, 금을 캐자니깐."

"아니야, 허리가 좀 아퍼서."

핀잔을 얻어먹고는 좀 열없었다^(약간 부끄럽고 계면쩍다). 하기는 금만 잘 터져 나오면 이까짓 콩밭쯤이야. 이 밭을 풀어 논도 만들 수 있을 것이다. 눈을 감아 버리고 삽의 흙을 아무렇게나 콩잎 위로 휙휙 내어던진다.

"국으로^(제 주제에 맞게) 땅이나 파먹지 이게 무슨 지랄들이야!"

동리 노인^⑫은 뻔질 찾아와서 귀 거친 소리를 하고 하였다.

밭에 구멍을 셋이나 뚫었다. 그리고 대구 뚫는 길이었다. 금인가 난장을 맞을 건가 그것 때문에 농군은 버렸다.

이게 필연코 세상이 망하려는 징조이리라. 그 소중한 밭에다 구멍을 뚫고 이 지랄이니 그놈이 온전할 겐가.

노인은 제풀 화에 지팡이를 들어 삿대질을 아니 할 수 없었다.

"벼락 맞느니 벼락 맞어!"

"염려 말아유. 누가 알래지유."

영식이는 그럴 적마다 데퉁스레^(말과 행동이 거칠고 미련한 데가 있게) 흙을 되는대로 내꼰지고는 침을 탁 뱉고 구뎅이로 들어간다. 그러나 마음 한구석에는 언제나 끄응 하였다. 줄을 찾는다고 콩밭을 통히 뒤집어 놓았다. 그리고 줄이 언제나 나올지 아직 까맣다. 논도 못 매고 물도 못 보고 벼가 어이 되었는지 그것조차 모른다. **밤에는 잠이 안 와 멀뚱하니 애를 태웠다.**^⑬

⑫ ➡ 영식의 어리석음을 일깨워 주고, 작가가 하고 싶은 말을 대신해 주는 인물이야.

⑬ ➡ 점점 초조해지는 영식의 마음을 엿볼 수 있지.

집중!

수능 만점 선생님

수재는 낙담하는 기색도 없이 늘 하냥이었다. 땅에 웅숭그리고 시적시적 노량으로 땅만 판다.

"줄이 꼭 나오겠나."

하고 목이 말라서 물으면,

"이번에 안 나오거든 내 목을 비게."

서슴지 않고 장담을 하고는 꿋꿋하였다.

이걸 보면 영식이도 마음이 좀 뇌는 듯싶었다.[⑭] 저들 금이 없다면 무슨 멋으로 이 고생을 하랴. 반드시 금은 나올 것이다. 그제는 이왕 손해는 하릴없거니와 그만두리라는 절망이 스스로 사라지고 다시금 주먹이 쥐어지는 것이었다.

캄캄하게 밤은 어두웠다. 어디선가 뭇 개가 요란히 짖어 댄다.

남편은 진흙투성이를 하고 내려왔다. 풀이 죽어서 몸을 잘 가누지도 못하고 아랫목에 축 늘어진다.

이 꼴을 보니 아내는 맥이 다시 풀린다. 오늘도 또 글렀구나. 금이 터지면 집을 한 채 사간다고 자랑을 하고 왔더니 이내 헛일이었다. 인제 좌지^(坐地, 계급 따위가 높은 위치)가 나서 낯을 들고 나갈 염의^(廉義, 염치와 의리)조차 없어졌다.

남편에게 저녁을 갖다 주고 딱하게 바라본다.

"인제 꿔 온 양식도 다 먹었는데······."

"새벽에 산제^(山祭, 산신령에게 드리는 제사)**를 좀 지낼 텐데 한 번만 더 꿔 와."**[⑮]

남의 말에는 대답 없고 유하게 흘게 늦은 소리뿐. 그리고 드러누운 채 눈을 지그시 감아 버린다.

"죽거리두 없는데 산제는 무슨······."

"듣기 싫어, 요망 맞은 년 같으니."

이 호통에 아내는 그만 멈칫하였다. 요즘 와서는 무턱대고 공연스레 골만 내는 남편이 영 딱하였다. 환장을 하는지 밤잠도 아니 자고 소리만 빽빽 지르며 덤벼들려고 든다. 심지어 어린것이 좀 울어도 이 자식 갖다 내꾼지라고 북새를 피우는 것이다.

저녁을 아니 먹으므로 그냥 치워 버렸다. 남편의 영을 거역키 어려워 **양근댁**[⑯] 한테로 또다시 안 갈 수 없다. 그간 양식은 줄곧 꾸어다 먹고 갚지도 못하였는데 또

⑭ ➡ 영식은 순수한 인물인 것 같지? 수재의 호언장담에 금세 설득되었으니까.

⑮ ➡ 얼마나 간절했으면 산신에게까지 의지하려고 했을까.

무슨 면목으로 입을 벌릴지 난처한 노릇이었다.

그는 생각다 끝에 있는 염치를 보째 쏟아 던지고 다시 한번 찾아가는 것이다마는, 딱 맞닥뜨리어 입을 열고,

"낼 산제를 지낸다는데 쌀이 있어야지유."

하자니 영 낯이 화끈하고 모닥불이 날아든다.

그러나 그들은 어지간히 착한 사람이었다.

"암 그렇지요. 산신이 벗나면 죽도 그릅니다."

하고 말을 받으며 그 남편은 빙그레 웃는다. 워낙이 금점에 장구(長久, 오랫동안) 닳아난 몸인 만치 이런 일에는 적잖이 속이 틔었다. 손수 쌀 닷 되를 떠다 주며,

"산제란 안 지냄 몰라두 이왕 지내려면 아주 정성껏 해야 됩니다. 산신이란 노하길 잘하니까유."

하고 그 비방까지 깨쳐 보낸다.

쌀을 받아 들고 나오며 영식이 처는 고마움보다 먼저 미안에 질리어 얼굴이 다시 빨갰다. 그리고 그들 부부 살아가는 살림이 참으로 참으로 몹시 부러웠다. 양근댁 남편은 날마다 금점으로 감돌며 버력더미를 뒤지고 토록(광맥의 본래 줄기에서 떨어져 다른 잡석과 함께 광맥의 곁으로 드러나 있는 광석)을 주워 온다. 그걸 온종일 장판돌에다 갈면 수가 좋으면 이삼 원, 옥아도(밑져도) 칠팔십전 꼴은 매일 셈이 되는 것이었다. 그러면 쌀을 산다, 피륙을 끊는다, 떡을 한다, 장리를 놓는다……. 그런데 우리는 왜 늘 요 꼴인지 생각만 하여도 가슴이 메는 듯 맥맥한 한숨이 연발을 하는 것이었다.

아내는 집에 돌아와 떡쌀을 담갔다. 낼은 뭘로 죽을 쑤어 먹는지.⑰ 윗목에 웅크리고 앉아서 맞은쪽에 자빠져 있는 남편을 곁눈으로 살짝 할퀴어 본다. 남들은 돌아다니며 잘도 금을 주워 오련만 저 망나니 제 밭 하나를 다 버려도 금 한 톨 못 주워 오나. 에, 에, 변변치도 못한 사나이. 저도 모르게 얕은 한숨이 거푸 두 번을 터진다.

밤이 이슥하여 그들 양주(兩主, 부부)는 떡을 하러 나왔다. 남편은 절구에 쿵쿵 빻았다. 그러나 체가 없다. 동네로 돌아다니며 빌려 오느라고 아내는 다리에 불풍이 났다.

"왜 이리 앉았수, 불 좀 지피지."

⑯ ➜ 영식의 아내에게 허영심을 불러일으키는 인물이야.

⑰ ➜ 영식네의 형편이 많이 어렵다는 것을 보여 주는 문장이야.

집중!

수능 만점 선생님

떡을 찧다가 얼이 빠져서 멍하니 앉아 있는 남편이 밉살스럽다. 남은 이래저래 애를 죄는데 저건 무슨 생각을 하고 저리 있는 건지. 낫으로 삭정이(산나무에 붙은 채로 말라죽은 가지)를 탁탁 조겨서 던져 주며 아내는 은근히 혹닥이었다.

닭이 두 홰를 치고 나서야 떡은 되었다.[18]

아내는 시루를 이고 남편은 겨드랑에 자리때기를 꼈다. 그리고 캄캄한 산길을 올라간다.

비탈길을 얼마 올라가서야 콩밭은 놓였다. 전면이 우뚝한 검은 산에 둘리어 막힌 곳이었다. 가생이로 느티, 대추나무들은 머리를 풀었다.

밭머리 조금 못 미처 남편은 걸음을 멈추자 뒤의 아내를 돌아본다.

"인 내, 그리고 여기 가만히 섰어."

시루를 받아 한 팔로 껴안고 그는 혼자서 콩밭으로 올라섰다. 앞에 쌓인 것이 모두가 흙더미, 그 흙더미를 마악 돌아서려 할 제 아마 돌을 찼나 보다. 몸이 쓰러지려고 우찔끈하니 아내가 기겁을 하여 뛰어오르며 그를 부축하였다.

"부정 타라구 왜 올라와, 요망 맞은 년."

남편은 몸을 고르잡자 소리를 빽 지르며 아내 얼뺨(얼떨결에 치는 뺨)을 붙인다. 가뜩이나 죽으라 죽으라 하는데 불길하게도 계집년이. 그는 마뜩지 않게 두덜거리며 (남이 알아듣기 어려울 정도의 낮은 목소리로 자꾸 불평하며) 밭으로 들어간다.[19]

밭 한가운데다 자리를 펴고 그 위에 시루를 놓았다. 그리고 시루 앞에다 공손하고 정성스레 재배를 커다랗게 한다.

"우리를 살려 줍시사. 산신께서 거들어 주지 않으면 저희는 죽을 수밖에 꼼짝 없습니다유."

그는 손을 모으고 이렇게 축원하였다.

아내는 이 꼴을 바라보며 독이 뾰록같이 올랐다. 금점을 합네 하고 금 한 톨 못 캐는 것이 버릇만 점점 글러 간다. 그전에는 없더니 요새로 건듯하면 탕탕 때리는 못된 버릇이 생긴 것이다. 금을 캤지 뺨을 쳤나. 제발 덕분에 그놈의 금 좀 나오지 말았으면. 그는 뺨 맞은 앙심으로 맘껏 방자(남에게 재앙이 내리도록 비는 짓)하였다.

하긴 아내의 말 그대로 되었다. 열흘이 썩 넘어도 산신은 깜깜 무소식이었다. 남편은 밤낮으로 눈을 까뒤집고 구덩이에 묻혀 있었다. 어쩌다 집엘 내려오는

내신 준비!

⑱ ➡ 떡을 만드는 데 시간이 꽤 걸렸다는 것을 알 수 있어.

⑲ ➡ 초조함을 느낀 영식이 도리어 아내에게 화풀이하고 있네.

수능 만점 선생님

때이면 얼굴이 헐떡하고 어깨가 축 늘어지고 거반 병객이었다. 그리고서 잠자코 커다란 몸집을 방고래(방의 구들장 밑으로 나 있는, 불길과 연기가 통해 나가는 길)에다 쿵 하고 내던지고 하는 것이다.

"제미(몹시 못마땅할 때 욕으로 하는 말) 붙을, 죽어나 버렸으면."

혹은 이렇게 탄식하기도 하였다.

아내는 바가지에 점심을 이고서 집을 나섰다. 젖먹이는 등을 두드리며 좋다고 끽끽거린다.

이젠 흰 고무신이고 코다리고 생각조차 물렸다.⑳ 그리고 금 하는 소리만 들어도 입에 신물이 날 만큼 되었다. 그건 고사하고 꿔다 먹은 양식에 졸리지나 말았으면 그만도 좋으리마는.

가을은 논으로 밭으로 누렇게 내리었다. 농군들은 기꺼운 낯을 하고 서로 만나면 흥겨운 농담.㉑ 그러나 남편은 애먼 밭만 망치고 논조차 건살 못하였으니 이 가을에는 뭘 거둬들이고 뭘 즐겨 할는지. 그는 동리 사람의 이목이 부끄러워 산길로 돌았다.

솔숲을 나서서 멀리 밖에를 바라보니 둘이 다 나와 있다. 오늘도 또 싸운 모양. 하나는 이 흙더미에 앉았고 하나는 저쪽에 앉았고 서로들 외면하여 담배만 뻑뻑 피운다.

"점심들 잡숫게유."

남편 앞에 바가지를 내려놓으며 가만히 맥을 보았다.

남편은 적삼이 찢어지고 얼굴에 생채기를 내었다. 그리고 두 팔을 걷고 먼 산을 향하여 묵묵히 앉았다.

수재는 흙에 박혔다 나왔는지 얼굴은커녕 귓속들이 흙투성이다. 코밑에는 피딱지가 말라붙었고 아직도 조금씩 피가 흘러내린다. 영식이 처를 보더니 열적은 모양. 고개를 돌리어 모로 떨어치며 입맛만 쩍쩍 다신다.

금을 캐라니까 밤낮 피만 내다 마려는가. 빚에 졸리어 남은 속을 볶는데 무슨 호강에 이 지랄들인구. 아내는 못마땅하여 눈가에 살을 모았다.

"산제 지낸다구 꿔 온 것은 언제나 갚는다지유?"

⑳ ➡ 영식의 아내도 정신적으로 점점 지쳐가고 있음을 알 수 있어.

㉑ ➡ 영식의 처지와 대비되어 영식을 더 비참하게 만드는 장치란다.

주목!

수능 만점 선생님

뚱하고 있는 남편을 향하여 말끝을 꼬부린다. 그러나 남편은 눈썹 하나 까딱하지 않는다. 이번에는 어조를 좀 돋우며,

"갚지도 못할 걸 왜 꿔 오라 했지유!"

하고 얼추 호령이었다.

이 말은 남편의 채 가라앉지도 못한 분통을 다시 건드린다. 그는 벌떡 일어서며 황밤(껍질을 벗긴 빛이 누른 밤)주먹을 쥐어 낭창할 만치 아내의 골통을 후렸다.

"계집년이 방정맞게."

다른 것은 모르나 주먹에는 아찔이었다. 멋없이 덤비다간 골통이 부서진다. 암상(남을 시기하고 샘을 잘 내는 마음. 또는 그런 행동)을 참고 바르르 하다가 이윽고 아내는 등에 업은 어린애를 끌어들였다. 남편에게로 그대로 밀어 던지니 아이는 까르륵하고(젖먹이가 몹시 자지러지게 울고) 숨 모는 소리를 친다.

그리고 아내는 돌아서서 혼잣말로,

"콩밭에서 금을 딴다는 숙맥도 있담."⑳

하고 빗대 놓고 비아냥거린다.

"이년아, 뭐!"

남편은 대뜸 달려들며 그 볼치에다 다시 올찬 황밤을 주었다. 적이나하면 계집이니 위로도 하여 주련만 요건 분만 폭폭 질러 노려나. 예이, 빌어먹을 거 이판사판이다.

"허구 안 산다. 오늘루 가거라."

아내를 와락 떠다밀어 밭둑에 젖혀 놓고 그 허리를 퍽 질렀다. 아내는 입을 헉 하고 벌린다.

"네가 허라구 옆구리를 쿡쿡 찌를 제는 언제냐, 요 집안 망할 년."

그리고 다시 퍽 질렀다. 연하여 또 퍽.

이 꼴들을 보니 수재는 조바심이 일었다. 저러다가 그 분풀이가 다시 제게로 슬그머니 옮아올 것을 지레 채었다. 인제 걸리면 죽는다. 그는 비슬비슬하다 어느 틈엔가 구덩이 속으로 시나브로(모르는 사이에 조금씩) 없어져 버린다.

볕은 다사로운 가을 향취를 풍긴다. 주인을 잃고 콩은 무거운 열매를 둥글둥글 흙에 굴린다. 맞은 산 밑에서 벼들을 베며 기뻐하는 농군의 노래.㉓

⑳ → 이 작품의 주제와도 관련 있는 대사야. 영식의 어리석음을 꾸짖는 말이지.

㉓ → 풍년이 든 모습을 통해 영식의 처지를 더 비극적으로 만들고 있어.

내신 준비!

수능 만점 선생님

"터졌네, 터져."

수재는 눈이 휘둥그렇게 굿문을 뛰어나오며 소리를 친다. 손에는 흙 한 줌이 잔뜩 쥐었다.

"뭐?"

하다가,

"금줄 잡았어, 금줄."[24]

"응―."

하고 외마디를 뒤남기자 영식이는 수재 앞으로 살같이 달려들었다. 허겁지겁 그 흙을 받아 들고 샅샅이 헤쳐 보니 딴은 재래에 보지 못하던 불그죽죽한 황토 이었다. 그는 눈에 눈물이 핑 돌며,

"이게 원 줄인가?"

"그럼, 이것이 곱색줄(광맥의 하나. 산화한 황화 광물로 이루어진 붉은빛의 광맥이 길게 뻗치어 박인 줄)이라네. 한 포에 댓 돈씩은 넉넉 잡히네."

영식이는 기쁨보다 먼저 기가 탁 막혔다. 웃어야 옳을지 울어야 옳을지. 다만 입을 반쯤 벌린 채 수재의 얼굴만 멍하니 바라본다.

"이리 와 봐. 이게 금이래."

이윽고 남편은 아내를 부른다. 그리고 내 뭐랬어, 그러게 해 보라고 그랬지 하고 설면설면(사이가 정답지 아니하고 어색하게) 덤벼 오는 아내가 한결 어여뻤다. 그는 엄지가락으로 아내의 눈물을 지워 주고 그러고 나서 껑충거리며 구뎅이로 들어간다.[25]

"그 흙 속에 금이 있지요?"

영식이 처가 너무 기뻐서 코다리에 고래등 같은 집까지 연상할 제, 수재는 시원스러이,

"네, 한 포대에 오십 원씩 나와유."

하고 대답하고 오늘 밤에는 꼭, 정녕코 꼭 달아나리라 생각하였다.

거짓말이란 오래 못 간다. 뽕이 나서 뼈다귀도 못 추리기 전에 훨훨 벗어나는 게 상책이겠다.

⠀

㉔ ➔ 곤란해진 수재가 거짓말을 하고 있네.

㉕ ➔ 수재에게 속아 넘어가는 영식의 모습을 통해 해학성을 극대화하고 있어. 이와 동시에 영식의 처지를 더욱더 비극적으로 만들고 있지.

주목!

수능 만점 선생님

정리해 볼까요(그룹 채팅)

● **작가에 대해서 알아볼까요?**

킬링 포인트

김유정 작가는 1908년 강원도 춘천에서 태어났어. 휘문 고등 보통학교를 졸업하고 연희 전문학교 문과를 중퇴했지. 1935년 소설 「소낙비」가 〈조선일보〉 신춘문예에 당선되었고, 「노다지」가 〈중앙일보〉 신춘문예에 당선되어 등단하게 되었단다. 대표작으로는 「만무방」, 「노다지」, 「봄·봄」, 「동백꽃」 등이 있어. 폐결핵으로 29세라는 젊은 나이에 세상을 떠나고 말았지.

김유정 작가의 작품은 식민지 시대를 살아가는 보통 사람들의 비참한 현실을 해학적으로 그린 것이 많아. 이것이 김유정 작품의 특징이자 매력이지. 작품의 주인공으로는 특히 가난한 소작농이 많이 등장해. 김유정 작가는 특유의 해학적이고 토속적인 문체를 통해 어두운 현실 속에서도 웃음을 발견했어.

읽음

비극적 현실을 해학적으로 표현한, 이를테면 반어적 기법의 대가로군요!

 100점

● **작품에 대해서 정리해 보죠!**

킬링 포인트

작가 : 김유정
갈래 : 농촌 소설
배경 : 시간적 – 1930년대 | 공간적 – 어느 산골 마을
시점 : 3인칭 관찰자 시점
주제 : 헛된 욕망을 추구하는 인간의 어리석음
출전 : 〈개벽〉(1935)

킬링 포인트

무조건
알아야 해!

「금 따는 콩밭」은 허황된 욕심에 사로잡힌 주인공이 몰락하는 내용을 다룬 작품이야. 주인공인 영식은 성실한 소작농이었는데. 어느 날 그의 친구인 수재가 그의 밭에 금이 묻혀 있다며 꼬드기기 시작해. 영식은 처음에는 시큰둥했지만, 수재와 자신의 아내가 부추기는 바람에 멀쩡한 콩밭을 파헤치기 시작하지. 시간이 흘러도 금이 나오지 않자 영식은 점점 난폭해져. 그런 영식을 보며 수재는 해를 입기 전에 얼른 도망쳐야겠다고 생각하지.

김유정 작가의 다른 작품들과는 달리 이 작품은 3인칭 관찰자 시점으로 진행되고 있어. 욕심에 사로잡힌 인물들을 보다 객관적으로 바라보기 위해 이 시점을 선택한 것이지. 작가 본인도 금광 사업에 몰두했다가 실패한 경험이 있어서 어쩌면 이 작품을 통해 스스로에 대한 반성을 하고 싶었는지도 모르지.

읽음

아! 그래서 1인칭 시점인 다른 작품들과 달리 3인칭 시점을 선택한 것이군요! 이 작품의 주요 독자가 김유정 작가 본인일 수도 있다는 점이 새로워요.

 100점

● 구조적 접근을 꼭 알아야 해요!

킬링 포인트

발단: 영식은 금줄을 찾기 위해 밭을 파헤침
소작농인 영식은 금을 캐기 위해 열심히 밭을 파헤치지만 금은 나오지 않지. 이 모습을 본 마름은 당장 그만두지 않으면 징역을 보내 버릴 것이라며 화를 내.

전개: 수재와 아내의 꼬드김으로 말미암아 애꿎은 밭만 망침
영식이 콩밭을 파게 된 이유는 수재가 이 밭에 금이 묻혀 있다고 말했기 때문이야. 영식은 처음에는 그 말에 관심을 두지 않아. 하지만 수재는 매일 같이 찾아와 영식을 꼬드겼고, 영식의 아내도 옆에서 부추겼지. 결국 두 사람 때문에 영식은 밭을 파기로 결심했던 거야.

위기: 시간이 지나도 금줄이 나오지 않자, 영식은 절망에 빠짐
아무리 밭을 파도 금이 나오지 않자, 영식은 산제를 지내기로 결심한단다. 영식의 아내는 산제를 지내기 위한 음식들을 이웃에서 꿔 오지. 하지만 제사를 지낸 후에도 금 소식은 들리지 않아. 이로 말미암아 영식은 점점 난폭해지지.

절정: 수재가 황토를 보며 금줄을 찾았다고 말함
영식이 그의 아내를 때리는 것을 본 수재는 머지않아 그 분노가 자신에게 올 것이라고 생각해. 위기감을 느낀 수재는 불그죽죽한 황토를 손에 쥐고 드디어 금줄을 찾았다고 소리치지.

결말: 수재가 달아날 생각을 함
영식과 그의 아내는 수재의 말을 듣고 기쁨에 사로잡히게 되지. 두 사람의 모습을 본 수재는 오늘 밤에 당장 달아나야겠다고 결심해.

주인공인 영식뿐만 아니라 주변 인물인 영식의 아내와 수재의 생각에 대해서도 관심을 두고 작품을 감상하면 더욱 흥미로울 것 같아요!

👍 100점

● 영식의 뇌 구조를 알아볼까요?

내신·수능 만점 키우기

1 이 작품의 서술상 특징으로 옳은 것은?

① 서술자가 직접 사건에 개입해 가치 판단을 내리고 있다.

② 1930년대 힘든 농촌의 현실을 해학적으로 표현하고 있다.

③ 다양한 상징을 통해 주인공이 처한 현실을 다각적인 측면에서 바라보고 있다.

④ 세밀한 묘사를 통해 인물의 심리를 나타내고 있다.

⑤ 여러 복선을 통해 극적인 반전을 꾀하고 있다.

2 이 작품의 등장인물에 대한 설명으로 옳지 <u>않은</u> 것은?

① 영식: 잔꾀가 많고 돈을 벌기 위해 수단과 방법을 가리지 않는 인물

② 수재: 일확천금의 기회에 눈이 멀어 영식에게 피해를 주는 인물

③ 영식의 아내: 돈에 대한 욕심이 있는 인물

④ 동리 노인: 헛된 욕망을 좇는 영식을 꾸짖는 인물

⑤ 양근댁: 영식네를 돕는 동시에 영식의 아내에게 허영심을 불러일으키는 인물

3 다음은 황석영의 소설 「삼포 가는 길」의 줄거리다.
이 소설과 「금 따는 콩밭」의 공통점으로 옳은 것은?

> 공사판을 전전하던 영달은 공사판의 공사가 중단되자 그곳을 떠난다. 어디로 갈까 망설이던 그는 정 씨를 만나 동행이 된다. 정 씨는 교도소에서 나와 영달처럼 공사판을 떠돌아다니던 노동자다. 그는 영달과 달리 정착을 위해 고향인 삼포로 향하는 길이었다. 그들은 감천으로 행선지를 바꾸어 가던 중에 도망친 백화를 만난다. 백화는 스물두 살이지만 열여덟에 가출해서 수많은 술집을 전전한 여자다. 그들은 그녀의 신세가 측은하게 느껴져 동행이 된다. 백화는 영달에게 호감을 느껴 자신의 마음을 표현하지만 영달은 무뚝뚝하게 응대한다. 그러던 중 그들은 감천 읍내에 도착한다.
> 백화는 영달에게 자기 고향으로 함께 가자고 제안한다. 하지만 영달은 이에 응하지 않고 자신의 비상금을 모두 털어 백화에게 차표와 요깃거리를 사 준다.
> 백화가 떠난 후 영달과 정 씨는 삼포로 가는 기차를 기다리던 중 삼포에도 공사판이 벌어졌다는 사실을 알게 된다. 영달은 일자리가 생겨 반가워하지만 정 씨는 쉽게 발걸음이 떨어지지 않는다. 마음의 고향을 잃어버렸다는 생각 때문이다.

① 영웅적 면모를 통해 역경을 극복하는 주인공을 예찬하고 있다.

② 비극적인 사건을 통해 작가가 말하고자 하는 바를 드러내고 있다.

③ 상반되는 성격의 인물을 입체적으로 드러내고 있다.

④ 거스를 수 없는 운명에 좌절하는 인물을 비판하고 있다.

⑤ 경제적으로 곤궁한 하층민의 애환을 잘 보여 준다.

4 다음 글을 통해 알 수 있는 이 작품의 주제 의식을 쓰시오.

> "아 이 사람아, 맥쩍게 그건 봐 뭘 해, 금을 캐자니깐."
> "아니야, 허리가 좀 아퍼서."
> 핀잔을 얻어먹고는 좀 열없었다. 하기는 금만 잘 터져 나오면 이까짓 콩밭쯤이야. 이 밭을 풀어 논도 만들 수 있을 것이다. 눈을 감아 버리고 삽의 흙을 아무렇게나 콩잎 위로 홱홱 내어던진다.
> "국으로 땅이나 파먹지 이게 무슨 지랄들이야!"
> 동리 노인은 뻔질 찾아와서 귀 거친 소리를 하고 하였다.
> 밭에 구멍을 셋이나 뚫었다. 그리고 대구 뚫는 길이었다. 금인가 난장을 맞을 건가 그것 때문에 농군은 버렸다.
> 이게 필연코 세상이 망하려는 징조이리라. 그 소중한 밭에다 구멍을 뚫고 이 지랄이니 그놈이 온전할 겐가.

 물질 만능주의에 대한 비판, 헛된 욕심을 추구하는 인간의 어리석음

5 이 작품은 주인공인 영식의 파멸을 다루고 있어서 내용상으로는 무거운 소설에 포함된다. 그럼에도 영식의 모습이 비극적으로 보이지 않는 이유에 대해서 서술하시오.

이 작품이 무겁거나 비극적으로 느껴지지 않는 이유는 해학성 때문이다. 해학적인 요소는 콩밭에서 금을 캘 수 있다고 믿는 영식의 순수함으로부터 유발되기도 하고, 아내와 티격태격하는 영식의 모습이나 그 모습을 본 수재가 도망치기로 결심한 장면에서 드러나기도 한다.

● **수능 만점 선생님의 감상 꿀팁**

영식이 일확천금을 좇을 수밖에 없었던 이유는 그들의 삶이 그만큼 어려웠기 때문이야. 처절한 현실에서 살아남기 위해 금을 좇지만, 그러한 욕심이 오히려 영식의 삶을 더 비극적으로 만들지. 그럼에도 이런 비극적인 모습이 무겁게 느껴지지 않는 이유는 김유정 특유의 해학적 문체 덕분이란다. 이런 점을 잘 기억한다면 어렵지 않게 작품을 감상할 수 있을 거야.

여기서
잠깐!

미리 들여다보는 인물 X 파일

점순이는 도대체 왜 우리 집 닭을 괴롭히는 거지?

얘는 왜 내 맘을 몰라주는 거야! 화풀이도 할 겸, 닭싸움을 붙여서 관심을 끌어야겠다.

나   VS   점순

수능 만점 선생님의 감상 꿀팁!

이 소설은 어느 산골 남녀의 순박한 사랑을 그린 작품이야. 어리숙한 '나'와 영악한 점순의 사랑은 당시에는 생각하기 힘든 남녀 간의 역할을 나타낸다는 점에서 해학성을 유발하고 있지. 이 사실에 유념하면서 작품을 감상해 보자.

동백꽃

#동백꽃 향기처럼 '알싸한' 사랑 이야기

오늘도 또 우리 수탉이 막 쪼이었다. 내가 점심을 먹고 나무를 하러 갈 양으로 나올 때이었다. 산으로 올라서려니까 등 뒤에서 푸드득푸드득, 하고 닭의 횃소리가 야단이다. 깜짝 놀라서 고개를 돌려 보니 아니나다르랴, 두 놈이 또 얼리었다(서로 얽히다). ❶

점순네 수탉(은 대강이가 크고 똑 오소리같이 실팍하게(사람이나 물건 따위가 보기에 매우 실하게) 생긴 놈)이 덩저리('덩치'의 속어) 작은 우리 수탉을 함부로 해내는 것이다. 그것도 그냥 해내는 것이 아니라 푸드득하고 면두('볏'의 사투리)를 쪼고 물러섰다가 좀 사이를 두고 또 푸드득하고 모가지를 쪼았다. 이렇게 멋을 부려 가며 여지없이 닭아 놓는다. 그러면 이 못생긴 것은 쪼일 적마다 주둥이로 땅을 받으며 그 비명이 킥, 킥 할 뿐이다. 물론 미처 아물지도 않은 면두를 또 쪼이어 붉은 선혈은 뚝뚝 떨어진다.

이걸 가만히 내려다보자니 내 대강이가 터져서 피가 흐르는 것 같이 두 눈에서 불이 번쩍 난다. 대뜸 지게막대기를 메고 달려들어 점순네 닭을 후려칠까 하다가 생각을 고쳐먹고 헛매질로 떼어만 놓았다.

이번에도 점순이가 쌈을 붙여 놨을 것이다. 바짝바짝 내 기를 올리느라고 그랬음에 틀림없을 것이다. 고놈의 계집애가 요새로 들어서서 왜 나를 못 먹겠다고 고렇게 아르렁거리는지 모른다.

나흘 전 감자 쪼간(어떤 사건)만 하더라도 나는 저에게 조금도 잘못한 것은 없다. ❷

---

❶ ➔ 이 작품의 중심 소재인 닭싸움이야. 이 사건을 중심으로 이야기가 진행된단다.
❷ ➔ '나흘 전'인 과거의 사건을 소개하고 있어. 이렇듯 이 작품은 현재에서 과거로 넘어가는 역순행적 구성 방식을 보이고 있단다.

내신 준비!

수능 만점 선생님

계집애가 나물을 캐러 가면 갔지 남 울타리 엮는 데 쌩이질(한창 바쁠 때에 쓸데없는 일로 남을 귀찮게 구는 짓)을 하는 것은 다 뭐냐. 그것도 발소리를 죽여 가지고 등 뒤로 살며시 와서,

"애! 너 혼자만 일하니?"

하고 긴치 않은 수작을 하는 것이다.

어제까지도 저와 나는 이야기도 잘 않고 서로 만나도 본척만척하고 이렇게 점잖게 지내던 터이런만 오늘로 갑작스레 대견해졌음은 웬일인가. 항차(하물며) 망아지만 한 계집애가 남 일하는 놈 보구…….

"그럼 혼자 하지 떼루 하디?"

내가 이렇게 내배앝는 소리를 하니까,

"너 일하기 좋니?"

또는,

"한여름이나 되거든 하지 벌써 울타리를 하니?"

잔소리를 두루 늘어놓다가 남이 들을까 봐 손으로 입을 틀어막고는 그 속에서 깔깔댄다. 별로 우스울 것도 없는데 날씨가 풀리더니 이놈의 계집애가 미쳤나 하고 의심하였다.❸ 게다가 조금 뒤에는 제 집께를 할끔할끔 돌아보더니 행주치마의 속으로 꼈던 바른손을 뽑아서 나의 턱밑으로 불쑥 내미는 것이다. 언제 구웠는지 아직도 더운 김이 홱 끼치는 굵은 감자❹ 세 개가 손에 뿌듯이 쥐었다.

"느 집엔 이거 없지?"

하고 생색 있는 큰소리를 하고는 제가 준 것을 남이 알면 큰일 날 테니 여기서 얼른 먹어 버리란다. 그리고 또 하는 소리가,

"너 봄 감자가 맛있단다."

"난 감자 안 먹는다, 너나 먹어

❸ ➡ 점순은 '나'에게 호감을 자꾸 드러내는데 '나'는 전혀 이를 눈치채지 못하고 있어. 이러한 어리숙함이 독자들의 웃음을 유발하지.

❹ ➡ '나'에 대한 점순의 관심을 보여 주는 소재야.

아주 중요해!

수능 만점 선생님

라."

　나는 고개도 돌리려 하지 않고 일하던 손으로 그 감자를 도로 어깨 너머로 쑥 밀어 버렸다. 그랬더니 그래도 가는 기색이 없고, 뿐만 아니라 쌔근쌔근하고 심상치 않게 숨소리가 점점 거칠어진다. 이건 또 뭐야, 싶어서 그때에서야 비로소 돌아다보니 나는 참으로 놀랐다. 우리가 이 동리에 들어온 것은 근 삼 년째 되어 오지만 여태껏 가무잡잡한 점순이의 얼굴이 이렇게까지 홍당무처럼 새빨개진 법이 없었다.[5] 게다 눈에 독을 올리고 한참 나를 요렇게 쏘아보더니 나중에는 눈물까지 어리는 것이 아니냐. 그리고 바구니를 다시 집어 들더니 이를 꼭 악물고는 엎어질 듯 자빠질 듯 논둑으로 횡허케(지체하지 않고 곧장 빠르게) 달아나는 것이다.

　어쩌다 동리 어른이,

　"너 얼른 시집가야지?"

　하고 웃으면,

　"염려 마서유. 갈 때 되면 어련히 갈라구!"

　이렇게 천연덕스레 받는 점순이었다. 본시 부끄럼을 타는 계집애도 아니려니와 또한 분하다고 눈에 눈물을 보일 얼병이('어리보기'의 사투리. 말이나 행동이 다부지지 못하고 어리석은 사람을 낮잡아 이르는 말)도 아니다.[6] 분하면 차라리 나의 등어리를 바구니로 한 번 모질게 후려 쌔리고 달아날지언정.

　그런데 고약한 그 꼴을 하고 가더니 그 뒤로는 나를 보면 잡아먹으려고 기를 복복 쓰는 것이다. 설혹 주는 감자를 안 받아 먹은 것이 실례라 하면, 주면 그냥 주었지 '느 집엔 이거 없지'는 다 뭐냐. 그렇잖아도 저희는 마름(지주를 대리해 소작권을 관리하는 사람)이고 우리는 그 손에서 배재(소작권)를 얻어 땅을 부치므로 일상 굽실거린다.[7] 우리가 이 마을에 처음 들어와 집이 없어서 곤란으로 지낼 제, 집터를 빌리고 그 위에 집을 또 짓도록 마련해 준 것도 점순네의 호의였다. 그리고 우리 어머니, 아버지도 농사 때 양식이 달리면 점순네한테 가서 부지런히 꾸어다 먹으면서 인품 그런 집은 다시없으리라고 침이 마르도록 칭찬하곤 하는 것이다. 그러면서도 열일곱씩이나 된 것들이 수군수군하고 붙어 다니면 동리의 소문이 사납다고 주의를 시켜 준 것도 또 어머니였다. 왜냐하면 내가 점순이하고 일을 저질렀다가는 점순네가 노할 것이고, 그러면 우리는 땅도 떨어지고 집도 내쫓기고 하지 않으면 안 되는 까닭이었다.❽ 그런데 이놈의 계집애가 까닭 없이 기를 복복 쓰며 나를 말려 죽이려고 드는 것이다.

눈물을 흘리고 간 담 날 저녁나절이었다. 나무를 한 짐 잔뜩 지고 산을 내려오려니까 어디서 닭이 죽는 소리를 친다. 이거 뉘 집에서 닭을 잡나, 하고 점순네 울뒤로 돌아오다가 나는 고만 두 눈이 똥그래졌다. 점순이가 저희 집 봉당(封堂, 안방과 건넌방 사이의 마루를 놓을 자리에 마루를 놓지 않고 흙바닥 그대로 둔 곳)에 홀로 걸터앉았는데 이게 치마 앞에다 우리 씨암탉을 꼭 붙들어 놓고는,

"이놈의 닭! 죽어라, 죽어라."

요렇게 암팡스레(몸은 작아도 야무지고 다부진 면이 있게) 패 주는 것이 아닌가. 그것도 대가리나 치면 모른다마는 아주 알도 못 낳으라고 그 볼기짝께를 주먹으로 콕콕 쥐어박는 것이다.

나는 눈에 쌍심지가 오르고 사지가 부르르 떨렸으나 사방을 한 번 휘돌아보고야 그제서 점순이 집에 아무도 없음을 알았다. 잡은 참 지게막대기를 들어 울타리의 중턱을 후려치며,

"이놈의 계집애! 남의 닭 알 못 낳으라구 그러니?"

하고 소리를 빽 질렀다.

그러나 점순이는 조금도 놀라는 기색이 없고 그대로 의젓이 앉아서 제 닭 가지고 하듯이 또 죽어라, 죽어라, 하고 패는 것이다. 이걸 보면 내가 산에서 내려올 때를 겨냥해 가지고 미리부터 닭을 잡아 가지고 있다가 보란 듯이 내 앞에 쥐지르고 있음이 확실하다.❾

그러나 나는 그렇다고 남의 집에 뛰어 들어가 계집애하고 싸울 수도 없는 노릇이고 형편이 썩 불리함을 알았다. 그래 닭이 맞을 적마다 지게막대기로 울타리나 후려칠 수밖에 별도리가 없다. 왜냐하면 울타리를 치면 칠수록 울섶이 물러앉으며 뼈대만 남기 때문이다. 허나 아무리 생각하여도 나만 밑지는 노릇이

❽ ➔ '나'가 점순에게 적극적으로 대처하지 못하는 이유야.
❾ ➔ 닭싸움은 우연히 일어난 게 아니라 점순의 의도임을 알 수 있어.

집중!

수능 만점 선생님

다.

"야, 이년아! 남의 닭 아주 죽일 터이냐?"

내가 도끼눈을 뜨고 다시 꽥 호령을 하니까 그제야 울타리께로 쪼르르 오더니 울 밖에 서 있는 나의 머리를 겨누고 닭을 내팽개친다.

"에이, 더럽다! 더럽다!"

"더러운 걸 널더러 입때 끼고 있으랬니? 망할 계집애년 같으니!"

하고 나도 더럽단 듯이 울타리께를 휭허케 돌아내리며 약이 오를 대로 다 올랐다(라고 하는 것은 암탉이 풍기는 서슬에 나의 이마빼기에다 물찌똥을 찍 깔겼는데 그걸 본다면 알집만 터졌을 뿐 아니라 골병은 단단히 든 듯싶다).

그리고 나의 등 뒤를 향하여 나에게만 들릴 듯 말 듯한 음성으로,

"이 바보 녀석아!"

"얘! 너 배냇병신('선천 기형'을 낮잡아 이르는 말)이지?"

그만도 좋으련만,

"얘! 너 느 아버지가 고자라지?"⑩

"뭐? 울 아버지가 그래 고자야?"

할 양으로 열벙거지(매우 급하게 치밀어 오르는 화증)가 나서 고개를 홱 돌리어 바라봤더니 그때까지 울타리 위로 나와 있어야 할 점순이의 대가리가 어디 갔는지 보이지를 않는다. 그러다 돌아서서 오자면 아까에 한 욕을 울 밖으로 또 퍼붓는 것이다. 욕을 이토록 먹어 가면서도 대거리(상대편에게 맞서서 대듦. 또는 그런 말이나 행동) 한마디 못 하는 걸 생각하니 돌부리에 채어 발톱 밑이 터지는 것도 모를 만치 분하고 급기야는 두 눈에 눈물까지 불끈 내솟는다.

그러나 점순이의 침해는 이것뿐이 아니다.⑪ 사람들이 없으면 틈틈이 제 집 수탉을 몰고 와서 우리 수탉과 쌈을 붙여 놓는다. 제 집 수탉은 썩 험상궂게 생기고 쌈이라면 홰(새장이나 닭장 속에 새나 닭이 올라앉게 가로질러 놓은 나무 막대)를 치는 고로 으레 이길 것을 알기 때문이다. 그래서 툭하면 우리 수탉이 면두며 눈깔이 피로 흐드르하게 되도록 해 놓는다. 어떤 때에는 우리 수탉이 나오지를 않으니까 요놈의 계집애가 모이를 쥐고 와서 꾀어내다가 쌈을 붙인다.

⑩ ▸ 비속어와 토속어 등을 사용해 현실감을 높이고 독자들에게 친근감을 유발하고 있어.
⑪ ▸ 점순이 '나'를 계속해서 괴롭히고 있음을 알 수 있어.

내신 준비!!

수능 만점 선생님

이렇게 되면 나도 다른 배차를 차리지^(계획을 세우지) 않을 수 없다. 하루는 우리 수탉을 붙들어 가지고 넌지시 장독께로 갔다. 쌈닭에게 고추장을 먹이면 병든 황소가 살모사를 먹고 용을 쓰는 것처럼 기운이 뻗친다 한다. 장독에서 고추장 한 접시를 떠서 닭 주둥아리께로 들이밀고 먹여 보았다.^⑫ 닭도 고추장에 맛을 들였는지 거스르지 않고 거의 반 접시 턱이나 곧잘 먹는다.

그리고 먹고 금세는 용을 못 쓸 터이므로 얼마쯤 기운이 들도록 홰^(여기서는 '닭장'의 뜻으로 쓰임) 속에다 가두어 두었다.

밭에 두엄^(풀, 짚 또는 가축의 배설물 따위를 썩힌 거름)을 두어 짐 져 내고 나서 쉴 참에 그 닭을 안고 밖으로 나왔다. 마침 밖에는 아무도 없고 점순이만 저희 울 안에서 헌옷을 뜯는지 혹은 솜을 터는지 웅크리고 앉아서 일을 할 뿐이다.

나는 점순네 수탉이 노는 밭으로 가서 닭을 내려놓고 가만히 맥을 보았다. 두 닭은 여전히 얼리어 쌈을 하는데 처음에는 아무 보람이 없다. 멋지게 쪼는 바람에 우리 닭은 또 피를 흘리고 그러면서도 날갯죽지만 푸드득푸드득하고 올라 뛰고 뛰고 할 뿐으로 제법 한 번 쪼아 보지도 못한다.

그러나 한번은 어쩐 일인지 용을 쓰고 펄쩍 뛰더니 발톱으로 눈을 하비고 내려오며 면두를 쪼았다. 큰 닭도 여기에는 놀랐는지 뒤로 멈씰하며 물러난다. 이 기회를 타서 작은 우리 수탉이 또 날쌔게 덤벼들어 다시 면두를 쪼니 그제서는 감때사나운^(억세고 사나운) 그 대강이에서도 피가 흐르지 않을 수 없었다.

옳다 알았다, 고추장만 먹이면 되는구나, 하고 나는 속으로 아주 쟁그라워^(미운 사람의 실수를 보아 아주 고소해) 죽겠다. 그때에는 뜻밖에 내가 닭쌈을 붙여 놓는 데 놀라서 울 밖으로 내다보고 섰던 점순이도 입맛이 쓴지 눈살을 찌푸렸다.

나는 두 손으로 볼기짝을 두드리며 연방,

"잘한다! 잘한다!"

하고 신이 머리끝까지 뻗치었다.

그러나 얼마 되지 않아서 나는 넋이 풀리어 기둥같이 묵묵히 서 있게 되었다. 왜냐하면 큰 닭이 한 번 쪼인 앙갚음으로 호들갑스레 연거푸 쪼는 서슬에 우리 수탉은 찔끔 못하고 막 곯는다. 이걸 보고서 이번

집중!

⑫ ➡ 점순의 의도는 생각하지도 않고 오로지 닭싸움만을 생각하는 '나'의 순수함을 엿볼 수 있어.

수능 만점 선생님

에는 점순이가 깔깔거리고 되도록 이쪽에서 많이 들으라고 웃는 것이다.

　나는 보다 못하여 덤벼들어서 우리 수탉을 붙들어 가지고 도로 집으로 들어왔다. 고추장을 좀 더 먹였더라면 좋았을걸, 너무 급하게 쌈을 붙인 것이 퍽 후회가 난다. 장독께로 돌아와서 다시 턱밑에 고추장을 들이댔다. 흥분으로 말미암아 그런지 당최 먹질 않는다.

　나는 하릴없이^(달리 어떻게 할 도리 없이) 닭을 반듯이 누이고 그 입에다 궐련^(얇은 종이로 가늘고 길게 말아 놓은 담배) 물부리를 물리었다. 그리고 고추장 물을 타서 그 구멍으로 조금씩 들이부었다. 닭은 좀 괴로운지 킥킥 하고 재채기를 하는 모양이나 그러나 당장의 괴로움은 매일같이 피를 흘리는 데 댈 게 아니라 생각하였다.

　그러나 한 두어 종지가량 고추장 물을 먹이고 나서는 나는 고만 풀이 죽었다. 싱싱하던 닭이 왜 그런지 고개를 살며시 뒤틀고는 손아귀에서 뻐드러지는^(굳어서 뻣뻣하게 되는) 것이 아닌가. 아버지가 볼까 봐서 얼른 홰에다 감추어 두었더니 오늘 아침에서야 겨우 정신이 든 모양 같다.

　그랬던 걸 이렇게 오다 보니까 또 쌈을 붙여 놓으니 이 망할 계집애가 필연 우리 집에 아무도 없는 틈을 타서 제가 들어와 홰에서 꺼내 가지고 나간 것이 분명하다.

　나는 다시 닭을 잡아다 가두고 염려스러우나 그렇다고 산으로 나무를 하러 가지 않을 수도 없는 형편이었다.

　소나무 삭정이^(살아 있는 나무에 붙어 있는, 말라 죽은 가지)를 따며 가만히 생각해 보니 암만해도 고년의 목쟁이를 돌려놓고 싶다. 이번에 내려가면 망할 년 등줄기를 한번 되게 후려치겠다 하고 싱둥겅둥^(건성건성) 나무를 지고는 부리나케 내려왔다.

　거지반^(거의 절반 가까이) 집에 다 내려와서 나는 호드기^(버들가지 껍질이나 밀짚으로 만든 피리의 일종)

소리를 듣고 발이 딱 멈추었다. 산기슭에 널려 있는 굵은 바윗돌 틈에 노란 동백 꽃이 소보록하니 깔리었다.⑬

그 틈에 끼어 앉아서 점순이가 청승맞게시리 호드기를 불고 있는 것이다. 그보다도 더 놀란 것은 그 앞에서 또 푸드득푸드득하고 들리는 닭의 횃소리다. 필연코 요년이 나의 약을 올리느라고 또 닭을 집어내다가 내가 내려올 길목에다 쌈을 시켜 놓고 저는 그 앞에 앉아서 천연스레 호드기를 불고 있음에 틀림없으리라.⑭

나는 약이 오를 대로 다 올라서 두 눈에서 불과 함께 눈물이 퍽 쏟아졌다. 나무지게도 벗어 놀 새 없이 그대로 내동댕이치고는 지게막대기를 뻗치고 허둥지둥 달려들었다.

가까이 와 보니 과연 나의 짐작대로 우리 수탉이 피를 흘리고 거의 빈사지경^(瀕死地境, 거의 죽게 된 처지나 형편)에 이르렀다. 닭도 닭이려니와 그러함에도 불구하고 눈 하나 깜짝 없이 고대로 앉아서 호드기만 부는 그 꼴에 더욱 치가 떨린다. 동리에서도 소문이 났거니와 나도 한때는 격실격실히^(성질이 너그러워 말과 행동이 시원스럽게) 일 잘하고 얼굴 예쁜 계집애인 줄 알았더니 시방 보니까 그 눈깔이 꼭 여우 새끼 같다.⑮

나는 대뜸 달려들어서 나도 모르는 사이에 큰 수탉을 단매^(단 한 번 때리는 매)로 때려 엎었다. 닭은 푹 엎진 채 다리 하나 꼼짝 못하고 그대로 죽어 버렸다.⑯ 그리고 나는 멍하니 섰다가 점순이가 매섭게 눈을 홉뜨고 닥치는 바람에 뒤로 벌렁 나자빠졌다.

"이놈아! 너 왜 남의 닭을 때려죽이니?"

"그럼 어때?"

하고 일어나다가,

"뭐 이 자식아! 누 집 닭인데?"

하고 복장^(가슴 한복판)을 떼미는 바람에 다시 벌렁 자빠졌다. 그리고 나서 가만히 생각하니 분하기도 하고 무안스럽기도 하고 또 한편 일을 저질렀으니 인젠 땅이 떨어지고 집도 내쫓기고 해야 될는지 모른다.⑰ 나는 비슬비슬 일어나며 소맷자락으로 눈을 가리고는 얼김에 엉 하고 울음을 놓았다. 그러다 점순이가 앞으로

---

⑬ ➡ 두 사람의 화해와 사랑이 시작되는 공간이야. 서정적인 분위기를 만들어 주기도 하지. ⑭ 점순은 계속 '나'의 관심을 끌고 싶어 해. ⑮ ➡ '나'는 점순에게 호감이 있었지만, 닭싸움으로 말미암아 점순에 대한 감정이 미움으로 바뀌었음을 알 수 있어. ⑯ ➡ 앞에서 나왔던 복선이 실현되는 순간이야. '나'와 점순의 관계를 바꾸는 계기가 되지.

수능에 나올 수도 있어!

수능 만점 선생님

다가와서,

"그럼, 너 이담부턴 안 그럴 테냐?"

하고 물을 때에야 비로소 살길을 찾은 듯싶었다. 나는 눈물을 우선 씻고 뭘 안 그러는지 명색도 모르건만,

"그래!"

하고 무턱대고 대답하였다.

"요담부터 또 그래 봐라, 내 자꾸 못살게 굴 테니."

"그래그래, 인젠 안 그럴 테야."

"닭 죽은 건 염려 마라. 내 안 이를 테니."

그리고 뭣에 떠다밀렸는지 나의 어깨를 짚은 채 그대로 퍽 쓰러진다.^⑱ 그 바람에 나의 몸뚱이도 겹쳐서 쓰러지며 한창 피어 퍼드러진 노란 동백꽃^⑲ 속으로 폭 파묻혀 버렸다.

알싸한 그리고 향긋한 그 냄새에 나는 땅이 꺼지는 듯이 온 정신이 고만 아찔하였다.

"너 말 마라?"

"그래!"

조금 있더니 요 아래서,

"점순아! 점순아! 이년이 바느질을 하다 말구 어딜 갔어?"

하고 어딜 갔다 온 듯싶은 그 어머니가 역정(逆情, 몹시 언짢거나 못마땅해서 내는 성)이 대단히 났다.

점순이가 겁을 잔뜩 집어먹고 꽃 밑을 살금살금 기어서 산 아래로 내려간 다음 나는 바위를 끼고 엉금엉금 기어서 산 위로 치빼지 않을 수 없었다.

⑰ ➡ '나'는 점순네 닭을 죽여서 마름의 분노를 사 소작하는 땅을 빼앗길까 봐 걱정하고 있어. ⑱ ➡ '나'와 대조적으로 적극적인 점순의 성격이 잘 나타난 부분이야.
⑲ ➡ '동백꽃'이 붉은색이 아니라 노란색이라고? 강원도에서는 '생강나무꽃'을 '동백꽃'이라고 부른단다.

집중!

수능 만점 선생님

정리해 볼까요(그룹 채팅)

● **작가에 대해서 알아볼까요?**

킬링 포인트

김유정 작가는 1908년 강원도 춘천에서 태어났어. 휘문 고등 보통학교를 졸업하고 연희 전문학교 문과를 중퇴했지. 1935년 소설 「소낙비」가 〈조선일보〉 신춘문예에 당선되었고, 「노다지」가 〈중앙일보〉 신춘문예에 당선되어 등단하게 되었단다. 대표작으로는 「만무방」, 「노다지」, 「봄·봄」, 「동백꽃」 등이 있어. 폐결핵으로 29세라는 젊은 나이에 세상을 떠나고 말았지.
김유정 작가의 작품은 식민지 시대를 살아가는 보통 사람들의 비참한 현실을 해학적으로 그린 것이 많아. 이것이 김유정 작품의 특징이자 매력이지. 작품의 주인공으로는 특히 가난한 소작농이 많이 등장해. 김유정 작가는 특유의 해학적이고 토속적인 문체를 통해 어두운 현실 속에서도 웃음을 발견했지.

읽음

해학성으로 독자들과 소통하는 친근한 이미지의 작가로군요!

● **작품에 대해서 정리해 보죠!**

킬링 포인트

작가 : 김유정
갈래 : 순수 소설, 연애 소설, 농촌 소설
배경 : 시간적 - 1930년대 봄 | 공간적 - 어느 산골 마을
시점 : 1인칭 주인공 시점
주제 : 산골 마을 소년 소녀의 순박한 사랑
출전 : 〈조광〉(1936)

킬링 포인트

무조건
알아야 해!

「동백꽃」은 산골 마을에 사는 남녀 간의 순박한 사랑을 다룬 작품이야. '나'는 점순네 집에서 밭을 빌려 농사를 짓는 소작농의 아들이지. 점순은 '나'를 쌀쌀맞게 대하지만, 사실은 '나'를 좋아하는 마음에 관심을 끌고 싶어서 그런 거야. 점순이 부추긴 닭싸움으로 화가 난 '나'는 실수로 점순네 닭을 죽이고 말아. '나'는 울음을 터뜨리고, 그런 '나'를 점순이 달래 주지. 결말 부분에서 두 사람이 동백꽃 속으로 넘어지는 장면은 이 작품의 백미라고 할 수 있단다.
중심 소재의 의미를 알아볼까? '감자'는 '나'에 대한 점순의 관심을 나타내고, '닭싸움'은 점순이 '나'의 관심을 끌기 위해 일으킨 사건이지. '만개한 동백꽃'은 두 사람의 사랑이 시작됨을 암시한단다.

읽음

사랑에 서툰 점순과 '나'의 모습이 너무 순박하게 느껴져서 미소가 절로 피어나는 작품이었어요.

킬링 포인트

발단: 점순이 닭싸움을 일으킴

'나'는 나무하러 가다가 '나'의 집에서 기르는 닭과 점순네 닭이 싸우는 장면을 보게 돼. '나'가 나올 것을 알고 점순이 일부러 싸움을 붙여 놓은 것이었지.

전개: 점순은 '나'에게 감자를 주려다가 무안을 당함

점순은 '나'에게 감자를 주려다가 거절당해. 점순은 이 사건으로 '나'에게 크게 화가 났지만, 순박한 '나'는 점순이 화가 난 이유를 알지 못하지. 그 뒤로 점순은 틈만 나면 자기네 집 닭과 '나'의 집 닭을 부추겨 싸움을 일으켜.

위기: '나'는 수탉에게 고추장을 먹임

'나'는 매번 점순네 닭에게 지는 '나'의 닭에게 고추장을 먹여. 하지만 '나'의 닭은 제대로 싸워 보지도 못하고 풀이 죽고 말지. '나'가 없는 사이에 정신을 차린 수탉을 데리고 나가 다시 싸움을 붙인 점순을 보고 화가 난 '나'는 점순이네 닭을 실수로 때려죽이게 돼.

절정: '나'는 점순네 닭을 죽인 후 울음을 터뜨림

집과 땅을 빼앗기고 쫓겨날까 봐 겁에 질린 '나'는 펑펑 울지. 점순은 그런 '나'를 달래 줘.

결말: '나'와 점순이 동백꽃 속에 파묻힘

고의인지 실수인지 모르게 넘어진 점순과 '나'는 노란 동백꽃 속에 파묻히게 돼. 산 밑에서 점순을 부르는 소리에 두 사람은 후다닥 달아나지.

읽음

중간에 과거 회상 장면이 들어가 있네요. 사건의 전개 순서를 고려하면서 읽어야겠어요.

100점

● **점순의 뇌 구조를 알아볼까요?**

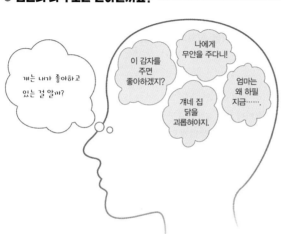

개는 내가 좋아하고 있는 걸 알까?

이 감자를 주면 좋아하겠지?

나에게 무안을 주다니!

걔네 집 닭을 괴롭혀야지.

엄마는 왜 하필 지금……

수능 만점 감사

내신·수능 만점 키우기 ----------------------------

1 이 작품에 대한 설명으로 옳지 <u>않은</u> 것은?

① 전지적 서술자가 주인공인 '나'의 내면을 생생하게 전달하고 있다.
② 순박한 남녀의 사랑을 다루고 있다.
③ 토속적인 언어로 독자들에게 친근감을 조성하고 있다.
④ 가난한 소작농의 삶을 간접적으로 보여 주고 있다.
⑤ 역순행적 구성으로 사건을 전개하고 있다.

2 이 작품에 대한 설명으로 옳지 <u>않은</u> 것은?

① '동백꽃'은 점순과 '나'의 화해를 상징한다.
② 점순은 '나'에 대한 증오를 닭에게 표출하고 있다.
③ 소극적인 '나'의 모습과 적극적인 점순의 모습이 대조를 이루고 있다.
④ '감자'는 점순의 '나'에 대한 관심이 드러나는 소재다.
⑤ 해학적 문체를 사용해 웃음을 유발한다.

3 이 작품에서 토속어와 비속어를 사용한 효과로 옳지 <u>않은</u> 것은?

① 인물 간의 해학적 분위기를 조성하는 데 도움이 된다.
② 독자들이 작품에 더 몰입할 수 있게 한다.
③ 등장인물을 입체감 있게 만드는 요소가 된다.
④ 농촌의 모습을 생동감 있게 전달한다.
⑤ 무심코 쓴 비속어는 상대방에게 상처가 될 수 있음을 암시한다.

4 다음은 이 작품을 연극으로 바꾸기 위한 회의의 일부다. <u>틀린</u> 말을 한 사람은?

> 창현: 점순이 역할은 차분한 스타일이 좋겠어.
> 수정: '나'는 농사일을 하는 사람이니 까무잡잡하고 다부진 사람이 어울릴 것 같아.
> 민준: 닭싸움을 부추기는 점순의 모습은 악의 없게 연출하는 게 좋을 것 같아.
> 지성: '나'가 울음을 터뜨리는 장면은 서럽고 처절하게 표현하는 것이 좋겠어.
> 태희: 두 사람이 동백꽃 속에 파묻히는 장면은 풋풋한 사랑이 잘 드러나게 표현했으면 좋겠어.

① 창현, 수정   ② 민준, 지성   ③ 수정, 태희   ④ 창현, 지성   ⑤ 민준, 태희

명서: (궤짝을 들고 비틀거리며) 이놈들아, 왜 뼉다구만 내게 갖다 맡기느냐? 내 자식을 죽인 놈이 이걸 마저 처치해라! (기진하여 쓰러진다. 궤짝에서 백골이 쏟아진다. 받은기침! 한동안.)

명서 처: (흩어진 백골을 주우며) 명수야, 내 자식아! 이 토막에서 자란 너는 백골이나마 우리를 찾아왔다. 인제는 나는 너를 기다려서 애태울 일도 없구 동지섣달 기나긴 밤을 울어 새우지 않아두 좋다! 명수야, 이제 너는 내 품 안에 돌아왔다.

명서: 아아, 보기 싫다! 도루 가져가래라!

금녀: 아버지, 서러 마세유. 서러워 마시구 이대루 꾹 참구 살아가세유. 네, 아버지! 결코 오빠는 우릴 저버리진 않을 거예유. 죽은 혼이라두 살아 있어, 우릴 꼭 돌봐 줄 거예유. 그때까지 우린 꾹 참구 살아가유. 예, 아버지!

명서: 아아, 보기 싫다! 도루 가지고 가래라!

(금녀의 어머니는 백골을 안치하여 놓고 열심히 무어라고 중얼거리며 합장한다. 바람 소리, 적막을 찢는다.)

① 과장된 표현으로 해학적인 모습을 극대화하고 있다.
② 비극적인 사건을 통해 등장인물들의 슬픔을 그리고 있다.
③ 일제 강점기 때 가난하게 산 하층민의 삶을 그리고 있다.
④ 삶에 대한 희망을 버리지 않고 있다.
⑤ 농촌 생활의 여유와 기쁨을 표현하고 있다.

● **수능 만점 선생님의 감상 꿀팁** --------------------

'감자', '닭싸움', '동백꽃' 등 중심 소재의 의미와 역할을 꼭 기억하자. 김유정 작가 작품들의 대표적인 특징인 해학성과 토속적인 언어에도 주목할 필요가 있어. 주인공인 '나'의 상황은 당시 하층민의 삶을 잘 보여 주므로 해학성 속에 가려진 '나'의 삶도 놓치지 말아야겠지. 역순행적 구조도 중요한 특징인 만큼, 사건의 전개 과정을 파악하는 것도 잊지 말자.

설마 내 배를 쨌다고 하진 않겠지? 죽어도 배는 쨀 수 없어!

부부 사이

덕순이 아내

서울에 있는 병원에 가면 아내 병도 고치고 월급도 받을 수 있을 거야!

제 병 고쳐 주는데 무슨 월급을 달란 말을 하지?

덕순이

VS

의사, 간호부

수능 만점 선생님의 감상 꿀팁!

이 소설은 1930년대 후반 도시로 유랑해 온 이농민 부부의 절망적인 삶을 보여 주는 작품이야. 가난으로 말미암아 인간답게 살기 어려웠던 그들의 비극적인 모습과 당시 시대상을 염두에 두며 감상하도록 하자.

땡볕

#아픈 아내는 무겁고, 땡볕은 뜨겁고

우람스레 생긴 덕순이는 바른팔(오른팔)로 왼편 소맷자락을 끌어다 콧등의 땀방울을 훑고는 통안 네거리에 와 다리를 딱 멈추었다. 더위에 익어 얼굴이 벌거니 사방을 둘러본다. 중복허리(중복 무렵의 가장 더운 때)①의 뜨거운 땡볕이라 길 가는 사람은 저편 처마 밑으로만 배앵뱅 돌고 있다. 지면은 번들번들하게 달아 자동차가 지날 적마다 숨이 탁 막힐 만치 무더운 먼지를 풍겨 놓는 것이다.

덕순이는 아무리 참아 보아도 자기가 길을 물어도 좋을 만치 그렇게 여유 있는 얼굴이 보이지 않음을 알자, 소맷자락으로 또 한 번 땀을 훑어 본다. 그리고 거북한 표정으로 벙벙히 섰다. 때마침 옆으로 지나는 어린 깍쟁이에게 공손히 손짓을 한다.

"애! 대학 병원을 어디루 가니?"

"이리루 곧장 가세요!"

덕순이는 어린 깍쟁이가 턱으로 가리킨 대로 그 길을 북으로 접어들며 다시 내걷기 시작한다. 내딛는 한 발짝마다 무거운 지게는 어깨에 배기고 등줄기에서 쏟아져 내리는 진땀에 궁둥이는 쓰라릴 만치 물렀다. 속 타는 불김을 입으로 불어 가며 허덕지덕 올라오다 엄지손가락으로 코를 힝 풀어 그 옆 전봇대 허리에 쓱 문댈 때에는 그는 어지간히 가슴이 답답하였다. 당장 지게를 벗어 던지고 푸른 그늘에 가 나자빠지고 싶은 생각이 굴뚝같으련만 그걸 못 하니 짜증이 안 날

① ➡ 이 작품의 계절적 배경이 무더운 여름임을 알 수 있어.

수 없다. 골피를 찌푸리어 데퉁스레^(말과 하는 짓이 거칠고 융통성 없어 미련하게),

"빌어먹을 거! 왜 이리 무거!"

하고 내뱉으려 하였으나, 그러나 지게 위에서 무색하여질 아내를 생각하고 꾹 참아 버린다.❷ 제 속으로만 끙끙거리다 겨우,

"에이 더웁다!"

하고 자탄^(自歎, 자기의 일에 대해 탄식함)이 나올 적에는 더는 갈 수가 없었다.

덕순이는 길가 버들 밑에다 지게를 벗어 놓고는 두 손으로 적삼 등을 흔들어 땀을 들인다. 바람기 한 점 없는 거리는 그대로 타 붙었고, 그 위의 모래만 이글이글 달아 간다.❸ 하늘을 처다보았으나 좀체 비 맛은 못 볼 듯싶어 바상바상한^(물기가 없어서 보송보송한) 입맛을 다시고 섰을 때 별안간 댕댕 소리와 함께 발등에 물을 뿌리고 물차가 지나가니 그는 비로소 산 듯이 정신기가 반짝 난다. 적삼 호주머니에 손을 넣어 곰방대^(칼 따위로 썬 담배를 피우는 데에 쓰는 짧은 담뱃대)를 꺼내 물고 담배 한 대 붙이려 하였으나 홀쭉한 쌈지에는 어제부터 담배 한 알 없었던 것을 다시 깨닫고 역정스레 도로 집어넣는다.

"꽁무니가 배기지 않어?"

덕순이는 이렇게 아내를 돌아본다.

"괜찮아요."

하고 거의 죽어 가는 상으로 글썽글썽 눈물이 괸 아내가 딱하였다. 두 달 동안이나 햇빛 못 본 얼굴은 누렇게 시들었고, 병약한 몸으로 지게 위에 앉아 까댁이는^(까닥이는) 양이 금시라도 꺼질 듯싶은 그 아내였다.

덕순이는 아내를 이슥히 노려본다.

"아, 울긴 왜 우는 거야?"

하고 눈을 부라렸으나,

"병원에 가면 젠대겠지요."

"째긴 아무 거나 덮어놓고 째나? 연구한다니까."

하고 되도록 아내를 안심시킨다. 그러나 덕순이 생각에는 째든 말든 그건 차치해 놓고 우선 먹어야 산다고,❹

---

❷ ➡ 아내를 생각하는 자상한 남편의 모습을 엿볼 수 있지.

❸ ➡ 땡볕이 내리쬐는 배경을 통해 등장인물의 의지와는 상관없이 감내해야 하는 고통스러운 현실을 보여 주고 있어.

❹ ➡ 끼니를 걱정해야 할 만큼 가난하다는 것을 알 수 있어.

내신 준비!!

수능 만점 선생님

"왜 기영이 할아버지의 말씀 못 들었어?"

"병원서 월급을 주구 고쳐 준다는 게 정말인가요?"

"그럼 노인이 설마 거짓말을 헐라구. 그래 시방두 대학 병원의 이등 박산가 뭐가 열네 살 된 조선 아이가 어른보다도 더 부대한(몸뚱이가 뚱뚱하고 큰) 걸 보구 하두 이상한 병이라고 붙잡아 들여서 한 달에 십 원씩 월급을 주고, 그뿐인가 먹이구 입히구 이래 가며 지금 연구하고 있대지 않어?"❺

"그럼 나도 허구한 날 늘 병원에만 있게 되겠구려."

"인제 가 봐야 알지, 어떻게 될는지."

이렇게 시원스레 받기는 받았으나 덕순이 자신 역시 기영 할아버지의 말을 꼭 믿어서 좋을지가 의문이었다. 시골서 올라온 지 얼마 안 되는 그로서는 서울 일이라 혹 알 수 없을 듯싶어 무료 진찰권을 내 온 데 더 되지 않았다. 그렇다 하더라도 병이 괴상하면 할수록 혹은 고치기가 어려우면 어려울수록 월급이 많다는 것인데 영문 모를 아내의 이 병은 얼마짜리나 되겠는가고 속으로 무척 궁금하였다. 아이가 십 원이라니 이건 한 십오 원쯤 주겠는가, 그렇다면 병 고치니 좋고, 먹으니 좋고, 두루두루 팔자를 고치리라고❻ 속안(俗眼, 일반 사람들의 안목을 약간 낮잡아 이르는 말)으로 육조 배판을 늘이고 섰을 때,

"여보십쇼! 이 채미('참외'의 사투리) 하나 잡숴 보십쇼."

하고 조만치서 참외를 벌여 놓고 앉아 있는 아이가 시선을 끌어간다. 길쭉길쭉하고 싱싱한 놈들이 과연 뜨거운 복중에 하나 벗겨 들고 으썩 깨물어 봄직한 참외였다. 덕순이는 참외를 이놈 저놈 멀거니 물색하여 보다 쌈지에 든 잔돈 사전을 얼른 생각은 하였으나 다음 순간에 그건 안 될 말이라고 꺽진(성격이 억세고 꿋꿋한) 마음으로 시선을 걷어 온다. 사 전에 일 전만 더 보태면 희연(담배 이름) 한 봉이 되리라고 어제부터 잔뜩 꼽여 쥐고 오던 그 사전, 이걸 참외값으로 녹여서는 사람이 아니다.❼

"지게를 꼭 붙들어!"

덕순이는 지게를 지고 다시 일어나며 그 십오 원을 생각했던 것이니 그로서는 너무도 벅찬 희망의 보행이었다.

❺ ➡ 덕순이는 확인되지 않은 사실을 곧이곧대로 믿고 있어. 순박한 성격임을 알 수 있지.

❻ ➡ 덕순이는 희망에 가득 차 있네.

❼ ➡ 끼니를 걱정하는 처지에도 담배를 피우려 하는 철없는 남편의 모습이야.

주목!

수능 만점 선생님

덕순이는 간호부^(간호사)가 지도하여 주는 대로 산부인과 문밖에서 제 차례가 돌아오기를 기다리고 있었다.

아내는 남편이 업어다 놓은 대로 걸상에 가 번듯이 늘어져 괴로운 숨을 견디지 못한다. 요량 없이 부어오른 아랫배를 한 손으로 치마째 걷어 안고는 매 호흡마다 간댕거리는 야윈 고개로 가쁜 숨을 돌리고 있는 것이다. 게다가 수술실에서 들것으로 담아내는 환자의 피고름이 섞인 쓰레기통을 보는 것은 그로 하여금 해쓱한 얼굴로 이를 떨도록 하기에 너무도 충분한 풍경이었다.[8]

"너무 그렇게 겁내지 말아, 그래두 다 죽을 사람이 병원엘 와야 살아 나가는 거야……."

덕순이는 아내를 위안하기 위하여 이런 소리도 하는 것이나, 기실 아내 못지않게 저로도 조바심이 적지 않았다. 아내의 이 병이 무슨 병일까, 짜장^(과연 정말로) 기이한 병이라서 월급을 타 먹고 있게 될 것인가, 또는 아내의 병을 씻은 듯이 고쳐 줄 수 있겠는가, 겸삼수삼^(겸사겸사'의 사투리) 모두가 궁거웠다^(궁금하다).

이 생각 저 생각으로 덕순이는 아내의 상체를 떠받쳐 주고 있다가 우연히도 맞은편 타구^(唾具, 가래나 침을 뱉는 그릇) 옆댕이에 가 떨어져 있는 궐련 꽁댕이에 한눈이 팔린다. 그는 사방을 잠깐 살펴보고 횡허케^(횡하니) 가서 집어다가는 곰방대에 피워 물며 제 차례를 기다렸으나[9] 좀체 불러 주질 않는 것이다.

이렇게 하여 그들은 허무히도 두 시간을 보냈다.

한점을 십사 분가량 지났을 때 간호부가 다시 나와 덕순이 아내의 성명을 외는 것이다.

"네, 여기 있습니다."

덕순이는 허둥지둥 아내를 들쳐 업고 진찰실로 들어갔다.

간호부 둘이 달려들어 우선 옷을 벗기고 주무를 제 아내는 놀란 토끼와 같이 조그맣게 되어 떨고 있었다. 코를 찌르는 무더운 약내에 소름이 끼치기도 하려니와 한쪽에 번쩍번쩍 늘어놓인 기계가 더욱이 마음을 조이게 하는 것이다. 아내가 너무 병신스레 떨므로 옆에 서 있는 덕순이까지도 겸연쩍지 않을 수 없었다. 아내의 한 팔을 꼭 붙들어 주고, 집에서 꾸짖듯이 눈을 부릅떠,

❽ ➡ 순박한 부부를 겁에 질리게 하는 장면이야. 덕순이의 아내가 배를 째지 않겠다고
　　마음을 굳히는 계기이기도 하지.
❾ ➡ 가난한 덕순이의 처지를 해학적으로 표현하고 있어.

수능 만점 선생님

"뭬가 무섭다구 이래?"

하고는 유리판에서 기계 부딪는 젤그럭 소리에 등줄기가 다 섬뜩할 제,

"언제부터 배가 이래요?"

간호부가 뚱뚱한 의사의 말을 통변(통역)한다.

"자세히는 몰라두……."

덕순이는 이렇게 머리를 긁고는,

"아마 이토록 부르기는 지난겨울부턴가 봐요, 처음에는 이게 애가 아닌가 했던 것이 그렇지도 않구요, 애라면 열 달에 날 텐데……. 열석 달씩이나 가는 게 어딨습니까?"

하고는 아차, '애니 뭐니 하는 건 괜히 지껄였군.' 하였다. 그래 의사가 무어라고 입을 열기 전에 얼른 뒤미처,

"아무두 이 병이 무슨 병인지 모른다구 그래요, 난생처음 본다구요."⑩

하고 몇 마디 더 얹었다.

덕순이는 자기네들의 팔자를 고칠 수 있고 없고가 이 순간에 달렸음을 또 한번 깨닫고 열심히 의사의 입만 쳐다보고 있는 것이다마는 금테 안경 쓴 의사는 그리 쉽사리 입을 열려 하지 않았다. 몇 번을 거듭 주물러 보고, 두드려 보고, 들어 보고, 이러기를 얼마 한 다음 시답지 않게 저쪽으로 가 대야에 손을 씻어 가며 간호부를 통하여 하는 말이,

"이 배 속에 어린애가 있는데요, 나올려다 소문(小門, 여자의 음부를 완곡하게 이르는 말)이 작아서 그대로 죽었어요. 이걸 그냥 둔다면 앞으로 일주일을 못 갈 것이니 불가불 수술을 해야 하겠으나 또 그 결과가 반드시 좋다고 단언할 수도 없는 것이매⑪ 배를 가르고 아이를 꺼내다 만일 사불여의(事不如意, 일이 뜻대로 되지 않음)하여 불행을 본다더라도 전혀 관계없다는 승낙만 있으면 내일이라도 곧 수술을 하겠어요."

하고 나 어린 간호부는 조금도 거리낌 없는 어조로 줄줄 쏟아 놓다가,

"어떻게 하실 테야요?"

"글쎄요……."

덕순이는 이렇게 얼떨떨한 낯으로 다시 한번 뒤통수를 긁지 않을 수 없었다.

⑩ ➡ 덕순이는 아내의 병이 희귀한 것임을 강조하고 있어. 그래야 월급을 받을 수 있다고 생각했기 때문이지.

⑪ ➡ 의사는 간호사를 통해 아내의 병이 희귀한 것이 아니라 위중함을 알리고 있어.

집중!

수능 만점 선생님

간호부의 말이 무슨 소린지 다는 모른다 하더라도 속대중^(마음속으로만 생각하는 대강의 짐작)으로 저쯤은 알아챘던 것이니 아내의 생명이 위험하다는 그 말이 두렵기도 하려니와 겨우 아이를 뱄다는 것쯤, 연구거리는 못 되는 병인 양 싶어 우선 낙심하고 마는 것이다. 하나 이왕 버린 노릇이매,

"그럼 먹을 것이 없는데요……."

"그건 여기서 입원시키고 먹일 것이니까 염려 마셔요……."

"그런데요, 저……."

하고 덕순이는 열없는^(부끄러운) 낯을 무엇으로 가릴지 몰라 쭈뼛쭈뼛,

"월급 같은 건 안 주나요?"^⑫

"무슨 월급이요?"

"왜 여기서 병을 고치면 월급을 주는 수도 있다지요."

"제 병 고쳐 주는데 무슨 월급을 준단 말이에요?"

하고 맨망스레^(보기에 요망스럽게 까부는 데가 있게) 톡 쏘는 바람에 덕순이는 고만 얼굴이 벌게지고 말았다. 팔자를 고치려던 그 계획이 완전히 어그러졌음을 알자, 그의 주린 창자는 척 꺾이며 두꺼운 손으로 이마의 진땀이나 훑어 보는 밖에 별도리가 없는 것이다. 하나 아내의 생명은 어차피 건져야 하겠기로 공손히 허리를 굽실하여,

"그럼 낼 데리고 올게, 어떻게 해 주십시오."

하고 되도록 빌붙어 보았던 것이, 그때까지 끔찍한 소리에 얼이 빠져서 멀뚱히 누웠던 아내가 별안간 기겁을 하여 일어나 살뚱맞은^(말이나 행동이 독살스럽고 당돌한) 목성으로,

"나는 죽으면 죽었지 배는 안 째요."

하고 얼굴이 노랗게 되는 데는 더 할 말이 없었다. 죽더라도 제 원대로나 죽게 하는 것이 혹은 남편 된 사람의 도리일지도 모른다. 아내의 꼴에 하도 어이가 없어,

"죽는 거보담야 수술을 하는 게 좀 낫겠지요!"

비소^(非笑. 남을 비방하거나 비난해 웃음. 또는 그런 미소)를 금치 못하고 서 있는 간호부와 의사^⑬가 눈에 보이지 않도록, 덕순이는 시선을 외면하여 뚱싯뚱싯^{(굼뜨고 거추장스럽게 잇따라 움직이}

---

⑫ ➔ 덕순이는 아직도 현실을 받아들이지 못하고 있어.

⑬ ➔ 간호사와 의사는 환자를 무시하면서 비웃고 있어. 비인간적인 모습이지.

^{는 모양)}아내를 업고 나왔다. 지게 위에 올려놓은 다음 엎디어 다시 지고 일어나려니 이게 웬일일까, 아까 오던 때와는 갑절이나 무거웠다.

덕순이는 얼마 전에 희망에 가득히 차 올라가던 길을 힘 풀린 걸음으로 터덜터덜 내려오고 있었다.^⑭ 보지는 않아도 지게 위에서 소리를 죽여 훌쩍훌쩍 울고 있는 아내가 눈앞에 환한 것이다. 학식이 많은 의사는 일자무식인 덕순이 내외보다는 더 많이 알 것이니 생명이 한 이레를 못 가리라던 그 말을 어째 볼 도리가 없다. 인제 남은 것은 우중충한 그 냉골에 갖다 다시 눕혀 놓고 죽을 때나 기다리고 있을 따름이었다.

덕순이는 눈 위로 덮는 땀방울을 주먹으로 훔쳐 가며 장차 캄캄하여 올 그 전도^(前途, 앞으로 나아갈 길)를 생각해 본다. 서울을 장대고^(마음속으로 기대하며 잔뜩 벼르고) 왔던 것이 벌이도 잘 안 되고 게다가 이젠 아내까지 잃는 것이다. 제미붙을^(제 어미와 붙을 것이라는 뜻으로, 남을 경멸하거나 저주할 때 욕으로 하는 말)! 이놈의 팔자가, 하고 딱한 탄식이 목을 넘어오다 꽉 깨무는 바람에 한숨으로 터져 버린다.

한나절이 되자 더위는 더한층 무서워진다.

덕순이는 통째 짓무를 듯싶은 등어리를 견디지 못하여 먼젓번에 쉬어 가던 나무 그늘에 지게를 벗어 놓는다. 땀을 들여 가며 아내를 가만히 내려다보니 그동안 고생만 시키고 변변히 먹이지도 못하였던 것이 갑자기 후회가 나는 것이다.^⑮ 이럴 줄 알았더라면 동넷집 닭이라도 훔쳐다 먹였을 걸 싶어,

"울지 마라, 그것들이 뭘 아나? 제까짓 게!"

하고 소리를 뻑 지르고는,

"채미^('참외'의 사투리) 하나 먹어 볼 테야?"

"채민 싫어요."

아내는 더위에 속이 탔음인지 한길 건너 저쪽 그늘에서 팔고 있는 얼음냉수를 손으로 가리킨다. 남편이 한 푼 더 보태어 담배를 사려던 그 돈으로 얼음냉수를 한 그릇 사다가 입에 먹여까지 주니 아내도 황송하여 한숨에 들이켠다. 한 그릇을 다 먹고 나서 하나 더 사다 주랴 물었을 때 이번엔 왜떡^(밀가루나 쌀가루를 반죽해 얇게 늘여서 구운 과자)^⑯이 먹고 싶다 하였다. 덕순이는 이것이 마지막이라는 생각으로 나머지

⑭ → 전반부와의 대비를 통해 비극적인 모습을 더욱 강조하는 장치란다.

⑮ → 덕순이의 아내에 대한 사랑과 연민을 보여 주는 장면이야. 담배 살 생각만 하던 덕순이의 심정 변화를 알 수 있지.

내신 준비!!

수능 만점 선생님

돈으로 왜떡 세 개를 사다 주고는 그대로 눈물도 씻을 줄 모르고 그걸 오직오직 _(질기고 단단하게 생긴 작은 물건이 자꾸 부러지거나 찢어지거나 부서지는 소리. 또는 그 모양) 깨물고 있는 아내를 이슥히 바라보고 있었다. 그러나 아내가 무슨 생각을 하였는지 왜떡을 입에 문 채 홀쩍홀쩍 울며,

"저 사촌 형님께 쌀 두 되 꿔다 먹은 거 부대 잊지 말구 갚우."

하고 부탁할 제 이것이 필연 아내의 유언이라 깨닫고는,

"그래, 그건 염려 마!"

"그리구 임자 옷은 영근 어머니더러 사정 얘길 하구 좀 빨아 달래우." ^⑰ 하고 이야기를 곧잘 하다가 다시 입을 일그러뜨리고 홀쩍홀쩍 우는 것이다.

덕순이는 그 유언이 너무 처량하여 눈에 눈물이 핑 돌아 가지고는 지게를 도로 지고 일어선다. 얼른 갓다 눕히고 죽이라도 한 그릇 더 얻어다 먹이는 것이 남편의 도리일 게다.

때는 중복, 허리의 쇠뿔도 녹이려는 뜨거운 땡볕이었다.

덕순이는 빗발같이 내리붓는 등골의 땀을 두 손으로 번갈아 훔쳐 가며 끙끙 내려올 제, 아내는 지게 위에서 그칠 줄 모르는 그 수많은 유언을 차근차근 남기다, 울다, 하는 것이다.

⑯ ➡ '얼음냉수'와 함께 아내에 대한 덕순이의 사랑을 잘 나타내는 소재지.

⑰ ➡ 아내는 자신이 죽은 후 혼자 남겨질 남편을 걱정하고 있어.

정리해 볼까요(그룹 채팅)

● 작가에 대해서 알아볼까요?

김유정 작가는 1908년 강원도 춘천에서 태어났어. 휘문 고등 보통학교를 졸업하고 연희 전문학교 문과를 중퇴했지. 1935년 소설 「소낙비」가 〈조선일보〉 신춘문예에 당선되었고, 「노다지」가 〈중앙일보〉 신춘문예에 당선되어 등단하게 되었단다. 대표작으로는 「만무방」, 「노다지」, 「봄·봄」, 「동백꽃」 등이 있어. 폐결핵으로 29세라는 젊은 나이에 세상을 떠나고 말았지.

김유정 작가의 작품은 토속적인 문체가 두드러진다고 할 수 있어. 이러한 문체를 통해 현장감을 높이고 쉽게 몰입할 수 있는 여건을 만든 것이지. 또한 김유정 작가의 토속적인 문체는 등장인물들의 특징을 살리는 데도 큰 도움을 주고 있어. 즉, 문체를 통해 리얼리즘을 극대화하고 있다고 할 수 있지.

해학적인 작품만 쓴 줄 알았는데, 당시 현실을 사실적으로 표현하는 데도 능한 작가였군요!

● 작품에 대해서 정리해 보죠!

작가 : 김유정
갈래 : 농촌 소설
배경 : 시간적 – 1930년대 | 공간적 – 농촌, 서울
시점 : 전지적 작가 시점
주제 : 한 가난한 부부에게 생긴 비극과 부부간의 애정
출전 : 〈여성〉(1937)

「땡볕」은 가난 때문에 발생한 비극적인 사건과 그 사건을 중심으로 한 부부간의 애정을 표현한 작품이야. 덕순이는 아픈 아내를 업고 서울에 있는 병원으로 향해. 특이한 질병을 앓고 있다면 연구 목적으로 무료로 치료해 주고 월급까지 준다는 소문을 들어서지. 하지만 아내의 병은 특이한 질병이 아니었어. 게다가 아내는 무슨 일이 있어도 자신의 배는 가르지 않겠다고 하지.

1930년대 후반은 일제의 수탈이 극심했던 시기야. 이 시기에 많은 사람이 하층민으로 전락해서 제대로 된 삶을 영위하지 못했지. 「땡볕」은 이렇듯 가난하고 무지한 사람들의 모습을 해학적이고 사실적인 문체로 잘 표현한 작품이야.

김유정 작가의 다른 작품들에 비해 비극성이 두드러지는 것 같아요. 당시 많은 사람이 얼마나 힘들게 살았는지 알 수 있는 작품이라 특별하게 느껴지네요.

칼림 포인트

발단: 덕순이가 아픈 아내를 짊어지고 서울에 있는 병원을 찾아감

뜨거운 땡볕이 내리쬐는 어느 날, 덕순이는 아픈 아내를 짊어지고 서울에 있는 병원으로 향해. 무거운 지게 때문에 어깨는 배기고 땀이 비 오듯 흘러내리지. 하지만 덕순이는 아내가 무색해할까 봐 힘든 것을 표현하지 못해.

전개: 덕순이는 무료 진료를 기대함

덕순이와 아내는 그동안 아파도 병원에 가지 못했어. 하지만 서울에서 내려온 기영이 할아버지의 말을 듣고 희망을 품게 되지. 특이한 병이라면 병원에서 월급을 주고 무료로 병을 고쳐 준다는 말을 들었거든.

위기: 덕순이 아내는 무료 진료를 받지 못하게 됨

부부는 어렵게 병원에 도착해. 하지만 아내의 병은 특이한 게 아니었고, 빨리 수술하지 않으면 안 되는 위독한 상태였지. 덕순이는 혹시나 하는 마음에 간호사에게 월급 같은 것은 주지 않느냐고 물어봐. 하지만 간호사는 병을 고쳐 주는 데 무슨 월급이냐며 톡 쏘지. 덕순이는 이 말을 듣고는 기가 죽어.

절정 및 결말: 아내는 유언을 남김

덕순이와 아내는 왔던 길을 되돌아가게 돼. 덕순이는 그 동안 아내에게 잘해 주지 못했다는 후회가 들어 아내에게 냉수와 왜떡을 사 주지. 자신의 죽음을 직감한 아내는 덕순이에게 유언을 남긴단다.

OOPS!

읽음

병원을 찾아가는 길과 병원에서 돌아가는 길의 대립 구조가 눈에 띄어요. 길 위에서 등장인물들의 감정이 어떻게 변하는지도 눈여겨봐야겠어요.

 100점

● **덕순이의 뇌 구조를 알아볼까요?**

빌어먹을! 지게는 왜 이리 무거운 거야!

병원에서 월급을 받으면 좋겠다.

특이한 병이 아니라니……

아내의 병을 고칠 수 있겠지?

아내에게 더 잘해 줄걸…….

수능 만점 강사

1 이 작품에 대한 설명으로 옳은 것은?

① 합리적인 사회상을 그리고 있다.
② 전쟁으로 고향을 잃어버린 사람들의 이야기를 다루고 있다.
③ 1인칭 관찰자 시점으로 이야기가 전개되고 있다.
④ 서로를 아끼는 부부의 모습을 엿볼 수 있다.
⑤ 아내를 이용해 일확천금을 꿈꾸는 비정한 주인공의 면모를 볼 수 있다.

2 다음은 이 작품의 일부를 시나리오로 바꾼 것이다. 각 부분의 유의 사항으로 옳지 않은 것은?

> S# 27 비탈길
> 덕순이: ㉠(소리를 지르며) "울지 마라, 그것들이 뭘 아나? 제까짓 게!"
>   ㉡(아내를 바라보며) "채미 하나 먹어 볼 테야?"
> 덕순이 처: ㉢(우물쭈물하며) "채민 싫어요."
>
> S# 28 비탈길
> 덕순이 처: ㉣(걱정하듯이) "저 사촌 형님께 쌀 두 되 꿔다 먹은 거 부대 잊지 말구 갚우."
> 덕순이: ㉤(믿음직한 목소리로) "그래, 그건 염려 마!"

① ㉠: 아내를 안심시키려는 듯이 허세 섞인 말투로 말한다.
② ㉡: 아내를 챙기는 따뜻한 모습을 보여 주도록 한다.
③ ㉢: 원하는 것을 이루지 못해 심통이 난 말투로 표현한다.
④ ㉣: 혼자 남을 남편에 대한 걱정을 담아 말한다.
⑤ ㉤: 아내의 유언임을 직감한 말투로 표현한다.

3 이 작품에서 '땡볕'과 '비탈길'에 담긴 의미를 간단히 서술하시오.

> '땡볕'은 등장인물들의 의지와는 상관없이 감내해야 하는 고통을 의미한다. 등장인물들은 희망을 잔뜩 품고 비탈길을 오르지만, 내려올 때는 절망감에 가득 찬 심리 상태다. 즉, '비탈길'은 등장인물의 심리에 대한 상승과 하강을 상징한다.

4 다음 글에 대한 설명으로 옳지 <u>않은</u> 것은?

> "저 사촌 형님께 쌀 두 되 꿔다 먹은 거 부대 잊지 말구 갚우."
>
> 하고 부탁할 제 이것이 필연 아내의 유언이라 깨닫고는,
>
> "그래, 그건 염려 마!"
>
> "그리구 임자 옷은 영근 어머니더러 사정 얘길 하구 좀 빨아 달래우."
>
> 하고 이야기를 곧잘 하다가 다시 입을 일그러뜨리고 훌쩍훌쩍 우는 것이다.
>
> 덕순이는 그 유언이 너무 처량하여 눈에 눈물이 핑 돌아 가지고는 지게를 도로 지고 일어선다. 얼른 갖다 눕히고 죽이라도 한 그릇 더 얻어다 먹이는 것이 남편의 도리일 게다.
>
> 때는 중복, 허리의 쇠뿔도 녹이려는 뜨거운 땡볕이었다.
>
> 덕순이는 빗발같이 내리붓는 등골의 땀을 두 손으로 번갈아 훔쳐 가며 끙끙 내려올 제, 아내는 지게 위에서 그칠 줄 모르는 그 수많은 유언을 차근차근 남기다, 울다, 하는 것이다.

① 아내는 자신의 죽음을 직감하고 있다.
② 덕순이는 아내에게 남편의 도리를 다하고자 한다.
③ 아내는 자신을 챙겨 주는 남편에게 감동해 눈물을 흘리고 있다.
④ 아내는 자신이 죽은 후 홀로 남겨질 남편을 걱정하고 있다.
⑤ '쇠뿔도 녹이려는 뜨거운 땡볕'은 부부의 비극적인 모습을 더 극대화한다.

5 작가가 덕순이와 아내의 불행을 그리고 있는 방식을 당시의 시대상과 연결해 서술하시오.

> 작가는 죽어 가고 있는 덕순이의 아내에 대해 어떠한 감정적인 치우침 없이 사실적으로 이야기하고 있다. 이를 통해 당시 가난했던 하층민의 삶을 사실적으로 그려 내고 있다. 또한 등장인물들의 무지를 담담하게 표현함으로써 해학성을 가미하고 있다.

● **수능 만점 선생님의 감상 꿀팁** ----------------------

> 1930년대 가난한 부부의 비극을 사실적으로 그린 작품이지만, 김유정 작가만의 해학성이 잘 나타나 있다는 점을 기억하자. 특이한 병을 가지고 있으면 월급을 주고 고쳐 준다는 것이나 죽어도 배를 쨀 수 없다고 고집을 부리는 아내의 모습은 해학성을 잘 보여 주지. 이 모든 것은 마지막 장면에서 서로를 위하는 부부의 모습으로 잘 나타난단다. 비극과 해학, 따뜻함을 동시에 느낄 수 있는 작품이야.

여기서 잠깐!

미리 들여다보는 인물 X 파일

> 이봐, 응칠이! 응고개 논의 벼가 없어진 사실 아나?
>
> — 성팔

친구 사이

> 내 동생 논을 건드리다니…… 도둑은 꼭 내 손으로 잡고 말겠어!
>
> — 응칠

형제 사이

> 내 것도 내 마음대로 못 먹는 세상……. 서럽다, 서러워!
>
> — 응오

수능 만점 선생님의 감상 꿀팁!

이 소설의 제목인 '만무방'은 '염치없이 막돼먹은 사람'이라는 뜻이야. 작가가 왜 이런 제목을 지었을지 생각하며 읽는다면 이 작품의 주제 의식을 잘 느낄 수 있을 거야.

만무방

#감쪽같이 사라진 벼의 행방을 찾아라

산골에, 가을은 무르녹았다.

아름드리 노송은 빽빽이^(사이가 비좁을 정도로 촘촘하게) 늘어박혔다. 무거운 송낙^{(송라를 우산} _{모양으로 엮어 만든 모자)}을 머리에 쓰고 건들건들. 새새이 끼인 도토리, 벗^(버찌), 돌배, 갈잎 들은 울긋불긋. 잔디를 적시며 맑은 샘이 쫄쫄거린다. 산토끼 두 놈은 한가로이 마주 앉아 그 물을 할짝거리고. 이따금 정신이 나는 듯 가랑잎은 부스스하고 떨린다. 산산한 산들바람. 귀여운 들국화는 그 품에 새뜩새뜩^(새롭고 산뜻한 모양) 넘논다. 흙내와 함께 향긋한 땅김^(땅에서 올라오는 수증기)이 코를 찌른다.❶ 요놈은 싸리버섯, 요 놈은 잎 썩은 내, 또 요놈은 송이 ─ 아니, 아니, 가시넝쿨 속에 숨은 박하풀 냄새로군.

웅칠이는 뒷짐을 딱 지고 어정어정 노닌다. 유유히 다리를 옮겨 놓으며 이 나무 저 나무 사이로 호아든다^(되는대로 자주 쑤시거나 훑다). 코는 공중에서 벌렸다 오므렸다 연신 이러며 훅, 훅. 구붓한^(조금 굽은 듯한) 한 송목 밑에 이르자 그는 발을 멈춘다. 이번에는 지면에 코를 바짝 갖다 대고 한 바퀴 비잉, 나물 끼고 돌았다.

'아하, 요놈이로군!'

썩은 솔잎에 덮이어 흙이 봉곳이 돋아 올랐다.

그는 손가락을 꾸짖으며 정성스레 살살 헤쳐 본다. 과연 귀여운 송이. 망할 녀석, 조금만 더 나오지, 그걸 뚝 따 들고 뒷짐을 지고 다시 어실렁어실렁. 가끔 선하품은 터진다. 그럴 적마다 두 팔을 떡 벌리곤 먼 하늘을 바라보고 늘어지게도 기지개를 늘인다.

❶ ▶ 비극적인 현실과 대비되는 자연 풍경을 보여 주고 있어.

때는 한창 바쁠 추수 때이다. 농군치고 송이 파적(심심풀이로 송이를 따 먹는 것) 나올 놈은 생겨나도 않았으리라. 하나 그는 꼭 해야만 할 일이 없었다. 싫으면 하고 말면 말고 그저 그뿐. 그러함에는 먹을 것이 더러 있느냐면 있기는커녕 부쳐 먹을 농토조차 없는, 계집도 없고 자식도 없고, 방은 있다고 해야 남의 곁방이요 잠은 새우잠이요.❷ 하지만 오늘 아침만 해도 한 친구가 찾아와서 벼를 털 텐데 일 좀 와 해달라는 걸 마다하였다. 몇 푼 바람에 그까짓 걸 누가 하느냐보다는 송이가 좋았다. 왜냐면 이 땅 삼천리강산에 늘여 놓인 곡식이 말짱 뉘 것이람. 먼저 먹는 놈이 임자 아니냐. 먹다 걸릴만치 그토록 양식을 쌓아 두고 일이 다 무슨 난장(亂杖, 고려·조선 시대에 신체의 부위를 가리지 아니하고 마구 매로 치던 고문) 맞을 일이람. 걸리지 않도록 먹을 궁리나 할 게지. 하기는 그도 한 세 번이나 걸려서 구메밥(예전에, 옥에 갇힌 죄수에게 벽 구멍으로 몰래 들여보내던 밥)으로 사관(四關, 급하거나 중한 병일 때에 침을 놓는 네 곳의 혈)을 틀었다마는 결국 제 밥상 위에 올라앉은 제 몫도 자칫하면 먹다 걸리긴 매일반…….❸

올라갈수록 덤불은 욱었다(안쪽으로 휘어져 있다). 머루며 다래, 칡, 게다 이름 모를 잡초. 이것들이 위아래로 이리저리 서리어 좀체 길을 내지 않는다. 그는 잔디 길로만 돌았다. 넓적다리가 벌쭉이는(속의 것이 보였다 안 보였다 하는) 찢어진 고의 자락을 아끼며 조심조심 사려 딛는다. 손에는 칡으로 엮어 든 일곱 개 송이. 늙은 소나무마다 가선 두리번거린다. 사냥개 모양으로 코로 쿡, 쿡, 내를 한다. 이것도 송이 같고 저것도 송이 같고, 어떤 게 알짜 송이인지 분간을 모른다. 토끼 똥이 소보록한 데 갈잎이 한 잎 뚝 떨어졌다. 그 잎을 살며시 들어 보니 송이 대구리('대가리'의 사투리)가 불쑥 올라왔다. 매우 큰 송이인 듯. 그는 반색하여 그 앞에 무릎을 털썩 꿇었다. 그리고 그 위에 두 손을 내들며 열 손가락을 다 펴들었다. 가만가만히 살살 흙을 헤쳐 본다. 주먹만 한 송이가 나타난다. 얘, 이놈 크구나. 손바닥 위에 따 올려놓고는 한참 들여다보며 싱글벙글한다. 우중충한 구석으로 바위는 벽같이 깎아질렀다. 그 중턱을 얽어 나간 칡 잎에서는 물이 쪼록쪼록 흘러내린다. 인삼이 썩어내리는 약수라 한다. 그는 돌 위에 걸터앉으며 또 한 번 하품을 하였다. 간밤 쓸데없는 노름에 밤을 팬 것이 몹시 나른하였다. 따사로운 햇발이 숲을 새어든다. 다람쥐가 솔방울을 떨어치며, 어여쁜 할미새는 앞에서 알씬거리고. 동리에서는 타작을 하느라고 와글거린다. 흥겨워 외치는 목성, 그걸 억누르고 공중에 응, 응, 진

❷ ➡ 응칠이 떠돌이로 살고 있음을 알려 주는 부분이야.

❸ ➡ 응칠이 전과자였음을 알 수 있어. 만무방이라고 할 수 있지.

수능 만점 선생님

동하는 벼 터는 기계 소리. 맞은쪽 산속에서 어린 목동들의 노래는 처량히 울려 온다.❹ 산속에 묻힌 마을의 전경을 멀리 바라보다가 그는 눈을 찌긋하며 다시 한 번 하품을 뽑는다. 이 웬 놈의 하품일까. 생각해 보니 어제저녁부터 여태껏 창자가 곯렸던 것이다. 불현듯 송이 꾸러미에서 그중 크고 먹음직한 놈을 하나 뽑아 들었다.

응칠이는 그 송이를 물에 써억써억 비벼서는 떡 벌어진 대구리부터 걸쌍스레(보기에 일솜씨가 뛰어나거나 먹음새가 좋아서 탐스러운 데가 있게) 덥석 물어 떼었다. 그리고 넓죽한 입이 움질움질(질긴 것을 입 안에 넣고 우물거리며 연신 씹는 모양) 씹는다. 혀가 녹을 듯이 만질만질하고 향기로운 그 맛. 이렇게 훌륭한 놈을 입맛만 다시고 못 먹다니. 문득 옛 추억이 혀 끝에 뱅뱅 돈다. 이놈을 맛보는 것도 참 근자의 일이다. 감불생심(敢不生心, 감히 엄두도 내지 못함)이지 어디 냄새나 똑똑히 맡아 보리. 산속으로 쏘다니다 백판(白板, 전혀 생소하게) 못 따기도 하려니와 더러 딴다는 놈은 행여 상할까 봐 손도 못 대게 하고 집에 내려다 묻고 묻고 하는 것이다. 그러나 요행히 한 꾸러미 차면 금시로 장에 가져다 판다. 이틀 사흘씩 공들인 거로되 잘하면 사십 전, 못 받으면 이십오 전. 저녁거리를 기다리는 아내를 생각하며 좁쌀 서너 되를 손에 사 들고 어두운 고개를 터덜터덜 올라오는 건 좋으나 이 신세를 뭐에 쓰나 하고 보면 을프냥궂기가(우울하고 언짢기가) 짝이 없겠고…… 이까짓 걸 못 먹어 그래 홧김에 또 한 놈을 뽑아 들고 이번엔 물에 흙도 씻을 새 없이 그대로 텁석거린다(왈칵 달려들어 냉큼 물다). 그러나 다른 놈들도 별수 없으렷다. 이 산골이 송이의 본고향이로되 아마 일 년에 한 개조차 먹는 놈이 드물리라.❺

'흠, 썩어진 두상들!'

그는 폭넓은 얼굴을 일그리며 남이나 들으란 듯이 이렇게 비웃는다. 썩었다 함은 데생겼다(생김새나 됨됨이가 완전하게 이루어지지 못해 못나게 생겼다) 모멸하는 그의 언투였다. 먹다 나머지 송이 꽁댕이를 바로 자랑스러이 입에다 치뜨리곤(아래에서 위쪽 방향으로 던지곤) 트림을 섞어 가며 우물거린다.

송이 두 개가 들어가니 이제는 더 먹을 재미가 없다. 뭔가 좀 든든한 걸 먹었으면 좋겠는데. 떡, 국수, 말고기, 개고기, 돼지고기 그렇지 않으면 쇠고기냐. 아따 궁한 판이니 아무거나 조 아래 무덤 앞에서 뺑뺑 맨다. 골골거리며 감도는 걸 보

❹ → 가을의 풍요로움에도 녹록지 않은 하층민들의 처지를 엿볼 수 있어.
❺ → 송이 생산의 중심지에서 사는 사람들도 송이를 먹기 힘든 현실을 잘 나타내고 있어.

주목!

수능 만점 선생님

매 아마 어미가 알자리(알을 낳거나 품는 자리)를 보는 맥이라. 그는 돌에서 궁뎅이를 들었다. 낮은 하늘로 외면하여 못 본 척하고 닭을 향하여 저편으로 널찍이 돌아내린다. 그러나 무덤까지 왔을 때 몸을 돌리며,

"후, 후, 후, 이 자식이 어딜 가 후—."

두 팔을 벌리고 쫓아간다. 산꼭대기로 치모니(아래에서 위로 몰아가니) 닭은 허둥지둥 갈 길을 모른다. 요리 매낀 조리 매낀, 꼬꼬댁거리며 속만 태울 뿐. 그러나 바위틈에 끼어 왈살스러운(매우 무지하고 포악하며 드센 데가 있는) 그 주먹에 모가지가 둘로 나기에는 불과 몇 분 못 걸렸다.

그는 으슥한 숲속으로 찾아들었다. 닭의 껍질을 홀랑 까고서 두 다리를 들고 찢으니 배창('배창자'의 북한어)이 옆구리로 꿰진다(약한 부분이 터지다). 그놈은 긁어 뽑아서 껍질과 한데 뭉치어 흙에 묻어 버린다.

고기가 생기고 보니 연하여 나느니 막걸리 생각. 이걸 부글부글 끓여 놓고 한 사발 떡 켰으면(물이나 술 따위를 단숨에 들이마셨으면) 똑 좋을 텐데 제기. 응칠이의 고기는 어디 떨어졌는지 술집까지 못 가는 고기였다. 아무려나 고기 먹고 술 먹고 거꾸론 못 먹느냐. 그는 닭의 가슴패기를 입에 들여대고 쭉 찢어 가며 먹기 시작한다. 쫄깃쫄깃한 놈이 제법 맛이 들었다. 가슴을 먹고 넓적다리, 볼기짝을 먹고 거반(거의 반) 반쯤을 다 해내고 나니 어쩐지 맛이 좀 적었다. 결국 음식이란 양념을 해야 하는군. 수풀 속으로 그냥 내던지고 그는 설렁설렁 내려온다. 솔숲을 빠져 화전께로 내려려 할 때 별안간 등 뒤에서,

"여보게, 저 응칠이 아닌가."

고개를 돌려 보니 대장간 하는 성팔이가 작달막한 체수(몸의 크기)에 들갑작거리며(몸을 몹시 흔들며 까불거리며) 고개를 넘어온다. 그런데 무슨 긴한 일이나 있는지 부리나케 달려들더니,

"자네 응고개 논의 벼 없어진 거 아나?"❻

응칠이는 그만 가슴이 덜컥 내려앉았다. 이 바쁜 때 농군의 몸으로 응고개까지 애를 써 갈 놈도 없으려니와 또한 하필 절 보고 벼의 없어짐을 말하는 것이 여간 심상치 않은 일이었다.❼

잡담 제하고 응칠이는,

내신 준비!

❻ ➔ 이 작품에서 핵심이 되는 사건이야. 이 사건을 중심으로 이야기가 전개되지.
❼ ➔ 응칠은 성팔을 벼 도둑으로 의심하고 있어.

수능 만점 선생님

"자넨 어째서 응고개까지 갔던가?"

하고 대담스레 그 눈을 쏘아보았다. 그러나 성팔이는 조금도 겁먹은 기색 없이,

"아, 어쩌다 지났지 뭘 그래."

하며 도리어 얼레발('엉너리'의 사투리. 남의 환심을 사기 위해 말을 슬쩍 어물거려 넘기려는 일)을 치고 덤비는 수작이다. 고얀 놈, 응칠이는 입때(이제껏) 다녀야 동무를 팔아 배를 채우고 그런 비열한 짓은 안 한다.[8] 낯을 붉히자 눈에 불이 보이며,

"어쩌다 지냈다?"

응칠이가 이 동리에 들어온 것은 어느덧 달이 넘었다. 인제는 물릴 때도 되었고, 좀 떠 보고자 생각은 간절하나 아우의 일로 말미암아 망설거리는 중이었다. 그는 오라는 데는 없어도 갈 데는 많았다. 산으로 들로 해변으로 발부리 놓이는 곳이 즉 가는 곳이다. 그러나 저물면은 그대로 쓰러진다. 남의 방앗간이고 헛간이고 혹은 강가, 시새장(모래톱). 물론 수가 좋으면 괴때기(괴꼴. 타작을 할 때에 생기는 벼 낟알이 섞인 짚북데기) 위에서 밤을 편히 잘 적도 있었다. 이렇게 하여 강원도 어수룩한 산골로 이리 넘고 저리 넘고 못 간 데 별로 없이 유람 겸 편답(遍踏, 이곳저곳을 돌아다님)하였다. 그는 한구석에 머물러 있음은 가슴이 답답할 만치 되우(아주 몹시) 괴로웠다.

그렇다고 응칠이가 본시 역마 직성이냐 하면 그런 것도 아니다.[9] 그도 오 년 전에는 사랑하는 아내가 있었고 아들이 있었고 집도 있었고, 그때야 어딜 하루라도 집을 떨어져 보았으랴. 밤마다 아내와 마주 앉으면 어찌 하면 이 살림이 좀 늘어 볼까 불어 볼까, 애간장을 태우며 갖은 궁리를 되하고(되풀이하고) 되하였다마는, 별 뾰족한 수는 없었다. 농사는 열심히 하는 것 같은데 알고 보면 남는 건 겨우 남의 빚뿐. 이러다가는 결말엔 봉변을 면치 못할 것이다. 하루는 밤이 깊어서 코를 골며 자는 아내를 깨웠다. 밖에 나아가 우리의 세간이 몇 개나 되는지 세어 보라 하였다. 그리고 저는 벼루에 먹을 갈아 찍어 들었다. 벽에 바른 신문지는 누렇게 끄을렀다. 그 위에다 아내가 불러 주는 물목(物目, 물건의 목록)대로 일일이 내려 적었다. 독이 세 개, 호미가 둘, 낫이 하나로부터 밥사발, 젓가락, 짚이 석 단까지 그다음에는 제가 빚을 얻어 온 데, 그 사람들의 이름을 쭉 적어 놓았다. 금액은 제각기

[8] ➔ 응칠은 전과자로서 자신의 행적은 생각도 않고 다른 이를 비난하고 있어. 해학적 인 표현이지.

[9] ➔ 응칠의 과거에 대한 이야기가 나오고 있어. 응칠도 과거에는 성실한 농군이었지.

그 아래다 달아 놓고, 그 옆으론 조금 사이를 떼어 역시 조선문^{(朝鮮文, 일제 강점기에, 우리}

_{말로 된 문장)}으로 나의 소유는 이것밖에 없노라. 나는 오십사 원을 갚을 길이 없으매 죄진 몸이라 도망하니 그대들은 아예 싸울 게 아니겠고 서로 의논하여 억울치 않도록 분배하여 가기 바라노라 하는 의미의 성명서를 벽에 남기자 안으로 문들을 걸어 닫고 울타리 밑구멍으로 세 식구가 빠져나왔다.

이것이 응칠이가 팔자를 고치던 첫날이었다.[10]

그들 부부는 돌아다니며 밥을 빌었다. 아내가 빌어다 남편에게, 남편이 빌어다 아내에게. 눈보라는 살을 엔다. 다 쓰러져 가는 물방앗간 한구석에서 섬^{(곡식 따위} _{를 담기 위해 짚으로 엮어 만든 그릇)}을 두르고 어린애에게 젖을 먹이며 떨고 있더니 여보게유 하고 고개를 돌린다. 왜 하니까 그 말이, 이러다간 우리도 고생일 뿐더러 첫째 어린애를 잡겠수, 그러니 서로 갈립시다, 하는 것이다. 하긴 그럴 법한 말이다. 쥐뿔도 없는 것들이 붙어 다닌댔자 별수는 없다. 그보다는 서로 갈리어 제 맘대로 빌어먹는 것이 오히려 가뜬하리라. 그는 선뜻 응낙하였다. 아내의 말대로 개가^{(改} _{嫁, 다른 남자에게 시집을 다시 가는 일)}를 해 가서 젖먹이나 잘 키우고 몸 성히 있으면 혹 연분이 닿아 다시 만날지도 모르니깐, 마지막으로 아내와 같이 땅바닥에서 나란히 누워 하룻밤을 새고 나서 날이 훤해지자 그는 툭툭 털고 일어섰다.

매팔자^(빈들빈들 놀면서도 먹고사는 걱정이 없는 경우를 이르는 말)란 응칠이의 팔자이겠다.

그는 버젓이 게트림^(거만스럽게 거드름을 피우며 하는 트림)으로 길을 걸어야 걸릴 것은 하나도 없다. 논 맬 걱정도, 호포^{(戶布, 고려 · 조선 때, 봄과 가을 두 철에 집집마다 물던 세(稅))} 바칠 걱정도, 빚 갚을 걱정, 아내 걱정, 또는 굶을 걱정도. 호동그란히^(거칠 것 없이) 털고 나서니 팔자 중에는 아주 상팔자다. 먹고만 싶으면 도야지구, 닭이구, 개구, 언제나 옆을 떠날 새 없겠지, 그리고 돈, 돈도.

그러나 주재소^(駐在所, 일제 강점기에, 순사가 사무를 보던 경찰의 말단 기관)는 그를 노려보았다. 툭하면 오라, 가라, 하는데 학질^(짜증날 만큼 귀찮고 피곤함)이었다. 어느 동리고 가 있다가 불행히 일만 나면 누구보다도 그부터 붙들려 간다. 왜냐면 그는 전과 사범이었다. 처음에는 도박으로, 다음엔 절도로, 또 고 담에는 절도로, 절도로.

그러나 이번 멀리 아우를 방문함은 생활이 궁하여 근대러^(몹시 성가시게 하러) 왔다거나 혹은 일을 해 보러 온 것은 결코 아니었다. 혈족이라곤 단 하나의 동생이요, 또

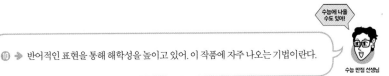

⑩ ➡ 반어적인 표현을 통해 해학성을 높이고 있어. 이 작품에 자주 나오는 기법이란다.

수능에 나올
수도 있어!

수능 만점 선생님

한 오래 못 본 지라 때 없이 그리웠다.⑪ 그래 모처럼 찾아온 것이 뜻밖에 덜컥 일을 만났다.

지금까지 논의 벼가 서 있다면 그것은 성한 사람의 짓이라 안 할 것이다.

응오는 응고개 논의 벼를 여태 베지 않았다. 물론 응오가 베어야 할 것이다. 누가 듣던지 그 형 응칠이를 먼저 의심하리라. 그럼 여기에 따르는 모든 책임을 응칠이가 혼자 지지 않으면 안 될 것이다.⑫

응오는 진실한 농군이었다. 나이 서른하나로 무던히 철났다 하고 동리에서 처주는 모범 청년이었다. 그런데 벼를 베지 않는다. 남은 다들 거둬들였고 털기까지 하련만 그는 벨 생각조차 않는 것이다.

지주라든 혹은 그에게 장리(長利, 돈이나 곡식을 꾸어 주고, 받을 때에는 한 해 이자로 본디 곡식의 절반 이상을 받는 변리)를 놓은 김 참판이든 뻔찔나게 찾아와 벼를 베라 독촉하였다.

"얼른 털어서 낼 건 내야지."

하면 그 대답은,

"계집이 죽게 됐는데 벼는 다 뭐지유—."

하고 한결같이 내뱉는 소리뿐이었다.

응오의 아내가 지금 기지사경(幾至死境, 거의 죽을 지경에 이름)이매 틈은 없었다 하더라도 돈이 놀아서(수중에 돈이 없어서) 약을 못 쓰는 이 판이니 진시(진작) 벼라도 털어야 할 것이다.

그러면 왜 안 털었던가.

그것은 작년 응오와 같이 지주 문전에서 타작을 하던 친구라면 묻지는 않으리라. 한 해 동안 애를 졸이며 홑자식 모양으로 알뜰히 가꾸던 그 벼를 거둬들임은 기쁨에 틀림없었다. 꼭두새벽부터 엣, 엣, 하며 괴로움을 모른다. 그러나 캄캄하도록 털고 나서 지주에게 도지(賭只, 풍년이나 흉년에 관계없이 해마다 내야 하는 소작료)를 제하고, 장리쌀(장리로 빌린 쌀)을 제하고, 색초(관아에 바치는 세금)를 제하고 보니 남은 것은 등줄기를 흐르는 식은땀이 있을 따름.⑬ 그것은 슬프다 하기보다 끝없이 부끄러웠다. 같이 털어 주던 동무들이 뻔히 보고 섰는데 빈 지게로 덜렁거리며 집으로 돌아오는 건 진정 열적기(좀 겸연쩍고 부끄럽기) 짝이 없는 노릇이었다. 참다 참다 못해 응오는 눈

---

⑪ ➡ 형 응칠은 동생 응오에 대한 형제애를 지니고 있음을 알 수 있어.

⑫ ➡ 응칠이 벼 도둑을 잡아야겠다고 다짐하는 계기란다.

⑬ ➡ 응오가 벼를 베지 않는 이유에 대해서 설명하고 있어.

아주 중요해!

수능 만점 선생님

에 눈물이 흘렀던 것이다.

가뜩한데 엎치고 덮치더라고 올해는 고나마 흉작이었다. 샛바람과 비에 벼는 깨깨 비틀렸다. 이놈을 가을하다간(거두어들이다간) 먹을 게 남지 않음은 물론이요 빚도 다 못 가릴 모양. 에라, 빌어먹을 거 너들끼리 캐다 먹든 말든 멋대로 하여라, 하고 내던져 두지 않을 수 없다. 벼를 거뒀다고 말만 나면 빚쟁이들은 우— 몰려들 거니깐.⑭

응칠이의 죄목은 여기에서도 또렷이 드러난다. 국으로(제 생긴 그대로, 또는 자기 주제에 맞게) 가만히만 있었더라면 좋은 걸 이 사품(어떤 동작이나 일이 진행되는 바람이나 겨를)에 뛰어들어 지주의 뺨을 제법 갈긴 것이 응칠이었다.

처음에야 그럴 작정이 아니었다. 그는 여러 곳 물을 마신 이만치 어지간히 속이 튄 건달이었다. 지주를 만나 까놓고 썩 좋은 소리로 의논하였다. 올 농사는 반실(半失, 절반쯤 잃거나 손해를 봄)이니 도지도 좀 감해 주는 게 어떠냐고. 그러나 지주는 암말 없이 고개를 모로 흔들었다.⑮ 정 이러면 하여튼 일 년 품은 빼야 할 테니 나는 그 논에다 불을 지르겠수, 하여도 잠자코 응치 않는다. 지주로 보면 자기로도 그 벼는 넉넉히 거둬들일 수는 있다마는, 한번 버릇을 잘못 해 놓으면 어느 작인까지 행실을 버릴까 염려하여 겉으로 독촉만 하고 있는 터이었다. 실상이야 고까짓 벼쯤 있어도 고만 없어도 고만, 그 심보를 눈치채고 응칠이는 화를 벌컥 낸 것만은 좋으나 저도 모르게 대뜸 주먹뺨이 들어갔던 것이다.

이렇게 문제 중에 있는 벼인데 귀신의 놀음 같은 변괴(變怪, 이상한 일)가 생겼다. 다시 말하면 벼가 없어졌다. 그것도 병들어 쓰러진 쭉정이는 제쳐 놓고 무엇으로 그랬는지 알장 이삭만 따 갔다. 그 면적으로 어림하면 아마 못 돼도 한 댓 말가량은 될는지!

응칠이가 아침 일찍이 그 논께로 노닐자 이걸 발견하고 기가 막혔다. 누굴 성가시게 굴려고 그러는지. 산속에 파묻힌 논이라 아직은 본 사람이 없는 모양 같다. 하나 동리에 이 소문이 퍼지기만 하면 저는 어느 모로든 혐의를 받아 폐는 좋

⑭ ➜ 일제 강점기 농촌 사회의 비참한 현실을 보여 주는 구절이야.
⑮ ➜ 지주와 소작농의 관계를 여실히 드러내고 있어. 작가는 이러한 구조적 모순을 비판하면서 소작농의 빈곤한 현실을 드러냈지.

주목!

수능 만점 선생님

이^(거리, 수량, 시간 따위가 어느 한도에 미칠 만하게) 입어야 될 것이다.

응칠이는 송이도 송이려니와 실상은 궁리에 바빴다. 속중^(속종. 마음속에 품은 소견)으로 지목 갈 만한 놈을 여럿 들어 보았으나 이렇다 찍을 만한 증거가 없다. 어쩌면 재성이나 성팔이 이 둘 중의 짓이리라, 하고 결국 이렇게 생각던 것도 응칠이가 아니면 안 될 것이다.

원수는 외나무다리에서 만났다.

응칠이는 저의 짐작이 들어맞음을 알고 당장에 일을 낼 듯이 성팔이의 눈을 들이 노렸다.

성팔이는 신이 나서 떠들다가 그 눈총에 어이가 질려서 고만 벙벙하였다. 그리고 얼굴이 핼쑥하여 마주 대고 쳐다보더니,

"그래, 자네 왜 그게 노하나. 지내다 보니깐 그렇길래 일테면 자네보고 얘기지 뭐."

하고 뒷갈망^(뒷갈망)을 못 하여 우물쭈물한다.

"노하긴 누가 노해!"

응칠이는 뻐팅겼던 몸에 좀 더 힘을 올리며,

"웅고개를 어쩨 갔더냐 말이지?"

"놀러 갔다 오는 길인데 우연히……."

"놀러 갔다, 거기가 노는 덴가?"^⑯

"글쎄, 그렇게까지 물을 게 뭔가. 난 웅고개 아니라 서울은 못 갈 사람인가."

하다가 성팔이는 속이 타는지 코로 후웅 하고 날숨을 길게 뽑는다.^⑰

이렇게 나오는 데는 더 물을 필요가 없었다. 성팔이란 놈도 여간내기가 아니요 구장네 솥인가 뭔가 떼다 먹고 한 번 다녀온 놈이었다. 많이 사귀지는 못했으나 동리 평판이 그놈과 같이 다니다가는 엉뚱한 일만 난다 한다. 이번에 응칠이 저 역시 그 섭수^{('수단(手段)'의 사투리)}에 걸렸음을 알고,

⑯ → 응칠은 수상쩍은 성팔을 취조하고 있어.

⑰ → 성팔의 이러한 태도는 무언가 켕기는 것이 있음을 방증하고 있어.

집중!

수능 만점 선생님

"그야 응고개라고 못 갈 리 없을 테······."

하고 한번 엇먹다(사리에 맞지 않는 말과 행동으로 비꼬다). 그러나 자네두 알다시피 거 어디야, 거기 바로 길이 있다든지 사람 사는 혹 모른다 하지마는 성한 사람이야 응고개에 뭘 먹으러 가나, 그렇지 자네야 심심하니까, 하고 앞을 꽉 눌러 등을 떠본다.

여기에는 대답 없고 성팔이는 덤덤히 처다만 본다. 무엇을 생각했는가 한참 있더니 호주머니에서 단풍 갑을 꺼낸다. 우선 제가 한 개를 물고 또 하나를 뽑아 내 대며,

"궐련 하나 피우게."

매우 듬직한 낯을 해 보인다.

이놈이 이에 밝기가 몹시 밝은 성팔이다. 턱없이 궐련 하나라도 선심을 쓸 궐자(厥者, '그'를 낮잡아 이르는 말)가 아니리라, 생각은 하였으나 그렇다고 예까지 부르대는 건 도리어 저의 처지가 불리하다.

그것은 짜장(과연 정말로) 그 손에 넘는 짓이니,

"아, 웬 궐련은 이래."

하고 슬쩍 눙치며(좋은 말로 마음을 풀어 누그러지게 하며),

"성냥 있겠나?"

일부러 불까지 거 대게 하였다.

응칠이에게 액을 떠넘기어 이용하려는 고 야심을 생각하면 곧 달려들어 다리를 꺾어 놔야 옳을 것이다. 그러나 이 마당에 떠들어 대고 보면 저는 드러누워 침 뱉기. 결국 도적은 뒤로 잡지 앞에서 어르는 법이 아니다. 동리에 소문이 퍼질 것만 두려워하며,

"여보게, 자네가 했건 내가 했건 간."

하고 과연 정다이 그 등을 툭 치고 나서,

"우리 둘만 알고 동리에 말을 내지 말게."

하다가 성팔이가 이 말에 되우 놀라며 눈을 말똥말똥 뜨니,

"그까진 벼쯤 먹으면 어떤가!"[18]

하고 껄껄 웃어 버린다.

성팔이는 한 굽 접히어 말문이 메였는지 얼떨하여 입맛만 다신다.

[18] ➡ 응칠은 성팔을 상대로 유도 심문하고 있어.

"아예 말은 내지 말게, 응 알지?"

하고 다시 다질 때에야 겨우 주저주저 입을 열어,

"내야 무슨 말을 내겠나."

하고 조금 사이를 떼어 또,

"내야 무슨 말을…… 그건 염려 말게."

하더니 비실비실 몸을 돌리어 저 갈 길을 내걷는다. 그러나 저 앞 고개까지 가는 동안에 두 번이나 돌아다보며 이쪽을 살피고 살피고 한 것만은 사실이었다.

응칠이는 그 꼴을 이윽히 ^(그윽이) 바라보고 입 안으로 죽일 놈, 하였다. 아무리 도적이라도 같은 동료에게 제 죄를 넘겨씌우려 함은 도저히 의리가 아니다.[19]

그건 그렇다 치고 응오가 더 딱하지 않은가. 기껏 힘들여 지어 놓았다 남 좋은 일 한 것을 안다면 눈이 뒤집힐 일이겠다.

이래서야 어디 이웃을 믿어 보겠는가.

확적히 증거만 있어 이놈을 잡으면 대번에 요절을 내리라 결심하고 응칠이는 침을 탁 뱉어 던지고 산을 내려온다.

그런데 그놈의 행티 ^(심술을 부리는 버릇) 로 가늠해 보면 응칠이 저만치는 때가 못 벗은 도적이다.[20] 어느 미친놈이 논두렁에까지 가새 ^(가위) 를 들고 오는가. 격식도 모르는 풋둥이가 그러려면 바로 조 낟가리나 수수 낟가리 말이지 그 속에 들어앉아 가위로 속닥거려야 들킬 리도 없고 일도 편하고 두 포대고 세 포대고 마음껏 딸 수도 있다. 그러나 틈 보고 집으로 나르면 그만이지만 누가 논의 벼를 다…… 그렇게도 벼에 걸신이 들었다면 바로 남의 집 머슴으로 들어가 한 달포 ^(한 달이 조금 넘는 기간) 동안 주인 앞에 얼렁거리며 ^(남의 비위를 맞추거나 환심을 사려고 더럽게 자꾸 아첨을 떨며) 신용을 얻어 오다가 주는 옷이나 얻어 입고 다들 잠들거든 볏섬이나 두둑이 짊어 메고 덜렁거리면 그뿐이다. 이건 맥도 모르는 게 남도 못살게 굴려고 에이 망할 자식두……. 그는 분노에 살이 다 부들부들 떨리는 듯싶었다. 그러나 이런 좀도적이란 봉이 나기 ^(들통이 나기) 전에는 바짝 물고 덤비는 법이었다. 오늘 밤에는 요놈을 지켰다 꼭 붙들어 가지고 정강이를 분질러 노리라.[21] 밥을 먹고는 태연히 막걸리 한 사발을 껄떡껄떡 들이켜자,

아주 중요해!

⑲ → 전과자인 응칠이 정의에 대해 이야기하는 장면을 통해 해학성이 드러나고 있어.
⑳ → 응칠은 벼 도둑의 행동에 대해 비난하고 있어. 역시나 우스꽝스러운 장면이지.
㉑ → 응칠은 자신이 꼭 벼 도둑을 잡겠다고 마음을 다잡고 있어.

수능 만점 선생님

"커! 가을이 되니깐 맛이 행결^('한결'의 사투리) 낫군!"

그는 주먹으로 입가를 쓱쓱 훔친 다음 송이 꾸러미에서 세 개를 뽑는다. 그리고 그걸 갈퀴같이 마른 주막 할머니 손에 내어 주며,

"옜수, 송이나 잡숫게유."^㉒

하고 술값을 치렀으나,

"아이, 송이두 고놈 참."

간사를 피우는 것이 겉으로는 반기는 척하면서도 좀 시쁜^(껄렁해 대수롭지 않은) 모양이다. 제 딴은 한 개에 삼 전씩 치더라도 구 전밖에 안 되니깐.

응칠이는 슬며시 화가 나서 그 얼굴을 유심히 들여다보았다. 움푹 들어간 볼때기에 저건 또 왜 저리 멋없이 불거졌는지 툭 나온 광대뼈하고 치마 아래로 남실거리는 발가락은 자칫 잘못 보면 황새 발목이니 이건 언제 잡아 가려고 남겨 두는 거야. 보면 볼수록 하나 이쁜 데가 없다. 한두 번 먹은 것도 아니요 언젠가 울타리께 풀을 베어 주고 술 사발이나 얻어먹은 적도 있었다. 그렇게 야멸치게 따질 건 뭔가. 그는 눈살을 흘깃 맞히고는 하나를 더 꺼내어,

"옜수, 또 하나 잡숫게유!"

내던져 주곤 댓돌에 가래침을 탁 뱉었다.

그제야 식성이 좀 풀리는지 그 가축으로^(몸 따위를 알뜰히 매만져서 거두면서) 웃으며,

"아이구, 이거 자꾸 주면 어떻게 해."

"어떡하긴 자꾸 살찌게유."

하고 한마디 툭 쏘고 일어서다가 무엇을 생각함인지 다시 툇마루에 주저앉는다.

"그런데 참 요즘 성팔이 보셨수?"

"아니, 당최 볼 수가 없더구면."

"술도 안 먹으러 와유?"

"안 와!"

하고는 입 속으로 뭐라고 중얼거리며 의아한 낯을 들더니,

"왜, 또 뭐 일이……?"

"아니유, 본 지가 하 오래니깐!"

응칠이는 말끝을 얼버무리고 고개를 돌리어 한데를 바라본다. 벌써 점심때가 되었는지 닭들이 요란히 울어 댄다. 논둑의 미루나무는 부 하고 또 부 하고 잎이 날리며 팔랑팔랑 하늘로 올라간다.

"성팔이가 이 마을에서 얼마나 살았지요?"

"글쎄, 재작년 가을이지 아마."

하고 장죽(長竹, 긴 담뱃대)을 빡빡 빨더니,

"근데 또 떠난다든가, 홍천인가 어디 즈 성님한테로 간대."

하고 그게 옳지, 여기서 뭘 하느냐, 대장간이라구 일이나 많으면 모르거니와 밤낮 파리만 날리는데 그보다는 형이 크게 농사를 짓는다니 그 뒤나 거들어 주고 국으로 얻어먹는 게 신상에 편하겠지. <mark>그래 불일간</mark>(不日間, 며칠 걸리지 아니하는 동안) <mark>처자식을 데리고 아마 떠나리라고 하고,</mark>[23]

"농군은 그저 농사를 지야돼."

"먹으러 또 오지유."

간단히 인사만 하고 응칠이는 다시 일어났다.

주막을 나서니 옷깃을 스치는 개운한 바람이다. 밭둔덕(밭머리와 밭 둘레의 두둑하게 높은 곳)의 대추는 척척 늘어진다. 머지않아 겨울은 또 오렷다. 그는 응오의 집을 바라보며 그간 죽었는지 궁금하였다.

응오는 봉당에 걸터앉았다. 그 앞 화로에는 약이 바글바글 끓는다. 그는 정신없이 들여다보고 앉았다.

우중충한 방에서는 아내의 가쁜 숨소리가 들린다. 색, 색 하다가 아이구, 하고는 까무러지게 콜록거린다. 가래가 치밀어 몹시 괴로운 모양. 뽑아 줄 사이가 없이 풀들은 뜰에 엉겼다. 흙이 드러난 지붕에서 망초가 휘어청휘어청 바람은 가끔 찾아와 싸리문을 흔든다. 그럴 적마다 문은 을씨년스럽게(날씨나 분위기 따위가 몹시 스산하고 쓸쓸한 데가 있게) 삐걱삐걱. 이웃의 발발이는 부엌에서 한창 바쁘게 달그락거린다. 마는, 아침에 아내에게 먹이고 남은 조죽(좁쌀로 쑨 죽)밖에야. <mark>아니 그것도 참 남편이 마저 긁었으니 사발에 붙은 찌꺼기뿐이리라.</mark>[24]

"거, 다 졸았나 부다."

㉓ ➡ 응칠은 성팔이 자신처럼 행동할 것으로 추측하고 있어.

㉔ ➡ 응오네를 통해 절망적인 상황에 처한 당시 소작농의 현실을 엿볼 수 있지.

㉕ ➡ 응오 아내의 병환이 위중함을 알 수 있어.

수능 만점 선생님

응칠이는 약이란 다 졸면 못 쓰니 고만 짜 먹여라 하였다. 약이라야 어제저녁 울(울타리) 뒤에서 옭아 들인 구렁이지만.

그러나 응오는 듣고도 흘렸는지 혹은 못 들었는지 잠자코 고개도 안 든다.

"옜다, 송이 맛이나 봐라."

하고 형이 손을 내밀 제야 겨우 시선을 들었으나 술이 거나한 그 얼굴을 거북 살스레 훑어본다. 그리고 송이를 고맙지 않게 받아 방에 치뜨리고는,

"이거나 먹어."

하다가,

"뭐?"

소리를 크게 질렀다. 그래도 잘 들리지 않으므로,

"뭐야 뭐야, 좀 똑똑히 하라니깐?"

하고 골피를 찌푸린다. 그러나 아내는 손짓만으로 무슨 소린지 알 수가 없다. 음성으로 치느니보다 종이 비비는 소리랄지, 그걸 듣기에는 지척도 멀었다.⑳

가만히 보다 응칠이는 제가 다 불안하여,

"뒤보겠다는 게 아니냐?"

"그럼 그렇다 말이 있어야지."

남편은 이내 짜증을 내며 몸을 일으킨다. 병약한 아내의 음성이 날로 변하여 감을 시방 안 것도 아니려만……⑳

그는 방바닥에 늘어져 꼬치꼬치 마른 반송장을 조심히 일으키어 등에 업었다.

울 밖 밭머리에 잿간(거름으로 쓸 재를 모아 두는 헛간)은 놓였다. 머리가 눌릴 만치 납작한 굴속이다. 게다 거미줄은 예제없이(구별없이) 엉키었다. 부춛돌 위에 내려놓으니 아내는 벽을 의지하여 웅크리고 앉는다. 그리고 남편은 눈을 멀뚱멀뚱 뜨고 지키고 서 있는 것이다.

이 꼴들을 멀거니 바라보다 응칠이는 마뜩지 않게 코를 횡 풀며 입맛을 다시었다. 응오의 짓이 어리석고 울화가 터져서이다. 요즘 응오가 형에게 잘 말도 않고 왜 어딱비딱하는지 그 속은 응칠이도 모르는 바 아닐 것이다.

응오가 이 아내를 찾아올 때 꼭 삼 년간을 머슴을 살았다. 그처럼 먹고 싶던 술 한 잔 못 먹었고, 그처럼 침을 삼키던 그 개고기 한 메 물론 못 샀다. 그리고 사경

내신 준비!

⑳ ➡ 빈곤한 생활을 이어 가던 응오는 아내 간병까지 겹쳐 점점 지쳐 가고 있어.

수능 만점 선생님

^(머슴이 주인에게 한 해 동안 수고의 대가로 받는 돈이나 물건)을 받는 대로 꼭꼭 장리를 놓았으니 후일 선채^(先債, 이전에 진 빚)로 썼던 것이다. 이렇게까지 근사^(勤仕, 자기가 맡은 일에 부지런히 힘씀)를 모아 얻은 계집이련만 단 두 해가 못 가서 이 꼴이 되고 말았다.

그러나 이 병이 무슨 병인지 도시 모른다. 의원에게 한 번이라도 변변히 뵈 본 적이 없다. 혹 안다는 사람의 말인즉 뇌점^(폐결핵)이니 어렵다 하였다. 돈만 있으면 야 뇌점이고 염병이고 알 바가 못 될 거로되 사날^(사나흘) 전 거리로 쫓아 나오며,

"성님!"

하고 팔을 챌 적에는 응오도 어지간히 급한 모양이었다.

"왜?"

응칠이가 몸을 돌리니 허둥지둥 그 말이 이제는 별도리가 없다. 있다면 꼭 한 가지가 남았으니 그것은 엊그저께 산신을 부리는 노인이 이 마을에 오지 않았는 가. 그 노인이 응오를 특히 동정하여 십오 원만 들여 산치성^(산신에게 정성을 드리는 일)을 올리면 씻은 듯이 낫게 해 주리라는데.

"성님은 언제나 돈 만들 수 있지유?"

"거, 안 된다. 치성 들여 날 병이 안 낫겠니."

하여 여전히 딱 떼고 그러게 내 뭐래든, 애초에 계집 다 내버리고 날 따라 나서 랬지, 하고,

"그래 농군의 살림이란 제 목 매기라지!"^㉗

그러나 아우가 암말 없이 몸을 획 돌리어 집으로 들어갈 제 응칠이는 속으로 또 괜한 소리를 했구나, 하였다.

응오는 도로 아내를 업어다 방에 뉘었다. 약은 다 졸았다. 불이 삭기 전 짜야 할 것이다. 식기를 기다려 약사발을 입에 대어 주니 아내는 군말 없이 그 구렁이 물을 껄덕껄덕 들이마신다.

응칠이는 마당에 우두커니 앉았다. 사람의 목숨이란 과연 중하군 하였다. 그러나 계집이라는 저 물건이 저렇게 떼기 어렵도록 중할까, 하니 암만해도 알 수 없고.

"너 참 요 건너 성팔이 알지?"

"……."

㉗ ➔ 식민지 농촌 사회에서 농사꾼으로 살아가는 것이 얼마나 힘든 일인지를 잘 드러 낸 부분이야.

집중!

수능 만점 선생님

"너하고 친하냐?"

"……"

"성(형)이 뭐래는데 거 대답 좀 하렴."

하고 소리를 빽 질러도 아우는 대답은 말고 고개도 안 든다. 그러나 응칠이는 하늘을 쳐다보고 트림만 끄윽 하고 말았다. 술기가 코를 꽉꽉 찔러야 할 터인데 이건 풋김치 냄새만 코밑에서 뱅뱅 돈다. 공짜 김치만 퍼먹을 게 아니라 한 잔 더 했더라면 좋았을걸. 그는 일어서서 대를 허리에 꽂고 궁둥이의 흙을 털었다. 벼 도둑맞은 이야기를 할까, 하다가 아서라 가뜩이나 울상이 속이 쓰릴 것이다. 그 보다는 이놈을 잡아 놓고 낭중 희짜를 뽑는(가진 것이 없으면서 짐짓 분수에 넘치게 구는) 것이 점 잖겠지.[28]

그는 문밖으로 나와 버렸다.

답답한 아우의 살림을 보니 역 답답하던 제 살림이 연상되고 가슴이 두루 답답하였다. 이런 때에는 무가 십상(꼭 알맞음)이다. 사실 하느님이 무를 마련해 낸 것은 참으로 은혜로운 일이다. 맥맥할 때(코가 막혀 숨쉬기가 답답할 때) 한 개를 씹고 보면 꿀꺽 하고, 쿡 치는 그 맛이 좋고, 남의 무밭에 들어가 하나를 쑥 뽑으니 가락무. 이키, 이거 오늘 운수 대통이로군. 내던지고 그다음 놈을 뽑아 들고 개울로 내려온다. 물에 쓱쓰윽 닦아서는 꽁지는 이로 베어 던지고 어썩 깨물어 붙인다.

개울 둔덕에 포플러는 호젓하게도 매출히(매초롬히. 젊고 건강해 아름다운 태가 있게) 컸다. 자갈돌은 그 밑에 옹기종기 모였다. 가생이로 잔디가 소보록하다. 응칠이는 나가 자빠져 마을을 건너다보며 눈을 멀뚱멀뚱 굴리고 누웠다. 산이 삥삥 둘리어 숨이 콕 막힐 듯한 그 마을.

아리랑 아리랑 아라리요[29]
아리랑 띄어라 노다 가세
증기차는 가자고 왼 고동 트는데
정든 님 품 안고 낙누낙누
아리랑 띄어라 노다 가세

㉘ ➡ 응칠은 동생을 배려해 논이 도둑맞았다는 사실을 숨기고 있어.

㉙ ➡ 당시 농민들의 비애가 담긴 노래야. 응칠의 현실적 상황과 심정을 반영하고 있기도 하지.

수능에 나올 수도 있어!

수능 만점 선생님

낼 갈지 모레 갈지 내 모르는데

옥씨기 강낭이는 심어 뭐하리

아리랑 아리랑 아라리요

아리랑 띄어라……

　그는 콧노래로 이렇게 흥얼거리다 갑작스레 강릉이 그리웠다. 펄펄 뛰는 생선이 좋고, 아침 햇살이 빗기어 힘차게 출렁거리는 그 물결이 좋고. 이까짓 둠(못이나 늪) 구석에서 쪼들리는 데 대다니. 그래도 즈이 딴엔 무어 농사 좀 지었답시고 악을 복복(귀찮을 만큼 번거롭게) 쓰며 잘도 떠들어 댄다. 하지만 그런 중에도 어디인가 형언치 못할 쓸쓸함이 떠돌지 않는 것도 아니다. 삼십여 년 전 술을 빚어 놓고 쇠를 울리고 흥에 질리어 어깨춤을 덩실거리고 이러던 가을과는 저 딴 쪽이다. 가을이 오면 기쁨에 넘쳐야 될 시골이 점점 살기만 띠어 옴은 웬일인고.⑳ 이렇게 보면 재작년 가을 어느 밤 산중에서 낫으로 사람을 찍어 죽인 강도가 문득 머리에 떠오른다. 장을 보고 오는 농군을 농군이 죽였다. 그것도 많이나 되었으면 모르되 빼앗은 것이 한껏 동전 네 닢에 수수 일곱 되, 게다가 흔적이 탄로 날까 하여 낫으로 그 얼굴의 껍질을 벗기고 조짓대강이 이기듯 끔찍하게 남기고 조긴(마구 두들기거나 패다라는 뜻의 북한어) 망나니다. 흉악한 자식. 그 알량한 돈 사 전에, 나 같으면 가여워 덧돈(웃돈)을 주고라도 왔으리라. 이번 놈은 그 따위 각다귀(각다귓과의 곤충을 통틀어 이르는 말. 모양은 모기와 비슷하나 크기는 더 큼)나 아닐는지 할 때 찬김(식어서 차가운 김)과 아울러 치미는 소름에 머리끝이 다 쭈뼛하였다. 그간 아우의 농사를 대신 돌봐 주기에 이럭저럭 날이 늦었다. 오늘 밤에는 이놈을 다리를 꺾어 놓고 내일쯤은 봐서 설렁설렁 뜨는 것이 옳은 일이겠다.㉛ 이 산을 넘을까 저 산을 넘을까 주저거리며 속으로 점을 치다가 슬그머니 코를 골아 올린다.
　밤이 내리니 만물은 고요히 잠이 든다. 검푸른 하늘에 산봉우리는 울퉁불퉁 물결을 치고 흐릿한 눈으로 별은 떴다. 그러다 구름 떼가 몰려 닥치면 깜깜한 절벽이 된다. 또한 마을 한복판에는 거친 바람이 오락가락 쓸쓸히 궁글고(소리가 웅숭깊고) 이따금 코를 찌르는 후련한 산사 내음. 북쪽 산 밑 미루나무에 싸여 주막이 있

⑳ ➜ 일제 강점기 전에는 살맛이 났던 농촌의 풍요로움이 궁핍함과 각박함으로 바뀌었음을 드러내고 있어.

㉛ ➜ 응칠은 도둑을 잡은 후에 마을을 떠나려고 하고 있어.

내신 준비!

수능 만점 선생님

는데 유달리 불이 반짝인다. 노세, 노세, 젊어서 놀아. 노랫소리는 나직나직 한산히 흘러온다. 아마 벼를 뒷심 대고 외상이리라.

응칠이는 잠자코 벌떡 일어나 바깥으로 나섰다. 그리고 다 나와서야 그 집 친구에게 눈치를 안 채이도록,❷

"내 잠깐 다녀옴세!"

"어딜 가나?"

친구는 웬 영문을 몰라서 뻔히 쳐다보다 밤이 이렇게 늦었으니 나갈 생각 말고 어여 이리 들어와 자라 하였다. 기껏 둘이 앉아서 개코쥐코(쓸데없는 이야기를 이러쿵저러쿵 늘어놓는 모양) 떠들다가 갑자기 일어서니까 꽤 이상한 모양이었다.

"건넛마을 가 담배 한 봉 사 올라구."

"담배 여 있는데 또 사 뭐하나?"

친구는 호주머니에서 군이 희연봉을 꺼내어 손에 들어 보이더니,

"이리 들어와 섬이나 좀 쳐주게."

"아 참, 깜빡……."

하고 응칠이는 미안스러운 낯으로 뒤통수를 긁적긁적한다. 하기는 섬을 좀 쳐 달라고 며칠째 당부하는 걸 노름에 몸이 팔려 그만 잊고 잊고 했던 것이다. 먹고 자고 이렇게 신세를 지면서 이건 썩 안됐다, 생각은 했지만,

"내 곧 다녀올걸 뭐."

어정쩡하게 한마디 남기곤 그 집을 뒤에 남긴다.

그러나 이 친구는,

"그럼, 곧 다녀오게!"

하고 때를 재치는(재촉하는) 법은 없었다. 언제나 여일같이,

"그럼 잘 다녀오게!"

이렇게 그 신상만 편하기를 비는 것이다.

응칠이는 모든 사람이 저에게 그 어떤 경의를 갖고 대하는 것을 가끔 느끼고 어깨가 으쓱거린다. 백판(白板, 아무것도 모르는 상태) 모르는 사람도 데리고 앉아서 몇 번 말만 좀 하면 대뜸 구부러진다. 그렇게 장한 것인지 그 일을 하다가, 그 일이라야 도적질이지만, 들어가 욕보던 이야기를 하면 그들은 눈을 커다랗게 뜨고,

❷ ➡ 응칠은 도둑에게 들키지 않고 잠복하기 위해 아무렇지 않게 집을 빠져나오려고 하지.

수능 만점 선생님

김유정 _ 만무방 **129**

"아이구, 그걸 어떻게 당하셨수!"

하고 적이^(다소) 놀라면서도,

"그래 그 돈은 어떡했수?"

"또 그럴 생각이 납디까요?"

"참, 우리 같은 농군에 대면 호강살이유!"^{③③}

하고들 한편 썩 부러운 모양이었다. 저들도 그와 같이 진탕 먹고 살고는 싶으나 주변 없어 못하는 그 울분에서 그런 이야기만 들어도 다소 위안이 되는 것이다. 응칠이는 이걸 잘 알고 그 누구를 논에다 거꾸로 박아 놓고 달아나다가 붙들리어 경치던^(혹독하게 벌을 받던) 이야기를 부지런히 하며,

"자네들은 안적^('아직'의 사투리) 멀었네, 멀었어."^{③④}

하고 흰소리^(터무니없이 허풍을 떠는 소리)를 치면 그들은, 옳다는 뜻이겠지, 묵묵히 고개만 꺼떡꺼떡하며 속없이 술을 사 주고 담배를 사 주고 하는 것이다.

그런데 이번 벼를 훔쳐 간 놈은 응칠이를 마구 넘보는 모양 같다.

이렇게 생각하면 응칠이는 더욱 괘씸하였다. 그는 물푸레 몽둥이를 벗 삼아 논둑길을 질러서 산으로 올라간다.

이슥한 그믐칠야^(음력 그믐께의 매우 어두운 밤).

길은 어둡고 흐릿한 언저리만 눈앞에 아물거린다.

그 논까지 칠 마장^(거리의 단위. 오 리나 십 리가 못 되는 거리)은 느긋하리라. 이 마을을 벗어나는 어귀에 고개 하나를 넘는다. 또 하나를 넘는다. 그러면 그다음 고개와 고개 사이에 수목이 울창한 산 중턱을 비겨 대고 몇 마지기의 논이 놓였다. 응오의 논은 그중의 하나이었다. 길에서 썩 들어앉은 곳이라 잘 뵈도 않는다. 동리에 그런 소문이 안 났을 때에는 천행으로 본 놈이 없을 것이나 반드시 성팔이의 성행^(性行, 성질과 행실)임에는……

응칠이는 공동묘지의 첫 고개를 넘었다. 그리고 다음 고개의 마루턱을 올라섰을 때 다리가 주춤하였다. 저 왼편 높은 산고랑에서 불이 반짝 하다 꺼진다. 짐승불로는 너무 흐리고…… 아하, 이놈들이 또 왔군. 그는 가던 길을 옆으로 새었다. 더듬더듬 나뭇가지를 짚으며 큰 산으로 올라간다. 바위는 미끄러져 내리며 발등

③③ ➡ 주변 사람들은 응칠의 반사회적인 행동을 부러워하고 있어. 이러한 모습은 씁쓸한 웃음을 유발하지.

③④ ➡ 응칠은 으스대며 도적질하던 생활을 자랑하고 있어. 작가의 의도가 담긴 반어적 표현이지.

내신 준비!

수능 만점 선생님

을 찧는다. 딸기 가시에 종아리는 따갑고 엉금엉금 기어서 바위를 끼고 감돈다.

산, 거반 꼭대기에 바위와 바위가 어깨를 겯고^(풀어지지 않도록 결치고) 움쑥 들어간 굴이 있다. 풀들은 뻗치어 굴문을 막는다.

그 속에 돌아앉아서 다섯 놈이 머리를 맞대고 수군거린다. 불빛이 샐까 염려다. 남폿불을 얕이 달아 놓고 몸들을 바싹바싹 여미어 가리운다.

"어서 후딱후딱 쳐, 갑갑해서 원."

"이번엔 누가 빠지나?"

"이 사람이지 뭘 그래."

"다시 섞어, 어서 이따위 수작이야."

하고 **한 놈이 골을 내고 화투를 빼앗아 제 손으로 섞다가 깜짝 놀란다. 그리고 버썩 대드는 응칠이를 벙벙히 쳐다보며 얼떨한다.**[35]

그들은 응칠이가 오는 것을 완고척이 싫어하는 눈치였다. 이런 애송이 노름판인데 응칠이를 들였다가는 맥을 못 쓸 것이다. 속으로는 되우 꺼렸지마는 그렇다고 응칠이의 비위를 건드림은 더욱 좋지 못하므로,

"아, 응칠인가, 어서 들어오게."

하고 선웃음^(우습지 않은 상황에서 꾸며서 내는 웃음)을 치는 놈에,

"난 올 듯하기에, 자넬 기다렸지."

하며 어수대는^(으스대는) 놈,

"하여튼 한 케 떠 보세."

이놈들은 손을 잡아들이며 썩들 환영이었다.

응칠이는 그 속으로 들어서며 무서운 눈으로 좌중을 한번 훑어보았다.

그런데 재성이도 그 틈에 끼여 있는 것이 아닌가. 사날 전만 해도 응칠이더러 먹을 양식이 없으니 돈 좀 취하라던 놈. 의심이 부썩 일었다. **도둑이란 흔히 이런 노름판에서 씨가 퍼진다.**[36] 그 옆으로 기호도 앉았다. 이놈은 며칠 전 제 계집을 팔았다. **그 돈으로 영동 가서 장사를 하겠다던 놈이 노름을 왔다.**[37] 제간 주제에 딸 듯싶은가. 하나는 용구. 농사엔 힘 안 쓰고 노름에 몸이 달았다. 시키는 부역도 안 나온다고 동리에서 손도^(損徒, 도덕적으로 잘못한 사람을 그 지역에서 내쫓음)를 맞을 놈이다.

---

[35] ➡ 농군들이 노름하는 모습을 통해 당시 농촌에서는 모두가 만무방이 될 수밖에 없음을 말하고 있지. [36] ➡ 응칠은 이 도박판에 도둑이 있을 거라고 생각하고 있네.
[37] ➡ 기호는 아내를 판 돈으로 노름하고 있어. 작가는 이러한 모습을 통해 일제 강점기 농촌의 참상을 고발하고 있지.

아주 중요해!

수능 만점 선생님

그리고 남의 집 머슴 녀석. 뽐을 내고 멋없이 점잔을 피우는 중늙은이 상투쟁이, 이 물건은 어서 날아왔는지 보지도 못하던 놈이다. 체 이것들이 뭘 한다구!

응칠이는 기호의 등을 꾹 질러 가지고 밖으로 나왔다. 외딴곳으로 데리고 와서,

"자네 돈 좀 없겠나?"

하고 돌아서다가,

"웬걸 돈이 어디……."

눈치만 남고 어름어름하니,

"아내와 갈렸다지, 그 돈 다 뭐했나?"

"아 이 사람아, 빚 갚았지!"

기호는 눈을 내리깔며 매우 거북한 모양이다.

오른편 엄지로 한 코를 막고 흥 하고 내뿜더니 이번 빚에 졸리어 죽을 뻔했네 하고 묻지 않는 발뺌까지 얹어서 설대(담배통과 물부리 사이에 끼워 맞추는 가느다란 대)로 등어리를 긁죽긁죽한다.

그러나 응칠이는 속으로 이놈, 하였다.

응칠이는 실눈을 뜨고 기호를 유심히 쏘아 주었더니,

"꼭 사 원 남았네."

하고 선뜻 알리고,

"빚 갚고 뭣하고 흐지부지 녹았어."

어색하게도 혼자말로 우물쭈물 웃어 버린다.

응칠이는 퉁명스러이,

"나 이 원만 최게(빌려주게)."

하고 손을 내대다 그래도 잘 듣지 않으매,

"따서 둘이 노눌 테야, 누가 떼먹나."

하고 소리가 한번 빽 아니 나올 수 없다.

이 말에야 기호도 비로소 안심한 듯, 저고리 섶을 쳐들고 훔척거리다(보이지 아니하는 데 있는 것을 찾으려고 이리저리 자꾸 더듬어 뒤지다) 쭈뼛쭈뼛 꺼내 놓는다. 딴은 응칠이의 솜씨면 낙자는 없을 것이다. 설혹 재간이 모자라 잃는다면 우격이라도 도로 몰아갈 테니깐.

"나두 한 케 떠 보세."

응칠이는 우자스레(보기에 어리석은 데가 있게) 굴로 기어든다. 그 콧등에는 자신 있는 그

리고 흡족한 미소가 떠오른다. 사실이지 노름만큼 그를 행복하게 하는 건 다시 없었다.[38] 슬프다가도 화투나 투전장을 손에 들면 공연스레 어깨가 으쓱거리고 아무리 일이 바빠도 노름판은 옆에 못 두고 지난다. 그는 이놈 저놈의 눈치를 슬쩍 한번 훑고,

"두 패루 너누지?"

응칠이는 재성이와 용구를 데리고 한옆으로 비켜 앉았다. 그리고 신바람이 나서 화투를 섞다가 손을 따악 짚으며,

"튀전('투전'의 사투리)이래지 이깐 화투는 하튼 뭘 할 텐가, 녹빼킨가 켤 텐가?"

"약단이나 그저 보지!"

사방은 매섭게 조용하였다. 바위 위에서 혹 바람에 모래 구르는 소리뿐이다. 어쩌다,

"옜다 봐라."

하고 화투짝이 쩔꺽, 한다. 그리곤 다시 쥐죽은 듯 잠잠하다.

그들은 이욕(利慾, 사사로운 이익을 탐내는 욕심)에 몸이 달아서 이야기고 뭐고 할 여지가 없다.[39] 행여 속지나 않는가 하여 눈들이 빨개서 서로 독을 올린다. 어떤 놈이 뜯는 놈이고 어떤 놈이 뜯기는 놈인지 영문 모른다.

응칠이가 한 장을 내던지고 명월 공산을 보기 좋게 떡 젖혀 놓으니,

"이거 왜 수짜질(수작질)이야!"

용구는 골을 벌컥 내며 쳐다본다.

"뭐가?"

"뭐라니, 아, 이 공산 자네 밑에서 빼내지 않았나?"

"봤으면 고만이지 그렇게 노할 건 또 뭔가!"

응칠이는 어설피 입맛을 쩍쩍 다시다,

"그럼 이번엔 파토지?"

하고 손의 화투를 땅에 내던지며 껄껄 웃어 버린다.

이때 한옆에서 별안간,

"이 자식, 죽인다!"

---

38 ➡ 절도뿐만 아니라 노름까지 일삼는 응칠은 대표적인 만무방이라고 할 수 있어.

39 ➡ 농민들은 성실하게 일하려 하는 게 아니라, 노름을 통해 일확천금을 노리고 있어. 당시 사회가 얼마나 비정상적이었는지 짐작할 수 있지.

악을 쓰는 것이니 모두들 놀라며 시선을 몬다. 머슴이 마주 앉은 상투의 뺨을 갈겼다. 말인즉 매조 다섯 끗을 엎어쳤다고.

하나 정말은 돈을 잃은 것이 분한 것이다. 이 돈이 무슨 돈이냐 하면 일 년 품을 판 피 묻은 사경이다. 이런 돈을 송두리 먹히다니.

"이 자식, 너는 야마시(사기)꾼이지. 돈 내라."

멱살을 훔켜잡고 다시 두 번을 때린다.

"허, 이놈이 왜 이러누, 어른을 몰라보고."

상투는 책상다리를 잡숫고 허리를 쓰윽 펴더니 점잖이 호령한다. **자식뻘 되는 놈에게 뺨을 맞는 건 말이 좀 덜된다.**⑩ 악이 올라서 곧 일을 칠 듯이 엉덩이를 번쩍 들었으나 그러나 그대로 주저앉고 말았다. 악에 바짝 받친 놈을 건드렸다가는 결국 이쪽이 손해다. 더럽단 듯이 허, 허 웃고,

"버릇없는 놈 다 봤고!"

하고 꾸짖은 것은 잘됐으나 기어이 어이쿠, 하고 그 자리에 푹 엎어진다. 이마가 터져서 피가 흘렀다. 어느 틈엔가 돌멩이가 날아와 이마의 가죽을 터친 것이다.

응칠이는 싱글거리며 굴을 나섰다. 공연스레 쑥스럽게 일이나 벌어지면 성가신 노릇이다. 그리고 돈 백이나 될 줄 알았더니 다 봐야 한 사십 원 될까 말까. 그걸 바라고 어느 놈이 앉았는가.

그가 딴 것은 본밑(본래의 기본 자산)을 알라 구 원하고 팔십 전이다. 기호에게 오 원을 내주고,

"자, 반이 넘네. 자네 계집 잃고 돈 잃고 호강이겠네."

농담으로 비웃어 던지고는 숲속으로 설렁설렁 내려온다.

"여보게, 자네에게 청이 있네."

재성이 목이 말라서 바득바득 따라온다. 그 청이란 묻지 않아도 알 수 있었다. 저에게 돈을 다 빼앗기곤 구문이겠지. 시치미를 딱 떼고 나 갈 길만 걷는다.

"여보게 응칠이, 아, 내 말 좀 들어!"

그제는 팔을 잡아낚으며 살려 달라 한다. 돈을 좀 늘릴까 하고 벼 열 말을 팔아 해 보았더니 다 잃었다고. 당장 먹을 게 없어 죽을 지경이니 노름 밑천이나 하

⑩ ➡ 해학성이 드러나는 장면 중 하나야. 도박판에서 사기를 치다가 맞았음에도 상대 방이 예의를 갖추지 않는다며 꾸짖고 있지.

게 몇 푼 달라는 것이다. 그러나 벼를 털었으면 그저 먹을 것이지 어쭙잖게 노름은……

"그런 걸 왜 너보고 하랬어?"

하고 돌아서며 소리를 빽 지르다가 가만히 보니 눈에 눈물이 글썽하다. 잠자코 돈이 원을 꺼내 주었다.⑪

응칠이는 돌에 앉아서 팔짱을 끼고 덜덜 떨고 있다.

사방은 빙 돌리어 나무에 둘러싸였다. 거무튀튀한 그 형상이 헐없이 무슨 도깨비 같다. 바람이 불 적마다 쏴 하고 쏴 하고 음충맞게(성질이 매우 음흉하고 불량하게) 건들거린다. 어느 때에는 쩍, 쩍 하고 목을 따는지 비명도 울린다.

그는 가끔 뒤를 돌아보았다. 별일은 없을 줄 아나 호옥 뭐가 덤벼들지도 모른다. 서낭당(토지와 마을을 지켜 준다는 서낭신을 모시는 집)은 바로 등 뒤다. 족제빈지 뭔지, 요동(搖動, 흔들리어 움직임) 통에 돌이 무너지며 바스락바스락한다. 그 소리가 묘하게도 등줄기를 쪼옥 긁는다. 어두운 꿈속이다. 하늘에서 이슬은 내리어 옷깃을 축인다. 공포도 공포려니와 냉기로 하여 좀체 견딜 수가 없었다.

산골은 산신까지도 주렸으렷다. 아들 낳아 달라고 떡 갖다 바칠 이 없을 테니까.⑫ 이놈의 영감님 홧김에 덥석 달려들면, 앞뒤를 다시 한번 휘돌아본 다음 설대를 뽑는다. 그리고 오금팽이(구부러진 물건에서 오목하게 굽은 자리의 안쪽)로 불을 가리고는 한 대 뻑뻑 피워 물었다. 논은 여남은 칸 떨어져 그 아래 누웠다. 일심정기(一心正氣, 천도교에서, 한결같은 마음과 바른 기운을 이르는 말)를 다하여 나무 틈으로 뚫어지게 보고 앉았다. 그러나 땅에 대를 털려니까 풀숲이 이상스러이 흔들린다. 뱀, 뱀이 아닌가. 구시월 뱀이라니 물리면 고만이다. 자리를 옮겨 앉으며 손으로 입을 막고 하품을 터친다.

아마 두어 시간은 더 넘었으리라. 이놈이 필연코 올 텐데 안 오니 또 무슨 조활까. 이 짓이란 소문이 나기 전에 한 번 더 와 보는 것이 원칙이다. 잠을 못 자서 눈이 뻑뻑한 것이 제물에 슬금슬금 감긴다. 이를 악물고 눈을 뒵쓰면 이번에는 허리가 노글거린다(조금 무르고 보드랍게 되거나 뭉쳐 있던 것이 풀리다). 속은 쓰리고 골치는 때리고. 불꽃같은 노기가 불끈 일어서 몸을 옥죄인다. 이놈의 다리를 못 꺾어 놔도 애비 없는 후레자식이겠다.⑬

⑪ ➡ 응칠은 막돼먹은 만무방이지만, 인간미까지 잃은 인물은 아니야.
⑫ ➡ 당시의 궁핍한 현실을 보여 주는 부분이야. 너무 가난해서 떡을 놓고 제사를 지낼 수가 없으니 산신도 굶주릴 거라는 뜻이지.
⑬ ➡ 자신을 기다리게 하는 도둑에 대한 분노가 느껴지는 장면이야.

집중!

수능 만점 선생님

닭들이 세 홰(새벽에 닭이 올라앉은 나무 막대를 치면서 우는 차례를 세는 단위)를 운다. 멀리 산을 넘어오는 그 음향이 퍽은 서글프다. 큰비를 몰아드는지 검은 구름이 잔뜩 낀다. 하긴 지금도 빗방울이 뚝, 뚝, 떨어진다.

그때 논둑에서 희끄무레한 허깨비 같은 것이 얼씬거린다.❹ 정신을 바짝 차렸다. 영락없이 성팔이, 재성이 그들 중의 한 놈이리라. 이 고생을 시키는 그놈! 이가 북북 갈리고 어깨가 다 식식거린다. 몽둥이를 잔뜩 후려잡았다. 그리고 벌떡 일어나서 나무줄기를 끼고 조심조심 돌아내린다. 하나 도랑쯤 내려오다가 그는 멈칫하여 몸을 뒤로 물렸다. 늑대 두 놈이 짝을 짓고 이편 산에서 저편 산으로 설렁설렁 건너가는 길이었다. 빌어먹을 늑대, 이것까지 말썽이람. 이마의 식은땀을 씻으며 도로 제자리로 돌아온다. 어쩌면 이번 이놈도 재작년 강도 짝이나 안 될는지. 급시로 불길한 예감이 뒤통수를 탁 치고 지나간다.

그는 옷깃을 여미어 한 대를 더 붙였다. 돌연히 풍세는 심하여진다. 산골짜기로 몰아드는 억센 놈이 가끔 발광이다. 다시금 더르르 몸을 떨었다. 가을은 왜 이 지경인지. 여기에서 밤을 새울 생각을 하니 기가 찼다.

얼마나 되었는지 몸을 좀 녹이고자 일어나서 서성서성할 때이었다. 논으로 다가오는 희미한 그림자를 분명히 두 눈으로 보았다. 그러고 보니 피로고,

한고(寒苦, 심한 추위로 말미암은 괴로움)이고 다 딴소리다. 고개를 내대고 딱 버티고 서서 눈에 쌍심지를 올린다.

흰 그림자는 어느 틈엔가 어둠 속에 사라져 보이지 않는다. 그리고 다시 나올 줄을 모른다. 바람 소리만 왱, 왱, 칠 뿐이다. 다시 암흑 속이 된다. 확실히 벼를 훔치러 논 속으로 들어갔을 것이다. 여깽이('여우'의 사투리) 같은 놈이 궂은 날씨를 기회 삼아 맘껏 하겠지. 의리 없는 썩은 자식, 격장(隔牆, 담을 사이에 두고 서로 이웃함)에서 같이 굶는 터에…… 오냐 대거리만 있거라. 이를 한번 부드득 갈아붙이고 차츰차츰 논께로 내려온다.

응칠이는 논께로 바특이(조금 가깝게) 내려서서 소나무에 몸을 착 붙였다. 섣불리 서둘다간 남의 횡액(橫厄, 뜻밖에 닥쳐오는 불행)을 입을지도 모른다. 다 훔쳐 가지고 나올 때만 기다린다. 몸뚱이는 잔뜩 힘을 올린다.

한 식경(食頃, 밥을 먹을 동안이라는 뜻으로, 잠깐 동안을 이르는 말)쯤 지났을까, 도적은 다시 나타난다. 논둑에 머리만 내놓고 사면을 두리번거리더니 그제야 기어 나온다. 얼굴에는 눈만 내놓고 수건인지 뭔지 헝겊이 가리었다. 봇짐을 등에 짊어 메고는 허리를 구붓이 뺑손을 놓는다.

그러자 응칠이가 날쌔게 달려들며,

"자식, 남의 벼를 훔쳐 가니!"

하고 대포처럼 고함을 지르니 논둑으로 고대로 데굴데굴 굴러서 떨어진다.⑮ 얼결에 호되게 놀란 모양이다.

응칠이는 덤벼들어 우선 허리께를 내려조졌다(냅다 두들기거나 때리다). 어이쿠쿠, 쿠 하고 처참한 비명이다. 이 소리에 귀가 번쩍 띄어서 그 고개를 들고 팔부터 벗겨 보았다. 그러나 너무나 어이가 없었음인지 시선을 치걷으며(위로 걷어 올리며) 그 자리에 우두망찰(정신이 얼떨떨해 어찌할 바를 모르는 모양)한다.

그것은 무서운 침묵이었다. 살뚱맞은(살똥맞은. 말이나 하는 짓이 독살스럽고 당돌한) 바람만 공중에서 북새(야단스럽게 부산을 떨며 법석이는 일)를 논다.

한참을 신음하다 도적은 일어나더니,

"성님까지 이렇게 못살게 굴기유?"⑯

⓸⓸ ➜ 응칠이 도둑을 기다릴 때 제시된 배경은 음산한 분위기를 조성해 불길함을 암시하고 있지.

⓸⓹ ➜ 응칠의 고함에 놀라서 넘어진 도둑의 모습이야. 해학성이 돋보이는 장면이지.

수능과 내신에 적합해!

수능 만점 선생님

제법 눈을 부라리며 몸을 홱 돌린다. 그리고 느끼며 울음이 복받친다. 봇짐도 내버린 채,

"내 것 내가 먹는데 누가 뭐래?"

하고 데퉁스러이(말과 행동이 거칠고 미련한 데가 있게) 내뱉고는 비틀비틀 논 저쪽으로 없어진다.

형은 너무 꿈속 같아서 멍하니 섰을 뿐이다.

그러다 얼마 지나서 한 손으로 그 봇짐을 들어 본다. 가뿐하니 끽 말가웃(한 말 반 정도)이나 될는지. 이까짓 걸 요렇게까지 해 가려는 그 심정은 실로 알 수 없다. 벼를 논에다 도로 털어 버렸다. 그리고 아내의 치마이겠지, 검은 보자기를 척척 개서 들었다. 내 걸 내가 먹는다 — 그야 이를 말이랴. 하나 내 걸 내가 훔쳐야 할 그 운명도 얄궂거니와 형을 배반하고 이 짓을 벌인 아우도 아우렷다. 에이 고얀 놈, 할 제 볼을 적시는 것은 눈물이다.⑳ 그는 주먹으로 눈물을 쓱, 비비고 머리에 번쩍 떠오르는 것이 있으니 두레두레한 황소의 눈깔. 시오 리를 남쪽 산으로 들어가면 어느 집 바깥뜰에 밤마다 늘 매여 있는 투실투실한 그 황소. 아무렇게 따지든 칠십 원은 갈 데 없으리라. 그는 부리나케 아우의 뒤를 밟았다.

공동묘지까지 거반 왔을 때에야 가까스로 만났다. 아우의 등을 탁 치며,

"애, 좋은 수 있다. 네 원대로 돈을 해 줄게 나하고 잠깐 다녀오자."

씩씩한 어조로 기쁘도록 달랬다. 그러나 아우는 입 하나 열려 하지 않고 그대로 실쭉하였다(마음에 들지 않아 언짢은 태도를 드러내다). 뿐만 아니라 어깨 위에 올려놓은 형의 손을 부질없단 듯이 몸으로 털어 버린다. 그리고 삐익 달아난다. 이걸 보니 하 엄청나고 기가 콱 막히었다.

"이놈아!"

하고 악에 받치어,

"명색이 성이라며?"

대뜸 몽둥이는 들어가 그 볼기짝을 후려갈겼다. 아우는 모로 몸을 꺾더니 시나브로 찌그러진다. 뒤미처 앞정강이를 때리고 등을 팼다. 일어나지 못할 만치

⑯ ➡ 도둑의 정체는 논의 주인인 응오였어. 자신을 방해한 형에 대한 야속함이 담긴 말이지.

⑰ ➡ 응칠은 성실하게 살아온 동생이 도둑질을 할 수밖에 없었던 상황에 안타까움과 연민을 느끼고 있어.

⑱ ➡ 응칠은 자신의 제안을 거절한 동생을 때리고 있어. 이 행동에는 동생에 대한 안타까움과 모순된 사회에 대한 분노가 담겨 있지.

아주 중요해!

수능 만점 선생님

매는 내리었다. 체면을 불구하고 땅에 엎드리어 엉엉 울도록 매는 내리었다.[0]

훗김에 하긴 했으되 그 꼴을 보니 또한 마음이 편할 수 없다. 침을 퇴, 뱉어 던지곤 팔자 드신 놈이 그저 그렇지 별수 있나, 쓰러진 아우를 일으키어 등에 업고 일어섰다. 언제나 철이 날는지 딱한 일이었다. 속 썩는 한숨을 후 하고 내뿜는다. 그리고 어청어청^(키가 큰 사람이 이리저리 천천히 걷는 모양) 고개를 묵묵히 내려온다.

정리해 볼까요(그룹 채링)

● **작가에 대해서 알아볼까요?**

킬링 포인트

김유정 작가는 1908년 강원도 춘천에서 태어났어. 휘문 고등 보통학교를 졸업하고 연희 전문학교 문과를 중퇴했지. 1935년 소설 「소낙비」가 〈조선일보〉 신춘문예에 당선되었고, 「노다지」가 〈중앙일보〉 신춘문예에 당선되어 등단하게 되었단다. 대표작으로는 「만무방」, 「노다지」, 「봄·봄」, 「동백꽃」 등이 있어. 폐결핵으로 29세라는 젊은 나이에 세상을 떠나고 말았지.

김유정 작가는 식민지 시대를 살아가는 하층민의 이야기를 많이 다루었어. 하층민의 비참한 현실을 다루면서 당시 우리나라에 만연한 사회 문제를 꼬집었지. 그는 이러한 이야기를 해학적이고 토속적인 문체로 전달했단다.

읽음

짧은 기간에 많은 소설을 창작한, 작품에 대한 열정이 가득한 작가로군요!

 100점

● **작품에 대해서 정리해 보죠!**

킬링 포인트

작가 : 김유정
갈래 : 단편 소설
배경 : 시간적 – 1930년대 가을 | 공간적 – 강원도 산골 마을
시점 : 3인칭 관찰자 시점
주제 : 식민지 농촌의 궁핍한 상황으로 말미암아 왜곡된 삶
출전 : 〈조선일보〉(1935)

킬링 포인트

무조건
알아야 해!

「만무방」은 식민지 시대 우리나라 농촌의 가난한 현실을 그린 작품이야. 만무방으로서의 일상을 보내던 형 응칠은 동생 응오네 벼가 도둑맞았다는 사실을 알게 돼. 응칠은 전과자인 자신이 누명을 쓰게 될까 봐 도둑을 잡기로 결심하지. 응칠은 도둑을 잡기 위해 논 근처에 잠복해. 이윽고 도둑이 나타나자 응칠은 그를 때려잡지. 하지만 도둑은 논 주인인 응오였어.

이 작품은 빚으로 떠돌이 생활을 하게 된 응칠과 자신의 논을 도둑질해야 하는 응오의 삶을 통해 식민지 농촌 사회의 구조적 모순을 고발하고 있어. 자신의 논을 도둑질하는 응오의 모습은 이 작품의 아이러니한 성격을 잘 드러내고 있어.

읽음

자신의 것을 훔치는 주인이라니! 이보다 더 반어적인 상황이 있을까요?

 100점

● 구조적 접근을 꼭 알아야 해요!

킬링 포인트

발단: 응칠은 추수철임에도 한가로이 송이를 따 먹음
응칠은 본디 아내와 가정을 이루고 성실하게 살아가던 농사꾼이었어. 하지만 농사를 열심히 지어도 늘어만 가는 빚 때문에 아내와 떨어져 떠돌이 생활을 하지. 그는 추수철에도 송이를 따 먹으며 한가로운 시간을 보내.

전개: 응오네 논이 도둑맞음
응칠은 성팔로부터 동생 응오네 논이 도둑맞았다는 사실을 듣게 돼. 응오는 아내가 아파서 추수를 하지 못하고 있었어. 응칠은 전과자인 자신이 누명을 쓰게 될까 봐 두려워서 도둑을 잡고 마을을 떠나야겠다고 마음먹지.

위기: 응칠은 도둑을 잡기 위해 논 근처에 잠복함
응칠은 도둑을 잡기 위해 응오네 논이 있는 산길을 오르지. 그는 근처 동굴에 있는 노름판에 들러 돈을 따게 돼. 이후 응오네 벼를 훔쳐 간 도둑을 잡기 위해 잠복하지.

절정: 응칠은 도둑이 동생임을 알고 깜짝 놀람
이윽고 도둑이 나타나고. 응칠은 도둑을 때려눕히지. 하지만 그 도둑은 동생 응오였어. 응칠은 그 자리에서 우두망찰하게 돼.

결말: 응칠은 응오를 두들겨 팬 후에 그를 업고 고개를 내려옴
응칠은 동생에게 황소를 훔치자고 제안하지만, 응오는 그 제안을 거절해. 응칠은 욱하는 마음에 동생을 흠씬 두들겨 패지. 그런 후 쓰러져 있는 응오를 업고 고개를 내려온단다.

OOPS! 읽음

생각하지도 못했던 반전 때문에 더욱 놀라운 작품이네요. 이러한 극적 구성이 주제를 더욱 돋보이게 하는 것 같아요.

100점

● 응칠의 뇌 구조를 알아볼까요?

1 이 작품에 대한 설명으로 옳은 것은?

① 작품 안의 서술자를 통해 이야기를 진행하고 있다.
② 사실적인 묘사를 통해 성실한 삶에 대한 환희를 보여 주고 있다.
③ 농촌 사회의 구조적 모순을 그리고 있다.
④ 응칠이 응오를 때리는 장면에서는 동생을 바른길로 이끌려는 사려 깊은 형의 모습을 엿볼 수 있다.
⑤ 절망적인 세상 속에서도 적극적으로 살아가는 응칠의 삶은 작가가 말하고자 하는 지향점이라고 할 수 있다.

2 응오가 자신의 논을 추수하지 않는 이유로 가장 옳은 것은?

① 아픈 아내를 간병하느라 바쁘기 때문이다.
② 도둑질에 대한 재미를 느꼈기 때문이다.
③ 무르익은 벼를 보며 만족감을 느끼기 때문이다.
④ 자신의 농사에 간섭하는 지주에게 반항하기 위해서다.
⑤ 추수해도 남지 않는 현실 때문이다.

3 다음 밑줄 친 부분에 담긴 응오의 심정으로 옳은 것은?

> 그것은 무서운 침묵이었다. 살뚱맞은 바람만 공중에서 북새를 논다.
> 한참을 신음하다 도적은 일어나더니,
> "성님까지 이렇게 못살게 굴기유?"
> 제법 눈을 부라리며 몸을 홱 돌린다. 그리고 느끼며 울음이 복받친다. 봇짐도 내버린 채,
> "내 것 내가 먹는데 누가 뭐래?"
> 하고 데퉁스러이 내뱉고는 비틀비틀 논 저쪽으로 없어진다.
> 형은 너무 꿈속 같아서 멍하니 섰을 뿐이다.

① 추수를 앞둔 농부의 기쁨이 담겨 있다.
② 자신을 때린 형에 대한 분노가 담겨 있다.
③ 궁핍한 현실에 대한 슬픔이 담겨 있다.
④ 예기치 못한 곳에서 형을 만난 즐거움이 담겨 있다.
⑤ 아픈 아내를 치료하지 못하는 자괴감이 담겨 있다.

4 이 작품을 감상한 내용으로 옳지 <u>않은</u> 것은?

① 민우 : 농촌 사회의 구조적 모순을 비판한 작품이야.
② 석현 : 응칠을 통해 안빈낙도(安貧樂道)의 삶을 잘 보여 주고 있어.
③ 예지 : 반어적 표현을 통해 해학성을 드러내고 있네.
④ 지희 : 응칠은 동생 응오에 비해 적극적으로 현실에 대응하고 있어.
⑤ 정식 : 인물의 심리와 행동을 통해 이야기가 전개되고 있군.

5 이 작품과 비슷한 주제와 유사한 문제의식을 지닌 시를 찾아 적어 보시오.

> 보름달은 밝아 어떤 녀석은
> 꺽정이처럼 울부짖고 또 어떤 녀석은
> 서림이처럼 해해대지만 이까짓
> 산 구석에 처박혀 발버둥친들 무엇하랴
> 비료값도 안 나오는 농사 따위야
> 아예 여편네에게나 맡겨 두고
> 쇠전을 거쳐 도수장 앞에 와 돌 때
> 우리는 점점 신명이 난다
> 한 다리를 들고 날라리를 불꺼나
> 고갯짓을 하고 어깨를 흔들꺼나
>
> –신경림, 「농무」중

6 응칠과 응오의 현실 대응 방식을 제목인 만무방과 관련해 서술하시오.

형 응칠은 가족과 뿔뿔이 흩어지고 도박과 절도를 일삼으며 하루하루를 살아간다. 반면 동생 응오는 아픈 아내를 간호하며 성실하게 자신의 논을 일군 것처럼 보이지만, 밤마다 몰래 자신의 논을 도둑질한다. 즉, 성실한 농민이었던 형제는 식민지 농촌 사회의 구조적 모순 때문에 만무방이 되어 버리고 만 것이다.

● **수능 만점 선생님의 감상 꿀팁** --------------------------------

이 소설은 열심히 추수해도 오히려 빚만 늘어나는 식민지 소작농들의 삶을 표현한 작품이야. 당시 농촌 사회의 비참한 현실과 형제가 만무방이 된 이유를 꼭 기억하자. 현실 비판 의식이 강한 작품이지만, 작가 특유의 해학적인 표현도 놓치지 말아야겠지?

미리 들여다보는 인물 X 파일

어휴, 저 바보. 아버지에게 혼례 시켜 달라고 똑바로 말해야지!

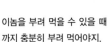

점순

이놈을 부려 먹을 수 있을 때까지 충분히 부려 먹어야지.

점순이와의 혼례는 도대체 언제 시켜 주는 거야! 점순이도 내 편을 들어줄 테니 단단히 대들어야겠어.

장인

VS

나

수능 만점 선생님의 감상 꿀팁!

이 소설은 당시 농촌의 현실을 잘 보여 주는 작품이야. 마름과 소작농의 관계를 데릴사위라는 소재를 통해 유쾌하게 풀어내고 있지. 어리숙한 '나'의 시선으로 바라본 1930년대의 농촌 현실을 파악해 보자.

봄·봄

#순박한 데릴사위의 좌충우돌 결혼 대작전

"장인님! 인제 저……."

내가 이렇게 뒤통수를 긁고, 나이가 찼으니 성례(成禮, 혼인의 예식을 지냄)를 시켜 줘야 하지 않겠느냐고 하면 대답이 늘, "이 자식아! 성례구 뭐구 미처 자라야지!"❶ 하고 만다.

이 자라야 한다는 것은 내가 아니라 내 아내가 될 점순이의 키 말이다.

내가 여기에 와서 돈 한 푼 안 받고 일하기를 삼 년하고 꼬박 일곱 달 동안을 했다. 그런데도 미처 못 자랐다니까 이 키는 언제야 자라는 겐지 짜장(과연, 정말로) 영문 모른다. 일을 좀 더 잘해야 한다든지, 혹은 밥을 (많이 먹는다고 노상 걱정이니까) 좀 덜 먹어야 한다든지 하면 나도 얼마든지 할 말이 많다. 허지만 점순이가 아직 어리니까 더 자라야 한다는 여기에는 어째 볼 수 없이 고만 빙빙하고(정신이 갑자기 계속 어지러워지고) 만다.

이래서 나는 애초 계약이 잘못된 걸 알았다.❷ 이태(이 년)면 이태, 삼 년이면 삼 년, 기한을 딱 작정하고 일을 했어야 할 것이다. 덮어 놓고 딸이 자라는 대로 성례를 시켜 주마, 했으니 누가 늘 지키고 서 있는 것도 아니고, 그 키가 언제 자라는지 알 수 있는가. 그리고 난 사람의 키가 무럭무럭 자라는 줄만 알았지 붙박이 키에 모로만(옆으로만) 벌어지는 몸도 있는 것을 누가 알았으랴. 때가 되면 장인님이 어련하랴 싶어서 군소리(하지 않아도 될 쓸데없는 말) 없이 꾸벅꾸벅 일만 해 왔다. 그럼 말

---

❶ ➡ 장인은 '나'의 혼인 요구를 거절하기 위해 핑계를 대고 있어.

❷ ➡ '나'는 자신의 처지에 대해 문제의식을 느끼고 있어.

주목!

수능 만점 선생님

이다. 장인님이 제가 다 알아채서, "어 참, 너 일 많이 했다. 고만 장가들어라." 하고 살림도 내주고 해야 나도 좋을 것이 아니냐.

시치미를 딱 떼고 도리어 그런 소리가 나올까 봐서 지레 펄펄 뛰고 이 야단이다. 명색이 좋아 데릴사위지 일하기에 싱겁기도 할 뿐더러 이건 참 아무것도 아니다.

숙맥이 그걸 모르고 점순이의 키 자라기만 까맣게 기다리지 않았나.

언젠가는 하도 갑갑해서 자를 가지고 덤벼들어서 그 키를 한번 재 볼까 했다마는 우리는 장인님이 내외^(內外, 모르는 남녀 사이에 서로 얼굴을 보지 않고 피함)를 해야 한다고 해서 마주 서 이야기도 한마디 하는 법 없다. 우물길에서 언제나 마주칠 적이면 겨우 눈어림으로 재 보고 하는 것인데 그럴 적마다 나는 저만큼 가서 '제에미 키두!' 하고 논둑에다 침을 퉤, 뱉는다. 아무리 잘 봐야 내 겨드랑(다른 사람보다 좀 크긴 하지만) 밑에서 넘을락 말락 밤낮 요 모양이다.

개돼지는 푹푹 크는데 왜 이리도 사람은 안 크는지, 한동안 머리가 아프도록 궁리도 해 보았다.

'아하, 물동이를 자꾸 이니까 뼈다구가 움츠러드나 보다.' 하고 내가 넌지시 그 물을 대신 길어도 주었다.[3] 뿐만 아니라 나무를 하러 가면 서낭당^(토지와 마을을 지켜 준다는 신을 모시는 집)에 돌을 올려놓고 '점순이의 키 좀 크게 해 줍소사. 그러면 담엔 떡 갖다 놓고 고사 드리죠.' 하고 치성^(致誠, 신에게 지극하게 빎)도 한두 번 드린 것이 아니다. 어떻게 돼먹은 키인지 이래도 막무가내니…….

그래 내 어저께 싸운 것이지 결코 장인님이 밉다든가 해서가 아니다.

모를 붓다^(밭이나 논에 못자리를 만들고 씨를 촘촘히 뿌리다)가 가만히 생각을 해 보니까 또 싱겁다. 이 벼가 자라서 점순이가 먹고 좀 큰다면 모르지만 그렇지도 못한 걸 내 심어서 뭘 하는 거냐. 해마다 앞으로 축 불거지는 장인님의 아랫배(가 너무 먹는 걸 모르고 냉병이라나, 그 배)를 불리기 위하여 심곤 조금도 싶지 않다.

"아이구 배야!"

난 몰 붓다 말고 배를 쓰다듬으면서도 그대루 논둑으로 기어올랐다. 그리고 겨드랑에 꼈던 벼 담긴 키^(곡식 따위를 위아래로 흔들어 불순물 따위를 없애는 기구)를 그냥 땅바닥에 털 썩 떨어치며 나도 털썩 주저앉았다. 일이 암만 바빠도 나 배 아프면 고만이니까.

❸ ➡ '나'는 어리숙하고 순박한 청년이라는 것을 알 수 있어.

아픈 사람이 누가 일을 하느냐. 파릇파릇 돋아 오른 풀 한 줌을 뜯어 들고 다리의 거머리를 쑥쑥 문대며 장인님의 얼굴을 쳐다보았다.

논 가운데서 장인님도 이상한 눈을 해 가지고 한참 날 노려보더니,

"너 이 자식, 왜 또 이래, 응?"

"배가 좀 아파서유!" 하고 풀 위에 슬며시 쓰러지니까 장인님은 약이 올랐다. 저도 논에서 철벙철벙 둑으로 올라오더니 잡은 참 내 멱살을 움켜잡고 뺨을 치는 것이 아닌가…….

"이 자식. 일허다 말면 누굴 망해 놀 속셈이냐. 이 대가릴 까놀 자식?"

우리 장인님은 약이 오르면 이렇게 손버릇이 아주 못됐다. 또 사위에게 이 자식 저 자식 하는 이놈의 장인님은 어디 있느냐. 오죽해야 우리 동리에서 누굴 물론하고^(막론하고) 그에게 욕을 안 먹는 사람은 명이 짧다 한다. 조그만 아이들까지도 그를 돌려세워 놓고 욕필이(본 이름이 봉필이니까) 욕필이, 하고 손가락질을 할 만치 두루 인심을 잃었다.❹ 허나 인심을 정말 잃었다면 욕보다 읍의 배 참봉 댁 마름^(지주의 위임을 받아 소작권을 관리하는 사람)으로 더 잃었다. 번히^(분명) 마름이란 욕 잘하고, 사람 잘 치고, 그리고 생김 생기길 호박개^(뼈대가 굵고 털이 복슬복슬한 개) 같아야 쓰는 거지만 장인님은 외양이 똑 됐다. 장인에게 닭 마리나 좀 보내지 않는다든가 애벌논^(첫 번 김매기를 한 논) 때 품을 좀 안 준다든가 하면 그해 가을에는 영락없이 땅이 뚝뚝 떨어진다. 그러면 미리부터 돈도 먹고 술도 먹이고 안달재신^(몹시 속을 태우면서 이곳저곳을 다니는 사람)으로 돌아치던 놈이 그 땅을 슬쩍 돌려 안는다. 이 바람에 장인님 집 외양간에는 눈깔 커다란 황소 한 놈이 절로 엉금엉금 기어들고, 동리 사람들은 그 욕을 다 먹어 가면서도 그래도 굽실굽실하는 게 아닌가…….❺

그러나 내겐 장인님이 감히 큰소리할 계제^(階梯, 형편)가 못 된다.

뒷생각은 못하고 뺨 한 개를 딱 때려 놓고는 장인님은 무색해서 덤덤히 쓴 침만 삼킨다. 난 그 속을 퍽 잘 안다.

조금 있으면 갈^(떡갈나무)도 꺾어야 하고 모도 내야 하고, 한창 바쁜 때인데 나 일 안 하고 우리 집으로 그냥 가면 고만이니까.

작년 이맘때도 트집을 좀 하니까 늦잠 잔다구 돌멩이를 집어 던져서 자는 놈

❹ ➡ 이름을 활용한 언어유희이자 장인인 봉필에 대한 마을 사람들의 평가를 알 수 있는 부분이야.

❺ ➡ 1930년대 친일 지주들은 자신의 아래에 마름을 두었어. 장인은 마름이어서 소작 농들이 함부로 대항하지 못한 것이지.

집중!

수능 만점 선생님

의 발목을 삐게 해 났다. 사날^(사나흘)씩이나 건성 끙끙, 앓았더니 종당^(從當, 거의 마지막)에는 거반 울상이 되지 않았는가……. "얘, 그만 일어나 일 좀 해라. 그래야 올 갈에 벼 잘되면 너 장가들지 않니." 그래 귀가 번쩍 띄어서 그날로 일어나서 남이이틀 품 들일 논을 혼자 삶아^(논밭의 흙을 써레로 썰고 나래로 골라 노글노글하게 만들어) 놓으니까 장인님도 눈깔이 커다랗게 놀랐다. 그럼 정말로 가을에 와서 혼인을 시켜 줘야 원 경우가 옳지 않겠나. 볏섬을 척척 들여쌓아도 다른 소리는 없고 물동이를 이고 들어오는 점순이를 담배통으로 가리키며, "이 자식아, 미처 커야지 조걸 무슨 혼인을 한다구 그러니 원!" 하고 남 낯짝만 붉혀 주고 고만이다.

골김에^(홧김에) 그저 이놈의 장인님, 하고 댓돌에다 메어꽂고 우리 고향으로 내빼까 하다가 꾹꾹 참고 말았다.

<u>참말이지 난 이 꼴 하고는 집으로 차마 못 간다. 장가를 들러 갔다가 오죽 못났어야 그대로 쫓겨 왔느냐고 손가락질을 받을 테니까</u>…….❻

논둑에서 벌떡 일어나 한풀 죽은 장인님 앞으로 다가서며, "난 갈 테야유. 그동안 사경^(私耕, 주인이 머슴에게 주는 돈) 쳐 내슈."

내신 준비!

❻ ➡ '나'는 데릴사위로 점순네 집에 들어왔음을 알 수 있어. '나'가 삼 년 넘게 참고 일하고 있는 이유 중 하나지.

수능 만점 선생님

"너 사위로 왔지, 어디 머슴 살러 왔니?"

"그러면 얼찐 성례를 해 줘야 안 하지유. 밤낮 부려만 먹구 해 준다, 해 준다……."

"글쎄, 내가 안 하는 거냐, 그년이 안 크니까." 하고 어름어름(말이나 행동을 똑바로 하지 못하고 우물쭈물하는 모양) 담배만 담으면서 늘 하는 소리를 또 늘어놓는다.

이렇게 따져 나가면 언제든지 늘 나만 밑지고(손해를 보고) 만다. 이번엔 안 된다, 하고 대뜸 구장(區長, 시골 동네의 우두머리)님한테로 판단 가자고 소맷자락을 내끌었다.

"아, 이 자식이 왜 이래 어른을."

안 간다구 뻗디디구(버티고) 이렇게 호령은 제 맘대로 하지만 장인님 제가 내 기운은 못 당한다. 막 부려먹고 딸은 안 주고, 게다 땅땅 치는 건 다 뭐야…….

그러나 내 사실 참, 장인님이 미워서 그런 것은 아니다. 그 전날, 왜 내가 새고개 맞은 봉우리 화전 밭을 혼자 갈고 있지 않았느냐.[7] 밭 가생이('가장자리'의 사투리)로 돌 적마다 야릇한 꽃내가 물컥물컥 코를 찌르고 머리 위에서 벌들은 가끔 붕, 붕, 소리를 친다. 바위틈에서 샘물 소리밖에 안 들리는 산골짜기니까 맑은 하늘의 봄볕은 이불 속같이 따스하고 꼭 꿈꾸는 것 같다. 나는 몸이 나른하고 몸살(병을 아직 모르지만)이 나려구 그러는지 가슴이 울렁울렁하고 이랬다.[8]

"어러이! 말이! 맘 마 마……."

이렇게 노래를 하며 소를 부리면 여느 때 같으면 어깨가 으쓱으쓱한다. 웬일인지 밭을 반도 갈지 않아서 온몸이 맥이 풀리고 대구('자꾸'의 사투리) 짜증만 난다. 공연히(괜히) 소만 들입다 두들기며……, "안야!(밭갈이하는 중에 소가 이랑에서 벗어났을 때 하는 말) 안야! 이 망할 자식의 소(장인님의 소니까) 대리('다리'의 사투리)를 꺾어 들라."[9]

그러나 내 속은 정말 안야 때문이 아니라 점심을 이고 온 점순이의 키를 보고 울화가 났던 것이다.

점순이는 뭐 그리 썩 예쁜 계집애는 못 된다. 그렇다구 또 개떡이냐 하면 그런 것도 아니고, 꼭 내 아내가 돼야 할 만치 그저 툽툽하게(맛없고 투박하게) 생긴 얼굴이다. 나보다 십 년이 아래니까 올해 열여섯인데 몸은 남보다 두 살이나 덜 자랐다.

---

[7] ➡ 여기서 '새고개'는 춘천시 신동면에 있는 고개야. 이 작품의 공간적 배경이 강원도라는 것을 알 수 있지.
[8] ➡ 봄이 되어 사랑의 감정이 싹트는 '나'의 심정을 알 수 있지.
[9] ➡ 비속어 사용과 마찬가지로 사투리를 통해 작품의 현장감과 사실감을 높이고 있어.

집중!

수능 만점 선생님

남은 잘도 훤칠히들 크건만 이건 위아래가 뭉툭한 것이 내 눈에는 하릴없이 감참외(참외의 하나로 속살이 잘 익은 감빛 같고 맛이 좋음) 같다. 참외 중에는 감참외가 제일 맛 좋고 예쁘니까 말이다.⑩ 둥글고 커다란 눈은 서글서글하니 좋고 좀 지쳐 찢어졌지만 입은 밥술이나 톡톡히 먹음직 하니 좋다. 아따, 밥만 많이 먹게 되면 팔자는 고만 아니냐. 헌데 한 가지 과(過, 결점)가 있다면 가끔가다 몸이(장인님이 이걸 채신이 없이 들까분다고 하지만) 너무 빨리빨리 논다. 그래서 밥을 나르다가 때 없이 풀밭에서 깨빡쳐서(그릇 따위를 떨어뜨려 안에 있던 것이 산산이 흩어지게 만들어서) 흙투성이 밥을 곧잘 먹인다. 안 먹으면 무안해할까 봐서 이걸 씹고 앉았노라면 으적으적 소리만 나고 돌을 먹는 겐지 밥을 먹는 겐지……. 그러나 이날은 웬일인지 성한 밥 채루 밭머리에 곱게 내려놓았다. 그리고 또 내외를 해야 하니까 저만큼 떨어져 이쪽으로 등을 향하고 웅크리고 앉아서 그릇 나기를 기다린다.

내가 다 먹고 물러섰을 때, 그릇을 챙기는데 난 깜짝 놀라지 않았느냐. 고개를 푹 숙이고 밥함지에 그릇을 포개면서 날더러 들으라는지, 혹은 제 소린지,

"밤낮 일만 하다 말 텐가!"⑪

하고 혼자서 쫑알거린다. 고대(이제 막) 잘 내외하다가 이게 무슨 소린가, 하고 난 정신이 얼떨떨했다. 그러면서도 한편 무슨 좋은 수가 있나 없는가 싶어서 나도 공중을 대고 혼잣말로, "그럼 어떡해?" 하니까,

"성례시켜 달라지 뭘 어떡해."

하고 되알지게(몹시 세게) 쏘아붙이고 얼굴이 빨개져서 산으로 그저 도망친다.

나는 잠시 동안 어떻게 되는 심판인지 맥을 몰라서 그 뒷모양만 덤덤히 바라보았다.

봄이 되면 온갖 초목이 물이 오르고 싹이 트고 한다. 사람도 아마 그런가 보다, 하고 며칠 내에 부쩍 (속으로) 자란 듯싶은 점순이가 여간 반가운 것이 아니다. 이런 걸 멀쩡하게 아직 어리다구 하니까…….

우리가 구장님을 찾아갔을 때 그는 싸리문 밖에 있는 돼지우리에서 죽을 퍼주고 있었다. 서울엘 좀 갔다 오더니 사람은 점잖아야 한다구 웃쇰(윗수염)이(얼른 보면 지붕 위에 앉은 제비 꼬랑지 같다) 양쪽으로 뾰족히 삐치고 그걸 에헴, 하고

내신 준비!!

수능 만점 선생님

⑩ ➡ 점순이에 대한 '나'의 사랑을 알 수 있어.
⑪ ➡ 점순이는 '나'의 소극적인 태도를 탓하고 있어. 점순이도 '나'와 혼인하고 싶어 함을 알 수 있지.

늘 쓰다듬는 손버릇이 있다.⑫

우리를 멀뚱히 쳐다보고 미리 알아챘는지, "왜 일들 허다 말구 그래?" 하더니 손을 올려서 그 에헴을 한 번 후딱 했다.

"구장님! 우리 장인님과 츰('처음'의 사투리)에 계약하기를⋯⋯."

먼저 덤비는 장인님을 뒤로 떠다밀고 내가 허둥지둥 달려들다가 가만히 생각하고, '아니 우리 빙장님과 츰에' 하고 첫 번부터 다시 말을 고쳤다. 장인님은 빙장(聘丈, 장인을 높여 부르는 호칭)님, 해야 좋아하고 밖에 나와서 장인님, 하면 괜스레 골을 내려고 든다. 뱀두 뱀이래야 좋으냐구 창피스러우니 남 듣는 데는 제발 빙장님, 빙모님, 하라구 일상 당조짐(정신을 차리도록 단단히 조짐)을 받아 오면서 난 그것두 자꾸 잊는다.

당장두 장인님, 하다 옆에서 내 발등을 꾹 밟고 곁눈질을 흘기는 바람에야 겨우 알았지만⋯⋯. 구장님도 내 이야기를 자세히 듣더니 퍽 딱한 모양이었다. 하기야 구장님뿐만 아니라 누구든지 다 그럴 게다.

길게 길러 둔 새끼손톱으로 코를 후벼서 저리 탁 튀기며, "그럼 봉필 씨! 얼른 성례를 시켜 주구려, 그렇게까지 제가 하구 싶다는 걸⋯⋯." 하고 내 짐작대로 말했다. 그러나 이 말에 장인님이 삿대질로 눈을 부라리고, "아, 성례구 뭐구 계집애 년이 미처 자라야 할 게 아닌가?" 하니까 고만 멀쑥해져서 입맛만 쩍쩍 다실 뿐이 아닌가.

"그것두 그래!"

"그래, 거진('거의'의 사투리) 사 년 동안에도 안 자랐더니 그 킨 언제 자라지유. 다 그만두구 사경 내슈⋯⋯."

"글쎄, 이 자식! 내가 크질 말라구 그랬니. 왜 날 보구 떼냐?"

"빙모님은 참새만 한 것이 그럼 어떻게 앨 낳지유(사실 빙모님은 점순이보다도 귓배기가 작다)?"

장인님은 이 말을 듣고 껄껄 웃더니(그러나 암만 해두 돌 씹은 상이다) 코를 푸는 척하고 날 은근히 곯리려고 팔꿈치로 옆 갈비께를 퍽 치는 것이다.

더럽다. 나두 종아리의 파리를 쫓는 척하고 허리를 구부리며 그 궁둥이를 콱 떼밀었다.⑬ 장인님은 앞으로 우찔근하고 싸리문께로 쓰러질 듯하다 몸을 바로

⑫ ➡ 당시 지배층의 허례허식을 풍자한 부분이야.
⑬ ➡ 몸싸움을 통해 해학적인 장면을 연출하고 있어.

고치더니 눈총을 몹시 쏘았다. 이런 쌍년의 자식, 하곤 싶으나 남의 앞이라니 차마 못하고 섰는 그 꼴이 보기에 퍽 쟁그러웠다(정그럽다).

그러나 이 밖에는 별반 신통한 귀정(歸正, 그릇되었던 일이 바른길로 돌아옴)을 얻지 못하고 도로 논으로 돌아와서 모를 부었다. **왜냐면 장인님이 뭐라구 귓속말로 수군수군하고 간 뒤다.**❹ 구장님이 날 위해서 조용히 데리고 아래와 같이 일러 주었기 때문이다(뭉태의 말은 구장님이 장인님에게 땅 두 마지기 얻어 부치니까 그래 꾀었다고 하지만 난 그렇게 생각하지 않는다).

"자네 말두 하기야 옳지, 암 나이 찼으니 아들이 급하다는 게 잘못된 말은 아니야. 허지만 **농사가 한층 바쁜 때 일을 안 한다든가 집으로 달아난다든가 하면 손해 죄루 그것두 징역을 가거든(여기에 그만 정신이 번쩍 났다)!**❺ 왜 요전에 삼포 말(마을)서 산에 불 좀 놓았다구 징역 간 거 못 봤나. 제 산에 불을 놓아도 징역을 가는 이땐데 남의 농사를 버려두니 죄가 얼마나 더 중한가. 그리고 자넨 정장(呈狀, 고소장을 관청에 바침)을(사경 받으러 정장 가겠다 했다) 간대지만 그러면 괜스레 죄를 들쓰고 들어가는 걸세. 또 결혼두 그렇지. 법률에 성년이란 게 있는데 스물하나가 돼야지 비로소 결혼을 할 수가 있는 걸세. 자넨 물론 아들이 늦을 걸 염려하지만 점순이루 말하면 이제 겨우 열여섯이 아닌가. 그렇지만 아까 빙장님의 말씀이 올 갈에는 열 일을 제치고라두 성례를 시켜 주겠다 하시니 좀 고마울 겐가. 빨리 가서 모 붓든 거나 마저 붓게, 군소리 말구 어서 가."

그래서 오늘 아침까지 끽소리 없이 왔다.

장인님과 내가 싸운 것은 지금 생각하면 전혀 뜻밖의 일이라 안 할 수 없다.

장인님으로 말하면 요즈막 작인(作人, 소작인)들에게 행세를 좀 하고 싶다고 해서,

"돈 있으면 양반이지 별 게 있느냐!"

하고 일부러 아랫배를 쑥 내밀고 걸음도 뒤틀리게 걷고 하는 이 판이다. 이까짓 나쯤 두들기다 남의 땅을 가지고 모처럼 닦아 놓았던 가문을 망친다든가 할 어른이 아니다. 또 나로 논지면(이치를 따져 논하자면) 아무쪼록 잘 뵈서 점순이에게 얼른 장가를 들어야 하지 않느냐……

이렇게 말하자면 결국 어젯밤 뭉태네 집에 마슬(마실) 간 것이 썩 나빴다. 낮에

❹ ➜ 장인이 구장에게 영향력을 행사하는 모습이야. 구장도 장인에게 잘 보여야 하는 소작농이거든.
❺ ➜ 구장은 어리숙한 '나'를 협박하며 설득하고 있어.

수능에 나올 수도 있어!

수능 만점 선생님

구장님 앞에서 장인님과 내가 싸운 것을 어떻게 알았는지 대구 빈정거리는 것이 아닌가.

"그래 맞구두 그걸 가만둬?"

"그럼 어떡허니?"

"임마, 봉필일 모판에다 거꾸로 박아 놓지 뭘 어떡해?" 하고 괜히 내 대신 화를 내 가지고 주먹질을 하다 등잔까지 쳤다. 놈이 본시 괄괄은 하지만 그래 놓고 날더러 석유값을 물라구 막 찌다우(지다위. 남에게 의지하거나 떼를 쓰는 짓)를 붙는다. 난 어안이 벙벙해서 잠자코 앉았으니까 저만 연신 지껄이는 소리가,

"밤낮 일만 해 주구 있을 테냐?"

"영득이는 일 년을 살구두 장갈 들었는데 넌 사 년이나 살구두 더 살아야 해?"

"네가 세 번째 사윈 줄이나 아니? 세 번째 사위."

"남의 일이라두 분하다. 이 자식, 우물에 가 빠져 죽어."

나중에는 겨우 손톱으로 목을 따라고까지 하고, 제 아들같이 함부로 혹닥이었다('욱대기다'의 사투리. 올러대어 위협하다). 별의별 소리를 다해서 그대로 옮길 수는 없으나 그 줄거리는 이렇다.

우리 장인님 딸이 셋이 있는데 맏딸은 재작년 가을에 시집을 갔다. 정말은 시집을 간 것이 아니라 그 딸도 데릴사위를 해 가지고 있다가 내보냈다. 그런데 딸이 열 살 때부터 열아홉, 즉 십 년 동안에 데릴사위를 갈아들이기를, 동리에선 사위 부자라고 이름이 났지마는 열 놈이란 참 너무 많다.[16]

장인님이 아들은 없고 딸만 있는 고로 그담 딸을 데릴사위를 해 올 때까지는 부려먹지 않으면 안 된다. 물론 머슴을 두면 좋지만 그건 돈이 드니까, 일 잘하는 놈을 고르느라고 연방 바꿔 들였다. 또 한편 놈들이 욕만 줄곧 퍼붓고 심히도 부려먹으니까 뼡('창자'의 속어. 마음을 뜻함)이 상해서 달아나기도 했겠지. 점순이는 둘째 딸인데 내가 일테면 그 세 번째 데릴사위로 들어온 셈이다. 내 담으로 네 번째 놈이 들어올 것을 내가 일도 잘하고, 그리고 사람이 좀 어수룩하니까 장인님이 잔뜩 붙들고 놓질 않는다. 셋째 딸이 인제 여섯 살, 적어두 열 살은 돼야 데릴사위를 할 테므로 그동안은 죽도록 부려먹어야 된다. 그러니 인제는 속 좀 채리고 장가를 들여 달라고 떼를 쓰고 나자빠져라, 이것이다.

집중!

16 ➡ 데릴사위의 처지에서 벗어나기 힘든 '나'의 상황을 암시하는 부분이야.

수능 만점 선생님

나는 겉으로 엉, 엉, 하며 귓등으로 들었다. **뭉태는 땅을 얻어 부치다가 떨어진 뒤로는 장인님만 보면 공연히 못 먹어서 으릉거린다.**[17] 그것도 장인님이 저 달라고 할 적에 제 집에서 위한다는 그 감투(예전에 원님이 쓰던 것이라나, 옆구리에 뽕뽕 좀먹은 걸레)를 선뜻 주었다면 그럴 리도 없었던걸……

그러나 나는 뭉태란 놈의 말을 전수이(모두 다) 곧이듣지 않았다. 꼭 곧이들었다면 간밤에 와서 장인님과 싸웠지 무사히 있었을 리가 없지 않은가. 그러면 딸에게까지 인심을 잃은 장인님이 혼자 나빴다.

실토이지 나는 점순이가 아침상을 가지고 나올 때까지는 오늘은 또 얼마나 밥을 담았나, 하고 이것만 생각했다. 상에는 된장찌개하고 간장 한 종지, 조밥 한 그릇, 그리고 밥보다 더 수북하게 담은 산나물이 한 대접, 이렇다. 나물은 점순이가 틈틈이 해 오니까 두 대접이고 네 대접이고 멋대로 먹어도 좋으나 **밥은 장인님이 한 사발 외엔 더 주지 말라고 해서 안 된다.**[18] 그런데 점순이가 그 상을 내 앞에 내려놓으며 제 말로 지껄이는 소리가, "구장님한테 갔다 그냥 온담 그래!" 하고 엊그제 산에서와 같이 되우 쫑알거린다. 딴은 내가 더 단단히 덤비지 않고 만 것이 좀 어리석었다, 속으로 그랬다.

나도 저쪽 벽을 향하여 외면하면서 내 말로, "안 된다는 걸 그럼 어떡헌담!" 하니까,

"쇰을 잡아채지 그냥 돼, 이 바보야!"[19]

하고 또 얼굴이 빨개지면서 성을 내며 안으로 샐쭉하니 튀들어가지 않느냐. 이때 아무도 본 사람이 없었게 망정이지 보았다면 내 얼굴이 에미 잃은 황새 새끼처럼 가엾다 했을 것이다.

사실 이때만치 슬펐던 일이 또 있었는지 모른다. 다른 사람은 암만 못생겼다 해두 괜찮지만 내 아내 될 점순이가 병신으로 본다면 참 신세는 따분하다. 밥을 먹은 뒤 지게를 지고 일터로 가려 하다 도로 벗어 던지고 바깥마당 공석 위에 드러누워서 나는 차라리 죽느니만 같지 못하다 생각했다.

내가 일 안 하면 장인님 저는 나이가 먹어 못하고 결국 농사 못 짓고 만다. 뒷짐

---

⑰ ➡ 뭉태는 마름인 장인에게 밉보인 소작농임을 알 수 있어. 당시 농촌에서는 마름에게 밉보이면 농사를 짓기 힘들었단다.

⑱ ➡ 데릴사위에게도 인색한 장인의 모습이야.

⑲ ➡ 이 말은 '나'와 장인의 갈등을 부추기는 결정적인 원인이 되지. 점순이의 당돌한 성격도 엿볼 수 있어.

내신 준비!

수능 만점 선생님

으로 트림을 꿀꺽 하고 대문 밖으로 나오다 날 보고서,

"이 자식, 왜 또 이러니."

"관격(關格, 갑자기 체해 가슴 속이 막히고 계속 토하며 대소변이 통하지 않는 위급한 증상)이 났어유, 아이구 배야!"

"기껀 밥 처먹구 무슨 관격이야, 남의 농사 버려두면 이 자식 징역 간다 봐라!"

"가두 좋아유, 아이구 배야!"

참말 난 일 안 해서 징역 가도 좋다 생각했다. 일후(日後, 후일) 아들을 낳아도 그 앞에서 바보, 바보, 이렇게 별명을 들을 테니까 오늘은 열 쪽이 난대도 결정을 내고 싶었다.

장인님이 일어나라고 해도 내가 안 일어나니까 눈에 독이 올라서 저편으로 힝하게 가더니 지게막대기를 들고 왔다. 그리고 그걸로 내 허리를 마치 돌 떠넘기듯이 쿡 찍어서 넘기고 넘기고 했다.

밥을 잔뜩 먹어 딱딱한 배가 그럴 적마다 퉁겨지면서 밸창('창자'의 속어)이 꼿꼿한 것이 여간 켕기지 않았다. 그래도 안 일어나니까 이번에는 배를 지게막대기로 위에서 쿡쿡 찌르고 발길로 옆구리를 차고 했다.

장인님은 원체 심술이 궂어서 그러지만 나도 저만 못하지 않게 배를 채렸다. 아픈 것을 눈을 꽉 감고 넌 해라 난 재밌단 듯이 있었으나 볼기짝을 후려갈길 적에는 **나도 모르는 결에 벌떡 일어나서 그 수염을 잡아챘다마는**[20] 내 골이 난 것이 아니라 정말은 아까부터 벽 뒤 울타리 구멍으로 점순이가 우리들의 꼴을 몰래 엿보고 있었기 때문이다.

가뜩이나 말 한마디 톡톡히 못한다고 바라보는데 매까지 잠자코 맞는걸 보면 짜장 바보로 알 게 아닌가. 또 점순이도 미워하는 이까짓 놈의 장인님하곤 아무것도 안 되니까 막 때려도 좋지만 사정 보아서 수염만 채고(제 원대로 했으니까 이때 점순이는 퍽 기뻤겠지) 저기까지 잘 들리도록 "이걸 까셀라부다('그슬리다'의 사투리)!" 하고 소리를 쳤다.

장인님은 더 약이 바짝 올라서 잡은 참 지게막대기로 내 어깨를 그냥 내려 갈겼다. 정신이 다 아찔하다. 다시 고개를 들었을 때 그때엔 나도 온몸에 약이 올랐다. 이 녀석의 장인님을, 하고 눈에서 불이 퍽 나서 그 아래 밭 있는 넝 알로(넝떠러지

⑳ ➔ '나'는 점순이의 말을 곧이곧대로 듣고 있어. 어리숙한 '나'의 모습이 잘 드러난 부분이지.

집중!

수능 만점 선생님

^{아래로)} 그대로 떠밀어 굴려 버렸다.

"부려만 먹구 왜 성례 안 하지유!"

나는 이렇게 호령했다. 허지만 장인님이 선뜻 오냐 낼이라두 성례시켜 주마, 했으면 나도 성가신 걸 그만두었을지 모른다. 나야 이러면 때린 건 아니니까 나중에 장인 쳤다는 누명도 안 들을 터이고 얼마든지 해도 좋다.

한번은 장인님이 헐떡헐떡 기어서 올라오더니 내 바짓가랑이를 요렇게 노리고서 단박 움켜잡고 매달렸다. 악, 소리를 치고 나는 그만 세상이 다 팽그르 도는 것이,

"빙장님! 빙장님! 빙장님!"

"이 자식! 잡아먹어라, 잡아먹어!"

"아! 아! 할아버지! 살려 줍쇼, 할아버지!"

하고 두 팔을 허둥지둥 내저을 적에는 이마에 진땀이 쭉 내솟고 인젠 참으로 죽나 보다 했다. 그래두 장인님은 놓질 않더니 내가 기어이 땅바닥에 쓰러져서 거진 까무러치게 되니까 놓는다. 더럽다, 더럽다. 이게 장인님인가? 나는 한참을 못 일어나고 쩔쩔 맸다. 그러나 얼굴을 드니(눈엔 참 아무것도 보이지 않았다) 사지가 부르르 떨리면서 나도 엉금엉금 기어가 장인님의 바짓가랑이를 꽉 움키고 잡아낚았다.

내가 머리가 터지도록 매를 얻어맞은 것이 이 때문이다. 그러나 여기가 또한 우리 장인님이 유달리 착한 곳이다. 여느 사람이면 사경을 주어서라도 당장 내어 쫓았지, 터진 머리를 불솜으로 손수 지져 주고, 호주머니에 희연 한 봉을 넣어 주고 그리고, <mark>"올 갈엔 꼭 성례를 시켜 주마. 암말 말구 가서 뒷골의 콩밭이나 얼른 갈아라." 하고 등을 뚜덕여 줄 사람이 누구냐. 나는 장인님이 너무나 고마워서 어느덧 눈물까지 났다.^㉑</mark>

점순이를 남기고 인젠 내쫓기려니 하다 뜻밖의 말을 듣고,

"빙장님! 인제 다시는 안 그러겠어유!"

이렇게 맹세를 하며 부랴부랴 지게를 지고 일터로 갔다.

그러나 이때는 그걸 모르고 장인님을 원수로만 여겨서 잔뜩 잡아당겼다.

"아! 아! 이놈아! 놔라, 놔."

㉑ ➔ 순박한 '나'는 교활한 장인의 회유에 또다시 넘어가고 말았어.

장인님은 헛손질을 하며 솔개미에 챈 닭의 소리를 연해(끊임없이 거듭) 질렀다. 놓긴 왜, 이왕이면 호되게 혼을 내 주리라 생각하고 짓궂이 더 댕겼다. 마는 장인님이 땅에 쓰러져서 눈에 눈물이 피잉 도는 것을 알고 좀 겁도 났다.

　　"할아버지! 놔라, 놔, 놔, 놔, 놔라."[22]

　　그래도 안 되니까,

　　"얘, 점순아! 점순아!"

　　이 악장(있는 힘을 다해 모질게 쓰는 기운)에 안에 있었던 장모님과 점순이가 헐레벌떡하고 단숨에 뛰어나왔다. 나의 생각에 장모님은 제 남편이니까 역성(무조건 한쪽 편을 들어 주는 일)을 할는지도 모른다. 그러나 점순이는 내 편을 들어서 속으로 고소해하겠지……. 대체 이게 웬 속인지(지금까지도 난 영문을 모른다) 아버질 혼내 주기는 제가 내래 놓고 이제 와서는 달려들며,

　　"에그머니! 이 망할 게 아버지 죽이네!"[23]

　　하고, 귀를 뒤로 잡아당기며 마냥 우는 것이 아니냐. 그만 여기에 기운이 탁 꺾이어 나는 얼빠진 등신이 되고 말았다. 장모님도 덤벼들어 한쪽 귀마저 뒤로 잡아채면서 또 우는 것이다.

　　이렇게 꼼짝도 못하게 해 놓고 장인님은 지게막대기를 들어서 사뭇 내려 조겼다(아래로 향해 마구 때리다). 그러나 나는 구태여 피하려지도 않고 암만해도 그 속 알 수 없는 점순이의 얼굴만 멀거니(정신없이 물끄러미 보고 있는 모양) 들여다보았다.

　　"이 자식! 장인 입에서 할아버지 소리가 나오도록 해?"

㉒ ➡ 사위에게 할아버지라고 하는 장인의 모습을 통해 해학성을 극대화하고 있어.

㉓ ➡ 점순이는 '나'에 대해 이중적인 태도를 보이고 있어.

수능 만점 선생님

정리해 볼까요(그룹 채팅)

● 작가에 대해서 알아볼까요? --

킬링 포인트

김유정 작가는 1908년 강원도 춘천에서 태어났어. 휘문 고등 보통학교를 졸업하고 연희 전문학교 문과를 중퇴했지. 1935년 소설 「소낙비」가 〈조선일보〉 신춘문예에 당선되었고, 「노다지」가 〈중앙일보〉 신춘문예에 당선되어 등단하게 되었단다. 대표작으로는 「만무방」, 「노다지」, 「봄 · 봄」, 「동백꽃」 등이 있어. 폐결핵으로 29세라는 젊은 나이에 세상을 떠나고 말았지.
김유정 작가의 작품은 해학성을 빼놓고서는 이야기할 수 없을 정도로 해학성이 큰 비중을 차지해. 힘든 현실을 살아가는 하층민들의 삶을 유쾌하게 표현했지. 하지만 그 이면에는 날카로운 현실 비판 의식이 담겨 있어. 「봄 · 봄」은 김유정 작가의 작품 중 해학성이 가장 뛰어난 소설이란다.

읽음

따뜻한 시선으로 하층민들의 삶을 작품에 담은 해학의 대가로군요!

👍100점

● 작품에 대해서 정리해 보죠! --

킬링 포인트

작가 : 김유정
갈래 : 농촌 소설, 순수 소설
배경 : 시간적 – 1930년대 | 공간적 – 강원도 농촌 마을
시점 : 1인칭 주인공 시점
주제 : 순박한 데릴사위와 그를 이용하려고 하는 장인과의 갈등
출전 : 〈조광〉(1935)

킬링 포인트

무조건
알아야 해!

이 소설은 어리숙한 데릴사위인 '나'와 교활하고 인색한 장인과의 갈등을 표현한 작품이야. '나'는 배 참봉 댁 마름 봉필의 둘째 딸 점순이와 결혼하기 위해 그 집에 데릴사위로 들어가지. 하지만 장인은 점순이의 키를 핑계로 대며 혼인시켜 주려 하지 않아. 결국 화가 난 '나'는 장인에게 대들게 되고, 이 과정에서 우스꽝스러운 몸싸움이 벌어지지.
또한 이 소설은 1930년대 농촌 현실을 작가 특유의 해학적 문체와 토속적인 언어로 재치 있게 보여 주고 있어. 1930년대는 지주와 마름, 소작농으로 이어지는 농촌의 지배 구조가 확립되던 시기였어. 따라서 많은 소작농이 고통을 겪었지. 이 작품에는 이러한 농촌의 현실이 잘 담겨 있단다.

읽음

마냥 재미있는 작품인 줄로만 알았는데, 날카로운 통찰이 숨어 있었네요.

👍100점

킬링 포인트

발단: '나'가 대가 없이 장인 집에서 머슴살이함

배 참봉 댁 마름인 봉필은 데릴사위를 여럿 갈아치우고 나서야 큰딸을 시집 보낸 인물이야. '나'는 그 집에서 혼인을 약속받고 삼 년이 넘게 돈 한 푼 받지 않고 일하는 중이지. '나'는 계속 혼인을 요구해. 하지만 장인은 점순이가 자라지 않았다며 혼인을 계속 미루지.

전개: '나'는 구장에게 가 중재를 요청함

점순이는 장인에게 더 졸라 보라고 '나'에게 눈치를 줘. '나'는 장인을 이끌고 구장에게 찾아가지. 하지만 구장은 남의 농사를 망치면 감옥 간다고 오히려 '나'에게 겁을 준단다.

위기 · 절정: '나'와 장인이 몸싸움을 벌임

'나'는 점순이에게 성례를 부추기는 말을 듣게 돼. 결국 '나'는 바깥마당 공석에 드러누워 버리지. 이를 본 장인은 '나'를 때리고, '나'는 장인의 수염을 잡아채 버려. 이렇게 해서 두 사람의 몸싸움이 시작되지. '나'가 장인의 사타구니를 잡고 놓아주지 않자 장인은 소리를 질러. 이 소리에 장모와 점순이가 뛰쳐나오지. '나'는 자신의 편인 줄 알았던 점순이마저 장인의 편을 들자 당황해한단다.

결말: '나'는 장인의 말에 회유돼 다시 일터로 향함

장인은 '나'에게 올가을에는 꼭 성례를 시켜 주겠다고 회유해. '나'는 장인의 말을 믿고 고마워하며 다시 지게를 지고 일터로 향하지.

해학성을 높이고 긴장감을 살리기 위해 이야기의 순서를 재배치한 것이 인상적이에요. 사건의 전후를 잘 파악하면서 감상해야겠어요!

👍100점

● '나'의 뇌 구조를 알아볼까요?

이젠 점순이와 성례를 시켜 줄 때도 되지 않았나?

장인님은 손버릇이 너무 못됐어.

혼인 못 하고 집으로 갈 순 없지.

점순이가 날 병신으로 보면 안 돼!

빙장님이 등을 두드려 주니 고맙네.

수능 만점 강사

1 이 작품에 대한 설명으로 <u>옳은</u> 것은?

① 시간의 흐름에 따라 사건이 진행되는 순행적 구조다.
② 제목 '봄·봄'은 새로운 미래에 대한 희망을 상징한다.
③ 등장인물 간의 갈등이 완벽히 해소되어 행복한 결말로 마무리되었다.
④ 당시 사회적 문제인 마름과 소작농의 관계를 다루었다.
⑤ 전지적 작가 시점으로 '나'의 심리를 자세하게 묘사하고 있다.

2 이 작품의 등장인물에 대한 설명으로 옳은 것은?

① 구장: 장인에게 대드는 '나'를 감옥에 보내기 위해 벼르고 있다.
② 장인: '나'에게 혼인시켜 주겠다고 약속했지만, 그럴 마음이 없다.
③ 점순: '나'와 혼인하기 싫어서 '나'를 비난한다.
④ 뭉태: 장인과의 약속을 믿는 '나'를 신의 있다고 생각한다.
⑤ 장모: 점순이를 혼인시키기 위해 장인과 '나'의 싸움을 부추긴다.

3 다음은 이 작품 일부를 시나리오로 바꾼 것이다. 옳지 <u>않은</u> 내용을 고르면?

> S# 57 점순이네 마당
> ㉠봉필: 올 갈엔 꼭 성례를 시켜 주마. 암말 말구 가서 뒷골의 콩밭이나 얼른 갈아라.
> ㉡나: 빙장님! 인제 다시는 안 그러겠어유!
> S# 58 점순이네 마당
> ㉢봉필: 아! 아! 이놈아! 놔라, 놔.
>   할아버지! 놔라, 놔, 놔, 놔, 놔라.
>   애, 점순아! 점순아!
> ㉣점순: 에그머니! 이 망할 게 아버지 죽이네!
>   봉필: 이 자식! 장인 입에서 할아버지 소리가 나오도록 해?
> ('나'의 모습을 클로즈업*하며 페이드아웃**)
>
> *클로즈업: 특정 피사체를 확대하는 영상 기법
>
> **페이드아웃: 화면이 점차 어두워지는 영상 기법

① ㉠은 상대의 노고를 위로하는 듯한 너그러운 말투로 이야기한다.
② ㉡은 상대의 말에 감동한 표정과 말투로 이야기한다.
③ ㉢은 고통으로 숨이 넘어갈 것처럼 다급하게 이야기한다.
④ ㉣은 다급한 말투로 상대를 비난하듯 이야기한다.
⑤ 마지막 장면에서는 '나'가 망연자실한 모습을 클로즈업하면서 마무리한다.

4 다음에 제시된 사건을 시간의 흐름에 따라 재구성하시오.

> ㉠ 구장에게 장인과 '나'의 문제를 중재해 달라고 요청함
> ㉡ 점순이 혼인 승낙을 재촉함
> ㉢ 점순이 '나'에게 바보라고 핀잔을 줌
> ㉣ 점순이 장인 편을 들자 '나'는 얼이 빠짐
> ㉤ 장인과 '나'가 사타구니를 잡고 싸움
> ㉥ 장인이 다독거리자 '나'가 다시 일하러 감
> ㉦ '나'가 꾀병을 부리며 일하지 않자 장인이 화를 냄
> ㉧ '나'는 결판을 지으려고 멍석에 드러누움

 ㉡ - ㉦ - ㉠ - ㉢ - ㉧ - ㉣ - ㉣ - ㉥

5 다음은 김유정의 다른 작품인 「동백꽃」의 줄거리다. 두 작품에 공통으로 등장하는 점순이에 대한 설명으로 <u>옳은</u> 것은?

> 주인공 '나'는 점순이네 집에서 밭을 빌려 농사를 짓는 소작농의 자식이다. 점순이는 그런 '나'를 짝사랑하고 있다. 점순이는 닭싸움을 통해 '나'의 신경을 거슬리게 만든다. '나'는 점순이의 그러한 태도를 이해하지 못한다. 점순이가 부추기는 닭싸움으로 화가 난 '나'는 실수로 점순이네 닭을 죽이게 된다. '나'는 울음을 터뜨리고, 점순이는 '나'를 달래 준다. 그러고는 무엇에 떠밀렸는지 두 사람이 함께 쓰러지며 흐드러지게 핀 동백꽃 속에 파묻히게 된다.

① 「동백꽃」에서의 점순이는 닭싸움을 즐기는 호전적인 성격이다.
② 「봄·봄」에서의 점순이는 자신이 원하는 바를 쟁취하는 적극적인 성격이다.
③ 「동백꽃」에서의 점순이는 '나'에 대한 분노로 말미암아 '나'가 고통받기를 원한다.
④ 「봄·봄」에서의 점순이는 아버지로부터 독립하고 싶어 한다.
⑤ 「동백꽃」에서의 점순이는 「봄·봄」에서의 점순이보다 적극적인 태도를 보인다.

● **수능 만점 선생님의 감상 꿀팁**

> 이 소설은 어수룩한 '나'가 현실을 왜곡해 인지함으로써 불합리한 현실을 더 생생하게 느낄 수 있는 작품이야. '봄·봄'이라는 제목에 담긴 의미는 꼭 기억해 두자. 이 제목은 계절적 배경과 함께 현실에서 벗어날 수 없는 '나'의 처지를 보여 주지. 이러한 '나'의 상황과 성격, 그리고 당시 농촌의 현실까지 잘 이해해 두자.

여기서 잠깐!

미리 들여다보는 인물 X 파일

> 노름 돈만 있으면 한몫 단단히 잡아 볼 텐데. 대체 마누라는 뭘 하고 있는 거야?

> 치맛자락 펄럭인 쇠돌 엄마보다 못한 처지라니. 2원만 얻을 수 있다면…….

부부 사이

춘호   춘호 아내

수능 만점 선생님의 감상 꿀팁!

이 소설은 식민지 시기 궁핍한 농촌의 현실과 모순을 다룬 작품이야. 춘호의 폭력과 왜곡된 성 윤리 등을 다소 불편하게 느껴질 정도로 강렬하게 고발했지. 그러면서도 작가 특유의 해학성을 놓치지 않았다는 점에 유의하며 읽어 보자.

소낙비

#일제 강점기 농촌 사회는 어디까지 타락했나

음산한 검은 구름이 하늘에 뭉게뭉게 모여드는 것이● 금시라도 비 한 줄기 할 듯하면서도 여전히 짓궂은 햇발은 겹겹 산속에 묻힌 외진 마을을 통째로 자실 듯이 달구고 있었다. 이따금 생각나는 듯 산매(山魅 요사스러운 산 귀신)들린 바람은 논밭 간의 나무들을 뒤흔들며 미쳐 날뛰었다.

산 밖으로 농군들을 멀리 품앗이로 내보낸 안말의 공기는 쓸쓸하였다.

다만 맷맷한(생김새가 매끈하게 곧고 긴) 미루나무 숲에서 거칠어 가는 농촌을 읊는 듯 매미의 애끓는 노래…….

매―음! 매―음!

춘호는 자기 집 ― 올봄에 오 원을 주고 사서 든 묵삭은(오래되어 썩은 것처럼 된) 오막살이집 ― 방문턱에 걸터앉아서 바른 주먹으로 턱을 괴고는 봉당에서 저녁으로 때울 감자를 썻고 있는 아내를 묵묵히 노려보고 있었다. 그는 사날 밤이나 눈을 안 붙이고 성화를 하는 바람에 농사에 고리삭은(젊은이다운 활발한 기상이 없고 하는 짓이 늙은이 같은) 그의 얼굴은 더욱 해쓱하였다.

아내에게 다시 한번 졸라 보았다. 그러나 위협하는 어조로,

"이봐, 그래 어떻게 돈 이 원만 안 해 줄 테여?"

아내는 역시 대답이 없었다. 갓 잡아 온 새댁 모양으로 썻는 감자나 썻을 뿐 잠 자코 있었다.

● ➡ 음산한 날씨를 묘사함으로써 주인공에게 순탄치 않은 일이 일어날 것임을 암시 하고 있어.

되나 안 되나 좌우간 이렇다 말이 없으니 춘호는 울화가 터져서 죽을 지경이었다. 그는 타곳에서 떠돌아 온 몸이라 자기를 믿고 장리(長利, 돈이나 곡식을 꾸어 주고, 받을 때에는 한 해 이자로 본디 곡식의 절반 이상을 받는 변리)를 주는 사람도 없고 또는 그 알량한 집을 팔려 해도 단 이삼 원의 작자도 내닫지 않으므로 앞뒤가 꼭 막혔다마는❷, 그래도 아내는 나이 젊고 얼굴 똑똑하것다, 돈 이 원쯤이야 어떻게라도 될 수 있겠기에 묻는 것인데 들은 체도 안 하니 썩 괘씸한 듯싶었다.

그는 배를 튀기며 다시 한번,

"돈 좀 안 해 줄 테여?"

하고 소리를 빽 질렀다.

그러나 대꾸는 역시 없었다. 춘호는 노기충천하여 불현듯 문지방을 떠다밀며 벌떡 일어섰다. 눈을 홉뜨고 벽에 기댄 지게막대를 손에 잡자 아내의 옆으로 바람같이 달려들었다.

"이년아, 기집 좋다는 게 뭐여. 남편의 근심도 덜어 주어야지, 끼고 자자는 기집이여?"

지게막대는 아내의 연한 허리를 모질게 후렸다.❸ 까부라지는 비명은 모지락스레(보기에 억세고 모질게) 찌그러진 울타리 틈을 벗어 나간다. 잼처(어떤 일에 바로 뒤이어 거듭) 지게막대는 앉은 채 고꾸라진 아내의 발뒤축을 얼러 볼기를 내리갈겼다.

"이년아, 내가 언제부터 너에게 조르는 게여?"

범같이 호통을 치며 남편이 지게막대를 공중으로 다시 올리며 모질음(어떤 고통을 견뎌 내려고 모질게 쓰는 힘)을 쓸 때 아내는,

"에구머니!"

하고 외마디를 질렀다. 연하여 몸을 뒤치자 거반 엎어질 듯이 싸리문 밖으로 내달렸다. 얼굴에 눈물이 흐른 채 황그리는(욕될 만큼 매우 낭패를 당한) 걸음으로 문 앞의 언덕을 내려와 개울을 건너고 맞은쪽에 뚫린 콩밭 길로 들어섰다.

"너, 네가 날 피하면 어딜 갈 테여?"

발길을 막는 듯한 의미 있는 호령에 달아나던 아내는 다리가 멈칫하였다.❹ 그

---

❷ ➔ 춘호는 가난한 형편에 벌이 길마저도 막혀서 초조해하고 있지.

❸ ➔ 춘호는 돈을 구해 오지 않는다는 이유로 아내를 마구 때리고 있어. 도덕성이 바닥 난 모습이지.

❹ ➔ 춘호 아내는 남편의 계속된 폭행에도 집을 떠나면 갈 곳이 없기에 남편에게 순종하고 있음을 알 수 있어.

내신 준비!

수능 만점 선생님

는 고개를 돌리어 싸리문 안에 아직도 지게막대를 들고 서 있는 남편을 바라보았다. 어른에게 죄진 어린애같이 입만 쫑긋쫑긋하다가 남편이 뛰어나올까 겁이 나서 겨우 입을 열었다.

"쇠돌 엄마 집에 좀 다녀올게유."

쭈뼛쭈뼛 변명을 하고는 가던 길을 다시 휑하게 내걸었다. 아내라고 요새 이 돈 이 원이 금시로 필요함을 모르는 바도 아니었다마는, 그의 자격으로나 노동으로나 돈 이 원이란 감히 땅띔^(무거운 물건을 들어 땅에서 뜨게 하는 일)도 못 해 볼 형편이었다. 벌이래야 하잘것없는 것 — 아침에 일어나기가 무섭게 남에게 뒤질까 영산이 올라 산으로 빼는 것이다. 조그만 종댕이^(작은 바구니를 뜻하는 '종다래끼'의 사투리)를 허리에 달고 거한 산중에 드문드문 박혀 있는 도라지, 더덕을 찾아 가는 일이었다. 깊은 산속으로 우중충한 돌 틈바귀로 잔약한^(가냘프고 약한) 몸으로 맨발에 짚신짝을 끌며 강파른^(가파른) 산등을 타고 돌려면 젖 먹던 힘까지 녹아내리는 듯 진땀이 머리로 발끝까지 쭉 흘러내린다.

아랫도리를 단 외겹으로 두른 낡은 치맛자락은 다리로, 허리로 척척 엉기어 걸음을 방해하였다. 땀에 불은 종아리는 거친 숲에 긁혀 그 쓰라림이 말이 아니다. 게다가 무거운 흙내는 숨이 탁탁 막히도록 가슴을 찌른다. 그러나 삶에 발버둥치는 순진한 그의 머리는 아무 불평도 일지 않았다.❺

가뭄에 콩 나기로 어쩌다 도라지 순이라도 어지러운 숲속에 하나 둘 뾰족이 뻗어 오른 것을 보면 그는 그래도 기쁨에 넘치는 미소를 띠었다.

때로는 바위도 기어올랐다. 정히 못 기어오를 그런 험한 곳이면 칡덩굴에 매달리기도 하는 것이었다. 땟국에 전 무명 적삼은 벗어서 허리춤에다 꾹 찌르고는 호랑이 숲이라 이름난 강원도 산골에 매달려 기를 쓰고 허비적거린다^(손톱이나 날카로운 물건 따위로 자꾸 긁어 헤친다). 골바람은 지날 적마다 알몸을 두른 치맛자락을 공중으로 날린다. 그제마다 검붉은 볼기짝을 사양 없이 내보이는 칡덩굴이 그를 본다면, 배를 움켜쥐어도 다 못 볼 것이다마는, 다행히 그윽한 산골이라 그 꼴을 비웃는 놈은 뻐꾸기뿐이었다.❻

이리하여 해동갑^(해가 질 때까지의 동안)으로 혜갈^(허둥지둥 헤맴)을 하고 나면 캐어 모은 도

❺ → 춘호 아내는 고단하게 살아온 것에 익숙해져서 힘듦도 느끼지 못하고 있어.
❻ → 힘들게 산을 오르는 춘호 아내의 모습을 우스꽝스럽게 희화화해서 묘사한 부분이야.

라지, 더덕을 얼러 사발 가웃, 혹은 두어 사발 남짓하게 되는 것이다. 그러면 동리로 내려와 주막거리에 가서 그걸 내주고 보리쌀과 사발 바꿈을 하였다. 그러나 요즘엔 그나마도 철이 겨워 소출(所出, 논밭에서 나는 곡식)이 없다. 그 대신 남의 보리방아를 온종일 찧어 주고 보리밥 그릇이나 얻어다가는 집으로 돌아와 농토를 못 얻어 뻔뻔히 노는 남편과 같이 나누는 것이 그날 하루하루의 생활이었다.

그러고 보니 돈 이 원은커녕 당장 목을 딸대도 피도 나올지가 의문이었다.

만약 돈 이 원을 돌린다면 아는 집에서 보리라도 꾸어 파는 수밖에는 다른 도리가 없다. 그리고 온 동리의 아낙네들이 치맛바람에 팔자 고쳤다고 쑥덕거리며 은근히 시새우는(자기보다 잘되거나 나은 사람을 공연히 미워하고 싫어하는) 쇠돌 엄마❼가 아니고는 노는 보리를 가진 사람이 없다. 그런데 도둑이 제 발 저리다고 그는 자기 꼴 주제에 제물에 눌려서 호사로운 쇠돌 엄마에게는 죽어도 가고 싶지 않았다. 쇠돌 엄마도 처음에는 자기와 같이 천한 농부의 계집이련만 어쩌다 하늘이 도와 동리의 부자 양반 이 주사와 은근히 배가 맞은 뒤로는 얼굴도 모양내고, 옷치장도 하고, 밥걱정도 안 하고 하여 아주 금 방석에 뒹구는 팔자가 되었다. 그리고 쇠돌 아버지도 이게 웬 땡이냔 듯이 아내를 내어놓은 채 눈을 살짝 감아 버리고 이 주사에게서 나온 옷이나 입고 주는 쌀이나 먹고 연년이 신통치 못한 자기 농사에는 한 손을 떼고는 희짜를 뽑는(가진 것이 없으면서 짐짓 분수에 넘치게 구는) 것이 아닌가!

사실 말인즉, 춘호 처가 쇠돌 엄마에게 죽어도 아니 가려는 그 속 까닭은 정작 여기 있었다.

바로 지난 늦은 봄, 달이 뚫어지게 밝은 어느 밤이었다. 춘호가 보름 계추(보름에 여는 계 모임)를 보러 산모퉁이로 나간 것이 이슥하여도 돌아오지 않으므로 집에서 기다리던 아내가 이젠 자고 오려나 생각하고는 막 드러누워 잠이 들려니까 웬 난데없는 황소 같은 놈이 뛰어들었다. 허둥지둥 춘호 처를 마구 깔다가 놀라서 으악 소리를 지르는 바람에 그냥 달아난 일이 있었다. 어수룩한 시골 일이라 별반 풍설(風說, 바람처럼 떠도는 소문)도 아니 나고 쓱싹 되었으나 며칠이 지난 뒤에야 그것이 동리의 부자 이 주사의 소행임을 비로소 눈치채었다.❽

그런 까닭으로 해서 춘호 처는 쇠돌 엄마와 직접 관계는 없대도 그를 대하면

---

❼ ➡ 춘호 아내는 돈을 구할 길이 막막해지자, 이 주사에게 몸을 내어 주고 팔자를 고친 쇠돌 엄마를 떠올리게 돼.

❽ ➡ 이 주사가 이미 춘호 아내의 몸을 탐욕스럽게 보고 있었음을 알려 주는 대목이지.

공연스레 얼굴이 뜨뜻하여지고 무슨 죄나 진 듯이 몹시 어색하였다.

그리고 더욱이 쇠돌 엄마가,

"새댁, 나는 속곳이 세 개구, 버선이 네 벌이구 행."

하며 아주 좋다고 한들대는(가볍게 이리저리 자꾸 흔들리는) 꼴을 보면 혹시 자기에게 함정을 두고서 비아냥거리는 거나 아닌가, 하는 옥생각(옹졸한 생각)으로 무안해서 고개를 못 들었다. 한편으로는 자기도 좀만 잘했다면 지금쯤은 쇠돌 엄마처럼 호강을 할 수 있었을 그런 갸륵한 기회를 깝살려(재물이나 기회 따위를 흐지부지 놓쳐) 버린 자기 행동에 대한 후회와 애탄으로 말미암아 마음을 괴롭히는 그 쓰라림도 적지 않았다.

그러나 아무러한 욕을 보더라도 나날이 심해 가는 남편의 무지한 매보다는 그래도 좀 헐할 게다.

오늘은 한맘 먹고 쇠돌 엄마를 찾아가려는 것이었다.

춘호 처는 이번 걸음이 헛발이나 안 칠까 일념으로 심화를 하며 수양버들이 쭉 늘어박힌 논두렁길로 들어섰다. 그는 시골 아낙네로는 용모가 매우 반반하였다. 좀 야윈 듯한 몸매는 호리호리한 것이 소위 동리의 문자로 외입(外人, 아내가 아닌 여자와 성관계하는 일)깨나 하염직한 얼굴이었으되 추레한 의복이며 퀴퀴한 냄새는 거지를 볼 지른다(빰친다). 그는 왼손, 바른손(오른손)으로 겨끔내기(서로 번갈아 하기)로 치맛귀를 여며 가며 속살이 삐질까 조심조심 걸었다.

감사나운(생김새나 성질이 억세고 사나운) 구름송이가 하늘 신폭을 휘덮고는 차츰차츰 지면으로 처져 내리더니 그예 산봉우리에 엉기어 살풍경(殺風景, 보잘것없이 메마르고 스산한 풍경)이 되고 만다. 먼 데서 개 짖는 소리가 앞뒷산을 한적하게 울린다. <u>빗방울은 하나 둘 떨어지기 시작하더니 차차 굵어지며 무더기로 퍼부어 내린다.</u>❶

춘호 처는 길가에 늘어진 밤나무 밑으로 뛰어 들어가 비를 그으며(비가 그치기를 기다리며) 쇠돌 엄마 집을 멀리 바라보았다. 북쪽 산기슭 높직한 울타리로 뺑 돌려 두르고 앉아 있는 오목하고 맵시 있는 집이 그 집이었다.

그런데 싸리문이 꼭 닫힌 걸 보면 아마 쇠돌 엄마가 농군청에 저녁 제누리(농사꾼이나 일꾼들이 끼니 외에 참참이 먹는 음식)를 나르러 가서 아직 돌아오지 않은 모양이었다.

그는 쇠돌 엄마 오기를 지켜보며 우두커니 서서 기다리고 있었다.

집중!

❶ ➜ 비가 점차 거세게 내리는 배경 묘사를 통해 좋지 않은 사건이 벌어질 것을 암시하고 있어.

수능 만점 선생님

나뭇잎에서 빗방울은 뚝뚝 떨어지며 그의 뺨을 흘러 젖가슴으로 스며든다. 바람은 지날 적마다 냉기와 함께 굵은 빗발을 몸에 들이친다.

비에 쪼르륵 젖은 치마가 몸에 찰싹 휘감기어 허리로, 궁둥이로, 다리로, 살의 윤곽이 그대로 비쳐 올랐다.

무던히 기다렸으나 쇠돌 엄마는 오지 않았다. 하도 진력이 나서 하품을 하여 가며 정신없이 서 있노라니 왼편 언덕에서 사람 오는 발자국 소리가 들린다. 그는 고개를 돌려 보았다. 그러나 날쌔게 나무 틈으로 몸을 숨겼다.

동이배^(동이처럼 불룩하게 나온 배)를 가진 이 주사가 지우산^(紙雨傘, 대오리로 만든 살에 기름 먹인 종이를 바른 우산)을 받쳐 쓰고는 쇠돌네 집을 향하여 엉덩이를 껍죽거리며 내려가는 길이었다.⑩ 비록 키는 작달막하나 숱 좋은 수염이라든지, 온 동리를 털어야 단 하나뿐인 탕건^(宕巾, 벼슬아치가 갓 아래에 받쳐 쓰던 관)이든지, 썩 풍채 좋은 오십 전후의 양반이다. 그는 싸리문 앞으로 가더니 자기 집처럼 거침없이 문을 떠다밀고는 속으로 버젓이 들어가 버린다.

이것을 보니 춘호 처는 다시금 속이 편치 않았다. 자기는 개돼지같이 무시로 매만 맞고 돌아치는^(나대며 여기저기 다니는) 천덕구니^(천대를 받는 사람이나 물건)다. 안팎으로 귀염을 받으며 간들대는 쇠돌 엄마와 사람 된 치수가 두드러지게 다름을 그는 알 수가 있었다.⑪ 쇠돌 엄마의 호강을 너무나 부럽게 우러러보는 반동으로 자기도 잘만 했더라면 하는 턱없는 희망과 후회가 전보다 몇 갑절 쓰린 맛으로 그의 가슴을 찌부러뜨렸다. 쇠돌네 집을 하염없이 건너다보다가 어느덧 저도 모르게 긴 한숨이 굴러 내린다.

언덕에서 쏠려 내리는 사태 물이 발등까지 개흙으로 덮으며 소리쳐 흐른다. 빗물에 푹 젖은 몸뚱어리는 점점 떨리기 시작한다.

그는 가볍게 몸서리를 쳤다. 그리고 당황한 시선으로 사방을 경계하여 보았다. 아무도 보이지 않았다. 다시 시선을 돌리어 그 집을 쏘아보며 속으로 궁리하여 보았다. 안에는 확실히 이 주사뿐일 게다. 그때까지 걸렸던 싸리문이라든지 또는 울타리에 넌 빨래를 여태 안 걷어 들이는 것을 보면 어떤 맹세를 두고라도 분명히 이 주사 외의 다른 사람은 하나도 없을 것이다.

---

⑩ ➡ 탐욕스러운 이 주사의 모습을 체통 없고 우스꽝스러운 걸음걸이로 묘사하면서 희화화하고 있는 대목이지.

⑪ ➡ 춘호 아내는 호강하며 사는 것이 '사람됨의 치수', 즉 사람답게 사는 것이라고 생각하고 있어.

내신 준비!

수능 만점 선생님

그는 마음 놓고 비를 맞아 가며 그 집으로 달려들었다.[12] 봉당으로 선뜻 뛰어오르며,

"쇠돌 엄마 기슈?"

하고 인기척을 내보았다.

물론 당자의 대답은 없었다. 그 대신 그 음성이 나자 안방에서 이 주사가 번개같이 머리를 내밀었다. 자기 딴은 꿈밖이란 듯 눈을 두리번두리번하더니 옷 위로 불거진 춘호 처의 젖가슴, 아랫배, 넓적다리, 발등까지 슬쩍 음충히(음흉하고 불량하게) 훑어보고는 거나한 낯으로 빙그레한다. 그리고 자기도 봉당(안방과 건넌방 사이 마루를 놓을 자리에 마루를 놓지 않고 흙바닥 그대로 둔 곳)으로 주춤주춤 나오며,

"쇠돌 엄마 말인가? 왜 지금 막 나갔지. 곧 온댔으니 안방에 좀 들어가 기다렸으면……."

하고 매우 일이 딱한 듯이 어름어름한다.

"이 비에 어딜 갔에유?"

"지금 요 밖에 좀 나갔지, 그러나 곧 올걸……."

"있는 줄 알고 왔는디……."

춘호 처는 이렇게 혼잣말로 낙심하며 섭섭한 낯으로 머뭇머뭇하다가 그냥 돌아갈 듯이 봉당 아래로 내려섰다. 이 주사를 쳐다보며 물 차는 제비같이 산드러지게(태도가 맵시 있고 말쑥하게),

"그럼 요담에 오겠어유, 안녕히 계시유."

하고 작별의 인사를 올린다.

"지금 곧 온댔는데, 좀 기다리지……."

"담에 또 오지유."

"아닐세, 좀 기다리게. 여보게, 여보게, 이봐!"

춘호 처가 간다는 바람에 이 주사는 체면도 모르고 기가 올랐다. 허둥거리며 재간껏 만류하였으나 암만해도 안 될 듯싶다. 춘호 처가 여기에 찾아온 것도 큰 기적이려니와 뇌성벽력(雷聲霹靂, 천둥소리와 벼락)에 구석진 곳이것다 이렇게 솔깃한 기회는 두 번 다시 못 볼 것이다.[13] 그는 눈이 뒤집히어 입에 물었던 장죽(長竹, 긴 담뱃대)

---

⑫ ➡ 춘호 아내는 이 주사에게 몸을 내어 주고 돈을 받기 위해 결심을 굳히고 결국 실행에 옮기고 있어.

⑬ ➡ 이 주사의 탐욕스러움과 음흉함, 기회주의적인 면모를 알 수 있는 대목이야.

집중!

수능 만점 선생님

을 쑥 뽑아 방 안으로 치뜨리고는 계집의 허리를 뒤로 다짜고짜 끌어안아서 봉당 위로 끌어올렸다.

계집은 몹시 놀라며,

"왜 이러서유, 이거 노세유."

하고 몸을 뿌리치려고 앙탈을 한다.

"아니 잠깐만."

이 주사는 그래도 놓지 않으며 허겁스러운(야무지거나 당차지 못하고 겁이 많은) 눈짓으로 계집을 달랜다. 흘러내리는 고의춤(고의나 바지의 허리를 접어서 여민 사이)을 왼손으로 연신 치우치며 바른팔로는 계집을 잔뜩 움켜잡고 엄두를 못 내어 쩔쩔매다가 간신히 방안으로 끙끙 몰아넣었다. 안으로 문고리는 재빠르게 채이었다.

<u>밖에서는 모진 빗방울이 배춧잎에 부딪히는 소리, 바람에 나무 떠는 소리가 요란하다.</u>⑭ 가끔 양철통을 내려 굴리는 듯 거푸진(거푸진. 몸집이 크고 말이나 하는 짓이 씩씩한) 천둥소리가 방고래(방 구들장 밑으로 불길과 연기가 통해 나가는 길)를 울리며 날은 점점 침침하였다.

얼마쯤 지난 뒤였다. 이만하면 길이 들었으려니, 안심하고 이 주사는 날숨을 후— 하고 돌린다. 실없이 고마운 비 때문에 발악도 못 치고 앙살도 못 피우고 무릎 앞에 고분고분 늘어져 있는 계집을 대견히 바라보며 빙긋이 얼러 보았다. 계집은 온몸에 진땀이 쭉 흐르는 것이 꽤 더운 모양이다.

벽에 걸린 쇠돌 엄마의 적삼을 꺼내어 계집의 몸을 말쑥하게 훌닦기 시작한다. 발끝서부터 얼굴까지—.

"너, 열아홉이라지?"

하고 이 주사는 취한 얼굴로 얼근히 물어보았다.

"니에."

하고 메떨어진(모양이나 말, 행동 따위가 세련되지 못해 어울리지 않고 촌스러운) 대답. 계집은 이 주사 손에 눌리어 일어나도 못 하고 죽은 듯이 가만히 누워 있다.

이 주사는 계집의 몸뚱이를 다 씻기고 나서 한숨을 내뽑으며 담배 한 대를 턱 피워 물었다.

"그래, 요새도 서방에게 주리경(모진 매. 또는 호된 꾸지람)을 치느냐?"

⑭ ➤ 자신의 몸까지 내어 주게 된 춘호 아내의 비극을 점점 더 궂어지는 날씨로 형상화하고 있어.

수능 만점 선생님

하고 묻다가 아무 대답도 없으매,

"원 그래서야 어떻게 산단 말이냐, 하루 이틀이 아니고, 사람의 일이란 알 수 있는 거냐? 그러다 혹시 맞아 죽으면 정장(訴狀을 관청에 냄) 하나 해 볼 곳 없는 거야. 허니, 네 명이 아까우면 덮어놓고 민적(民籍, 예전에, '호적'을 달리 이르던 말)을 가르는 게 낫겠지."

하고 계집의 신변을 위하여 염려를 마지않다가 번뜻 한 가지 궁금한 것이 있었다.

"너 참, 아이 낳았다 죽었다더구나?"

"니에."

"어디 난 듯이나 싶으냐?"

계집은 얼굴이 홍당무가 되어지며 아무 말 못 하고 고개를 외면하였다.

이 주사도 그까짓 것 더 묻지 않았다. 그런데 웬 녀석의 냄새인지 무생채 썩는 듯한 시크무레한 악취가 불시로 코청을 찌르니 눈살을 찌푸리지 않을 수 없다. 처음에야 그런 줄은 소통 몰랐더니 알고 보니까 비위가 족히 역하였다. 그는 빨고 있던 담뱃통으로 계집의 배꼽께를 똑똑히 가리키며,

"얘, 이 살의 때꼽 좀 봐라. 그래 물이 흔한데 이것 좀 못 씻는단 말이냐?"[15]

하고 모처럼의 기분이 상한 것이 앵하단(기회를 놓치거나 손해를 보아서 분하고 아까운) 듯이 꺼림한 기색으로 혀를 찼다. 하지만 계집이 참다못해 이내 무안에 못 이기어 일어나 치마를 입으려 하니 그는 역정을 벌컥 내었다. 옷을 빼앗아 구석으로 동댕이치고는 다시 그 자리에 끌어 앉혔다. 그리고 자기 딸이나 책하듯이 아주 대범하게 꾸짖었다.

"왜 그리 계집이 달망대니? 좀 듬직지가 못하구……."

춘호 처가 그 집을 나선 것은 들어간 지 약 한 시간 만이었다. 비가 여전히 쭉쭉 내린다. 그는 진땀을 있는 대로 흠뻑 쏟고 나왔다. 그러나 의외로, 아니 천행으로 오늘 일은 성공이었다. 그는 몸을 솟치며 생긋하였다. 그런 모욕과 수치는 난생 처음 당하는 봉변으로, 지랄 중에도 몹쓸 지랄이었으나 성공은 성공이었다. 복을 받으려면 반드시 고생이 따르는 법이니 이까짓 거야 골백번 당한대도 남편에

⑮ ▶ 춘호 아내의 가난을 씻지 않은 몸에서 나는 악취로 묘사하고 있어. 이는 춘호 아내가 가난을 수치스럽게 느끼도록 하지.

게 매나 안 맞고 의좋게 살 수만 있다면 그는 사양치 않을 것이다. 이 주사를 하늘 같이, 은인같이 여겼다. 남편에게 부쳐 먹을 농토를 줄 테니 자기의 첩이 되라는 그 말도 죄송하였으나 더욱이 돈 이 원을 줄 게 내일 이맘때 쇠돌네 집으로 넌지시 만나자는 그 말은 무엇보다도 고마웠고 벅찬 짐이나 푼 듯 마음이 홀가분하였다.⑯ 다만 애 커이는 것은 자기의 행실이 만약 남편에게 발각되는 나절에는 대매(단 한 번 때리는 매)에 맞아 죽을 것이다. 그는 일변 기뻐하며 일변 애를 태우며 자기 집을 향하여 세차게 쏟아지는 빗속을 가분가분 내리달았다.

춘호는 아직도 분이 못 풀리어 뿌루퉁하니 홀로 앉았다. 그는 자기의 고향인 인제를 등진 지 벌써 삼 년이 되었다. 해를 이어 흉작에 농작물은 잘못되고 따라 빚쟁이들의 위협과 악다구니는 날로 심하였다. 마침내 하릴없이 집 세간살이를 그대로 내버리고 알몸으로 밤도주하였던 것이다. 살기 좋은 곳을 찾는다고 나이 어린 아내의 손목을 이끌고 이 산 저 산을 넘어 표랑(漂浪 뚜렷한 목적이나 정한 곳이 없이 이리저리 떠돌아다님)하였다. 그러나 우정 찾아든 곳이 고작 이 마을이나 산속은 역시 일반이다. 어느 산골엘 가 호미를 잡아 보아도 정은 조그만큼도 안 붙었고, 거기에는 오직 쌀쌀한 불안과 굶주림이 품을 벌려 그를 맞을 뿐이었다. 터무니없다 하여 농토를 안 준다. 일 구멍이 없으매 품을 못 판다. 밥이 없다. 결국에 그는 피폐하여 가는 농민 사이를 감도는 엉뚱한 투기심에 몸이 달떴다(마음이 가라앉지 않고 조금 흥분되었다).⑰ 요사이 며칠 동안을 두고 요 너머 뒷산 속에서 밤마다 큰 노름판이 벌어지는 기미를 알았다. 그는 자기도 한몫 보려고 끼룩거렸으나 좀체 밑천을 만들 수가 없었다.

이 원! 수나 좋아서 이 이 원이 조화만 잘한다면 금시 발복(發福, 운이 틔어 복이 닥침)이 못 된다고 누가 단언할 수 있으랴! 삼, 사십 원 따서 동리의 빚이나 대충 가리고 옷 한 벌 지어 입고는 진저리나는 이 산골을 떠나려는 것이 그의 배포였다. 서울로 올라가 아내는 안잠을 재우고(남의 집에서 먹고 자며 그 집안일을 도와주게 하고) 자기는 노동을 하고, 둘이서 다부지게 벌면 안락한 생활을 할 수가 있을 텐데, 이런 산 구석에서 굶어 죽을 맞이야 없었다. 그래서 젊은 아내에게 돈 좀 해 오라니까 요리 매긴 조리 매긴 매만 피하고 곁들어 주지 않으니 그 소행이 여간 괘씸한 것이 아니다.

⑯ ➡ 춘호 아내는 이 주사에게 희롱을 당하고 몸을 내어 준 상황에서도 이 주사에게 고마움을 느끼고 있어. 춘호 아내의 무지와 순진함이 드러나지.

⑰ ➡ 춘호가 노름에 매달리게 된 과정을 보여 주는 부분이야.

내신 준비!

수능 만점 선생님

아내가 물에 빠진 생쥐 꼴을 하고 집으로 달려들자 미처 입도 벌리기 전에 남편은 이를 악물고 주먹뺨을 냅다 붙인다.⑱

"너 이년, 매만 살살 피하고 어디 가 자빠졌다 왔니?"

볼치 한 대를 얻어맞고 아내는 오기가 질리어 벙벙하였다. 그래도 직성이 못 풀리어 남편이 다시 매를 손에 잡으려 하니 아내는 질겁을 하여 살려 달라고 두 손으로 빌며 개신개신(기운이 없어 나릿나릿 자꾸 힘없이 행동하는 모양) 입을 열었다.

"낼 되유…… 낼. 돈. 낼 되유."

하며 돈이 변통됨을 삼가 아뢰는 그의 음성은 절반이 울음이었다.

남편이 반신반의하여 눈을 찌긋하다가,

"낼?"

하고 목청을 돋웠다.

"네, 낼 된다유."

"꼭 되어?"

"네, 낼 된다유."

남편은 시골 물정에 능통하니만치 난데없는 돈 이 원이 어디서 어떻게 되는 것까지는 추궁해 물으려 하지 않았다.⑲ 그는 적이 안심한 얼굴로 방문턱에 걸터 앉으며 담뱃대에 불을 그었다. 그제야 비로소 아내도 마음을 놓고 감자를 삶으러 부엌으로 들어가려 하니 남편이 곁으로 걸어오며 측은한 듯이 말리었다.

"병나, 방에 들어가 어여 옷이나 말리여. 감자는 내 삶을게."

먹물같이 짙은 밤이 내리었다. 비는 더욱 소리를 치며 앙상한 그들의 방 벽을 앞뒤로 울린다. 천장에서 비는 새지 않으나 집 지은 지가 오래되어 방고래가 물러앉다시피 된 방이라 도배를 못 한 방바닥에는 물이 스며들어 귀축축하다. 거기다 거적 두 닢만 덩그렇게 깔아 놓은 것이 그들의 침소였다. 석유 불은 없어 캄캄한 바로 지옥이다. 벼룩은 사방에서 마냥 스멀거린다.

그러나 등걸잠(옷을 입은 채 덮개 없이 아무 데나 쓰러져 자는 잠)에 익달한(여러 번 겪어 매우 능숙하거나 익숙한) 그들은 천연스럽게 나란히 누워 줄기차게 퍼붓는 밤비 소리를 귀담아듣고 있었다. 가난으로 인하여 부부간의 애틋한 정을 모르고 나날이 매질로 불평과 원한

⑱ ➔ 춘호는 아내에게 폭력을 휘두르며 경제적 무능에 대한 절망과 분노를 해소하려고 하지.

⑲ ➔ 춘호는 대략 어떤 경위로 아내가 돈을 구하게 됐는지 짐작하고 있음을 알 수 있어.

집중!

수능 만점 선생님

중에서 복대기던(정신을 차릴 수 없을 만큼 서둘러 죄어치거나 몹시 몰아치던) 그들도 이 밤에는 불시로 화목하였다. 단지 남의 품에 든 돈 이 원을 꿈꾸어 보고도…….[20]

"서울 언제 갈라유?"

남편의 왼팔을 베고 누웠던 아내가 남편을 향하여 응석 비슷이 물어보았다. 그는 남편에게 서울의 화려한 거리며 후한 인심에 대하여 여러 번 들은 바 있어 일상 안타까운 마음으로 몽상은 하여 보았으나 실지 구경은 못하였다. 얼른 이 고생을 벗어나 살기 좋은 서울로 가고 싶은 생각이 간절하였다.

"곧 가게 되겠지, 빚만 좀 없어도 가뜬하련만."

"빚은 낭중(나중에) 갚더라도 얼핀(얼른) 갑세다유."

"염려 없어. 이달 안으로 꼭 가게 될 거니까."

남편은 썩 쾌히 승낙하였다. 딴은 그는 동리에서 일컬어 주는 질꾼(길꾼. 노름 따위에 길이 익어 능숙한 사람)으로 투전장의 가보(노름판에서 아홉 끗을 일컬음)쯤은 시루에서 콩나물 뽑듯 하는 능수(能手. 일에 능란한 솜씨를 가진 사람)였다. 내일 밤 이 원을 가지고 벼락같이 노름판에 달려가서 있는 돈이란 깡그리 모집어 올 생각을 하니 그는 은근히 기뻤다. 그리고 교묘한 자기의 손재간을 홀로 뽐내었다.

"이번이 서울 처음이지?"

하며 그는 서울 바람 좀 한번 쐬었다고 큰 체를 하며 팔로 아내의 머리를 흔들어 물어보았다. 성미가 워낙 겁겁한지라(급하고 참을성이 없어서) 지금부터 서울 갈 준비를 착착 하고 싶었다.[21] 그가 제일 걱정되는 것은 둠 구석에서 뇌자라먹은(배운 것 없이 막되게 큰) 아내를 데리고 가면 서울 사람에게 놀림도 받을 게고 거리끼는 일이 많을 듯싶었다. 그래서 서울 가면 꼭 지켜야 할 필수 조건을 아내에게 일일이 설명치 않을 수 없었다.

첫째, 사투리에 대한 주의부터 시작되었다. 농민이 서울 사람에게, '꼬라리'라는 별명으로 감잡히는(남과 시비를 다툴 때 약점을 잡히는) 그 이유는 무엇보다도 사투리에 있을지니 사투리는 쓰지 말며, '합세'를 '하십니까'로, '하게유'를 '하오'로 고치되 말끝을 들지 말지라. 또 거리에서 어릿어릿하는(말과 행동이 활발하지 못하고 자꾸 생기 없이 움직이는) 것은 내가 시골뜨기요 하는 얼뜬 짓이니 갈 길은 재게 가고 볼 눈을 또릿또릿이

⑳ ▶ 지독한 가난이 부부 간의 애틋한 정이나 화목함도 잊게 만들었다는 것을 보여 주는 대목이란다.
㉑ ▶ 궁핍한 농촌에서 벗어나 빨리 서울로 가고 싶어 하는 춘호의 마음을 엿볼 수 있는 부분이야.

내신 준비!!

수능 만점 선생님

볼지라— 하는 것들이었다. 아내는 그 끔찍한 설교를 귀담아들으며 모기 소리로 '네, 네.'를 하였다. 남편은 둬 시간가량을 샐 틈 없이 꼼꼼하게 주의를 다져 놓고는 서울의 풍습이며 생활 방침 등을 자기의 의견대로 그럴싸하게 이야기하여 오다가 말끝이 어느덧 화장술에까지 이르게 되었다.[22] 시골 여자가 서울에 가서 안잠을 잘 자 주면 몇 해 후에는 집까지 얻어 갖는 수가 있는데, 거기에는 얼굴이 예뻐야 한다는 소문을 일찍 들은 바 있어 하는 소리였다.

"그래서 날마다 기름도 바르고, 분도 바르고, 버선도 신고 해서 쥔 마음에 썩 들어야……."

한참 신바람이 올라 주워섬기다가 옆에서 쌔근쌔근 소리가 들리므로 고개를 돌려 보니 아내는 이미 곯아떨어져 잠이 깊었다.

"이런 망할 거, 남 말하는데 자빠져 잔담."

남편은 혼자 중얼거리며 바른팔을 들어 이마 위로 흐트러진 아내의 머리칼을 뒤로 쓰다듬어 넘긴다. 세상에 귀한 것은 자기의 아내![23] 이 아내가 만약 없었던들 자기는 홀로 어떻게 살 수 있었으려는가! 명색이 남편이며 이날까지 옷 한 벌 변변히 못 해 입히고 고생만 짓시킨 그 죄가 너무나 큰 듯 가슴이 뻐근하였다. 그는 왁살스러운(보기에 매우 미련하고 험상궂은 데가 있는) 팔로 아내의 허리를 꼭 껴안아 자기의 앞으로 바특이(대상이나 물체 사이가 조금 가깝게) 끌어당겼다.

밤새도록 줄기차게 내리던 빗소리가 아침에 이르러서야 겨우 그치고 점심때에는 생기로운 볕까지 들었다. 쿨렁쿨렁 논물 나는 소리는 요란히 들린다. 시내에서 고기 잡는 아이들의 고함이며, 농부들의 희희낙락한 메나리(경상도, 전라도, 충청도 지방에 전해 오는 농부가의 하나)도 기운차게 들린다.

비는 춘호의 근심도 씻어 간 듯 오늘은 그에게도 즐거운 빛이 보였다.

"저녁 제누리 때 되었을걸, 얼른 빗고 가 봐—."

그는 갈증이 나서 아내를 대고(무리하게 자꾸. 계속해서 자꾸) 재촉하였다.

"아직 멀었어유."

"먼 게 뭐냐, 늦었어."

아내는 남편의 말대로 벌써부터 머리를 빗고 앉았으나 원체 달포나 아니 가리

集中!

22 ➡ 아내 앞에서 아는 척을 하고 있지만, 사실 춘호도 서울에 대해 무지하다는 사실을 알 수 있어.

23 ➡ 아내에 대한 사랑은 물질적 여유가 없으면 불가능한 사치라는 것을 비꼬아 보여 주고 있는 대목이야.

수능 만점 선생님

어^(머리를 대강 빗어) 엉클어진 머리가 시간이 꽤 걸렸다. 그는 호랑이 같은 남편과 오래 간만에 정다운 정을 바꾸어 보니 근래에 볼 수 없는 희색이 얼굴에 떠돌았다. 어느 때에는 맥쩍게^(열없고 쑥스럽게) 생글생글 웃어도 보았다.

아내가 꼼지락거리는 것이 보기에 퍽이나 갑갑하였다. 남편은 아내 손에서 얼레빗^(빗살이 굵고 성긴 큰 빗)을 쑥 뽑아 들고는 시원스레 쭉쭉 내려 빗긴다.

다 빗긴 뒤, 옆에 놓인 밥사발의 물을 손바닥에 연신 칠해 가며 머리에다 번지르하게 발라 놓았다. 그래 놓고 위에서부터 머리칼을 재워 가며 맵시 있게 쪽을 딱 찔러 주더니, 오늘 아침에 한사코 공을 들여 삼아 놓았던 짚신을 아내의 발에 신기고 주먹으로 자근자근 골을 내 주었다.

"인제 가 봐!"

하다가,

"바루 곧 와, 응?"

하고 남편은 그 이 원을 고이 받고자 손색없도록, 실패 없도록 아내를 모양내 보냈다.²⁴

㉔ ➤ 춘호는 아내가 매춘해서 돈을 받아 올 것을 알면서도 아내를 곱게 단장해서 보내고 있어.

정리해 볼까요(그룹 채팅)

● **작가에 대해서 알아볼까요?**

킬링 포인트

김유정 작가는 1908년 강원도 춘천에서 태어났어. 휘문 고등 보통학교를 졸업하고 연희 전문학교 문과를 중퇴했지. 1935년 소설 「소낙비」가 〈조선일보〉 신춘문예에 당선되었고, 「노다지」가 〈중앙일보〉 신춘문예에 당선되어 등단하게 되었단다. 대표작으로는 「만무방」, 「노다지」, 「봄 · 봄」, 「동백꽃」 등이 있어. 폐결핵으로 29세라는 젊은 나이에 세상을 떠나고 말았지.

김유정 작가의 작품은 대부분 빈곤에 시달리던 1930년대 식민지 현실을 바탕으로 하고 있어. 우리나라 현대 작가 가운데 김유정만큼 해학적이고 토속적인 문장을 농도 있게 구사한 작가는 없단다. 하지만 김유정 작가는 농촌의 문제점을 냉철하게 바라보기보다는 희화화하는 데 그쳤다는 지적을 받기도 했지.

읽음

아내를 때리는 장면 등은 불편하게 느껴졌어요. 하지만 그런 풍자가 당시 시골의 한계와 모순을 더 비극적으로 보여 주는 요소이기도 한 것 같아요.

 100점

● **작품에 대해서 정리해 보죠!**

킬링 포인트

작가 : 김유정
갈래 : 농촌 소설
배경 : 시간적 – 1930년대 | 공간적 – 빈곤한 농촌
시점 : 3인칭 관찰자 시점(부분적으로 전지적 작가 시점)
주제 : 식민지 농촌 사회의 모순과 타락한 현실
출전 : 〈조선일보〉(1935)

킬링 포인트

무조건
알아야 해!

흉작과 빚쟁이의 위협 때문에 야반도주한 춘호는 아무리 떠돌아다녀도 살 방도가 없어. 궁핍한 삶 속에서 생각해 낸 것이 겨우 노름이지. 하지만 노름할 2원도 없어서 화가 난 그는 아내를 때리며 돈을 구해 오라고 몰아붙여. 그래서 춘호의 아내는 마을 부자인 이 주사의 눈에 들어 팔자를 고친 쇠돌 엄마를 찾아가게 돼. 그녀는 그곳에서 이 주사를 마주하게 되지. 이 주사는 다음 날도 자신과 만난다면 2원을 주겠다고 말해. 춘호 아내는 이 사실을 말하지 않고 그저 남편에게 2원을 구할 수 있게 되었다고 말하지. 다음 날, 춘호는 아내가 어디서 돈을 구해 오는지 묻지도 않은 채 곱게 단장시켜 내보내. 궁핍함 앞에서는 선량함이나 도덕성 모두 무너질 수밖에 없는 서글픈 현실을 보여 주는 작품이지.

읽음

극단적인 상황에서는 중요한 가치들이 얼마나 쉽게 무너질 수 있는지 보여 주는 소설이라 너무 마음이 아팠어요.

 100점

킬링 포인트

발단: 배경 묘사를 통해 등장인물들의 운명을 암시함

자연의 배경을 음울하게 묘사하고 있어. 이는 앞으로 등장인물들에게 벌어질 일들이 순탄하지 않을 것임을 암시하지.

전개: 춘호는 아내에게 돈을 구해 오라고 함

춘호는 아내에게 노름 돈으로 2원을 꾸어 오라고 윽박질러. 아내가 조용히 입을 다물고 있자, 화가 난 춘호는 지게막대기로 아내를 때리지.

위기: 춘호 아내는 이 주사에게 몸을 허락함

춘호 아내가 쇠돌 엄마 집으로 가던 중 소낙비가 퍼붓기 시작해. 쇠돌 엄마는 집에 없고 춘호 아내는 비에 젖은 몸으로 쇠돌 엄마를 기다리지. 하지만 춘호 아내는 쇠돌 엄마 대신 마을 부자인 이 주사를 만나게 돼. 이 주사와 관계를 가진 춘호 아내는 2원을 받기로 약속하지.

절정: 춘호 아내는 춘호에게 돈을 구했다고 말함

춘호는 아내가 들어오자 다시 아내를 때리려고 해. 그때 춘호 아내는 돈을 마련했다고 말하고, 춘호의 태도는 돌변하지. 춘호는 노름해서 돈을 딴 뒤, 아내와 함께 서울로 가서 안락한 생활을 할 기대에 부풀어.

결말: 춘호는 아내를 단장시켜 내보냄

이튿날, 춘호는 아내를 곱게 단장시켜 내보내지.

OOPS!

읽음

돈 2원을 위해서 이 주사에게 몸을 허락해 버린 춘호 아내가 너무 불쌍해요. 당시 빈민층의 애환이 강하게 느껴진 이야기였어요.

👍100점

● 춘호 아내의 뇌 구조를 알아볼까요?

남편에게 안 맞으려면 2원을 구해야 돼!

쇠돌 엄마 신세가 부럽구나.

서울에서 곱게 살 수 있다면……

남편과 서울 생활을 꿈꾸다니.

이 주사의 희롱은 견뎌 보자.

수능 만점 강사

1 이 작품에 관한 설명 중 옳지 <u>않은</u> 것은?

① 식민지 시대 농촌의 궁핍한 삶을 그린 소설이다.
② 주인공은 비도덕적인 행동을 할 수밖에 없는 상황에 처하게 된다.
③ 가난과 비극적인 삶을 해학적인 문체로 표현하고 있다.
④ 궂은 날씨는 주인공들의 어두운 미래를 암시한다.
⑤ 당대 사회의 비극을 이성적인 시각에서 철저하게 분석하고 있다.

2 다음 글에서 밑줄 친 부분을 나타내기에 <u>적합한</u> 속담은?

> "곧 가게 되겠지, 빚만 좀 없어도 가뜬하련만."
> "빚은 낭중 갚더라도 얼핀 갑세다유."
> "염려 없어. 이달 안으로 꼭 가게 될 거니까."
> 남편은 썩 쾌히 승낙하였다. 딴은 그는 동리에서 일컬어 주는 질꾼으로 투전장의 가보쯤은 시루에서 콩나물 뽑듯 하는 능수(能手)였다. <u>내일 밤 이 원을 가지고 벼락같이 노름판에 달려가서 있는 돈이란 깡그리 모집어 올 생각을 하니 그는 은근히 기뻤다. 그리고 교묘한 자기의 손재간을 홀로 뽐내었다.</u>

① 닭 잡아먹고 오리발 내민다.
② 가는 말이 고와야 오는 말이 곱다.
③ 똥 묻은 개가 겨 묻은 개 나무란다.
④ 사공이 많으면 배가 산으로 간다.
⑤ 우물에 가서 숭늉 찾는다.

3 다음은 이 작품에 대해 토론한 내용이다. <u>적절한</u> 의견으로 묶인 것은?

> 설희: 시작부터 먹구름이 몰려오고 비가 내릴 듯이 음산한 날씨를 묘사해서 주인공의 앞날에 순탄치 않은 일이 일어날 것을 암시하고 있어.
> 성훈: 인간은 원래 도덕성과 거리가 먼 존재라는 것을 보여 주기 위해서 쓴 소설이야. 그래서 아주 음울하고 비극적인 분위기를 풍기고 있지.
> 창현: 식민지 시대 빈곤한 농촌의 상황을 해학적인 문체로 묘사한 소설이야. 남편의 폭력과 이웃들의 탐욕, 왜곡된 성 윤리 등을 고발하고 있지.
> 지윤: 사랑만 있다면 돈이나 도덕성은 필요하지 않다는 내용을 다룬 연애 소설이야.

① 설희, 지윤   ② 성훈, 창현   ③ 설희, 창현
④ 성훈, 지윤   ⑤ 설희, 성훈

4 다음 글에서 춘호가 아내를 대하는 태도를 가장 적절하게 설명한 것은?

> 그가 제일 걱정되는 것은 둠 구석에서 돼자라먹은 아내를 데리고 가면 서울 사람에게 놀림도 받을 게고 거리끼는 일이 많을 듯싶었다. 그래서 서울 가면 꼭 지켜야 할 필수 조건을 아내에게 일일이 설명치 않을 수 없었다.
>
> 첫째, 사투리에 대한 주의부터 시작되었다. 농민이 서울 사람에게, '꼬라리'라는 별명으로 감잡히는 그 이유는 무엇보다도 사투리에 있을지니 사투리는 쓰지 말며, '합세'를 '하십니까'로, '하게유'를 '하오'로 고치되 말끝을 들지 말지라. 또 거리에서 어릿어릿하는 것은 내가 시골뜨기요 하는 얼뜬 짓이니 갈 길은 재게 가고 볼 눈을 또릿또릿이 볼지라— 하는 것들이었다. 아내는 그 끔찍한 설교를 귀담아들으며 모기 소리로 '네, 네.'를 하였다.

① 춘호는 아내를 물가에 내놓은 어린아이처럼 여기면서 꼼꼼하게 보호하려고 하고 있어.

② 춘호는 아내를 무식하다고 생각해서, 서울 생활에서 자신이 괜한 창피를 당할까 봐 걱정하고 있어.

③ 춘호는 아내가 서울 생활에 잘 적응해서 행복하기를 바라는 마음으로 조언해 주고 있어.

④ 춘호는 서울 생활에 대해 잘 알고 있어서 아내에게 하나라도 더 정보를 알려 주기 위해 노력하고 있어.

⑤ 춘호는 아내가 서울에서 무시당해 기가 죽을까 봐 걱정하고 있어.

5 이 작품의 등장인물이 했음직한 말로 옳지 않은 것은?

① 춘호: 2원만 있으면 놀음판에서 싹 쓸어 와서 돈 좀 쏠쏠히 만져 볼 수 있을 텐데.

② 춘호 아내: 치욕은 당했지만 더 이상 남편에게 매 맞을 일은 없으니, 이게 성공이로구나.

③ 쇠돌 엄마: 도덕성이 밥 먹여 주나? 속옷 세 벌에 버선 네 벌이면 행복하지.

④ 이 주사: 아무리 생활이 곤궁해도 남녀유별의 도리가 엄격하다는 것을 기억하게.

⑤ 동네 아낙들: 으유, 쇠돌 엄마는 치맛바람에 팔자 고쳤지!

● **수능 만점 선생님의 감상 꿀팁** --------------------------------

> 이 작품은 궁핍한 농촌을 배경으로 빚에 쪼들려 타향살이를 하는 1930년대 농민의 서글픈 단면을 다룬 소설이야. 고통스러운 시대에 무지한 사람들이 비극적으로 살 수밖에 없었던 상황을 작가 특유의 해학적 문체로 표현했다는 점을 기억하자.

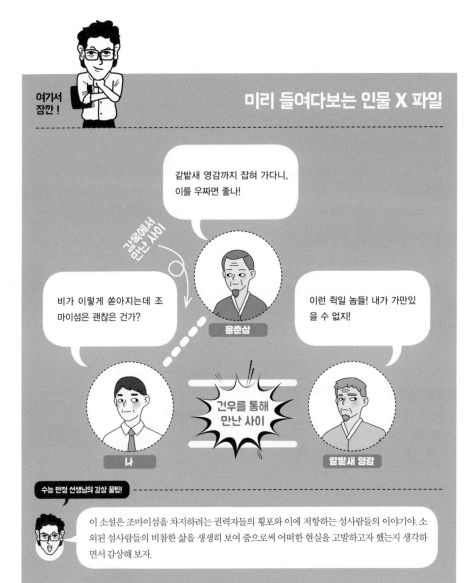

여기서 잠깐!

미리 들여다보는 인물 X 파일

갈밭새 영감까지 잡혀 가다니, 이를 우짜면 좋나!

감옥에서 만난 사이

운춘삼

비가 이렇게 쏟아지는데 조 마이섬은 괜찮은 건가?

이런 쥐일 놈들! 내가 가만있을 수 없지!

나

건우를 통해 만난 사이

갈밭새 영감

수능 만점 선생님의 감상 꿀팁!

이 소설은 조마이섬을 차지하려는 권력자들의 횡포와 이에 저항하는 섬사람들의 이야기야. 소외된 섬사람들의 비참한 삶을 생생히 보여 줌으로써 어떠한 현실을 고발하고자 했는지 생각하면서 감상해 보자.

모래톱 이야기

#이 땅의 진정한 주인은 누구인가

이십 년이 넘도록 내처(줄곧 한결같이) 붓을 꺾어 오던 내가 새삼 이런 글을 끼적거리게 된 건 별안간 무슨 기발한 생각이 떠올라서가 아니다. 오랫동안 교원 노릇을 해 오던 탓으로 우연히 알게 된 한 소년과, 그의 젊은 홀어머니, 할아버지, 그리고 그들이 살아오던 낙동강 하류의 어떤 외진 모래톱……. 이들에 관한 그 기막힌 사연들조차, 마치 지나가는 남의 땅 이야기나, 아득한 옛날이야기처럼 세상에서 버려져 있는 데 대해서까지는 차마 묵묵할 도리가 없었기 때문이다.❶

건우란 소년은 내가 직접 담임했던 제자다. 당시 나는 K라는 소위 일류 중학에서 교편을 잡고 있었다. 비가 억수로 내리던 날 첫 시간의 일이었다. 지각생이 많았다. 지각생이 많으면 교사는 짜증이 나게 마련이다. 그럴 때 유독 닦이는(휘몰아서 나무라게 되는) 놈은 으레 그런 일이 잦은 놈들이다.

"넌 또 지각이로군? 도대체 어찌 된 일이냐?"

건우의 차례였다. 다른 애와 달리 그는 옷이 비에 흠뻑 젖어 있었다. 아래 윗도리 옷깃에서 물이 사뭇 교실 바닥에 뚝뚝 떨어지고 있지 않는가!

"나릿배 통학생임더."❷

낮고 가는 목소리가 그의 가냘픈 입술 사이에서 새어 나오듯 했다. 그리고 이내 울상이 된 얼굴을 아래로 떨구었다. 차라리 무엇인가를 하소연하는 듯이 느껴졌다.

"나릿배 통학생?"

❶ ➡ '나'는 권력자들의 횡포로 세상에서 소외된 조마이섬 사람들을 외면할 수 없어서 이 글을 쓰게 되었다고 밝히고 있어.

❷ ➡ '나'는 배를 타고 먼 길을 통학하는 건우의 사연을 알고는 그에게 관심을 가지게 돼.

아주
중요해!

수능 만점 선생님

이쪽으로선 처음 듣는 술어였다.

"맹지면에서 나릿배로 댕기는 아입니더."

지각생 아닌 다른 애가 대신 대답했다. 명지면이라면 김해 땅이다. 낙동강 하류 강을 건너야만 부산으로 나올 수 있는 곳이다.

"나룻배 통학생이라……."

나는 건우의 비에 젖은 옷을 바라보면서 자리에 들어가라고 했다. 이런 일이 있고부터 나는 건우란 소년에게 은근히 동정이 가게 되었다. 더더구나 아버지가 없다는 걸 알고부터는. 동무들끼리 어울려 놀 때 그를 곧잘 '거무⁽거미⁾'라고 놀려대던 이상한 별명의 유래도 곧 알게 되었다. 그의 고향 친구들의 말에 의하면 거미란 짐승은 물에 날쌘 놈이라 해서 즈⁽자기⁾ 할아버지가 지어 준 아명(兒名, 아이 때의 이름)이었다는 거다. 거미! 강가에 사는 사람들의 자식 아끼는 심정을 가히 짐작할 수가 있었다. 호적에 올릴 때는 부득이 건우로 했으리라. 그것도 아마 누구의 지혜를 빌어서.

두 번째로 내가 건우란 소년에 대해서 관심을 더욱 가지게 된 것은 학기 초 가정 방문을 나가기 전에 그가 써낸 작문을 읽고부터였다(나는 가정 방문을 나가기 전 가끔 학생들에게 자기 자신에 관한 글을 써 오라고 하였다).

'섬 얘기'란 제목의 그의 글❸은 결코 미문(美文, 아름다운 문장 또는 글귀)은 아니었다. 그러나 내용은 끔찍한 것이라 생각했다. 자기가 사는 고장 ─ 복숭아꽃도, 살구꽃도, 아기 진달래도 피지 않는 조마이섬은, 몇백 년, 아니 몇천 년 갖은 풍상과 홍수를 겪어 오는 동안에 모래가 밀려서 된 나라 땅인데, 일제 때는 억울하게도 일본 사람의 소유가 되어 있다가 해방 후부터는 어떤 국회 의원의 명의로 둔갑이 되었는가 하면, 그 뒤는 또 그 조마이섬 앞 강의 매립 허가를 얻은 어떤 다른 유력자의 앞으로 넘어가 있다든가 하는 ─ 말하자면 선조 때부터 거기에 발을 붙이고 살아오던 사람들과는 무관하게 소유자가 도깨비처럼 뒤바뀌고 있다는, 섬의 내력을 적은 글이었다. 그저 그런 정도의 얘기를 솔직히 적었을 따름인데, 어딘지 모르게 무엇인가를 저주하는 듯한, 소년의 날카롭고 냉랭한 심사가 글 밑바닥에 깔려 있었다.❹ 나는 나 자신이 갑자기 무슨 고발이라도 당한 심정으로 그 글발⁽적

---

❸ ➔ '나'는 건우가 쓴 글을 읽고 조마이섬에 얽힌 이야기를 알게 되지.

❹ ➔ 권력자들의 횡포를 계속해서 보고 자란 건우의 마음에도 억울함과 한이 서렸음을 알 수 있어.

내신 준비!

수능 만점 선생님

^{어놓은글}을 따로 제쳐서 책상 서랍 속에 넣어 두었다.

가정 방문이 있는 주간은 대개 오전 수업뿐이다. 점심시간이 시작될 무렵 나는 건우를 교무실로 불렀다.

"오늘 명지로 갈까 하는데, 너 외에 몇이나 있지?"

"A반 학생은 저 하나뿐입니다."

건우의 노르께한 얼굴에는 순간적인 그늘이 얼씬 지나가는 것 같았다.

"그래? 그럼 한 시 반쯤 해서 현관 앞으로 다시 오게."

명지 같음 어둡기 전에 돌아오기가 힘들는지 모른다. 나는 부랴부랴 점심을 마치고서 교무실을 나섰다.

건우는 벌써 현관께로 와 있었다. 역시 약간 어둔 얼굴을 하고, 아마 미리 어머니에게 알리지 않고서 가는 것이 약간 켕겼던 모양이었다.

"가 볼까!"

내가 앞장을 서듯 했다. 버스 요금도 제 것까지 내가 얼른 내는 걸 보고는 아주 송구스러운 듯한 표정을 지었다. 명지로 가는 하단 나루까지는 사오십 분이면 족했다. 그러나 한 척밖에 없다는 그 나룻배가 좀처럼 나타나지 않았다.

"집이 저쪽 나루터에서 먼가?"

나는 갈대 그림자가 그림처럼 고요히 잠겨 있는 강물을 내려다보며 물었다.

"예, 제북^(제법) 갑니더."

그는 민망스런 듯이 나를 잠깐 쳐다보더니 눈을 역시 물 위로 떨어뜨렸다.

"얼마나?"

"반 시간 좀 더 걸립니더."

"그럼 학교까지 오려면 시간이 꽤 걸리겠는걸?"

"나릿배만 진작 타지고 빠른 날은 두어 시간만 하면 됩더."

"그래? 그래서 지각을 자주 하는군."

나는 환경 조사표의 카피를 펴 보았으나, 곁에 사람들이 있기에 더 묻지 않았다.❺ 아니, 설사 곁에 다른 사람들이 없다 하더라도, 아직 열다섯 살밖에 안 되는 소년에게 물어도 좋을 만한 그런 가정 형편이 못 되었다.

아버지는 없고,

❺ ➔ '나'는 가정 형편이 어려운 건우를 배려하고 있어.

어머니 33세 농업

할아버지 62세 어업

삼촌 32세 선원

재산 정도 하(下)

끼우뚱거리는 나룻배 위에서도 건우의 행복하지 못할 가정 환경이 자꾸만 내 머리 속에 확대되어 갔다. 나룻배를 내려서자, 갈밭(갈대밭) 속을 뚫고 나간 좁고 긴 길이 있었다. 우리는 반 시간 남짓 그 길을 걸어가면서도 별반 얘기가 없었다.

"아버진 언제 돌아가셨지?"

해 놓고도 오히려 후회할 정도였으니까.

"육이오 때라 캅디더만……."

건우의 말눈치(말하는 가운데에 은근히 드러나는 어떤 태도)가 확실치 않았다.

"어쩌다가?"

"군에 나갔다가 그랬다 캅디더."

"언제 어디서 돌아가셨는지도 잘 모른단 말인가?"

"야, 그래도 살아온 사람들 말이 암마 '워카 라인'(워커 라인. 6·25 전쟁 당시 낙동강 전선)인가 하는 데서 그랬을 끼라 카데요."

생각했던 바와는 달리, 건우의 이야기는 비교적 담담하였다.

"그래, 아버지의 얼굴은 기억하나?"

나는 속으로 그의 나이를 손꼽아 보았던 것이다.

"잘 모릅니다. 저가 두 살 때 군에 나갔다 카니……. 그라곤 통 안 돌아왔거던요."

나를 쳐다보는 동그스름한 얼굴, 더구나 그린 듯이 짙은 양미간에는 미처 숨기지 못한 을씨년스런 빛이 내비쳤다.❻ 순간 나는 그의 노르께한 얼굴에서 문득 해바라기 꽃을 환각(幻覺. 외부 자극이 없음에도 마치 어떤 사물이 있는 것처럼 지각함)했다.

삼사월 긴긴 해라더니, 보릿고개는 오후 세 시가 훨씬 지나도 해가 메 끝과는 멀었다. 길가 수렁(진흙과 개흙이 물과 섞여 많이 괸 웅덩이)과 축축한 둑에는 빈틈없이 갈대가 우거져 있었다. 쑥쑥 보기 좋게 순과 잎을 뽑아 올리는 갈대청은, 그곳을 오가는 사람들과는 판이하게 하늘과 땅과 계절의 혜택을 흐뭇이 받고 있는 듯, 한결 싱싱

> ❻ ➔ 건우는 담담한 듯이 아버지에 관한 이야기를 하지만, 속으로는 괴로워하고 있음을 알 수 있지.

내신 준비!

수능 만점 선생님

해 보였다.

"저 갈대들이 다 자라면 지나다니기가 무서울 테지? 사람의 길이 훨씬 넘을 테니까."

나는 무료에 지쳐 건우를 돌아보았다.

"괜찮심더, 산도 아인데요."

그는 간단히 대답할 뿐이었다. 아직도 짐승보다 인간이 더 무섭다는 것을 미처 모르는 모양이었다.

길바닥까지 몰려나왔던 갈게들이, 둔탁한 사람들의 발자국 소리에 놀라 이리저리 황급히 구멍을 찾아 흩어지는가 하면, 어느 하늘에선지 종달새가 재잘재잘 쉴 새 없이 재잘거리고 있었다. 잔등에 땀을 느낄 정도로 발을 재게^(동작이 재빠르고 날쌔게) 떼 놓아, 건우가 사는 조마이섬❼에 닿았을 때는 해가 얼마만큼 기운 뒤였다.

섬의 생김새가 길쭉한 주머니 같다 해서 조마이섬이라고 불려 온다는 건우의 고장에는, 보리가 거의 자랄 대로 자라 있었다. 강바람이 불어올 때마다 푸른 물결이 제법 넘실거리곤 했다.

낙동강 하류의 삼각주 일대가 대개 그러하듯이, 이 조마이섬이란 데도 사람들이 부락을 이루고 사는 것이 아니라 그저 한 집 두 집 띄엄띄엄 땅을 물고 있을 따름이었다.

건우네 집은 조마이섬 위쪽에서 그리 멀지 않았다. 역시 외따로 떨어진 집이었다. 마침 뒤꼍 사래^(이랑의 길이) 긴 남새밭^(채소밭)에 가 있던 어머니가 무슨 낌새를 차렸던지 우리가 당도하기 전에 어느새 사립께로 달려와 있었다.

"인자 오나?"

아들에게부터 먼저 말을 건네고 나서 내게도 수인사^(修人事, 인사를 차림)를 하였다.

"우리 건우 선생인가배요?"

상냥하게 웃었다. 가정 조사표에 적혀 있는 서른세 살의 나이보다는 훨씬 핼쑥해 보였으나, 외간 남자를 대하는 붉은빛이 연하게 감도는 볼에는 그래도 시골 색시다운 숫기가 내비쳤다.

"수고하십니더."

하고 나는 사립을 들어섰다.

❼ ➔ 1960년대 낙동강 하류의 조마이섬을 배경으로 이야기가 펼쳐지고 있어.

물론 집은 그저 그러했다. 체목^(體木, 집 짓는 데 중요한 기둥과 도리 같은 재목을 이르는 말)은 과히 오래되지 않았지만, 바깥 일손이 모자라는 탓인지, 갈대로 엮어 두른 울타리에는 몇 군데 개구멍이 나 있었다.

"좀 들어가입시더. 촌집이 돼서 누추합니더만⋯⋯."

건우 어머니는 나를 곧 안으로 인도했다. 걸레질을 안 해도 청은 말끔했다. 굳이 방으로 모시겠다는 것을 나는 굳이 사양하고 마루 끝에 걸쳤다.

"어머니 혼자 힘으로 공부시키기가 여간 힘들지 않으실 텐데⋯⋯."

건우가 잠깐 자리를 비키는 것을 보고 나는 으레 하는 식으로 가정 사정부터 물어보았다. 할아버지와 아저씨와 그리고 재산 따위에 대해서.

"할아버지는 개깃배를 타시고, 재산이랄 끼사 머 있입니꺼. 선조 때부터 물려받은 밭뙈기들은 나라 땅이라 캤다가, 국회 의원 땅이라 캤다가⋯⋯.❽ 우리싸 머 압니꺼."

이렇게 대략 건우 군의 글에서 알았을 정도의 얘기였고, 건우의 삼촌에 대해서는 웬일인지 일체 말이 없었다. 대신 길이 먼 데다 나룻배까지 타야 되기 때문에 건우가 지각이 많아서 죄송스럽다는 얘기와, 아버지가 없으니 그런 점을 생각해서 잘 도와 달라는 부탁이 고작이었다.

생활은 어떻게 무사히 꾸려 나가느냐고 했더니, 시아버님이 고깃배를 타기 때문에 가끔 어려운 돈을 기백 원씩 가져온다는 것과, 먹고 입는 것은 보리농사와 채소로써 그럭저럭 치대어 간다는 얘기였다.

"재첩^(재첩과의 조개)은 더러 안 건지세요?"

강 마을 일이라 이렇게 물었더니,

"그건 남자들이라야 안 됩니꺼. 또 배도 있어야 하고요."

할 뿐, 그러나 이쪽에서 덤덤하니까,

"물 빠질 땐 개발^(갯벌)이싸 늘 안 나가는기요. 조개 새끼도 파고 재첩도 줏지만 그런기사 어데 돈이 댑니꺼."

이렇게 덧붙였다.

잠시 안 보이던 건우가 어디서 다섯 홉짜리 정종^(일본식으로 빚어 만든 맑은 술)을 한 병 들

❽ → 조마이섬의 소유권이 유력자들에 의해 계속 이전되고 있어. 이는 당시 우리나라의 현실과 크게 다르지 않지.

수능 만점 선생님

고 왔다. 이마에 땀이 번질번질한 걸 보면 필시 뛰어온 게 틀림없다. 아마 어머니가 시킨 일이려니 싶었다.

나는 미안스런 생각으로 건우 어머니가 따라 주는 술잔을 받았다. 손이 유달리 작아 보였다. 유달리 자그마한 손이 상일(별로 기술이 필요하지 않은 막일)에 거칠어 있는 양이 보기에 더욱 안타까울 정도였다.

기어이 저녁까지 대접하겠다고 부엌으로 가 버린 뒤, 나는 건우를 앞에 두고 잔을 들면서, 그녀의 칠칠한(주접이 들지 않고 깨끗하고 단정한) 인사범절에 새삼 생각되는 바가 있었다.

나는 모든 것을 다시 보았다. 농삿집치고는 유난히도 말끔한 마루청, 먼지를 뒤집어쓰고 있지 않은 장독대, 울타리 너머로 보이는 길찬 장다리꽃들……. 그 어느 것 하나에도 그녀의 손이 안 간 곳이 없으리라 싶었다. 이러한 집 안팎 광경들을 통해서 나는 건우 어머니가 꽤 부지런하고 친절한 여성이라는 것을 고대(바로 곧) 짐작할 수가 있었다. 젊음이 한창인 열아홉부터 악지(잘 안될 일을 무리하게 해내려는 고집) 세계 혼자서 살아왔다는 것과, 어려운 가운데서도 외아들 건우를 나룻배를 태워 가면서까지 먼 일류 중학에 보내고 있다는 사실, 그리고 농촌 아이라고는 믿어지지 않을 만큼 건우의 입성(옷차림)이 항시 깨끗했다는 사실들이 어련히 안 그리라 싶어지기도 했다. 얼핏 보아서는 어리무던한(어련무던한. 별로 흠 잡을 데 없이 무던한) 여인 같기도 하지만 유난히 볼가진 듯한 이마라든가, 역시 건우처럼 짙은 눈썹 같은 데선 그녀의 심상치 않을 의지랄까, 정열 같은 것을 읽을 수가 있었다.

나는 술상을 물리고서, 건우의 공부방을(어머니의 방일 테지만) 잠깐 들여다보았다. 사과 궤짝 같은 것에 종이를 발라 쓰는 책상 위에는 몇 권 안 되는 책들이 나란히 꽂혀 있었다. 그 가운데서 '섬 얘기'라고 잉크로써 굵직하게 등마루에 씌어진 두툼한 책 한 권이 특별히 눈에 띄었다.

"섬 얘기? 저건 무슨 책이지?"

나는 건우를 돌아보고 물었다.

"암것도 아닙니더."

"소설?"

❾ ➡ 건우 어머니가 힘든 생활을 견뎌 왔음을 알 수 있어.
❿ ➡ 건우 어머니의 부지런하고 야무진 살림 솜씨를 엿볼 수 있지.
⓫ ➡ 건우 어머니는 어려운 형편에도 깔끔하게 살림을 정돈하고, 건우를 제대로 교육 시키려 하고 있어.

집중!
수능 만점 선생님

"아입니더."

"어디 가져와 봐!"

건우는 싫어도 무가내^(막무가내)라 뽑아 오면서,

"일기랑 또 책 같은 거 보고 적은 김더."

부끄러운 내색을 하였다.

"일기는 남의 비밀이니까 읽을 수가 없고, 어디 책 읽은 소감이나 뵈 주게."

나는 책을 도로 돌렸다. 건우는 마지못해 여기저길 뒤적거리다가 한군데를 펴 주었다. 또박또박 깨알같이 박아 쓴 글씨였다.

×××여사는 어머니처럼 혼자 사시는 분이라 그런지 그분의 글에는 한결 감동되는 바가 있었다. '내가 본 국토' 속의 한 구절—

'그래도 선거 때가 되면 소속 육지에서 똑딱선^(발동기로 움직이는 작은 배)을 가지고 섬 백성을 모시러 오는 알뜰한 정당이 있어, 이들은 다만, 그 배로 실려 가서 실상 자기네 실생활과는 무연한^(아무 인연이나 연고가 없는) 정치를 위하여 지정해 주는 기호 밑에 도장을 찍어 주고 그 배에 실려 돌아온다는 것입니다.

현대 문명의 혜택이라곤 아직 받아 보지 못한 그들의 생활 속에도 현대 문명인이 행사하는 선거란 상식이 깃들게 되고, 어느 정당이나 정치의 영향도 알뜰히 받아 보지 못한 그네들에게도 투표하는 임무만은 지워져야 하고 조국의 사랑이라곤 받아 본 일이 없이 헐 벗고 배우지 못한 그들의 아들들이 먼저 조국을 수호해야 할 책임을 지고 훈련을 받고 총을 메고 군인이 되어 갔다는 것……'

우리 아버지도 응당 이러한 군인 중의 한 사람이었으리라.⑫ 그래서 언제 어디서 쓰러 졌는지도 모르고, 따라서 국군묘지에도 묻히지 못하고, 우리에겐 연금도 없고…….

내 눈이 미처 젖기 전에 건우는 부끄러운 듯이 그 노트를 내게서 뺏아 갔다.

"건우야!"

나는 노트 대신 건우의 손을 꽉 쥐었다.

"이 땅이 이곳 사람들의 땅이 아니랬지? 멀쩡한 남의 농토까지 함께 매립 허가

내신 준비!

⑫ → 건우는 유력자들의 모순적인 태도와 부조리한 현실을 제대로 지각하고 있어. 건우 의 아버지는 이러한 부당한 현실에 희생당했지.

수능 만점 선생님

를 얻은 어떤 유력자의 것이라고 하잖았어? 그러나 두고 봐. 언젠가는 너희들이 이 땅의 주인이 될 거야. 우선은 어떠한 괴로움이 있더라도, 억울하더라도 희망을 잃지 말고 꾹 참고 살아가야 해.⑬"

어조가 어떻게 아까 그 노트를 읽을 때와 같은 것을 깨닫고 나는 잠깐 말을 끊었다. 건우는 내처 묵연해(잠잠히 말없이) 있었다.

"나라 땅, 남의 땅을 함부로 먹다니! 그건 땅을 먹는 게 아니라, 바로 '시한폭탄'을 먹는 거나 다름없다. 제 생전이 아니면 자손 대에 가서라도 터지고 말거든! 그리고 제 아무리 떵떵거려 대도 어른들은 다 가는 거다. 죽고 마는 거야. 어디 땅을 떼 짊어지고 갈 수야 있나. 결국 다음 이 나라 주인인 너희의 거란 말야. 알겠어?"

나는 말이 절로 격해지는 것을 깨달았다. 저녁상이 들어왔다.

부엌에서 바깥 동정(일이 벌어지고 있는 낌새)을 죄다 엿들었는지 건우 어머니는 저녁상을 물리기가 바쁘게 손을 닦으며 청 끝에 와 걸치더니,

"선생님 이야기는 우리 건우한테서 잘 듣고 있심더. 그라고 이 섬 저 웃바지에 사는 윤샌도 선생님 말을 곧잘 하데요. 우리 건우가 존(좋은) 담임 선생님 만났다면서……."

해가 막 떨어진 뒤라 그런지 그녀의 웃음이 적이(꽤 어지간하게) 붉게 보였다.

"윤샌이라뇨?"

윤 생원이라는 말인 줄은 알았지만, 그가 누군지 미처 생각이 안 났다.

"성은 윤씨고, 이름이 머라 카더라……."

건우를 흘끔 돌아보며,

"수덕이 할배 이름이 멋고?"

"춘삼이 아잉기요."

건우의 말이 떨어지자,

"내 정신 보래. 그래 춘삼 씨다."

그녀는 다시 나를 돌아보며,

"춘삼이란 어른인데 와 선생님을 잘 알데요. 부산에도 가끔 나갑니다. 쬐깐 포도밭도 가주고 있고요……."

⑬ ➜ 부조리한 현실 속에서도 희망적인 미래를 전망하고 있어. 작가의 희망적 메시지가 드러나는 부분이란다.

집중!

수능 만점 선생님

"윤춘삼? ……네, 이제 알겠습니다."

비로소 생각이 났다.

"그분하고는 어데서도 같이 지냈담서요?"

건우 어머니는 '세상은 넓고도 좁지요.' 하는 듯한 눈매로 웃어 보였다.

"네."

아닌 게 아니라, 나는 적이 놀랐다. 어디서든 나쁜 짓 하고는 못 배기리라는 생각이 문득 들기까지 했다. 그와 동시에, 지난날 어떤 어두컴컴한 곳에서 그 윤춘삼이란 사람을 처음으로 만났던 일, 그리고 다시 소위 큰집이란 데서 한때 같이 고생을 하던 갖가지 일들이 마치 구름 피어오르듯 기억에 떠올랐다.

'육이오' 때의 일이었다.⑭ 나는 어떤 혐의로 몇몇 사람의 당시 대학교수들과 함께 육군 특무대란 데 갇혀 있었다. 거기서 윤 생원을 처음 만났다. 물론 그땐 그가 이곳 사람인 줄도 몰랐다. 무슨 혐의로 들어왔느냐고 물어도 <mark>그는 얼른 대답을 하지 않았다. 곧 나갈 거라고만 했다.</mark>⑮ 곧 나갈 거라고 장담을 하던 사람이 얼마 뒤 역시 우리의 뒤를 따라 감옥으로 넘어왔다. 감옥에서는 그도 제법 사상범으로 통해 있었다. 누가 붙였는지는 모르되, '송아지 빨갱이'라는 별명이 붙어 있었다. 그의 말에 의하면 이유는 간단했다. 한창 무슨 청년단인가 하는 패들이 마구 설칠 땐데, 남에게 배내(남의 가축을 길러서 가축이 다 자라거나 새끼를 낸 뒤에 주인과 나누어 가지는 일)를 주었던 그의 송아지를 그들이 잡아먹은 게 분해서, 배내 먹이던 사람에게 송아지를 물어내라고 화풀이를 한 것이 동기의 하나였다고 한다. 그 바보 같은 사람이 뒤퉁스럽게(미련하거나 찬찬하지 못해 일을 잘 저지를 듯하게) 그 청년단을 찾아가서 그런 고자질을 한 것이 꼬투리가 되어, "이 새끼 맛 좀 볼 테야?" 하는 식으로 잡혀 왔다는 이야기였다. 그밖에 또 하나 주목받을 이유가 될 만한 것은, 자기 고향인 조마이섬에 문둥이 떼가 이주해 왔을 때(물론 정부의 방침이었지만) 그들을 몰아내기 위해 싸우다가 결국 경찰 신세를 졌던 일이라 했다. 그러면서도 <mark>그 자신 무슨 영문인지를 확실히 모르고서 옥살이를 했다.</mark>⑯ 다만 '송아지 빨갱이'라는 별명으로서.

어쩌다가 세수터에서라도 마주칠 때, "송아지 빨갱이!" 할라치면, 텁수룩한 머리를 끄덕대며 사람 좋게 웃던 윤춘삼 씨의 그때 얼굴이 눈에 선해 왔다.

⑭ → '나'는 윤춘삼과 인연이 닿게 된 때를 회상하고 있어.
⑮ → 윤춘삼의 강한 의지가 느껴지는 대목이야.
⑯ → 윤춘삼은 부당한 현실에 맞서 싸우다 억울하게 옥살이를 하게 되었어.

수능 만점 선생님

"좋은 사람이었지요."

"그라문니요! 지금도 우리 집에 가끔 옵니더."

건우 어머니도 맞장구를 쳤다.

이야기꾼들이 곧잘 쓰는 '우연성'이란 것을 아주 싫어하는 나지만, 그날 저녁 일만은 사실대로 적지 않을 수가 없다.

어둡기 전에 건우의 집을 나서서 하단 쪽 나루터로 되돌아오던 길목에서 뜻밖에 이제 얘기하던 바로 그 윤춘삼이란 사람과 마주치게 되었으니 말이다.⑰

"야, 이거 ×선생 아니오! 이런 섬에 우짠 일로?"

송아지 빨갱이, 아니 윤춘삼 씨는 덥석 내 손을 잡으며 반가워했다.

"아이들 가정 방문을 왔다 가는 길이죠. 참 오랜만이군요."

"가정 방문?"

그는 수인사는 제쳐 놓고,

"그럼 건우 집에도 들렀겠네요?"

"네, 이 섬에는 건우 한 애뿐입니다. 내가 맡아 있는 애로서는……."

"마침 잘됐다. 허허 참 세상에는 이런 수도 다 있다 카이! 인자 막 선생 이바구('이야기'의 사투리)를 하고 오던 참인데……."

윤춘삼 씨는 뒤에 따라오던 웬 성큼한 털보 영감을 돌아보며,

"자, 인사드리시오. 당신 손자 '거무'란 놈 선생이오."

하며 내처 허허 하고 웃어 댔다. 벌써 약간 주기가 있어 보였다. 두 사람이 인사를 채 나누기 전에 윤춘삼 씨는,

"허허, 노상에서 이럴 수가 있나. 나도 여러 해 만이고……."

하며 털보 영감더러 하단으로 되돌아가자는 것이었다. 아니 바로 떠밀듯 했다.

"암, 그래야지. 나도 언제 한 분(한 번) 꼭 찾아볼라 캤는데, 바래다 드릴 겸 마침 잘됐구만."

멀쩡한 날에 고무장화를 신은 품이 누가 보나 뱃사람이 완연한(눈에 보이는 것처럼 아주 뚜렷한) 건우 할아버지도 약간 약주가 된 데다 역시 같은 떼거리였다.

윤춘삼 씨는 만나자 덥석 잡았던 내 손을 내처 아플 정도로 쥔 채 놓지 않았고,

⑰ ➔ '나'는 우연히 윤춘삼과 갈밭새 영감을 만나게 돼. 이를 계기로 조마이섬에 대해 더 깊은 이야기를 듣게 되지.

수능 만점 선생님

건우 할아버지도 나란히 서게 되어 셋은 가뜩이나 좁은 들길을 좁으라 걸어 댔다. 땅거미를 받아선지, 건우 할아버지의 갯바람에 그을린 얼굴이 거의 검둥이에 가까울 정도로 검어 보였다.

"갈밭새 영감, 오늘 참 재수 좋네. 내가 술 샀지. 또 이런 훌륭한 선생님을 만났지……. 그러나 이분에는 영감이 사야돼오."

윤춘삼 씨의 말이 떨어지기가 바쁘게,

"암, 내가 사야지. 이분에는 정종이다. 고놈의 따끈한!"

아마 '갈밭새'가 별명인 듯한 건우 할아버지는, 그 억세고 구부정한 어깨를 건들거리며 숫제 신을 내듯 했다.

하단 나룻가의 술집은 모두가 그들의 단골인 모양이었다.

"어이 또 왔쇠이!"

건우 할아버지가 구부정한 어깨를 먼저 어느 목로집^(술집)으로 들이밀었다. 다시 술자리가 벌어졌다. 술자리랬자 술상 대신 쓰이는 네 발 달린 널빤지를 사이에 두고 역시 네 발 달린 널빤지 걸상에 마주 앉은 것이었지만.

"술은 정종! 따끈한 놈으로. 응이, 알겠소? 우리 거무 선생님이란 말이 어!"

갈밭새 영감은 자기와 비슷하게 예순 고개를 넘어 보이는 주인 할머니더러 일렀다.

그가 소원인 듯 말하던 '따끈한 정종'은 그와 윤춘삼 씨보다 나를 먼저 취하게 했다. 그러나 좀처럼 놓아 줄 눈치들이 아니었다.

"한 잔만 더……."

이번에는 건우 할아버지의 커다란 손이 연신 내 손을 덮쌌다.

"비록 개깃배를 타고 있지만 나도 과히 나쁜 놈이 아임데이. 내, 선생 이바구 다 듣고 있소. 이 송아지 빨갱이(섬에까지 그런 별명이 퍼졌던 모양이다)한테도 여러 분 들었고 우리 손잣놈한테도 듣고 있소. 정말 정말 훌륭한 선생님이라고. 그까진 국회 의원이 다 먼교? 돈만 있음 ×라도 다 되는 기고, 되문 나랏땅이나 훑이고 팔아묵고 그런 놈들이 안 많던기요?^⑱ 왜, 내 말이 어데 틀립니꺼?"

갈밭새 영감은 말이 차츰 엇나가기 시작했다.

자기로선 취중 진담일지 모르나 듣기만 해도 섬뜩한 소리를 함부로 뇌까렸다.

내신 준비!

⑱ ➡ 유력자들에 대한 갈밭새 영감의 부정적인 인식이 드러나는 부분이야.

수능 만점 선생님

그런 얘길랑 그만두고 술이나 들라 해도 갈밭새 영감은 물론 이번엔 윤춘삼 씨까지 되레(도리어) 가세를 하고 나섰다.

"촌사람이라꼬 바본 줄 알지 마소. 여간 답답해서 그런 소릴 하겠소."

전깃불이 들어왔다. 불빛에 비친 갈밭새 영감의 얼굴은 한층 더 인상적이었다. 우악스럽게 앞으로 굽어진 두 어깨 가운데 짤막한 목줄기로 박혀 있는 듯한 텁석부리 얼굴! 얼굴 전체는 키를 닮아 길쭉했으나, 무엇에 짓눌려 억지로 우그러뜨려진 듯이 납작해진 이마에는, 껍데기가 안으로 밀려들기나 한 듯한 깊은 주름이 두어 줄 뚜렷하게 그어져 있었다. 게다가 구레나룻에 둘러싸인 얼굴 전면이 검붉은 구릿빛이 아닌가! 통틀어 원시인이라도 연상케 하는 조금 무서운 면상이었다.

"과 빤히 보능기요? 내 안주(아직) 술 안 취했음데이. 염려 마이소."

갈밭새 영감은 기름이 절은 수건을 꺼내더니 이마를 한 번 훔치고서,

"인자 딴말은 안 하지요. 언제 또 만날지 모르이칸에 이왕 만낸 짐에 저 송아지 빨갱이나 이 갈밭새가 사는 조마이섬 이바구나 좀 하지요."

그러곤 정신을 가다듬기나 하듯이 앞에 놓인 술잔을 훌쩍 비웠다. 건우 할아버지와 윤춘삼 씨가 들려준 조마이섬 이야기는 언젠가 건우가 써냈던 '섬 얘기'에 몇 가지 기막히는 일화가 붙은 것이었다.

"우리 조마이섬 사람들은 지 땅이 없는 사람들이요. 와 처음부터 없기싸 없었 겠소마는 죄다 뺏기고 말았지요. 옛적부터 이 고장 사람들이 짖줄같이 믿어 오던 **낙동강 물이 맨들어 준 우리 조마이섬**[19]은……."

건우 할아버지는 처음부터 개탄조(분하거나 못마땅해하는 말투)로 나왔다. 선조로부터 물려받은 땅, 자기들 것이라고 믿어 오던 땅이 자기들이 겨우 철 들락말락할 무렵에 별안간 왜놈의 동척(東拓, 동양 척식 주식회사의 준말. 일본이 강제로 우리 땅을 빼앗기 위해 만든 단체) 명의로 둔갑을 했더란 것이었다.

"이완용이란 놈이 '을사보호조약'이란 걸 맨들어 낸 뒤라 카더만!"

윤춘삼 씨의 퉁방울(품질이 낮은 놋쇠로 만든 방울) 같은 눈에도 증오의 빛이 이글거리기 시작했다.

1905년 을사년 겨울, 일본 군대의 포위 속에서 맺어진 '을사보호조약'[20]이란 매

---

⑲ ➡ 조마이섬은 섬사람들이 오랜 기간 동안 살아온 땅이었어.

집중!

수능 만점 선생님

국 조약을 계기로, 소위 '조선 토지 사업'이란 것이 전국적으로 실시되던 일, 그리고 이태^(두 해) 후인 정미년에 가서는 "한국 정부는 시정 개선에 관하여 통감의 지도를 수할사^(받을 것)"란 치욕적인 조목으로 시작된 '한일 신협약'에 따라, 더욱 그 사업을 강행하고 역둔토의 대부분과 삼림 원야^(原野, 개척하지 않아 인가가 없는 벌판과 들)들을 모조리 국유로 편입시키는 등 교묘한 구실과 방법으로써 농민으로부터 빼앗은 뒤, 다시 불하하는^(국가 또는 공공 단체의 재산을 개인에게 팔아넘기는) 형식으로 동척과 일인 수중에 옮겨 놓던 그 해괴망측한 처사들이 문득 내 머릿속에도 떠올랐다.

"쥑일 놈들."

건우 할아버지는 그렇게 해서 **다시 국회 의원, 다음은 하천 부지의 매립 허가를 얻은 유력자 …… 이런 식으로 소유자가 둔갑되어 간 사연**^㉑들을 죽 들먹거리더니,

"이 꼴이 되고 보니 선조 때부터 둑을 맨들고 물과 싸워 가며 살아온 우리들은 대관절 우찌 되는기요?"

그의 꺽꺽한 목소리에는, 건우가 지각을 하고 꾸중을 듣던 날 "나릿배 통 학생임더." 하던 때의, 그 무엇인가를 저주하듯 한 감정이 꿈틀거리고 있는 것 같았다. 얼마나 그들의 땅에 대한 원한이 컸던가를 가히 짐작할 수가 있었다.

"섬사람들도 한 번 뻗대 보시지요?"

이렇게 슬쩍 건드려 봤더니, 이번엔 윤춘삼 씨가 얼른 그 말을 받았다.

"선생님은 그런 걸 잘 알면서 그러네요. 우리 겉은 기 멀 알며, 무슨 힘이 있습니꺼. 하도 하는 짓들이 심해서 한 분 해 보기는 해 봤지요. 그 문딩이 떼를 싣고 왔일 때 말임더……."

윤춘삼 씨는 그때의 화가 아직도 사라지지 않는 듯이 남은 술을 꿀꺽 들이켰다.

"쥑일 놈들!^㉒"

마치 그들의 입버릇인 듯 되어 있는 이 말을 안주처럼 되씹으며 윤춘삼 씨는 문둥이들과 싸운 얘기를 꺼냈다.

큰 도둑질은 언제나 정치하는 놈들이 도맡아 놓고 한다는 게 서두였다. 그러

면서도 겉으로는 동포애니 우리들의 현 실정이 어떠니를 앞세우겠나! 그때만 해도 불쌍한 문둥이들에게 살 곳과 일거리를 마련해 준다면서 관청에서 뜻밖에 웬 문둥이들을 몇 배 해 싣고 그 조마이섬을 찾아왔더란 거다. 그야말로 섬사람 들에게는 아닌 밤중에 홍두깨 내미는 격으로, 옳아, 이건 어느 놈의 엉큼순지는 몰라도 필연 이 섬을 송두리째 집어삼킬 꿍심('꿍꿍이셈'의 사투리. 드러내지 않고 속으로만 어떤 일을 꾸며 우물쭈물하는 속셈)으로 우릴 몰아내기 위해서 한때 문둥이를 이용하는 거라고…… 누군가의 입에서부터 이런 말이 퍼지기 시작하고, 그래서 그 섬사람들뿐 아니라 이웃 섬사람들까지 한둥치가 되어 그 문둥이 떼를 당장 내쫓기로 했더란 거다.

상대방은 자다가 호박을 주운 격인 병신들인데 오자마자 그 꼴을 당하고 보니 어리둥절은 하였지만, 그렇다고 호락호락 떠나갈 빼짱들은 아니었다. 결국 나가 라니 못 나가겠느니 싸움이 벌어졌다.

"그때 바로 이 갈밭새 부자가 앞장을 안 섰능기요.[23] 어데, 그때 문둥이한테 물 린 자리 한 분 봅시다……."

윤춘삼 씨는 하던 말을 별안간 멈추고, 건우 할아버지 쪽을 쳐다보았다. 그러 고는 골동품 같은 마도로스파이프(담배통이 크고 뭉툭하며 대가 짧은 서양식 담뱃대의 하나)를 뻑뻑 빨 고만 있는 건우 할아버지의 왼쪽 팔을 억지로 걷어 올렸다. 나이에 관계없이 아 직도 우악스러워 보이는 어깻죽지 바로 밑에 커다란 흉터가 하나 남아 있었다.

"한 놈이 영감 여길 어설피 물고 늘어지다가 그만 터졌거든!"

윤춘삼 씨는 자랑삼아 이야기를 이었다.

그렇게 악을 쓰는 문둥이들에 대해서, 몽둥이, 괭이, 쇠스랑 할 것 없이 마구 들 이대고 싸웠노라고.[24] 그래서 이쪽에서도 물론 부상자가 났지만, 괜히 문둥이들 이 많이 상하고 덕택에 자기와 건우 할아버지를 비롯해서 많은 섬사람들이 그야 말로 문둥이 떼처럼 줄줄이 경찰에 붙들려 가고…… 그러나 뒷일이 영 켕겼던지 관청에서는 그 '기막힌 동포애'를 포기하고 그 문둥이들을 도로 싣고 갔다는 얘 기였다.

"그 바람에 저 사람은 육이오 때 감옥살이 또 안 했능기요. 머 예비 검거라 카 드나……."

건우 할아버지가 이렇게 한마디 끼우니,

23 → 갈밭새 영감의 과감하고 용감한 성격이 드러나는 부분이야.
24 → 조마이섬 사람들은 삶의 터전을 지키기 위해 온 힘을 다해 저항했음을 알 수 있어.

"그거는 송아지 때문이라 캐도……."

"누명을 써도 문둥이 빨갱이는 되기 싫은 모양이제? 송아지 빨갱이는 좋고."

건우 할아버지의 이런 농에는 탓하지 않고서,

"그런 짓들 하다가 결국 그것들이 안 망했나."

윤춘삼 씨는 지금도 고소한 듯이 웃었다.

"다른 패들이 나와도 머 벨수 있더나?"

건우 할아버지는 내처 같은 표정을 하였다.

"그놈이 그놈이란 말이지? 입으로만 머니머니 해 댔지, 밭 맨드라 카니 제우^(겨우) 맨들어 논 강뚝이나 파헤치고, 나리^(나루) 막는다 카면서 또 섬이나 둘러 마실라 카이……."

윤춘삼 씨도 그리 밝은 표정은 아니었다.

"× 선생님!"

건우 할아버지가 별안간 그 그로테스크한^(기괴한) 얼굴을 내게로 돌렸다.

"우리 거무란 놈 말을 들으니 선생님은 글을 잘 씬다 카데요? 우리 섬에 대한 글 한 분 써 보이소. 멋지기! 재밌실 낌 데이. 지발 그 썩어 빠진 글을랑 말고……."

"썩어 빠진 글이라뇨?"

가끔 잡문 나부랑이를 써 오던 나는 지레 찌릿해졌다.

"와 그 신문 같은 데도 그런 기 수타^(많이) 난다 카데요. 남은 보릿고개를 못 냉기서 솔가지에 모가지들을 매다는 판인데, 낙동강 물이 파아랗니 푸르니 어쩌니…… 하는 것들 말임더."

갈밭새 영감이 이렇게 열을 내기 시작하자, 곁에 있던 윤춘삼 씨가,

"허허이 우리 선생님이 오늘 잘못 걸렸네요. 이 영감이 보통이 아임 데이. 그래도 선배의 씨라꼬……."

핀잔 비슷이 말했지만, 건우 할아버지는 벌인춤^(이미 시작해 중간에 그만둘 수 없는 것을 이르는 말)이 되어 버렸다.

"하기싸 시인들이니칸에 훌륭하겠지. 머리도 좋고…… 선생도 시인 아입니꺼. 그런데 와 우리 농사꾼이나 뱃놈들의 이바구는 통 안 씨는기요? 추접다꼬? 글 베린다꼬 그라능기요?"

㉓ ➡ 현실과 동떨어진 글쓰기를 말해. 힘겹게 살아가는 실제 삶의 모습은 외면한 채 쓰는 글들 말이야.

내신 준비!

수능 만점 선생님

입이 말을 한다기보다 차라리 수염이 떨어 댄다고 느껴질 정도로, 건우 할아버지는 열을 냈다.

"그만하소. 영감이 머 글이나 이르능기요. 밤낮 한다는 기「곡구롱 우는 소리㉖
(오경화의 시조. 평화로운 가족의 생활을 그린 작품)」지. 어데 그기나 한 분 해 보소."

윤춘삼 씨가 또 참견을 했다.

"곡구롱 우는 소리라뇨?"

나도 윤 씨의 그 말에 귀가 쏠렸다. 어떤 고시조가 문득 생각났기 때문이다.

"어데, 해 보소. 모초롬 선생님을 모신 자리니."

하는 윤춘삼 씨의 말에, 그는 괜한 소리를 했구나 하는 표정을 지으며, 그 꺽꺽한 목청에 느린 가락을 넣기 시작했다……

　　곡구롱 우는 소리에 낮잠 깨어 니러 보니
　　작은 아들 글 이르고 며늘아기 베 짜는데 어린 손자는 꽃놀이한다.
　　마초아 지어미 술 거르며 맛보라 하더라.

건우 할아버지는 갑자기 침착해진 채 눈을 지그시 감고 불렀다. 땀에 번지르르한 관자놀이 짬에 가뜩이나 굵은 맥이 한 줄 불쑥 드러나 보이기까지 하였다. 가락은 육자배기(남도 지방에서 부르는 잡가의 하나)에 가까웠으나, 내용은 역시 내가 생각했던 오 아무개의 고시조였다.

"이 노래 하나만은 정말 떨어지게 잘한다 카이!"

윤춘삼 씨는 나 못지않게 감탄을 하면서 그가 그 노래를 즐겨 부르는 사연을 대강 이렇게 말했다.

그러니까 그의 증조부 되는 분이 옛날 서울에서 무슨 벼슬깨나 하다가 그놈의 당파 싸움에 휘말려서 억울하게 이곳 조마이섬으로 귀양인지 피신인지를 해 와 살았는데, 그분이 살아 계실 때 즐겨 읊던 시조란 것이었다.

사연을 듣고 보니, 새삼 생각되는 바가 있었다. 그 노래를 부를 때의 갈밭새 영감의 표정에, 은근히 누군가를 사모하는 듯한 빛이 엿보였을 뿐 아니라, 그 꺽꺽한 목청에도 무엇인가를 원망하는 듯, 혹은 하소하는 듯한 가락㉖이 확실히 떨리

㉖ ➡ 조마이섬에서 외압 걱정 없이 가족들과 평화로운 일상을 보내고 싶은 갈밭새 영감의 바람이 담겨 있는 작품이야.

집중!

수능 만점 선생님

고 있었기 때문이다. 착각이 아니리라! 동시에 나는 아까 본 건우 군의 집 사립 밖에 해묵은(해를 넘겨 오랫동안 남아 있는) 수양버들 몇 그루가 서 있던 광경이 새삼 기억에 떠오르고, 건우 어머니의 수인사 태도나 집안을 다스리는 범절이 어딘지 모르게 체통이 있는 선비 가문의 후예같이 짚어졌다.

"아드님은 육이오 때 잃으셨다지요?"

내가 술을 한 잔 더 권하며 위로 삼아 물으니까,

"야……. 큰놈은 그래서 빼도 못 찾기 되고 작은놈은 머 사모아섬이라 카던기요, 그곳 바다 속에 너어(넣어) 버리지요."

"사모아섬?"

나는 그의 기구한 운명을 생각했다.

"야, 삼치잡이 배를 탔거던요……."

이러고 한숨을 쉬는 건우 할아버지의 뒤를 곁에 있던 윤춘삼 씨가 또 받아 이었다.

"와 언젠가 신문에도 짜다라(많이) 안 났던기요. '허리켄'인가 먼가 하는 폭풍을 만내 시운찮은 우리 삼칫배들이 마구 결단이 난 일 말임더."

나도 건우 할아버지도 더 말이 없는데, 윤춘삼 씨가 혼자 화를 내듯,

"낙동강 잉어가 띠이 정지(부엌) 바닥에 있던 부지깽이(불을 땔 때 불을 헤치거나 끌어내거나 하는 데 쓰는 가느스름한 막대기)도 떤다 카듯이, 배도 남 씨다가(쓰다가) 베린 걸 사 가주고 제북 원양 어업인가 먼가 숭내(흉내)를 낼라 카다가 배만 카에는 사람들까지 떼죽음을 안 시킷능기요. 거에다가 머 시체도 몬 찾았거이와 회사가 워낙 시원찮아 노오니 위자료란 기나 어디 지데로 나왔능기요. 택도 앙이지 택도 앙이라!"

"없는 놈이 할 수 있나. 그저 이래 죽고 저래 죽는 기지머!"

갈밭새 영감은 이렇게 내뱉듯이 해 던지고선, 아까부터 손안에서 만지작거리고 있던 두 알의 가래(가랫과의 여러해살이풀) 열매를 별안간 세차게 달가닥대기 시작했다. 마치 그렇게라도 함으로써 세상의 모든 근심 걱정을 잊어버리기나 하려는 듯이. 어찌 들으면 남의 신경을 곤두서게 하는 그 딱딱한 소리가, 실은 어떤 깊은 분노의 분출을 억제하는 그의 마음의 울부짖음 같기도 했다.

그러나 나는 이내, **따그르르 따그르르 하는 그 소리**가, 바로 나룻가 갈밭에서

내신 준비!

㉗ ➡ 부조리한 현실에 대한 한과 평화로운 삶에 대한 염원이 깃들어 있다고 볼 수 있지.

수능 만점 선생님

요란스럽게 들려오는 진짜 갈밭새들의 약간 처량스런 울음소리와 흡사하다 느꼈다. 한편 또 조마이섬의 갈밭 속에서 나고 늙어 간다는 데서 지어졌으리라 믿어 왔던 갈밭새란 별명에, 어쩜 그가 즐겨 굴리는 그 가래 소리가 갈밭새의 울음소리와 비슷한 데 연유되지나 않았을까 하는 생각이 들기도 했다.

세 사람은 한참 동안 말이 없었다. 갓 나온 듯한 흰 부나비 두 마리가 갈팡질팡 희미한 전등에 부딪칠 뿐이었다. 파닥거리는 소리도 없이.

그러고 두어 달이 지났다.

낙동강 물이 몇 차례 불었다 줄었다 하는 동안에 그해 여름도 어느덧 막바지에 접어들었다. 갈대도 이젠 길길이 자라서, 가뜩이나 섬사람들의 눈에도 잘 띄지 않는 갈밭새들이, 더욱 깃들기 좋을 만큼 우거진 무렵이었다. 아침저녁 그 속에서 갈밭새들이 한결 신나게 따그르르 다끄르르 지저귀어 대면 머잖아 갈목(갈대의 이삭)도 빠져 나온다 한다. 물론 학교도 방학이 끝날 무렵이다.

건우는 그동안 그 지긋지긋한 지각 걱정을 안 해도 좋았다. 한나절이면 그야말로 물거미처럼 물 위를 동동 떠다녀도 무방했다.

아닌 게 아니라 한여름 동안 얼마나 물과 볕에 그을었는지, 마지막 소집 날에 나타난 건우의 얼굴은, 사시장춘(四時長春, 일 년 내내 늘 봄과 같음) 바다에서 산다는 즈 할아버지 못잖게 검둥이가 되어 있었다.

"어지간히 그을었구나. 할아버지와 어머니도 잘 계시니?"

늦게까지 어름거리는 그를 보고 일부러 물어봤더니,

"예, 수박 자시러 오시라 캅디더."

어머니의 전갈일 테지, 딴소리까지 했다. 까막 딱지가 묻힐 정도로 새까매진 얼굴이라 이빨이 유난히 희게 빛났다.

"집에서 수박을 심었던가?"

"예, 언제쯤 오실랍니꺼?"

숫제 다그쳐 묻는 것이었다.

"글쎄, 언제 한번 가지."

"꼭 모시고 오라 카던데요?"[29]

㉘ ➡ 갈밭새 영감의 억눌린 분노와 한탄을 나타내는 소리야. 또 조마이섬 사람들의 처량한 처지를 드러내는 소리이기도 하지.
㉙ ➡ 건우의 순박한 성격을 알 수 있는 부분이야.

집중!

수능 만점 선생님

"그래, 오늘은 안 되고, 여가 봐서 한번 갈 테니까."

나는 그의 좁다란 어깨를 툭 쳐 주며 돌려보냈다. 처서가 낼모레니까 수박도 한물 갈 때리라. 이왕이면 처서께쯤 한번 가 볼까 싶었다.

그런데 공교히도 그 처서 날에 비가 내리기 시작했다. 처서에 비가 오면 독 안의 곡식도 준다는 하필 그날에 추적추적 비가 내리기 시작했으니, 내가 건우네 집으로 가고 안 가고가 문제가 아니라, 그러한 경험과 속담 속에 살아온 농촌 사람들의 찌푸려질 얼굴들이 먼저 눈에 떠올랐다.

게다가 이건 이른바 칠팔월 긴 장마가 아니라, 하루 이틀, 그러다가 사흘째부터는 바로 억수로 변해 가더니 마침내 광풍까지 겹쳐서 온통 폭풍우로 바뀌고 말았다. 육십 년 이래 처음이니 뭐니 하고 떠드는 라디오나 신문들의 신나는 듯한 표현들은 나중에 있은 얘기고, 아무튼 그날 새벽에는 하늘이 내려앉고 땅이 뒤흔들리기나 하듯이 우레 번개가 잦고 비바람이 사나웠다.

이렇게 되면 속담 말로 '칠월 더부살이 주인마누라 속곳 걱정' 정도의 장마 경황이 아니다. 더부살이도 우선 제 살 구멍 찾기가 급하다. 반면 제 한 몸이나 제 집구석에 별 탈만 없으면 남의 불행쯤은 오히려 구경 삼아 보아 넘기는 게 도회지 사람들의 버릇이다.⑩

한창 천지가 진동하던 몇 시간 동안은 움쭉달싹도 않던 사람들이, 비가 좀 뜸음하니까 사립 밖으로 개울가쯤 나가면 족하지만, 어른들은 그 정도로서는 한에 차질 않는다.

"낙동강이 넘는다지?"

"구포 다리가 우투룹단다(위태롭단다)!"

가납사니(쓸데없는 말을 지껄이기 좋아하는 수다스러운 사람) 같은 도시 사람들은 제멋대로 그럴싸한 소문을 퍼뜨리며, 소위 물 구경에 미쳐서 낙동강이 내려다보이는 언덕으로, 산으로 올라들 갔다.

내가 집을 나선 것은 반드시 그런 호기심에서만은 아니었다. 다행히 하단 방면으로 가는 버스가 통한다기 얼른 그것을 집어탔다. 군데군데 시뻘건 뻘물이 개울을 이루고 있는 길을, 차는 철버덕 철버덕 기어가듯 했다. 대티 고개서부터 내 눈은 벌써 김해 들을 더듬었다.

'저런……!'

⑩ ➡ 다른 사람들의 불행을 구경거리 삼는 도시인들에 대한 비판적 인식이 담겨 있어.

내신 준비!!

수능 만점 선생님

건우네 집이 있는 조마이섬 일대는 어느덧 벌건 홍수[31]에 잠겨 가고 있지 않은 가! 수박이 문제가 아니다. 다시 흩날리기 시작하는 차창 밖의 빗속을 뚫고서, 내 시선은 잘 보이지도 않는 조마이섬 쪽으로 얼어붙었다. 동시에 "나룻배 통학생임더!" 하던 건우 군의 가냘픈 목소리가 갑자기 귀에 쟁쟁 되살아나는 것 같았다.

고개 넘어서부터 차는 더욱 끼우뚱거렸다. 논두렁을 밀고 넘어오는 물살이 숫제 쏴 하는 소리까지 내면서 길을 사뭇 덮었다. 때로는 길과 논밭이 얼른 분간이 안 되어, 가로수를 어림해서 달리기도 했다. 그럴 때마다 차 안의 손님들은 한층 더 떠들어 댔다. 대부분이 무슨 사연들이 있어서 가는 사람들이었겠지만, 그러한 사연들보다 우선 눈앞의 사정에 더욱 정신을 파는 것 같았다.

하단 나루께는 이미 발목물이 넘었다. '사라호'에 데인 경험이 있는 그곳 주민들은, 잽싸게 이불이랑 세간 부스러기를 산으로 말끔 옮겨 놓았고, 부랴부랴 끌어올린 목선(木船, 나무로 만든 배)들이 여기저기 나둥그러져 있는 길 위에는, 볼멘소리를 내지르는 아낙네와 넋 잃은 듯한 사내들이 경황없이 서성거릴 뿐이었다. 물론 나룻배가 있을 리 없었다. 예측 안 한 바는 아니지만, 행여나 싶었던 마음에도 실망은 컸다.

배 없는 나루터를 비롯해서 가까운 강가에는, 경비를 나온 듯한 소방대원 같은 복장의 사람들과 순경 한 사람이 버티고 있었다. 아무리 가까이 오지 마라, 혹은 가지 말라 외쳐도 사람들은 들은 체 만 체했다. 물이 점점 더 붇고 있는 모양이었다.

나는 닭 쫓던 개 지붕 쳐다보듯이 밀려오는 강물만 맥없이 바라보았다. 어느 산이라도 뒤엎었는지 황토로 물든 물굽이가 강이 차게 밀려 내렸다. 웬만한 모래톱이고 갈밭이고 남겨 두지 않았다. 닥치는 대로 뭉개고 삼킬 따름이었다. 그러고도 모자라는 듯 우르르하는 강 울림 소리는 더욱 무엇을 노리는 것같이 으르렁댔다.

둑이 넘을 정도로 그악스럽게(보기에 사납고 모진 데가 있게) 밀려 내리는 것은 벌건 물굽이만이 아니었다. 얼마나 많은 들녘들을 휩쓸었는지, 보릿대랑 두엄(풀, 짚 또는 가축의 배설물 따위를 썩힌 거름) 더미들이 무더기 무더기로 흘러내리는가 하면, 수박이랑, 외('오이'의 준말 또는 '참외'의 사투리), 호박 따위까지 끼리끼리 줄을 지어 떠내려왔다. 이상스런 것

③1 ➜ 홍수는 조마이섬 사람들에게 닥친 극한의 재난으로, 이들의 생존을 위협하고 있어.

은 그러한 것들이 마치 서로 약속이라도 한 듯이 모두 강 한가운데로만 줄을 지어 지나가는 것이었다.

"쳇, 용케도 피해 간다!"

저만큼 떨어진 데서 장대 끝에 접낫^(자그마한 낫)을 해 단 억척보두^(심성이 굳고 억척스러운 사람)들이 둥글둥글한 수박의 행렬을 향해 군침들을 삼켰다.

"그까진 수박은 건지서 머할라꼬? 하불실^(下不失, 아무리 적어도 적은 대로의 희망은 있음) 돼지 새끼라도 아담아 내야지?"

이런 농지거리도 들렸다. 역시 접낫을 해 든 주제에, 이들은 그저 물 구경을 나온 것이 아니라, 그런 가운데서도 엄연히 생활을 계산^⑫하고 있는 것이었다.

나는 그들의 대담한 태도와 농담에 잠깐 정신을 팔다가, 다시 조마이섬이 있는 쪽으로 눈을 돌렸다. 부슬비가 계속 광풍에 흩날리고 있었다. 얼핏 홍적기^(洪積期, 인류가 처음 나타난 신생대 제4기의 전반)를 연상케 하는 몽롱한 안개비 속이라, 어디가 어딘지 분별할 도리가 없었다.

'건우네 집은 벌써 홍수에 잠기지나 않았을까?'

불안한, 그리고 불길한 예감이 자꾸 들기 시작했다.

"물이 이 정도로 불어나면 건너편 조마이섬께는 어찌 되지오?"

생면부지^(生面不知, 서로 한 번도 만난 적이 없어서 전혀 알지 못하는 사람. 또는 그런 관계)한 접낫 패들에게 불쑥 묻기까지 하였다.

"조마이섬?"

돼지 새끼를 안아 내겠다던 키다리가 나를 흘끗 쳐다보더니,

"맹지면에서는 땅이 조금 높은 편이라카지만, 물이 이래 불으면 마찬가지지요. 만약 어제 그런 소동이 안 일어났이문 밤새 무슨 탈이 났을지도 모를까요."

"어제 무슨 일이라도 있었던가요?"^⑬

나는 신경이 별안간 딴 곳으로 쏠렸다.

"있다 뿐이라요? 문둥이 쫓아낼 때보다는 덜했겠지마 매립인강 먼강 한답시고 밀가리만 잔득 띠이 처먹고 그저 눈가림으로 해 놓은 둑^(둑)을 섬사람들이 우 대들어서 막 파헤쳐 버리고, 본래대로 물길을 티났다 카드만요. 글 안 했으

---

⑫ ➡ 타인의 불행에는 무심한 채, 자신들의 이익만 챙기려는 계산적이고 이기적인 태도야.

⑬ ➡ 새로운 사건을 암시하는 부분이야. 긴장감도 고조되고 있지.

내신 준비!

수능 만점 선생님

문……."

키다리는 혼자서 신을 내 가며 떠들었다.

"쓸데없는 소리 말게. 괜히 혼날라꼬."

곁에 있던 약삭빠른 얼굴의 사내가 이렇게 불쑥 쏘아붙이듯 하더니, 마침 저만큼 떠내려오는 널빤지를 향해 잽싸게 접낫을 던졌다. 그러나 걸리진 않았다. 그렇게 허탕을 친 게 마치 이쪽의 잘못이나 되는 듯,

"조마이섬에 누가 있소?"

내뱉듯한 소리가 짐짓 퉁명스러웠다.

"건우란 학생이 있어서……."

나는 일부러 학생의 이름까지 대 보았다. 약삭빠른 눈초리가 다시 물굽이만 쏘아보고 말이 없으니까, 또 키다리가,

"그 아이 아배가 누군교?"

하고 나를 새삼 쳐다보았다.

"아버진 없고, 즈 할아버지 별명이 갈밭새 영감이라더군요."

나는 건우 할아버지의 이름이 얼른 생각나지 않았다.

"아, 그렁기요? 좋은 노인임더."

키다리는 접낫대를 세워 들더니,

"조마이섬의 인물 아잉기요.㉞ 어지(어제) 아침 이곳에 지내갔는데, 그 뒤 대강 알아봤거든……. 가고 난 뒤 얼마 안 되서 그 일이 났단 말이여."

말머리가 어느덧 자기들끼리로 돌아갔다. 나는 굳이 파고 묻지 않았다. 그때 마침 판잣집 용마루 비슷한 길다란 나무가 잠겼다 떴다 하며 떠내려가자, 조금 떨어진 신신 바위쯤(바위틈)에서 별안간 쪼깐 쪽배 하나가 쏜살같이 나타나더니, 기어코 그놈에게 달라붙어서 한참 파도와 싸우며 흐르다가 마침내 저 아래쪽 기슭에 용케 밀어다 붙였다. 박수를 치기보다는 모두 숨을 죽이고 바라보기만 했다. 용감하다기보다 차라리 처참한 광경이었다. 나는 거기서 누구에게도 보장을 받아 오지 못한 절박한 생활을 읽었다. 한 표의 값어치로서가 아니라, 다만 살기 위해서 스스로 죽을 모험을 무릅쓰는 그러한 행위㉟는, 부질없이 그것을 경계하

㉞ ➡ 지금까지 갈밭새 영감이 조마이섬을 지키기 위해 앞장서 왔음을 알 수 있어.

㉟ ➡ 삶의 터전을 지키기 위해 필사적으로 저항해 온 조마이섬 사람들의 삶을 단면적으로 보여 주고 있어.

집중!

수능 만점 선생님

거나 방해하는 힘을 물리침으로써만 오히려 목숨 그 자체를 이어 갈 수 있다는 산 증거 같기도 했다.

'갈밭새 영감이나 송아지 빨갱이도 그냥 있지는 않았으리라!'

나는 조마이섬의 일이 불현듯 더 궁금해져서 이내 구포 가는 버스를 잡아탔다. 다리만 건너면 조마이섬에 가까이까지 갈 수 있으리라 믿었다.

구포 다릿목에서 차를 내렸으나 물은 이미 위험 수위를 훨씬 돌파해서, 다리는 통금이 돼 있었다. 비상경계의 붉은 깃발이 찢어질 듯 폭풍우에 펄럭이고, 다릿목을 건너지른 인줄(접근을 막기 위해 매다는 줄) 곁에는 한국인 순경과 미군이 버티고 있었다. 무거워 보이는 고무 비옷에 철모를 푹 눌러 쓰고 방망이를 해 든 포움(품)이 여간 엄중해 뵈지 않았다.

그런데도 무슨 핑계들을 꾸며 대고 용케 건너가는 사람들이 있었다. 더러는 다리 위에서 유유히 물 구경을 하는 사람들도. 나도 간신히 그들 틈에 끼었다. 우르르르하는 강 울림은 다리 위에서 듣기가 한결 우람스러웠다.

통행금지의 팻말이 서 있어도, 수해 시찰을 나온 듯한 새까만 관용차만은 사뭇 물을 튀기며 지나갔다.③ 바람이 휘몰아칠 때는 거기에 날리기나 하듯이 더욱 빨리 지나갔다. 요컨대 일종의 모험이기도 했으리라. 안에 타고 있는 얼굴들은 알 길이 없었지만 어련히 심각한 표정들을 했으랴 싶었다.

내려다봄으로 해서 한결 사나운 물굽이가 숫제 강을 주름잡듯 둘둘 말려 오다간, 거의 같은 지점에서 쏴아 하고 부서졌다. 그럴 때마다 구슬, 아니 통방울 같은 물거품이 강 위를 휘덮고 때로는 바람결을 따라서 다리 위까지 사뭇 퉁겼다. 그러한 강 한가운데를 잇달아 줄을 지어 떠내려오는 수박이랑 두엄 더미들이, 하단서 볼 때보다 훨씬 많았다. 말하자면 일종의 장관에 가까웠다.

"아까 그 송아지는 정말 아깝던데……."

이런 뚱딴지같은 소리도 푸득 귓가를 스쳐 갔다.

조마이섬이 있는 먼 명지면 쪽은 완전히 물바다로 보였다. 구름을 이고 한가하던 원두막들은 다시 찾아볼 길이 없고, 길찬(아주 알차게 긴) 포플러 나무들도 겨우 대공이만은 남은 듯, 바람에 누웠다 일어났다 했다.

지루하게 긴 다리를 지루하게 건너, 물 구경 나온 인파를 헤치고 강둑길을 얼

내신 준비!

㊱ ➡ 유력자들의 권위적인 면모를 드러내는 대목이지.

수능 만점 선생님

마 못 갔을 때였다. 뜻밖에 거기서 윤춘삼 씨와 마주쳤다. 헐레벌떡 빗속을 뛰어 오던 송아지 뺄갱이ㅡ, 아니 윤춘삼 씨는 머리끝에서 발끝까지 온통 물에서 막 건져 올린 사람처럼 젖어 있었다. 하긴 내 꼴도 그랬을 테지만.

"우짠 일인기요?"

하고 덥석 내 손을 검잡는('거머잡다'의 준말. 손으로 휘감아 잡는) 윤춘삼 씨는, 그저 반갑다기 보다 숫제 고마워하는 기색까지 보였다.

"조마이섬은 어찌 됐소?"

수인사란 게 이랬더니,

"말 마이소. 자, 저리 가서 이야기나 합시더……."

그는 나를 도로 다릿목 쪽으로 끌었다.

"아니, 섬 쪽으로 가 보려 했는데요?"

"가야 아무것도 없소. 모두 피난소로 옮기고, 남은 건 물바다뿐임더. 우짤라꼬 이놈의 하늘까지……!"

별안간 또 한줄기 쏟아지는 비도 피할 겸 윤춘삼 씨는 나를 다릿목 어떤 가겟 집으로 안내했다. 언젠가 하단서 같이 들렀던 집과 거의 비슷한 차림의 주막집 이었다.

둘 사이에는 한참 동안 말이 없었다. 너무나 다급하고 또 수다한 말들이 두 사 람의 입을 한꺼번에 봉해 버렸다 할까!

"건우네 가족도 무사히 피난했겠지요?"

먼저 내 입에서 아까부터 미뤄 오던 말이 나왔다.

"야……."

해 놓고도 어쩐지 말끝이 석연치 않았다.

"집들은 물론 결단(결판)이 났겠지만, 사람은 더러 상하진 않았던가요?"

나는 이런 질문을 해 놓고, 이내 후회했다. 으레 하는 빈 걱정 같아서.

"집이고 농사고 머 있능기요. 다행히 목숨들만은 건졌지만, 그 바람에 갈밭새 영감이 또 안 끌려갔능기요."

윤춘삼 씨는 가슴이 내려앉는 듯한 무거운 한숨을 내쉬었다.

㉟ 홍수로 말미암아 섬사람들의 삶이 파괴되었어. 사회적으로 소외를 받아 온 것도 모자라 자연재해까지 덮친 거지.

㊳ 심상치 않은 분위기를 조성하고 있어. 갈밭새 영감에게 무슨 일이 생긴 걸까?

“건우 할아버지가?”

나는 하단서 그 접낫 패에게 얼핏 들은 얘기를 상기했다.

“그래서 내가 지금 경찰서꺼정 갔다 오는 길인데, 마침 잘 만냈임더. 글 안해도…….”

기진맥진한 탓인지, 그는 내가 권하는 술잔도 들지 않고 하던 이야기만 계속했다.

바로 어제 있은 일이었다. 하단서 들은 대로 소위 배짱들이 만들어 둔 엉터리 둑을 허물어 버린 얘기였다.

비는 연 사흘 억수로 쏟아지지, 실하지도 않은 둑을 그대로 두었다가 물이 더 불었을 때 갑자기 터진다면 영락없이 온 섬이 떼죽음을 했을 텐데, 마침 배에서 돌아온 갈밭새 영감이 선두를 해서 미리 무너뜨렸기 때문에 다행히 인명에는 피해가 없었다는 것이다.

“그런데 와 건우 할아버진 끌고 갔느냐고요?”

윤춘삼 씨는 그제야 소주를 한 잔 훅 들이키고 다음을 계속했다. 섬사람들이 한창 둑을 파헤치고 있을 무렵이었다. 좀 더 똑똑히 말한다면, 조마이섬 서쪽 강 둑길에 검정 지프차가 한 대 와 닿은 뒤라 한다. 웬 깡패같이 생긴 청년 두 명이 불쑥 현장에 나타나더니, 둑을 허물어뜨리는 광경을 보자, 이내 노발대발 방해를 하기 시작하더라고. 엉터리 둑을 막아 놓고 섬을 통째로 집어삼키려던 소위 유력자의 앞잡인지 뭔지는 모르되, 아무리 타일러도, “여보, 당신들도 보다시피 물이 안팎으로 이렇게 불어나는데 섬사람들은 어떻게 하란 말이오?” 해 봐도, 들어 주긴커녕 그중 힘깨나 있어 보이는, 눈이 약간 치째진(아래로부터 위로 향해 째진) 친구가 되레 갈밭새 영감의 괭이를 와락 뺏더니 물속으로 핑 집어 던졌다는 거다.

그리곤 누굴 믿고 하는 수작일 테지만 후욕패설(詬辱悖說, 꾸짖어 욕하고 사리에 어긋나게 말함)을 함부로 뇌까리자, 순간 화가 머리끝까지 치밀었을 갈밭새 영감도,

“이 개 같은 놈아, 사람의 목숨이 중하냐, 네놈들의 욕심이 중하냐?”[39]

말도 채 끝내기 전에 덜렁 그자를 들어 물속에 태질(세게 내던지는 짓)을 해 버렸다는 것이다. 상대방은 “아이고.” 소리도 못 해 보고 탁류에 휘말려 가고, 지레 달아난 녀석의 고자질에 의해선지 이내 경찰이 둘이나 달려왔더라고.

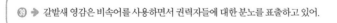

㊴ ▶ 갈밭새 영감은 비속어를 사용하면서 권력자들에 대한 분노를 표출하고 있어.

"내가 그랬소!"⁴⁰

갈밭새 영감은 서슴지 않고 두 손을 내밀었다는 거다. 다행히도 벌써 그때는 둑이 완전히 뭉개지고, 섬을 치덮던 탁류도 빙 에워 돌며 뭉그적뭉그적 빠져나가고 있었다는 것이다.

"정말 우리 조마이섬을 지키다시피 해 온 영감인데……, 살인죄라니 우짜문 좋겠능기요?"

게까지 말하고 나를 처다보는 윤춘삼 씨의 벌건 눈에서는 어느덧 닭똥 같은 눈물이 뚝뚝 떨어지기 시작했다.

법과 유력자의 배짱과 선량한 다수의 목숨……. 나는 **이방인**⁴¹처럼 윤춘삼 씨의 **캉캉한**(얼굴이 몹시 야위어 날카롭게 보이는) 얼굴을 건너다보았다.

폭풍우는 끝났다. 60년래 처음이니 뭐니 하고 수다를 떨던 라디오와 신문들도 이젠 거기에 대해선 감쪽같이 말이 없었다. 그저 몇몇 일간 신문의 수해 구제 의연란에 다소의 금액과 옷가지들이 늘어 갈 뿐이었다.

섬사람들의 애절한 하소연에도 불구하고 육십이 넘는 갈밭새 영감은 결국 기약 없는 감옥살이로 넘어갔다.

그리고 9월 새 학기가 되어도 건우 군은 학교에 나오지 않았다. 끝내 돌아오지 않았다. 그의 일기장에는 어떠한 글이 적힐는지.

황폐한 모래톱, 조마이섬을 군대가 정지(整地, 땅을 반반하고 고르게 만듦)**를 하고 있다는 소문이 들렸다.**⁴²

---

⁴⁰ ▶ 불의에 당당히 맞서는 갈밭새 영감의 정의로운 성격을 알 수 있는 부분이지.
⁴¹ ▶ 부조리한 현실과 처참한 상황도 그저 지켜볼 수밖에 없는 '나'의 무력한 처지를 빗댄 표현이야.
⁴² ▶ 결국 유력자들이 조마이섬을 차지했다는 것을 알 수 있어.

집중!

수능 만점 선생님

정리해 볼까요(그룹 채링)

● 작가에 대해서 알아볼까요?

킬링 포인트

김정한 작가는 1908년 경상남도 동래에서 출생했어. 1936년 〈조선일보〉 신춘 문예에 단편 소설 「사하촌」이 당선되며 정식으로 문단에 등단했단다. 그는 식민지 현실의 모순을 비판하는 단편 소설을 주로 썼어. 일제의 탄압이 심해지자, 한동안 작품 활동을 그만두기도 했지. 그러다가 1966년 「모래톱 이야기」를 발표하면서 화제를 불러일으켰단다. 대표작으로는 「수라도」, 「인간 단지」, 「제3병동」 등이 있어.

김정한 작가는 토속어와 사투리를 사용해 가난한 농민들의 삶과 농촌 문제를 생생하게 그렸단다. 그의 작품에는 절망적인 상황에도 현실에 적극적으로 저항하는 민중이 등장해. 김정한 작가는 민중의 가능성에 주목하고 그들을 눈여겨 본 것이지.

읽음

맞아요! 이 작품에서 조마이섬 사람들도 부조리한 현실에 적극적으로 맞서 싸웠어요!

 100점

● 작품에 대해서 정리해 보죠!

킬링 포인트

작가 : 김정한
갈래 : 단편 소설, 농촌 소설, 참여 소설
배경 : 시간적 – 일제 강점기부터 1960년대 | 공간적 – 낙동강 하류 조마이섬
시점 : 1인칭 관찰자 시점
주제 : 삶의 터전을 잃은 섬사람들의 비극적 현실과 저항
출전 : 〈문학〉(1966)

킬링 포인트
무조건
알아야 해!

이 소설은 낙동강 하류의 조마이섬을 차지하려는 권력자들의 부당한 횡포와 이에 맞서는 섬사람들의 저항을 다룬 작품이야. 섬의 소유권이 계속해서 유력자들에게 이전되면서 오랜 시간 소외되어 온 섬사람들의 비극적 삶과 부조리한 현실을 면밀하게 보여 주고 있단다. '나'는 조마이섬에 사는 건우의 담임 선생으로, 관찰자의 시선에서 조마이섬의 이야기를 전달하고 있어. 그렇기에 사실성과 객관성을 확보하지. 이 작품은 수식이 없는 문체를 사용해 사건을 사실적으로 전달하고 있어. 또한 부정적인 어휘와 억센 사투리를 사용해 민중의 억눌린 삶을 효과적으로 표현하고 있단다. 비록 비극적으로 끝나면서 사회의 부조리를 부각하고 있지만, 작품 전반에 걸친 섬사람들의 저항 정신은 민중의 가능성을 보여 준다고 할 수 있어.

읽음

네, 저도 갈밭새 영감과 윤춘삼 씨의 말투에서 권력자들을 향한 분노와 억눌린 삶에 대한 한을 느낄 수 있었어요.

 100점

킬링 포인트

발단: '나'가 건우의 집에 가정 방문을 감

'나'는 나룻배로 통학하는 건우네 집으로 가정 방문을 가게 돼. 가정 방문에 앞서 '나'는 건우의 작문을 읽고서 조마이섬이 주민들과는 무관하게 소유자가 바뀌어 온 사실을 알게 되지.

전개: '나'는 조마이섬의 사연을 듣게 됨

'나'는 우연히 전에 감옥에서 본 적이 있는 윤춘삼 씨와 건우의 할아버지인 갈 밭새 영감을 만나게 돼. 그들로부터 조마이섬에 관한 여러 사연을 듣게 되지.

위기: 홍수가 나면서 섬이 위험에 처함

그해 여름에 홍수가 나자 '나'는 건우가 걱정되어 조마이섬을 찾아가려 해. '나'는 홍수로 조마이섬 사람들의 삶의 터전이 무너진 상황을 보게 되지.

절정: 갈밭새 영감이 유력자의 하수인을 물에 집어 던짐

갈밭새 영감은 권력자들이 만들어 놓은 엉터리 둑으로 말미암아 섬이 수몰될 위기에 처하자, 앞장서서 둑을 무너뜨리려고 해. 그는 이를 방해하러 온 유력 자의 하수인들과 실랑이를 벌이지. 그러다가 하수인 한 명을 물에 집어 던지 고, 이 일로 말미암아 경찰서에 끌려가게 돼.

결말: '나'는 조마이섬에 군대가 정지한다는 소문을 들음

갈밭새 영감은 옥살이를 하고, 건우는 더 이상 학교에 나오지 않아. '나'는 조 마이섬에 군대가 정지한다는 소문만을 듣게 되지.

OOPS!
읽음

홍수가 나면서부터 급격하게 긴장감이 고조돼요. 조마이섬 사람들의 저항 의식이 두드러지는 '절정' 부분이 참 인상적이었어요!

👍100점

● **'나'의 뇌 구조를 알아볼까요?** --

조마이섬 이야기를 글로 남겨야겠어!

상황이 너무 처참하네.

내가 도울 게 없구나…….

건우야, 다음 땅의 주인은 너야.

갈밭새 영감님은 잘 계실까?

수능 만점 강사

1 이 작품의 서술상 특징으로 옳지 <u>않은</u> 것은?

① 억센 사투리를 사용해 현장감 있게 전달한다.
② '나'가 과거를 회상하는 형식으로 이야기가 진행된다.
③ 의식의 흐름 기법으로 인물의 내면 심리를 드러낸다.
④ 1인칭 관찰자 시점으로 사건을 서술한다.
⑤ '나'는 서술자인 동시에 고발자의 역할을 한다.

2 다음 글의 상황을 가장 잘 나타낸 사자성어는?

> "우리 조마이섬 사람들은 지 땅이 없는 사람들이요. 와 처음부터 없기싸 없었겠소마는 죄다 빼앗기고 말았지요. 옛적부터 이 고장 사람들이 젖줄같이 믿어 오던 낙동강 물이 맨들어 준 우리 조마이섬은……."
> 건우 할아버지는 처음부터 개탄조로 나왔다. 선조로부터 물려받은 땅, 자기들 것이라고 믿어 오던 땅이 자기들이 겨우 철 들락말락할 무렵에 별안간 왜놈의 동척 명의로 둔갑을 했더란 것이었다.

① 살신성인(殺身成仁): 자기의 몸을 희생해 인(仁)을 이룸
② 각골통한(刻骨痛恨): 뼈에 사무칠 만큼 원통하고 한스러움
③ 고진감래(苦盡甘來): 고생 끝에 즐거움이 옴을 이르는 말
④ 감탄고토(甘呑苦吐): 자신의 비위에 따라서 사리의 옳고 그름을 판단함을 이르는 말
⑤ 목불식정(目不識丁): 아주 까막눈임을 이르는 말

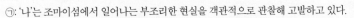

3 다음은 이 작품의 등장인물에 관한 설명이다. 적절한 설명으로 묶인 것은?

> ㉠: '나'는 조마이섬에서 일어나는 부조리한 현실을 객관적으로 관찰해 고발하고 있다.
> ㉡: '건우'는 나이가 어리지만, 부조리한 현실에 대해 뚜렷한 인식을 지니고 있다.
> ㉢: '윤춘삼'은 갈밭새 영감이 옥에 끌려갈 위기에 처하자, 조마이섬 사람들과 유력자들 사이의 갈등을 중재하는 역할을 한다.
> ㉣: '갈밭새 영감'은 부당한 권력에 용감하게 맞서는 정의로운 인물이다.
> ㉤: '건우 어머니'는 건우를 출세시킴으로써 자신이 이루지 못한 꿈을 실현하고자 한다.

 ① ㉠, ㉡   ② ㉡, ㉢   ③ ㉢, ㉤    ④ ㉠, ㉡, ㉣   ⑤ ㉠, ㉣, ㉤

4 다음 글을 참고해 이 작품을 감상한 내용으로 옳지 <u>않은</u> 것은?

> 「모래톱 이야기」에서 작가는 땅을 둘러싼 권력의 횡포를 비판하고, '뿌리 뽑힌 사람들'의 삶
> 을 서술자와 등장인물을 통해 증언한다. 이 과정에서 등장인물들은 절망의 나락에 빠지지
> 않는 저항적인 주체의 모습으로 형상화된다. 작가는 공동체의 고통에 대한 공감을 바탕으로
> 해 부조리한 현실을 전달하고 증언하기 위해 서술자 '나'의 이야기를 창조했다. 이는 작가의
> 적극적인 현실 참여 의식이 가미된 결과다.

① 건우 할아버지와 윤춘삼의 이야기에 대한 '나'의 태도로 보아, '나'의 이야기는 조마
이섬 사람들에 대한 공감을 담아낸 것임을 알 수 있어.

② 조마이섬 사람들에 대한 '나'의 이야기가 건우의 글과 관련된 것으로 보아, 건우는 땅
의 소유권이 바뀌어 온 현실을 증언하는 인물임을 알 수 있어.

③ 건우 할아버지와 윤춘삼의 이야기가 건우의 글에 원천을 두고 있는 것으로 보아, '나'
의 이야기는 건우를 저항적 주체들의 중심인물로 삼고 있음을 알 수 있어.

④ '나'의 이야기가 조마이섬과 관련된 몇 가지 기막힌 일화를 다루는 것으로 보아, '나'
의 이야기는 현실의 이면에 감춰진 부조리한 실상을 증언하기 위한 것임을 알 수 있
어.

⑤ 건우 할아버지의 이야기가 대대로 땅을 빼앗겨 온 조마이섬 사람들에 관한 것으로
보아, '나'의 이야기는 '뿌리 뽑힌 사람들'에 대한 권력의 횡포를 비판하는 것임을 알
수 있어.

5 이 작품에서 '홍수'의 역할에 대한 설명으로 가장 옳은 것은?

① 도시 사람들의 온정의 손길을 확인하는 계기가 된다.

② 과거의 아픔을 씻어 내고 새롭게 출발한다는 의미를 보여 준다.

③ '나'의 이기적이고 계산적인 면모가 드러나는 계기가 된다.

④ 유력자들과 조마이섬 사람들의 갈등을 해결해 준다.

⑤ 조마이섬 사람들의 삶의 터전을 무너뜨리고 생존을 위협한다.

● **수능 만점 선생님의 감상 꿀팁** --------------------------------

> 이 소설은 낙동강 하류 조마이섬 사람들이 부당한 권력자들의
> 횡포에 대항하는 내용이야. 절망적인 상황에서도 끝까지 맞
> 서 싸우는 민중의 저항 정신을 느낄 수 있지. '나'는 관찰
> 자의 시선에서 부조리한 현실을 객관적으로 고발하고
> 있다는 점을 꼭 기억하자!

미리 들여다보는 인물 X 파일

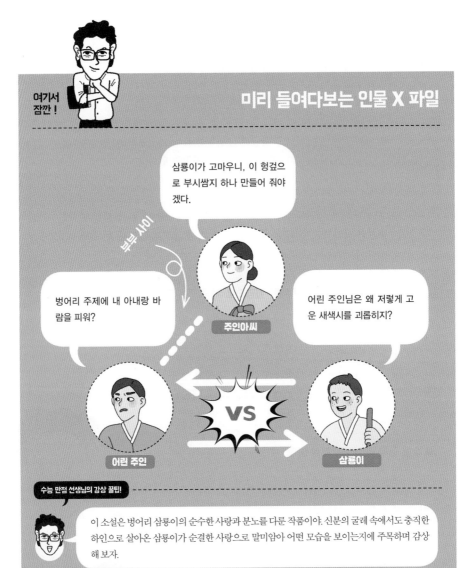

부부 사이

삼룡이가 고마우니, 이 형겊으로 부시쌈지 하나 만들어 줘야겠다.

주인아씨

벙어리 주제에 내 아내랑 바람을 피워?

어린 주님은 왜 저렇게 고운 새색시를 괴롭히지?

어린 주인

VS

삼룡이

수능 만점 선생님의 감상 꿀팁!

이 소설은 벙어리 삼룡이의 순수한 사랑과 분노를 다룬 작품이야. 신분의 굴레 속에서도 충직한 하인으로 살아온 삼룡이가 순결한 사랑으로 말미암아 어떤 모습을 보이는지에 주목하며 감상해 보자.

벙어리 삼룡이

#불과 함께 타오른 삼룡이의 절절한 사랑

1

내가 열 살이 될락말락 한 때이니까 지금으로부터 십사오 년 전 일이다.❶

지금은 그곳을 청엽정(靑葉町)이라 부르지만 그때는 연화봉(蓮花峰)이라고 이름했다. 즉, 남대문에서 바로 내려다보면은 오정포(午正砲, 오정에 쏘아서 열두 시를 알리는 대포)가 놓여 있는 산등성이가 있으니 그 산등성이 이쪽이 연화봉이요, 그 새에 있는 동네가 역시 연화봉이다.

지금은 그곳에 빈민굴이라고 할 수밖에 없이 지저분한 촌락이 생기고 노동자들밖에 살지 않는 곳이 되어 버렸으나 그때에는 자기네 딴은 행세한다는 사람들이 있었다.

집이라고는 십여 호밖에 있지 않았고 그곳에 사는 사람들은 대개 과목밭(과수원)을 하고, 또는 채소를 심거나, 아니면 콩나물을 길러서 생활을 해 갔다.

여기에 그중 큰 과목밭을 갖고 그중 여유 있는 생활을 해 가는 사람이 하나 있었는데, 그의 이름은 잊어버렸으나 동네 사람들이 부르기를 오 생원(吳生員)이라고 불렀다.

얼굴이 동탕하고(얼굴이 두툼하고 잘생기고) 목소리가 마치 여름에 버드나무에 앉아서 길게 목 늘여 우는 매미 소리같이 저르렁저르렁했다.

그는 몹시 부지런한 중년 늙은이로 아침이면 새벽 일찍이 일어나서 앞뒤로 뒷짐을 지고 돌아다니며 집안일을 보살피는데 그 동네에는 그가 마치 시계와 같아

❶ 이 작품의 서술자는 처음에는 '나'지만, 내용이 전개됨에 따라 서술자가 바뀐단다. 이 점을 놓치지 말자.

서 그가 일어나는 때가 동네 사람이 일어나는 때였다. 만일 그가 아침에 돌아다니며 잔소리를 하지 않으면 동네 사람들이 이상해 그의 집으로 가 보면 그는 반드시 몸이 불편해 누웠었다. 그러나 그와 같은 때는 일 년 삼백육십 일에 한 번 있기가 어려운 일이요, 이태나 삼 년에 한 번 있거나 말거나 했다.

그가 이곳으로 이사를 온 지는 얼마 되지는 아니하나 언제든지 감투를 쓰고 다니므로 동네 사람들은 양반이라고 불렀고, 또 그 사람도 동네 사람들에게 그리 인심을 잃지 않으려고 섣달이면 북어쾌(북어 스무 마리를 한 줄에 꿰어 놓은 것), 김 톳(김을 묶어 세는 단위. 한 톳은 김 100장임)을 동네 사람에게 나눠 주며 농사 때에 쓰는 연장도 넉넉히 장만한 후 아무 때나 동네 사람들이 쓰게 하므로 **그 동네에서는 가장 인심 후하고 존경을 받는 집인 동시에 세력 있는 집이다.❷**

그 집에는 삼룡(三龍)이라는 벙어리 하인 하나가 있으니 키가 본시 크지 못해 땅딸보로 되었고 고개가 빼지 못해 몸뚱이에 대강이(머리의 속된 말)를 갖다가 붙인 것 같다. 거기다가 얼굴이 몹시 얽고(얼굴에 우묵우묵한 마맛자국이 생기고) 입이 크다. 머리는 전에 새 꼬랑지 같은 것을 주인의 명령으로 깎기는 깎았으나 불밤송이 모양으로 언제든지 푸 하고 일어섰다. 그래 걸어 다니는 것을 보면, 마치 옴두꺼비가 서서 다니는 것 같이 숨차 보이고 더디어 보인다. 동네 사람들이 부르기를 삼룡이라고 부르는 법이 없고 언제든지 '벙어리', '벙어리'라고 하든지 그렇지 않으면 '앵모', '앵모' 한다. 그렇지만 삼룡이는 그 소리를 알지 못한다.

그도 이 집 주인이 이리로 이사를 올 때에 데리고 왔으니 진실하고 충성스러우며 부지런하고 세차다.❸ 눈치로만 지내 가는 벙어리지마는 듣는 사람보다 슬기로운 적이 있고 평생 조심성이 있어서 결코 실수한 적이 없다.

아침에 일어나면 마당을 쓸고, 소와 돼지의 여물을 먹이며, 여름이면 밭에 풀을 뽑고 나무를 실어 들이고 장작을 패며, 겨울이면 눈을 쓸며 장 심부름과 진일 마른일 할 것 없이 못하는 일이 없다.

그럴수록 이 집 주인은 벙어리를 위해 주며 사랑한다. 혹시 몸이 불편한 기색이 있으면 쉬게 하고, 먹고 싶어 하는 듯한 것은 먹이고, 입을 때 입히고 잘 때 재운다.

그런데 이 집에는 삼대독자로 내려오는 그 집 아들이 있다. 나이는 열일곱 살

내신 준비!

❷ ➡ 오 생원은 동네 주민들에게 인심을 얻기 위해 노력하는 인물이야.
❸ ➡ 삼룡이의 됨됨이를 알 수 있는 부분이야. 주인에게 충성스러운 하인이지.

수능 만점 선생님

이나 아직 열네 살도 되어 보이지 않고 너무 귀엽게 기르기 때문에 누구에게든지 버릇이 없고 어리광을 부리며 사람에게나 짐승에게 잔인 포악한 짓을 많이 한다.❹

동네 사람들은,

"후레자식(배운 데 없이 제풀로 막되게 자라 교양이나 버릇이 없는 사람을 낮잡아 이르는 말)! 아비 속상하게 할 자식! 저런 자식은 없는 것만 못해."

하고 욕들을 한다. 그래서 그의 어머니는 아들이 잘못할 때마다 그의 영감을 보고,

"그 자식을 좀 때려 주구려. 왜 그런 것을 보고 가만두?"

하고 자기가 대신 때려 주려고 나서면,

"아뇨, 아직 철이 없어 그렇지. 저도 지각이 나면 그렇지 않을 것이 아뇨."

하고 너그럽게 타이른다.

그러면 마누라는 왜가리처럼 소리를 지르며,

"철이 없긴 지금 나이가 몇이오. 낼모레면 스무 살이 되는데, 또 며칠 아니면 장가를 들어서 자식까지 날 것이 그래 가지고 무엇을 한단 말이오."

하고 들이대며,

"자식은 꼭 아버지가 버려 놓았습니다. 자식 귀여운 것만 알았지 버릇 가르칠 줄은 모르니까……."

이렇게 싸움만 시작하려 하면 영감은 아무 말도 하지 않고 바깥으로 나가 버린다.

그 아들은 더구나 벙어리를 사람으로 알지도 않는다. 말 못하는 벙어리라고 오고 가며 주먹으로 허구리(허리 양쪽 갈비뼈 아래의 잘쏙한 부분)를 지르기도 하고 발길로 엉덩이도 찬다.

그러면 그 벙어리는 어린것이 철없이 그러는 것이 도리어 귀엽기도 하고 또는 그 힘없는 팔과 힘없는 다리로 자신의 무쇠 같은 몸을 건드리는 것이 우습기도 하고 앙증하기도 해 돌아서서 방그레 웃으면서 툭툭 털고 다른 곳으로 몸을 피해 버린다.

어떤 때는 낮잠 자는 벙어리 입에다가 똥을 먹인 때도 있었다. 또 어떤 때는 자

❹ ➔ 오 생원의 아들은 인심이 후한 오 생원과는 다르게 막된 인물임을 알 수 있어.

집중!

수능 만점 선생님

는 벙어리 두 팔 두 다리를 살며시 동여매고 손가락과 발가락 사이에 화승^{(화약을 터}뜨리기 위해 불을 붙이는 데 쓰던 노끈) 불을 붙여 놓아 질겁하고 일어나다가 발버둥질을 하고 죽으려는 사람처럼 괴로워하는 것을 보고 기뻐했다.

이러할 때마다 벙어리의 가슴에는 비분한^(슬프고 분한) 마음이 꽉 들어찼다. <mark>그러나 그는 주인의 아들을 원망하는 것보다도 자기가 병신인 것을 원망했으며 주인의 아들을 저주한다는 것보다 이 세상을 저주했다.❺</mark>

그러나 그는 결코 눈물을 흘리지 않았다. 그의 눈물은 나오려 할 때 아주 말라붙어 버린 샘물과 같이 나오려 하나 나오지를 아니했다. 그는 주인의 집을 버릴 줄 모르는 개 모양으로 자기가 있어야 할 곳은 여기밖에 없고 자기가 믿을 것도 여기 있는 사람들밖에 없을 줄 알았다. 여기서 살다가 여기서 죽는 것이 자기의 운명인 줄밖에 알지 못했다. 자기의 주인 아들이 때리고 지르고 꼬집어 뜯고 모든 방법으로 학대할지라도 그것이 자기에게 으레 있을 줄밖에 알지 못했다. 아픈 것도 그 아픈 것이 으레 자기에게 돌아올 것이요, 쓰린 것도 자기가 받지 않아서는 안 될 것으로 알았다. 그는 이 마땅히 자기가 받아야 할 것을 어떻게 해야면 할까 하는 생각을 한 번도 해 본 일이 없었다.

그가 이 집에서 떠나가려거나 또는 그의 생활 환경에서 벗어나려는 생각은 한 번도 해 보지 못했다 할지라도 그는 언제든지 그 주인 아들이 자기를 학대하고 또는 자기를 못살게 굴 때 그는 자기의 주먹과 또는 자기의 힘을 생각해 보았다.

주인 아들이 자기를 때릴 때 그는 주인 아들 하나쯤은 넉넉히 제지할 힘이 있는 것을 알았다.

어떠한 때는 아픔과 쓰림이 자기의 몸으로 스미어 들 때면 그의 주먹은 떨리면서 어린 주인의 몸을 치려 하다가는 그것을 무서운 고통과 함께 꽉 참았다.

그는 속으로,

<mark>'아니다, 그는 나의 주인의 아들이다. 그는 나의 어린 주인이다.'</mark>

<mark>하고 꾹 참았다.❻</mark>

그러고는 그것을 얼핏 잊어버렸다. 그러다가도 동넷집 아이들과 혹시 장난을 하다가 주인 아들이 울고 들어올 때에는 그는 황소같이 날뛰면서 주인을 위해

내신 준비!

❺ ➡ 착한 삼룡이는 어린 주인을 미워하지 않고 그저 그런 환경과 세상을 원망하고 있어.

❻ ➡ 충성스러운 삼룡이의 성격을 잘 보여 주는 장면이야. 그는 아무리 화가 나도 주인에게 대들지 않지.

수능 만점 선생님

싸웠다. 그래서 동네에서도 어린애들이나 장난꾼들이 벙어리를 무서워해 감히 덤비지를 못했다. 그리고 주인 아들도 위급한 경우에는 언제든지 벙어리를 찾았다. 벙어리는 얻어맞으면서도 기어드는 충견 모양으로 주인의 아들을 위해 싫어하지 않고 힘을 다했다.

2

벙어리가 스물세 살이 될 때까지 그는 물론 이성과 접촉할 기회가 없었다. 동네의 처녀들이 저를 '벙어리', '벙어리' 하며 괴상한 손짓과 몸짓으로 놀려 먹음을 받을 적에 분하고 골나는 중에도 느긋한 즐거움을 느끼어 본 일은 있었으나 그가 결코 사랑으로써 어떠한 여자를 대해 본 일은 없었다.

그러나 정욕을 가진 사람인 벙어리도 그의 피가 차디찰 리는 없었다. 혹 그의 피는 더욱 뜨거웠을는지도 알 수 없었다. 뜨겁다 뜨겁다 못해 엉기어 버린 엿과 같을지도 알 수 없었다. 만일 그에게 볕을 주거나 다시 뜨거운 열을 준다면 그의 피는 다시 녹을는지도 알 수 없었다.

그가 깜박깜박하는 기름등잔 아래에서 밤이 깊도록 짚신을 삼을 때면 남모르는 한숨을 아니 쉬는 것도 아니지마는 그는 그것을 곧 억제할 수 있을 만큼 정욕에 대해 벌써부터 단념을 하고 있었다.❼

마치 언제 폭발이 될는지 알지 못하는 휴화산 모양으로 그의 가슴속에는 충분한 정열을 깊이 감추어 놓았으나 그것이 아직 폭발될 시기가 이르지 못한 것이었다.❽ 비록 폭발이 되려고 무섭게 격동함을 벙어리 자신도 느끼지 않는 바는 아니지마는 그는 그것을 폭발시킬 조건을 얻기 어려웠으며 또는 자기가 여태까지 능동적으로 그것을 나타낼 수가 없을 만큼 외계의 압축을 받았으며, 그것으로 인한 이지(理智, 본능이나 감정에 지배되지 않고 지식과 윤리에 따라 사물을 분별하고 깨닫는 능력)가 너무 그에게 자제력을 강대하게 해 주는 동시에 또한 너무 그것을 단념만 하게 해 주었다.

속으로, 나는 '벙어리다.' 자기가 생각할 때 그는 몹시 원통함을 느끼는 동시에 나는 말하는 사람들과 똑같은 자유와 똑같은 권리가 없는 줄 알았다. 그는 이와

---

❼ ➡ 삼룡이에게도 뜨거운 정욕이 있지만, 그는 벙어리라는 현실 때문에 그러한 욕구를 억누르며 살고 있어.

❽ ➡ 일종의 복선으로 작용하는 문장이야. 마음속에 뜨거운 정열을 품고 있는 삼룡이가 언젠가 그것을 폭발시킬지도 모른다는 의미지.

집중!

수능 만점 선생님

같은 생각에서 언제든지 단념 않으려야 단념하지 않을 수 없는 그 단념이 쌓이고 쌓이어 지금에는 다만 한 개의 기계와 같이 이 집에 노예가 되어 있으면서도 그것을 자기의 천직으로 알고 있을 뿐이요, 다시는 자기가 살아갈 세상이 없는 것같이 밖에 알지 못하게 된 것이다.

3

그해 가을이다. 주인의 아들이 장가를 들었다. 색시는 신랑보다 두 살 위인 열아홉 살이다. 주인이 본시 자기가 언제든지 문벌이 얕은 것을 한탄해 신부를 구할 때에 첫째 조건이 문벌이 높아야 할 것이었다. 그러나 문벌 있는 집에서는 그리 쉽게 색시를 내놓을 리가 없었다. 그러므로 하는 수 없이 그 어떠한 영락한(세력이나 살림이 줄어들어 보잘것없이 된) 양반의 딸을 돈을 주고 사오다시피 했으니, 무남독녀의 딸을 둔 남촌 어떤 과부를 꿀을 발라서 약혼을 하고 혹시나 무슨 딴소리가 있을까 해 부랴부랴 성례식을 시켜 버렸다.

혼인할 때의 비용도 그때 돈으로 삼만 냥을 썼다. 그리고 아들의 처갓집에 며느리 뒤 보아 주는 바느질삯, 빨래삯이라는 명목으로 한 달에 이천오백 냥씩을 대어 주었다.

신부는 자기 아버지가 돌아가기 전까지 상당히 견디기도 하고 또는 금지옥엽같이 기른 터이라, 구식 가정에서 배울 것 읽힐 것 못하는 것이 없고 게다가 또는 인물이라든지 행동거지에 조금도 구김이 있지 아니하다.

신부가 오자 신랑의 흠절(부족하거나 잘못된 점)이 생기기 시작했다.

"신부에게다 대면 두루미와 까마귀지."

"아직도 철딱서니가 없어."

"색시에게 쥐여 지내겠지."

"신랑에겐 과하지."

동넷집 말 좋아하는 여편네들이 모여 앉으면 이렇게 비평들을 한다. 어떠한 남의 걱정 잘 하는 마누라님은 간혹 신랑을 보고는 그대로 세워 놓고,

"글쎄, 인제는 어른이 되었으니 셈이 좀 나요, 저리구 어떻게 색시를 거느려 가누. 색시 방에 들어가기가 부끄럽지 않담."

하고 들이대다시피 하는 일이 있다.

이럴 적마다 신랑의 마음은 그 말하는 이들이 미웠다.[1] 일부러 자기를 부끄

럽게 하려고 하는 것 같아서 그 후에 그를 만나면 말도 안 하고 인사도 하지 아니한다.

또 그의 고모 되는 이가 와서 자기 조카를 보고,

"인제는 어른이야. 너도 그만하면 지각이 날 때가 되지 않았니. 네 처가 부끄럽지 아니하냐."

하고 타이를 적마다 그의 마음은 그 말하는 사람이 부끄럽다는 것보다도 자기를 이렇게 하게 한 자기 아내가 더욱 밉살머리스러웠다.

"여편네가 다 무엇이냐? 저 빌어먹을 년이 들어오더니 나를 이렇게 못살게들 굴지."

혼인한 지 며칠이 못 되어 그는 색시 방에 들어가지를 않았다. 집안에서는 야단이 났다. 마치 돼지나 말 새끼를 혼례시키려는 것 같이 신랑을 색시 방으로 집어넣으려 하나 막무가내였다. 그럴 때마다 신랑은 손에 닥치는 대로 집어 때려서 자기의 외사촌 누이의 이마를 뚫어서 피까지 나게 한 일이 있었다. 집안 식구들이 하는 수가 없어 맨 나중에는 아버지에게 밀었다. 그러나 그것도 소용이 없을뿐더러 풍파를 더 일으키게 했다. 아버지께 꾸중을 듣고 들어와서는 다짜고짜로 신부의 머리채를 쥐어 잡아 마루 한복판에 태질(세차게 메어치거나 내던지는 짓)을 쳤다.

그러고는,

"이년, 네 집으로 가거라. 보기 싫다. 내 눈앞에는 보이지도 마라."[10]

했다. 밥상을 가져오면 그 밥상이 마당 한복판에서 재주를 넘고, 옷을 가져오면 그 옷이 쓰레기통으로 나간다.

이리하여 색시는 시집오던 날부터 팔자 한탄을 하고서 날마다 밤마다 우는 사람이 되었다.[11]

울면 요사스럽다고 때린다. 또 말이 없으면 빙충맞다고(똑똑하지 못하고 어리석으며 수줍음을 탄다고) 친다. 이리하여 그 집에는 평화스러운 날이 하루도 없었다.

이것을 날마다 보는 사람 가운데 알 수 없는 의혹을 품게 된 사람이 하나 있으니 그는 곧 벙어리 삼룡이었다.

그렇게 예쁘고 유순하고 그렇게 얌전한, 벙어리의 눈으로 보아서는 감히 손도

❾ ➤ 어린 주인은 결혼한 이후 마음이 더 삐뚤어지고 있어.
❿ ➤ 결국 어린 주인은 자신의 색시를 미워하게 되었네.
⓫ ➤ 색시는 남편에게 구박받는 불행한 결혼 생활을 하게 되지.

집중!
수능 만점 선생님

대지 못할 만큼 선녀 같은 색시를 때리는 것은 자기의 생각으로는 도저히 풀 수 없는 의심이었다.

보기에도 황홀하고 건드리기도 황홀할 만큼 숭고한 여자를 그렇게 하대한다는 것은 너무나 세상에 있지 못할 일이다. 자기는 주인 새서방에게 개나 돼지같이 얻어맞는 것이 마땅한 이상으로 마땅하지마는, 선녀와 짐승의 차가 있는 색시와 자기가 똑같이 얻어맞는 것은 너무 무서운 일이다. 어린 주인이 천벌이나 받지 않을까 두렵기까지 했다.

어떠한 달밤, 사면은 고요적막하고 별들은 드문드문 눈들만 깜박이며 반달이 공중에 뚜렷이 달려 있어 수은으로 세상을 깨끗하게 닦아 낸 듯이 청명한데, 삼룡이는 검둥개 등을 쓰다듬으며 바깥마당 멍석 위에 비슷이 드러누워 하늘을 쳐다보며 생각해 보았다.

주인 색시를 생각하면 공중에 있는 달보다도 더 곱고 별들보다도 더 깨끗했다.⑫ 주인 색시를 생각하면 달이 보이고 별이 보였다. 삼라만상을 씻어 내는 은빛보다도 더 흰 달이나 별의 광채보다도 그의 마음이 아름답고 부드러운 듯했다. 마치 달이나 별이 땅에 떨어져 주인 새아씨가 된 것도 같고 주인 새아씨가 하늘에 올라가면 달이 되고 별이 될 것 같았다.

더구나 자기를 어린 주인이 때리고 꼬집을 때 감히 입 벌려 말은 하지 못하나 측은하고 불쌍히 여기는 정이 그의 두 눈에 나타나는 것을 다시 생각할 때 그는 부들부들한 개 등을 어루만지면서 감격을 느꼈다. 개는 꼬리를 치며 자기를 귀여워하는 줄 알고 벙어리의 손을 핥았다.

삼룡이의 마음은 주인아씨를 동정하는 마음으로 가득 찼다. 또는 그를 위해서는 자기의 목숨이라도 아끼지 않겠다는 의분에 넘치었다. 그것은 마치 살구를 보면 입속에 침이 도는 것 같이 본능적으로 느껴지는 감정이었다.⑬

4

새댁이 온 뒤에 다른 사람들은 자유로운 안 출입을 금했으나 벙어리는 마치 개가 맘대로 안에 출입할 수 있는 것 같이 아무 의심 없이 출입할 수가 있었다.

⑫ ➡ 삼룡이는 주인아씨에게 특별한 감정을 느끼게 되었어.
⑬ ➡ 삼룡이가 주인아씨를 사모하게 된 것은 본능에서 나온 감정이지.

하루는 어린 주인이 먹지 않던 술이 잔뜩 취해 무지한 놈에게 맞아서 길에 자빠진 것을 업어다가 안으로 들여다 누인 일이 있었다. 그때에 아무도 안에 있지 않고 다만 새색시 혼자 방에서 바느질을 하고 있다가 이 꼴을 보고 벙어리의 충성된 마음이 고마워서, 그 후에 쓰던 비단 헝겊 조각으로 부시쌈지(부싯돌을 넣는 쌈지) 하나를 만들어 준 일이 있었다.

이것이 새서방님의 눈에 띄었다. 그래서 색시는 어떤 날 밤 자던 몸으로 마당 복판에 머리를 푼 채 내동댕이쳐졌다.[14] 그리고 온몸에 피가 맺히도록 얻어맞았다.

이것을 본 벙어리는 또다시 의분의 마음이 뻗쳐 올라왔다. 그래서 미친 사자와 같이 뛰어 들어가 새서방님을 내어던지고 새색시를 둘러메었다. 그리고 나는 수리와 같이 바깥사랑 주인 영감 있는 곳으로 뛰어가 그 앞에 내려놓고 손짓과 몸짓을 열 번 스무 번 거푸하며 하소연했다.

그 이튿날 아침에 그는 주인 새서방님에게 물푸레로 얼굴을 몹시 얻어맞아서 한쪽 뺨이 눈을 얼러서 피가 나고 주먹같이 부었다. 그 때릴 적에 새서방의 입에서 나오는 말은,

"이 흉측한 벙어리 같으니, 내 여편네를 건드려!"

하고 부시쌈지를 빼앗아 갈가리 찢어서 뒷간에 던졌다.

"그리고 이놈아! 인제는 주인도 몰라보고 막 친다. 이런 것은 죽여야 해!"

하고 채찍으로 그의 뒷덜미를 갈겨서 그 자리에 쓰러지게 했다.

벙어리는 다만 두 손으로 빌 뿐이었다. 말도 못 하고 고개를 몇백 번 코가 땅에 닿도록 그저 용서해 달라고 빌기만 했다. 그러나 그의 가슴에는 비로소 숨겨 있던 정의감이 머리를 들기 시작했다.[15] 그는 아픈 것을 참아 가면서도 북받치는 분노(심술)를 억제했다.

그때부터 벙어리는 안방에 들어가지 못했다. 이 들어가지 못하는 것이 더욱 벙어리로 하여금 궁금증이 나게 했다. 그 궁금증이라는 것이 묘하게 빛이 변해 주인아씨를 뵈옵고 싶은 심정으로 변했다. 뵈옵지 못하므로 가슴이 타올랐다. 몹시 애상의 정서가 그의 가슴을 저리게 했다.[16] 한 번이라도 아씨를 뵈올 수가 있으면 하는 마음이 나더니 그의 마음의 넋은 느끼기를 시작했다. 센티멘털한

[14] ➡ 부시쌈지를 본 어린 주인은 삼룡과 새색시 사이의 관계를 오해하고 있어.
[15] ➡ 그동안 억눌려 있던 삼룡이의 마음이 꿈틀대기 시작했어.
[16] ➡ 주인아씨에 대한 삼룡이의 애틋한 마음이 커져 가고 있네.

가운데에서 느끼는 그 무슨 정서는 그에게 생명 같은 희열을 주었다. 그것과 자기의 목숨이라도 바꿀 수 있을 것 같았다. 어떤 때는 그대로 대강이로 담을 뚫고 들어가고 싶도록 주인아씨를 뵈옵고 싶은 것을 꾹 참을 때도 있었다.

그 후부터는 밥을 잘 먹을 수가 없었다. 일도 손에 잡히지 않았다. 틈만 있으면 안으로만 들어가고 싶었다.

주인이 전보다 많이 밥과 음식을 주고 더 편하게 해 주었으나 그것이 싫었다. 그는 밤에 잠을 자지 않고 집 가장자리를 돌아다녔다.

5

하루는 주인 새서방님이 술이 취해 들어오더니 집 안이 수선수선해지며 계집 하인이 약을 사러 갔다 들어오는 것을 보고 그 계집 하인을 붙잡았다. 그리고 무엇이냐고 물었다.

계집 하인은 한 주먹을 뒤통수에 대고 얼굴을 쓰다듬으며 둘째 손가락을 내밀었다. 그것은 그 집 주인은 엄지손가락이요, 둘째 손가락은 새서방이라는 뜻이요, 주먹을 뒤통수에 대는 것은 여편네라는 뜻이요, 얼굴을 문지르는 것은 예쁘다는 뜻으로 벙어리에게 쓰는 암호다.

그런 뒤에 다시 혀를 내밀고 눈을 뒤집어쓰는 형상을 하고 두 팔을 싹 벌리고 뒤로 자빠지는 꼴을 보이니, 그것은 사람이 죽게 되었거나 앓을 적에 하는 말 대신의 손짓이다.

벙어리는 눈을 크게 뜨고 계집 하인에게 한 발자국 가까이 들어서며 놀라는 듯이 멀거니 한참이나 있었다.

<u>그의 가슴은 무섭게 격동했다.</u>[17] 자기의 그리운 주인아씨가 죽었다는 말이 아닌가, 그는 두 주먹을 마주치며 한숨을 쉬었다. 그러고는 자기 방에서 무엇을 생각하는 것처럼 두어 시간이나 두 눈만 껌벅껌벅하고 앉았었다.

그는 밤이 깊어 갈수록 궁금증 나는 사람처럼 일어섰다 앉았다 하더니 두 시나 되어서 바깥으로 나가서 뒤로 돌아갔다.

그는 도둑놈처럼 조심스럽게 바로 건넌방 뒤 미닫이 앞 담에 서서 주저주저하

---

[17] ➔ 주인아씨가 죽었다는 말에 삼룡이의 마음이 크게 동요하고 있어.

수능 만점 선생님

더니 담을 넘었다. 가까이 창 앞에 서서 문틈으로 안을 살피다가 그는 진저리를 치며 물러섰다.

어두운 밤에 그의 손과 발이 마치 그 뒤에 서 있는 감나무 잎같이 떨리더니 그대로 문을 박차고 뛰어 들어갔을 때, 그의 팔에는 주인아씨가 한 손에는 기다란 명주 수건을 들고서 한 팔로 벙어리의 가슴을 밀치며 뻗디디었다. 벙어리는 다만 눈이 똥그래서 '에헤' 소리만 지르고 그 수건을 뺏으려 애쓸 뿐이다.

집안이 야단났다.

"집안이 망했군!"

<u>"어디 사내가 없어서 벙어리를!"</u>[18]

"어떻든 알 수 없는 일이야!"

하는 소리가 이 구석 저 구석에서 수군댄다.

6

그 이튿날 아침에 벙어리는 온몸이 짓이긴 것이 되어 마당에 거꾸러져 입에서 피를 토하며 신음하고 있었다. 그 곁에서는 새서방이 쇠줄 몽둥이를 들고서 문초를 한다.

"이놈!"

하고는 음란한 흉내는 모조리 해 가며 건넌방을 가리킨다. 그러나 벙어리는 손을 내저을 뿐이다. 또 몽둥이에는 살점이 묻어 나왔다. 그리고 피가 흘렀다.

벙어리는 타들어 가는 목으로 소리도 못 내며 고개만 내젓는다. 그는 피를 토하며 거꾸러지며 이마를 땅에 비비며 고개를 내흔든다. 땅에는 피가 스며든다. 새서방은 채찍 끝에 납 뭉치를 달아서 가슴을 훔쳐 갈겼다가 힘껏 잡아 뽑았다. 벙어리는 그대로 거꾸러지며 말이 없었다.

새서방은 그래도 시원치 못했다. 그는 어제 벙어리가 새로 갈아 놓은 낫을 들고 달려왔다. 그는 그 시퍼렇게 날선 낫을 번쩍 들었다. 그래서 벙어리를 찌르려 할 때 벙어리는 한 팔로 그것을 받았고, 집안사람들은 달려들었다. 벙어리는 낫을 뿌리쳐 저리로 내던졌다.

[18] ➡ 삼룡이의 행동은 삼룡이와 새색시 간의 관계를 사람들이 크게 오해하는 것에 불을 지피게 되었어.

주인은 집안이 망했다고 사랑에 누워서 모든 일을 들은 체 만 체 문을 닫고 나오지를 아니하며, 집안에서는 색시를 쫓는다고 야단이다. 그날 저녁에 벙어리는 다시 끌려 나왔다. 그때에는 주인 새서방이 그의 입던 옷과 신짝을 주며 눈을 부릅뜨고 손을 멀리 가리키며,

"가! 인제는 우리 집에 있지 못한다."

했다. 이 소리를 듣는 벙어리는 기가 막혔다. 그에게는 이 집 외에 다른 집이 없다. 살 곳이 없었다.[19] 자기는 언제든지 이 집에서 살고 이 집에서 죽을 줄밖에 몰랐다. 그는 새서방님의 다리를 껴안고 애걸했다. 말도 못 하는 것을 몸짓과 표정으로 간곡한 뜻을 표했다. 그러나 새서방님은 발길로 지르고 사람을 불렀다.

"이놈을 좀 내쫓아라."

벙어리가 죽은 개 모양으로 끌려 나갔다. 그리고 대갈빼기를 개천 구석에 들이박히면서 나가 곤드라졌다가 일어서서 다시 들어오려 할 때에는 벌써 문이 닫혀 있었다. 그는 문을 두드렸다. 그의 마음으로는 주인 영감을 찾았으나 부를 수가 없었다. 그가 날마다 열고 날마다 닫던 문이 자기가 지금은 열려 하나 자기를 내어 쫓고 열리지를 않는다. 자기가 건사하고 자기가 거두던 모든 것이 오늘에는 자기의 말을 듣지 않는다. 어려서부터 지금까지 모든 정성과 힘과 뜻을 다해 충성스럽게 일한 값이 오늘에는 이것이다.

그는 비로소 믿고 바라던 모든 것이 자기의 원수란 것을 알았다. 그는 모든 것을 없애 버리고 자기도 또한 없어지는 것이 나은 것을 알았다.[20] 그날 저녁 밤은 깊었는데 멀리서 닭이 우는 소리와 함께 개 짖는 소리만이 들린다. 난데없는 화염이 벙어리 있던 오 생원 집을 에워쌌다. 그 불을 미리 놓으려고 준비해 놓았는지 집 가장자리 쪽 돌아가며 흩어 놓은 풀에 모조리 돌라붙어(둘레나 가장자리를 따라가며 붙어) 공중에서 내려다보면 집의 윤곽이 선명하게 보일 듯이 타오른다.

불은 마치 피 묻은 살을 맛있게 잘라먹는 요마(妖魔)의 혓바닥처럼 날름날름 집 한 채를 삽시간에 먹어 버렸다. 이와 같은 화염 속으로 뛰어 들어가는 사람이 하나 있으니 그는 다른 사람이 아니라 낮에 이 집을 쫓겨난 삼룡이다. 그는 먼저 사랑에 가서 문을 깨뜨리고 주인을 업어다가 밭 가운데 놓고 다시 들어가려 할 제 그의 얼굴과 등과 다리가 불에 데어 쭈그러져 드는 것을 알지 못했다.[21]

⑲ → 결국 삼룡이는 그의 유일한 세상인 오 생원의 집에서 쫓겨나게 되지.

⑳ → 삼룡이는 처음에 보였던 수동적인 모습과는 완전히 다른 모습을 보이고 있어.

그는 건넌방으로 뛰어들었다. 그러나 색시는 없었다. 다시 안방으로 뛰어들었다. 그러나 또 없고 새서방이 그의 팔에 매달리어 구원하기를 애원했다. 그러나 그는 그것을 뿌리쳤다. 다시 서까래에 불이 시뻘겋게 타면서 그의 머리에 떨어졌다. 그러나 그는 그것을 몰랐다. 부엌으로 가 보았다. 거기서 나오다가 문설주(문짝을 끼워 달기 위해 문의 양쪽에 세운 기둥)가 떨어지며 왼팔이 부러졌다. 그러나 그것도 몰랐다. 그는 다시 광으로 가 보았다. 거기도 없었다. 그는 다시 건넌방으로 들어갔다. 그때야 그는 색시가 타 죽으려고 이불을 쓰고 누워 있는 것을 보았다. 그는 색시를 안았다. 그러고는 길을 찾았다. 그러나 나갈 곳이 없었다. 그는 하는 수 없이 지붕으로 올라갔다. 그는 비로소 자기의 몸이 자유롭지 못한 것을 알았다. 그러나 그는 자기가 여태까지 맛보지 못한 즐거운 쾌감을 자기의 가슴에 느끼는 것을 알았다. 색시를 자기 가슴에 안았을 때 그는 이제 처음으로 살아난 듯했다. 그는 자기의 목숨이 다한 줄 알았을 때, 그 색시를 내려놓을 때는 그는 벌써 목숨이 끊어진 뒤였다. 집은 모조리 타고 벙어리는 색시를 무릎에 뉘고 있었다. 그의 울분은 그 불과 함께 사라졌을는지! 평화롭고 행복스러운 웃음이 그의 입 가장자리에 엷게 나타났을 뿐이다.[22]

㉑ ➡ 삼룡이는 복수하겠다고 마음먹었지만, 그래도 주인어른이 죽는 것은 바라지 않아.
㉒ ➡ 죽음 직전 불길 속에서 행복한 미소를 짓는 삼룡이의 모습은 찰나의 희열을 보여 준단다. 이 소설의 낭만적 경향이 나타난 부분이지.

집중!

수능 만점 선생님

정리해 볼까요(그룹 채링)

● **작가에 대해서 알아볼까요?** --

킬링 포인트

나도향 작가는 1902년 서울 한성부 청파계(지금의 용산구 청파동)에서 태어났어. 본명은 경손이고 호는 도향, 필명은 빈(彬)을 사용했단다. 그는 배재 고등 보통학교를 졸업하고 경성 의학 전문학교에 입학했지만 중퇴하고 일본으로 유학을 가지. 일본에서는 가난한 형편 때문에 학비를 마련할 수 없어 공부를 그만두고 귀국하게 돼.

나도향 작가는 1922년 〈백조〉 창간호에 「젊은이의 시절」을 발표하면서 등단했어. 1923년 〈동아일보〉에 장편 『환희』를 연재하면서 주목을 받았지. 이후 「벙어리 삼룡이」, 「물레방아」, 「뽕」 등을 발표하면서 우리나라 근대 문학사에서 중요한 소설들을 남겼단다. 하지만 25세라는 젊은 나이에 폐병으로 요절한 비운의 작가라고 할 수 있지.

읽음

아, 요절하지 않았다면 더 좋은 작품을 많이 남겼을 텐데 정말 안타까운 일이네요.

👍 100점

● **작품에 대해서 정리해 보죠!** --

킬링 포인트

작가 : 나도향
갈래 : 낭만주의 소설, 사실주의 소설
배경 : 시간적 – 일제 강점기 | 공간적 – 남대문 밖 연화봉 마을
시점 : 전반부 – 1인칭 관찰자 시점 | 후반부 – 전지적 작가 시점
주제 : 벙어리 삼룡이의 사랑과 분노
출전 : 〈여명〉(1925)

킬링 포인트

무조건
알아야 해!

이 작품은 벙어리 삼룡이의 순수한 사랑과 분노를 다룬 소설이야. 삼룡이는 오생원의 집에서 살고 있는 하인이지. 자라면서 이성과의 접촉이 없었던 그는 어린 주인의 장가를 계기로 이성을 처음으로 접하게 돼. 삼룡이는 새색시에 대한 마음을 키우게 되지. 하지만 어린 주인이 새색시와 삼룡이와의 관계를 오해하고, 결국 삼룡이는 집에서 쫓겨나고 말아. 삼룡이가 쫓겨난 날 밤, 오 생원의 집에는 큰불이 나지. 그는 불길 속에서 새색시를 구하려 하지만, 이미 나갈 수 있는 길은 막힌 뒤였어. 새색시를 내려놓은 그의 얼굴에는 미소가 엷게 피어나지. 이 작품의 특징은 결말에 나타난 삼룡이의 죽음이야. 죽음을 통해 그동안의 고뇌가 사라지고, 삼룡이를 예속하던 관계가 청산되는 것이 인상적이라고 할 수 있단다.

읽음

모든 것을 삼킨 불꽃이 삼룡이의 고뇌까지 삼켜 버렸다는 점이 가장 인상 깊었어요.

👍 100점

● 구조적 접근을 꼭 알아야 해요!

킬링 포인트

발단: 오 생원은 헌신적인 벙어리 하인 삼룡이를 두고 지냄
오 생원은 마을 사람들로부터 존경받는 인물이야. 그는 삼룡이라는 하인을 매우 아낀단다. 삼룡이는 헌신적이지만 벙어리라는 결함을 가지고 있었지.

전개: 오 생원의 아들이 삼룡이와 새색시를 괴롭힘
삼룡이는 오 생원의 아들인 어린 주인에게 심하게 학대를 당해. 어느 가을, 오 생원은 어린 주인을 영락한 양반의 딸과 결혼시키지. 어린 주인은 삼룡이와 새색시를 모두 괴롭혀.

위기: 새색시가 만들어 준 부시쌈지 때문에 삼룡이가 쫓겨남
삼룡이는 어린 주인을 도운 것에 대한 감사의 의미로 새색시에게 부시쌈지를 받게 돼. 하지만 이것을 본 어린 주인은 둘 사이의 관계를 오해하게 되지. 그 작은 오해가 커져 결국 삼룡이는 집에서 쫓겨나게 돼.

절정: 불길 속으로 뛰어든 삼룡이가 새색시를 안고 지붕 위로 올라감
삼룡이가 쫓겨난 그날 밤 오 생원의 집에 큰불이 나. 삼룡이는 주인어른을 구한 후 새색시를 구하러 뛰어들지만, 나갈 곳이 없어 새색시를 안고 지붕으로 올라가지.

결말: 새색시를 안은 삼룡이는 화염 속에서 행복한 미소를 지음
삼룡이는 주인아씨를 안으면서 처음으로 자신이 살아 있다는 느낌을 받게 돼. 자신이 자유롭지 못한 몸임을 안 삼룡이는 새색시를 내려놓지. 그의 입가에는 옅은 미소가 피어오른단다.

OOPS!

읽음

삼룡이는 죽음의 순간에 역설적으로 자신이 살아 있음을 깨달았네요.

👍 100점

● 삼룡이의 뇌 구조를 알아볼까요?

1 이 작품에 대한 설명으로 옳지 않은 것은?

① 전반부는 1인칭 관찰자 시점으로, 후반부는 전지적 작가 시점으로 진행되고 있다.
② 주제는 '벙어리인 삼룡이의 주인아씨에 대한 분노'다.
③ 초창기 우리나라 낭만주의 문학의 특징을 알 수 있다.
④ 소극적인 삼룡이의 성격이 사랑을 계기로 적극적으로 바뀌게 된다.
⑤ 불과 죽음을 통해 사랑에 대한 숭고한 희생을 보여 준다.

2 이 작품을 읽고 난 후의 감상으로 옳지 않은 것은?

① 어린 주인은 정말 인성이 글러 먹은 사람이야!
② 평생 주인을 위해 헌신한 삼룡이가 쫓겨나는 장면에서 안타까움을 느꼈어.
③ 주인어른이 아들의 인성 교육에 신경 썼다면 이야기가 달라졌을지도 몰라.
④ 죽음의 문턱에서 삶의 희열을 느낀 삼룡이는 정말 행복했겠지?
⑤ 작가는 비극적인 결말을 통해 못난 벙어리는 사랑할 수 없다는 주제를 전달하고 있어.

3 다음 글에서 삼룡이가 느꼈을 법한 심정과 가장 비슷한 사자성어는?

> 벙어리가 죽은 개 모양으로 끌려 나갔다. 그리고 대갈빼기를 개천 구석에 들이박히면서 나
> 가 곤드라졌다가 일어서서 다시 들어오려 할 때에는 벌써 문이 닫혀 있었다. 그는 문을 두드
> 렸다. 그의 마음으로는 주인 영감을 찾았으나 부를 수가 없었다. 그가 날마다 열고 날마다 닫
> 던 문이 자기가 지금은 열려 하나 자기를 내어 쫓고 열리지를 않는다. 자기가 건사하고 자기
> 가 거두던 모든 것이 오늘에는 자기의 말을 듣지 않는다. 어려서부터 지금까지 모든 정성과
> 힘과 뜻을 다해 충성스럽게 일한 값이 오늘에는 이것이다.

① 연목구어(緣木求魚): 도저히 불가능한 일을 굳이 하려 함을 비유적으로 이르는 말
② 견강부회(牽强附會): 이치에 맞지 않는 말을 억지로 끌어 붙여 자기에게 유리하
게 함
③ 토사구팽(兎死狗烹): 필요할 때는 쓰고 필요 없을 때는 야박하게 버리는 경우를
이르는 말
④ 등고자비(登高自卑): 일을 순서대로 해야 함을 이르는 말
⑤ 붕정만리(鵬程萬里): 산을 넘고 내를 건너 아주 멂

4 다음 글은 계용묵의 소설 「백치 아다다」의 줄거리다. 아다다와 이 작품의 삼룡이가 대화를 나눈다고 할 때, 옳지 <u>않은</u> 것은?

> 아다다는 좋은 집안에서 태어났지만, 벙어리인 데다 백치여서 가난한 노총각에게 논을 주는 조건으로 시집가게 된다. 아다다는 처음에는 예쁨을 받지만, 시댁의 형편이 나아짐에 따라 구박을 받게 되고 결국 시댁에서 쫓겨난다. 친정에서도 쫓겨나게 된 아다다는 노총각 수룡이와 함께 도망간다. 수룡이가 밭을 사기 위해 모아 둔 돈을 아다다에게 보여 주자, 아다다는 예전에 돈 때문에 자신이 당한 불행을 떠올린다. 아다다는 밤에 수룡이가 잠든 틈을 타 돈을 바다에 전부 버린다. 이에 화가 난 수룡이는 아다다를 바다에 빠뜨려 죽게 만든다.

① 삼룡이: 저는 벙어리라는 이유로 어린 주인께 구박받아서 화나기도 했어요.
② 아다다: 저도 시댁에 돈이 점점 많아지니까 구박받게 되더라고요.
③ 삼룡이: 그래도 죽기 전에 새색시를 한 번이라도 품을 수 있어서 행복했어요.
④ 아다다: 저는 죽기 전에 이 사람이 돈 때문에 또 나를 버리게 될까 봐 많이 두려웠어요.
⑤ 삼룡이: 저도 그런 두려움을 느껴서 저를 받아 주지 않는 주인집 사람들을 모두 죽이려고 했어요.

5 다음은 이 작품의 세 인물의 관계를 나타낸 도식이다. 옳지 <u>않은</u> 것은?

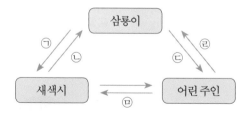

① ㉠: 새색시를 사랑하고 있음　　② ㉡: 삼룡이에게 호의를 베풂
③ ㉢: 어린 주인에게 학대를 받아도 그에게 충성을 다함
④ ㉣: 삼룡이에게 열등감을 느낌　　⑤ ㉤: 삼룡이와의 관계를 오해함

● **수능 만점 선생님의 감상 꿀팁**

> 이 소설은 신분을 초월한 사랑을 통해 인간 감정에 대한 사실적인 묘사를 보여 주는 작품이야. 삼룡이가 새색시를 안고 죽는 장면은 초기 우리나라 낭만주의 문학의 정수를 보여 주기도 하지. 일제 강점기 사회적 약자의 순수한 사랑에 공감해 보자.

미리 들여다보는 인물 X 파일

나는 그저 따뜻한 정이 필요할 뿐이야. 너무나도 외롭고 쓸쓸해…….

노인네 모시는 건 정말이지 끔찍한 일이야. 대체 명치는 왜 만져 달라는 거야?

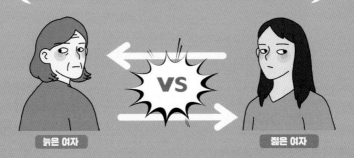

늙은 여자 **VS** 젊은 여자

수능 만점 선생님의 감상 꿀팁!

이 소설은 며느리와의 갈등으로 말미암아 외로움과 소외감을 느끼는 한 중년 여성의 심리를 그린 작품이야. 중년 여성의 심리 묘사를 통해 드러나는 현대 가족의 형태에 주목하며 감상해 보자.

황혼

#소외, 그 쓸쓸하고도 가슴 아픈 이름

　　강변 아파트 칠 동 십팔 층 삼 호에는 늙은 여자와 젊은 여자와 젊은 여자의 남편과 두 아이가 살고 있었다. 늙은 여자와 젊은 여자는 고부간이었다. 고부간의 의는 좋지도 나쁘지도 않았다.

　　"진지 차려 놨어요. 식사하세요."

　　젊은 여자는 좋은 가정 교육과 학교 교육을 받은 똑똑한 여자로서 매사에 완전한 걸 좋아했다. 그러나 사람의 행복이라는 데 대해서만은 대단히 융통성 있는 생각을 갖고 있었다. 아무리 행복한 사람에게도 한 가지 근심이 있기 마련이라는 게 그것이었다. 늙은 여자는 젊은 여자의 바로 이 한 가지 근심이었다.❶

　　"애비는 오늘도 늦나 보구나."

　　늙은 여자는 실상 늙은 여자가 아니었다. 아직 환갑도 안 되었고 소녀처럼 혈색 좋은 볼과 검고 결 좋은 머리와 맑은 눈을 가지고 있었다. 젊은 여자를 며느리로 맞을 때는 더 젊었었다.

　　"시어머니하고 며느리가 고부간이 아니라 동서 간으로 보이네."

　　시집온 지 며칠이 지나도록 젊은 여자는 늙은 여자를 결코 어머니라고 부르지 않았다.❷ 그러던 어느 날 젊은 여자는 친구를 초대했다.

　　"어머, 이 오이소박이 너무 맛있다."

　　"이거 니 솜씨니?"

❶ ➡ 젊은 여자는 시어머니인 늙은 여자를 골칫거리로 여기고 있어.
❷ ➡ 시어머니를 진정한 가족으로 여기지 않는다는 것을 의미하지.

그것은 늙은 여자의 솜씨였다. 늙은 여자는 젊은 여자가 우리 어머님이 담그셨다고 그래 주길 가슴 두근대며 기다렸다. 그러나 젊은 여자는 간결하게 말했다.

"우리 집 노인네 솜씨야."[3]

늙은 여자는 그 말이 섭섭해 며칠 동안 입맛을 잃었다.

그러나 그것은 다만 시작에 불과했다. 감기 기운만 있어 뵈도 노인네가 옷을 얇게 입으시니까 그렇죠. 화장실만 들락거려도 노인네가 과식을 하시니까 그렇죠. 질긴 거나 단단한 걸 먹으려 해도 노인네가 그걸 어떻게 잡수실 려고 그래요. 이런 식으로 그 여자는 모든 자연스러운 행동을 하나하나 간섭 받으면서 늙은 여자로 만들어졌다.

그러다가 젊은 여자는 아이를 낳았다. 늙은 여자에게 손자가 생긴 것이다. 그때부터 젊은 여자는 늙은 여자를 할머니라고 불렀다. 늙은 여자의 아들까지 덩달아서 할머니라고 불렀다.[4] 마땅히 어머니라고 불러야 할 사람들이 할머니라고 부르기 위해 대화의 방법까지 간접적인 것으로 고쳐 나갔다.

할머니 진지 잡수시라고 해라. 할머니 그만 주무시라고 해라. 할머니 전화 받으시라고 해라. 이런 식이었다.

오늘 아침에도 늙은 여자는 깨어서 누워 있었다. 늙은 여자의 방은 아파트의 방 중 바깥으로 창이 나지 않은 단 하나의 방이었기 때문에 밖이 얼마만큼 밝았나를 알 수 없었다. 문은 부엌으로 나 있었다. 그 방은 방이 아니라 골방이었다.

늙은 여자는 눈 감고 창밖의 어둠이 군청색으로, 남빛으로, 엷어지면서 창호지의 모공을 통해 청량한 샘물 같은 새벽바람이 일제히 스며들던 옛집의 새벽을 회상했다. 그 여자의 회상은 회상치곤 아주

---

❸ 실제로 노인이라고 불릴 정도로 나이가 많지 않은 늙은 여자를 '노인네'로 규정짓고 있어.

❹ 젊은 여자에게 늙은 여자는 그저 아이들의 할머니일 뿐이야. 직접적으로 정을 쌓거나 관계를 쌓아 나갈 생각이 없다는 걸 알 수 있지.

내신 준비!

수능 만점 선생님

사실적이었다. 아파트촌의 새벽이 그 여자의 회상을 따라 밝아 왔다.

부엌에서 그릇 부딪는 소리가 들리고 이어서 할머니 일어나시라고 해라 하는 젊은 여자의 차가운 목소리가 들렸다. 아이들은 아직 자고 있었기 때문에 그것은 늙은 여자 들으라고 하는 소리였다.

늙은 여자는 못 들은 척하고 반듯이 누워서 명치께를 쓱쓱 쓸어도 보고 꾹꾹 주물러도 보았다. 그것은 요즈음 늙은 여자의 버릇이었다. 늙은 여자는 요새 건강이 좋지 않았다. 입맛이 없고, 신트림(시큼한 냄새나 신물이 목구멍으로 넘어오면서 나는 트림)이 나고 가슴이 답답했다. 입맛이 없어 끼니를 거르고 누워서 명치를 짚어 보면 속에 응어리 같은 게 어떤 때는 확실하게 어떤 때는 희미하게 만져졌다. **늙은 여자는 환갑 전에 가슴앓이로 죽을지도 모른다는 막연한 두려움을 갖고 있었다.❺**

늙은 여자의 시어머니도 환갑 전에 가슴앓이로 죽었다. 사변 중 피난지 역촌(驛村, 역이 있는 마을)에서였다. 돈도 없었고 약도 없고 병원도 없었다. 그 대신 사람들의 배 속은 아무리 거친 음식도 눈 녹이듯이 삭였고, 헐벗고 한데 잠을 자도 고뿔 한 번 안 걸렸다.

그러나 그 여자의 시어머니는 죽을 먹고도 냉수를 마시고도 신트림을 하였고 명치를 쥐어뜯었다. 하루하루 수척해졌지만 속수무책이었다. 시어머니는 누워서 자기 명치를 쓸면서 안에 꼭 바나나만 한 게 가로 걸렸으니 먹은 게 내려갈 재간이 있나 하면서 한숨을 쉬었다. **그럴 때마다 그 여자는 시어머니의 명치의 가로 걸린 바나나만 한 걸 어떡하든 달래서 풀어지게 해 볼 양으로 정성껏 명치를 쓸어 드렸다.❻** 해 드릴 수 있는 건 오로지 약치료밖에 없었다. 두메 사람들이 일러 준 민간요법을 따라 화로의 불돌이 뜨끈뜨끈할 때 누더기에 싸서 명치에 얹어 드리기도 했다. 손으로 쓸어 드릴 때도 불돌을 얹어 드릴 때도 시어머니는 화사하게 웃으며 아이고 시원해, 이이고 시원해, 그놈의 게 스르르 풀어지고 이제 다 나은 것 같다고 하셨다. 아무리 고통이 심할 때도 며느리의 손만 가면 화사하게 웃으셨다. 그러다가 바나나만 한 건 약손 힘으로 풀어지기는커녕 살찐 애호박만 하게 자랐고 병자는 눈뜨고 바로 보기 민망하도록 피골이 상접해지더니 어느 날 숨을 거두었다. 지금 늙은 여자는 그때 병자의 명치에서 바나나만 한 게 정

❺ 늙은 여자가 느끼는 가슴앓이는 심리적 고통이 신체적 문제로 나타난 것이라고 볼 수도 있어.
❻ 현재 며느리와의 관계와는 아예 다른 모습이지.

집중!
수능 만점 선생님

말로 만져졌는지 생각나지 않는다. 다만 며느리의 손길이 닿을 때마다 억지로 웃던 웃음만은 지금도 고스란히 떠올릴 수가 있었다.[7] 그리고 고통 속에서도 그 웃음이 그토록 화사했던 까닭을 알 듯도 했다.

늙은 여자는 지금 그때의 시어머니와 비슷한 증세로 괴로워하고 있는 곳을 어루만져 주기를 바라고 있었다.

그러나 젊은 여자는 노인네가 과식을 해서 그렇죠, 하면서 소화제를 한 봉지 주고 끝냈다. 하긴 요새 세상에 누가 약손 따위를 믿을까마는 그래도 늙은 여자는 그게 아쉬웠다. 자기의 손에 만져지는 게 확실한가 아닌가 남의 손으로 확인하고 싶었다. 그래서 늙은 여자는 아들과 며느리한테 조르고 애걸했다.

"얘들아, 명치 속에 이게 뭔가 한 번만 만져 줘 다오."

어느 날인가 젊은 여자가 가까이 있길래 늙은 여자는 느닷없이 치마끈을 풀면서 젊은 여자의 손을 끌어다가 명치를 만져 보게 하려고 했다.[8] 젊은 여자는 질겁을 하며 손을 뿌리쳤다. 그리고 늙은 여자가 충격을 받을 만큼 적나라하게 불쾌한 얼굴을 했다. 늙은 여자는 얼른 그 자리를 피하는 수밖에 없었다. 젊은 여자가 명치끝에 닿았던 손을 마음껏 흐르는 수돗물에 씻어 낼 수 있도록.

그 일은 사소한 일이었지만 늙은 여자뿐 아니라 젊은 여자에게도 충격이 됐던 것 같다. 다시 그런 일을 당할까 봐 꽤나 겁이 났던지 당장 늙은 여자를 병원으로 데리고 갔다. 늙은 여자는 병원 갈 만큼 큰 병은 아니라고 극구 사양했건만 소용이 없었다. 늙은 여자는 진찰 받으면서 내내 명치의 이물감에 대해서만 이야기했다. 젊고 냉철해 뵈는 의사는 듣기만 하고 대답은 하지 않았다. 옷을 벗으라던가, 돌아 앉으라던가, 누우라던가 하는 말도 간호원을 통해 간접적으로 말했다.

"선생님, 제 병은 아무리 생각해도 보통 병은 아녜요. 유전일 거예요. 유전은 고치기 힘들죠? 시어머님이 저처럼 이렇게 가슴앓이로 고생을 하다가 돌아가셨거든요. 그때 시절론 좋다는 건 다 해 봤지만 소용이 없더군요."

"고부간에 무슨 유전입니까?"[9]

> [7] 시어머니 역시 늙은 여자를 진심으로 아꼈어. 당시에는 고부간의 정이 살아 있었다는 걸 알 수 있지.
> [8] 늙은 여자는 며느리의 진심 어린 걱정을 바랐기 때문이야. 하지만 젊은 여자는 기겁할 뿐이지.
> [9] 의사 역시 환자의 아픔에 공감하기보다는 사무적이고 차가운 태도로 일관하고 있어.

집중!

수능 만점 선생님

의사는 경멸하는 것처럼 말했다. 경멸이나마 다음 환자를 위해 순식간에 지나가 버리고 말았다. 그것이 늙은 여자가 지껄인 여러 말에 대한 의사의 단 한마디의 대답이었고 말로 표현된 관심의 전부였다.

그날 저녁을 굶고, 다음 날 아침 먹기 전에 와서 엑스레이를 찍으란 소리도 간호원이 했다.

저녁을 굶고 나서 그런지 명치가 푹 꺼지고 아무것도 만져지지 않았다. 이래 가지고서야 세상없는 엑스레이로도 명치 속에 아무것도 없다는 것을 증명할 수밖에 없을 것 같았다.

늙은 여자는 병원에서 큰 병이 걸렸다고 할까 봐도 겁이 났지만 아무것도 없다고 할까 봐 더 겁이 났다. 큰돈 들이고, 수선은 수선대로 떨고 나서 아무 병도 없다는 게 탄로가 나면 무슨 낯으로 식구를 대할까 싶었다.

부엌에서 구수한 토장국(된장국) 냄새가 훌훌 코끝으로 끼쳐 오자 늙은 여자는 느닷없이 맹렬한 식욕을 느꼈다. 한 끼 굶은 것으로 명치에서 오르락내리락하던 건 간데없고 다만 허기증만이 선명했다. 늙은 여자는 부끄럽고 당황했다. 어제 병원에서 주사를 한 대 놓아 주던지, 약이라도 몇 봉지 주었더라면 그 핑계를 대고 다 나았다고 하련만 그럴 수도 없었다.

늙은 여자는 병원에 가기 싫었다. 처음부터 늙은 여자가 바란 건 엑스레이나 주사나 약이 아니었다.

"할머니 일어나시라고 해라. 병원 가실 시간 늦으시겠다."

젊은 여자가 재차 간접적으로 여자를 깨우는 소리가 났다.

손자들은 아직 안 일어나고 식탁에선 아들이 혼자서 신문을 읽고 있었다.

늙은 여자는 아들을, 며느리보다 가깝게 느끼면서 자기가 병원에 안 가는 데 아들이 도움이 돼 주길 바랐다.

"애비야, 나 잠깐 보자."

늙은 여자는 아들에게 은밀하게 손짓과 눈짓을 함께 했다.

아들은 곧장 오지 못하고 두리번두리번 한눈팔며 비실비실 늙은 여자 곁으로 왔다.[10]

"나 말이지 병원에 안 갈란다. 다 나았어. 정말이야, 여기서 뭐다 오르락내리락

[10] ➔ 아들은 젊은 여자의 눈치를 보느라 우유부단한 태도를 보이고 있어.

도무지 밥을 먹을 수가 없더니 글쎄 밤새 고놈의 게 깜쪽같이 없어졌지 뭐냐. 정말이야. 너 그런 얼굴 하지 말고 어디 한번 만져 볼래?"

늙은 여자는 무심히 아들의 손을 끌어당겼다. 아들이 털벌레를 털어 내듯이 방정맞게 늙은 여자의 손을 뿌리쳤다.

"노인네도 참……."[11]

그러면서 일어섰다. 어느 틈에 젊은 여자가 따라 들어와 그 광경을 지켜보고 있었다.

"빨리 준비하세요. 여덟 시까지는 가셔야 하니까요."

젊은 여자는 아이들을 아침밥 먹여 학교에 보내야 하기 때문에 오늘은 모시고 갈 수 없다면서 엘리베이터까지 배웅을 해 주었다.

외래 환자의 진찰은 아직 시작되기 전인 이른 아침에 지하 일층에 있는 각종 검사실과 방사선실 앞은 많은 환자들로 붐비고 있었다. 벽도 희고 불빛도 희어서 그곳에서 차례를 기다리는 환자들까지 알맞게 탈색되어 보였다. 환자들도 미리 지쳐 있으면서 긴장하고 있었다. 그래서 더욱 환자다워 보였다.

늙은 여자는 생각보다 일찍 호명되어 입술이 붉은 간호원으로부터 걸직하게 갠 횟가루가 든 컵을 받았다. 늙은 여자는 그것을 어떻게 해야 하는지 알지 못했다. 간호원이 말했다.

"마시세요, 쭉."

늙은 여자는 처음 보는 음식이었기 때문에 우선 냄새를 맡기 위해 코를 들이댔다. 아무 냄새도 안 났다. 먹는 것에서 아무 냄새도 안 난다는 게 도리어 비위에 거슬렸다. 먹고 싶지 않았다.

"쭉 들이마시라니까요, 빨리."

사무적인 목소리에 짜증이 가미되자 늙은 여자는 얼른 그걸 들이마셨다. 아무 맛도 없는 고약한 이물질이 명치를 뿌듯이 채웠다.

엑스레이 촬영이 끝나자 늙은 여자는 화장실로 달려가 곧 그것을 토해 내려고 했지만 되지 않았다. 집에 가서 소금이라도 한 움큼 집어먹고 토할 수밖에 없을 것 같았다.

아이들은 학교에 가고, 시간제 파출부는 집 안 청소를 하고, 젊은 여자는 다리

---

[11] ➡ 아들 역시 늙은 여자의 마음을 이해하지 못하고 있다는 걸 알 수 있지.

를 꼬고 앉아 커피를 마시고 있었다. 늙은 여자는 너무 일찍 돌아온 게 아닌가 싶어 쭈뼛쭈뼛했다.[12]

그러나 젊은 여자는 깍듯이 예의 발랐다. 흠잡을 데라곤 없었다.

"이제 뭘 좀 잡수셔야죠. 미음을 끓이도록 할까요?"

"아무 생각 없다. 병원에서 병을 고치기는커녕 얻어 왔나 보다."

늙은 여자는 명치를 쓸면서 말했다.

"왜 그러세요, 또. 오늘은 엑스레이만 찍었을 텐데요."

"내가 엑스 광선을 처음 찍는 줄 아냐. 예전에도 몇 번 찍어 봤어. 그렇지만 그렇게 고약한 걸 먹이고 찍는 병원은 처음 봤다. 세상에 딴 병도 아니고 체중에 그런 고약한 걸 강제로 먹여 놨으니 덧날 수밖에. 아유, 비위 뒤집혀."

"그건 조금도 고약한 게 아녜요. 맛도 냄새도 없는 거예요."

"그럼 너도 그걸 먹어 봤단 말이냐?"

"제가 그걸 왜 먹어 봐요?"

"그럼 그 맛을 어떻게 알아?"

"소화기 촬영을 할 때 그런 걸 미리 먹고 해야 한다는 것쯤은 상식이에요. 물을 먹고도 비위가 뒤집히는 사람만 아니면 누구나 다 먹을 수 있는 거예요."[13]

젊은 여자는 옳은 말을 하고 있기 때문에 사뭇 당당하고 늙은 여자는 기가 꺾였다. 젊은 여자는 언제나 이치에 맞는 말만 했다. 아는 것도 많았다. 그러나 먹는 것에 냄새도 맛도 없다는 게, 먹기에 얼마나 고약한 것인가는 모르고 있다.

먹는 것이라면 쓴맛이라도 맛이 있어야 하고 썩는 내라도 냄새가 나야 한다. 그러니까 무미 무취한 것은 먹는 게 아니다. 세상에서 가장 고약한 맛은 먹는 게 아닌 걸 먹는 맛이다. 늙은 여자는 그렇게 생각했지만 이치에 닿지 않는 것 같아 말로 하진 않았다.

늙은 여자가 아무것도 안 먹을 것처럼 말했는데도, 젊은 여자는 파출부에게 미음과 죽을 쑬 것을 일렀다.

파출부는 미음을 쑤면서 거침없이 지껄였다.

"저는요, 사모님. 이래 뵈도 서울 장안에서 행세 꽤나 하고 사시는 댁 안방과

⑫ ➡ 늙은 여자는 젊은 여자의 눈치를 보고 있어. 스스로도 가족의 일원이라고 생각하지 못하는 거지.

⑬ ➡ 젊은 여자는 늙은 여자가 느낀 불쾌감을 전혀 이해하지 못하고 현실적인 답변만 하고 있어.

부엌을 내 집 드나들 듯하면서 삽니다요. 그러다 보니 눈치만 발달해서 사람 사는 컷속(일이 되어 가는 속사정)이라면 저 밑바닥까지 환합니다요. 사모님도 워낙 교양이 있으신 분이라 말씀은 안 하셔도 사모님 속상하시는 거 저 다 압니다요. 노인네가 속 좀 썩이죠? 그렇죠? 아드님 돈벌이하기 힘든 생각은 눈곱만큼도 안 하고 노인네가 구미 좀 떨어진 걸 가지고 병원 출입하는 것 보면 몰라요. 속 썩이는 노인네도 가지가지라고요. 놀이 좋아하는 노인네, 보약 좋아하는 노인네……. 그래도 사모님은 참 효부(孝婦, 시부모를 잘 섬기는 며느리)셔. 싫은 내색 한번 안 하시고 그 치다꺼리를 다 해내시니.⁴"

늙은 여자도 이런 소리가 귀에 안 들어온 건 아니었지만 그 소리보다는 다용도실에서 나는 세탁기 소리가 더 견디기 어려웠다. 엉뚱한 것으로 채워진 시장기 때문에 늙은 여자는 손끝 하나 까닥할 수 없을 만큼 무력해져 있었다. 괘씸한 딴으론 한바탕 나무라 주고도 싶었지만 더욱 간절한 소망은 잠을 자는 일이었다. 세탁기 소리가 멎자 늙은 여자는 방바닥 속으로 곧장 침몰하듯이 깊은 잠에 빠져들었다.

얼마나 잤을까. 시끄러운 전화벨 소리에 깨어났다. 얼떨결에 늙은 여자는 자기가 병자라는 걸 잊어버리고 있었기 때문에 민첩하게 수화기를 들었다. 늙은 여자 방은 작았지만 따로 있고 텔레비(텔레비전)도 따로 있었다. 그래서 젊은 여자는 외출할 때 마음 놓고 안방을 잠글 수가 있었다.

수화기를 들고 여보세요 하기 전에 통화는 이미 시작되어 있었다. 젊은 여자는 외출하지 않고 있었던 것이다. 그런 일은 얼마든지 있을 수 있는 일이었다. 그런 일 아니더라도 늙은 여자는 심심할 때 곧잘 젊은 여자의 전화를 엿들었다. 그러지 않고서는 늙은 여자가 젊은 여자들이 얘기하는 데 참여할 기회란 좀처럼 없었기 때문이다. 젊은 여자의 친구들이 떼를 지어 놀러 올 때도 있었지만 늙은 여자에겐 간단한 인사를 하는 적도, 그나마 생략하는 적도 있었고, 한번도 끼워 준 적은 없었다.

전화를 엿들으면서 늙은 여자는 차츰 생기가 나기 시작했다.⁵ 젊은 여자들은 늙은 여자가 들어서 언짢은 얘기는 결코 하지 않는다. 젊은 여자는 교양이 있는

⑭ ➡ 시어머니로 대변되는 늙은 세대를 짐짝 취급하는 사회적 분위기를 엿볼 수 있지.

⑮ ➡ 외로움과 소외감을 안고 사는 늙은 여자는 젊은 여자들의 이야기를 엿들으며 대화에 참여하고 있다는 느낌을 받지.

집중!

수능 만점 선생님

여자였다. 집 밖에서 일어나는 여러 가지 문제에 깊은 관심을 가지고 있었고, 제 나름의 의견도 가지고 있었다. 노인네를 화제에 올릴 만큼 화제에 궁하지 않았다.

젊은 여자들은 공립 학교와 사립 학교의 장단점에 대해 토론했고, 아이들의 특기 교육과 소질에 대한 의견을 교환했고, 남편의 승진과 아내의 능력과의 상관관계에 대한 논쟁에선 과열해져서 언성이 높아졌다가, 명동 어느 가게에 기막히게 세련된 수직 실크가 나와 있더란 새로운 정보에서 다시 화기애애해졌다.

늙은 여자는 몰래 엿듣는 전화였으므로 숨 죽여야 했고, 아무리 우스워도 소리 죽여 웃어야 했다. 그래서 더욱 늙은 여자의 표정은 팬터마임처럼 과장되어 변해 갔다. 늙은 여자는 통화에 끼어들진 못했지만 젊은 여자들이 하는 말에 늘 흥미진진했다. 젊은 여자들이 분개하는 문제에 대해선 늙은 여자도 분개했다. 젊은 여자들의 기쁨이나 슬픔, 바램^(바람)을 늙은 여자는 특별히 노력하거나 가장하지 않고도 따라 할 수 있었던 것이다.

전화로 젊은 여자들의 이야기에 숨어서 참여할 때마다 늙은 여자는 자기가 왜 늙은 여자여야 하는지 이상하게 생각했다.[16] 고립되어 특별히 취급되어야 할 아무런 이유도 그 자신에겐 없었다.

전화의 화제가 비약^(飛躍, 논리나 사고방식 따위가 그 차례나 단계를 따르지 아니하고 뛰어넘음)했다.

"참 수다 떠느라 정작 용건을 잊어먹을 뻔했구나. 내일 좀 모여야겠다. 인애 시어머님이 돌아가셨어. 그냥 있을 수 있니? 부조금 좀 걷어 가지고 문상을 가 봐야지."

"그래? 언제 돌아가셨어?"

"어제. 너 왜 그렇게 긴 한숨을 쉬니?"

"그냥."

"너 혹시 부러운 거 아냐?"

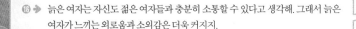

[16] 늙은 여자는 자신도 젊은 여자들과 충분히 소통할 수 있다고 생각해. 그래서 늙은 여자가 느끼는 외로움과 소외감은 더욱 커지지.

수능 만점 선생님

"아무렇게나 좋을 대로 생각해."

"그분 아직도 새파라시지?"

"새파라시기만 하면 좋게."

"왜 무슨 트러블 있었어?"

"아니."

"그럼 왜 그래?"

"더 새파래지시지 못해 병원에 다니신단다, 요새."

"그래도 어디가 편찮으시다는 핑계는 있을 거 아냐?"

"뭐 구미가 없으시다나."

"느네가 너무 효자 효부라서 그래. 구미가 떨어지셨다면 무해 무익한 비타민 제나 한 병 사다 드렸으면 됐지. 병원이 어디 한두 푼 드는 데니?"

"우리 식구 모두 건강해서 여지껏 의료 보험 혜택 한 번도 못 받았잖아. 그러니까 그냥 보내드리는 거지 뭐."

"얘 모르는 소리 좀 작작해. 병 없이 엄살 부리는 사람 병원비를 아무리 의료 보험 덕 봐도 무시 못 한다. 두구 봐라. 가진(갖은) 검사를 다 시킬 테니. 생각해 봐. 감춘 보물찾기보다는 안 감춘 보물찾기가 더 골 빠지는 건 정한 이치고, 병원에서 왜 거저 골이 빠지니? 터무니없이 돈 들걸."

"그것쯤 누가 모르니? 그렇지만 이번 일은 정말 참을 수가 없었어."

"왜 무슨 일인데. 요것아 빨리 실토를 해 봐."

"글쎄 허구한 날 명치에 뭐가 있다고 그러면서, 이 사람 저 사람 아무나 보고 거길 주물러 달라는 거야. 노인네가 왜 그렇게 자기 살 만지는 걸 밭치는지 딴 건 다 참을 수 있어도 그것만은 정말 못 참겠더라.[17]"

"드디어 왔구나. 예외도 있나 싶더니."

"뭐가?"

"느네 노인네 말야. 외아들의 홀시어머니인데 그동안 어째

내신 준비!

⑰ ➔ 젊은 여자는 늙은 여자의 외로움을 이해하지 못하고 그저 '살을 만진다'는 행위로만 인식하고 있네.

수능 만점 선생님

너무 구순하다(서로 사귀거나 지내는 데 사이가 좋아 화목하다) 싶더니. 그게 바로 억압된 성적인 욕구 불만의 표현일 거야.⑱"

"성적인 욕구 불만? 그럼 성욕 비슷한 건가?"

"비슷한 말이 아니라 준말이지. 요새 애들이 그런 거 잘 하지. 왜 홍도야 우지 마라의 준말은 홍도야 뚝, 가방을 든 여자의 준말은 빽 든 년 하는 식으로 말야. 늙고 젊고 사람 하는 짓은 성욕으로 설명 안 되는 게 없거던."

"너니까 그렇지. 너는 애가 아무튼 불순해. 꼭 그 방면으로 뭔 일이던지 꽈다 붙이더라."

"얘, 뭔 일이던지 그 방면으로 꽈다 붙인 게 나래? 무식하게시리, 그건 프로이 트야."

"프로이트?"

"그래, 프로이트. 너도 대학교 때 들은 강의 그 정도는 기억하고 있다가 써먹 을 줄도 좀 알거라."

"억압된 성적인 욕구의 표현이라? 그러고 보니 나에게도 이것저것 짚이는 게 있어."

"프로이트 선생을 꽈다 붙이니까 금세 내 말에 권위가 붙는구나, 얼씨구."

"까불지 말아. 남은 속상해 죽겠는데."

"네 해석을 듣고 보니 얼마나 징그러우냐 말야."

"애는 성욕이 뭐가 징그럽니? 그야말로 인류 영원의 문젠데. 그 문제가 사라 지는 날은 인류가 멸종하는 날일 텐데."

"듣기 싫어. 노인네 안 모신다고 남 너무 약 올리지 마."

늙은 여자는 통화 중에 슬그머니 수화기를 놓았다. 손에서 힘이 빠져 더 이상 수화기를 감당할 수가 없었다.⑲ 늙은 여자는 프로이트를 못 알아들었지만 성욕 은 알아듣기 때문에 심한 모욕감을 느꼈다. 세상에 다 죽게 된 늙은이에게 무슨 누명을 못 씌워 그런 더러운 누명을 씌울 게 뭐란 말인가. 늙은 여자는 텅 빈 오장 이 와들와들 떨리게 분했다.

프로이트가 뭔지는 그게 외래어라는 것 밖에 알 수가 없었다. 늙은 여자는 젊

⑱ ➡ 젊은 여자들은 사람과 사람 사이의 정을 느끼고 싶어 하는 늙은 여자의 마음을 이 해하지 못하고 있어.

⑲ ➡ 늙은 여자는 모욕감과 외로움을 느끼고 있어.

집중!

수능 만점 선생님

은 여자들이 즐겨 쓰는 외래어를 거의 못 알아듣는 게 없었다. 악세사리^(액세서리)니 에티켓이니 노이로제니 프레미엄^(프리미엄)이니 덤핑이니 섹스니 하는 외래어의 뜻을 누가 가르쳐 주지 않았는데도 뜻을 정확하게 파악해서 알아들을 수 있을 뿐더러 써먹기도 했다. 그러나 프로이트만은 생각할수록 오리무중이었다. 설사 그 뜻을 짐작할 수 있다손 치더라도 성욕에서 받은 모욕감을 덜 수 있을 것 같지 않았다.

늙은 여자의 눈엔 눈물이 고였다.

아이들이 학교에서 돌아오는 소리가 났다. 아이들은 늙은 여자에게 친절했다. 안방에서 테레비를 보다가 쫓겨나면 저희들 방으로 가는 척하다가 할머니 방으로 숨어 들어와 이불 속으로 파고들어 테레비를 켜 달라고 조를 때도 있었다. 그럴 때 늙은 여자는 처음엔 안 된다고 하다가도 곧 아이들 하자는 대로 했다. 아이들의 엄마 아빠가 해롭다고 생각하는 건 늙은 여자도 아이들에게 해롭다고 생각했지만 아이들을 양 옆구리에 끼고 어리고 싱싱한 체온과 숨결에 접한다는 건 늙은 여자가 도저히 거역할 수 없는 기쁨이었다.

오늘따라 아이들은 할머니 방에 들어오지 않았다. 늙은 여자는 젊은 여자가 일부러 아이들을 안 들여보내는 것처럼 느꼈다.

젊은 여자가 아래 윗물이 지게 멀겋게 끓인 미음을 들고 들어와서 머리맡에 놓으며 말했다.

"구미가 안 당기시더라도 좀 마시세요."

늙은 여자는 대답하지 않았다. 젊은 여자는 대답을 기다리지 않고 나갔다. 늙은 여자는 미지근한 미음을 마셨다.

아이들이 아빠 아빠 하고 반기는 소리가 났다. 부엌에서 환풍기 돌아가는 소리가 시끄럽게 났다. 늘 듣던 소린데도 톱니바퀴가 뇌수에 파고드는 것처럼 그 소리는 여자를 괴롭혔다. 늙은 여자는 엎드려서 귀를 틀어막았다. 그 소리가 멎자 식당에서 밥 먹는 소리가 났다. 식구가 모두 늙은 여자를 약 올리기로 약속이나 한 듯이 즐겁게 웃고 소리 나게 씹으며 식사를 했다. 향긋한 김 냄새, 구뜰한 토장국 냄새도 끼쳐 왔다.^⑳ 아침에도 같은 냄새를 맡은 것으로 봐서 환각인지도 몰랐다.

집중!

⑳ → 자신이 없음에도 행복해 보이는 가족들의 모습은 늙은 여자에게 더 큰 외로움과 소외감을 안기지.

수능 만점 선생님

테레비 소리가 났다. 연속극에서 늙은 여자가 악 쓰는 소리가 났다. 늙은 여자의 방에도 테레비는 있었지만 보지 않았다. 연속극에 나오는 늙은이들은 젊은이한테 무조건 아첨하지 않으면 사사건건 대립했다. 늙은 여자는 그렇게 사는 늙은이가 마음에 안 들었다.

연속극 속의 식구들 소리 때문에 정작 식구들의 말소리는 들리지 않았다. 늙은 여자는 기다렸다. 식구들이 연속극에 정신이 팔린 사이 아들이 살금살금 발소리를 죽여 가며 문병 와 주길. 몇 번인가 문 밖에 숨죽인 아들의 발자욱 소리를 들었다. 그러나 실제로 문이 열리진 않았다. 늙은 여자는 안절부절 아들이 문병 들어와 주길 기다리다 지쳐서 다시 쓰러졌다. 배 속에서 쪼르륵 소리가 나면서 명치 속이 까진 살갗처럼 싱싱하게 쓰려 왔다. 그 여자는 반듯이 누워서 명치를 쓸어 봤다. 아무것도 만져지지 않았다. 아마 엑스레이는 더 정확하게 그 속에 아무것도 없다는 걸 증명해 줄 것이다. **그 속에 아무것도 없다는 게 마치 몰래 길들인 친구를 잃은 것처럼 허전했다. 그거야말로 늙은 여자의 마지막 친구였었거늘.**[가]

늙은 여자는 응어리를 되찾기 위해 미친 듯이 명치를 쓸고 주무르고 더듬었다. 그러면서 이게 성욕이라니 천부당만부당하다고(어림없이 사리에 맞지 아니하다고) 생각했다. 늙은 여자는 성욕이라는 말에 게울 것처럼 추잡한 느낌밖에 들지 않았다. 늙은 여자는 지금은 과부지만 쉰 살 가까이까지 부부 생활을 했고 불감증은 아니었지만 먼저 성욕을 느낀 일은 없었다. 남편이 죽자 궂은일에도 남편 생각 좋은 일에도 남편 생각 구비구비(굽이굽이) 남편 생각이었지만, 기쁨이나 슬픔을 같이 나눌 대상으로서 그리워했지 성욕의 대상으로 그리워해 본 적은 절대로 없었노라고 늙은 여자는 자신 있게 장담할 수 있었다.

그럴수록 전화로 들은 젊은 여자의 말은 괘씸하고 치가 떨렸다. 늙은 여자에게 성욕이란 음란과 같은 의미밖에 못 지녔다. 젊어서 서방질(자기 남편이 아닌 남자와 정을 통하는 일을 낮잡아 이르는 말)을 했다는 누명을 썼어도 이보다는 덜 분할 것 같았다.

연속극이 끝났다. 그리고 가수의 노래가 들렸다. 아이들이 따라 부르는 소리가 났다. 부부가 같이 웃는 소리가 났다. 다시 연속극 소리가 났다. 연속극이 끝났

[가] ➡ 늙은 여자가 느끼는 외로움이 얼마나 큰지 알 수 있어.

다. 테레비를 끄고 식구들이 웃고 떠드는 소리가 났다.

아들이 문병 오긴 틀린 일이라고 늙은 여자는 생각했다. 아들의 문병을 단념한 늙은 여자는 마침내 아들에게 악담을 하기 시작했다.

너도 자식 기르는 놈이 그러는 게 아냐, 너도 곧 당할 거다. 암 당하고말고. 더도 말고 덜도 말고 내가 너한테 당한 것만큼만 너도 네 자식에게 당하거라. 고려장 얘기가 옛말이 아니야. 늙은이를 산 채로 내다 버리고 온 지게를 자식이 훗날 자기를 내다 버리기 위해 거두어 두더란 옛말은 재미는 없었지만 기분 나쁘고 겁나는 얘기였다. 그래서 자식 보는 앞에서 더욱 부모에게 효도를 극진히 했었다. 고려장 이야기는 곧 그 시대의 늙은이들을 위한 사회 보장 제도 같은 거였다.

늙은 여자도 자식 보는 데서건 안 보는 데서건 부모에게 불효한 바 없었다. 그래도 자식 보는 앞에서 좀 더 효도를 극진히 했다면 그것은 자식이 훗날 본받게 하고자 함이었을 게다.

그러나 자식은 지금 그것을 본받고 있지 않다. 아마 훗날 그의 자식 역시 그를 본받지 않으리라는 걸 알고 있기 때문일 것이다. 어쩌면 아예 그런 것에 의지할 필요가 없는 새로운 삶의 모습이 생겨났는지도 모르고. 그렇다면 고려장을 건 저주가 무슨 소용일까. 늙은 여자는 그 유구하고도 진부한 사회 보장 제도가 자기 대에 와서 단절됐음을 느꼈다.㉒

그렇담 저 막심한 불효는 영영 갚아질 길이 없는 것일까. 늙은 여자는 아직도 아들의 불효에 대한 앙갚음을 단념 못한다.

어느 틈에 밖의 일가 단란의 소리가 멎고 늙은 여자의 방문이 소리 없이 열렸다. 기다리던 아들이 아니라 젊은 여자였다.

그때까지 늙은 여자의 손은 명치 속에서 응어리를 찾는 일에 열중하고 있었기 때문에 마치 자위를 하다가 들킨 것처럼 화들짝 놀랐다. 젊은 여자 역시 자위의 현장을 목격한 것처럼 고개 먼저 돌리고 야릇한 미소를 짓더니 말없이 나가 버렸다.

늙은 여자는 죄 지은 것 없이 가슴이 울렁대면서 낮에 들은 전화의 목소리를 생각했다. 성욕은 인류 영원의 문제라고 했겠다. 거북한 명치를 쓸어 줄 타인의 손을 그리워하는 것도 성욕이라고 했겠다. 그렇담 너희들도 늙어 죽는 날까지

㉒ ➔ 가족의 형태가 과거와는 완전히 달라졌음을 시사하고 있지.

집중!
수능 만점 선생님

성욕에서 놓여나지 못하겠구나. 고려장의 저주로부터는 놓여났어도 성욕의 저주로부터는 못 놓여나겠구나.[23]

늙은 여자를 그렇게 심하게 망신 주던 성욕이 도리어 늙은 여자를 구원한다. 늙은 여자는 고려장으로 못 푼 앙갚음의 꿈을 성욕을 통해 풀려 든다. 비로소 기분이 좀 나아진다.

늙은 여자는 웃으면서 일어나 앉아 거울을 본다. 거울 속의 여자는 울고 있었다. 엉엉 울고 있었다. 아무리 웃길려도 말을 듣지 않았다. 그래도 거울 속의 여자쯤은 자기 마음대로 될 수 있으려니 했는데 그게 아니었다.

늙은 여자는 과부 되고 외아들 기르면서 늙게 혼자 살게 될까 봐 그걸 항상 두려워하며 살았었다. 지금 늙은 여자는 혼자 살지 않는다.

그러나 늙은 여자는 지금 정말 불쌍한 건 혼자 사는 여자가 아니라 자기 뜻대로 아무것도 할 수 없는 여자임을 깨닫는다.[24]

집중!

수능 만점 선생님

정리해 볼까요(그룹 채팅)

● **작가에 대해서 알아볼까요?**

킬링 포인트

박완서 작가는 1931년 경기도 개풍군에서 태어났어. 1950년 서울대학교 국문과에 입학했지만, 입학 직후 6.25 전쟁이 발발하며 대학을 중퇴했지. 평범한 가정주부로 살아가던 박완서 작가는 1970년 『나목』이 〈여성동아〉 장편 소설 공모전에 당선되며 만 39세라는 나이에 등단하게 돼. 이후 박완서 작가는 섬세한 감각으로 현실을 바라본 많은 작품을 꾸준히 발표하다가 2011년에 세상을 떠났단다. 박완서 작가는 「황혼」 등에서 중년 여성의 삶과 이를 통해 바라본 현대 사회와 가족의 모습을 다뤘어. 시대의 아픔과 변화 속에서 살아가는 여성들의 삶을 깊이 있게 다루었지. 박완서 작가는 여성 문학의 새 시대를 엶과 동시에 우리나라 현대 문학사에 큰 발자취를 남겼단다.

읽음

이 작품에 등장하는 중년 여성의 심리 묘사를 통해 삶을 더 깊게 이해할 수 있었어요.

👍100점

● **작품에 대해서 정리해 보죠!**

킬링 포인트

작가 : 박완서
갈래 : 단편 소설
배경 : 시간적 – 1970년대 | 공간적 – 서울 강변 아파트
시점 : 전지적 작가 시점
주제 : 고부간의 갈등으로 말미암은 늙은 여성의 외로움과 소외감
출전 : 〈뿌리 깊은 나무〉(1979)

킬링 포인트

무조건
말아야 해!

이 소설은 아들 부부와 함께 사는 늙은 여자의 이야기를 통해 가족 사이의 정이 사라진 현대 사회의 모습을 사실적으로 그린 작품이야. 늙은 여자는 어느 날부터 가슴이 답답함을 느끼지. 그는 과거 시어머니가 병에 걸렸을 때 자신이 명치를 만져 드렸던 것을 떠올리고 며느리에게 명치를 만져 달라고 부탁해. 하지만 며느리는 기겁하지. 불쾌한 병원 치료를 마친 늙은 여자는 방에서 젊은 여자가 친구와 하는 전화 내용을 엿들어. 젊은 여자는 친구와 전화하며 늙은 여자가 명치를 만져 달라는 이유가 성욕 때문이라는 이야기를 나누지. 이를 듣게 된 늙은 여자는 모욕감에 눈물을 흘려. 그는 젊은이들 역시 언젠가 외로움을 느끼게 될 것이라고 저주하는 한편, 자신은 스스로 아무것도 할 수 없는 존재라는 허탈감에 빠지지.

읽음

아들에게도, 며느리에게도 이해받지 못하는 늙은 여자의 외로움이 절절하게 다가오네요.

👍100점

● **구조적 접근을 꼭 알아야 해요!** --------------------------------

킬링 포인트

발단: 늙은 여자는 노인네 취급을 받으며 삶

늙은 여자는 아들 내외와 함께 살아. 며느리는 늙은 여자를 노인네라고 부르며 골칫거리 취급을 하지. 게다가 아들 부부는 아이들이 태어나자, 늙은 여자를 할머니라고 부르기 시작해.

전개: 늙은 여자는 누군가 명치를 만져 주기를 바람

늙은 여자는 어느 날부터 명치가 답답함을 느껴. 늙은 여자는 누군가 명치를 만져 주면 나을 거라고 생각하지만 아무도 그러지 않지.

위기: 젊은 여자는 늙은 여자를 병원에 보냄

엑스레이를 찍으러 병원에 간 늙은 여자는 아무런 맛이 없는 약을 들이켜고, 이 때문에 불쾌감을 느껴. 하지만 젊은 여자는 이를 이해하지 못하지.

절정: 늙은 여자는 전화를 엿들으며 모욕감을 느낌

늙은 여자는 젊은 여자와 친구의 전화 통화를 엿들어. 젊은 여자는 늙은 여자가 명치를 만져 달라고 했던 얘기를 털어놓고, 친구는 성욕 때문일 것이라고 판단하지. 늙은 여자는 그 대화 내용을 듣고 심한 모욕감을 느껴.

결말: 늙은 여자는 자괴감과 깊은 허탈함을 느낌

늙은 여자는 외로움이란 감정은 인간이라면 누구나 느끼는 것이며, 자식들 역시 훗날 외로움 때문에 괴로워하리라 생각하고 위안을 느껴. 거울을 본 늙은 여자는 울고 있는 자신의 모습을 발견하지. 그러고는 아무것도 마음대로 할 수 없는 데서 오는 깊은 허탈함을 느껴.

OOPS!

읽음

늙은 여자는 결국 외로움 때문에 힘들어한 거군요! 누구도 이를 이해해 주지 못했다는 게 안타까웠어요.

👍100점

● **늙은 여자의 뇌 구조를 알아볼까요?** --------------------------------

시어머니와 나 사이엔 정이 있었는데……

내 명치를 만져 줄 사람은 없나.

아들도 손자들도 나를 찾지 않네.

나는 이 가족의 짐일 뿐이야……

성욕 때문이라니! 너무 모욕적이야!

수능 만점 강사

1 이 작품에 대한 설명으로 옳지 <u>않은</u> 것은?

① 1970년대 서울의 한 아파트를 배경으로 하고 있다.
② 전지적 작가가 인물의 심리를 직접적으로 드러내고 있다.
③ 인물과 인물 사이의 갈등이 해소되는 과정을 그리고 있다.
④ 전통적인 가족 개념이 해체되며 소외감을 느끼는 인물이 등장한다.
⑤ 젊은 세대에 대한 비판 의식이 드러난다.

2 다음 밑줄 친 부분과 가리키는 대상이 <u>다른</u> 것은?

"우리 집 <u>노인네</u> 솜씨야."

① "할머니 일어나시라고 해라."
② "<u>고부간에 무슨 유전입니까?</u>"
③ "사모님도 워낙 교양이 있으신 분이라 말씀은 안 하셔도 <u>노인네</u>가 속 좀 썩이죠?"
④ "<u>그분</u> 아직도 새파라시지?"
⑤ 그래도 <u>거울 속의 여자</u>쯤은 자기 마음대로 될 수 있으려니 했는데 그게 아니었다.

3 다음 글의 밑줄 친 부분에 대한 설명으로 옳은 것은?

<u>늙은 여자의 방</u>은 아파트의 방 중 바깥으로 창이 나지 않은 단 하나의 방이었기 때문에 밖이 얼마만큼 밝았나를 알 수 없었다. 문은 부엌으로 나 있었다.

① 고부간의 갈등이 해소되는 공간이다.
② 늙은 여자가 가족 간의 정을 느낄 수 있는 공간이다.
③ 늙은 여자에게 위로를 주는 편안한 공간이다.
④ 늙은 여자를 생각하는 아들의 마음이 담긴 공간이다.
⑤ 다른 이들과의 소통이 단절된 늙은 여자의 상황을 드러내는 공간이다.

4 이 작품을 드라마화하기 위해 주요 인물을 캐스팅할 때 활용할 자료를 만들었다. 작품 내용에 비추어 볼 때 옳지 <u>않은</u> 것은?

인물	인물의 성격	캐스팅 포인트
① 늙은 여자	가족들로 말미암아 소외감을 느끼고 쓸쓸해한다. 젊은 여자와 갈등을 겪는다.	'늙은 여자'라는 캐릭터를 강조하기 위해 외관이 70대 이상으로 보이는 배우를 캐스팅한다.
② 젊은 여자	똑똑하고 이지적이지만 매우 냉정하다. 늙은 여자를 골칫거리로 생각한다.	날카롭고 똑똑하지만 차가운 이미지를 살리려 한다. 도회적인 느낌이 드는 배우를 캐스팅한다.
③ 남편	아내의 눈치를 보느라 어머니를 신경 쓰지 않는다. 우유부단하다.	어수룩하고 우유부단한 이미지를 지닌 배우를 캐스팅한다.
④ 의사	사무적이고 차갑다.	똑똑해 보이고 인상이 날카로운 배우를 캐스팅한다.
⑤ 젊은 여자의 친구	아는 척하기 좋아하고 오지랖이 넓다.	목소리만 출연. 수다스러운 분위기를 잘 이끌어 나갈 수 있어야 한다.

5 이 작품에서는 등장인물인 시어머니와 며느리를 각각 '늙은 여자'와 '젊은 여자'로 호칭하고 있다. 이러한 표현이 가져다주는 효과를 서술하시오.

> '늙은 여자'와 '젊은 여자'라는 호칭은 두 사람의 관계가 가족이라는 틀로 묶을 수 없을 정도로 매우 단절적임을 시사한다. 또한 '늙은'과 '젊은'이라는 대조적인 표현을 통해 두 인물 사이의 심리적 거리감도 더욱 뚜렷해진다. 이는 가족이 해체되고 늙은 세대가 소외감을 느끼는 현대 사회의 모습을 강조하는 효과를 준다.

● **수능 만점 선생님의 감상 꿀팁**

> 이 작품은 중년 여성의 소외감을 통해 전통적인 가족의 개념이 해체되어 가는 현대 사회를 조명하고 있어. 늙은 여자의 심리에 주목하며 인간과 인간 사이의 '정'이 얼마나 중요한지, 정이 사라진 현대 사회의 모습이 얼마나 비인간적인지 생각해 보자.

미리 들여다보는 인물 X 파일

여기서
잠깐!

인내심이 강하고 호소력이 넘치는 영신은 참 매력적이군!

농촌 계몽 운동에 대한 의지와 열정이 넘치는 저 사람과 함께라면…….

사랑하는
사이

박동혁

채영신

수능 만점 선생님의 감상 꿀팁!

이 소설은 농촌 계몽의 의의와 더불어 지식 청년들의 삶과 고뇌를 다룬 작품이야. 당시 시대 상황을 이해하고, 작가의 계몽사상이 어떻게 녹아 있는지 살피며 감상해 보자.

상록수

#농촌 계몽 운동이 이어 준 끈끈한 사랑

〈앞부분 줄거리〉

박동혁과 채영신은 농촌 계몽 운동에 참여했다가 ○○일보사에서 주최한 보고회 석상에서 연설한 것이 계기가 되어 서로 사랑하는 사이가 된다.

동혁은 가정 형편이 어려워 학업을 중도에 포기하고, 고향 한곡리로 가 계몽 운동을 벌인다. 그곳에서 그는 청년들을 모아 농우회를 조직하고, 회관 건립과 마을 개량 사업을 추진한다. 하지만 지주의 아들 강기천과 당국의 방해로 어려움을 겪게 된다.

한편, 영신은 기독교 청년회 농촌 사업부의 특파원 자격으로 청석골에 내려온다. 그녀는 마을 예배당을 빌려 어린이 강습소를 운영한다.

글을 배우러 오는 아이들은 거의 날마다 늘었다. 양철 지붕에 송판으로 엉성하게 지은 조그만 예배당은 수리를 못 해서 벽이 떨어지고 비만 오면 천장이 새는데, 선머슴 아이들이 뛰고 구르고 하여서 마루청까지 서너 군데나 빠졌다. 그것을 볼 때마다 늙은 장로는,

"흥, 경비는 날 곳이 없는데 너희들이 예배당을 아주 헐어 내는구나. 강습이구 뭐구 인젠 넌덜머리가 난다."

하고 허옇게 센 머리를 내둘렀다. 더구나 새로 글을 깨친 아이들이 어느 틈에 분필과 연필로 예배당 안팎에다가 괴발개발 글씨도 쓰고 지저분하게 환도 친다^(마구 그림을 그린다). '신통이 개자식이라.', '갓난이는 오줌을 쌌다더라.' 하고 제 동무의 욕을 쓰기도 하고, 심지어 십자가를 새긴 강당 정면에다가 나쁜 그림까지 몰래

그려 놓기도 하여서 그런 낙서를 볼 때마다 장로와 전도사[1]는 상을 찌푸린다.

영신은 여간 미안하지가 않아서 하루도 몇 번씩 그런 짓을 하지 말라고 입이 닳도록 타일렀다. **그러나 속으로는 제가 피땀을 흘리며 가르친 아이들이 하나둘씩 글눈을 떠가는 것이 여간 대견하지 않았다.[2]** 비록 나쁜 그림을 그리고 욕을 쓸망정 그것이 여간 신통하지가 않아서,

"장로님, 저희두 따루 집을 짓구 나갈 테니, 올 가을꺼정만 참아 줍시오."

하고 몇 번이나 용서를 빌었다. 그러면 변덕스러운 장로는 대머리를 어루만지며,

"원 채 선생, 별말씀을 다 하는구려. 다 하나님의 뜻대루 되겠지요. 그게 좀 거룩한 사업이오."

하고 얼더듬는다. 그럴수록 영신은 사글세 집에 들어 있는 것만큼이나 **불안스러워서[3]** 하루바삐 집을 짓고 나가려고 아니해 보는 궁리가 없었다.

그러나 원체 가난한 동리인 데다가, 그나마 돈이 한창 마른 때라 기부금은 적어 놓은 액수의 십 분의 일도 걷히지를 않고, 친목계원들이 춘잠(春蠶, 봄누에)을 쳐서 한 장치에 열서너 말씩이나 땄건만, 고치금이 사뭇 떨어져서 예산한 금액까지 되려면 어림도 없다. 닭도 집집마다 개량식으로 쳤지만 모이를 사서 먹인 것과 레그혼 같은 서양 종자의 어미닭값을 따지고 보면 계란값과 비겨 떨어진다.

---

❶ ➜ 예배당 사용 문제로 영신과 갈등을 빚는 인물들이지.
❷ ➜ 이 작품이 전지적 작가 시점이라는 것을 알 수 있는 부분이야.
❸ ➜ 이러한 영신의 마음을 표현하는 데 적절한 사자성어는 '좌불안석(坐不安席)'이야.

아주 중요해!!

수능 만점 선생님

그러니 줄잡아도 오륙백 원이나 들여야 할 학원을 지을 엄두가 나지를 않았다. 영신이가 하도 집을 짓지 못해서 성화를 하니까 다른 회원들은,

"급히 먹는 밥이 체한다우. 우리 선생님두 성미가 퍽 급하셔."

하고 위로하듯 하기도 한두 번이 아니었다. 그럴수록 아이들이 한꺼번에 대여섯 명, 어떤 때는 여남은 명씩 부쩍부쩍 는다. 보통학교[4]가 시오 리 밖이나 되는 곳에 있고 간이 학교(簡易學校 일제 강점기에 학교에 취학하지 못한 한국인 아동에게 초등 교과 과정을 2년 동안에 마치도록 한, 보통학교 부설 속성 초등학교)라고 새로 생긴 것도 장터까지 가서야 있으니, 배움에 목마른 아이들은 등잔불로 날아드는 나비처럼 청석골로만 모여들 수밖에 없는 형세다.[5] 요새 들어온 아이들까지 합하면, 거의 백삼십여 명이나 된다.

그러나 장소가 좁다는 이유로 한 아이도 더 수용할 수 없다고 오는 아이를 쫓을 수는 없다. 영신은,

'아무나 오게. 아무나 오게.'

하는 찬송가 구절을 입속으로 부르며,

'오냐, 예배당이 터지도록 모여 오너라, 여름만 되면 나무 그늘도 좋고, 달밤이면 등불두 일없다.'

하고 들어오는 대로 받아서, 그곳 보통학교를 졸업한 젊은 사람들의 응원을 얻어 남자와 여자와 초급과 상급으로 반을 나누어 가르치기 시작했다. 영신을 숭배하고 일을 도와주는 순진한 청년이 서너 명이나 되지만 그중에도 주인집의 외아들인 원재는 영신의 말이라면 절대로 복종을 하는 심복이었다. 같은 집에 살기도 하지만 상급 학교에는 가지 못하는 처지라, 틈틈이 영신에게서 중등 학과를 배우는 진실한 청년이다.

가뜩이나 후락한 예배당 안은 콩나물을 기르는 것처럼 아이들로 빡빡하다. 선생이 비비고 드나들 틈이 없을 만큼 꼭꼭 찼다. 아랫반에서,

"'가' 자에 ㄱ 하면 '각' 하구."

"'나' 자에 ㄴ 하면 '난' 하구."

하면서 다리도 못 뻗고 들어앉은 아이들은 고개를 반짝 들고 칠판을 쳐다보면서 제비 주둥이 같은 입을 일제히 벌렸다 오므렸다 한다. 그러면 윗반에서는『농

ㄴ 4 ▶ 일제 강점기 때 교육 기관으로, 이 작품의 사회 · 문화적 상황을 드러내는 소재란다.

ㄴ 5 ▶ 교육 환경은 좋지 않지만, 배움에 대한 열망 때문에 아이들이 모여들고 있음을 알 수 있어.

주목!

수능 만점 선생님

민독본』을 펴 놓고,

　"잠자는 자 잠을 깨고

　눈먼 자 눈을 떠라.

　부지런히 일을 하여

　살길을 닦아 보세."

하며 목청이 찢어져라고 선생의 입내를 낸다. 그 소리를 가까이 들으면 귀가 따갑도록 시끄럽지만, 멀리 축동(築垌, 물을 막기 위해 크게 둑을 쌓음. 또는 그 둑) 밖에서 들을 때,

　'아아, 너희들이 인제야 눈을 떠 가는구나!'

하며 영신은 어깨춤이 저절로 났다.

　그러다가 어느 날 저녁때였다. 영신의 신변을 노상 주목하고 다니던 순사⑥가 나와서 다짜고짜,

　"주임이 당신을 보자는데, 내일 아침까지 주재소⑦로 출두를 하시오."

하고 한마디를 이르고는 말대답을 들을 사이도 없이 자전거를 되집어 타고 가 버렸다.

　'무슨 일로 호출을 할까?'

　'강습소 기부금은 오백 원까지 모집을 해도 좋다고 허가를 해 주지 않았는가?'

　영신은 일이 손에 잡히지 않았다. 웬만한 일 같으면 출장 나온 순사에게 통지만 해도 고만일 텐데, 일부러 몇십 리 밖에서 호출까지 하는 것은 무슨 까닭이 붙은 일인지 도무지 알 수가 없었다.

　영신이가 처음 내려오던 해부터 이 일 저 일에 줄곧 간섭을 받아 왔었지만, 강습소 일이나 부인 친목계며 그 밖에 하는 일을 잘 양해를 시켜 오던 터이라 더욱 의심이 나지 않을 수 없었다.

　별별 생각이 다 나서 영신은 그날 밤 잠을 잘 자지 못하고, 이튿날 새벽밥을 지어 달래서 먹고는 길을 떠났다. 이십 리는 평탄한 신작로지만 나머지는 가파른 고개를 넘느라고 발이 부르트고 속옷은 땀에 젖었다.

　…… 영신과 주재소 주임 사이에 주고받은 대화나 그 밖의 이야기는 기록하지 않는다. 그러나 호출한 요령만 따서 말하면,

　첫째는 예배당이 좁고 후락(朽落, 낡고 썩어서 못 쓰게 됨)해서 위험하니 아동을 팔십 명

---

⑥ ➡ 당시 일제가 한글 강습을 비롯한 농촌 계몽 운동을 탄압했다는 사실을 알 수 있어.

⑦ ➡ 시대적 배경을 나타내고, 영신의 내적 갈등을 불러일으키는 소재야.

수능 만점 선생님

이외에는 한 사람도 더 받지 말라는 것과, 둘째는 기부금을 내라고 돌아다니며 너무 강제 비슷이 청하면 법률에 저촉이 된다는 것을 단단히 주의시키는 것이었다. 영신은 여러 가지로 변명도 하고 오는 아이들을 아니 받을 수는 없다고 사정사정하였으나,

"상부의 명령이니까 말을 듣지 아니하면 강습소를 폐쇄시키겠다."

라고 을러메어서 (위협적인 언동으로 을러서 남을 억눌러서) 영신은 하는 수 없이 입술을 깨물고 주재소 문밖을 나왔다.

그는 아픈 다리를 간신히 끌고 돌아와서 저녁도 아니 먹고 그날 밤을 꼬박이 새우다시피 하였다.

'참자! 이보다 더한 것도 참아 왔는데, 이만 한 일이야 참지 못하랴.⑧

하면서도 좀 더 시원하게 들이대지를 못하고 온 것이 종시(終是, 끝내) 분하였다. 그러나 혈기를 참지 못하고 떠들었다가는 제한받은 수효의 아이들마저 가르치지 못하게 될 것을 생각하고 꿀꺽 참았던 것이다. 아무튼 어길 수 없는 명령이매, 내일부터 백사십여 명 중에서 팔십 명만 남기고 오십여 명을 쫓아내야 한다. 저의 손으로 쫓아내야만 한다.

"난 못 하겠다! 차라리 예배당 문에 못질을 하는 한이 있드래도 내 손으로 차마 그 노릇은 못 하겠다!"

하고 영신은 부르짖으며 방바닥에 가 쓰러져 버렸다. 한참 동안이나 엎치락뒤치락하며 홀로 고민을 하였다.

그는 불을 끄고 이불을 뒤집어쓰고 누웠다. 그러나 이제까지 갖은 고생과 온갖 곤욕을 당해 가면서 공들여 쌓은 탑을, 그 밑동부터 제 손으로 허물어트릴 수는 없다. 청석골 와서 몇 가지 시작한 사업 중에 가장 의미 깊고 성적이 좋은 한글 강습을 중도에서 손을 뗄 수는 도저히 없다.

'어떡하면 나머지 오십 명을 돌려보낼꼬?'

'이제까지 두말없이 가르쳐 오다가 별안간 무슨 핑계로 가르칠 수가 없다고 한단 말인가?'

거짓말을 하기는 죽어라고 싫건만 무어라고 꾸며 대지 않을 수도 없는 사세다. 아무리 곰곰 생각해 보아도 묘책이 나서지를 않아서 그는 하룻밤을 하얗게

---

⑧ ➜ 영신이 그동안 많은 방해와 어려움을 겪으며 아이들을 가르쳐 왔다는 걸 짐작할 수 있지.

수능에 나올 수도 있어!

수능 만점 선생님

밝혔다.❾

창밖에 새벽별이 차차 빛을 잃어 갈 때, 영신은 소세(梳洗, 머리를 빗고 낯을 씻음)를 하고 나와서 예배당으로 올라갔다. 땅 위의 모든 것이 아직도 단꿈에서 깨지 않아 천지는 함께 괴괴하다(쓸쓸한 느낌이 들 정도로 아주 고요하다).

영신은 이슬이 축축이 내린 예배당 층계에 엎드려 경건한 마음으로 기도를 올렸다.

'주여, 당신의 뜻으로 이곳에 모여든 귀엽고 사랑스러운 어린 양들이 오늘은 그 삼 분의 일이나 목자를 잃게 되었습니다. 다시 어둠 속에서 헤매일 수밖에 없이 되었습니다!

주여, 그 가엾은 무리가 낙심하지 말게 하여 주시고 하나도 버리지 마시고 다시금 새로운 광명을 받을 기회를 내려 주시옵소서! 하루바삐 내려 주시옵소서!

오오 주여, 저의 가슴은 지금 미어질 듯합니다.'

영신은 햇발이 등 뒤를 비추며 떠오를 때까지 그대로 엎드린 채 소리 없이 흐느껴 울었다.

월사금 육십 전을 못 내고 몇 달씩 밀려 오다가 보통학교에서 쫓겨난 아이들이, 그날도 두 명이나 식전에 책보를 들고 그 학교의 모자표를 붙인 채 왔다.

"얘들아, 참 정말 안됐지만 인전 앉을 데가 없어서 받을 수가 없으니 가을버텀 오너라. 얼마 있으면 새집을 커다랗게 지을 텐데 그때 꼭 불러 주마, 응."

하고 영신은 그 아이들의 이름을 적고는 등을 어루만져 주며 간신히 돌려보냈다. 그러고는 다른 아이들이 오기 전에 예배당으로 들어갔다.

잠 한숨 자지를 못해서 머리가 무겁고 눈이 빡빡한데, 교실 한복판에 가서 한참 동안이나 실신한 사람처럼 우두커니 섰자니, 어찔어찔하고 현기증이 나서 이마를 짚고 있다가 다리를 허청 떼어 놓으며 칠판 앞으로 갔다.

그는 분필을 집어 가지고 교단 앞에서 삼분의 일 가량 되는 데까지 와서는 동편 쪽 끝에서부터 서편 쪽 창 밑까지 한 일 자로 금을 주욱 그었다. 그리고 아이들이 오는 것을 기다렸다가 예배당 문을 반쪽만 열었다. 아이들은 여느 때와 조금도 다름이 없이 재깔거리며 앞을 다투어 우르르 몰려 들어온다.

영신은 잠자코 맨 먼저 온 아이부터 하나씩 둘씩 차례차례로 분필로 그어 놓

수능에 나올
수도 있어!

수능 만점 선생님

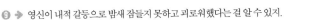
❾ ➡ 영신이 내적 갈등으로 밤새 잠들지 못하고 괴로워했다는 걸 알 수 있지.

은 금 안으로 앉혔다.⑩ 어느덧 금 안에는 제한받은 팔십 명이 찼다.

"나중에 온 아이들은 이 금 밖으로 나가 앉아요. 떠들지들 말구."

선생의 명령에 늦게 온 아이들은 영문도 모르고,

'오늘은 왜 이럴까.'

하는 표정으로 선생의 눈치를 할끔할끔 보며 금 밖에 가서 쪼그리고 앉는다.

아이들에게 제비를 뽑힐 수도 없고 하급생이라고 마구 몰아내는 것도 공평치가 못할 듯해서, 영신은 생각다 못해 나중에 오는 아이들을 돌려보내려는 것이다. 나중에 왔다고 해도 시간으로 보면 불과 십 분 내외의 차이밖에 나지 않지만, 그렇게 하는 도리 이외에 아무 상책이 없었던 것이다.

영신은 아이들을 다 들여앉힌 뒤에 원재와 다른 청년들에게 그제야 그 사정을 귀띔해 주었다. 그런 소문이 미리 나면 일이 더 복잡해질 것을 염려하였기 때문이었다.⑪

그 말을 듣는 청년들의 얼굴빛은 금세 흙빛으로 변하였다.

"암말두 말구 나 하라는 대루만 장내를 잘 정돈해 줘요. 자세한 얘긴 이따가 할게……."

청년들은 영신을 절대로 신임하는 터이라 입술을 지그시 깨물고 침통한 표정

⑩ ➡ 영신은 주재소 주임의 명령에 따라 어쩔 수 없이 강습소 인원을 줄이고 있어. 이는 강습소 폐쇄를 막기 위한 행동이기도 하지.

⑪ ➡ 함부로 행동하지 않는 영신의 침착한 성격을 보여 주는 부분이야.

아주 중요해!

수능 만점 선생님

을 지을 뿐이다.

영신은 찬찬히 교단 위에 올라섰다. 그 얼굴빛은 현기증이 나서 금방 쓰러지려는 사람처럼 해쓱해졌다. 아이들은,

'선생님이 무슨 말을 하시려구 저러나.'

하고 저희들 끼리도 보통 때와는 그 기색이 다른 것을 살피고는 기침 하나 아니하고 영신을 쳐다본다.

영신은 입술만 떨며 얼른 말을 꺼내지 못하고 섰다.[12] 사제 간의 정을 한칼로 베어 내는 것 같은 마룻바닥에 그어 놓은 금을 내려다보고, 그 금 밖에 오십여 명 아동이 옹기종기 모여 앉아서 무슨 무서운 선고나 내리기를 기다리는 듯한 그 천진한 얼굴들을 바라볼 때, 영신은 눈두덩이 뜨끈해지며 목이 막혀서 말을 꺼낼 수가 없다. 한참 만에야 그는 용기를 내었다. 그러다가 풀이 죽은 목소리로,

"여러 학생들 조용히 들어요. 오늘은 선생님이 차마 하기 어려운 섭섭한 말을 할 텐데……."

하고 나서 다시 주저하다가,

"저…… 금 밖에 앉은 아이들은 오늘버텀 공부를…… 시킬 수가…… 없게 됐어요!"

하였다. 청천의 벽력은 무심한 어린이들의 머리 위에 떨어졌다. 깜박깜박하고 선생을 쳐다보던 수없는 눈들은 모두가 꽈리처럼 똥그래졌다.

"왜요? 선생님, 왜 글을 안 가르쳐 주신대유?"

그중에 머리가 좀 굵은 아이가 발딱 일어나며 질문을 한다.

영신은 순순히 타이르듯이 '집이 좁아서 팔십 명밖에는 더 가르칠 수가 없게 되었다는 것과, 올 가을에 새집을 지으면 꼭 잊어버리지 않고 한 사람도 빼어 놓지 않고 불러 주마.'고 빌다시피 하였다.

"그럼 입때꺼정은 이 좁은 데서 어떻게 가르쳐 주셨에유?"

이번엔 제법 목소리가 패인 남학생의 질문이 들어왔다. 영신은 화살이나 맞은 듯이 가슴 한복판이 뜨끔하였다. 그 말대답을 못 하고 머리가 핑 내둘려서 이마를 짚고 섰는데 금 밖에 앉았던 아이들은 하나둘 앉은 채 엉금엉금 기어서, 혹은 살금살금 뭉치면서 금 안으로 밀려 들어오다가,

⑫ 공부를 시킬 수 없는 아이들에 대한 절절한 미안함과 애정이 드러나 있어.

주목!

수능 만점 선생님

"선생님! 선생님!"

하고 연거푸 부르더니 와르르 교단 위까지 뛰어오른다.

영신은 오십여 명이나 되는 아이들에게 에워싸였다.

"선생님!"

"선생님!"

"전 벌써 왔어요."

"뒷간에 갔다가 쪼끔 늦게 왔는데요."

"선생님, 난 막동이보다두 먼첨 온 걸 저 차순이두 봤어요."

"선생님, 낼버텀 일찍 오께요. 선생님보다두 일찍 오께요."

"선생님, 저 좀 보세요, 절 좀 보세요! 인전 아침두 안 먹구 오께 가라구 그러지 마세요. 네? 네?"

아이들은 엎드러지며 고꾸라지며 앞을 다투어 교단 위로 올라와서, 등을 밀려 넘어지는 아이에, 발등을 밟히고 우는 아이에, 가뜩이나 머리가 휑한 영신은 정신이 아찔아찔해서 강도상 모서리를 잡고 간신히 서 있다. 제 몸뚱이로 버티고 선 것이 아니라 아이들에게 포위를 당해서 쓰러지려는 몸이 억지로 떠받들려 있는 것이다.

"선생님!"

"선생님!"

아이들의 안타까운 부르짖음은 귀가 따갑도록 그치지 않는다. 그래도 영신은 눈을 내리감고 아랫입술을 지그시 깨물 뿐…….

"내려들 가!"

"어서 내려들 가거라!"

"말 안 들으면 모두 내쫓을 테다."

하면서 영신을 도와주는 청년들이 아이들을 끌어내리고 교편을 들고 을러메건만 그래도 아이들은 울며불며 영신의 몸에 가 찰거머리처럼 달라붙어서 죽기 기 쓰고 떨어지지를 않는다.[13]

영신의 저고리는 수세미가 되고 치마 주름까지 주르르 뜯어졌다. 어떤 계집애는 다리에다가 깍지를 끼고 엎드려서 꼼짝을 못하게 한다.

---

⑬ ➡ 배움에 대한 아이들의 집념과 열정이 잘 드러난 부분이야.

영신은 뜯어진 치마폭을 휩싸 쥐고 그제야,

"놔라, 놔! 얘들아, 저리들 좀 가 있어. 원, 숨이 막혀서 죽겠구나!"

하고 몸을 뒤틀며 손과 팔에 매달린 아이들을 가만히 뿌리쳤다. 아이들은 한 번 떨어졌다가도 혹시나 제가 빠질까 하고 다시 극성스레 달라붙는다.

이 광경을 본 교회의 직원들이 들어와서 강제로 금 밖에 앉았던 아이들을 예배당 밖으로 내몰았다.

사내아이, 계집아이 할 것 없이 어머니의 젖을 억지로 떨어진 것처럼 눈이 빨개지도록 홀짝홀짝 울면서 또는 흑흑 흐느끼면서[14] 쫓겨 나갔다.

장로는 대머리를 번득이며 쫓아 나가서, 예배당 바깥문을 걸고 빗장까지 질렀다. 아이들이 소동을 해서 시끄러워 골치도 아프거니와, 경찰의 명령을 듣지 않다가는 교회의 책임자인 자기의 발등에 불똥이 튈까 보아 적잖이 겁이 났던 것이다.

아이들의 등 뒤에서 이 정경을 바라보던 영신은 깨물었던 눈물이 주르르 흘러내렸다. 영신은 그 눈물을 아이들에게 보이지 않으려고, 소매로 얼굴을 가리며 돌아섰다. 한참이나 진정을 하고 나서는 저희들 깐에도 동무들을 내쫓고 공부를 하게 된 것이 미안쩍은 듯이 머리를 떨어뜨리고 앉은 나머지 여든 명을 정돈시켜 놓고 차마 내키지 않는 걸음걸이로 칠판 앞으로 갔다.

그는 새로운 과정을 가르칠 경황이 없어서,

"오늘은 우리 복습이나 하지."

하고 교과서로 쓰는 『농민독본[15]』을 펴 들었다. 아이들은 글자 모으는 법을 배운 것을 독본에 있는 대로,

"누구든지 학교로 오너라."

"배우고야 무슨 일이든지 한다."

하고 풀이 죽은 목소리로 외기를 시작한다.

영신은 그 생기 없는 아이들의 목소리가 듣기 싫은데, 든 사람은 몰라도 난 사람은 안다고, 이가 빠진 듯이 띄엄띄엄 벌려 앉은 교실 한 귀퉁이가 훤한 것을 보지 않으려고 유리창 밖으로 눈을 돌렸다.

⑭ ➡ 의성어를 적절히 활용해서 안타까운 현장 분위기를 효과적으로 살리고 있어.

⑮ ➡ 윤봉길 의사가 집필한 농촌 계몽서야. 야학에서 농민과 청소년에게 한글을 가르치는 데 사용했단다.

내신 준비!!

수능 만점 선생님

창밖을 내다보던 영신은 다시금 콧마루가 시큰해졌다. 예배당을 에두른 야트막한 담에는 쫓겨 나간 아이들이 머리만 내밀고 쭉 매달려서 담 안을 넘겨다보고 있지 않은가. 고목이 된 뽕나무 가지에 닥지닥지 열린 것은 틀림없는 사람의 열매다. 그중에도 키가 작은 계집애들은 나무에도 기어오르지를 못하고 땅바닥에 가 주저앉아서 훌쩍거리고 울기만 한다.

영신은 창문을 말끔 열어젖혔다. 그리고 청년들과 함께 칠판을 떼어 담 밖에서도 볼 수 있는 창 앞턱에다가 버티어 놓고 아래와 같이 커다랗게 썼다.⑯

"누구든지 학교로 오너라."

"배우고야 무슨 일이든지 한다."

나무에 오르고 담장에 매달린 아이들은 일제히 입을 열어 목구멍이 찢어져라고 그 독본의 구절을 바라다보고 읽는다. 바락바락 지르는 그 소리는 글을 외는 것이 아니라 어찌 들으면 누구에게 발악을 하는 것 같다.

〈뒷부분 줄거리〉

온갖 어려움 끝에 영신은 모금한 100여 원으로 청석학원을 짓는다. 하지만 낙성식(落成式, 건축물의 완공을 축하하는 의식) 날, 그녀는 과로와 맹장염으로 그만 쓰러지고 만다. 동혁이 영신을 문병 와 있는 동안 강기천은 농우회원들을 매수해 진흥회로 명칭을 바꾸고 회장이 된다. 이에 화가 난 동혁의 동생이 회관에 불을 지르고 도망가자, 동혁이 대신 수감된다. 영신은 동혁을 면회하며 계몽 운동에 전념하기로 약속한다.

영신은 일본으로 건너가 공부하던 중 병이 심해지고, 청석골로 돌아온 후 얼마 되지 않아 세상을 떠난다. 동혁은 영신을 장사 지내고 돌아오는 길에 상록수를 바라보며 농촌을 위해 평생 몸 바칠 것을 다짐한다.

⑯ ▶ 한글 강습에 대한 영신의 헌신적 의지와 아이들에 대한 애정이 나타나 있어.

수능 만점 선생님

정리해 볼까요(그룹 채팅)

● 작가에 대해서 알아볼까요?

킬링 포인트

심훈 작가는 1901년 경기도 시흥에서 태어났어. 1930년에 시 「그날이 오면」을 발표했고, 1935년에는 장편 소설 「상록수」가 〈동아일보〉 창간 15주년 기념 특별 공모에 당선되어 연재되기도 했지. 심훈 작가는 영화에도 관심이 많았어. 그래서 우리나라 최초의 영화 소설인 「탈춤」을 썼고, 〈먼동이 틀 때〉라는 영화의 원작 집필 및 감독을 맡기도 했단다.
심훈 작가의 작품에는 부조리한 식민지 시대에 대한 비판 정신과 귀농 의지가 잘 나타나 있어. 대표작인 「상록수」에서는 젊은이들의 희생적인 농촌 사업을 통해 강한 휴머니즘과 저항 의식을 보여 주고 있지. 그는 계몽주의에서 나아가 사실주의에 입각해 농민 문학의 장을 연 본격적인 작가로 평가받고 있단다.

읽음

오, 영화감독도 하고 다방면에 재능이 많았던 작가네요. 본격적인 농민 문학의 선구자라고도 할 수 있겠어요!

👍 100점

● 작품에 대해서 정리해 보죠!

킬링 포인트

작가 : 심훈
갈래 : 장편 소설, 농촌 소설, 계몽 소설
배경 : 시간적 – 1930년대 일제 강점기 | 공간적 – 농촌(청석골)
시점 : 전지적 작가 시점
주제 : 농촌 계몽을 하는 지식 청년들의 의지와 순결한 애정
출전 : 〈동아일보〉(1935)

킬링 포인트

무조건
알아야 해!

「상록수」는 일제 강점기 농촌을 배경으로 나라를 되살리려는 지식인 청년들의 민족의식과 고뇌를 다룬 소설이란다. 이광수의 「흙」과 더불어 농촌 계몽 소설이라 할 수 있지. 이 작품의 주인공은 지식이나 관념보다는 참여와 행동으로 문제를 해결하기 위해 혼신의 노력을 기울이는 모습을 보여 주고 있어. 농촌 계몽 운동에 열성적인 채영신과 박동혁은 한 신문사에서 주최한 보고회 석상에서 연설한 것을 계기로 사랑하는 사이가 되지. 이들의 이야기는 전지적 작가 시점으로 진행된단다. 이는 작가의 계몽사상을 더욱 분명히 전달하려는 의도로 볼 수 있어. 또한 신문 연재소설이었던 만큼 철저히 대중성을 고려한 까닭으로도 볼 수 있지.

읽음

맞아요. 일제의 민족 말살 정책으로 농촌 계몽 운동에 어려움을 겪은 지식인들의 고민과 의지가 엿보이는 작품이었어요.

 👍 100점

킬링 포인트

발단: 동혁과 영신은 농촌 계몽 운동에 참여함
동혁과 영신은 농촌 계몽 운동에 참여했다가 만나게 돼. 이후 두 사람은 서로 사랑하는 사이로 발전한단다.

전개: 동혁과 영신의 봉사 활동과 일제의 방해
농촌 계몽 활동을 위해 두 사람은 헤어져. 동혁을 시기한 강기천은 음모를 꾸미지. 영신은 부녀회를 조직하고, 아이들을 위한 학습당을 운영해. 이후 영신은 학습장을 짓기 위해 기부금을 모으려 하지만 난관에 부딪히지.

위기: 동혁과 영신은 위기에 처함
영신은 주재소로 불려 가 기부금 모집을 중단하라는 명령을 듣게 돼. 수많은 노력 끝에 영신이 만든 청석학원이 낙성식을 하지만, 그녀는 과로와 맹장염으로 쓰러진단다. 한편, 강기천은 동혁이 없는 틈을 타 농우회 회장이 되어 농우회관을 진흥회관으로 바꾸어 버리지.

절정: 영신의 헌신적 노력과 죽음
동혁의 동생이 진흥회관에 불을 지르고, 동혁은 감옥에 갇히게 돼. 일본 유학을 떠난 영신은 건강 문제로 다시 청석골에 돌아와 학생들을 가르친단다. 하지만 결국 숨을 거두게 돼.

결말: 동혁은 농촌 계몽을 위해 헌신하기로 다짐함
영신의 장례를 지내고 오는 길에 동혁은 상록수를 바라보며 농촌을 위해 헌신할 것을 다짐하지.

OOPS!
읽음

동혁과 영신의 순결한 사랑과 헌신적인 의지가 인상적인 작품이었어요!

👍 100점

● 영신의 뇌 구조를 알아볼까요?

꼭 참고 계몽 운동에 헌신해야지.

청석골에도 좋은 날이 올 거야.

아이들을 쫓아낼 순 없지!

우리 민족을 위해 더 노력해야지.

동혁 씨를 생각하며 힘을 내자.

수능 만점 강사

1 이 작품에 나타난 영신의 심리로 가장 옳은 것은?

① 예배당을 찾아오는 아이들을 부담스럽게 생각하고 있다.
② 기부금이 생각처럼 모이지 않아서 자포자기하고 있다.
③ 장로와 전도사에게 미안한 마음을 품고 있다.
④ 도와주지 않는 주변 사람들에게 실망하고 있다.
⑤ 아이들에 대한 믿음이 점점 약해지고 있다.

2 다음은 이 작품의 시대적 배경과 관련해 토론한 내용이다. <u>적절한</u> 의견끼리 묶인 것은?

> ㄱ. '보통학교'는 일제 강점기에 초등 교육을 실시한 학교로, 이 소설의 사회·문화적 상황을
>   드러내는 소재야.
> ㄴ. 일제 강점기지만 아직 문화적 탄압은 그리 심하지 않았네. 그래서 한글 강습 등을 곳곳에
>   서 할 수 있었어.
> ㄷ. 농촌 계몽 운동이 일어났지만, 일제라는 벽 앞에서 많은 지식인이 좌절했겠지.
> ㄹ. 민족성 회복을 꿈꾸는 젊은이들이 있었지만, 강습소에 활발하게 기부금을 낼 만한 상황
>   은 아니었을 거야.

① ㄱ, ㄷ   ② ㄱ, ㄹ   ③ ㄴ, ㄷ
④ ㄴ, ㄹ   ⑤ ㄷ, ㄹ

3 다음 글에 나타난 시점과 <u>같은</u> 방식이 사용된 것은?

> 아이들에게 제비를 뽑힐 수도 없고 하급생이라고 마구 몰아내는 것도 공평치가 못할 듯해서,
> 영신은 생각다 못해 나중에 오는 아이들을 돌려보내려는 것이다. 나중에 왔다고 해도 시간으
> 로 보면 불과 십 분 내외의 차이밖에 나지 않지만, 그렇게 하는 도리 이외에 아무 상책이 없었
> 던 것이다.

① 응오는 응고개 논의 벼를 여태 베지 않았다. 물론 응오가 베어야 할 것이다. 누가 듣
   던지 그 형 응칠이를 먼저 의심하리라.
② 그는 잔디길로만 돌았다. 넓적다리가 벌쭉이는 찢어진 고의 자락을 아끼며 조심조
   심 사려 딛는다.
③ 그는 눈도 하나 깜짝하지 않는다. 금을 캔다고 콩밭 하나를 다 잡쳤다. 약이 올라서
   죽을 둥 살 둥, 눈이 뒤집힌 이판이다.
④ 영식이가 구뎅이 안으로 들어왔을 때 동무는 땅에 주저앉아 쉬고 있었다. 태연 무심
   히 담배만 뻑뻑 피우는 것이다.
⑤ 왠지 갑자기 외로움이 가슴 안으로 몰려왔다. 인민군 청년이 잠깐 동안 남기고 간 사
   람의 정이 몽실을 외롭게 한 것이다.

4 다음은 이 작품의 한 부분이다. 주재소 주임이 이와 같이 말한 의도는 무엇인가?

> 예배당이 좁고 후락해서 위험하니 아동을 팔십 명 이외에는 한 사람도 더 받지 말라는 것
> 과, 둘째는 기부금을 내라고 돌아다니며 너무 강제 비슷이 청하면 법률에 저촉이 된다는
> 것을 단단히 주의시키는 것이었다.

① 아이들에게 글을 가르치기보다는 군사력을 기르는 훈련을 시켜야 한다.
② 법을 지키면서 아이들을 가르치면 강습을 허용하겠다.
③ 국어보다 일본어를 우선적으로 가르쳐야 한다.
④ 저항 의식이 확대되면 곤란하니 한글 강습 인원을 제한해야 한다.
⑤ 창씨개명을 통해 일본 문화를 먼저 정착시켜야 한다.

5 다음은 농촌 소설에 대해 정리한 내용이다. ①, ②에 들어갈 말을 적으시오.

분류	주인공	특징	작품
① 계몽적 농촌 소설	지식인	② 지식인이 계몽 운동을 함	이광수의 「흙」, 심훈의 「상록수」
전원적 농촌 소설	농민	전원적인 농촌의 모습을 보여 줌	이무영의 「제일과 제일장」
김유정의 농촌 소설	농민	농촌의 현실을 해학적으로 묘사함	「봄·봄」, 「동백꽃」
사실적 농촌 소설	농민, 노동자	사회주의 사상이 엿보임	이기영의 「고향」, 김정한의 「사하촌」

● **수능 만점 선생님의 감상 꿀팁** --------------------------------

> 이 소설은 농민 계몽 운동을 희생적으로 실천하는 주인공들
> 의 활동을 통해 민족의 비극적 현실을 적극적으로 극복하고
> 자 하는 태도를 보여 주는 작품이야. 박동혁과 채영신이라
> 는 두 주인공의 순결한 애정과 헌신적 의지를 다루
> 고 있다는 점, 전지적 작가 시점을 통해 작가의 계몽
> 사상을 더욱 분명히 전달하고 있다는 점에 주목하자.

미리 들여다보는 인물 X 파일

여기서 잠깐!

돈 때문에 이렇게 망신을 주다니……. 난 경제적 파산자지만, 넌 정신적 파산자야!

누가 뭐래도 돈이 최고지. 거리로 나앉을 주제에 체면이나 따지고 있다니!

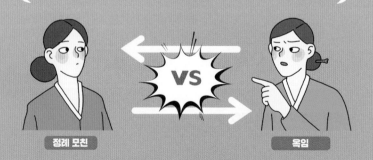

정례 모친 **VS** 옥임

수능 만점 선생님의 감상 꿀팁!

이 소설은 광복 직후 정신적 가치와 물질적 가치의 몰락을 두 유형의 인물, 즉 옥임과 정례 모친을 통해 드러내고 있어. 치밀한 객관적 묘사로 그려진 인물의 성격과 심리 변화에 주목하며 감상해 보자.

두 파산

#살림 파산자와 성격 파산자가 만나다

1

"어머니, 교장이 또 오는군요."

학교가 파한 뒤라 갑자기 조용해진 상점 앞길을, 열어 놓은 유리창 밖으로 내다보고 등상(藤床, 등나무 줄기로 만든 걸상)에 앉았던 정례가 눈살을 찌푸리며 돌아다본다. 그렇지 않아도 돈 걱정에 팔려서 테이블 앞에 멀거니 앉았던 **정례 모친도 저절로 양미간이 짜붓하여졌다.❶** 점방 안에서 학교를 파해 가는 길에 공짜 만화를 보느라고 아이들이 저편 구석 진열대에 옹기종기 몰려섰다가, 교장이라는 말에 귀번쩍하였는지 조그만 얼굴들을 쳐든다. 그러나 모시 두루마기 자락을 펄럭이며 우둥퉁한 중늙은이가 단장을 짚고 쑥 들어오는 것을 보고, 학생들이 저희끼리 눈짓을 하고 킥킥 웃어 버린다. 저희 학교 교장이 나온다는 줄 알았던 모양이다.

"어째 이렇게 쓸쓸하우?"

영감은 언제나 오면 하는 버릇으로 상점 안을 휘휘 둘러보며 말을 건다.

"어서 오십쇼. 아침 한때와 점심 한나절이 한창 붐비죠. 지금쯤이야 다 파해 가지 않았어요."

안주인은 일어나지도 않고 앉은 채 무관히(무관심하게) 대꾸를 하였다. **교장❷**은 정례가 앉았던 등상을 내어 주니까 대신 걸터앉으며,

"딴은 그렇겠군요. 그래도 팔리는 거는 여전하겠죠?"

하고, 눈이 저절로 테이블 위의 손금고로 갔다. 이 역시 올 때마다 늘 캐어묻는 말이지마는, 또 무슨 딴 까닭이 있어 붙이는 수작 같아서 정례 어머니는,

"그야 다소 들쭉날쭉야 있죠마는, 원 요새 같아서는……."

---

❶ → 정례 모친은 교장과 불편한 돈 거래가 있었음을 짐작할 수 있어.

❷ → 광복 후에 변한 지식인이야. 자신의 이익과 돈 때문에 정신적으로 파산해 가는 고리대금업자란다.

수능 만점 선생님

하고, 시들하게 대답을 하여 준다.

"어쨌든 좌처(坐處, 여장을 풀거나 가게를 벌일 자리)가 좋으니까…… 하루에 두어 번쯤 바쁘고 편히 앉아서 네다섯 식구가 뜯어구구 살면야 아낙네 소일루 그만 장사가 어디 있을까마는, 그래 그리구두 빚에 쫄리다니 알 수 없는 일이로군……."

왜 그런지 이 영감이 싫고, 멸시하는 정례는 '누가 해 달라는 걱정인감!' 하는 생각에 입이 삐죽하여졌다.

"날마다 쏠쏠히 나가기야 하지만, 원체 물건이 자(細)니까 남는 게 변변해야죠?"

여주인은 또 마지못해 늘 하는 수작을 뇌었다. 그러나 오늘은 이 영감이 더 유난히 물건 쌓인 것이며, 진열장에 늘어 놓은 것을 눈여겨보는 것이었다. 정례 모녀는 그 뜻을 짐작하겠느니만큼 더욱 불쾌하였다.

여기는 여자 중학교와 국민학교가 길 건너로 마주 붙은 네거리에서 조금 외진 골목 안이기는 하나, 두 학교를 상대로 하고 벌인 학용품 상점으로는 그야말로 좌처가 좋은 셈이다. 원래는 선술집이었다던가 하는 방 한 칸 달린 이 점방을 작년 봄에 팔천 원 월세로 얻어 가지고, 이것을 벌이고 앉을 제 국민학교 앞에는 벌써 매점이 있어서 어떨까도 하였으나, 여학교만은 시작하기 전부터 아는 선생을 세워 놓고, 선전도 하고 특약하다시피 하였던 관계인지 이때껏 재미를 보는 편이지, 이 장삿속으로만은 꿀리는 셈속은 아니다.

"이번에 두 달 셈을 한꺼번에 드리겠더니 또 역시 꿀립니다그려. 우선 밀린 거 한 달치만 받아 가시죠"

정례 어머니는 테이블 위에 놓인 손금고를 땡그렁 열고서 백 원짜리를 척척 센다.

"이번에는 본전까지 될 줄 알았는데 이자나마 또 밀리니…… 장사는 깔쭉없이(깔축없이. 조금도 축나거나 버릴 것이 없이) 잘되는데 그 원, 어째 그렇단 말씀유?"

하며, 영감은 혀를 찬다. 저편에서 만화를 보며 소근거리던 아이들은 교장이라던 이 늙은이가 본전이니 변리(邊利, 남에게 돈을 빌려 쓴 대가로 치르는 일정한 비율의 돈)니 하는 소리에 눈들이 휘둥그레 건너다본다.

"칠천오백 원입니다. 세 보십쇼. 그러니, 댁 한 군데야 말이죠. 제일 무거운 짐이 아시다시피 김옥임네 십만 원의 일 할 오 부, 일만 오천 원이죠. 은행 조건 삼십만 원의 이자가 또 있죠. 기껏 벌어서 남 좋은 일 하는 거예요. 당신에게 이자 벌어 드리고 앉아 있는 셈이죠."

영감은 옆에서 주인댁이 하는 말은 귀담아듣지도 않고 골똘히 돈을 세더니, 커다란 검정 헝겊 주머니를 허리춤에서 꺼내 놓는다. 옆에 서 있는 **정례는 그 돈이 아깝고 영감의 푸둥푸둥한 손까지 밉기도 하여[3]** 가만히 내려다보고 있으려니까,

"그래, 이달치는 또 언제쯤 들르리까? 급히 내가 쓸 데가 있으니까 아무래도 본전까지 해 주어야 하겠는데……"

하고, 아까와는 딴판으로 퉁명스럽게 볼멘소리를 하였다. 만화를 들여다보던 아이들은 또 한 번 이편을 건너다본다.

보얗고 점잖게 생긴 신수가 딴은 교장 선생 같고, 거기다가 양복이나 입고 운동장의 교단에 올라서면 저희들도 움찔하려니 싶은 생각이 드는데, 이잣돈을 받아 들고 나서도 또 조르고 투덜대는 소리를 들으니, 설마 저런 교장이 있으랴 싶어 저희들끼리 또 눈짓을 하였다.

"되는대로 갖다 드리죠. 하지만, 본전은 조금만 더 참아 주십쇼. 선생님 같은 어른이 돈 오만 원쯤에 무얼 그렇게 시급히 구십니까?"

정례 어머니는 본전을 해내라는 데에 얼레발('엉너리'의 사투리. 남의 환심을 사려고 어벌쩡하게 서두르는 짓)을 치며 설설 기는 수작을 한다.

"아니, 이자 안 물구 어서 갚는 게 수가 아니겠나요?"

"선생님두 속 시원하신 말씀두 하십니다."

정례 어머니는 기가 막혀 웃어 보인다.

"참, 그런데 김옥임 여사가 무어라지 않습니까?"

그만 일어설 줄 알았던 교장은 담배를 붙여 새판으로 말을 꺼낸다.

"왜 무어라구 해요?"

정례 모녀는 무슨 말이 나오려는지 벌써 알아차리고 입이 삐죽하여졌다.[4]

"글쎄, 그 이십만 원 조건을 대지루구 날더러 예서 받아가려니, 그래 어떻게들 이야기가 귀정(歸正, 그릇되었던 일이 바른길로 돌아옴)이 났나요?"

영감의 말이 떨어지기가 무섭게 정례는 잔뜩 벼르고 있었던 듯이 모친의 앞장을 서서 가로 탄한다.

---

③ ➡ 서술자가 인물의 감정을 직접적으로 제시하고 있는 부분이야.

④ ➡ 서술자가 인물의 감정을 간접적으로 제시하고 있는 부분이야. 이 소설의 서술자는 직접 제시 방법과 간접 제시 방법을 함께 사용하고 있어.

"교장 선생님! 그따위 경위 없는 말이 어디 있어요? 그건 요나마 우리 가게를 판들어 먹게 하구 말겠단 말이지 뭐예요?"

"웅? 교장이라니? 교장은 별안간 무슨 교장? ……허허허."

영감은 허청 나오는 웃음을 터뜨리며 저편 아이들을 잠깐 거들떠보고 나서,[5]

"글쎄, 그러니 빤히 사정을 아는 터에 이럴 수도 없고 저럴 수도 없고…….."

하며, 말끝을 어물어물해 버린다. 이 영감이 해방 전까지는 어느 시골에선지 오랫동안 보통학교 교장 노릇을 하였다는 말을 옥임에게서 들었기에 이 집에서는 이름은 자세히 모르고 하여 교장, 교장 하고 불러 왔던 것이 입버릇으로 급히 튀어나온 말이나, 고리대금업의 패를 차고 나선[6] 지금에 그것을 내세우기도 싫고, 더구나 저런 소학교 아이들 앞에서는 창피한 생각도 드는 눈치였다.

"교장 선생님이 이럴 수두 없고 저럴 수두 없으실 게 뭐예요? 그 아주머니한테 받으실 건 그 아주머니한테 받으십쇼그려."

정례는 또 모친이 입을 벌릴 새도 없이 퐁퐁 쏘아 준다.

"너 왜 이러니?"

모친은 딸을 나무래 놓고,

"그렇게는 못하겠다구 벌써 끝낸 말인데, 또 왜 그럴꾸?"

하며, 말을 잘라 버린다.

"아, 그런데 김 씨 편에서는 댁에서 승낙한 듯이 말하던데요?"

영감의 말눈치는 김옥임이 편을 들어서 이십만 원 조건인가를 여기서 받아 내려는 생각인 모양이다.

"딴소리, 내가 아무리 어수룩하기루 제 사패만 봐주고 제춤에만 놀까요!"

정례 어머니는 코웃음을 쳤다.

김옥임이의 이십만 원 조건이라는 것이 요사이 이 두 모녀의 자나 깨나의 큰 걱정거리요, 그것을 생각하면 밥맛이 다 떨어질 지경이지만, 자초(自初. 어떤 일이 비롯된 처음)는 정례 모녀가 이 상점을 벌이고 나자 장사가 잘될 성싶으니까, 김옥임이가 저도 한몫 끼우고자 자청을 하여 십만 원을 들여놓고 들어왔던 것이다. 그러고는, 그 가지고 들어온 동사(同事. 동업) 밑천 십만 원의 두 곱을 빼 가고도, 또 새끼를

---

⑤➡ 영감은 '교장'이라는 호칭에 당황하며 주변 아이들을 의식하고 있어. 양심을 속이면서까지 자신의 이익을 챙기려는 인물이지.

⑥➡ 당시에는 높은 이자를 챙기는 고리대금업이 성행했어. 전직 교장이었던 사람까지 고리대금업자가 된 혼란스러운 현실이 드러난 부분이지.

수능 만점 선생님

쳐서 오늘에 와서는 이십이만 원까지 달라는 것이다.

2

정례 모친은 남편을 졸라서 집문서를 은행에 넣고 천신만고하여 삼십만 원을 얻어 가지고 비벼 쓰고, 당장 급한 것 가리고 한 나머지 이십이삼만 원을 들고 이 가게를 벌였던 것이다.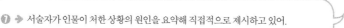 팔천 원 월세에 보증금 팔만 원은 그만두고라도 점방 꾸미고, 탁자 들이고, 진열대 세 채 들여놓고 하기에만도 육칠만 원 들었으니, 갖다 놓은 물건이라야 십만 원어치도 못 되는 것이었다. 그러나 학생 아이들이 차츰 꼬이게 될수록 찾는 것은 많아 가고, 점심때에 찾는 빵이며 과자라도 벌여 놓고 싶고, 수실이니 수틀이니 여학교의 수예 재료들도 갖추갖추(여럿이 모두 있는 대로) 가져다 놓고는 싶은데, 매일 시나브로 팔리는 것을 가지고는 미처 무더깃돈을 둘러 빼내는 수도 없는데, 짤금짤금 들어오는 그 돈 중에서 조금씩 뜯어서 당장 그날 그날 살아가야 하겠으니, 자연 쫄리는 판에 김옥임이가 한 다리 걸치자고 덤비니, 동사란 애초에 재미없는 일이거니와, 요 조그만 구멍가게를 동사로 해서 뜯어먹을 것이 무에 있겠느냐는 생각도 없지는 않았으나, 당장에 아쉬우니 오만 원씩 두 번에 질러서 십만 원 밑천을 받아들였던 것이다. 그러나 말이 동사지 이 할 넘어의 고리(高利, 비싼 이자)로 십만 원 돈을 쓴 거나 다름이 없었다. 빚놀이에 눈이 벌게 다니는 제 벌이가 바빠서도 그렇겠지만 하루 한 번이고, 이틀에 한 번, 저녁 때 슬쩍 들러서 물건 판 치부책(置簿冊, 돈이나 물건이 들고 나는 것을 기록하는 책)이나 떠들어 보고 가는 것밖에는 별로 거드는 일이 없었다. 실상은 그것이 쌩이질(한창 바쁠 때 쓸데없는 일로 남을 귀찮게 하는 짓)이나 하고 부라퀴(자신에게 이로운 일에 기를 쓰고 덤비는 사람)같이 덤비는 것보다는 정례 모녀에게는 편하기도 하였던 것이다. 하여튼, 그러면서도 월말이 되면 이익의 삼분지 일가량은 되는 이만 원 돈을 꼬박꼬박 따 가곤 하였다. 담보물이 있으면 일 할, 신용 대부로 일 할 오 푼 변(邊, 변리)인데, 동사란 말만 걸고 이 할(이 할이 안 될 때도 있었지만은) 셈속 좋을 때면 이 할 이상의 배당도 차례에 오니, 옥임이 생각에는 사실에 있어서는 이익이 좀 되려니 하는 의심도 없지 않았으나 그래도 별로 힘든 일을 하는 것도 아니요, 가만히 앉아서 이 할이면 허구한 날 삘삘

❼ ▶ 서술자가 인물이 처한 상황의 원인을 요약해 직접적으로 제시하고 있어.

거리고 싸지르면서 긁어 들이는 변릿돈보다는 나은 셈이라고 생각하였던 것이다. 하여간, 올 들어서 밑천을 빼 가겠다고 하기까지 아홉 달 동안에 이십만 원 가까운 돈을 벌어 갔던 것이다.

그러나 정례 부친[8]이 매일 요 구멍가게에서 용돈을 얻어다 쓰는 것만도 못할 일이라고 작년 겨울에 들어서 마지막 남은 땅뙈기를, 그야 예전과는 달라서 삼칠제(三七制, 수확한 곡식의 3할은 지주가 가지고 나머지 7할은 소작인이 가지게 한 제도)인 데다가 세금이니 비료니 하고 부담에 얽매이니까 그렇겠지마는, 하여간 아버지 전장(田庄, 개인이 소유하는 논밭)으로 물려받은 것의 마지막으로 남은 것을 팔아 가지고, 전래에 없는 눈이라고 하여 서울 시내에서 전차가 사흘을 못 통할 동안에 택시를 부리면 땅 짚고 기기라 하여, 하이어를 한 대 사들여 놓고 택시를 부려 보았던 것이지만, 이것이 사흘돌이로 말썽을 부려 고장이요, 수선이요 하고 나중에는 이 상점의 돈까지 하루만 돌려라, 이틀만 참아라 하고 만 원, 이만 원 빼내 가고는 시치미를 딱 떼기 시작하니, 점방의 타격은 의외로 큰 것이었다. 이 꼴을 본 옥임이는 에그머니나 하는 생각이 들었던지, 올 들어서며부터 제 밑천을 빼내어 가겠다는 것이었다. 사실 잘못하다가는 자동차가 이 저자(시장에서 물건을 파는 가게) 터까지 들어먹을 판인데, 별안간 옥임이가 빠져나간다니 한편으로는 시원하나 십만 원을 모아 빼내 주는 도리가 없었다.

"이렇게 거덜거덜할 바에야 집어치우지."

겨울 방학 때라, 더구나 팔리는 것은 없고 쓸쓸하기도 하였지만, 옥임이는 날마다 십만 원 재촉을 하러 와서는 이런 소리도 하는 것이었다. 남은 집문서를 잡혀서 이거나마 시작해 놓고, 다섯 식구의 입을 매달고 있는 터인데 제 발만 쑥 빼놓았다고 이런 야멸찬 소리를 할 제, 정례 모녀는 얼굴을 빤히 쳐다보곤 하였다.

"세전 보증금이나 빼내구 뉘게 넘겨 버리지. 설비한 것하구 물건 남은 것 얼러서 한 십만 원을 받을까? 그렇다면 내 누구 하나 지시해 줄까?"

이렇게 권하기도 하는 것이었다. 뉘게 넘기게 해서라도 자기의 십만 원 어서 뽑아 가려는 말이겠지마는, 어떻게 들으면 십만 원에 이 점방을 자기가 맡아 잡겠다는 말눈치인 듯싶었다.

"내가 바쁘지만 않으면 도틀어(여러 말 할 것 없이 죄다 몰아서) 맡아 가지고 훨씬 확장을 해

8 ➔ 실속 없이 일을 벌리며 허세를 부리는 인물이지.

놓으면 이 꼴은 안 되겠지만, 어디 내가 틈이 있는 몸이어야지."

이렇게 운자를 떼는 것을 들으면 한 발 들여놓고 한 발 내놓는 수작 같기도 하였다. 자동차 동티(건드려서는 안 될 것을 공연히 건드려 스스로 해를 입음)로 밑천을 홀딱 집어 먹힐까 보아서 발을 뺀다는 수작이다.

한편으로는 이렇게 한참을 꿀리고, 학교들은 방학을 하여 흥정이 없는 이판에, 번연히(어떤 일의 결과나 상태 따위가 환하게 들여다보이듯이 분명하게) 나올 구멍이 없는 십만 원을 해 달라고 못살게 굴면, 성이 가시니 상점을 맡아 가라는 말이 나오고 말리라는 배 짱같이 보이는 것이었다. 모녀는 그것이 더 분하였다.

"저의 자수(自手, 혼자의 노력이나 힘)로는 엄두두 안 나구 남이 해 놓으니까 된 듯싶어서, 솔개미가 까치집 채어 들 듯이 이거나마 뺏어 가지구 저의 판을 만들어 보겠다는 것이지만, 첫째 이런 좋은 좌처를 왜 내놓을라구!"

누구보다도 정례가 바르르 떨었다.❾

"매사가 그렇지, 될성부르니까 뺏어 차구 앉았지. 거덜거덜하면 누가 눈이나 떠본단들!"

정례 모친은 코웃음을 치기만 하였다.

하여간, 이렇게 쫄리기를 반달쯤이나 하다가 급기야 팔만 원 보증금의 영수증을 옥임이에게 담보로 내주고, 출자금 십만 원은 일 할 오 푼 변의 빚으로 돌라매고 말았다. 옥임이로서는 매삭 이 할 배당의 맛도 잊을 수 없었으나, 이왕 상점을 제 손으로 못 휘두를 바에는 이편이 든든은 하였던 것이다.

그러고는 정례 모친은, 옥임이가 가끔 함께 들러서 알게 된 교장 선생님의 돈 오만 원을 얻어 가지고, 개학 초부터 찌부러져 가던 상점의 만회책을 다시 세웠던 것이다. 그러나 땅뙈기는 자동차 바람에 날려 보내고, 자동차는 수선비로 녹여 버리고 나니, 상점에서 흘러 나간 칠팔만 원이라는 돈을 고스란히 떼 버렸고, 그 보충으로 짊어진 것이 교장의 빚 오만 원이었다. 점점 더 심해 가는 물가에, 뜯어먹고 살아야는 하겠고, 내남없이 종이 한 장, 연필 한 자루라도 덜 사겠지 더 팔리지는 않으니,❿ 매삭 두 자국 세 자국의 변리만 꺼 가기도 극난이었다. 그러고 보니, 자연 좋지 못한 감정으로 헤어진 옥임이한테 보낼 변리가 한 달, 두 달 밀

---

❾ ➤ 정례는 부당한 방법으로 이익을 취하던 고리대금업자들에 대한 부정적인 시각을 대변하는 인물이야.

❿ ➤ 건실하게 양심적으로 살아가려고 했던 당시 중산층은 오히려 빈곤에 시달릴 수밖에 없었어.

아주 중요해!

수능 만점 선생님

리기 시작했던 것이다. 팔만 원 증서가 집문서만큼 믿음직하지 못하다고 기어이 일 할 오 푼으로 떼를 써서 제멋대로 내놓은 것이 더 얄미워서, 어디 네가 그 이자를 긁어다가 먹나, 내가 안 내고 배기나 해보자 하는 뱃심도 정례 모친에게는 없지 않았다. 옥임이는 역시 제가 좀 과하게 하였다고 뉘우치던지, 또 혹은 팔만 원 증서를 가졌느니만치 마음이 놓여서 그런지, 별로 들르지도 않으려니와, 들러서도 변리 재촉은 그리 하지 않았다. 도리어, 정례 어머니 편에서 변리가 밀려 미안하다는 말을 꺼내고 그 끝에,

"이 여름 방학이나 지내고 개학 초에 한몫 보면 모두 내리다마는 원체 일할 오 부야 과한 것이오. 그때 형편에는 한 달 후면 자동차를 팔아서라두 곧 갚겠거니 해서 아무려나 해 둔 것이지만, 벌써 이 월서부터 여덟 달이나 됐으니 무슨 수로 그걸 다 내우. 일 할씩만 해두 팔만 원이구려, 어이구…… 한 번만 깎읍시다."

하고, 슬쩍 비쳐 보면 옥임이도 그럴싸한 듯이,

"아무려나 좋두룩 합시다그려."

하고, 웃어 버리곤 하였다. 그러던 것이 개학이 되자, 이달 들어서 부쩍 재촉하면서 일 할 오 부 여덟 달치 변리 십이만 원, 아울러서 이십이만 원을 이 교장 영감에게 치뤄 달라는 것이다.[11] 급한 사정으로 이 영감에게 이십만 원을 돌려썼는데, 한 달 변리 일 할에 이만 원을 얹으면 꼭 이십이만 원 부리가 맞으니, 셈 치기도 좋고 마침 잘되었다고 싱글싱글 웃어 가며 조르는 옥임이의 늙어 가는 얼굴이 더 모질어 보이고 얄밉상스러워 보였다. 마치 이십이만 원 부리를 채우느라고 그동안 여덟 달을 모른 척하고 내버려 두었던 것 같다. 정례 어머니는 기가 막혀서 말이 나오지를 않았다. 옥임이에게 속아 넘어간 것 같아서 분하였다. 그러나 분한 것은 고사하고 이러다가는 이 구멍가게나마 들어먹고 집 한 채 남은 것마저 까부라지지(부피가 점점 줄어지지) 않을까 하는 생각을 곰곰 하면 가슴이 더럭 내려앉는 것이었다. 소학교 적부터 한반에서 콧물을 흘리며 같이 자라났고, 동경 가서 여자 대학을 다닐 때도 함께 고생하던 옥임이다. 더구나 제가 내놓는 십만 원은 한 푼 깔축(아주 적은 부족분)도 안 내고 이십만 원 가까운 돈을 벌어 주었으니, 아무리 눈에 돈 동록(銅綠, 돈에 대한 욕심을 비유적으로 이르는 말)이 슬었기로 제가 설마 내게 일 할 오 푼 변을 다 받으려 들기야 하랴! 한 갑절 없어서 십육만 원쯤 해 주면 되려니 하

주목!

⑪➜ 옥임이 자신이 받을 돈을 교장에게 치러 달라 하는 것은 어려서부터 정례 모친과 친분이 있고 자신이 받아 내기는 힘들 것 같아서야.

수능 만점 선생님

는 속셈만 치고 있던 자기가 어리석다고 혼자 어이가 없어 실소를 하고 말았다. 그런, 십오륙만 원이기로 한꺼번에 빼내는 수는 없으니, 이번에 변리 육만 원만 마감을 하고서 본전은 오만 원씩 두 번에 갚자는 요량이었다. 집안 식구는 조밥에 새우젓 꽁댕이로 우겨 대더라도, 어떻든지 이 겨울 방학이 돌아오기 전에 그 아니꼬운 옥임이 조건만이라도 끝을 내고야 말겠다고 이를 악무는 판인데 이렇게 둘러대고 보니, 살겠다고 기를 쓰고 기어 올라가는 놈의 발목을 아래에서 붙들고 늘어지는 것 같아서 맥이 풀리고, 사는 것이 귀찮게만 생각되는 것이었다. 평생에 빚이라고는 모르고 지냈는데, **편편히 노는 남편**[12]만 바라보고 있을 수가 없어서 시작한 노릇이라 은행에 삼십만 원이 그대로 있고, 옥임이에게 이십이만 원, 교장 영감에게 오만 원, 도합 오십칠만 원 빚을 어느덧 짊어지고 앉은 생각을 하면 밤에 잠이 아니 오고 앞이 캄캄하여 양잿물이라도 먹고 싶은 요사이의 정례 어머니이다.

"하여간 제게 십만 원 썼으면 썼지, 그걸 못 받을까 봐 선생님을 팔구 선생님더러 받아 오라는 것이지만, 내가 아무리 죽게 돼두 제게 떼먹히지는 않을 거니 염려 말라구 하셔요."

정례 어머니는 화를 바락 내었다. 해방 덕에 빚놀이를 시작해 가지고 돈 백만 원이나 착실히 잡았고, 깔려 있는 것만도 백만 원 이상은 되리라는 소문인데 이 영감에게 이십만 원 빚을 쓰다니 말이 되는 소린가. 못 받을까 애도 쓰이겠지마는 십이만 원 변리를 본전으로 돌라매어 넣고 변리에 새끼 변리, 손주 변리까지 우려먹자는 수단인 것이 뻔한 노릇이었다. 십만 원에 일 할 오 푼이면 일만 오천 원밖에 안 되나, 이십만 원으로 돌라매어 놓으면 일 할 변만 해도 매삭 이만 이천 원이니, 칠천 원이 더 붙는 것이다.

"그야 내 돈 안 쓴 것을 썼다고 하겠소? 깔려만 있고 회수가 안 되면 피차 돌려도 쓰는 것이지만, 나 역시 한 자국에 이십만 원씩 모개(이것저것 죄다 한데 묶은 수효) 내놓고 오래 둘 수는 없으니까, 이렇게 하면 어떻겠소……?"

영감은 무척 생색을 내고 이편 사정은 보아서, 석 달 기한하고 자기 조카의 돈 이십만 원을 돌려주게 할 터이니, 다시 말하면 조카에게 이십만 원을 일 할로 얻어 줄 터이니, 우수리 이만 원만 현금으로 내놓고 표를 한 장 써내라는 것이다. 옥

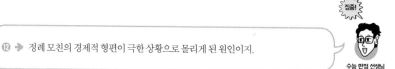

⑫ ➔ 정례 모친의 경제적 형편이 극한 상황으로 몰리게 된 원인이지.

임이는 이 영감에게 미루고, 영감은 또 조카의 돈을 돌려쓴다고 표를 받겠다는 꼴이, 저희들끼리 무슨 꿍꿍이 속인지 알 수가 없으나, 요컨대 석 달 기한의 표를 받아 놓자는 것이요, 그 사품(어떤 일이나 동작이 진행되는 겨를)에 칠천 원 변리를 더 받겠다는 수작이다. 특별히 일 할 변리 대신에 석 달 기한이라는 조건을 붙이는 것도 무슨 계교 속인지 알 수가 없다. 석 달 동안에 이십만 원을 만드는 재주도 없지마는, 석 달 후면 마침 겨울 방학이 될 때니, 차차 꿀려 들어가는 제일 어려운 고비일 것이다. 정례 어머니는 '이 연놈들이 무슨 원수를 졌다고 이렇게 짜고서들 못살게 구는 것인구?' 하는 생각에 한바탕 들이대고 싶은 것을 꾹 참으며,

"선생님께 쓴 돈 아니니, 교장 선생님은 아랑곳 마세요. 옥임이더러 와서 조르든 이 상점을 떠메어 가든 마음대로 하라죠."

하고, 딱 잘라 말을 하여 쫓아 보냈다.

3

그 후 근 일주일은 옥임이의 그림자도 보이지 않았다. 정례 모녀는 맞닥뜨리면 말수도 부족하거니와, 아귀다툼(각자 자기의 욕심을 채우고자 서로 헐뜯고 기를 쓰며 다투는 일)하는 것이 싫어서 그날그날 소리 없이 넘어가는 것이 다행하나, 어느 때 달려들어서 또 무슨 조건을 내놓고 졸라 댈지 불안은 한층 더하였다.

"응, 마침 잘 만났군. 그런데 그만하면 얘기는 끝났을 텐데, 웬 세도가 그리 좋아서 누구를 오너라 가거라 허구 아니꼽게 야단야……."[13]

정례 모친이 황토현(서울 광화문 사거리) 정류장에서 차를 기다리며 열 틈에 끼어 섰으려니까, 이곳으로 향하여 오던 옥임이가 옆에 와서 딱 서며 시비를 건다.

"바쁘기야 하겠지만, 좀 못 들를 건 뭐구."

정례 모친은 옥임이의 기색이 좋지는 않아 보이나, 실없는 말이거니 하고 대구를 하며 열에서 빠져 나서려니까,

"그래, 그 돈은 갚는다는 거야, 안 갚을 작정이야? 넌 세도 좋은 젊은 서방을 믿고,[14] 텃세루 남의 돈을 무쪽같이 떼먹으려 드나부다마는, 김옥임이두 그렇게 호

⑬ ➡ 옥임은 광복 이후 혼란스러웠던 사회와 물질 만능 주의의 영향으로 비정하게 성격이 변해 버린 인물이지. ⑭ ➡ 정례 모친의 친구인 옥임은 호사스럽게 살지만, 정례 모친에게 열등감을 느끼고 있음을 알 수 있어.

내신 준비!

수능 만점 선생님

락호락하지는 않아…….”

원체 예쁘장한 상판이지만, 눈을 곤두세우고 대는 폼이 어려서부터 삼십 년 동안이나 보던 옥임이는 아니다. 전부터 ‘네 영감은 어째서 점점 더 젊어 가니? 거기다 대면 넌 어머니 같구나.’ 하고, 새롱새롱 놀리기도 하며, 육십이 넘은 아버지 같은 영감 밑에 쓸쓸히 사는 옥임이는 은근히 부러워도 하는 눈치였지마는, 밑도 끝도 없이 길바닥에서 젊은 서방을 들추어내는 것을 보고 정례 어머니는 어이가 없었다.

“늙은 영감에 넌더리가 나거든 젊은 서방 하나 또 얻으려무나.”

하고, 정례 모친도 비꼬아 주고 싶었으나, 열을 지어 서 있는 사람들이 쳐다보며 픽픽 웃는 통에,

“이거 미쳐 나려나, 이건 무슨 객설이야?”

하며, 달래며 나무라며 끌고 가려 하였다.

“그래, 내 돈을 곱게 먹겠는가 생각을 해 보렴. 매달린 식솔은 많구, 병들어 누운 늙은 영감의 약값이라두 뜯어 쓰랴구 이렇게 쩔쩔거리고 다니는, 이년의 돈을 먹겠다는 너 같은 의리가 없는 년은 욕을 좀 단단히 봐야 정신이 날 거다마는, 제 사정 보아서 싼 변리에 좋은 자국을 지시해 바친 밖에! 그것두 마다니 남의 돈 생으로 먹자는 도둑년 같은 배짱 아니구 뭐야?”

오고 가는 사람이 우중우중 서며 구경났다고 바라보는데, 원체 히스테리증이 있는 줄은 짐작하지만, 창피한 줄도 모르고 기가 나서 대든다. 히스테리는 고사하고, 이것도 빚쟁이의 돈 받는 상투 수단인가 싶었다.

“누가 안 갚는 대냐? 돈두 중하지만 이게 무슨 꼬락서니냐 말야.”

정례 어머니는 그래도 달래서 뒷골목으로 끌고 들어가려 하였다.

“난 돈밖에 몰라. 내일 모레면 거리로 나앉게 된 년이 체면은 뭐구, 우정은 다 뭐냐? 어쨌든 내 돈만 내놓으면 이러니저러니, 너 같은 장래 대신 부인께 나 같은 년이야 감히 말이나 붙여 보려 들겠다든!”

하며, 허청 나오는 코웃음을 친다. 구경꾼은 자꾸 모여드는데, **정례 모친은 생전에 처음 당하는 이런 봉욕**(逢辱, 욕된 일을 당함)에 눈앞이 아찔해지고 가슴이 꼭 메어 올랐으나,[15] 언제까지나 이러고 섰다가는 예서 더 무슨 창피한 꼴을 볼까 무서워

---

[15] ➡ 옥임은 체면보다는 돈을 중요하게 여기지만, 정례 모친은 체면을 중시하는 성격임을 알 수 있어.

수능 만점 선생님

서, 선뜻 몸을 빼어 옆 골목으로 줄달음질 쳐 들어갔다. 뒤에서 발자국 소리가 없으니 옥임이는 제대로 간 모양이다.

정례 모친은 눈물이 핑 돌았다. 스물예닐곱까지 동경 바닥에서 신여성 운동이네, 연애네, 어쩌네 하고 멋대로 놀다가, 지금 영감의 후실로 들어앉아서 세상 고생을 알까, 아이를 한 번 낳아 보았을까, 사십 전의 젊은 한때를 도지사 대감의 실내마님으로 떠받들려 제멋대로 호강도 하여 본 옥임이다. 지금도 어디가 사십이 훨씬 넘은 중늙은이[16]로 보이랴?

머리를 곱게 지지고 엷은 얼굴 단장에, 번들거리는 미국제 핸드백을 착 끼고 나선 맵시가 어느 댁 유한마담으로 알 것이지, 설마 일 할, 일 할 오 푼으로 아귀다툼을 하고, 어려운 예전 동무를 쫓아다니며 울리는 고리대금업자로야 그 누가 짐작이나 할까? 해방이 되자, 고리대금이 전당국 대신으로 터놓고 하는 큰 생화(生貨, 장사)가 되었지마는, 옥임이는 반민자(反民者, 일제 강점기에 반민족적인 행위를 한 사람)[17]의 아내가 되리라는 것을 도리어 간판으로 내세우고 부라퀴같이 덤빈 것이다. 증경(曾經, 일찍이 벼슬을 지냄) 도지사요, 전쟁 말기에는 무슨 군수품 회사의 취체역(取締役, 예전에 주식회사의 이사를 이르던 말)인가 감사역을 지냈으니, 반민법이 국회에서 통과되는 날이면 중풍으로 삼 년째나 누운 영감이, 어서 돌아가 주기나 하기 전에야 으레 걸리고 말 것이요, 걸리는 날이면 떠메어다가 징역은 시키지 않을지 모르되, 지니고 있는 집 칸이며 땅 섬지기나마 몰수당할 것이니, 비록 자식은 없을망정 자기는 자기대로 살길을 찾아야 하겠다고 나선 길이 이 길이었다. 상하 식솔을 혼자 떠맡고 영감의 약값을 제 손으로 벌어야 될 가련한 신세같이 우는 소리를 하지마는, 그래야 남의 욕을 덜 먹는 발뺌이 되는 것이다.

옥임이는 정례 모친이 혼쭐이 나서 달아나는 꼴을 그것 보라는 듯이 곁눈으로 흘겨보고는, 입귀를 샐룩하며 비웃고 버젓이 사람 틈을 헤치고 종로 편으로 내려갔다. 의기양양할 것도 없지마는, 가슴속이 후련하니, 머릿속이고 가슴속이고 뭉치고 비비꼬이던 것이 확 풀어져 스러지고, 피가 제대로 도는 것같이 기분이 시원하다.[18]

그러나 그렇게 뭉치고 비비꼬인 것이라는 것이 반드시 정례 어머니에게 대한

내신 준비!

수능 만점 선생님

[16] ➡ 정례 모친의 외모를 짐작할 수 있는 구절이지. [17] ➡ 시대적 배경을 알 수 있는 단어야. 당시는 광복 후 친일파에 대한 처단이 이루어지던 때였단다. [18] ➡ 옥임은 정례 모친에게 평소 열등감을 느끼고 있었기 때문에 이런 감정이 든 거야. 자신의 처지에 대한 화풀이가 된 거지.

악감정은 아니었다. 옥임이가 그 오랜 동무에게 이렇다 할 감정이 있을 까닭은 없었다. 다만, 아무리 요새 돈이라도 이십 여만 원이라는 대금을 받아 내려면, 한 번 혼을 단단히 내고 제독을 주어야 하겠다고 벼르기는 하였지만, 얼떨결에 나온다는 말이, 젊은 서방을 둔 떠세^(재물이나 힘 따위를 내세워 억지를 쓰는 짓)냐, 무엇이냐고 한 것은 구석 없는 말이었고, 지금 생각하니 우스웠다. 그러나 자기보다도 훨씬 늙어 보이고 살림에 찌든 정례 모친에게는 과분한 남편이라는 생각을 늘 하던 옥임이기는 하였다. 남의 남편을 보고 부럽다거나, 샘이 나거나 하는 그런 몰상식한 옥임이도 아니지만, 자식도 없이 군식구들만 들썩거리는 집에 들어가서 몸도 제대로 가누지 못하는 늙은 영감의 방을 들여다보면 공연히 짜증이 나고, 정례 어머니가 자식들을 공부시키느라고 어려운 살림에 얽매고 고생하나, 자기보다는 팔자가 좋다는 생각도 나는 것이었다.^⑩

내년이면 공과 대학을 나오는 맏아들에, 중학교에 다니는, 어머니보다도 키가 큰 둘째 아들이 있고, 딸은 지금이라도 사위를 보게 다 길러 놓았고, 남편은 번둥번둥 놀며 마누라가 조리차^(아껴서 알뜰히 쓰는 짓)를 하는 용돈이나 받아 쓰고, 자동차로 땅뙈기는 까불었을망정 신수가 멀쩡한 호남자^(호걸의 풍모나 기품이 있고 남성다우며 풍채가 좋은 사나이)가 무슨 정당이라나 하는 곳의 조직 부장이니 훈련 부장이니 하고 돌아다니니, 때를 만나면 아닌 게 아니라 장래 대신이 되지 말라는 법도 없을 것이다. 팔구 삭 동안 장사를 하느라고 매일 들러 보면, 젊은 영감을 등이라도 두드리고 머리를 쓰다듬어 줄 듯이 지성으로 고이는 꼴이란 아닌 게 아니라 옆에서 보기에도 부러운 생각이 들 때가 없지 않았지마는, 결혼들을 처음 했을 예전 시절이나, 도지사 관사에 들어서 드날릴 때야 어디 존재나 있던 위인들인가? 그것이 처지가 뒤바뀌어서 관 속에 한 발을 들여놓은 영감이나마 반민자로 지목이 가다니, 이런 것 저런 것을 생각하면 쭉쭉 뽑아 놓은 자식들과 한참 활동적인 허우대^(겉모양이 보기 좋은 큰 체격) 좋은 남편에 둘러싸여 재미있고 기운차게 사는 양이 역시 부럽고, 저희만 잘된다는 것에 시기도 나는 것이었다. 보기 좋게 이년 저년을 붙이며 한바탕 해 대고 나서 속이 후련한 것도 그러한 은연중의 시기였고, 공연한 자기 화풀이였는지 모른다.

옥임이는 그 길로 교장 영감 집에 들러서,

⑲ ➡ 옥임은 물질적으로 풍족한 생활을 누리지만 정을 나눌 가족이 없어서야.

"혼을 단단히 내 주었으니까 이제는 딴소리 안 할 거외다. 내일 가서 표라도 받아다 주슈."

하고 일러 놓았다.

4

"오늘은 아퀴(일을 마무르는 끝매듭)를 지어 주시렵니까? 언제 갚으나 갚고 말 것인데, 그걸루 의 상할 거야 있나요?"

이튿날 교장이 슬쩍 들러서 매우 점잖은 수작을 하는 것이었다.

"이렇게 말씀드리면 교장 선생님부터가 어떻게 들으실 줄 모르나, 김옥임이가 그렇게 되다니 불쌍해 못 견디겠어요. 예전에 셰익스피어의 원서를 끼구 다니구, 「인형의 집」에 신이 나구, 엘렌 케이(스웨덴의 여성 사상가. 개인의 해방 및 억압되어 온 여성의 해방을 주장한 인물)의 숭배자요 하던 그런 옥임이가, 동냥자루 같은 돈 전대를 차구 나서면 세상이 모두 돈닢으로 보이는지, 어린애 코 묻은 돈 바라고 이런 구멍가게에 나와 앉아 있는 나두 불쌍한 신세이지마는, 난 옥임이가 가엾어서 어제 울었습니다. 난 살림이나 파산 지경이지 옥임이는 성격 파산인가 보더군요……."[70]

정례 어머니는 분하다 할지, 딱하다 할지, 속에 맺히고 서린 불쾌한 감정을 스스로 풀어 버리려는 듯이 웃으며 하소연을 하는 것이었다.

"그런 말씀을 하시니 나두 듣기에 좀 괴란쩍습니다마는(보고 듣기에 창피해 얼굴이 뜨겁습니다마는), 모두 어려운 세상에 살자니까 그런 거죠, 별수 있나요, 그래도, 제 돈 내놓고 싸든 비싸든 이자라고 명토(일부러 꼭 지적해 말하는 이름이나 설명) 있는 돈을 어엿이 받아먹는 것은 아직도 양심이 있는 생활입니다. 입만 가지고 속여 먹고, 등쳐 먹고, 알로 먹고, 펑으로 먹는 허울 좋은 불한당 아니고는 밥알이 올곧게 들어가지 못하는 지금 세상 아닙니까, 허허허."

하고, 교장은 자기변명인지 옥임이 역성(무조건 한쪽 편을 들어 주는 일)인지를 하는 것이었다.

이날 정례 어머니는 딸이 옆에서 한사코 말리며,

"그따위 돈은 안 갚아도 좋으니, 정장을 하든 어쩌든 마음대로 하라고 내버려 두세요."

하며 팔팔 뛰는 것을 모른 척하고, 이십만 원 표에 이만 원 현금을 얹어서 옥임이에게 갖다 주라고 내놓았다.

정례 모친은 그 후 두 달 걸려서 교장 영감의 오만 원 돈은 갚았으나, 석 달째 가서는 이 상점 주인이 바뀌어 들고야 말았다. 정말 교장 영감의 조카가 나서는가 하였더니, 교장의 딸 내외가 들어앉았다. 상점을 내놓고 만 바에는 자질구레한 셈속을 따진대야 죽은 아이 귀 만져 보기 별수 없지만, 하여튼 이십만 원의 석 달 변리 육만 원이 또 늘어서 이십육만 원인데, 정례 모녀가 사글세의 보증금 팔만 원마저 못 찾고 두 손 털고 나선 것을 보면, 그 팔만 원을 아끼고 남은 십팔만 원이 점방의 설비와 남은 물건값을 치룬 것이었다. 물론 옥임이가 뒤에 앉아 맡은 것이나, 권리값으로 오만 원 더 얹어서 교장 영감에게 팔아넘긴 것이었다. 옥임이는 좀 더 남겨 먹었을 것이로되, 교장 영감이 그 돈 받아 내는 데에 공로가 있었기 때문에 오만 원 얹어 먹고 말았고, 또 교장은 이북에서 내려온 딸 내외에게는 꼭 알맞은 장사라는 생각이 들어서 애초부터 침을 삼키고 눈독을 들이던 것이라, 이 상점을 손에 넣으려고 애도 썼지마는, 매득(買得, 물건을 싼값으로 삼)하였다고 좋아하였다.

정례 모녀는 일 년 반 동안이나 죽도록 벌어서 죽 쑤어 개 좋은 일한 셈이라고 절통(切痛, 몹시 원통해함)을 하였으나, 그보다도 정례 모친은 오래간만에 몸이 편해져서 그렇기도 하였겠으나, 몸살감기에 울화가 터져서 그만 몸져누운 것이 반달이나 끌었다.

"마누라, 염려 말아요. 김옥임이 돈쯤 먹자고만 들면 삼사십만 원쯤 금시 녹여 내지, 가만있어요."

정례 부친은 앓는 마누라 옆에 앉아서 이렇게 위로하였다.

"옥임이 돈을 먹자는 것두 아니지만, 무슨 재주루?"

마누라는 말리는 것도 아니요, 부채질하는 것도 아닌 소리를 하였다.

"김옥임이도 요사이 자동차를 놀려 보구 싶어 한다는데, 마침 어수룩한 자동차 한 대가 나섰단 말이지.[19] 조금만 참아요. 우리 집문서는 아무래두 김옥임 여사의 집으로 찾아가고 말 것이니……."

하며, 정례 부친은 앓는 아내를 위하여 뱃속 유하게 껄껄 웃었다.

⑳ ➡ 이 작품의 제목인 '두 파산'의 의미가 잘 나타나 있어. 정례 모친은 빚 때문에 물질적ㆍ경제적인 파산에 이르고, 돈만 추구하는 옥임은 정신적ㆍ심리적 파산에 이르지.

㉑ ➡ 친일파인 옥임 남편에 비하면 정치에 나선 정례 부친은 바람직한 인물이야. 하지만 그런 정례 부친도 옥임을 상대로 사기 칠 궁리를 하지.

정리해 볼까요(그룹 채팅)

● **작가에 대해서 알아볼까요?**

킬링 포인트

염상섭 작가는 1897년 서울에서 태어났어. 대학 재학 당시 3·1 운동에 가담한 혐의로 투옥되었다가 귀국했지. 그는 1921년 〈개벽〉에 단편 「표본실의 청개구리」를 발표하며 등단했어. 이후 「제야」, 「묘지」, 「죽음과 그림자」 등 시대의 암흑상을 드러낸 작품을 비롯해 「잊을 수 없는 사람들」, 「금반지」, 「고독」, 「조그만 일」, 「밤」 등 여러 편의 소설을 남겼단다.
염상섭 작가의 첫 작품인 「표본실의 청개구리」는 우리나라 최초의 자연주의 소설로 평가받고 있어. 이후 그는 전형적인 사실주의 계열의 작품을 창작하지. 특히 「두 파산」은 사실적이고 묘사적인 문체로 작가의 사실주의적 창작 태도를 엿볼 수 있는 작품이야.

읽음

염상섭 작가는 자연주의와 사실주의 문학을 추구했군요!

100점

● **작품에 대해서 정리해 보죠!**

킬링 포인트

작가 : 염상섭
갈래 : 세태 소설
배경 : 시간적 – 1940년대 후반 | 공간적 – 서울 황토현의 학교 부근
시점 : 전지적 작가 시점
주제 : 물질적·정신적으로 파산된 인물을 통한 사회상 풍자
출전 : 〈신천지〉(1946)

킬링 포인트

무조건
알아야 해!

이 소설은 광복 직후의 혼란한 사회 속에서 생존을 위해 버티는 두 여성의 생활을 그린 작품이란다. 옥임은 신교육을 받고 호사스러운 생활을 하던 여성이었지만, 이후 고리대금업을 하며 세속적인 인물로 변하지. 정례 모친은 남편 대신 생계를 위해 가게를 차리지만, 옥임에게 빚을 지고 파산에 이른단다. 이렇게 작가는 서로 다른 두 파산, 즉 경제적 파산과 정신적 파산을 다루면서도 '옳다, 그르다' 식의 판단을 내리지 않고 인물의 삶을 객관적으로 보여 주고 있지. 특히 이 작품은 경기 지역의 사투리를 자연스럽게 녹여 냈을 뿐더러 인물의 긍정적인 부분과 부정적인 부분을 함께 보여 주는 식의 구성을 통해 흥미를 높인 소설이야.

읽음

저도 이 작품을 읽으면서 두 인물의 서로 다른 파산을 다룬 부분이 흥미롭다고 느꼈어요!

100점

● 구조적 접근을 꼭 알아야 해요!

킬링 포인트

발단: 정례 모친이 빚을 내 문방구를 차림
정례 모친과 옥임은 어릴 때부터 친구 사이야. 정례 모친은 놀기만 하는 남편을 믿을 수 없어 문방구를 열기로 하고, 은행에서 30만 원을 빌리지.

전개: 장사가 어려워진 정례 모친은 옥임에게 빚을 냄
정례 모친은 돈이 부족해 옥임에게 10만 원을 투자받게 돼. 이후 가게를 확장하기 위해 교장에게 또 5만 원을 빌리지.

위기: 정례 부친의 사업 실패로 이자를 못 갚음
정례 부친의 사업은 실패하고, 결국 정례 모친은 옥임에게 진 빚의 이자를 제대로 갚을 수 없게 돼. 이후 교장의 빚 독촉이 시작되지.

절정: 정례 모친은 빚 때문에 망신을 당함
옥임은 길에서 만난 정례 모친에게 돈을 갚지 않는다고 폭언해. 그러자 정례 모친은 골목으로 달아나지.

결말: 정례 모친은 교장에게 가게를 넘김
정례 모친은 교장에게 22만 원을 갚은 뒤, 이후 또 5만 원을 갚지. 정례 부친은 옥임의 행태에 한탄하는 정례 모친에게 돈을 찾아 주겠다며 위로한단다.

읽음

재산을 잃게 되는 정례 모친과 부유층이지만 결국 정신적 파산에 이르는 옥임을 통해 사회의 구조적 모순에 관해 다시 한번 생각해 보게 되었어요.

👍100점

● 정례 모친의 뇌 구조를 알아볼까요?

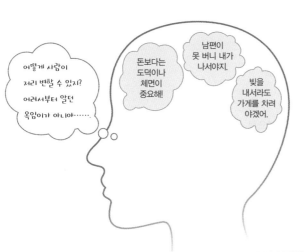

어떻게 사람이 저리 변할 수 있지? 어려서부터 알던 옥임이가 아니야……

돈보다는 도덕이나 체면이 중요해!

남편이 못 버니 내가 나서야지.

빚을 내서라도 가게를 차려야겠어.

수능 만점 강사

1 이 작품에 대한 설명으로 옳지 <u>않은</u> 것은?

① 대화와 심리 묘사로 이야기를 풀어 가고 있다.
② 물질 만능 주의로 말미암은 가치관의 혼란과 정신적 파탄을 담고 있다.
③ 사실주의 기법으로 세태 문제를 다루고 있다.
④ 인물이 처한 상황을 제시할 때 작가의 판단이 드러나 있다.
⑤ 경제적 파산과 정신적 파산을 다루고 있다.

2 다음은 이 작품의 인물에 대해 토론한 내용이다. <u>적절한</u> 의견으로 묶인 것은?

> ㄱ. 옥임은 광복 후 고리대금업을 하며 돈에 얽매여 사는 물질적 파산자야.
> ㄴ. 정례 모친은 생계를 위해 가게를 차리지만, 오랜 친구에게 재산을 빼앗기고 몰락한 인물
>   이지.
> ㄷ. 이자를 받아먹고 사는 것을 떳떳하게 여기는 걸 보면, 교장 역시 정신적 파산자라 할 수
>   있어.
> ㄹ. 정례 부친은 정치를 하면서도 생계를 돌보며 아내에게 정성을 다하는 인물이야.

① ㄱ, ㄷ   ② ㄱ, ㄹ   ③ ㄴ, ㄷ
④ ㄴ, ㄹ   ⑤ ㄷ, ㄹ

3 다음 글의 ㉠에 들어갈 알맞은 말을 적으시오.

> 정례 모녀는 일 년 반 동안이나 죽도록 벌어서 _____ ㉠ _____ 이라고 절통을 하였으나, 그보
> 다도 정례 모친은 오래간만에 몸이 편해져서 그렇기도 하였겠으나, 몸살감기에 울화가
> 터져서 그만 몸져누운 것이 반달이나 끌었다.

 죽 쑤어 개 좋은 일한 셈

4 이 작품의 서술자에 대한 설명으로 옳은 것은?

① 경상도 사투리를 능란하게 구사한다.
② 가치 평가를 통해 인물의 부정적인 면을 지적하고 있다.
③ 치밀한 묘사로 인물의 심리를 나타내고 있으며, 때로는 서술자의 판단을 노출하고 있다.
④ 간접적인 묘사와 직접적으로 사건 경위를 설명하는 방법을 통해 인물을 드러내고 있다.
⑤ 지나친 개입으로 말미암아 객관적인 시각을 잃고 있다.

5 다음 글의 설명과 가장 관련이 깊은 것은?

> 「두 파산」에서 염상섭은 인물의 태도와 심리를 치밀한 묘사를 통해 생생하게 표현하고 있다. 그리고 긍정적으로 보이던 인물도 속물근성을 가지고 있음을 보여 줌으로써 부정과 풍자의 효과를 얻고 있다. 이는 염상섭이 '비판적 사실주의 작가'라 불리는 이유이기도 하다.

① 정례 모친은 그 후 두 달 걸려서 교장 영감의 오만 원 돈은 갚았으나, 석 달째 가서는 이 상점 주인이 바뀌어 들고야 말았다.

② "그런 말씀을 하시니 나두 듣기에 좀 괴란쩍습니다마는 다 어려운 세상에 살자니까 그런 거죠. 별수 있나요."

③ 정말 교장 영감의 조카가 나서나 하였더니, 교장의 딸 내외가 들어앉았다.

④ "옥임이 돈을 먹자는 것두 아니지만, 무슨 재주루?" 마누라는 말리는 것도 아니요, 부채질하는 것도 아닌 소리를 하였다.

⑤ "어째 이렇게 쓸쓸하우?" 영감은 언제나 오면 하는 버릇으로 상점 안을 휘휘 둘러보며 말을 건다.

6 다음은 염상섭의 작품에 대해 정리한 내용이다. ①, ②에 들어갈 말을 서술하시오.

작품	경향	주제
「표본실의 청개구리」	자연주의	패배주의적 경향과 우울 속에 침체되어 있는 지식인의 고뇌
「만세전」	사실주의	지식인의 눈으로 본 식민지 조선의 암담한 현실
「삼대」	사실주의	일제 강점기 중산층 가문의 현실 대응과 몰락
「두 파산」	① 사실주의	② 물질적·정신적으로 파산된 인물을 통한 사회상 풍자

● **수능 만점 선생님의 감상 꿀팁**

> 이 작품은 인물의 태도와 심리를 객관적이고 치밀한 묘사를 통해 생생히 보여 주고 있어. 하지만 작가가 인물에 대한 평가를 내리지 않았다는 점에 유의하면서 읽어야 돼. 정례 모친의 경제적 파산과 옥임의 정신적 파산의 대비를 통해 경제적·도덕적으로 혼란했던 사회의 구조적 모순을 그렸다는 점도 놓치지 말자.

미리 들여다보는 인물 X 파일

무엇을 위한다는 것, 무엇을 얻기 위한다는 것, 다 무의미한 얘기야. 싸우다 죽는 것, 오직 그것뿐이지…….

똑바로 걸어가시오. 남쪽으로 내닫는 길이오. 그처럼 가고 싶어 하던 길이니 유감없을 거요.

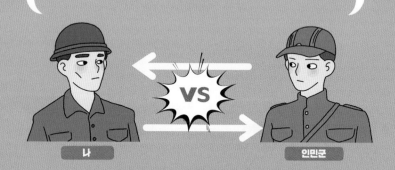

나   VS   인민군

수능 만점 선생님의 감상 꿀팁!

이 소설은 인민군에게 포로로 잡혀 처형당하게 된 '나'의 내면세계를 의식의 흐름 기법으로 그려 낸 작품이야. 인물의 심리 묘사와 더불어 전쟁의 비극성과 인간 실존 문제에 주목하며 읽어 보자.

유예

#죽기 한 시간 전, 그가 남긴 의식의 자취

몸을 웅크리고 가마니 속에 쓰러져 있었다. **한 시간 후면 모든 것은 끝나는 것이다.[1]** 손과 발이 돌덩어리처럼 차다. **허옇게 흙벽마다 서리가 앉은 깊은 움 속, 서너 길 높이에 통나무로 막은 문틈 사이로 차가이 하늘이 엿보인다.[2]**

퀴퀴한 냄새가 코를 찌른다. 냄새로 짐작하여 그리 오래된 것 같지는 않다. 누가 며칠 전까지 있었던 모양이군. 그놈이나 매한가지지, 하고 사닥다리를 내려서자마자 조그만 구멍으로 다시 끌어올리며 서로 주고받던 그자들의 대화가 아직도 귀에 익다. 그놈이라고 불린 사람이 바로 총살 직전에 내가 목격하고 필사적으로 놈들의 사수(射手)를 향하여 방아쇠를 당겼던 그 사람이었을까…… 만일 그 사람이 아니었다면 또 어떤 사람이었을까…… 몸이 떨린다. 뼛속까지 얼음이 박힌 것 같다.

소속 사단은? 학벌은? 고향은? 군인에 나온 동기는? 공산주의를 어떻게 생각하시오? 미국에 대한 감정은? 그럼…… 동무의 말은 하나도 이치에 당치 않소.

동무는 아직도 계급 의식이 그대로 남아 있소. 출신 계급을 탓하지는 않소. 오해하지 마시오. 그 근성이 나쁘다는 것뿐이오. 다시 한번 생각할 여유를 주겠소. 한 시간 후, 동무의 답변이 모든 것을 결정지을 거요.

몽롱한 의식 속에 갓 지나간 대화가 오고 간다. 한 시간 후면 모든 것은 끝나는 것이다. 사박사박 걸음을 옮길 때마다 발밑에 부서지는 눈, 그리고 따발 총구를 등 뒤에 느끼며, 앞장서 가는 인민군 병사를 따라 무너진 초가집 뒷담을 끼고 이 움 속 감방으로 오던 자신이 마음속에 삼삼히(잊히지 않고 눈앞에 보이는 듯 또렷하게) 아른거린

① ➡ 한 시간의 유예가 지나면 처형되는 상황에 대한 심리가 제시되어 있어.
② ➡ 단절되고 절망적인 상황임을 드러낸 부분이야.

다. 한 시간 후면 나는 그들에게 끌려 예정대로의 둑길을 걸어가고 있을 것이다. 몇 마디 주고받은 다음, 대장은 말할 테지. 좋소. 뒤를 돌아다보지 말고 똑바로 걸어가시오. 발자국마다 사박사박 눈 부서지는 소리가 날 것이다. 아니, 어쩌면 놈들은 내 옷에 탐이 나서 홀랑 빨가벗겨서 걷게 할지도 모른다. 찢어지기는 하였지만 아직 색깔이 제 빛인 미(美) 전투복이니까……

나는 빨가벗은 채, 추위에 살이 빨가니 얼어서 흰 둑길을 걸어간다. 수발의 총성. 나는 그대로 털썩 눈 위에 쓰러진다. 이윽고, 붉은 피가 하이얀 눈을 호젓이 물들여 간다.❸ 그 순간 모든 것은 끝나는 것이다. 놈들은 멋쩍게 총을 다시 거꾸로 둘러메고 본대로 돌아들 간다. 발의 눈을 털고, 추위에 손을 비벼 가며 방안으로 들어들 갈 테지. 몇 분 후면 그들은 화롯불에 손을 녹이며, 아무 일도 없었던 듯 담배들을 말아 피우고 기지개를 할 것이다.

누가 죽었건 지나가고 나면 아무것도 아니다. 그들에겐 모두가 평범한 일들이다. 나만이 피를 흘리며 흰 눈을 움켜쥔 채 신음하다 영원히 묵살되어 묻혀 갈 뿐이다. 전 근육이 경련을 일으킨다. 추위 탓인가…… 퀴퀴한 냄새가 또 코에 스민다. 나만이 아니라 전에도 꼭 같이 이렇게 반복된 것이다.

싸우다 끝내는 죽는 것, 그것뿐이다. 그 이외는 아무것도 없다.❹ 무엇을 위한다는 것, 무엇을 얻기 위한다는 것, 그것도 아니다. 인간이 태어난 본연의 그대로 싸우다 죽는 것, 그것뿐이라고 생각하였다.

북으로 북으로 쏜살같이 진격은 계속되었다. 수차의 전투가 일어났다. 그가 인솔한 수색대는 적의 배후 깊숙이 파고 들어갔다. 자주 본대와의 연락이 끊어지기 시작하였다.

초조한 소대원의 얼굴은 무전사에게로만 쏠렸다. 후퇴다! 이미 길은 모두 적에 의하여 차단되었다. 적의 어느 편을 뚫고 남하할 것인가? 자주 소전투가 벌어졌다. 한 명 두 명 쓰러지기 시작하였다. 될 수 있는 한 적과의 근접을 피하면서 산으로 타고 올랐다. 기아와 피로, 점점 낙오되고 줄어 가는 소대원, 첩첩이 쌓인 눈과 추위, 그리고 알 수 없는 방향을 더듬으며 온갖 자연의 악조건과 싸우지 않으면 안 되었다. 연이어 계속되는 눈보라 속에 무릎까지 덮이는 눈 속을 헤매다

❸ ➔ 붉은 피와 하얀 눈의 대조를 통해 전쟁의 비극성을 강렬하게 드러내고 있단다.
❹ ➔ 자신의 죽음이 전쟁에서 벌어지는 수많은 죽음 중 하나에 불과함을 깨달으며 비인간적인 상황에 회의감을 보이고 있지.

내신 준비

수능 만점 선생님

방향을 잃은 그들은 악전고투 끝에 산 밑을 더듬어 내려와서 가까운 그 어느 마을로 파고 들어갔다. 텅 빈 마을, 집집마다 스산하게 흩어진 채 눈 속에 호젓이 파묻혀 있다. 적이 들어온 흔적도 지나간 흔적도 없다. 되었다. 소대원들은 뿔뿔이 헤쳐져서 먹을 것을 샅샅이 뒤졌다. 아무것도 없다. 겨우 얼어 빠진 감자 한 자루뿐, 이빨에 서벅서벅 얼음이 마주치는 감자 알맹이를 씹었다. 모두 기운에 지쳐 쓰러졌다. 일시에 피곤과 허기가 납덩어리처럼 내린다. 발가락마다 얼음이 박혔다. 눈보라는 더욱 세차게 몰아치고 밤이 다가왔다. 산속의 밤은 급히 내린다. 선임 하사만이 피로를 씹어 가며 문지방에 기대어 앉아 있었다.

밖은 휘몰아치는 눈보라뿐, 선임 하사도 잠시 눈을 붙였다. 마치 기습이라도 있을 듯한 밤이다.

그러나 아무 일도 없이 아침이 왔다.

또 눈과 기아와 추위와의 싸움이 계속되었다. 한 사람, 두 사람, 이 자연과의 싸움에 쓰러지기 시작하였다. 소대장님, 하고 마지막 한 마디를 외치고 눈 속에 머리를 박고 쓰러지는 부하들을 볼 때마다 그는 그 곁에 무릎을 꿇고 그 싸늘한 마지막 시선을 지켰다. 포켓을 찾아 소지품을 더듬는 그의 손은 항시 죽어 간 부하의 시체보다 더 차가웠다.[5] 소대장님, 우러러 쳐다보는 마지막 부하의 그 눈빛, 적막을 더듬어 가며 죽음을 재는 그 눈은 얼음장보다도 더 차가운 그 무엇이 있었다.

"소대장님…… 북한 출신입니다. 홀몸입니다. 남한에는…… 누구도 없습니다. 이것이 이북 제 고향 주소입니다."

꾸겨진 기슭마다 닳아져서 떨어졌다. 그것을 받아 들던 그의 손, 부하의 손을 꼭 쥐어 주었다.

그 이상 더 무엇을 할 수 있었으랴…….

이제 남은 것은 그를 포함하여 여섯 명뿐.

눈 속에 쓰러져 넘어진 그들을 그대로 남겨 놓은 채 그들은 다시 눈 속을 헤쳤다. 그의 머릿속에 점점 불안이 다가왔다. 이윽고 ○○지점까지 왔을 때다. 산줄기는 급격히 부드러워져 이윽고 쭉 평지로 빠졌다. 대로다.

지형과 적정(敵情, 적 내부의 사정이나 형편)을 탐지하러 내려갔던 선임 하사가 급히 달려

⑤ ➤ '나'는 부하의 죽음에 대한 슬픔을 감추고 냉정함을 보이고 있어.

왔다. 노상에는 무수히 말굽 자리와 마차의 수레바퀴 그리고 발자국 자리가 있다는 것이다. 선임 하사의 손에는 말똥이 하나 쥐어져 있었다. 능히 그것은 손힘으로 부스러뜨릴 수 있었다. 그들이 지나간 것이 그리 오래되지 않았다는 증좌다. 밤을 기다릴 수밖에 없다. 그리하여 어둠을 이용하여 도로를 횡단하고 다시 앞에 바라보이는 산줄기를 타고 오를 수밖에는 없다.

밤이 왔다. 행동을 개시하였다. 그들은 될 수 있는 한 낮은 지대를 선택하고 대로에 연한 개천 둑을 이용하였다. 무난히 대로를 횡단하였다. 논두렁에 내려서자 재빠르게 은폐물을 이용해 가며 걸음을 다그었다. 이제 약간의 안도감을 느끼고 걸음을 늦추었다.

그때다. 돌연 일발의 총성과 더불어 한마디 비명을 남기고 누가 쓰러졌다. 모두 콱 눈 속에 엎드렸다.

일순간이 지났다. 도대체 총알은 어디서부터 날아온 것인가? 그 방향을 종잡을 수가 없다. 그가 적정을 살피려고 고개를 드는 순간 또 총알이 날아왔다.

측면에서부터다. 모두 응전(應戰: 상대편의 공격에 맞서서 싸움) 자세를 취하기 위하여 대로쪽으로 각도를 돌렸다.

그러나 절대적으로 불리하다. 놈들은 우리의 위치를 알고 있지만 우리는 적쪽의 위치를 잡을 수가 없다. 그렇다고 이대로 언제껏 있을 수도 없다. 아무리 밤이라 할지라도 흰 눈 위다. 그들은 산기슭까지 필사적으로 포복을 단행하였다. 동시에 총알은 비 오듯 집중된다. 비명과 더불어 소대장님, 하고 외치는 소리, 그는 눈을 꾹 감았다. 땀이 비 오듯 흐른다. 그는 눈을 꽉 감은 채 포복을 계속하였다. 의식이 자꾸 흐린다. 산기슭 흰 눈 속에 덮인 관목 숲이 눈앞에서 뿌여니 흩어진다. 총성은 약간 잦아졌다. 산기슭으로 타고 오르는 순간 선임 하사가 쓰러졌다. 그는 선임 하사를 부축하고 끌며 산속으로 산속으로 들어갔다.

얼마나 산속 깊이 들어왔는지도 모른다. 정신을 잃고 쓰러져 누웠을 때는 이미 새벽이 가까워서였다.

몹시 춥다. 몸을 약간 꿈틀거려 본다. 전 근육이 추위에 마비되어 감각을 잃은 것만 같다. 이제 모든 것이 끝나는 것이다. 퀴퀴한 냄새가 코를 찌른다. 어렴풋이 눈 속에 부서지는 구두 발자국 소리가 들려온다. 점점 가까워진다. 시간이 된 모양이다. 몸을 일으키려고 움직거려 본다. 잠시 몽롱한 시각이 흐른다. 발자국 소리가 점점 멀어지기 시작하였다. 아무것도 아니다. 아무것도 아닌 것이다.⁹ 몹시 춥다. 왜 오다가 다시 돌아가는 것일까……. 몽롱하게 정신이 흐트러진다.

전공과목은? 왜 동무는 법과를 선택했었소? 어렸을 때부터 동무는 출신 계급적인 인습 관념에 젖어 있었소. 그것을 버리시오.

나는 동무와 같은 인물을 아끼고 싶소. 나는 동무를 어느 때라도 맞아들일 마음의 준비를 가지고 있소. 문지방으로 스미어 오는 가는 실바람에 스칠 때마다 화롯불이 붉게 번지어 갔다.

나는 동무를 훌륭한 청년으로 보고 있소. 자, 담배를 태우시오.

꾸부러진 부젓가락으로 재 위를 헤칠 때마다 더욱 붉게 불꽃이 번진다.

그렇다면 동무처럼 불쌍한 청년은 또 이 세상에 없을 거요. 나는 심히 유감스럽소. 동무의 그 태도가 참으로 유감이오. (인제 모든 것은 끝나는 것이다.) 왜 동무는 내 얼굴을 그렇게 차갑게 쳐다보고만 있소? 한마디 대답도 없이 입을 다문 채…… 알겠소. 나는 동무가 지키고 있는 그 침묵으로 동무가 말하고 있는 그 모든 것을 이해할 수 있소. 유감이오. 주고받던 대화, 조그만 방 안, 깨어진 질화로가 어렴풋이 머릿속을 스친다. 그는 무겁게 몸을 뒤틀었다. 희미하게 또 과거가 이어 온다.

그들이 정신을 잃고 쓰러졌을 때는 이미 새벽이 가까워서였다. **산속의 아침은 아름답다. 눈 속의 아침은 아름답다. 눈 속에 덮인 산속의 새벽은 더욱 그렇다. 나뭇가지마다 소복이 쌓인 눈이 햇빛에 반짝인다.**[7] 해가 적이(폐 어지간한 정도로) 높아졌을 때 그는 겨우 몸을 일으켰다. 선임 하사는 피에 붉게 젖은 한쪽 다리를 꽉 움켜쥔 채 의식을 잃고 쓰러져 있다. 검붉은 피가 오른편 어깻죽지와 등허리에 질게 얼룩져 있다. 그는 급히 선임 하사를 부축하여 일으켰다.

조용히 눈을 뜬다. 그리고 소대장을 보자 쓸쓸히 입가에 웃음을 지었다. 그 순간 그는 선임 하사를 꼭 그러안고 뺨을 비벼 대었다. 단둘뿐! 이제는 단둘이 남았을 뿐이었다.

"소대장님, 인제는 제 차례가 된 모양입니다."

그는 조용히 선임 하사의 얼굴을 지켰다. 슬픈 빛이라고는 조금도 없다.[8] 오랜 군대 생활에 이겨 온 굳은 의지가 엿보일 뿐이다.

선임 하사, 그는 이 차 대전시 일본군에 소집되어 남양 전투에 종군하다 북지(北

[6] ➡ '나'의 불안한 심리가 반어적으로 드러나 있어. 죽음의 무의미함을 암시하기도 하지.
[7] ➡ 전쟁의 비극적인 상황과는 달리 아름다움을 간직한 자연을 보여 줌으로써 전쟁의 비극성을 더욱 부각시키고 있어.
[8] ➡ '나'는 현실에 순응하고 죽음을 받아들이고 있어.

치)로 이동, 일본의 항복과 더불어 포로 생활 2개월을 거치고 팔로군(八路軍, 항일 전쟁 때 화베이에서 활약한 중국 공산당의 주력군), 국부군(國府軍, 중화민국 국민 정부의 군대), 시조(時潮)가 변전(變轉, 이리저리 변해 달라짐)되는 대로 이역(異域, 다른 나라의 땅)을 표류하다 고국으로 돌아와 다시 군문으로 들어선 것이었다. 군대 생활이 무엇보다도 재미있다는 그, 전투가 자기 생활 속에서 제일 신이 나는 순간이라는 그였다.

"사람은 서로 죽이게끔 마련이오. 역사란 인간이 인간을 학살해 온 기록이니까요. 그렇게 생각지 않으시오? 난 전투가 제일 재미있소. 전투가 일어나면 호흡이 벅차고 내가 겨눈 총구에 적의 심장이 아른거릴 때마다 나는 희열을 느낍니다. 나는 그 순간 역사가 조각되고 있는 것같이 느껴지거든요. 사람이란 별 게 아니라 곧 싸우는 것을 의미하고, 싸우다 쓰러지는 것을 의미할 겁니다."

이것이 지금껏 살아온 태도였다. 이것뿐이다. 인제 그는 총에 맞았다. 자기 차례가 된 것을 알 뿐이다. 어렴풋이 희미한 기억을 타고 선임 하사의 음성이 떠오른다. 그는 몸을 조금 일으키려고 꿈지럭거리다가 그대로 펄썩 쓰러졌다.

바른편(오른편) 팔 위에 경련이 일어난 것이다. 헛바닥을 깨물고 고통의 일순을 넘겼다. 이제 모든 것은 끝나는 것이다. 선임 하사의 생각이 이어 온다.

"소대장님, 제 위치는 결정되었습니다. 안심하십시오."

분명히 말을 끝낸 선임 하사는 햇볕이 조용히 깃드는 양지쪽으로 기어가서 늙은 떡갈나무에 등을 기대고 앉았다.

햇볕을 받아 가며 조용히 내리감은 눈, 비애도, 슬픔도, 고독도, 그 어느 하나도 없다. 다만 눈 속에 덮인 산속의 적막, 이것이 그의 얼굴 위에 내릴 뿐이다. 의식을 잃은 듯 몸이 점점 비스듬히 허물어지다가 털썩 쓰러졌다.

그는 급히 다가가서 선임 하사를 일으키려 하였다. 그 순간 눈을 가늘게 떴다. 입가에 미소가 가벼이 흐른다. 햇볕이 따사로이 그 입가의 미소를 지킨다.

"이대로……."

눈을 감았다. 잠시 가는 숨결이 중단되며 이어 갔다.

무릎까지 파묻히는 눈 속을 헤치며 **남쪽으로 남쪽으로**❾ 걸었다. 몇 번이고 의식을 잃고 그대로 쓰러졌다. 때로는 눈보라와 종일 싸워야 했고, 알 길 없는 방향을 더듬으며 헤매어야 했다. 발이 얼어 감각이 없다. 불안과 절망이 그를 엄습하

내신 준비!

수능 만점 선생님

❾ ➡ 국군인 '나'가 가고 싶어 하는 곳, 즉 고향을 상징해.

기 시작하였다. 내가 잡은 이 방향이 정확한 것인가? 나의 지금 이 위치는? 상의할 아무도 없다. 나 하나뿐. 그렇다고 이대로 서 있을 수도 없다. 그는 한 걸음 한 걸음 눈 속을 헤치며 걸었다. 어디까지 이렇게 걸어야 하는 것인가? 언제껏 이렇게 걸어야 하는 것인가? 밤이면 눈 속에 묻혀서 잤다. 해가 뜨면 또 걸어야 한다. 계곡, 비탈, 눈이 쌓인 관목 숲, 깎아 세운 듯 강파르게 솟은 산마루. 그는 몇 번이고 굴러떨어졌다. 무릎이 깨어지고 옷이 찢어졌다. 피로와 기아, 밤이면 추위와 더불어 고독이 엄습한다. 악몽, 다시 뒤덮이는 악몽. 신음 끝에 눈을 뜨면 적막과 어둠뿐. 자주 흩어지는 의식은 적막 속에 영원히 파묻혀만 간다. 나는 이대로 영원히 눈 속에 묻혀 사라져 버리는 것이 아닌? 그러나 밤은 지새고 또 새벽은 온다. 그는 일어났다. 눈 속을 또 헤쳐야 한다. 산세는 더욱 험악하여만 가고 비탈은 더욱 모질다. 그는 서너 길이나 되는 비탈길에서 감각을 잃은 발길의 헷갈림으로 굴러떨어졌다. 잠시 의식을 잃었다가 다시 본정신이 돌기 시작하였을 때 그는 어떤 강한 충격으로 입술을 꽉 깨물었다. 전신이 쿡쿡 쑤신다. 그는 기다시피 하여 일어섰다. 부르쥔^(힘을 들여 쥔) 주먹이 푸들푸들 떨고 있다.

세 길…… 네 길…… 까마득하다. 그러나 올라가야만 한다. 그는 입을 악물고 기어오르기 시작하였다.[10] 정신이 자꾸 흐린다. 하늘이 빙그르르 돈다. 그는 눈을 꽉 감고 나무뿌리를 움켜쥔 채 잠시 정신을 가다듬는다. 또 기어오른다. 나무뿌리가 흔들릴 때마다 눈 덩어리와 흙덩어리가 부서져 내린다. 악전 끝에 그는 비탈에 도달하였다. 도달하던 순간 그는 의식을 잃고 그대로 쓰러졌다.

밤이 온다.

또 새벽이 온다. 그는 모든 것을 잃었다. 한 발자국, 한 발자국, 눈을 헤치며 발걸음을 옮기는 이것이 그에게 남은 전부였다. 총을 둘러멜 기운도 없이 허리에다 붙들어 매었다. 그는 자꾸 흐트러지는 의식을 가다듬어 가며 발을 옮겼다.

한 주일째 되던 저녁, 어슴푸레하게 저녁이 깃들 무렵 그는 이 험한 준령을 정복하고야 말았다.

다음 날 해가 어언간 높아졌을 무렵에 그는 눈을 떴다. 그는 순간 놀라지 않을 수 없었다.

바로 눈앞 C자 형으로 산줄기가 돌아 나간 그 움푹 파인 복판에 집들이 점점이

[10] 힘들고 어려운 상황이지만, 포기하지 않으려는 삶의 의지가 느껴지는 대목이야.

산재하여 있는 것이 아닌가! 이것을 모르고 눈 속에서 밤을 보냈다니……. 소복이 집들이 둘러앉은 마을! 가슴이 뭉클하고 눈물이 핑 돌았다.

그는 눈물을 머금으며 마을로 마을로 내려갔다. 마을 어귀에 다다랐다. 집 문들이 제멋대로 열어젖혀진 채 황량하다. 눈이 마을 하나 가득히 쌓인 채 발자국 하나 없다. 돼지우리, 소 헛간, 아! 사람들이 사는 곳! 그는 방 안으로 들어갔다. 열어젖힌 장롱…… 방바닥 하나 가득히 먼지 속에 흐트러진 물건들…… 옷! 찢어진 옷들! 그는 그 옷들을 주워서 꽉 움켜쥐었다. 사람 냄새…… 땟국에 젖은 사람 냄새…… 방 안을 둘러본다. 너무도 황량하다. 사람이 사는 곳이 이렇게 황량해질 수는 없는 것만 같이 느껴진다.[11] 아무리 몇 번이고 보아 온 그것이었다 할지라도…….

그 순간 그는 이상한 발자국 소리를 듣고 한쪽 벽으로 몸을 피했다. 흙이 부서진 벽 구멍으로 밖의 동정을 살폈다. 아무 일도 없는 것 같다. 스산한 내 정신의 탓인가? 그러나 다음 순간 그는 확실히 사람들의 음성을 들은 것 같았다.

기대와 긴장이 동시에 서린다. 그는 담 구멍을 통하여 사방을 유심히 살폈다. 약 오십 미터쯤 떨어진 맞은편 초가집 뒤 언덕을 타고 한 떼가 몰려가고 있다. 그들은 얼마 안 가 멈추었다.

멀리서 보기에도 확실히 군인임엔 틀림없다. 미군 전투 복장도 끼여 있는 듯하다. 벌써 아군 선 내에 들어와 있는 것인가? 그러면……? 그는 숨죽여 이 광경을 지키고 있었다. 그러나 좀 수상쩍은 데가 있었다. 누비옷을 입은 군인의 그 누비옷의 형식이 문제다. 그는 좀 더 자세히 이 정체를 파악하기 위하여 맞은편 초가집으로 옮겨 가지 않으면 안 되었다. 그는 담벽을 따라 교묘히 소 헛간과 짚 나뭇가리 등 은폐물을 이용하여 그 집 뒷마당까지 갈 수 있었다. 뒤담장에 몸을 숨기고 무너진 담 구멍으로 그들의 일거일동(一擧一動, 하나하나의 동작이나 움직임)을 지켰다. 눈앞의 그림자처럼 아른거린다. 그들이 주고받는 말소리가 간간이 들려온다.

동무…… 총살, 이 두 마디가 그의 머릿속에 못 박혔다. 눈앞이 아찔한다. 그는 더욱 정신을 가다듬고 그들의 일거일동을 살폈다. 머리가 덥수룩하고, 야윈 얼굴에 내의 바람의 한 청년이 양손을 등 뒤로 묶인 채 맨발로 서 있는 것이 눈에 띄었다.

---

[11] ➡ 전쟁 상황으로 말미암아 예전 모습을 잃은 마을, 즉 인간적인 삶의 터전에 대한 상실감이 드러나 있어.

집중!

수능 만점 선생님

"동무는 우리 인민의 처사에 대하여 이의가 있소?"

그 위엄으로 보아 대장인가 싶다.

"생명체와 도구는 다른 것이오. 나는 포로가 되었을 때 비로소 내가 확실히 호흡하고 있는 인간이라는 것을 알았을 뿐이오. 나는 기쁘오.⑫ 내가 한 개의 기계나 도구⑬가 아니었다는 것, 하나의 생명체인 인간으로서 살아 있었다는 것, 그리고 인간으로서 죽어 간다는 것, 이것이 한없이 기쁠 뿐입니다."

명확한 차가운 음성이었다.

"좋소."

경멸적인 조소가 입술에 어렸다.

"이 둑길을 따라 똑바로 걸어가시오. 남쪽으로 내닫는 길이오. 그처럼 가고 싶어 하던 길이니 유감은 없을 것이오."

피해자는 돌아섰다. 한 발자국, 한 발자국 걷기 시작하였다.

뒤에서 두 놈이 총을 재었다.

바야흐로 불길을 뿜으려는 총구를 등 뒤에 받으며, 주저 없이 정확한 걸음걸이로 피해자는 눈길을 맨발로 헤쳐 나가고 있었다.⑭

이제 몇 발의 총성과 더불어 그는 무참히 쓰러지고 말 것이다. 똑바로 정면으로 눈 준 채 조금도 흩어질 줄 모르는 그의 침착한 걸음걸이……

눈앞이 빙빙 돈다. 그는 마치 저 언덕길을 걸어가고 있는 것이 자기인 것만 같았다. 순간 그는 총을 꽉 움켜쥐었다. 내일을 위해 오늘의 싸움을 피한다는 것은 비겁한 수단이다. 지금 저 눈길을 걸어가고 있는 피해자는 그가 아니라 나 자신이다. 내가 지금 피살당하러 가고 있는 것이다. 쏴야 한다. 그는 사수를 겨누었다. 숨죽이는 순간 이미 그의 두 총구에서는 빗발같이 총알이 쏟아져 나갔다. 쓰러진다. 분명히 두 놈이 쓰러졌다. 그는 다음다음 연달아 쏘았다. 일순간이 지나자 응수가 왔다. 이마에선 줄곧 땀이 흐른다. 눈앞이 돈다. 전신의 근육이 개머리판의 진동에 따라 약동한다. 의식이 자주 흐린다. 그는 폭 고개를 묻고 쓰러졌다. 위기일발, 다시 겨눈다. 또, 어깨 위에 급격한 진동이 지나간다. 자꾸 흐트러지는 의식. 놈들의 사격이 뚝 그쳤다. 적은 전후좌우로 흩어져서 육박하여 오고 있다.

⑫ ➡ 청년은 총살을 앞두고도 매우 단호하고 당당한 모습을 보이고 있지.

⑬ ➡ 당에 충성하고, 당을 위해 적을 죽이는 인간을 상징해.

⑭ ➡ 청년은 이미 마음의 준비를 끝내고 죽음에 대해 굳게 결심하고 있음을 알 수 있어.

집중!

수능 만점 선생님

의식을 잃은 난사. 그는 벌떡 일어섰다.

그 순간 푹 쓰러졌다. 의식이 깜빡 사라진다. 갓 지나간 격렬한 총성의 여음이 귓가에서 감돈다. 몸 어느 한구석이 쿡쿡 찔리고, 끈적끈적한 액체가 흘러내리고 있는 것 같다. 소리가 난다. 무엇이 다가오고 있다. 머리를 쾅 하고 내리친다. 그 순간 의식을 잃었다.

오른편 팔 위에 격통이 일어난다. 그는 간신히 왼편 손으로 오른편 팔을 엎쓸어 더듬었다. 손끝에 오는 감촉이 끈적끈적하다. 손을 떼었다.

눈앞으로 가져갔다. 그 손끝과 손가락 사이에는 피, 검붉은 피가 흠뻑 젖어 있다. 어디선가 두런두런 말소리가 들린다. 담배 연기가 자욱하다. 먼지와 거미줄이 뽀오야니 늘어붙은 찢어진 천장 구멍으로 사라져 간다. 방 안이다. 방 안에 눕혀져 있는 것이다. 이따금 흰 눈을 밟고 지나가는 발자국 소리가 희미한 의식 속에 떠오른다. 점점 멀어져 가는 발자국 소리를 따라서 그의 의식도 희미해진다.

그 후 몇 번이고 심문이 지나갔다. 모든 것은 결정되었다.

인제 모든 것은 끝나는 것이다. 얼음장처럼 밑이 차다. 아무 생각도 없다. 전신의 근육이 감각을 잃은 채 이따금 경련을 일으킨다. 발자국 소리가 난다. 말소리도. 시간이 되었나 보다. 문이 삐거덕거리며 열리고, 급기야 어둠을 헤치고 흘러 들어오는 광선을 타고 사닥다리가 내려올 것이다. 숨죽인 채 기다린다. 일순간이 지났다. 조용하다. 아무런 동정도 없다. 어쩐 일일까? ……몽롱한 의식의 착오 탓인가. 확실히 구둣발 소리다. 점점 가까워 오는…… 정확한…….

그는 몸을 일으키려 애썼다. 고개를 들었다. 맑은 광선이 눈부시게 흘러 들어온다. 사닥다리다.

"뭐하고 있어! 빨리 나와!"

착각이 아니었다.

그들은 벌써부터 빨리 나오라고 고함을 지르며 독촉하고 있었다. 한 단 한 단 정신을 가다듬고, 감각을 잃은 무릎을 힘껏 괴어 짚으며 기어올랐다. 입구에 다다르자 억센 손아귀가 뒷덜미를 움켜쥐고 끌어당겼다. 몸이 밖으로 나가는 순간, 눈 속에서 그대로 머리를 박고 쓰러졌다. 찬 눈이 얼굴 위에 스치자 정신이 돌아왔다. 일어서야만 한다. 그리고 정확히 걸음을 옮겨야 한다. 모든 것은 인제 끝나는 것이다. 끝나는 그 순간까지 정확히 나를 끝맺어야 한다.[15]

그는 눈을 다섯 손가락으로 꽉 움켜 짚고, 떨리는 다리를 바로잡아 가며 일어섰다. 그리고 한 걸음 한 걸음, 정확히 걸음을 옮겼다. 눈은 의지적인 신념으로 차가이 빛나고 있었다.

본부에서 몇 마디 주고받은 다음, 준비 완료 보고와 집행 명령이 뒤이어 떨어졌다.

눈에 함빡 쌓인 흰 둑길이다. 오! 이 둑길…… 몇 사람이나 이 둑길을 걸었을 거냐……. 훤칠히 트인 벌판 너머로 마주 선 언덕, 흰 눈이다. 가슴이 탁 트이는 것 같다. 똑바로 걸어가시오. 남쪽으로 내닫는 길이오. 그처럼 가고 싶어 하던 길이니 유감없을 거요. 걸음마다 흰 눈 위에 발자국이 따른다. 한 걸음 두 걸음, 정확히 걸어야 한다. 사수 준비! 총탄 재는 소리가 바람처럼 차갑다. 눈앞에 흰 눈뿐, 아무것도 없다. 이제 모든 것은 끝난다. 끝나는 그 순간까지 정확히 끝을 맺어야 한다. 끝나는 일 초 일각까지 나를, 자기를 잊어서는 안 된다.

걸음걸이는 그의 의지처럼 또한 정확했다. 아무리 한 걸음, 한 걸음 다가가는 걸음걸이가 죽음에 접근하여 가는 마지막 길일지라도 결코 허튼, 불안한, 절망적인 것일 수는 없었다. 흰 눈, 그 속을 걷고 있다. 훤칠히 트인 벌판 너머로, 마주선 언덕, 흰 눈이다. 연발하는 총성, 마치 외부 세계의 잡음만 같다. 아니, 아무것도 아닌 것이다. 그는 흰 눈 속을 그대로 한 걸음, 한 걸음, 정확히 걸어가고 있다. 눈 속에 부서지는 발자국 소리가 어렴풋이 들려온다. 두런두런 이야기 소리가 난다.

누가 뒤통수를 잡아 일으키는 것 같다. 뒤허리에 충격을 느꼈다. 아니, 아무것도 아니다. 아무것도 아닌 것이다.

흰 눈이 회색빛으로 흩어지다가 점점 어두워 간다. 모든 것은 끝난 것이다.

놈들은 멋적게(멋쩍게) 총을 다시 거꾸로 둘러메고 본부로 돌아들 갈 테지. 눈을 털고 주위에 손을 비벼 가며 방 안으로 들어갈 것이다. 몇 분 후면 화롯불에 손을 녹이며 아무 일도 없었던 듯 담배들을 말아 피우고 기지개를 할 것이다. 누가 죽었건 지나가고 나면 아무것도 아니다.⑯ 모두 평범한 일인 것이다. 의식이 점점 그로부터 어두워 갔다. 흰 눈 위다. 햇볕이 따사로이 눈 위에 부서진다.

---

⑮ ▶ '나'는 죽음을 앞둔 상황에서도 자신의 실존을 확인하기 위해 노력하고 있지.

⑯ ▶ 전쟁 중에는 죽음이 하찮게 여겨지는 것을 보여 줌으로써 전쟁의 비극성을 강조하고 있어.

집중!

수능 만점 선생님

정리해 볼까요(그룹 채팅)

● 작가에 대해서 알아볼까요?

킬링 포인트

오상원 작가는 1930년 평안북도 선천에서 태어났어. 1953년 서울대학교 불어 불문학과를 졸업했지. 그는 1955년 〈한국일보〉 신춘문예에 단편 소설 「유예」가 당선되며 문단에 데뷔했단다. 주요 작품으로는 단편 소설인 「모반」, 「증인」, 「파편」과 장편 소설인 『백지의 기록』 등을 꼽을 수 있지.
실존주의 문학의 영향을 받은 오상원 작가는 6 · 25 전쟁 전후의 시대 상황을 주로 작품에 담았어. 그의 주된 관심은 광복과 동란이라는 혼란 속 이데올로기의 갈등과 그로 말미암은 인간 문제였단다. 특히 그의 대표작인 「유예」에서는 전쟁이라는 극단적 상황 속에서 죽음을 맞이할 수밖에 없는 인간의 실존적 문제를 다뤘지.

읽음

오상원 작가는 「유예」뿐 아니라 여러 작품에서 6 · 25 전쟁 전후의 시대 상황을 그렸군요!

● 작품에 대해서 정리해 보죠!

킬링 포인트

작가 : 오상원
갈래 : 전후 소설, 심리 소설
배경 : 시간적 – 6 · 25 전쟁 당시 어느 겨울 | 공간적 – 전쟁으로 폐허가 된 마을
시점 : 1인칭 주인공 시점, 전지적 작가 시점
주제 : 전쟁의 비극성과 인간의 실존적 고뇌
출전 : 〈한국일보〉(1955)

킬링 포인트
무조건
알아야 해!

이 소설은 6 · 25 전쟁 중 인민군에게 포로로 잡힌 국군 소대장의 죽음을 다룬 작품이야. 의식의 흐름을 통해 죽음을 앞둔 한 인간의 내면세계와 실존 문제를 깊이 있게 파헤치고 있지. 포로로 잡히고 총살을 당하기까지 한 시간의 유예 동안 국군 소대장인 '나'는 어떠한 이념적 갈등이나 번민도 보이지 않아. 오히려 '나'는 주어진 상황에 당당하게 대처하며 끝까지 최선을 다하려는 의지를 보여 준단다. 이 작품은 긴박한 현실 상황을 중심으로 일주일 정도의 기간 동안 '나'가 포로가 되기까지의 사건을 회상하는 형식으로 구성한 소설이야. 실존주의를 바탕으로 전후 사회의 인간 문제를 깊이 있게 탐색한 작품이라고 할 수 있지.

읽음

네, 이 소설을 읽으면서 '한 시간의 유예'라는 설정과 회상 형식이 참 흥미롭다고 느꼈어요!

발단: '나'는 인민군에게 잡혀 총살당하게 됨
'나'는 인민군에게 포로로 잡히고 처형까지 한 시간의 유예 동안 전쟁의 무의미성에 대해 생각한다.

전개: '나'는 적진 깊숙이 들어갔다가 후퇴하면서 홀로 남하함
수색대 소대장인 '나'는 부하들을 이끌고 북으로 진격하지. 일행은 적의 배후에 깊숙이 들어가게 되지만, 본대와의 연락이 끊어지고 후퇴하기도 어려운 상황에 처하게 돼. 눈 속에서 쓰러지는 부하들이 생기지. 그들을 남기고 후퇴할 수밖에 없는 '나'는 다시 눈 속을 헤치고 남쪽으로 걸어간다.

위기: 국군 처형 장면을 목격한 '나'는 적에게 총을 쏘다가 붙잡힘
산 아래에 버려진 마을이 보이기 시작해. 그곳에는 총살당하기 직전의 한 청년이 있었지. '나'는 그 청년이 마치 자신인 것 같은 착각에 사로잡혀 적에게 총을 난사한다. 결국 '나'는 포로로 붙잡히게 되지.

절정: '나'는 적의 회유에도 전향을 거부함
'나'는 적의 회유와 심문을 받지만 끝내 전향을 거부하지.

결말: '나'는 처형을 당함
집행 명령이 떨어지자 '나'는 눈 덮인 둑길을 걸어가. '나'는 죽음이 아무것도 아니라고 인식한 후 마지막까지 자신을 잃어서는 안 된다고 다짐하며 죽음을 맞이하지.

한 시간의 유예 속에서 죽음을 앞둔 '나'의 내면 심리가 이 작품의 주제를 잘 보여 주는 것 같아요!

● **'나'의 뇌 구조를 알아볼까요?**

누가 죽었건, 지나면 아무것도 아닌 것이다······.

저들은 날 죽여도 아무렇지 않겠지.

한 시간 후면 모든 것이 끝난다.

몇 사람이나 이 둑길을 걸었을까?

정확하게 나를 끝맺어야 해.

수능 만점 강사

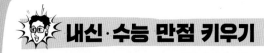

내신·수능 만점 키우기

1 이 작품에 대한 설명으로 옳지 <u>않은</u> 것은?

① 전장을 배경으로 전쟁의 비극성을 형상화했다.
② 극한 상황에서의 인물의 내면 심리를 다루었다.
③ 실존주의를 바탕으로 전후 사회의 인간 문제를 깊이 있게 탐색했다.
④ 주인공이 포로가 되기까지의 사건이 암시적으로 나타나 있다.
⑤ 이념의 허무함과 죽음의 무의미성이 드러나고 있다.

2 다음은 이 작품의 서술상 특징에 대해 토론한 내용이다. <u>적절한</u> 의견으로 묶인 것은?

> ㄱ. 1인칭 시점과 3인칭 시점을 혼용해 인물의 내면세계를 효과적으로 드러낸 작품이야.
> ㄴ. 현재형 진술과 과거형 진술을 적절히 섞어 박진감 있게 전달하고 있지.
> ㄷ. 단문을 통해 죽음을 앞둔 인물의 이야기에 긴장감을 더하고 있군.
> ㄹ. 시간 순서에 따라 흥미로운 사건이 전개되고 있어.

① ㄱ, ㄷ   ② ㄱ, ㄹ   ③ ㄴ, ㄷ
④ ㄴ, ㄹ   ⑤ ㄷ, ㄹ

3 다음 글에서 밑줄 친 '흰 둑길'의 이미지와 가장 <u>부합하는</u> 것은?

> 나는 빨가벗은 채, 추위에 살이 빨가니 얼어서 <u>흰 둑길</u>을 걸어간다. 수발의 총성, 나는 그대
> 로 털썩 눈 위에 쓰러진다.

① 연달리 산과 산 사이 / 너를 남기고 온 / 작은 마을에도 복된 눈 내리는가
② 물 아롱아롱 / 피리 불고 가신 님의 밟으신 길은 / 진달래 꽃비 서역(西域) 삼만 리.
③ 뼈에 시리도록 생활은 슬퍼도 좋다. / 저문 들길에 서서 푸른 별을 바라보자.
④ 길은 한 줄기 구겨진 넥타이처럼 풀어져 일광의 폭포 속으로 사라지고
⑤ 수로 천리 먼 길을 / 왜 온 줄 아나? / 옛날 놀던 그대를 / 못 잊어 왔네.

4 다음 글의 밑줄 친 부분과 가장 관련이 깊은 것은?

> 오상원의 「유예」는 1인칭 시점과 3인칭 시점을 혼용하며 인물의 내면세계를 그려 가고 있다. 특히 인물의 자의식이 깊어질 때 <u>1인칭 주인공 시점이 나타난다.</u>

① 본부에서 몇 마디 주고받은 다음, 준비 완료 보고와 집행 명령이 뒤이어 떨어졌다.
② 그들은 벌써부터 빨리 나오라고 고함을 지르면서 독촉하고 있었다.
③ 의식이 점점 그로부터 어두워 갔다.
④ 아무것도 아니다. 아무것도 아닌 것이다.
 ⑤ <u>끝나는 일 초, 일 각까지 나를, 자기를 잊어서는 안 된다.</u>

5 다음 글의 ①, ②에 들어갈 말을 각각 적으시오.

> ____①____ 은(는) 1910~1920년대에 걸쳐 영국 소설에서 사용하던 실험적 방법이다. 제임스 조이스의 『젊은 예술가의 초상』, 마르셀 프루스트의 『잃어버린 시간을 찾아서』 등에 이 기법이 반영되었다. 우리나라에서 이 기법을 사용한 작품으로는 이상의 「날개」, 6 · 25 전쟁을 배경으로 총살을 당하는 국군의 내면세계를 치밀하게 그린 ____②____ 등을 꼽을 수 있다.

 ① 의식의 흐름, ② 오상원의 「유예」

6 다음 밑줄 친 부분에 활용된 수사법과 이 작품의 주제와 관련해 얻을 수 있는 효과는 무엇인지 각각 서술하시오.

> 이윽고, <u>붉은 피가 하이얀 눈을 호젓이 물들여 간다.</u> 그 순간 모든 것은 끝나는 것이다. 놈들은 멋쩍게 총을 다시 거꾸로 둘러메고 본대로 돌아들 간다.

대조법. 죽음을 상징하는 붉은 피와 하얀 눈의 대조를 통해 전쟁의 비극성을 강렬히 드러내고 있다.

● **수능 만점 선생님의 감상 꿀팁**

이 작품은 죽음을 앞둔 인물의 심리를 단문과 의식의 흐름을 통해 드러내고 있다는 점에 주목해야 해. 또한 1인칭 시점과 3인칭 시점을 혼용해 사건을 전개하고 있는데, 특히 '나'의 깊은 자의식을 드러낼 때는 1인칭 주인공 시점을 활용하고 있다는 점을 기억하자.

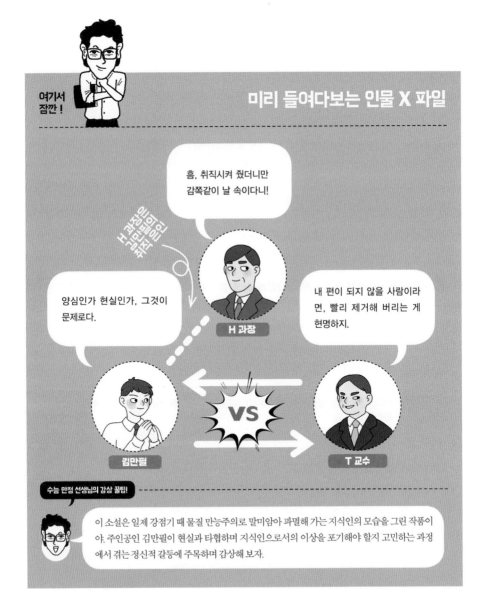

여기서
잠깐!

미리 들여다보는 인물 X 파일

흠, 취직시켜 줬더니만
감쪽같이 날 속이다니!

주인공을
궁지로 몰아넣는 인물

양심인가 현실인가, 그것이
문제로다.

내 편이 되지 않을 사람이라
면, 빨리 제거해 버리는 게
현명하지.

H 과장

김만필   VS   T 교수

수능 만점 선생님의 감상 꿀팁!

이 소설은 일제 강점기 때 물질 만능주의로 말미암아 파멸해 가는 지식인의 모습을 그린 작품이
야. 주인공인 김만필이 현실과 타협하며 지식인으로서의 이상을 포기해야 할지 고민하는 과정
에서 겪는 정신적 갈등에 주목하며 감상해 보자.

김 강사와 T 교수

#위선과 진실 사이의 아슬아슬한 줄타기

1

문학사 김만필(金萬弼)은 동경 제국 대학 독일 문학과를 우수한 성적으로 졸업한 수재이며, 학생 시대에는 한때 문화비판회(좌경 학생 운동 단체)의 한 멤버로 적지 않은 단련의 경력을 가졌으며,❶ 또 학교를 졸업한 후에는 일 년 반 동안이나 실업자의 쓰라린 고통을 맛보아 왔지만 아직도 '도련님' 또는 '책상물림'의 티가 뚝뚝 듣는 그러한 지식 청년이었다.

S 전문학교 교문을 들어선 택시가 기운차게 큰 커브를 그려 육중한 본청 현관 앞에 우뚝 섰을 때에는 벌써 김만필의 가슴은 두근거리기 시작하였다.

오늘이 이 학기 개학하는 날이라 학생들은 둘씩 셋씩 떼를 지어 웃고 떠들고 하면서 희희낙락하게 교문을 들어가고 있었다. 저 학생들, 저 다 큰 학생들을 앞에 놓고 내일부터 강의를 하는 것이로구나 하고 생각하니 몹시 기쁘기도 하나 일변 겁이 나서 가슴이 두근거리는 것이었다.❷ 김만필은 세물 내온 모닝의 옷깃을 가다듬고 넥타이를 바로잡아 위의(威儀 위엄이 있고 엄숙한 태도나 차림새)를 갖춘 후에 자동차를 내렸다. 그윽한 나프탈렌 냄새가 초가을 아침의 신선한 공기와 함께 새삼스레 코를 찔렀다. 그는 천천히 일 원짜리를 한 장 꺼내 주고 거스를 필요는 없다는 의미로 손짓을 하고 무거운 정문을 열고 들어갔다.

오늘은 김만필의 그의 울울턴 일 년 반 동안의 룸펜(룸펜프롤레타리아트(lumpenproletariat)의

❶ ➡ 김만필이 어떤 사상을 가진 인물인지 보여 주는 부분이야.

❷ ➡ 김만필은 자신의 사상을 들켜서 어렵게 취직한 직장을 잃을까 봐 조금 불안해하고 있어.

아주 중요해!

수능 만점 선생님

줄임말. 자본주의 사회에서 가장 하층인 빈민층을 의미함) 생활을 청산하는 날이며, 시간 강사로나마 새로이 이 전문학교의 선생으로 취임하는 날이며 또 이도 또한 이번에 새로 임명된 이 학교 교련 선생과 함께 취임식의 단 위에 오르는 날이었다. 그러므로 그가 기쁨에 가슴을 두근거리며 이 학교 교문을 들어선 것은 이상해할 일이 아닌 것이다.

현관을 들어서서 한참 어리둥절하다가 그는 겨우 수부(受付, 접수처)에 가서 교장실이 어디냐고 물었다. 누구냐고 되묻는 것을 명함을 내주며 자기는 이번에 이 학교 독일어 선생으로 새로 임명된 사람이라고 대답하니 그제야 사무원은 몸을 납신하고(가볍고 빠르게 구부리고) '아, 그러셔요.' 하면서, 이 복도를 오른쪽으로 꺾이어 바로 둘째 방이 교장실이라고 일러 주었다.

교장실은 넓고 화려하였다. 교장은 그 넓은 방 한복판에 커다란 테이블을 앞에 놓고 두툼한 회전의자 위에 버티고 앉아 있었다. 마치 김만필이 들어오기를 기다리고 있었던 것이다시피. 이왕에 김만필은 교장을 그의 사택으로 찾아간 일이 사오 차나 있었지만 그때에는 김에게 대하는 태도가 몹시 친절한 데다가 교장의 생김생김이 쭈그렁밤송이 같았으므로 마치 시골집 행랑아범이나 대하듯이 몹시 만만했는데, 이날 아침 교장실에 와서 그는 교장이요, 자기는 일개 시간 강사로서 마주 대하니 고개가 저절로 숙여지는 것을 어쩔 수 없었다.❸ 거기다가 교장의 태도는 전과는 아주 딴판으로 독난 뱀 모가지 같이 고개를 반짝 뒤로 젖히고 있어서 속으로는 꼴 같지 않기 짝이 없었으나 큼직하게 유덕스레 생긴 사람보다도 도리어 더 무서웠다.

"어! 잘 오셨소. 자, 이리 와 앉으시오."

교장은 목소리를 지어 가며 테이블 앞에 놓인 의자를 가리켰다. 말할 때에 그는 두 볼의 주름살 한 줄기 움직이지 아니하였다. 김만필은 몸이 오그라지는 것을 느끼며 황송해 의자에 앉았다.

"우리 학교에 이왕에 오신 일이 있던가요. 아마 처음이죠?"

"네, 처음입니다."

"어때요? 누추한 곳이라서……."

"천만에요. 정말 훌륭합니다."

내신 준비!

❸ → 권력 앞에서 힘을 잃고 마는 김만필의 모습을 보여 주고 있어.

수능 만점 선생님

김만필은 교장실 창에 반쯤 걷어 좋은 호화스런 커튼으로 눈을 옮기며 대답하였다. 커튼은 정말 훌륭하였다.❹

교장은 테이블 위에 놓인 종을 서너 번 울렸다. 급사(給仕, 관청이나 회사, 가게 따위에서 잔심부름을 시키기 위해 부리는 사람)가 들어오나 했더니 옆방으로 통하는 문이 열리며 뚱뚱한 모닝을 입은 친구가 허리를 굽실굽실하며 들어왔다.

"여보게, 그것 가져오게."

"핫."

뚱뚱한 친구는 교장의 말이 끝나기도 전에 허리를 굽실하고 도로 나갔다.

잠깐 있다가 그는 무슨 종잇조각을 들고 들어와 교장에게 전했다. 교장은 김만필에게,

"김만필 씨, 이것이 당신 사령서(辭令書, 인사에 관한 명령을 적어 본인에게 주는 문서)입니다. 자, 이리 오시오."

김만필은 공손히 걸어가 사령서를 받아들고 허리를 굽혔다.

"인젠 자네도……."

김만필이 허리도 채 펴기 전에 교장은 그의 머리 위에 대고 말을 퍼부었다.

"우리 학교의 한 직원이니까 우리 학교를 위해 전력을 다해 주게. 더구나 우리 학교에서 조선 사람을 교원으로 쓰는 것은 자네가 처음이니까 한층 더 주의하고 노력하도록 하게."❺

"핫."

김만필은 아까 그 뚱뚱한 친구가 하던 그대로 거의 반사적으로 허리를 굽히지 않을 수 없었다.

"에…… 그리고 김 군. T 군을 소개하지. 우리 학교의 교무 일을……."

교장이 말도 맺기 전에,

"내가 T올시다."

하며 뚱뚱한 친구는 몹시 친절하게 허리를 굽혔다. 김만필은 아까는 그를 경멸의 눈으로 보았지만, 지금 그가 이 학교 교무를 보는 이인 줄을 알고 더구나 이렇게 공손하게 자기한테 하는 것을 보니 도리어 황송해서 그보다도 한층 더 허리를 굽혔다.

> ❹ ➡ 교장의 권력과 부유함을 보여 주는 장치라고 할 수 있어.
> ❺ ➡ 조선 사람을 고용하지 않는다는 내용을 통해 당시 시대 상황을 짐작할 수 있지.

집중!

수능 만점 선생님

"자, 저 방으로 가서 기다립시다. 곧 식이 시작될 테니까. 이번에 새로 오게 된 교련 선생 A 소좌도 벌써 와 계십니다."

T 교수는 앞서서 김만필을 그 옆방 교무실로 안내하였다. 교무실에는 A 소좌가 긴 칼을 짚고 만들어 놓은 사람같이 단정하게 앉아 있었다. 모든 것이 김만필에게는 어째 꿈나라에나 온 것 같았다.

김만필과 A 소좌의 취임식은 개학식 끝에 간단하게 거행되었다. 위엄을 차리느라고 한층 더 눈에 살기를 띤 교장이 먼저 단 위에 올라가, 김만필을 동경 제국대학 출신의 보기 드문 수재라고 소개하고, 이어 이번에 새로 교련을 맡아보게 된 A 소좌는 그의 경력과 인물에 대해 자기로서 감히 어떻다고 말할 생각도 없으며, 다만 이번에 특히 그의 분주한 사무의 틈을 타 우리 학교 일을 보게 된 데 대하여 감사의 말을 드릴 뿐이라는 인사를 한 후에 김만필과 A 소좌는 동시에 단위로 올라갔다. 얼굴이 창백하고 몸이 가는 김만필이 앞서서 나프탈렌 냄새를 피우며 층대를 올라가고 바로 그 뒤에 검붉은 햇볕에 탄 얼굴과 강철 같은 체격에 나이도 김만필의 존장(尊丈, 아버지의 친구를 높여 이르는 말)뻘이나 됨직한 A 소좌가 가슴에 훈장을 빛내며 유유히 따랐다. 강당 안에 가득 찬 학생들은 이 진기한 행진에 거의 무의식적으로 웃음을 터뜨릴 뻔하였으나 '기오쓰켓(차렷)' 하는 체조 선생의 일갈(一喝, 한 번 큰 소리로 꾸짖음, 또는 그런 말)로 겨우 참았다. 김만필과 A 소좌가 나란히 단 위에 서자 체조 교사는 다시 '게이레잇(경례)' **하고 외쳤다.❻** 동시에 수백 명 검은 머리는 일제히 숙였다.

생각하면 S 전문학교의 신임 교원 취임식이 이렇게 장엄할 줄이야 미리부터 모를 바 아니었지만 막상 눈앞에 대하고 보니, 김만필은 기가 막혀 정신을 차릴 수 없었다. 자기는 무엇으로 수백 명 학생의 경례를 받을 가치가 있는가? 김만필은 예를 받고 서 있는 그 짧은 동안에 **착잡한 모순의 감정❼**으로 그의 과거와 현재를 생각하였다. 대학 시대의 문화비판회의 한 멤버였던 일, 졸업하자 '취직'을 위해 일상 속으로 멸시하던 N 교수를 찾아갔던 일, N 교수로부터 경성의 어떤 유력한 방면으로 소개장을 받던 일, 그리고 서울로 돌아온 후 수차 〈조선일보〉, 〈동아일보〉 등에 독일의 좌익 문학 운동을 소개하던 일, 그리고 H 과장의 소개로

---

❻ ➡ 일본어로 경례하는 것으로 보아 식민 지배하 교육계의 상황을 알 수 있어.

❼ ➡ 전력을 숨기고 생계를 위해 취업한 것은 김만필의 사상과 위배되는 일이기 때문이지.

수능 만점 선생님

작년 가을에 이 S 전문학교 교장을 찾던 일 — 이 모든 기억은 하나도 모순의 감정 없이 생각할 수 없는 것이었다.

인생의 모순의 축도를 자기 자신이 몸소 보이고 있는 것같이 생각되었다.

지식 계급이란 것은 이 사회에서는 이중, 삼중, 사중, 아니 칠중, 팔중, 구중의 중첩된 인격을 갖도록 강제되는 것이다. 어떤 자는 그 수많은 인격 중에서 자기의 정말 인격을 명확하게 쥐고 있다. 그러나 어떤 자는 자기 자신의 그 수많은 인격에 현황해(정신이 어지럽고 황홀해) 끝끝내는 어떤 것이 정말 자기의 인격인지도 모르게 되는 것이다.❽ 그러면 지금 자기는 이 두 가지 중의 어느 것인가?

이 모든 생각이 김만필의 머리를 번개같이 지났다. 그는 학생들이 경례하고 있는 그 짧은 시간이 지긋지긋하고 지루하게 생각되었다. 어째 눈이 핑핑 도는 것 같고 다리가 떨리는 것 같았다.

식이 끝나고 강당을 나올 때 T 교수는 친절히 김만필, 아니 김 강사의 옆으로 오며,

"긴 상, 몹시 약하시구면. 얼굴빛이 대단히 좋지 않은데요. 어디 괴로우십니까?"

하고 물었다.

"아뇨, 별로 몸에 고장은 없습니다마는……."

김 강사는 등에 식은땀이 흐른 것을 느끼며 대답하였다.

2

김 강사는 생전 처음 서는 교단이라 실수를 하지 않으려고 그날 밤은 늦도록 공부하였다. 학생들의 독일어는 거의 '아아, 베에, 체에'부터 가르치는 것이나 다름없는 것이었지만 그래도 실수가 있을까 봐 '아아, 베에, 체에' 하고 발음 연습까지 해 보았다.

아침의 교원실은 요란스럽기 짝이 없었다. 선생님들은 기운찬 소리로 의미 없는 회화를 껄껄거리며 끝없이 계속하였다. 김 강사는 원래가 말이 적은 데다가

❽➜ 김만필은 스스로의 선택을 합리화해 보려고 하지만, 고뇌할수록 더 혼란스러워하고 있어.

내신 준비!

수능 만점 선생님

'신마이'(햅쌀의 일본어)⑨고 보니 어디 말 한마디 붙여 볼 용기가 없었다. 교원실의 그 소동을 피해 신문실로 들어가 새로 온 독일의 그림 신문을 펴 들고 있노라니 문이 열리며 T 교수의 벙글하는 친절한 얼굴이 나타났다.

"어어, 여기 와 계셨습니까? 신진 학자는 다르시군."

김 강사는 의미 없이 얼굴을 붉히며,

"어떠십니까? 오늘은 매우 산들산들합니다."

하고 인사에 응했다.

T 교수는 신문실로 들어와 김 강사 옆에 와 앉으며,

"바로 이번 첫째 시간이 당신 시간이지요?"

"네."

"허…… 무어, 어련허시겠지만 그래두 당신은 교단에 서시는 것이 처음이 되니까, 더구나 우리 학교로 말하면 조선 학생이 섞여 있으니까 한층 더 해 나가기가 어렵습니다. 그리고 학생들의 버릇이란 처음 오는 선생, 더군다나 당신 같이 젊은 선생에게는 쓸데없는 질문을 자꾸 해 괴롭게 굽니다. 나도 역시 그전에 당한 일입니다만 말하자면 학생이 선생을 시험하는 게랄까요. 이 시험에 급제를 해야만 학생들을 다스려 나가지, 만일 떨어지는 날이면 뒤가 몹시 괴롭습니다. 허…… 어허……."

T 교수는 말을 끝내고 호걸 같은 웃음을 폭발시켰다. <u>그러나 김 강사는 T 교수의 친절을 감사하지 않을 수 없었다.</u>⑩ 그런 일쯤이야 자기도 미리 짐작하고 있었던 바이지만 아무도 자기한테 좋은 말을 해 주는 사람이 없는 이때에 일부러 자기를 찾아와 이런 귀띔을 해 주는 것이 몹시 고마웠다.

T 교수는 몇 마디 잡담을 더 하고 곧 일어나 나갔다. 뚱뚱한 몸을 흔들흔들하며 나가는 뒷모양이 김 강사에게는 몹시 믿음직해 보였다. 사실을 말하면 김 강사는 과거에 문화비판회원이었던 것이 선생으로서는 '<u>정강이의 흠집</u>'⑪인 데다가 이 학교를 오게 된 것도 초빙을 받아서 온 것이 아니라, 이 학교 교장이 H 과장 밑에서 꼼짝을 못 하는 관계로, 또 H 과장은 보통 사제 이상으로 무슨 특별한 관계가 있는 동경제대 N 교수에 대한 의리로, 이렇게 어쩔 수 없는 김만필에게 일

⑨ ▶ 새로 들어온 선생님을 '햅쌀'에 비유해서 표현하고 있어.
⑩ ▶ 김만필은 처음에는 T 교수에 대해 호의를 느끼고 있어.
⑪ ▶ 치명적인 상처나 결점을 의미해. 김만필의 전력이 선생 일을 하는 데 큰 흠이라는 뜻이란다.

수능에 나올 수도 있어!

수능 만점 선생님

주일에 네 시간의 강사의 자리가 차례로 온 것이었으므로 김만필은 이 학교 안에 우선 교장을 필두로 자기를 환영치 않는 공기가 있을 것을 예기하고 있었다. 교장은 정말로 김 강사가 싫어서 그러는 것인지 또는 그의 오종종한^(옹졸한) 성미 때문에 그렇게 보이는 것인지는 알 수 없으나 어쨌든 그를 별로 환영하지 않는 듯하지만 그것이 도리어 당연한 일이요, T 교수같이 친절하게 구는 것은 예기치 못하였던 바이다. 학생들은 예상보다 얌전하였다.

김 강사는 교수의 말도 있고 해서 몹시 경계하였으나 아무 일도 없었다. 질문이 있을 때마다 김 강사는 '이키, 인제 왔구나.' 하며 원수나 만난 듯이 준비를 차렸지만 일부러 선생을 골탕 먹이기 위한 질문은 하나도 없었다. 도리어 새로 온 젊은 선생에 대한 호기심으로부터 오는 동정의 빛이 보였다.

시간을 끝내고 교원실로 돌아오자 T 교수는 친절하게도 또 찾아와서 처음 서는 교단의 감상이 어떠냐고 물었다.

"감상이 무어 별거 있습니까? 학생들은 생각했던 것보다 얌전하더구먼요."

김 강사는 학생들이 처음 온 선생에 대해 으레 해 본다는 그 시험에 자기가 합격이나 한 듯이 약간 득의의 웃음을 띠며 대답하였다.

"그렇지만 긴 상, 얌전한 것은 표면뿐입니다. 별별 고약한 놈이 다 있으니까요. 미리 주의해 드립니다마는……."

하면서 T 교수는 학교 수첩, 학생들이 '엠마쪼'라 부르는 것을 꺼내 김 강사 앞에 놓고 연필 끝으로 죽 훑어 내려가다가,

"우선 이 스즈끼란 놈만 해도 웬 고약한 놈입니다. 학교는 결석만 하고 모처럼 출석하면 선생한테 시비나 걸어 덤비고 교실에서는 장난이나 치고, 그리구 게다가 품행이 좋지 못해 여학생한테 편지질하기가 일쑤입니다. 스즈끼뿐입니까? 옳지, 이놈 이 야마다란 놈도 그보다 더함 더했지 덜하진 않는 놈, 또 이 김홍규란 놈도. 옳지, 또 이 가도란 놈도. 도대체 이 반은 급장부터 맘에 안 듭니다. 학교 성적은 좋지만 성질이 못되어서……."

김만필은 T 교수의 의외의 열변에 기가 막혀 가만히 그의 얼굴을 쳐다보았다.

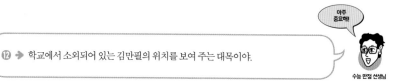

⑫ ➡ 학교에서 소외되어 있는 김만필의 위치를 보여 주는 대목이야.

그의 눈은 충심으로부터의 미움에 타고 있었다. 신참자인 김 강사에게 들려주는 친절한 조언으로서는 좀 정도가 지나치리라고 생각되리만큼.[13]

"허지만……."

하고 김 강사는 T 교수의 얼굴빛을 봐 가며 가만히 자기의 의견을 끼웠다.

"우리는 학생을 대할 때 좀 더 허심탄회한 마음으로 대하여야 할 것이 아닌가요."

"허……."

하고 T 교수는 조금 체면이 안 된 듯,

"그야 물론 그렇지요. 하지만 학생들이 선생들의 그 친절을 받아 주지 않는 데야 어떡하오. 당신도 이제 좀 치어나 보시면 차차 내 생각에 가까워지십니다. 두고 보시오."

T 교수는 마침 급사가 찾아왔으므로 그대로 교무계로 가 버렸다. 그러나 김 강사는 몹시 우울하였다. T 교수가 인격상 결점이 있는 것인가? 또는 자기가 아직 책상물림에 지나지 않는 것인가? 그러나 어쨌든 김 강사에게는 T 교수에게 몹시 탈을 잡히던 스즈끼라는 학생이 도리어 흥미가 있었다.

3

며칠 지난 후, 토요일 밤이었다. 김만필은 오래 찾아보지도 못한 H 과장에게 치하의 인사를 하러 찾아갔다. H 과장이 교장에게 억지로 떼를 쓴 것이 아니었다면 김만필은 도저히 S 전문학교에 자리를 얻을 수 없었을 것이다. H 과장은 조선에 와 있는 관리로서는 퍽이나 평민적인 친절한 신사였다.

H 과장의 집은 북악산 밑 관사촌의 북쪽 끝으로 있었다. 저녁 후의 고요한 관사촌은 김만필의 발소리에 놀란 셰퍼드인지, 무서운 개들의 짖는 소리로 몹시 요란스러웠다. 김만필이 H 과장 집으로 들어가는 골목을 돌려는 순간 등 뒤에서 다른 사람의 발소리가 들렸다. 고개를 획 돌리자 바로 등 뒤에까지 온 그 사람의 얼굴과 거의 마주칠 뻔하였다.

"어!"

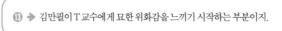

[13] → 김만필이 T 교수에게 묘한 위화감을 느끼기 시작하는 부분이지.

수능 만점 선생님

"어, 이거 누구시오."

두 사람은 거의 동시에 입을 열었다. 뒤에 온 것은 무슨 보퉁이를 낀 T 교수였다.

"얏데루나(할 짓은 다 하는구면)."

T 교수는 김만필의 어깨를 툭 치며 비밀을 서로 통한 사람들끼리만이 서로 주고받는 그러한 미소를 띠었다.

"하긴 당신도 아시겠지만 나는 H 과장의 힘으로 이번에 취직이 된 것이니까요. H 과장은 나의 은인이니까요."

"그야 물론, 그렇지. 그렇구말구. 나는 H 과장하고 고향이 한곳이라오."

"네, 그러세요."

김만필은 더 할 말이 없었다.

T 교수는 잠깐 무슨 생각을 하더니 별안간 H 과장 집 부엌으로 들어가는 문을 열며 김만필을 보고,

"잠깐만 거기서 기다려 주시오. 우리 같이 들어갑시다."

"뭐요?"

"허…… 이거 왜 이러슈. 세상이란 다 이런 게 아니우?"

하며 T 교수는 손에 들었던 물건을 한 번 번쩍 쳐들어 보이고 부엌문으로 사라졌다.⑭

김만필은 T 교수가 가지고 들어간 것이 무엇인지를 깨달았다. '이 꼴을 한번 학생들에게 보여 주었으면…….' 하고 생각하니 김만필의 마음은 몹시 우울하였다.

부엌 속에서 하녀하고 무엇인지 쏘곤쏘곤하는 소리가 들리더니 곧 T 교수는 도로 나왔다. 이번에는 들어갈 때와는 달리 몹시 위엄 있는 태도를 회복하고 있었다.

"기두르셨지요."

그는 김만필에게 간단히 말하고는 잠자코 앞에 가서 정면 현관의 초인종을 눌렀다.

그날 밤 H 과장 집에서 나온 후 T 교수는 자꾸 어디든지 잠깐 차라도 마시러 같

내신 준비!

⑭ ➡ T 교수가 현실에 타협하는 인물임을 알 수 있는 부분이야.

수능 만점 선생님

이 가자고 졸랐다. 김만필은 그것을 감사하게는 여길망정 거절할 이유는 없었으므로 그를 따라갔다.

두 사람은 세르팡이라는 찻집으로 들어갔다. 이 집은 김만필도 몇 번 간 일이 있었으나 T 교수는 매우 친히 아는 것 같았다. 카운터에 앉은 매몰스럽게(인정이나 싹싹한 맛이 없고 쌀쌀맞게) 된 여자가 T 교수가 문을 들어서자마자,

"아라 센세(어머 선생님). 이랏샤이마세(어서 오세요). 스이붕 오히사시부리네(오랜만에 오셨네요)."

하고 정떨어지게 외쳤다. 무슨 의미인지 T 교수는 입에다 손가락을 대고 쉬이 쉬 하면서, 그러나 벙글벙글 웃으면서 구석 테이블을 차지하였다.

"홍차 둘. 위스키를 타라구."

T 교수는 보이에게 주문을 하고 김만필을 보며,

"긴 상, 어떠슈, 술을 잘하신다지요?"

"천만에요. 조금만 먹으면 빨갛게 올라서……."

"이거 왜 이러슈. 소문 다 듣고 앉았는데, 허…… 어허……."

T 교수는 의미 모를 너털웃음을 크게 웃고 나서,

"긴 상, 긴 상 일은 내 다 잘 알고 있지요. 벌써 작년에 H 과장께 당신 말씀을 들었어요. 사실은…… 이거 무어 내가 공치사(功致辭, 남을 위해 수고한 것을 생색내며 스스로 자랑함)하는 게 아니라 당신을 교장에게 추천한 것도 사실은 내가 한 것이지요. 허…… 어……."

김만필은 T 교수의 후림대(남을 꾀어 후리는 일)와 너털웃음에 몹시 야비한 느낌을 받았으나 하여간 고개를 숙여 그에게 감사의 표정을 아니 할 수 없었다. T 교수가 무엇 때문에 자기를 추천한 것인지는 알 수 없었으나 적어도 H 과장의 명령을 교장에게 전하는 일만은 하였음 직한 일이었다.

T 교수는 차를 한숨에 마시고 이번에는 알짜 위스키를 청하며,

"당신은 나를 모르셨겠지만, 나는 당신을 이왕부터 잘 알고 있었습니다. 사실은 저 작년부터 나는 조선말을 공부하느라고요."

김만필은 T 교수가 하는 말을 알아들을 수가 없었다. T 교수가 배우는 조선말과 김만필과의 사이에 무슨 연락이 있단 말인가? T 교수가 이 말을 하는 것은 김

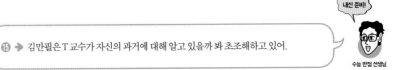

⑮ → 김만필은 T 교수가 자신의 과거에 대해 알고 있을까 봐 초조해하고 있어.

만필에게 친밀의 감정을 표시하기 위한 것 같았으나 김만필은 무슨 말이 또 나올는지 몰라 슬그머니 겁이 나는 것이었다.[⑮]

"……조선말을 배우느라고 신문에 나는 소설과 논문을 학생더러 통역해 달래며 읽었는데 우연히 당신이 쓰신 「독일 신흥 작가 군상」이란 논문을 읽었어요. 정말 경복(敬服, 존경해 복종하거나 감복함)하였습니다. 독일 문학에 대해 당신만큼 연구와 이해가 깊은 이는 온 일본 안에도 적을 것입니다. 그래서 나는 H 과장 집에서 당신 이야기가 났을 때 그런 분을 우리 학교에 맞았으면 얼마나 좋을 것인가 하고 속으로 대단 바랐던 것입니다. 허허허, 좋은 일입니다. 앞으로도 많이 써 주십시오."

김만필은 속이 뜨끔하였다. 도대체 이런 말을 하는 T 교수의 내심을 알 수 없었던 것이다. 작년 겨울에 〈조선일보〉에 연재하였던 「독일 신흥 작가 군상」이란 논문은 몇 푼 안 되는 원고료를 목표로 총총히(몹시 급하고 바쁘게) 쓴 것에 지나지 않으며, 더구나 그 논문의 내용은 독일 좌익 작가의 활동을 소개한 것이므로 지금 그런 종류의 일은, 그의 S 전문학교에서의 지위를 위해서는 절대로 비밀에 붙여야 할 것이었다.[⑯] 그러므로 이러한 비밀을 T 교수가 일부러 쳐들어 칭찬하는 것은 칭찬이라기보다는 도리어 위협으로 들렸다. 도대체 T 교수는 무슨 까닭으로 김만필에게 친절을 억지로 보이려는 것일까, 모를 일이었다.

세르팡을 나왔을 때에는 둘이 다 얼근히 취하고 시간도 열한 시가 지났었다. 그러나 T 교수는 몹시 명랑한 태도로 앞장을 서서 〈바하트 암 라인〉(Die Wacht am Rhein, 독일의 군가 중 하나)〉을 콧노래로 부르며, 아사히마찌(옥정) 어느 뒷골목 깨끗하게 차린 오뎅집 노렝(포렴, 상점 입구의 처마 끝이나 점두에 치는 막)을 젖히고 안으로 들어갔다. 여기에도 그는 가끔 오는 눈치인 것이 삼십이 넘을락 말락 한 게이샤(기생) 퇴물인 듯싶은 여자가 아까 세르팡의 마담이 외치던 것과 똑같은 소리로 외치는 것으로 알 수 있었다. 다만 '센세'를 '센세이'라고 발음하는 것만이 달랐다.

김만필과 T 교수가 그 오뎅집을 나왔을 때에는 둘이 다 비틀걸음을 쳤다.

삼월백화점 앞에 와서 T 교수는 단장을 들어 지나가는 택시를 불렀다. 걸어가겠으니 택시는 일없다고 김만필이 사양하니까 전차도 끊겼는데 여기서 동소문 안까지 어떻게 걸어가느냐, 당신 집이 우리 집에서 가깝지 않느냐라고 T 교수

⑯ ➔ T 교수는 김만필의 전력에 관해 알고 있었어! 이것이 김만필에게는 큰 약점이 된단다.

내신 준비!

수능 만점 선생님

는 말했다.

"아니, 우리 집은 어떻게 아십니까?"

김만필은 너무나 의외여서 물었다.

"아다마다요. 더러 댁 문 앞으로 지나다니는걸요. 긴 상 문패가 붙었기에 그저 그런가 했지요. 우리 집은 긴 상 댁에서 바로 거깁니다. 그 저 C씨의 커다란 문화 주택이 있지 않습니까? 바로 그 밑입니다. 인제 자주 놀러 오세요."

"네, 놀러 가지요."

하고 김만필은 대답했으나 속심으로는 결단코 T 교수를 찾아가지 아니하리라고 생각하였다. 어째서 그는 탐정견 같이 모든 것을 다 알고 있는 것일까? 그와 교제를 계속하면 할수록 자기는 손해만 볼 것같이 생각되었다.⑰

자동차가 박석고개를 전속력으로 넘어갈 때 T 교수는 김만필의 귀에다 대고,

"인제 차차 아시겠지만 우리 학교 안에도 여러 가지 세력이 있어 대단 시끄럽습니다. 긴 상도 주의하시오. 그리고 C 군에게도 주의하시오." 하고 수수께끼 같은 말을 속삭였다. C라는 사람은 지난봄부터 S 전문학교의 독일어 강사로 있는 사람이었다. 인물이 심술궂게 된 데다가 김만필과 같은 독일어 선생이므로, 어찌 생각하면 경쟁자의 입장에 있는 듯도 하나 C의 우월한 지위는 도저히 김만필의 대적이 아니었으며 또 김만필은 일주일에 네 시간이든 한 시간이든 시간을 얻은 것만 고마웠지 그것을 오래 하리라 또는 좀 더 얻어 보리라는 욕심도 없었던 것이다.

김만필이 무슨 영문을 모르고 대답을 못 하고 있노라니까 T 교수는 별안간 껄껄 웃으며,

"아니 무어 별로 마음에 새겨들을 것은 없습니다. 그저 그렇단 말이지요."

"그렇습니까?"

김만필은 고개를 끄덕이며 동떨어진 대답을 하였다. 무슨 무서운 악몽에 붙들린 것 같아서 일각이라도 빨리 T 교수의 옆을 떠나고 싶었다.

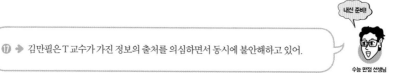

⑰ ➡ 김만필은 T 교수가 가진 정보의 출처를 의심하면서 동시에 불안해하고 있어.

4

　S 전문학교에 김만필은 일주일에 이틀밖에 출근하지 않았다. 그러나 그 이틀이 김 강사에게는 여간 큰 부담이 아니었다. 첫째로 그 쭈그렁밤송이, 외양도 맘씨도 쭈그렁밤송이 같은 교장을 생각하면 당초에 정이 뚝 떨어졌다. 교무계에 가면 T 교수가 너털웃음을 치며 친절스레 말을 거는 것이 무서웠고, 교원실에를 가면 모두가 제 잘났다고 김 강사 같은 것은 외쪽 눈으로 거들떠도 안 보는 데다가, 언젠가 T 교수가 주의하라고 말하던 C 강사의 그 심술궂게 생긴 낯짝도 보기가 싫었다. 하루 이틀 지나가는 동안에 김 강사는 학교에 나가도, 교장실에도 교무계에도 들르지 않고 교원실에 모자를 벗어 걸고는 바로 신문사로 들어가 독일서 온 신문, 잡지를 펴 들고 종 칠 때를 기다리는 것이 습관이 되었다.⑱

　교실에서는 언젠가 T 교수가 귀띔해 주던 스즈끼라는 학생에게 특별히 주의를 했으나 별로 시비를 걸려는 눈치도 안 보이고 평범하게 착실히 공부하는 모양이었다. 가끔 역독(譯讀, 번역해서 읽음)을 시켜 보아도 번번이 예습을 해 온 것이었다.

　시월 하순의 어느 일요일, 아침 후 김만필이 자기 집에서 새로 도착한 〈룬드샤우(Rundschau, 독일의 신문)〉를 펴 들고 있노라니까 마당에서 긴 센세이를 찾는 소리가 들렸다. 문을 열고 보니 그것은 의외에도 무슨 책을 옆에 낀 스즈끼였다. T 교수의 말이 생각났으나 도리어 반가운 생각이 나서 거뜬 방으로 청해 들였다.

　스즈끼란 학생은 광대뼈가 약간 내밀고 아래턱이 크게 생긴 것이 조선 사람의 얼굴 비슷한 데다가 고집이 좀 있어 보였다. 그 얼굴의 인상이 T 교수를 불쾌케 하는 것인가 싶었다. 그러나 말하는 품은 그의 생김생김과는 달리 상냥하고도 조리가 있어 두뇌가 명석함을 보였다. 그는 독일어를 배우기 시작한 지 아직 일 년도 안 되었건만 독일 문학에 대해 많은 지식을 갖고 있었다. 더구나 그해 봄에 히틀러가 독일의 정권을 잡은 뒤의 일은, 김만필이 취직에 쪼들려 자세히 알아볼 여유가 없었던 만큼 스즈끼가 도리어 더 자세하였다.

　"에른스트 톨러, 게오르그 카이서, 렌 레마르크, 심지어 토마스 만 형제까지 예술원을 쫓겨났다지요?"

　"그랬지요."

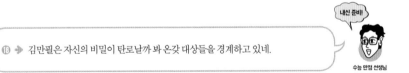

⑱ 김만필은 자신의 비밀이 탄로날까 봐 온갖 대상들을 경계하고 있네.

김만필은 어디까지든지 스즈끼를 경계하면서 대답하였다. 그러나 이야기는 문학자 박해로부터 파시즘 자체의 공격으로 들어갔다. 스즈끼는 열을 띠어 가며 히틀러를 공격하였다. 처음 찾아 온 김만필을 어째서 그리 신용하는지 스즈끼는 할 말 아니할 말 섞어 떠들었다. 그 이야기하는 품이 몹시 단순하였다. 만일 스즈끼가 김만필 이외의 선생을 찾아가, 이를테면 T 교수 같은 이를 찾아가 그런 말을 떠들어 댄다면 미움을 받을 것은 정한 이치였다.[19]

이야기는 파시즘으로부터 다시 일본으로 돌아왔다. 스즈끼는 S 전문학교 학생들이 대부분은 아무 생각 없이 그시그시(그때그때)의 생활에 도취되어 있는 것을 몹시 공격하고 그것도 다 시세의 변천, 학교 당국의 가혹한 탄압 때문이라고 불평을 말했다.

"선생님이 동경제대서 문화비판회원으로 활동하실 때만 해도 그렇지는 않았지요?"

스즈끼는 김만필의 얼굴을 쳐다보며 물었다.

"문화비판회요? 내가?"

스즈끼의 질문은 김 강사에게는 청천의 벽력까지는 안 가더라도 너무나 의외였다. 김만필은 취직 운동을 시작한 후로는 그가 일찍이 문화비판회원이었던 것은 아무에게도 말한 일이 없고, 그것이 혹시나 알려질까 봐 몹시 주의해 왔던 것이다.

"문화비판회라니요?"

"선생님이 그 회원으로 굉장하게 활동하신 것은 학생들이 모두들 압니다."

스즈끼는 빙글빙글 웃으며 대답하였다.

"아아뇨. 그건 무슨 잘못이겠죠. 나는 그런 회는 잘 모르는데."

김만필은 모처럼 얻은 자신의 지위와 양심을 저울에 달아 가면서 고개를 좌우로 흔들었다.[20]

"그러세요?"

스즈끼는 몹시 의외라는 표정을 하면서,

"아, 그 회가 해산할 때 선생님이 일장 연설까지 하셨다는데요?"

---

⑲ ➔ 김만필은 스즈끼가 왜 자신을 믿고 위험한 이야기를 하는지 의문을 품고 경계하고 있어.

⑳ ➔ 김만필이 현실의 삶에서 얼마나 위축되어 있는지를 보여 주는 대목이야.

내신 준비!

수능 만점 선생님

그것은 사실이었다. 또 그 사실은 지금의 김 강사로서 결코 후회하는 사실은 아니다. 그러나 대체 자기의 현재 지위에 불리한 이러한 소문은 어디로부터 나는 것일까? 김 강사는 자기가 가르치는 학생 중의 이 사람 저 사람을 생각해 보았으나 자기의 과거를 앎 직한 사람은 생각나지 않았다.

"그런 소문은 대체 어디서 들었소?"

"요전 다까하시라는 학생이 T 교수한테 놀러 갔더니 T 선생님이 그러시더래요."

"T 선생님이 무어라구?"

"김 선생님은 그만큼 수재시라구요."

스즈끼는 김 강사의 질문에 그만 겸연쩍어 얼굴이 붉어지며 웃는 얼굴을 지었다. T 교수는 또 어떻게 해서 그런 사실을 알았으며, 알았기로 무엇 때문에 그런 말을 학생들에게 펴놓는 것일까? <mark>필연코 그것은 무슨 계교를 쓰는 것임에 틀림없다고 생각되었다.</mark>[21] 이것은 정녕코 김 강사를 먹으려는 것이다. 그렇게 생각하고 보니 김만필에게는 오늘 자기를 찾아와 독일 문학으로부터 히틀러와 파시즘과 현 사회 정세의 공격까지를 탁 터놓고 이야기하던 스즈끼의 본심까지도 의심되기 시작하였다. 의심을 시작하고 보면 끝이 없었다. 대체 개학식 다음 날 왜 T 교수는 유난스럽게도 스즈끼의 험담을 자기에게 들려주었을까? H 과장 집에서 만나던 밤에 왜 T 교수는 자기에게 한턱을 써 가며 친절을 보여 주면서 슬그머니 자기의 비밀을 아는 것을 암시하였을까? 그리고 이 스즈끼란 학생이 사실은 T 교수와 한통이어서 오늘 김만필의 본심을 한번 떠보러 온 것이나 아닐까? ……이렇게 생각하고 보니 김만필은 공연히 모든 것이 무서워지며 앞에 앉아 있는 스즈끼의 얼굴이 새삼스레 쳐다보이는 것이었다. 그러나 스즈끼는 김만필의 표정이 별안간 심각해지는 것을 보고 도리어 의외라는 듯이 김만필의 얼굴을 쳐다보고 있었다. 김만필은 <mark>'이놈이 이렇게 순진한 체하고 있어도 실상은 T 교수의 스파이이기가 쉽다.' 하고 생각하니</mark>[22] 스즈끼의 그 놀란 듯한 표정이 도리어 가증스럽고도 무서웠다.

스즈끼는 흥이 깨진 듯이 한참 앉았다가 모자를 들고 일어선다. 그의 얼굴에

㉑ ➡ T교수의 친절에 대해 점차 의심을 품게 되는 김만필의 모습을 보여 주는 부분이지.

㉒ ➡ 김만필은 비밀이 탄로 나서 일자리를 잃을까 봐 걱정하고 있어. 그래서 스즈끼를 의심하고 있지.

는 무엇을 생각하는지 미처 결단을 못해 곤각^(困却, 곤란하거나 고생스러움)하는 표정이 떴다. 일어선 채 잠깐 머뭇거리더니 그는 결심한 듯이 소리를 낮추어,

"사실은 선생님께 청이 있어 왔는데요."

하고 김만필의 얼굴을 잠깐 쳐다보고,

"우리 반 안에 조금 생각 있는 동무 몇이 모여 독일 문학 연구의 그룹을 만들었는데 선생님 좀 참가해 주시지 못할까요?"

스즈끼의 목소리는 몹시 진실하였다. 그러나 불안과 회의에 쪼들린 김만필에게는 모든 것이 자기를 해하려는 흉계로만 들렸다.

"바빠서 난 참가 못 하겠소."

그는 단번에 스즈끼의 청을 딱 거절했다.

"선생님 틈 계신 대로라도……."

스즈끼는 다시 열심히 청했다.

"몹시 바쁘니까 도저히 못 가겠소."

김 강사는 여전히 딱 잡아떼었다.

"정 그러시면 하는 수 없지요. 안녕히 계십시오."

스즈끼는 몹시 실망한 낯으로 모자를 빙글빙글 돌리며 대문을 나갔다.

5

스즈끼가 찾아왔다 간 후 김만필의 우울은 한층 더 심했다. 일종의 강박 관념에 쪼들리는 정신병자 같이 김만필은 항상 무엇엔가 마음의 위협을 느끼고 있었다. 그의 우울은 또 그의 태도를 한층 더 비겁하게 하였다. 그는 S 전문학교에 가면 어째 모든 사람이 자기를 손가락질하며 공론하는 것 같아 점점 더 동료들과 말을 하기도 싫어졌다. 교장도, T 교수도, H 과장까지도 영영 찾아가지 않았다. 그래도 T 교수는 가끔 자진해 김 강사를 찾아와 말을 붙였지만, 교장은 가을 이후 겨우 두서너 번 낭하^(廊下, 복도)에서 마주쳐 간단히 인사를 교환하였을 뿐이었다.

그러나 그런 중에도 날이 감에 따라, 김 강사는 S 전문학교 직원 사이의 공기를 차차로 짐작하게 되었다. 자세히는 모르나 지금 세력을 잡고 있는 교장과 T 교수

23 ➔ 김만필은 학교 안에서 벌어지는 세력 싸움에 관해 어느 정도 감지하게 되었어.

의 일파가 대가리를 휘젓고 있고 그에 대항해 물리학의 S 교수와 독일어의 C 강사가 대립해 있는 듯싶었다.[23] 김만필은 그 어느 편에도 가담할 이유도 자격도 없었으나, 교장과 T 교수에 대한 반감 때문에 슬그머니 C 강사 편으로 동정이 갔다.

S 교수는 교장 반대파라 해도 비교적 든든한 지위를 갖고 있었으나 C 강사는 까딱하면 이 두 파의 알력의 희생이 될 듯싶어, 과부의 설움은 과부가 아는 격[24]으로 그에게는 동정이 가는 것이었다.

그러나 C 강사의 심술궂게 된 얼굴과 김 강사의 히포콘드리(hypochondria, 심기증. 건강에 대해 지나치게 걱정하고 아무 이상이 없는데도 자신이 병들었다고 생각하는 심리 상태)는 결합될 기회가 없이 지냈다.

흐린 하늘에서 가느다란 눈발이 날리고 가게 처마마다 '세모(歲暮, 세밑. 한 해가 끝날 무렵) 대매출'의 붉은 깃발이 휘날리는 연말이 가까운 어느 날 아침, 김 강사는 수업하러 들어가다가 낭하에서 T 교수와 마주쳤다.

"몹시 춥습니다."

"대단히 추운데요."

인사를 던지고 지나려니까 T 교수는 무엇을 생각하였는지,

"저, 잠깐만."

하고 돌아서서 김 강사를 멈추었다.

"저…… 이런 말씀은 허기가 좀 무엇하구먼두……."

하고 T 교수는 싱글싱글 웃으면서 소리를 낮추어,

"긴 상, 가을 생각하세요? 저 H 과장 집에서 만나던 밤……."

무슨 의미인지를 몰라 김 강사는 잠자코 T 교수를 쳐다만 보았다.

교수는 여전히 웃으며,

"내가 과자 상자 들고 간 것 보았지요. 세상이란 다 그런 겝니다.[25] 우리 교장도 그런 것을 대단히 생각하는 사람이니 연말도 되구 허니 한번 과자나 한 상자 사 가지구 찾아가 보시란 말이오."

"흥……."

김 강사는 할 말이 없어 얼굴을 비뚤어뜨린 웃음으로 대답하고 그대로 교실로 들어갔다. 그러나 그 시간에는 가르치는 데는 정신이 하나도 없고 T 교수의 그

내신 준비!

㉔ ➔ 김만필은 세력 싸움에 휘말린 C 강사의 처지를 동정하고 있어.

㉕ ➔ T 교수는 교장에게 잘 보이기 위해 노력해 보라고 조언하고 있어.

수능 만점 선생님

말에만 정신이 팔렸다. T 교수는 대체 무슨 동기로 자기에게 그런 말을 또 들려 주는 것일까? 친절인가? 조롱인가? 그러나 그것은 어쨌든 T 교수의 그 말에 교 장이 김 강사에 대해 몹시 불쾌하게 생각하고 있는 것은 짐작할 수 있었다.

그날 밤에 김 강사는 명치옥에 가서 서양과자를 한 상자 샀다. 윗덮개에 교장 의 이름을 쓰고 그 밑에 자기의 명함을 붙였다.

그러나 그의 마음속에서는 종시 두 가지 의사가 싸우고 있었다. 창피하다. 아 무리 자리를 위해서라 해도 차마 이 짓만은 할 수 없다. 이제 이왕 노염을 산 다음 에야 이까짓 과자 상자를 사다 주면 무얼 하느냐. 도리어 노염을 돋울 뿐이다. 내 가 이것을 사다 주면 등 뒤에서 T가 그 능글능글한 웃음을 띠고 나의 어리석음을 조소할 것이다. 아니 그래도 그렇지 않아. 이것이 세상이 아닌가. 나는 나의 선물 을 받고 기뻐하고 또는 나의 어리석은 심정을 조롱하는 사람을 도리어 경멸하면 그만 아닌가. 선물을 보내는 것 때문에 더럽혀지는 것은 나의 인격이 아니라 도 리어 받는 자의 인격이 아닌가……. ^⑳ 그러나 김 강사는 드디어 그 과자 상자를 교 장의 집에까지 가지고 갈 용기는 없었다. 전차를 타고 가다 말고 중간에서 내려 한참이나 헤매다가 생각난 것이 욕심쟁이로 일가 간에 돌림뱅이 ^{(돌림쟁이. 한 동아리에 들} ^{지 못하고 따돌림을 받는 사람을 낮잡아 이르는 말)} 가 난 아주머니였다. 아주머니는 뜻 않은 선물에 무슨 영문도 모르고, 그러나 넌지시 과자 상자를 받아 들었다. ^⑳

6

어느덧 동기 휴가가 되고, 새해가 되고, 다시 학교가 시작되었다.

그러나 그동안 김 강사는 아무 데도, 아무도 찾아가지 않았다. 책상 위에는 먼 지가 쌓이고, 외국서 온 신문, 잡지는 겉봉도 안 뜯긴 채 방 안에 흩어졌으나 그것 을 정돈하기도 싫었다. 김 강사는 아침에 일어나서는 밥을 한술 떠 넣고 바람 부 는 거리로 헤매는 것이 일과가 되었다. ^⑳ 피곤하면 거리에 갑자기 많아진 찻집을 찾아 정신 나간 사람같이 앉아 있었다. 날이 갈수록 그는 점점 더 피곤을 느꼈다.

㉖ ➡ 김만필은 자기 합리화를 하며 계속 갈등하고 있어.
㉗ ➡ 결국 양심의 문제로 교장에게 뇌물을 주지 못한 김만필은 과자 상자를 아주머니 에게 주고 말지.
㉘ ➡ 암울한 현실 속에서 해결책을 찾지 못해 답답해하는 김만필의 심경이 잘 드러난 대목이야.

내신 준비!

수능 만점 선생님

감당해 나가기에는 너무나 많은 모순을, 그는 알고 있는 것이다. 어느 편으로든가 그는 그 모순의 터져 나갈 길을 구하지 않으면 안 되었으나 그것을 구할 방도와 용기가 없는 것이었다.

'L'ennui lui vint(그에게 근심이 찾아왔도다).'

벌써 칠팔 년 전에 읽던 도데의 소설에서 우연히 기억한 이 짧은 구절이 무슨 깊은 의미나 있는 것처럼 매일 같이 머리에 떠올랐다.

T 교수는 겨울 동안에 몸이 한층 더 뚱뚱해진 것 같았다. 아무리 추워도 답답하다고 바지 밑에는 잠방이(가랑이가 무릎까지 내려오도록 짧게 만든 홑바지) 하나밖에 안 입고 다니건만 얼굴은 기름이 반질하게 흐르고 붉은빛이 이글이글하였다. 교무실 안은 그의 너털웃음과 떠드는 소리로 일상 떠들썩하였다. 겨울 이후로는 그는 조선의 민속을 연구한다고 젊은 무당과 양금, 가야금 뜯는 기생을 돼지 떼처럼 몰고 돌아다녔다. 학교에서는 누구를 붙들기만 하면 무당의 신장 내리는 신비에 대해 끝없는 열변을 토하였다. 그러나 T 교수가 젊은 무당이나 기생을 데리고 무엇을 연구하는지 아무도 모르는 듯이 또 그가 일상 떠들고 웃고 하는 이면에서 무엇을 생각하고 무엇을 하는지, 아는 사람은 아무도 없었다.

하루는 T 교수가 또 예의 인품 좋은 웃음을 띠고 김 강사를 찾아와, 집으로 나가는 길에 잠깐만 어디로 같이 가자고 청하였다. 김 강사는 지금까지 T 교수와 접촉해서 유쾌한 기억을 가진 일은 한 번도 없었으나 어쨌든 또 따라가지 않을 수 없었다.

두 사람은 언젠가 같이 갔던 세르팡이라는 찻집으로 갔다. 그러나 T 교수의 이야기는 또 언제나 마찬가지로 불쾌한 것이었다.

"어젯저녁에 H 과장을 만났더니 긴 상을 좀 만나자고 그럽디다. 우리 교장의 성미는 내가 잘 아니까 요전에도 무슨 과자 상자라도 갖다 주라니까, 아마 안 그랬지요. 허, 긴 상은 실례의 말이지만 아직 세상을 모른단 말이오. 무슨 말이 어떻게 들어갔는지 나는 모르지만 어째 도무지 공기가 좀 재미없는 듯하던 걸요. 아마 H 과장의 추천으로 들어왔겠다 잘만 하면 차차 시간도 더 얻을 수 있구 할 텐데 왜 헤타(실수)를 한단 말씀이오."㉙

T 교수는 충심으로 김 강사를 동정하는 눈치를 보였다. 어찌 생각하면 그 말도

㉙ T 교수는 자신의 조언에 따르지 않고 학교 안에서 점차 고립되고 있는 김만필의 태도에 대해 불만을 표출하고 있어.

수능 만점 선생님

그럴듯한 말이나 김만필에게는 어째 T의 하는 말이 뺨치고 등 만지는 수작(남을 헤쳐 놓고 어루만져 달래는 척함을 이르는 말)같이 생각되었다.

"네, 잘 알았습니다. H 과장은 곧 찾아가지요."

그는 침이나 뱉듯이 대답하였다. 그러나 그는 그날 밤으로 곧 H 과장을 찾아갔다. 불안해 견딜 수 없었던 것이다.[30]

H 과장 집 현관에는 마침 손이 있는지 구두 한 켤레가 놓여 있었다. 그러나 응접실에는 H 과장 혼자서 앉아 있었다. 하녀가 와서 테이블 위의 찻종을 치우고 있는 것이, 누가 왔다가 금방 간 모양이다.

H 과장은 웬일인지 노기가 등등해 앉아 있었다. 일상의 그 온후하던 안색은 간 곳 없고 독살스런 눈으로 김만필을 노려보았다.

"무얼 하러 왔나?"

그는 김만필이 방을 들어서자마자 대고 쏘았다. 김만필은 너무나 의외여서 어쩔 줄을 모르다가 겨우 대답하였다.

"T 말이 과장께서 좀 만나자고 하신다기에……."

"만나자고 해야만 만나겠나. 자네한테 긴할 때는 자꾸 찾아오고 자네한테 일 없이 되니까 발을 뚝 끊는 그런 실례의 경우가 어디에 있나! 그러기에 조선 사람은 배은망덕을 한다고들 하는 게야."

"잘못되었습니다."

김만필은 앉지도 못하고 과장 앞에 고개를 숙이고 서 있다. 하녀가 차를 가져왔다. H 과장은 노한 소리를 한층 높여,

"자네는 또 그런 경우가 어디 있나. 나는 자네만 믿었지. 남을 그렇게 감쪽같이 속여 남의 얼굴에 똥칠을 해 주는 그런 법이 어디 있나?"

"제가 과장님을 속이다니요?"

"속이다니요? 자네는 나한테 와서 취직 청을 할 때 무어라고 그랬어. 사상 방면에는 절대로 관계없다고 그랬지. 그래 그렇게 남을 감쪽같이 속이는 데가 어디 있나?"[31]

올 것이 온 것이라고 김만필은 생각하였다. 그러나 이렇게 되고 보면 어디까

30 ➔ 김만필은 T 교수를 거의 불신하게 되었지만, 자신의 처지에 대한 불안감 때문에 결국 T 교수의 조언에 따르고 있어.

31 ➔ H 과장이 김만필의 비밀에 대해 알게 되었음을 나타내는 부분이야.

수능 만점 선생님

지 한번 버티어 보는 수밖에 없었다.

"무슨 말씀인지 저는 잘 모르겠습니다. 저는 사상이니 무어니 그런 것은 아무 것도 모르고, 더군다나 과장님을 속이다니요. 그건 천만의 말씀입니다."

"무엇! 그래도 자네는 나를 속이려나?"

H 과장은 소리를 버럭 지르며 찻종을 덜그럭 하고 놓고 의자를 뒤로 떼밀며 몸을 벌떡 젖혔다. 그때 이웃 방으로 통하는 문이 열리며, 언제나 일반으로 봄 물결이 늠실늠실하듯 온 얼굴에 벙글벙글 미소를 띤 T 교수가 응접실로 들어왔다.³²

㉜ ➡ 김만필이 위기에 빠진 이유는 모두 T 교수의 계략이었어! 미스터리한 분위기를 살리고 독자에게 충격을 주는 결말이지.

내신 준비!

수능 만점 선생님

정리해 볼까요(그룹 채팅)

● 작가에 대해서 알아볼까요?

유진오 작가는 1906년 서울에서 태어났어. 1929년에는 경성 제국 대학 법문학부를 졸업하고, 1932년에는 보성 전문학교 법학 교수가 됐지. 그는 1927년 〈조선지광〉에 단편 소설 「스리」를 발표하면서 등단했어. 프롤레타리아 문학 전성기에 동반 작가로서 「갑수의 연애」, 「빌딩과 여명」 등의 작품을 썼단다.

이 소설은 지식인의 구직난을 다루고 있을 뿐 아니라 현실과 이상의 갈등을 구체적으로 드러내고 있어. 유진오 작가의 소설은 대부분 일제 강점기 무력한 지식인의 고뇌를 그리고 있지. 일제 강점기에 태어나 자유로운 생각을 펼치기는커녕 억압을 받으며 현실과 타협해야 하는 상황이 많았을 거야. 이에 대한 절망과 갈등이 작품 속에 고스란히 녹아 있지.

작품의 전체 분위기가 우울한 건 일제 강점기라는 시대 상황이 반영되었기 때문이군요!

● 작품에 대해서 정리해 보죠!

작가 : 유진오
갈래 : 단편 소설, 지식인 소설, 사회 소설
배경 : 시간적 – 1930년대 | 공간적 – S 전문대학
시점 : 전지적 작가 시점
주제 : 타락한 사회에서 점점 소외되는 지식인의 비애
출전 : 〈신동아〉(1935)

이 소설은 식민지 지식인의 내면을 묘사한 작품이야. 김만필은 어려운 생활 속에서도 일자리를 유지하기 위해 현실과 타협하며 자신의 사상과 이상을 포기해야 할지 갈등하게 돼. 그에게 그런 고뇌를 주는 T 교수는 출세 지향적인 사람이지. T 교수는 자신의 세를 늘리기 위해 김만필을 친절로 회유하고 용의주도한 태도를 보여. 이 때문에 김만필은 현실에 적응하려고 하지. 하지만 T의 교묘한 책략으로 결국 학교에서 쫓겨나게 돼. 식민지 지식인의 처지에서 자기 정체성을 뚜렷이 가지고 살아가기 어려웠겠지? 현실에 아첨하면서도 생활을 꾸려야 해서 내적 갈등도 컸을 거야. 작가는 양심을 지키며 사는 것이 어려웠던, 불행한 시대의 지식인의 모습을 양면성을 지닌 존재로 묘사했단다.

불행한 시대 상황 때문에 김만필은 우유부단하게 행동하다가 T 교수의 계략에 당하고 말았군요. 안타까운 일이에요!

킬링 포인트

발단: 김만필이 S 전문학교에 취직함

김만필은 H 과장의 소개로 S 전문학교의 독일어 강사로 취직하게 돼.

전개: T 교수가 김만필에게 친근하게 접근해 옴

김만필은 첫 출근날, T 교수를 만나게 돼. T 교수는 그에게 친절하게 접근해 진보 세력과 연결되지 말라 충고하고, 특히 스즈끼라는 학생을 조심하라고 일 러 주지.

위기: 김만필은 T 교수에게 의구심을 품음

T 교수는 좌익 작가들을 다룬 김만필의 글을 칭찬해. 스즈끼도 김만필을 찾아 와 그 글에 관해 언급하지. 스즈끼가 T 교수의 스파이일지도 모른다고 생각한 김만필은 그의 지도 요청을 매몰차게 거절해.

절정: 김만필은 T 교수의 조언을 듣지 않고 갈등함

T 교수는 김만필에게 과자라도 사 들고 교장을 찾아가라고 조언해. 김만필은 그날 밤 서양과자를 한 상자 사지만, 갈등 끝에 과자를 친척 아주머니에게 줘 버리지. T 교수는 김만필에게 H 과장을 한번 찾아가 보라고 다시 권해.

결말: 김만필은 T 교수의 계략으로 학교에서 쫓겨남

결국 김만필은 H 과장을 찾아가. 하지만 H 과장은 김만필에게 은혜도 모른다 며 질책하지. 김만필이 변명하려는 순간, 옆방에서 T 교수가 비열한 웃음을 지 으며 나온단다.

OOPS!
읽음

일자리 때문에 불안해하는 김만필의 갈등에 유념하면서 소설을 읽으니 확 실히 내용을 이해하기가 쉽네요.

👍100점

● 김만필의 뇌 구조를 알아볼까요?

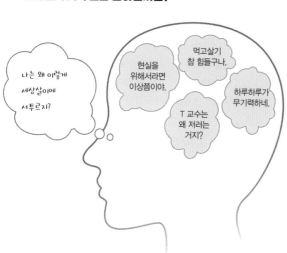

나는 왜 이렇게 세상살이에 서투르지?

현실을 위해서라면 이상쯤이야.

먹고살기 참 힘들구나.

T 교수는 왜 저러는 거지?

하루하루가 무기력하네.

수능 만점 강사

1 이 작품에 대한 설명으로 가장 옳은 것은?

① 사회가 개인의 자유와 가치를 억압하는 상황을 다루고 있다.
② 개인들이 사회에 반항해 대립을 일으키는 상황을 다루고 있다.
③ 도덕적인 사회와 비도덕적인 개인의 문제를 다루고 있다.
④ 개인과 사회가 조화를 이루면서 협력하는 내용을 다루고 있다.
⑤ 새로운 이념을 추구하는 개인은 언제나 기성의 것에 반발할 수밖에 없다는 내용을 다루고 있다.

2 이 작품에 등장하는 인물들의 속성으로 옳지 <u>않은</u> 것은?

① 교장 - 제도와 지위를 중시하는 권위주의적 인물
② 김만필 - 일상적인 삶을 거부하는 염세주의자
③ H 과장 - 기존 질서에 충실히 따르는 인물
④ T 교수 - 말과 행동이 다른 인물
⑤ 아주머니 - 재물에 욕심을 내는 일상적 인물

3 다음 글에서 알 수 있는 김 강사의 심경 변화에 대한 설명으로 옳은 것은?

> 그날 밤에 김 강사는 명치옥에 가서 서양과자를 한 상자 샀다. 윗덮개에 교장의 이름을 쓰고 그 밑에 자기의 명함을 붙였다.
> 그러나 그의 마음속에서는 종시 두 가지 의사가 싸우고 있었다. 창피하다. 아무리 자리를 위해서라 해도 차마 이 짓만은 할 수 없다. 이제 이왕 노염을 산 다음에야 이까짓 과자 상자를 사다 주면 무얼 하느냐. 도리어 노염을 돋울 뿐이다. 내가 이것을 사다 주면 등 뒤에서 T가 그 능글능글한 웃음을 띠고 나의 어리석음을 조소할 것이다. 아니 그래도 그렇지 않다. 이것이 세상이 아닌가. 나는 나의 선물을 받고 기뻐하고 또는 나의 어리석은 심정을 조롱하는 사람을 도리어 경멸하면 그만 아닌가. 선물을 보내는 것 때문에 더럽혀지는 것은 나의 인격이 아니라 도리어 받는 자의 인격이 아닌…… 그러나 김 강사는 드디어 그 과자 상자를 교장의 집에까지 가지고 갈 용기는 없었다. 전차를 타고 가다 말고 중간에서 내려 한참이나 헤매다가 생각난 것이 욕심쟁이로 일가 간에 돌림뱅이가 난 아주머니였다. 아주머니는 뜻 않은 선물에 무슨 영문도 모르고, 그러나 넌지시 과자 상자를 받아 들었다.

① 김 강사는 굳은 의지를 가진 인물로, 결코 현실과 타협하지 않으려고 한다.
② 김 강사는 현실과 타협하는 것이 현명한 일이라고 굳게 믿는 인물이다.
③ 김 강사는 현실과 이상 사이에서 갈등하지만, 현실을 택하는 것이 낫다고 생각한다.
④ 김 강사는 현실과 타협해 볼까 고민하지만, 양심 때문에 결국 뇌물을 주지 못한다.
⑤ 김 강사는 아주머니에게 선물을 주어서 호감을 얻으려고 한다.

"무슨 말씀인지 저는 잘 모르겠습니다. 저는 사상이니 무어니 그런 것은 아무것도 모르고, 더군다나 과장님을 속이다니요. 그건 천만의 말씀입니다."

"무엇! 그래도 자네는 나를 속이려나?"

H 과장은 소리를 버럭 지르며 찻종을 덜그럭 하고 놓고 의자를 뒤로 떼밀며 몸을 벌떡 젖혔다. ㉠그때 이웃 방으로 통하는 문이 열리며, 언제나 일반으로 봄 물결이 늠실늠실하듯 온 얼굴에 벙글벙글 미소를 띤 T 교수가 응접실로 들어왔다.

① 강산(江山) 죠흔 경(景)을 힘센이 닷톨 양이면,
　니 힘과 니 분(分)으로 어이ᄒ여 엇들쏜이.
　진실(眞實)로 금(禁)ᄒ리 업쓸씌 나도 두고 논이노라.

② 국화(菊花)야 너는 어이 삼월동풍(三月東風) 다 보니고
　낙목한천(落木寒天)에 네 홀노 픠엿ᄂ다.
　아마도 오상고절(傲霜孤節)은 너 ᄲᅳᆫ인가 ᄒ노라.

③ 바룸도 쉬여 넘는 고기 구룸이라도 쉬여 넘는 고기
　산진(山眞)이 수진(水眞)이 해동청(海東靑) 보라미라도 다 쉬여 넘는 고봉(高峯) 장성령(長城嶺) 고기
　그 넘어 님이 왓다 ᄒ면, 나는 아니 ᄒ 번(番)도 쉬여 넘으리라.

④ 붉가버슨 兒孩(아해) ㅣ 들리 거미쥴 테를 들고 기川(천)으로 往來(왕래)ᄒ며
　붉가숭아 붉가숭아 져리 가면 죽ᄂ니라. 이리 오면 스ᄂ니라. 부로나니 붉가숭이로다.
　아마도 世上(세상) 일이 다 이러ᄒᆫ가 ᄒ노라.

⑤ 개를 여라믄이나 가르되 요 개긋치 얄믜오랴.
　뮈온 님 오며는 쇼리를 홰홰 치며 쮜락 ᄂ리 쮜락 반겨서 내닷고 고온 님 오며는 뒷발을 버동버동 므르락 나으락 캉캉 즈져서 도라가게 ᄒ다.
　쉰밥이 그릇그릇 난들 너 머길 줄이 이시랴.

● **수능 만점 선생님의 감상 꿀팁** ┄┄┄┄┄┄┄┄┄┄┄┄┄┄┄┄┄┄┄┄┄

1930년대는 식민지 지식인이 추구하던 이념과 현실의 조건이 충돌하면서 갈등이 심화하던 시기야. 김만필은 이런 시대에 자신의 일자리를 지키기 위해 과거 내력이나 이념을 부정해야만 하는 처지에 있었지. 시대적 배경과 각 인물들의 행동, 그리고 김만필의 심리적 갈등에 관한 내용을 잘 정리해서 기억하자.

'딸고만이 아버지'한테 들키면 큰일인
데…… 그래도 명은이가 소원을 이룰 수만
있다면!

저 종을 한 번만 울려 볼 수 없을까? 이야
기 속 백마처럼 내 억울한 이야기를 하고
싶어.

좋아하는
사이

나

명은

수능 만점 선생님의 감상 꿀팁!

이 소설은 시골 소년과 전쟁의 충격으로 눈이 먼 소녀의 만남을 통해 6·25 전쟁 시대의 비극
을 그린 작품이야. 전쟁으로 말미암은 소녀의 상처가 어떻게 치유되어 가는지 '종소리'의 의미
에 주목하며 감상해 보자.

종탑 아래에서

#종소리가 모든 상처를 씻어 줄 수 있다면

1

"대미(大尾, 시간이나 순서상으로 맨 마지막)를 장식헐 만헌 순애보라고 내 입으로 말허기는 약간 거시기헌 구석이 있지마는……."

인테리어 전문점을 운영하는 최건호였다. 묵비권이라도 행사하는 듯 내내 잠자코 앉아 남의 이야기를 듣고만 있던 그가 뜻밖에도 자진해서 마지막 이야기 순번을 떠맡고 나서자 그에게도 입이 달려 있었음을 뒤늦게 깨닫고 좌중은 깜짝 반가워했다.

"반세기가 지나가드락 영 잊혀지지 않는 소녀가 있다면 혹시 순애보 계열에 턱걸이로라도 낄 수 있지 않을까 싶어서……."

묵적보살(입이 무거운 보살)처럼 입이 천 근이기로 소문난 최건호가 절대로 허튼소리를 할 리 없다고, 최건호가 순애보라 주장하면 그건 백발백중 순애보임이 틀림없다고 모두들 이구동성으로 떠들어 댔다.❶ 순애보 여부를 판별하는 첫 번째 기준은 아무래도 발화자의 과묵성인 듯했다.

"열 살짜리 머시매, 지지배가 사랑을 알면은 뭣을 얼매나 알 것이냐. 아름다운 러브 스토리허고는 애당초 거리가 먼 얘기라서 혹시라도 낭중에 실망허지 않을까 겁난다."

고백 성사라도 하려는 사람처럼 최건호의 표정은 그지없이 진지해 보였다. 그 진지한 태도로 미루어, 본론을 들어 보나 마나 벌써 순애보가 틀림없는 줄 알겠

❶ ➡ 평소 건호의 진중한 성격을 알 수 있는 부분이야.

다고 한바탕 또 떠들어 댔다. 순애보 여부를 판별하는 두 번째 기준은 아무래도 발화자의 진지성인 듯했다. 모처럼 어렵게 입을 연 최건호가 일껏(모처럼 애써서) 꺼낸 이야기를 도로 주워 담는 불상사가 일어나지 않게끔 좌중은 온갖 발림으로 충동질했다.

"낭중에라도 순애보가 기네, 아니네, 허고 우리 건호한티 시비 거는 놈이 나타났다 허면 당장 내가 가만 안 놔둔다!"

동창생들의 전폭적인 성원에 힘입어 최건호가 마침내 이야기를 풀어내기 시작했다.

"만세 주장(酒場, 술을 만들어 파는 집) 근방에서 살 적에 있었던 일인디……."[2]

2

만세 주장 뒷골목에 살고 있었다. 유명한 술도가(술을 만들어 도매하는 집)를 옆구리에 끼고 산다 해서 특별히 득 볼 것도, 해될 것도 없었다. 날만 궂을라치면 주장 건물 전체가 모주망태로 흠씬 취해서 문뱃내(술취한 사람의 입에서 나는 냄새)를 펑펑 풍기듯 찌든 막걸리 냄새를 사방에 퍼뜨리는 바람에 비위가 많이 상하긴 했지만, 그렇다고 그 집에 따로 유감이 있는 건 아니었다. 다만 문제가 있다면 그것은 지에밥(찹쌀이나 멥쌀을 물에 불려서 시루에 찐 밥)이었다. 볕이 좋은 날 만세 주장에서는 도롯가에 멍석을 여러 개 나란히 펴 놓고 술밑으로 쓸 엄청난 양의 지에밥을 말리곤 했다. 입에 넣고 씹기 딱 알맞을 만큼 꼬들꼬들 마른 상태에서 단내를 확확 풍기는 그 고두밥(아주 되게 지어져 고들고들한 밥)이 배곯는 아이들을 환장하게끔 만드는 것이었다.[3] 멍석 근처에 가까이 다가갈 적마다 배 속에서 회가 동하는(입맛이 당기는) 바람에 참말이지 미칠 지경이었다.

목구멍 안쪽에서 마구 고무래질하는(고무래 따위로 무엇을 펴거나 그러모으거나 하는) 것 같은 유혹을 견디다 못한 아이들이 학교를 오가는 길에 한 줌씩 지에밥을 슬쩍하다가 주장 일꾼인 짝눈이 아저씨한테 들켜 경을 치기 일쑤였다. 나 역시 짝눈이 아저씨한테 붙잡혀 두 차례나 혼띔(단단히 혼내는 일)을 당했다. 서로 빤히 얼굴을 아는 이웃

내신 준비!

❷ ▶ 과거 회상이 시작되는 부분이야. 액자식 구성 중 외화에서 내화로 진입하는 부분이지.

❸ ▶ 전쟁으로 말미암아 빈곤이 심해져 굶주리는 아이들이 많았단다.

수능 만점 선생님

지간이라서 나는 다른 아이들보다 훨씬 더 불리한 처지였다. 지에밥을 멍석 위에 고루 펼 때 사용하는 고무래 자루를 휘두르며 세상 이쪽 끝에서 저쪽 끝까지라도 그악스레(끈질기고 억척스럽게) 뒤쫓아 올 성싶은 그 성미 고약한 일꾼의 눈을 피하기 위해서는 다른 아이들보다 더 영악스러워질 필요가 있었다. 짝눈이 아저씨가 짝눈을 한껏 지릅뜨고 주로 감시하는 쪽은 학교가 파해서 집으로 돌아가는 아이들이었다. 주장을 사이에 두고 학교와는 반대 방향에서 하굣길의 아이들 행렬을 거슬러 움직이며 기회를 엿보는 것이 고무래의 위협에서 벗어날 수 있는 가장 효과적인 방법이었다. 그러려면 학교에서 집으로 향할 때 부러 가까운 길을 두고 시내 쪽으로 먼 길을 에돌아가는 수고를 감수해야만 했다.❹

내가 그 계집애를 맨 처음 본 것은 봄볕이 당양(當陽, 햇볕이 잘 들어 밝고 따뜻함)하게 내리쬐는 한낮이었다. 아침에 등교하면서 길가에 멍석을 펴는 짝눈이 아저씨를 봤기 때문에 나는 그날도 하굣길에 일부러 네거리 하나를 더 지나 먼 길을 에돌아 집으로 향하고 있었다.

경찰서 앞을 지난 다음 시청 앞에서 잠시 발걸음을 멈추었다. 시청 담벼락을 따라 길게 잇대어 세워 놓은 게시판이 큼지막한 벽보들로 더덕더덕 도배되어 있었다. 벽보에는 최근의 전황(戰況, 전쟁의 실제 상황)들이 주먹 덩이만 한 붓글씨로 짤막짤막하게 적혀 있어 지나가던 행인들을 게시판 앞에 한참씩 붙들어 세우곤 했다. '국군 1사단 평양 입성', '국군과 유엔군 청천강 도하, 압록강 향해 진격 중', '중공군 참전 사실 밝혀져' 따위 새로운 소식들을 내가 차례로 접하게 된 것도 그 게시판을 통해서였다. 만세 주장 고두밥을 훔쳐 먹기로 작정한 날은 덤으로 최근의 전황에 접하는 날이기도 했다.

최전방에서는 중공군의 춘계 대공세가 한창이었다. 국군 또는 유엔군 몇 사단이 무슨 고지 전투에서 북괴군 몇 개 연대를 섬멸했고, 무슨 고지 전투에서 중공군 몇 개 사단을 궤멸시켰다는 등등의 내용을 담은 벽보들이 게시판에 어지럽게 나붙어 있었다. 1·4후퇴를 거쳐 전쟁은 처음 시작되었던 그 자리로 얼추 되돌아와 삼팔선을 사이에 두고 오랫동안 교착(膠着, 어떤 상태가 굳어 조금도 변동이나 진전이 없이 머묾) 상태에 빠져 있었다. 빼앗아 새로 차지한 땅은 거의 없는 셈인데 국군과 유엔군은 날마다 승승장구하는 반면 북괴군과 중공군은 날마다 무더기로 죽어 나자빠진

❹ ▶ '나'가 명은이를 만나게 되는 사건의 흐름에 인과성을 부여하는 부분이야.

수능 만점 선생님

다는 내용만 벽보에 적히는 그 속내를 나는 당최 이해할 수 없었다.❺

낡은 양복 차림에 중절모를 눌러쓴, 꽤 유식해 뵈는 아저씨가 곁에서 소리 내어 벽보를 읽고 있는 중이었다. 나는 그 아저씨에게, 섬멸이 무슨 뜻이냐고 물어보았다. 몽땅 씨를 말린다는 뜻이라고 아저씨가 시원스레 대답했다. 그럼 궤멸은 또 무슨 뜻이냐고 다시 물었다. 아저씨는 잠시 뜸을 들이더니만, 겨우 씨만 남기고 나머지는 모조리 다 때려잡는 거라고 일러 주었다. 언젠가 벽보에 자주 등장하는 그 말들의 뜻을 아버지한테 물어본 적이 있었다. 아버지는 다짜고짜 화부터 버럭 내면서, 쥐방울만 한 녀석이 그런 건 알아서 얻다 쓰려고 묻느냐고, 욕설이나 다름없는 상스러운 말이니까 군이 알 필요도 없다고 사정없이 윽박지르는 것이었다. 아버지는 매번 그런 식이었다.

시청 앞을 떠나 시 공관 네거리에서 오른쪽으로 꺾어 돌면 곧바로 익산 군청❻이었다. 나는 군청 입구에서 길바닥에 떨어진 나뭇개비를 찾느라 사방을 두리번거렸다. 그다음 차례가 익산 군수 관사(官舍, 관청에서 관리에게 빌려주어 살도록 지은 집)이기 때문이었다. 관사 정원과 도로 사이에 담장 대신 내부가 훤히 들여다보이는 철책이 쳐져 있었다. 철책에 나뭇개비를 대고 이쪽 끝에서 저쪽 끝까지 힘껏 달리면 따발총같이 타타타타 소리가 요란하게 울리곤 했다.

관사 철책에 나뭇개비를 막 갖다 대려다 말고 나는 갑자기 손놀림을 멈칫했다. 며칠 전까지만 해도 나무 몇 그루와 잔디밭만 횅하니 드러내 보이던 정원에서 인기척이 났다. 나하고 동갑 또래로 보이는 계집애였다. 화사한 꽃무늬 원피스 차림에 정갈하게 단발머리를 한 계집애가 한 손에 하얀 고무공을 쥔 채 양팔을 앞으로 나란히 뻗은 괴상야릇한 자세로 도로 쪽을 향해 소리 없이 다가오는 중이었다. 계집애가 황금빛 잔디밭 위로 하얀 공을 도르르 굴리면서 말했다.

"나비야! 나비야!"

공은 잔디밭과 철책이 만나는 지점에서 정확히 구르기를 멈추었다. 내가 철책 틈새로 손을 집어넣으면 충분히 공에 닿을 만한 자리였다. 뜬금없이 웬 나비 타령인가 의아해서 나는 계집애의 행동거지를 주의 깊게 살폈다. 그때였다. 얼룩 고양이 한 마리가 정원수 가지에서 잔디밭 위로 햇솜(그해에 새로 난 솜) 뭉치처럼 사뿐

내신 준비!

수능 만점 선생님

히 내려앉았더니만 공을 향해 달려왔다. 고양이는 철책 너머에 버티고 서 있는 웬 낯선 사람을 뒤늦게 발견하고는 갑자기 달음질을 멈추었다. 녀석은 노란 눈동자에 잔뜩 경계의 빛을 담아 나를 노려보았다. 나는 뾰족한 근거도 없으면서 옷차림과 용모만으로 계집애를 대뜸 서울 아이라고 단정해 버렸다. 그리고 서울내기(서울에서 태어나고 자란 사람을 이르는 말)들은 제아무리 똑똑한 척해 봤자 모르는 게 너무 많아 탈이라고 속으로 비웃었다. 멀쩡한 고양이를 나비라 부르다니, 그렇다면 팔랑팔랑 공중을 날아다니는 진짜배기 나비는 대관절 무슨 이름으로 불러야 옳단 말인가.

"거기 누구……."

뭔가 수상쩍은 낌새를 챘는지 계집애가 내 쪽을 멀뚱멀뚱 건너다보며 위아래 입술을 연방 달막거렸다. 계집애의 행동을 훔쳐보다 들킨 것이 창피해서 나는 슬금슬금 뒷걸음질을 치기 시작했다. 계집애의 눈길이 내 움직임을 제때제때 따라잡지 못했다.❼

"거기 누구?"

내가 처음 서 있던 그 자리에 아직도 눈길을 고정한 채 계집애는 날카로운 목소리로 다시 물었다. 나는 손에 든 나뭇개비를 아무렇게나 땅바닥에 팽개치면서 담박질을 놓기 시작했다. 당달봉사(겉으로 보기에는 눈이 멀쩡하나 앞을 보지 못하는 눈)다! 집 쪽을 향해 정신없이 뛰면서 나는 속으로 부르짖었다. 계집애가 눈뜬장님이란 사실을 최초로 알아차리던 순간의 놀라움이 나로 하여금 만세 주장 지에밥을 훔쳐 먹으려던 애초의 계획을 깜빡 잊도록 만들었다. 그날 밤이 깊도록 서울 계집애의 그 희고도 곱상한 얼굴이, 그 화사한 옷맵시가, 어딘지 모르게 굼뜨고 어설퍼 보이던 그 행동거지 하나하나가 내 머릿속에서 줄곧 떠나지 않았다.❽

이튿날 나는 학교가 파하기 무섭게 곧장 익산 군수 관사로 달려갔다. 관사 정원에서는 전날과 똑같은 상황이 되풀이되고 있었다. 계집애는 양팔을 앞으로 나란히 뻗은 부자연스러운 자세로 거리를 재기 위함인 듯 몇 발짝 조심스레 걷다가는 공을 잔디밭 위로 도르르 굴렸다.

"나비야! 나비야!"

❼ ➡ 명은이가 앞을 보지 못하는 처지임을 알 수 있는 부분이야.
❽ ➡ 명은이가 앞을 보지 못한다는 사실에 놀랐기 때문이야. 하지만 더 중요한 건 명은이에게 관심이 생겼기 때문이지.

집중!

수능 만점 선생님

아마도 철책 너머 낯선 사람에 대한 경계심 때문인 듯 나비란 놈은 정원수 가지들 사이에 몸을 숨긴 채 꼼짝도 않고 냐옹냐옹 울어 대기만 했다. 공은 전날과 마찬가지로 잔디밭과 철책이 만나는 지점에 거의 정확히 멎어 있었다. 나는 통탕거리는 가슴을 애써 누르면서 철책 틈새로 손을 넣어 공을 집어 들었다. 그리고 계집애를 향해 던져 주었다. 공이 발치 가까이에 떨어지는 순간 계집애의 얼굴에는 놀라움인지 반가움인지 모를 괴상야릇한 표정이 떠올랐다.

"거기 누구?"

"사람이여."

"아, 어제 바로 그 애!"

계집애는 말 한마디로 상대방을 단박에 알아맞혔다. 뿐만이 아니었다.

"난 널 알아. 나이는 나랑 비슷해. 키는 나보다 조금 더 커. 그리고 얼굴이 아주 못생긴 애야."

마치 두 눈으로 똑똑히 본 것처럼 자신 있게 말하는 것이었다. 심지어 얼굴 못생긴 것까지 정확히 알아맞히는 바람에 나는 가슴 복판이 뜨끔 쑤셨다. 계집애가 내 앞으로 천천히 다가오기 시작했다. 양팔을 앞으로 나란히 뻗지 않은 정상적인 자세로 걷느라고 철책까지 다다르는 데 반나절은 족히 걸리는 듯했다.

"못생겼다고 해서 미안해. 그냥 괜히 해 본 소리야."

못생긴 게 사실이라고 나는 하마터면 실토정 ^(實吐情, 사정이나 심정을 솔직하게 말함)할 뻔했다. 생기다 만 얼굴 같다고 모두들 나를 놀려 대곤 했으니까.❾

"느그 아버지가 군수냐?"

얼굴 문제에서 빨리 벗어나고 싶어 나는 엉뚱한 데로 말머리를 돌렸다.

"군수가 뭔데?"

"니가 익산 군수 딸이냔 말여."

"익산 군수가 뭔데?"

군수 관사에 살면서 군수가 뭔지도 모르다니. 역시 서울내기들은 아는 것보다 모르는 것이 훨씬 더 많은 무지렁이 ^(아무것도 모르는 어리석은 사람)들이라고 생각했다. 서울내기들한테는 잠자리면 무조건 다 그냥 잠자리에 지나지 않을 뿐이었다. 실잠자리, 기생잠자리, 비단 잠자리, 고추잠자리, 된장잠자리, 쌀 잠자리, 보리 잠자리,

❾ ➡ '나'의 순박하고 솔직한 성격을 알 수 있어.

밀잠자리, 말잠자리, 호랑 잠자리 등등 가지각색의 수많은 잠자리가 세상에 있는 줄 꿈에도 모르는 버꾸(바보'의 사투리)들이었다.

"난 그런 거 잘 몰라. 외갓집 식구들이 가자는 대로 그냥 여기까지 따라왔을 뿐이야."

계집애가 심드렁한 어조로 중얼거렸다.

"으쩌다가 그러코롬 당달봉사는 되야 뿌렀다냐?"[10]

나는 마침내 용기를 내어 간밤부터 줄곧 품어 나온 의문을 입 밖으로 불쑥 털어 냈다.

"당달봉사가 뭔데?"

역시 서울내기라서 별수가 없었다. 나는 당달봉사가 어떤 건지 설명해 주려고 철책에 바싹 달라붙었다. 그 순간 뭔가 이상한 낌새가 퍼뜩 느껴졌다. 나는 반사적으로 고개를 홱 돌려 관사 쪽을 살펴보았다. 머리가 희끗희끗한 노파가 유리창 안쪽에서 무시무시한 눈초리로 나를 쏘아보는 중이었다. 어마뜨거라 하고 나는 전날처럼 또 담박질을 놓기 시작했다. 애, 애, 하고 다급히 부르는 소리가 등 뒤에서 들려왔지만 나는 뒤도 안 돌아다보고 진둥한둥(매우 급하거나 바빠서 몹시 서두르는 모양) 줄행랑을 놓았다.

이튿날은 군수 관사 근처에 얼씬도 하지 않았다. 그 이튿날도 마찬가지였다. 관사 쪽을 외면한 채 지낸 그 이틀 동안에는 만세 주장 앞길 멍석 위에 널린 지에밥을 봐도 배 속의 회가 전혀 동하지 않았다. 서울 계집애의 그 새하얀 낯꽃(감정의 변화에 따라 얼굴에 드러나는 표시)이 끊임없이 눈에 밟히는 바람에 그러잖아도 재미를 못 붙여 애를 먹던 학교 공부가 한결 더 부실해졌다.

이틀 동안이 내 인내심의 한계였다. 좀이 쑤셔서 더 버티지 못하고 나는 사흘 만에 또다시 군수 관사를 찾아갔다. 정원에는 아무도 안 보였다. 나비란 놈도 안 보였다. 하얀 고무공 하나만이 잔디밭 한가운데 동그마니 놓여 있을 따름이었다. 한참 더 기다려 보다가 관사 안에 아무런 기척도 없음을 거듭 확인하고 나서 무척이나 아쉬운 마음으로 발길을 돌렸다. 바로 그 순간, 누군가 내 퇴로를 우뚝 가로막고 있다는 사실을 비로소 알아차렸다. 머리가 희끗희끗한 노파였다. 내가 또 달아나려 하자 노파가 갑자기 내 팔을 덥석 붙들었다.

⑩ '나'는 명은이에게 가장 궁금했던 질문을 던지고 있어. 하지만 이는 명은이의 상처를 들출 수도 있는 말이지.

집중!
수능 만점 선생님

"널 혼내 주려는 게 아니다. 아가, 겁낼 것 없다."

할머니는 몬존한(성질이 차분한) 말씨로 나를 안심시키려 했다.

"우리 명은이, 지금 병원에 있다. 그저께 밤부터 갑자기 신열(身熱, 병으로 말미암아 오르는 몸의 열)이 끓고 헛소리가 우심(尤甚, 더욱 심함)해서 병원에 입원시켰다."

노파한테 단단히 붙들려 있던 내 팔이 갑자기 자유로워졌다.

"나는 명은이 외할미다. 우리 명은이 말동무가 돼 줘서 고맙구나. 명은이는 아마 내일쯤 퇴원할 게다."

일단 되찾은 팔을 또다시 뺏길까 봐 나는 뒷짐을 진 채 명은이 외할머니의 말에 무턱대고 고개를 주억거렸다(고개를 앞뒤로 천천히 끄덕거리다).

"너는 어디 사는 누구냐? 집이 어디냐?"

나는 대충 만세 주장께를 어림하고는 턱짓으로 그쪽을 가리켰다. 그러자 명은이 외할머니가 대뜸 앞장을 섰다.

"나랑 같이 가 보자."

집까지 가는 동안 명은이 외할머니는 별의별 시시콜콜한 것들을 다 물었다.⑪ 이름은? 나이는? 부모님은? 형제자매는? 전쟁 때문에 혹시 불행을 당한 가족이나 일가친척은?

"건호야, 학교 끝나면 우리 관사에 자주 놀러 와도 괜찮다. 그 대신 너한테 신신당부할 게 있다. 우리 명은이 듣는 데서는 절대로 입 밖에 꺼내지 말아야 될 말들이 있단다."

첫째, 부모 이야기. 둘째, 사람이 죽고 사람을 죽이는 이야기. 셋째, 장님 이야기.⑫

"더군다나 당달봉사 같은 말은 아주 좋지 않은 말이니까 우리 명은이 앞에서 다시는 꺼내지 않도록 단단히 입조심해야 된다. 알겠냐?"

나는 홧홧 달아오른 낯꽃을 들키지 않으려고 부러 두어 발짝 뒤로 처져서 걸었다. 명은이 외할머니는 만세 주장 뒷골목까지 나랑 동행해서 기어이 우리 집을 확인한 다음에야 발길을 돌렸다.

"건호야!"

대문간에 막 발을 들여놓으려는 나를 명은이 외할머니가 등 뒤에서 큰 소리로

집중!

⑪ '나'가 명은이와 어울려도 될 만한 아이인지 알아보기 위해서야.

⑫ 모두 명은이의 상처를 건드리는 말이지.

수능 만점 선생님

다시 불러 세웠다.

"우리 명은이, 참 불쌍한 아이다. 제 엄마, 아빠가 한꺼번에 죽창에 찔려서 죽는 처참한 꼴을 두 눈 번히 뜨고 지켜본 아이다.[13] 그날부터 제 눈엔 아무것도 안 보인다면서, 저는 아무것도 못 봤다면서 하루아침에 장님이 되는, 아주 몹쓸 병에 걸려 버렸단다. 의사도 못 고치고 약으로도 못 낫는, 아주 고약한 병이란다."

눈물 구덩이에 퐁당 빠져 허우적대는 눈동자로 명은이 외할머니는 내 얼굴을 간신히 건너다보았다. 때깔이 고운 한복 차림에 기품이 넘쳐 나던 명은이 외할머니의 모습이 한순간에 와르르 허물어져 내리는 순간이었다. 마땅히 그래야만 될 성싶어 나는 덮어놓고 고개를 끄덕이는 동작만 되풀이했다. 명은이 외할머니가 내 손을 덥석 움켜쥐었다.

"우리 명은이한테 말동무라고는 세상천지 달랑 고양이 새끼 한 마리밖에 없었단다. 앞을 못 보게 된 뒤로 우리 명은이가 고양이 말고 사람을 말동무로 삼은 건 건호, 니가 맨 처음이란다.[14]"

명은이의 퇴원이 예정된 날은 때마침 주일이었다. 우리 식구들은 서울에서 피란 내려온 막내 이모의 전도 덕분에 수복(收復, 잃었던 땅이나 권리 따위를 되찾음) 직후부터 신광 교회에 다니기 시작했다. 교회 사찰인 딸고만이(딸을 그만 낳고 아들을 낳고 싶다는 희망의 표시) 아버지가 힘차게 울려 대는 종소리에 이끌려 나는 주일 아침에 신광 교회로 향했다.

주일 학교 반사(班師, 교회 학교 선생)의 지시에 따라 나는 예배 도중 죄를 고백하는 기도를 드렸다. 이북 피란민 출신으로 중앙 시장에서 철물점을 경영하는 홀아비 반사는 매주 공과 공부가 끝날 때마다 한 주일 동안 저지른 죄를 모조리 고백할 것을 어린 제자들에게 강요하곤 했다. 전에는 만세 주장 지에밥을 훔쳐 먹은 죄와 어쩌다 길에서 주운 돈을 주전부리에 사용한 죄 따위가 내 고백 기도의 주된 내용이었는데, 명은이를 만난 후 당달봉사라는 나쁜 말을 사용한 죄 하나가 내 기도 속에 덧붙여졌다.

나는 주일 학교를 마치기 무섭게 신광 교회에서 곧장 시청을 향해 달려갔다. 명은이에게 건넬 선물을 장만하기 위해서였다. 전황에 대한 새로운 소식은 앞

[13] ➔ 명은이가 앞을 보지 못하게 된 원인이야. 전쟁의 참혹한 광경을 목격한 명은이는 씻을 수 없는 상처를 입었지.

[14] ➔ '나'가 명은이의 상처를 치유해 줄 존재임을 암시하는 부분이지.

못 보는 명은이에게 의미 있는 선물이 될 뿐만 아니라 내가 결코 시골뜨기라고 만만히 볼 상대가 아님을 서울내기 계집애한테 일깨워 주는 확실한 증거물이 될 것이었다.

아무도 없는 정원 내부를 기웃거리며 철책 앞에서 서성거리는 참인데 관사 현관문이 빠끔히 열렸다. 명은이 외할머니가 손짓으로 나를 불렀다. 나는 난생처음 익산 군수 관사 안으로 주뼛주뼛 발을 들여놓았다. 잔뜩 겁을 집어먹은 채 낯선 구조의 양옥집 거실을 통과하는 나를 액자 속의 이승만 대통령이 근엄한 표정으로 내려다보고 있었다. 나는 명은이가 들어 있는 작은 방으로 안내되었다. 명은이 머리맡을 지키고 있던 나비란 놈이 나를 보더니만 냐옹 소리와 함께 냉큼 책상 위로 튀어 오르면서 경계의 눈초리를 보냈다. 명은이는 얇고 보드라운 차렵이불(솜을 얇게 두어 지은 이불)로 턱밑까지 가린 채 반듯한 자세로 드러누워 있었다. 며칠 사이에 눈에 띄게 야윈 모습이었다. 그래서 전보다 더욱 새하얗고 전보다 더욱 예뻐 보였다. 멋쩍고 쑥스러운 나머지 나는 괜스레 히죽히죽 웃기부터 했다. 명은이는 보이지 않는 눈을 내 얼굴에 맞추려고 내 웃음소리를 좇아 머리를 움직거렸다.

"재미있는 얘기 나누면서 천천히 놀다 가거라."

명은이 외할머니가 잣알이 동동 뜬 수정과 그릇과 과자가 수북이 담긴 쟁반을 방바닥에 내려놓았다. 명은이 외할머니가 방에서 나가기를 기다려 나는 준비해 온 선물 보따리를 다짜고짜 풀어놓기 시작했다. 트루먼 대통령이 맥아더 원수를 유엔군 총사령관직에서 해임한 소식부터 먼저 전했다.[15] 연이어 의정부 전투에서 국군 1사단과 미군 3사단이 연합 작전으로 북괴군 1군단을 포위해서 1개 연대를 섬멸한 소식을 숨차게 전했다.

"명은이 너, 섬멸이 무신 말인지 알어? 몰르지? 몽땅 씨를 말린다는 뜻이여."

초점을 잃은 채 내 얼굴 근처를 헤매던 명은이의 눈이 갑자기 회동그라졌다. 명은이의 그 같은 반응을 이를테면 저보다 훨씬 아는 게 많은 상대에 대한 우러름의 표시로 받아들이면서 나는 더욱더 신떨음(신이 나는 대로 실컷 함)에 고부라졌다(열중하다). 내친김에 나는 미군 9군단이 '철의 삼각지' 전투에서 중공군 대부대를 궤멸시킨 이야기를 들려주었다.

 ⑮ ➡ '나'는 명은이 외할머니의 당부를 잊고 명은이에게 전황 소식을 전하고 있어.

내신 준비

수능 만점 선생님

"명은이 너, 궤멸이 무신 뜻인지 알어? 몰르지? 씨만 빼놓고 몽땅 다 때려잡는 다는 뜻이여."

"과자 안 먹니?"

"뭣이라고?"

"과자나 먹으라고!"

명은이는 햅쑥하게 핏기가 가신 입술을 바르르 떨면서 눈꺼풀을 아래로 착 내리깔았다.[16] 명은이가 눈을 꼭 감자 그때껏 숨어 있던 속눈썹이 기다랗게 드러났다. 명은이의 권유를 받아들여 나는 아무 눈치코치도 없이 쟁반 위의 과자들을 마구 입안으로 걸터들이기(이것저것 가리지 않고 휩쓸어 들이기) 시작했다. 명은이는 끝내 과자에 손도 대지 않았다.

명은이는 단 하루 사이에 놀라우리만큼 기력을 되찾아 이튿날 또다시 정원에서 나비와 함께 공놀이를 시작했다. 나를 피해 정원수 위로 숨어 버린 나비를 대신해서 얼른 공을 집어 명은이에게 돌려준 다음 나는 득의에 찬 목소리로 그날 치의 선물을 전했다.

"영국군 29여단 글로스터 대대가 육십여 시간 사투 끝에 중공군을 무찌르고 적성 고지를 사수혔디야."

시청 앞 게시판에서 공들여 외워 온 벽보 내용을 뜻도 모르는 채 앵무새처럼 고스란히 옮기면서 나는 명은이의 반응을 살폈다. 아니나 다를까, 명은이의 손아귀에서 스르르 힘이 풀리면서 공이 잔디밭으로 굴러떨어졌다. **명은이의 그런 반응을 나는 일종의 감동의 표시로 받아들였다.**[17] 서울내기 계집애를 감동시킨 내 솜씨에 자부심을 느끼면서 나는 곧장 다음 소식으로 넘어갔다.

"중부 전선 임진강 전투에서 우리 국군이 중공군 63군 3개 사단을 격퇴허고 대승을 거두었디야."

"듣기 싫단 말야! 제발 그만두란 말야!"

명은이가 쇠꼬챙이 같은 소리를 내지르며 갑자기 잔디밭에 퍼더버리고(팔다리를 아무렇게나 편하게 뻗고) 앉았다. 전혀 예상치 못한 돌발 사태에 별안간 어안이 벙벙해져서 나는 어찌할 바를 몰랐다.

---

⑯ ➜ 인물의 외양 묘사를 통해 심리를 간접적으로 표현한 부분이란다.

⑰ ➜ '나'는 명은이의 반응을 계속 오해하고 있어. 이는 '나'가 전쟁의 폭력성에 대한 인식이 부족하기 때문이지.

집중!

수능 만점 선생님

"꼴도 보기 싫어! 가 버려! 가란 말야!"

제 손으로 제 머리칼을 마구 쥐어뜯으며 명은이는 거푸 쇠꼬챙이 소리를 질러 댔다. 명은이 외할머니가 해끔하게(조금 하얗고 깨끗하게) 놀란 표정으로 관사 안에서 허둥지둥 달려 나왔다. 가라니까 가는 수밖에 달리 도리가 없었다. 아직 영문을 모르는 채로 나는 부리나케 관사를 빠져나왔다. 무엇이 서울 계집애의 성깔머리를 그토록 버르집어(파서 헤치거나 크게 벌려) 놓았는지 당최 알다가도 모를 일이었다. 내 호의가 무시당한 관사 근처엔 앞으로 두 번 다시 얼씬도 하지 않겠다고 다짐하면서 나는 길바닥의 돌멩이를 발부리로 힘껏 걷어차 버렸다.

명은이 외할머니의 신신당부를 기억에서 언뜻 되살려 낸 것은 집에 거반 다다랐을 무렵이었다. 사람이 죽고 사람을 죽이는 이야기는 절대로 입 밖에 꺼내지 말 것. 세 가지 당부 가운데서 나도 모르게 두 번째 당부를 어긴 셈이었다. 시청 앞 게시판을 기웃거리는 버릇[18]이 내게서 영영 떠나게 되리라는 것을 나는 그때 퍼뜩 예감할 수 있었다.

혼자서 다짐했던 대로 나는 하루 동안 관사 근처에 얼씬하지 않았다. 그러나 집 안에 머물러 지내는 동안에도 내 마음은 관사 언저리를 줄곧 배회하고 있었다. 꼴도 보기 싫다고 명은이가 지르던 쇳소리가 내 귓바퀴를 끊임없이 맴돌았다. 더는 참을 수가 없어 나는 결국 다음 날 해 질 녘에 관사를 또다시 찾아가고 말았다.

저녁놀에 물든 발그레한 낯꽃으로 명은이는 정원 한복판에 오도카니(넋이 나간 듯이 가만히) 서 있었다.[19] 손에 공이 쥐여 있고 곁에 나비란 놈도 알짱거리고 있었지만 공놀이는 아예 시작할 생각조차 하지 않았다. 하릴없이 먼산바라기가 되어 언제까지고 꼼짝도 하지 않는 명은이 모습을 나는 철책 밖에서 한참이나 몰래 지켜보았다.

바로 그때였다. 종소리[20]가 데엥, 하고 묵중하게 울렸다. 한번 울리기 시작한 종소리는 짧은 쉴 참을 거친 후 뎅그렁 뎅, 뎅그렁 뎅, 연달아 기세 좋게 울렸다. 명은이는 느닷없는 종소리에 움찔 놀라는 기색이었다. 종소리가 들려오는 신광 교회 쪽을 향해 명은이의 고개가 천천히 돌아갔다. 저녁놀에 함빡 젖은 채 종소리

18 ➜ 전쟁의 비극성을 제대로 깨닫지 못한 채 단순한 이야깃거리로만 삼았던 태도를 말해.

19 ➜ 명은이는 '나'가 찾아오지 않자 외로워하며 '나'를 그리워하고 있어.

20 ➜ '나'와 명은이의 갈등을 해소해 주는 매개체란다.

내신 준비!

수능 만점 선생님

에 다소곳이 귀를 기울이는 명은이 모습에서 나는 가슴이 철렁 내려앉으리만큼 묘한 감동을 받았다.

"삼일 종이여."

나는 철책 밖에 내가 와 있다는 사실을 그예 큰 소리로 기별하고 말았다. 명은이가 화들짝 놀라는 몸짓을 취했다.

"나비야! 나비야!"

하마터면 잊을 뻔했다는 듯이, 마치 내가 나타나기 전까지 줄곧 나비와 함께 공놀이를 하고 있었던 것처럼 명은이는 공을 잔디밭 위로 도르르 굴리면서 부산을 떠는 시늉을 했다. 겨냥이 지나쳐 공은 철책 밑을 통과해서 내 발치까지 데굴데굴 굴러 왔다. 나는 공을 주워 철책 안으로 던졌다.

"왔으면 얼른 들어와야지 왜 거기 서 있니?"

거기 누구, 하고 묻는 대신 명은이는 나를 책망하는 척했다. 때맞춰 관사 현관문이 활짝 열렸다. 명은이 외할머니가 꾸짖음 반 반가움 반의 어정쩡한 기색으로 나를 맞아들였다. 잔뜩 낯꽃을 붉힌 채 나는 관사 내부를 빠른 걸음으로 통과해서 정원으로 나갔다.

"삼일 종이 뭔데?"

"수요일에 치는 종이여. 교회 사람들은 수요일 저녁 예배를 삼일 예배라고 불러. 저것은 초종이여. 한참 있다가 재종을 칠 거여."

명은이한테 미안하던 참에 나는 도롱태^(사람이 밀거나 끌게 된 나무 수레) 굴리듯 빠른 말씨로 한바탕 정신없이 지껄였다.

"어머나, 건호 너 교회 다니니?"

"엉. 딸고만이 아부지^⑳가 시방 초종을 치고 있는 중이여. 명은이 너, 딸고만이 아부지가 누군지 몰르지? 딸고만이 아부지는⋯⋯."

야트막한 언덕 위 신광 교회 종탑 밑에서 종 줄 끝에 대롱대롱 매달려 허공 속을 연방 오르락내리락하면서 신나게 종을 치고 있을 사찰 아저씨의 앙바틈한^(짤막하고 딱 바라진) 모습을 머리에 떠올리니까 절로 웃음이 비어졌다. 다섯 번째로 또 딸을 낳고 나서 지어 준 이름이 딸고만이였다.

"딸내미 이름을 그러코롬 엉터리없이 지어 놓으면 요담 번엔 틀림없이 아들을

⑳ ➡ '나'와 명은이의 사이를 가깝게 해 주는 존재야.

집중!

수능 만점 선생님

낳게 된디야."

　명은이는 한바탕 기분 좋게 깔깔거렸다. 아, 명은이가 웃는다! 내가 서울내기 지지배를 웃게코롬 맨들었다! 나는 득의양양해서 넋이야 신이야 하며 마구잡이로 떠벌렸다.

　"딸고만이 아부지가 종 치는 걸 보면 너도 아매 배꼽을 잡고 웃을 거여. 얼매나 괴상하게 생겼는지 알어? 키는 나보담 쬐꼼 더 크고, 머리는 홀러덩 벗겨지고……."

　<u>말을 하다 말고 나는 갑자기 입을 다물었다.</u>[22] 명은이가 앞을 못 본다는 점에 뒤늦게 생각이 미친 까닭이었다. 종소리의 꼬리 부분이 긴 여운을 끌면서 저녁 하늘 속으로 천천히 사라지고 있었다.

　"딸고만이 아버지 얘길 계속해 봐."

　명은이가 잔디밭 위에 아무렇게나 퍼벌하고(겉모양을 꾸미지 아니하고) 앉으면서 재촉했다. 나도 덩달아 명은이 앞에 퍽석 주저앉았다.

　딸고만이 아버지는 정말 괴짜였다. 교회 종을 치기 위해 이 세상에 태어난 사람 같았다. 종을 치지 않을 때는 우리에게 놀림감이 되지만 종을 치는 동안만큼은 언제나 존경의 대상이 되곤 했다. 마치 종 줄의 일부분인 양 앙바틈한 몸집이 굵은 밧줄 끝에 매달려 발바닥이 땅에 닿을 새가 없으리만큼 위로 솟구쳤다 아래로 곤두박질치기를 되풀이하면서 힘차게 종소리를 울려 대는 동안 그는 얼굴이 온통 시뻘겋게 상기한 채 꿈을 꾸는 듯한 표정을 짓곤 했다. 종 치는 일이 거반 끝나 갈 무렵쯤 되면 그는 자기 주위로 새까맣게 몰려들어 찬탄 어린 눈빛으로 구경하는 조무래기들 가운데서 딱 한 명만 골라 딱 한 차례만 종 줄을 잡아당기는 영광을 안겨 주곤 했다. 그악스레 뒤쫓아 다니며 딸고만이 아버지라고 놀려 먹은 적이 없는 착한 아이한테 대개 특혜를 베푸는 것이었다.

　"딸고만이 아버지를 한번 봤으면 좋겠다."

　"나랑 같이 교회 가면 얼마든지 볼 수 있어."

　말을 주고받다 보니 뭔가 좀 이상하다는 생각이 퍼뜩 들었다. 앞을 못 보는 명은이가 무슨 재주로 딸고만이 아버지를 본단 말인가.

　"눈엔 안 보여도 마음으로는 얼마든지 볼 수 있어."

내신 준비!

수능 만점 선생님

　22 ➡ '나'는 명은이를 배려하고 있음을 알 수 있어.

내 속마음을 읽었는지 명은이가 얼른 어른스럽게 말했다. 기왕 말이 나온 김에 우리는 주일 저녁에 함께 신광 교회에 가기로 약속을 정했다.

주일 저녁이 오기까지 시간은 굼벵이 걸음처럼 더디 흘러갔다. 외할머니의 허락을 받고 명은이와 나는 딸고만이 아버지가 초종을 울릴 시간에 맞추어 관사를 출발했다. 명은이 손을 잡고 조심조심 길을 인도하는 탓에 관사에서 신광 교회까지 평상시보다 곱절 이상 거리가 멀게 느껴졌다. 먼 길을 걷는 동안 나는 전에 주일 학교 반사한테서 들은 이야기를 재탕해서 명은이에게 들려주는 일로 시간을 때웠다.

옛날 어느 성에 용감한 기사와 바람처럼 빨리 달리는 백마^⑳가 살고 있었다. 기사는 사랑하는 백마를 타고 전쟁터마다 다니며 번번이 큰 공을 세워 성주로부터 푸짐한 상을 받곤 했다. 전쟁이 끝났다. 세월이 흘러 백마는 늙고 병들게 되었다. 그러자 기사는 자기와 오랫동안 생사고락을 함께한 백마를 외면한 채 전혀 돌보지 않았다. 늙고 병든 백마는 성내를 이리저리 떠돌다가 어떤 종탑 앞에 이르렀다. 누구든지 종을 쳐서 억울한 사연을 호소할 수 있게끔 성주가 세워 놓은 종탑이었다. 백마의 눈에 종탑을 휘휘 감고 올라간 칡넝쿨^㉔이 보였다. 배고픔에 못 이겨 백마는 칡넝쿨을 뜯어 먹기 시작했다. 그러다 종 줄을 잘못 건드리는 바람에 그만 종소리^㉕를 울리고 말았다. 종소리를 들은 성주가 무슨 사연인지 자세히 알아보도록 부하에게 지시했다. 그리하여 백마의 억울한 사연을 알게 된 성주는 은혜를 저버린 기사를 벌주고 백마를 죽을 때까지 따뜻이 보살펴 주었다.

"억울한 사람은 누구든지 종을 칠 수 있다고?"^㉖

느슨히 잡고 있던 내 손을 갑자기 꽉 움켜쥐면서 명은이가 물었다. 나는 괜스레 우쭐해진 나머지 얼김에^(정신이 얼떨떨한 상태에) 말갈망^(자기가 한 말의 뒷수습)도 못할 허세를 부리고 말았다.

"그렇다니께. 아무나 다 종을 침시나 맘속으로 소원을 빌으면은 그 소원이 죄다 이뤄진디야."

마침내 신광 교회 입구로 들어섰다. 아직 이른 시간이라서 그런지 우리 말고

㉓ ➡ 억울하고 절망적인 상황에 놓인 백마는 명은이와 대응해.
㉔ ➡ 백마가 종소리를 울리도록 인도하는 역할을 해. '나'와 대응하지.
㉕ ➡ 백마를 절망적인 상황에서 구원하는 희망의 소리야.
㉖ ➡ 명은이도 백마처럼 자신의 억울한 사연을 호소하고 싶어 함을 알 수 있어. 명은이가 종을 직접 치는 계기가 되지.

집중!

수능 만점 선생님

다른 교인들 모습은 교회 근처에서 전혀 찾아볼 수 없었다. 하늘로 오르는 사닥다리인 양 높고 가파른 돌계단이 우리 앞을 떡하니 막아섰다. 발을 헛디디지 않게끔 명은이를 단단히 부축한 채 천천히 돌계단을 오르기 시작했다. 돌계단이 거의 끝나가는 지점에서 나는 명은이가 들을 수 있게끔 돌 위에 새겨진 글씨를 큰 소리로 읽어 주었다.

"내가 곧 길이요 진리요 생명이니 나로 말미암지 않고는 아버지께로 올 자가 없느니라."(요 14:6)

그게 무슨 말이냐고 명은이가 물었다. 명은이는 툭하면 내가 설명하기 곤란한 것들만 골라 밑두리콧두리(확실히 알기 위해 자세히 자꾸) 캐묻는, 아주 좋지 않은 버릇을 지니고 있었다. 예수님은 동정녀 마리아에게서 나신 여호와 하나님의 아들이란 뜻이라고 나는 엉이야벙이야(일을 얼렁뚱땅해 교묘히 넘기는 모양) 제멋대로 둘러댔다. 명은이는 더욱 무슨 말인지 모르겠다는 표정이었다.

돌계단을 다 오르자 비낀 저녁 햇살을 듬뿍 받아 아름답게 빛나는 웅장한 석조 교회당이 시야를 그득 메웠다. 우리는 종탑 앞에서 손을 맞잡은 채 때가 되기를 기다렸다. 잠시 후에 교회당 뒤편 사택 쪽에서 딸고만이 아버지가 모습을 드러냈다.

"딸고만이 아부지다."

나는 명은이에게 귀엣말로 가만히 속삭였다. 길게 뻗은 교회당 건물 옆구리를 따라 통로에 깔린 자갈을 밟으며 딸고만이 아버지가 걸어왔다. 명은이는 몹시 긴장한 자세로 저벅저벅 다가오는 발소리에 조용히 귀를 기울였다. 저녁 햇살을 함빡 뒤집어쓴 딸고만이 아버지의 민머리가 알전구처럼 반짝거렸다. 나는 최대한 허리를 굽혀 예바르게 꾸뻑 인사를 올렸다.㉗ 딸고만이 아버지는 나를 금세 알아보았다. 그러나 낯선 얼굴인 명은이 쪽에 짤막한 눈길을 던졌을 뿐, 여느 때와 딴판으로 모범생처럼 구는 나를 거들떠도 안 보면서 그는 되우 뻐겨 대는 걸음걸이로 종탑에 다가섰다. 그는 몸에 익은 솜씨로 종탑 쇠기둥을 타고 뽀르르 위로 기어오른 다음 아이들 손이 닿지 않을 높직한 자리에 매어 놓은 종 줄을 밑으로 풀어 내렸다. 그가 굵은 밧줄을 힘차게 아래로 잡아당기자 종탑 꼭대기 그 까마득한 높이에 매달려 있던 거대한 놋종이 한쪽으로 휘우뚱 기울어졌다. 또 한

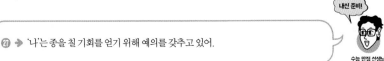

㉗ → '나'는 종을 칠 기회를 얻기 위해 예의를 갖추고 있어.

차례 줄을 잡아당기자 이번에는 반대편으로 놋종이 휘우뚱 넘어갔다. 오른쪽, 왼쪽, 번차례_(돌려 가며 번갈아드는 차례)로 기울어지기를 두 번, 세 번…….

"인제 종소리가 울릴 차례여."

내 말이 끝남과 동시에 데엥, 하고 첫 번째 종소리가 묵직하게 울려 퍼졌다. 갑자기 귀를 먹먹하게 만드는 둔중한 종소리에 놀라 명은이는 눈살을 찌푸리며 잽싸게 손바닥으로 귀를 막았다. 종소리가 차츰 빨라지기 시작했다. 딸고만이 아버지의 앙바틈한 몸집은 어느새 종 줄과 한 몸을 이루어 쉴 새 없이 허공을 오르락내리락하느라 발바닥이 땅에 닿을 겨를도 없을 지경이었다. 뎅그렁 뎅, 뎅그렁 뎅, 기세 좋게 울리는 종소리가 귀싸대기를 사정없이 갈겨 댔다.㉘ 나는 명은이 손바닥을 붙잡아 귀에 붙였다 뗐다 하는 동작을 되풀이했다. 기다란 종소리의 중동_(하던 일이나 말 따위의 중간이 되는 부분)을 뚝 잘라 동강을 내었다가 다시 이어 붙이기를 되풀이하는 그 장난이 명은이 얼굴에 발갛게 꽃물_(불그스름한 혈색을 비유적으로 이르는 말)이 배게끔 핏기를 돋우었다.

건공중_(乾空中, 땅으로부터 그리 높지 아니한 허공)에 둥둥 떠 있던 딸고만이 아버지의 발바닥이 어느새 슬그머니 땅으로 되돌아와 있었다. 종 치는 작업을 마무리하기 위해 종 줄 잡아당기는 힘을 적당히 조절하는 중이었다. 나는 실오라기 같은 희망을 품은 채 딸고만이 아버지가 아닌 사찰 아저씨를 향해 최대한 존경의 눈빛을 띄워 보냈다. 하지만 아무 소용이 없는 아첨이었다. 사찰 아저씨 아닌 딸고만이 아버지는 결국 나로 하여금 마지막 순간에 딱 한 차례 종 줄을 잡아당기게 하는 그 특혜를 베풀지 않은 채 매정하게 종 치기를 끝내 버렸다. 주일마다 뒤꽁무니를 밟고 다니며 딸고만이 아버지라고 그악스레 놀려 댄 지난날들이 여간만 후회되는 게 아니었다.

아쉬움을 달랠 요량으로 나는 얼른 고무신을 벗어 들었다. 여태껏 늘 해 왔던 방식에 따라 나는 바야흐로 저녁 하늘 저 멀리 사라지려는 마지막 종소리를 고무신짝 안에 양껏 퍼 담았다. 그런 다음 잽싸게 고무신짝을 명은이 귓바퀴에 찰싹 붙여 주었다.㉙ 그러자 명은이 얼굴에 해맑은 미소가 가득 번져 나기 시작했다. 어미 종은 이미 움직임을 멈추었지만 고무신짝 안에는 새끼 종이 담겨 아직도

㉘ → 공감각적인 표현이야. 귀에 들리는 종소리를 살에 닿는 것처럼 표현해 생동감 있게 전달하고 있지.

㉙ → 명은이를 즐겁게 해 주려는 '나'의 따뜻한 행동이야.

집중!

수능 만점 선생님

작은 움직임을 계속하고 있었다. 그 종이 꿀벌처럼 잉잉거리면서 대고^(계속해 자꾸) 명은이 귀를 간질이고 있을 것이었다.

왔던 길과는 달리 돌아가는 길은 호사스러운 감동의 보자기에 감싸여 있어서 관사까지 걷는 시간이 조금 전보다 절반 이하로 짧게 느껴졌다. 명은이는 흥분한 기색을 여간해서 감추지 못했다. 관사 앞에서 헤어지기 직전에 명은이는 나에게 고맙다고 말했다. 깍쟁이 서울 계집애 입에서 고맙다는 인사가 나오기는 그때가 처음이었다.

"건호야."

일껏 내 이름을 불러 놓고도 명은이는 한참이나 더 뜸을 들인 다음에야 가까스로 뒷말을 이었다.

"네 얼굴이 어떻게 생겼는지 궁금해. 내 손으로 한번 만져 보고 싶어."^⑳

참으로 난처한 순간이었다. 틀림없이 집 안 어느 구석에서 우리를 지켜보고 있을 명은이 외할머니를 의식하면서 나는 잠시 망설였다. 에라, 모르겠다는 심정으로 나는 결국 명은이 손을 끌어다 내 얼굴에 대 주었다. 그리고 두 눈을 질끈 감아 버렸다. 촉촉이 땀에 젖은 손이 내 얼굴 윤곽을 천천히 더듬어 나가기 시작했다. 명은이는 내 이목구비 하나하나를 차례차례 신중히 어루만졌다.

"얼굴이 아주 잘생겼구나. 나한테 얼굴을 보여 줘서 고마워."

난생처음 잘생겼다는 소리를 들었다. 나는 홧홧 달아오르는 낯꽃을 주체할 수가 없어 도망치다시피 관사 앞을 떠나 버렸다. 관사로부터 멀어지자 나는 겅중겅중 뜀걸음을 놓기 시작했다. 비록 서투른 솜씨나마 휘파람을 후익후익 날리면서 나는 신나게 집으로 향했다.

명은이가 내게 무리한 부탁을 해 온 것은 신광 교회 종탑에서 색다른 경험을 한 바로 그다음 날이었다. 다시 만나자마자 명은이는 나를 붙잡고 엉뚱깽뚱한 소리를 했다.

"건호야, 날 다시 교회로 데려가 줘. 내 손으로 종을 쳐 보고 싶어."

"그랬다간 큰일 나! 딸고만이 아부지 손에 맞아 죽을 거여!"

나는 팔짝 뛰면서 그 청을 모지락스레^(보기에 억세고 모질게) 거절했다. 하지만 명은이는 나한테 검질기게^(성질이나 행동이 몹시 끈덕지고 질기게) 달라붙으면서 계속 비라리^{(구구한 말을}

⑳ ➡ '나'에 대한 명은이의 마음이 점점 열리고 있네.

내신 준비!!

수능 만점 선생님

해 가며 남에게 무엇을 청하는 일) 치고 있었다.

"제발 부탁이야. 딱 한 번만 내 손으로 직접 종을 쳐 보고 싶어." [31]

"종은 쳐서 뭣 혈라고?"

"그냥 그래! 내 손으로 울리는 종소리를 듣고 싶을 뿐이야."

말은 그렇게 했지만 나는 명은이의 진짜 속셈이 무엇인가를 금세 알아차릴 수 있었다. 동화 속의 늙고 병든 백마를 흉내 내고 싶은 것이었다. 버림받은 백마처럼 자신의 억울한 사정을 성주에게 호소하고 싶은 것이었다. 다름 아닌 눈을 뜨고 싶다는 소원을 하나님께 전할 속셈임이 틀림없었다. 누구든지 종을 치면서 소원을 빌면 다 이루어진다고 명은이 앞에서 공연히 허튼소리를 지껄인 일이 새삼스레 후회되었다. 대관절 무슨 재주로 딸고만이 아버지 허락도 없이 교회 종을 무단히 울린단 말인가.

"알었다고. 알었다니께."

연방 도리머리(도리질)를 하는 내 마음과는 딴판으로 내 입에서는 승낙의 말이 잘도 흘러나왔다. 끝끝내 명은이의 간청을 뿌리칠 재간이 내게 없다는 사실[32]을 나는 처음부터 잘 알고 있었다.

"일요일은 절대로 안 되야. 수요일도 절대로 안 되야."

"그럼 언제?"

보이지도 않는 눈을 반짝 빛내면서 명은이가 대답을 재촉했다. 예배 모임이 없는 평일이라면 어찌어찌 가능할 것 같기도 했다.

"목요일 밤중이라면 혹간 몰라도……."

목요일 아침이 밝았다. 목요일 낮이 지나갔다. 마침내 목요일 밤이 찾아왔다. 명은이는 시내 산보를 구실 삼아 외할머니한테 밤마을(밤에 이웃이나 집 가까운 곳에 놀러 가는 일)을 허락받았다. 어둠길을 나서는 우리를 명은이 외할머니가 관사 밖 길가까지 따라 나와 걱정스러운 얼굴로 배웅했다. 앞 못 보는 외손녀를 걱정하는 백발 노파의 마음이 신광 교회까지 줄곧 우리와 동행하는 듯한 기분이었다.

명은이 손을 잡고 신광 교회 돌계단을 오르는 동안 내 온몸은 사뭇 떨렸다. 지레 흥분이 되는지, 아니면 두려움 때문인지 땀에 흠씬 젖은 명은이 손 또한 달달

---

(31) ➜ 명은이는 자신의 억울하고 고통스러운 심정을 신에게 호소함으로써 마음의 평화가 오기를 바라고 있어.

(32) ➜ '나'는 명은이에게 애정과 연민을 느끼고 있기 때문이지.

집중!

수능 만점 선생님

떨리고 있었다. 명은이가 소원을 이룰 수만 있다면 딸고만이 아버지한테 맞아 죽어도 상관없다고 각오를 다지면서 나는 젖은 빨래를 쥐어짜듯 모자라는 용기를 빨끈 쥐어짰다. 돌 위에 새겨진 낯익은 성경 구절이 어둠 속에서 조용히 우리를 맞았다.

내가 곧 길이요 진리요 생명이니…….

신광 교회는 어둠 속에 고자누룩이(한참 떠들썩하다가 조용하게) 가라앉아 있었다. 이제부터 우리가 저지르려는 엄청난 짓거리에 어울리게끔 주변에 아무런 인기척이 없음을 거듭 확인하고 나서 나는 종탑 가까이 명은이를 잡아끌었다. <mark>괴물처럼 네 개의 긴 다리로 일어선 철제의 종탑</mark>㉝이 캄캄한 밤하늘을 향해 우뚝 발돋움을 하고 있었다. 깊은 물속으로 자맥질(물속에서 팔다리를 놀리며 떴다 잠겼다 하는 짓)하기 직전의 순간처럼 나는 까마득한 종탑 꼭대기를 올려다보며 연거푸 심호흡을 해 댔다. 그런 다음 딸고만이 아버지가 항상 하던 방식대로 종탑 쇠기둥을 타고 뽀르르 위로 기어올라 철골에 매인 밧줄을 밑으로 풀어 내렸다.

"꽉 붙잡고 있어."

명은이 손에 밧줄 밑동을 쥐여 주고 나서 나는 양팔을 높이 뻗어 밧줄에다 내 몸무게를 몽땅 실었다. 그동안 늘 보아 나온 딸고만이 아버지의 종 치는 솜씨를 흉내 내어 나는 죽을힘을 다해 밧줄을 잡아당기기 시작했다. 종탑 꼭대기에 되똑(오뚝 쳐든 모양) 얹힌 거대한 놋종이 천천히 한쪽으로 기울어지는 첫 느낌이 밧줄을 타고 내 손에 얼얼하게 전해져 왔다. 마치 한 풀 줄기에 나란히 매달려 함께 <mark>바람에 흔들리는 두 마리 딱따깨비</mark>(메뚜깃과의 곤충)㉞처럼 명은이 역시 밧줄에 제 몸무게를 실은 채 나랑 한통으로 건공중을 오르내리는 동작에 어느새 눈치껏 장단을 맞추고 있었다. 어둠 때문에 잘 보이지 않았지만 내 코끝에 훅훅 끼얹히는 명은이의 거친 숨결에 섞인 단내로 미루어 명은이가 시방 어떤 표정을 짓고 있는지 너끈히 짐작할 수 있었다.

"소원 빌 준비를 혀!"

내 말이 채 끝나기도 전에 데엥, 하고 첫 번째 종소리가 울렸다. 그 첫 소리를 울리기까지가 힘들었다. 일단 첫 소리를 울리고 나니 그다음부터는 모든 절차가

㉝➡ 불안함 때문에 종탑이 괴물처럼 보인다고 표현한 거야. 직유법과 살아 있지 않은 것을 살아 있는 것처럼 표현하는 활유법이 사용되었지.

㉞➡ 힘껏 밧줄에 매달린 '나'와 명은이를 비유적으로 표현한 말이야.

내신 준비!
수능 만점 선생님

한결 수월해졌다. 뎅그렁 뎅, 뎅그렁 뎅. 기세 좋게 울려 대는 종소리에 귀가 갑자기 먹먹해졌다.

"소원을 빌어! 소원을 빌어!"

종소리와 경쟁하듯 목청을 높여 명은이를 채근하는(어떻게 행동하기를 따지어 재촉하는) 한편 나도 맘속으로 소원을 빌기 시작했다. **명은이가 소원을 다 빌 때까지 딸고만이 아버지를 잠시 귀먹쟁이**(귀머거리'의 사투리)**로 만들어 달라고 빌고 또 빌었다.**㉟ 명은이와 내가 한 몸이 되어 밧줄에 매달린 채 땅바닥과 허공 사이를 절굿공이처럼 오르락내리락하면서 온몸으로 방아를 찧을 적마다 놋종은 우리 머리 위에서 부르르부르르 진저리를 치며 엄청난 목청으로 울어 댔다. 사람이 밧줄을 다루는 게 아니라 이젠 탄력이 붙을 대로 붙어 버린 밧줄이 오히려 사람을 제멋대로 갖고 노는 듯한 느낌이었다.

한창 종 치는 일에 고부라져(열중해) 있었던 탓에 딸고만이 아버지가 달려오는 줄도 까맣게 몰랐다. 되알지게(몹시 세게) 엉덩이를 한 방 걷어채고 나서야 앙바틈한 그의 모습을 어둠 속에서 겨우 가늠할 수 있었다. 기차 화통 삶아 먹은 듯한 고함과 동시에 그가 와락 덤벼들어 내 손을 밧줄에서 잡아떼려 했다. 그럴수록 나는 더욱더 기를 쓰고 밧줄에 매달려 더욱더 힘차게 종소리를 울렸다. 주먹질과 발길질이 무수히 날아들었다. 마구잡이 매타작에서 명은이를 지켜 주기 위해 나는 양다리를 가새질러(엇갈리게 해) 명은이 허리를 감싸 안았다. 한데 엉클어져 악착스레 종을 쳐 대는 두 아이를 혼잣손으로 좀처럼 떼어 내기 어렵게 되자 나중에는 딸고만이 아버지도 밧줄에 함께 매달리고 말았다. 결국 종 치는 사람이 셋으로 불어난 꼴이었다. 그 어느 때보다 기운차게 느껴지는 종소리가 어둠에 잠긴 세상 속으로 멀리멀리 퍼져 나가고 있었다. 명은이 입에서 별안간 울음이 터져 나오기 시작했다. 때때옷(알록달록하게 곱게 만든 아이의 옷)을 입은 어린애를 닮은 듯한 **그 울음소리를 무동 태운 채 종소리는 마치 하늘 끝에라도 닿으려는 기세로 독수리처럼 높이높이 솟구쳐 오르고 있었다.**㊱

뎅그렁 뎅 뎅그렁 뎅 뎅그렁 뎅……

㉟ ➜ '나'는 명은이를 위한 소원을 빌고 있어. '나'의 배려 깊고 순수한 마음씨가 잘 나타난 부분이지.

㊱ ➜ 이 종소리는 전쟁으로 말미암아 고통을 겪은 모든 사람의 울음소리이자 그들을 구원하는 희망의 소리란다.

집중!

수능 만점 선생님

"아니, 벌써 다 끝난 거여?"

나서기 좋아하는 나 서방이었다. 최건호가 고개를 끄덕거렸다. 나중에 순애보가 기네, 아니네, 시비 거는 놈은 가만 안 놔두겠다고 엄포를 놓던 바로 그 나기형이 되레 노골적으로 시비를 걸고 나섰다.

"그것도 순애보 축에 든다고 여태까장 읊어 댔단 말여, 시방?"

"미안혀, 실망시켜서……."

"내 복에 무신 얼어 죽을 순애보!"

희붐히^(날이 새려고 빛이 희미하게 돌아 약간 밝은 듯하게) 터 오는 갓밝이^(날이 막 밝을 무렵) 속에서 홍성만이 끄응 소리와 함께 앵돌아앉는^(토라져서 홱 돌아앉는) 시늉으로 자기가 느끼는 실망의 크기를 드러냈다. 이를테면 그것은 자신이 바로 앞 순번으로 이야기를 끝마친, 역사는 밤에 이루어진다는, 그 문화 영화 제목 같은, 소매치기와 창녀의 사랑이 보다 더 순애보에 가깝다고 주장하는 시위인 셈이었다.

"어쨰피 순애보는 벌써 물 건너간 꼴이니께 어쩔 수 없다 치고, 한 가지만 물어보자. 그 명은이란 지지배는 종소리 울려서 소원을 빈 덕택으로 결국 눈을 떴냐, 못 떴냐?"

나기형은 계속 검질기게 최건호를 물고 늘어졌다.

"잠깐만!"

최건호가 막 입을 열려는 순간, 미술 교사 이진원이 손을 번쩍 들어 대답을 중간에서 가로채 버렸다.

"진짜 순애보란 게 가물에 콩 나듯기 귀헌 세상에서 우리가 그 이상 뭘 더 바래? 내 기준으로는 오늘 밤 요 자리를 통틀어서 건호가 기중 아름다운 사랑 얘기를 들려준 게 틀림없어. 순애보라 불러도 전연^(全然, 전혀) 손색이 없다고 믿어. 다만 그 순진무구헌 애들끼리 주고받은 동화적인 사랑을 우리가 왈칵 순애보로 받아들이지 못허는 이유는 반백 년 세월이 흘러가는 사이에 우리가 늙고 감정이 메마르고 세상 때가 많이 묻어 버린 탓에 우리네 심미안^(審美眼, 아름다움을 살펴 찾는 안목)에 녹이 슬고 그만침 가치관이 멍들었기 때문이 아닐까?"

"오냐, 진원이 너 참말로 잘났다! 오냐, 니 똥 굵은지 다 안다! 칠십 미리 총천연색 시네마스코프다!"

작년에도 멍청했고 금년에도 여전히 멍청하다고 핀잔을 듣는 황만근이 또다시 빠드득 이를 가는 시늉으로 좌중을 웃기려 했다.

"좌우지간 건호는 입을 열면 못써."

이진원이 다시 한번 손을 들어 최건호가 답변할 기회를 가로막았다.

"건호 입에서 사실 여부가 밝혀지는 순간 아름다운 동화는 밋밋헌 다큐멘터리로 변질되고 말어. 명은이가 눈을 떴는지 못 떴는지 그 문제는 각자가 자기 마음속에 여백으로 냉겨 두고 그 위에다 자기 상상력으로 그림을 그릴 수 있게코롬 내비두는 것이 좋아."

이진원의 주장에 아무도 이의를 달지 않았다. 그것으로 순애보 여부를 둘러싼 시비는 일단락된 셈이었다.[37] 죽사산 기슭 어디쯤에서 목청 좋은 수탉들이 잇달아 새날이 밝았음을 기운차게 고했다. 모기들이 슬금슬금 자취를 감추기 시작할 무렵에 맞추어 모깃불의 생명을 연장해 줄 생초목도 얼추 동이 나 버린 상태였다.

"제발 잠 좀 자자. 늙다리 첨지들이라고 인자는 잠도 다 없어졌냐?"

못 자게끔 누가 곁에서 밤새도록 발바닥에 불침이라도 놓은 듯이 이덕주가 불퉁거렸다(얼굴이 불룩해지면서 성을 내며 함부로 말하다).

"맞다. 고만 자러 들어가자. 나는 아직도 젊어서 그런지 하루 밤샘 고스톱을 치고 나면 사흘을 내리 뻗는 체질이다."

삼군 소년단에 들어갈 자격을 얻으려는 일념으로 억지 전쟁고아가 되고자 했다던 조만형이 연방 하품을 꺼 가며 땅바닥에 뻗어 버리는 시늉을 했다. 야전 지휘관 격인 김 교장이 제일 먼저 자리에서 일어나더니만 엉덩이에 붙은 모래알들을 툭툭 털었다.

"이 시각 이후부텀 재향 동기 놈들이 떼로 몰려와서 기상나팔 불 때까장 전원 무제한 취침을 실시헌다!"

(37) ➔ 이들은 명은이에 관한 뒷이야기를 비밀에 부치기로 하지.

정리해 볼까요(그룹 채팅)

● 작가에 대해서 알아볼까요? --

킬링 포인트

윤흥길 작가는 1942년 전라북도 정읍에서 태어났어. 1968년 〈한국일보〉 신춘문예에 소설 「회색 면류관의 계절」을 발표하며 등단했지. 문단의 주목을 받기 시작한 건 1973년 「장마」를 발표하면서야. 어린아이의 시선으로 이데올로기적 갈등이 토속 신앙으로 극복되는 과정을 그렸지. 또한 「아홉 켤레의 구두로 남은 사내」로 한국 문학 작가상을, 「꿈꾸는 자의 나성」으로 한국 창작 문학상, 「완장」으로 현대 문학상 등을 수상했단다.
윤흥길 작가는 유년기에 겪은 전쟁의 상처와 가난한 서민들의 삶을 그렸어. 1970년대 후반엔 산업화가 초래한 사회적 모순을 비판하는 작품을 주로 썼지. 주요 작품으로는 「장마」, 「황혼의 집」, 「아홉 켤레의 구두로 남은 사내」, 「완장」 등이 있단다.

읽음

맞아요! 「종탑 아래에서」에도 전쟁의 상처로 말미암아 억울한 사연을 지닌 소녀가 등장하지요.

👍100점

● 작품에 대해서 정리해 보죠! --

킬링 포인트

작가 : 윤흥길
갈래 : 단편 소설, 전후 소설, 액자 소설
배경 : 시간적 − 6·25 전쟁 중 | 공간적 − 전라북도 익산
시점 : 1인칭 주인공 시점
주제 : 6·25 전쟁으로 말미암은 비극과 극복 의지
출전 : 〈숨소리〉(2000)

킬링 포인트

무조건
알아야 해!

이 소설은 전쟁으로 부모님을 잃고, 그 충격으로 눈이 먼 명은이가 순박한 소년 '나'를 만나 전쟁의 상처를 극복해 나가는 이야기란다. 명은이는 '나'의 배려와 애정으로 점차 마음을 열게 돼. '나'가 말해 주는 우화를 듣고서는 종을 직접 울리고 싶다는 소망을 갖게 되지. 마음에 담아 왔던 고통과 억울함, 평화를 향한 간절한 소망 등을 하늘에 호소하고 싶었던 거야. 이렇듯 종소리는 명은이의 울음소리이자 전쟁의 비극을 세상에 알리는 소리야. 동시에 희망과 구원을 나타내는 소리지. 작가는 순수한 어린아이의 시선으로 전쟁 상황을 그려 냄으로써 비극성을 한층 부각하고 있어. 하지만 상처 입은 명은이에게 따뜻한 마음을 보여 줬던 '나'처럼 전쟁의 비극은 결국 사랑과 연민으로 극복될 수 있음을 말하고 있단다.

읽음

명은이가 종을 치던 장면이 계속 기억에 남아요. 어린아이의 시선으로 작품을 접하니 전쟁의 아픔이 더 다가오는 것 같아요.

👍100점

킬링 포인트

발단: '나'는 앞을 못 보는 명은이를 만남
'나'는 지에밥을 훔치기 위해 하굣길을 에둘러 가다 익산 군수 관사에서 고양이와 놀고 있던 명은이를 만나. 그렇지만 명은이가 앞을 못 보는 사실을 깨닫고는 도망쳐 버리지.

전개: '나'는 명은이가 앞을 못 보게 된 사연을 들음
'나'는 명은이 외할머니에게 명은이가 전쟁 중 부모님의 죽음을 목격하고 눈이 멀게 되었다는 사연을 들어. 더불어 명은이에게 말해서는 안 될 사항도 듣게 되지.

위기: '나'의 실수로 명은이와 갈등을 겪음
'나'는 명은이에게 전황 소식을 들려줘. 그러자 명은이는 화를 내고 고통스러워하지. '나'는 집에 가는 길에서야 명은이 외할머니의 당부를 떠올리며 자신의 실수를 깨닫게 돼.

절정: '나'는 종소리를 계기로 명은이와 화해함
다음 날. 관사를 찾은 '나'는 명은이와 함께 종소리를 듣게 돼. 종소리를 계기로 화해한 둘은 주일 저녁 종소리를 들으러 가지. 가는 길에 '나'는 명은이에게 백마 우화를 들려줘. 우화를 들은 명은이는 종을 직접 울리고 싶어 한단다.

결말: 명은이가 소원을 빎
'나'는 명은이와 함께 종을 치러 밤에 교회를 찾아가. 둘은 함께 종을 울리며 소원을 빌지. 명은이의 울음소리와 함께 종소리가 널리 울려 퍼져.

OOPS!

읽음

이 작품에서는 '종소리'의 의미가 중요한 것 같아요. 명은이가 어떤 마음으로 종을 울렸는지 잘 살펴야겠어요.

👍100점

● **'나'의 뇌 구조를 알아볼까요?**

명은이의 소원이 꼭 이루어졌으면 좋겠어!

서울내기는 모르는 게 넘 많아.

내가 정말 잘생긴 얼굴인가?

무섭지만 용기를 내 보자!

딸고만이 아버지가 안 나타나길.

수능 만점 강사

1 이 작품에 대한 설명으로 옳지 <u>않은</u> 것은?

① 사투리와 일상어를 사용해 사실감과 현장감이 드러난다.
② 비극적인 현실에 대한 극복 가능성을 보여 준다.
③ 어린아이의 시선으로 현실의 비극성을 부각하고 있다.
④ 시간의 흐름에 따라 사건을 서술하고 있다.
⑤ 액자식 구성을 취하고 있다.

2 다음은 윤흥길의 소설 「장마」의 일부다. 두 작품의 공통점으로 가장 <u>옳은</u> 것은?

> 〈앞부분 줄거리〉
> '나(동만)'의 집에는 친가 식구들과 6·25 전쟁 때문에 피란 온 외가 식구들이 함께 살고 있다. 외할머니는 국군인 아들을 두고 있으며, 할머니는 인민군인 아들을 두고 있다. 어느 날, 국군인 외삼촌의 전사 소식이 들려오자 외할머니는 빨갱이는 다 죽으라며 저주를 퍼붓고, 이 때문에 할머니와 갈등을 겪는다. 한편 할머니는 삼촌이 살아 있으며, 집에 돌아올 것이라는 점쟁이의 말을 믿고는 음식을 장만해 삼촌을 기다린다.
>
> ─────────────────────────
>
> 장터처럼 북적거리는 속에서 우리는 아직 아침밥도 먹지 못했다. 삼촌이 오면 같이 먹는다고 할머니가 상을 못 차리게 했던 것이다. 아주 굶는 건 아니니까 진득이 참는 도리밖에 없지만, 그러자니 배가 굉장히 고팠다.
> 마침내 진시였다. 진시가 시작되는 여덟 시였다. 모두들 흥분에 싸여 초조하게 기다리는 가운데 자꾸만 시간이 흘렀다. 아홉 시가 지나고 어느덧 열 시가 다 되었다. 그런데도 우리 집엔 아무 일도 일어나지 않았다.
> 사람들이 죄다 흩어진 다음에야 비로소 우리는 점심이나 다름없는 아침을 먹을 수 있었다. 구장 어른과 진구네 식구들만이 나중까지 남아 실의에 잠긴 우리 일가의 말동무가 되어 주었다. 안방에 혼자 남은 할머니를 제외하고 모두들 침통한 표정으로 건넌방에 차려진 상머리에 둘러앉았다. (…) 어느 때 와도 기필코 올 사람이니까 그때까지 더 두고 기다렸다가 모처럼 한번 모자 겸상을 받겠다면서 할머니는 추호도 지친 기색을 나타내지 않았다.

① 어린아이의 시선으로 전쟁 시기의 비극적 상황을 그렸다.
② 전쟁을 겪은 두 집안 사이의 갈등이 잘 나타나 있다.
③ 전지적 작가 시점으로 인물의 내면세계를 묘사했다.
④ 종교의 힘으로 갈등이 극복되는 과정을 그렸다.
⑤ 우화를 삽입해 이후 전개될 사건과의 연계성을 높였다.

3 다음 글의 밑줄 친 관점에서 이 작품을 감상한 것은?

> 문학 작품을 감상하는 네 가지 관점이 있다. 먼저, 작가가 작품을 통해 자신의 삶과 가치관을 표현하는 표현론적 관점이 있다. 둘째, 작품에 반영된 시대 상황을 파악하고 작품을 분석하는 관점이 있는데 이를 반영론적 관점이라고 한다. 셋째, 작품을 읽은 독자가 작품을 통해 깨달음이나 교훈을 얻으며 읽는 관점으로 효용론적 관점이 있다. 마지막으로, 작품 속 구성과 짜임을 통해 의미를 파악하는 구조론적 관점이 있다.

① 공감각적 표현을 사용해 종소리를 효과적으로 나타냈어.
② 따뜻한 애정으로 비극적 상황을 극복할 수 있다는 작가의 의도가 보여.
③ 절망적인 상황에서 구원의 희망을 놓지 않는 것이 중요하단 걸 알았어.
④ 이 작품은 내부 이야기와 외부 이야기로 구성되어 있어.
⑤ 6 · 25 전쟁 이후 우리나라의 상황을 사실적으로 그려 내고 있어.

4 다음 글에서 ㉠이 내포하는 의미와 ㉡이 주는 효과를 각각 서술하시오.

> 명은이 입에서 별안간 울음이 터져 나오기 시작했다. 때때옷을 입은 어린애를 닮은 듯한 그 울음소리를 무동 태운 채 ㉠종소리는 마치 하늘 끝에라도 닿으려는 기세로 독수리처럼 높이 높이 솟구쳐 오르고 있었다.
> ㉡뎅그렁 뎅 뎅그렁 뎅 뎅그렁 뎅······.

 ㉠: 명은의 슬픔과 억울함을 호소하는 소리이며, 전쟁의 비극을 세상에 알리는 소리다. 동시에 세상의 평화가 오기를 바라는 희망의 소리다.
㉡: 청각적 이미지를 사용해 독자에게 감동과 강한 여운을 준다.

● **수능 만점 선생님의 감상 꿀팁**

> 이 작품은 어린아이의 순수한 시선으로 전쟁의 비극을 그리고 있어. 작가는 6 · 25 전쟁이라는 시대적 아픔이 애정과 연민으로 극복될 수 있다고 말하지. '종소리'는 명은이의 억울함을 호소하는 소리이자 구원의 소리라는 점도 꼭 기억하자.

여기서 잠깐!

미리 들여다보는 인물 X 파일

자유고 38선이고 그게 뭔데 내 고향조차 마음대로 가지 못하게 하는 거냐? 가자!

어머니와 아들 사이

어머니

양심의 깨끗함인가, 가족의 평온함인가. 내 선택이 모두를 망친 걸까?

도덕, 양심, 법률, 그게 이 지독한 가난의 이유라면 나는 거부하겠어!

철호

VS

영호

수능 만점 선생님의 감상 꿀팁!

이 소설은 6·25 전쟁 이후 비참하고 빈곤하게 살아가는 소시민들의 모습을 보여 주는 작품이야. 불행 속에서 인물들은 자신이 나아갈 길을 선택하기도 하고 방황하기도 하지. 삶에 대한 가치관이 다른 철호와 영호가 대화하는 장면에 주목하며 읽어 보자.

오발탄

#목적 없이 이곳저곳 난사되는 삶

계리사^(計理士, 공인 회계사) 사무실 서기 송철호는 여섯 시가 넘도록 사무실 한구석 자기 자리에 멍청하니 앉아 있었다. 무슨 미진한 사무가 있는 것도 아니었다. 장부는 벌써 집어치운 지 오래고 그야말로 멍청하니 그저 앉아 있는 것이었다.❶ 딴 친구들은 눈으로 시계 바늘을 밀어 올리다시피 다섯 시를 기다려 후딱 나가 버렸다. 그런데 점심도 못 먹은 철호는 허기가 나서만이 아니라 갈 데도 없었다.

"송 선생님은 안 나가세요."

이제 청소를 해야 할 테니 그만 나가 달라는 투의 사환^(使喚, 잔심부름을 시키기 위해 고용한 사람) 애의 말에 철호는 다 낡아 빠진 해군 작업복 저고리 주머니에 깊숙이 찌르고 있던 두 손을 빼내어서 무겁게 책상 위에 올려놓았다.

"나가야지."

하품 같은 대답이었다.

사환 애는 저쪽 구석에서부터 비질을 하기 시작하였다. 먼지가 사정없이 철호의 얼굴로 몰려왔다.

철호는 어슬렁어슬렁 일어섰다. 이쪽 모서리 창가로 갔다. 바께쓰^(양동이)의 물을 대야에 따랐다. 두 손을 끝에서부터 가만히 물속에 담갔다. 아직 이른 봄이라 물이 꽤 손끝에 시렸다. 철호는 물속에 잠긴 두 손을 물끄러미 내려다보고 있었다. 펜대에 시달린 오른손 장지 첫 마디에 콩알만 한 못이 박혔다. 그 못에서 파란 명주실 같은 것이 사르르 물속으로 풀려 났다. 잉크, 그것은 잠시 대야 밑바닥을 기다 말고 사뿐히 위로 떠올라 안개처럼 연하게 피어서 사방으로 번져 나갔다.

❶ 철호는 일에 열정이 없고, 사무실에서 무기력한 하루하루를 보내고 있다는 것을 알 수 있어.

집중!
수능 만점 선생님

손가락 끝을 중심으로 하고 그 색의 농도가 점점 연해져 나갔다. 맑게 갠 가을 하늘색으로 대야 가장자리까지 번져 나간 그것은 다시 중심의 손끝을 향해 접어들며 약간 파랑색으로 달무리 모양 둥그런 원을 그렸다.

피! 이건 분명히 피다!

철호는 엉뚱한 생각을 하고 있었다. 슬그머니 물속에서 손을 빼내었다.

그러자 이번엔 대야 밑바닥에서 한 사나이의 얼굴을 보았다.❷ 철호의 눈을 마주 쳐다보는 그 사나이는 얼굴의 온 근육을 이상스레 히물히물 움직이며 입을 비죽거려 웃고 있었다.

이마에 길게 흐트러진 머리카락. 그 밑에 우묵하니 파인 두 눈. 깎아진 볼. 날카롭게 여윈 턱. 송장처럼 꺼멓고 윤기 없는 얼굴. 그것은 까마득한 원시인의 한 사나이였다.

몽둥이 끝에, 모난 돌을 하나 칡넝쿨로 아무렇게나 잡아매서 들고, 동굴 속에 남겨 두고 나온 식구들을 위하여 온종일 숲속을 맨발로 헤매고 다니던 사나이.

곰? 그건 용기가 부족하다.

멧돼지? 힘이 모자란다.

노루? 너무 날쌔어서.

꿩? 그놈은 하늘을 난다.

토끼? 토끼. 그래 고놈쯤은 꽤 때려잡음 직하다. 그런데 그것마저 요즈음은 몫에 잘 돌아오지 않는다. 사냥꾼이 너무 많다. 토끼보다도 더 많다.

그래도 무어든 들고 들어가야 하는 것이다.

사나이는 바위 잔등에 무릎을 꿇고 앉아 냇물에 손을 씻는다. 파란 물속에 빨간 노을이 잠겼다. 끈적끈적하게 사나이의 손에 묻었던 피가 노을빛보다 더 진하게 우러난다.

무엇인가 때려잡은 모양이다. 곰? 멧돼지? 노루? 꿩? 토끼?

그런데 사나이가 들고 일어선 것은 그 어느 것도 아니었다. 보기에도 징그러운 내장. 그것이 무슨 짐승의 내장인지는 사나이 자신도 모른다. 사나이는 그 짐승의 머리도 꼬리도 못 보았다. 누군가가 숲속에 끌어내어 버린 것을 주워 오는

❷ ➡ 철호는 자신의 모습을 낯설게 느끼며, 마치 타인의 얼굴을 보는 것처럼 묘사하고 있어.

❸ ➡ 철호는 스스로의 경제적 무능함을 조롱하고 있어.

내신 준비!

수능 만점 선생님

것이었다.**❸**

철호는 옆에 놓인 비누를 집어 들었다. 마구 두 손바닥으로 비볐다. 우구구 까닭 모를 울분이 끓어올랐다.

빈 도시락마저 들지 않은 손이 홀가분해 좋긴 하였지만, 해방촌 고개를 추어오르기에는 배 속이 너무 허전했다.

산비탈을 도려내고 무질서하게 주워 붙인 판잣집들이었다. 철호는 골목으로 접어들었다. 레이션(미군들의 전투 식량) 곽을 뜯어 덮은 처마가 어깨를 스칠 만치 비좁은 골목이었다. 부엌에서들 아무 데나 마구 버린 뜨물이, 미끄러운 길에는 구공탄 재가 군데군데 헌데 더뎅이(부스럼 딱지나 때 같은 것이 덧붙어서 된 조각) 모양 깔렸다.

저만치 골목 막다른 곳에, 누런 시멘트 부대 종이를 흰 실로 얼기설기 문살에 얽어 맨 철호네 집 방문이 보였다. 철호는 때에 절어서 마치 가죽 끈처럼 된 헝겊이 달린 문 걸쇠를 잡아당겼다. 손가락이라도 드나들 만치 엉성한 문이면서 찌걱찌걱 집혀서 잘 열리지를 않았다. 아래가 잔뜩 잡힌 채 비틀어진 문틈으로 그의 어머니의 소리가 새어 나왔다.

"가자! 가자!"**❹**

미치면 목소리마저 변하는 모양이었다. 그것은 이미 그의 어머니의 조용하고 부드럽던 그 목소리가 아니고, 쨍쨍하고 간사한 게 어떤 딴사람의 목소리였다.

문을 열고 들어서는 철호의 얼굴에 걸레 썩는 냄새 같은 것이 확 풍겨 왔다. 철호는 문 안에 들어선 채 우두커니 아랫목을 내려다보고 있었다.

중학교 시절에 박물관에서 미라를 본 일이 있었다. 그건 꼭 솜 누더기에 싸 놓은 미라였다. 흰 머리카락은 한 오리(실, 나무, 대 따위의 가늘고 긴 조각)도 제대로 놓인 것이 없었다. 그대로 수세미였다. 그 어머니는 벽을 향해 돌아누워서 마치 딸꾹질처럼 어떤 일정한 사이를 두고 '가자, 가자.' 하는 외마디 소리를 지르고 있었다. 그 해골 같은 몸에서 어떻게 그런 쨍쨍한 소리가 나오는지 이상하였다.

철호는 윗방으로 올라가 털썩 벽에 기대어 앉아 버렸다. 가슴에 커다란 납덩어리를 올려놓은 것 같았다. 정말 엉엉 소리를 내어 울고 싶었다. 눈을 꼭 지리 감으며(눈을 찌그리어 감으며) 애써 침을 삼켰다.

두 달 전까지만 해도 철호는 저녁때 일터에서 돌아오면 어머니야 알아듣건 말

❹ ➡ 실성한 어머니의 외침을 통해 시대의 아픔을 보여 주고 있어.

집중!

수능 만점 선생님

건 그래도 '어머니 지금 돌아왔습니다.' 하고 인사를 하곤 하였었다.

그러나 요즈음은 그것마저 안 하게 되었다. 그저 한참 물끄러미 굽어보고 섰다가 그대로 윗방으로 올라와 버리는 것이었다.

컴컴한 구석에 앉아 있던 철호의 아내가 슬그머니 일어섰다. 담요 바지 무릎을 한쪽은 꺼멍(검정), 또 한쪽은 회색으로 기웠다.❺ 만삭이 되어서 꼭 바가지를 엎어 놓은 것 같은 배를 안은 아내는 몽유병자처럼 철호의 앞을 지나 나갔다. 부엌으로 나가는 것이었다. 분명 벙어리는 아닌데 아내는 말이 없었다.

"아버지."

철호는 누가 꼭대기를 쿡 쥐어박기나 한 것처럼 흠칫했다(흠칫하다).❻

바로 옆에 다섯 살 난 딸애가 눈을 동그랗게 뜨고 철호를 쳐다보고 있었다. 철호는 어린것에게 얼굴을 돌렸다. 웃어 보이려는 철호의 얼굴이 도리어 흉하게 이지러졌다.

"나아, 삼촌이 나이롱 치마 사 준댔다."

"응."

"그리구 구두두 사 준댔다."

"응."

"그러면 나 엄마하고 화신 구경 간다."

"……."

철호는 그저 어린것의 노랗게 뜬 얼굴을 바라보고 있을 뿐이었다. 철호의 헌 샤쓰(셔츠) 허리통을 잘라서 위에 끈을 꿰어 스커트로 입은 딸애는 짝짝이 양말 목달이에다 어디서 주운 것인지 가는 고무줄을 꼈다.

"가자! 가자!"

아랫방에서 또 어머니의 그 저주 같은 소리가 들려왔다. 벌써 칠 년을 두고 들어 와도 전연(全然, 전혀) 모를 그 어떤 딴사람의 목소리.

철호는 또 눈을 꼭 감았다. 머릿속의 넷줄이 팽팽히 헤어졌다. 두 주먹으로 무엇이건 콱 때려 부수고 싶은 충동에 철호는 어금니를 바서져라 맞씹었다.

> ❺ 철호 아내가 바지의 해진 부분을 기워서 입은 것으로 보아 철호 가족의 가난을 짐작해 볼 수 있어.
> ❻ 철호는 경제적인 어려움 때문에 자식에게조차 부담을 심하게 느끼고 있음을 보여 주는 대목이지.

집중!

수능 만점 선생님

좀 춥기는 해도 철호는 집 안보다 이 바위 잔등이 더 좋았다. 그래 철호는 저녁만 먹으면 언제나 이렇게 집 뒤 산등성이에 있는 바위 위에 두 무릎을 세워 안고 앉아서 하염없이 거리의 등불들을 바라보며 밤 깊기를 기다리는 것이었다. 어느 거리쯤인지 잘 분간할 수 없는 저 밑에서, 술 광고 네온사인이 핑그르르 돌고 깜박 꺼졌다가 또 번뜩 켜지고, 핑그르르 돌고 깜박 꺼지고 하였다.

철호는 그저 언제까지나 그렇게 그 네온사인을 지켜보고 있었다. 바위 잔등이 차츰차츰 식어 왔다. 마침내 다 식고 겨우 철호가 깔고 앉은 고 부분에만 약간 온기가 남았다. 이제 조금만 더 있으면 밑이 시려 올 것이다.

그러면 철호는 하는 수 없이 일어서야 하는 것이다.

드디어 철호는 일어섰다. 오래 까부려(구부려) 붙이고 있던 두 다리가 저렸다. 두 손을 작업복 호주머니에 깊숙이 찔렀다. 철호는 밤하늘을 한 번 쳐다보았다. 지금까지 바라보던 밤거리보다 더 화려하게 별들이 뿌려져 있었다. 철호는 그 많은 별들 가운데서 북두칠성을 쳐다보았다. 머리를 뒤로 젖혀 하늘을 쳐다보는 채 빙그르르 그 자리에서 돌았다. 거꾸로 달린 주걱 같은 북두칠성은 쉽사리 찾아낼 수 있었다. 그 북두칠성 앞에 딴 별들보다 좀 크고 빛나는 별, 그건 북극성이었다.

철호는 지금 자기가 서 있는 지점과 북극성을 연결하는 직선을 밤하늘에 길게 그어 보았다.❼ 그리고 그 선을 눈이 닿는 데까지 연장시켰다. 철호는 그렇게 정북(正北, 똑바른 북쪽)을 향하여 한참이나 서 있었다. 고향 마을이 눈앞에 떠올랐다. 마을의 좁은 길까지, 아니 그 길에 박혀 있던 돌 하나까지도 선히 볼 수 있었다.

으스스 몸이 떨렸다. 한기가 전기처럼 발끝에서 튀어 콧구멍으로 빠져나갔다. 철호는 크게 재채기를 하였다. 그리고 또 한 번 몸을 부르르 떨며 바위 밑으로 내려왔다.

철호는 천천히 골목 안으로 들어섰다.

"가자!"

철호는 멈칫 섰다. 낮에는 이렇게까지 멀리 들리는 줄은 미처 몰랐던 어머니의 그 소리가 골목 어귀에까지 들려왔다.

"가자!"

❼ ➔ 철호는 북두칠성을 보면서 현재 자신이 어디를 향해 가고 있는지, 자신의 미래의 지표를 가늠해 보고 싶어 하지.

집중!

수능 만점 선생님

그러나 언제까지 그렇게 골목에 서 있을 수도 없는 노릇이었다. 철호는 다시 발을 옮겨 놓았다. 정말 무거운 발걸음이었다. 그건 다리가 저려서만이 아니었다.

"가자!"

철호가 그의 집 쪽으로 걸음을 옮겨 놓을 때마다 그만치 그 소리는 더 크게 들려왔다.

가자는 것이었다. 돌아가자는 것이었다. 고향으로 돌아가자는 것이었다.

옛날로 되돌아가자는 것이었다. 그것은 이렇게 정신 이상이 생기기 전부터 철호의 어머니가 입버릇처럼 되풀이하던 말이었다.

38선. 그것은 아무리 자세히 설명을 해 주어도 철호의 늙은 어머니에게만은 아무 소용없는 일이었다. ❶

"난 모르겠다. 암만해도 난 모르겠다. 삼팔선, 그래 거기에다 하늘에 꾹 닿도록 담을 쌓았단 말이냐 어쨌단 말이냐. 제 고장으로 제가 간다는데 그래 막는 놈이 도대체 누구란 말이냐."

죽어도 고향에 돌아가서 죽고 싶다는 철호의 어머니였다. 그러고는,

"이게 어디 사람 사는 게냐. 하루 이틀도 아니고."

하며 한숨과 함께 무릎을 치며 꺼지듯이 풀썩 주저앉곤 하는 것이었다.

그럴 때마다 철호는,

"어머니, 그래도 남한은 이렇게 자유스럽지 않아요?"

하고, 남한이니까 이렇게 생명을 부지하고 살 수 있지, 만일 북한 고향으로 간다면 당장에 죽는 것이라고 자유라는 것이 얼마나 소중한 것인가를, 갖은 이야기를 다 예로 들어 가며 어머니에게 타일러 보는 것이었다. 그러나 자유라는 것을 늙은 어머니에게 이해시키기란 38선을 인식시키기보다도 몇백 갑절 더 힘든 일이었다. 아니, 그것은 거의 불가능한 일이라 했다.

그래 끝내 철호는 어머니에게 자유라는 것을 설명하는 일을 단념하고 말았다.

그렇게 되고 보니 철호의 어머니에게는 아들, 지지리 고생을 하면서도 고향으로 돌아갈 생각만은 죽어도 하지 않는 철호가, 무슨 까닭인지는 몰라도 늙은 어미를 잡으려고 공연한 고집을 피우고 있는 천하에 고약한 놈으로만 여겨지는 것

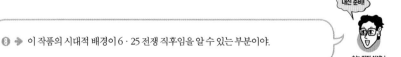

❶ ➡ 이 작품의 시대적 배경이 6 · 25 전쟁 직후임을 알 수 있는 부분이야.

수능 만점 선생님

이었다.

그야 철호에게도 어머니의 심정이 이해되지 않는 것은 아니었다.

무슨 하늘이 알 만치 큰 부자는 아니었지만 그래도 꽤 큰 지주로서 한 마을의 주인 격으로 제법 풍족하게 평생을 살아오던 철호의 어머니 눈에는 아무리 그네가 세상을 모른다고는 해도 산등성이를 악착스레 깎아 내고 거기에다 게딱지같은 판잣집들을 다닥다닥 붙여 놓은 이 해방촌이 이름 그대로 해방촌일 수는 없는 노릇이다.

"나두 내 나라를 찾았다는 게 기뻐서 울었다. 엉엉 울었다. 시집올 때 입었던 홍치마를 꺼내 입고 춤을 추었다. 그런데 이 꼴좋다. 난 싫다. 아무래도 난 모르겠다. 뭐가 잘못됐건 잘못된 너머 세상이디 그래."⑨

철호의 어머니 생각에는 아무리 해도 모를 일이었던 것이었다. 나라를 찾았다면서 집을 잃어버려야 한다는 것은 그것은 정말 알 수 없는 일이었던 것이었다.

철호의 어머니는 남한으로 넘어온 후로 단 하루도 이 '가자'는 말을 하지 않는 날이 없었다.

그렇게 지내 오던 그날, 6 · 25 동란으로 바로 발밑에 빤히 내려다보이는 용산 일대가 폭격으로 지옥처럼 무너져 나가던 날 끝내 철호는 어머니를 잃어버리고 말았던 것이었다.⑩

"큰애야 이젠 정말 가자. 데것 봐라. 담이 흠싹 무너뎄는데 삼팔선의 담이 데렇게 무너뎄는데, 야."

그때부터 철호의 어머니는 완전히 정신 이상이었다. 지금의 어머니, 그것은 이미 철호의 어머니는 아니었다. 아무리 따져 보아도 그것이 철호 자기의 어머니일 수는 없었다. 세상에 아들딸마저 알아보지 못하는 어머니가 있을 수 있는 것일까?

그날부터 철호의 어머니는,

"가자! 가자!"

하고 저렇게 쨍쨍한 목소리로 외마디 소리를 지를 뿐 그 밖의 모든 것을 완전히 잃어버리고 있었다. 철호에게 있어서 지금의 어머니는 말하자면 어머니의 시

⑨ ➡ 철호의 어머니는 광복이 되어 나라를 되찾았는데, 왜 북쪽에 있는 자신의 고향에 발을 디딜 수 없는지 이해하지 못하고 있어.

⑩ ➡ 철호의 어머니가 정신을 놓게 된 이유를 알려 주는 대목이지.

체에 지나지 않았다.

　뚫어진 창호지 구멍으로 그래도 희미한 불빛이 새어 나오고 있었다. 철호는 윗방 문을 열었다. 아랫방과 윗방 사이 문턱에 위태롭게 올려놓은 등잔이 개똥벌레처럼 가물거리고 있었다. 윗방 아랫목에는 딸애가 반듯이 누워서 송장 같았다.⑪ 그 옆에 철호의 아내가 두 무릎을 꿇고 앉아 있었다. 꺼먼 헝겊과 회색 헝겊으로 기운 담요 바지, 무릎 위에는 빨간색 우단으로 만든 조그마한 운동화가 한 켤레 놓여 있었다. 철호가 방 안에 들어서자 아내는 그 어린애의 빨간 신발을 모아 자기 손바닥에 올려놓아 철호에게 들어 보였다.

　"삼촌이 사 왔어요."

　유난히 살눈섭(속눈썹)이 긴 아내의 눈이 가늘게 웃었다. 참으로 오래간만에 보는 아내의 웃음이었다. 자기가 미인이었다는 것을 잊어버리고 만 지 오랜 아내처럼, 또 오래 보지 못하여 거의 잊어버려 가던 아내의 웃는 얼굴이었다.⑫

　철호는 등잔이 놓인 문턱 가까이 앉으며 아내의 손에서 빨간 어린애의 신발을 받아 눈앞에서 아래위를 살펴보았다.

　"산보 갔었소?"

　거기 등잔불을 사이에 두고 윗방을 향해 앉은 철호의 동생 영호가 웃으며 철호를 쳐다보았다.

　"언제 들어왔니."

　"지금 막 들어와 앉는 길입니다."

　그리고 보니 영호는 아직 넥타이도 끄르지 않고 있었다.

　"형님!"

　새삼스레 부르는 동생의 소리에 철호는 손에 들었던 어린애의 신발을 아내에게 돌리며 영호의 얼굴을 빤히 바라보았다.

　"이제 우리도 한번 살아 봅시다. 제길, 남 다 사는데 우리라구 밤낮 이렇게만 살겠수.⑬ 근사한 양옥도 한 채 사구, 장기판만 한 문패에다 형님의 이름 석 자를, 제길 장님도 보게 써서 대못으로 땅땅 때려 박구 한번 살아 봅시다."

　군대에서 나온 지 이 년이 넘도록 아직 직업도 못 잡은 영호가 언제나 술만 취

---

⑪ ➡ 생기가 느껴지지 않는 딸아이의 모습을 송장 같다고 표현하고 있어.
⑫ ➡ 철호는 아이로 말미암아 기뻐하는 아내의 모습을 보며 안쓰러워하고 있어.
⑬ ➡ 영호는 가족의 경제적 궁핍에 대해 굉장히 답답해하고 있음을 알 수 있지.

집중!

수능 만점 선생님

하면 하는 수작이었다.

"그리구 이천만 환짜리 세단 차도 한 대 삽시다. 거기다 똥통이나 싣고 다니게. 모든 새끼들이 아니꼬워서 일이야 있건 없건 종일 빵빵 울리면서 동리를 들락날락해야지. 제길, 하하하."

비스듬히 벽에 기대어 앉은 영호는 벌겋게 열에 뜬 얼굴을 하고 담배 연기를 푸 내뿜었다.

"또 술 마셨구나."

고학(苦學, 학비를 스스로 벌어서 고생하며 배움)으로 고생고생 다니던 대학 삼 학년에서 군대에 들어갔다가 나온 영호로서는 특별한 기술이 없이 직업을 잡지 못하는 것은 별 도리도 없는 노릇이라 칠 수도 있었지만, 이건 어디서 어떻게 마시는 것인지 거의 저녁마다 이렇게 취해 들어오는 동생 영호가 몹시 못마땅한 철호의 말이었다.

"네, 조금 했습니다. 친구들이……."

그것도 들으나 마나 늘 같은 대답이었다. 또 그것이 거짓말이 아니라는 것도 철호는 알고 있었다.

"이제 술 좀 그만 마셔라."

"친구들과 어울리면 자연히 마시게 되는걸요."

"글쎄 그러니까 그 어울리는 걸 좀 삼가란 말이다."

"그럴 수도 없구요. 하하하."

"그렇다구 언제까지 그저 그렇게 어울려서 술이나 마시면서 뭐가 되나."

"되긴 뭐가 돼요. 그저 답답하니까 만나는 거구, 만나면 어쩌다 한 잔씩 하며 이야기나 하는 거죠, 뭐."

"글쎄 그게 맹랑한(생각하던 바와 달리 허망한) 일이란 말이다."

"그렇지만 형님. 그런 친구들이라도 있다는 게 좋지 않수. 그게 시시한 친구들이라 해도, 정말이지 그놈들마저 없었더라면 어떻게 살 뻔했나 하고 생각할 때가 많아요. 외팔이, 절름발이, 그런 놈들, 무식한 놈들, 참 시시한 놈들이지요. 죽다 남은 놈들. 그렇지만 형님, 그놈들 다 착한 놈들이야요. 최소한 남을 속이지는 않거든요, 공갈을 때릴망정. 하하하하. 전우, 전우."

영호는 고개를 뒤로 젖히고 천장을 향해 후 담배 연기를 내뿜었다. 철호는 그저 물끄러미 영호의 모습을 쳐다볼 뿐 아무 말도 없었다. 영호는 여전히 천장을 향한 채 피어오르는 연기를 바라보며 한 손으로 목의 넥타이를 앞으로 잡아당겨 반쯤 끌러 늦추어 놓았다.

"가자!"

아랫목에서 어머니가 소리를 질렀다.

영호는 슬그머니 아랫목으로 고개를 돌렸다. 한참이나 그렇게 어머니 쪽으로 고개를 돌리고 있는 영호는 아무 말도 없이 그저 눈만 껌뻑껌뻑하고 있었다.

철호는 길게 한숨을 쉬었다. 앞에 놓인 등잔불이 거물거물(약한 불빛 따위가 사라질 듯 말 듯 자꾸 움직이는 모양) 춤을 추었다.

철호는 저고리 호주머니에서 담배를 꺼내었다. **꼬깃꼬깃 구겨진 파랑새 갑 속**⑭ 에서 담배를 한 개비 뽑아내었다. 바삭바삭 마른 담배는 양 끝이 반쯤 빠져나 갔다.

철호는 그 양 끝을 비벼 말았다. 흡사 비가 모양으로 되었다. 철호는 그 비가 모양의 담배 한 끝을 입에다 물었다.

"이걸 피슈, 형님."

영호가 자기 앞에 놓였던 담뱃갑을 집어서 철호의 앞으로 내어 밀었다.

빨간색 양담배 갑이었다. 철호는 그 여느 것보다 좀 긴 양담배 갑을 한번 힐끔 쳐다보았을 뿐, 아무 소리도 없이 등잔불로 입에 문 파랑새 끝을 가져갔다. 영호 는 등잔불 위에 꾸부린 형 철호의 어깨를 넌지시 바라보고 있었다. 지지지 소리 가 났다. 앞이마에 흩트려져 내렸던 철호의 머리카락이 등잔불에 타며 또르르 말려 올랐다. 철호는 얼굴을 들었다. 한 모금 빨자 벌써 손끝이 따갑게 꽁초가 되 어 버린 담배를 입에서 떼었다. 천천히 연기를 내뿜는 철호의 미간에는 세로 석 줄의 깊은 주름이 패어졌다. 영호는 들었던 담뱃갑을 도로 방바닥에 내려놓았 다. 그리고 조용히 등잔불로 시선을 떨구었다. 그의 입가에서 야릇한 웃음이, 애 달픈 아니 그 누군가를 비웃는 듯한, 그런 미소가 천천히 흘러 지나갔다.

한참 동안 아무도 말이 없었다.

"가자!"

아랫방 아랫목에서 몸을 뒤채는 어머니가 잠꼬대를 했다. 어머니는 이제 꿈속 에서마저 생활을 잃어버린 모양이었다. 아주 낮은 그 소리는 한숨처럼 느리게 아래 윗방에 가득 차 흘러 사라졌다.

내신 준비!

⑭ ➡ 구겨진 담뱃갑은 철호의 궁핍함을 드러내는 소재야.

수능 만점 선생님

여전히 아무도 말이 없었다.

철호는 꽁초를 손끝에 꼬집어 쥔 채 넋 빠진 사람 모양 가물거리는 등잔불을 지켜보고 있었고, 동생 영호는 비스듬히 벽에 기대어 앉은 채 철호의 손끝에서 타고 있는 담배꽁초를 바라보고 있었고, 철호의 아내는 잠든 딸애의 머리맡에 가지런히 놓인 빨간 신발을 요리조리 매만지고 있었다.

"가자!"

또 한 번 어머니의 소리가 저 땅 밑에서 새어 나오듯이 들려왔다.[15]

"형님은 제가 이렇게 양담배를 피우는 게 못마땅하지요?"

영호는 반쯤 탄 담배를 자기의 눈앞에 가져다 그 빨간 불티를 들여다보며 말했다.

"분에 맞지 않지."

철호는 여전히 등잔불을 바라보며 대답했다.

"그렇지만 형님, 형님은 파랑새와 양담배 두 가지 중에서 어느 것이 더 좋으슈?"

"……그야 양담배가 좋지. 그래서?"

그래서 너는 보리밥도 못 버는 녀석이 그래 좋은 것은 알아서 양담배를 피우는 거냐 하는 철호의 눈초리가 번뜩 영호의 면상을 때렸다.

"그래서 전 양담배를 택했어요."[16]

"뭔가?"

"형님은 절 오해하시고 계셔요."

"……."

"제가 무슨 돈이 있어서 양담배를 사서 피우겠어요. 어쩌다 친구들이 사 주는 것이니 피우는 거지요. 형님은 또 제가 거의 저녁마다 술을 마시고 또 제법 합승을 타고 들어오는 것도 못마땅하시죠. 저도 알고 있어요. 형님은 때때로 이십오 환 전차 값도 없어서 종로서 근 십 리를 집에까지 터덜터덜 걸어서 돌아오시는 것을. 그렇지만 형님이 걸으신다고 해서, 한사코 같이 타고 가자는 친구들의 호의, 아니 그건 호의도 채 못 되는 싱거운 수작인지도 모르죠. 어쨌든 그것을 굳이

[15] ➡ 온 식구가 침묵을 지키는 가운데 들려오는 어머니의 외침은 비극적인 현실을 더욱 부각하고 있어.

[16] ➡ 영호의 가치관을 보여 주는 대사야.

집중!
수능 만점 선생님

뿌리치고 저마저 걸어야 할 아무 까닭도 없지 않습니까?⑰ 이상한 놈들이죠. 술 담배는 사 주고 합승은 태워 줘도 돈은 안 주거든요."

영호는 손끝으로 뱅글뱅글 비벼 돌리는 담뱃불을 들여다보며 말했다.

"어쨌든 너도 이젠 좀 정신 차려 줘야지. 벌써 군대에서 나온 지도 이태나 되지 않니."

"정신 차려야죠. 그렇지 않아도 이달 안으로는 어찌 되든 간에 결판을 내구 말 생각입니다."

"어디 취직을 해야지."

"취직이요? 형님처럼요? 전차 값도 안 되는 월급을 받고 남의 살림이나 계산 해 주란 말이지요?"

"그럼 뭐 별 뾰족한 수가 있는 줄 아니."

"있지요. 남처럼 용기만 조금 있으면."

"……."

어처구니없는 영호의 수작에 철호는 그저 멍청하니 영호의 얼굴을 쳐다보았다. 손끝이 따가웠다. 철호는 비루(`'맥주'의 일본어`) 깡통으로 만든 재떨이에 담배를 비벼 껐다.

"용기?"

"네, 용기."

"용기라니?"

"적어도 까마귀만 한 용기만이라도 말입니다. 영리할 필요는 없더군요. 우둔 해도 상관없어요. 까마귀는 도무지 허수아비를 무서워하지 않습니다. 참새처럼 영리하지 못한 탓으로 그놈의 까마귀는 애당초에 허수아비를 무서워할 줄조차 모르거든요."

영호의 입가에는 좀 전에 파랑새 꽁초에다 불을 댕기는 철호를 바라보던 때와 같은 야릇한 웃음이 또 소리 없이 감돌고 있었다.

"너, 설마 무슨 엉뚱한 계획을 세우고 있는 것은 아니겠지."

철호는 약간 긴장한 얼굴을 하고 영호를 바라보며 꿀꺽 하고 침을 삼켰다.⑱

⑰ ➡ 철호는 가난 속에서 고생하면서도 다른 탈출구를 생각하지 못한 채 청렴결백하게 사는 것에만 집중하고 있어. 이러한 철호에 대한 영호의 불만을 알 수 있는 대목이지.

⑱ ➡ 철호는 가난에서 벗어나기 위해 영호가 무슨 일이라도 저지를까 봐 걱정하고 있어.

집중!
수능 만점 선생님

"아니요. 엉뚱하긴 뭐가 엉뚱해요. 그저 우리들도 남처럼 다 벗어던지고 홀가분한 몸차림으로 달려 보자는 것이죠, 뭐."

"벗어던지고?"

"네, 벗어던지고. 양심이고, 윤리고, 관습이고, 법률이고 다 벗어던지고 말입니다."

영호의 큰 눈이 유난히 빛나는가 하자 철호의 눈을 정면으로 밀고 들었다.

"양심이고, 윤리고, 관습이고, 법률이고?"

"……."

"너는, 너는."

"……."

영호는 아무 대답도 하지 않았다. 그러나 눈만은 똑바로 형 철호를 쳐다보고 있었다.

"그렇게나 살자면 이 형도 벌써 잘살 수 있었다."

철호의 목소리는 떨리고 있었다.

"그렇게나라니요?"

"양심을 버리고, 윤리와 관습을 무시하고, 법률까지도 범하고!"

흥분한 철호의 큰 목소리에 영호는 지금까지 철호의 얼굴에 주었던 시선을 앞으로 죽 뻗치고 앉은 자기의 발끝으로 떨구었다.

"저도 형님을 존경하고 있어요. 고생하시는 형님을. 용케 이 고생을 참고 견디는 형님을. 그렇지만 형님은 약한 사람이야요. 용기가 없는 거지요. 너무 양심이 강해요.⑩ 아니 어쩌면 사람이 약하면 약한만치, 그만치 반대로 양심이란 가시는 여물고 굳어지는 것인지도 모르죠."

"양심이란 가시?"

"네, 가시지요. 양심이란 손끝의 가십니다. 빼어 버리면 아무렇지도 않은데 공연히 그냥 두고 건드릴 때마다 깜짝깜짝 놀라는 거야요. 윤리요? 윤리 그건 나이롱 빤쯔 같은 것이죠. 입으나 마나 불알이 덜렁 비쳐 보이기는 매한가지죠. 관습이요? 그건 소녀의 머리 위에 달린 리본이라고나 할까요? 있으면 예쁠 수도 있어요. 그러나 없대서 뭐 별일도 없어요. 법률? 그건 마치 허수아비 같은 것입니다,

⑲ ➡ 영호는 용기 없이 양심만을 택한 형 철호를 비난하고 있어.

집중!

수능 만점 선생님

허수아비. 덜 굳은 바가지에다 되는 대로 눈과 코를 그리고 서 있는 허수아비. 누더기를 걸치고 팔을 쩍 벌리고 서 있는 허수아비. 참새들을 향해서는 그것이 제법 공갈이 되지요. 그러나 까마귀쯤만 돼도 벌써 무서워하지 않아요. 아니 무서워하기는커녕 그놈의 상투 끝에 턱 올라앉아서 썩은 흙을 쑤시던 더러운 주둥이를 쓱쓱 문질러도 별일 없거든요. 흥."

영호는 코웃음을 쳤다. 그리고 거기 문턱 밑에 담뱃갑에서 새로 담배 한 개를 빼어 물고 지금까지 들고 있던 다 탄 꽁다리에서 불을 옮겨 빨았다.

"가자!"

어머니의 그 소리가 또 들렸다. 어머니는 분명히 잠이 들어 있는 것이었다. 그러면서도 간간이 저렇게 가자 가자 소리를 지르는 것이었다. 그것은 어쩌면 어머니에게는 호흡처럼 생리화해 버린 것인지도 몰랐다.

철호는 비스듬히 모로 앉은 동생 영호의 옆얼굴을 한참이나 노려보고 있었다. 영호는 영호대로 퀭한 두 눈으로 깜박이기를 잊어버린 채 아까부터 앞으로 뻗힌 자기의 발끝을 바라보고 있었다. 이윽고 철호는 영호에게서 눈을 돌려 버렸다. 그리고 아랫방과 윗방 사이 칸막이를 한 널쪽에 등을 기대며 모로 돌아앉았다. 희미한 등잔 불빛에 잠든 딸애의 조그마한 얼굴이 애처로웠다. 그 어린것 옆에 앉은 철호의 아내는 왼쪽 무릎을 세우고 그 위에 손을 펴 깔고 턱을 괴었다. 아까부터 철호와 영호, 형제가 하는 말을 조용히 듣고만 있는 그네는 무엇을 생각하고 있는지 한쪽 손끝으로, 거기 방바닥에 가지런히 놓은 빨간 어린애의 신발만 몇 번이고 쓸어 보고 있었다.

철호는 고개를 푹 떨구어 턱을 가슴에 묻었다.[20] 영호는 새로 피어 문 담배를 연거푸 서너 번 들이빨았다. 그리고 또 말을 계속하였다.

"저도 형님의 그 생활 태도를 잘 알아요. 가난하더라도 깨끗이 살자는. 그렇지요, 깨끗이 사는 게 좋지요. 그런데 형님 하나 깨끗하기 위하여 치르는 식구들의 희생이 너무 어처구니없이 크고 많단 말입니다.[21] 헐벗고 굶주리고. 형님 자신만 해도 그렇죠. 밤낮 쑤시는 충치 하나 처치 못 하시고 이가 쑤시면 치과에 가서 치료를 하거나 빼어 버리거나 해야 할 거 아니야요. 그런데 형님은 그것을 참고 있

---

[20] → 철호는 아내와 자식의 초라한 모습을 보고, 자신의 무능력함에 좌절하고 있지.

[21] → 영호는 양심을 어겨서라도 가족들을 가난에서 구제하려고 노력하지 않는 철호를 직접적으로 비난하고 있어.

집중!

수능 만점 선생님

어요. 낯을 잔뜩 찌푸리고 참는단 말입니다. 물론 치료비가 없으니까 그러는 수밖에 없겠지요. 그겁니다. 바로 그겁니다. 그 돈을 어떻게든가 구해야죠. 이가 쑤시는데 그럼 어떻게 해요. 그걸 형님처럼, 마치 이 쑤시는 것을 참고 견디는 그것이 돈을, 치료비를 버는 것이기나 한 것처럼 생각하는 것, 안 쓰는 것은 혹 버는 셈이 된다고 할 수도 있을 거야요. 그렇지만 꼭 써야 할 데 못 쓰는 것이 버는 셈이라고 할 수 없지 않아요. 세상에는 이런 세 층의 사람들이 있다고 봅니다. 즉, 돈을 모으기 위해서만으로 필요 이상의 돈을 버는 사람과 필요하니까 그 필요하니만치의 돈을 버는 사람과, 돈 하나는 이건 꼭 필요한 돈도 채 못 벌고서 그 대신 생활을 조리는 사람들. 신발에다 발을 맞추는 격으로 형님은 아마 그 맨 끝의 층에 속하겠지요. 필요한 돈도 미처 벌지 못하는 사람. 깨끗이 살자니까 그럴 수밖에 없다고 하시겠지요. 그래요. 그것은 깨끗하기는 할지 모르죠. 그렇지만 그저 그것뿐이지요. 언제까지나 충치가 쑤셔 부은 볼을 싸쥐고 울상일 수밖에 없지요. 그렇지 않습니까? 그야 형님! 인생이 저 골목 안에서 십 환짜리를 받고 코 흘리는 어린애들에게 보여 주는 요지경이라면야 자기가 가지고 있는 돈값만치 구멍으로 들여다보고 말 수도 있겠지요. 그렇지만 어디 인생이 자기 주머니 속의 돈 액수만치만 살고 그만두고 싶으면 그만둘 수 있는 요지경인가요 어디. 싫어도 살아야 하니까 문제지요. 사실이지 자살을 할 만치 소중한 인생도 아니고요. 살자니까 돈이 필요하구요. 필요한 돈이니까 구해야죠. 왜 우리라고 좀 더 넓은 테두리, 법률선(法律線)까지 못 나가란 법이 어디 있어요. **아니 남들은 다 벗어던 지구 법률선까지도 넘나들면서 사는데, 왜 우리만이 옹색한 양심의 울타리 안에서 숨이 막혀야 해요. 법률이란 뭐야요. 우리들이 피차에 약속한 선이 아니야요?"[22]**

영호는 얼굴을 번쩍 들며 반쯤 끌러 놓았던 넥타이를 마저 끌러서 방구석에 픽 던졌다.

철호는 여전히 턱을 가슴에 푹 묻은 채 묵묵히 앉아 두 짝 다 엄지발가락이 몽땅 밖으로 나온 뚫어진 양말을 내려다보고 있었다. 나일론 양말 한 켤레 사면 반 년은 무난히 뚫어지지 않고 견딘다는 말을 들었다. 그러나 뻔히 알면서도 번번이 백 환짜리 무명 양말을 사 들고 들어오는 철호였다. 칠백 환이란 돈을 단번에

[22] ➡ 영호는 비참한 삶조차 구제해 주지 못하는 법률은 쓸모가 없다고 생각하고 있어.

잘라 낼 여유가 도저히 없는 월급이었던 것이다.

"가자!"

어머니는 또 몸을 뒤채었다.

"그건 억설(臆說, 근거도 없이 억지로 고집을 세워서 우겨 대는 말)이야."

철호는 천천히 고개를 들었다. 신문지를 바른 맞은편 벽에, 쭈그리고 앉은 아내의 그림자가 커다랗게 비쳐 있었다. 꼽추처럼 꼬부리고 앉은 아내의 그림자는 헝클어진 머리카락이 괴물스러웠다. 철호는 눈을 감았다. 머리마저 등 뒤 칸막이 판자에 기대었다.

철호의 감은 눈앞에 십여 년 전 아내가 흰 저고리 까만 치마를 입고 선히 나타났다. 무대에 나선 그네는 더욱 예뻤다. E여자대학 졸업 음악회였다.[23]

노래가 끝나자 박수 소리가 그칠 줄을 몰랐다. 그날 저녁 같이 거리를 거닐던 그네는 정말 싱싱하고 예뻤었다. 그러나 지금 철호 앞에 쭈그리고 앉은 아내는 그때의 그네가 아니었다. 무슨 둔한 동물처럼 되어 버린 그네. 이제 아무런 희망도 가져 보려고 하지 않는 아내. 철호는 가만히 눈을 떴다. 그래도 아내의 속눈썹만은 전처럼 까맣고 길었다.

"가자!"

철호는 흠칫 놀라 환상에서 깨어났다.

"억설이요? 그런지도 모르죠."

한참이나 잠잠하니 앉아 까물거리는 등잔불을 바라보던 영호의 맥 빠진 대답이었다.

"네 말대로 한다면 돈 있는 사람들은 다 나쁜 사람이란 말밖에 더 되나 어디."

"아니죠. 제가 어디 나쁘고 좋고를 가렸어요. 나쁘긴 누가 나빠요? 왜 나빠요? 아, 잘사는 게 나빠요? 도시 나쁘고 좋고부터 따질 아무런 금도 없지요, 뭐."

"그렇지만 지금 네 말대로 잘살자면 꼭 양심이고 윤리고 뭐고 다 버려야 한다는 것이 아니고 뭐야."

"천만에요. 잘못 이해하신 겁니다. 간단히 말씀드리면 이렇다는 것입니다. 즉, 양심껏 살아가면서 잘살 수도 있기는 있다. 그러나 그것은 극히 적다. 거기에 비겨서 그 시시한 것들을 벗어던지기만 하면 누구나 틀림없이 잘살 수 있다."

23 → 결혼 전 아름답게 빛났던 아내의 모습과 현재 괴물처럼 머리가 헝클어진 아내의 모습을 대비해 가난한 처지를 극대화해 보여 주고 있어.

"그것이 바로 억설이란 말이다. 마음 한구석이 어딘가 비틀려서 하는 억지란 말이다."

"글쎄요. 마음이 비틀렸다고요? 그건 아마 사실일는지도 모르겠어요. 분명히 비틀렸어요. 그런데 그 비틀리기가 너무 늦었어요. 어머니가 저렇게 미치기 전에 비틀렸어야 했지요. 한강 철교를 폭파하기 전에 말입니다. 하나밖에 없는 누이동생 명숙이가 양공주(미군 병사를 상대로 몸을 파는 여자를 이르던 말)가 되기 전에 비틀렸어야 했지요. 환도령(還都令, 국난으로 피난 갔던 정부가 다시 서울로 돌아오도록 하는 법령)이 내리기 전에 하다못해 동대문 시장에 자리라도 한 자리 비었을 때 말입니다. 그러구 이놈의 배때기에 지금도 무슨 내장이기나 한 것처럼 박혀 있는 파편이 터지기 전에 말입니다. 아니 그보다도 더 전에, 제가 뭐 무슨 애국자나처럼 남들은 다 기피하는 군대에 어머니의 원수를 갚겠노라고 자원하던 그전에 말입니다."

"……"

"……그보다도 더 전에 썩 전에 비틀렸어야 했을지 모르죠. 나면서부터 비틀렸더라면 더 좋았을지도 모르죠."[20]

영호는 푹 고개를 떨구었다. 길게 한숨을 내쉬었다. 그 한숨이 후르르 떨고 있었다. 철호는 한참 동안 아무 말도 하지 않았다. 윗목에 앉아 있던 철호의 아내가 방바닥에 떨어진 눈물을 손끝으로 장난처럼 문지르고 있었다.

영호도 훌쩍훌쩍 코를 들이키고 있었다.

"그렇지만 인생이란 그런 게 아니야. 너는 아직 사람이란 어떻게 살아야만 하는 것인지조차 모르고 있어."

"그래요. 사람이란 과연 어떻게 살아야 하는 것인지는 정말 모르겠어요. 그렇지만 이제 이 물고 뜯고 하는 마당에서 살자면, 생명만이라도 유지하지만 어떻게 해야 할는지는 알 것 같애요. 허허."

영호는 눈물이 글썽하니 고인 눈을 천장을 향해 쳐들며 자기 자신을 비웃듯이 허허 하고 웃었다.

"가자!"

또 어머니는 가자고 했다. 영호는 아랫목으로 눈을 돌렸다. 철호는 길게 한숨을 쉬었다. 앞의 등잔불이 크게 흔들거렸다. 방 안의 모든 그림자들이 움직였다.

---

24 ➡ 영호는 철호의 용기 없음을 비난했지만, 사실은 자신에게 더 화가 많이 나 있어.

집중!

수능 만점 선생님

집 전체가 그대로 기울거리는 것 같았다. 그것뿐 조용했다.[25] 밤이 꽤 깊은 모양이었다. 세상이 온통 잠들고 있었다.

저만치 골목 밖에서부터 딱 딱 딱 딱 구둣발 소리가 뾰족하게 들려왔다.

점점 가까워 왔다. 바로 아랫방 문 앞에서 멎었다. 영호는 문께로 얼굴을 돌렸다. 삐걱삐걱 두어 번 비틀리던 방문이 열렸다. 여동생 명숙이가 들어섰다. 싱싱한 몸매에 까만 투피스가 제법 어느 회사의 여사무원 같았다.

"늦었구나."

영호가 여전히 두 다리를 쭉 뻗고 앉은 채 고개만 뒤로 젖혀서 명숙을 쳐다보았다.

명숙은 영호의 말에 아무런 대꾸도 없이 돌아서서 문밖에서 까만 하이힐을 집어 올려 아랫방 모서리에 들여놓았다. 그리고 백을 휙 방구석에 던졌다. 겨우 겉저고리와 스커트를 벗어 건 명숙은 아랫방 뒷구석에 가서 털썩하고 쓰러지듯 가로누워 버렸다. 그리고 거기 접어 놓은 담요를 끌어다 머리 위에서부터 푹 뒤집어썼다.

철호는 명숙을 거들떠보지도 않고 덤덤히 등잔불만 지켜보고 있었다.

철호는 언젠가 퇴근하던 길에 전차 창문 밖으로 본 명숙의 꼴을 생각하고 있는 것이었다.

철호가 탄 전차가 을지로 입구 십자 거리에 머물러 신호를 기다리고 있었다. 손잡이를 붙들고 창을 향해 서 있던 철호는 무심코 밖을 내다보았다.

전차 바로 옆에 미군 지프차가 한 대 와 섰다. 순간 철호는 확 낯이 달아올랐다.[26]

핸들을 쥔 미군 바로 옆자리에 색안경을 쓴 한국 여자가 앉아 있었다. 그것이 바로 명숙이었던 것이다. 바로 철호의 턱밑에서였다. 역시 신호를 기다리는 그 지프차 속에서 미군이 한 손은 핸들에 걸치고 또 한 팔로는 명숙의 허리를 넌지시 끌어안는 것이었다. 미군이 명숙의 얼굴을 들여다보며 뭐라고 수작을 걸었다. 명숙은 다리를 겹치고 앉은 채 앞을 바라보는 자세 그대로 고개를 까딱거렸다. 그 미군 지프차 저편에 선 택시 조수가 명숙이와 미군을 쳐다보며 비시시 웃었다. 전차 간에서도 마찬가지였다. 철호 바로 옆에 나란히 서 있던 청년 둘이 쑥

25 ➡ 집 안의 어두운 분위기를 묘사한 대목이야.

26 ➡ 철호는 미군 옆에서 수작을 당하는 명숙의 모습을 부끄럽게 여기고 있어.

집중!

수능 만점 선생님

덕거렸다.

"그래도 멋은 부렸네."

"멋? 그래 색안경을 썼으니 말이지?"

"장사치곤 고급이지 밑천 없이."

"저것도 시집을 갈까?"

"흥."

철호는 손잡이를 놓았다. 그리고 반대편 가운데 문께로 가서 돌아서고 말았다. 그것은 분명히 슬픈 감정만은 아니었다. 뭐라고 말할 수조차 없는 숯 덩어리 같은 것이 꽉 목구멍을 치밀었다. 정신이 아뜩해지는 것 같았다.

하품을 하고 난 뒤처럼 콧속이 싸하니 쓰리면서 눈물이 징 솟아올랐다. 철호는 앞에 있는 커다란 유리를 꽉 머리로 받아 부수고 싶은 충동을 느끼며 어금니를 꽉 맞썹었다. 찌르르 벨이 울렸다. 덜커덩 전차가 움직였다. 철호는 문짝에 어깨를 가져다 기대고 눈을 감아 버렸다.

그날부터 철호는 정말 한마디도 누이동생 명숙이와 말을 하지 않았다.

또 명숙이도 철호를 본체만체했다.⁰

"자, 우리도 이제 잡시다."

영호가 가슴을 펴서 내어 밀고 바로 앉았다.

등잔불을 끄고 두 방 사이의 문을 닫았다.

푹 가라앉는 것 같이 피곤했다. 그러면서도 철호는 정작 잠을 이룰 수는 없었다. 밤은 고요했다. 시간이 그대로 흐르기를 멈추어 버린 것같이 조용했다. 철호의 아내도 이제 잠이 들었나 보다. 앓는 소리를 내었다. 철호는 눈을 감았다. 어딘가 아득히 먼 것을 느끼고 있었다. 철호는 잠이 들어 가고 있었다.

"가자!"

다들 잠든 밤의 그 어머니의 소리는 엉뚱하게 컸다. 철호는 흠칫 눈을 떴다. 차츰 눈이 어둠에 익어 갔다. 며칠인가, 문틈으로 새어 들은 달빛이 철호의 옆에서 잠든 딸애의 머리에서부터 발끝까지 죽 파란 줄을 그었다. 철호는 다시 눈을 감았다. 길게 한숨을 쉬며 벽을 향해 돌아누웠다.

"가자!"

⑳ ➤ 철호는 명숙의 처신을 부끄러워하지. 그래서 명숙은 자신을 부끄러워하는 철호와 점점 거리를 두게 돼.

또 어머니가 소리를 질렀다. 그러나 철호는 눈을 뜨지 않았다. 그도 마저 잠이 들어 버린 것이었다.

그런데 이번에는 아랫방에서 명숙이가 눈을 떴다. 아랫목에 어머니와 윗목에 오빠 영호 사이에 누운 명숙은 어둠 속에 가만히 손을 내어 밀었다.

어머니의 손을 더듬어 잡았다. 뼈 위에 겨우 가죽만이 씌워진 손이었다. 그 어머니의 손에서는 체온이 느껴지는 것이 아니라 축축이 습기가 미끈거렸다. 명숙은 어머니 쪽을 향하여 돌아누웠다. 한쪽 손을 마저 내밀어서 두 손으로 어머니의 송장 같은 손을 감싸 쥐었다.

"가자!"

딸의 손을 느끼는지 못 느끼는지 어머니는 또 한 번 허공을 향해 가자고 소리 질렀다.

"엄마!"

명숙의 낮은 소리였다. 명숙은 두 손으로 감싸 쥔 어머니의 여윈 손을 가만히 흔들었다.

"가자!"

"엄마!"

기어이 명숙은 흐느끼기 시작하였다. 명숙은 어머니의 손을 끌어다 자기의 입에 틀어막았다.[가]

"엄마!"

숨을 죽여 가며 참는 명숙의 울음은 한숨으로 바뀌며 어머니의 손가락을 입안에서 잘근잘근 씹어 보는 것이었다.

"겁내지 말라."

옆에서 영호가 잠꼬대를 했다.

"가자!"

어머니는 명숙의 손에서 자기의 손을 빼어 가지고 저쪽으로 돌아누워 버렸다.

명숙은 다시 담요를 끌어다 머리 위까지 푹 썼다. 그리고 담요 속에서 흐득흐득(숨이 막힐 정도로 자꾸 심하게 흐느끼는 모양) 울고 있었다.

"엄마."

집중!

[가] ➔ 명숙은 정신을 놓은 어머니가 너무 안쓰럽고 자신의 처지가 너무 슬프지만, 자신이 우는 것을 들키지 않으려고 애쓰고 있어.

수능 만점 선생님

이번엔 윗방에서 어린것이 엄마를 불렀다.

철호는 잠 속에서 멀리 그 소리를 들었다. 그러면서도 채 잠이 깨어지지는 않았다.[29]

"엄마."

어린것은 또 한 번 엄마를 불렀다.

"오오, 왜. 엄마 여기 있어."

아내의 반쯤 깬 소리였다. 어린것을 끌어다 안는 모양이었다. 철호는 그 소리를 멀리 들으며 다시 곤히 잠들어 버렸다.

"오줌."

"오, 오줌 누겠니? 자, 일어나. 착하지."

철호의 아내는 일어나 앉으며 어린것을 안아 일으켰다. 구석에서 깡통을 끌어다 대어 주었다.

"참, 삼촌이 네 신발 사 왔지. 아주 예쁜 거. 볼래?"

깡통을 타고 앉은 어린것을 뒤에서 안아 주고 있던 철호의 아내는 한 손으로 어린것의 머리맡에 놓아두었던 신발을 집어다 보여 주었다. 희미하게 달빛이 들이비쳤을 뿐인 어두운 방 안에서는 그것은 그저 겨우 모양뿐 색채를 잃고 있었다.

"내 거야? 엄마."

"그래, 네 거야."

"예뻐?"

"참 예뻐. 빨강이야."

"응······."

어린것은 잠에 취한 소리로 물으며 신발을 두 손에 받아 가슴에 안았다.

"자, 이제 거기 놔두고 자야지."

"응, 낼 신어도 돼?"

"그럼."

어린것은 오물오물 담요 속으로 파고 들어갔다.

"엄마, 낼 신어도 돼?"

집중!

㉙ ➡ 명숙의 울음, 어머니와 영호의 잠꼬대, 아이의 칭얼거림까지 모두 외면하고 잠들어 버리고만 싶은 철호의 심경을 잘 보여 주는 대목이야.

수능 만점 선생님

"그럼."

뭐든가 좀 좋은 것은 아껴야 한다고만 들어 오던 어린것은 또 한 번 이렇게 다짐하는 것이었다.

아내는 어린것의 담요 가장자리를 꼭꼭 눌러 주고 나서 그 옆에 누웠다.

다들 다시 잠이 들었다. 어느 사이에 달빛이 비껴서 칼날 같은 빛을 철호의 가슴으로 옮겼다.[30] 어린것이 부스스 머리를 들었다. 배를 깔고 엎드렸다.

어린것은 조그마한 손을 베개 너머로 내밀었다. 거기 가지런히 놓아둔 신발을 만져 보았다. 어린것이 안심한 듯이 다시 베개를 베고 누웠다. 또다시 조용해졌다. 한참 만에 또 어린것이 움직거렸다. 잠이 든 줄만 알았던 어린것은 또 엎드렸다. 머리맡에 신발을 또 끌어당겼다. 조그마한 손가락으로 신발 코를 꼭 눌러 보았다.[31] 그리고는 이번에는 아주 자리 위에 일어나 앉았다. 신발을 무릎 위에 들어 올려놓았다. 달빛에다 신발을 들이대어 보았다.

바닥을 뒤집어 보았다. 두 짝을 하나씩 두 손에 갈라 들고 고무바닥을 맞대어 보았다. 이번엔 발을 앞으로 내놓았다. 가만히 신발을 가져다 신었다.

앉은 채로 꼭 방바닥을 디디어 보았다.

"가자!"

어린것은 깜짝 놀랐다. 얼른 신발을 벗었다. 있던 자리에 도로 모아 놓았다. 그리고 한 번 더 신발을 바라보고 난 어린것은 살그머니 누웠다. 오물오물 담요 속으로 기어 들어갔다.

점심을 못 먹은 배는 오후 두 시에서 세 시 사이가 제일 견디기 힘들었다. 철호는 펜을 장부 위에 놓았다. 저쪽 구석에 돌아앉은 사환 애를 바라보았다. 보리차라도 한 잔 더 마시고 싶었다. 그러나 두 잔까지는 사환 애를 시켜서 가져오랄 수 있었으나 세 번까지는 부르기가 좀 미안했다. 철호는 걸상을 뒤로 밀고 일어섰다. 책상 모서리에 놓인 찻잔을 집어 들었다.

그리고 출입문으로 나갔다. 복도의 풍로 위에서 커다란 주전자가 끓고 있었다. 보리차를 찻잔 하나 가득히 부었다. 구수한 냄새가 피어올랐다. 철호는 뜨거

㉚ ➜ 시리도록 슬픈 철호의 마음을 비유적으로 드러낸 표현이야.
㉛ ➜ 아이는 새 신발을 선물 받은 것이 믿기지 않아서 자꾸 확인해 보고 있어. 아이에게 새 신발도 사 주지 못할 만큼 힘든 생활이 오래되었음을 보여 주지.

집중!

수능 만점 선생님

운 찻잔을 손가락으로 꼬집어 들고 조심조심 자기 자리로 돌아와 앉았다. 그리고 찻잔을 입으로 가져갔다. 후 불었다. 마악 한 모금 들이마시는 때였다.

"송 선생님 전화입니다."

사환 애가 책상 앞에 와 알렸다. 철호는 얼른 찻잔을 책상 위에 내려놓았다. 그리고 과장 책상 앞으로 갔다. 수화기를 들었다.

"네, 송철호올시다. 네? 경찰서요? ……전 송철호라는 사람인데요. 네? 송영호요? 네, 바로 제 동생입니다. 무슨? ……네? 네? 송영호가요? 제 동생이 말입니까? 곧 가겠습니다. 네, 네."

철호는 수화기를 걸었다. 그리고 걸어 놓은 수화기를 멍하니 내려다보고 서 있었다. 사무실 안 사람들의 시선이 모두 철호에게로 쏠렸다.

"무슨 일인가? 동생이 교통사고라도?"

서류를 뒤적이던 과장이 앞에 서 있는 철호를 쳐다보며 물었다.

"네? 네, 저 과장님, 잠깐 다녀오겠습니다."

철호는 마시던 보리차를 그대로 남겨 둔 채 사무실을 나섰다.

영문을 모르는 동료들이 서로 옆의 사람의 얼굴을 힐끗 쳐다보는 것이었다.

철호는 전에도 몇 번 경찰서의 호출을 받은 일이 있었다. 양공주 노릇을 하는 누이동생 명숙이가 걸려들면 그 신원 보증을 해야 하는 철호였다. 그때마다 철호는 치안관 앞에서 낯을 못 들고 앉았다가 순경이 앞세우고 나온 명숙을 데리고 아무 말도 없이 경찰서 뒷문을 나서곤 하였다. 그럴 때면 철호는 울었다. 하나밖에 없는 누이동생이 정말 밉고 원망스러웠다. 철호는 명숙을 한 번 돌아다보는 일도 없이 전차 길을 따라 사무실로 걸었고, 또 명숙은 명숙이대로 적당한 곳에서 마치 낯도 모르는 사람처럼 딴 길로 떨어져 가 버리곤 하는 것이었다.

그런데 이번에는 누이동생이 아니라 남동생 영호의 건이라고 했다. 며칠 전 밤에 취해서 지껄이던 영호의 말들이 머리를 스치고 지나갔다. 불안했다.[32] 그런들 설마 하고 마음을 다시 먹으며 철호는 경찰서 문을 들어섰다.

권총 강도.

형사에게서 동생 영호의 사건 내용을 들은 철호는 앞에 앉은 형사의 얼굴을 바보 모양 멍청히 바라보고 있을 뿐이었다. 점점 핏기가 가셔 가는 철호의 얼굴

32 ➡ 철호는 영호가 정말로 큰일을 저질렀을까 봐 걱정하고 있어.

은 표정을 잃은 채 굳어 가고 있었다.

어느 회사에서 월급을 줄 돈 천오백 환을 찾아서 은행 앞에 대기시켰던 지프 차에 싣고 마악 떠나려고 하는데 중절모를 깊숙이 눌러쓰고 색안경을 낀 괴한 두 명이 차 속으로 올라오며 권총을 내어 들더라는 것이었다.

"겁내지 말라! 차를 우이동으로 돌려라."

운전수와 또 한 명 회사원은 차가운 권총 구멍을 등에 느끼며 우이동까지 갔다고 한다. 어느 으슥한 숲속에서 차를 세웠다고 한다. 그러고는 둘 다 차 밖으로 나가라고 한 다음 괴한들이 대신 운전대로 옮아앉더라고 한다. 운전수와 회사원은 거기 버려둔 채 차는 전속력으로 다시 시내로 향해 달렸단다. 그러나 지프차는 미아리도 채 못 와서 경찰에 붙들리고 말았던 것이었다. 그런데 차 안에는 괴한이 한 사람밖에 없었다고 한다.

형사가 동생을 면회하겠느냐고 물었을 때 철호는 그저 얼이 빠져서 두 무릎위에 맥없이 손을 올려놓고 앉은 채 아무 대답도 못 했다.

이윽고 형사실 뒷문이 열리더니 거기 영호가 나타났다.

"이리로 와."

수갑이 채워진 두 손을 배 앞에다 모으고 천천히 형사의 책상 앞으로 걸어 나오는 영호는 거기 걸상에 앉았다. 일어서는 철호를 향하여 약간 머리를 끄덕여 보였다. 동생의 얼굴을 뚫어져라고 바라보고 서 있는 철호의 여윈 볼이 히물히물 움직였다. 괴로울 때의 버릇으로 어금니를 꽉꽉 씹고 있는 것이었다.

형사는 앞에 와서 선 영호에게 눈으로 철호를 가리켰다.

"형님, 미안합니다. 인정선^(人情線)에서 걸렸어요. 법률선까지는 무난히 뛰어넘었는데. 쏘아 버렸어야 하는 건데.^㉝"

영호는 철호의 얼굴을 들여다보며 빙그레 웃었다. 그러고는 옆으로 비스듬히 얼굴을 떨구며 수갑을 채운 오른손 엄지를 권총 방아쇠를 당기는 때처럼 꼬부려서 지그시 당겨 보는 것이었다.

철호는 눈도 깜빡하지 않고 그저 영호의 머리카락이 흐트러져 내린 이마를 바라보고 있었다.

"돌아가세요, 형님."

㉝ ➜ 사람을 죽이면서까지 강도짓을 할 수는 없었다는 의미야.

영호는, 등신처럼 서 있는 형이 도리어 민망한 듯이 조용히 말했다.

"수감해."

형사가 문간에서 지키고 서 있는 순경을 돌려 보았다.

영호는 그에게로 오는 순경을 향해 마주 걸어갔다. 영호는 뒷문으로 끌려 나가다 말고 멈춰 섰다. 그리고 뒤를 돌려 보았다.

"형님, 어린것 화신 구경이나 한번 시키세요. 제가 약속했었는데."

뒷문이 꽝 닫혔다. 철호는 여전히 영호가 사라진 뒷문을 바라보고 서 있었다. 눈이 뿌옇게 흐려졌다. 아무것도 보이지 않았다.

"쏠 의사는 처음부터 없었던 것 같은데."

조서를 한옆으로 밀어 놓으며 형사가 중얼거렸다. 철호는 걸상에 가만히 걸터앉았다.

"혹시 그 같이한 청년을 모르시나요."

철호의 귀에는 형사의 말소리가 아주 멀었다.

"끝내 혼자서 했다고 우기는데, 그러나 증인이 있으니까 이제 차츰 사실대로 자백하겠지만."

여전히 철호는 말이 없었다.

경찰서를 나온 철호는 어디를 어떻게 걸었는지 알 수가 없었다. 철호는 술 취한 사람 모양 허청거리는 다리로 자기 집이 있는 언덕길을 올라가고 있었다. 철호는 골목길 어귀에 들어섰다.

"가자!"

철호는 거기 멈춰 섰다. 고개를 뒤로 젖혔다. 그러나 그는 하늘을 쳐다보는 것이 아니었다. 하 하고 숨을 크게 내쉬는 철호는 울고 있었다. 눈물이 콧속으로 흘러서 찝찝하니 목구멍으로 넘어갔다.

"가자. 가자. 어딜 가잔 거야. 도대체 어딜 가잔 거야."

철호는 꽥 소리를 지르고 있었다. 거기 처마 밑에 모여 앉아서 소꿉질을 하던 어린애들이 부스스 일어서며 그를 쳐다보았다. 철호는 그 앞을 모른 체 지나쳐 버렸다.

"오빠 어딜 그렇게 돌아다뉴?"

철호가 아랫방에 들어서자 윗방 구석에서 고리짝을 열어 놓고 뒤지고 있던 명숙이가 역한 소리를 했다. 윗방에는 넝마 같은 옷가지들이 한 무더기 쌓여 있었다. 딸애는 고리짝 옆에 쪼그리고 앉아서 명숙이가 뒤져 내놓는 헌 옷들을 무슨 진귀한 것이나처럼 지켜보고 있었다. 철호는 아내가 어딜 갔느냐고 물어보려다 말고 그대로 윗방 아랫목에 털썩 주저앉아 버렸다.

"어서 병원에 가 보세요."

명숙은 여전히 고리짝을 들추며 돌아앉은 채 말했다.

"병원엘?"

"그래요."

"병원에라니?"

"언니가 위독해요. 어린애가 걸렸어요."

"뭐가?"

철호는 눈앞이 아찔했다.

점심때부터 진통이 시작되었는데 영 해산을 못하고 애를 썼단다. 그런데 죽을 악을 쓰다 보니까 어린애의 머리가 아니라 팔부터 나왔다고 한다. 그래 병원으로 실어 갔는데, 철호네 회사에 전화를 걸었더니 나가고 없더라는 것이었다.

"지금쯤은 아마 애기를 낳았거나, 그렇지 않으면……." [14]

명숙은 흰 헝겊들을 골라 개켜서 한옆으로 젖혀 놓으며 말했다. 아마 어린애의 기저귀를 고르고 있는 모양이었다. 그런데 이상했다. 좀 전에 아찔했던 정신이 사르르 풀리며 온몸의 맥이 쑥 빠져나갔다. 철호는 오래간만에 머릿속이 깨끗이 개는 것을 느꼈다.

말라리아를 앓고 난 다음 날처럼 맥은 하나로 없으면서 머리는 비상히 깨끗했다. 뭐 놀랄 일이 있느냐 하는 심정이 되었다. 마치 회사에서 무슨 사무를 한 뭉텅이 맡았을 때와 같은 심사였다. 철호는 호주머니에서 담배를 꺼내어 물었다. 언제나 새로 사무를 맡아 시작하기 전에 하는 버릇이었다.

"어딜 가슈?"

명숙이가 돌아보았다.

"병원에."

"무슨 병원인지도 모르면서."

철호는 참 그렇다고 생각했다.

 ❹ ➜ 철호 아내의 죽음을 어렴풋이 암시하는 대목이야.

"S병원이야요."

"……."

철호는 슬그머니 문밖으로 한 발을 내디디었다.

"돈을 가지고 가야지, 뭐."

"……돈."

철호는 다시 문 안으로 들어섰다. 우두커니 발부리를 내려다보고 서 있었다. 명숙이가 일어섰다. 그리고 아랫방으로 내려갔다. 벽에 걸어 놓았던 핸드백을 열었다.

"옛수."

백 환짜리 한 다발이 철호 앞 방바닥에 던져졌다. 명숙은 다시 돌아서서 백을 챙기고 있었다. 철호는 명숙의 뒷모습을 물끄러미 바라보고 있었다.

철호의 눈이 명숙의 발뒤축에 머물렀다. 나일론 양말이 계란만치 구멍이 뚫렸다. 철호는 명숙의 그 구멍 뚫린 양말 뒤축에서 어떤 깨끗함을 느끼고 있었다.㉟ 오래간만에 참으로 오래간만에 철호는 명숙에 대한 오빠로서의 애정을 느꼈다.

"가자."

어머니가 또 외마디 소리를 질렀다.

철호는 눈을 발밑에 돈다발로 떨구었다. 허리를 구부렸다. 연기가 든 때처럼 두 눈이 싸하니 쓰렸다.

"아버지 병원에 가? 엄마 애기 낳어?"

"그래."

철호는 돈을 저고리 호주머니에 구겨 넣으며 문을 나섰다.

"가자."

골목을 빠져나가는 철호의 등 뒤에서 또 한 번 어머니의 소리가 들려왔다.

아내는 이미 죽어 있었다.㊱

"네, 그래요."

철호는 간호원보다도 더 심상한^(대수롭지 않은) 표정이었다. 병원의 긴 복도를 휘청

㉟ ➡ 철호는 자신에게 돈을 선뜻 내주면서도 구멍 난 양말을 신고 있는 명숙의 모습에 감동하고 있어.

㊱ ➡ 별다른 설명 없이 아내의 죽음을 담담하게 서술해서 오히려 슬픔을 극대화하고 있어.

집중!

수능 만점 선생님

휘청 걸어서 널따란 현관으로 나왔다. 시체가 어디 있느냐고 묻지도 않았다. 무엇인가 큰일이 한 가지 끝났다는 그런 기분이었다. 아니 또 어찌 생각하면 무언가 해야 할 일이 많이 생긴 것 같은 무거운 기분이기도 했다. 그러면서도 그 해야 할 일이 무엇인지는 좀처럼 생각이 나질 않았다.

그저 이제는 그리 서두를 필요도 없어졌다는 생각만으로 철호는 거기 병원 현관에 한참이나 우두커니 서 있었다.

이윽고 병원의 큰 문을 나선 철호는 전차 길을 따라서 천천히 걸었다. 자전거가 휙 그의 팔꿈치를 스치고 지나갔다. 그는 멈춰 섰다. 여섯 시도 더 지났을 무렵이었다. 이제 사무실로 가야 할 아무 일도 없었다. 그는 전차 길을 건넜다. 또 한참 걸었다. 그는 또 멈춰 섰다.[37] 이번엔 어느 사이에 낮에 왔던 경찰서 앞에 와 있었다. 그는 또 돌아섰다. 또 걸었다. 그저 걸었다. 집으로 돌아가자는 생각도 아니면서 그의 발길은 자동 기계처럼 남대문 쪽을 향해 걷고 있었다. 문방구점, 라디오 방, 사진관, 제과점, 그는 길가에 늘어선 이런 가게의 진열장을 하나하나 기웃거리며 걷고 있었다. 그러면서도 무엇이 있는지 하나도 보이지 않았다. 그러던 철호는 우뚝 섰다. 그는 거기 눈앞에 걸린 간판을 쳐다보고 있었다. 장기판만 한 판에 빨간 페인트로 치과라고 쓰여 있었다. 철호는 갑자기 이가 쑤시는 것을 느꼈다. 아침부터 아니 벌써 전부터 홀떡홀떡 쑤시는 충치가 갑자기 아파 왔다. 양쪽 어금니가 아래위 다 쑤셨다. 사실은 어느 것이 정말 쑤시는 것인지조차 분간할 수가 없었다. 철호는 호주머니에 손을 넣어 보았다. 만 환 다발이 만져졌다.

철호는 치과 간판이 걸린 층계 이 층으로 올라갔다.[38]

치과 걸상에 머리를 젖히고 입을 아 벌리고 앉았다. 의사는 달가닥달가닥 소리를 내며 이것저것 여러 가지 쇠 꼬치를 그의 입에 넣었다 꺼냈다 하였다. 철호는 매시근하니(기운이 없고 나른하니) 잠이 왔다. 아무런 생각도 하지 않고 입을 크게 벌린 채 눈을 감고 있었다.

"좀 아팠지요? 뿌리가 구부려져서."

의사가 집게에 뽑아 든 이를 철호의 눈앞에 가져다 보여 주었다. 속이 시꺼멓게 썩은 징그러운 이뿌리에 빨건 살점이 묻어 나왔다. 철호는 솜을 입에 문 채 머

집중!

수능 만점 선생님

리를 좌우로 흔들어 보았다. 사실 아프지도 아무렇지도 않았다.

"됐습니다. 한 삼십 분 후에 솜을 빼 버리슈. 피가 좀 나올 겁니다."

"이쪽을 마저 빼 주십시오."

철호는 옆의 타구에 침을 뱉고 나서 또 한쪽 볼을 눌러 보았다.

"어금니를 한 번에 두 개씩 빼면 출혈이 심해서 안 됩니다."

"괜찮습니다."

"아니, 내일 또 빼지요."

"다 빼 주십시오. 한 몫에 몽땅 다 빼 주십시오."

"안 됩니다. 치료를 해 가면서 한 대씩 빼야지요."

"치료요? 그럴 새가 없습니다. 마악 쑤시는걸요."

"그래도 안 됩니다. 빈혈증이 일어나면 큰일 납니다."

하는 수 없었다. 철호는 치과를 나왔다. 또 걸었다. 잇몸이 멍하니 아픈 것 같기도 하고 또 어찌하면 시원한 것 같기도 했다. 그는 한 손으로 볼을 쓸어 보았다.

그렇게 얼마를 걷던 철호는 거기에 또 치과 간판을 발견하였다. 역시 이층이었다.

"안 될 텐데요."

거기 의사도 꺼렸다. 철호는 괜찮다고 우겼다. 한쪽 어금니를 마저 빼었다. 이 번에는 두 볼에다 다 밤알만큼씩 한 솜 덩어리를 물고 나왔다.[39] 입안이 찝찔했다. 간간이 길가에 나서서 피를 뱉었다. 그때마다 시뻘건 선지피가 간 덩어리처럼 엉겨서 나왔다. 남대문을 오른쪽에 끼고 돌아서 서울역이 보이는 데까지 왔을 때 으스스 몸이 한 번 떨렸다. 머리가 횡하니 비어 버린 것 같다고 생각했다. 바로 그때에 번쩍 거리에 전등이 들어왔다. 눈앞이 한 번 환해졌다. 다음 순간에는 어찌된 셈인지 좀 전에 전등이 켜지기 전보다 더 거리가 어두워졌다. 철호는 눈을 한 번 꾹 감았다 다시 떴다. 그래도 매한가지였다.[40] 이건 배 속이 비어서 이렇다고 철호는 생각했다. 그는 새삼스레, 점심도 저녁도 안 먹은 자기를 깨달았다. 뭐든가 좀 먹어야겠다고 생각했다. 구수한 설렁탕 생각이 났다. 입안에 군침이 하나 가득히 고였다. 그는 어느 전주 밑에 가서 쭈그리고 앉아서 침을 뱉었다. 그런

③⑨ ➡ 철호는 슬픔과 고통을 이기지 못해 의사들의 만류에도 이를 두 개나 뽑지.

④⓪ ➡ 밝은 전등 빛과 오히려 더 어두워진 거리에 대한 묘사를 통해 믿기지 않는 어두운 현실이 철호에게 찾아왔음을 표현하고 있어.

집중!

수능 만점 선생님

데 그것은 침이 아니라 진한 피였다. 그는 다시 일어섰다. 또 한 번 오한이 전신을 간질이고 지나갔다. 다리가 약간 떨리는 것 같았다. 그는 속히 음식점을 찾아내어야겠다고 생각하며 서울역 쪽으로 허청허청 걸었다.

"설렁탕."

무슨 약 이름이기나 한 것처럼 한마디 일러 놓고는 그는 식탁 위에 엎드려 버렸다. 또 입안으로 하나 찝찔한 물이 고였다. 철호는 머리를 들었다.

음식점 안을 한 바퀴 휘 둘러보았다. 머리가 아찔했다. 그는 일어섰다. 그리고 문밖으로 급히 걸어 나갔다. 음식점 옆 골목에 있는 시궁창에 가서 쭈그리고 앉았다. 울컥하고 입안의 것을 내뱉었다. 그러나 이번에는 주위가 어두워서 그것이 뭔지 또는 침인지 알 수 없었다. 철호는 저고리 소매로 입술을 닦으며 일어섰다. 이를 뺀 자리가 쿡 한 번 쑤셨다. 그러자 뒤이어 거기에 호응이나 하듯이 관자놀이가 또 쿡 쑤셨다. 철호는 아무래도 좀 이상하다고 생각하였다. 이제 빨리 집으로 돌아가 누워야겠다고 생각했다. 그는 다시 큰길로 나왔다. 마침 택시가 한 대 왔다. 그는 손을 한 번 흔들었다.

철호는 던져지듯이 털썩 택시 안에 쓰러졌다.

"어디로 가시죠?"

택시는 벌써 구르고 있었다.

"해방촌."

자동차는 스르르 속력을 늦추었다. 해방촌으로 가자면 차를 돌려야 하는 까닭이었다. 운전수는 줄지어 달려오는 자동차의 사이가 생기기를 노리고 있었다. 저만치 자동차의 행렬이 좀 끊겼다. 운전수는 핸들을 잔뜩 비틀어 쥐었다. 운전수가 몸을 한편으로 기울이며 마악 핸들을 틀려는 때였다. 뒷자리에서 철호가 소리를 질렀다.

"아니야. S병원으로 가."

철호는 갑자기 아내의 죽음을 생각했던 것이다. 운전수는 다시 획 핸들을 이쪽으로 틀었다. 운전수 옆에 앉았던 조수 애가 한번 철호를 돌아보았다. 철호는 뒷자리 한구석에 가서 몸을 틀어박은 채 고개를 뒤로 젖히고 눈을 감고 있었다. 그때에 또 뒤에서 소리를 질렀다.

"아니야. ×경찰서로 가."

눈을 감고 있는 철호는 생각하는 것이었다. 아내는 이미 죽었는데 하고.

이번에는 다행히 차의 방향을 바꿀 필요가 없었다. 그냥 달렸다.

"×경찰서입니다, 손님."

조수 애가 뒤로 몸을 틀어 돌리며 말했다.

"가자."^⑪

철호는 여전히 눈을 감고 있었다.

"어디로 갑니까?"

"글쎄, 가."

"하, 참 딱한 아저씨네."

"……."

"취했나?"

운전수가 조수 애를 쳐다보았다.

"그런가 봐요."

"어쩌다 오발탄(誤發彈, 잘못 쏘아진 탄알) 같은 손님이 걸렸어. 자기 갈 곳도 모르게."^⑫

운전수는 기어를 넣으며 중얼거렸다. 철호는 까무룩히 잠이 들어가는 것 같은 속에서 운전수가 중얼거리는 소리를 멀리 듣고 있었다. 그리고 마음속으로 혼자 생각하는 것이었다. '아들 구실, 남편 구실, 애비 구실, 형 구실, 오빠 구실, 또 계리사 사무실 서기 구실, 해야 할 구실이 너무 많구나. 너무 많구나. 그래, 난 네 말대로 아마도 조물주의 오발탄인지도 모른다. 정말 갈 곳도 알 수가 없다. 그런데 지금 나는 어디건 가긴 가야 한다……'

철호는 점점 더 졸려 왔다. 다리가 저린 것처럼 머리의 감각이 차츰 없어져 갔다.

"가자."

철호는 또 한 번 귓가에 어머니의 소리를 들었다고 생각하며 푹 모로 쓰러지고 말았다.

차가 네거리에 다다랐다. 앞에 교통 신호에 발간 불이 켜졌다. 차가 섰다. 또 한 번 조수 애가 뒤를 돌아보며 물었다.

"어디로 가시죠?"

그러나 머리를 푹 앞으로 수그린 철호는 아무 대답도 없었다.

---

⑪ ➡ 철호는 정신을 놓은 어머니가 자주 하던 말을 하고 있어. 이는 철호의 정신도 서서히 무너져 내리고 있음을 보여 준다.

⑫ ➡ 이 소설의 제목에 대한 설명이자 내용을 함축적으로 보여 주는 대사야.

집중!

수능 만점 선생님

따르릉, 벨이 울렸다. 긴 자동차의 행렬이 움직이기 시작했다. 철호가 탄 차도 목적지를 모르는 대로 행렬에 끼어서 움직이는 수밖에 없었다.⑱ 철호의 입에서 흘러내린 선지피가 흥건히 그의 와이셔츠 가슴을 적시고 있는 것은 아무도 모르는 채 교통 신호대의 파란불 밑으로 차는 네거리를 지나갔다.

⑱ ➔ 비극적인 현실 속에서 삶의 지표를 잃어버린 철호의 상황을 비유적으로 표현한 부분이지.

영호 너, 엉뚱한 계획을 세우고 있는 건 아니겠지? 응?

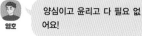

양심이고 윤리고 다 필요 없 어요!

영호 씨, 제발…….

정리해 볼까요(그룹 채팅)

● 작가에 대해서 알아볼까요? --

킬링 포인트

이범선 작가는 1920년 평안남도 신안주에서 태어났어. 이후 평양에서 은행원으로 근무하다가 광복 후 월남했지. 1952년 동국대학교 국문학과를 졸업하고, 중학교와 고등학교에서 교사로 근무하다가 1977년 한국외국어대학교 교수가 되었어. 대표적인 작품으로는 「학마을 사람들」, 「오발탄」, 「피해자」, 「분수령」 등이 있단다.
이범선 작가는 우리나라의 전후 문학을 대표하는 소설가로 알려져 있어. 그의 체험이 반영된 초기 작품에는 어두운 사회의 단면과 무기력한 인간상이 주로 등장하지. 뒤이어 발표된 「오발탄」은 사회 고발적 성격이 강한 작품이야. 이 소설은 객관적 묘사를 통해 빈곤한 약자가 생존하기 위해 분투하는 모습과 침울한 사회상을 부각한 작품이란다.

읽음

아, 그래서 작품의 전체적인 분위기가 음울하고 어두웠군요!

👍100점

● 작품에 대해서 정리해 보죠! --

킬링 포인트

작가 : 이범선
갈래 : 단편 소설, 전후 소설, 사회 고발 소설
배경 : 시간적 – 6 · 25 전쟁 직후 | 공간적 – 서울 해방촌 일대
시점 : 3인칭 관찰자 시점
주제 : 비참한 현실 속에서 삶의 지표를 잃어버린 인간의 비극
출전 : 〈현대문학〉(1959)

킬링 포인트
무조건
알아야 해!

이 작품은 전후 사회의 경제적 궁핍과 구조적 모순을 드러내고 있는 전후 고발 문학이야. 허기를 참아 가며 성실하게 일해도 가난에서 벗어나지 못하는 철호, 정신 이상이 되어 고향으로 가자는 소리만 되뇌는 어머니, 생활고에 시달려 과거의 생기를 잃고 아이를 낳다 죽는 철호의 아내, 가난에서 벗어나기 위해 권총 강도를 하다가 수감되는 영호, 가족의 생계를 위해 양공주가 된 여동생 명숙 등 철호네 가족은 궁핍으로 말미암아 온전한 자기 삶을 살지 못하지. 이 소설은 양심과 법을 지키면서 살아가는 사람들이 경제적으로 빈곤할 수밖에 없는 사회의 구조적 모순과 부패를 고발하고 있어. 극한 상황에 처한 인간의 절망감을 형상화하고, 파멸해가는 인간 내면의 허무 의식을 잘 드러낸 작품이란다.

읽음

가난하지만 양심을 지키면서 살고자 했던 철호가 끝내 절망하고 좌절하는 모습이 정말 슬펐어요. 작가는 그런 불합리한 사회 현실을 고발하고 싶어 했군요.

👍100점

킬링 포인트

발단: 철호는 6·25 전쟁 후 가장으로 궁핍하게 살아감

철호는 6·25 전쟁 이후 남쪽으로 내려온 가족들을 책임지고 있는 가장이야. 철호네는 원래 지주 집안이었지만 탄압을 받게 되자 몇 년 전 월남해 서울에서 궁핍하게 지내지.

전개: 철호 가족은 곤궁하고 비참하게 삶

철호는 실성한 어머니 등 가족에 대한 걱정으로 늘 우울해하지. 철호는 도덕과 윤리, 법률이 곤궁한 삶을 구해 주지는 못한다는 영호의 이야기를 듣고 그를 꾸짖는단다.

위기: 영호는 강도죄로 체포당하고, 아내는 출산 도중에 사망함

철호는 권총 강도로 경찰서에 체포된 영호를 보고는 씁쓸한 마음으로 집에 돌아와. 그때 아내가 위독하다는 소식을 듣고 급히 병원으로 가지만 아내는 이미 죽어 있었지.

절정: 철호는 치과에서 어금니를 모두 뺌

철호는 무작정 거리를 헤매다 치과에 들어가게 돼. 그는 의사의 만류에도 기어이 양쪽 어금니를 모두 빼 버리지.

결말: 철호는 택시를 타고 배회함

이를 뺀 곳에서 피가 많이 나와 어지럼증을 느낀 철호는 집에 가기 위해 택시를 타게 돼. 그는 자신이 갈 곳을 찾지 못하고 혼란스러워하지. 택시 기사는 오발탄 같은 손님이 걸렸다고 중얼거리며 무작정 달려.

OOPS! 읽음

결말을 통해 왜 이 소설의 제목이 '오발탄'인지 정확히 이해하게 되었어요. '가자'를 외치는 철호의 모습이 오랫동안 머릿속에 남을 거 같네요.

👍 100점

● 철호의 뇌 구조를 알아볼까요?

1 이 작품에 대한 설명으로 옳은 것은?

① 6 · 25 전쟁 직후 소시민의 삶과 의식을 다루고 있다.

② 작가의 직접적인 체험을 바탕으로 사실을 진술하고 있다.

③ 비현실적이고 반사회적인 인물을 등장시켜 현실을 풍자하고 있다.

④ 피상적인 사회 현상보다 인간 본연의 의식을 탐구하고 있다.

⑤ 반어적인 제재를 사용해 주인공의 삶의 가치를 강조하고 있다.

2 이 작품에서 철호가 현실에 대응하는 자세를 가장 바르게 진술한 것은?

① 가치관이 확실하지만 빈곤 때문에 자주 유혹에 흔들린다.

② 사람들의 권유를 무시하고 자신의 결정대로만 행동하며 현실을 능동적으로 극복하고 있다.

③ 양심적으로 성실하게 살려고 하지만, 궁핍한 현실에 대해 무기력하게 대응한다.

④ 현실의 아픔을 직시하면서 자신의 신념에 따라 살아간다.

⑤ 지식인으로서의 고뇌를 거부하고 안일하게 살아간다.

3 이 작품 전체의 내용으로 보아 다음 글에서 드러내고자 하는 것은?

> 곰? 그건 용기가 부족하다.
> 멧돼지? 힘이 모자란다.
> 노루? 너무 날쌔어서.
> 꿩? 그놈은 하늘을 난다.
> 토끼? 토끼. 그래 고놈쯤은 꽤 때려잡음 직하다. 그런데 그것마저 요즈음은 몫에 잘 돌아오지 않는다. 사냥꾼이 너무 많다. 토끼보다도 더 많다.

① 인물의 낙천적인 성격

② 인물의 경제적인 무능력

③ 인물의 도전적인 삶의 태도

④ 인물의 굳건한 생활신조

⑤ 인물의 이상향에 대한 끊임없는 동경

4 다음 글에서 대화가 전개되는 양상으로 볼 때, 철호의 심리 상태로 옳은 것은?

"적어도 까마귀만 한 용기만이라도 말입니다. 영리할 필요는 없더군요. 우둔해도 상관없어요. 까마귀는 도무지 허수아비를 무서워하지 않습니다. 참새처럼 영리하지 못한 탓으로 그놈의 까마귀는 애당초에 허수아비를 무서워할 줄조차 모르거든요."

영호의 입가에는 좀 전에 파랑새 꽁초에다 불을 댕기는 철호를 바라보던 때와 같은 야릇한 웃음이 또 소리 없이 감돌고 있었다.

"너, 설마 무슨 엉뚱한 계획을 세우고 있는 것은 아니겠지."

철호는 약간 긴장한 얼굴을 하고 영호를 바라보며 꿀꺽 하고 침을 삼켰다.

"아니요. 엉뚱하긴 뭐가 엉뚱해요. 그저 우리들도 남처럼 다 벗어던지고 홀가분한 몸차림으로 달려 보자는 것이죠, 뭐."

"벗어던지고?"

"네, 벗어던지고. 양심이고, 윤리고, 관습이고, 법률이고 다 벗어던지고 말입니다."

영호의 큰 눈이 유난히 빛나는가 하자 철호의 눈을 정면으로 밀고 들었다.

"양심이고, 윤리고, 관습이고, 법률이고?"

① 영호의 말에 적극적으로 동조하고 있다.
② 영호의 말에 소극적이나마 동조하고 있다.
③ 영호에게 동정심을 느끼고 있다.
④ 영호의 말에 혼란과 놀라움을 느끼고 있다.
⑤ 영호의 말에 격렬한 분노를 느끼고 있다.

5 이 작품에서 '오발탄'은 무엇을 상징하는지 서술하시오.

철호는 극도의 가난 속에서도 양심을 지키며 살아가려고 노력한다. 하지만 동생 영호는 권총 강도 행각을 벌이고, 여동생 명숙은 양공주가 되고, 아내는 세상을 떠나게 된다. 따라서 '오발탄'은 삶의 목표를 상실하고 잘못 쏘아진 탄환처럼 세상을 배회하는 철호의 모습을 상징한다.

● **수능 만점 선생님의 감상 꿀팁**

이 작품 속 상황은 철호 일가에만 해당되는 것이 아니라 전후 사회 전체의 문제로 봐야 해. 당시 사회는 양심적으로 인간답게 사는 것이 불가능했고, 많은 사람이 방향성을 상실한 채 혼란에 빠져 있었음을 이해하자.

미리 들여다보는 인물 X 파일

여기서
잠깐!

휴지에 쓴 편지가 뭐라고 표구까지 하나 했었는데, 읽으면 읽을수록 좋은걸!

편지를 읽다 보니 마음이 따스해지네. 내게는 국보나 다름없어!

친구 사이

나

친구

수능 만점 선생님의 감상 꿀팁!

이 소설은 보잘것없어 보이지만 자식을 향한 아버지의 진심이 담긴 편지로 따스한 감동을 전하는 작품이야. 편지에 대한 '나'의 생각이 어떻게 바뀌는지 잘 따라가며 읽어 보자.

398　한국단편소설 45

표구된 휴지

#사소한 것이 주는 큰 울림

니무슨주변에고기묵건나. 콩나물무거라. 참기름이나마니처서무그라.❶

　누렇게 뜬 창호지에다 먹으로 쓴 편지의 일절이다. 언제부터인가 나는 피곤할 때면 화실 안쪽 벽에 걸린 그 조그만 액자의 편지를 읽는 버릇이 생겼다.❷ 그건 매우 서투른 글씨의 편지다. 앞부분과 끝부분은 없고 중간의 일부분만인 그 편지는 누가 누구에게 보낸 것인지도 알 수 없다. 다만 그 내용으로 미루어 시골에 있는 늙은 아버지 — 어쩌면 할아버지일지도 모른다. — 가 서울에 돈 벌러 올라온 아들에게 쓴 편지라는 것이 대충 짐작될 따름이다. 사실은 그 편지가 노인이 쓴 것으로 생각되는 까닭은 그 내용도 내용이려니와 그보다 더 그 편지의 종이나 글씨에 있는지 모른다. 아마 어느 가을에 문을 바르고 반 장쯤 남았던 창호지를 용케 생각해 내어 벽장 속을 뒤져 먼지를 떨고 손바닥으로 몇 번이나 쓸어 펴서 적당히 두루마리 모양이 나게 오린 것이리라. 누렇게 뜬 종이 가장자리가 삐뚤삐뚤하다. 거기에 사연을 먹으로 썼다. 순 한글 — 아니 이 편지에서만은 언문이라는 말이 좀 더 어울릴까. — 로 쓴 그 글씨가 재미있다. 붓으로 썼다기보다 무슨 꼬챙이에다 먹을 찍어서 그린 것 같은 글자는 단 한 자도 그 획의 먹 농도가 고른 것이 없다. 그뿐만 아니라 글자의 획들이 모두 사개(상자 따위의 모퉁이를 끼워 맞추기 위해 서로 맞물리는 끝을 들쭉날쭉하게 파낸 부분)가 물러나서 이상스레 헐렁한데 그런 글자들이 또 제

---

❶ ➡ 자식에게 직접 말하듯 구어체로 쓴 편지야. 맞춤법이나 띄어쓰기가 틀린 게 많지만, 자식을 생각하는 아버지의 마음이 잘 드러나지.

❷ ➡ 화실에 걸린 편지는 '나'에게 위로를 주는 물건임을 알 수 있어.

집중!

수능 만점 선생님

각기 제멋대로 방향을 잡고 아무렇게나 눕고 서고 했다. 그러니 글줄이 바를 리는 만무이고.

니떠나고메칠안이서**송아지**낫다. 그녀석눈도큰게잘자란다. 애비보다제에미를더달맛다고덜한다.❸

이 대문에서는 송아지 석 자가 딴 글자보다 좀 크고 먹 색깔도 진하다. 나는 언제나 이 액자를 보면 그 사연보다 그 글씨로 하여 먼저 미소 짓게 된다.

베적삼 고름은 헐렁하니 풀어 헤쳤고 잠방이 허리는 흘러내려 배꼽이 다 드

❸ ➜ 소는 농사를 짓는 시골 사람들에게 매우 중요한 동물이고, 송아지가 태어난 것 역시 매우 의미 깊은 소식이지.

내신 준비!

수능 만점 선생님

러난 촌로(村老, 시골에 사는 늙은이)들이 마을 어귀 느티나무 그늘에 모여, 더러는 마주하고 장기를 두고, 옆의 한 노인은 부채질을 하다 졸고, 또 어떤 노인은 장죽을 쑤시는가 하면, 때가 새까만 목침을 베고 누운 흰머리는 서툰 가락의 시조를 읊고.

그 크고 작고, 진하고 연하고, 삐뚤삐뚤한 글자들. 나는 거기서 노인들의 구수한 농지거리를 들을 수 있다.

압논벼는전에만하다. 뒷밧콩은전해만못하다. 병정갓던덕이돌아왔다. 니서울돈벌레갓다니까, 소우숨하더라.

이 편지 액자는 사실은 내 것이 아니다.

3년 전 가을이었다. 저녁 무렵 친구가 찾아왔다.❹ 어느 은행 지점장인가 지점장 대리인가 하는 그 친구는 퇴근길에 잠깐 들렀다는 것이었다.

"부탁이 있는데."

"부탁? 설마 은행가가 가난한 화가더러 돈을 꾸잔 건 아닐 게고."

나는 농담으로 그를 맞아들였다.

"그런 건 아니고…… 이거 좀 보게."

그는 신문지로 돌돌 만 것을 불쑥 내밀었다.

"뭔데, 그림인가?"

"글쎄 펴 보게. 그림이라면 그림이고 글이라면 글인데 **그게…… 국보급이야.**❺"

친구는 장난기 어린 눈으로 안경 속에서 웃고 있었다. 나는 조심조심 신문지를 폈다. 그건 아무렇게나 구겨져 던졌던 휴지를 다시 편 것이었다.

"뭔가, 이건?"

"한번 읽어 보게나."

친구는 눈으로 내가 들고 있는 휴지를 가리켰다. 나는 그 구겨졌던 종이 위에 먹으로 쓴 글자를 한 자 한 자 읽으면서 속으로 철자법을 교정해야 했다.

"무슨 편지 같군."

"그래."

❹ ➡ 시점이 현재에서 과거로 바뀌었어. 이야기가 역순행적으로 진행되고 있네.

❺ ➡ 친구는 이 편지가 매우 가치 있다고 여기고 있어.

집중!

수능 만점 선생님

"무슨 편진가?"

"나도 모르지."

"그런데!"

"어쨌든 재미있지 않나. 뭔가 뭉클하는 게 있단 말야."

"바가지에 담아 내놓은 옥수수 냄새 같은, 뭐 그런 게 있잖아."

"흠, 자넨 역시 길을 잘못 들었어."

나는 웃었다. 그는 나와 중학교 동창이다. 그 시절 그는 문학 서적에 취해 있는 문학 소년이었다. 선생님들도 그의 소질을 인정하고 있었다. 그런데 그는 결국 상과(商科) 대학엘 갔다. 고등학교에서의 배치에 의해서였다.

"그거 표구(表具: 그림의 뒷면이나 테두리에 종이 또는 천을 발라서 꾸미는 일) 할 수 있겠지?"❻

"표구?"

"그래."

"그야 할 수 있겠지. 창호지니까."

"난 그런 걸 잘 모르지 않나. 그래, 화가인 자네 생각을 했지 뭔가. 자네가 어디 적당한 표구사에 맡겨서 좀 해 주지 않겠나?"

"그야 어렵지 않지만…… 자네도 어지간히 호사가군. 이걸 표구해서 뭘 하나. 도대체 어디서 주워 온 건가.❼ 이 휴지는?"

"아닌 게 아니라 정말 휴지통에서 주운 거지."

그 친구 은행 창구에 저녁때면 날마다 빼지 않고 들르는 지게꾼이 있단다. 은행 문 앞에 지게를 벗어 세워 놓고 매우 죄송스러운 태도로 조용히 은행 안으로 들어서는 스물댓 나 보이는 그 꺼먼 얼굴의 청년을 처음엔 안내원이 막았다.❽

"뭐지요?"

"예, 예, 저어……."

"여긴 은행이오, 은행!"

"예, 그러니까 저 돈을……."

청년은 어리둥절해서 말도 제대로 하지 못했다.

---

❻ ➡ 편지를 오래 잘 보관하기 위해서야. 친구가 그만큼 이 편지를 중요하게 여기고 있다는 걸 알 수 있지.

❼ ➡ '나'는 편지가 중요하지 않다고 생각해. 이때만 해도 편지의 가치를 제대로 몰랐던 거지.

❽ ➡ 지게꾼 청년의 겉모습이 초라했음을 보여 주는 부분이야.

내신 준비!

수능 만점 선생님

"글쎄, 은행이라니까!"

"예, 그런데 그 조금도 할 수 있습니까?"

"조금이라니 뭘 말이오?"

"저금을 조금두 할 수 있습니까?"

"저금요?"

은행 안의 모든 시선들이 그 지게꾼에게로 쏠렸다.

청년은 점점 더 당황하였다. 얼굴이 붉어져서 돌아서 나가려는 그를 불러 세운 것이 예금 창구의 여직원이었다. **청년은 손에 말아 쥐고 있던 라면 봉다리에서 꼬깃꼬깃한 백 원짜리 지폐 다섯 장과 새로 새긴 목도장을 꺼내어 떨리는 손으로 여직원에게 바쳤다.**❾ 청년은 저만큼 한구석으로 가서서 불안스러운 눈으로 멀리 여직원을 지켜보고 있었다.

한참 만에 그는 흠칫 놀랐다. 생전 처음 그는 씨 자가 붙은 자기 이름을 들었던 것이다. 그는 여직원 앞으로 달려와 빳빳한 통장을 받았다. 청년은 여직원과 안내원에게 굽실굽실 절을 하고는 한 손에 통장을 받쳐 든 채 들어올 때처럼 조심스럽게 문을 열고 나갔다. 통장을 확인할 경황도 없이.

다음 날부터 그 청년은 매일 저녁 무렵이면 꼭꼭 들렀다. 하루에 이백 원 혹은 삼백 원 또 어떤 날은 오백 원, 그의 통장에는 입금만 있고 출금란은 비어 있었다. 이제는 제법 안내원과는 익숙해졌으나 여직원 앞에서는 여전히 얼굴을 붉히며 수고를 끼쳐서 대단히 죄송하다는 표정 그대로였다.

그러던 어떤 날이었다. 그날은 여느 날보다 조금 일찍 청년이 은행엘 들렀다.

"오늘은 일찍 오셨네요. 얼마 넣으시겠어요?"

여직원이 미소로 물었다.

"예, 기게 오늘은 좀……."

❾ ➡ 청년의 소박하고 성실한 인품을 엿볼 수 있어.

청년은 무언가 종이 뭉텅이를 들고 머뭇거렸다.

"왜요?"

"이거 정말 죄송합니다. 이거 얼마 되지도 않는 걸 동전으로…… 그동안 저금통에 넣었던 걸 오늘 깨었죠. 기래 여기 이렇게……."

청년은 종이에 싼 것을 내밀었다.

"아이, 많이 모으셨네요."

"죄송합니다. 정말 이거……."

청년은 뒤통수를 긁적거리며 언제나 그가 서서 기다리던 구석으로 갔다.

"이게 바로 그 지게꾼 청년이 동전을 싸 가지고 온 종이지."[10]

친구는 내 손의 편지를 가리켰다.

"그래, 그럼 그의 집에서 그 친구에게 보낸 편지란 말인가?"

"글쎄, 반드시 그렇다고는 할 수 없겠지. 동전을 세는 여직원을 거들어 주다가 우연히 발견하고 재미있다고 생각돼서 가지고 온 것뿐이니까."

우물집할머니하루알고갔다. 모두잘갔다한다. 장손이장가갔다. 색씨는너머마을곰보영감딸이다. 구장네탄실이 시집간다. 신랑은읍의서기라더라. 압집순이가어제저녁감자살마치마에가려들고왔더라. 순이는시집안갈끼라하더라. 니는빨리장가안들어야건나.[11]

나는 비시시 웃음이 새어 나왔다. 편지 내용도 그렇고 친구의 장난기도 그랬다.

어쨌든 나는 그 창호지를 아는 표구사에 맡겼다. 그게 어떤 편지냐고 묻는 표구사 주인한테는,

"굉장한 겁니다. 이건 정말 국보급입니다."

하고 얼버무렸다. 표구사 주인은 머리를 기웃거렸다.

그 후 나는 그 창호지 편지를 감감히 잊어버리고 있었다. 그런데 은행 친구가 어느 외국 지점으로 전근이 되었다. 비행기가 떠날 때 나는 문득 그 편지 생각이 났다.

⑩ → 과거 이야기에서 현실로 시점이 다시 이동하고 있어.

⑪ → 아버지는 마을 소식을 전하며 결혼 이야기를 꺼내고 있어. 자식의 장래를 걱정하는 아버지의 마음이 담겨 있지.

내신 준비!

수능 만점 선생님

니떠나고메칠안이서송아지낫다.

그길로 나는 표구사로 갔다. 구겨진 휴지였던 그 편지는 깨끗이 펴져서 액자 속에 들어 있었다. 그렇게 치장하고 보니 그게 정말 무슨 국보나 되는 것 같았다.

돈조타. 그러나너거엄마는돈보다도너가더조타한다. 밥묵고배아프면소금한줌무그라하더라.⑫

그날부터 그 액자는 내 화실에 그냥 걸어 두었다. 그저 걸어 둔 거다. 그런데 그게 이상하게도 차츰 내 화실의 중심점이 되어 갔다.⑬ 그건 그림 같기도 하고 글 같기도 하다. 아니 그건 분명 그 둘이 합쳐진 것이었다.

나는 친구가 외국으로 떠나고 이태(두 해) 동안 그 액자를 간간 바라보고 있는 사이에 차츰 그 친구의 심정을 느껴 알 것 같아졌다.

니무슨주변에고기묵건나. 콩나물무거라. 참기름이나마니처서무그라. 순이는시집안갈끼라하더라. 니는빨리장가안들어야건나. 돈조타. 그러나너거엄마는돈보다도너가더조타한다.

그리고 채 이어지지 못하고 끊어진 맨 끝줄.

밤에는솟적다솟적다하며새는운다마는⑭

⑫ ➡ 돈보다 네가 더 중요하다면서 아들의 건강을 걱정하고 있어. 부모님의 따뜻한 마음이 드러나지.

⑬ ➡ '나'가 편지에 담긴 가치를 깨달았음을 알 수 있어.

⑭ ➡ 끊긴 편지 구절을 통해 자식을 향한 아버지의 애틋한 마음이 느껴져.

집중!

수능 만점 선생님

정리해 볼까요(그룹 채팅)

● **작가에 대해서 알아볼까요?** --

킬링 포인트

이범선 작가는 1920년 평안남도 신안주에서 태어났어. 이후 평양에서 은행원으로 근무하다가 광복 후 월남했지. 1952년 동국대학교 국문학과를 졸업하고, 중학교와 고등학교에서 교사로 근무하다가 1977년 한국외국어대학교 교수가 되었어. 대표적인 작품으로는 「학마을 사람들」, 「오발탄」, 「피해자」, 「분수령」 등이 있단다.

이범선 작가의 작품에는 무기력한 인물이 자주 등장해. 「학마을 사람들」, 「암표」 등 작가의 경험이 담긴 초기 작품과 「오발탄」 등은 우울한 사회상과 그 안에서 생존하기 위해 고통받는 약자들의 모습을 그리고 있지. 「표구된 휴지」, 「냉혈 동물」 등 후기 작품에서는 잔잔한 휴머니즘을 느낄 수 있단다.

OOPS!
읽음

이 작품은 작가의 다른 대표작과 분위기가 아주 달라서 깜짝 놀랐어요. 작가의 다른 작품들과 비교해 보면 더 재미있겠어요!

👍100점

● **작품에 대해서 정리해 보죠!** --

킬링 포인트

작가 : 이범선
갈래 : 단편 소설
배경 : 시간적 - 1960~70년대 | 공간적 - 서울의 한 화실
시점 : 1인칭 주인공 시점
주제 : 사소하고 쓸모없어 보이는 것을 통해 얻는 삶의 감동
출전 : 〈문학사상〉(1972)

킬링 포인트
무조건
알아야 해!

이 소설은 겉보기엔 보잘것없어 보이는 것을 통해 삶의 위안을 얻을 수 있음을 표현한 작품이야. '나'는 은행원인 친구에게서 편지를 표구해 달라는 부탁을 받는단다. 창호지 위에 서툰 한글로 쓴 편지에는 서울에서 일하는 아들에게 근황을 알리고 걱정을 전하는 내용이 담겨 있어. 이 편지는 친구의 은행을 찾았던 한 지게꾼 청년의 것이었지. 어느 날, 청년은 자신이 모았던 동전을 잔뜩 들고 와. 그 동전을 싸고 있던 휴지를 친구가 우연히 발견한 거지. 이를 통해 지게꾼 청년은 순박하면서 성실한 사람이고, 친구는 감수성이 풍부한 사람임을 알 수 있어. '나'는 표구사에 편지를 맡겨 두고 잊고 있다가 친구가 외국으로 떠나자 이를 떠올리지. 편지를 찾아온 '나'는 이를 볼 때마다 위안을 얻게 되고, 편지는 어느새 화실의 중심이 돼.

OOPS!
읽음

'나'의 시점으로 진행돼서 그런지 수필 한 편을 읽은 듯한 느낌도 드네요! 저까지 마음이 따뜻해지는 작품이었어요.

👍100점

킬링 포인트

발단: '나'는 편지 액자를 보며 마음의 위안을 얻음
'나'는 화실에 걸린 편지 액자를 보며 위안을 얻어. 이 편지는 시골에 사는 아버지가 자식에게 보낸 것이지. 틀린 글자가 많지만 자식을 생각하는 아버지의 마음이 고스란히 담겨 있어.

전개: '나'는 은행원인 친구에게 편지를 표구해 달라는 부탁을 받음
3년 전, 은행에서 일하는 한 친구가 이 편지를 표구해 달라고 부탁해. '나'는 보잘것없는 물건을 표구까지 하려는 친구를 의아하게 여기지.

위기: 친구는 지게꾼 청년이 버린 편지를 우연히 줍게 됨
친구는 은행에 찾아온 한 지게꾼 청년에게서 이 편지를 우연히 얻게 돼. 지게꾼 청년은 많지 않은 수입을 차곡차곡 저금하는 순박하고 성실한 사람이지. 어느 날, 청년은 모으던 동전을 한꺼번에 저금하러 찾아와. 그 동전들을 싸고 있었던 게 바로 이 편지였지.

절정: '나'는 잊어버리고 있었던 편지 액자를 찾아옴
'나'는 친구의 부탁을 듣고 편지를 표구사에 맡긴 후 이 사실을 잊고 있었어. 친구가 외국으로 나가자 편지 생각이 난 '나'는 액자를 찾아오지.

결말: '나'는 편지가 국보급이라던 친구의 마음을 이해하게 됨
'나'는 편지 액자를 화실에 걸어놓게 돼. '나'는 계속해서 편지를 읽으며 그 가치를 깨닫게 되고, 친구의 심정도 이해하게 된단다.

OOPS!

읽음

'나'가 편지의 가치를 조금씩 알게 되는 구성이 재미있었어요! 이러한 구성이 감동을 더해 주기도 했고요.

100점

● **'나'의 뇌 구조를 알아볼까요?** --

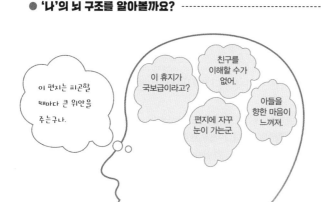

이 편지는 피곤할 때마다 큰 위안을 주는구나.

이 휴지가 국보급이라고?

친구를 이해할 수가 없어.

편지에 자꾸 눈이 가는군.

아들을 향한 마음이 느껴져.

수능 만점 강사

 **내신·수능 만점 키우기** ┄┄┄┄┄┄┄┄┄┄

1 이 작품에 대한 설명으로 옳지 <u>않은</u> 것은?

① '나'가 본인의 시점에서 사건을 묘사하고 있다.
② 자식을 향한 부모의 애틋한 마음이 드러나는 소재가 등장한다.
③ 중심 소재에 대한 '나'의 생각이 계속해서 변화한다.
④ 인물의 행동을 통해 간접적으로 성격을 전달한다.
⑤ 역순행적 구성을 통해 분위기를 반전시키고 있다.

2 다음 글에 대한 설명으로 <u>옳은</u> 것은?

> 돈조타. 그러나너거엄마는돈보다도너가더조타한다. 밥묵고배아프면소금한줌무그라하
> 더라.

① 당대의 황금만능주의 사상이 드러난다.
② 문어체를 사용해 정감 있는 분위기를 더하고 있다.
③ 의학적 정보를 전달하기 위한 글이다.
④ 서툰 한글로 자식에 대한 애틋한 마음을 전하고 있다.
⑤ 부모와 자식 간의 갈등이 드러난다.

3 다음 구절과 같은 정서를 공유하고 있는 작품으로 가장 <u>옳은</u> 것은?

> 밤에는솟적다솟적다하며새는운다마는

① 눈은 푹푹 나리고 / 아름다운 나타샤는 나를 사랑하고 -백석, 「나와 나타샤와 흰 당나귀」 중
② 거울속의나는참나와는반대(反對)요마는 / 또꽤닮았소 - 이상, 「거울」 중
③ 엄마는 / 그래도 되는 줄 알았습니다 / 배부르다 생각없다 식구들 다 먹이고 굶어도 -심순덕, 「엄마는 그래도 되는 줄 알았습니다」 중
④ 나는 이제 너에게도 슬픔을 주겠다. / 사랑보다 소중한 슬픔을 주겠다. -정호승, 「슬픔이 기쁨에게」 중
⑤ 그러니까 이렇게 옹졸하게 반항한다 / 이발쟁이에게 / 땅 주인에게는 못하고 이발쟁이에게 -김수영, 「어느 날 고궁을 나오면서」 중

4 이 작품을 5분 길이의 애니메이션으로 제작하기 위해 계획서를 작성했다. 작품 내용에 비추어 볼 때 가장 <u>어색한</u> 것은?

「표구된 휴지」 애니메이션 제작 계획서

① 제작 의도: 명작 소설의 재구성을 통해 자식을 생각하는 부모님의 애틋한 사랑을 전한다.

② 등장인물: '나', 친구, 지게꾼 청년, 아버지, 어머니, 은행 안내원, 은행 직원(*어머니와 1인 2역), 표구사 주인(*은행 안내원과 1인 2역)

③ 구성: 내용 전달에 어려움을 주는 역순행적 구성을 채택하지 않고, 사건을 시간 순서대로 배열한다.

④ 작화: 따뜻한 분위기가 전달될 수 있도록 수채화 느낌이 나는 작화를 채택한다.

⑤ 홍보 문구: 사소한 편지가 전하는 따뜻한 위로! 지금, 부모님의 사랑을 느껴 보세요!

5 이 작품에 등장하는 인물에 대한 설명으로 옳지 <u>않은</u> 것은?

① '나': 이해가 되지는 않아도 친구의 부탁을 들어주는 친절한 성격을 지니고 있어.

② 친구: 돈이 오가는 은행에서 일하지만, 감수성이 풍부한 사람이야.

③ 지게꾼 청년: 서울에서 크게 성공해 부모님에게 효도하겠다는 목표를 지니고 있어.

④ 편지를 쓴 사람: 제대로 된 국어 교육을 받지 못했을 가능성이 커.

⑤ 편지를 받는 사람: 고향과 부모 곁을 떠나 서울에서 생활하고 있어.

6 '표구된 휴지'라는 제목이 주는 효과에 대해 서술하시오.

쓸모없는 물건인 '휴지'를 귀중한 작품처럼 '표구'한다는 제목은 독자의 흥미와 궁금증을 유발한다. 독자의 궁금증은 표구된 휴지를 보며 삶의 위안을 얻는 '나'를 통해 해소된다. '나'가 위로를 얻게 된 이유는 작품의 역순행적 구성을 통해 풀리며, 독자는 '나'의 시점을 따라가며 사소한 것을 통해 따뜻한 삶의 위안을 얻는다는 주제를 깨닫게 된다.

● **수능 만점 선생님의 감상 꿀팁** --

이 소설은 사소하고 보잘것없는 것을 통해 느끼는 삶의 의미를 잘 드러낸 작품이야. '나'가 편지의 가치를 깨닫는 과정을 역순행적 구성으로 보여 준 점, 서툰 한글로 쓴 편지에 아버지의 진심이 담겨 있다는 점을 꼭 기억하자.

미리 들여다보는 인물 X 파일

아내는 왜 그리 외출을 많이 하는 걸까?
저 내객들의 정체는? 좀 더 연구해 봐야
지…….

남편이 저리 무능하니, 내가 이런 일을 할
수밖에!

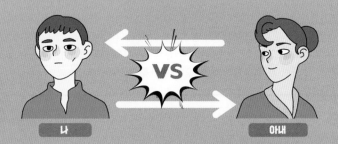

나

VS

아내

수능 만점 선생님의 감상 꿀팁!

이 작품은 무기력한 지식인의 암울한 내면이 묘사된 소설이야. '나'와 아내의 관계가 어떠한지,
'나'에게 외출이 주는 의미는 무엇인지 등을 살피며 감상하자.

날개

#무료한 일상에서 유쾌하게 날아오르기

　'박제가 되어 버린 천재**❶**'를 아시오? 나는 유쾌하오. 이런 때 연애까지가 유쾌하오.

　육신이 흐느적흐느적하도록 피로했을 때만 정신이 은화처럼 맑소.**❷** 니코틴이 내 횟배(회충으로 말미암은 배앓이) 앓는 뱃속으로 스미면 머릿속에 으레 백지가 준비되는 법이오. 그 위에다 나는 위트와 패러독스를 바둑 포석처럼 늘어놓소. 가증할 상식의 병이오.

　나는 또 여인과 생활을 설계하오. 연애 기법에마저 서먹서먹해진 지성의 극치를 흘깃 좀 들여다본 일이 있는, 말하자면 일종의 정신분일자(精神奔逸者) 말이오. 이런 여인의 반(그것은 온갖 것의 반이오)만을 영수(領受)하는 생활을 설계한다는 말이오. 그런 생활 속에 한 발만 들여놓고 흡사 두 개의 태양처럼 마주 쳐다보면서 낄낄거리는 것이오. 나는 아마 어지간히 인생의 제행(諸行, 일체의 유위의 현상)이 싱거워서 견딜 수가 없게끔 되고 그만둔 모양이오. 굿바이.

　굿바이, 그대는 이따금 그대가 제일 싫어하는 음식을 탐식하는 아이러니를 실천해 보는 것도 좋을 것 같소. 위트와 패러독스와…….

　그대 자신을 위조하는 것도 할 만한 일이오. 그대의 작품은 한 번도 본 일이 없는 기성품에 의하여 차라리 경편(輕便, 가볍고 간단해 사용하기 편함)하고 고매하리라.

---

❶ → '박제'를 강요하는 현실에서의 지식인을 표현한 말이야. 이상(理想)의 실현이 좌절을 겪고 있음을 드러내지.

❷ → 역설법이 사용된 문장이야.

내신 준비

수능 만점 선생님

십구 세기는 될 수 있거든 봉쇄하여 버리오. 도스토옙스키 정신이란 자칫하면 낭비인 것 같소. 위고를 불란서의 빵 한 조각이라고는 누가 그랬는지 지언(至言, 지극히 옳은 말)인 듯싶소. 그러나 인생 혹은 그 모형에 있어서 디테일 때문에 속는다거나 해서야 되겠소? 화(禍, 모든 재앙과 액화)를 보지 마오. 부디 그대께 고하는 것이니…….

(테이프가 끊어지면 피가 나오.❸ 생채기도 머지않아 완치될 줄 믿소. 굿바이)

감정은 어떤 포즈(그 포즈의 소(素, 원소)만을 지적하는 것이 아닌지나 모르겠소), 그 포즈가 부동자세에까지 고도화할 때 감정은 딱 공급을 정지합네다.

나는 내 비범한 발육을 회고하여 세상을 보는 안목을 규정하였소.
여왕봉(女王蜂, 여왕벌. 미망인과 같은 의미를 지님)과 미망인—세상의 하고많은 여인이 본질적으로 이미 미망인 아닌 이가 있으리까? 아니! 여인의 전부가 그 일상에 있어서 개개 '미망인'이라는 내 논리가 뜻밖에도 여성에 대한 모독이 되오? 굿바이.

그 33번지라는 것이 구조가 흡사 유곽이라는 느낌이 없지 않다. 한 번지에 18가구가 죽— 어깨를 맞대고 늘어서서 창호가 똑같고 아궁이 모양이 똑같다. 게다가 각 가구에 사는 사람들이 송이송이 꽃과 같이 젊다. 해가 들지 않는다. 해가 드는 것을 그들이 모른 체하는 까닭이다. 턱살밑에다 철 줄을 매고 얼룩진 이부자리를 널어 말린다는 핑계로 미닫이에 해가 드는 것을 막아 버린다. 침침한 방❹ 안에서 낮잠들을 잔다. 그들은 밤에는 잠을 자지 않나? 알 수 없다. 나는 밤이나 낮이나 잠만 자느라고❺ 그런 것은 알 길이 없다. 33번지 18가구의 낮은 참 조용하다.

조용한 것은 낮뿐이다. 어둑어둑하면 그들은 이부자리를 걷어 들인다. 전등불이 켜진 뒤의 18가구는 낮보다 훨씬 화려하다. 저물도록 미닫이 여닫는 소리가 잦다. 바빠진다. 여러 가지 내음새가 나기 시작한다. 비웃(청어) 굽는 내, 탕고도란(당시 많이 쓰던 화장품의 이름) 내, 뜨물 내, 비눗내…….

그러나 이런 것들보다도 그들의 문패가 제일로 고개를 끄덕이게 하는 것이다.

❸ ➡ 초현실적인 상상력이 드러나 있어. ❹ ➡ 유폐된 공간이자 자폐적인 삶을 사는 '나'의 성격을 드러내는 공간이야. ❺ ➡ 현실 세계로부터의 단절 상태를 보여 주지.

집중!

수능 만점 선생님

이 18가구를 대표하는 대문이라는 것이 일각이 져서 외따로 떨어지기는 했으나 있다. 그러나 그것은 한 번도 닫힌 일이 없는 한길이나 마찬가지 대문인 것이다. 온갖 장사치들은 하루 가운데 어느 시간에라도 이 대문을 통하여 드나들 수 있는 것이다. 이네들은 문간에서 두부를 사는 것이 아니라 미닫이만 열고 방에서 두부를 사는 것이다. 이렇게 생긴 33번지 대문에 그들 18가구의 문패를 몰아다 붙이는 것은 의미가 없다. 그들은 어느 사이엔가 각 미닫이 위 백인당(百忍堂)이니 길상당(吉祥堂)이니 써 붙인 한 곁에다 문패를 붙이는 풍속을 가져 버렸다.

내 방 미닫이 위 한 곁에 칼표 딱지를 넷에다 낸 것 만한 내, 아니! 내 아내의 명함이 붙어 있는 것도 이 풍속을 좇은 것이 아닐 수 없다.

나는 그러나 그들의 아무와도 놀지 않는다. 놀지 않을 뿐만 아니라 인사도 않는다. 나는 내 아내와 인사하는 외에 누구와도 인사하고 싶지 않았다.

내 아내 외의 다른 사람과 인사를 하거나 놀거나 하는 것은 내 아내 낯을 보아 좋지 않은 일인 것만 같이 생각이 들었기 때문이다. 나는 이만큼까지 내 아내를 소중히 생각한 것이다.

내가 이렇게까지 내 아내를 소중히 생각한 까닭은 이 33번지 18가구 가운데서 내 아내가 내 아내의 명함처럼 제일 작고 제일 아름다운 것을 안 까닭이다. 18가구에 각기 별러 든 송이송이 꽃들 가운데서도 내 아내가 특히 아름다운 한 떨기의 꽃으로 이 함석지붕 밑 볕 안 드는 지역에서 어디까지든지 찬란하였다. 따라서 그런 한 떨기 꽃을 지키고, 아니 그 꽃에 매달려 사는 나라는 존재가 도무지 형언할 수 없는 거북살스러운 존재가 아닐 수 없었던 것은 물론이다.

나는 어디까지든지 내 방이(집이 아니다. 집은 없다) 마음에 들었다. 방 안의 기온은 내 체온을 위하여 쾌적하였고, 방 안의 침침한 정도가 또한 내 안력을 위하여 쾌적하였다. 나는 내 방 이상의 서늘한 방도, 또 따뜻한 방도 희망하지 않았다. 이 이상으로 밝거나 이 이상으로 아늑한 방을 원하지 않았다. 내 방은 나 하나를 위하여 요만한 정도를 꾸준히 지키는 것 같아 늘 내 방에 감사하였고 나는 또 이런 방을 위하여 이 세상에 태어난 것만 같아서 즐거웠다.

그러나 이것은 행복이라든가 불행이라든가 하는 것을 계산하는 것은 아니었다. 말하자면 나는 내가 행복하다고도 생각할 필요가 없었고, 그렇다고 불행하다고도 생각할 필요가 없었다. 그냥 그날그날을 그저 까닭 없이 펀둥펀둥 게으르게만 있으면 만사는 그만이었던 것이다.

내 몸과 마음에 옷처럼 잘 맞는 방 속에서 뒹굴면서, 축 처져 있는 것❻은 행복
이니 불행이니 하는 그런 세속적인 계산을 떠난, 가장 편리하고 안일한, 말하자
면 절대적인 상태인 것이다. 나는 이런 상태가 좋았다.

이 절대적인 내 방은 대문간에서 세어서 똑 일곱째 칸이다. 럭키 세븐의 뜻이
없지 않다. 나는 이 일곱이라는 숫자를 훈장처럼 사랑하였다. 이런 이 방이 가운
데 장지로 말미암아 두 칸으로 나뉘어 있었다는 그것이 내 운명의 상징이었던
것을 누가 알랴?

아랫방은 그래도 해가 든다. 아침결에 책보만 한 해가 들었다가 오후에 손수
건만 해지면서 나가 버린다. 해가 영영 들지 않는 윗방이 즉 내 방인 것은 말할 것
도 없다.❼ 이렇게 볕 드는 방이 아내 방❽이요, 볕 안 드는 방이 내 방이오 하고 아
내와 나 둘 중에 누가 정했는지 나는 기억하지 못한다. 그러나 나에게는 불평이
없다.

아내가 외출만 하면 나는 얼른 아랫방으로 와서 그 동쪽으로 난 들창을 열어
놓고, 열어 놓으면 들이비치는 볕살이 아내의 화장대를 비춰 가지각색 병들이
아롱이 지면서 찬란하게 빛나고 이렇게 빛나는 것을 보는 것은 다시없는 내 오
락이다. 나는 쪼끄만 '돋보기'를 꺼내 가지고 아내만이 사용하는 지리가미^(휴지)를
그을러 가면서 불장난을 하고 논다. 평행 광선을 굴절시켜서 한 초점에 모아 가
지고 그 초점이 따끈따끈해지다가, 마지막에는 종이를 그을리기 시작하고 가느
다란 연기를 내면서 드디어 구멍을 뚫어 놓는 데까지에 이르는 고 얼마 안 되는
동안의 초조한 맛이 죽고 싶을 만치 내게는 재미있었다.

이 장난이 싫증이 나면 나는 또 아내의 손잡이 거울을 가지고 여러 가지로 논
다. 거울이란 제 얼굴을 비출 때만 실용품이다. 그 외의 경우에는 도무지 장난감
인 것이다.

이 장난도 곧 싫증이 난다. 나의 유희심은 육체적인 데서 정신적인 데로 비약
한다. 나는 거울을 내던지고 아내의 화장대 앞으로 가까이 가서 나란히 늘어놓

❻ ➡ '나'는 자폐적이면서도 무기력하게 살고 있어.
❼ ➡ '나'의 방은 볕이 잘 드는 아내의 방과 대비되는 곳임을 강조하고 있지.
❽ ➡ '나'의 음침한 방과 대비되는 곳이자 '나'의 내적 욕구를 충족시켜 주는 공간이야.

수능에 나올
수도 있어!

수능 만점 선생님

인 고 가지각색의 화장품 병들을 들여다본다. 고것들은 세상의 무엇보다도 매력적이다. 나는 그중의 하나만을 골라서 가만히 마개를 빼고 병 구멍을 내 코에 가져다 대이고 숨죽이듯이 가벼운 호흡을 하여 본다. 이국적인 센슈얼한 향기가 폐로 스며들면 나는 저절로 스르르 감기는 내 눈을 느낀다. 확실히 아내의 체취의 파편이다. 나는 도로 병마개를 막고 생각해 본다. 아내의 어느 부분에서 요 내음새가 났던가를……. 그러나 그것은 분명치 않다. 왜? 아내의 체취는 여기 늘어서 있는 가지각색 향기의 합계일 것이니까.

아내의 방은 늘 화려하였다. 내 방이 벽에 못 한 개 꽂히지 않은 소박한 것인 반대로 아내 방에는 천장 밑으로 쫙 돌려 못이 박히고 못마다 화려한 아내의 치마와 저고리가 걸렸다. 여러 가지 무늬가 보기 좋다. 나는 그 여러 조각의 치마에서 늘 아내의 동체(胴體, 몸통)와 그 동체가 될 수 있는 여러 가지 포즈를 연상하고 연상하면서 내 마음은 늘 점잖지 못하다.

그렇건만 나에게는 옷이 없었다. 아내는 내게는 옷을 주지 않았다. 입고 있는 코르덴 양복 한 벌이 내 자리옷이었고 통상복과 나들이옷을 겸한 것이었다. 그리고 하이넥의 스웨터가 한 조각 사철을 통한 내 내의다. 그것들은 하나같이 다 빛이 검다. 그것은 내 짐작 같아서는 즉 빨래를 될 수 있는 데까지 하지 않아도 보기 싫지 않도록 하기 위한 것이 아닌가 한다. 나는 허리와 두 가랑이 세 군데 다 고무 밴드가 끼어 있는 부드러운 사루마다(속잠방이)를 입고 그리고 아무 소리 없이 잘 놀았다.

어느덧 손수건만 해졌던 볕이 나갔는데 아내는 외출에서 돌아오지 않는다. 나는 요만 일에도 좀 피곤하였고 또 아내가 돌아오기 전에 내 방으로 가 있어야 될 것을 생각하고 그만 내 방으로 건너간다. 내 방은 침침하다. 나는 이불을 뒤집어 쓰고 낮잠을 잔다. 한 번도 걷은 일이 없는 내 이부자리는 내 몸뚱이의 일부분처럼 내게는 참 반갑다. 잠은 잘 오는 적도 있다. 그러나 또 전신이 까칫까칫하면서 영 잠이 오지 않는 적도 있다. 그런 때는 아무 제목으로나 제목을 하나 골라서 연구하였다. 나는 내 좀 축축한 이불 속에서 참 여러 가지 발명도 하였고 논문도 많이 썼다. 시도 많이 지었다. 그러나 그것들은 내가 잠이 드는 것과 동시에 내 방에 담겨서 철철 넘치는 그 흐늑흐늑한 공기에 다 비누처럼 풀어져서 온데간데없고 한참 자고 깬 나는 속이 무명 헝겊이나 메밀껍질로 떵떵 찬 한 덩어리 베개와도 같은 한 벌 신경이었을 뿐이고 뿐이고 하였다.

그러기에 나는 빈대가 무엇보다도 싫었다. 그러나 내 방에서는 겨울에도 몇 마리씩의 빈대가 끊이지 않고 나왔다. 내게 근심이 있었다면 오직 이 빈대를 미워하는 근심일 것이다. 나는 빈대에게 물려서 가려운 자리를 피가 나도록 긁었다. 쓰라리다. 그것은 그윽한 쾌감에 틀림없었다.[9] 나는 혼곤히 잠이 든다.

나는 그러나 그런 이불 속의 사색 생활에서도 적극적인 것을 궁리하는 법이 없다. 내게는 그럴 필요가 대체 없었다. 만일 내가 그런 좀 적극적인 것을 궁리해 내었을 경우에 나는 반드시 내 아내와 의논하여야 할 것이고 그러면 반드시 나는 아내에게 꾸지람을 들을 것[10]이고……. 나는 꾸지람이 무서웠다느니보다도 성가셨다. 내가 제법 한 사람의 사회인의 자격으로 일을 해 보는 것도, 아내에게 사설 듣는 것도.

나는 가장 게으른 동물처럼 게으른 것이 좋았다. 될 수만 있으면 이 무의미한 인간의 탈을 벗어 버리고도 싶었다.

나에게는 인간 사회가 스스러웠다(친분이 두텁지 않아 조심스럽다). 생활이 스스러웠다. 모두가 서먹서먹할 뿐이었다.[11]

아내는 하루에 두 번 세수를 한다. 나는 하루 한 번도 세수를 하지 않는다. 나는 밤중 세 시나 네 시 해서 변소에 갔다 달이 밝은 밤에는 한참씩 마당에 우두커니 섰다가 들어오곤 한다. 그러니까 나는 이 18가구의 아무와도 얼굴이 마주치는 일이 거의 없다. 그러면서도 나는 이 18가구의 젊은 여인네 얼굴들을 거반 다 기억하고 있었다. 그들은 하나같이 내 아내만 못하였다.

열한 시쯤 해서 하는 아내의 첫 번 세수는 좀 간단하다. 그러나 저녁 일곱 시쯤 해서 하는 두 번째 세수는 손이 많이 간다. 아내는 낮에보다도 밤에 더 좋고 깨끗한 옷을 입는다. 그리고 낮에도 외출하고 밤에도 외출하였다.

아내에게 직업이 있었던가? 나는 아내의 직업이 무엇인지 알 수 없다. 만일 아내에게 직업이 없었다면, 같이 직업이 없는 나처럼 외출할 필요가 생기지 않을 것인데……. 아내는 외출한다. 외출할 뿐만 아니라 내객이 많다. 아내에게 내객

❾ ➔ "육신이 흐느적흐느적하도록 피로했을 때만 정신이 은화처럼 맑소."처럼 역설적인 표현이지! ❿ ➔ '나'는 아내의 눈치를 보면서 지내고 있네. ⓫ ➔ 현실과 괴리된 '나'의 고립적인 성향이 잘 나타나 있어.

이 많은 날은 나는 온종일 내 방에서 이불을 쓰고 누워 있어야만 된다. 불장난도 못한다. 화장품 내음새도 못 맡는다. 그런 날은 나는 의식적으로 우울해하였다. 그러면 아내는 나에게 돈을 준다. 오십 전짜리 은화다.⁽¹²⁾ 나는 그것이 좋았다. 그러나 그것을 무엇에 써야 옳을지 몰라서 늘 머리맡에 던져두고 두고 한 것이 어느 결에 모여서 꽤 많아졌다. 어느 날 이것을 본 아내는 금고처럼 생긴 벙어리⁽저금통⁾를 사다 준다. 나는 한 푼씩 한 푼씩 고 속에 넣고 열쇠는 아내가 가져갔다. 그 후에도 나는 더러 은화를 그 벙어리에 넣은 것을 기억한다. 그리고 나는 게을렀다. 얼마 후 아내의 머리 쪽에 보지 못하던 누깔잠⁽비녀의 일종⁾이 하나 여드름처럼 돋았던 것은 바로 그 금고형 벙어리의 무게가 가벼워졌다는 증거일까. 그러나 나는 드디어 머리맡에 놓였던 그 벙어리에 손을 대지 않고 말았다. 내 게으름은 그런 것에 내 주의를 환기시키기도 싫었다.

아내에게 내객⁽¹³⁾이 있는 날은 이불 속으로 암만 깊이 들어가도 비 오는 날만큼 잠이 잘 오지는 않았다. 나는 그런 때 아내에게는 왜 늘 돈이 있나 왜 돈이 많은가를 연구했다.

내객들은 장지 저쪽에 내가 있는 것을 모르나 보다. 내 아내와 나도 좀 하기 어려운 농을 아주 서슴지 않고 쉽게 해 내던지는 것이다. 그러나 아내의 내객 가운데 서너 사람의 내객들은 늘 비교적 점잖았다고 볼 수 있는 것이 자정이 좀 지나면 으레 돌아들 갔다. 그들 가운데는 퍽 교양이 옅은 자도 있는 듯싶었는데 그런 자는 보통 음식을 사다 먹고 논다. 그래서 보충을 하고 대체로 무사하였다.

나는 우선 내 아내의 직업이 무엇인가를 연구하기에 착수하였으나 좁은 시야와 부족한 지식으로는 이것을 알아내기 힘이 든다. 나는 끝끝내 내 아내의 직업이 무엇인가를 모르고 말려나 보다.

아내는 늘 진솔⁽한 번도 빨지 않은 새것⁾ 버선만 신었다. 아내는 밥도 지었다. 아내가 밥 짓는 것을 나는 한 번도 구경한 일은 없으나 언제든지 끼니때면 내 방으로 내 조석⁽朝夕, 아침과 저녁⁾밥을 날라다 주는 것이다. 우리 집에는 나와 내 아내 외에 다른 사람은 아무도 없다. 이 밥은 분명히 아내가 손수 지었음에 틀림없다.

그러나 아내는 한 번도 나를 자기 방으로 부른 일이 없다. 나는 늘 윗방에서 나

집중!

⑫ ➡ 현실 감각이 떨어지는 '나'의 성향과 아내가 경제권을 쥐고 있음을 알 수 있는 대목이지. ⑬ ➡ '나'와 아내 사이를 단절시키는 역할을 하는 소재야.

수능 만점 선생님

혼자서 밥을 먹고 잠을 잤다.⑭ 밥은 너무 맛이 없었다. 반찬이 너무 엉성하였다. 나는 닭이나 강아지처럼 말없이 주는 모이를 넙죽넙죽 받아먹기는 했으나 내심 야속하게 생각한 적도 더러 없지 않다. 나는 안색이 여지없이 창백해 가면서 말라 들어갔다. 나날이 눈에 보이듯이 기운이 줄어들었다. 영양 부족으로 하여 몸뚱이 곳곳이 뼈가 불쑥불쑥 내밀었다. 하룻밤 사이에도 수십 차를 돌쳐 눕지 않고는 여기저기가 배겨서 나는 배겨 낼 수가 없었다.

그렇기 때문에 나는 내 이불 속에서 아내가 늘 흔히 쓸 수 있는 저 돈의 출처를 탐색해 보는 일변 장지 틈으로 새어 나오는 아랫방의 음식은 무엇일까를 간단히 연구하였다. 나는 잠이 잘 안 왔다.

깨달았다. 아내가 쓰는 돈은 그, 내게는 다만 실없는 사람들로밖에 보이지 않는 까닭 모를 내객들이 놓고 가는 것⑮에 틀림없으리라는 것을 나는 깨달았다. 그러나 왜 그들 내객은 돈을 놓고 가나, 왜 내 아내는 그 돈을 받아야 되나 하는 예의 관념이 내게는 도무지 알 수 없는 것이었다.

그것은 그저 예의에 지나지 않는 것일까, 그렇지 않으면 혹 무슨 대가일까 보수일까. 내 아내가 그들의 눈에는 동정을 받아야만 할 가엾은 인물로 보였던가.

이런 것들을 생각하노라면 으레 내 머리는 그냥 혼란하여 버리곤 하였다. 잠들기 전에 획득했다는 결론이 오직 불쾌하다는 것뿐이었으면서도 나는 그런 것을 아내에게 물어보거나 한 일이 참 한 번도 없다. 그것은 대체 귀찮기도 하려니와 한잠 자고 일어나면 나는 사뭇 딴사람처럼 이것도 저것도 다 깨끗이 잊어버리고 그만두는 까닭이다.

내객들이 돌아가고, 혹 밤 외출에서 돌아오고 하면 아내는 경편한 것으로 옷을 바꾸어 입고 내 방으로 나를 찾아온다. 그리고 이불을 들치고 내 귀에는 영 생동생동한 몇 마디 말로 나를 위로하려 든다. 나는 조소도 고소도 홍소도 아닌 웃음을 얼굴에 띠고 아내의 아름다운 얼굴을 쳐다본다. 아내는 방그레 웃는다. 그러나 그 얼굴에 떠도는 일말의 애수를 나는 놓치지 않는다.

아내는 능히 내가 배고파하는 것을 눈치챌 것이다. 그러나 아랫방에서 먹고 남은 음식을 나에게 주려 들지는 않는다. 그것은 어디까지든지 나를 존경하는

⑭ ➡ 비정상적인 부부 관계임을 알 수 있어.
⑮ ➡ 내객이 아내에게 돈을 주는 행위가 '나'의 내적 갈등을 고조시키고 있어.

내신 준비!

수능 만점 선생님

마음일 것임에 틀림없다. 나는 배가 고프면서도 적이 마음이 든든한 것을 좋아했다. 아내가 무엇이라고 지껄이고 갔는지 귀에 남아 있을 리가 없다. 다만 내 머리맡에 아내가 놓고 간 은화가 전등불에 흐릿하게 빛나고 있을 뿐이다.

고 금고형 벙어리 속에 고 은화가 얼마큼이나 모였을까. 나는 그러나 그것을 쳐들어 보지 않았다. 그저 아무런 의욕도 기원도 없이 그 단춧구멍처럼 생긴 틈바구니로 은화를 떨어뜨려 둘 뿐이었다.

왜 아내의 내객들이 아내에게 돈을 놓고 가나 하는 것이 풀 수 없는 의문인 것 같이 왜 아내는 나에게 돈을 놓고 가나 하는 것도 역시 나에게는 똑같이 풀 수 없는 의문이었다. 내 비록 아내가 내게 돈을 놓고 가는 것이 싫지 않았다 하더라도 그것은 다만 고것이 내 손가락에 닿는 순간에서부터 고 벙어리 주둥이에서 자취를 감추기까지의 하잘것없는 짧은 촉각이 좋았달 뿐이지 그 이상 아무 기쁨도 없다.

어느 날 나는 고 벙어리를 변소에 갖다 넣어 버렸다. 그때 벙어리 속에는 몇 푼이나 되는지는 모르겠으나 고 은화들이 꽤 들어 있었다.

나는 내가 지구 위에 살며 내가 이렇게 살고 있는 지구가 질풍신뢰(疾風迅雷, 심한 바람과 번개)의 속력으로 광대무변(廣大無邊, 한없이 넓어 끝이 없음)의 공간을 달리고 있다는 것을 생각했을 때 참 허망하였다. 나는 이렇게 부지런한 지구 위에서는 현기증도 날 것 같고 해서 한시 바삐 내려 버리고 싶었다.

이불 속에서 이런 생각을 하고 난 뒤에는 나는 고 은화를 고 벙어리에 넣고 넣고 하는 것조차도 귀찮아졌다. 나는 아내가 손수 벙어리를 사용하였으면 하고 희망하였다. 벙어리도 돈도 사실에는 아내에게만 필요한 것이지 내게는 애초부터 의미가 전연 없는 것이었으니까 될 수만 있으면 그 벙어리를 아내는 아내 방으로 가져갔으면 하고 기다렸다. 그러나 아내는 가져가지 않는다. 나는 내가 아내 방으로 가져다 둘까 하고 생각하여 보았으나 그즈음에는 아내의 내객이 원체 많아서 내가 아내 방에 가 볼 기회가 도무지 없었다. 그래서 나는 하는 수 없이 변소에 갖다 집어넣어 버리고 만 것이다.

나는 서글픈 마음으로 아내의 꾸지람을 기다렸다. 그러나 아내는 끝내 아무 말도 나에게 묻지도 하지도 않았다. 않았을 뿐 아니라 여전히 돈은 돈대로 내 머리맡에 놓고 가지 않나? 내 머리맡에는 어느덧 은화가 꽤 많이 모였다.

내객이 아내에게 돈을 놓고 가는 것이나 아내가 내게 돈을 놓고 가는 것이나 일종의 쾌감, 그 외의 다른 아무런 이유도 없는 것이 아닐까 하는 것을 나는 또 이 불 속에서 연구하기 시작하였다. 쾌감이라면 어떤 종류의 쾌감일까를 계속하여 연구하였다. 그러나 그것은 이불 속의 연구로는 알 길이 없었다. 쾌감, 쾌감, 하고 나는 뜻밖에도 이 문제에 대해서만 흥미를 느꼈다.

아내는 물론 나를 늘 감금하여 두다시피 하여 왔다. 내게 불평이 있을 리 없다. 그런 중에도 나는 그 쾌감이라는 것의 유무를 체험하고 싶었다.

나는 아내의 밤 외출 틈을 타서 밖으로 나왔다.[16] 나는 거리[17]에서 잊어버리지 않고 가지고 나온 은화를 지폐로 바꾼다. 오 원이나 된다. 그것을 주머니에 넣고 나는 목적을 잃어버리기 위하여 얼마든지 거리를 쏘다녔다. 오래간만에 보는 거리는 거의 경이에 가까울 만치 내 신경을 흥분시키지 않고는 마지않았다. 나는 금시에 피곤하여 버렸다. 그러나 나는 참았다. 그리고 밤이 이슥하도록 까닭을 잊어버린 채 이 거리 저 거리로 지향 없이 헤매었다. 돈은 물론 한 푼도 쓰지 않았다. 돈을 쓸 아무 엄두도 나서지 않았다. 나는 벌써 돈을 쓰는 기능을 완전히 상실한 것 같았다.

나는 과연 피로를 이 이상 견디기가 어려웠다. 나는 가까스로 내 집을 찾았다. 나는 내 방으로 가려면 아내 방을 통과하지 아니하면 안 될 것을 알고 아내에게 내객이 있나 없나를 걱정하면서 미닫이 앞에서 좀 거북살스럽게 기침을 한번 했더니 이것은 참 또 너무 암상스럽게(매섭게) 미닫이가 열리면서 아내의 얼굴과 그 등 뒤에 낯선 남자의 얼굴이 이쪽을 내다보는 것이다. 나는 별안간 내어 쏟아지는 불빛에 눈이 부셔서 좀 머뭇머뭇했다.

나는 아내의 눈초리를 못 본 것은 아니다. 그러나 나는 모른 체하는 수밖에 없었다. 왜? 나는 어쨌든 아내의 방을 통과하지 아니하면 안 되니까…….

나는 이불을 뒤집어썼다.[18] 무엇보다도 다리가 아파서 견딜 수가 없었다. 이불 속에서는 가슴이 울렁거리면서 암만해도 까무러칠 것만 같았다. 걸을 때는 몰랐더니 숨이 차다. 등에 식은땀이 쭉 내배인다. 나는 외출한 것을 후회하였다. 이런

내신 준비!

[16] ➡ '나'의 외출은 잃어버린 본질적인 자아를 자각하고, 그것을 찾아가는 과정이라고 할 수 있어. [17] ➡ 열린 공간이자 자아의 해방과 회복을 의미하지. [18] ➡ 현실을 회피하고자 하는 행동이야.

수능 만점 선생님

피로를 잊고 어서 잠이 들었으면 좋겠다. 한잠 잘 자고 싶었다.

얼마 동안이나 비스듬히 엎드려 있었더니 차츰차츰 뚝딱거리는 가슴 동기(動氣, 두근거림)가 가라앉는다. 그만해도 우선 살 것 같았다. 나는 몸을 돌쳐 반듯이 천장을 향하여 눕고 쭉 다리를 뻗었다.

그러나 나는 또다시 가슴의 동기를 피할 수 없게 되었다. 아랫방에서 아내와 그 남자의 내 귀에도 들리지 않을 만치 옅은 목소리로 소곤거리는 기척이 장지 틈으로 전하여 왔던 것이다. 청각을 더 예민하게 하기 위하여 나는 눈을 떴다. 그리고 숨을 죽였다. 그러나 그때는 벌써 아내와 남자는 앉았던 자리를 툭툭 털며 일어섰고, 일어서면서 옷과 모자 쓰는 기척이 나는 듯하더니 이어 미닫이가 열리고 **구두 뒤축 소리가 나고 그리고 뜰에 내려서는 소리가 쿵 하고 나면서 뒤를 따르는 아내의 고무신 소리가 두어 발자국 찍찍 나고 사뿐사뿐 나나 하는 사이에**[19] 두 사람의 발소리가 대문간 쪽으로 사라졌다.

나는 아내의 이런 태도를 본 일이 없다. 아내는 어떤 사람과도 결코 소곤거리는 법이 없다. 나는 윗방에서 이불을 쓰고 누운 동안에도 혹 술이 취해서 혀가 잘 돌아가지 않는 내객들의 담화는 더러 놓치는 수가 있어도 아내의 높지도 얕지도 않은 말소리를 일찍이 한 마디도 놓쳐 본 일이 없다. 더러 내 귀에 거슬리는 소리가 있어도 나는 그것이 태연한 목소리로 내 귀에 들렸다는 이유로 충분히 안심이 되었다.

그렇던 아내의 이런 태도는 필시 그 속에 여간하지 않은 사정이 있는 듯 싶이 생각이 되고 내 마음은 좀 서운했으나 그러나 그보다도 나는 좀 너무 피곤해서 오늘만은 이불 속에서 아무것도 연구치 않기로 굳게 결심하고 잠을 기다렸다. 잠은 좀처럼 오지 않았다. 대문간에 나간 아내도 좀처럼 들어오지 않았다. 그러는 동안에 흐지부지 나는 잠이 들어 버렸다. 꿈이 얼쑹덜쑹 종을 잡을 수 없는 거리의 풍경을 여전히 헤맸다.

나는 몹시 흔들렸다. 내객을 보내고 들어온 아내가 잠든 나를 잡아 흔드는 것이다. 나는 눈을 번쩍 뜨고 아내의 얼굴을 쳐다보았다. 아내의 얼굴에는 웃음이 없다. 나는 좀 눈을 비비고 아내의 얼굴을 자세히 보았다. 노기가 눈초리에 떠서

19 ➜ 청각적 심상과 의성어를 통해 현장을 감각적으로 묘사하고 있어. 독자의 집중도를 높이는 표현이지.

얇은 입술이 바르르 떨린다. 좀처럼 이 노기가 풀리기는 어려울 것 같았다. **나는 그대로 눈을 감아 버렸다. 벼락이 내리기를 기다린 것이다.**[20] 그러나 쌔근 하는 숨소리가 나면서 푸시시 아내의 치맛자락 소리가 나고 장지가 여닫히며 아내는 아내 방으로 돌아갔다. 나는 다시 몸을 돌쳐 이불을 뒤집어쓰고는 개구리처럼 엎드리고, 엎드려서 배가 고픈 가운데서도 오늘 밤의 외출을 또 한 번 후회하였다.

나는 이불 속에서 아내에게 사죄하였다. 그것은 네 오해라고……

나는 사실 밤이 퍽 이슥한 줄만 알았던 것이다. 그것이 네 말마따나 자정 전인 줄은 나는 정말이지 꿈에도 몰랐다. 나는 너무 피곤하였다. 오래간만에 나는 너무 많이 걸은 것이 잘못이다. 내 잘못이라면 잘못은 그것밖에는 없다. 외출은 왜 하였느냐고?

나는 그 머리맡에 저절로 모인 오 원 돈을 아무에게라도 좋으니 주어 보고 싶었던 것이다. 그뿐이다. 그러나 그것도 내 잘못이라면 나는 그렇게 알겠다. 나는 후회하고 있지 않나?

내가 그 오 원 돈을 써 버릴 수가 있었던들 나는 자정 안에 집에 돌아올 수 없었을 것이다. 그러나 거리는 너무 복잡하였고 사람은 너무도 들끓었다. 나는 어느 사람을 붙들고 그 오 원 돈을 내주어야 할지 갈피를 잡을 수가 없었다. 그러는 동안에 나는 여지없이 피곤해 버리고 말았던 것이다.

나는 무엇보다도 좀 쉬고 싶었다. 눕고 싶었다. 그래서 나는 하는 수 없이 집으로 돌아온 것이다. 내 짐작 같아서는 밤이 어지간히 늦은 줄만 알았는데 그것이 불행히도 자정 전이었다는 것은 참 안된 일이다. 미안한 일이다. 나는 얼마든지 사죄하여도 좋다. 그러나 종시 아내의 오해를 풀지 못하였다 하면 내가 이렇게까지 사죄하는 보람은 그럼 어디 있나? 한심하였다.

한 시간 동안을 나는 이렇게 초조하게 굴지 않으면 안 되었다. 나는 이불을 홱 젖혀 버리고 일어나서 장지를 열고 아내 방으로 비칠비칠 달려갔던 것이다. 내게는 거의 의식이라는 것이 없었다. 나는 아내 이불 위에 엎드러지면서 바지 포켓 속에서 그 돈 오 원을 꺼내 아내 손에 쥐어 준 것을 간신히 기억할 뿐이다.

이튿날 잠이 깨었을 때 나는 내 아내 방 아내 이불 속에 있었다. 이것이 이 33번

[20] → '나'의 무기력한 태도를 여실히 드러내고 있어.

지에서 살기 시작한 이래 내가 아내 방에서 잔 맨 처음이었다.

해가 들창에 훨씬 높았는데 아내는 이미 외출하고 벌써 내 곁에 있지는 않다. 아니! 아내는 엊저녁 내가 의식을 잃은 동안에 외출한 것인지도 모른다. 그러나 나는 그런 것을 조사하고 싶지 않았다. 다만 전신이 찌뿌드드한 것이 손가락 하나 꼼짝할 힘조차 없었다. 책보보다 좀 작은 면적의 별이 눈이 부시다. 그 속에서 수없는 먼지가 흡사 미생물처럼 난무한다. 코가 칵 막히는 것 같다. 나는 다시 눈을 감고 이불을 푹 뒤집어쓰고 낮잠을 자기에 착수하였다. 그러나 코를 스치는 아내의 체취는 꽤 도발적이었다. 나는 몸을 여러 번 여러 번 비비 꼬면서 아내의 화장대에 늘어선 고 가지각색 화장품 병들과 고 병들의 마개를 뽑았을 때 풍기던 내음새를 더듬느라고 좀처럼 잠은 들지 않는 것을 나는 어찌하는 수도 없었다.

견디다 못하여 나는 그만 이불을 걷어차고 벌떡 일어나서 내 방으로 갔다. 내 방에는 다 식어 빠진 내 끼니가 가지런히 놓여 있는 것이다. 아내는 내 모이를 여기다 주고 나간 것이다. 나는 우선 배가 고팠다. 한 숟갈을 입에 떠 넣었을 때 그 촉감은 참 너무도 냉회(冷灰, 불이 꺼진 차가워진 재)와 같이 써늘하였다. 나는 숟갈을 놓고 내 이불 속으로 들어갔다. 하룻밤을 비워 버린 내 이부자리는 여전히 반갑게 나를 맞아 준다. 나는 내 이불을 뒤집어쓰고 이번에는 참 늘어지게 한잠 잤다. 잘—.

내가 잠을 깬 것은 전등이 켜진 뒤다. 그러나 아내는 아직도 돌아오지 않았나 보다. 아니! 들어왔다 또 나갔는지도 알 수 없다. 그러나 그런 것을 삼고(三考, 여러 번 생각함)하여 무엇하나?

정신이 한결 난다. 나는 지난밤 일을 생각해 보았다. 그 돈 오 원을 아내 손에 쥐어 주고 넘겨졌을 때에 느낄 수 있었던 쾌감을 나는 무엇이라고 설명할 수가 없었다. 그러니 내객들이 내 아내에게 돈 놓고 가는 심리며 내 아내가 내게 돈 놓고 가는 심리의 비밀을 나는 알아낸 것 같아서 여간 즐거운 것이 아니다. 나는 속으로 빙그레 웃어 보았다. 이런 것을 모르고 오늘까지 지내 온 나 자신이 어떻게 우스꽝스러워 보이는지 몰랐다. 나는 어깨춤이 났다.

따라서 나는 또 오늘 밤에도 외출하고 싶었다.⑫ 그러나 돈이 없다. 나는 엊저녁

㉑ ➡ 경제권을 쥔 아내와의 관계를 일시적으로 전복함으로써 얻게 된 쾌감이지.

⑫ ➡ 일상에서 억눌려 있는 본질적 자아를 자각하고, 그것을 찾기 위한 의지를 드러내고 있어.

집중!
수능 만점 선생님

에 그 돈 오 원을 한꺼번에 아내에게 주어 버린 것을 후회하였다. 또 고 벙어리를 변소에 갖다 처넣어 버린 것도 후회하였다. 나는 실없이 실망하면서 습관처럼 그 돈이 들어 있던 내 바지 포켓에 손을 넣어 한번 휘둘러 보았다. 뜻밖에도 내 손에 쥐어지는 것이 있었다. 이 원밖에 없다. 그러나 많아야 맛은 아니다. 얼마간이고 있으면 된다. 나는 그만한 것이 여간 고마운 것이 아니었다.

　나는 기운을 얻었다. 나는 그 단벌 다 떨어진 코르덴 양복을 걸치고 배고픈 것도, 주제 사나운 것도 다 잊어버리고 활갯짓을 하면서 또 거리로 나섰다. 나서면서 나는 제발 시간이 화살 닫듯 해서 자정이 어서 홱 지나 버렸으면 하고 조바심을 태웠다. 아내에게 돈을 주고 아내 방에서 자 보는 것은 어디까지든지 좋았지만 만일 잘못해서 자정 전에 집에 들어갔다가 아내의 눈총을 맞는 것은 그것은 여간 무서운 일이 아니었다. 나는 저물도록 길가 시계를 들여다보고 들여다보고 하면서 또 지향 없이 거리를 방황하였다. 그러나 이날은 좀처럼 피곤하지는 않았다. 다만 시간이 좀 너무 더디게 가는 것만 같아서 안타까웠다.

　경성역 시계가 확실히 자정을 지난 것을 본 뒤에 나는 집을 향하였다. 그날은 그 일각 대문(一角大門, 대문간이 따로 없이 양쪽에 기둥을 하나씩 세워서 문짝을 단 대문)에서 아내와 아내의 남자가 이야기하고 섰는 것을 만났다. 나는 모른 체하고 두 사람 곁을 지나서 내 방으로 들어갔다. 뒤이어 아내도 들어왔다. 와서는 이 밤중에 평생 안 하던 쓰레질(비로 쓸어 집 안을 깨끗이 하는 일)을 하는 것이다.㉓ 조금 있다가 아내가 눕는 기척을 엿듣자마자 나는 또 장지를 열고 아내 방으로 가서 그 돈 이 원을 아내 손에 덥석 쥐어주고 그리고(하여간 그 이 원을 오늘 밤에도 쓰지 않고 도로 가져온 것이 참 이상하다는 듯이 아내는 내 얼굴을 몇 번이고 엿보고) 아내는 드디어 아무 말도 없이 나를 자기 방에 재워 주었다. 나는 이 기쁨을 세상의 무엇과도 바꾸고 싶지는 않았다. 나는 편히 잘 잤다.

　이튿날도 내가 잠이 깨었을 때는 아내는 보이지 않았다. 나는 또 내 방으로 가서 피곤한 몸이 낮잠을 잤다.

　내가 아내에게 흔들려 깨었을 때는 역시 불이 들어온 뒤였다. 아내는 자기 방

㉓ ➡ 아내의 심경에 변화가 생겼음을 암시하는 문장이지.

으로 나를 오라는 것이다. 이런 일은 또 처음이다. 아내는 끊임없이 얼굴에 미소를 띠고 내 팔을 이끄는 것이다. 나는 이런 아내의 태도 이면에 엔간치 않은 음모가 숨어 있지나 않은가 하고 적이 불안을 느끼지 않을 수 없었다.

나는 아내의 하자는 대로 아내 방으로 끌려갔다. 아내 방에는 저녁 밥상이 조촐하게 차려져 있는 것이다. 생각하여 보면 나는 이틀을 굶었다. 나는 지금 배고픈 것까지도 긴가민가 잊어버리고 어릅어릅하던 차다.

나는 생각하였다. 이 최후의 만찬을 먹고 나자마자 벼락이 내려도 나는 차라리 후회하지 않을 것을. 사실 나는 인간 세상이 너무나 심심해서 못 견디겠던 차다. 모든 일이 성가시고 귀찮았으나 그러나 **불의의 재난이라는 것은 즐거웁다.**㉔

나는 마음을 턱 놓고 조용히 아내와 마주 이 해괴한 저녁밥을 먹었다. 우리 부부는 이야기하는 법이 없었다. 밥을 먹은 뒤에도 나는 말이 없이 그냥 부스스 일어나서 내 방으로 건너가 버렸다. 아내는 나를 붙잡지 않았다. 나는 벽에 기대어 앉아서 담배를 한 대 피워 물고 그리고 벼락이 떨어질 테거든 어서 떨어져라 하고 기다렸다.

오 분! 십 분!

그러나 벼락은 내리지 않았다. 긴장이 차츰 늘어지기 시작한다. 나는 어느덧 오늘 밤에도 외출할 것을 생각하고 있었다. 돈이 있었으면 하고 생각하고 있었다.

그러나 돈은 확실히 없다. 오늘은 외출하여도 나중에 올 무슨 기쁨이 있나. 나는 앞이 그냥 아뜩하였다. 나는 화가 나서 이불을 뒤집어쓰고 이리 뒹굴 저리 뒹굴 굴렀다. 금시 먹은 밥이 목으로 자꾸 치밀어 올라온다. 메스꺼웠다.

하늘에서 얼마라도 좋으니 왜 지폐가 소낙비처럼 퍼붓지 않나, 그것이 그저 한없이 야속하고 슬펐다. 나는 이렇게밖에 돈을 구하는 아무런 방법도 알지는 못했다. 나는 이불 속에서 좀 울었나 보다. 돈이 왜 없느냐면서…….

그랬더니 아내가 또 내 방에를 왔다. 나는 깜짝 놀라 아마 인제서야 벼락이 내리려나 보다 하고 숨을 죽이고 두꺼비 모양으로 엎디어 있었다. 그러나 떨어진 입을 새어 나오는 아내의 말소리는 참 부드러웠다. 정다웠다. 아내는 내가 왜 우는지를 안다는 것이다. 돈이 없어서 그러는 게 아니냔다. 나는 실없이 깜짝 놀랐다. 어떻게 저렇게 사람의 속을 환하게 들여다보는구 해서 나는 한편으로 슬그머니 겁도 안 나는 것은 아니었으나 저렇게 말하는 것을 보면 아마 내게 돈을 줄 생각이 있나 보다. 만일 그렇다면 오죽이나 좋은 일일까. 나는 이불 속에 뚤뚤 말린 채 고개도 들지 않고 아내의 다음 거동을 기다리고 있으니까, 옛소 하고 내 머리맡에 내려뜨리는 것은 그 가뿐한 음향으로 보아 지폐에 틀림없었다. 그리고 **내 귀에다 대고, 오늘일랑 어제보다도 좀 더 늦게 들어와도 좋다고 속삭이는 것이다.** 그것은 어렵지 않다. 우선 그 돈이 무엇보다도 고맙고 반가웠다.

어쨌든 나섰다. 나는 좀 야맹증이다. 그래서 될 수 있는 대로 밝은 거리를 골라서 돌아다니기로 했다. 그러고는 경성역 일이등 대합실 한 곁 티룸에 들렀다. 그것은 내게는 큰 발견이었다. 거기는 우선 아무도 아는 사람이 안 온다. 설사 왔다가도 곧 가니까 좋다. 나는 날마다 여기 와서 시간을 보내리라 속으로 생각하여 두었다.

제일 여기 시계가 어느 시계보다도 정확하리라는 것이 좋았다. 섣불리 서투른 시계를 보고 그것을 믿고 시간 전에 집에 돌아갔다가 큰코다쳐서는 안 된다.

나는 한 부스에 아무것도 없는 것과 마주 앉아서 잘 끓은 커피를 마셨다. 총총한 가운데 여객들은 그래도 한 잔 커피가 즐거운가 보다. 얼른얼른 마시고 무얼 좀 생각하는 것같이 담벼락도 좀 쳐다보고 하다가 곧 나가 버린다. 서글프다. 그러나 내게는 이 서글픈 분위기가 거리 티룸들의 그 거추장스러운 분위기보다는 절실하고 마음에 들었다. 이따금 들리는 날카로운 혹은 우렁찬 기적 소리가 모차르트보다도 더 가깝다. 나는 메뉴에 적힌 몇 가지 안 되는 음식 이름을 치읽고 _(밑에서 위쪽으로 글을 읽고) 내리읽고 여러 번 읽었다. 그것들은 아물아물한 것이 어딘가 내 어렸을 때 동무들 이름과 비슷한 데가 있었다.

거기서 얼마나 내가 오래 앉았는지 정신이 오락가락하는 중에, 객이 슬며시 뜸해지면서 이 구석 저 구석 걷어치우기 시작하는 것을 보면 아마 닫을 시간이 된 모양이다. 열한 시가 좀 지났구나, 여기도 결코 내 안주의 곳은 아니구나, 어디 가서 자정을 넘길까, 두루 걱정을 하면서 나는 밖으로 나섰다. 비가 온다. 빗발이 제법 굵은 것이 우비도 우산도 없는 나를 고생을 시킬 작정이다. 그렇다고 이런 괴이한 풍모를 차리고 이 홀에서 어물어물하는 수는 없고, 에이 비를 맞으면 맞

내신 준비!

㉕ ➡ 아내가 자신의 일인 매음을 위해 '나'가 늦게 들어왔으면 하는 본심을 드러내고 있어.

㉖ ➡ 한 잔 커피에 즐거워하는 사람들 사이에서 '나'는 외로움을 느끼고 있지.

수능 만점 선생님

았지 하고 나는 그냥 나서 버렸다.

대단히 선선해서 견딜 수가 없다. 코르덴 옷이 젖기 시작하더니 나중에는 속속들이 스며들면서 추근거린다. 비를 맞아 가면서라도 견딜 수 있는 데까지 거리를 돌아다녀서 시간을 보내려 하였으나 인제는 선선해서 이 이상은 더 견딜 수가 없다. 오한이 자꾸 일어나면서 이가 딱딱 맞부딪는다.

나는 걸음을 재우치면서 생각하였다. 오늘 같은 궂은 날도 아내에게 내객이 있을라구, 없겠지, 하는 생각이 드는 것이다. 집으로 가야겠다. 아내에게 불행히 내객이 있거든 내 사정을 하리라. 사정을 하면 이렇게 비가 오는 것을 눈으로 보고 알아주겠지.

부리나케 와 보니까 그러나 아내에게는 내객이 있었다. 나는 그만 너무 춥고 척척해서 얼떨결에 노크하는 것을 잊었다. 그래서 나는 보면 아내가 좀 덜 좋아할 것을 그만 보았다. 나는 감발(버선 대신 발에 감는 무명천) 자국 같은 발자국을 내면서 덤벙덤벙 아내 방을 디디고 그리고 내 방으로 가서 쭉 빠진 옷을 활활 벗어 버리고 이불을 뒤썼다. 덜덜덜덜 떨린다. 오한이 점점 더 심해 들어온다. 여전 땅이 꺼져 들어가는 것만 같았다. 나는 그만 의식을 잃어버리고 말았다.

이튿날 내가 눈을 떴을 때 아내는 내 머리맡에 앉아서 제법 근심스러운 얼굴이다. 나는 감기가 들었다. 여전히 으스스 춥고 또 골치가 아프고 입에 군침이 도는 것이 씁쓸하면서 다리팔이 척 늘어져서 노곤하다.

아내는 내 머리를 쓱 짚어 보더니 약을 먹어야지 한다. 아내 손이 이마에 선뜩한 것을 보면 신열이 어지간한 모양인데, 약을 먹는다면 해열제를 먹어야지 하고 속생각을 하자니까 아내는 따뜻한 물에 하얀 정제약 네 개[28]를 준다. 이것을 먹고 한잠 푹— 자고 나면 괜찮다는 것이다. 나는 널름 받아먹었다. 쌉싸래한 것이 짐작 같아서는 아마 아스피린인가 싶다. 나는 다시 이불을 쓰고 단번에 그냥 죽은 것처럼 잠이 들어 버렸다.

나는 콧물을 홀쩍홀쩍하면서 여러 날을 앓았다. 앓는 동안에 끊이지 않고 그 정제약을 먹었다. 그러는 동안에 감기도 나았다. 그러나 입맛은 여전히 소태처럼 썼다.

나는 차츰 또 외출하고 싶은 생각이 났다. 그러나 아내는 나더러 외출하지 말

㉗ ➡ '나'와 아내 사이의 가장 큰 갈등을 일으키는 소재지.

㉘ ➡ 약의 정체를 의심하게 하는 대목이야.

아주 중요해!

수능 만점 선생님

라고 이르는 것이다. 이 약을 날마다 먹고 그리고 가만히 누워 있으라는 것이다.㉘ 공연히 외출을 하다가 이렇게 감기가 들어서 저를 고생을 시키는 게 아니냐고 그도 그렇다. 그럼 외출을 하지 않겠다고 맹세하고 그 약을 연복(連服, 계속 복용함)하여 몸을 좀 보해 보리라고 나는 생각하였다.

나는 날마다 이불을 뒤집어쓰고 밤이나 낮이나 잤다. 유난스럽게 밤이나 낮이나 졸려서 견딜 수가 없는 것이다. 나는 이렇게 잠이 자꾸만 오는 것은 내가 몸이 훨씬 튼튼해진 증거라고 굳게 믿었다.

나는 아마 한 달이나 이렇게 지냈나 보다. 내 머리와 수염이 좀 너무 자라서 후틋해서 견딜 수가 없어서 내 거울을 좀 보리라고 아내가 외출한 틈을 타서 나는 아내 방으로 가서 아내의 화장대 앞에 앉아 보았다. 상당하다. 수염과 머리가 참 산란하였다. 오늘은 이발을 좀 하리라 생각하고 겸사겸사 고 화장품 병들 마개를 뽑고 이것저것 맡아 보았다. 한동안 잊어버렸던 향기 가운데서는 몸이 배배 꼬일 것 같은 체취가 전해 나왔다. 나는 아내의 이름을 속으로만 한번 불러 보았다. '연심(蓮心)이' 하고…….

오래간만에 돋보기 장난도 하였다. 거울 장난도 하였다. 창에 든 볕이 여간 따뜻한 것이 아니었다. 생각하면 오월이 아니냐.

나는 커다랗게 기지개를 한번 켜 보고 아내 베개를 내려 베고 벌떡 자빠져서는 이렇게도 편안하고도 즐거운 세월을 하느님께 흠씬 자랑하여 주고 싶었다. 나는 참 세상의 아무것과도 교섭을 가지지 않는다. 하느님도 아마 나를 칭찬할 수도 처벌할 수도 없는 것 같다.

그러나 다음 순간, 실로 세상에도 이상스러운 것이 눈에 띄었다. 그것은 최면약 아달린㉙ 갑이었다. 나는 그것을 아내의 화장대 밑에서 발견하고 그것이 흡사 아스피린처럼 생겼다고 느꼈다. 나는 그것을 열어 보았다. 똑 네 개가 비었다.

나는 오늘 아침에 네 개의 아스피린을 먹은 것을 기억하고 있었다. 나는 잤다. 어제도 그제도 그끄제도, 나는 졸려서 견딜 수가 없었다. 나는 감기가 다 나았는데도 아내는 내게 아스피린을 주었다. 내가 잠이 든 동안에 이웃에 불이 난 일이 있다. 그때에도 나는 자느라고 몰랐다. 이렇게 나는 잤다. 나는 아스피린으로 알고 그럼 한 달 동안을 두고 아달린을 먹어 온 것이다. 이것은 좀 너무 심하다.

㉙ 아스피린이 '믿음'을 의미하는 소재라면 아달린은 '불신'을 의미하는 소재야.

별안간 아뜩하더니 하마터면 나는 까무러칠 뻔하였다. 나는 그 아달린을 주머니에 넣고 집을 나섰다. 그리고 산을 찾아 올라갔다. 인간 세상의 아무것도 보기가 싫었던 것이다. 걸으면서 나는 아무쪼록 아내에 관계되는 일은 일체 생각하지 않도록 노력하였다. 길에서 까무러치기 쉬우니까. 나는 어디라도 양지가 바른 자리를 하나 골라서 자리를 잡아 가지고 서서히 아내에 관하여서 연구할 작정이었다. 나는 길가의 돌창, 핀 구경도 못한 진 개나리꽃, 종달새, 돌멩이도 새끼를 까는 이야기, 이런 것만 생각하였다. 다행히 길가에서 나는 졸도하지 않았다.

거기는 벤치가 있었다. 나는 거기 정좌하고 그리고 그 아스피린과 아달린에 관하여 연구하였다. 그러나 머리가 도무지 혼란하여 생각이 체계를 이루지 않는다. 단 오 분이 못 가서 나는 그만 귀찮은 생각이 번쩍 들면서 심술이 났다. 나는 주머니에서 가지고 온 아달린을 꺼내 남은 여섯 개를 한꺼번에 질경질경 씹어 먹어 버렸다.[30] 맛이 익살맞다. 그리고 나서 나는 그 벤치 위에 가로 기다랗게 누웠다. 무슨 생각으로 내가 그 따위 짓을 했나? 알 수가 없다. 그저 그러고 싶었다. 나는 게서 그냥 깊이 잠이 들었다. 잠결에도 바위틈을 흐르는 물소리가 졸졸 하고 귀에 언제까지나 어렴풋이 들려왔다.

내가 잠을 깨었을 때는 날이 환-히 밝은 뒤다. 나는 거기서 일주야를 잔 것이다. 풍경이 그냥 노-랗게 보인다. 그 속에서도 나는 번개처럼 아스피린과 아달린이 생각났다.

아스피린, 아달린, 아스피린, 아달린, 맑스 (마르크스)[31], 말사스 (맬서스, 영국의 고전파 경제학자)[31], 마도로스 (외항선 선원), 아스피린, 아달린.

아내는 한 달 동안 아달린을 아스피린이라고 속이고 내게 먹였다. 그것은 아내 방에서 이 아달린 갑이 발견된 것으로 미루어 증거가 너무나 확실하다.

무슨 목적으로 아내는 나를 밤이나 낮이나 재웠어야 됐나?

나를 밤이나 낮이나 재워 놓고 그리고 아내는 내가 자는 동안에 무슨 짓을 했나?

나를 조금씩 조금씩 죽이려던 것일까?

그러나 또 생각하여 보면, 내가 한 달을 두고 먹어 온 것은 아스피린이었는지도 모른다. 아내는 무슨 근심되는 일이 있어서 밤이면 잠이 잘 오지 않아서 정작

[30] ➡ 아내가 자신을 속인 것에 대한 분노를 표출하고 있어.

[31] ➡ '나'의 지식인다운 면모를 드러내는 어휘지.

집중!

수능 만점 선생님

아내가 아달린을 사용한 것이나 아닌지, 그렇다면 나는 참 미안하다. 나는 아내에게 이렇게 큰 의혹을 가졌다는 것이 참 안됐다.

나는 그래서 부리나케 거기서 내려왔다. 아랫도리를 홰홰 내어 저으면서 어찔어찔한 것을 나는 겨우 집을 향하여 걸었다. 여덟 시 가까이였다.

나는 내 잘못된 생각을 죄다 일러바치고 아내에게 사죄하려는 것이다. 나는 너무 급해서 그만 또 말을 잊어버렸다.

그랬더니 이건 참 너무 큰일 났다. 나는 내 눈으로는 절대로 보아서 안 될 것을 그만 딱 보아 버리고 만 것이다. 나는 얼떨결에 그만 냉큼 미닫이를 닫고 그리고 현기증이 나는 것을 진정시키느라고 잠깐 고개를 숙이고 눈을 감고 기둥을 짚고 서 있자니까 일 초 여유도 없이 홱 미닫이가 다시 열리더니 매무새를 풀어 헤친 아내가 불쑥 내밀면서 내 멱살을 잡는 것이다. 나는 그만 어지러워서 게서 그냥 나동그라졌다. 그랬더니 아내는 넘어진 내 위에 덮치면서 내 살을 함부로 물어 뜯는 것이다.[주] 아파 죽겠다. 나는 사실 반항할 의사도 힘도 없어서 그냥 넙죽 엎디어 있으면서 어떻게 되나 보고 있자니 뒤이어 남자가 나오는 것 같더니 아내를 한 아름에 덥석 안아 가지고 방으로 들어가는 것이다. 아내는 아무 말 없이 다소곳이 그렇게 안겨 들어가는 것이 내 눈에 여간 미운 것이 아니다. 밉다.

아내는 너 밤새워 가면서 도둑질하러 다니느냐, 계집질하러 다니느냐고 발악이다. 이것은 참 너무 억울하다. 나는 어안이 벙벙하여 도무지 입이 떨어지지를 않았다.

너는 그야말로 나를 살해하려던 것이 아니냐고 소리를 한번 꽥 질러 보고도 싶었으나 그런 긴가민가한 소리를 섣불리 입 밖에 내었다가는 무슨 화를 볼는지 알 수 있나. 차라리 억울하지만 잠자코 있는 것이 우선 상책인 듯싶은 생각이 들기에 나는 이것은 또 무슨 생각으로 그랬는지 모르지만 툭툭 털고 일어나서 내 바지 포켓 속에 남은 돈 몇 원 몇 십 전을 가만히 꺼내서는 몰래 미닫이를 열고 살며시 문지방 밑에다 놓고 나서는 그냥 줄 달음박질을 쳐서 나와 버렸다.

여러 번 자동차에 치일 뻔하면서 나는 그대로 경성역을 찾아갔다. 빈자리와 마주 앉아서 이 쓰디쓴 입맛을 거두기 위하여 무엇으로나 입가심을 하고 싶었다.

아내는 수치심 때문에 '나'에게 분노를 표출하고 있어.

커피. 좋다. 그러나 경성역 홀에 한 걸음을 들여놓았을 때 나는 내 주머니에는 돈이 한 푼도 없는 것을, 그것을 깜빡 잊었던 것을 깨달았다. 또 아뜩하였다. 나는 어디선가 그저 맥없이 머뭇머뭇하면서 어쩔 줄을 모를 뿐이었다. 얼빠진 사람처럼 그저 이리 갔다 저리 갔다 하면서…….

나는 어디로 어디로 들입다 쏘다녔는지 하나도 모른다. 다만 몇 시간 후에 내가 미쓰꼬시^(백화점 이름) 옥상에 있는 것을 깨달았을 때는 거의 대낮이었다.

나는 거기 아무 데나 주저앉아서 내 자라 온 스물여섯 해를 회고하여 보았다. 몽롱한 기억 속에서는 이렇다는 아무 제목도 불거져 나오지 않았다.

나는 또 나 자신에게 물어 보았다. 너는 인생에 무슨 욕심이 있느냐고. 그러나 있다고도 없다고도, 그런 대답은 하기가 싫었다. 나는 거의 나 자신의 존재를 인식하기조차도 어려웠다.

허리를 굽혀서 나는 그저 금붕어^❸나 들여다보고 있었다. 금붕어는 참 잘들도 생겼다. 작은 놈은 작은 놈대로 큰 놈은 큰 놈대로 다 싱싱하니 보기 좋았다. 내리비치는 오월 햇살에 금붕어들은 그릇 바탕에 그림자를 내려뜨렸다. 지느러미는 하늘하늘 손수건을 흔드는 흉내를 낸다. 나는 이 지느러미 수효를 헤어 보기도 하면서 굽힌 허리를 좀처럼 펴지 않았다. 등허리가 따뜻하다.

나는 또 오탁^(汚濁, 더럽고 흐림)의 거리를 내려다보았다. 거기서는 피곤한 생활이 똑 금붕어 지느러미처럼 흐늑흐늑 허비적거렸다. 눈에 보이지 않는 끈적끈적한 줄에 엉켜서 헤어나지들을 못한다. 나는 피로와 공복 때문에 무너져 들어가는 몸뚱이를 끌고 그 오탁의 거리 속으로 섞여 들어가지 않는 수도 없다 생각하였다.

나서서 나는 또 문득 생각하여 보았다. 이 발길이 지금 어디로 향하여 가는 것인가를…….

그때 내 눈앞에는 아내의 모가지가 벼락처럼 내려 떨어졌다. 아스피린과 아달린.

우리들은 서로 오해하고 있느니라. 설마 아내가 아스피린 대신에 아달린 정량을 나에게 먹여 왔을까? 나는 그것을 믿을 수가 없다. 아내가 대체 그럴 까닭이 없을 것이니 그러면 나는 날밤을 새면서 도적질을, 계집질을 하였나? 정말이지

❸ ➡ '나'와 동일시되는 대상이야. 게다가 '나'에게 상승에 대한 향수를 불러일으키고 각성시키는 계기를 마련해 주지.

수능에 나올 수도 있어!

수능 만점 선생님

아니다.

우리 부부는 숙명적으로 발이 맞지 않는 절름발이인 것이다. 내가 아내나 제 거동에 로직(logic, 논리)을 붙일 필요는 없다. 변해(辯解, 말로 풀어 자세히 밝힘)할 필요도 없다. 사실은 사실대로 오해는 오해대로 그저 끝없이 발을 절뚝거리면서 세상을 걸어가면 되는 것이다. 그렇지 않을까?

그러나 나는 이 발길이 아내에게로 돌아가야 옳은가 이것만은 분간하기가 좀 어려웠다. 가야 하나? 그럼 어디로 가나?

이때 뚜— 하고 정오 사이렌이 울렸다. 사람들은 모두 네 활개를 펴고 닭처럼 푸드덕거리는 것 같고 온갖 유리와 강철과 대리석과 지폐와 잉크가 부글부글 끓고 수선을 떨고 하는 것 같은 찰나, 그야말로 현란을 극한 정오다.

나는 불현듯이 겨드랑이가 가렵다. 아하 그것은 내 인공의 날개가 돋았던 자국이다. 오늘은 없는 이 날개, 머릿속에서는 희망과 야심의 말소된 페이지가 딕셔너리 넘어가듯 번뜩였다.

나는 걷던 걸음을 멈추고 그리고 어디 한번 이렇게 외쳐 보고 싶었다.

날개야 다시 돋아라.

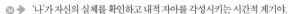
날자. 날자. 날자. 한 번만 더 날자꾸나.

한 번만 더 날아 보자꾸나.

㉞ ➡ '나'가 자신의 실체를 확인하고 내적 자아를 각성시키는 시간적 계기야.

㉟ ➡ '나'는 본질적 자아를 회복하고자 하는 소망과 현실 극복 의지를 드러내고 있네!

수능 만점 선생님

정리해 볼까요(그룹 채팅)

● **작가에 대해서 알아볼까요?** --------------------------------------

킬링 포인트

이상 작가는 1910년 서울에서 태어났어. 1931년 처녀작으로 시 「이상한 가역 반응」, 「파편의 경치」를 〈조선과 건축〉에 발표했지. 그는 우리나라 현대 문학을 논할 때 결코 빼놓을 수 없는 시인이자 소설가이며 모더니즘 운동의 기수였단 다. 대표작으로 시 「거울」, 「오감도」, 「꽃나무」 등과 소설 「날개」, 「봉별기」, 「지 주회시」, 「종생기」 등이 있어.

이상 작가는 시에서는 초현실주의의 자동기술법으로, 소설에서는 내적인 독백 이나 의식의 흐름 기법으로 지식인의 좌절과 분열된 자의식의 세계를 그렸단 다. 안타깝게도 27세란 젊은 나이에 세상을 떠났지만, 그는 전위적이고 해체적 인 글쓰기로 우리나라의 모더니즘을 개척한 중요한 작가로 평가받고 있지.

OOPS!

읽음

그렇군요! 「날개」는 내적인 독백과 자의식의 세계가 돋보이는 소설 같아요.

 👍100점

● **작품에 대해서 정리해 보죠!** --------------------------------------

킬링 포인트

작가 : 이상
갈래 : 심리주의 소설, 초현실주의 소설
배경 : 시간적 – 1930년대 | 공간적 – 경성의 한 유곽이 있는 건물, 거리, 옥상
시점 : 1인칭 주인공 시점
주제 : 식민지 지식인의 분열된 자의식과 자기 극복 의지
출전 : 〈조광〉(1936)

킬링 포인트

무조건
알아야 해!

「날개」는 이상 작가의 대표작 중 하나야. 심리주의 소설에 속하는 이 작품에는 작가의 독특한 자의식의 세계가 잘 드러나 있단다. 매춘부인 아내에게 의지하 며 사는 무기력한 지식인의 모습이 드러나 있지. 서사보다는 작중 인물의 자 의식을 좇는, 즉 '의식의 흐름' 기법으로 본질적 자아를 상실한 지식인의 불안 정한 심리 상태를 잘 그리고 있어. 작품의 제목이기도 한 '날개'는 잃어버린 자 아를 되찾기 위한 매개체이자 억압된 세계 안에서의 비극적 초월을 구현하는 상징이란다. '의식의 흐름' 기법은 당시 서구 모더니즘 소설에서는 어느 정도 익숙한 표현 방식이었어. 하지만 당시 우리나라 문학계에서는 거의 최초의 시 도였지. 그래서 「날개」는 발표되자마자 문단에 상당한 파문을 일으켰던 작품 이란다.

OOPS!

읽음

아, 그렇군요. 저도 이 소설이 새롭게 느껴졌는데 당시 독자들에게는 얼마나 낯설게 다가왔을까요?

👍100점

● 구조적 접근을 꼭 알아야 해요!

킬링 포인트

발단: '나'는 방 안에서 뒹굴며 지냄
'나'는 아내와 단둘이 사는 젊은 남자인데, 주로 음침한 방에서 뒹굴며 지내. 아내가 외출하면 볕이 잘 드는 아내의 방에 들어가 화장품을 가지고 놀지.

전개: 내객들이 아내를 찾아오고, 어느 날 '나'는 외출함
아내를 찾는 내객이 많을 때면 '나'는 아내의 방에 들어갈 수 없어. 그럴 때 '나'가 우울해하면 아내는 '나'에게 은화를 주기도 하지. 아내가 외출한 어느 날 밤 '나'는 거리로 나가게 돼.

위기: 아내는 감기에 걸린 '나'에게 약을 줌
어느 날 외출했다가 비를 맞은 '나'는 감기로 앓아눕게 돼. 아내가 준 약을 먹은 '나'는 매일 잠만 자게 되지.

절정: 아내가 준 약이 아스피린이 아니라는 것을 알게 됨
아내의 방에 들어간 '나'는 아스피린처럼 생긴 아달린을 발견하고 분노를 느껴. 하지만 '나'는 아내를 의심했다는 생각에 미안함을 느끼고, 곧 아내에게 용서를 청하려고 하지. 집에 돌아온 '나'는 아내가 매춘 중인 장면을 목격해. 절망한 '나'는 다시 집을 나와 방황하다가 미쓰꼬시 백화점 옥상에 올라가지.

결말: 날개가 돋기를 소망함
거리에는 정오의 사이렌이 울리고, '나'는 날개를 달고 날아오르고 싶은 충동에 휩싸이지.

읽음

이 작품은 자폐적인 성격을 지닌 '나'의 심리 변화를 잘 파악하며 읽어야겠군요. 개인적으로는 날개가 돋기를 바라는 결말 부분이 가장 인상적이었어요!

100점

● '나'의 뇌 구조를 알아볼까요?

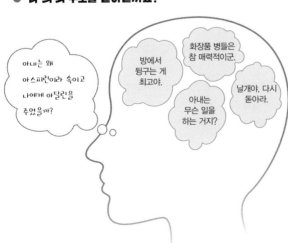

아내는 왜 아스피린이라 속이고 나에게 아달린을 주었을까?

방에서 뒹구는 게 최고야.

화장품 병들은 참 매력적이군.

아내는 무슨 일을 하는 거지?

날개야. 다시 돋아라.

수능 만점 감사

내신·수능 만점 키우기

1 이 작품에 대한 설명으로 옳지 <u>않은</u> 것을 모두 고르면?

① 내적 독백의 형식을 보이는 심리주의 소설이다.
② '나'는 시종일관 무기력한 모습만을 보인다.
③ 일제 강점기 지식인의 삶을 다루고 있다.
④ '날개'는 '나'의 독립에 대한 의지를 상징한다.
⑤ '나'와 아내 사이에는 기본적인 신뢰가 없다.

2 다음 문장에 사용된 수사법이 쓰이지 <u>않은</u> 것은?

> 육신이 흐느적흐느적하도록 피로했을 때만 정신이 은화처럼 맑소.

① 나 보기가 역겨워 가실 때에는 죽어도 아니 눈물 흘리우리다.
② 찬란한 슬픔의 봄을.
③ 두 볼에 흐르는 빛이 정작으로 고와서 서러워라.
④ 겨울은 강철로 된 무지갠가 보다.
⑤ 아아, 님은 갔지만 나는 님을 보내지 아니하였습니다.

3 다음은 이 작품의 서술 방식에 대해 학생들이 토론한 내용이다. 올바른 의견을 말한 학생으로 묶인 것은?

> 지희: 인물의 내면 의식 세계를 분석적으로 기술하고 있어. 그러니 자연스레 인물의 심리가 잘 드러날 수밖에!
>
> 성환: 전통적인 소설의 서술 규범에서 벗어난 문장을 구사하고 있어. 당시 독자들은 이 소설이 정말 낯설게 느껴졌을 거야.
>
> 건우: 인물의 내면 의식에 집중하다 보니 독자와 서술자 간에 거리가 느껴질 수밖에 없지.
>
> 미연: 역설적인 문장을 통해 일제 강점기의 어두운 현실을 해학적으로 비판하고 있어.

① 지희, 성환   ② 지희, 미연   ③ 성환, 건우
④ 성환, 미연   ⑤ 건우, 미연

4 다음 글에 해당하는 소설 창작 기법을 쓰시오.

> 인물의 파편적이고 무질서하며 잡다한 의식 세계를 자유로운 연상 작용을 통해 가감 없이 그려 내는 기법을 말한다. 이 기법을 사용하는 소설은 외적 사건보다 인간의 내적 실존과 내면세계의 실체에 관심을 집중한다.

 의식의 흐름 기법이다.

5 이 작품에 나타난 '나'와 '아내'의 관계에 대한 설명으로 옳지 <u>않은</u> 것은?

① '나'는 아내의 눈치를 보며, 아내의 보호를 받고 있다.
② 일반적인 부부 관계와 달리 비정상적으로 보인다.
③ '나'와 아내의 관계는 전도되었다.
④ '나'는 아내를 무서워하지만, 소통을 모색하고 있다.
⑤ 아내는 '나'의 내적 갈등을 유발하는 존재다.

6 다음 표는 이 작품에 드러난 공간의 상징성과 '나'의 외출의 의미를 정리한 것이다. '방'의 의미에 해당하는 ⑤에 들어갈 내용을 쓰시오.

공간 및 외출	의미
방	⑤ 갇힌 공간으로 자폐적 삶을 사는 '나'의 성격을 드러낸다.
거리	열린 공간으로 자아의 해방과 회복을 의미한다.
외출	'나'가 잃어버린 본질적 자아를 자각하고, 그것을 찾아가는 과정을 의미한다.

● **수능 만점 선생님의 감상 꿀팁**

> 이 작품은 이상의 문학을 대표하는 전형적인 심리주의 소설이야. 일제 강점기 지식인의 암울한 내면을 '의식의 흐름' 기법으로 서술한 작품이지. 특히 이 작품의 제목이자 결말 부분에 등장하는 '날개'는 본질적 자아를 회복하고자 하는 '나'의 소망과 현실 극복 의지를 상징하는 소재란 점을 꼭 기억하자!

미리 들여다보는 인물 X 파일

나는 많은 걸 바라지 않아. 그런데 왜 하는
일마다 잘 안 풀릴까?

황수건은 참 순박한 사람이군. 저런 사람이
잘돼야 하는데…….

동네 이웃
사이

왕수건

나

수능 만점 선생님의 감상 꿀팁!

이 작품은 사회에서 소외된 황수건이라는 인물을 그린 소설이야. 희극과 비극, 그리고 애상적
인 정취가 엮어 내는 서정적인 분위기에 주목하며 읽어 보자.

달밤

#천진스런 눈을 가진 못난이의 안타까운 사연

성북동으로 이사 나와서 한 대엿새 되었을까, 그날 밤 나는 보던 신문을 머리
맡에 밀어 던지고 누워 새삼스럽게,

"여기도 정말 시골이로군!"

하였다.

무어 바깥이 컴컴한 걸 처음 보고 시냇물 소리와 쏴 하는 솔바람 소리를 처음
들어서가 아니라 황수건이라는 사람을 이날 저녁에 처음 보았기 때문이다.

그는 말 몇 마디 사귀지 않아서 곧 못난이란 것이 드러났다. 이 못난이는 성북
동의 산들보다, 물들보다, 조그만 지름길들보다 더 나에게 성북동이 시골이란
느낌을 풍겨 주었다. 서울이라고 못난이가 없을 리야 없겠지만 대처(大處, 도회지)에
서는 못난이들이 거리에 나와 행세를 하지 못하고, 시골에선 아무리 못난이라도
마음 놓고 나와 다니는 때문인지, 못난이는 시골에만 있는 것처럼 흔히 시골에
서 잘 눈에 뜨인다. 그리고 또 흔히 그는 태고 때 사람처럼 그 우둔하면서도 천진
스러운 눈을 가지고, 자기 동리에 처음 들어서는 손에게 가장 순박한 시골의 정
취를 돋워 주는 것이다.❶

그런데 그날 밤 황수건이는 열 시나 되어서 우리 집을 찾아왔다.

그는 어두운 마당에서 꽥 지르는 소리로,

"아, 이 댁이 문안(사대문 안)서……."

하면서 들어섰다. 잡담 제하고 큰일이나 난 사람처럼 건넌방 문 앞으로 달려
들더니,

"저, 저 문안 서대문 거리라나요, 어디선가 나오신 댁입쇼?"❷

❶ ➡ '나'는 황수건에게 좋은 감정을 느끼고 있어.

❷ ➡ '나'가 도심에 살다가 교외로 이사 왔다는 것을 알 수 있지.

집중!
수능 만점 선생님

한다.

보니 핫비(직공 등이 입는 겉옷을 이르는 일본 말)❸는 안 입었으되 신문을 들고 온 것이 신문 배달부다.

"그렇소, 신문이오?"

"아, 그런 걸 사흘이나 저, 저 건너 쪽에만 가 찾았습죠. 제기……."

하더니 신문을 방에 들여뜨리며(집어서 속에 넣으며),

"그런뎁쇼, 왜 이렇게 죄꼬만 집을 사구 와 곕쇼. 아, 내가 알았더면 이 아래 큰 개와집('기와집'의 사투리)도 많은걸입쇼……."❹

한다. 하도 말이 황당스러워 유심히 그의 생김을 내다보니 눈에 얼른 두드러지는 것이 빡빡 깎은 머리로되 보통 크다는 정도 이상으로 골이 크다. 그런 데다 옆으로 보니 장구 대가리(이마나 뒤통수가 남달리 크게 튀어나온 머리통)❺다.

"그렇소? 아무튼 집 찾느라고 수고했소."

하니 그는 큰 눈과 큰 입이 일시에 히죽거리며,

"뭘입쇼, 이게 제 업인뎁쇼."

하고 날래 물러서지 않고 목을 길게 빼어 방 안을 살핀다. 그러더니 묻지도 않는데,

"저는입쇼, 이 동네 사는 황수건이라 합니다……."

하고 인사를 붙인다. 나도 깍듯이 내 성명을 대었다. 그는 또 싱글벙글하면서,

"댁엔 개가 없구먼입쇼."

한다.

"아직 없소."

하니,

"개 그까짓 거 두지 마십쇼."

한다.

"왜 그렇소?"

물으니 그는 얼른 대답하는 말이,

"신문 보는 집엔입쇼, 개를 두지 말아야 합니다."❻

❸ ➜ 이 작품의 시대적 배경이 일제 강점기라는 것을 알려 주는 소재야.

❹ ➜ 황수건은 우둔하면서도 엉뚱한 인물이야. 비표준어를 사용하고 있기도 해.

❺ ➜ 황수건의 외모를 묘사한 부분이야. 그의 외모는 다소 우스꽝스러워 보이지.

❻ ➜ 우둔하기는 해도 순박한 황수건의 성격이 드러나는 부분이야.

내신 준비!

수능 만점 선생님

한다. 이것 재미있는 말이다 하고 나는,

"왜 그렇소?"

하고 또 물었다.

"아, 이 뒷동네 은행소에 댕기는 집엔입쇼, 망아지만 한 개가 있는뎁쇼, 아, 신문을 배달할 수가 있어얍죠."

"왜?"

"막 깨물랴고 덤비는걸입쇼."

한다. 말 같지 않아서 나는 웃기만 하니 그는 더욱 신을 낸다.

"그눔의 개, 그저 한번, 양떡을 멕여 대야(빰을 때려 대야) 할 텐데……."

하면서 주먹을 부르대는데(남을 나무라거나 하는 듯이 거친 말로 야단스럽게 떠들어 대는데) 보니, **손과 팔목은 머리에 비기어 반비례로 작고 가느다랗다.❼**

"어서 곤할 텐데 가 자시오."

하니 그는 마지못해 물러서며,

"선생님, 참 이 선생님 편안히 주뭅쇼. 제 집은 여기서 얼마 안 되는 걸입쇼."

하더니 돌아갔다.

그는 이튿날 저녁, 집을 알고 오는데도 아홉 시가 지나서야,❽

"신문 배달해 왔습니다."

하고 소리를 치며 들어섰다.

"오늘은 왜 늦었소?"

물으니,

"자연 그럽죠."

하고 다른 이야기를 꺼냈다.

자기는 워낙 이 아래 있는 삼산 학교에서 일을 보다 어떤 선생하고 뜻이 덜 맞아 나왔다는 것, 지금은 신문 배달을 하나 원 배달이 아니라 보조 배달이라는 것, 저희 집엔 양친과 형님 내외와 조카 하나와 저희 내외까지 식구가 일곱이라는 것, 저희 아버지와 저희 형님의 이름은 무엇 무엇이며, 자기 이름은 황가인 데다가 목숨 수(壽) 자하고 세울 건(建) 자로 황수건이기 때문에, 아이들이 노랑 수건이

---

❼ ➡ 황수건이 힘이 좋은 편도 아니라는 사실을 알 수 있어. 힘을 자랑한 것도 허세인 거지.

❽ ➡ 황수건의 우둔함이 드러나는 부분이야. 황수건이 계속해서 직장에서 잘리는 이유를 알 수 있지.

아주 중요해!!

수능 만점 선생님

라고 놀리어서 성북동에서는 가가호호^(家家戶戶, 한 집 한 집)에서 노랑 수건 하면, 다 자긴 줄 알리라고 자랑스럽게 이야기하다가 이날도,

"어서 그만 다른 집에도 신문을 갖다 줘야 하지 않소?"

하니까 그때서야 마지못해 나갔다.

우리 집에서는 그까짓 반편^(半偏, 지능이 보통 사람보다 모자라는 사람을 낮잡아 이르는 말)과 무얼 대꾸를 해 가지고 그러느냐 하되, 나는 그와 지껄이기가 좋았다.

그가 아무것도 아닌 것을 가지고 열심스럽게 이야기하는 것이 좋았고, 그와는 아무리 오래 지껄이어도 힘이 들지 않고, 또 아무리 오래 지껄이고 나도 웃음밖에는 남는 것이 없어 기분이 거뜬해지는 것도 좋았다. 그래서 나는 무슨 일을 하는 중만 아니면 한참씩 그의 말을 받아 주었다.

어떤 날은 서로 말이 막히기도 했다. 대답이 막히는 것이 아니라 무슨 말을 해야 할까 하고 막히었다. 그러나 그는 늘 나보다 빠르게 이야깃거리를 잘 찾아냈다. 오뉴월인데도 "꿩고기를 잘 먹느냐?"고도 묻고, "양복은 저고리를 먼저 입느냐 바지를 먼저 입느냐?"고도 묻고 "소와 말과 싸움을 붙이면 어느 것이 이기겠느냐?"는 둥, 아무튼 그가 얘깃거리를 취재하는 방면은 기상천외로 여간 범위가 넓지 않은 데는 도저히 당할 수가 없었다. 하루는 나는 "평생 소원이 무엇이냐?"고 그에게 물어보았다. 그는 "그까짓 것쯤 얼른 대답하기는 누워서 떡 먹기."라고 하면서 평생 소원은 자기도 원 배달이 한번 되었으면 좋겠다는 것이었다.^❾

남이 혼자 배달하기 힘들어서 한 이십 부 떼어 주는 것을 배달하고, 월급이라고 원 배달에서 한 삼 원 받는 터이라, 월급을 이십여 원을 받고, 신문사 옷을 입고, 방울을 차고 다니는 원 배달이 제일 부럽노라 하였다. 그리고 방울만 차면 자기도 뛰어다니며 빨리 돌 뿐 아니라 그 은행소에 다니는 집 개도 조금도 무서울 것이 없겠노라 하였다.

그래서 나는 "그럴 것 없이 아주 신문사 사장쯤 되었으면 원 배달도 바랄 것 없고 그 은행소에 다니는 집 개도 상관할 바 없지 않겠느냐?"^❿ 한즉 그는 뚱그레지는 눈알을 한참 굴리며 생각하더니 "딴은 그렇겠다."고 하면서, 자기는 경난^(經難, 어려운 일을 겪음)이 없어 거기까지는 바랄 생각도 못하였다고 무릎을 치듯 가슴을 쳤다.

❾ ➡ 황수건의 천진하고 소박한 성품을 알 수 있어.
❿ ➡ 일반적인 사람들의 생각을 대변하는 부분이야. 황수건의 소박한 생각과 대조되지.

수능 만점 선생님

그러나 신문 사장은 이내 잊어버리고 원 배달만 마음에 박혔던 듯, 하루는 바깥마당에서부터 무어라고 떠들어 대며 들어왔다.

"이 선생님? 이 선생님 겝쇼? 아, 저도 내일부턴 원 배달이올시다. 오늘밤만 자면입쇼……."[11]

한다. 자세히 물어보니 성북동이 따로 한 구역이 되었는데, 자기가 맡게 되었으니까 내일은 배달복을 입고 방울을 막 떨렁거리면서 올 테니 보라고 한다. 그리고 "사람이란 게 그러게 무어든지 끝을 바라고 붙들어야 한다."고 나에게 일러 주면서 신이 나서 돌아갔다.

우리도 그가 원 배달이 된 것이 좋은 친구가 큰 출세나 하는 것처럼 마음속으로 진실로 즐거웠다. 어서 내일 저녁에 그가 배달복을 입고 방울을 차고 와서 쭐렁거리는 것을 보리라 하였다.

그러나 이튿날 그는 오지 않았다. 밤이 늦도록 신문도 그도 오지 않았다. 그다음 날도 신문도 그도 오지 않다가 사흘째 되는 날에야, 이날은 해도 지기 전인데

주목!

⑪ ➤ 황수건의 이러한 순수함은 추후 그에게 닥칠 불행에 대한 안타까움을 더해 주지.

수능 만점 선생님

방울 소리가 요란스럽게 우리 집으로 뛰어들었다.

"어디 보자!"

하고 나는 방에서 뛰어나갔다.

그러나 웬일일까, 정말 배달복에 방울을 차고 신문을 들고 들어서는 사람은 황수건이가 아니라 처음 보는 사람이다.

"왜 전엣사람은 어디 가고 당신이오?"

물으니 그는,

"제가 성북동을 맡았습니다."

한다.

"그럼, 전엣사람은 어디를 맡았소?"

하니 그는 픽 웃으며,

==그까짓 반편을 어딜 맡깁니까? 배달부로 쓸랴다가 똑똑지가 못하니까 안 쓰고 말았나 봅니다."⑫==

한다.

"그럼 보조 배달도 떨어졌소?"

하니,

"그럼요, 여기가 따루 한 구역이 된걸이오."

하면서 방울을 울리며 나갔다.

이렇게 되었으니 황수건이가 우리 집에 올 길은 없어지고 말았다. 나도 가끔 문안엔 다니지만 그의 집은 내가 다니는 길옆은 아닌 듯 길가에서도 잘 보이지 않았다.

나는 가까운 친구를 먼 곳에 보낸 것처럼, 아니 친구가 큰 사업에나 실패하는 것을 보는 것처럼, 못 만나서 섭섭뿐이 아니라 마음이 아프기도 하였다. 그 당자 (當者, 어떤 일이나 사건에 직접 관계가 있거나 관계한 사람)와 함께 세상의 야박함이 원망스럽기도 하였다.⑬

한데 황수건은 그의 말대로 노랑 수건이라면 온 동네에서 유명은 하였다. 노랑 수건 하면 누구나 성북동에서 오래 산 사람이면 먼저 웃고 대답하는 것을 나는 차츰 알았다.

⑫ ➡ 황수건 같이 모자란 사람은 도태될 수밖에 없는 냉혹한 현실이 여실히 드러나지.

⑬ ➡ 황수건을 향한 연민과 각박한 세상에 대한 원망이 직접적으로 표현되었네.

내신 준비!

수능 만점 선생님

내가 잠깐씩 며칠 보기에도 그랬거니와 그에겐 우스운 일화도 한두 가지가 아니었다.

삼산 학교에 급사(給仕, 관청이나 회사, 가게 등에서 잔심부름을 시키기 위해 부리는 사람)로 있을 시대에 삼산 학교에다 남겨 놓고 나온 일화도 여러 가지라는데, 그중에 두어 가지를 동네 사람들의 말대로 옮겨 보면, 역시 그때부터도 이야기하기를 대단 즐기어 선생들이 교실에 들어간 새 손님이 오면 으레 손님을 앉히고는 자기도 걸상을 갖다 떡 마주 놓고 앉는 것은 물론, 마주 앉아서는 곧 자기류의 만담 삼매로 빠지는 것인데, 한번은 도 학무국(學務局, 대한 제국 때 학부에 속해 각 학교와 외국 유학생을 맡아보던 관청)에서 시학관이 나온 것을 이따위로 대접하였다. 일본 말을 못하니까 만담은 할 수 없고 마주 앉아서 자꾸 일본 말을 연습하였다.

"센세이 히, 오하요고자이마스카(선생님, 안녕하세요)? ……히히 아메가 후리마스(비가 옵니다). 유키가 후리마스카(눈이 옵니까)? 히히……."[14]

시학관도 인정이라 처음엔 웃었다. 그러나 열 번 스무 번을 되풀이하는데는 성이 나고 말았다. 선생들은 아무리 기다려도 종소리가 나지 않으니까, 한 선생이 나와 보니 종 칠 것도 잊어버리고 손님과 마주 앉아서 "오하요 유키가 후리마스카……." 하는 판이다.

그날 수건이는 선생들에게 단단히 몰리고 다시는 안 그러겠노라고 했으나, 그 버릇을 고치지 못해서 그예(마지막에 가서는 기어이) 쫓겨 나오고 만 것이다.

그는,

"너의 색시 달아난다."[15]

하는 말을 제일 무서워했다 한다. 한번은 어느 선생이 장난말로,

"요즘 같은 따뜻한 봄날엔 옛날부터 색시들이 달아나기를 좋아하는데 어제도 저 아랫말에서 둘이나 달아났다니까 오늘은 이 동리에서 꼭 달아나는 색시가 있을걸……."

했더니 수건이는 점심을 먹다 말고 눈이 휘둥그레졌다 한다. 그리고 그날 오후에는 어서 바삐 하학을 시키고 집으로 갈 양으로 오십 분 만에 치는 종을 이십분 만에, 삼십 분 만에 함부로 다가서 쳤다는 이야기도 있다.

아주 중요해!

14 → 황수건이 학교에서 쫓겨나는 원인이야. 안타까운 상황이지만 우스꽝스러운 대사 때문에 작품 분위기가 무겁게 흘러가지 않지.

15 → 앞으로 다가올 사건을 예고하는 복선이야.

수능 만점 선생님

하루는 나는 거의 그를 잊어버리고 있을 때,

"이 선생님 곕쇼?"

하고 수건이가 찾아왔다. 반가웠다.

"선생님, 요즘 신문이 거르지 않고 잘 옵쇼?"

하고 그는 배달 감독이나 되어 온 듯이 묻는다.

"잘 오, 왜 그류?"

한즉 또,

"늦지도 않굽쇼, 일쯕이 제때마다 꼭꼭 옵쇼?" 한다.

"당신이 돌을 때보다 세 시간은 일쯕이 오고 날마다 꼭꼭 잘 오."

하니 그는 머리를 벅적벅적 긁으면서,

"하루라도 걸르기만 해라. 신문사에 가서 대뜸 일러바치지……."

하고 그 빈약한 주먹을 부르댄다.

"그런뎁쇼, 선생님?"

"왜 그류?"

"삼산 학교에 말씀예요, 그 제 대신 들어온 급사가 저보다 근력이 세게 생겼습죠?"

"나는 그 사람을 보지 못해서 모르겠소."

하니 그는 은근한 말소리로 히죽거리며,

"제가 거길 또 들어가 볼랴굽쇼, 운동을 합죠."

한다.

"어떻게 운동을 하오?"

"그까짓 거 날마당 사무실로 갑죠. 다시 써 달라고 졸라 댑죠. 아, 그랬더니 새 급사란 녀석이 저보다 크기도 무척 큰뎁쇼, 이 녀석이 막 불근댑니다그려. 그래 한번 쌈을 해야 할 턴뎁쇼, 그 녀석이 근력이 얼마나 센지 알아야 뎀벼들 턴뎁쇼……허."

"그렇지, 멋모르고 대들었다 매만 맞지."

하니 그는 한 걸음 다가서며 또 은근한 말을 한다.

"그래섭쇼, 엊저녁엔 큰 돌멩이 하나를 굴려다 삼산 학교 대문에다 놨습죠. 그리구 오늘 아침에 가 보니깐 없어졌는뎁쇼. 이 녀석이 나처럼 억지루 굴려다 버렸는지, 뻔쩍 들어다 버렸는지 그만 못 봤거든입쇼, 제—길……."[16]

하고 머리를 긁는다. 그러더니 갑자기 무얼 생각한 듯 손뼉을 탁 치더니,

"그런뎁쇼, 제가 온 건입쇼, 댁에선 우두^(牛痘, 천연두를 예방하기 위해 소에서 뽑은 면역 물질)를 넣지 마시라구 왔습죠."

한다.

"우두를 왜 넣지 말란 말이오?"[17]

한즉,

"요즘 마마가 다닌다구 모두 우두들을 넣는뎁쇼, 우두를 넣으면 사람이 근력이 없어지는 법인뎁쇼."

하고 자기 팔을 걷어 올려 우두 자리를 보이면서,

"이걸 봅쇼. 저두 우두를 이렇게 넣었기 때문에 근력이 줄었습죠."

한다.

"우두를 넣으면 근력이 준다고 누가 그립디까?"

물으니 그는 싱글거리며,

"아, 제가 생각해 냈습죠."

한다.

"왜 그렇소?"

하고 캐니,

"뭘…… 저 아래 윤금보라고 있는데 기운이 장산뎁쇼. 아 삼산 학교 그 녀석두 우두만 넣었다면 그까짓 것 무서울 것 없는뎁쇼, 그걸 모르겠거든입쇼……."

한다. 나는,

"그렇게 용한 생각을 하고 일러 주러 왔으니 아주 고맙소."

하였다. 그는 좋아서 벙긋거리며 머리를 긁었다.

"그래 삼산 학교에 다시 들기만 기다리고 있소?"

물으니 그는,

"돈만 있으면 그까짓 거 누가 고즈카이^(잔심부름을 시키기 위해 고용한 사람을 이르는 일본 말) 노릇을 합쇼. 밑천만 있으면 삼산 학교 앞에 가서 뻐젓이 장사를 할 턴뎁쇼."

한다.

"무슨 장사?"

⑯ ➡ 황수건은 '합쇼'체를 주로 쓰고 '제길' 같은 비속어를 사용해. 사회 하층민의 언어를 사용하고 있지.

⑰ ➡ 황수건과 다르게 지식인인 '나'는 '하오'체를 주로 쓰고 표준어를 정확히 사용하고 있어.

수능에 나올 수도 있어!

수능 만점 선생님

"아, 방학될 때까지 차미^(참외) 장사도 하굽쇼, 가을부턴 군밤 장사, 왜떡장사, 습자지, 도화지 장사 막 합죠. 삼산 학교 학생들이 저를 어떻게 좋아하겝쇼. 저를 선생들보다 낫게 치는뎁쇼."

한다.

<u>나는 그날 그에게 돈 삼 원을 주었다.</u>^⑱ 그의 말대로 삼산 학교 앞에 가서 뻐젓이 참외 장사라도 해 보라고. 그리고 돈은 남지 못하면 돌려 오지 않아도 좋다 하였다.

그는 삼 원 돈에 덩실덩실 춤을 추다시피 뛰어나갔다. 그리고 그 이튿날,

"선생님 잡수시라굽쇼."

하고 나 없는 때 참외 세 개를 갖다 두고 갔다.

그러고는 온 여름 동안 그는 우리 집에 얼른하지^(얼씬하지) 않았다.

들으니 참외 장사를 해 보긴 했는데 이내 장마가 들어 밑천만 까먹었고, 또 그까짓 것보다 한 가지 놀라운 소식은 그의 아내가 달아났단 것이다. 저희끼리 금슬은 괜찮건만 동서가 못 견디게 굴어 달아난 것이라 한다. 남편만 남 같으면 따로 살림 나는 날이나 기다리고 살 것이나 평생 동서 밑에 살아야 할 신세를 생각하고 달아난 것이라 한다.

그런데 요 며칠 전이었다. 밤인데 달포^(한 달이 조금 넘는 기간)만에 수건이가 우리 집을 찾아왔다. 웬 포도를 큰 것으로 대여섯 송이를 종이에 싸지도 않고 맨손에 들고 들어왔다. 그는 벙긋거리며,

"선생님 잡수라고 사 왔습죠."^⑲

하는 때였다. 웬 사람 하나가 날쌔게 그의 뒤를 따라 들어오더니 다짜고짜로 수건이의 멱살을 움켜쥐고 끌고 나갔다. 수건이는 그 우둔한 얼굴이 새하얗게 질리며 꼼짝 못하고 끌려 나갔다.

나는 수건이가 포도원에서 포도를 훔쳐 온 것을 직각^(直覺, 보거나 듣는 즉시 곧바로 깨달음)

⑱ ➡ '나'는 황수건의 사람 됨됨이를 매우 신뢰하고 있음을 알 수 있어.
⑲ ➡ 비록 방법은 잘못됐지만 '나'를 생각하는 황수건의 마음을 느낄 수 있지.

집중!

수능 만점 선생님

하였다. 쫓아 나가 매를 말리고 포도값을 물어 주었다. 포도값을 물어 주고 보니 수건이는 어느 틈에 사라지고 보이지 않았다.

나는 그 다섯 송이의 포도를 탁자 위에 얹어 놓고 오래 바라보며 아껴 먹었다. 그의 은근한 순정의 열매를 먹듯 한 알을 가지고도 오래 입안에 굴려 보며 먹었다.

어제다. 문안에 들어갔다 늦어서 나오는데 불빛 없는 성북동 길 위에는 밝은 달빛이 깁(명주실로 바탕을 조금 거칠게 짠 비단)을 깐 듯하였다.

그런데 포도원께를 올라오노라니까 누가 맑지도 못한 목청으로,

"사 …… 케 …… 와 나 …… 미다카 다메이 …… 키 …… 카 ……(술은 눈물인가 한숨인가) "[20]

를 부르며 큰길이 좁다는 듯이 휘적거리며 내려왔다. 보니까 수건이 같았다. 나는,

"수건인가?"

하고 아는 체하려다 그가 나를 보면 무안해할 일이 있는 것을 생각하고[21] 휙 길 아래로 내려서 나무 그늘에 몸을 감추었다.

그는 길은 보지도 않고 달만 쳐다보며, 노래는 그 이상은 외우지도 못하는 듯 첫 줄 한 줄만 되풀이하면서 전에는 본 적이 없었는데 담배를 다 퍽퍽 빨면서 지나갔다.

달밤은 그에게도 유감한 듯하였다.

[20] ➡ 황수건의 애처로운 상황과 심경이 드러나는 가사야.

[21] ➡ '나'에게 주기 위해 포도를 훔쳤다가 들킨 일을 의미해.

주목!

수능 만점 선생님

정리해 볼까요(그룹 채팅)

● **작가에 대해서 알아볼까요?**

킬링 포인트

이태준 작가는 1904년 강원도 철원에서 태어났어. 호는 상허(尙虛) 혹은 상허당주인(尙虛堂主人)이야. 휘문 고등 보통학교와 일본 조치 대학 등에서 수학했고, 1925년 〈시대일보〉에 「오몽녀」를 발표하며 등단했단다. 6·25 전쟁 이후 월북했는데 정치적으로 숙청당한 이후 행방이 묘연해졌지.

이태준 작가는 1930년대에 여러 단편 소설을 활발하게 발표했어. 소설가 이효석, 김유정 등이 소속됐던 '구인회'에서 활동하기도 했지. 그는 「달밤」, 「돌다리」, 「복덕방」 등 서정적인 정취를 풍기는 단편 소설들을 썼단다. 문체나 묘사만 봐서는 작품이 쓰인 시대를 알기 어려울 정도로 높은 완성도를 자랑하지.

읽음

맞아요! 문체나 묘사가 너무 세련돼서 읽는 내내 현대 소설 같다는 느낌을 받았어요

👍100점

● **작품에 대해서 정리해 보죠!**

킬링 포인트

작가 : 이태준
갈래 : 단편 소설, 세태 소설
배경 : 시간적 – 1930년대 | 공간적 – 서울 성북동
시점 : 1인칭 관찰자 시점
주제 : 끊임없이 현실의 벽에 부딪치는 인물을 향한 연민
출전 : 〈중앙〉(1933)

킬링 포인트

무조건
알아야 해!

「달밤」은 황수건이라는 인물의 안타까운 삶을 서정적으로 그린 작품이야. 황수건은 무슨 일을 하든 서투르지만, 순진하고 착한 품성을 지니고 있어. 동네 사람들은 황수건을 무시하지만, 그를 좋게 본 '나'는 그에게 장사 자금을 빌려주는 등 친절을 베풀지. 하지만 '나'가 아무리 도와줘도 황수건의 삶은 잘 풀리지 않아. 참외 장사도 망하고 아내까지 도망쳐 버리지. '나'에게 고마움을 전한답시고 포도를 훔쳤다가 '나'가 대신 물어 주는 일도 생겨. 이후 달이 뜬 어느 날 밤 '나'는 노래를 부르며 지나가는 황수건을 나무 그늘에서 몰래 보게 돼. 세상에 적응하지 못하는 황수건을 향한 '나'의 안타까움과 연민도 서정적으로 나타나지. 달밤이라는 배경은 애상적이면서도 서정적인 분위기를 연출하며 비극적심상에 함몰되지 않게 해.

읽음

일이 잘 안 풀리는 황수건의 삶이 너무 안타까워요! 하지만 작품 마지막에서 느껴지는 달밤의 호젓한 분위기 덕분에 막연히 슬프지만은 않았어요.

👍100점

킬링 포인트

발단: 서울 성북동으로 이사 온 '나'는 황수건과 만남

'나'는 도심에 살다가 성북동으로 이사했어. 황수건이라는 사내와 만난 '나'는 살짝 모자라지만 순수한 그를 보면서 '여기도 정말 시골'이라고 느끼지.

전개: '나'는 황수건과 점점 친해짐

보조 배달 일을 하는 황수건의 꿈은 원 배달이 되는 거야. 동네 사람들은 황수건을 무시하지만, '나'는 황수건과 이야기하는 것을 좋아하지.

위기: 황수건이 보조 배달원 자리에서도 쫓겨남

어느 날, 황수건은 원 배달이 되었다고 '나'에게 자랑해. 하지만 '나'의 집을 찾은 건 다른 배달원이었지. 황수건은 학교 급사 일을 할 때도 실수를 저질러 쫓겨났던 적이 있어. '나'는 황수건에게 참외 장사라도 하라며 3원을 주지.

절정: 황수건은 참외 장사를 망치고 아내는 그를 떠남

황수건은 참외 장사를 시작하지만 장마 때문에 장사를 망치고 말아. 엎친 데 덮친 격으로 아내까지 도망가지. 황수건은 '나'에게 선물하려고 포도 몇 송이를 훔쳤다가 주인에게 들키기도 해. '나'는 대신해서 포도값을 물어 주지만, 황수건은 자취를 감추지.

결말: '나'는 달밤에 홀로 걷는 황수건을 발견함

'나'는 어느 달밤에 홀로 노래를 부르며 걸어가는 황수건을 발견해. '나'는 그를 부르려다 포도 사건이 생각나 나무 그늘 뒤로 몸을 감추지. '나'는 이 달밤마저도 유감하다고 느껴.

OOPS! 읽음

중간중간 등장하는 우스꽝스러운 사건 덕분에 이 소설이 비극적으로만 느껴지지는 않았어요!

👍100점

● **황수건의 뇌 구조를 알아볼까요?**

아무도 내게 일을 주지 않는군. 아내도 나를 떠나 버렸어!

학교 급사로 일하고 싶다……

내 소원은 원 배달이 되는 것!

장사도 잘할 수 있는데!

술은 눈물인가, 한숨인가……

수능 만점 강사

1 이 작품에 대한 설명으로 옳지 <u>않은</u> 것은?

① 작품 내부에 서술자가 존재하는 1인칭 관찰자 시점이다.
② 전체적으로 비극적인 분위기를 형성해 작중 인물을 향한 연민을 더하고 있다.
③ 특정 계층이 사용하는 언어를 구사하는 인물이 등장한다.
④ 부정적인 현실에 대한 인식과 힘든 이들을 향한 따스한 연민이 드러난다.
⑤ 애상적이면서도 서정적인 정취를 그리고 있다.

2 작중 인물의 성격이 드러나는 대사가 <u>아닌</u> 것은?

① "저, 저 문안 서대문 거리라나요, 어디선가 나오신 댁입쇼?"
② "그런뎁쇼, 왜 이렇게 죄꼬만 집을 사구 와 곕쇼. 아, 내가 알었더면 이 아래 큰 개와집도 많은걸입쇼……."
③ "신문 보는 집엔입쇼, 개를 두지 말아야 합니다."
④ "그런뎁쇼, 제가 온 건입쇼, 댁에선 우두를 넣지 마시라구 왔습죠."
⑤ "선생님 잠수라고 사 왔습죠."

3 다음 글에서 설명하고 있는 언어 사용 방식과 관련이 <u>없는</u> 것은?

> 사회 방언이란 지리적 요인이 아니라 사회적 요인에 의해 분화된 방언을 의미한다. 대표적으로 사회 계급에 따라 언어 사용이 달라지는 것을 들 수 있다. 이외에도 연령, 성별, 종교, 인종 등에 따라서도 언어 사용의 양상이 달라진다.

① "그런뎁쇼, 왜 이렇게 죄꼬만 집을 사구 와 곕쇼."
② "그눔의 개, 그저 한번, 양떡을 멕여 대야 할 텐데……."
③ "어서 그만 다른 집에도 신문을 갖다 줘야 하지 않소?"
④ "그까짓 반편을 어딜 맡깁니까?"
⑤ "뻔쩍 들어다 버렸는지 그만 못 봤거든입쇼, 제—길……."

4 이 작품에 등장하는 소재와 설명이 올바르게 짝지어진 것은?

① 성북동 – 몰락한 지식인인 '나'의 불행한 처지를 상징하는 공간이다.
② 신문 – 신분 상승을 꿈꾸는 황수건의 욕망을 대변하는 소재다.
③ 3원 – 황수건을 생각하는 '나'의 마음이 드러나는 소재다.
④ 참외 – 황수건이 '나'를 증오하는 계기가 된 소재다.
⑤ 포도 – 황수건의 비인간적인 면모가 드러나는 소재다.

5 다음 표는 이 작품을 뮤지컬로 각색하기 위해 정리한 것이다. 작품의 흐름에 비추어 볼 때, 메모의 내용이 옳지 <u>않은</u> 것은?

	장면	뮤지컬 장면	메모
①	'나'와 황수건의 첫 만남	'나'는 황수건과 대화를 마친 후 황수건의 첫인상에 대한 노래를 부른다.	첫인상이 점차 바뀌는 것을 강조하기 위해 노래 가사는 "황당해."로 시작한다.
②	황수건과 '나'가 대화를 주고받음	황수건이 질문하면 '나'가 대답하는 부분을 노래로 구성한다.	'나'가 황수건과 대화를 나누는 것을 즐거워한다는 사실을 알 수 있도록 '나'는 밝은 목소리로 노래한다.
③	황수건 대신 새 배달부가 등장함	'나'가 황수건을 걱정하는 내용의 노래를 부르면, 배달부가 문을 쾅 열고 들어온다.	'나'는 황수건을 무시하는 새 배달부에 대해 불쾌한 감정을 가지고 있으므로 목소리에 분노가 드러나게끔 연기한다.
④	황수건의 아내가 도망감	황수건의 아내가 삶을 한탄하는 내용의 노래를 부르고 무대에서 내려간다.	황수건의 아내는 작중에서 비중 있게 등장하는 인물이 아니므로 아내 역을 맡은 배우가 상상력을 발휘할 수 있게 돕는다.
⑤	'나'가 달밤에 홀로 걷는 황수건을 목격함	황수건이 노래를 부르면 '나'는 무대 장치 뒤에 숨어서 이를 지켜본다.	달밤의 서정적인 정취가 드러날 수 있도록 황수건의 노래는 애상적인 분위기로 작곡한다.

● **수능 만점 선생님의 감상 꿀팁** -

이 작품의 서술자는 황수건과 같은 사람들이 사회에서 소외되고 무시당하는 상황을 안타깝게 바라보고 있어. 하지만 작품 전체가 비극적으로 흘러가지 않고, 우스꽝스러운 사건들을 통해 희극적인 분위기를 더했다는 점을 기억하자. 애상적이면서도 서정적인 정취를 살리고 짙은 여운을 남겨 준 소재 '달밤'도 잊지 말아야겠지?

미리 들여다보는 인물 X 파일

저 땅을 팔아야 해. 부모님도 편하실 테고,
병원도 크게 지을 수 있을 테니!

땅이 있어서 우리가 살아갈 수 있는 게야.
그런데 땅을 판다고?

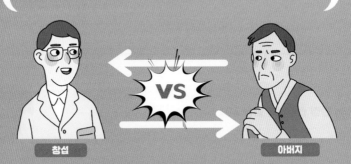

창섭 VS 아버지

수능 만점 선생님의 감상 꿀팁!

이 소설은 땅의 가치를 중요시하는 아버지와 물질적 가치를 중요시하는 아들 사이의 갈등을
그린 작품이야. 주요 소재인 '돌다리'와 '땅'을 대하는 자세에서 드러나는 두 인물의 가치관 차
이에 주목하며 읽어 보자.

돌다리

#돌다리만의 단단한 가치를 아시나요

정거장에서 샘말 십 리 길을 내려오노라면 반이 될락 말락 한 데서부터 샘말 동네보다는 그 건너편 산기슭에 놓인 공동묘지가 먼저 눈에 뜨인다.

창섭은 잠깐 걸음을 멈추고까지 바라보았다.

봄에 올 때 보면, 진달래가 불붙듯 피어 올라가는 야산이다. 지금은 단풍철도 지나고 누르테테한(낡고 오래되어 누른빛을 띠면서 탁하고 조금 검은) 가닥나무들만 묘지를 둘러, 듣지 않아도 적막한 버스럭 소리만 울릴 것 같았다. 어느 것이라고 집어낼 수는 없어도, 창옥의 무덤이 어디쯤이라고는 짐작이 된다. 창섭은 마음으로 '창옥아.' 불러 보며 묵례(黙禮, 말없이 고개만 숙이는 인사)를 보냈다.

다만 오뉘뿐으로 나이가 훨씬 떨어진 누이였었다. 지금도 눈에 선—하다. 자기가 마침 방학으로 와 있던 여름이었다. 창옥은 저녁 먹다 말고 갑자기 복통으로 뒹굴었다.[1] 읍으로 뛰어 들어가 의사를 청해 왔다. 의사는 주사를 놓고 들어갔다. 그러나 밤새도록 열은 내리지 않았고 새벽녘엔 아파하는 것도 더해 갔다. 다시 의사를 데리러 갔으나 의사는 바쁘다고 환자를 데려오라 하였다. 하라는 대로 환자를 데리고 들어갔으나 역시 오진을 했었다. 다시 하루를 지나 고름이 터지고 복막이 절망적으로 상해 버린 뒤에야 겨우 맹장염인 것을 알아낸 눈치였다.

그때 창섭은, 자기도 어른이기만 했으면 필시 의사의 먹살을 들었을 것이었

❶ → 창섭이 의사를 꿈꾸는 계기가 된 사건이야.

집중!

수능 만점 선생님

다. 이런, 누이의 허무한 주검에서 창섭은 뜻을 세워, **아버지가 권하는 고농**^(高農, '고등 농림 학교'를 줄인 말)**을 마다하고 의전**^(醫專, '의학 전문학교'를 줄인 말)**으로 들어갔고,❷** 오늘에 이르러는, 맹장 수술로는 서울서도 정평이 있는 한 권위가 된 것이다.

'창옥아, 기뻐해 다구. 이번에 내 병원이 좋은 건물을 만나 커지는 거다. 개인 병원으론 제일 완비한 수술실이 실현될 거다! 입원실 부족도 해결될 거다. 네 사진을 확대해 내 새 진찰실에 걸어 노마…….'

창섭은 바람도 쌀쌀할 뿐 아니라 오후 차로 돌아가야 할 길이라 걸음을 재우쳤다.^(빨리 몰아치거나 재촉하다)

길은 그전보다 넓어도 졌고 바닥도 평탄하였다. 비나 오면 진흙에 헤어날 수 없었는데 복판으로는 자갈이 깔리고 어떤 목은 좁아서 소바리^(등에 짐을 실은 소 또는 그 짐)가 논으로 미끄러져 들어가기 십상이었는데 바위를 갈라내어 서까지 일매지게^(고르고 가지런하게) 넓은 길로 닦아졌다. 창섭은, '이럴 줄 알았더면 정거장에서 자전거라도 빌려 타고 올걸.' 하였다.

눈에 익은 정자나무 선 논이며 돌각 담을 두른 밭들도 나타났다. 자기 집 논과 밭들이었다. 논둑에 선 정자나무는 그전부터 있는 것이나 **밭에 돌각 담들은 아버지께서 손수 쌓으신 것이다.❸**

창섭의 아버지는 근검^(勤儉)으로 근방에 소문난 영감이다. 그러나 자기 대에 와서는 밭 하루갈이^(하룻낮 동안에 갈 수 있는 밭의 넓이)도 늘쿠지^(늘리지)는 못한 것으로도 소문난 영감이다. 곡식값보다는 다른 물가들이 높아졌을 뿐 아니라 전대^(前代)에는 모르던 아들의 유학이란 것이 큰 부담인 데다가,

"할아버니와 아버니께서 나를 부자 소린 못 들어도 굶는단 소린 안 듣고 살도록 물려주시구 가셨다. 드럭드럭 탐내 모아선 뭘 허니, 할아버니께서 쇠똥을 맨손으로 움켜다 넣시던 논, 아버니께서 명덜^(자갈밭)을 손수 이룩허신 밭을 더 건^(기름진) 논으로 더 기름진 밭이 되도록, 닦달만 해 가기에도 내겐 벅찬 일일 게다."

하고 절용^(節用, 아껴 씀)해 쓰고 남는 돈이 있으면 그 돈으로는 품을 몇씩 들여서까지 비뚠 논배미를 바로잡기, 밭에 돌을 추려 바람맞이로 담을 두르기, 개울엔 둑막이하기, 그러다가 아들이 의사가 된 후로는, 아들 학비로 쓰던 몫까지 들여서

---

❷ ➡ 아버지는 아들이 가업을 이어 농부가 되길 바랐지만, 창섭은 의사가 되는 길을 택했지.

❸ ➡ 아버지가 땅을 얼마나 소중하게 여기고 있는지 행동을 통해 간접적으로 드러내고 있어.

주목!

수능 만점 선생님

동네 길들은 물론, 읍 길과 정거장 길까지 닦아 놓았다. 남을 주면 땅을 버린다고 여간 근실한 자국이 아니면 소작을 주지 않았고, 소를 두 필이나 매고 일꾼을 세 명씩이나 두고 적지 않은 전답을 전부 자농(自農, 자작농)으로 버티어 왔다. 실속이 타작(打作, 거둔 곡물을 지주와 소작인이 일정한 비율에 따라 나누어 가지는 소작 제도)만 못하다는 둥, 일꾼 셋이 저희 농사 해 가지고 나간다는 둥 이해만을 따져 비평하는 소리가 많았으나 창섭의 아버지는 땅을 위해서는 자기의 이해만으로 타산하려 하지 않았다.❹ 이와 같은 임자를 가진 땅들이라 곡식은 거둔 뒤 그루만 남은 논과 밭이되, 그 바다들의 고름, 그 언저리들의 바름, 흙의 부드러움이 마치 시루떡 모판이나 대하는 것처럼 누구의 눈에나 탐스럽게 흐뭇해 보였다.

이런 땅을 팔기에는, 아무리 수입은 몇 배 더 나은 병원을 늘쿠기 위해서나 아버지께 미안하지 않을 수 없었다. 그러나 잡히거나 해 가지고는 삼만 원 돈을 만들 수가 없었고, 서울서 큰 양관(洋館, 서양식 집)을 손에 넣기란 돈만 있다고도 아무 때나 될 일이 아니었다.

'아버지께선 내년이 환갑이시다! 어머니께선 겨울이면 해마다 기침이 도지신다. 진작부터 내가 모셔야 했을 거다. 그런데 내가 시골로 올 순 없고, 천생 부모님이 서울로 가시어야 한다. 한동네서도 땅을 당신만치 못 거둘 사람에겐 소작을 주지 않으셨다. 땅 전부를 소작을 내어 맡기고는 서울 가 편안히 계실 날이 하루도 없으실 게다. 아버님의 말년을 편안히 해 드리기 위해서도 땅은 전부 없애 버릴 필요가 있는 거다!❺

창섭은 샘말에 들어서자 동구에서 이내 아버지를 뵐 수가 있었다. 아버지는, 가에는 살얼음이 잡힌 찬물에 무릎까지 걷고 들어서서 동네 사람들을 축추겨(부추기어) 돌다리를 고치고 계시었다.❻

"어떻게 갑재기 오느냐?"

"네, 좀 급히 여쭤 봐야 할 일이 생겼습니다."

"그래? 먼저 들어가 있거라."

동네 사람 수십 명이 쇠고삐 두 기장은 흘러 내려간 다릿돌(개울이나 도랑을 건널 때 디디기 위해 띄엄띄엄 놓은 돌)을 동아줄에 얽어 끌어올리고 있었다. 개울은 동네 복판을 흐르

내신 준비

❹ ➡ 땅을 대하는 아버지의 태도를 직접적으로 밝힌 부분이지.
❺ ➡ 땅에 대한 아버지와 창섭의 생각이 얼마나 다른지 알 수 있는 부분이야. 창섭은 땅의 물질적인 가치를 먼저 따지고 있지. ❻ ➡ 창섭이 마을에 들어와 처음으로 마주친 아버지의 모습이야. 아버지의 성격이 잘 드러나는 장면이지.

수능 만점 선생님

고 있어 아래위로 징검다리는 서너 군데나 놓였으나 하룻밤 비에도 일쑤 넘치어 모두 이 큰 돌다리로 통행하던 것이었다. 창섭은 어려서 아버지께 이 큰 돌다리 의 내력을 들은 것이 아직도 기억에 남아 있다.

"너희 증조부님 돌아가시어서다. 산소에 상돌(무덤 앞에 제물을 차려 놓기 위해 넓적한 돌로 만들어 놓은 상)을 해 오시는데 징검다리로야 건너 올 수가 있니? 그래 너희 조부님께서 다 리부터 이렇게 넓구 튼튼한 돌루 노신 거란다."

그 후 오륙십 년 동안 한 번도 무너진 적이 없었는데 몇 해 전 어느 장마엔 어 찌 된 셈인지 가운데 제일 큰 장이 내려앉아 떠내려갔던 것이다. 두께가 한 자는 실하고 폭이 여섯 자, 길이는 열 자가 넘는 자연석 그대로라 여간 몇 사람의 힘으 로는 손을 댈 염두부터 나지 못하였다. 더구나 ==불과 수십보 이내에 면(面)의 보조 를 얻어 난간까지 달린 한다한 나무다리가 놓인== 뒤에 일이라 이 돌다리는 동네 사람들에게 완전히 잊힌 채 던져져 있던 것이었다.

집에 들어가니, 어머니는 다리 고치는 사람들 점심을 짓느라고, 역시 여러 명 의 동네 여편네들과 허둥거리고 계시었다.

"웬일인데 어째 혼자만 오느냐?"

어머니는 손자 아이들부터 보이지 않음을 물으신다.

"오늘루 가야겠어서 아무두 안 데리구 왔습니다."

"오늘루 갈 걸 뭘 허 오누?"

"인전 어머니서껀 서울로 모셔 갈 채빌 허러 왔다우."

"서울루! 제발 아이들허구 한데서 살아 봤음 원이 없겠다."

하고 ==어머니는 땅보다, 조상님들 산소나 사당보다 손자 아이들에게 더 마음이 끌리시는 눈치였다.== 그러나 아버지만은 그처럼 단순히 들떠질 마음이 아니었 다.

아버지는 아들의 뒤를 좇아 이내 개울에서 들어왔다. 아들은, 의사인 아들은, 마치 환자에게 치료 방법을 이르듯이, 냉정히 차근차근히 이야기를 시작하였다. 외아들인 자기가 부모님을 진작 모시지 못한 것이 잘못인 것, 한집에 모이려면 자기가 병원을 버리기보다는 부모님이 농토를 버리시고 서울로 오시는 것이 순

❼ ➡ 마을에 편안한 나무다리가 생겼지만, 아버지는 돌다리의 가치를 중요하게 여겨서 불편을 감수하고 돌다리를 고치지.

❽ ➡ 어머니는 아들 가족과 함께 살고 싶어 해. 아들이나 남편과는 또 다른 가치관을 지 니고 있지.

주목!

수능 만점 선생님

리인 것, 병원은 나날이 환자가 늘어 가나 입원실이 부족되어 오는 환자의 삼분
지 일밖에 수용 못하는 것, 지금 시국에 큰 건물을 새로 짓기란 거의 불가능의 일
인 것, 마침 교통 편한 자리에 삼 층 양옥이 하나 난 것, 인쇄소였던 집인데 전체
가 콘크리트여서 방화 방공으로 가치가 충분한 것, 삼 층은 살림집과 직공들의
합숙실로 꾸미었던 것이라 입원실로 변장하기에 용이한 것, 각 층에 수도 · 가스
가 다 들어온 것, 그러면서도 가격은 염한(값이 싼) 것, 염하기는 하나 삼만 이천 원
이라, 지금의 병원을 팔면 일만 오천 원쯤은 받겠지만 그것은 새집을 고치는 데
와, 수술실의 기계를 완비하는 데 다 들어갈 것이니 집값 삼만 이천 원은 따로 있
어야 할 것, 시골에 땅을 둔대야 일 년에 고작 삼천 원의 실리가 떨어질지 말지 하
지만 땅을 팔다 병원만 확장해 놓으면, 적어도 일 년에 만 원 하나씩은 이익을
뽑을 자신이 있는 것, 돈만 있으면 땅은 이담에라도, 서울 가까이라도 얼마든지
좋은 것으로 살 수 있는 것……. 아버지는 아들의 의견을 끝까지 잠잠히 들었다.
그리고,

"점심이나 먹어라. 나두 좀 생각해 봐야 대답허겠다."

하고는 다시 개울로 나갔고, 떨어졌던 다릿돌을 올려놓고야 들어와 그도 점심
상을 받았다. 점심을 자시면서였다.

"원, 요즘 사람들은 힘두 줄었나 봐! 그 다리 첨 놀 제 내가 어려서 봤는데 불과
여남은이서 거들던 돌인데 장정 수십 명이 한나잘을 씨름을 허다니!"

"나무다리가 있는데 건 왜 고치시나요?"

"너두 그런 소릴 허는구나. 나무가 돌만 허다든? 넌 그 다리서 고기 잡던 생각
두 안 나니? 서울루 공부 갈 때 그 다리 건너서 떠나던 생각 안 나니?[9] 시체(時體, 요
즘) 사람들은 모두 인정이란 게 사람헌테만 쓰는 건 줄 알드라! 내 할아버니 산소
에 상돌을 그 다리루 건네다 모셨구, 내가 천잘(천자문을) 끼구 그 다리루 글 읽으러
댕겼다. 네 어미두 그 다리루 가말 타구 내 집에 왔어. 나 죽건 그 다리루 건네다
묻어라……. 난 서울 갈 생각 없다."

"네?"

"천금이 쏟아진대두 난 땅은 못 팔겠다. 내 아버님께서 손수 이룩허시는 걸 내
눈으루 본 밭이구, 내 할아버님께서 손수 피땀을 흘려 모신 돈으루 장만허신 논

내신 준비!

❾➜ 아버지에게 돌다리는 단순히 강을 건너는 수단이 아니야. 가족의 역사가 담긴 장
소지.

수능 만점 선생님

들이야. 돈 있다고 어디가 느르지 논 같은 게 있구, 독시장 밭 같은 걸 사? 느르지 논둑에 선 느티나문 할아버님께서 심으신 거구, 저 사랑 마당엣 은행나무는 아버님께서 심으신 거다. 그 나무 밑에를 설 때마다 난 그 어룬들 동상(銅像)이나 다름없이 경건한 마음이 솟아 우러러보군 헌다. **땅이란 걸 어떻게 일시 이해를 따져 사구팔구 허느냐? 땅 없어 봐라, 집이 어딨으며 나라가 어딨는 줄 아니? 땅이란 천지 만물의 근거야.⑩** 돈 있다구 땅이 뭔지두 모르구 욕심만 내 문서 쪽으로사 모기만 하는 사람들, 돈놀이처럼 **변리**(邊利, 남에게 돈을 빌려 쓴 대가로 치르는 일정한 비율의 돈)만 생각허구 제 조상들과 그 땅과 어떤 인연이란 건 도시(都無知) 생각지 않구 헌신짝 버리듯 하는 사람들, 다 내 눈엔 괴이한 사람들루밖엔 뵈지 않드라."

"……."⑪

"네가 뉘 덕으루 오늘 의사가 됐니? 내 덕인 줄만 아느냐? 내가 땅 없이 뭘루? 밭에 가 절하구 논에 가 절해야 쓴다. 자고로 하눌 하눌 허나 하눌의 덕이 땅을 통허지 않군 사람헌테 미치는 줄 아니? 땅을 파는 건 그게 하눌을 파나 다름없는 거다."

"……."

"땅을 밟구 다니니까 땅을 우섭게들 여기지? 땅처럼 응과(應果, 결과)가 분명헌 게 무어냐? 하눌은 차라리 못 믿을 때두 많다. **그러나 힘들이는 사람에겐 힘들이는 만큼 땅은 반드시 후헌 보답을 주시는 거다.⑫** 세상에 흔해 빠진 지주들, 땅은 작인들헌테나 맡겨 버리구, 떡 도회지에 가 앉어 소출은 팔어다 모다 도회지에 낭비해 버리구, 땅 가꾸는 덴 단돈 일 원을 벌벌 떨구, 땅으루 살며 땅에 야박한 놈은 자식으로 치면 후레자식 셈이야. 땅이 말을 할 줄 알어 봐라? 배가 고프단 땅이 얼마나 많을 테냐? 해마다 걷어만 가구, 땅은 자갈밭이 되니 아나? 둑이 떠나가니 아나? 거름 한 번을 제대로 넣나? 정 급허게 돼 작인이 우는소리나 해야 요즘 너희 신의들 주사침 놓듯, 애꿎인 **금비**(金肥, 화학 비료)만 갖다 털어 넣지. 그렇게 땅을 **홀댈허군**(소홀히 대접하고는) 인제 죽어서 땅이 무서서 어디루들 갈 텐구!"

창섭은 입이 얼어 버리었다. 손만 부비었다. 자기의 생각은 너무나 자기 본위였던 것을 대뜸 깨달았다. 땅에는 이해를 초월한 일종 종교적 신념을 가진 아버

---

⑩ ➔ 아버지는 물질적인 가치로 땅을 바라보는 아들과 당시 세태를 비판하고 있어.

⑪ ➔ 창섭은 아버지의 생각을 온전히 이해하지는 못하지만, 아버지의 생각을 바꿀 수 없음을 알고 있어. 그래서 반박하지 않고 침묵을 지키는 거지.

⑫ ➔ 땅을 향한 아버지의 신뢰가 크다는 것을 알 수 있어.

수능에 나올 수도 있어!

수능 만점 선생님

지에게 아들의 이단적(異端的)인 계획이 용납될 리 만무였다. 아버지는 상을 물리고도 말을 계속하였다.

"너루선 어떤 수단을 쓰든지 병원부터 확장허려는 게 과히 엉뚱헌 욕심은 아닐 줄두 안다. 그러나 욕심을 부런 못쓰는 거다. 의술은 예로부터 인술(仁術)이라지 않니? 매살 순탄허게 진실허게 해라."

"……."

"네가 가업을 이어 나가지 않는다군 탄허지(나무라지) 않겠다. 넌 너루서 발전헐 길을 열었구, 그게 또 모리지배(모리배. 온갖 수단과 방법으로 자신의 이익만을 꾀하는 사람. 또는 그런 무리) 악업이 아니라 활인(活人, 사람의 목숨을 살림)허는 인술이구나! 내가 어떻게 불평을 말허니? 다만 삼사 대 집안에서 공들여 이룩해 논 전장을 남의 손에 내맡기게 되는 게 저윽(꽤) 애석헌 심사가 없달 순 없구……."

"팔지 않으면 그만 아닙니까?"

"나 죽은 뒤에 누가 거두니? 너두 이제두 말했지만 너두 문서 쪽만 쥐구 서울 앉어 지주 노릇만 허게? 그따위 지주허구 작인 틈에서 땅들만 얼말 곯는지 아니? 안 된다. 팔 테다. 나 죽을 임시엔 다 팔 테다. 돈에 팔 줄 아니? 사람헌테 팔 테다.⑬ 건너 용문이는 우리 느르지 논 같은 건 한 해만 부쳐 보구 죽어두 농군으로 태났던 걸 한허지 않겠다구 했다. 독시장 밭을 내논다구 해 봐라, 문보나 덕길이 같은 사람은 길바닥에 나앉드라두 집을 팔아 살려구 덤빌 게다. 그런 사람들이 땅 임자 안 되구 누가 돼야 옳으냐? 그러니 아주 말이 난 김에 내 유언이다. 그런 사람들 무슨 돈으로 땅값을 한몫 내겠니? 몇몇 해구 그 땅 소출을 팔아 연년이 갚어 나가게 헐 테니 너두 땅값을랑 그렇게 받어 갈 줄 미리 알구 있거라. 그리구 네 모(母)가 먼저 가면 내가 묻을 거구, 내가 먼저 가게 되면 네 모(母)만은 네가 서울루 그때 데려가렴. 난 샘말서 이렇게 야인(野人)으로나 죄 없는 밥을 먹다 야인인 채 묻힐 걸 흡족히 여긴다."

"……."

"자식의 젊은 욕망을 들어 못 주는 게 애비 된 맘으루두 섭섭허다. 그러나 이 늙은이헌테두 그만 신념쯤 지켜 오는 게 있다는 걸 무시하지 말어다구."

아버지는 다시 일어나 담배를 피우며 다리 고치는 데로 나갔다. 옆에 앉았던

⑬ ➡ 아버지는 물질적인 이익을 고려해서 땅을 파는 것이 아니라, 잘 가꿀 수 있는 사람에게 땅을 팔 거라고 말하고 있어.

집중!

수능 만점 선생님

어머니는 두 눈에 눈물을 쭈루루 흘리었다.

"너이 아버지가 여간 고집이시냐?"

"아뇨, 아버지가 어떤 어룬이신 건 오늘 제가 더 잘 알았습니다. 우리 아버진 훌륭헌 인물이십니다."

그러나 창섭도 코허리가 찌르르하였다. 자기가 계획하고 온 일이 실패한 것쯤은 차라리 당연하게 생각되었고, 아버지와 자기와의 세계가 격리되는 일종의 결별(訣別)의 심사를 체험하는 때문이었다.

아들은 아버지가 고쳐 놓은 돌다리를 건너 저녁차를 타러 가 버리었다.⑭ 동구 밖으로 사라지는 아들의 뒷모양을 지키고 섰을 때, 아버지의 마음도, 정말 임종에서 유언이나 하고 난 것처럼 외롭고 한편 불안스러운 심사조차 설레었다.

아버지는 종일 개울에서 허덕였으나 저녁에 잠도 달게 오지 않았다. 젊어서 서당에서 읽던 백낙천(白樂天, 중국 당의 시인 백거이)의 시가 다 생각이 났다.⑮ 늙은 제비 한 쌍을 두고 지은 노래였다. 제 배 속이 고픈 것은 참아 가며 입에 얻어 문 것은 새끼들부터 먹여 길렀으나, 새끼들은 자라서 나래에 힘을 얻자 어디로인지 저희 좋을 대로 다 날아가 버리어, 야위고 늙은 어버이 제비 한 쌍만 가을바람 소슬한 추녀 끝에 쭈그리고 앉아 있는 광경을 묘사하였고, 나중에는, 그 늙은 어버이 제비들을 가리켜, 새끼들만 원망하지 말고, 너희들이 새끼 적에 역시 그러했음도 깨달으라는 풍자(諷刺)의 시였다.

'흥!'

노인은 어두운 천장을 향해 쓴웃음을 짓고 날이 밝기를 기다려 누구보다도 먼저 어제 고쳐 놓은 돌다리를 보러 나왔다.

흙탕이라고는 어느 돌 틈에도 남아 있지 않았다. 첫 곬으로도, 가운뎃곬으로도 끝엣곬으로도 맑기만 한 소담한 물살이 우쭐우쭐 춤추며 빠져 내려갔다. 가운뎃장으로 가 쾅 굴러 보았다. 발바닥만 아플 뿐 끄떡이 있을 리 없다. 노인은 쭈루루 집으로 들어와 소금 접시와 낯 수건을 가지고 나왔다. 제일 낮은 받침돌에 내려앉아 양치를 하고 세수를 하였다. 나중에는 다시 이가 저린 물을 한입 물어 마시며 일어섰다. 속에 모든 게 씻기는 듯 시원하였다. 그리고 수염에 물을 닦으

⑭ ➡ 아버지와 다르게, 창섭에게 돌다리는 길을 건너는 수단에 불과해.

⑮ ➡ 창섭이 아버지와 자신의 생각이 다름을 이해하고 떠났듯, 아버지 역시 아들과 자신의 생각이 다름을 느끼고는 백거이의 시를 떠올리고 있어.

아주
중요해!

수능 만점 선생님

며 이렇게 생각하였다.

　'비가 아무리 쏟아져도 어떤 한정을 넘는 법은 없다. 물이 분수없이 늘어 떠내려갔던 게 아니라 자갈이 밀려 내려와 물구멍이 좁아졌든지, 그렇지 않으면, 어느 받침돌의 밑이 물살에 궁굴려 쓰러졌던 그런 까닭일 게다. 미리 바닥을 치고 미리 받침돌만 제대로 보살펴 준다면 만년을 간들 무너질 리 없을 게다.[16] 그저 늘 보살펴야 허는 거다. 사람이란 하눌 밑에 사는 날까진 하루라도 천리(天理)에 방심을 해선 안 되는 거다……'

[16] ➡ 아버지는 땅과 마찬가지로 돌다리 역시 신뢰하고 있어.

정리해 볼까요(그룹 채링)

● **작가에 대해서 알아볼까요?**

킬링 포인트

이태준 작가는 1904년 강원도 철원에서 태어났어. 호는 상허(尙虛) 혹은 상허 당주인(尙虛堂主人)이야. 휘문 고등 보통학교와 일본 조치 대학 등에서 수학 했고, 1925년 〈시대일보〉에 「오몽녀」를 발표하며 등단했단다. 6·25 전쟁 이후 월북했는데 정치적으로 숙청당한 이후 행방이 묘연해졌지.
이태준 작가는 1930년대에 여러 단편 소설을 발표하며 활발히 활동했어. 우리 나라 현대 소설의 기법을 완성했다고 평가받는 그는 「달밤」, 「돌다리」, 「복덕 방」 등을 통해 변해 가는 현실에 대한 비판 의식을 드러내기도 했지. 「복덕방」, 「돌다리」 등에서는 기성세대와 자식 세대 간의 갈등을 통해 이러한 의식을 표 현했단다.

읽음

부자간의 대립을 통해 변해 가는 사회에 대한 비판 의식을 드러낸 거군요.

👍100점

● **작품에 대해서 정리해 보죠!**

킬링 포인트

작가 : 이태준
갈래 : 단편 소설
배경 : 시간적 - 일제 말기 | 공간적 - 한 시골 마을
시점 : 전지적 작가 시점
주제 : 땅의 가치를 경시하는 물질 중심 사회 비판
출전 : 〈국민문학〉(1943)

킬링 포인트
무조건
알아야 해!

「돌다리」는 아버지와 아들의 대립을 통해 땅의 가치를 일깨우고, 이를 경시하 는 물질 중심적인 사회를 비판한 작품이야. 아버지의 뜻을 거스르고 의사가 된 창섭은 더 큰 병원을 짓기 위해 돈이 필요해서 고향을 찾지. 땅을 바라보는 두 사람의 관점은 너무 달라. 아버지는 땅을 소중히 여기지만, 창섭은 그저 땅을 사고팔 수 있는 재산으로 생각하거든. 창섭은 땅을 팔고 병원을 짓자고 아버지 를 설득하지만, 아버지는 아들의 제안을 거절해. 아버지는 땅은 만물의 근원이 고 절대 노력을 배신하지 않는 존재라고 말하지. 창섭은 아버지와 자신의 가치 관이 너무나도 다르다는 것을 깨닫고는 아버지가 고친 돌다리를 건너 서울로 돌아가. 아버지 역시 돌다리를 바라보며 생각을 가다듬지.

읽음

서로 다른 가치관을 지닌 부자의 갈등이 이야기를 이끌어 가는군요! 아 버지의 말을 통해 옛날 사람들이 땅에 대해 가지고 있었던 생각을 알 수 있어 흥미로웠어요.

👍100점

● 구조적 접근을 꼭 알아야 해요!

킬링 포인트

발단: 창섭은 부모님을 설득하기 위해 고향을 찾음
의사의 오진으로 누이를 잃은 창섭은 아버지의 뜻을 거스르고 의사가 됐어. 병원을 증설하려는 창섭은 아버지의 땅을 팔고 부모님을 서울로 모시기 위해 고향을 찾지.

전개: 창섭은 땅을 팔자고 아버지를 설득함
마을에 들어선 창섭은 돌다리를 고치는 아버지와 만나. 창섭은 병원을 증설하기 위해서는 돈이 필요하고, 땅을 팔아서 병원을 더 키우는 게 금전적으로 이득이라고 아버지에게 설명하지.

위기: 아버지는 땅을 팔 수 없다고 함
창섭은 나무다리가 있는데 왜 돌다리를 고치느냐고 묻고, 아버지는 돌다리에 가족의 역사가 담겨 있다고 말하지. 아버지는 서울에 갈 수 없고, 땅을 팔지도 않을 것이라며 창섭의 제안을 거절해.

절정: 아버지는 땅을 팔더라도 제대로 된 이에게 팔겠다고 함
아버지는 땅을 팔게 되더라도 땅의 소중함을 아는 사람에게 팔 것이라고 말하지. 창섭은 아버지와 자신의 생각이 완전히 다르다는 것을 깨달아.

결말: 창섭은 서울로 떠나고 아버지는 돌다리를 찾음
창섭은 아버지가 고친 돌다리를 건너 서울로 돌아가. 아버지는 돌다리를 보며 잘 살피기만 한다면 절대 무너지지 않을 것이라고 생각하지.

창섭은 돌다리를 건너 고향을 떠나고, 아버지는 돌다리를 바라보는 결말이 참 인상적이에요!

● 아버지의 뇌 구조를 알아볼까요?

내신·수능 만점 키우기

1 이 작품에 대한 설명으로 옳지 <u>않은</u> 것은?

① 산업화가 진행되던 1970년대 농촌이 배경이다.
② 서술자가 작중 인물의 내면까지 서술하고 있다.
③ 전통적인 가치를 중요하게 여기는 인물과 새로운 사고방식을 지닌 인물이 대립한다.
④ 인물의 행동을 통해 간접적으로 인물의 성격을 제시하는 서술 방식이 사용되었다.
⑤ 작품이 창작된 당시 세태를 반영하고 있다.

2 이 작품에 주로 드러나는 갈등 양상과 가장 <u>비슷한</u> 것은?

① 꿈과 현실 중 무엇을 택할지 고뇌하는 한 인물
② 독립운동의 방식을 놓고 대립하는 두 인물
③ 능력이 있지만 계급 때문에 높은 관직에 오르지 못하는 한 인물
④ 비가 내리지 않아 한 해 농사를 다 망칠 위기에 처한 인물
⑤ 아버지를 살해할 것이라는 예언을 피하기 위해 도망치는 한 인물

3 학생들이 다음 글을 읽고 대화를 나누고 있다. 내용을 잘못 이해한 사람은?

> "나무다리가 있는데 건 왜 고치시나요?"
> "너두 그런 소릴 허는구나. 나무가 돌만 허다던? 넌 그 다리서 고기 잡던 생각두 안 나니? (…) 난 서울 갈 생각 없다."
> "네?"
> "천금이 쏟아진대두 난 땅은 못 팔겠다. (…) 땅이란 걸 어떻게 일시 이해를 따져 사구팔구 허느냐? (…)"
> "……"
> "네가 뉘 덕으루 오늘 의사가 됐니? (…) 땅을 파는 건 그게 하눌을 파나 다름없는 거다."

① 민성: 아버지와 아들은 가치관이 전혀 다르네. 같은 사물을 봐도 느끼는 건 천지 차이야.
② 현우: 맞아. 다리만 봐도 그래. 아들이 보기에 돌다리는 그저 강을 건너는 수단일 뿐이야.
③ 연지: 하지만 아버지에게 돌다리는 그 이상의 의미가 있어. 땅도 마찬가지지.
④ 대진: 아버지에게 땅은 사고파는 물건이 아니야. 만물의 근원이자 삶의 근본이나 다름 없지.
⑤ 휘영: 아들은 그런 아버지를 어리석다고 생각해. 아버지 말에 대답도 하지 않고 있잖아.

4 다음 글을 참고해 이 작품을 해석한 내용으로 옳지 <u>않은</u> 것은?

> '장소애(場所愛)'는 인간의 안정된 삶을 보호하는 터전인 장소에 애착하는 심성이다. 근대 이전에는 '땅'과 '집'이 대표적인 장소애의 대상이었으나, 근대 이후 도시 사회에서는 이들이 도구적 대상이나 교환의 대상으로 변질되었다.

① 창섭에게 집은 도구적 가치를 지닌 것으로, 장소애의 대상이 아니다.
② 아버지에게 돌다리는 삶의 추억과 애환이 투영된 장소애의 대상이다.
③ 마당의 은행나무는 아버지에게 장소애의 대상인 집의 성격을 강화하고 있다.
④ 땅에 애착하는 아버지의 생각과 행동은 땅에 대한 장소애의 의미를 부각하고 있다.
⑤ 땅을 장소애의 대상으로 여기는 의식이 두루 퍼져 있는 당시 상황이 전제되어 있다.

5 이 작품에서 아버지는 돌다리를 보수하지만, 아들은 돌다리를 건너 서울로 돌아간다. 이와 같은 행동의 차이를 중심으로 두 인물의 가치관을 비교해 서술하시오.

> 아버지에게 돌다리는 가족의 역사가 담긴 매개체다. 그래서 아버지는 새로 지어진 나무다리가 있음에도 힘을 쏟아 돌다리를 보수한다. 또한 아버지는 땅을 사고파는 물건으로 생각하지 않는다. 반면 아들은 나무다리가 있는데 돌다리를 보수할 필요가 있느냐고 묻는다. 또한 돈을 얻기 위해서 땅을 팔자고 아버지를 설득한다. 그에게는 땅이나 다리 모두 수단일 뿐이다. 이처럼 물질 중심적인 아들의 세계관과 전통을 중시하는 아버지의 세계관은 정면으로 대립하고 있다.

● **수능 만점 선생님의 감상 꿀팁** --------------------------------

> 이 소설은 구세대를 대표하는 아버지와 신세대를 대표하는 아들의 대립을 통해 변해 가는 세태를 비판한 작품이야. 두 사람의 가치관 차이는 꼭 이해하자. 아들은 땅을 이익을 얻을 수 있는 재산으로 보지만, 아버지는 땅을 만물의 근원으로 여기지. 이를 통해 작가가 물질 만능주의를 비판하고 있다는 점도 놓치지 말자.

여기서
잠깐!

미리 들여다보는 인물 X 파일

친구 사이

모 유력자를 통해 들었는데 황해 연안에 제2의 나진이 생긴다고 하네그려.

박희완

더 늙기 전에 내 손으로 돈을 벌어 보고 싶어! 돈이 많으면 얼마나 좋을까?

한때는 나도 무관이었지만……. 내 가족 먹여 살릴 수 있다면 그걸로 족해!

친구 사이

안 초시

서 참의

수능 만점 선생님의 감상 꿀팁!

이 소설은 복덕방에 모인 세 노인의 모습을 통해 변해 가는 세태와 가족의 붕괴를 그리고 있는 작품이야. 구시대적인 인물들의 삶과 비극에 집중하면서, 이들이 새로운 세대와 어떻게 다른지 비교하며 감상해 보자.

복덕방

#복덕방에 모인 세 노인에게 무슨 일이 생겼나

철석, 앞집 판장(板墻, 널빤지로 친 울타리) 밑에서 물 내버리는 소리가 났다. 주먹구구에 골독(汨篤, 골똘함)했던 안 초시에게는 놀랄 만한 폭음이었던지, 다리 부러진 돋보기 너머로, 똑 모이를 쪼으려는 닭의 눈을 해 가지고 수챗구멍을 내다본다. 뿌연 뜨물에 휩쓸려 나오는 것이 여러 가지다. 호박 꼭지, 계란 껍질, 거피(去皮, 콩, 팥, 녹두 따위의 껍질을 벗김)해 버린 녹두 껍질.

"녹두 빈자떡을 부치는 게로군, 흥……."

한 오륙 년째 안 초시는 말끝마다 '젠—장…….'이 아니면 '흥!' 하는 코웃음을 잘 붙이었다.

"추석이 벌써 낼모레지! 젠—장…….**❶**"

안 초시는 저도 모르게 입맛을 다시었다. 기름내가 코에 풍기는 듯 대뜸 입안에 침이 흥건해지고 전에 괜찮게 지낼 때, 충치니 풍치니 하던 것은 거짓말이었던 것처럼 아래윗니가 송곳 끝같이 날카로워짐을 느끼었다.

안 초시는 그 날카로워진 이를 빈 입인 채 빠드득 소리가 나게 한번 물어 보고 고개를 들었다.

하늘은 천 리같이 트였는데 조각구름들이 여기저기 널리었다. 어떤 구름은 깨끗이 바래 말린 옥양목(玉洋木, 생목보다 발이 고운 무명, 빛이 희고 얇음)처럼 흰빛이 눈이 부시다. 안 초시는 이내 자기의 때 묻은 적삼 생각이 났다. 소매를 내려다보는 그의 얼굴은 날래 들리지 않는다.**❷** 거기는 한 조박의 녹두 빈자나 한 잔의 약주로써 어쩌

❶ ➔ 안 초시는 부정적인 감탄사를 자주 사용하고 있어. 이를 통해 안 초시가 평소에 불평불만이 많다는 것을 짐작할 수 있지.

❷ ➔ 안 초시는 옷 하나 마음대로 사지 못하는 자신의 처지를 비관하고 있어.

지 못할, 더 슬픔과 더 고적함이 품겨 있는 것 같았다.

혹혹 소매 끝을 불어 보고 손끝으로 튀겨 보기도 하다가 목침을 세우고 눕고 말았다.

"이사는 팔하고 사오는 이십이라 천이 되지……. 가만…… 천이라? 사로 했으니 사천이라 사천 평…… 매 평에 아주 줄여 잡아 오 환씩만 하게 돼두 사 환 칠십 오 전씩이 남으니, 그럼 …… 사사는 십륙 일만 육천 환하구……."

안 초시가 다시 주먹구구를 거듭해서 얻어 낸 총액이 일만 구천 원, 단 천 원만 들여도 일만 구천 원이 되리라는 셈속이니, 만 원만 들이면 그게 얼만가? 그는 벌떡 일어났다. 이마가 화끈했다. 도사렸던 무릎을 얼른 곧추세우고 뒤나 보려는 사람처럼 쪼그렸다. 마코(1930년대에 조선 총독부에서 제작해 독점 판매한 담배 이름) 갑이 번연히 빈 것인 줄 알면서도 다시 집어다 눌러 보았다. 주머니에는 단돈 십 전, 그도 안경다리를 고친다고 벌써 세 번짼가 네 번째 딸에게서 사오십 전씩 얻어 가지고는 번번이 담뱃값으로 다 내어 보내고 말던 최후의 십 전, 안 초시는 주머니에 손을 넣어 그것을 집어내었다. 백통화 한 푼을 얹은 야윈 손바닥, 가만히 떨리었다. 서 참의의 투박한 손을 생각하면 너무나 얇고 잔망스러운 손이거니 하였다. 그러나 이따금 술잔은 얻어먹고, 이렇게 내 방처럼 그의 복덕방에서 잠까지 빌려 자건만, **한 번도 집 거간**(居間, 사고파는 사람 사이에 들어 흥정을 붙임)**이나 해 먹는 서 참의의 생활이 부럽지는 않았다.**❸ 그래도 언제든지 한 번쯤은 무슨 수가 생기어 다시 한번 내 집을 쓰게 되고, 내 밥을 먹게 되고, 내 힘과 내 낯으로 다시 한번 세상에 부딪혀 보려니 믿어졌다.

초시는 전에 어떤 관상쟁이의 '엄지손가락을 안으로 넣고 주먹을 쥐어야 재물이 나가지 않는다.'는 말이 생각났다. 늘 그렇게 쥐노라고는 했지만 문득 생각이 나 내려다볼 때는, 으레 엄지손가락이 얄밉도록 밖으로만 쥐어져 있었다. 그래 **드팀전**(예전에 온갖 피륙을 팔던 가게)**을 하다가도 실패를 하였고, 그래 집까지 잡혀서 장전**(欌廛, 장롱 따위의 세간을 만들어 파는 가게)**을 내었다가도 그만 화재를 보았거니 하는 것이다.**❹

"이놈의 엄지손가락아, 안으로 좀 들어가아, 젠장."

하고 연습 삼아 엄지손가락을 먼저 안으로 넣고 아프도록 두 주먹을 꽉 쥐어 보았다. 그리고 당장 내어보낼 돈이면서도 그 십 전짜리를 그렇게 쥔 주먹에 단

내신 준비!

❸ ➡ 안 초시는 소소한 일로 하루하루 벌어 나가는 것보다 큰 성공을 노리는 인물이야.

❹ ➡ 장사에 실패한 원인을 애꿎은 관상 탓으로 돌리고 있어.

수능 만점 선생님

단히 넣고 담배 가게로 나갔다.

이 복덕방에는 흔히 세 늙은이가 모이었다.

언제, 누가 와, 집 보러 가잘지 몰라, 늘 갓을 쓰고 앉아서 행길을 잘 내다보는, 얼굴 붉고 눈방울 큰 노인은 주인 서 참의다. 참의로 다니다가 합병 후에는 다섯 해를 놀면서 시기를 엿보았으나 별수가 없을 것 같아서 이럭저럭 심심파적으로 갖게 된 것이 이 가옥 중개업이었다. 처음에는 겨우 굶지 않을 만한 수입이었으나 대정 팔구 년(1919~1920년) 이후로는 시골 부자들이 세금에 몰려, 혹은 자녀들의 교육을 위해 서울로만 몰려들고, 그런 데다 돈은 흔해져서 관철동, 다옥정 같은 중앙 지대에는 그리 고옥만 아니면 만 원대를 예사로 홀홀 넘었다. 그 판에 봄가을로 어떤 달에는 삼사백 원 수입이 있어, 그러기를 몇 해를 지나 가회동에 수십 간 집을 세웠고, 또 몇 해 지나지 않아서는 창동 근처에 땅을 장만하기 시작하였다. 지금은 중개업자도 많이 늘었고 건양사 같은 큰 건축 회사가 생기어서 당자끼리 직접 팔고 사는 것이 원칙처럼 되어 가기 때문에 중개료의 수입은 전보다 훨씬 준 셈이다. 그러나 이십여 간 집에 학생을 치고 싶은 대로 치기 때문에 서 참의의 수입이 없는 달이라고 쌀값이 밀리거나 나뭇값에 졸릴 형편은 아니다.

"세상은 먹구살게는 마련야……."[5]

서 참의가 흔히 하는 말이다. 칼을 차고 훈련원에 나서 병법을 익힐 제는, 한번 호령만 하고 보면 산천이라도 물러설 것 같던, 그 기개와 오늘의 자기, 한낱 가쾌(家儈, 집 흥정을 붙이는 일을 직업으로 가진 사람)로 복덕방 영감으로 기생, 갈보 따위가 사글셋방 한 간을 얻어 달래도 네, 네 하고 따라나서야 하는, 만인의 심부름꾼인 것을 생각하면 서글픈 눈물이 아니 날 수도 없는 것이다. 워낙 술을 즐기기도 하지만 어떤 때는 남몰래 이런 감회를 이기지 못해서 술집에 들어선 적도 여러 번이다.

그러나 호반(虎班, 무관(武官)의 반열)들의 기개란 흔히 혈기에서 나오는 것이기 때문인지 몸에서 혈기가 줄어듦에 따라 그런 감회를 일으킴조차 요즘은 적어지고 말았다. 하루는 집에서 점심을 먹다 듣노라니 무슨 장사치의 외는 소리인데 아무래도 귀에 익은 목청이다. 자세히 귀를 기울이니 점점 가까이 오는 소리인데 제법 무엇을 사라는 소리가 아니라 '유리병이나 간장통 팔거―쏘―.' 하는 소리이다. 그런데 그 목청이 보면 꼭 알 사람 같아 일어서 마루 들창으로 내어다 보니, 이번

[5] ➡ 서 참의는 잘나가는 무관이었지만 복덕방 주인 신세가 되었어. 하지만 긍정적으로 살아가려고 하지.

집중!

수능 만점 선생님

에는 '가마니나 신문 잡지나 팔거─쏘─.' 하면서 가마니 두어 개를 지고 한 손에는 저울을 들고 중노인이나 된 사나이가 지나가는데 아는 사람은 확실히 아는 사람이다. 그러나 그를 어디서 알았으며 성명이 무엇이며 애초에는 무엇을 하던 사람인지가 감감해지고 말았다.

"오라! 그렇군…… 분명…… 저런!"

하고 그는 한참 만에 고개를 끄덕이었다. 그 유리병과 간장통을 외는 소리가 골목 안으로 사라져 갈 즈음에야서 참의는 그가 누구인 것을 깨달아 낸 것이다.

"동관(同官, 한 관아에서 일하는 같은 등급의 관리나 벼슬아치) 김 참의…… 허!"❻

나이는 자기보다 훨씬 연소하였으나 학식과 재기가 있는 데다 호령 소리가 좋아 상관에게 늘 칭찬을 받던 청년 무관이었다. 이십여 년 뒤에 들어도 갈데없이 그 목청이요 그 모습이었다. 전날의 그를 생각하고 오늘의 그를 보니 적이 감개에 사무치어 밥숟가락을 멈추고 냉수만 거듭 마시었다.

그러나 전에 혈기 있을 때와 달라 그런 기분이 오래가지는 않았다. 중학교 졸업반인 둘째 아들이 학교에 갔다 들어서는 것을 보고, 또 싸전에서 쌀값 받으러 와 마누라가 선선히 시퍼런 지전을 내어 헤는 것❼을 볼 때 서 참의는 이내 속으로,

'거저 살아야지 별수 있나. 저렇게 개가죽을 쓰고 돌아다니는 친구도 있는데…… 에헴.'

하였을 뿐 아니라 그런 절박한 친구에다 대면 자기는 얼마나 훌륭한 지체냐 하는 자존심도 없지 않았다.

'지난 일 그까짓 생각할 건 뭐 있나. 사는 날까지…… 허허.'

여생을 웃으며 살 작정이었다. 그래 그런지 워낙 좀 실없는 티가 있는 데다 요즘 와서는 누구에게나 농지거리가 늘어 갔다. 그래 늘 눈이 달리고 뾰로통한 입으로는 말끝마다 젠─장 소리만 나오는 안 초시와는 성미가 맞지 않았다.

"쫌보(졸보, 재주 없고 졸망한 사람)야, 술 한잔 사 주랴?"❽

쫌보라는 말이 자기를 업신여기는 것 같아서 안 초시는 이내 발끈해 가지고,

"네깟 놈 술 더러 안 먹는다."

한다.

❻ ➡ 관리로 능력을 인정받은 사람도 합병 이후 몰락할 수밖에 없었던 당시 시대 상황을 알 수 있어.   ❼ ➡ 서 참의도 현 상황에 만족하는 건 아니야. 하지만 가족들을 생각해서 마음에 차지 않는 일이라도 최선을 다하지.   ❽ ➡ 서 참의의 호탕하고 시원시원한 성격이 드러나는 부분이야.

내신 준비

수능 만점 선생님

"화투 패나 밤낮 떼면 너이 어멈이 살아온다덴?"

하고 서 참의가 발끝으로 화투장들을 밀어 던지면 그만 얼굴이 새빨개져서 쌔근쌔근하다가 부채면 부채, 담뱃갑이면 담뱃갑, 자기의 것을 냉큼 집어 들고 다시 안 올듯이 새침해 나가 버리는 것이다.

"조게 계집이문 천생 남의 첩감이야."

하고 서 참의는 껄껄 웃어 버리나 안 초시는 이렇게 돼서 올라가면 한 이틀씩 보이지 않았다.❾

한번은 안 초시의 딸의 무용회 날 밤이었다. 안경화라고, 한동안 토월회(土月會, 우리나라의 신극 극단. 1923년에 구성되었으며 신파극에 대항해 본격적인 근대극 운동을 펼침)에도 다니다가 대판(大阪, 일본 오사카)에 가 있느니 동경에 가 있느니 하더니 오륙 년 뒤에 무용가로 이름을 날리며 서울에 나타났다. 바로 제일 회 공연 날 밤이었다. 서 참의가 조르기도 했지만, 안 초시도 딸의 사진과 이야기가 신문마다 나는 바람에 어깨가 으쓱해서 공표를 얻을 수 있는 대로 얻어 가지고 서 참의뿐 아니라 여러 친구를 돌라 줬던 것이다.

"허! 저기 한가운데서 지금 한창 다릿짓하는 게 자네 딸인가?"❿

남은 다 멍멍히 앉았는데 서 참의가 해괴한 것을 보는 듯 마땅치 않은 어조로 물었다.

"무용이란 건 문명국일수록 벗구 한다네그려."

약기는 한 안 초시는 미리 이런 대답으로 막았다.

"모르겠네 원…… 지금 총각 놈들은 모두 등신인가 봐……."

"왜?"

하고 이번에는 다른 친구가 탄하였다.

"우린 총각 시절에 저런 걸 보문 그냥 못 배기네."

"빌어먹을 녀석…… 나잇값을 못 하구, 개야 저건 개……."

벌써 안 초시는 분통이 발끈거려서 나오는 소리였다.

한 가지가 끝나고 불이 환하게 켜졌을 때다.

"도루, 차라리 여배우 노릇을 댕기라구 그래라. 여배운 그래두 저렇게 넓적다린 내놓구 덤비지 않더라."

❾ ➔ 서 참의와 안 초시의 성격은 대비된다는 것을 알 수 있어.
❿ ➔ 서 참의를 비롯한 노인들이 변해 가는 세태에 적응하지 못하고 있다는 것이 드러나는 대목이야.

집중!

수능 만점 선생님

"그 자식 오지랖 경치게 넓네. 네가 안방 건넌방이 몇 칸이요나 알았지 뭘 쥐뿔이나 안다구 그래? 보기 싫건 나가렴."

하고 안 초시는 화를 발끈 내었다. 그러니까 서 참의도 안방 건넌방 말에 화가 나서 꽤 높은 소리로,

"넌 또 뭘 아니? 요 쫌보야."

하고 일어서 버리었다.

이 일이 있은 후 안 초시는 거의 달포^(한 달이 조금 넘는 기간)나 서 참의의 복덕방에 나오지 않았었다. 그런 걸 박희완 영감이 가서 데리고 왔었다.

박희완 영감이란 세 영감 중의 하나로 안 초시처럼 이 복덕방에 와 자기까지는 안 하나 꽤 쏠쏠히 놀러 오는 늙은이다. 아니 놀러 오기만 하는 것이 아니라 와서는 공부도 한다. 재판소에 다니는 조카가 있어 대서업^(代書業, 남을 대신해 관청 행정이나 법률 행위에 필요한 서류를 작성해 주고 보수를 받는 직업) 운동을 한다고 『속수국어독본^(速修國語讀本)』^⑪을 노상 끼고 와 그『삼국지』읽던 투로,^⑫

"긴—상 도코—에 유키이마스카."

어쩌고를 외고 있는 것이다.

그러나 『속수국어독본』뚜껑이 손때에 절고, 또 어떤 때는 목침 위에 받쳐 베고 낮잠도 자서 머리때까지 새까맣게 절어 조선총독부편찬이란 잔글자들은 보이지 않게 되도록, 대서업 허가는 의연히 나오지 않는 모양이었다.

"너나 내나 다 산 것들이 업은 가져 뭘 허니. 무슨 세월에…… 흥!"^⑬

하고 어떤 때, 안 초시는 한나절이나 화투 패를 떼다 안 떨어지면 그 화풀이로 박희완 영감이 들고 중얼거리는『속수국어독본』을 툭 채어 행길로 팽개치며 그랬다.

"넌 또 무슨 재술 바라구 밤낮 화투 패나 떨어지길 바라니?"

"난 심심풀이지."

그러나 속으로는 박희완 영감보다 더 세상에 대한 야심이 끓었다. 딸이 평양으로 대구로 다니며 지방 순회까지 하여서 제법 돈냥이나 걷힌 것 같으나 연구소를 내느라고 집을 뜯어고친다, 유성기를 사들인다, 교제를 하러 돌아다닌다

⑪ ➡ 여기서 '국어'는 일본어를 의미해. 당시 우리말은 '조선어^(朝鮮語)'라고 불렸단다.
⑫ ➡ 박희완 영감이 일본어를 어색하게 읽는다는 걸 알 수 있어.
⑬ ➡ 안 초시가 큰 성공을 노린다는 게 드러나는 대목이야. 서 참의의 복덕방이나 박 영감의 대서업은 눈에 차지 않는 거지.

내신 준비!

수능 만점 선생님

하느라고, 더구나 귀찮게만 아는 이 애비를 위해 쓸 돈은 예산에부터 들지 못하는 모양이었다.

"얘? 낡은 솜이 돼 그런지, 삯바느질이 돼 그런지 바지 솜이 모두 치어서 어떤 덴 홑옷이야. 암만 해두 샤쓸 한 벌 사 입어야겠다."

하고 딸의 눈치만 보아 오다 한번은 입을 열었더니,

"어련히 인제 사 드릴라구요."

하고 딸은 대답은 선선하였으나 샤쓰는 그해 겨울이 다 지나도록 구경도 못하였다. 샤쓰는커녕 안경다리를 고치겠다고 돈 일 원만 달래도 일 원짜리를 굳이 바꿔다가 오십 전 한 닢만 주었다.[14] 안경은 돈을 좀 주무르던 시절에 장만한 것이라 테만 오류 원 먹은 것이어서 오십 전만으로 그런 다리는 어림도 없었다. 오십 전짜리 다리도 있지만 살 바에는 조촐한 것을 택하던 초시의 성미라 더구나 면상에서 짝짝으로 드러나는 것을 사기가 싫었다. 차라리 종이 노끈인 채 쓰기로 하고 오십 전은 담뱃값으로 나가고 말았다.[15]

"왜 안경다린 안 고치셨어요?"

딸이 그날 저녁으로 물었다.

"흥……."

초시는 말은 하지 않았다. 딸은 며칠 뒤에 또 오십 전을 주었다. 그러면서 어떻게 들으라고 하는 소리인지,

"아버지 보험료만 해두 한 달에 삼 원 팔십 전씩 나가요."

하였다. 보험료나 타 먹게 어서 죽어 달라는 소리로도 들리었다.

"그게 내게 상관 있니?"

"아버지 위해 들었지 누구 위해 들었게요, 그럼?"

초시는 '정말 날 위해 하는 거문 살아서 한 푼이라두 다우. 죽은 뒤에 내가 알게 뭐냐.' 소리가 나오는 것을 억지로 참았다.

"오십 전이문 왜 안경다릴 못 고치세요?"

초시는 설명하지 않았다.

"지금 아버지가 좋고 낮은 걸 가리실 처지야요?"

그러나 오십 전은 또 마코값으로 다 나갔다. 이러기를 아마 서너 번째다.

⓮ ➡ 딸의 푸대접은 안 초시가 땅 투기를 선택하게 되는 계기 중 하나야.
⓯ ➡ 안 초시의 자존심 강한 성격이 구체적인 행동으로 드러나는 부분이야.

"자식도 소용없어. 더구나 딸자식…… . 그저 내 수중에 돈이 있어야…… ."

초시는 돈의 긴요성을 날로 날로 더욱 심각하게 느끼었다.

"돈만 가지면야 좀 좋은 세상인가!"

심심해서 운동 삼아 좀 나다녀 보면 거리마다 짓느니 고층 건축들이요, 동네마다 느느니 그림 같은 문화 주택들이다.⑯ 조금만 정신을 놓아도 물에서 갓 튀어나온 메기처럼 미끈미끈한 자동차가 등덜미에서 소리를 꽥 지른다. 돌아다보면 운전수는 눈을 부릅떴고 그 뒤에는 금시계 줄이 번쩍거리는, 살진 중년 신사가 빙그레 웃고 앉았는 것이었다.

"예순이 낼모레…… . 젠—장 할 것."

초시는 늙어 가는 것이 원통하였다. 어떻게 해서나 더 늙기 전에 적게 돈 만 원이라도 붙들어 가지고 내 손으로 다시 한번 이 세상과 교섭해 보고 싶었다.⑰ 지금 이 꼴로서야 문화 주택이 암만 서기로 내게 무슨 상관이며 자동차, 비행기가 개미 떼나 파리 떼처럼 퍼지기로 나와 무슨 인연이 있는 것이냐, 세상과 자기와는 자기 손에서 돈이 떨어진, 그 즉시로 인연이 끊어진 것이라 생각되었다.

"그러면 송장이나 다름없지 뭔가?"

초시는 이런 질문을 자신에게 던지는 지가 이미 오래였다.

"무슨 수가 없을까?"

또,

"무슨 그루테기가 있어야 비비지!"

그러다도,

"그래도 돈냥이나 엎질러 본 녀석이 벌기도 하는 게지."

하고 그야말로 무슨 그루터기만 만나면 꼭 벌기는 할 자신이었다.

그러다가 박희완 영감에게서 들은 말이었다. 관변에 있는 모 유력자를 통해 비밀리에 나온 말인데 황해 연안에 제이의 나진(羅津, 함경북도에 있는 항구 도시)이 생긴다는 말이었다. 지금은 관청에서만 알 뿐이나 축항 용지(築港用地, 항구를 구축하기 위한 용지)는 비밀리에 매수되었으므로 불원하여 당국자로부터 공표가 있으리라는 것이다.

"그럼, 거기가 황무진가? 전답들인가?"

내신 준비!

⑯ ➡ 당시 서울이 어떻게 바뀌어 가고 있는지 알 수 있는 부분이야.

⑰ ➡ 작가가 인초시의 생각을 직접적으로 말해 주고 있어.

수능 만점 선생님

초시는 눈이 뻘개 물었다.

"밭이라데."

"밭? 그럼 매 평 얼마나 간다나?"

"좀 올랐대. 관청에서 사는 바람에 아무리 시굴 사람들이기루 그만 눈치 없겠나. 그래두 무슨 일루 관청서 사는진 모르거든……."

"그래?"

"그래, 그리 오르진 않았대……. 아마 평당 이십오륙 전씩이면 살 수 있다나 보데. 그러니 화중지병(畫中之餅, 그림의 떡)이지 뭘 허나 우리가……."

"음……."

초시는 관자놀이가 욱신거리었다. 정말이기만 하면 한 시각이라도 먼저 덤비는 놈이 더 먹는 판이다. 나진도 오륙 전 하던 땅이 한번 개항된다는 소문이 나자 당년으로 오륙 전의 백 배 이상이 올랐고 삼사 년 뒤에는, 땅 나름이지만 어떤 요지는 천 배 이상이 오른 데가 많다.

'다 산 나이에 오래 끌 건 뭐 있나. 당년으로 넘겨두 최소한도 오 환씩야 무려할 테지…….'

혼자 생각한 초시는,

"대관절 어디란 말야, 거기가?"

하고 나앉으며 물었다.

"그걸 낸들 아나?"

"그럼?"

"그 모 씨라는 이만 알지. 그리게 날더러 단 만 원이라도 자본을 운동하면 자기는 거기서도 어디어디가 요지라는 걸 설계도를 복사해 낸 사람이니까 그 요지만 산단 말이지, 그리구 많이두 바라지 않어, 비용 죄다 제치구 순이익의 이 할만 달라는 거야."

"그럴 테지……. 누가 그런 자국을 일러 주구 구경만 하자겠나……. 이 할이라……. 이 할……."

초시는 생각할수록 이것이 훌륭한, 그 무슨 그루터기가 될 것 같았다.[18] 나진의 선례도 있거니와 박희완 영감 말이 만주국이 되는 바람에 중국과의 관계가 미묘

 18 ➡ 안 초시는 투자가 성공할 것이라고 철썩같이 믿고 있어.

해지므로 황해 연안에도 으레 나진과 같은 사명을 갖는 큰 항구가 필요할 것은 우리 상식으로도 추측할 바이라 하였다. 초시의 상식에도 그것을 믿을 수 있었다.

오늘은 오래간만에 피죤을 사서, 거기서 아주 한 대를 피워 물고 왔다.[19] 어째 박희완 영감이 종일 보이지 않는다. 다른 데로 자금 운동을 다니나 보다 하였다. 서 참의는 점심 전에 나간 사람이 어디서 흥정이 한자리 떨어지느라고인지 아직 돌아오지 않는다. 안 초시는 미닫이틀 위에서 낡은 화투를 꺼내었다.

"허, 이거 봐라!"

여간해선 잘 떨어지지 않던 거북패가 단번에 뚝 떨어진다. 누가 옆에 있어 좀 보아 줬으면 싶었다.[20]

"아무래두 이게 심상치 않어……. 이제 재수가 티나 부다!"

초시는 반도 타지 않은 담배를 행길로 내어던졌다. 출출하던 판에 담배만 몇 대를 피고 나니 목이 컬컬해진다. 앞집 수채에는 뜨물에 떠내려가다 막힌 녹두 껍질이 그저 누렇게 보인다.

"오냐, 내년 추석엔……."

초시는 이날 저녁에 박희완 영감에게서 들은 이야기를 딸에게 하였다. 실패는 했을지라도 그래도 십수 년을 상업계에서 논 안 초시라 출자를 권유하는 수작만은 딸이 듣기에도 딴사람인 듯 놀라웠다. 딸은 즉석에서는 가부를 말하지 않았으나 그의 머릿속에서도 이내 잊혀지지는 않았던지 다음 날 아침에는, 딸편이 먼저 이 이야기를 다시 꺼내었고, 초시가 박희완 영감에게 묻던 이상으로 시시콜콜히 캐어물었다. 그러면 초시는 또 박희완 영감 이상으로 손가락으로 가리키듯 소상히 설명하였고 일 년 안에 청장(清帳 장부를 청산한다는 뜻으로, 빚 따위를 깨끗이 갚음을 이르는 말)을 하더라도 최소한도로 오십 배 이상의 순이익이 날 것이라 장담 장담하였다.

딸은 솔깃했다. 사흘 안에 연구소 집을 어느 신탁 회사에 넣고 삼천 원을 돌리기로 하였다. 초시는 금시 발복(發福 운이 틔어 복이 닥침)이나 된 듯 뛰고 싶게 기뻤다.

"서 참의 이놈, 날 은근히 멸시했것다. 내 굳이 널 시켜 네 집보다 난 집을 살 테다. 네깟 놈이 천생 가쾌지 별거냐……."[21]

---

[19] → '마코', '피죤' 등은 당시 가장 인기 있었던 담배로, 시대 상황을 엿볼 수 있는 소재야.

[20] → 안 초시는 합리적인 근거가 아닌 화투 패로 자신의 운이 풀릴 거라고 생각하고 있어.

내신 준비

수능 만점 선생님

그러나 신탁 회사에서 돈이 되는 날은 웬 처음 보는 청년 하나가 초시의 앞을 가리며 나타났다. 그는 딸의 청년이었다. 딸은 아버지의 손에 단 일 전도 넣지 않았고 꼭 그 청년이 나서 돈을 쓰며 처리하게 하였다. 처음에는 팩 나오는 노염을 참을 수가 없었으나 며칠 밤을 지내고 나니, 적어도 삼천 원의 순이익이 오륙 만 원은 될 것이라, 만 원 하나야 어디로 가랴 하는 타협이 생기어서 안 초시는 으슬으슬 그, 이를테면 사위 녀석 격인 청년의 뒤를 따라나섰다.

일 년이 지났다.

모두 꿈이었다. 꿈이라도 너무 악한 꿈이었다.[21] 삼천 원어치 땅을 사 놓고 날마다 신문을 훑어보며 수소문을 하여도 거기는 축항이 된단 말이 신문에도, 소문에도 나지 않았다. 용당포와 다사도에는 땅값이 삼십 배가 올랐느니 오십 배가 올랐느니 하고 졸부들이 생겼다는 소문이 있어도 여기는 감감소식일 뿐 아니라, 나중에 역시, 이것도 박희완 영감을 통해 알고 보니 그 관변 모 씨에게 박희완 영감부터 속아 떨어진 것이었다. 축항 후보지로 측량까지 하기는 하였으나 무슨 결점으로인지 중지되고 마는 바람에 너무 기민하게 거기다 땅을 샀던, 그 모 씨가 그 땅 처치에 곤란하여 꾸민 연극이었다. 돈을 쓸 때는 일 원짜리 한 장 만져도 못 봤지만 벼락은 초시에게 떨어졌다. 서너 끼씩 굶어도 밥 먹을 정신이 나지도 않았거니와 밥을 먹으러 들어갈 수도 없었다.

"재물이란 친자 간의 의리도 배추 밑 도리듯 하는 건가?"

탄식할 뿐이었다. 밥보다는 술과 담배가 그리웠다. 물론 안경다리는 그저 못 고치었다. 그러나 이제는 오십 전짜리는커녕 단 십 전짜리도 얻어 볼 길이 없다.

추석 가까운 날씨는 해마다의 그때와 같이 맑았다. 하늘은 천 리같이 트였는데 조각구름들이 여기저기 널리었다. 어떤 구름은 깨끗이 바래 말린 옥양목처럼 흰빛이 눈이 부시다. 안 초시는 이번에도 자기의 때 묻은 적삼 생각이 났다. 그러나 이번에는 소매 끝을 붉거나 떨지는 않았다. 고요히 흘러내리는 눈물을 그 더러운 소매로 닦았을 뿐이다.[23]

㉑ ➡ 안 초시가 자존심 때문에 큰 투기에 나섰다는 걸 알 수 있지.

㉒ ➡ 안 초시가 투자에 크게 실패했다는 걸 알 수 있어.

㉓ ➡ 첫 장면과 대비되는 부분이야. 그때까지만 해도 안 초시는 희망을 품고 있었지.

수능 만점 선생님

여름이 극성스럽게 덥더니, 추위도 그럴 징조인지 예년보다 무서리(그해의 가을 들어 처음 내리는 묽은 서리)가 일찍 내리었다. 서 참의가 늘 지나다니는 식은관사에는 울타리가 넘게 피었던 코스모스들이 끓는 물에 데쳐 낸 것처럼 시커멓게 무르녹고 말았다.㉔

참의는 머리가 떵—하였다. 요즘 와서 울기 잘하는 안 초시를 한번 위로해 주려, 엊저녁에는 데리고 나와 청요릿집으로, 추어탕집으로 새로 두 점을 치도록 돌아다닌 때문 같았다. 조반이라고 몇 술 뜨기는 했으나 혀도 그냥 뻑뻑하다. 안 초시도 그럴 것이니까 해는 벌써 오정 때지만 끌고 나와 해장술이나 먹으리라 하고 부지런히 내려와 보니, 웬일인지 복덕방이라고 쓴 베 발이 아직 내어 걸리지 않았다.㉕

"이 사람 봐아⋯⋯. 어느 땐 줄 알구 코만 고누⋯⋯."

그러나 코 고는 소리는 들리지 않았다. 미닫이를 밀어젖힌 서 참의는 정신이 번쩍 났다. 안 초시의 입에는 피, 얼굴은 잿빛이다. 방 안은 움 속처럼 음습한 바람이 횡— 끼친다.

"아니?"

참의는 우선 미닫이를 닫고 눈을 비비고 초시를 들여다보았다. 안 초시는 벌써 아니요, 안 초시의 시체일 뿐, 둘러보니 무슨 약병인 듯한 것 하나가 굴러져 있다.

"허!"

파출소로 갈까 하다 그래도 자식한테 먼저 알려야겠다 하고 말만 듣던 그 안경화 무용 연구소를 찾아가서 안경화를 데리고 왔다. 딸이 한참 울고 난 뒤다.

"관청에 어서 알려야지?"

"아니야요. 앗으세요."

딸은 펄쩍 뛰었다.

"앗으라니?"

"저⋯⋯."

"저라니?"

"제 명예도 좀⋯⋯."㉖

㉔ ▶ 자연물을 통해 안 초시의 미래를 암시해 주고 있어.

㉕ ▶ 평소와 다른 일이 생겼음을 드러내는 부분이야.

내신 준비!

수능 만점 선생님

하고 그는 애원하였다.

"명예? 안 될 말이지, 명옐 생각하는 사람이 애빌 저 모양으루 세상 떠나게 해?"

"……"

안경화는 엎드려 다시 울었다. 그러다가 나가려는 서 참의의 다리를 끌어안고 놓지 않았다. 그리고,

"절 살려 주세요."

소리를 몇 번이나 거듭하였다.

"그럼, 비밀은 내가 지킬 테니 나 하자는 대루 할까?"

"네."

서 참의는 다시 앉았다.

"부친 위해 보험 든 거 있지?"

"네, 간이 보험이야요."

"무슨 보험이든…… 얼마나 타게 되누?"

"사백팔십 원요."

"부친 위해 들었으니 부친 위해 다 써야지?"

"그럼요."

"에헴, 그럼…… 돌아간 이가 늘 속샤쓸 입구퍼 했어. 상등 털샤쓰를 사다 입히구, 그 우에 진견으로 수의 일습^(一襲: 옷, 그릇, 기구 따위의 한 벌) 구색 맞춰 짓게 허구……. 선산이 있나, 묻힐 데가?"

"웬걸요, 없어요."

"그럼 공동묘지라도 특등지루 널찍하게 사구……. <u>장례식을 장—하게 해야 말이지 초라하게 해 버리면 내가 그저 안 있을 게야.</u>^⑰ 알아들어?"

"네에."

하고 안경화는 그제야 핸드백을 열고 눈물 젖은 얼굴을 닦았다.

안 초시의 소위 영결식이 그 딸의 연구소 마당에서 열리었다.

㉖ ➡ 작가는 안경화를 통해 가족보다 개인의 삶이 중요해진 현대 사회와 신세대에 대한 비판적 시각을 드러내고 있어.

㉗ ➡ 서 참의는 안 초시의 죽음에 대한 안타까움을 화려한 장례를 통해 해소하려고 해.

집중!
수능 만점 선생님

서 참의와 박희완 영감은 술이 거나하게 취해 갔다. 박희완 영감이 무얼 잡혀서 가져왔다는 부의 이 원을 서 참의가,

"장례비가 넉넉하니 자네 돈 그 계집애 줄 거 없네."

하고 우선 술집에 들러 거나하게 곱빼기들을 한 것이다.

영결식장에는 제법 반반한 조객들이 모여들었다.[28] 예복을 차리고 온 사람도 두엇 있었다. 모두 고인을 알아 온 것이 아니요, 무용가 안경화를 보아 온 사람들 같았다. 그중에는, 고인의 슬픔을 알아 우는 사람인지, 덩달아 기분으로 우는 사람인지 울음을 삼키느라고 끽끽 하는 사람도 있었다. 안경화도 제법 눈이 젖어 가지고 신식 상복이라나 공단 같은 새까만 양복으로 관 앞에 나와 향불을 놓고 절하였다. 그 뒤를 따라 한 이십 명 관 앞에 와 꾸벅거리었다. 그리고 무어라고 지 껄이고 나가는 사람도 있었다.

그들의 분향이 거의 끝난 듯하였을 때,

"에헴!"

하고 얼굴이 시뻘건 서 참의도 한마디 없을 수 없다는 듯이 나섰다. 향을 한 움 큼이나 집어 놓아 연기가 시커멓게 올려 솟더니 불이 일어났다. 후—후— 불어 불을 끄고, 수염을 한번 쓰다듬고 절을 했다. 그리고 다시,

"헴……"

하더니 조사를 하였다.

"나 서 참일세, 알겠나? 흥…… **자네 참 호살세 호사야……. 잘 죽었느니. 자네 살았으문 이만 호살 해 보겠나?**[29] 인전(이제는) 안경다리 고칠 걱정두 없구…… 아무튼지……."

하는데 박희완 영감이 들어서더니,

"이 사람 취했네그려."

하며 서 참의를 밀어냈다.

박희완 영감도 가슴이 답답하였다. 분향을 하고 무슨 소리를 한마디 했으면 속이 후련히 트일 것 같아서 잠깐 멈칫하고 서 있어 보았으나,

"으흐윽……."

- 28 → 노인들과 대조되는 신세대를 의미한단다.
- 29 → 서 참의는 안 초시의 죽음을 추모하며 반어적인 표현을 사용하고 있어.

내신 준비!

수능 만점 선생님

하고 울음이 먼저 터져 그만 나오고 말았다.

　서 참의와 박희완 영감도 묘지까지 나갈 작정이었으나 거기 모인 사람들이 하나도 마음에 들지 않아 도로 술집으로 내려오고 말았다.[30]

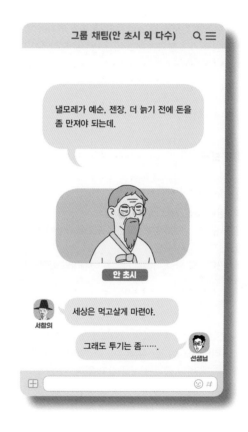

[30] ➡ 달라진 세태와 신세대에 적응하지 못하는 구세대의 모습이야.

정리해 볼까요(그룹 채팅)

● **작가에 대해서 알아볼까요?** --

킬링 포인트

이태준 작가는 1904년 강원도 철원에서 태어났어. 호는 상허(尙虛) 혹은 상허당주인(尙虛堂主人)이야. 휘문 고등 보통학교와 일본 조치 대학 등에서 수학했고, 1925년 〈시대일보〉에 「오몽녀」를 발표하며 등단했단다. 6 · 25 전쟁 이후 월북했는데 정치적으로 숙청당한 이후 행방이 묘연해졌지.

이태준 작가는 1930년대에 여러 단편 소설을 발표하며 활발하게 활동했어. 우리나라 현대 소설의 기법을 완성했다고 평가받는 그는 「달밤」, 「돌다리」, 「복덕방」 등 뛰어난 작품을 남겼어. 특히 「복덕방」에서는 세 노인의 몰락을 통해 변화한 세태와 가족 붕괴에 대한 비판 의식을 드러냈지.

읽음

세 노인이 변해 가는 세상 속에서 소외되는 과정이 실감나게 느껴졌어요. 신세대를 향한 비판 의식도 잘 드러나 있었고요.

👍100점

● **작품에 대해서 정리해 보죠!** --

킬링 포인트

작가 : 이태준
갈래 : 단편 소설, 세태 소설
배경 : 시간적 – 1930년대 | 공간적 – 서울의 한 복덕방
시점 전지적 작가 시점
주제 : 근대화의 물결 속에서 소외된 구세대의 좌절과 비애
출전 : 〈조광〉(1937)

킬링 포인트

무조건
알아야 해!

「복덕방」은 1930년대 서울을 배경으로 세 노인의 삶과 죽음을 통해 변해 가는 세태를 비판적으로 그린 작품이야. 복덕방에 모인 세 노인은 일제 강점기를 겪으며 과거에 비해 궁핍한 삶을 살고 있어. 이 중 안 초시는 큰돈을 벌겠다는 야심을 품고 있지. 성공한 무용수인 딸이 푼돈만 주며 냉대하기 때문이야. 안 초시는 박희완 영감에게 새로운 항구 도시가 생긴다는 소식을 듣지. 큰돈을 벌 수 있으리라 직감한 안 초시는 딸을 설득해 삼천 원을 투자하지만 처참하게 실패해. 딸에게 오십 전도 받지 못하는 처지가 된 안 초시는 자살하지. 서 참의는 아버지의 자살을 숨기려는 딸을 협박해 장례를 성대히 치르게 해. 서 참의와 박희완 영감은 장례식에 참석했다가 그곳에 모인 사람들이 불쾌해 자리를 뜨게 되지.

읽음

자살이라는 극단적인 선택으로 삶을 마감한 안 초시가 안타까워요. 당시 신세대를 바라보는 구세대의 비판 의식도 잘 알 수 있었고요.

👍100점

● 구조적 접근을 꼭 알아야 해요!

킬링 포인트

발단: 세 노인이 복덕방에 모임

안 초시는 언젠가 성공하리라는 야심에 가득 차 있어. 서 참의는 가족을 위해 긍정적으로 복덕방 일을 하지. 박희완 영감은 대서업으로 돈을 벌겠다며 일본어 공부를 해.

전개: 안 초시는 야박한 딸 때문에 야심을 가지게 됨

안경화는 성공한 무용수야. 하지만 아버지의 옷 한 벌 살 돈도 아낄 정도로 이기적이지. 안 초시는 매정한 딸 때문에라도 돈을 벌어 떳떳하게 살고 싶다는 야심을 가지게 돼.

위기: 안 초시는 새 항구 도시 계획을 듣고 딸의 돈으로 투자에 나섬

안 초시는 박희완 영감에게 황해 연안에 새로운 항구 도시가 생긴다는 소식을 전해 들어. 기회라고 생각한 안 초시는 딸의 돈 삼천 원을 투자하지.

절정: 투자에 실패한 안 초시가 자살을 택함

투자에 실패한 안 초시는 자살하고, 이를 서 참의가 가장 먼저 발견하지. 안경화는 비밀을 지켜 달라고 애원해. 서 참의는 비밀을 지킬 테니 안 초시의 장례를 성대하게 치르라고 하지.

결말: 서 참의와 박희완 영감은 안 초시의 장례식을 찾음

안경화는 아버지의 장례식을 성대하게 치러. 서 참의는 추도사를 읊고, 박희완 영감 역시 무어라 말하려 하지만, 울컥해서 아무 말도 못 하지. 두 사람은 장례식에 모인 사람들에게 불쾌감을 느끼고 자리를 떠.

읽음

세 노인을 통해 소외된 계층의 애환을 담아낸 점이 인상적이었어요! 점점 무너져 가는 가족에 대한 묘사도 실감 났고요.

👍 100점

● 안 초시의 뇌 구조를 알아볼까요?

더 늙기 전에 내 손으로 돈을 벌어 봤으면!

딸자식이 성공하면 뭘 해!

흥! 복덕방 따위가 대수냐.

아, 투자에 실패하다니.

나는 제대로 성공할 테다.

수능 만점 강사

1 이 작품에 대한 설명으로 가장 옳은 것은?

① 여러 이야기가 공존하는 옴니버스식 구성을 취하고 있다.
② 변해 가는 세태에 적응하지 못하는 인물을 부정적으로 그리고 있다.
③ 작중 인물인 서술자가 상황을 직접 묘사하고 있다.
④ 일제 강점기라는 시대 상황 속에서 몰락한 인물들이 등장한다.
⑤ 인물의 성격을 드러내기 위해 직접적 제시 방법을 사용했다.

2 다음 글을 읽고 나온 반응으로 옳지 <u>않은</u> 것은?

> "허! 저기 한가운데서 지금 한창 다릿짓하는 게 자네 딸인가?"
> 남은 다 멍멍히 앉았는데 서 참의가 해괴한 것을 보는 듯 마땅치 않은 어조로 물었다.
>
> (…)
>
> "도루, 차라리 여배우 노릇을 댕기라구 그래라. 여배운 그래두 저렇게 넓적다린 내놓
> 구 덤비지 않더라."
> "그 자식 오지랖 경치게 넓네. 네가 안방 건넌방이 몇 칸이요나 알았지 뭘 쥐뿔이나 안
> 다구 그래? 보기 싫건 나가렴."
> 하고 안 초시는 화를 발끈 내었다. 그러니까 서 참의도 안방 건넌방 말에 화가 나서 꽤
> 높은 소리로,
> "넌 또 뭘 아니? 요 쫌보야."
> 하고 일어서 버리었다.
> 이 일이 있은 후 안 초시는 거의 달포나 서 참의의 복덕방에 나오지 않았었다.

① 재희: 서 참의는 괜히 안 초시의 딸을 트집 잡아서 안 초시를 화나게 하고 있어.
② 신영: 서 참의는 변해 가는 세상 풍토를 이해하지 못하는 구시대적 인물이야.
③ 지환: 안 초시는 내심 서 참의의 직업을 얕잡아 보고 있어.
④ 다정: 안 초시는 자존심이 굉장히 강한 사람 같아.
⑤ 민기: 서 참의는 자신을 무시하는 안 초시를 못마땅해하고 있어.

3 다음 소재 중 다른 네 가지와 성격이 <u>다른</u> 하나는?

① 백통화 한 푼
② 드팀전
③ 사글셋방
④ 『속수국어독본』
⑤ 피존

4 이 작품을 각색한 드라마를 방영하기 전, 홍보를 위해 인물 설명 자료를 배포하려 한다. 작품 내용에 비추어 볼 때 <u>어색한</u> 것은?

인물	명대사	인물 설명
① 안 초시	"돈만 가지면야 좀 좋은 세상인가!"	더 늙기 전에 한 방을 노리는 야심가. 부동산 투자로 인생 역전을 노린 그에게 닥친 비극은?
② 서 참의	"세상은 먹구살게는 마련야……."	'인생 뭐 있나?' 한때는 호랑이 무관이었지만, 이제는 겨우 복덕방 주인일 뿐.
③ 모 씨	"순이익의 이 할만 주면 돼."	미리 사 둔 땅을 처치하려면 이 방법밖엔 없어! 이러한 그의 선택은 안 초시를 비극으로 몰아넣게 되는데……
④ 박 영감	"으흐윽…… 이 사람아!"	달라도 너무 다른 두 사람 사이에서 제 살길을 위해 공부하는 복덕방의 중재자. 가슴을 울리는 그의 한마디!
⑤ 안경화	"절 살려 주세요."	성공한 신세대 무용수. 하지만 아버지의 죽음으로 그녀의 앞길에도 암운이 드리우는데……

5 두 노인이 다음과 같이 행동한 이유는 무엇인지 서술하시오.

> 서 참의와 박희완 영감도 묘지까지 나갈 작정이었으나 거기 모인 사람들이 하나도 마음에 들지 않아 도로 술집으로 내려오고 말았다.

두 노인은 시대의 변화 속에서 궁핍한 삶을 살고 있지만, 인간성을 잃지는 않았다. 하지만 화려한 장례식에서 만난 신세대는 인간성이 상실된 모습을 보인다. 그래서 두 노인은 신세대의 모습에 환멸을 느끼고 그곳을 떠난 것이다.

● **수능 만점 선생님의 감상 꿀팁**

이 작품의 세 노인은 사회의 뒤편으로 밀려난 이들이야. 하지만 이들에게서는 인간적인 모습이 느껴지지. 반면 안 초시의 딸 안경화로 대표되는 신세대는 사회 변화에 적응했지만, 이전 세대의 인간성은 느낄 수 없어. 이처럼 이 작품은 현실에서 소외된 노인들의 삶을 통해 근대화의 부정적인 모습을, 이기적인 딸의 모습을 통해 무너져 가는 가족 관계를 폭로했단다.

미리 들여다보는 인물 X 파일

암퇘지는 생명선이나 다름없어! 이 돼지를 팔면 떠난 분이를 찾을 수 있을지도 몰라.

저렇게 어린 돼지를 씨받이로 쓰려 하다니! 아무리 짐승이라지만…….

식이 **VS** 농부

수능 만점 선생님의 감상 꿀팁!

이 소설은 동물들의 교접 장면과의 대비를 통해 인간 내면에 자리한 본능적인 애욕을 그린 작품이야. 식이와 분이, 종돈과 암퇘지의 대비에 주목하며 읽어 보자.

돈(豚)

#식이의 생명줄인 돼지가 한순간에 사라지다

옛 성 모롱이 버드나무 까치 둥우리 위에 푸르뎅뎅한 하늘이 얕게 드리웠다. 토끼우리에서는 하얀 양토끼가 고슴도치 모양으로 까칠하게 웅크리고 있다. 능금나무 가지를 간들간들 흔들면서 벌판을 불어오는 바닷바람이 채 녹지 않은 눈 속에 덮인 종묘장(種苗場, 식물의 씨앗이나 모종, 묘목 따위를 심어서 기르는 곳) 보리밭에 휩쓸려 돼지우리에 모질게 부딪친다.

우리 밖 네 귀의 말뚝 안에 얽어 매인 암돼지는 바람을 맞으면서 유난히 소리를 친다.❶ 말뚝을 싸고도는 종묘장 종돈(種豚, 씨를 받으려고 기르는 돼지)은 시뻘건 입에 거품을 품으면서 말뚝의 뒤로 돌아 그 위에 덥석 앞다리를 걸었다. 시꺼먼 바위 밑에 눌린 자라 모양인 암돼지는 날카로운 비명을 울리며 전신을 요동한다. 미끄러진 종돈은 게걸떡거리며 다시 말뚝을 싸고돈다. 앞뒤 우리에서 응하는 돼지들 고함에 오후의 종묘장 안은 떠들썩하다.

반시간이 넘어도 여의치 않았다. 둘러싸고 보던 사람들도 흥이 식어서 주춤주춤 움직인다. 여러 번째 말뚝 위에 덮쳤을 때에 육중한 힘에 말뚝이 와싹 무지러지면서 그 바람에 밑에 깔렸던 돼지는 말뚝의 테두리가 벗어지자 뛰어나갔다.

"어려서 안 되겠군."

종묘장 기수가 껄껄 웃는다.

"황소 앞에 암탉 같으니 쟁그라워서 볼 수 있나."❷

"겁을 먹고 달아나는데."

농부는 날쌔게 우리 옆을 돌아 뛰어가는 돼지의 앞을 막았다.

❶ ➜ 식이는 암돼지를 종돈과 교배시키려 하고 있어. 암돼지가 새끼를 낳으면 생활을 꾸려 나갈 수 있거든.

❷ ➜ 식이네 암돼지와 종돈을 암탉과 황소로 빗대고 있어. 성적인 농담을 들은 식이는 부끄러움을 느끼지.

"달포 전에 한 번 왔다 갔으나 씨가 붙지 않아서 또 끌고 왔는데요."

식이는 겸연쩍어서 얼굴이 붉어졌다.

"아무리 짐승이기로 저렇게 어리구야 씨가 붙을 수 있나."

농부의 말에 식이는 다시 얼굴을 붉혔다.

"빌어먹을 놈의 짐승."

무안도 무안이려니와 귀찮게 구는 짐승에 식이는 화를 버럭 내면서 농부의 부축을 하여 달아나는 돼지의 뒤를 쫓는다. 고무신이 진창에 빠지고 바지춤이 흘러내린다.

<u>돼지의 허리를 맨 바를 붙들었을 때에 그는 홧김에 바를 뒤로 잡아낚으며 기운껏 매질한다.</u>❸ 어린 짐승은 바들바들 떨면서 비명을 울린다. 농가 일 년의 생명선 — 좀 있으면 나올 제일기분 세금과 첫여름 감자가 나올 때까지의 가족 양식의 예산 부담을 맡은 이 어린 짐승에 대한 측은한 뉘우침이 나중에는 필연코 나련마는 종묘장 사람들 숲에서의 무안을 못 이겨 식이의 흔드는 매는 자연 가련한 짐승 위에 잦게 내렸다.

"그만 갖다 매시오."

말뚝을 고쳐 든든히 박고 난 농부는 식이에게 손짓한다.

겁과 불안에 떨며 허둥거리는 짐승을 이번에는 한결 더 든든히 말뚝 안에 우겨 넣고 나뭇대를 가로질러 배까지 떠받쳐 올려 꼼짝 요동하지 못하게 탐탁하게 얽어매었다.

털 몸을 근실근실 부딪치며 그의 곁을 궁싯궁싯 감도는 종돈은 미처 식이의 손이 떨어지기도 전에 화차와도 같이 말뚝 위를 엄습한다. <u>시뻘건 입이 욕심에 목메어서 풀무같이 요란히 울린다. 깔린 암돼지는 목이 찢어져라 날카롭게 고함친다.</u>❹

둘러선 좌중은 일제히 웃음소리를 멈추고 일시 농담조차 잊은 듯하다.

<u>문득 분이의 자태가 눈앞에 떠오른다.</u>❺ 식이는 말뚝에서 시선을 돌려 딴전을 보았다.

---

❸ ➡ 식이는 교접에 실패한 안타까움과 사람들의 농담으로 말미암은 부끄러움 때문에 암돼지를 매질하고 있어.

❹ ➡ 두 마리 돼지의 교접 장면을 생생하게 묘사하고 있어.

❺ ➡ 식이는 돼지들의 교접 장면을 보며 분이를 떠올리고 있어. 동물들의 행위로 내밀한 마음이 드러난 거지.

내신 준비

수능 만점 선생님

'분이 고것 지금 넌 어디 가 있는구.'

제이기분은 새로 일기분 세금조차 밀려오는 농가의 형편에 돼지보다 나은 부업이 없었다. 한 마리를 일 년 동안 충실히 기르면 세금도 세금이려니와 잔돈푼의 가용 돈은 훌륭히 우러나왔다. 이 돼지의 공용을 잘 아는 식이다. 푼푼이 모은 돈으로 마을 사람들의 본을 받아 종묘장에서 갓 난 양돼지 한 자웅(雌雄, 암수)을 사온 것이 지난여름이었다. 기름이 자르르 흐르는 새까만 자웅을 식이는 사람보다도 더 귀히 여겨 갓 사 왔던 무렵에는 우리에 넣기가 아까워 그의 방 한구석에 짚을 펴고 그 위에 재우기까지 하던 것이 젖이 그리워서인지 한 달도 못 돼서 수놈이 죽었다. 나머지의 암놈을 식이는 애지중지하여 단 한 벌의 그의 밥그릇에 물을 받아 먹이기까지 하였다. 물도 먹지 않고 꿀꿀 앓을 때에는 그는 나무하러 가는 것도 그만두고 종일 짐승의 시중을 들었다. 여섯 달을 기르니 겨우 암돼지 티가 났다. 달포 전에 식이는 첫 시험으로 십 리가 넘는 읍내 종묘장까지 끌고 왔었다. 피 같은 돈 오십 전이나 내서 씨를 받은 것이 종시 붙지 않았다. 식이는 화가 났다. 때마침 정을 두고 지내던 이웃집 분이가 어디론지 도망을 갔다.❻ 식이는 속이 상해서 며칠 동안 일이 손에 잡히지 않았다. 늘 뽀로통해서 쌀쌀하게 대꾸하더니 그 고운 살을 한 번도 허락하지 않고 늙은 아비를 혼자 둔 채 기어코 도망을 가 버렸구나 생각하니 분이가 괘씸하였다. 그러나 속 깊은 박 초시의 일이니 자기 딸 조처에 무슨 꿍꿍이수작(남에게 드러내 보이지 아니하고 어떤 일을 꾸며 속 알 수 없는 엉큼한 수작)을 대었는지 도무지 모를 노릇이었다. 청진으로 갔으니 서울로 갔으니 며칠 전에 박 초시에게 돈 십 원이 왔으니 소문은 갈피갈피였으나 하나도 종잡을 수 없었다. 이래저래 상할 대로 속이 상했다. 능금꽃 같은 두 볼을 잘강잘강 썹어 먹고 싶던 분이인 만큼 식이는 오늘까지 솟아오르는 심화를 억제할 수 없었다.

"다 됐군."

딴전만 보고 섰던 식이는 농부의 목소리에 그쪽을 보았다. 종돈은 만족한 듯이 여전히 꿀꿀 짖으면서 그곳을 떠나지 않고 빙빙 돈다.

파장(罷場, 시장 따위가 파함) 후의 광경이건만 분이의 그림자가 눈앞에 어른거리는 식이는 몹시도 겸연쩍었다. 잠자코 서 있는 까칠한 암돼지와 분이의 자태가 서로

---

❻ ➡ 암돼지와 분이는 식이에게 밝은 미래를 의미한단다. 그래서 분이가 도망간 사건은 식이에게 절망감을 안겨 주지.

❼ ➡ 식이는 암돼지를 공격하는 종돈에게 이입하며 분이와 암돼지를 동일시하고 있어.

얽혀서 그의 머릿속에 추근하게 떠올랐다.❼ 음란한 잡담과 허리 꺾는 웃음소리에 얼굴이 더한층 붉어졌다. 환영을 떨쳐 버리려고 애쓰면서 식이는 얽어매었던 돼지를 풀기 시작하였다. 농부는 여전히 게걸떡거리며 어른어른 싸도는 욕심 많은 종돈을 몰아 우리 속에 가두었다.

"이번에는 틀림없겠지."

장부에 이름을 올리고 오십 전을 치러 주고 종묘장을 나오니 오후의 해가 느지막하였다.

능금밭 건너편 양옥 관사의 지붕이 흐린 석양에 푸르뎅뎅하게 빛난다. 옛 성 어귀에는 성안으로 드나드는 장꾼의 그림자가 어른어른한다. 성안에서 한 채의 버스가 나오더니 폭 넓은 이등 도로^(지방도)를 요란히 달려온다. 돼지를 몰고 길 왼편 가로 피한 식이는 퍼뜩 지나는 버스 안을 흘끗 살펴본다.❽ 분이를 잃은 후로부터는 그는 달아나는 버스 안까지 조심스럽게 살피게 되었다. 일전에 나남에서 버스 차장 시험이 있었다더니 그런 데로나 뽑혀 들어가지 않았을까? 분이의 간 길을 이렇게도 상상하여 보았기 때문이다.

'장이나 한 바퀴 돌아올까?'

북문 어귀 성 밑 돌 틈에 돼지를 매 놓고 식이는 성을 들어가 남문 거리로 향하였다.

분이가 없는 이제 장꾼의 눈을 피하여 으슥한 가게 앞에 가서 겸연쩍은 태도로 매화분을 살 필요도 없어진 식이는 석유 한 병과 마른 명태 몇 마리를 사 들고 장판을 오르락내리락하였다. 한 동리 사람의 그림자도 눈에 띄지 않기에 그는 곧게 성 밖으로 나와 마을로 향하였다.

어기적거리며 돼지의 걸음이 올 때만큼 재지 못하였다. 그러나 이제 매질할 용기는 없었다.

철로를 끼고 올라가 정거장 앞을 지나 오촌포 한길에 나서니 장 보고 돌아가는 사람의 그림자가 드문드문 보인다. 산모롱이가 바닷바람을 막아 아늑한 저녁 빛이 한길 위를 덮었다. 먼 산 위에는 전기의 고가선이 솟고 산 밑을 물줄기가 돌아내렸다. 온천 가는 넓은 도로가 철로와 나란히 누워서 남쪽으로 줄기차게 뻗쳤다. 저물어 가는 강산 속에 아득하게 뻗친 이 두 줄의 길이 새삼스럽게 식이의

❽ ➡ 분이를 향한 식이의 마음이 행동으로 드러나고 있어.

내신 준비!

수능 만점 선생님

마음을 끌었다. 걸어가는 그의 등 뒤에서는 산모롱이를 돌아오는 기차 소리가 아련히 들린다. 별안간 식이에게는 이상한 생각이 들었다.

'이 길로 아무 데로나 달아날까.'

장에 가서 돼지를 팔면 노자가 되겠지, 차 타고 노자 자라는 곳까지 달아나면 그곳에 곧 분이가 있지 않을까.[9] 어디서 들었는지 공장에 들어가기가 분이의 소원이더니, 그곳에서 여직공 노릇 하는 분이와 만나 나도 노동자가 되어 같이 살면 오죽 재미있을까. 공장에서 버는 돈을 달마다 고향에 부치면 아버지도 더 고생하실 것 없겠지. 돼지를 방에서 기르지 않아도 좋고 세금 못 냈다고 면소 서기들한테 밥솥을 뺏길 염려도 없을 터이지. 농사같이 초라한 업이 세상에 또 있을지. 아무리 부지런히 일해도 못살기는 일반이니…… 분이 있는 곳이 어디인가…… 돼지를 팔면 얼마나 받을까. 암돼지 양돼지…….

"앗!"

날카로운 소리에 번쩍 정신이 깨었다.[10]

찬바람이 획 앞을 스치고 불시에 일신이 딴 세상에 뜬 것 같았다. 눈 보이지 않고, 귀 들리지 않고 — 잠시간 전신이 죽고 감각이 없어졌다. 캄캄하던 눈앞이 차차 밝아지며 거물거물 움직이는 것이 보이고 귀가 뚫리며 요란한 음향이 전신을 쓸어 없앨 듯이 우렁차게 들렸다 — 우레 소리가…… 바닷소리가…… 바퀴 소리가……. 별안간 눈앞이 환해지더니 열차의 마지막 바퀴가 쏜살같이 눈앞을 달아났다.

"앗, 기차!"

다 지나간 이제 식이는 정신이 아찔하며 몸이 부르르 떨린다.

진땀이 나는 대신 소름이 쪽 돋는다. 전신이 불시에 빈 듯이 거뿐하다. 글자대로 전신은 비었다. 한쪽 팔에 들었던 석유병도 명태 마리도 간 곳이 없고 바른손으로 이끌던 돼지도 종적이 없다.[11]

"아, 돼지!"

"돼지구 무어구 미친놈이지, 어디라구 후미키리(건널목)를 막 건너."

따귀를 철썩 맞고 바라보니 철로 망보는 사람이 성난 얼굴로 그를 노리고 섰다.

"돼지는 어찌 됐단 말이오."

"어젯밤 꿈 잘 꾸었지. 네 몸 안 치인 것이 다행이다."

"아니 그럼 돼지가 치었단 말요."

"다음부터 차에 주의해!"

독하게 쏘아붙이면서 철로 망꾼은 식이의 팔을 잡아낚아 후미키리 밖으로 끌어냈다.

"아, 돼지가 치었다니 두 번이나 종묘장에 가서 씨받은 내 돼지 암돼지 양돼지……"

엉겁결에 외치면서 훑어보았으나 피 한 방울 찾아볼 수 없다.[12] 흔적조차 없다니 ─ 기차가 달랑 들고 간 것 같아서 아득한 철로 위를 바라보았으나 기차는 벌써 그림자조차 없다.

"한방에서 잠재우고, 한 그릇에 물 먹여서 기른 돼지, 불쌍한 돼지……"

정신이 아찔하고 일신이 허전하여서 식이는 금시에 그 자리에 푹 쓰러질 것도 같았다.

 [12] → 식이가 꿈꾸었던 모든 일이 흔적도 없이 사라졌음을 뜻한단다.

그룹 채팅(식이 외 다수)
씨가 붙지 않아서 또 끌고 왔어요. 빌어 먹을 놈의 짐승!
식이
겁을 먹고 달아나네.
농부
식이 파이팅!
선생님

정리해 볼까요(그룹 채팅)

● 작가에 대해서 알아볼까요?

킬링 포인트

이효석 작가는 1907년 강원도 평창에서 태어났어. 1928년 〈조선지광〉에 단편 「도시와 유령」을 발표하며 문단에 데뷔했지. 이후 대표작이자 한국 단편 소설의 수작으로 꼽히는 「메밀꽃 필 무렵」을 비롯해 「분녀」, 「산」, 「들」, 「개살구」, 「장미 병들다」 등의 단편 소설과 장편 소설 「화분」, 「창공」, 수필 「낙엽을 태우면서」 등 수많은 작품을 남겼단다.

이효석 작가의 작품 경향으로는 자연을 배경으로 한 서정적이고 애욕적인 묘사와 이국 취향을 꼽을 수 있어. 1933년 단편 소설 「돈」을 발표한 이후, 초기의 신경향파 노선에서 벗어나 점차 자연주의와 심미주의 경향을 보이는 작품을 썼지. 매년 강원도 봉평에서는 이효석 작가의 작품 세계를 기리는 '효석 문화제'가 열리고 있단다.

읽음

「돈」은 인간의 성을 모티프로 하고 있지만, 시적인 묘사와 향토적인 느낌이 독특한 분위기를 만드는 것 같아요!

👍100점

● 작품에 대해서 정리해 보죠!

킬링 포인트

작가 : 이효석
갈래 : 순수 소설, 단편 소설
배경 : 시간적 – 1930년대 | 공간적 – 어느 시골
시점 : 전지적 작가 시점
주제 : 인간 내면에 자리한 원초적인 성적 본능
출전 : 〈조선문학〉(1933)

킬링 포인트

무조건 알아야 해!

「돈」은 인간의 성적 욕망을 돼지의 교접 행위를 통해 그려 낸 작품이야. 식이의 애욕을 돼지의 교접 행위와 대비하면서 인간의 본능적인 성애를 자연스럽게 묘사하고 있단다. 식이는 6개월 동안 귀하게 기른 암퇘지를 종돈과 교배시키려 해. 하지만 암퇘지가 너무 어린 탓에 교접은 쉽게 성공하지 못하지. 두 마리가 다시 교접을 시도하는 모습을 지켜보던 식이는 사라진 분이를 떠올리고는 얼굴이 붉어짐을 느껴. 식이는 돼지를 팔아 그 노자로 어느 공장에서 일하고 있을지 모르는 분이를 찾아갈 생각도 하지. 하지만 생각에 잠긴 식이는 기차에 치일 뻔하고 돼지는 흔적도 없이 사라져 버려. 식이는 큰 허탈함을 느끼지. 식이가 암퇘지를 잃는 마지막 장면은 암퇘지와 동일시된 분이 역시 영영 잃어 버렸음을 의미한단다.

읽음

인간의 본성을 동물적인 행위와 대비해 그려 낸 과정이 흥미롭게 느껴졌어요.

👍100점

킬링 포인트

발단: 식이는 암퇘지와 종돈을 교접시키려 하지만 쉽게 성공하지 못함

식이는 혼자 살아남은 암퇘지를 6개월 동안 정성 들여서 길렀어. 6개월이 지나 암컷의 태가 나게 되자, 식이는 종묘장까지 가서 암퇘지를 종돈과 교배시키려 하지. 하지만 50전이나 주었는데도 암퇘지가 너무 어려 교배는 실패하고 말아. 결국 식이는 달포 후 다시 종묘장을 찾지. 이번에도 첫 시도는 실패해. 이를 지켜보던 주위 사람들은 암퇘지가 너무 어린 게 아니냐며 희롱하지. 창피해진 식이는 괜히 돼지를 매질하기도 해.

전개: 식이는 암퇘지를 보며 사라진 분이를 생각함

암퇘지와 종돈의 교접이 다시 시작돼. 이번에는 교배에 성공하지. 교접 장면을 보던 식이는 사라진 분이를 생각해. 식이와 분이는 사이가 좋았지만, 분이는 달포 전 교배가 실패하던 때 아무 말 없이 도망가 버렸어. 분이를 생각하던 식이는 드디어 교배에 성공한 암퇘지를 데리고 길을 가. 그는 버스를 보며 분이가 차장이 되지 않았을까 생각하기도 하지.

결말: 암퇘지가 기차에 치여 흔적도 없이 사라짐

식이는 돼지를 팔아 노잣돈을 만들면 분이를 만나러 갈 수 있을 거라고 생각해. 분이가 공장에서 일한다면 자신도 노동자로 살아갈 수 있을 거라고 생각하지. 하지만 공상에 빠져 있던 식이 앞으로 달려온 기차 탓에 암퇘지는 흔적도 없이 사라지고 말아. 지나가던 사람은 목숨을 건진 게 다행이라고 말하지만, 식이는 정성껏 키운 암퇘지가 사라져서 허탈감을 느끼지.

읽음

암퇘지와 분이를 동일시하던 식이가 마지막 장면에서 암퇘지를 잃으며 모든 것을 잃게 되는 과정이 인상 깊어요.

100점

1 다음 중 이 작품에 대한 설명으로 옳지 <u>않은</u> 것은?

① 「메밀꽃 필 무렵」 등을 지은 작가 이효석의 작품이다.
② 1930년대의 한 시골 마을을 배경으로 하고 있다.
③ 인간 본연의 애욕을 동물적 행위와 대비해 묘사하고 있다.
④ 전지적 작가가 작중 인물의 생각을 직접 서술하고 있다.
⑤ 동반자 문학적인 경향을 띠고 있다.

2 다음 글을 읽고 나올 수 있는 반응으로 적절하지 <u>않은</u> 것은?

> 시뻘건 입이 욕심에 목메어서 풀무같이 요란히 울린다. 깔린 암돼지는 목이 찢어져라 날카롭게 고함친다. (…) 문득 분이의 자태가 눈앞에 떠오른다. 식이는 말뚝에서 시선을 돌려 딴전을 보았다.
> '분이 고것 지금 넌 어디 가 있는구.'

① 교배 중인 종돈과 암돼지의 모습을 생생하게 표현하고 있어.
② 식이는 암돼지의 모습을 보며 분이를 떠올리고 있어.
③ 식이는 암돼지와 함께 있었던 분이를 떠올리며 참담한 기분을 느끼고 있어.
④ 식이는 암돼지와 분이를 동일시하고 있어.
⑤ 식이는 돼지들의 행위를 보고 인간 본연의 감정을 느끼고 있어.

3 다음 글의 밑줄 친 대사에 담긴 의미는 무엇인가?

> "어려서 안 되겠군."
> 종묘장 기수가 껄껄 웃는다.
> "황소 앞에 암탉 같으니 쟁그라워서 볼 수 있나."

① 상대방을 희롱하고 있다.
② 상대방을 걱정하고 있다.
③ 상대방의 의도를 의심하고 있다.
④ 상대방을 향한 애정이 드러난다.
⑤ 상대방의 마음을 헤아려 위로를 건네고 있다.

4 다음 중 이 작품의 시대적 배경을 드러내는 소재가 <u>아닌</u> 것은?

 ① 종묘장
② 일기분 세금
③ 오십 전
④ 면소 서기
⑤ 후미키리

5 이 작품을 단편 영화로 제작하기 위해 기획안을 작성했다. 다음 내용 중 <u>어색한</u> 것은?

①	주제	인간의 가장 내밀한 본성을 그린다.
②	제목	작품의 주요 제재인 돼지를 나타낸 '돈(豚)'을 그대로 사용한다.
③	배경	1930년대 시골 풍경을 재현한다.
④	인물	식이의 기억 속에 존재하는 분이는 뒷모습만 등장한다.
⑤	홍보 문구	돼지를 팔아야만 살 수 있다! 안타까운 가난의 이야기!

6 암퇘지가 기차에 치인다는 이 작품의 결말은 어떤 의미를 지니는지 서술하시오.

> 식이에게 암퇘지는 생활의 생명선이나 다름없는 존재다. 또한 암퇘지는 미래를 보장해 주는 귀중한 재산이며 분이를 떠오르게 하는 존재다. 하지만 이러한 암퇘지가 사라지면서 모든 것이 물거품이 된다. 분이와 동일시된 암퇘지가 사라진 것은 분이와의 미래를 그릴 수 있게 해 준 존재가 사라진 것을 의미한다.

● **수능 만점 선생님의 감상 꿀팁** ----------------------------------

> 이 소설은 인간이라면 누구나 가지고 있는 본능을 그린 작품이야. 작가는 강렬한 행위 묘사와 인물의 감정 묘사를 통해 인간의 본능을 자연스럽게 드러냈단다. 하지만 인간 본연의 욕망을 제시하는 데서 그치고, 그 이상의 의미를 찾아내지 못한 점은 아쉽다고 볼 수 있지.

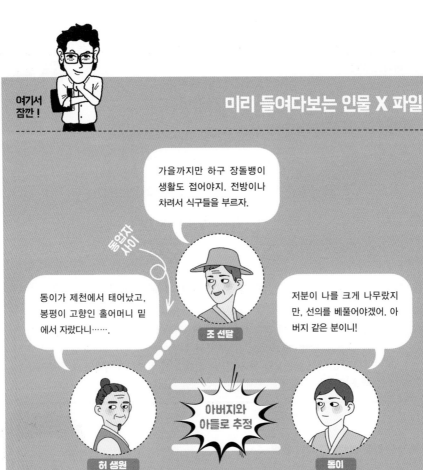

여기서 잠깐!

미리 들여다보는 인물 X 파일

가을까지만 하구 장돌뱅이 생활도 접어야지. 전방이나 차려서 식구들을 부르자.

이 시 동업자

동이가 제천에서 태어났고, 봉평이 고향인 홀어머니 밑에서 자랐다니…….

조 선달

저분이 나를 크게 나무랐지만, 선의를 베풀어야겠어. 아버지 같은 분이니!

아버지와 아들로 추정

허 생원

동이

수능 만점 선생님의 감상 꿀팁!

이 소설은 사실적인 배경 묘사가 전체 분위기를 지배하고 있는 작품이야. 동이가 자신의 아들일지도 모른다고 여기는 허 생원의 이야기와 심리에 주목하며 작품을 감상해 보자.

메밀꽃 필 무렵

#메밀밭 사이에서 달빛을 따라 펼쳐진 추억 이야기

여름 장이란 애시당초에 글러서, 해는 아직 중천에 있건만 장판은 벌써 쓸쓸하고 더운 햇발이 벌여 놓은 전(廛 물건을 벌여 놓고 파는 곳) 휘장 밑으로 등줄기를 훅훅 볶는다. 마을 사람들은 거지반 돌아간 뒤요, 팔리지 못한 나무꾼 패가 길거리에 궁싯거리고(어찌할 바를 몰라 이리저리 머뭇거리고)들 있으나 석유병이나 받고 고기 마리나 사면 족할 이 축들을 바라고 언제까지든지 버티고 있을 법은 없다. 츱츱스럽게(보기에 너절하고 염치없는 데가 있게) 날아드는 파리 떼도 장난꾼 각다귀(짐승의 피를 빨아먹고 사는 곤충. 여기서는 장난하는 아이들을 가리킴)들도 귀찮다. 얼금뱅이(얼굴이 얼금얼금 얽은 사람을 낮잡아 이르는 말)요 왼손잡이인 드팀전(온갖 피륙을 팔던 가게)의 허 생원은 기어코 동업의 조 선달을 낚구어 보았다.

"그만 거둘까?"

"**잘 생각했네. 봉평 장에서 한번이나 흐뭇하게 사 본 일 있을까. 내일 대화 장에서나 한몫 벌어야겠네.**❶

"오늘 밤은 밤을 새서 걸어야 될걸?"

"달❷이 떴다?"

절렁절렁 소리를 내며 조 선달이 그날 산(물건을 팔아서 바꾼) 돈을 따지는 것을 보고 허 생원은 말뚝에서 넓은 휘장을 걷고 벌여 놓았던 물건을 거두기 시작하였다. 무명필과 주단바리가 두 고리짝에 꼭 찼다. 명석 위에는 천 조각이 어수선하게 남았다.

다른 축들도 벌써 거진 전들을 걷고 있었다. 약빠르게 떠나는 패도 있었다. 어물 장수도, 땜장이도, 엿장수도, 생강 장수도 꼴들이 보이지 않았다. 내일은 진부와 대화에 장이 선다. **축들은 그 어느 쪽으로든지 밤을 새며 육칠십 리 밤길을 타박거리지 않으면 안 된다.**❸ 장판은 잔치 뒷마당같이 어수선하게 벌어지고, 술집에는 싸움이 터져 있었다. 주정꾼 욕지거리에 섞여 계집의 앙칼진 목소리가 찢

❶ ➡ 등장인물들의 여정이 봉평에서 대화로 진행될 것임을 알 수 있어.
❷ ➡ 작품 전체의 낭만적 분위기를 지배하는 소재야.

집중!

수능 만점 선생님

어졌다. 장날 저녁은 정해 놓고 계집의 고함 소리로 시작되는 것이다.

"생원, 시침을 떼두 다 아네…… 충줏집 말야."

계집 목소리로 문득 생각난 듯이 조 선달은 비죽이 웃는다.

"화중지병(畵中之餠, 그림의 떡)이지. 연소패(연소배. 젊은 무리)들을 적수로 하구야 대거리(상대편에게 맞서서 대듦)가 돼야 말이지."

"그렇지두 않을걸. 축들이 사족을 못 쓰는 것두 사실은 사실이나, 아무리 그렇다군 해두 왜 그 동이 말일세, 감쪽같이 충줏집을 후린 눈치거든."

"무어, 그 애숭이가? 물건 가지구 나꾸었나 부지. 착실한 녀석인 줄 알았더니."

"그 길만은 알 수 있나…… 궁리 말구 가 보세나그려. 내 한턱 씀세."

그다지 마음이 당기지 않는 것을 쫓아갔다. **허 생원은 계집과는 연분이 멀었다.**❹ 얼금뱅이 상판을 쳐들고 대어 설 숫기도 없었으나 계집 편에서 정을 보낸 적도 없었고, 쓸쓸하고 뒤틀린 반생이었다. 충줏집을 생각만 하여도 철없이 얼굴이 붉어지고 발밑이 떨리고 그 자리에 소스라쳐 버린다. 충줏집 문을 들어서서 술좌석에서 짜장(과연. 정말로) 동이를 만났을 때에는 어찌된 서슬엔지 발끈 화가 나 버렸다. 상 위에 붉은 얼굴을 쳐들고 제법 계집과 농탕치는 것을 보고서야 견딜 수 없었던 것이다. 녀석이 제법 난질꾼(방탕하게 놀기를 잘하는 사람)인데 꼴사납다. **머리에 피도 안 마른 녀석이 낮부터 술 처먹고 계집과 농탕이야.**❺ 장돌뱅이 망신만 시키고 돌아다니누나. 그 꼴에 우리들과 한몫 보자는 셈이지.

동이 앞에 막아서면서부터 책망이었다. 걱정두 팔자요 하는 듯이 빤히 쳐다보는 상기된 눈망울에 부딪칠 때, 얼결 김에 따귀를 하나 갈겨 주지 않고는 배길 수 없었다. 동이도 화를 쓰고 팩하고 일어서기는 하였으나, 허 생원은 조금도 동색하는 법 없이 마음먹은 대로는 다 지껄였다.

"어디서 주워 먹은 선머슴인지는 모르겠으나, 네게도 아비 어미 있겠지. 그 사나운 꼴 보면 맘 좋겠다. 장사란 탐탁하게 해야 되지, 계집이 다 무어야. 나가거라, 냉큼 꼴 치워."

그러나 한마디도 대거리하지 않고 하염없이 나가는 꼴을 보려니, 도리어 측은히 여겨졌다. 아직두 서름서름한(서먹서먹한) 사인데 너무 과하지 않았을까 하고 마

❸ ➜ 여기저기 떠돌아다녀야 하는 장돌뱅이의 삶을 드러낸 문장이지.
❹ ➜ 전지적 작가 시점으로 쓰인 작품이라 서술자가 허 생원에 대해 직접 말하고 있어.
❺ ➜ 허 생원과 동이의 갈등 양상을 잘 보여 주는 부분이지.

내신 준비!

수능 만점 선생님

음이 섬뜩해졌다.

"주제도 넘지, 같은 술손님이면서두 아무리 젊다구 자식 낳게 된 것을 붙들고 치고 닦아 셀 것은 무어야 원."

충줏집은 입술을 쭝긋하고 술 붓는 솜씨도 거칠었으나, 젊은 애들한테는 그것이 약이 된다나 하고 그 자리는 조 선달이 얼버무려 넘겼다.

"너 녀석한테 반했지? 애숭이를 빨면 죄 된다."

한참 법석을 친 후이다. 담도 생긴 데다가 웬일인지 흠뻑 취해 보고 싶은 생각도 있어서 허 생원은 주는 술잔이면 거의 다 들이켰다. 거나해짐을 따라 계집 생각보다도 동이의 뒷일이 한결같이 궁금해졌다. 내 꼴에 계집을 가로채서는 어떡혈 작정이었누 하고 어리석은 꼬락서니를 모질게 책망하는 마음도 한편에 있었다. 그렇기 때문에 얼마나 지난 뒤인지 동이가 헐레벌떡거리며 황급히 부르러 왔을 때에는, 마시던 잔을 그 자리에 던지고 정신없이 허덕이며 충줏집을 뛰어나간 것이다.

"생원 당나귀가 바(삼이나 칡 따위로 세 가닥을 지어 굵다랗게 드린 줄)를 끊구 야단이에요."[6]

"각다귀들 장난이지, 필연코."

짐승도 짐승이려니와 동이의 마음씨가 가슴을 울렸다. 뒤를 따라 장판을 달음질하려니 거슴츠레한 눈이 뜨거워질 것 같다.

"부락스런(말을 듣지 않는) 녀석들이라 어쩌는 수 있어야죠."

"나귀를 몹시 구는 녀석들은 그냥 두지는 않을걸."[7]

반평생을 같이 지내 온 짐승이었다. 같은 주막에서 잠자고, 같은 달빛에 젖으면서 장에서 장으로 걸어 다니는 동안에 이십 년의 세월이 사람과 짐승을 함께 늙게 하였다. 까스러진(잔털 따위가 거칠게 일어난) 목 뒤 털은 주인의 머리털과도 같이 바스러지고, 개진개진(눈에 물기가 끈끈하게 맺혀 있는 모양) 젖은 눈은 주인의 눈과 같이 눈곱을 흘렸다. 몽당비처럼 짧게 쓸리운 꼬리는, 파리를 쫓으려고 기껏 휘저어 보아야 벌써 다리까지는 닿지 않았다. 닳아 없어진 굽을 몇 번이나 도려내고 새 철을 신겼는지 모른다. 굽은 벌써 더 자라나기는 틀렸고 닳아 버린 철 사이로는 피가 빼짓이 흘렀다. 냄새만 맡고도 주인을 분간하였다. 호소하는 목소리로 야단스럽게

❻ 동이가 허 생원 당나귀의 상황을 전하고 있어. 두 사람의 화해의 계기가 되는 장면이지.

❼ 나귀를 몹시 아끼는 허 생원의 마음을 읽을 수 있어. 나귀는 허 생원과 동일시되는 소재이기도 해.

집중!

수능 만점 선생님

울며 반겨 한다.

어린아이를 달래듯이 목덜미를 어루만져 주니 나귀는 코를 벌름거리고 입을 투르르거렸다. 콧물이 튀었다. 허 생원은 짐승 때문에 속도 무던히는 썩었다. 아이들의 장난이 심한 눈치여서 땀 배인 몸뚱어리가 부들부들 떨리고 좀체 흥분이 식지 않는 모양이었다. 굴레가 벗어지고 안장도 떨어졌다. 요 몹쓸 자식들, 하고 허 생원은 호령을 하였으나 패들은 벌써 줄행랑을 논 뒤요 몇 남지 않은 아이들이 호령에 놀라 비슬비슬 멀어졌다.

"우리들 장난이 아니우. 암놈을 보고 저 혼자 발광이지."

코흘리개 한 녀석이 멀리서 소리를 쳤다.

"고 녀석 말투가……."

"김 첨지 당나귀가 가 버리니까 온통 흙을 차고 거품을 흘리면서 미친 소같이 날뛰는걸. 꼴이 우스워 우리는 보고만 있었다우. 배를 좀 보지."

아이는 앵돌아진^(노여워서 토라진) 투로 소리를 치며 깔깔 웃었다. 허 생원은 모르는 결에 낯이 뜨거워졌다. 뭇시선을 막으려고 그는 짐승의 배 앞을 가리어 서지 않으면 안 되었다.

"늙은 주제에 암샘을 내는 셈이야. 저놈의 짐승이."

아이의 웃음소리에 허 생원은 주춤하면서 기어코 견딜 수 없어 채찍을 들더니 아이를 쫓았다.

"쫓으려거든 쫓아 보지. 왼손잡이^❶가 사람을 때려."

줄달음에 달아나는 각다귀에는 당하는 재주가 없었다. 왼손잡이는 아이 하나도 후릴 수 없다. 그만 채찍을 던졌다. 술기도 돌아 몸이 유난스럽게 화끈거렸다.

"그만 떠나세. 녀석들과 어울리다가는 한이 없어. 장판의 각다귀들이란 어른보다도 더 무서운 것들인걸."

조 선달과 동이는 각각 제 나귀에 안장을 얹고 짐을 싣기 시작하였다. 해가 꽤 많이 기울어진 모양이었다.

드팀전 장돌림을 시작한 지 이십 년이나 되어도 허 생원은 봉평 장을 빼논 적은 드물었다. 충주, 제천 등의 이웃 군에도 가고, 멀리 영남 지방도 헤매기는 하였

❶ ➔ 앞으로 일어날 일을 암시하는 복선이란다. 주목할 어휘지.

주목!

수능 만점 선생님

으나 강릉쯤에 물건하러 가는 외에는 처음부터 끝까지 군내를 돌아다녔다. 닷새 만큼씩의 장날에는 달보다도 확실하게 면에서 면으로 건너간다. 고향이 청주라고 자랑삼아 말하였으나 고향에 돌보러 간 일도 있는 것 같지는 않았다. 장에서 장으로 가는 길의 아름다운 강산이 그대로 그에게는 그리운 고향이었다. 반날 동안이나 뚜벅뚜벅 걷고 장터 있는 마을에 거지반 가까워졌을 때 거친 나귀가 한바탕 우렁차게 울면(더구나 그것이 저녁녘이어서 등불들이 어둠 속에 깜박거릴 무렵이면) 늘 당하는 것이건만 허 생원은 변치 않고 언제든지 가슴이 뛰놀았다.

젊은 시절에는 알뜰하게 벌어 돈푼이나 모아 본 적도 있기는 있었으나, 읍내에 백중(百中. 음력 칠월 보름날)이 열린 해, 호탕스럽게 놀고 투전을 하여 사흘 동안에 다 털려 버렸다. 나귀까지 팔게 된 판이었으나 애끓는 정분에 그것만은 이를 물고 단념하였다. 결국 도로아미타불로 장돌림을 다시 시작할 수밖에는 없었다. 짐승을 데리고 읍내를 도망해 나왔을 때에는 너를 팔지 않기 다행이었다고 길가에서 울면서 짐승의 등을 어루만졌던 것이었다. 빚을 지기 시작하니 재산을 모을 염(念. 무엇을 하려고 하는 생각이나 마음)은 당초에 틀리고 간신히 입에 풀칠을 하러 장에서 장으로 돌아다니게 되었다.

호탕스럽게 놀았다고는 하여도 계집 하나 후려 보지는 못하였다. 계집이란 쌀쌀하고 매정한 것이었다. 평생 인연이 없는 것이라고 신세가 서글퍼졌다. 일신에 가까운 것이라고는 언제나 변함없는 한 필의 당나귀였다.

그렇다고는 하여도 꼭 한 번의 첫 일을 잊을 수는 없었다. 뒤에도 처음에도 없는 단 한 번의 괴이한 인연! 봉평에 다니기 시작한 젊은 시절의 일이었으나 그것을 생각할 적만은 그도 산 보람을 느꼈다.

"달밤이었으나 어떻게 해서 그렇게 됐는지 지금 생각해도 도무지 알 수 없어."

허 생원은 오늘 밤도 또 그 이야기를 끄집어내려는 것이다. 조 선달은 친구가 된 이래 귀에 못이 박히도록 들어왔다. 그렇다고 싫증을 낼 수도 없었으나 허 생원은 시치미를 떼고 되풀이할 대로는 되풀이하고야 말았다.

"달밤에는 그런 이야기가 격에 맞거든."

조 선달 편을 바라는 보았으나 물론 미안해서가 아니라 달빛에 감동하여서였다. 이지러는 졌으나 보름을 갓 지난 달은 부드러운 빛을 흐뭇이 흘리고 있다.[9] 대화까지는 팔십 리의 밤길, 고개를 둘이나 넘고 개울을 하나 건너고 벌판과 산길을 걸어야 된다. 길은 지금 긴 산허리에 걸려 있다. 밤중을 지난 무렵인지 죽은 듯이 고요한 속에서 짐승 같은 달의 숨소리가 손에 잡힐 듯이 들리며, 콩 포기와

옥수수 잎새가 한층 달에 푸르게 젖었다. 산허리는 온통 메밀밭이어서 피기 시작한 꽃이 소금을 뿌린 듯이 흐뭇한 달빛에 숨이 막힐 지경이다. 붉은 대궁이 향기같이 애잔하고⑩ 나귀들의 걸음도 시원하다. 길이 좁은 까닭에 세 사람은 나귀를 타고 외줄로 늘어섰다. 방울 소리가 시원스럽게 딸랑딸랑 메밀밭께로 흘러간다. 앞장선 허 생원의 이야기 소리는 꽁무니에 선 동이에게는 확적히는 안 들렸으나, 그는 그대로 개운한 제멋에 적적하지는 않았다.

"장이 선 꼭 이런 날 밤⑪이었네. 객줏집 토방이란 무더워서 잠이 들어야지. 밤중은 돼서 혼자 일어나 개울가에 목욕하러 나갔지. 봉평은 지금이나 그제나 마찬가지지. 보이는 곳마다 메밀밭이어서 개울가나 어디 없이 하얀 꽃이야. 돌밭에 벗어도 좋을 것을, 달이 너무나 밝은 까닭에 옷을 벗으러 물방앗간으로 들어가지 않았나. 이상한 일도 많지. 거기서 난데없는 성 서방네 처녀와 마주쳤단 말이네. 봉평서야 제일가는 일색이었지……."

"팔자에 있었나 부지."

아무렴 하고 응답하면서 말머리를 아끼는 듯이 한참이나 담배를 빨 뿐이었다. 구수한 자줏빛 연기가 밤기운 속에 흘러서는 녹았다.

"날 기다린 것은 아니었으나 그렇다고 달리 기다리는 놈팽이가 있는 것두 아니었네. 처녀는 울고 있단 말야. 짐작은 대고 있으나 성 서방네는 한참 어려워서 들고날 판인 때였지. 한집안 일이니 딸에겐들 걱정이 없을 리 있겠나? 좋은 데만 있으면 시집도 보내련만 시집은 죽어도 싫다지……. 그러나 처녀란 울 때같이 정을 끄는 때가 있을까. 처음에는 놀라기도 한 눈치였으나 걱정 있을 때는 누그러지기도 쉬운 듯해서 이럭저럭 이야기가 되었네……. 생각하면 무섭고도 기막힌 밤이었어."

"제천인지로 줄행랑을 놓은 건 그다음 날이렷다."

"다음 장도막(한 장날로부터 다음 장날 사이의 동안을 세는 단위)에는 벌써 온 집안이 사라진 뒤였네. 장판은 소문에 발끈 뒤집혀 고작해야 술집에 팔려가기가 상수라고 처녀의 뒷공론이 자자들 하단 말이야. 제천 장판을 몇 번이나 뒤졌겠나. 허나 처녀의 꼴은 꿩 구워 먹은 자리야. 첫날밤이 마지막 밤이었지. 그때부터 봉평이 마음에 든

⑨ ➡ 아름다운 달밤을 서정적으로 묘사하고 있어. ⑩ ➡ 시각적 심상인 '붉은 대궁'과 후각적 심상인 '향기'가 결합된 부분이지. ⑪ ➡ 낭만적 분위기의 달밤을 가리켜. 과거와 현재의 매개 역할을 하는 배경이기도 하지.

내신 준비!

수능 만점 선생님

것이 반평생을 두고 다니게 되었네. 반평생인들 잊을 수 있겠나."

"수 좋았지. 그렇게 신통한 일이란 쉽지 않아. 항용(恒用, 흔히 늘) 못난 것 얻어 새끼 낳고, 걱정 늘고 생각만 해두 진저리가 나지…… 그러나 늘그막바지까지 장돌 뱅이로 지내기도 힘든 노릇 아닌가? 난 가을까지만 하구 이 생계와두 하직하려네. 대화쯤에 조그만 전방이나 하나 벌이구 식구들을 부르겠어. 사시장천 뚜벅 뚜벅 걷기란 여간이래야지."

"옛 처녀나 만나면 같이나 살까…… 난 거꾸러질 때까지 이 길 걷고 저 달 볼 테야."⑫

산길을 벗어나니 큰길로 틔어졌다. 꽁무니의 동이도 앞으로 나서 나귀들은 가로 늘어섰다.

"총각두 젊겠다, 지금이 한창 시절이렷다. 충줏집에서는 그만 실수를 해서 그 꼴이 되었으나 섧게 생각 말게."

"처, 천만에요. 되려 부끄러워요. 계집이란 지금 웬 제격인가요. 자나 깨나 어머니 생각뿐인데요."

허 생원의 이야기로 실심(失心, 근심 걱정으로 맥이 빠지고 마음이 산란해짐)해 한 끝이라 동이의 어조는 한풀 수그러진 것이었다.

"아비 어미란 말에 가슴이 터지는 것도 같았으나 제겐 아버지가 없어요. 피붙이라고는 어머니 하나뿐인걸요."

"돌아가셨나?"

"당초부터 없어요."

"그런 법이 세상에……."

생원과 선달이 야단스럽게 껄껄들 웃으니, 동이는 정색하고 우길 수밖에는 없었다.

"부끄러워서 말하지 않으려 했으나 정말예요. 제천 촌에서 달도 차지 않은 아이를 낳고 어머니는 집을 쫓겨났죠. 우스운 이야기나, 그러기 때문에 지금까지 아버지 얼굴도 본 적 없고, 있는 고장도 모르고 지내와요."

고개가 앞에 놓인 까닭에 세 사람은 나귀를 내렸다. 둔덕은 험하고 입을 벌리기도 대근하여(견디기가 어지간히 힘들고 만만하지 않아) 이야기는 한동안 끊겼다. 나귀는 건듯

⑫ ➤ 성 서방네 처녀에 대한 그리움과 더불어, 떠돌이 삶을 긍정하고 운명으로 받아들이는 허 생원의 태도를 엿볼 수 있어.

집중!

수능 만점 선생님

하면 미끄러졌다. 허 생원은 숨이 차 몇 번이고 다리를 쉬지 않으면 안 되었다. 고개를 넘을 때마다 나이가 알렸다. 동이 같은 젊은 축이 그지없이 부러웠다. 땀이 등을 한바탕 쪽 씻어 내렸다.

고개 너머는 바로 개울이었다. 장마에 흘러 버린 널다리가 아직도 걸리지 않은 채로 있는 까닭에 벗고 건너야 되었다. 고의를 벗어 띠로 등에 얽어매고 반 벌거숭이의 우스꽝스런 꼴로 물속에 뛰어들었다. 금방 땀을 흘린 뒤였으나 밤물은 뼈를 찔렀다.

"그래 대체 기르긴 누가 기르구?"

"어머니는 하는 수 없이 의부를 얻어 가서 술장사를 시작했죠. 술이 고주(고주망태)래서 의부라고 전(완전히) 망나니예요. 철들어서부터 맞기 시작한 것이 하룬들 편한 날 있었을까. 어머니는 말리다가 채이고 맞고 칼부림을 당하고 하니 집 꼴이 무어겠소. 열여덟 살 때 집을 뛰쳐나서부터 이 짓이죠."

"총각 낫세론 심이 무던하다고 생각했더니 듣고 보니 딱한 신세로군."

물은 깊어 허리까지 찼다. 속 물살도 어지간히 센 데다가 발에 차이는 돌멩이도 미끄러워 금시에 홀칠(물체가 바람 따위를 받아 휘우듬하게 쏠릴) 듯하였다. 나귀와 조 선달은 재빨리 거의 건넜으나 동이는 허 생원을 붙드느라고 두 사람은 훨씬 떨어졌다.

"모친의 친정은 원래부터 제천이었던가?"

"웬걸요. 시원스레 말은 안 해 주나 봉평이라는 것만은 들었죠."[13]

"봉평, 그래 그 아비 성은 무엇이구?"

"알 수 있나요. 도무지 듣지를 못했으니까."

"그, 그렇겠지."

하고 중얼거리며 흐려지는 눈을 까물까물하다가 허 생원은 경망하게도 발을 빗디디었다.[14] 앞으로 고꾸라지기가 바쁘게 몸째 풍덩 빠져 버렸다. 허우적거릴수록 몸을 걷잡을 수 없어 동이가 소리를 치며 가까이 왔을 때에는 벌써 퍽이나 흘렀었다. 옷째 쫄딱 젖으니 물에 젖은 개보다도 참혹한 꼴이었다. 동이는 물속에서 어른을 해깝게(가볍게'의 사투리) 업을 수 있었다. 젖었다고는 하여도 여윈 몸이라 장정 등에는 오히려 가벼웠다.

"이렇게까지 해서 안됐네. 내 오늘은 정신이 빠진 모양이야."

⑬ ➡ 동이 어머니의 친정이 봉평이라는 사실을 밝힘으로써 동이가 허 생원의 아들일지도 모른다는 점을 암시하고 있어.

⑭ ➡ 굉장히 놀란 허 생원의 심정이 드러난 행동이야.

아주 중요해!

수능 만점 선생님

"염려하실 것 없어요."

"그래 모친은 아비를 찾지는 않는 눈치지?"

"늘 한 번 만나고 싶다고는 하는데요."

"지금 어디 계신가?"

"의부와도 갈라져 제천에 있죠. 가을에는 봉평에 모셔 오려고 생각 중인데요. 이를 물고 벌면 이럭저럭 살아갈 수 있겠죠."

"아무렴, 기특한 생각이야. 가을이랬다?"

<u>동이의 탐탁한 등어리가 뼈에 사무쳐 따뜻하다.</u>⑮ 물을 다 건넜을 때에는 도리어 서글픈 생각에 좀 더 업혔으면서도 하였다.

"진종일 실수만 하니 웬일이요, 생원."

조 선달이 바라보며 기어코 웃음이 터졌다.

"나귀야. 나귀 생각하다 실족을 했어. 말 안 했던가. 저 꼴에 제법 새끼를 얻었단 말이지. 읍내 강릉집 피마^(성장한 암말)에게 말일세. 귀를 쫑긋 세우고 달랑달랑 뛰는 것이 나귀새끼같이 귀여운 것이 있을까. 그것 보러 나는 일부러 읍내를 도는 때가 있다네."

"사람을 물에 빠뜨릴 젠, 딴은 대단한 나귀새끼군."

허 생원은 젖은 옷을 웬만큼 짜서 입었다. 이가 덜덜 갈리고 가슴이 떨리며 몹시도 추웠으나 마음은 알 수 없이 둥실둥실 가벼웠다.

"주막까지 부지런히들 가세나. 뜰에 불을 피우고 훗훗이^(훈훈하게) 쉬어. 나귀에겐 더운 물을 끓여 주고, <u>내일 대화 장 보고는 제천이다.</u>⑯"

"생원도 제천으로……?"

"오래간만에 가 보고 싶어. 동행하려나, 동이?"

나귀가 걷기 시작하였을 때, 동이의 채찍은 왼손에 있었다. 오랫동안 아둑시니^(어둠의 귀신)같이 눈이 어둡던 허 생원도 요번만은 <u>동이의 왼손잡이</u>⑰가 눈에 띄지 않을 수 없었다.

걸음도 해깝고 방울 소리가 밤 벌판에 한층 청청하게 울렸다.

달이 어지간히 기울어졌다.

⑮ ➡ 허 생원은 동이에게 혈육의 정을 느끼고 있네. ⑯ ➡ 동이 어머니가 성 서방네 처녀라고 생각한 허 생원은 그녀를 만나기 위해 제천으로 가기로 한 거야. ⑰ ➡ 허 생원은 동이가 자신처럼 왼손잡이임을 확인했어. 이는 두 사람이 부자^(父子) 관계임을 암시한단다.

내신 준비!

수능 만점 선생님

정리해 볼까요(그룹 채팅)

● **작가에 대해서 알아볼까요?** --

이효석 작가는 1907년 강원도 평창에서 태어났어. 1928년 〈조선지광〉에 단편 「도시와 유령」을 발표하며 문단에 데뷔했지. 이후 대표작이자 한국 단편 소설의 수작으로 꼽히는 「메밀꽃 필 무렵」을 비롯해 「분녀」, 「산」, 「들」, 「개살구」, 「장미 병들다」 등의 단편 소설과 장편 소설 「화분」, 「창공」, 수필 「낙엽을 태우면서」 등 수많은 작품을 남겼단다.

이효석 작가의 작품 경향으로는 자연을 배경으로 한 서정적이고 애욕적인 묘사와 이국 취향을 꼽을 수 있어. 1933년 「돈」을 발표한 이후, 초기의 신경향파 노선에서 벗어나 점차 자연주의와 심미주의 경향을 보였지. 매년 강원도 봉평에서는 이효석 작가의 작품 세계를 기리는 '효석 문화제'가 열리고 있단다.

그렇군요! 「메밀꽃 필 무렵」 역시 자연과의 교감이 엿보이는 아름다운 묘사가 돋보이더라고요.

● **작품에 대해서 정리해 보죠!** --

작가 : 이효석
갈래 : 순수 소설, 서정 소설
배경 : 시간적 - 1920년대 어느 여름 | 공간적 - 봉평에서 대화 장터로 가는 길
시점 : 전지적 작가 시점
주제 : 떠돌이 생활의 애환과 혈육 간의 정
출전 : 〈조광〉(1936)

이 소설은 허 생원의 삶을 통해 떠돌이 생활의 애환과 육친의 정을 그린 작품이란다. 장돌뱅이로 살아가는 허 생원의 삶이 그의 추억 속에서 시간과 공간의 흐름에 따라 흥미롭게 펼쳐지고 있어. 어느 여름 낮, 허 생원은 봉평 장터에서 동이를 만나게 되지. 이후 허 생원은 조 선달, 동이와 함께 메밀꽃 핀 달밤을 걷게 돼. 가는 도중 허 생원은 성 서방네 처녀와의 추억을 이야기하고, 동이 역시 자신의 어머니 이야기를 하지. 허 생원은 동이가 자신의 아들일지도 모른다고 생각해. 결말 부분에서 동이가 허 생원의 아들로 암시되는데, 이렇게 두 인물의 관계를 단정 짓지 않고 암시적으로 마무리함으로써 묘한 여운을 준단다. 특히 메밀꽃 핀 정경에 대한 묘사는 이 소설의 백미로 꼽을 수 있지!

네, 저도 이 소설을 읽으면서 시적인 문체로 묘사된 메밀꽃 핀 정경이 참 아름답다고 느꼈어요!

● 구조적 접근을 꼭 알아야 해요!

발단: 허 생원과 동이의 만남
어느 여름 봉평 장날, 허 생원과 조 선달은 충줏집으로 향해. 허 생원은 그곳에서 여자에게 수작을 거는 동이를 보고 크게 화를 내지. 하지만 동이가 허 생원의 나귀가 놀라 날뛰는 것을 알려 주면서 둘은 화해하게 돼.

전개: 허 생원이 성 서방네 처녀와의 추억을 이야기함
허 생원과 조 선달, 동이는 대화 장을 향해 길을 떠나. 달밤의 분위기에 젖은 허 생원은 길을 걸으며 조 선달에게 이야기를 시작하지. 성 서방네 처녀와 하룻밤을 보낸 후 다시는 만나지 못한 이야기였단다.

절정: 동이가 어머니에 대해 이야기함
동이는 자신의 이야기를 시작해. 어머니가 자신을 낳고 집에서 쫓겨나 아버지의 얼굴도 모르고 자랐다는 거야. 이후 어머니는 의부와 살았지만, 자신은 의부를 떠나 장을 떠돈다고 말하지. 이에 허 생원은 동이가 자신의 아들일지도 모른다고 생각하게 돼.

결말: 동이가 허 생원의 혈육임이 암시됨
세 사람은 다시 길을 떠나. 허 생원은 동이에게 함께 제천으로 가자고 권하지. 허 생원은 동이가 자신처럼 왼손잡이라는 것을 알고는 놀란단다.

이 소설은 공간을 이동하면서 펼쳐지는 인물의 이야기와 아름다운 묘사가 참 매력적인 것 같아요!

100점

● 허 생원의 뇌 구조를 알아볼까요?

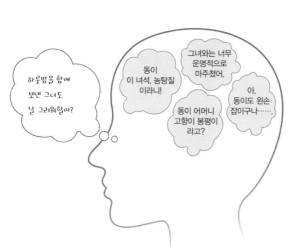

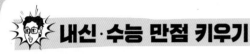

1 이 작품의 내용과 <u>일치하는</u> 것은?

① 허 생원 일행은 봉평으로 이동하고 있다.
② 허 생원은 과거의 일을 후회하고 있다.
③ 허 생원은 동이가 자신의 아들이라 확신하고 있다.
④ 조 선달은 허 생원의 과거 이야기를 들은 적이 있다.
⑤ 동이는 허 생원을 아버지라고 짐작하고 있다.

2 다음은 학생들이 이 작품의 표현상 특징에 대해 토론한 내용이다. 적절한 의견을 제시한 사람은?

> 지예: 암시와 추리 기법을 사용하고 있어. 특히 동이가 허 생원처럼 왼손잡이라는 걸 암시적으로 드러낸 결말 부분이 인상적이야!
>
> 준호: 묘사보다는 대화를 통해 설명적으로 이야기를 흥미롭게 풀어 가는 것 같아.
>
> 기명: 시적인 문체와 서정적인 분위기가 인상적이야. 특히 메밀꽃 정경 묘사는 감동적으로 느껴지더라.
>
> 세희: 희화화를 통해 인물에 성격을 부여하고 있어. 그래서 인물들의 대화가 더 생동적으로 다가오더라!

① 지예, 기명   ② 지예, 세희   ③ 준호, 기명
④ 준호, 세희   ⑤ 기명, 세희

3 허 생원의 삶과 가장 유사한 모습이 형상화된 시는?

① 나는 시방 위험한 짐승이다. / 나의 손이 닿으면 너는 / 미지의 까마득한 어둠이 된다.
② 남으로 창을 내겠소. / 밭이 한참갈이 / 괭이로 파고 호미론 김을 매지요.
③ 여승은 합장하고 절을 했다. / 가지취의 내음새가 났다. / 쓸쓸한 낯이 옛날같이 늙었다.
④ 강나루 건너서 / 밀밭 길을 / 구름에 달 가듯이 / 가는 나그네
⑤ 세상사에서는 흔히 맛보기 어려운 쾌감이 / 참깨를 털어 내는 일엔 희한하게 있는 것 같다.

4 다음은 동이에 대한 허 생원의 심리 변화다. ①에 들어갈 말을 서술하시오.

분노	미안함	고마움
충줏집과 농탕 치는 동이를 나무람	말없이 나가는 동이를 측은하게 여김	① 나귀에 관해 알려 준 동이에게 고마워함

5 다음 글에서 ㉠이 잘 드러난 것을 두 개 고르면?

> ㉠_____은(는) 주제나 줄거리를 전달하는 것이 아니고 현상이나 대상, 풍경을 마치 그림 그리듯이 언어로 표현하는 방식이다.

① 충줏집을 생각만 하여도 철없이 얼굴이 붉어지고 발밑이 떨리고 그 자리에 소스라쳐 버린다.

② 반평생을 같이 지내 온 짐승이었다. 같은 주막에서 잠자고, 같은 달빛에 젖으면서 장에서 장으로 걸어 다니는 동안에 이십 년의 세월이 사람과 짐승을 함께 늙게 하였다.

③ 조 선달과 동이는 각각 제 나귀에 안장을 얹고 짐을 싣기 시작하였다. 해가 꽤 많이 기울어진 모양이었다.

④ 산허리는 온통 메밀밭이어서 피기 시작한 꽃이 소금을 뿌린 듯이 흐뭇한 달빛에 숨이 막힐 지경이다.

⑤ 그만 떠나세. 녀석들과 어울리다가는 한이 없어. 장판의 각다귀들이란 어른보다도 더 무서운 것들인걸.

6 다음은 이 작품의 배경과 그 기능을 정리한 것이다. ①에 들어갈 말을 서술하시오.

배경	기능
봉평	허 생원의 잊을 수 없는 추억을 환기시킨다.
달밤	시적이고 낭만적인 분위기를 만들어 허 생원의 추억이 아름답게 느껴지도록 한다.
산길	산길을 함께 걸으며 나눈 대화를 통해 허 생원과 동이의 관계를 짐작하게 한다.
개울	① 허 생원이 동이에게 업히게 됨으로써 육친의 정을 느끼게 한다.

● **수능 만점 선생님의 감상 꿀팁** -----------------------------------

> 이 작품은 애욕과 혈육에 얽힌 인간의 정을 그리고 있어. 사실적 묘사, 서정성 짙은 비유 등의 문체적 특징을 보인다는 점을 기억하자. 또한 대화 중심으로 사건이 이루어지고, 암시와 추리 기법이 사용되었다는 점도 잊지 말자.

미리 들여다보는 인물 X 파일

노루! 노루다! 절대 놓치면 안 된다!

노루는 잡아서 무엇 하려고. 인간은 참 잔인해…….

VS

포수

학보

수능 만점 선생님의 감상 꿀팁!

이 소설은 인간의 이익을 위해 다른 생명을 경시하는 인간 중심주의를 비판한 작품이야. 노루 사냥에 참여한 학보의 생각은 어떠한지, 또 이에 대한 각자의 의견은 어떠한지 생각해 보며 감상해 보자.

사냥

#고기를 먹어야 하나, 먹지 말아야 하나

연달아 총소리가 두어 번 산속에서 울렸다.❶ 몰이꾼의 행렬은 산등을 넘어, 골짜기를 향하여 차차 죄어들어 왔다. 발밑에서 요란히 버석거리는 떡갈잎, 가랑잎의 어지러운 소리에, 산을 싸고도는 동무들의 고함 소리도 귀 밖에 멀다. 상기된 눈앞에 늘씬한 자작나무의 허리통이 유난스럽게도 희끗희끗 어린다.

수백 명의 학생이 한 줄로 늘어서서, 멀리 산을 둘러싸고 노루를 골짜기로 모조리 내리몰고 있다. 골짜기 어귀에는 대여섯 명의 포수가 미리 기다리고 서 있다. 노루를 놓칠 염려는 포수 편보다도 늘 몰이꾼 편에 있다. 시끄러운 책임을 모면하기 위하여, 몰이꾼들은 물샐틈없는 계획과 담력으로 맡은 목을 한결같이 경계해야 된다.

"학년 사이의 연락을 긴밀히! 1학년 우익 급속 전진!"

전령이 차례차례로 전해 온다.

일제히 내닫는 바람에 온 산이 가랑잎 밟히는 소리에 묻혀 버렸다. 낙엽 속은 걷기 힘들다. 숨들이 차다.

학년의 앞장을 선 학보도 양쪽 동무와의 간격을 고르게 지키면서 헐레벌떡거린다. 참나무 휘추리(가늘고 긴 나뭇가지)가 사정없이 손등과 얼굴을 갈긴다. 발이 낙엽 속에 빠진다. 홧김에, 손에 든 몽둥이로 나뭇가지를 후려치기도 멋없다.

"미친 짓이다. 노루는 잡아서 무엇 한담."❷

---

❶ ➡ 산속은 이 소설의 공간적 배경이고, 총소리는 노루 사냥을 하고 있음을 짐작하게 하는 소재란다.

❷ ➡ 노루 사냥에 대한 학보의 비판적인 견해가 나타난 부분이야.

집중!

수능 만점 선생님

아까부터, 실상은 처음부터, 이런 생각이 마음속에 맴돌았다. 노루잡이가 그다지 훈련이 될 듯도 싶지 않으며, 쓸모없는 애매한 짐승을 일없이 잡는 것이 도무지 뜻 없는 일 같다. 소풍이면 소풍, 그저 하루를 산속에서 뛰고 노는 편이 더 즐겁지 않은가?

"인간이란 제 생각밖에 하지 못하는 잔인한 동물이다. 노루잡이는 무의미한 연중행사에 지나지 않는다."❸

기어이 입 밖에 내서까지 중얼거리게 되었다. 땀이 흘러 등이 끈끈하다.

별안간 포위선이 어지럽게 움직이더니, 몽둥이가 날며, 날쌔게들 뛰어든다. 고함 소리가 산을 뒤흔든다.

"노루! 노루! 노루!"

"우익 주의!"

개암나무 숲에 가리어, 노루의 꼬리도 못 본 채 어안이 벙벙해 서 있는데, 송아지만 한 노루가 학보의 곁을 쏜살같이 지나 포위선을 뚫었다. 학보는 거의 반사적으로 몽둥이를 휘두르며 쫓았으나, 날쌘 짐승은 순식간에 산등성이를 넘어 버렸다.

"또 한 마리! 놓치지 마라!"

고함 소리와 함께 둘째 노루가 어느 결엔지 껑충껑충 뛰어온다. 겨누고 있는 학보의 모양을 보더니, 옆으로 빗뛰어가^(자세가 비뚤어지게 뛰어가) 이것도 약삭빠르게 뒷산으로 달아나 버렸다.

날씬한 귀여운 짐승―극히 짧은 찰나의 생각이나, 학보는 놓친 것이 못내 아까웠다.

동시에, 겸연쩍고 부끄러운 느낌이 들었다. 놀리는 동무들의 말소리가 얼굴을 달아오르게 하였다.

"바보, 노루 두 마리 찾아내라."

이런 말을 들을 때, 확실히 몽둥이로 한 마리라도 두들겨 잡았더라면 얼마나 버젓했을까^(번듯했을까), 하는 생각이 들었다. 이 골 안에는 이미 짐승은 더 없다. 동무들의 조롱을 하는 수 없이 참으면서, 힘없이 산을 내려가는 수밖에 없었다.

요행히^(뜻밖으로 운수가 좋게) 잡은 것은 있었다. 망아지만 한 노루 한 마리가 배에 총알

내신 준비!

❸➜ 학보는 인간을 위해 동물의 생명을 빼앗는 것은 무의미한 일이며, 잔인한 살생이라고 생각하지.

수능 만점 선생님

을 맞고 쓰러져 있었다.

쏜 포수는 쏠 때의 형편을 거듭 말하며, 은근히 오늘의 솜씨를 자랑하는 눈치였다. 다른 포수들은 잠자코 있었다. 소득이 있으므로 동무들의 책망은 덜해졌으나, 학보는 검붉은 피를 흘리고 쓰러진 가엾은 짐승을 볼 때, 문득 일종의 반항심이 솟아오르며, 소득을 기뻐하는 무리가 한없이 밉고, 쏜 포수의 잔등이를 총개머리(개머리판. 총의 아랫부분)로 쳐서 거꾸러뜨리고 싶은 충동이 솟았다.❹

품 안에 들어온 두 마리의 짐승을 놓친 것이 얼마나 다행인가! 위대한 공같이도 생각되었다. 잃어버린 동무 한 마리를 찾느라고, 애달픈 노루 떼가 이 밤에 얼마나 산속을 헤맬까를 생각하니, 뼈가 저렸다. 인간의 잔인성이 갑절로 미워지며, 인정 없는 인간 중심주의의 사상에 다시 침을 뱉고 싶었다.❺

죽은 짐승을 생각하고, 며칠 동안 마음이 언짢았다. 삼사일이 지난 후에야 겨우 입맛이 돌았다. 학보는 며칠이 지난 어느 날, 저녁상에 놓인 맛있는 고기가 무엇인지를 기어이 물어보았다.

"장에 났더라. 노루 고기다."

어머니의 대답에 불현듯 입맛이 없어져서 숟가락을 놓았다.

"노루 고긴 왜 사요?"

퉁명스러운 짜증에 어머니는 도리어 어안이 벙벙한 모양이었다. 학보는 먹은 것도 모두 게우고 싶었다. 결국 고기를 먹지 말아야 옳을까?❻ 하기는, 다시 더 생각이 날 것 같지도 않았다.

❹ ▶ 학보는 노루를 쏜 포수에게 분노를 느끼고 있어.
❺ ▶ 다른 생명을 경시하는 인간 중심주의를 비판하는 이 작품의 주제를 집약적으로 나타낸 문장이란다.
❻ ▶ 학보처럼 우리도 이 질문에 대해 생각해 보면 좋겠지?

집중!

수능 만점 선생님

정리해 볼까요(그룹 채팅)

● **작가에 대해서 알아볼까요?** --

킬링 포인트

> 이효석 작가는 1907년 강원도 평창에서 태어났어. 1928년 〈조선지광〉에 단편 「도시와 유령」을 발표하며 문단에 데뷔했지. 이후 대표작이자 한국 단편 소설의 수작으로 꼽히는 「메밀꽃 필 무렵」을 비롯해 「분녀」, 「산」, 「들」, 「개살구」, 「장미 병들다」 등의 단편 소설과 장편 소설 「화분」, 「창공」, 수필 「낙엽을 태우면서」 등 수많은 작품을 남겼단다.
>
> 동반자 문학의 성향을 띠던 이효석 작가는 1933년 정지용, 이상 등과 구인회(九人會)를 결성한 것을 계기로 순수 문학을 추구하며 새로운 작품 성향을 보이게 돼. 이후 자연주의와 심미주의를 표방하며 왕성한 작품 활동을 벌이지. 생명에 대한 중요성과 자연의 아름다움을 다룬 「사냥」도 이 시기에 나온 작품이란다.

읽음

> 아하! 심미주의에 기반을 둔 이 소설을 읽으며 서정적인 분위기를 느낄 수 있었어요!

👍 100점

● **작품에 대해서 정리해 보죠!** ----------------------------------

킬링 포인트

> **작가** : 이효석
> **갈래** : 순수 소설
> **배경** : 시간적 – 구체적인 시간은 나오지 않음 | 공간적 – 산
> **시점** : 전지적 작가 시점
> **주제** : 생명을 경시하는 인간 중심주의에 대한 비판

킬링 포인트
무조건
알아야 해!

> 이 작품은 단지 인간의 이익을 위해 동물의 생명을 무참히 빼앗는 살생 행위를 비판하고 있는 소설이야. 즉, 인간 중심주의를 비판한 작품이지. 학보는 어쩔 수 없이 노루 사냥에 동원되지만, 이를 처음부터 탐탁지 않게 여겨. 그는 검붉은 피를 흘리며 쓰러진 노루를 보고는 포수에게 불쾌감을 느끼지. 그리고 눈앞에 있는 노루를 놓친 자신을 조롱하는 친구들을 보며 인간의 잔인함과 인간 중심주의에 깊은 회의감을 느낀단다. 하지만 학보는 마지막 장면에서 노루 고기가 저녁상에 등장하는 일을 겪게 돼. 이를 통해 살생과 섭식 사이에 놓인 첨예한 문제를 선뜻 하나의 결론으로 맺기 힘들어지지. 이 소설은 심미주의에 기반을 두면서도 일상의 이야기 속에서 인간의 윤리를 묻고 있다는 점이 큰 특징이라고 할 수 있어.

읽음

> 네, 저도 학보의 비판적인 견해에 공감하면서도 참 어려운 문제라고 생각했어요!

👍 100점

킬링 포인트

발단: 학보는 노루 사냥에 동원됨

많은 학생이 한 줄로 늘어서서, 멀리 산을 둘러싸고 노루를 골짜기로 내리몰고 있어. 노루잡이에 동원된 학보도 동무들과 함께 노루를 쫓기 시작하지.

전개: 학보는 노루잡이에 대해 비판적으로 생각함

학보는 노루잡이가 학생들에게 훈련이 될 것 같지도 않고, 쓸모없는 애매한 짐승을 사냥하는 것은 의미 있는 일이 아니라고 생각해. 더불어 인간의 잔인함에 회의감을 느낀단다.

위기: 학보는 노루를 놓침

학보는 자신의 앞으로 달려오는 노루 두 마리를 놓치게 돼. 옆에 있던 동무들은 학보를 조롱하고, 학보는 그런 소리를 듣고 부끄럽게 생각하지.

절정: 학보는 죽은 노루를 보고 분노함

학보는 피를 흘리며 쓰러져 있는 노루를 보며 분노해. 또한 노루를 잡았다고 자랑하는 포수에게도 불쾌감을 느끼며, 인간 중심주의적 사고를 비판하지.

결말: 학보는 노루 고기를 보고 괴로움에 빠짐

삼사일 후 노루 생각에 입맛을 잃은 학보는 고기를 먹게 돼. 하지만 그는 자신이 먹은 것이 노루 고기임을 알게 되지. 학보는 숟가락을 내려놓고 어머니에게 노루 고기를 왜 사냐며 짜증을 낸단다.

OOPS!
읽음

노루 고기를 보고 짜증을 내는 학보와 그 모습에 당황하는 어머니, 저는 두 사람의 마음이 다 공감되네요.

100점

● **학보의 뇌 구조를 알아볼까요?** ------------------------------

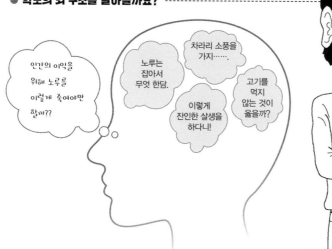

인간의 이익을 위해 노루를 이렇게 죽여야만 할까??

노루는 잡아서 무엇 한담.

차라리 소풍을 가지…….

이렇게 잔인한 살생을 하다니!

고기를 먹지 않는 것이 옳을까?

수능 만점 강사

내신·수능 만점 키우기

1 이 작품에 대한 설명으로 옳지 <u>않은</u> 것은?

① 이효석 작가의 단편 소설이다.
② 생명 경시 풍조를 비판한 소설이다.
③ 전지적 작가 시점이 사용되었다.
④ 에로티시즘을 잘 보여 주는 소설이다.
⑤ 공간적인 배경은 산이다.

2 이 작품에 나타난 학보의 태도로 가장 옳은 것은?

① 관조적　　② 비판적　　③ 유희적　　④ 체념적　　⑤ 공감적

3 다음은 이 작품에 대해 토론한 내용이다. 적절한 의견으로 묶인 것은?

> 유진: 이 소설은 노루 사냥에 동원된 학보의 비판적인 견해와 그의 심리 묘사가 작품의 전반
>   을 이루고 있어.
> 지훈: 나는 이 소설을 읽으면서 자연의 생명력을 느꼈어. 작가가 '산'의 공간 묘사에 초점을
>   두고 소설을 써서 그런 것 같아.
> 영아: 그게 무슨 소리야! 이 소설을 읽을 때는 노루 사냥에 대한 학보의 비판적인 심리에 더
>   주목할 필요가 있어.
> 상진: 나는 이 소설을 흥미진진하게 읽었어. 인물 간의 갈등이 이야기의 중심을 이루고 있잖
>   아. 역시 소설은 인물 간의 대립이나 갈등이 나와야 지루하지 않다니까.

① 유진, 지훈　　② 유진, 영아　　③ 영아, 상진
④ 지훈, 상진　　⑤ 유진, 상진

4 이 작품에서 인물을 통해 드러난 작가의 비판 의식으로 옳은 것은?

① 생명 경시 풍조를 비판하고 있다.
② 공동체적 삶을 비판하고 있다.
③ 개인주의를 비판하고 있다.
④ 무분별한 개발로 자연이 훼손되고 있음을 비판하고 있다.
⑤ 도시의 이기적이고 혼잡한 삶을 비판하고 있다.

5 노루 사냥꾼의 입장에서 학보의 생각을 비판하는 의견으로 가장 옳지 않은 것은?

① 학보야, 너는 내가 잔인하다고 생각하지? 하지만 우리도 아무 이유 없이 노루를 죽이는 것은 아니란다.

② 인간을 위해 동물의 생명을 빼앗는다는 점에서 보자면 너의 지적도 물론 옳아. 하지만 불가피한 살생은 인간의 역사에서 거듭될 수밖에 없었어.

③ 열매를 따 먹고 곡식을 길러 먹는 것만으로는 부족했기 때문에 필요에 의해 사냥을 했던 거야.

④ 물론 고기를 먹지 않고 채식을 하는 사람들도 많단다. 우리도 그들의 생각을 존중해. 하지만 너도 필요에 따른 사냥에 대해서는 관용적인 태도를 가져 보는 것은 어떨까?

⑤ 고기를 먹는 사람을 무조건 비판하는 건 너무 고지식하다고 생각하지 않니? 인간이 자연을 지배하고, 인간의 편익을 위해 자연을 이용하는 것은 너무나 당연한 거란다.

6 다음 글의 입장에서 이 작품에 대한 의견을 서술하시오.

> 머레이 북친은 대표적인 사회 생태주의 이론가다. 그는 '인간에 의한 자연 지배는 인간에 의한 인간 지배로부터 비롯된다.'고 지적했다. 그는 사회 속에 존재하는 인간 개개인 간의 편차를 무시한 근본 생태주의를 비판했다. 사회 구조적 모순을 고려하지 않고 자연 파괴의 책임을 모든 인간에게서 찾는 것은 옳지 않다는 것이다. 이러한 입장에 따르면 억압적인 사회 구조의 변화야말로 문제 해결의 본질이라고 할 수 있다.

> 생태계 파괴나 생명 경시의 원인을 단순히 인간 대 자연의 이분법적인 대립 구도로 보고, 그 책임을 모든 인간에게 부여하는 것은 옳지 않다. 그에 앞서 경쟁과 지배가 중심이 되는 자본주의 경제 구조를 파악하고, 사회적 강자들에 의한 무분별한 개발 등이 생태계 파괴나 생명 경시 현상의 원인임을 아는 것이 중요하다.

● **수능 만점 선생님의 감상 꿀팁**

> 이 소설은 이효석 작가의 후기 문학 세계를 잘 보여 준다는 점을 기억해 두자. 또한 이 작품은 노루 사냥에 동원된 학보를 통해 생명 경시 풍조를 비판하고 있다는 점도 놓치지 말자.

미리 들여다보는 인물 X 파일

요새 잘 안 보인다 했더니, 산에서 지내고 있니? 머슴살이보다 좋아?

이웃사이

용녀

역시 자연이 좋구나. 속상할 일도 없고……. 내 다시 머슴살이는 하지 않으리.

칠팔 년 정도 이 녀석을 부려 먹었으니 핑계 삼아 내쫓아야겠다.

중실

VS

김 영감

수능 만점 선생님의 감상 꿀팁!

이 소설은 인간 사회에 환멸을 느끼고 산으로 들어간 주인공의 이야기를 담은 작품이야. 이 작품은 소설보다는 수필에 가깝다는 평을 듣기도 해. 그 이유가 무엇일지 생각하면서 작품을 감상해 보자.

산

#서정시 혹은 한 편의 동화를 닮은 소설

나무하던 손을 쉬고 중실은 발밑의 깨금나무('개암나무'의 사투리) 포기를 들쳤다. 지천으로 떨어지는 깨금 알이 손안에 오르르 들었다. 익을 대로 익은 제철의 열매가 어금니 사이에서 오도독 두 쪽으로 갈라졌다.

돌을 집어던지면 깨금 알같이 오도독 깨어질 듯한 맑은 하늘, 물고기 등같이 푸르다. 높게 뜬 조각구름 떼가 해변에 뿌려진 조개껍질같이 유난스럽게도 한편에 옹졸봉졸(올망졸망) 몰려들 있다. 높은 산등이라 하늘이 가까우련만 마을에서 볼 때와 일반으로 멀다. 구만 리일까, 십만 리일까? 골짜기에서의 생각으로는 산기슭에만 오르면 만져질 듯하던 것이 산허리에 나서면 단번에 구만 리를 내빼는 가을 하늘.

산속의 아침나절은 졸고 있는 짐승같이 막막은 하나 숨결이 은근하다. 휘엿한 산등은 누워 있는 황소의 등어리요, 바람결도 없는데, 쉴 새 없이 파르르 나부끼는 사시나무 잎새는 산의 숨소리다. 첫눈에 띄는 하아얗게 분장한 자작나무는 산속의 일색. 아무리 단장한 대야 사람의 살결이 그렇게 흴 수 있을까? 수북 들어선 나무는 마을의 인총(人叢, 사람의 무리)보다도 많고 사람의 성보다도 종자가 흔하다. 고요하게 무럭무럭 걱정 없이 잘들 자란다. 산오리나무, 물오리나무, 가락나무, 참나무, 졸참나무, 박달나무, 사스레나무, 떡갈나무, 무치나무, 물가리나무, 싸리나무, 고로쇠나무. 골짜기에는 신나무, 아그배나무, 갈매나무, 개옻나무, 엄나무. 산등에 간간이 섞여 어느 때나 푸르고 향기로운 소나무, 잣나무, 전나무, 노간주나무 — 걱정 없이 무럭무럭 잘들 자라는 ─ 산속은 고요하나 웅성한 아름다운 세상이다. 과실같이 싱싱한 기운과 향기, 나무 향기, 흙냄새, 하늘 향기, 마을에서는 찾아볼 수 없는 향기다.❶

낙엽 속에 파묻혀 앉아 깨금을 알뜰히 바수는(부수는) 중실은, 이제 새삼스럽게 그 향기를 생각하고 나무를 살피고 하늘을 바라보는 것이 아니었다. 그런 것은 한데 합쳐 몸에 함빡 젖어 들어 전신을 가지고 모르는 결에 그것을 느낄 뿐이다. 산과 몸이 빈틈없이 한데 얼린 것이다. 눈에는 어느 결엔지 푸른 하늘이 물들었고 피부에는 산 냄새가 배었다. 바심할^(타작할) 때의 짚북데기^(얼크러진 볏짚의 뭉텅이)보다도 부드러운 나뭇잎 ― 여러 자 깊이로 쌓이고 쌓인 깨금잎, 가락잎, 떡갈잎의 부드러운 보료^(솜이나 짐승의 털로 속을 넣고, 천으로 겉을 싸서 만든 요) ― 속에 몸을 파묻고 있으면 몸뚱어리가 마치 땅에서 솟아난 한 포기의 나무와도 같은 느낌이다.❶ 소나무, 참나무, 총중^(叢中, 한 떼의 가운데)의 한 대의 나무다. 두 발은 뿌리요, 두 팔은 가지다. 살을 베면 피 대신에 나뭇진이 흐를 듯하다. 잠자코 섰는 나무들의 주고받은 은근한 말을, 나뭇가지의 고갯짓하는 뜻을, 나뭇잎의 소곤거리는 속심을 총중의 한 포기로서 넉넉히 짐작할 수 있다.❷ 해가 뜰 때에 즐거워하고, 바람 불 때에 농탕^(弄蕩, 남녀가 음탕한 소리와 난잡한 행동으로 놀아 대는 짓)치고, 날 흐릴 때 얼굴을 찡그리는 나무들의 풍속과 비밀을 역력히 번역해 낼 수 있다. 몸은 한 포기의 나무다. 별안간 부드득 솟아오르는 힘을 느끼고 중실은 벌떡 뛰어 일어났다. 쭉 펴는 네 활개에 힘이 뻗쳐 금시에 그대로 하늘에라도 오를 듯싶었다. 넘치는 힘을 보낼 곳 없어 할 수 없이 입을 크게 벌리고 하늘이 울려라 고함을 쳤다. 땅에서 솟는 산정기의 힘찬 단순한 목소리다. 산이 대답하고 나뭇가지가 고갯짓한다. 또 하나 그 소리에 대답한 것은 맞은편 산허리에서 불시에 푸드덕 날아 뜨는 한 자웅^(雌雄, 암수)의 꿩이었다. 살찐 까투리의 꽁지를 물고 나는 장끼의 오색 날개가 맑은 하늘에 찬란하게 빛났다.

살찐 꿩을 보고 중실은 문득 배가 허출함^(허기가 지고 출출함)을 깨달았다. 아래편 골짜기 개울 옆에 간직하여 둔 노루 고기와 가랑잎 새에 싸 둔 개꿀^(벌집에 들어 있는 상태의 꿀)이 있음을 생각하고 다시 낫을 집어 들었다. 첫 참 때까지에는 한 점은 채워 놓아야 파장되기 전에 읍내에 다다르겠고, 팔아 가지고는 어둡기 전에 다시 산으로 돌아와야 할 것이다.❹ 한참 쉰 뒤라 팔에는 기운이 남았다. 버스럭거리는 나뭇잎 소리가 품 안에 요란하고 맑은 기운이 몸을 한바탕 떡 감긴 것 같다. 산은 마을보다 몇 곱절 살기가 좋은가. 산에 들어오기를 잘했다고 중실은 생각하였다.❺

세상에 머슴살이같이 잇속 적은 생업은 없다.

---

❶➡ 중실이 산속^(자연)을 찬양하는 부분이야. 자연생활에 대한 만족과 애착을 엿볼 수 있지.
❷➡ 자연과 동화되어 가는 중실의 삶을 보여 주는 부분이야.
❸➡ 중실은 자신을 나무라 생각하고, 나무를 친구 혹은 가족 같은 존재로 인식하고 있어.
❹➡ 중실이 인간 사회와 완전히 단절될 수는 없다는 사실이 드러난단다.

내신 준비!

수능 만점 선생님

싸우려고 싸운 것이 아니라 김 영감 편에서 투정을 건 셈이다. 지금 와 보면 처음부터 쫓아낼 의사였던 것이 확실하다. 중실은 머슴 산 지 칠팔 년에 아무것도 쥔 것 없이 맨주먹으로 살던 집을 쫓겨났다. 원통은 하였으나 애통하지는 않았다.

해마다 사경(私耕, 머슴이 주인에게서 한 해 동안 일한 대가로 받는 돈이나 물건)을 또박또박 받아 본 일 없다. 옷 한 벌 버젓하게 얻어 입은 적 없다. 명절에는 놀이할 돈도 푼푼이 없이 늘 개 보름 쇠듯(남들은 다 잘 먹고 지내는 명절에 제대로 먹지도 못하고 지냄) 하였다. 장가들이고 집 사고 살림을 내준다는 것도 헛소리였다. 첩을 건드렸다는 생뚱 같은 다짐이었으나, 그것은 처음부터 계책한 억지요, 졸색(拙色, 아주 못생김)의 등글개(늙은이가 데리고 사는 첩을 등글개 첩이라고 함) 따위에는 손댈 염도(생각도) 없었던 것이다. 빨래하러 갔던 첩과 동구 밖에서 마주쳐 나뭇짐을 지고 앞서고 뒤서서 돌아왔다고 의심받을 법은 없다. 첩과 수상한 놈팡이는 도리어 다른 곳에 있는 것을, 애매한 중실에게 엉뚱한 분풀이가 돌아온 셈이었다. 가살스러운(되바라진) 데가 있는 첩의 행실을 휘어잡지 못하고 늘그막 판에 속 태우는 영감의 신세가 하기는 가엾기는 하다.[6] 더욱 엉클어질 앞일을 생각하고 중실은 차라리 하직하고 나온 것이었다. 넓은 하늘 밑에서도 갈 곳이 없다. 제일 친한 곳이 늘 나무하러 가던 산이었다. 짚북데기보다도 부드러운 두툼한 나뭇잎의 맛이 생각났다. 그 넓은 세상은 사람을 배반할 것 같지는 않았다.[7] 빈 지게만을 걸머지고 산으로 들어갔다. 그 속에서 얼마 동안이나 견딜 수 있을까가 한 시험도 되었다.

박중골에서도 오 리나 들어간, 마을과 사람과는 인연이 먼 산협이다.[8] 산등이 펑퍼짐하고 양지쪽에 해가 잘 쬐고, 골짜기에 개울이 흐르고, 개울가에 나무 열매가 지천으로 열려 있는 곳이다. 양지쪽에서는 나무하러 왔다 낮잠을 잔 적도 여러 번이었다. 개울가에 불을 피우고 밭에서 뜯어 온 옥수수 이삭을 구웠다. 수풀 속에서 찾은 으름과 나뭇가지에 익어 시든 아그배(모양은 배와 비슷하나 작고 맛이 시고 떫음)와 산사로 배가 불렀다. 나뭇잎을 모아 그 속에 푹 파고 든 잠자리도 그다지 춥지는 않았다.

⑤ ➡ 인간 사회를 상징하는 마을과 자연을 상징하는 산이 대비되는 부분이야. 작가는 중실을 통해 자연에서의 삶을 예찬하고 있지. ⑥ ➡ 중실은 자신을 쫓아낸 김 영감에게 연민을 느끼고 있어. 중실은 정이 많은 인물임을 알 수 있지. ⑦ ➡ 자연에 대한 중실의 생각이야. 인간 사회와 자연이 대비되는 부분이기도 한단다. ⑧ ➡ 중실의 마음이 인간 사회와 멀어졌다는 것을 뜻해. 그만큼 인간 사회에서 상처를 많이 받은 거지.

집중!

수능 만점 선생님

이튿날 산을 헤매다가 공교롭게도 주영나무 가지에 야트막하게 달린 벌집을 찾아냈다. 담배 연기를 피워 벌떼를 이지러뜨리고 감쪽같이 집을 들어냈다. 속에는 맑은 꿀이 차 있었다. 사람은 살라고 마련인 듯싶다. 꿀은 조금으로도 요기가 되었다. 개와 함께 여러 날 양식이 되었다.

꿀이 다 떨어지지도 않은 그저께 밤에는 맞은편 심산에 산불이 보였다. 백일홍같이 새빨간 불꽃이 어둠 속에 가깝게 솟아올랐다. 낮부터 타기 시작한 것이 밤에 들어가서 겨우 알려진 것이다. 누에게 먹히는 뽕잎같이 아물아물 헤어지는 것 같으나, 기실은^(사실은) 한자리에서 아롱아롱 타는 것이었다. 아귀의 혀끝같이 널름거리는 불꽃이 세상에도 아름다웠다. 울 밑의 꽃보다도, 비단결보다도, 무지개보다도, 맨드라미보다도 곱고 장하다. 중실은 알 수 없이 신이 나서 몽둥이를 들고 산등을 따라 오르고 골짜기를 건너 불붙은 곳으로 끌려 들어갔다. 가깝게 보이던 것과는 딴판으로 꽤 멀었다. 불은 산등에서 산등으로 둘러붙어 골짜기로 타 내려갔다. 화기가 확확 튀어 가까이 갈 수 없었다. 후끈후끈 무더웠다. 나무뿌리가 탁탁 튀며 땅이 쨍쨍 울렸다. 민출한^(모양새가 밋밋하고 훤칠한) 자작나무는 가지가지에 불이 피어올라 한 포기의 산호수^(珊瑚樹, 자금우과의 상록 소관목. 높이는 5~8cm이며, 잎은 둘려고 타원형임) 같은 불나무로 변하였다. 헛되이 타는 모두가 아까웠다. 중실은 어쩌는 수 없이 몽둥이를 쓸데없이 휘두르며 불 테두리를 빙빙 돌 뿐이었다. 불은 힘에 부치는 것이었다. 확실히 간 보람은 있었다. 그을린 노루 한 마리를 얻은 것이었다. 불 테두리를 뚫고 나오지 못한 노루는 산골짜기에서 뱅뱅 돌아 결국 불벼락을 맞은 것이다. 물론 그것을 얻을 때는 불도 거의 다 탄 새벽이었으나, 외로운 짐승이 몹시 가엾었다. 그러나 이미 죽은 후의 고기라 중실은 그것을 짊어지고 산으로 돌아갔다. 사람을 살리자는 신의 뜻이라고 비위 좋게 생각하면 그만이었다. 여러 날 동안의 흐뭇한 양식이 되었다. 다만 한 가지 그리운 것이 있었다. 짠맛 ─ 소금이었다. 사람은 그립지 않으나 소금이 그리웠다. 그것을 얻자는 생각으로만 마음이 그리웠다.❾

힘자라는 데까지 지었다.

이십 리 길을 부지런히 걸으려니 잔등에 땀이 내배었다. 걸음을 따라 나뭇짐이 휘청휘청 앞으로 휘었다.

❾ ➡ 중실이 인간 사회와 완벽하게 단절될 수 없는 이유야. 삶의 장소로서 산이 지닌 한 계기이기도 하지.

수능 만점 선생님

간신히 파장 전에 대었다.

나무를 판 때의 마음이 이날같이 즐거운 적은 없었다.

물건을 산 때의 마음도 이날같이 즐거운 적은 없었다.

그것은 짜장(정말로) 필요한 물건이기 때문이다.

나무 판 돈으로 중실은 감자 말과 좁쌀 되와 소금과 남비(냄비)를 샀다.

산속의 호젓한 살림에는 이것으로써 족하리라고 생각되었다.

목숨을 이어 가는 데 해어(海魚, 바닷물고기)쯤이 없으면 어떨까도 생각되었다.

올 때보다 짐이 단출하여 지게가 가벼웠다.

술집 골방에서 와자지껄하고 싸우는 것도 전과 다름없이 어수선하고 지지부레(보잘것없음)하였다.

이상스러운 것은 그런 거리의 살림살이가 도무지 마음을 당기지 않는 것이다. 앙상한 사람들의 얼굴이 그다지 그리운 것이 아니었다.⑩

무슨 까닭으로 산이 이렇게도 그리울까? 편벽된 마음을 의심도 하여 보았다. 그러나 별로 이치도 없었다. 덮어 놓고 양지쪽이 좋고, 자작나무가 눈에 들고, 떡갈잎이 마음을 끄는 것이다. **평생 산에서 살도록 태어났는지도 모른다.⑪**

김 영감의 그 후의 소식은 물어 낼 필요도 없었으나, 거리에서 만난 박 서방 입에서 우연히 한 구절 얻어듣게 되었다.

병든 등글개첩은 기어코 김 영감의 눈을 감춰 최 서기와 줄행랑을 놓았다. 종적을 수색 중이나 아직도 오리무중이라 한다.

사랑방에서 고시랑고시랑(못마땅해 군소리를 자꾸 좀스럽게 하는 모양) 잠을 못 이룰 육십 노인의 꼴이 측은하게 눈에 떠올랐다. 애매한 머슴을 내쫓았음을 뉘우치리라고 생각되었다. **그러나 중실에게는 물론 다시 살러 들어갈 뜻도, 노인을 위로하고 싶은 친절도 가지기 싫었다.⑫**

다만 거리의 살림이라는 것이 더한층 어수선하게 여겨질 뿐이었다.

산으로 향하는 저녁 길이 한결 개운하다.

개울가에 남비를 걸고 서투른 솜씨로 지은 저녁을 마쳤을 때에는 밤이 적이

⑩ ➡ 인간 사회에 대한 중실의 회의감이 끝나지 않았음을 알 수 있는 대목이야.
⑪ ➡ 자연생활에 대한 중실의 믿음이 굳건하다는 것을 나타내지.
⑫ ➡ 이 소설의 유일한 갈등과 위기가 정리되었다는 것을 알 수 있어.

내신 준비!
수능 만점 선생님

어두웠다.

깊은 하늘에 별이 총총 돋고 초승달이 나뭇가지를 올가미 지웠다.

새들도 깃들이고 바람도 자고 개울물만이 쫄쫄쫄쫄 숨 쉰다. 검은 산등은 잠든 황소다.

등걸불(나무를 베어 내고 남은 밑동을 태우는 불)이 탁탁 튄다. 나뭇잎 타는 냄새가 몸을 휩싸며 구수하다. 불을 쬐며 담배를 피우니 몸이 훈훈하다. 더 바랄 것 없이 마음이 만족스럽다.

한 가지 욕심이 솟아올랐다.

밥 짓는 일이란 머슴애 할 일이 못 된다. 사내자식은 역시 밭 갈고 나무하는 것이 옳은 것이다. 장가를 들려면 이웃집 용녀만 한 색시는 없다. 용녀를 데려다 밥 일을 맡길 수밖에는 없다고 생각하였다.

용녀를 생각만 하여도 즐겁다.⑬ 궁리가 차례차례로 솔솔 풀렸다.

굵은 나무를 베어다 껍질째 토막을 내 양지쪽에 쌓아 올려 단칸의 조촐한 오두막을 짓겠다. 펑퍼짐한 산허리를 일궈 밭을 만들고 봄부터 감자와 귀리를 갈 작정이다. 오랍뜰(대문 안에 있는 뜰)에 우리를 세우고 염소와 돼지와 닭을 칠 터. 산에서 노루를 산 채로 붙들면 우리 속에 같이 기르고 용녀가 집일을 하는 동안에 밭을 가꾸고 나무를 할 것이며, 아이를 낳으면 소같이 산같이 튼튼하게 자라렷다. 용녀가 만약 말을 안 들으면 밤중에 내려가 가만히 업어 올걸.

한번 산에만 들어오면 별수 없지.

불이 거의거의 아스러지고 물소리가 더한층 맑다.

별들이 어지럽게 깜박거린다.

달이 다른 나뭇가지에 걸렸다.

나머지 등걸불을 발로 비벼 끄니 골짜기는 더한층 막막하다.

어느만 때인지 산속에서는 때도 분별할 수 없다.

자기가 이른지 늦은지도 모르면서 나무 밑(밑) 잠자리로 향하였다.

낟가리같이 두두룩하게 쌓인 낙엽 속에 몸을 송두리째 파묻고 얼굴만을 빠끔히 내놓았다.

몸이 차차 푸근하여 온다.

⑬ ➡ 중실은 인간에게 상처받고 자연으로 도피했지만, 또다시 인간을 그리워하는 모순적인 모습을 보이고 있어.

수능에 나올
수도 있어!

수능 만점 선생님

하늘의 별이 와르르 얼굴 위에 쏟아질 듯싶게 가까웠다 멀어졌다 한다.

별 하나 나 하나, 별 둘 나 둘, 별 셋 나 셋······.

세는 동안에 중실은 제 몸이 스스로 별이 됨을 느꼈다.⑭

⑭ ➡ 이효석 작가 특유의 서정주의가 잘 드러난 부분이야.

정리해 볼까요(그룹 채팅)

● 작가에 대해서 알아볼까요?

킬링 포인트

이효석 작가는 1907년 강원도 평창에서 태어났어. 1928년 〈조선지광〉에 단편 「도시와 유령」을 발표하면서 동반 작가(同伴作家, 공산주의 혁명 운동에는 직접 참가하지 않으면서 혁명 운동에 동조적인 입장을 취하는 문학 경향을 지닌 작가)로 데뷔했지. 이후 동반 작가를 청산하고, 구인회(九人會)에 참여해서 「돈(豚)」, 「수탉」 등 향토색이 짙은 작품을 발표했어. 1934년 평양 숭실 전문학교 교수가 된 후 「산」, 「들」 등 자연주의적, 심미주의적 경향이 짙은 작품을 발표했지. 1936년에는 우리나라 단편 소설의 수작으로 손꼽히는 「메밀꽃 필 무렵」을 발표했어. 이효석 작가의 재능은 단편에서 특히 두드러졌단다. 그래서 이태준, 박태원 등과 함께 대표적인 단편 작가로 평가되지.

읽음

「산」은 이효석 작가의 자연주의, 심미주의 성향이 짙게 나타난 작품이군요. 중실이 자연과의 교감을 느끼는 부분도 흥미로웠어요!

 100점

● 작품에 대해서 정리해 보죠!

킬링 포인트

작가 : 이효석
갈래 : 단편 소설, 서정 소설
배경 : 시간적 – 가을 | 공간적 – 산, 마을
시점 : 전지적 작가 시점
주제 : 한 인간의 소박한 삶과 자연애
출전 : 〈삼천리〉(1936)

킬링 포인트
무조건 알아야 해!

「산」은 이효석 문학의 특징인 자연주의가 잘 드러난 작품이야. 자연과 교감하며 행복을 느끼고, 그러한 생활에 자족하는 인간형을 묘사하고 있지. 머슴살이에서 쫓겨난 중실이 산속에 들어가 생활 터전을 일구고, 별을 세다 별이 된 것처럼 느끼는 모습에서 이효석 작가 특유의 자연주의와 심미주의를 느낄 수 있단다. 하지만 「산」은 다른 소설이 지닌 현실감이나 서사성과는 거리가 먼 작품이야. 다른 소설처럼 긴박한 사건이나 복잡한 인간관계가 등장하지도 않지. 그래서 이 작품은 소설이지만 서정시와 같은 느낌을 준단다. 이런 이유로 어떤 평론가들은 「산」을 '시적(詩的) 소설'이라 부르기도 하고, 이효석 작가를 '소설을 배반한 소설가'라고 부르기도 하지.

읽음

맞아요. 특히 나무들을 묘사한 부분에서는 한 편의 시나 동화를 읽는 것 같았어요.

 100점

킬링 포인트

발단: 중실은 산속 생활에 흡족해함

나무하던 중실은 제철 열매, 맑은 하늘, 조각구름 등을 보고 자연에 동화돼. 산속은 고요하지만 아름다운 세상이지. 중실은 자연의 아름다움에 푹 빠져 산에 들어오길 잘했다고 생각한단다.

전개: 중실은 인간 사회에 회의를 느끼고 산으로 들어감

중실은 머슴살이 7년 만에 맨주먹으로 주인집에서 쫓겨나. 김 영감의 첩을 건드렸다는 오해 때문이었지. 그는 넓은 산은 사람을 배반할 것 같지 않아서 산으로 들어가.

절정: 마을에 내려온 중실은 다시 산으로 향함

어느 날, 중실은 나무를 팔러 마을 장에 내려오게 돼. 그는 김 영감의 첩이 면서기 최 씨와 줄행랑을 쳤다는 소식을 듣지. 중실은 김 영감을 위로하고 싶었지만, 결국 다시 산으로 향해.

결말: 중실은 용녀를 생각하며 잠을 청함

중실은 이웃집 용녀와 오두막집을 짓고 감자밭을 일구며 염소, 돼지, 닭을 칠 것을 상상하지. 그는 낙엽을 잠자리로 삼아 별을 헤면서 잠을 청해. 별이 와르르 얼굴 위에 쏟아질 것처럼 가까워졌다 멀어졌다 하지. 중실은 별을 세는 동안 자신의 몸이 별이 됨을 느껴.

OOPS! 읽음

이 작품의 구성 역시 다른 소설과 다르군요. '절정'에서도 심한 갈등이나 긴장감이 보이지 않아요. 오히려 자연을 묘사한 '발단'과 '전개'에서 작가의 사상이 잘 느껴지는 것 같아요.

👍100점

● 중실의 뇌 구조를 알아볼까요?

자연은 사람을 배신하지 않아서 좋아.

나도 나무가 된 것 같아.

김 영감네 집엔 절대 안 들어가!

사람보다 소금이 그립네.

용녀를 산으로 데려오자.

수능 만점 감사

 **내신·수능 만점 키우기** --------------------------------

1 이 작품의 특징으로 가장 옳은 것은?

① 인물 간의 이해관계가 첨예하게 얽혀 있다.
② 사건의 진행에 따른 인물들의 심리 변화가 자세히 묘사되어 있다.
③ 액자식 구성을 취하고 있다.
④ 자연을 서정적으로 묘사하고, 그곳에서의 삶을 예찬하고 있다.
⑤ 현대 사회가 나아가야 할 방향에 관해 서술하고 있다.

2 이 작품의 내용을 잘못 이해한 사람은?

① 철민: 중실은 인간 사회 때문에 큰 상처를 입은 것 같아.
② 주현: 마을과 산이라는 공간적 배경이 서로 대비를 이루고 있어. 마을은 현실을, 산은 이상향을 상징한다고 볼 수 있지.
③ 경숙: 중실은 시간이 지날수록 산속 생활에 한계를 느끼고 있어. 소금이 필요하다거나 용녀를 생각하는 부분이 그 증거지.
④ 지연: 중실은 더 이상 인간 사회에 마음을 두지 않는 것 같아. 잠시 마을에 내려갔을 때 거리의 살림살이를 보며 어수선함을 느끼잖아.
⑤ 병수: 중실은 나무들을 벗 또는 가족으로 생각하는 것 같아.

3 다음 글을 참고해 이 작품을 읽었을 때 잘못 이해한 사람은?

> 이효석은 1928년 〈조선지광〉에 사회주의 계열의 소설인 「도시와 유령」을 발표하면서 등단했다. 초기 성향은 순수 문학을 지양하고 사회주의 색채를 띠는 '신경향파'에 속했다. 이후 「행진곡」, 「기우」 등을 발표하면서 사회주의 색채를 지우고, 1933년 구인회에 참여해 향토색 짙은 「돈」, 「수탉」 등의 소설을 발표했다. 특히 이효석은 「돈」을 발표하면서 초기 '신경향파' 노선에서 벗어나 자연주의와 심미주의로 옮겨갔다는 평을 받았다. 1936년에는 우리나라 단편 소설의 걸작으로 꼽히는 「메밀꽃 필 무렵」을 발표했다. 「산」도 1936년에 발표했다.

① 선호: 이 작품은 이효석 작가의 신경향파 색채가 잘 드러난 소설이야. '마을'은 암울한 현실 사회를, '산'은 유토피아인 공산주의 사회를 상징하지.
② 현식: 숲속의 나무들을 묘사한 장면이나 중실이 별을 헤는 장면을 보면 이효석 작가의 후기 경향인 심미주의가 잘 드러난 것 같아.
③ 선아: 이 작품은 자연주의, 심미주의가 잘 드러난 순수 문학 계열에 속해.
④ 아름: 어쩌면 중실은 이효석 작가 자신일지도 몰라. 중실이 마을을 떠나 산을 택한 것처럼 이효석 작가는 사회주의 색채를 버리고 순수 문학과 자연주의를 택한 거지.
⑤ 명철: 「메밀꽃 필 무렵」에서 메밀꽃밭을 묘사한 장면과 이 소설에서 산을 묘사한 장면은 정말 서정적인 것 같아.

4 다음 글에서 중실이 김 영감에게 품은 감정을 알맞게 짝지은 것은?

> 해마다 사경을 또박또박 받아 본 일 없다. 옷 한 벌 버젓하게 얻어 입은 적 없다. 명절에는 놀이할 돈도 푼푼이 없이 늘 개 보름 쇠듯 하였다. 장가들이고 집 사고 살림을 내준다는 것도 헛소리였다. 첩을 건드렸다는 생뚱 같은 다짐이었으나, 그것은 처음부터 계책한 억지요, 졸색의 둥글개 따위에는 손댈 염도 없었던 것이다. 빨래하러 갔던 첩과 동구 밖에서 마주쳐 나뭇짐을 지고 앞서고 뒤서서 돌아왔다고 의심받을 법은 없다. 첩과 수상한 놈팡이는 도리어 다른 곳에 있는 것을, 애매한 중실에게 엉뚱한 분풀이가 돌아온 셈이었다. 가살스러운 데가 있는 첩의 행실을 휘어잡지 못하고 늘그막 판에 속 태우는 영감의 신세 하기는 가엾기는 하다.

① 원망, 분노   ② 연민, 사랑   ✸③ 원망, 연민   ④ 분노, 슬픔   ⑤ 원망, 질투

5 이 작품에 드러난 '산'의 의미로 가장 옳은 것은?

① 탈속을 통한 풍류의 공간
② 생명의 근원으로서의 공간
③ 질서와 조화의 공간
④ 과학 기술의 대안 공간
✸⑤ 위안과 안식의 공간

6 이 작품은 엄밀히 말해 소설이 아니라는 평을 듣기도 한다. 그 이유에 대해 서술하시오.

내신 준비!

OOPS!

> 보편적인 소설이 지니고 있는 현실감과 서사성이 잘 드러나지 않기 때문이다. 갈등의 전개나 복잡한 인간관계 또한 보이지 않는다. 묘사의 비중이 높아서 오히려 수필이나 시의 느낌을 주기도 한다.

● **수능 만점 선생님의 감상 꿀팁**

> 이 작품은 자연에 동화된 한 인간의 소박한 삶과 자연애를 그린 소설이야. 작품 제목이기도 한 '산'은 고요하고 정적인 공간으로 반도시적, 반문명적인 세계를 나타낸단다. 이 작품의 주인공은 현실에 맞서 문제를 적극적으로 해결하려고 하지 않아. 또한 이 소설에서는 특별한 갈등이 나타나지 않는다는 점도 잊지 말자.

수능 만점 감사

미리 들여다보는 인물 X 파일

힘없는 사람이 가릴 처지인가? 센 쪽으로 붙는 게 이득이지.

나라와 민족을 팔아먹다니! 절대 용서할 수 없다!

이인국 **VS** 춘석

수능 만점 선생님의 감상 꿀팁!

이 소설은 일제 강점기부터 광복 직후까지 변해 가는 시대와 상황에 맞게 기회주의적으로 살아 온 인물을 비판한 작품이야. 시대적으로 구분된 부분을 모아 하나로 엮는 몽타주 기법으로 구성 되어 있지. 시대적 배경을 고려하면서 작품을 감상해 보자.

꺼삐딴 리

#한국 현대사를 관통한 기회주의자의 최고봉

수술실에서 나온 이인국 박사는 응접실 소파에 파묻히듯이 깊숙이 기대어 앉았다.

그는 백금 무테안경을 벗어 들고 이마의 땀을 닦았다. 등골에 축축이 밴 땀이 잦아 들어감에 따라 피로가 스며 왔다. 두 시간 이십 분의 집도. 위장 속의 균종(菌腫, 곰팡이 종류의 세균이 침입해 생기는 혹과 비슷한 종기) 적출. 환자는 아직 혼수상태에서 깨지 못하고 있다.

수술을 끝낸 찰나 스쳐 가는 육감, 그것은 성공 여부의 적중률을 암시하는 계시 같은 것이다. 그러나 오늘은 웬일인지 뒷맛이 꺼림칙하다.

그는 항생질 의약품이 그다지 발달하지 않았던 일제 시대부터 개복 수술에 최단 시간의 기록을 세웠던 것을 회상해 본다.

맹장염이나 포경 수술, 그 정도의 것은 약과다. 젊은 의사들에게 맡겨 버리면 그만이다. 대수술의 경우에는 그렇게 방임할 수만은 없다. 환자 측에서도 대개 원장의 직접 집도를 조건부로 입원시킨다. 그는 그것을 자랑으로 삼아 왔고 스스로 집도하는 쾌감을 느꼈었다.

그의 병원 부근은 거의 한 집 건너 병원이랄 수 있을 정도로 밀집한 지대다. 이름 없는 신설 병원 같은 것은 숫제(아예 전적으로) 비 장날 시골 전방(廛房, 물건을 늘어놓고 파는 가게)처럼 한산한 속에 찾아오는 손님을 기다리고 있는 형편이다.❶

그러나 이인국 박사는 일류 대학 병원에까지 손을 쓰지 못하여 밀려오는 급환자들 틈에 끼여 환자의 감별에는 각별한 신경을 쓰고 있다.

❶ ➔ 당시 병원들이 어떤 상황에 처해 있었는지 보여 주는 대목이야.

그것은 마치 여관 보이(접대하는 남자)가 현관으로 들어서는 손님의 옷차림을 훑어보고 그 등급에 맞는 방을 순간적으로 결정하거나 즉석에서 서슴지 않고 거절하는 경우와 흡사한 것이라고나 할까.

이인국 박사의 병원은 두 가지의 전통적인 특징을 가지고 있다.

병원 안이 먼지 하나도 없이 정결하다는 것과, 치료비가 여느 병원의 갑절이나 비싸다는 점이다.

그는 새로운 환자의 초진에서는 병에 앞서 우선 그 부담 능력을 감정하는 데서부터 시작한다.❷ 신통하지 않다고 느껴지는 경우에는 무슨 핑계를 대든가, 그것도 자기가 직접 나서는 것이 아니라 간호원더러 따돌리게 하는 것이다.

그렇게 중환자가 아닌 한 대부분의 경우, 예진(豫診, 환자의 병을 자세하게 진찰하기 전에 미리 간단하게 진찰하는 일)은 젊은 의사들이 했다. 원장은 다만 기록된 진찰 카드에 따라 환자의 증세와 아울러 경제 정도를 판정하는 최종 진단을 내리면 된다.

상대가 지기(知己, 자기의 속마음을 참되게 알아주는 친구)나 거물급이 아닌 한 외상이라는 명목은 붙을 수가 없었다. 설령, 있다 해도 이 양면 진단은 한 푼의 미수나 결손도 없게 한, 그의 인생을 통한 의술 생활의 신조요 비결이었다.

그러기에 그의 고객은, 왜정(倭政, 일본이 침략해 강점하고 다스리던 정치) 시대는 주로 일본인이었고, 현재는 권력층이 아니면 재벌의 셈속에 드는 축이어야만 했다.❸

그의 일과는 아침에 진찰실에 나오자 손가락 끝으로 창틀이나 탁자 위를 훑어 무테안경 속 움푹한 눈으로 응시하는 일에서 출발한다.

이때 손가락 끝에 먼지만 묻으면 불호령이 터지고, 간호원은 하루 종일 원장의 신경질에 부대껴야만 한다.

아무튼 그의 단골 고객들은 그의 정결한 결벽성에 감탄과 경의를 표해 마지않는다.

1·4 후퇴 때 청진기가 든 손가방 하나를 들고 월남한 이인국 박사다. 그는 수복(收復, 잃었던 땅이나 권리 따위를 되찾음. 여기서는 9·28 서울 수복을 의미함)되자 재빨리 셋방 하나를 얻어 병원을 차렸다. 그러나 이제는 평당 50만 환을 호가하는 도심지에 타일을 바른 2층 양옥을 소유하게 되었다. 그는 자기 전문인 외과 외에 내과, 소아과, 산부인과

---

❷ ▶ 이인국은 의사로서 자부심을 가지고 치료하는 것이 아니라, 환자의 경제적 능력에 따라 달리 대우하면서 치료한다는 사실을 알 수 있어.

❸ ▶ 이인국은 어떤 상황이든 자신이 이득을 보는 쪽으로 행동하고 있음을 알 수 있어.

내신 준비!

수능 만점 선생님

등 개인 병원을 집결시켰다. 운영은 각자의 호주머니 셈속이었지만, 종합 병원의 원장 자리는 의젓이 자기가 차지하고 있다.

이인국 박사는 양복 조끼 호주머니에서 십팔금 회중시계를 꺼내어 시간을 보았다.

2시 40분!

미국 대사관 브라운 씨와의 약속 시간은 이십 분밖에 남지 않았다. 이 시계에도 몇 가닥의 유서 깊은 이야기가 숨어 있다. 이인국 박사는 시계를 볼 때마다 참말 '기적'임에 틀림없었던 사태를 연상하게 된다. 왕진 가방과 38선을 넘어온 피난 유물의 하나인 시계, 가방은 미군 의사에게서 얻은 새것으로 갈아매어 흔적도 없게 된 지금, 시계는 목숨을 걸고 삶의 도피행을 같이한 유일 품이요, 어찌 보면 인생의 반려이기도 한 것이다.

밤에 잘 때에도 그는 시계를 머리맡에 풀어 놓거나 호주머니에 넣은 채로 버려두지 않는다. 반드시 풀어서 등기 서류, 저금통장 등이 들어 있는 비상용 캐비닛 속에 넣고야 잠자리에 드는 것이었다. 거기에는 또 그럴 만한 연유가 있었다. <mark>이 시계는 제국 대학을 졸업할 때 받은 영예로운 수상 품이다.</mark>❹ 뒤쪽에는 자기 이름이 새겨져 있다.

그후 삼십여 년, 자기 주변의 모든 것이 변하여 갔지만 시계만은 옛 모습 그대로다. 주변뿐만 아니라 자기 자신은 얼마나 변한 것인가. 이십대 홍안을 자랑하던 젊음은 어디로 사라진 것인지 머리카락도 반백이 넘었고 이마의 주름은 깊어만 간다. 일제 시대, 소련국 점령하의 감옥 생활, 6·25 사변, 삼팔선, 미군 부대, 그동안 몇 차례의 아슬아슬한 죽음의 고비를 넘긴 것인가.

'월삼 17석'

우여곡절 많은 세월 속에서 아직도 제 시간을 유지하는 것만도 신기하다. <mark>시간을 보고는 습성처럼 재깍재깍 소리에 귀 기울이는 때의 그의 가느다란 눈매에는 흘러간 인생의 축도</mark>(縮圖, 대상이나 그림을 일정한 비율로 줄여서 원형보다 작게 그림)가 서리는 것이었다.❺ 그 속에서도 각모와 쓰메에리(깃의 높이가 4cm쯤 되게 해 목을 둘러 바싹 여미게 지은 양복) 학생복을 벗어 버리고 신사복으로 갈아입던 그날의 감회를 더욱 새롭게 해 주는 충동

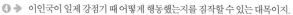
❹ ➜ 이인국이 일제 강점기 때 어떻게 행동했는지를 짐작할 수 있는 대목이지.
❺ ➜ 이인국이 과거의 일을 회상하고 있음을 알려 주는 부분이야.

집중!
수능 만점 선생님

을 금할 길 없는 것이었다.

이인국 박사는 수술 직전에 서랍에 집어넣었던 편지에 생각이 미쳤다.

미국에 가 있는 딸 나미. 본래의 이름은 일본식의 나미코다. 해방 후 그것이 거슬린다기에 나미로 불렀고 새로 기류계^(寄留屆. 본적지 이외의 일정한 곳에 주소 혹은 거주지를 관할 관청에 보고하던 일. 또는 그런 서류)에 올릴 때에는 코^[子]를 완전히 떼어 버렸다.

나미창! 딸의 모습은 단란하던 지난날의 추억과 더불어 떠올랐다.

온 집안의 재롱둥이였던 나미, 그도 이젠 성숙했다. 그마저 자기 옆에서 떠난 지금, 새로운 정에서 산다고는 하지만 이인국 박사는 가끔 물밀어 오는 허전한 감을 금할 길이 없었다.

아내는 거제도 수용소에 있을 때 죽었고, 아들의 생사는 지금껏 알 길이 없다.

서울에서 다시 만나 후처^(後妻. 다시 혼인해 맞은 아내)로 들어온 혜숙, 이십 년의 연령 차에서 오는 세대의 거리감을 그는 억지로 부인해 본다. 그러나 혜숙의 피둥피둥한 탄력에 윤기가 더해 가는 살결에 비해 자기의 주름 잡힌 까칠한 피부는 육체적 위축함마저 느끼게 하는 때가 없지 않았다.

그들 사이에서 난 돌 지난 어린것, 앞날이 아득한 이 핏덩이만이 지금의 이인국 박사의 곁을 지켜 주는 유일한 피붙이다.

이인국 박사는 기대와 호기에 가득 찬 심정으로 항공 우편의 피봉을 뜯었다.

전번 편지에서 가타부타 단안은 내리지 않고 잘 생각해서 결정하라고 한 그 후의 경과다.

'결국은 그렇게 되고야마는 건가……'

그는 편지를 탁자 위에 밀어 놓았다. 어쩌면 이러한 결말은 딸의 출국 이전에서부터 이미 싹튼 것인지도 모른다는 생각이 들었다.

대학에서 영문과를 택한 딸, 개인 지도를 하여 준 외인 교수, 스칼라십^(장학금)을 얻어 준 것도 그고, 유학 절차의 재정 보증인을 알선해 준 것도 그가 아닌가. 우연한 일은 아니다.

그러한 시류에 따라 미국 유학을 해야만 한다고 주장한 것은 오히려 아버지 자기가 아닌가.

동양학을 연구하고 있는 외인 교수. 이왕이면 한국 여성과 결혼했으면 좋겠다던 솔직한 고백에, 자기의 학문을 위한 탁월한 견해라고 무심코 찬의를 표한 것도 자기가 아니던가. 그것도 지금 생각하면 하나의 암시였음이 분명하지 않은가.

이인국 박사는 상아로 된 오존 파이프를 앞니에 힘을 주어 지그시 깨물며 눈을 감았다.

꼭 풀 쑤어 개 좋은 일을 한 것만 같은 몸서리가 느껴졌다.

'더러운 년 같으니, 기어코……'

그는 큰기침을 내뱉었다.

그의 생각은 왜정 시대 내선일체(內鮮一體, 일본과 조선은 한 몸이라는 뜻으로, 일제 강점기 때 일본이 조선인의 정신을 말살하고 조선을 착취하기 위해 만들어 낸 구호)의 혼인론이 떠돌던 이야기에 꼬리를 물었다. 그때는 그것을 비방하거나 굴욕처럼 느끼지는 않았다.❻ 오히려 당연한 것으로 해석했고 어찌 보면 우월한 것으로 생각하지 않았던가. 그런데 이 경우는…….

그는 딸의 편지 구절을 곱씹었다.

'애정에 국경이 있어요?'

이것은 벌써 진부하다. 아비도 학창 시절에 그런 풍조는 다 마스터했다.

건방지게, 이게 새삼스레 아비에게 설교조로…… 좀 더 솔직하지 못하고…….

그러니 외딸인 제가 그런 국제결혼의 시금석(試金石, 가치, 능력, 역량 따위를 알아볼 수 있는 기준이 되는 기회나 사물을 비유적으로 이르는 말)이 되겠단 말인가.

'아무튼 아버지께서 쉬 한번 오신다니 최종 결정은 아버지의 의향에 따라 결정할 예정입니다만……'

그래 아버지가 안 가면 그대로 정하겠단 말인가.

이인국 박사는 일대 잡종의 유전 법칙이 떠오르자 머리를 내저었다. '흰둥이 손자' 생각만 해도 징그럽다.❼

그는 내던졌던 사진을 다시 집어 들었다.

대학 캠퍼스 같은 석조전의 거대한 건물, 그 앞의 정원, 뒤쪽에 짝을 지어 걸어가는 남녀 학생, 이 배경 속에 딸과 그 외인 교수가 나란히 어깨를 짚고 서서 웃음을 짓고 있다.

'흥, 놀기는 잘들 논다……'

응, 신음 소리를 치며 그는 자리에서 일어섰다. 아무튼 미스터 브라운을 만나이왕 가는 길이면 좀 더 서둘러야겠다. 그 가장 대우가 좋다는 국무성 초청 케이

❻ 이인국의 역사 인식과 국가에 대한 가치관을 보여 주는 대목이란다.
❼ 당시 국제결혼에 대한 시선이 그다지 좋지 않았음을 알려 주는 부분이야.

집중!
수능 만점 선생님

스의 확정 여부를 빨리 확인해야겠다는 생각이 조바심을 쳤다.

그는 아내 혜숙이 있는 살림방 쪽으로 건너갔다.

"여보, 나미가 기어코 결혼하겠다는구려."

"그래요……."

아내의 어조에는 별다른 감동이나 의아도 없음을 이인국 박사는 직감했다.

그는 가능한 한 혜숙이 앞에서 전실 소생의 애들 이야기를 하는 것을 삼가 왔다.

어떻게 보면 나미의 미국 유학을 간접적으로 자극한 것은 가정 분위기의 소치_(所致 어떤 까닭으로 생긴 일)라는 자격지심이 없지 않기도 했다. 나미는 물론 혜숙을 단 한 번도 어머니라고 불러 준 일이 없었다.

혜숙이 또한 나미 앞에서 어머니라고 버젓이 행세한 일도 없었다.

지난날의 간호원과 오늘의 어머니, 그사이에는 따져서 표현할 수 없는 미묘한 감정들이 복제되어 있었다.

"선생님의 일이라면 무엇이든지 돕겠어요."

서울에서 이인국 박사를 다시 만났을 때 마음속 그대로 털어놓은 혜숙의 첫마디였다.

처음에는 혜숙이도 부인의 별세를 몰랐고, 이인국 박사도 혜숙이의 혼인 여부를 참견하지 않았다.

혜숙은 곧 대학 병원을 그만두고 이리로 옮겨 왔다.

나미는 옛정이 다시 살아 혜숙을 언니처럼 따랐다.

이들의 혼인이 익어 갈 때 이인국 박사는 목에 걸리는 딸의 의향을 우선 듣기로 했다.

딸도 아버지의 외로움을 동정하고 있었다. 자기 자신도 아버지의 시중이 힘에 겨웠고, 또 그 사이 실지의 아버지 뒤치다꺼리를 혜숙이 해 왔으므로 딸은 즉석에서 진심으로 찬의를 표했다.❽

그러나 시간이 흐를수록 혜숙과 나미의 간격은 벌어졌고, 혜숙은 남편과의 정상적인 가정생활에서 나미가 장애물이 되는 것 같은 느낌을 차츰 가지게 되었다.

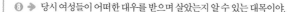

❽ ➡ 당시 여성들이 어떠한 대우를 받으며 살았는지 알 수 있는 대목이야.

혜숙 자신도 처음에는 마음 놓고 이인국 박사를 남편이랍시고 일대일로 부르 진 못했다.

나미의 출발, 그 후 어린애의 해산(解産, 아이를 낳음), 이러한 몇 고개를 넘는 사이에 이제 겨우 아내답게 늠름히 남편을 대할 수 있고, 이인국 박사 또한 제대로의 남 편의 체모로 아내에게 농을 걸 수 있게끔 되었다.

"기어코 그 외인 교수와 가까워지는 모양인데."

이인국 박사는 아내의 얼굴을 직시하지는 못하고 마치 독백하듯이 뇌까렸다.

"할 수 있어요, 제 좋다는 대로 해야지요."

마치 남의 이야기를 하는 것처럼 이인국 박사에게는 들려왔다.❾

"글쎄, 하기는 그렇지만……."

그는 입맛만 다시며 더 이상 계속하지 못했다.

잠을 깨어 울고 있는 어린것에게 젖을 물리고 있는 아내의 젊은 육체에서 자 극을 느끼면서 이인국 박사는 자기 자신이 죄를 지은 것만 같은 나미에 대한 강 박 관념을 금할 길이 없었다.

저 어린것이 자라서 아들 원식이나 또 나미 정도의 말 상대가 될래도 아직 이 십여 년의 세월이 흘러야 한다.

그때 자기는 칠십이 넘는 할아버지다.

현대 의학이 인간의 평균 수명을 연장하고, 암 같은 고질이 아닌 한 불의의 죽음은 없다 하지만, 자기 자신이 의사이면서 스스로의 생명 하나를 보장할 수 없다.

'마누라는 눈앞에서 나는 새 놓치듯이 죽이지 않았던가.'

아무리 해도 조놈이 대학을 나올 때까지는 살아야 한다. 아무렴, 때가 때인 만 큼 미국 유학까지는 내 생전에 시켜 주어야지.

하기야 그런 의미에서도 일찌감치 미국 혼반(婚班, 서로 혼인을 맺을 만한 양반의 지체를 이르던 말) 을 맺어 두는 것도 그리 해로울 건 없지 않다. 아무렴 우리보다는 낫게 사는 사람 들인데. 남 좀 보기 체면이 안 서서 그렇지.

그는 자위인지 체념인지 모를 푸념을 곱씹었다.

"여보, 저걸 좀 꾸려요."

❾ ➡ 이들의 가족 관계가 화목하지만은 않다는 것을 알 수 있어.

이인국 박사의 말씨는 점잖게 가라앉았다.

"뭐 말이에요?"

아내는 젖꼭지를 물린 채 고개만을 돌려 되묻는다.

"저 병 말이오."

그는 화장대 위에 놓은 골동품을 가리켰다.

"어디 가져 가서요?"

"저 미 대사관 브라운 씨 말이야. 늘 신세만 졌는데……."

아내가 꼼꼼히 싸 놓은 포장물을 들고 이인국 박사는 천천히 현관을 나섰다.
벌써 석간신문이 배달되었다.

아무리 생각해도 그것은 분명 기적임에 틀림없는 일이었다. 간헐적으로 반복
되어 공포와 감격을 함께 휘몰아치는 착잡한 추억. 늘 어제 일마냥 생생하기만
하다.

1945년 8월 하순.

아직 해방의 감격이 온 누리를 뒤덮어 소용돌이칠 때였다.

말복도 지난 날씨건만 여전히 무더웠다. 이인국 박사는 이 며칠 동안 불안과
초조에 휘둘려 잠도 제대로 자지 못했다. 무엇인가 닥쳐올 사태를 오들오들 떨
면서 대기하는 상태였다.[10]

그렇게 붐비던 환자도 얼씬하지 않고 쉴 사이 없던 전화도 뜸하여졌다.

입원실은 최후의 복막염 환자였던 도청의 일본인 과장이 끌려간 후 텅 비
었다.

조수와 약제사는 궁금증이 나서 고향에 다녀오겠다고 떠나갔고 서울 태생인
간호원 혜숙만이 남아 빈집 같은 병원을 지키고 있었다.

이 층 삼 조 다다미방에 혼도시와 유카타 바람에 뒹굴고 있던 이인국 박사는
견디다 못해 부채를 내던지고 일어났다.

그는 목욕탕으로 갔다. 찬물을 퍼서 대야째로 머리에서부터 몇 번이고 내리부
었다. 등줄기가 시리고 몸이 가벼워졌다. 그러나 수건으로 몸을 닦으면서도 무
엇인가 짓눌려 있는 것 같은 가슴속의 갑갑증을 가셔 낼 수는 없었다.

⑩ ➡ 이인국은 광복의 날이 오는 것을 두려워하고 있어. 이를 통해 일제 강점기 때 그가
어떻게 행동했었는지 짐작할 수 있지.

그는 창문으로 기웃이 한길 가를 내려다보았다. 우글거리는 군중들은 아직도 소음 속으로 밀려가고 있다. 굳게 닫혀 있는 은행 철문에 붙은 벽보가 한길을 건너 하얀 윤곽만이 두드러져 보인다. 아니, 그곳에 씌어 있는 구절.

'친일파, 민족 반역자를 타도하자.'⑪

옆에 붙은 동그라미를 두 겹으로 친 글자가 그대로 눈앞에 선명하게 보이는 것만 같다. 어제 저물녘에 그것을 처음 보았을 때의 전율이 되살아났다.

순간 이인국 박사는 방 쪽으로 머리를 획 돌렸다.

'나야 괜찮겠지…….'

혼자 뇌까리면서 그는 다시 부채를 들었다. 그러나 벽보를 들여다보고 있을 때 자기와 눈이 마주치는 순간, 일그러지는 얼굴에 경멸인지 통쾌인지 모를 웃음을 비죽이 흘리면서 아래위로 훑어보던 그 춘석이 녀석의 모습이 자꾸만 머릿속으로 엄습하여 어두운 밤에 거미줄을 뒤집어쓴 것처럼 꺼림텁텁하기만 했다. '그간 놈!' 하고 머리에서 씻어 버리려 해도 거머리처럼 자꾸만 감아 붙는 것만 같았다.

벌써 육 개월 전의 일이다. 형무소에서 병보석(病保釋, 구류 중인 미결수가 병이 날 경우 그를 석방하는 일)으로 가출옥되었다는 중환자가 업혀서 왔다. 횡뎅그런 눈에 앙상하게 뼈만 남은 몸을 제대로 가누지도 못하는 환자. 그는 간호원의 부축으로 겨우 진찰을 받았다.

청진기의 상아 꼭지를 환자의 가슴에서 등으로 옮겨 두 줄기의 고무줄에서 감득되는(느껴서 알게 되는) 숨소리를 감별하면서도, 이인국 박사의 머릿속은 최후 판정의 분기점을 방황하고 있었다. 입원시킬 것인가, 거절할 것인가…….

환자의 몰골이나 업고 온 사람의 옷매무새로 보아 경제 정도는 뻔한 일이라 생각되었다. 그러나 그것보다도 더 마음에 켕기는 것이 있었다. 일본인 간부급들이 자기 집처럼 들락날락하는 이 병원에 이런 사상범을 입원시킨다는 것은 관선 시 의원이라는 체면에서도 떳떳지 못할 뿐더러,⑫ 자타가 공인하는 모범적인 황국 신민(皇國新民, 일제 강점기에 천황이 다스리는 나라의 신하 된 백성이라 해 일본이 자국민을 이르던 말)의 공든 탑이 하루아침에 무너지는 결과를 가져오는 것이라는 생각이 들었다. 순간 그는

⑪ ➡ 이인국에게는 이 구절이 일제 강점기 때 일본인을 위주로 치료하면서 돈을 벌어 왔던 자신을 질책하는 것처럼 느껴졌을 거야.

⑫ ➡ 이인국은 환자에 대한 연민보다는 자신의 위치와 이득을 더 중요시하는 인물임을 보여 주는 대목이야.

집중!

수능 만점 선생님

이런 경우의 가부 결정에 일도양단(一刀兩斷, 칼로 무엇을 대번에 쳐서 두 도막을 냄)하는 자기 식으로 찰나적인 단안을 내렸다. 그는 응급 치료만 하여 주고 입원실이 없다는 가장 떳떳하고도 정당한 구실로 애걸하는 환자를 돌려보냈다.

환자의 집이 병원에서 멀지 않은 건너편 골목 안에 있다는 것은 후에 간호원에게서 들었다. 그러나 그쯤은 예사로운 일이었기에 그는 그대로 아무렇지도 않게 흘려버렸다.

그런데 며칠 전 시민대회(市民大會, 시민 대중 운동을 목표로 한, 뜻있는 시민들의 큰 모임) 끝에 있는 해방 경축 시가행진을 자기도 흥분에 차서 구경하느라고 혜숙이와 함께 대문 앞에 나갔다가, 자위대 완장을 두르고 대열에 끼인 젊은이와 눈이 마주쳤다. 이쪽을 노려보는 청년의 눈에서 불똥이 튀는 것 같은 살기를 느꼈다. 무슨 영문인지 모르고 어리벙벙하던 이인국 박사는, 그것이 언젠가 입원을 거절당한 사상범 환자 춘석이라는 것을 혜숙에게서 듣고서야 슬금슬금 주위의 눈치를 살피며 집으로 기어 들어왔다.[13]

그 후 그는 될 수 있는 대로 거리로 나가는 것을 피하였지마는 공교롭게도 어제 저녁에 그 벽보 앞에서 마주쳤었다.

갑자기 밖이 와자지껄 떠들어 대었다. 머리에 깍지를 끼고 비스듬히 누워서 갈피를 잡을 수 없는 생각에 골몰하던 이인국 박사는 일어나 앉아 한길 쪽에 귀를 기울였다. 들끓는 소리는 더 커 갔다. 궁금증에 견디다 못해 그는 엉거주춤 꾸부린 자세로 밖을 내다보았다. 포도에 뒤끓는 사람들은 손에 손에 태극기와 적기를 들고 환성을 올리고 있었다.

'무엇일까?'

그는 고개를 갸웃하며 다시 자리에 주저앉았다.

계단을 구르며 급히 올라오는 발자국 소리가 들려왔다. 혜숙이다.

"아마 소련군이 들어오나 봐요. 모두들 야단법석이에요……."[14]

숨을 헐떡이며 이야기하는 혜숙의 말에 이인국 박사는 아무 대꾸도 없이 눈만 껌벅이며 도로 앉았다. 여러 날째 라디오에서 오늘 입성 예정이라고 했으니 인

---

⑬ ➡ 춘석은 일제 강점기 때 친일하며 안위를 지켰던 인물들에 대한 분노를 표출하는 인물이지.

⑭ ➡ 일본이 물러가고 대신 소련군이 한반도 이북에 들어오게 된 상황을 보여 주는 대목이야.

내신 준비!

수능 만점 선생님

제 정말 오는가 보다 싶었다.

혜숙이 내려간 뒤에도 이인국 박사는 한참 동안 아무 거동도 못하고 바깥쪽을 내다보고만 있었다.

무엇을 생각했던지 그는 움찔 자리에서 일어났다. 그러고는 벽장문을 열었다. 안쪽에 손을 뻗쳐 액자들을 끄집어내었다.

'國語(국어. 여기서는 일본어를 의미함) 常用(상용)의 家(가).'

해방되던 날 떼어서 집어넣어 둔 것을 그동안 깜박 잊고 있었다.

그는 액자의 뒤를 열어 음식점 면허장 같은 두꺼운 모조지를 빼내어 글자 한 자도 제대로 남지 않게 손끝에 힘을 주어 꼼꼼히 찢었다.

이 종잇장 하나만 해도 일본인과의 교제에 있어서 얼마나 떳떳한 구실을 할 수 있었던 것인가.[15] 야릇한 미련 같은 것이 섬광처럼 머릿속을 스쳐갔다.

환자도 일본 말 모르는 축은 거의 오는 일이 없었지만 대외 관계는 물론 집 안에서도 일체 일본 말만을 써 왔다. 해방 뒤 부득이 써 오는 제 나라 말이 오히려 의사 표현에 어색함을 느낄 만큼 그에게는 거리가 먼 것이었다.

마누라의 솔선수범하는 내조지공(內助之功)도 컸지만 애들까지도 곧잘 지켜 주었기에 이 종잇장을 탄 것이 아니던가. 그것을 탄 날은 온 집안이 무슨 경사나 난 것처럼 기뻐들 했었다.

"잠꼬대까지 국어(일본어)로 할 정도가 아니면 이 영예로운 기회야 얻을 수 있겠소." 하던 국민 총력 연맹 지부장의 웃음 띤 치하 소리가 떠올랐다.

그 순간, 자기 자신은 아이들을 소학교로부터 일본 학교에 보낸 것을 얼마나 다행으로 여겼던 것인가.

그는 후 한숨을 내뿜었다. 그러고는 지금 통장의 잔액을 깡그리 내주던 은행 지점장의 호의에 새삼 고마움을 느끼는 것이었다.

그것마저 없었더라면…… 등골에 오싹하는 한기가 느껴 왔다.

무슨 정치가 오든 그것만 있으면 시내 사람의 절반 이상이 굶어 죽기 전에야 우리 집 차례는 아니겠지. 그는 손금고가 들어 있는 안방 단스(일본어로 옷장, 장롱을 의미함)

15 ➡ 이인국이 힘과 권위에 약한 인물임을 알 수 있어.

수능 만점 선생님

를 생각하면서 혼자 중얼거렸다.

이인국 박사는 무슨 일이 일어나도 꼭 자기만은 살아남을 것 같은 막연한 기대를 곱씹고 있다.

주위가 어두워 왔다.

지축이 흔들리는 것 같은 동요와 소름이 가까워졌다. 군중들의 환호성이 터져 올랐다. 만세 소리가 연방 계속되었다.

세상 형편을 알아보려고 거리에 나갔던 아내가 돌아왔다.

"여보, 탱크 부대가 들어왔어요. 거리는 온통 사람들 사태가 났는데 집 안에 처박혀 뭘 하구 있어요……."⑯

어둠 속에서 아내의 음성은 격했으나 감격인지 당황인지 알 길이 없었다.

'계집이란 저렇게 우둔하구두 대담한 것일까…….'

이인국 박사는 엷은 어둠 속에서 마누라 쪽을 주시하면서 입맛을 다셨다.

"불두 여태 안 켜구."

마누라가 전등 스위치를 틀었다. 이인국 박사는 백 촉 전등이 너무 환한 것이 못마땅했다.

"불은 왜 켜는 거요?"

"그럼 켜지 않구 캄캄한데……. 자, 어서 나가 봅시다."

마누라가 이끄는 데 따라 이인국 박사는 마지못하면서 시침을 떼고 따라나섰다.

헤드라이트의 눈부신 광선. 탱크 부대의 진주는 끝을 알 수 없이 계속되고 있다.

이인국 박사는 부신 불빛을 피하면서 가로수에 기대어 섰다. 박수와 환호성, 만세 소리가 그칠 줄 모르는 양안(兩岸, 강이나 하천 따위의 양쪽 기슭)을 끼고 탱크는 물밀듯 서서히 흘러간다. 위 뚜껑을 열고 반신을 내민 중대가리의 병정은 간간이 '우라아!' 하면서 손을 내흔들고 있다.

이인국 박사는 자기와는 아무 관련도 없는 이방 부대라는 환각을 느끼면서 박수도 환성도 안 나가는 멋적은 속에서 멍하니 쳐다보고만 있다. 그는 자기의 거동을 주시하지나 않나 해서 주위를 두리번거렸다.⑰

내신 준비!

⑯ ➜ 이인국의 아내는 갑자기 변한 세태에 큰 두려움을 느끼고 있어.

수능 만점 선생님

그러나 아무도 그에게는 관심을 두는 일 없이 탱크를 향하여 목청이 터지도록 거듭 만세만 부르고 있지 않은가.

'어떻게 되겠지…….'

그는 밑도 끝도 없는 한마디를 뇌이면서 유유히 집으로 들어왔다.

민요 뒤에 계속되던 행진곡이 그치고 주둔군 사령관의 포고문이 방송되고 있다.

이인국 박사는 라디오 앞에 다가앉아 귀를 기울였다.

시민의 생명 재산은 절대 보장한다. 각자는 안심하고 자기의 직장을 수호하라. 총기, 일본도 등 일체의 무기 소지는 금하니 즉시 반납하라는 등의 요지였다.

그는 문득 단스 속에 넣어 둔 엽총에 생각이 미치었다. 그러면 저거도 바쳐야 하는 것일까. 영국에 쌍발, 손때 묻은 애완물같이 느껴져 누구에게 단 한 번 빌려 주지 않았던 최신형 특제품이었다.

이인국 박사는 다이얼을 돌렸다. 대체 서울에서는 어떻게들 하고 있는 것일까.

거기도 마찬가지다. 민요가 아니면 행진곡이 나오고 그러다가는 건국 준비 위원회의 누구인가의 연설이 계속된다.

대체 앞으로 어떻게 될 것인가 궁금증을 해결할 방법이 없다.

<mark>해방 직후 이삼 일 동안은 자기도 태연하였지만 뻔질나게 드나들던 몇몇 친구들도 소련군 입성이 보도된 이후부터는 거의 나타나질 않는다.</mark>[18] 그렇다고 자기 자신이 뛰어다니며 물을 경황은 더욱 없다.

밤이 이슥해서야 중학교와 국민학교를 다니는 아들딸이 굉장한 구경이나 한 것처럼 탱크와 로스케(Ruskii, 러시아 인. 여기서는 소련군을 의미함)의 이야기를 늘어놓으며 돌아왔다.

그들은 아버지의 심중은 아랑곳없다는 듯이 어머니, 혜숙이와 함께 저희들 이야기에만 꽃을 피우고 있었다.

앞일은 대체 어떻게 전개될 것인지 뛰어넘을 수가 없는 큰 바다가 가로놓인 것만 같았다. 풀어낼 수 있는 실마리가 전연 다듬어지지 않는 뒤헝클어진 상념

[17] ➡ 이인국은 소련군이 이전에 일본 편에 있었던 사실을 알고 자신을 해할까 봐 두려워하고 있어.

[18] ➡ 이인국의 친구들 또한 변한 세태로 말미암아 몸을 사리고 있음을 알 수 있지.

집중!

수능 만점 선생님

속에서 그래도 이인국 박사는 꺼지려는 짚불을 불어 일으키는 심정으로 막연한 한 가닥의 기대만을 끝내 포기하지 않은 채 천장을 멍청히 쳐다보고만 있었다.

지난 일에 대한 뉘우침이나 가책 같은 건 아예 있을 수 없었다.

자동차 속에서 이인국 박사는 들고 나온 석간을 펼쳤다.

일면의 제목을 대강 훑고 난 그는 신문을 뒤집어 꺾어 삼면으로 눈을 옮겼다.

'北韓(북한) 蘇聯留學生(소련유학생) 西獨(서독)으로 脫出(탈출).'

바둑돌 같은 굵은 활자의 제목. 왼편 전단을 차지한 외신 기사. 손바닥만 한 사진까지 곁들여 있다.

그는 코허리에 내려온 안경을 올리면서 눈을 부릅떴다.

그의 시각은 활자 속을 헤치고 머릿속에는 아들의 환상이 뒤엉켜 들이차 왔다. 아들을 모스크바로 유학시킨 것은 자기의 억지에서였던 것만 같았다.

출신 계급, 성분, 어디 하나나 부합될 조건이 있었단 말인가. 고급 중학을 졸업하고 의과 대학에 입학된 바로 그해다.

이인국 박사는 그때나 지금이나 자기의 처세 방법에 대하여 절대적인 자신을 가지고 있다.

"얘, 너 그 노어 공부를 열심히 해라."

"왜요?"

아들은 갑자기 튀어나오는 아버지의 말에 의아를 느끼면서 반문했다.

"야 원식아, 별수 없다. 왜정 때는 그래도 일본 말이 출세를 하게 했고 이제야 노어가 또 판을 치지 않니. 고기가 물을 떠나서 살 수 없는 바에야 그물 속에서 살 방도를 궁리해야지.⑲ 아무튼 그 노서아(露西亞, 러시아의 음역어) 말 꾸준히 해라."

아들은 아버지 말에 새삼스러이 자극을 받는 것 같진 않았다.

"내 나이로도 인제 이만큼 뜨내기 회화쯤은 할 수 있는데, 새파란 너희 낫세(나쎄. 그만한 나이를 속되게 이르는 말)로야 그걸 못 하겠니?"

"염려 마세요, 아버지……."

아들의 대답이 그에게는 믿음직스럽게 여겨졌다. 이인국 박사는 심각한 표정

⑲ ➔ 이인국이 지닌 삶의 태도와 가치관을 직설적으로 보여 주는 대사야.

으로 말을 이었다.

"어디 코 큰 놈이라구 별것이겠니, 말 잘해서 진정이 통하기만 하면 그것들두 다 그렇지……."

이인국 박사는 끝내 스텐코프 소좌의 배경으로 요직에 있는 당 간부의 추천을 받아 아들의 소련 유학을 결정짓고야 말았다.

"여보, 보통으로 삽시다. 거저 표 나지 않게 사는 것이 이런 세상에선 가장 편안할 것 같아요. 이제 겨우 죽을 고비를 면했는데 또 쟤까지 그 '높이 드는' 복판에 휘몰아 넣으면 어쩔라구……."[20]

"가만있어요, 호랑이두 굴에 가야 잡는 법이오. 무슨 세상이 되든 할대로 해 봅시다."

"그래도 저 어린것을 어떻게 노서아까지 보낸단 말이오."

"아니, 중학교 아이들도 가지 못해 골들을 싸매는데, 대학생이 못 가 견딜라구."

"그래도 어디 앞일을 알겠소……."

"괜한 소리, 쟤가 소련 바람을 쏘이구 와야 내게 허튼소리 하는 놈들도 찍소리를 못할 거요. 어디 보란 듯이 다시 한번 살아 봅시다."

아들의 출발을 앞두고, 걱정하는 마누라를 우격다짐으로 무마시키고 그는 아들의 유학을 관철하였다.

'흥, 혁명 유가족두 가기 힘든 구멍을 이인국의 아들이 뚫었으니 어디 두구 보자…….'

그는 만장의 기염을 토하며 혼자 중얼거리고는 희망에 찬 미소를 풍겼다.

그 다음 해에 사변이 터졌다.

잘 있노라는 서신이 계속하여 왔지만 동란 후 후퇴할 때까지 소식은 두절된 대로였다.

마누라의 죽음은 외아들을 사지로 보낸 것 같은 수심에도 그 원인이 있었다고 그는 생각하고 있다.

이인국 박사는 신문 다치키리 속에 채워진 글자를 하나도 빼지 않고 다 훑어 내려갔다.

⑳ ➡ 이인국은 시대가 변했다면서 과감하게 아들까지 러시아로 보내려고 하고 있어. 아내는 이를 매우 위험하다고 생각하며 걱정하고 있단다.

그러나 아들의 이름에 연관되는 사연은 한마디도 없었다.

'이 자식은 무얼 꾸물꾸물하느라고 이런 축에도 끼지 못한담…… 사태를 판별하고 임기응변의 선수를 쓸 줄 알아야지, 멍추같이……'[21]

그는 신문을 포개어 되는 대로 말아 쥐었다.

'개천에서 용마가 난다는데 이건 제 애비만도 못한 자식이야.'

그는 혀를 찍찍 갈겼다.

'어쩌면 가족이 월남한 것조차 모르고 주저하고 있는 것이나 아닐까. 아니 이 제는 그쪽에도 소식이 가서 제게도 무언중의 압력이 퍼져 갈 터인데…… 역시 고지식한 놈이 아무래도 모자라……'

그는 자동차에서 내리자 건 가래침을 내뱉었다.

'독또오루 리, 내가 책임지고 보장하겠소. 아들을 우리 조국 소련에 유학시키 시오.'

스텐코프의 목소리가 고막에 와 부딪는 것만 같았다.

자위대가 치안대로 바뀐 다음 날이다. 이인국 박사는 치안대에 연행되었다.[22]

시멘트 바닥에 무릎을 꿇고 앉은 그는 입술이 파랗게 질려 있었다. 하반신이 저려 오고 옆구리가 쑤신다. 이것만으로도 자기의 생애를 통한 가장 큰 고역이 라고 그는 생각하고 있다. 그러나 그것보다는 앞으로 닥쳐올 얘기할 수 없는 사 태가 공포 속에 그를 휘몰았다.

지나가고 지나오는 구둣발 소리와 목덜미에 퍼부어지는 욕설을 들으면서 꺾 이듯이 축 늘어진 그의 머리는 들릴 줄을 몰랐다.

시간만이 흘러가고 있었다.

그의 머릿속에는 짓눌렸던 생각들이 하나씩 꼬리를 치켜들기 시작했다.

'이럴 줄 알았더라면 어디든지 가 숨거나, 진작으로 남으로라도 도피했을 걸……. 그러나 이 판국에 나를 감싸 줄 사람이 어디 있담. 의지할 곳은 다 나와 같은 코스를 밟았거나 조만간에 밟을 사람들이 아닌가. 일본인! 가장 믿었던 성 벽이 다 무너지고 난 지금 누구를……'[23]

내신 준비!

21 ➡ 이인국이 출세 지향적인 인물임을 노골적으로 보여 주는 생각이야.

22 ➡ 이인국은 스텐코프와 인연을 맺게 된 계기를 회상하고 있어. 치안대 연행은 그 시 작이 된 사건이지.

23 ➡ 이인국은 어려움을 타개하기 위해 계속 큰 권위와 힘에 의지해 왔음을 알 수 있어.

수능 만점 선생님

'그래도 어떻게 되겠지……'

이 막연한 기대는 절박한 이 순간에도 그에게서 완전히 떠나 버리지는 않았다.

'다행이다. 인민재판의 첫 코에 걸리지 않은 것만 해도. 끌려간 사람들의 행방은 전혀 알 길이 없다. 즉결 처형을 당했다는 소문도 떠돈다. 사흘의 여유만 더 있었더라면 나는 이미 이곳을 떴을지도 모른다. 다 운명이다. 아니 그래도 무슨 수가 있겠지……'

"쪽발이 끄나풀, 야 이 새끼야."[20]

고함 소리에 놀라 이인국 박사는 흠칫 머리를 들었다.

때도 묻지 않은 일본 병사 군복에 완장을 찬 젊은이가 쏘아보고 있다. 춘석이다.

이인국 박사는 다시 쳐다볼 힘도 없었다. 모든 사태는 짐작되었다.

이제는 죽는구나, 그는 입속으로 뇌까렸다.

"왜놈의 밑바시, 이 개새끼야."

일본 군용화가 그의 옆구리를 들이찬다.

"이 새끼, 어디 죽어 봐라."

구둣발은 앞뒤를 가리지 않고 전신을 내지른다.

등골 척수에 다급한 충격을 받자 이인국 박사는 비명을 지르고 고꾸라졌다.

그는 현기증을 일으켰다. 어깻죽지를 끌어 바로 앉혀도 몸을 가누지 못하고 한쪽으로 쓰러졌다.

"민족과 조국을 팔아먹은 이 개돼지 같은 놈아, 너는 총살이야, 총살……"

어렴풋이 꿈속에서처럼 들려왔다. 그러나 그에게는 그 말도 아무런 반항을 일으키지 못했다.

시간이 얼마나 흘렀을까. 자기 앞자락에서 부스럭거리는 감촉과 금속성의 부스럭거리는 소리를 듣고 어렴풋이 정신을 차렸다.

노란 털이 엉성한 손목이 시곗줄을 끄르고 있다. 그는 반사적으로 앞자락의 시계 주머니를 부둥켜 쥐면서 손의 임자를 힐끔 쳐다보았다. 눈동자가 파란 중대가리 소련 병사가 시곗줄을 거머쥔 채 이빨을 드러내고 히죽이 웃고 있다.

집중!

㉔ → 과거 일본의 힘에 붙어서 이득을 채웠던 인물들에 대한 민족의 분노를 느낄 수 있는 대사야.

수능 만점 선생님

그는 두 손으로 있는 힘을 다해 양복 안주머니를 감싸 쥐었다.

"흥······ 야쁜스키(일본인, 일본인의)······."

병사의 눈동자는 점점 노기를 띠어 갔다.

"아니, 이것만은!"

그들의 대화는 서로 통하지 않는 대로 손아귀와 눈동자의 대결은 그대로 지속되고 있었다.

병사는 됫박만 한 손으로 이인국 박사의 손가락 끝에서 시계를 채어 냈다. 시곗줄은 끊어져 고리가 달린 끝머리가 이인국 박사의 손가락 끝에서 달랑거렸다.

병사는 밖으로 나가 버렸다.

'죽음과 시계······.'

이인국 박사는 토막 난 푸념을 되풀이하고 있다.

양쪽 팔목에 손목시계를 둘씩이나 차고도 만족이 안 가 자기의 회중시계까지 앗아가는 그 병정의 모습을 머릿속에 똑똑히 되새겨 갈 뿐이다.

감방 속은 빼곡히 찼다.

그러나 고참자와 신입자의 서열은 분명했다. 달포가 지나는 사이에 맨 안쪽 똥통 위에 자리 잡았던 이인국 박사는 삼분지 이의 지점으로 점차 승격되었다.

그는 하루 종일 말이 없었다. 범인 속에 섞여 있던 감방 밀정(密偵, 남몰래 사정을 살피는 사람)이 출감된 다음 날부터 불평만을 늘어놓던 축들이 불려 나가 반송장이 되어 들어왔지만, 또 하루 이틀이 지나자 감방 속의 분위기는 여전히 불평과 음식 이야기로 소일되었다.

이인국 박사는 자기의 죄상이라는 것을 폭로하기도 싫었지만 예전에 고등계 형사들에게서 실컷 얻어들은 지식이 약이 되어 함구령이 지상 명령이라는 신념을 일관하고 있었다.

그는 간밤에 출감한 학생이 내던지고 간 노어 회화 책을 첫 장부터 꼼꼼히 뒤지고 있을 뿐이다.㉕

등골이 쏘고 옆구리가 결려 온다. 이것으로 고질이 되는가 하는 생각이 없지 않다. 아침저녁으로 기온이 사뭇 내려가고 있다. 아무리 체념한다면서도 초조감을 막을 길 없다.

내신 준비!

㉕ ➔ 이인국은 극한 상황 속에서도 기회를 놓치지 않고 살길을 모색하고 있어.

수능 만점 선생님

노어 책을 읽으면서도 그의 청각은 늘 감방 속의 이야기를 놓치지 않고 있다.

그들이 예측하는 식대로의 중형으로 치른다면 자기의 죄상은 너무도 어마어마하다. 양곡 조합의 쌀을 몰래 팔아먹은 것이 칠 년, 양민을 강제로 보국대에 동원했다는 것이 십 년, 감정적인 즉결이 아니라 법에 의한 처결이라고 내대지만 이 난리 판국에 법이고 뭐고 있을까. 마음에만 거슬리면 총살일 판인데…….

'친일파, 민족 반역자, 반일 투사 치료 거부, 일제의 간첩 행위…….'

이건 너무도 어마어마한 죄상이다.^⑯ 취조할 때 나열하던 그대로 한다면 고작해야 무기 징역, 사형감인지도 모른다.

그는 방 안을 둘러보며 후 큰 숨을 내쉬었다.

처마 밑에 바싹 달라붙은 환기창에서 들이비치던 손수건만 한 햇살이 참대자처럼 길어졌다가 실오리만큼 가늘게 떨리며 사라졌다. 그 창살을 거쳐 아득히 보이는 가을 하늘이 잊었던 지난 일을 한 덩어리로 얽어 휘몰아 오곤 했다. 가슴이 짜릿했다.

밖의 세계와는 영원한 단절이다.

그는 눈을 감았다. 마누라, 아들, 딸, 혜숙이, 누구누구……. 그러다가 외과계의 원로 이인국 박사에 이르자, 목구멍이 타는 것 같이 꽉 막혔다.

그는 헛기침을 하고 침을 삼켰다.

'그럼, 어쩐단 말이야, 식민지 백성이 별수 있었어. 날구 뛴들 소용이 있었느냐 말이야, 어느 놈은 일본 놈한테 아첨을 안 했어. 주는 떡을 안 먹은 놈이 바보지. 흥, 다 그놈이 그놈이었지.'

이인국 박사는 자기변명을 합리화시키고 나면 가슴이 좀 후련해 왔다.

거기다 어저께의 최종 취조 장면에서 얻은 소련 고문관의 표정은 그에게 일루
_(一縷. 몹시 미약하거나 불확실하게 유지되는 상태를 이르는 말)의 희망을 던져 주는 것이 있었다. 물론 그것이 억지의 자위일지도 모른다고 생각되었지만.

아마 스텐코프 소좌라고 했지. 그 혹부리 장교, 직업이 의사라고 했을 때, 독또오루 독또오루 하고 고개를 기웃거리던 순간의 표정, 그것이 무슨 기적의 예감 같기만 했다.^⑰

---

⑯ → 이인국은 죄책감 없이 살았지만, 자신이 벌을 받거나 해를 입게 될 상황에 대해서는 크게 두려워하고 있음을 알 수 있는 대목이야.

⑰ → 이인국은 러시아 소좌에게 잘 보여서 열악한 감옥에서 벗어나려고 하지.

집중!

수능 만점 선생님

이인국 박사는 신음 소리에 놀라 눈을 떴다.

복도에 켜져 있는 엷은 전등 불빛이 쇠창살을 거쳐 방 안에 줄무늬를 놓으며 비쳐 들어왔다. 그는 환기창 쪽을 올려다보았다. 아직도 동도 트지 않은 깜깜한 밤이다.

생똥 냄새가 코를 찌른다. 바짓가랑이 한쪽이 축축하다. 만져 본 손을 코에 갖다 댔다. 구역질이 난다. 역시 똥 냄새다.

옆에 누운 청년의 앓는 소리는 계속되고 있다. 찬찬히 눈여겨보았다. 청년 궁둥이도 젖어 있다.

'설산가 보다.'

그는 살창문을 흔들며 교화 소원을 고함쳐 불렀다.

"뭐야!"

자다가 깬 듯한 흐린 소리가 들려왔다.

"환자가…… 이거, 봐요."

창살 사이로 들여다보는 소원의 얼굴은 역광 속에서 챙 붙은 모자 밑의 둥그스름한 윤곽밖에 알려지지 않는다.

이인국 박사는 청년의 궁둥이께를 손가락으로 가리키며 들여다보고 있다.

"이거, 피로군, 피야."

그는 그제서야 붉은빛을 발견하곤 놀란 소리를 쳤다.

==적리야, 이질==(痢疾, 변에 곱이 섞여 나오며 뒤가 잦은 증상을 보이는 전염병)……"

==그는 직업의식에서 떠오르는 대로 큰 소리를 질렀다.==❽

"뭐, 적리?"

바깥 소리는 확실히 납득이 안 간 음성이다.

"피똥 쌌소, 피똥을…… 이것 봐요."

그는 언성을 더욱 높였다.

"응, 피똥……."

아우성 소리에 감방 안의 사람들은 하나둘 눈을 뜨며 저마다 놀란 소리를 쳤다.

"적리, 이건 전염병이오, 전염병."

내신 준비!

수능 만점 선생님

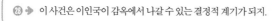

❽ ➡ 이 사건은 이인국이 감옥에서 나갈 수 있는 결정적 계기가 되지.

"뭐, 전염병……."

그제서야 교화 소원이 문을 열고 들어왔다.

얼마 후 환자는 격리되었고 남은 사람들은 똥을 닦느라고 한참 법석을 치고 다시 잠을 불러일으키질 못했다.

이튿날 미결감(未決監, 미결수를 가두어 두는 감방) 다른 감방에서 또 같은 증세의 환자가 두셋 발생했다. 날이 갈수록 환자는 늘기만 했다.

이 판국에 병만 나면 열의 아홉은 죽는 길밖에 없다고 생각한 이인국 박사는 새로운 위험에 사로잡히기 시작했다.

저녁 후 이인국 박사는 고문관실로 불려 나갔다.

"동무는 당분간 환자의 응급 치료실에서 일하시오."

이게 무슨 청천벽력 같은 기적일까, 그는 통역의 말을 의심했다.

소련 장교와 통역관을 번갈아 쳐다보고 있는 그의 눈동자는 생기를 띠어 갔다.

"알겠소 엥……."

"네."

다짐에 따라 이인국 박사는 기쁨을 억지로 감추며 평범한 어조로 대답했다.

'글쎄 하늘이 무너져도 솟아날 구멍은 있다니까.'

그는 아무 표정도 나타내지 않으려고 이를 악물었다.

죽어 넘어진 송장이 개 치우듯 꾸려져 나가는 것을 보고 이인국 박사는 꼭 자기 일같이만 느껴졌다.

'의사, 이것은 나의 천직이다.'[29]

그는 몇 번이고 감격에 차 중얼거렸다. 그는 있는 힘을 다해 자기 담당의 환자를 치료했다. 이러한 일은 그의 실력이 혹부리 고문관의 유다른 관심을 끌게 한 계기를 만들어 주었다.

사상범을 옥사시키는 경우는 책임자에게 큰 문책이 온다는 것은 훨씬 후에야 그가 안 일이다.

소련 군의관에게 기술이 인정된 이인국 박사는 계속 병원에서 근무하게 되었

㉙ ➡ 의사로서 기술을 가진 것이 자신의 목숨을 구해 줄 수 있다는 희망에서 중얼거린 말이야.

다. 그러나 죄상 처벌의 결말에 대해서는 알 길이 없었다.

그는 이 절호의 기회를 최대한으로 활용하고 싶었다. 이제는 죽어도 여한이 없을 것만 같았다.

이렇게 하여 이 보이지 않는 구속에서까지 완전히 벗어날 수는 없을까.

그는 환자의 치료를 하면서도 늘 스텐코프의 왼쪽 빰에 붙은 오리알만 한 혹을 생각하고 있었다.⑳

불구라면 불구로 볼 수 있는 그 혹을 가지고 고급 장교에까지 승진했다는 것은, 소위 말하는 당성(黨性, 당원이 자신이 속한 당의 이익을 위해 거의 무조건 가지는 충실한 마음과 행동)이 강하거나 그렇지 않으면 전공(戰功)이 특별했음에 틀림없다는 생각이 들었다.

그것 하나만 물고 늘어지면 무엇인가 완전히 살아날 틈새기가 생길 것만 같았다.

이인국 박사의 뜨내기 노어도 가끔 순시하는 스텐코프와 인사말을 주고받을 수 있을 정도로 진전되었다.

이 안에서의 모든 독서는 금지되었지만 노어 교본과 당사(黨史, 정당의 역사)만은 허용되었다.

이인국 박사는 마치 생명의 열쇠나 되는 듯이 초보 노어 책을 거의 암송하다시피 했다.

크리스마스를 전후하여 장교들의 주연이 베풀어지는 기회가 거듭되었다.

얼근히 주기를 띤 스텐코프가 순시를 돌았다.

이인국 박사는 오늘의 이 기회를 놓치지 않겠다고 마음먹었다.

수일 전 소군 장교 한 사람이 급성 맹장염이 터져 복막염으로 번졌다.

그 환자의 실을 뽑는 옆에 온 스텐코프에게 이인국 박사는 말 절반 손짓 절반으로 혹을 수술하겠다는 의사를 표명했다.

스텐코프는 '하라쇼(‘좋다’는 뜻의 러시아어)'를 연발했다.

그 후 몇 번 통역을 사이에 두고 수술 계획에 대한 자세한 의사를 진술할 기회가 생겼다.

이인국 박사는 일본인 시장의 혹을 수술하던 일을 회상하면서 자신 있는 설복을 했다.

⑳ ➡ 이인국에게 사람의 가치는 자신에게 이득을 줄 수 있는지 없는지에 달려 있음을 알 수 있는 대목이야.

내신 준비!

수능 만점 선생님

'동경 경응 대학 병원에서도 못하겠다는 것을 내가 거뜬히 해치우지 않았던 가.'

그는 혼자 머릿속에서 자문자답하면서 이번 일에 도박 같은 심정으로 생명을 걸었다.

소련 군의관을 입회시키고 몇 차례의 예비 진단이 치러졌다.

수술 일은 왔다.

이인국 박사는 손에 익은 자기 병원의 의료 기재를 전부 운반하여 오게 했다.

군의관 세 사람이 보조하기로 했지만 집도는 이인국 박사 자신이 했다.

야전 병원의 젊은 군의관들이란 그에게 있어선 한갓 풋내기로밖에 보이지 않았다.

그는 수술을 진행하는 동안 그들 군의관들을 자기 집 조수 부리듯 했다. 집도 이후의 수술대는 완전히 자기 진단하의 왕국이라고 생각되었다.[31]

그러나 아까 수술 직전에 사인한, 실패되는 경우에는 총살에 처한다는 서약서가 통일된 정신을 순간순간 흐려 놓곤 했다.

수술대에 누운 스텐코프의 침착하면서도 긴장에 찼던 얼굴, 그것도 전신 마취가 끝난 후 삼 분이 못 갔다.

간호부는 가제로 이인국 박사의 이마에 내맺힌 땀방울을 연방 찍어 내고 있다.

기구가 부딪는 금속성과 서로의 숨소리만이 고촉의 반사등이 내리비치는 방 안의 질식할 것 같은 침묵을 헤살(짓궂게 방해함) 짓고 있다.

수술은 예상 이상의 단시간으로 끝났다.

위생복을 벗은 이인국 박사의 전신은 땀으로 흠뻑 젖었다.

완치되어 퇴원하는 날 스텐코프는 이인국 박사의 손을 부서져라 쥐면서 외쳤다.

"**꺼삐딴 리,**[32] 스바씨보(고맙다'는 뜻의 러시아어)."

이인국 박사는 입을 헤벌리고 웃기만 했다. 마음의 감옥에서 해방된 것만 같

㉛ ➡ 이인국은 자신의 능력에 대해 대단한 자신감을 가지고 있음을 알 수 있지.
㉜ ➡ 작가는 소련 장교가 치켜세우며 불렀던 이 호칭을 통해 이인국의 기회주의적인 태도를 비판하고 있어.

집중!

수능 만점 선생님

왔다.

"아진, 아진('하나'라는 뜻의 러시아어)······ 오첸 하라쇼('아주 좋아'라는 뜻의 러시아어)."

스텐코프는 엄지손가락을 높이 들면서 네가 첫째라는 듯이 이인국 박사의 어깨를 치며 칭찬했다.

다음 날 스텐코프는 이인국 박사를 자기 방으로 불렀다.

그가 이인국 박사에게 스스로 손을 내밀어 예절적인 악수를 청한 것은 이것이 처음이었다.

'적과 적이 맞부딪치면서 이렇게 백팔십도로 전환될 수가 있을까. 노랑대가리도 역시 본심에서는 하나의 인간임에는 틀림없는 것이 아닌가.'

"내일부터는 집에서 통근해도 좋소."

이인국 박사는 막혔던 둑이 터지는 것 같은 큰 숨을 삼켜 가면서 내쉬었다.

이번에는 이인국 박사가 스텐코프의 손을 잡았다.

"스바씨보, 스바씨보."

"혹 나한테 무슨 부탁이 없소?"

이인국 박사는 문득 시계가 머리에 떠올랐다.

그러면서도 곧이어 이 마당에 그런 이야기를 꺼낸다는 것은 오히려 꾀죄죄하게 보이지 않을까 하는 생각이 뒤따랐다.㉝ 그러나 아무래도 그 미련이 가셔지지 않았다.

이인국 박사는 비록 찾지 못하는 경우가 있더라도 솔직히 심중을 털어놓으리라고 마음먹었다.

그는 통역의 보조를 받아 가며 시간과 장소를 정확히 회상하면서 시계를 약탈당한 경위를 상세히 설명했다.

스텐코프는 혹이 붙었던 뺨을 쓰다듬으면서 긴장된 모습으로 듣고 있었다.

"염려 없소, 독또오루 리. 위대한 붉은 군대가 그럴 리가 없소. 만약 있었다 하더라도 그것은 무슨 착각이었을 것이오. 내가 책임지고 찾도록 하겠소."

스텐코프의 얼굴에 결의를 띤 심각한 표정이 스쳐 가는 것을 이인국 박사는 똑바로 쳐다보았다.

'공연한 말을 끄집어내어 일껏 잘 되어 가는 일이 부스럼을 만드는 것은 아닐

내신 준비!

㉝ ➜ 이인국은 기회주의적인 태도를 보이면서도 자신의 체면까지 생각하고 있네.

수능 만점 선생님

까.'

그는 솟구치는 불안과 후회를 짓눌렀다.

"안심하시오, 독또오루 리, 하하하."

스텐코프는 큰 웃음으로 넌지시 말끝을 막았다.

이인국 박사는 죽음의 직전에서 풀려나 집으로 향했다.

어느 사이 저렇게 노어로 의사 표시를 할 수 있게 되었느냐고 스텐코프가 감탄하더라는 통역의 말을 되뇌이면서…….

차가 브라운 씨의 관사 앞에 닿았다.

성조기를 보면서 이인국 박사는 그날의 적기(赤旗)와 돌려온 시계를 생각하고 있었다.㉞

응접실에 안내된 이인국 박사는 주인이 나오기를 기다리면서 방 안을 둘러보았다. 대사관으로는 여러 번 찾아갔지만 집으로 찾아온 것은 이번이 처음이다.

삼 년 전 딸이 미국으로 갈 때부터 신세진 사람이다.

벽 쪽 책꽂이에는『조선왕조실록(朝鮮王朝實錄)』,『대동야승(大東野乘)』등 한적(漢籍, 한문으로 된 서적)이 빼곡히 차 있고 한쪽에는 고서의 질책(帙冊, 여러 권으로 된 한 벌의 책)이 가지런히 쌓여져 있다.

맞은편 책상 위에는 작은 금동 불상 곁에 몇 개의 골동품이 진열되어 있다. 십이 폭 예서 병풍 앞 탁자 위에 놓인 재떨이도 세월의 때 묻은 백자기다.

저것들도 다 누군가가 가져다 준 것이 아닐까 하는 데 생각이 미치자 이인국 박사는 얼굴이 화끈해졌다.

그는 자기가 들고 온 상감 진사 고려청자 화병에 눈길을 돌렸다. 사실 그것을 내놓는 데는 얼마간의 아쉬움이 없지 않았다. 국외로 내어 보낸다는 자책감 같은 것은 아예 생각해 본 일이 없는 그였다.㉟

차라리 이인국 박사에게는 저렇게 많으니 무엇이 그리 소중하고 달갑게 여겨지겠느냐는 망설임이 더 앞섰다.

브라운 씨가 나오자 이인국 박사는 웃으며 선물을 내어놓았다. 포장을 풀고

㉞ ➡ 이인국은 미국이 세력을 떨치고 있던 남한에 와서는 미국의 힘에 의존하려 하고 있어.

㉟ ➡ 이인국은 나라의 귀한 유물을 내주면서도 자책을 느끼기보다는 그것이 대사를 만족시키지 못할까 봐 걱정하고 있어.

집중!

수능 만점 선생님

난 브라운 씨는 만면에 미소를 띠며 기쁨을 참지 못하는 듯 탱큐를 거듭 부르짖었다.

"참 이거 귀중한 것입니다."

"뭐 대단한 것이 아닙니다만 그저 제 성의입니다."

이인국 박사는 안도감에 잇닿은 만족을 느끼면서 브라운 씨의 기쁨에 맞장구를 쳤다.

브라운 씨가 영어 반 한국말 반으로 섞어 하는 이야기를 들으면서 이인국 박사는 흐뭇한 기분에 젖었다.

"닥터 리는 영어를 어디서 배웠습니까?"

"일제 시대에 일본 말 식으로 배웠지요. 예를 들면 '잣도 이즈 아 캇도' 식으루요."

"그런데 지금 발음은 좋은데요. 문법이 아주 정확한 스탠더드 잉글리시입니다."

그는 이 말을 들을 때 문득 스텐코프의 말이 연상됐다. 그러고 보면 영국에 조상을 가진다는 브라운 씨는 알(R) 발음을 그렇게 나타내지 않는 것 같게 여겨졌다.

"얼마 전부터 개인 교수를 받고 있습니다."

"아, 그렇습니까?"

이인국 박사는 자기의 어학적 재질에 은근히 자긍을 느꼈다.

브라운 씨가 부엌 쪽으로 갔다 오더니 양주 몇 병이 놓인 쟁반이 따라 나왔다.

"아무 거라도 마음에 드는 것으로 하십시오."

이인국 박사는 워드카 한 잔을 신통한 안주도 없이 억지로라도 단숨에 들이켜야 속이 시원해 하던 스텐코프를 브라운 씨 얼굴에 겹쳐 보고 있다.⁣㉟

그는 혈압 때문에 술을 조절해야 하는 자기 체질에 알맞게 스카치 한 잔을 핥듯이 조금씩 목을 축이면서 브라운 씨의 이야기를 들었다.

"그거, 국무실에서 통지 왔습니다."

이인국 박사는 뛸 듯이 기뻤으나 솟구치는 흥분을 억제하면서 천천히 손을 내밀어 악수를 청했다.

"탱큐, 탱큐."

어쩌면 이것은 수술 후의 스텐코프가 자기에게 하던 방식 그대로인지도 모른 다는 생각이 들었다.

이인국 박사는 지성이면 감천이라고, 나의 처세법은 유에스에이에도 통하는 구나 하는 기고만장한 기분이었다.[37]

청자 병을 몇 번이고 쓰다듬으면서 술잔을 거듭하는 브라운 씨도 몹시 즐거운 표정이었다.

"미국에 가서의 모든 일도 잘 부탁합니다."

"네, 염려 마십시오. 떠나실 때 소개장을 써 드리지요."

"감사합니다."

"역사는 짧지만, 미국은 지상의 낙토(樂土, 늘 즐겁고 행복하게 살 수 있는 좋은 땅)입니다. 양국 의 우호와 친선에 도움이 되기를 바랍니다……."

"탱큐……."

다음 날 휴전선 지대로 같이 수렵하러 가기로 약속하고 이인국 박사는 브라운 씨 대문을 나섰다.

이번 새로 장만한 영국제 쌍발 엽총의 총신을 머리에 그리면서 그의 몸은 날 기라도 할 듯이 두둥실 가벼웠다. 이인국 박사는 아까 수술한 환자의 경과가 궁 금했으나 그것은 곧 씻겨져 갔다.

그의 마음속에는 새로운 포부와 희망이 부풀어 올랐다.

신체검사는 이미 끝난 것이고 외무부 출국 수속도 국무성 통지만 오면 즉일(卽 日, 당일) 될 수 있게 담당 책임자에게 교섭이 되어 있지 않은가? 빠르면 일주일 내에 떠나게 될지도 모른다는 브라운 씨의 말이 떠올랐다.

대학을 갓 나와 임상 경험도 신통치 않은 것들이 미국에만 갔다 오면 별이라 도 딴 듯이 날치는 꼴이 사나왔다.

'어디 나두 댕겨오구 나면 보자!'

문득 딸 나미와 아들 원식의 얼굴이 한꺼번에 망막으로 휘몰아 왔다. 그는 두 주먹을 불끈 쥐며 얼굴에 경련을 일으키듯 긴장을 띠다가 어색한 미소를 흘려보 냈다.

⏤ ➜ 이인국은 다른 권위와 힘에 의존하고 있으면서도 그것이 자신의 능력이라고 생 각하고 있어.

집중!

수능 만점 선생님

'흥, 그 사마귀 같은 일본 놈들 틈에서도 살았고, 닥싸귀^(닥새기. '달걀'의 사투리) 같은 로스케 속에서 살아났는데, 양키라고 다를까……. 혁명이 일겠으면 일구, 나라가 바뀌겠으면 바뀌구, 아직 이 이인국의 살 구멍은 막히지 않았다. 나보다 얼마든지 날뛰던 놈들도 있는데, 나쯤이야…….'❸

그는 허공을 향하여 마음껏 소리치고 싶었다.

'그러면 우선 비행기 회사에 들러 형편이나 알아볼까…….'

이인국 박사는 캘리포니아 특산 시가를 비스듬히 문 채 지나가는 택시를 불러 세웠다.

그는 스프링이 튈 듯이 부스에 털썩 주저앉았다.

"반도 호텔로……."

차창을 거쳐 보이는 맑은 가을 하늘이 이인국 박사에게는 더욱 푸르고 드높게 만느껴졌다.

내신 준비!

❸ ➡ 이인국은 끝까지 자신의 기회주의적인 행동과 선택을 합리화하고 있지.

수능 만점 선생님

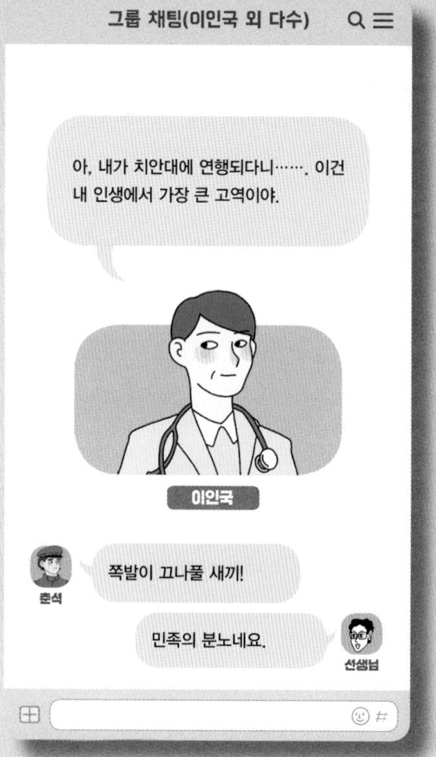
그룹 채팅(이인국 외 다수)
아, 내가 치안대에 연행되다니……. 이건 내 인생에서 가장 큰 고역이야.
이인국
춘석
쪽발이 끄나풀 새끼!
민족의 분노네요.
선생님

정리해 볼까요(그룹 채팅)

● 작가에 대해서 알아볼까요? --------------------------------

킬링 포인트

전광용 작가는 1919년 함경남도 북청에서 태어났어. 1939년 〈동아일보〉에 「별나라 공주와 토끼」가 입선되고, 1955년 단편 소설 「흑산도」가 〈조선일보〉에 당선되었지. 논문 「신소설 연구」가 〈사상계〉에 발표되면서 본격적인 문단 활동을 시작했어. 이후 서울대학교 교수로 있으면서 현실에 아부하지 않는 건실한 작품 세계를 보여 주었단다.

전광용 작가는 국문학자로서 정확한 문장력과 치밀한 현장 답사, 자료 수집 등 완벽한 소설 구성을 위해 노력했어. '시대와 삶'에 관심이 많았던 그는 다양한 인물 군상에 주목했단다. 특히 「꺼삐딴 리」는 기회주의적인 면모를 보이는 의사 이인국을 통해 한 시대 전체의 초상을 그려 낸 훌륭한 작품으로 평가받고 있지.

읽음

여러 가지 역사적 배경들이 잘 구현된 소설 같아요. 그래서 작가의 노력이 더 대단하게 느껴져요!

100점

● 작품에 대해서 정리해 보죠! --------------------------------

킬링 포인트

작가 : 전광용
갈래 : 풍자 소설
배경 : 시간적 – 일제 강점기 말에서 1950년대 | 공간적 – 남한과 북한
시점 : 전지적 작가 시점
주제 : 자신의 이익을 위해 시대와 상황에 따라 변하는 기회주의적 인물에 대한 비판
출전 : 〈사상계〉(1962)

킬링 포인트
무조건
알아야 해!

이 작품은 변절적인 순응주의자, 즉 카멜레온 같은 인물을 모델로 하고 있어. 일제 강점기에는 친일파, 광복 직후의 북한에서는 친 소련파, 월남 후에는 친 미국파로 시류에 편승해 영화를 누리고 살았던 한 인물의 이야기지. 작가는 이를 통해 인간의 기회주의적 속성을 비판하고, 민족사의 비극을 암시하고 있어. 이 작품의 주인공인 이인국 박사는 환자의 증세를 진찰할 때 환자의 경제적 위치까지 판단하려고 하는 속물적인 인물이야. 전형적이고 평면적이며 출세 지향적인 인물이지. 작가는 이를 통해 참다운 삶의 가치에 대해 반성하고, 시류에 편승하려고만 하는 처세술을 비판하고 있다고 볼 수 있단다.

읽음

지금 시대에도 이인국 박사처럼 너무 기회주의적으로 사는 것은 바람직한 삶의 태도가 아닌 것 같아요.

100점

● **구조적 접근을 꼭 알아야 해요!**

발단: 이인국은 회중시계를 꺼내 보다가 과거를 회상함
의사 이인국은 환자의 치료보다 환자의 경제적 능력을 더 중요하게 생각해. 어느 날, 그는 미국인 브라운과의 약속 시간을 맞추려고 회중시계를 꺼내 보다가 30년 전 과거를 회상하지.

전개: 이인국은 일제 강점기 때 친일파로 살아감
이인국은 일제 강점기에 제국 대학을 졸업할 때 부상으로 회중시계를 받았어. 그는 잠꼬대도 일본어로 할 정도로 철저하게 황국 신민으로 살아가지.

위기: 감옥에 갇힌 이인국은 소련군에게 빌붙어서 살아남
광복 후 이인국은 사상범으로 낙인 찍혀서 감옥에 갇히게 돼. 하지만 이질 환자를 치료하면서 수용소에서 응급 치료를 맡게 되지. 스텐코프 장교의 뺨에 붙은 혹을 제거하는 수술에 성공한 그는 목숨을 건지게 돼. 이후 이인국은 아들을 모스크바로 유학 보내지.

절정: 이인국은 월남 후 미국인의 도움으로 출세함
이인국은 1·4 후퇴 때 월남해. 그는 미군이 주둔한 상황에서도 기회를 노려 출세하지. 그는 같이 일했던 간호원 혜숙과 재혼해서 딸을 낳게 된단다.

결말: 이인국은 미국에서도 성공하리라 다짐함
브라운을 만난 이인국은 그에게 고려청자를 선물해. 결국 이인국은 미 국무성의 초청장을 받게 되지. 그는 새로운 포부와 희망에 사로잡힌단다.

 OOPS! 읽음

기회주의적이고 이기적인 한 인물을 잘 짜여진 구조 속에서 통찰력 있게 묘사해 낸 대단한 소설인 것 같아요!

👍 100점

● **이인국의 뇌 구조를 알아볼까요?**

미래를 내다 보고 살 수 있는 곳에 붙어 보자.

환자도 가려서 받아야지.

아들을 러시아로 보내자.

흰둥이 손자는 징그러워.

나는 설마 괜찮겠지……

수능 만점 강사

1 이 작품에 대한 설명으로 옳지 <u>않은</u> 것은?

① 주인공의 내적 갈등을 중심으로 사건이 전개되고 있다.
② 시간적 순서에 따라 사건이 전개되고 있다.
③ 서술자는 주인공에 대해 냉소적인 태도를 보인다.
④ 상황에 따라 변신하는 처세술과 속물근성을 비판하고 있다.
⑤ 심리주의적 대화를 통해 인물의 성격을 중점적으로 제시했다.

2 이 작품이 역사적 전환기의 한 단면을 드러낸다고 할 때, 그 내용으로 가장 <u>옳은</u> 것은?

① 인간성을 말살시켜 버리는 이념 체제
② 좌절과 재기의 양상이 반복되는 민족의 삶
③ 시대의 고난에 굴복하지 않는 끈질긴 생명력
④ 사회의 구조적 모순이 야기한 개인의 불행
⑤ 진정한 삶의 가치와 방향을 상실한 비극적 현대사

3 다음 글에서 밑줄 친 ㉠의 의미를 가장 적절히 파악한 것은?

> 그는 자기가 들고 온 상감 진사 고려청자 화병에 눈길을 돌렸다. 사실 그것을 내놓는 데는 얼마간의 아쉬움이 없지 않았다. 국외로 내어 보낸다는 자책감 같은 것은 아예 생각해 본 일이 없는 그였다.
> 차라리 이인국 박사에게는 저렇게 많으니 무엇이 그리 소중하고 달갑게 여겨지겠느냐는 ㉠망설임이 더 앞섰다.
> 브라운 씨가 나오자 이인국 박사는 웃으며 선물을 내어놓았다. 포장을 풀고 난 브라운 씨는 만면에 미소를 띠며 기쁨을 참지 못하는 듯 탱큐를 거듭 부르짖었다.
> "참 이거 귀중한 것입니다."
> "뭐 대단한 것이 아닙니다만 그저 제 성의입니다."
> 이인국 박사는 안도감에 잇닿은 만족을 느끼면서 브라운 씨의 기쁨에 맞장구를 쳤다.

① 자책감마저 팽개쳐 버린 자신의 행위에 대한 회의
② 브라운의 환심을 사기에는 역부족일 것이라는 불안
③ 브라운의 수집 성향을 제대로 파악하지 못한 자책감
④ 서재의 진열품들과 비슷한 것을 가져오지 못한 것에 대한 낭패감
⑤ 앞서 온 사람들과 똑같은 전철을 밟고 있는 자신에 대한 불쾌감

4 다음 글의 내용으로 미루어 볼 때, ㉠에 들어갈 말로 가장 거리가 먼 것은?

> 이인국 박사는 뛸 듯이 기뻤으나 솟구치는 흥분을 억제하면서 천천히 손을 내밀어 악수를 청했다.
> "탱큐, 탱큐."
> 어쩌면 이것은 수술 후의 스텐코프가 자기에게 하던 방식 그대로인지도 모른다는 생각이 들었다.
> 이인국 박사는 지성이면 감천이라고, 나의 처세법은 유에스에이에도 통하는구나 하는 (㉠   ) 기분이었다.
> 청자 병을 몇 번이고 쓰다듬으면서 술잔을 거듭하는 브라운 씨도 몹시 즐거운 표정이었다.
> "미국에 가서의 모든 일도 잘 부탁합니다."
> "네, 염려 마십시오. 떠나실 때 소개장을 써 드리지요."

① '만승천자(萬乘天子)'의: 하늘의 뜻을 받아 하늘을 대신해 천하를 다스리는 사람이라는 뜻으로, 군주 국가의 최고 통치자를 이르는 말
② '득의만면(得意滿面)'한: 일이 뜻대로 이루어져 기쁜 표정이 얼굴에 가득함
③ '기고만장(氣高萬丈)'한: 일이 뜻대로 잘될 때, 우쭐해 뽐내는 기세가 대단함
④ '의기양양(意氣揚揚)'한: 뜻한 바를 이루어 만족한 마음이 얼굴에 나타난 모양
⑤ '자창자화(自唱自和)'의: 자기가 노래하고 자기가 화답함

5 작가가 이인국을 통해 풍자하고 있는 내용을 서술하시오.

> 작가는 역사적 전환기마다 기회주의적으로 변신을 거듭하는 이인국을 통해 민족의 안위보다는 자신의 이익만을 위해 살아가는 당시의 사회 분위기를 비꼬고 있다. 이인국에게 '박사'라는 호칭을 붙인 것은 박사답지 않은 박사를 형상화함으로써 당시 지도층의 부패상을 풍자하기 위해서다.

● **수능 만점 선생님의 감상 꿀팁** ------------

> '꺼삐딴'은 영어의 'Captain(우두머리)'에 해당하는 러시아어로, 광복 후 북한에 진주한 소련군들이 쓴 말을 흉내 낸 거야. 냉정하게 세태 변화를 담은 객관적 수법이 이인국의 성격을 창조하는 데 크게 이바지했지. 이러한 시대적 배경과 주인공의 태도를 연계해서 이해하자.

미리 들여다보는 인물 X 파일

여기서 잠깐!

귀동아, 귀동아! 어디 갔니? 잘 있니? 사탕 한 알 못 사 주고…….

집에 두고 굶기는 것보다 나을까 해서 그랬지요. 그래도 마음이 편치는 않네요.

부부 사이

화수분

어멈

수능 만점 선생님의 감상 꿀팁!

 이 소설은 가난한 부부의 이야기를 그린 작품이야. 전영택 작가의 인도주의적 성향을 고려하면서 감상해 보자.

화수분

#차갑고 서러운 눈밭 같은 비극적 서사

1

첫겨울 추운 밤은 고요히 깊어 간다. 뒤뜰 창 바깥에 지나가는 사람 소리도 끊어지고 이따금씩 **찬바람 부는 소리가 휘익 우수수 하고 바깥의 춥고 쓸쓸한 것을 알리면서 사람을 위협하는 듯하다.**❶

"만주노 호야 호오야."

길게 그리고도 힘없이 외치는 소리로, 보지 않아도 추워서 수그리고 웅크리고 가는 듯한 사람이 몹시 처량하고 가엾어 보인다. 어린애들은 모두 잠들고 학교 다니는 아이들은 눈에 졸음이 잔뜩 몰려서 입으로만 소리를 내어 글을 읽는다. 나는 누워서 손만 내놓아 신문을 들고 소설을 보고, 아내는 이불을 들쓰고 어린애 저고리를 짓고 있다.

"누가 우나?"

일하던 아내가 말하였다.

"아니야요. 그 절름발이가 지나가며 무슨 소리를 지껄이면서 그러나 보아요."

공부하던 애가 말한다. 우리들은 잠시 그 소리를 들으려고 귀를 기울였으나 다시 각각 그 하던 일을 계속하여 다시 주의도 하지 아니하였다. 그러다가 우리는 모두 잠이 들어 버렸다.

나는 자다가 꿈결같이 'ㅇㅇㅇㅇㅇㅇ' 하는 소리를 들었다. 잠깐 잠이 반쯤 깨었으나 다시 잠들었다. 잠이 들려고 하다가 또 깜짝 놀라서 깨었다. 그리고 아내

❶ ➡ 작품의 전체적인 분위기를 조성하고 있어. 힘든 현실을 암시하지.

에게 물었다.

"저게 누구 울지 않소?"

"아범이구려."

나는 벌떡 일어나서 귀를 기울였다. 과연 아범의 우는 소리다. 행랑에 있는 아범의 우는 소리다.

'어찌하여 우는가, 사나이가 어찌하여 우는가. 자기 시골서 무슨 슬픈 상사의 기별을 받았나? 무슨 원통한 일을 당하였나?'

나는 생각하였다. '어이 어이.' 느껴 우는 소리를 들으면서 아내에게 물었다.

"아범이 왜 울까?"

"글쎄요, 왜 울까요?"❷

2

아범은 금년 구월에 그 아내와 어린 계집애 둘을 데리고 우리 집 행랑방에 들었다. 나이는 한 서른 살쯤 먹어 보이고 머리에 상투가 그냥 달라붙어 있고 키가 늘씬하고 얼굴은 기름하고 누르퉁퉁하고 눈은 좀 큰데 사람이 퍽 순하고 착해 보였다. 주인을 보면 어느 때든지 그 방에서 고달픈 몸으로 밥을 먹다가도 얼른 일어나서 허리를 굽혀 절한다. 나는 그것이 너무 미안해서 그러지 말라고 이르려고 하면서 늘 그냥 지내었다.❸ 그 아내는 키가 자그마하고 몸이 똥똥하고, 이마가 좁고, 항상 입을 다물고 아무 말이 없다. 적은 돈은 회계할 줄 알아도 '원'이나 '백 냥' 넘는 돈은 회계할 줄 모른다. 그리고 어멈은 날짜 회계할 줄을 모른다. 그러기에 저 낳은 아이들의 생일을 아범이 그 전날 내일이 생일이라고 일러 주지 않으면 모른다고 한다. 그러나 결코 속일 줄을 모르고 무슨 일이든가 하라는 대로 하기는 하나 얼른 대답을 시원히 하지 않고 꾸물꾸물 오래 하는 것이 흠이다. 그래도 아침에는 일찍이 일어나서 기름을 발라 머리를 곱게 빗고 빨간 댕기를 드려 쪽을 찌고 나온다.

그들에게는 지금 입고 있는 단벌 홑옷과 조그만 냄비 하나밖에 아무것도 없

❷ ➡ 아범에 대해 궁금증을 유발하며 사건을 전개하고 있어.

❸ ➡ 당대 소극적인 지식인의 모습을 보여 주고 있어. 이와 동시에 '나'가 화수분 일가와 거리를 두고 있음을 알 수 있지.

다. 세간도 없고 물론 입을 옷도 없고 덮을 이부자리도 없고 밥 담아 먹을 그릇도 없고 밥 먹을 숟가락 한 개가 없다. 있는 것이라고는 보기 싫게 생긴 딸 둘과 작은 애를 업는 홑 누더기와 띠, 아범이 벌이하는 지게가 하나—이것뿐이다. 밥은 우선 주인집에서 내어 간 사발과 숟가락으로 먹고 물은 역시 주인집 어린애가 먹고 비운 가루우유 통을 갖다가 떠먹는다.

아홉 살 먹은 큰 계집애는 몸이 좀 뚱뚱하고 얼굴은 컴컴한데 이마는 어미 닮아서 좁고 볼은 아비 닮아서 축 늘어졌다. 그리고 이르는 말은 하나도 듣는 법이 없다. 그 어미가 아무리 욕하고 때리고 하여도 볼만 부어서 까딱없다. 도리어 어미를 욕한다. 꼭 서서 어미 보고 눈을 부르대고 "조 깍정이가 왜 야단야단이야." 하고 욕을 한다. 먹을 것이 생기면 자식 먹이고 남편 대접하고 자기는 늘 굶는 어미가 헛입 노릇이라도 하는 것을 보게 되면 "저 망할 계집년이 무얼 혼자만 처먹어?" 하고 욕을 한다. 다만 자기 어미나 아비의 말을 아니 들을 뿐 아니라, 주인마누라나 주인 나리가 무슨 말을 일러도 아니 듣는다. 먼 데 있는 것을 가까이 오게 하려면 손수 붙들어 와야 하고, 가까이 있는 것을 비키게 하려면 붙들어다 치워야 한다.

다음에 작은 계집애는 돌을 지나 세 살을 먹은 것인데 눈이 커다랗고 입술이 삐죽 나오고 걸음은 겨우 뻬뚤뻬뚤 걷는다. 그러나 여태 말도 도무지 못하고 새벽부터 하루 종일 붙들어 매여 끌려가는 돼지 소리 같은 크고 흉한 소리를 내어 울어서 해를 보낸다. 울지 않는 때라고는 먹는 때와 자는 때뿐이다. 그러나 먹기는 썩 잘 먹는다. 먹을 것이라도 눈앞에 보이기만 하면 죄다 빼앗아다가 두 다리 사이에 넣고 다리와 팔로 웅크리고 웅웅 소리를 내면서 혼자서 먹는다. 그렇게 심술 사나운 큰 계집애도 다 빼앗기고 졸연해서^(쉽게 할 수 있는 상태에 있어서) 얻어먹지 못한다. 이렇기 때문에 작은 것은 늘 어미 뒷잔등에 업혀 있다. 만일 내려놓아 버려두면 땅바닥을 벗은 몸으로 두 다리를 턱 내뻗치고 묶여 가는 돼지 소리로 동리가 요란하도록 냅다 지른다.

그래서 어멈은 밤낮 작은 것을 업고 큰 것과 싸움을 하면서 얻어먹지도 못하고, 물 긷고 걸레질하고 빨래하고 서서 돌아간다. 작은 것에게는 젖을 먹이고 큰 것의 욕을 먹고 성화 받고 사나이에게 웅얼웅얼하는 잔말을 듣는다. 밥 지을 쌀도 없는데 밥 안 짓는다고 욕을 한다. 그리고 아범은 밝기도 전에 지게를 지고 나갔다가 밤이 어두워서 들어오지만 하루에 두 끼니를 못 끓여 먹고 대개는 벌이가 없어서 새벽에 나갔다가도 오정^(정오) 때나 되면 돌아온다. 들어와서는 흔히 잔다. 이런 때는 온종일 그 이튿날 아침까지 굶는다. 그때마다 말 없던 어멈이 옹알옹알 바가지 긁는 소리가 들린다.

어멈이 그 애들 때문에 그렇게 애쓰고, 그들의 살림이 그렇게 어려운 것을 보고 나는 이따금 이렇게 생각하였다.

아내에게도 말을 한다.

"저 애들을 누구를 주기나 하지."❹

위에 말한 것은 아범과 그 식구의 대강한 정형이다. 그러나 밤중에 그렇게 섧게^(원통하고 슬프게) 운 까닭은 무엇인가?

3

그 이튿날 아침이다. 마침 일요일이기 때문에 나에게는 한가한 틈이 있어서 어멈에게 그 내용을 들을 기회가 있었다.

"지난밤에 아범이 왜 그렇게 울었나?"

하는 아내의 말에 어멈의 대답은 대강 이러하였다.

"어멈이 늘 쌀을 팔러 댕겨서 저 뒤의 쌀가게 마누라를 알지요. 그 마누라가 퍽 고맙게 굴어서 이따금 앉아서 이야기도 했어요. 때로는 그 애들을 데리고 어떻게나 지내나 하고 물어요. 그럴 적마다 '죽지 못해 살지요.' 하고 아무 말도 아니했어요. 그랬는데 한번은 가니까 큰애를 누구를 주면 어떠냐고 그래요. 그래서 '제가 데리고 있다가 먹이면 먹이고, 죽이면 죽이고 하지, 제 새끼를 어떻게 남을 줍니까? 그리고 워낙 못생기고 아무 철이 없어서 어미 애비나 기르다가 죽이더라도 남은 못 주어요. 남이 가져갈 게 못 됩니다. 그것을 데려가시는 댁에서는 길러 무엇 합니까. 돼지면 잡아서 먹지요.' 하고 저는 줄 생각도 아니했어요.

그래도 그 마누라는 '어린것이 다 그렇지 어떤가. 어서 좋은 댁에서 달라니 보내게. 잘 길러 시집보내 주신다네. 그리고 여태 젊은이들이 벌어먹고 살아야지. 애들을 다 데리고 있다가는 인제 차차 날도 추워 오는데, 모두 한꺼번에 굶어 죽지 말고……❺' 하시면서 여러 말로 대구^(계속해 자꾸) 권하셔요.

말을 들으니까 그랬으면 좋을 듯도 하기에 '그럼 저이 아범보고 말을 해 보지

---

❹ ➡ 훗날 일어날 사건에 대한 복선이야.
❺ ➡ 화수분 일가의 비극적인 사건을 암시하는 대사야.

집중!

수능 만점 선생님

요.' 했지요. 그랬더니 그 마누라가 부쩍 달라붙어서 '내일 그 댁 마누라가 우리 집으로 오실 터이니 그 애를 데리고 오게.' 하셔요. 해서 저는 '글쎄요.' 하고 돌아왔지요.

돌아와서 그날 밤에, 그젯밤이올시다. 그젯밤 아니라 어제 아침이올시다. 요새 저는 정신이 하나 없어요. 그래 밤에는 들어와서 반찬 없다고 밥도 안 먹고 곤해서 쓰러져 자길래 그런 말을 못하고 어제 아침에야 그 이야기를 했지요. 그랬더니 '내가 아나, 임자 마음대로 하게그려.' 그러고 일어서 지게를 지고 나가 버리겠지요.

그러고는 저 혼자서 온종일 요리조리 생각을 해 보았지요. 아무려나 제 자식을 남을 주고 싶지는 않지만 어떻게 합니까. 아씨 아시듯이 이제 새끼 또 하나 생깁니다그려. 지금도 어려운데 어떻게 둘씩 셋씩 기릅니까. 그래서 차마 발길이 안 나가는 것을 오정 때가 되어서 데리고 갔지요. 짐승 같은 계집애는 아무런 것도 모르고 따라나서요. 앞서 가는 것을 뒤로 보면서 생각을 하니까 어째 마음이 안되었어요." 하면서 어멈은 울먹울먹한다. 눈물이 핑 돈다.

"그런 것을 데리고 갔더니 참말 웬 알지 못하는 마누라님이 앉아 계셔요. 그 마누라가 이걸 호떡이라 군밤이라 감이라 먹을 것을 사다 주면서 '나하고 우리 집에 가 살자. 이쁜 옷도 해 주고 맛난 밥도 먹고 좋지. 나하고 가자.' 하시니까 이것은 먹기에 미쳐서 대답도 아니하고 앉았어요."

이 말을 들을 때에 나는 그 계집애가 우리 마루 끝에 서서 우리 집 어린애가 감 먹는 것을 바라보다가 내버린 감꼭지를 쳐다보면서 집어 가지고 나가던 것이 생각났다.

어멈은 다시 이야기를 이어,

"그래, 제가 어쩌나 보려고 '그럼 너 저 마님 따라가 살련? 나는 집에 갈 터이니.' 했더니 저는 본체만체하고 머리를 끄덕끄덕해요. 그래도 미심해서 '정말 갈 테야, 가서 울지 않을 테야?' 하니까, 저를 한번 흘끗 노려보더니 '그래, 걱정 말고 가요.' 하겠지요. 하도 어이가 없어서 내버리고 집으로 돌아왔지요.

그리고 돌아와서 저 혼자 가만히 생각하니까, 아범이 또 무어라고 할는지 몰라, 어째 안 되겠어요. 그래 바삐 아범이 일하러 댕기는 데를 찾아갔지요. 한 번 보기나 하려고 염천교 다리로 남대문 통으로 아무리 찾아야 있어야지요. 몇 시간을 애써 찾아 댕기다가 할 수 없이 그 댁으로 도루 갔지요. 갔더니 계집애도 그 마누라도 벌써 떠나가 버렸겠지요. 그 댁 마님 말씀이 저녁 여섯 시 차에 광핸지

광한지로 떠났다고 하셔요. 가시면서 보고 싶으면 설 때에나 와 보고 와 살려면 농사 짓고 살라고 하셨대요. 그래 하는 수가 있습니까. 그냥 돌아왔지요. 와서 아무 생각이 없어서 아범 저녁 지어 줄 생각도 아니 하고 공연히 밖에 나가서 왔다갔다 돌아 댕기다가 들어왔지요. 저는 어째 눈물도 안 나요.

그러다가 밤에 아범이 들어왔기에 그 말을 했더니, 아무 말도 아니하고 그렇게 통곡을 했답니다. 저녁도 안 먹고 우는 것이 가여워서 좁쌀 한 줌 있던 것 끓이고 댁에서 주신 찬밥 어린것 먹다가 남은 것을 먹으라고 했더니 그것도 아니 먹고 돌아앉아서 그렇게 울었답니다.❻

여북하면(언짢거나 안타까운 마음이면) 제 자식을 꿈에도 보지 못하던 사람에게 주겠어요. 할 수가 없어서 그렇지요. 집에 두고 굶기는 것보다 나을까 해서 그랬지요. 아범이 본래는 저렇게는 못살지 않았답니다. 저이 아버지 살았을 때는 벼 백 석이나 하고, 삼 형제가 양평 시골서 남부럽지 않게 살았답니다. 이름들도 모두 좋지요. 맏형은 '장자'요, 둘째는 '거부'요, 아범이 셋쨋데 '화수분'이랍니다.❼ 그런 것이 제가 간 후부터 시아버님이 돌아가시고, 그리고 맏아들이 죽고 농사 밑천인 소 한 마리를 도적맞고 하더니, 차차 못살게 되기 시작해서 종내 저렇게 거지가 되었답니다. 지금도 시골 큰댁엘 가면 굶지나 아니할 것을 부끄럽다고 저러고 있지요. 사내 못생긴 건

---

❻➡ 아범은 자기 자식을 다른 사람에게 준 슬픔 때문에 슬퍼 운 것이었어.

❼➡ 아범과 아범의 형제들의 이름은 모두 부와 관련이 있어. 이는 등장인물들의 처지를 더욱 비극적으로 만드는 역할을 하지.

내신 준비

수능 만점 선생님

할 수 없어요."

우리는 이제야 비로소 아범이 어제 울던 까닭을 알았고 이때에 나는 비로소 아범의 이름이 '화수분'인 것을 알았고, 양평 사람인 줄도 알았다.❽

4

그런 지 며칠이 지난 어느 날 아침이다.

화수분은 새 옷을 입고 갓을 쓰고 길 떠날 행장을 차리고 안으로 들어온다. 그 것을 보니까 지난밤에 아내에게서 들은 말이 생각난다. 시골 있는 형 거부가 일 하다가 발을 다쳐서 일을 못 하고 누워 있기 때문에, 가뜩이나 흉년인 데다가 일 을 못 해서 모두 굶어 죽을 지경이니, 아범을 오라고 하니 가 보아야 하겠다는 말 을 듣고 나는 "가 보아야겠군." 하니까, 아내는 "김장이나 해 주고 가야 할 터인 데." 하기에 "글쎄, 그럼 그렇게 이르지." 한 일이 있었다.

아범은 뜰에서 허리를 한 번 굽히고 말한다.

"나리, 댕겨오겠습니다. 제 형이 일하다가 도끼로 발을 찍어서 일을 못 하고 누 워 있다니까 가 보아야겠습니다. 가서 추수나 해 주고는 곧 오겠습니다. 거저 나 리 댁만 믿고 갑니다."

나는 어떻게 대답을 했으면 좋을지 몰라서

"잘 댕겨오게." 하였다.

아범은 다시 한번 절을 하고

"안녕히 계십시오." 하면서 돌아서 나갔다.

"저렇게 내버리고 가면 어떡합니까? 우리도 살기 어려운데 어떻게 불 때 주고 먹이고 입히고 할 테요? 그렇게 곧 오겠소?"❾

이렇게 걱정하는 아내의 말을 듣고 나는 바삐 나가서 화수분을 불러서

"곧 댕겨오게, 겨울을 나서는 안 되네." 하였다.

"암, 곧 댕겨옵지요."

화수분은 뒤를 돌아보고 이렇게 대답을 하고 달아난다.

❽ ➡ '나'가 얼마나 아범에게 무심했는지를 보여 주는 장면이야. 이를 통해 작가는 지식 인 계층의 무관심을 비판하고 있단다.

❾ ➡ '나' 내외의 이기적인 모습을 보여 주고 있어. 화수분의 형편보다 본인들의 어려움 을 먼저 생각하고 있지.

집중!

수능 만점 선생님

화수분은 간 지 일주일이 되고 열흘이 되고 보름이 지나도 아니 온다. 어멈은 아범이 추수해서 쌀말이나 가지고 돌아오기를 밤낮 기다려도 종내 오지 아니하였다. 김장때가 다 지나고 입동이 지나고 정말 추운 겨울이 되었다.[⑩] 하루 저녁은 바람이 몹시 불고 그 이튿날 새벽에는 하얀 눈이 펄펄 내려 쌓였다.

아침에 어멈이 들어와서 화수분의 동네 이름과 번지 쓴 종잇조각을 내어놓으면서 어서 오지 않으면 제가 가겠다고 편지를 써 달라고 하기에 곧 써서 부쳐까지 주었다.

그다음 날부터는 며칠 동안 날이 풀려서 꽤 따뜻하였다. 그래도 화수분의 소식은 없다. 어멈은 본래 어린애가 딸려서 일을 잘 못 하는 데다가 다릿병이 있어 다리를 잘 못 쓰고 더구나 며칠 전에 손가락을 다쳐서 일을 하지 못하는 것을 퍽 미안하게 생각한다. 그리고 추운 겨울에 혼자 살아갈 길이 막연하여, 종내 아범을 따라 시골로 가기로 결심을 한 모양이다.

"그만 아씨, 시골로 가겠습니다."

"몇 리나 되나?"

"몇 린지 사나이들은 일찍 떠나면 하루에 간다고 해두, 저는 이틀에나 겨우 갈걸요."

"혼자 가겠나?"

"물어 가면 가기야 가지요."

아내와 이런 문답이 있은 다음 날, 아침 바람 불고 추운 날 아침에 어멈은 어린 것을 업고 돌아볼 것도 없는 행랑방을 한 번 돌아보면서 아창아창(키가 작은 사람이나 짐승이 이리저리 찬찬히 걷는 모양) 떠나갔다.

그날 밤에도 몹시 추웠다. 우리는 문을 꼭꼭 닫고 문틈을 헝겊으로 막고 이불을 둘씩 덮고 꼭꼭 붙어서 일찍 잤다.

나는 자면서, 잘 갔나, 얼어 죽지나 않았나, 하는 생각이 났다.

화수분도 가고 어멈도 하나 남은 것을 업고 간 뒤에는 대문간은 깨끗해지고 시꺼먼 행랑방 방문은 닫혀 있었다. 그리고 우리 집에는 다시 행랑 사람도 안 들

⑩ ➡ 화수분 일가의 상황을 더욱더 힘들게 만드는 배경이야. 이와 동시에 힘들었던 당시 시대적 배경을 의미하지.

집중!

수능 만점 선생님

이고 식모도 아니 두었다. 그래서 몹시 추운 날, 아내는 손수 어린것을 등에 지고 이웃집의 우물에 가서 배추와 무를 씻어서 김장을 대강 하였다. 아내는 혼자서 김장을 하면서 눈물을 흘리고 어멈 생각을 하였다.

6

김장을 다 마친 어느 날, 추위가 풀려서 따뜻한 날 오후에, 동대문 밖에 출가해 사는 동생 S가 오래간만에 놀러 왔다. S에게 비로소 화수분의 소식을 듣고 우리는 놀랐다. 그들은 본래 S의 시댁에서 천거해 보낸 것이다. 그 소식은 대강 이렇다.[11]

화수분이 시골 간 후에 형 거부는 꼼짝 못하고 누워 있기 때문에 형 대신 겸 두 사람의 일을 하다가 몸이 지쳐 몸살이 나서 넘어졌다. 열이 몹시 나서 정신없이 앓았다. 정신없이 앓으면서도 귀동이(서울서 강화 사람에게 준 큰 계집애)를 부르며 늘 울었다.[12]

"귀동아, 귀동아, 어딜 갔니? 잘 있니……."

그러다가는 흑득흑득 느끼면서,

"그렇게 먹고 싶어 하는 사탕 한 알 못 사 주고 연시 한 개 못 사 주고……."

하고 소리를 내어 어이어이 운다.

그럴 때에 어멈의 편지가 왔다. 뒷집 기와집 진사 댁 서방님이 읽어 주는 편지 사연을 듣고,

"아이구, 옥분아(작은 계집애를 이름), 옥분이 에미!"

하고 또 어이어이 운다. 울다가 벌떡 일어나서 서울서 넝마전에서 사 입고 간 새 옷을 입고 갓을 썼다. 집안사람들이 굳이 말리는 것을 뿌리치고 화수분은 서울을 향하여 어멈을 데리러 떠났다. 싸리문 밖에를 나가 화수분은 나는 듯이 달아났다.

화수분은 양평에서 오정이 거의 되어서 떠나서 해져 갈 즈음에서 백 리를 거의 와서 어떤 높은 고개에 올라섰다. 칼날 같은 바람이 뺨을 친다. 그는 고개를 숙여 앞을 내려다보다가 소나무 밑에 희끄무레한 사람의 모양을 보았다. 그것에

집중!

⓫ ➡ 이후 장면에서는 1인칭 관찰자 시점에서 전지적 작가 시점으로 바뀌게 돼.

⓬ ➡ 화수분의 가족에 대한 애틋한 마음을 알 수 있는 장면이야.

수능 만점 선생님

곧 달려가 보았다. 가 본즉 그것은 옥분과 그의 어머니다. 나무 밑 눈 위에 나뭇가지를 깔고, 어린것 업은 홑 누더기를 쓰고 한 끝으로 어린것을 꼭 안아 가지고 웅크리고 떨고 있다. 화수분은 왁 달려들어 안았다. 어멈은 눈은 떴으나 말은 못 한다. 화수분도 말을 못 한다. 어린것을 가운데 두고 그냥 껴안고 밤을 지낸 모양이다.

　이튿날 아침에 나무장사가 지나다가 그 고개에 젊은 남녀의 껴안은 시체와, 그 가운데 아직 막 자다 깨인 어린애가 등에 따뜻한 햇볕을 받고 앉아서 시체를 툭툭 치고 있는 것을 발견하여 어린것만 소에 싣고 갔다.[13]

[13] ➡ 화수분 내외의 아이가 살아남았다는 것을 통해 비극적인 사건이 절망에서 끝나는 것이 아니라 새로운 희망으로 이어지고 있음을 말하고 있어.

정리해 볼까요(그룹 채팅)

● **작가에 대해서 알아볼까요?**

킬링 포인트

전영택 작가는 1894년 평양에서 태어났어. 미국 캘리포니아 퍼시픽 신학교를 수료한 뒤에 국내로 돌아와 목사로 생활했지. 김동인, 주요한 작가 등과 함께 우리나라 최초의 문학 동인지인 〈창조〉를 창간했어. 그는 〈창조〉에 첫 단편 소설인 「혜선의 사」를 발표했단다. 광복 이후 「새봄의 노래」, 「강아지」, 「아버지와 아들」 등의 작품을 발표했지만, 목회자로서의 활동을 더 많이 했어.

전영택 작가의 작품들은 인도주의적인 성격을 띠고 있는 것이 많아. 그의 작품에는 당시 우리나라 어디에서나 볼 수 있었던 가난하고 착한 사람들이 주로 등장하지. 그는 이러한 인물들을 주인공으로 내세워 식민지 시대의 사회 문제와 가난한 이들의 아픔을 다루곤 했어.

읽음

낮은 곳에 있는 이들을 돌보고자 하는 목사님의 마음이 느껴지는 작품이었어요.

 100점

● **작품에 대해서 정리해 보죠!**

킬링 포인트

작가 : 전영택
갈래 : 인도주의 소설, 액자 소설
배경 : 시간적 – 일제 강점기 겨울 | 공간적 – 서울과 양평 일대
시점 : 1인칭 관찰자 시점(부분적으로 1인칭 주인공 시점과 전지적 작가 시점이 활용됨)
주제 : 가난한 부부의 삶과 자식에 대한 사랑
출전 : 〈조선문단〉(1925)

킬링 포인트
무조건 알아야 해!

이 소설은 일제 강점기를 살아가는 가난한 부부의 삶과 그들의 자식에 대한 사랑을 주제로 한 작품이야. '나'의 집에 세 들어 사는 화수분은 과거에 부유했지만 지금은 가난하게 살고 있단다. 첫째 딸을 다른 집에 보내야만 할 정도였지. 화수분은 이를 자책하던 중 형을 돕기 위해 아내와 둘째 아이를 두고 고향인 양평으로 가게 돼. 그가 오랫동안 오지 않자, 그의 아내는 그를 만나기 위해 시골로 향하지. 아내가 온다는 소식을 들은 화수분은 아내를 만나기 위해 눈길로 향해. 이윽고 만나게 된 부부는 겨울 추위 속에서 목숨을 잃게 되지.

작가는 이 작품에서 직접적으로 현실을 비판하지 않아. 단지 화수분 일가의 모습을 통해 당시 하층민들의 삶을 보여 줄 뿐이지. 이를 통해 작가는 하층민들의 삶을 위로하고 있어.

읽음

비극적인 일화를 통해 당시 사람들의 모습을 사실적으로 보여 주고, 아름다운 사랑까지 느끼게 해 준 작품이었어요!

 100점

킬링 포인트

발단: '나'는 집에 세 들어 사는 화수분 부부의 삶을 관찰함

어느 날 밤. '나'와 아내는 행랑채에 사는 아범이 울고 있는 것을 듣게 돼. 행랑에 사는 가족들은 가난하게 하루하루를 살아가고 있지.

전개: 화수분은 큰아이를 다른 집에 보내고 눈물을 흘림

이튿날 아침, '나'는 아내를 통해 아범이 왜 울었는지 듣게 돼. 누군가 행랑 집 큰아이를 키우고 싶다고 해서 보내고 만 것이지. 아범은 슬픔과 자책 때문에 눈물을 흘린 거야.

위기: 화수분은 형의 농사를 짓기 위해 양평으로 떠남

얼마 뒤 화수분은 다친 형을 돕기 위해 '나'에게 가족들을 부탁하고 양평으로 가게 돼. 겨울이 되도록 연락이 오지 않자. 화수분의 아내는 아이를 데리고 화수분에게 가지.

절정: 화수분이 높은 고개에서 죽어 가는 아내를 만나게 됨

화수분은 몸저누워 있던 상황에서도 아내를 만나기 위해 눈길 속으로 뛰어가지. 그는 높은 고개를 넘어가다가 아내와 아이를 발견하게 돼. 화수분과 아내는 아이를 사이에 두고 서로를 껴안은 채 밤을 보낸단다.

결말: 부부의 시체를 발견한 나무장수가 어린아이를 데리고 떠남

이튿날 아침. 고개를 넘어가던 나무장수가 부부의 시체와 어린아이를 발견해. 나무장수는 부모의 시체를 툭툭 치고 있던 어린아이를 데리고 떠나지.

OOPS!

읽음

가족을 향한 화수분의 사랑이 마음을 먹먹하게 만들어요.

● **화수분의 뇌 구조를 알아볼까요?**

1 이 작품에 대한 설명으로 옳은 것은?

　① 화려한 문체로 독자의 감각을 자극한다.
　② 인물 간의 갈등을 중심으로 사건이 전개된다.
　③ 초현실주의적인 내용을 다루고 있다.
　④ 반어적인 인물들의 이름을 통해 비극성을 강화하고 있다.
　⑤ 우스꽝스러운 사건을 통해 인물들의 인간미를 강조하고 있다.

2 이 작품의 특징으로 옳지 않은 것은?

　① 작가의 주관 없이 비극적인 사건을 담담하게 이야기하고 있다.
　② 역경을 이겨 내지 못한 인물들을 통해 현실에 순응해야 함을 말하고 있다.
　③ 가난에 시달리는 인물들의 모습을 사실적으로 그려 냈다.
　④ 화수분 부부의 희생으로 살아난 아이를 통해 희생을 통한 구원을 보여 준다.
　⑤ 반어적인 표현이 사건의 비극성을 강화한다.

3 다음 글을 통해 알 수 있는 작가의 사상으로 옳은 것은?

> 이튿날 아침에 나무장사가 지나다가 그 고개에 젊은 남녀의 껴안은 시체와, 그 가운데 아직
> 막 자다 깨인 어린애가 등에 따뜻한 햇볕을 받고 앉아서 시체를 툭툭 치고 있는 것을 발견하
> 여 어린것만 소에 싣고 갔다.

　① 휴머니즘에 입각한 인도주의 정신
　② 자연에 순응하는 자연주의 정신
　③ 비극적인 사건 앞에서도 돈을 벌고자 하는 자본주의 정신
　④ 근면 성실한 프로테스탄트 윤리
　⑤ 새로운 것에 도전하는 개척자 정신

4 이 작품의 서술자에 대한 설명으로 옳지 않은 것은?

　① 제 3자의 입장에서 주인공을 바라보고 있다.
　② 주인공의 어려운 처지를 방관하고 있다.
　③ 섣불리 도와주면 주인공이 화낼까 봐 주저하고 있다.
　④ 1인칭 관찰자 시점에서 전지적 작가 시점으로 바뀌고 있다.
　⑤ '나'는 소극적인 당대 지식인의 모습을 보여 준다.

5 다음은 현진건의 작품인 「운수 좋은 날」의 줄거리다. 이를 바탕으로 화수분과 김 첨지가 대화한다고 할 때 옳지 <u>않은</u> 것은?

> 김 첨지는 가난한 인력거꾼이다. 그는 병든 아내와 갓난아이와 살고 있다. 어느 날 아내는 김 첨지에게 나가지 말고 자신과 있어 달라고 부탁하지만, 그는 돈을 벌어야 한다며 아내의 부탁을 거절한다. 김 첨지는 그날따라 많은 손님을 만나고 돈도 많이 번다. 하지만 집 근처를 지날 때마다 불안한 마음을 없애지는 못한다. 김 첨지는 집에 가는 길에 치삼을 만나 술집에 들어가게 된다. 그는 아내가 죽었다고 말하고, 돈을 집어던지며 주정을 부린다. 술집에서 나와 설렁탕을 사 가지고 집에 들어간 그는 싸늘하게 식은 아내의 시체를 보게 된다.

① 화수분: 가난 때문에 자식을 다른 집에 보내야 한다는 것이 너무 슬픕니다.
② 김 첨지: 좋은 일이 생길수록 불안한 마음이 더욱더 커지더군요.
③ 화수분: 형을 돕기 위해 가족과 떨어져 있지만, 보고 싶은 마음은 어쩔 수 없군요.
④ 김 첨지: 이럴 줄 알았다면 아내에게 더 잘해 줄 걸 그랬어요.
⑤ 화수분: 가족의 굴레에서 벗어나기 위해 이제는 도망쳐야겠어요.

6 이 작품의 제목인 '화수분'의 의미에 대해 서술하시오.

> 화수분은 본래 재물이 계속 나오는 보물단지를 의미한다. 이 작품의 주인공 이름도 화수분이다. 작가는 인물의 가난한 삶을 부각하기 위해 반어적 표현 기법을 사용했다. 이는 다른 등장인물의 이름인 '장자', '거부', '귀동', '옥분'에도 쓰인 표현 기법이다.

● **수능 만점 선생님의 감상 꿀팁** ------------------------------

> 이 소설은 일제 강점기 가난한 부부의 모습을 담은 작품이야. 서술자인 '나'는 주인공의 삶에 직접적으로 개입하지 않고 그저 관찰만 하고 있어. 이런 관찰자적 입장은 그저 화수분 일가의 비극을 담담하게 제시함으로써 하층민들에 대한 위로를 전하고 있다는 점을 기억하자.

사랑손님과 어머니

#제발 우리를 그냥 사랑하게 해 주세요

나는 금년 여섯 살 난 처녀애입니다. 내 이름은 박옥희이고요. 우리 집 식구라고는 세상에서 제일 예쁜 우리 어머니와 단 두 식구뿐이랍니다. 아차 큰일 났군, 외삼촌을 빼놓을 뻔했으니.

지금 중학교에 다니는 외삼촌은 어디를 그렇게 싸돌아다니는지 집에는 끼니 때 외에는 별로 붙어 있지를 않아, 어떤 때는 한 주일씩 가도 외삼촌 코빼기도 못 보는 때가 많으니까요, 깜빡 잊어버리기도 예사지요, 무얼.

우리 어머니는, 그야말로 세상에서 둘도 없이 곱게 생긴 우리 어머니는, 금년 나이 스물네 살인데 과부❶랍니다. 과부가 무엇인지 나는 잘 몰라도 하여튼 동리 사람들은 날더러 '과부 딸❷'이라고들 부르니까 우리 어머니가 과부인 줄을 알지요. 남들은 다 아버지가 있는데 나만은 아버지가 없지요. 아버지가 없다고 아마 '과부 딸'이라나 봐요.

외할머니 말씀을 들으면 우리 아버지는 내가 이 세상에 나오기 한 달 전에 돌아가셨대요. 우리 어머니하고 결혼한 지는 일 년 만이고요. 우리 아버지의 본집은 어디 멀리 있는데, 마침 이 동리 학교에 교사로 오게 되었기 때문에 결혼 후에도 우리 어머니는 시집으로 가지 않고 여기 이 집을 사고(바로 이 집은 우리 외할머니 댁 옆집이지요) 여기서 살다가 일 년이 못 되어 갑자기 돌아가셨대요. 내가 세상에 나오기도 전에 아버지는 돌아가셨다니까 나는 아버지 얼굴도 못 뵈었지요.

> ❶ → '과부'는 흔히 남편과 사별한 뒤 정절을 지키는 여성을 가리키는 말이야. 당시 남성 중심적인 사상이 고스란히 반영된 용어지.
> ❷ → '박옥희'라는 이름이 있는데도 '과부 딸'이라고 부르는 것은 봉건적 인습의 영향을 받고 있다는 사실을 의미한단다.

수능 만점 선생님

그러기에 아무리 생각해 보아도 아버지 생각은 안 나요. 아버지 사진이라는 사진은 나두 한두 번 보았지요. 참말로 훌륭한 얼굴이야요. 아버지가 살아 계시다면 참말로 이 세상에서 제일가는 잘난 아버지일 거야요. 그런 아버지를 보지도 못한 것은 참으로 분한 일이야요. 그 사진도 본 지가 퍽 오래되었는데, 이전에는 그 사진을 늘 어머니 책상 위에 놓아두시더니 외할머니가 오시면 오실 때마다 그 사진을 치우라고 늘 말씀하셨는데, 지금은 그 사진이 어디 있는지 없어졌어요. 언젠가 한번 어머니가 나 없는 동안에 몰래 장롱 속에서 무엇을 꺼내 보시다가 내가 들어오니까 얼른 장롱 속에 감추는 것을 내가 보았는데, 그것이 아마 아버지 사진인 것 같았어요.❸

아버지가 돌아가시기 전에 우리가 먹고살 것을 남겨 놓고 가셨대요. 작년 여름에, 아니로군, 가을이 다 되어서군요. 하루는 어머니를 따라서 저 여기서 한 십 리나 가서 조그만 산이 있는 데를 가서 거기서 밤도 따 먹고 또 그 산 밑에 초가집에 가서 닭고깃국을 먹고 왔는데, 거기 있는 땅이 우리 땅이래요. 거기서 나는 추수로 밥이나 굶지 않게 된다고요. 그래도 반찬 사고 과자 사고 할 돈은 없대요. 그래서 어머니가 다른 사람의 바느질을 맡아서 해 주지요. 바느질을 해서 돈을 벌어서 그걸로 청어도 사고 달걀도 사고 또 내가 먹을 사탕도 사고 한다고요.

그리고 우리 집 정말 식구는 어머니와 나와 단둘뿐인데, 아버님이 계시던 사랑방이 비어 있으니까 그 방도 쓸 겸 또 어머니의 잔심부름도 좀 해 줄 겸 해서 우리 외삼촌이 사랑방에 와 있게 되었대요.

금년 봄에는 나를 유치원에 보내 준다고 해서 나는 너무나 좋아서 동무 아이들한테 실컷 자랑을 하고 나서 집으로 돌아오노라니까, 사랑에서 큰외삼촌이(우리 집 사랑에 와 있는 외삼촌의 형님 말이야요) 웬 낯선 사람 하나와 앉아서 이야기를 하고 있었습니다. 큰외삼촌이 나를 보더니 "옥희야." 하고 부르겠지요.

"옥희야, 이리 온. 와서 이 아저씨께 인사드려라."

나는 어째 부끄러워서 비슬비슬하니까, 그 낯선 손님이,

"아, 그 애기 참 곱다. 자네 조카딸인가?"

하고 큰외삼촌더러 묻겠지요. 그러니까 큰외삼촌은,

"응, 내 누이의 딸…… 경선 군의 유복녀(遺腹女, 태어나기 전에 아버지를 여읜 딸) 외딸일세."

❸ ➜ 어머니가 아직도 아버지를 잊지 못하고 있다는 것을 간접적으로 보여 주는 대목이야.

내신 준비!

수능 만점 선생님

하고 대답합니다.

"옥희야, 이리 온, 응! 그 눈은 꼭 아버지를 닮았네그려."

하고 낯선 손님이 말합니다.

"자, 옥희야, 커단(커다란) 처녀가 왜 저 모양이야. 어서 와서 이 아저씨께 인사해라. 너의 아버지의 옛날 친구신데 오늘부터 이 사랑에 계실 텐데 인사 여쭙고 친해 두어야지."

나는 이 낯선 손님이 사랑방에 계시게 된다는 말을 듣고 갑자기 즐거워졌습니다.❶ 그래서 그 아저씨 앞에 가서 사붓이(소리가 거의 나지 않을 정도로 발을 가볍게 얼른 내딛는 모양) 절을 하고는 그만 안마당으로 뛰어 들어왔지요. 그 낯선 아저씨와 큰외삼촌은 소리를 내서 크게 웃더군요.

나는 안방으로 들어오는 나름으로 어머니를 붙들고,

"엄마, 사랑방에 큰삼촌이 아저씨를 하나 데리구 왔는데에, 그 아저씨가아, 이제 사랑에 있는대."

하고 법석을 하니까,

"응, 그래."

하고 어머니는 벌써 안다는 듯이 대수롭잖게 대답을 하더군요. 그래서 나는,

"언제부텀 와 있나?"

하고 물으니까,

"오늘부텀."

"에구 좋아."

하고 내가 손뼉을 치니까 어머니는 내 손을 꼭 붙잡으면서,

"왜 이리 수선이야."

"그럼 작은외삼촌은 어디루 가나?"

"외삼촌두 사랑에 계시지."

"그럼 둘이 있나?"

"응."

"한방에 둘이 있어?"

"왜, 장지문(방과 방 사이에 가려 막은 미닫이같이 생긴 문) 달구 외삼촌은 아랫방에 계시구 그 아

❹→ 옥희의 심리가 부끄러움에서 즐거움으로 바뀌었어. 낯선 손님에게 호감을 느낀 거지.

집중!

수능 만점 선생님

저씨는 윗방에 계시구, 그러지."

나는 그 아저씨가 어떤 사람인지는 몰랐으나 첫날부터 내게는 퍽 고맙게 굴고 나도 그 아저씨가 꼭 마음에 들었어요. 어른들이 저희끼리 말하는 것을 들으니까 그 아저씨는 돌아가신 우리 아버지와 어렸을 적 친구라고요. 어디 먼 데 가서 공부를 하다가 요새 돌아왔는데, 우리 동리 학교 교사로 오게 되었대요. 또 우리 큰외삼촌과도 동무인데, 이 동리에는 하숙도 별로 깨끗한 곳이 없고 해서 우리 사랑으로 와 계시게 되었다고요. 또 우리도 그 아저씨한테서 밥값을 받으면 살림에 보탬도 좀 되고 한다고요.

그 아저씨는 그림책들을 얼마든지 가지고 있어요. <mark>내가 사랑방으로 나가면 그 아저씨는 나를 무릎에 앉히고 그림책들을 보여 줍니다. 또 가끔 과자도 주고요.</mark>❺

어느 날은 점심을 먹고 이내 살그머니 사랑에 나가 보니까 아저씨는 그때에야 점심을 잡수셔요. 그래 가만히 앉아서 점심 잡숫는 걸 구경하고 있노라니까, 아저씨가,

"옥희는 어떤 반찬을 제일 좋아하누?"

하고 묻겠지요. 그래 삶은 달걀을 좋아한다고 했더니, 마침 상에 놓인 삶은 달걀을 한 알 집어 주면서 나더러 먹으라고 합니다. 나는 그 달걀을 벗겨 먹으면서,

"아저씨는 무슨 반찬이 제일 맛나우?"

하고 물으니까, 그는 한참이나 빙그레 웃고 있더니,

<mark>"나두 삶은 달걀."</mark>❻

하겠지요. 나는 좋아서 손뼉을 짤깍짤깍 치고,

"아, 나와 같네. 그럼, 가서 어머니한테 알려야지."

하면서 일어서니까, 아저씨가 꼭 붙들면서,

"그러지 말어."

그러시겠지요. <mark>그래도 나는 한번 맘을 먹은 다음엔 꼭 그대로 하고야 마는 성미지요.</mark>❼ 그래 안마당으로 뛰쳐 들어가면서,

"엄마, 엄마, 사랑 아저씨두 나처럼 삶은 달걀을 제일 좋아한대."

하고 소리를 질렀지요.

---

❺ ➡ 아저씨는 옥희에게 잘해 주면서 어머니의 호감을 얻으려 하고 있어.
❻ ➡ '달걀'은 아저씨와 옥희의 공감대를 형성하는 소재이자, 아저씨에 대한 어머니의 관심과 배려를 나타내기도 해.
❼ ➡ 옥희의 성격이 직접적으로 제시된 부분이지.

수능 만점 선생님

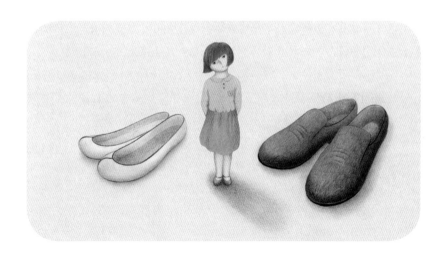

"떠들지 말어."

하고 어머니는 눈을 흘기십니다.

그러나 사랑 아저씨가 달걀을 좋아하는 것이 내게는 썩 좋게 되었어요. 그것은 그다음부터는 어머니가 달걀을 많이씩 사게 되었으니까요. 달걀 장수 노파가 오면 한꺼번에 열 알도 사고 스무 알도 사고 그래선 두고두고 삶아서 아저씨 상에도 놓고 또 으레 나도 한 알씩 주고 그래요. 그뿐만 아니라 아저씨한테 놀러 나가면 가끔 아저씨가 책상 서랍 속에서 달걀을 한두 알 꺼내서 먹으라고 주지요. 그래 그담부터는 나는 아주 실컷 달걀을 많이 먹었어요.

나는 아저씨가 아주 좋았어요마는, 외삼촌은 가끔 툴툴하는 때가 있었어요. 아마 아저씨가 마음에 안 드나 봐요. 아니, 그것보다도 아저씨 잔심부름을 꼭 외삼촌이 하게 되니까 그것이 싫어서 그러나 봐요. 한번은 어머니와 외삼촌이 말다툼하는 것까지 내가 들었어요. 어머니가,

"야, 또 어디 나가지 말구 사랑에 있다가 선생님 들어오시거든 상 내 가야지."

하고 말씀하시니까, 외삼촌은 얼굴을 찡그리면서,

"제길, 남 어디 좀 볼일이 있는 날은 으레 끼니때에 안 들어오고 늦어지니……."

하고 툴툴하겠지요. 그러니까 어머니는,

"그러니 어짜갔니? 너밖에 사랑 출입할 사람이 어디 있니?"

"누님이 좀 상 들구 나가구려. 요새 세상에 내외합니까!"[6]

어머니는 갑자기 얼굴이 발개지시고 아무 대답도 없이 그냥 외삼촌을 향하여 눈을 흘기셨습니다. 그러니까 외삼촌은 흥흥 웃으면서 사랑으로 나갔지요.

나는 유치원에 가서 창가도 배우고 댄스도 배우고 하였습니다. 유치원 여자 선생님이 풍금을 아주 썩 잘 타요. 그런데 우리 유치원에 있는 풍금은 우리 예배 당에 있는 풍금과는 아주 다른데, 퍽 조그마한 것이지마는 소리는 썩 좋아요. 그 런데 우리 집 윗간에도 유치원 풍금과 꼭 같이 생긴 것이 놓여 있는 것이 갑자기 생각이 났어요. 그래 그날 나는 집으로 오는 길로 어머니를 끌고 윗간으로 가서,

"엄마, 이거 풍금 아니우?"

하고 물으니까, 어머니는 빙그레 웃으시면서,

"그렇단다. 그건 어찌 알았니?"

"우리 유치원에 있는 풍금이 이것과 꼭 같은데 무얼. 그럼 엄마두 풍금 탈 줄 아우?"

하고 나는 다시 물었습니다. 그것은 내가 이때껏 한 번도 어머니가 이 풍금 앞 에 앉은 것을 본 일이 없기 때문입니다.

어머니는 아무 대답도 아니하십니다.

"엄마, 이 풍금 좀 타 봐!"

하고 재촉하니까, 어머니 얼굴은 약간 흐려지면서,

"그 풍금은 너의 아버지가 날 사다 주신 거란다. 너의 아버지 돌아가신 후에는 그 풍금은 이때까지 뚜껑두 한 번 안 열어 보았다……."

이렇게 말씀하시는 어머니 얼굴을 보니까 금방 또 울음보가 터질 것만 같아 보여서 나는 그만,

"엄마, 나 사탕 주어."❾

하면서 아랫방으로 끌고 내려왔습니다.

아저씨가 사랑방에 와 계신 지 벌써 여러 밤을 잔 뒤입니다. 아마 한 달이나 되 었지요. 나는 거의 매일 아저씨 방에 놀러 갔습니다. 어머니는 나더러 그렇게 가

❽ ➡ 어머니는 남녀가 내외하는 것을 당연하게 여기는 봉건적 사고를 지녔어. 반면 외삼 촌의 사고방식은 개방적이면서 진보적이지.
❾ ➡ 재치 있으면서도 사려 깊은 옥희의 모습이 나타난 부분이야.

서 귀찮게 굴면 못쓴다고 가끔 꾸지람을 하시지만 정말인즉 나는 조금도 아저씨를 귀찮게 굴지는 않았습니다. 도리어 아저씨가 나를 귀찮게 굴었지요.

"옥희 눈은 아버지를 닮았다. 고 고운 코는 아마 어머니를 닮았지, 고 입하고! 응, 그러냐, 안 그러냐? 어머니도 옥희처럼 곱지, 응?"⑩

이렇게 여러 가지로 물을 적도 있었습니다. 그래서 나는,

"아저씨, 입때 우리 엄마 못 봤수?"

하고 물었더니, 아저씨는 잠잠합니다. 그래 나는,

"우리 엄마 보러 들어갈까?"

하면서 아저씨 소매를 잡아당겼더니, 아저씨는 펄쩍 뛰면서,

"아니, 아니, 안 돼. 난 지금 분주해서."

하면서 나를 잡아끌었습니다. 그러나 정말로는 무슨 그리 분주하지도 않은 모양이었어요.⑪ 그러기에 나더러 가란 말도 않고 그냥 나를 붙들고 앉아서 머리도 쓰다듬어 주고 뺨에 입도 맞추고 하면서,

"요 저고리 누가 해 주지? ……밤에 엄마하구 한자리에서 자니?"

하는 둥 쓸데없는 말을 자꾸만 물었지요.

그러나 웬일인지 나를 그렇게도 귀애^(貴愛, 귀엽게 여겨 사랑함) 해 주던 아저씨도 아랫방에 외삼촌이 들어오면 갑자기 태도가 달라지지요. 이것저것 묻지도 않고 나를 꼭 껴안지도 않고 점잖게 앉아서 그림책이나 보여 주고 그러지요. 아마 아저씨가 우리 외삼촌을 무서워하나 봐요.

하여튼 어머니는 나더러 너무 아저씨를 귀찮게 한다고, 어떤 때는 저녁 먹고 나서 나를 꼭 방 안에 가두어 두고 못 나가게 하는 때도 더러 있었습니다. 그러나 조금 있다가 어머니가 바느질에 정신이 팔리어서 골몰하고 있을 때 몰래 가만히 일어나서 나오지요. 그런 때에는 어머니는 내가 문 여는 소리를 듣고서야 퍼뜩 정신을 차려서 쫓아와 나를 붙들지요. 그러나 그런 때는 어머니는 골은 아니 내시고,

"이리 온, 이리 와서 머리 빗고……."

하고 끌어다가 머리를 다시 곱게 땋아 주시지요.

"머리를 곱게 땋고 가야지. 그렇게 되는 대루 하구 가문 아저씨가 숭보시지^{(흉보}

---

⑩ ➡ 아저씨는 옥희 어머니에게 지속적인 관심을 보이고 있어.

⑪ ➡ 아저씨는 자신의 마음을 제대로 표현하지 못하는 소극적인 성격임을 알 수 있어.

집중!

수능 만점 선생님

시지) 않니?"

하시면서, 또 어떤 때에는 머리를 다 땋아 주시고는,

"응, 저고리가 이게 무어냐?"

하시면서 새 저고리를 내어 주시는 때도 있었습니다.

어떤 토요일 오후였습니다. 아저씨는 나더러 뒷동산에 올라가자고 하셨습니다. 나는 너무나 좋아서 가자고 그러니까, 아저씨가,

"들어가서 어머니께 허락 맡고 온."

하십니다. 참 그렇습니다. 나는 뛰쳐 들어가서 어머니께 허락을 맡았습니다. 어머니는 내 얼굴을 다시 세수시켜 주고 머리도 다시 땋고 그러고 나서는 나를 아스러지도록 한번 몹시 껴안았다가 놓아주었습니다.

"너무 오래 있지 말고, 응."

하고 어머니는 크게 소리치셨습니다. 아마 사랑 아저씨도 그 소리를 들었을 거야요.

뒷동산에 올라가서는 정거장을 한참 내려다보았으나 기차는 안 지나갔습니다. 나는 풀잎을 쭉쭉 뽑아 보기도 하고 땅에 누운 아저씨의 다리를 꼬집어 보기도 하면서 놀았습니다. 한참 후에 아저씨 손목을 잡고 내려오는데 유치원 동무들을 만났습니다.

"옥희가 아빠하구 어디 갔다 온다, 응."

하고 한 동무가 말하였습니다. 그 아이는 우리 아버지가 돌아가신 줄을 모르는 아이였습니다. 나는 얼굴이 빨개졌습니다. 그때 나는 얼마나 이 아저씨가 정말 우리 아버지였더라면 하고 생각했는지 모릅니다.

나는 정말로 한 번만이라도,

"아빠!"

하고 불러 보고 싶었습니다. 그리고 그날 그렇게 아저씨하고 손목을 잡고 골목골목을 지나오는 것이 어찌도 재미가 좋았는지요.

나는 대문까지 와서,

"난 아저씨가 우리 아빠래문 좋겠다."

하고 불쑥 말했습니다. 그랬더니 아저씨는 얼굴이 홍당무처럼 빨개져서 나를 몹시 흔들면서,

"그런 소리 하문 못써."

하고 말하는데 그 목소리가 몹시 떨렸습니다.⑫ 나는 아저씨가 몹시 성이 난 것

처럼 보여서 아무 말도 못 하고 안으로 뛰어 들어갔습니다. 어머니가,

"어디까지 갔던?"

하고 나와 안으며 묻는데, 나는 대답도 못 하고 그만 훌쩍훌쩍 울었습니다. 어머니는 놀라서,

"옥희야, 왜 그러니? 응?"

하고 자꾸만 물었으나 나는 아무 대답도 못 하고 울기만 했습니다.

이튿날은 일요일인 고로 나는 어머니와 함께 예배당에를 가려고 차리고 나서 어머니가 옷을 갈아입는 동안 잠깐 사랑에를 나가 보았습니다. '아저씨가 아직 노 성이 났나?' 하고 가만히 방 안을 들여다보았더니 책상에 앉아서 무엇을 쓰고 있던 아저씨가 내다보면서 빙그레 웃었습니다. 그 웃음을 보고 나는 마음을 놓았습니다. 아저씨가 지금은 성이 풀린 것이 확실하니까요. 아저씨는 나를 이리 보고 저리 보고 훑어보더니,

"옥희 오늘 어디 가노? 저렇게 곱게 채리구."

하고 물었습니다.

"엄마하고 예배당에 가."

"예배당에?"

하고 나서 아저씨는 잠시 나를 멍하니 바라다보더니,

"어느 예배당에?"

하고 물었습니다.

"요 앞에 예배당에 가지 뭐."

"응? 요 앞이라니?"

이때 안에서,

"옥희야."

하고 부드럽게 부르는 어머니 목소리가 들리었습니다. 나는 얼른 안으로 뛰어 들어오면서 돌아다보니까, 아저씨는 또 얼굴이 빨갛게 성이 났겠지요. 내 원, 참으로 무슨 일로 요새는 아저씨가 그렇게 성을 잘 내는지 알 수 없었습니다.

예배당에 가서 찬미하고 기도하다가 기도하는 중간에 갑자기 나는,

⑫ ➡ 아저씨도 자신이 옥희의 아빠가 되었으면 하는 마음이 크다는 걸 간접적으로 알 수 있어.

'혹시 아저씨두 예배당에 오지 않았나?' 하는 생각이 나서 눈을 뜨고 고개를 들어 남자 석을 바라다보았습니다.[13] 그랬더니 하, 바로 거기에 아저씨가 와 앉아 있겠지요. 그런데 아저씨는 어른이면서도 눈 감고 기도하지 않고 우리 아이들처럼 눈을 번히 뜨고 여기저기 두리번두리번 바라봅니다. 나는 얼른 아저씨를 알아보았는데 아저씨는 나를 못 알아보았는지 내가 방그레 웃어 보여도 웃지도 않고 멀거니 보고만 있겠지요. 그래 나는 손을 흔들었지요. 그러니까 아저씨는 얼른 고개를 숙이고 말더군요. 그때에 어머니가 내가 팔 흔드는 것을 깨닫고 두 손으로 나를 붙들고 끌어당기더군요. 나는 어머니 귀에다 입을 대고,

"저기 아저씨두 왔어."

하고 속삭이니까 어머니는 흠칫하면서 내 입을 손으로 막고 막 끌어 잡아다가 앞에 앉히고 고개를 누르더군요. 보니까 어머니가 또 얼굴이 홍당무처럼 빨개졌군요.

그날 예배는 아주 젬병(형편없는 것을 속되게 이르는 말)이었어요. 웬일인지 예배가 다 끝날 때까지 어머니는 성이 나서 강대만 향하여 앞으로 바라보고 앉았고, 이전 모양으로 가끔 나를 내려다보고 웃는 일이 없었어요. 그리고 아저씨를 보려고 남자 석을 바라다보아도 아저씨도 한 번도 바라다보아 주지도 않고 성이 나서 앉아 있고, 어머니는 나를 보지도 않고 공연히 꽉꽉 잡아당기지요. 왜 모두들 그리 성이 났는지! 나는 그만 으아 하고 한번 울고 싶었어요. 그러나 바로 멀지 않은 곳에 우리 유치원 선생님이 앉아 있는 고로 울고 싶은 것을 아주 억지로 참았답니다.

내가 유치원에 입학한 후 처음 얼마 동안은 유치원에 갈 때나 올 때나 외삼촌이 바래다주었습니다. 그러나 여러 밤을 자고 난 뒤에는 나 혼자서도 넉넉히 다니게 되었어요. 그러나 언제나 내가 유치원에서 돌아오는 때면 어머니가 옆 대문(우리 집에는 대문이 사랑 대문과 옆 대문 둘이 있어서 어머니는 늘 이 옆 대문으로만 출입하시는 것이었습니다.[14]) 밖에 기다리고 섰다가 내가 달음질쳐 가면, 안고 집 안으로 들어가곤 하는 것이었습니다.

그런데 하루는 어쩐 일인지 어머니가 대문간에 보이지를 않겠지요. 어떻게도

[13] 당시 조선 사회에 기독교가 들어와 있었음을 알 수 있어.
[14] 당시는 가치관이 변해 가는 과도기였지만, 아직 봉건적 가치관이 많이 남아 있었어. 그래서 남녀가 내외하는 경우도 많았지.

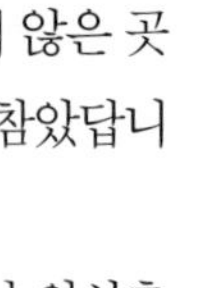

화가 나던지요. 물론 머릿속으로는, '아마 외할머니 댁에 가셨나 부다.' 하고 생각 했지마는 하여튼 내가 돌아왔는데 문간에서 기다리지 않고 집을 떠났다는 것이 몹시 나쁘게 생각되더군요. 그래서 속으로, '오늘 엄마를 좀 골려야겠다.' 하고 생 각하고 있는데, 옆 대문 밖에서,

"아이고, 얘가 원 벌써 왔나?"

하고 어머니 목소리가 들리더군요. 그 순간 나는 얼른 신을 벗어 들고 안방으 로 뛰어 들어가서 벽장문을 열고 그 속에 들어가서 숨어 버렸습니다.

"옥희야, 옥희 너, 여태 안 왔니?"

하는 어머니 목소리가 바로 뜰에서 나더니,

"여태 안 왔군."

하면서 밖으로 나가는 모양이었습니다. 나는 재미가 나서 혼자 흐흥흐흥 웃었 습니다.

한참을 있더니 집에서는 온통 야단이 났습니다. 어머니 목소리도 들리고 외할 머니 목소리도 들리고 외삼촌 목소리도 들리고!

"글쎄, 하루 종일 집이라군 안 떠났다가 옥희 유치원 파하구(끝나고) 오문 맥일 과 자가 없기에 어머님 댁에 잠깐 갔다 왔는데 고 동안에 이런 변이 생긴 걸……."

하는 것은 어머니 목소리.

"글쎄 유치원에서 벌써 이십 분 전에 떠났다는데 원 중간에서……."

하는 것은 외할머니 목소리.

"하여튼 내 나가서 돌아댕겨 볼웨다. 원 고것이 어델 갔담?"

하는 것은 외삼촌의 목소리.

이윽고 어머니의 울음소리가 가늘게 들렸습니다. 외할머니는 무어라고 중얼 중얼 이야기하는 모양이었습니다. '이젠 그만하고 나갈까?' 하고도 생각했으나, '지난 주일날 예배당에서 성냈던 앙갚음을 해야지.' 하는 생각이 나서 나는 그냥 벽장 안에 누워 있었습니다. 벽장 안은 답답하고 더웠습니다. 그래서 이윽고 부 지중(不知中, 알지 못하는 동안)에 나는 슬며시 잠이 들고 말았습니다.

얼마 동안이나 잤는지요? 이윽고 잠을 깨어 보니 아까 내가 벽장 안으로 들어 왔던 것은 잊어버리고 참 이상스러운 데에 내가 누워 있거든요. 어두컴컴하고 좁고 덥고……. 나는 갑자기 무서운 생각이 나서 엉엉 울기 시작했지요. 그러자 갑자기 어디 가까운 데서 어머니의 외마디 소리가 나더니 벽장문이 벌컥 열리고 어머니가 달려들어서 나를 안아 내렸습니다.

"요 망할 것아."

하면서 어머니는 내 엉덩이를 댓 번 때렸습니다. 나는 더욱더 소리를 내서 울었습니다.[15] 그때에는 어머니는 나를 끌어안고 어머니도 따라 울었습니다.

"옥희야, 옥희야, 응 인제 괜찮다. 엄마 여기 있지 않니, 응, 울지 마라, 옥희야. 엄마는 옥희 하나문 그뿐이다. 옥희 하나만 바라구 산다. 난 너 하나문 그뿐이야. 세상 다 일이 없다. 옥희만 있으면 바라고 산다. 옥희야 응, 울지 마라. 응, 울지 마라."

이렇게 어머니는 나더러 자꾸 울지 말라고 하면서도 어머니는 그치지 않고 그냥 자꾸자꾸 울었습니다. 외할머니는,

"원 고것이 도깨비가 들렸단 말인가, 벽장 속엔 왜 숨는담."

하고 앉아 있고, 외삼촌은,

"에, 재수, 메유(중국어로 '없다[沒有]'를 뜻하는 말)다."

하면서 밖으로 나갔습니다.

이튿날 유치원을 파하고 집으로 오게 된 때 나는 갑자기 어제 벽장 속에 숨었다가 어머니를 몹시 울게 했던 생각이 나서 집으로 돌아가기가 어쩐지 부끄러워졌습니다. '오늘은 어머니를 좀 기쁘게 해 드려야 할 텐데…… 무얼 갖다 드리면 기뻐할까?' 하고 생각했습니다. 그러자 문득 유치원 안에 선생님 책상 위에 놓여 있던 꽃병 생각이 났습니다. 그 꽃병에는 나는 이름도 모르나 곱고 빨간 꽃이 꽂히어 있었습니다. 그 꽃은 개나리도 아니고 진달래도 아니었습니다. 그런 꽃은 나도 잘 알고 또 그런 꽃은 벌써 피었다가 져 버린 후였습니다. 무슨 서양 꽃이려니 하고 나는 생각하였습니다. 나는 우리 어머니가 꽃을 사랑하는 줄을 잘 압니다. 그래서 그 꽃을 갖다가 드리면 어머니가 몹시 기뻐하려니 하고 생각하였습니다.[16]

그래서 나는 도로 유치원 방 안으로 들어갔습니다. 마침 방 안에는 아무도 없었습니다. 선생님도 잠깐 어디를 가셨는지 보이지 않았습니다. 그래 나는 그 꽃을 두어 개 얼른 빼 들고 달음질쳐 나왔지요.

---

[15] ➡ 단순히 어머니를 골려 주려 했는데, 문제가 커진 것에 대한 미안함 때문에 더 크게 운 거야.

[16] ➡ 관찰자인 옥희가 어머니의 성격을 제시하고 있어.

내신 준비

수능 만점 선생님

집에 오니 어머니는 문간에서 기다리고 있다가 나를 안고 들어왔습니다.

"그 꽃은 어디서 났니? 퍽 곱구나."

하고 어머니가 말씀하셨습니다. 그러나 나는 갑자기 말문이 막혔습니다. '이걸 엄마 드릴라구 유치원서 가져왔어.' 하고 말하기가 어째 몹시 부끄러운 생각이 들었습니다. 그래 잠깐 망설이다가,

"응, 이 꽃! 저, 사랑 아저씨가 엄마 갖다 주라구 줘."[17]

하고 불쑥 말했습니다. 그런 거짓말이 어디서 그렇게 툭 튀어나왔는지 나도 모르지요.

꽃을 들고 냄새를 맡고 있던 어머니는 내 말이 끝나기가 무섭게 무엇에 몹시 놀란 사람처럼 화닥닥하였습니다. 그러고는 금시에 어머니 얼굴이 그 꽃보다도 더 빨갛게 되었습니다. 그 꽃을 든 어머니 손가락이 파르르 떠는 것을 나는 보았습니다. 어머니는 무슨 무서운 것을 생각하는 듯이 방 안을 휘 한번 둘러보시더니,

"옥희야, 그런 걸 받아 오문 안 돼."[18]

하고 말하는 목소리는 몹시 떨렸습니다. 나는 꽃을 그렇게도 좋아하는 어머니가 이 꽃을 받고 그처럼 성을 낼 줄은 참으로 뜻밖이었습니다.

어머니가 그렇게도 성을 내는 것을 보니까 그 꽃을 내가 가져왔다고 그러지 않고, 아저씨가 주더라고 거짓말을 한 것이 참 잘되었다고 나는 속으로 생각했습니다.

어머니가 성을 내는 까닭을 나는 모르지만 하여튼 성을 낼 바에는 내게 내는 것보다 아저씨에게 내는 것이 내게는 나았기 때문입니다. 한참 있더니 어머니는 나를 방안으로 데리고 들어와서,

"옥희야, 너 이 꽃 얘기 아무보구두(아무에게도) 하지 말아라, 응."

하고 타일러 주었습니다. 나는,

"응."

하고 대답하면서 고개를 여러 번 까닥까닥했습니다.

어머니가 그 꽃을 곧 내버릴 줄로 나는 생각했습니다마는 내버리지 않고 꽃병에 꽂아서 풍금 위에 놓아두었습니다.[19] 아마 퍽 여러 밤 자도록 그 꽃은 거기 놓

⑰ ➡ 어머니의 내적 갈등을 심화시키는 부분이지.

⑱ ➡ 어머니의 보수적인 성격을 짐작할 수 있는 부분이야.

여 있어서 마지막에는 시들었습니다. 꽃이 다 시들자 어머니는 가위로 그 대는 잘라내 버리고 꽃만은 찬송가 갈피에 곱게 끼워 두었습니다.

내가 어머니께 꽃을 갖다 주던 날 밤에 나는 또 사랑에 놀러 나가서 아저씨 무릎에 앉아서 그림책을 보고 있었습니다. 갑자기 아저씨 몸이 흠칫하였습니다. 그러고는 귀를 기울입니다. 나도 귀를 기울였습니다.

풍금 소리!

그 풍금 소리는 분명 안방에서 흘러나오는 것이었습니다.

"엄마가 풍금 타나 부다."

하고 나는 벌떡 일어나서 안으로 뛰어왔습니다. 안방에는 불을 켜지 않았었습니다. 그러나 그때는 음력으로 보름께나 되어서 달이 낮같이 밝은데 은빛 같은 흰 달빛이 방 한 절반 가득히 차 있었습니다. 나는 그 흰옷을 입은 어머니가 풍금 앞에 앉아서 고요히 풍금을 타는 것을 보았습니다.

나는 나이 지금 여섯 살밖에 안 되었지마는 하여튼 어머니가 풍금을 타시는 것을 보는 것은 오늘이 처음이었습니다. 어머니는 우리 유치원 선생님보다도 풍금을 더 잘 타시는 것이었습니다. 나는 어머니 곁으로 갔습니다마는 어머니는 내가 곁에 온 것도 깨닫지 못하는지 그냥 까딱 아니하고 앉아서 풍금을 탔습니다. 조금 있더니 어머니는 풍금 곡조에 맞추어서 노래를 부르기 시작하였습니다. 어머니의 목소리가 그렇게도 아름다운 것도 나는 이때까지 모르고 있었습니다. 어머니는 참으로 우리 유치원 선생님보다도 목소리가 훨씬 더 곱고 또 노래도 훨씬 더 잘 부르시는 것이었습니다. 나는 가만히 서서 어머니 노래를 들었습니다. 그 노래는 마치 은실을 타고 저 별나라에서 내려오는 노래처럼 아름다웠습니다. 그러나 얼마 오래지 않아 목소리는 약간 떨리기 시작하였습니다. 가늘게 떨리는 노랫소리, 그에 따라 풍금의 가는 소리도 바르르 떠는 듯했습니다. 노랫소리는 차차 가늘어지더니 마지막에는 사르르 없어져 버렸습니다. 풍금 소리도 사르르 없어졌습니다. 어머니는 고요히 풍금에서 일어나시더니 옆에 섰는 내 머리를 쓰다듬었습니다.

그다음 순간 어머니는 나를 안고 마루로 나오셨습니다. 어머니는 아무 말씀도 없이 그냥 나를 꼭꼭 껴안는 것이었습니다. 달빛을 함빡 받는 내 어머니 얼굴은

⑲ ➡ 아저씨에 대한 어머니의 진심을 엿볼 수 있는 대목이야.

몹시도 새하얗다고 생각되었습니다. 우리 어머니는 참으로 천사 같다고 생각하였습니다.

우리 어머니의 새하얀 두 뺨 위로 쉴 새 없이 두 줄기 눈물이 줄줄 흘러내리고 있는 것을 나는 보았습니다.[20] 그것을 보니 나도 갑자기 울고 싶어졌습니다.

"어머니, 왜 울어?"

하고 나도 훌쩍거리면서 물었습니다.

"옥희야."

"응?"

한참 동안 어머니는 아무 말씀도 없었습니다. 그러나 한참 후에,

"옥희야, 난 너 하나문 그뿐이다."

"엄마."

어머니는 다시 대답이 없으셨습니다.

하루는 밤에 아저씨 방에서 놀다가 졸려서 안방으로 들어오려고 일어서니까 아저씨가 하얀 봉투를 서랍에서 꺼내어 내게 주었습니다.

"옥희, 이거 갖다가 엄마 드리고 지나간 달 밥값이라구, 응."

나는 그 봉투를 갖다가 어머니에게 드렸습니다. 어머니는 그 봉투를 받아 들자 갑자기 얼굴이 파랗게 질렸습니다. 그 전날 달밤에 마루에 앉았을 때보다도 더 새하얗다고 생각되었습니다. 어머니는 그 봉투를 들고 어쩔 줄을 모르는 듯이 초조한 빛이 나타났습니다. 나는,

"그거 지나간 달 밥값이래."

하고 말을 하니까 어머니는 갑자기 잠자다 깨나는 사람처럼 "응?" 하고 놀라더니 또 금시에 백지장같이 새하얗던 얼굴이 발갛게 물들었습니다. 봉투 속으로 들어갔던 어머니의 파들파들 떨리는 손가락이 지전을 몇 장 끌고 나왔습니다. 어머니는 입술에 약간 웃음을 띠면서 후 하고 한숨을 내쉬었습니다. 그러나 그것도 잠깐, 다시 어머니는 무엇에 놀랐는지 흠칫하더니 금시에 얼굴이 다시 새하얘지고 입술이 바르르 떨렸습니다.[21] 어머니의 손을 바라다보니 거기에는 지전 몇 장 외에 네모로 접은 하얀 종이가 한 장 잡혀 있는 것이었습니다.

집중!

[20] 어머니는 남편을 그리워하면서 심하게 내적 갈등을 겪고 있지.
[21] 반전적 요소와 인물의 행동 묘사를 통해 독자에게 긴장감을 전달하고 있어.

수능 만점 선생님

어머니는 한참을 망설이는 모양이었습니다. 그러더니 무슨 결심을 한 듯이 입술을 악물고 그 종이를 차근차근 펴들고 그 안에 쓰인 글을 읽었습니다. 나는 그 안에 무슨 글이 씌어 있는지 알 도리가 없었으나 어머니는 그 글을 읽으면서 금시에 얼굴이 파랬다 발갰다 하고 그 종이를 든 손은 이제는 바들바들이 아니라 와들와들 떨리어서 그 종이가 부석부석 소리를 내게 되었습니다.

한참 후에 어머니는 그 종이를 아까 모양으로 네모지게 접어서 돈과 함께 봉투에 도로 넣어 반짇고리에 던졌습니다. 그리고는 정신 나간 사람처럼 멀거니 앉아서 전등만 쳐다보는데 어머니 가슴이 불룩불룩합니다. 나는 어머니가 혹시 병이나 나지 않았나 하고 염려가 되어서 얼른 가서 무릎에 안기면서,^㉒

"엄마, 잘까?"

하고 말했습니다.

엄마는 내 뺨에 입을 맞추어 주었습니다. 그런데 어머니의 입술이 어쩌면 그리도 뜨거운지요. 마치 불에 달군 돌이 볼에 와 닿는 것 같았습니다.

한잠을 자고 나서 잠이 채 깨지는 않았으나 어렴풋한 정신으로 옆을 쓸어 보니 어머니가 없었습니다. 가끔가다가 나는 그런 버릇이 있어요. 어렴풋한 정신으로 옆을 쓸면 어머니의 보드라운 살이 만져지지요. 그러면 다시 나는 잠이 들어 버리곤 하는 것이었습니다.

어머니가 자리에 없다는 것을 알게 되자 나는 갑자기 무서워졌습니다. 그래서 잠은 다 달아나고 눈을 번쩍 뜨고 고개를 돌려 살펴보았습니다. 방 안에는 불은 안 켰지만 어슴푸레하게 밝습니다. 뜰로 하나 가득한 달빛이 방 안에까지 희미한 밝음을 던져 주는 것이었습니다. 윗목을 보니 우리 아버지의 옷을 넣어 두고 가끔 어머니가 꺼내서 쓸어 보시는 그 장롱 문이 열려 있고, 그 아래 방바닥에는 흰옷이 한 무더기 널려 있습니다. 그리고 그 옆에는 장롱을 반쯤 기대고 자리옷^(잠옷)만 입은 어머니가 주춤하고 앉아서 고개를 위로 쳐들고 눈은 감고 무엇이라고 입술로 소곤소곤 외고 있는 것이 보였습니다.^㉓ 아마 기도를 하나 보다 하고 나는 생각했습니다. 나는 자리에서 일어나 기어가서 어머니 무릎을 뻐개고^(벌리고) 기어 들어갔습니다.

㉒ ➡ 작가가 서술자를 어린아이로 설정한 의도가 잘 드러난 부분이야. 어린아이가 이해하지 못하는 부분을 독자가 상상하게 만들지.

㉓ ➡ 남편에 대한 그리움과 갈등의 심화를 보여 주는 부분이야.

내신 준비!

수능 만점 선생님

"엄마, 무얼 해?"

어머니는 소곤거리기를 그치고 눈을 떠서 나를 한참이나 물끄러미 들여다보십니다.

"옥희야."

"응?"

"가서 자자."

"엄마두 같이 자."

"응, 그래 엄마두 같이 자."

그 목소리가 어째 싸늘하다고 내게 생각되었습니다.

어머니는 돌아가신 아버지의 옷들을 한 가지씩 들고는 가만히 손바닥으로 쓸어 보고는 장롱 안에 넣었습니다. 하나씩 하나씩 쓸어 보고는 장롱에 넣곤 하여 그 옷을 다 넣은 때 장롱 문을 닫고 쇠를 채우고 그러고 나서 나를 안고 자리로 돌아왔습니다.

"엄마, 우리 기도하고 자?"

하고 나는 물었습니다. 어머니는 나를 밤마다 재워 줄 때마다 반드시 기도를 하는 것이었습니다. 내가 할 줄 아는 기도는 주기도문뿐이었습니다. 그 뜻은 하나도 모르지만 어머니를 따라서 자꾸자꾸 해 보아서 지금에는 나도 주기도문을 잘 외웁니다. *그런데 웬일인지 어젯밤 잘 때에는 어머니가 기도할 것을 잊어버리고 그냥 잤던 것*[24]이 지금 생각이 났기 때문에 나는 그렇게 물었던 것입니다. 어젯밤 자리에 들 때 내가,

"기도할까?"

하고 말하고 싶었으나 어머니가 너무도 슬픈 빛을 띠고 있는 고로 그만 나도 가만히 아무 소리 없이 잠이 들고 말았던 것입니다.

"응, 기도하자."

하고 어머니가 고요히 대답했습니다.

"엄마가 기도해."

하고 나는 갑자기 어머니의 기도하는 보드라운 음성이 듣고 싶어져서 말했습니다.

② → 일상에서 꼭 해야 할 일을 놓쳤다는 것은 그만큼 어머니가 다른 고민을 크게 하고 있다는 사실을 의미해.

"하늘에 계신 우리 아버지시여."

어머니는 고요히 기도를 시작하였습니다.

"이름을 거룩하게 하옵시며 나라에 임하옵시며 뜻이 하늘에서 이루어진 것처럼 땅에서도 이루어지이다. 오늘날 우리에게 일용할 양식을 주옵시고 우리가 우리에게 죄지은 자를 용서하여 준 것처럼 우리 죄를 사하여 주옵시고, 우리를 시험에 들지 말게 하옵시고…… 우리를 시험에 들지 말게 하옵시고…… 시험에 들지 말게…… 시험에 들지 말게……."

이렇게 어머니는 자꾸 되풀이하였습니다. 나도 지금은 막히지 않고 줄줄 외는 주기도문을 글쎄 어머니가 막히다니 참으로 우스운 일이었습니다.[25]

"시험에 들지 말게…… 시험에 들지 말게……."

하고 자꾸만 되풀이하는 것을 나는 참다못해서,

"엄마, 내 마저 할게."

하고,

"다만 악에서 구하옵소서. 대개 나라와 권세와 영광이 아버지께 영원히 있사옵나이다."

하고 내가 끝을 마쳤습니다. 어머니는 한참이나 가만있다가 오랜 후에야 겨우,

"아멘."

하고 속삭이었습니다.

요새 와서 어머니의 하는 일이란 참으로 알 수가 없는 노릇입니다. 어떤 때는 어머니도 퍽 유쾌하셨습니다. 밤에 때로는 풍금도 타고 또 때로는 찬송가도 부르고 그러실 때에는 나는 너무도 좋아서 가만히 어머니 옆에 앉아서 듣습니다. 그러나 가끔가끔 그 독창은 소리 없는 울음으로 끝을 맺는 때가 많은데, 그런 때면 나도 따라서 울었습니다. 그러면 어머니는 나를 안고 내 얼굴에 돌아가면서 무수히 입을 맞추어 주면서,

"엄마는 옥희 하나문 그뿐이야, 응, 그렇지……."

하시면서 언제까지나 언제까지나 우시는 것이었습니다.

내신 준비!!

25 ➔ 어머니가 심리적으로 불안해하고 있음을 드러내는 부분이야.

수능 만점 선생님

어떤 일요일 날, 그렇지요, 그것은 유치원 방학하고 난 그 이튿날이었어요. 그날 어머니는 갑자기 머리가 아프시다고 예배당에를 그만두었습니다. 사랑에서는 아저씨도 어디 나가고 외삼촌도 나가고 집에는 어머니와 나와 단둘이 있었는데, 머리가 아프다고 누워 계시던 어머니가 갑자기 나를 부르시더니,

"옥희야, 너 아빠가 보고 싶니?"

하고 물으십니다.

"응, 우리두 아빠 하나 있으문."

하고 나는 혀를 까불고 어리광을 좀 부려 가면서 대답을 했습니다. 한참 동안을 어머니는 아무 말씀도 아니하시고 천장만 바라다보시더니,

"옥희야, 옥희 아버지는 옥희가 세상에 나오기도 전에 돌아가셨단다. 옥희두 아빠가 없는 건 아니지. 그저 일찍 돌아가셨지. 옥희가 이제 아버지를 새로 또 가지면 세상이 욕을 한단다. 옥희는 아직 철이 없어서 모르지만 세상이 욕을 한단다. 사람들이 욕을 해. 옥희 어머니는 화냥년이다 이러구 세상이 욕을 해. 옥희 아버지는 죽었는데 옥희는 아버지가 또 하나 생겼대, 참 망측두 하지, 이러구 세상이 욕을 한단다. 그리되문 옥희는 언제나 손가락질 받구. 옥희는 커두 시집두 훌륭한 데 못 가구. 옥희가 공부를 해서 훌륭하게 돼두, 에 그까짓 화냥년의 딸, 이러구 남들이 욕을 한단다."

이렇게 어머니는 혼잣말하시듯 드문드문 말씀하셨습니다. 그러고는 한참 있더니,

"옥희야."

하고 또 부르십니다.

"응?"

"옥희는 언제나, 언제나 내 곁을 안 떠나지. 옥희는 언제나, 언제나 엄마하구 같이 살지. 옥희는 엄마가 늙어서 꼬부랑 할미가 되어두 그래두 옥희는 엄마하구 같이 살지. 옥희가 유치원 졸업하구, 또 소학교 졸업하구, 또 중학교 졸업하구, 또 대학교 졸업하구, 옥희가 조선서 제일 훌륭한 사람이 돼두 그래두 옥희는 엄마하구 같이 살지. 응! 옥희는 엄마를 얼만큼 사랑하나?"

㉖ → 어머니가 사랑을 포기하기로 결심한 원인이야. 남편에 대한 의리와 인습의 굴레에서 벗어나지 못한 것이지.

㉗ → 당시에는 여성의 재혼을 부정적으로 보는 시선이 많았어. 그래서 어머니는 자신의 재혼이 딸에게 악영향을 미칠 거라고 생각하지.

집중!
수능 만점 선생님

"이만큼."

하고 나는 두 팔을 짝 벌리어 보였습니다.

"응? 얼마만큼? 응! 그만큼! 언제나, 언제나 옥희는 엄마만 사랑하지. 그리구 공부두 잘하구, 그리구 훌륭한 사람이 되구……."

나는 어머니의 목소리가 떨리는 것으로 보아 어머니가 또 울까 봐 겁이 나서,

"엄마, 이만큼, 이만큼."

하면서 두 팔을 짝짝 벌리었습니다.

어머니는 울지 않으셨습니다.

"응, 그래, 옥희 엄마는 옥희 하나문 그뿐이야. 세상 다른 건 다 소용없어, 우리 옥희 하나문 그만이야.^⑳ 그렇지, 옥희야?"

"응!"

어머니는 나를 당기어서 꼭 껴안고 내 가슴이 막혀 들어올 때까지 자꾸만 껴 안아 주었습니다.

그날 밤 저녁밥 먹고 나니까 어머니는 나를 불러 앉히고 머리를 새로 빗겨 주 었습니다. 댕기도 새 댕기를 드려 주고, 바지, 저고리, 치마 모두 새것을 꺼내 입 혀 주었습니다.

"엄마, 어디 가?"

하고 물으니까,

"아니."

하고 웃음을 띠면서 대답합니다. 그러더니 풍금 옆에서 새로 다린 하얀 손수 건을 내리어 내 손에 쥐어 주면서,

"이 손수건, 저 사랑 아저씨 손수건인데, 이것 아저씨 갖다 드리구 와, 응. 오래 있지 말구 손수건만 갖다 드리구 이내 와, 응."

하고 말씀하셨습니다.

손수건을 들고 사랑으로 나가면서 나는 접어진 손수건 속에 무슨 발각발각하 는 종이가 들어 있는 것처럼 생각되었습니다마는 그것을 펴 보지 않고 그냥 갖 다가 아저씨에게 주었습니다.^㉙

㉘ ➡ 결국 어머니는 옥희를 위해 전통적 윤리에 순응하기로 결심하지.

㉙ ➡ 어머니가 아저씨에게 받은 편지의 답장을 이별의 상징인 '손수건' 안에 넣어서 전 달함을 알 수 있지.

내신 준비!

수능 만점 선생님

아저씨는 방에 누워 있다가 벌떡 일어나서 손수건을 받는데, 웬일인지 아저씨는 이전처럼 나보고 빙그레 웃지도 않고 얼굴이 몹시 파래졌습니다. 그러고는 입술을 질근질근 깨물면서 말 한마디 아니하고 그 수건을 받더군요.

나는 어째 이상한 기분이 들어서 아저씨 방에 들어가 앉지도 못하고 그냥 되돌아서 안방으로 도로 왔지요. 어머니는 풍금 앞에 앉아서 무엇을 그리 생각하는지 가만히 있더군요. 나는 풍금 옆으로 가서 가만히 그 옆에 앉아 있었습니다. 이윽고 어머니는 조용조용히 풍금을 타십니다. 무슨 곡조인지는 몰라도 어째 구슬프고 고즈넉한 곡조야요.

밤이 늦도록 어머니는 풍금을 타셨습니다. 그 구슬프고 고즈넉한 곡조를 계속하고 또 계속하면서……㉚

여러 밤을 자고 난 어떤 날 오후에 나는 오래간만에 아저씨 방엘 나가 보았더니 아저씨가 짐을 싸느라고 분주하겠지요. 내가 아저씨에게 손수건을 갖다 드린 다음부터는 웬일인지 아저씨가 나를 보아도 언제나 퍽 슬픈 사람, 무슨 근심이 있는 사람처럼 아무 말도 없이 나를 물끄러미 바라다만 보고 있는 고로 나도 그리 자주 놀러 나오지 않았던 것입니다.㉛ 그랬었는데 이렇게 갑자기 짐을 꾸리는 것을 보고 나는 놀랐습니다.

"아저씨, 어데 가우?"

"응, 멀리루 간다."

"언제?"

"오늘."

"기차 타구?"

"응, 기차 타구."

"갔다가 언제 또 오우?"

아저씨는 아무 대답도 없이 서랍에서 예쁜 인형을 하나 꺼내서 내게 주었습니다.

"옥희, 이것 가져, 응. 옥희는 아저씨 가구 나문 아저씨 이내 잊어버리구 말겠지!"

㉚ → 구슬프고 고즈넉한 곡조를 통해 어머니와 아저씨의 이별을 암시하고 있어.

㉛ → 편지의 내용을 짐작할 수 있게 하는 대목이지.

집중!

수능 만점 선생님

나는 갑자기 슬퍼졌습니다. 그래서,

"아니."

하고 얼른 대답하고 인형을 안고 안으로 들어왔습니다.

"엄마, 이것 봐. 아저씨가 이것 나 줬다우. 아저씨가 오늘 기차 타구 먼 데루 간대."

하고 내가 말했으나 어머니는 대답이 없으십니다.

"엄마, 아저씨 왜 가우?"

"학교 방학했으니깐 가지."

"어디루 가우?"

"아저씨 집으루 가지, 어디루 가."

"갔다가 또 오우?"

어머니는 대답이 없으십니다.

"난 아저씨 가는 거 나쁘다."

하고 입을 쫑긋했으나, 어머니는 그 말은 대답 않고,

"옥희야, 벽장에 가서 달걀 몇 알 남았나 보아라."

하고 말씀하셨습니다.

나는 깡충깡충[32] 방 안으로 들어갔습니다. 달걀은 여섯 알이 있었습니다.

"여스 알."

하고 나는 소리쳤습니다.

"응, 다 가지구 이리 나오너라."

어머니는 그 달걀 여섯 알을 다 삶았습니다. 그 삶은 달걀 여섯 알을 손수건에 싸 놓고 또 반지(半紙, 얇고 흰 일본 종이)에 소금을 조금 싸서 한 귀퉁이에 넣었습니다.

"옥희야, 너 이것 갖다 아저씨 드리구, 가시다가 찻간에서 잡수시랜다구, 응."

그날 오후에 아저씨가 떠나간 다음 나는 방에서 아저씨가 준 인형을 업고 자장자장 잠을 재우고 있었습니다. 어머니가 부엌에서 들어오시더니,

"옥희야, 우리 뒷동산에 바람이나 쐬러 올라갈까?"

하십니다.

"응, 가, 가."

---

[32] ▶ 원래 모음 중 'ㅏ, ㅗ'는 'ㅏ, ㅗ'끼리 'ㅓ, ㅜ'는 'ㅓ, ㅜ'끼리 조화를 이루지만, '깡충깡충'은 이러한 모음조화에서 예외란다.

하면서 나는 좋아 덤비었습니다.

잠깐 다녀올 터이니 집을 보고 있으라고 외삼촌에게 이르고 어머니는 내 손목을 잡고 나섰습니다.

"엄마, 나 저, 아저씨가 준 인형 가지고 가?"

"그럼."

나는 인형을 안고 어머니 손목을 잡고 뒷동산으로 올라갔습니다. 뒷동산에 올라가면 정거장이 빤히 내려다보입니다.

"엄마, 저 정거장 봐. 기차는 없군."

어머니는 아무 말씀도 없이 가만히 서 계십니다. 사르르 바람이 와서 어머니 모시 치맛자락을 산들산들 흔들어 주었습니다. 그렇게 산 위에 가만히 서 있는 어머니는 다른 때보다도 더한층 예쁘게 보였습니다.

저편 산모퉁이에서 기차가 나타났습니다.

"아, 저기 기차 온다."

하고 나는 좋아서 소리쳤습니다.

기차는 정거장에 잠시 머물더니 금시에 삑 하고 소리를 지르면서 움직였습니다.

"기차 떠난다."

하면서 나는 손뼉을 쳤습니다. 기차가 저편 산모퉁이 뒤로 사라질 때까지, 그리고 그 굴뚝에서 나는 연기가 하늘 위로 모두 흩어져 없어질 때까지, 어머니는 가만히 서서 그것을 바라다보았습니다.

뒷동산에서 내려오자 어머니는 방으로 들어가시더니 이때까지 뚜껑을 늘 열어 두었던 풍금 뚜껑을 닫으십니다. 그러고는 거기 쇠를 채우고 그 위에다가 이전 모양으로 반짇고리를 얹어 놓으십니다. 그러고는 그 옆에 있는 찬송가를 맥없이 들고 뒤적뒤적하시더니 빼빼 마른 꽃송이를 그 갈피에서 집어내시더니,

"옥희야, 이것 내다 버려라."[13]

하고 그 마른 꽃을 내게 주었습니다. 그 꽃은 내가 유치원에서 갖다가 어머니께 드렸던 그 꽃입니다. 그러자 옆 대문이 삐걱하더니,

"달걀 사소."

집중!

⑬ ➔ 어머니가 아저씨에 대한 마음을 완전히 정리했음을 알 수 있어.

수능 만점 선생님

하고 매일 오는 달걀 장수 노파가 달걀 광주리를 이고 들어왔습니다.

"인젠 우리 달걀 안 사요. 달걀 먹는 이가 없어요."

하시는 어머니 목소리는 맥이 한 푼어치도 없었습니다.

나는 어머니의 이 말씀에 놀라서 떼를 좀 써 보려 했으나 석양에 빤히 비치는 어머니 얼굴을 볼 때 그 용기가 없어지고 말았습니다. 그래서 아저씨가 주신 인형 귀에다가 내 입을 갖다 대고 가만히 속삭이었습니다.

"애, 우리 엄마가 거짓부리 썩 잘하누나. 내가 달걀 좋아하는 줄 잘 알문서 생 먹을 사람이 없대누나. 떼를 좀 쓰구 싶다만 저 우리 엄마 얼굴을 좀 봐라. 어쩌문 저리두 새파래졌을까? 아마 어디가 아픈가 보다."라고요.

정리해 볼까요(그룹 채팅)

● 작가에 대해서 알아볼까요?

킬링 포인트

주요섭 작가는 1902년 평양에서 태어났어. 1927년 상해 호강 대학 교육학과를 졸업하고, 미국 스탠포드 대학교 대학원에서 교육학 석사 과정을 이수했지. 귀국 후에는 〈신동아〉 주간을 맡았고, 〈코리안 타임스〉 주필, 국제 펜클럽 한국본부 위원장 등을 역임했단다.

주요섭 작가는 1921년 〈매일신보〉에 「깨어진 항아리」를 발표하며 등단했어. 그는 초기에 「인력거꾼」, 「살인」 등 신경향파에 속하는 '빈궁 문학'을 주로 썼어. 하층 계급의 생활상과 반항 의식을 소설 속에 담았지. 주요섭 작가는 1930년대부터 「사랑손님과 어머니」를 필두로 서정성이 짙은 작품을 발표하게 돼. 광복 후에는 「대학교수와 모리배」 등 당시의 세태를 풍자하는 소설을 발표하면서 왕성하게 작품 활동을 했단다.

읽음

아하! 그래서 「사랑손님과 어머니」에서도 우리 사회가 안고 있는 봉건적 제도의 잔재에 대해 우회적으로 표현한 것이군요.

👍100점

● 작품에 대해서 정리해 보죠!

킬링 포인트

작가 : 주요섭
갈래 : 현대 소설, 단편 소설
배경 : 시간적 – 1930년대 | 공간적 – 어느 시골 마을
시점 : 1인칭 관찰자 시점
주제 : 사랑과 봉건적 윤리관 사이에서 갈등하는 두 사람의 사랑과 이별
출전 : 〈조광〉(1935)

킬링 포인트

**무조건
알아야 해!**

이 소설은 1930년대 어느 시골 마을에 사는 여섯 살 소녀 옥희의 시선으로 어머니와 아저씨의 감정선을 잘 표현한 작품이란다. 옥희는 작가가 자신의 생각과 느낌을 효과적으로 전달하기 위해 만든 인물이자, 독자에게 이야기를 전달하는 역할을 하지. 어른들의 심리를 잘 이해하지 못한 상태에서 어른들의 행동을 관찰하는 것이 이 소설을 더욱 재미있게 만들고 있어.

아저씨는 옥희와 똑같이 달걀을 좋아한다면서 공감대를 형성해 어머니와 더욱 친밀한 관계를 맺으려고 해. 그는 흰 봉투를 통해 어머니에게 자신의 마음을 드러내지. 하지만 어머니는 자신의 판단이 추후 옥희에게 악영향을 미칠까 봐 고민해. 결국 두 사람은 안타까운 이별을 겪게 된단다.

읽음

아이의 시선으로 어머니와 아저씨의 사랑을 순수하고 아름답게 표현한 것에 주목해야겠어요.

👍100점

● 구조적 접근을 꼭 알아야 해요!

칼럼 포인트

발단: 어머니와 외삼촌이 사는 집에 아저씨가 하숙을 듦
'나'는 여섯 살 된 여자아이야. 홀로 된 어머니와 외삼촌과 함께 살고 있지. 어느 날, 큰외삼촌의 친구가 '나'의 집에 하숙하러 오게 돼.

전개: 아저씨가 어머니에게 호감을 보임
'나'는 아저씨와 금방 친해지게 돼. 아저씨는 '나'에게 어떤 반찬을 제일 좋아하느냐고 묻고 '나'는 삶은 달걀이라고 대답하지. '나'는 아저씨가 아빠였으면 좋겠다고 생각해.

위기: 어머니의 갈등이 심화됨
어느 날, '나'는 어머니를 위해 꽃 한 송이를 가져오게 돼. '나'는 아저씨가 이 꽃을 준 것이라고 거짓말하지. 그날 밤, 어머니는 꽃을 풍금 위에 두고는 풍금을 연주하며 눈물을 흘려.

절정: 아저씨가 사랑을 고백하지만 어머니는 거절함
어머니는 '나'를 통해 아저씨가 보낸 봉투를 보고는 당황해. 어머니는 '나'에게 손수건을 주며 아저씨에게 가져다주라고 말하지. 이를 본 아저씨의 얼굴은 파랗게 변해.

결말: 두 사람은 이별하고, 어머니는 마음을 정리함
며칠 후, 아저씨는 짐을 챙겨서 집을 떠나. 어머니는 '나'를 데리고 정거장이 보이는 언덕에 올라가 기차가 사라질 때까지 바라보지. 집으로 돌아온 어머니는 예전에 '나'가 준 꽃을 버리라고 말한단다.

OOPS!
읽음

두 사람의 사랑이 이루어지는 아름다운 결말을 바랐는데 안타깝네요. 봉건적인 시대가 아닌, 지금 시대에 태어났다면 두 사람의 사랑은 이루어졌을까요?

 100점

● 옥희의 뇌 구조를 알아볼까요?

1 이 작품의 서술자에 대한 설명으로 옳지 <u>않은</u> 것은?

① 여섯 살밖에 되지 않은 어린아이다.
② 아저씨에게 호감을 지니고 있다.
③ 친근한 말투로 내용을 전개하고 있다.
④ 어머니의 심리를 정확하게 독자에게 전달하고 있다.
⑤ 어머니와 아저씨의 행동을 관찰해 서술하고 있다.

2 다음 글에 나타난 어머니와 외삼촌의 가치관을 <u>바르게</u> 짝지은 것은?

> "야, 또 어디 나가지 말구 사랑에 있다가 선생님 들어오시거든 상 내 가야지."
> 하고 말씀하시니까, 외삼촌은 얼굴을 찡그리면서,
> "제길, 남 어디 좀 볼일이 있는 날은 으레 끼니때에 안 들어오고 늦어지니……."
> 하고 툴툴하겠지요. 그러니까 어머니는,
> "그러니 어쨌갔니? 너밖에 사랑 출입할 사람이 어디 있니?"
> "누님이 좀 상 들구 나가구려. 요새 세상에 내외합니까!"
> 어머니는 갑자기 얼굴이 발개지시고 아무 대답도 없이 그냥 외삼촌을 향하여 눈을 흘기셨습니다. 그러니까 외삼촌은 흥흥 웃으면서 사랑으로 나갔지요.

① 어머니는 보수적인 가치관을, 외삼촌은 전통적인 유교 사상을 가지고 있다.
② 어머니는 전통적인 가치관을, 외삼촌은 사회주의적인 가치관을 가지고 있다.
③ 어머니는 봉건적인 가치관을, 외삼촌은 개방적인 가치관을 가지고 있다.
④ 어머니는 진보적인 가치관을, 외삼촌은 자유분방한 사고방식을 가지고 있다.
⑤ 어머니는 혁신적인 가치관을, 외삼촌은 보수적인 가치관을 가지고 있다.

3 다음 중 인물의 성격 제시 방법이 <u>다른</u> 하나는?

① 어머니는 나를 끌어안고 어머니도 따라 울었습니다.
② 그 꽃을 든 어머니 손가락이 파르르 떠는 것을 나는 보았습니다.
③ 내가 돌아왔는데 문간에서 기다리지 않고 집을 떠났다는 것이 몹시 나쁘게 생각되더군요.
④ 꽃이 다 시들자 어머니는 가위로 그 대는 잘라 내 버리고 꽃 많은 찬송가 갈피에 곱게 끼워 두었습니다.
⑤ 우리 어머니의 새하얀 두 뺨 위로 쉴 새 없이 두 줄기 눈물이 줄줄 흘러내리고 있는 것을 나는 보았습니다.

4 다음은 이 작품의 본문 중 일부다. 그 내용에 대한 해설로 옳지 <u>않은</u> 것은?

본문 내용	해설
① 나는 얼른 안으로 뛰어 들어오면서 돌아다보니까, 아저씨는 또 얼굴이 빨갛게 성이 났겠지요.	옥희가 이야기하다 말고 어머니에게 가서 화가 난 것이다.
② 그런데 아저씨는 어른이면서도 눈 감고 기도하지 않고 우리 아이들처럼 눈을 번히 뜨고 여기저기 두리번두리번 바라봅니다.	아저씨는 옥희와 옥희 어머니를 찾고 있다.
③ 그래 나는 손을 흔들었지요. 그러니까 아저씨는 얼른 고개를 숙이고 말더군요.	아저씨는 자신의 마음을 들킬까 봐 부끄러워하고 있다.
④ "저기 아저씨두 왔어."하고 속삭이니까 어머니는 흠칫하면서 내 입을 손으로 막고 막 끌어 잡아다가 앞에 앉히고 고개를 누르더군요.	어머니는 기도하는 주변 사람들을 의식하고 있다.
⑤ 보니까 어머니가 또 얼굴이 홍당무처럼 빨개졌군요.	어머니는 아저씨가 왔다는 말에 부끄러워서 얼굴이 빨개진 것이다.

5 이 작품에서 서술자를 어린아이로 설정한 효과로 옳지 <u>않은</u> 것은?

① 어머니와 아저씨의 심리를 정확하게 전달할 수 있다.
② 사랑 이야기를 보다 아름답고 순수하게 그려 낼 수 있다.
③ 어른들의 심리를 어린아이의 객관적인 시선으로 평가할 수 있다.
④ 어린아이의 시선으로 상황을 해석하기 때문에 독자의 흥미를 유발한다.
⑤ 천진난만한 어린아이의 말투가 이야기를 재미있게 만든다.

● **수능 만점 선생님의 감상 꿀팁**

이 작품의 서술자는 어린아이라는 점, 어린아이의 시선으로 어른들의 행동을 관찰하고 있다는 점, 이로 말미암아 인물의 성격과 심리를 유추해 볼 수 있다는 점을 꼭 기억하자. 이와 함께 당시 시대적 배경 때문에 어머니와 아저씨가 이별할 수밖에 없었다는 점도 놓치지 말자.

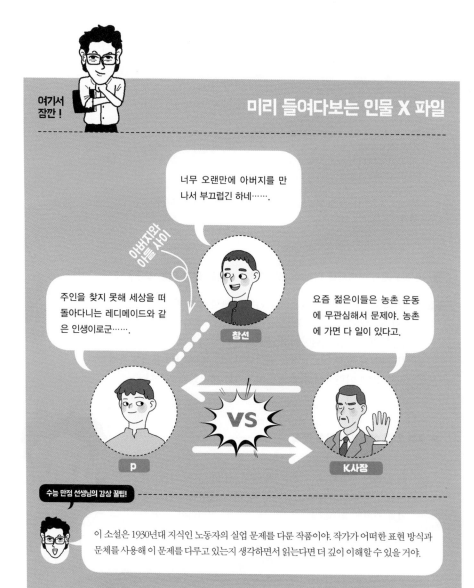

미리 들여다보는 인물 X 파일

여기서
잠깐 !

너무 오랜만에 아버지를 만나서 부끄럽긴 하네……

아버지와 아들 사이

주인을 찾지 못해 세상을 떠돌아다니는 레디메이드와 같은 인생이로군……

요즘 젊은이들은 농촌 운동에 무관심해서 문제야. 농촌에 가면 다 일이 있다고.

창선

p   VS   K사장

수능 만점 선생님의 감상 꿀팁!

이 소설은 1930년대 지식인 노동자의 실업 문제를 다룬 작품이야. 작가가 어떠한 표현 방식과 문체를 사용해 이 문제를 다루고 있는지 생각하면서 읽는다면 더 깊이 이해할 수 있을 거야.

레디메이드 인생

#공부만 잘하면 취직될 줄 알았어

1

"머, 어데 빈자리가 있어야지."

K사장은 안락의자에 푹신 파묻힌 몸을 뒤로 벌떡 젖히며 하품을 하듯이 시원찮게 대답을 한다. 미상불(未嘗不, 아닌 게 아니라 과연) 그는 두 팔을 쭉— 내뻗고 기지개라도 한번 쓰고 싶은 것을 겨우 참는 눈치다.[1]

이 K사장과 둥근 탁자를 사이에 두고 공손히 마주 앉아 얼굴에는 '나는 선배인 선생님을 극히 존경하고 앙모합니다.(우러러 그리워하다)' 하는 비굴한 미소를 띠고 있는 구변, 없는 구변을 다하여 직업 동냥의 구걸 문구를 기다랗게 늘어놓던 P……. P는 그러나 취직 운동에 백전백패의 노졸인지라 K씨의 힘 아니 드는 한마디의 거절에도 새삼스럽게 실망도 아니 한다.[2] 대답이 그렇게 나왔으니 이제 더 졸라도 별수가 없는 것이지만 헛일 삼아 한마디 더 해 보는 것이다.

"글쎄올시다, 그러시다면 지금 당장 어떻게 해 주십사고 무리하게 조를 수야 있겠습니까마는…… 그러면 이담에 결원이 있다든지 하면 그때는 꼭……."

이렇게 말하고 P는 지금까지 외면하였던 얼굴을 돌리어 K사장을 조심성 있게 바라보았다. 그러나 K사장은 우선 고개를 좌우로 두어 번 흔들고는 여전히 하품 섞인 대답을 한다.

"결원이 그렇게 나나 어데…… 그리고 간혹 가다가 결원이 난다 하더라도 유력한 후보자가 몇십 명씩 밀려 있어서……."

P는 아무 말도 아니 하고 고개를 숙였다. 이제는 영영 틀어진 것이다. '안녕히

---

① → K사장에게는 P와 같이 있는 이 자리가 큰 의미가 없음을 보여 주고 있어.

② → P는 일본 유학까지 다녀온 지식인이지만, 계속 일자리를 구하지 못하고 있지.

집중!

수능 만점 선생님

계십시오.' 하고 일어서는 것밖에는 별수가 없다.

별수가 없이 되었으니 '네, 그렇습니까.' 하고 선선히 일어서야 할 것이지만 지금까지 은근히 모시고 있던 태도에 비하여 그것이 너무 낮이 간지러운 표변(豹變. 허물을 고쳐 말과 행동이 뚜렷이 달라짐)임을 알기 때문에 실망이나 하는 체하고 잠시 더 앉아 있는 것이다.

"거 참, 큰일들 났어."

K사장은 P가 낙심해하는 것을 보고 별로 밑천이 들지 아니하는 일이라서 알뜰히 걱정을 나누어 준다.

"저렇게 좋은 청년들이 일거리가 없어서 저렇게들 애를 쓰니."❸

P는 속으로 코똥(콧방귀)을 '흥.' 하고 뀌었으나 아무 대답도 아니 하였다. K사장은 P가 이미 더 조르지 아니하리라고 안심한지라 먼저 하품 섞어 '빈자리가 있어야지.' 하던 시원찮은 태도는 버리고 그가 늘 흉중에 묻어 두었다가 청년들에게 한바탕씩 해 들려주는 훈화를 꺼낸다.

"그렇지만 내가 늘 말하는 것인데…… 저렇게 취직만 하려고 애를 쓸 게 아니야. 도회지에서 월급 생활을 하려고 할 것만이 아니라 농촌으로 돌아가서……."

"농촌으로 돌아가서 무얼 합니까?"

K는 말중동(말의 중간 부분)을 갈라 불쑥 반문하였다. 그는 기왕 취직 운동은 글러진 것이니 속 시원하게 시비라도 해 보고 싶은 것이다.

"허! 저게 다 모르는 소리야…… 조선은 농업국이요, 농민이 전 인구의 팔 할이나 되니까 조선 문제는 즉 농촌 문제라고 볼 수가 있는데, 아 지금 농촌에서 할 일이 오죽이나 많다구?"

"저는 그 말씀 잘 못 알아듣겠는데요. 저희 같은 사람이 농촌에 가서 할 일이 있을 것 같잖습니다."

"그럴 리가 있나! 가령 응…… 저……."

K사장은 '응…… 저…….' 하고 더듬으면서 끝내 대답을 하지 못한다. 그것은 무리가 아니다.

그가 구직하러 오는 지식 청년들에게 농촌으로 돌아가 농촌 사업을 하라는 것

❸▶ 당시는 P뿐만 아니라 수많은 지식인이 일자리를 구하지 못할 정도로 실업 문제가 심각했단다.

❹▶ K사장은 현실 문제에 그다지 관심이 없어. 그저 청년들 앞에서 거들먹거리면서 훈계만 늘어놓는 인물이지.

수능에 나올 수도 있어!

수능 만점 선생님

과 다음에 또 꺼내는 일거리를 만들라는 것은 결코 현실에서 출발한 이론적 근거가 있는 것이 아니었다.❹ 그저 지식 계급의 구직꾼이 넘치는 것을 보고 막연히 '농촌으로 돌아가라.', '일을 만들어라.'라고 해 왔을 따름이다. 따라서 거기에 대한 구체적 플랜이 있는 것도 아니었던 것이다. 한편으로는 한 행셋거리로, 또 한편으로는 구직꾼 격퇴의 수단으로 자룡이 헌 창 쓰듯 썼을 뿐이다.

그리하여 그동안까지는 대개는 그 막연한 설교를 들은성 만성 하고 물러가는 것이 그들의 행투였었는데 오늘 이 P에게만은 그렇지가 아니하여 불가불 구체적 설명을 해 주어야 하게 말머리가 돌아선 것이다. 그래서 그는 떠듬떠듬 생각해 가면서 생각나는 대로 주워섬기는 것이다.

"가령 응…… 저…… 문맹 퇴치 운동도 있지. 농민의 구 할은 언문도 모른단 말이야! 그리고 생활 개선 운동도 좋고…… 헌신적으로."

"헌신적으로요?"

"그렇지…… 할 테면 헌신적으로 해야지."

"무얼 먹고 헌신적으로 그런 사업을 합니까? 먹을 것이 있어서 그런 농촌 사업이라도 할 신세라면 이렇게 취직을 못해서 애를 쓰겠습니까?"❺

"허! 그게 안 된 생각이야…… 자기가 먹고살 재산이 있으면서 사회를 위해서 일도 아니하고 번들번들 논다는 것은 그것은 타락된 생각이야."

P는 K사장이 억단(臆斷, 억측으로 판단함)을 내세우는 것을 보고 속으로 싱긋이 웃었다.

"그렇지만 지금 조선 농촌에서는 문맹 퇴치니 생활 개선이니 합네 하고 손끝이 하얀 대학이나 전문학교 졸업생들이 몰려오는 것을 그다지 반겨하기는커녕 머릿살을 앓을 것입니다…… 농민이 우매하다든지 문화가 뒤떨어졌다든지 또 생활이 비참한 것의 근본 원인이 기역니은을 모른다든가 생활 개선을 할 줄 몰라서 그런 것이 아니니까요. 그리고 조선의 지식 청년들이 모두 그런 인도주의자가 되어집니까?"

"되면 되지 안 될 건 무어야?"

"그건 인도주의란 그것이 한 개 공상이니까 그렇겠지요."

"허허……, 그러면 P군은 ××주의잔가?"

"되다가 찌부러진 찌스레깁니다. 철저한 ××주의자라면 이렇게 선생님한테

집중!

❺ ▶ P의 현실 인식을 알 수 있는 대사야. 대의에 앞서 생계가 해결되어야 한다고 말하고 있지.

수능 만점 선생님

와서 취직 운동도 아니 합니다."

"못써! 그렇게 과격한 사상으로 기울어서야 쓰나…… 정 농촌으로 돌아가기가 싫거든 서울서라도 몇 사람 맘 맞는 사람이 모여서 무슨 일을, 조선에 신문이 모자라니 신문을 하나 경영하든지 또 조그맣게 하자면 잡지 같은 것도 좋고 또 영리사업도 좋고…… 그러면 취직 운동하는 것보다 훨씬 낫지 않은가?"

"좋은 줄이야 압니다만 누가 돈을 내놓습니까?"

"그거야 성의 있게 하면 자연 돈도 생기는 거지."

P는 엉터리없는 수작을 더 하기가 싫어 웬만큼 말을 끊고 일어섰다.

속에 있는 말을 어느 정도까지 활활 해 준 것이 시원은 하나, 또 취직이 글렀구나 생각하니 입안에서 쓴 침이 괴어 나온다.

복도에서 편집국장 C를 만났다. P는 C와 자별히^(남보다 특별한 친분으로) 사이가 가까운 터였었다.

"사장 만나러 왔소?"

C가 묻는 것이다.

"아니."

P는 거짓말을 하였다.^❻ 그는 지금 K사장을 만나 거절당한 이야기를 하기가 어쩐지 창피하기도 할 뿐 아니라, 또 전부터 C더러 K사장에게 자기의 취직 운동을 부탁해 왔던 터인데 직접 이렇게 찾아와서 만났다고 하기가 혐의쩍기도^(마음에 꺼리고 싫어할 만한 점이 있기도) 하여 시치미를 뚝 뗀 것이다.

"아주 단념하오."

C는 자기에게 부탁한 취직 운동을 단념하란 말이다. 그러면 벌써 C가 K사장에게 이야기를 하였고 그 결과 일이 틀어진 것을 P는 모르고 와서 헛노릇을 한바탕 한 것이다. P는 먼저 C를 만나 보지 아니하고 K사장을 만난 것을 후회하였다. C는 잠깐 멈췄던 말을 계속한다.

"어제 아침에 사장더러 P군의 사정이 퍽 난처하니 어떻게 생각해 봐 주면 좋겠다고 여러 말을 했다가 코떼었소.^(무안하도록 핀잔을 들었소) 신문사가 구제 기관이 아닌데 남의 사정 난처한 것을 어떻게 하라느냐고 그럽디다. 하기야 그게 옳은 말이지

내신 준비!

수능 만점 선생님

만......."❼

신문사가 구제 기관이 아니라고 한다는 그 말이 P의 머리에는 침 끝으로 찌르는 것같이 정신이 들게 울리었다.

"흥! 망할 자식들!"

P는 혼잣말로 이렇게 두덜거리며 C와 작별도 아니 하고 밖으로 나와 버렸다.

2

P는 광화문 네거리의 기념 비각 옆에서 발길을 멈추고 망설였다. 어디로 갈까 하는 것이다.

봄 하늘이 맑게 개었다. 햇볕이 살이 올라 포근히 온몸을 싸고돈다. 덕석^(추울 때 소의 등을 덮어 주는 명석) 같은 겨울 외투를 벗어 버리고 말쑥말쑥하게 새로 지은 경쾌한 춘추복의 젊은이들이 봄볕처럼 명랑하게 오고 가고 한다.❽

멋쟁이로 차린 여자들의 목도리가 나비같이 보드랍게 나부낀다. 그 오동보동한 비단 다리를 바라다보노라니 P는 전에 먹던 치킨커틀릿 생각이 났다.

창을 활활 열어젖힌 전차 속의 봄 사람들을 보니 P도 전차를 잡아타고 교외나 나가고 싶었다. 그러나 크림 맛을 못 본 지 몇 달이 된 낡은 구두, 구기적거린 동복 바지, 양편 포켓이 오뉴월 쇠불알같이 축 처진 양복저고리, 땟국 묻은 와이셔츠와 배배 꼬인 넥타이, 엿장수가 이 전어치 주마던 낡은 모자, 이렇게 아래로부터 훑어 올려 보며 생각하니 교외의 산보는커녕 얼른 돌아가서 차라리 이불을 뒤집어쓰고 드러눕고만 싶었다.

마침 기념 비각 앞에 자동차 하나가 머무르더니 서양 사람 내외가 내린다. 그들은 사내가 설명을 하고 여자가 듣고 하면서 기념 비각을 앞뒤로 구경한다. 여자는 사진까지 찍는다.

대원군이 만일 이 꼴을 본다면....... 이렇게 생각하매 P는 저절로 미소가 입가에 떠올랐다.❾

---

❽ ➡ 봄이 왔지만 P의 상황은 나아진 게 없어. 계절적 배경을 통해 P의 비극적인 처지를 부각시키고 있지.

❾ ➡ 작가는 개화 시기를 놓친 대원군을 비판하고 있어.

아주 중요해!

수능 만점 선생님

대원군은 한말(韓末, 대한 제국의 마지막 시기)의 돈키호테였다. 그는 바가지를 쓰고 벼락을 막으려 하였다. 바가지는 여지없이 부스러졌다. 역사는 조선이라는 조그마한 땅덩이나마 너무 오래 뒤떨어뜨려 놓지 아니하였다.

갑신정변에 싹이 트기 시작하여 가지고 일한합방의 급격한 역사 변천을 거쳐 자유주의의 사조는 기미년에 비로소 확실한 걸음을 내디뎠다.

자유주의의 새로운 깃발을 내어 걸은 '시민'의 기세는 등등하였다.

"양반? 흥! 누구는 발이 하나기에 너희만 양발(班)이라느냐?"

"법률의 앞에서는 만인이 평등이다."

"돈……, 돈이 있으면 무어든지 할 수 있다."

신흥 부르주아지는 민주주의의 간판을 이용하여 노동자 농민의 등을 어루만지고 경제적으로 유력한 봉건 귀족과 악수를 하는 동시에 지식 계급을 대량으로 주문하였다.

'유자천금 불여교자 일권서(遺子千金 不如敎子 一卷書, 자식에게 천금의 재산을 남겨 주는 것보다 한 권의 책을 가르치는 것이 낫다).'라는 봉건 시대의 진리가 자유주의의 세례를 받아 일단의 더 발전된 얼굴로 민중을 열광시켰다.

"배워라. 글을 배워라……. 지식만 있으면 누구나 양반이 되고 잘살 수가 있다."

이러한 정열의 외침이 방방곡곡에서 소스라쳐 일어났다.

신문과 잡지가 붓이 닳도록 향학열을 고취하고 피가 끓는 지사들이 향촌으로 돌아다니며 삼 촌(세치)의 혀를 놀려 권학(勸學)을 부르짖었다.

"배워라. 배워야 한다. 상놈도 배우면 양반이 된다."

"가르쳐라. 논밭을 팔고 집을 팔아서라도 가르쳐라. 그나마도 못하면 고학(苦學, 학비를 스스로 벌어서 고생하며 배움)이라도 해야 한다."

"공자 왈 맹자 왈은 이미 시대가 늦었다. 상투를 깎고 신학문을 배워라."

"야학을 실시하여라."

재등(齋藤, 일본의 정치가였던 사이토 마코토. 1919년 조선 총독에 취임해 문화 정치를 시행함) 총독이 문화 정치의 간판을 내어 걸고 골골이 학교를 증설하였다.⑩ 보통학교의 교장이 감발(버선이나 양말 대신 발에 감는 좁고 긴 무명천)을 하고 촌으로 돌아다니며 입학을 권유하였다. 생도에게는 월사금을 받기는커녕 교과서와 학용품을 대 주었다.

민간의 유지는 돈을 걷어 학교를 세웠다. 민립 대학도 생기려다가 말았다. 청년회에서 야학을 설치하였다. 갈돕회가 생겨 갈돕만주 외우는 소리가 서울에 신풍경을 이루었고 일반은 고학생을 존경하였다.

여학생이라는 새 숙어가 생기고 신여성이라는 새 여인이 생겨났다.

이와 같이 조선의 관민이 일치되어 민중의 지식 정도를 높이는 데 진력을 하였다. 즉, 그들 관민이 일치하여 계획한 조선의 문화 정도는 급속도로 높아 갔다.

그리하여 민중의 지식 보급에 애쓴 보람은 나타났다.

면 서기를 공급하고, 순사를 공급하고, 군청 고원을 공급하고, 간이 농업 학교 출신의 농사 개량 기수를 공급하였다.

은행원이 생기고 회사 사원이 생겼다. 학교 교원이 생기고 교회의 목사가 생겼다.

신문 기자가 생기고 잡지 기자가 생겼다. 민중의 지식 정도가 높았으니 신문 잡지 독자가 부쩍 늘고 의사와 변호사의 벌이가 윤택하여졌다.

소설가가 원고료를 얻어먹고, 미술가가 그림을 팔아먹고, 음악가가 광대의 천호(賤號, 천한 호칭)에서 벗어났다.

인쇄소와 책 장사가 세월을 만나고 양복점 구둣방이 늘비하여졌다.

연애결혼에 목사님의 부수입이 생기고 문화 주택을 짓느라고 청부업자가 부자가 되었다. 그리하여 부르주아지는 '가보'를 잡고, 공부한 일부의 지식꾼은 진주(투전이나 화투 따위의 노름에서 다섯 끗을 이르는 말)를 잡았다.

그러나 노동자와 농민은 무대(武大, 끗괘나 투전에서, 열 끗이나 스무 끗으로 꽉 차서 쓸 끗수가 없어진 경우)를 잡았다.[11] 그들에게는 조선의 문화 향상이나 민족적 발전이 나가 도리어 무거운 짐을 지어 주었을지언정 덜어 주지는 아니하였다. 그들은 배 주고 속 얻어먹은 셈이다.

…… (원문 20여 자 탈락) ……

인텔리……, 인텔리 중에도 아무런 손끝의 기술이 없이 대학이나 전문학교의 졸업 증서 한 장을, 또는 그 조그마한 보통 상식을 가진 직업 없는 인텔리……, 해마다 천여 명씩 늘어 가는 인텔리……, 뱀을 본 것은 이들 인텔리다.

⑩ ➡ 이 시기에 일제는 정책적으로도 교육을 장려했어. 실상은 일제의 통치를 쉽게 하기 위한 기만 행위였지.

⑪ ➡ 급변하는 사회 현실 속에서도 노동자와 농민의 삶은 전혀 나아지지 않았음을 나타내는 문장이야.

아주 중요해!

수능 만점 선생님

부르주아지의 모든 기관이 포화 상태가 되어 더 수요가 아니 되니 그들은 결국 꼬임을 받아 나무에 올라갔다가 흔들리는 셈이다. 개밥의 도토리다.

인텔리가 아니 되었으면 차라리 …… (원문 7~8자 탈락) …… 노동자가 되었을 것인데, 인텔리인지라 그 속에는 들어갔다가도 도로 달아나오는 것이 구십구 퍼센트다. 그 나머지는 모두 어깨가 축 처진 무직 인텔리요, 무기력한 문화 예비군 속에서 푸른 한숨만 쉬는 초상집의 주인 없는 개들이다. 레디메이드 인생이다.⑫

4

"제—길!"

P는 혼자 두덜거리며 지금까지 서 있던 기념 비각 옆을 떠났다.

…… (원문 80여 자 탈락) ……

P는 자기 자신이고 세상의 모든 일이고 모두 짜증이 나고 원수스러웠다.⑬

광화문 큰 거리를 총독부 쪽으로 어슬어슬 걸어가노라니 그의 그림자가 짤막하게 앞에 누워 간다. P는 그 자기 그림자를 콱 밟고 싶었다. 그러나 발을 내어 디디면 그림자도 그만큼 앞으로 더 나가곤 한다. 이 그림자와 자기 자신에서, 그리고 그림자를 밟으려는 자기 자신과 앞으로 달아나는 그림자에서 P는 자기의 이중인격의 모순상을 발견하였다.

동십자각 옆에까지 온 P는 그 건너편 담배 가게 앞으로 갔다.

"담배 한 갑 주시오."

하고 돈을 꺼내려니까 담배 가게 주인이,

"네, 마콥니까?"

묻는다.

⑫ ➡ 당시 인텔리들의 모습을 함축적으로 나타낸 문장이야. 기성품과 같이 대량 생산되었지만, 취업이 되지 않아 힘든 시기를 보내는 지식인들을 의미하지.

⑬ ➡ 식민지 현실을 살아가는 지식인의 비애와 좌절감이 잘 드러나 있어.

수능에 나올 수도 있어!

수능 만점 선생님

P는 담배 가게 주인을 한번 거듭떠보고 다시 자기의 행색을 내려 훑어보다가 심술이 버쩍 났다. 그래서 잔돈으로 꺼내려는 것을 일부러 일 원짜리로 꺼내려는데 담배 가게 주인은 벌써 마코 한 갑 위에다 성냥을 받쳐 내어민다.

"해태 주어요."

P는 돈을 들이밀면서 볼먹은 소리를 질렀다. 그러나 담배 가게 주인은 그저 무신경하게 '네—.' 하고는 마코를 해태로 바꾸어 주고 팔십오 전을 거슬러 준다.

P는 저편이 무렴(無廉, 염치가 없음)해 하지 아니하는 것이 더욱 얄미웠다.

그는 해태 한 개를 꺼내어 붙여 물고 다시 전찻길을 건너 개천가로 해서 올라갔다. 이제는 포켓 속에 남은 것이 꼭 삼 원하고 동전 몇 푼이다. 엊그제 겨울 외투를 사 원에 잡혀서 생긴 것이다.

<mark>방세와 전깃불값이 두 달 치나 밀렸다.</mark>⑭ 삼 원은 방세 한 달 치를 주고 일 원에서 전등 삯 한 달 치를 주고도 싶었으나, 그러고 나면 그 나머지로 설렁탕이나 호떡을 사 먹어도 하루밖에는 못 지낸다. 그래 그대로 넣어 두고 한 이틀 지내는 동안에 일 원이 거진 달아났던 판인데 공연한 객기를 부리느라고 당치도 아니한 해태를 샀기 때문에 이제는 일 원 돈은 완전히 달아나고 삼 원만 남은 것이다.

P는 포켓 속에 손을 넣고 잔돈과 지폐를 섞어 삼 원 남은 돈을 만지작거렸다. 그러면서 왼편 손으로는 손가락을 꼽아 가며 삼 원을 곱쟁이(곱절) 쳐 보았다.

육 원, 십이 원, 이십사 원, 사십팔 원, 구십육 원, 백구십이 원, 팔 원 모자라는 이백 원…… 사백 원, 팔백 원, 일천육백 원, 삼천이백 원, 육천사백 원, 일만 이천팔백 원, 팔백 원은 떼어 버리고 이만 사천 원, 사만 팔천 원, 구만 육천 원, 십구만 이천 원, 삼십팔만 사천 원, 칠십육만 팔천 원, 일백오십삼만 육천 원…….

삼 원을 열여덟 번만 곱집으면 일백오십만 원이 된다. 일백오십만 원 그놈이 있으면…… 이렇게 생각하매 어깨가 으쓱해졌다.

삼 원의 열여덟 곱쟁이가 일백오십만 원이니 퍽 쉬운 것이다……. 그놈만 있으면 백만 원을 들여서 오십 전짜리 십육 페이지 신문을 하나 했으면 우선 K사장의 엉엉 우는 꼴을 볼 수가 있을 것이다.

그러나 아쉬운 대로 십오만 원만 있어도, 일만 오천 원 아니 일천오백 원만 있어도, 아니 일백오십 원만 있어도, 십오 원만 있어도 우선 방세와 전등 삯을 주고

⑭ ➡ 고등 교육을 받았지만 경제적으로 무능력하고 빈곤한 P의 처지를 알 수 있지.

한 달은 살아가겠다.

　P는 한숨을 내쉬었다. 한 달? 한 달만 살고 나면 그다음은 어떻게 하나……? 그래도 몇백 원은 있어야지, 아니 몇천 원은, 아니 몇만 원은…….

　P는 늘 하는 버릇으로 이런 터무니없는 공상을 되풀이하였다.

　그는 최근 이러한 공상을 하면서부터 취직을 시들하게 여겼다.[15] 취직이 된댔자 사오십 원이나 오륙십 원이 월급이다. 그것을 가지고 빠듯빠듯 살아간들 무슨 아기자기한 재미가 있을 턱도 없는 것이다.

　가령 근실히 해서 월괘 저금(月卦 貯金, 매달 정기적으로 하는 저금) 같은 것도 하고 집도 장만하고 여편네도 생기고 사장이나 중역들의 눈에 들어 지위도 부장쯤으로는 올라가고, 그리하여 생활의 근거도 안정이 되고 하면 지금 같은 곤란은 당하지 아니하겠지만, 그러나 P에게는 아직도 젊은 때의 야심이 있어 그러한 고식된 안정이나 명색 없는 생활은 도리어 피하고 싶었던 것이다. 좀 더 남의 눈에 띄고, 좀 더 재미있고 그리고 자유로운 생활.

　물론 그는 지금이라도 누가 한 달에 삼십 원만 줄 테니 와서 일을 해 달라면 마치 주린 개가 고기를 보고 덤비듯이 덮어놓고 덤벼들 것이다. 그러나 속으로는 그와 딴판으로 배포를 부리고 있는 것이다.[16]

　P가 삼청동으로 올라가느라고 건춘문 앞까지 이르렀을 때 저편에서 말쑥하게 몸치장을 한 여자 하나가 마주 내려왔다. 역시 삼청동 근처에 사는 여자인지 P와는 가끔 마주치는 여자다.

　P는 그 여자와 만날 때마다 일부러 눈여겨보지 않는 체하면서도 실상은 고비샅샅(구석구석마다 샅샅이) 관찰을 하였고, 그리고 속으로는 연애라도 좀 했으면 하던 터였다. 무엇보다도 동그스름한 얼굴에 이목구비가 모두 모지지 아니하고 얼굴의 윤곽이 둥글듯이 모가 나지 아니한 것, 그래서 맘자리(마음의 본바탕)도 그렇게 둥글려니 하는 것이 P의 마음을 끈 것이다.

　그 여자는 자주 만나는 이 협수룩한(옷차림이 어지럽고 허름한) 양복쟁이 P를 먼빛으로도 알아보았는지 처녀다운 조심스런 몸매로 길을 가로 비켜 가까이 왔다.

　P는 고개를 꼿꼿이 쳐들고 앞만 쳐다보면서도 속으로는, '저 여자가 지금 내 옆으로 다가와서 조그만 소리로 정답게 구애를 한다면? 사뭇 들여 안긴다면? ……

내신 준비!!

⑮ ➡ 헛된 망상에 빠져서 현실 문제를 소홀히 여기는 P의 모습이야.
⑱ ➡ P의 모습을 통해 허세와 허위에 가득 찬 지식인의 모습을 엿볼 수 있지.

수능 만점 선생님

어쩔꼬?[17]

이런 생각을 하면서 히죽이 웃는데 여자는 벌써 지나쳐 버렸다.

'흥! 어쩌긴 무얼 어째? ……이년아, 일없다는데 왜 이래! 하고 발길로 칵 차 내던지지.'

하고 P는 어깨를 으쓱하였다.

삼청동 꼭대기에 있는 집, 집이 아니라 사글세로 든 행랑방에 돌아왔다. 객지에 혼자 있으니 웬만하면 하숙에 있을 것이로되 방값이 밀리고 그것에 졸릴 것이 무서워 P는 방을 얻어 가지고 있던 것이다.

먹는 것이야 수중에 돈이 있는 데에 따라 호떡도, 설렁탕도, 백화점의 런치도, 그러잖고 몇 끼씩 굶기도 하여 대중이 없었다.

볕 구경을 잘 못해서 겨울에도 곰팡이가 슬고 이불을 며칠씩 그대로 펴 두는 방바닥에서는 먼지가 풀신풀신 올랐다.

하도 어설퍼 앉으려고도 아니 하고 방 가운데 우두커니 서 있노라니까 안방 문 여닫는 소리가 들리며 주인 노파가 나와서 캑 하고 기침을 한다. P는 또 방세 졸릴 일이 아득하였다.

그러나 노파는 방세보다도 우선 편지 한 장을 들이밀어 준다. 고향의 형에게서 온 것이다.

편지를 뜯어 읽고 난 P는 말가웃(한 말 반쯤의 분량)이나 되게 한숨을 푸— 내쉬었다. 그러고는 편지를 박박 찢어 버렸다.

5

편지의 요건은 P의 아들에 관한 것이다.

P에게는 연전(年前, 몇 해 전)에 갈린 아내와의 사이에 생긴 창선이라는 아들이 있다. 금년에 아홉 살이다.

아내와 갈릴 때에 저편에서 다만 어린애만이라도 주었으면 그것을 데리고 길러 가는 재미로 혼자 사는 세상에 낙을 붙이겠다고 사정하였다. 그리고 적어도 중학까지는 마치게 하겠다는 것이었다.

[17] ➡ P는 또 다른 망상에 빠져 있어.

그렇게 했으면 P도 한 짐을 덜었을 것이다. 그러나 그는 듣지 아니하였다.

어릴 적부터 소박데기(남편에게 박대당한 여자를 낮잡아 이르는 말) 어미의 손에서 아비의 원망과 푸념을 들어 가면서 자란 자식은 자란 뒤에 그 아비에게 호감을 가지지 못한다. P는 자식을 꼭 찾고 싶은 것은 아니나 아무튼 장성하면 아비라고 찾아올 터인데 그때에 P는 이미 늙고 자식은 팔팔하게 젊은 놈이 옛날에 제 어미를 소박한 아비라서 아니꼽게 군다면 그것은 차마 못 당할 노릇이다.

이러한 생각으로 P는 창선이를 내주지 아니한 것이다. 그러나 빼앗아 놓고 보니 이제 겨우 네댓 살밖에 아니 먹은 것을 자기 손으로 어찌할 수가 없다.⑱ 그리하여 할 수 없이 어렵사리 지내는 그 형에게 맡겨 놓고 다시 서울로 올라온 것이다. 보통학교에 다닐 나이가 되면 서울로 데려오겠다고 해 두고…….

P의 형은 작년에 조카를 보통학교에 입학시켰다. 그러나 극빈 축에 드는 집안인지라 몇 푼 아니 되는 월사금과 학비를 대지 못하여 중도에 퇴학시켰다. 애초에 입학시킬 상의로 P에게 편지를 했을 때에 P는 공부 같은 것은 시켜 봤자 소용이 없으니 차라리 뼈가 보드라운 때부터 생일(특별한 지식이 필요 없는, 몸으로 하는 일)을 시키라고 하였다.⑲ P의 형은 그러나 백부의 도리로나 집안의 체면으로나 창선이에게 생일을 시킬 수가 없었다. 차라리 자기 손에 두어 헐벗기고 헐입히면서 공부도 시키지 못하니 제 아비인 P더러 데려가라고 작년부터 편지를 하던 터이다.

금년도 입학 시기가 당하매 P의 형은 P에게 누차 편지를 하였다. 금년에 입학을 시키지 못하면 명년에는 학령이 초과되어 들여 주지 아니할 것이니 어서 데려다가 공부를 시키라는 것이다.

그 어린것이 굶기를 먹듯 하고 재주는 있으면서 남의 집 아이들이 학교에 다니는 것을 부러워하는 꼴은 차마 애처로워 볼 수가 없다. 차라리 이 꼴 저 꼴 보지 않는 것이 속이나 편하겠다.

이번 편지에는 이러한 구절이 있고 끝에 가서,

여비가 몇 원 변통되면 차를 태우고 전보를 칠 테니 정거장에 나와 데려가거라. 나

내신 준비!

수능 만점 선생님

⑱ ➡ P의 허세를 알 수 있는 또 다른 문장이야. 자식에게 무시당하기 싫어서 아내에게 보내지 않았지만, 아이를 키울 능력도 없지.

⑲ ➡ 공부에 대한 P의 생각이야. 공부하는 것은 생계에 전혀 도움이 되지 않는다고 생각하고 있지.

도 웬만하면 객지에 혼자 있는 너에게 어린 자식을 떠맡기듯이 보내겠느냐마는 잘
못하다가 그것을 굶겨 죽이겠기에 생각다 못해 단행하는 것이다.

이러한 말이 씌어 있었다.

P는 박박 찢은 편지를 돌돌 뭉쳐 방구석에 내던지고 한숨을 푸— 내쉬었다.

<mark>이제는 자식을 데리고 있기가 피할 수 없이 되었는데, 어떻게 했으면 좋을까
하는 것이다. 그는 형이 원망스럽고 아니꼬웠다.</mark>[20]

군이 제 아비를 따라 보낸다는 것이 아니라 부득부득 공부를 시키려는 것 때
문이다. 기왕 서울로 보내나 시골서 데리고 있으나 고생시키기는 일반이니 차라
리 시골서 일찍부터 생일이나 시켰으면 P에게는 여러 가지로 좋을 것이었다.

"흥! 체면! 공부! 죽여도 인텔리는 만들잖는다."

P는 혼자 이렇게 두덜거렸다.

"집에서 온 편지유? 무슨 걱정이 생겼수?"

말거리를 찾지 못하여 머뭇거리고 섰던 안방 노인이 동정이나 하는 듯이 이렇
게 묻는다.

"아니오."

P는 마지못해 코대답을 하였다.

"필경 무슨 걱정이 생긴 게구려!"

노인은 자기의 말거리를 만들려고 아니라는데도 이렇게 걱정을 내어놓는다.

"그게 모다 가난한 탓이지! 저렇게 젊고 똑똑한 이가……. 저게 모다 가난한 탓
이야! 어데 구실자리^(일자리) 말한다더니 아직 아니 됐수?"

"네, 아직……."

"거 큰일났구려! 어서 돼야 할 텐데……. 나도 꼭 죽겠수……. 이 늙은 것
이……! 돈 좀 마련되잖았수?"

"네, 아직 좀……."

"저걸 어쩌나! 오늘은 물값이야 전깃불값이야 사뭇 받으러 달려들 텐데!"

"메칠만 더 미루십시오. 설마하니 마나님이야 아니 드리겠습니까……."

"아무렴! 실수야 없을 줄 알지만 내가 하도 옹색하니깐 그러는 거지……."

[20] ➡ 형과 대조적으로 부성애를 찾아볼 수 없는 P의 모습이야.

수능 만점 선생님

P는 노인이 지껄이게 두어 두고 혼자 생각하였다. 전에 아는 집에서 셋방을 얻어 들었을 때에는 두 달이고 석 달이고 세가 밀려도 조르는 법이 없었다.

밀려도 조르지 아니하는 아는 집……, 이것이 P는 도리어 미안해서 이곳으로 옮겨 온 것이다. 옮겨 와 가지고 막상 졸림질을 당하니 미안해도 졸리지는 아니하던 옛집이 그리워지는 것이다.

노인이 문을 가로막고 서서 수다스런 소리로 더 지껄이려고 하는데 마침 P의 동무 M과 H[20]가 찾아왔다.

"어데 나가나?"

M이 그러잖아도 벌씸한 코를 한 번 더 벌씸하고 사이 벌어진 앞니를 내어 보이며 싱끗 웃는다.

몸집은 M과 같이 통통하지만 키가 적어 M의 뒤에 가려 섰던 H가 옆으로 나서며,

"안녕합시요."

하고 인사를 한다.

P는 싱끗이 웃었다. 이 M과 H는 같은 하숙에 있는데 두 사람은 곧잘 같이 돌아다닌다. 같이 가는 것을 나란히 세워 놓고 보면 하나는 키가 커서 우뚝하고 하나는 키가 작아서 납작 붙어 가는 것 같다.

얼굴도 M은 우둘부둘한 게 정객 타입으로 생겼고(잘못하면 복싱 링에 내세워도 좋겠고) H는 안존한 게 사무원 타입이다.

일상의 언행을 보아도 H는 무슨 이야기가 자기 전문인 법률에 관한 것에 다다르면 육법전서(六法全書, 온갖 법령을 다 모아서 수록한 종합 법전)의 조목을 따르르 외우면서 이러고 저러고 하다고 설명을 하고, M은 동경서 학생 ××에 제휴를 했던 만큼, 그리고 전문이 정경과인만큼 좌익 진영에서 쓰는 어투가 그대로 나온다.

"여전히 모다 동색(冬色)이 창연하군!"

P는 두 사람의 특특한 겨울 양복을 보고, 그리고 자기의 행색을 내려 보며 웃었다.

M이 신을 벗고 들어와 먼지 않은 책상 위에 걸터앉으며,

"춘래불사춘(春來不似春, 봄이 왔지만 봄 같지 않다는 뜻)일세."[21]

---

20 → 경제학을 전공한 M과 법률을 전공한 H도 고등 교육을 받았지만, P와 마찬가지로 빈털터리 실업자 신세지.

21 → 따뜻한 봄이 왔지만, 아직 자신들의 일상은 나아지지 않았음을 표현한 말이야.

아주 중요해!

수능 만점 선생님

하고 한마디 외운다. H도 따라 들어와 한편에 앉으며 한마디 한다.

"아직 괜찮아…… 거리에서 보니까 동복 입은 사람이 많데……."

"괜찮기는 무어 괜찮아…… 우리가 길로 돌아다니니까 사방에서 아이구 아야! 소리가 들리데."

"왜?"

"봄이 발밑에서 짓밟히느라고."

"하하하하."

세 사람은 소리를 내어 웃었다.

"참 시험 본 것 어떻게 되었소?"

P는 H가 일전에 총독부에서 본 고원 채용 시험을 생각하고 물어보았다.

"말두 마시우…… 이제는 꼭 들어앉어 공부나 해 갖고 변호사 시험이나 치겠소."

사람이 별로 변통성도 없고 그렇다고 여기저기 반연(絆緣, 얽히어 맺어지는 인연)도 없어 취직이 여의하게 되지 못하는 것을 볼 때에 P는 가엾은 생각이 늘 들곤 하였다.

"가만있게…… 어서 변호사 시험만 패스하게. 그러면 이제 내가 백만 원짜리 주식회사를 조직해 가지고 자네를 법률 고문으로 모셔 옴세."

이것은 M이 늘 농 삼아 하는 농담이다. M도 일 년 동안이나 취직 운동을 하면서 지냈건만 그는 되레 배포가 유하다. 조금 더 재빠르게 했으면 M은 벌써 취직이 되었을는지도 모르나 ==그는 타고난 배포와 그리고 남에게 아유구용==(阿諛苟容, 남에게 ==아첨해 구차스럽게 굶)==을 하기 싫어하는 성질로 말하자면 취직 전선의 낙오자다.[23]

별로 만나야 할 일도 없다. ==그러나 제각기 혼자 있으면 우울해지니까 이렇게 서로 찾으며 자주 만나게 된다.==[24]

만나 앉아서 이야기라도 지껄이면 그동안만은 명랑하여진다. 지금 서울 안에 P니 M이니 H와 매일 만나 하는 일 없이 돌아다니고 주머니 구석에 돈푼 있으면 서로 털어 선술 잔이나 먹고 하는 룸펜(lumpen, 부랑자 또는 실업자)의 패가 수없이 많다.

무어나 일을 맡겼으면 불이 번쩍 일게 해낼 팔팔한 젊은 사람들이다. 그렇건만 그들은 몸을 비비 꼬고 있다.

23 ➡ 남 앞에서 굽히기 싫어하는 당대 지식인의 모습이야. 지식인의 허위를 비판하는 작가의 의도가 담겨 있지.

24 ➡ '유유상종(類類相從)'이라는 사자성어가 떠오르네. 비슷한 처지의 사람들끼리 만나 서로를 위로하고 있지.

집중!

수능 만점 선생님

아무 데도 용납지 못하는 사람들이다. ××적 ××에서 그들을 불러들이기에는 ××적 ××의 주관적 정세가 너무도 미약하다. 그것은 그들의 몇 부분이 동경서 학생으로 있을 시절에는 그 속에서 활발하게 ××을 계속하던 것이 조선에 나오면서 탈리(脫離, 벗어나 따로 떨어짐)되는 것으로 보아 그러한 해석을 내리지 아니할 수가 없다.

그렇다고 부르주아의 기성 문화 기관에 들어가자니 그곳에서는 수요를 찾지 아니한다. 레디메이드로 된 존재들이니 아무 때라도 저편에서 필요해야만 몇씩 사들여 간다.®

M이 마코를 꺼내 놓고 붙여 문다. P는 포켓 속에 들어 있는 해태를 차마 내놓기가 낯이 따가워 M의 마코를 집어 당겼다.

…… (원문 80여 자 탈락) ……

P는 설명을 시작한다. P 자신 그러한 장난 비슷한 공상은 하면서 일단 해 보라고 하면 주저할 것이지만 어쨌거나 그랬으면 통쾌하리라는 것이다.

"먼점 경무국에 들어가서 아주 까놓고 이야기를 한단 말이야. 우리가 지금 대상으로 하는 것은 총독부가 아니라 조선의 소위 민간 측 유지들이니까 간섭을 말어 달라고."

"그러면 관허(官許) 메이데이(May Day, 노동절)로구만."

"그래 관허도 좋아…… 그래 가지고는 기에다가는 무어라고 쓰느냐 하면 '우리에게 향학열을 고취한 놈이 누구냐?'……어때?"

"조—치!"

"인텔리에게 직업을 대라…… 이렇게 노래를 지어 부르거든."

…… (원문 10여 자 탈락) ……

"응…… 유지와 명사의 가면을 박탈시키라고…… 한 몇십 명이 그렇게 데모를 한단 말이야! 하하하하."

M은 이렇게 웃고 H는 시원찮게 핀잔을 준다.

"듣그럽소(듣기 싫게 떠들썩하오), 여보…… 아 글쎄, 멀끔멀끔한 양복쟁이들이 종로 네거리로 기를 받고 그렇게 다녀 봐! 애들이 와서 나 광고지 한 장주, 하잖나."

"하하하하."

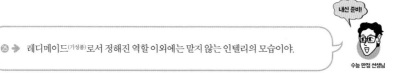

® → 레디메이드(기성품)로서 정해진 역할 이외에는 맡지 않는 인텔리의 모습이야.

"허허허허."

창밖에서 냉이 장수가 싸구려 소리를 외치고 지나간다. M이 그에 응하여,

"이크! 봄을 덤핑하는구나!"

"흥, 경제학자라 다르군……. 참, 우리 하숙에서는 채소를 좀 멕여 주어야지!"

"밥값을 잘 내 보지."

"그도 그렇지만."

"나는 석 달 치 밀렸네."

"나도 그렇게 될걸."

"그러니까 나처럼 이렇게 아파트 생활을 해요."

이것은 P의 말이다. 아파트라고 말해 놓고도 서글퍼서 허허 웃었다.

"조선식 아파트! 그렇지만 우리가 아파트 생활을 했다면 아마 두어 달 전에 굶어 죽었을걸."

"나는 돈을 보면 초면 인사를 해야 되겠네……. 본 지가 하도 오래라서 낯을 잊었어."

"여보게."

하고 M이 의젓하게 H를 달군다.

"돈 구경한 지 오래됐다지?"

"응."

"존 수가 있네."

"뭣?"

"자네 책 좀 삼사(三四) 구락부에 보내세."

"싫으이."

"자네 돈 구경하고…… 구경하고 나서 그놈으로 한잔 먹고…… 한잔 말이 났으니 말이지 요즘 같으면 술이나 실컷 먹고 주정이라도 했으면 속이 시원하겠네."

"그러니까 말이야…… 가세. 가서 다섯 권만 잽혀."

"일없다."

"내가 찾어 주지."

주목!

㉖ ▶ 당시에는 일제의 문화 정책으로 실업 상태인 지식인의 수가 급격히 늘어났어. 이들은 경제적으로 무능한 인텔리로 전락하고 말았지.

수능 만점 선생님

"흥."

"정말이야."

"싫어."

6

그날 밤.

P와 M은 H를 졸라 그의 법률 책을 잡혀 돈 육 원을 만들어 가지고 나섰다.

선술집에 가서 엔간히 취하도록 먹은 뒤에 C라는 카페에 가서 술 두 병을 놓고 자정이 되도록 노닥거렸다.

그곳에서 나올 때는 육 원 돈이 이 원 남았다. 이 원의 처치를 생각하던 세 사람은 일제히 동관으로 가기로 하였다.**⑦**

세 사람이 모두 다리가 비틀거렸다. 그중에도 P는 더욱 취하였다.

닐리리 가락으로 들어박힌 갈봇집(남자들에게 몸을 파는 여자들이 있는 곳).

다 쓰러져 가는 초가집을 세 사람이 아는 집 들어서듯이 쑥쑥 들어서니,

"들어옵시오."

"어서 옵시오."

라고 머리 딴 계집애와 배가 북통 같은 애 밴 계집이 마루로 나선다.

P가 무심결에 해태 갑을 꺼내어 붙여 무니까 머리 딴 계집애가 P의 목을 걸싸 안고 볼에다 입을 쪽 맞추더니,

"나도 하나."

하고 손을 벌린다. P는 기가 막혀 담뱃갑을 내미는데 H와 M은 박수를 하며,

"브라보!"

하고 굉장하게 큰 소리로 외친다.

건넌방에 들어가 앉으니 마루에서 따그락따그락 소리가 난다.

배부른 계집은 푸대접을 받고 머리 딴 계집애가 H와 M의 손으로 옮겨 다니면서 주물린다. 깩깩 소리를 지르고 엄살을 한다. 말을 붙이고 대답을 주고받고 하는 것이 H와 M은 전에 한번 와 본 집인 듯하다.

술상이 들어왔다.

⑦ ➜ 세 사람은 법률 책을 저당 잡혀서 돈을 마련하지만, 결국 방탕하게 소비하고 말아. 지식인들의 퇴폐적인 면모를 엿볼 수 있지.

수능에 나올 수도 있어!

수능 만점 선생님

잔은 사발만 한데 술 주전자는 눈알만 하다. 술을 부어 놓으니 M이 척 받아 놓고는 노래를 투정한다. 계집애는 그보다 더 약아 제가 그 술을 쪽 들이마시고는 빈 잔만 M의 입에 대어 준다.

P는 개숫물(음식 그릇을 씻을 때 쓰는 물)같이 밍밍한 술을 두어 잔 받아먹는 동안에 비위가 콱 거슬려서 진정하느라고 드러누웠다.

H가 계집애를 무릎에 올려놓고 신이 나게 노래를 부른다. 물론 고저도, 장단도 맞지 아니하는 노래다.

M이 애 밴 계집을 실컷 시달려 주다가 머리 땋은 계집애를 빼앗아 가더니 귀에 대고 무어라고 속삭거린다. 그러면서 둘이서 연해 P를 건너다보며 싱긋벙긋 웃는다.

조금 있다가 계집애가 P에게로 오더니 귀에다 입을 대고 속삭인다.

"저이가 나더러 당신하고 오늘 저녁…… 응, 어때?"

"그래라."

P는 불쑥 성난 것처럼 대답했다.

"아이! 승거워!"

계집애는 P를 한 번 꼬집어 주고 다시 M에게로 달아났다.

M에게로 가서 또 무어라고 속삭거리더니 재차 와 가지고는 귓속말을 한다.

"자고 가, 응."

"그래 글쎄."

"꼭."

"응."

"정말."

"응."

술은 네 주전자가 들어왔는데 세 사람 손님은 두서너 잔씩밖에 아니 먹었다. 그 나머지는 다 저희가 먹었다. 계집애가 술이 곤주가 되게 취해 가지고 해롱해롱 까분다.

술값을 치르는 것을 보고 P도 따라 일어섰다. M이 몸뚱이로 슬쩍 밀어서 방 안으로 들여보내고 뒤에서 계집애가 양복 뒷깃을 잡아당긴다.

"그래라, 자고 간다."

P는 방 가운데 벌떡 드러누웠다.

"너이 집이 어디냐?"

계집애가 옆에 와서 앉는 것을 보고 P가 물었다.

“××도 ××.”

“언제 왔니?”

“작년에.”

P는 몸을 일으켰다. 또 속이 왈칵 뒤집혀 좀 더 진정하려고 하는 생각인데 계집애가 콱 밀어뜨린다.

“나이 몇 살이냐?”

“열여덟.”

“부모는?”

“부모가 있으면 여기서 이 짓을 해?”

“왜 이 짓이 나쁘냐?”

“흥…… 나도 사람이야.”[23]

“에―꾸! 나는 네가 신선인 줄 알았더니 인제 알고 보니까 사람이로구나!”

“드끄러!”

계집애는 눈을 쭉 흘기고는 갑자기 웃으면서 P의 목을 그러안는다.

“자고 가, 응.”

“우리 마누라한테 자볼기(자막대기로 때리는 볼기) 맞고 쫓겨난다.”

“그러면 나한테 와서 나하고 살지…… 여기 내 빚 팔십 원만 물어 주면…….”[24]

“팔십 원이냐?”

“응.”

“가겠다.”

P가 또 일어나려는 것을 계집이 껴안고 놓지 아니한다.

“자고 가…… 내가 반했어.”

“아서라.”

“정말!”

“놓아.”

“아니야, 안 놓아. 자고 가요, 응…… 자고…… 나 돈 좀 주어.”

“돈? 내가 돈이 있어 보이니?”

> 내신 준비!
>
> [23] ➝ 어린 작부는 본인의 삶의 방식이 떳떳하지 못하다는 것을 잘 알고 있어.
> [24] ➝ 생계와 빚 때문에 몸을 팔아야 하는 비참한 소시민의 현실을 파악할 수 있지.

수능 만점 선생님

"돈 소리가 절렁절렁 나는데?"

미상불 P의 포켓 속에서는 아까부터 잔돈 소리가 가끔 잘랑거렸다.

"자고 나 돈 조─꼼 주고 가, 응."

"얼마나?"

"암만도 좋아…… 오십 전도, 아니 이십 전도."

계집애의 말이 떨어지기도 전에 P는 불에 덴 것같이 벌떡 일어섰다.[30] 일어서면서 그는 포켓 속에 손을 넣어 있는 대로 돈을 움켜쥐어 방바닥에 홱 내던졌다. 일 원짜리 지전 두 장과 백동전이 방바닥에 요란스럽게 흐트러진다.

"아따 돈!"

해 던지고는 P는 뛰어나왔다. 그의 눈에는 눈물이 괴었다.

7

P는 정조(貞操)적으로 순진한 사나이가 아니다. 열네 살 때에 소꿉질 같은 장가를 갔고 그 뒤 동경 가서 있을 동안에 거기 여자와 살림도 하였다.

조선에 돌아와 직업을 가지고 있는 사이에 기생과 사귀어 한동안 죽을 동 살 동 모르게 지내기도 하였다.

그 밖에도 정을 두어 지낸 여자가 두엇 더 있다. 그러나 삼십이 되도록 지금까지 유곽을 가거나 은근짜(몰래 몸을 파는 여자) 집을 가거나 동관의 색주가 집에 가서 잠자리를 한 일은 없다.

그것은 P의 괴벽이다. 어떠한 여자를 막론하고 그가 정이 들지 아니한 여자면 절대로 관계를 아니 한다는 것이다.

그 대신 한번 P의 눈에 들면 따라서 정이 들면 아무것도 돌아보지 아니하고 심각한 열정에 맡기어 완전히 그 여자를 움켜쥐어 버리며 또한 그 여자에게 전부를 내주어 버린다. 그리하여 그는 늘 올 오어 너싱(All or nothing 전부가 아니면 아무것도 아님)을 말한다.

이것이 처세상 퍽 이롭지 못한 것을 P도 잘 안다. 또 공연한 승벽(勝癖, 남과 겨루어 이기기를 좋아하는 성미나 버릇)이요 고집인 줄 알건만 그는 그것을 고치지 못한다.

주목!

수능 만점 선생님

[30] 너무나 적은 돈을 받고 자신의 정조를 팔려고 하는 어린 작부 때문에 크게 놀란 P의 모습이야.

이날 밤에도 그는 그 계집애를 조금도 어떻게 하겠다는 생각은 나지 아니하였다.

술 취한 끝에 속이 괴로우니까 진정을 하자는 판인데 '오십 전 아니 이십 전도 좋아.' 하는 소리에 버쩍 흥분이 된 것이다.

너무도 인간이 단작스럽고 ^(하는 짓이 보기에 치사하고) 악착스러운 것 같았다. P가 노상 보고 듣는 세상이 돈을 중간에 놓고 악착스럽게 아등바등하는 것임을 모르는 바는 아니나 정조 대가로 일금 이십 전을 요구하는 것은 처음 보았다.

P는 그러한 여자가 정조를 파는 데 무신경한 것도 잘 알고 있으며, 따라서 그것이 비도덕이니 어쩌니 하는 것도 아니다. 그의 관점과 해석은 그런 것보다 더 나아간 입장에 있었다.

그러나 '이십 전만 주어도' 소리에는 이것저것 생각하고 헤아릴 나위도 없었다. 더럽고 얄미우면서 그러면서도 눈물이 괴었다.^③ 삼 원쯤 되는 전 재산을 털어 내던지고 정신없이 뛰어나온 것이다.

술 취한 P를 혼자 남겨 둔 H와 M은 골목에 기다리고 서서 있었다. P가 뛰어나오는 것을 보고 그들은 우선 농을 건넨다.

"한턱하오."

"장가간 턱하게."

P는 고개를 흔들었다. 그리고 멍하니 서서 생각을 하였다.

다분의 가면 밑에서 꿈틀거리는 인도주의에 몹시 증오를 느끼는 P는 이날 밤 자기의 행동을 어떻게 해석할지 몰라 괴로워하였다.

내일을 굶어야 할 그 돈이지만 돈이 아까운 것이 아니다. 정조값으로 이십 전을 주어도 좋다는데 왜 정조는 퇴하고 돈만 있는 대로 다 떨어 주었는가? 왜 눈에 눈물은 괴었는가?^②

8

P는 머리가 떵하고 속이 뉘엿거리어 정신을 차릴 수가 없었다. 그는 두 친구에

---

③ ➡ P는 어린 소녀가 정조를 팔아서 생계를 꾸려야 하는 현실에 울분과 서글픔을 느끼고 있지.

② ➡ P는 자신이 저지른 행동에 대해 결론을 내리지 못하고 혼란스러워하고 있어.

게 인사도 변변히 하지 아니하고 코를 벤 듯이 삼청동으로 올라왔다. 어서 바삐 좀 드러눕고만 싶었던 것이다.

아무리 방구들은 차고 지저분하게 늘어놓았어도 제 처소는 반가운 것이다. 더구나 몸이 괴로울 때는!

P는 누더기 양복이나마 벗으려고도 아니 하고 그대로 펴 두었던 이부자리 속에 몸을 파묻었다. 드러누우니 취기가 새삼스레 더하여 영영 옷 벗을 생각도 잊어버리고 그대로 잠이 들었다.

얼마를 자고 났는지 괴로워 부대끼다 못하여 잠이 깨었을 때는 목이 타는 듯이 말랐다.[33]

물은 없다. 물이 없어 못 먹는다고 생각하니 목은 더 말랐다.

밤은 어느 때나 되었는지 짐작할 수가 없다. 전등은 그대로 켜져 있다. 밖에서는 사람 지나다니는 발자국 소리도 들리지 아니한다. 전차 갈리는 소리도 들리지 아니하고 가끔가다가 자동차의 경적이 딴 세상의 소리같이 감감하게 들려온다.

밤이 깊지 아니했으면 잠긴 안대문을 두드려 주인 노인에게라도 물을 청하겠지만 이 깊은 밤에 그리하기도 미안하다. 그것도 방세나 여일하게^(한결같이) 내었을 제 말이지 얼굴 대하기를 이편에서 피하는 판에 차마 못할 일이다.

물지게장수의 삐득거리는 소리가 들리나 하고 귀를 기울였으나 감감히 소리가 없다.

목은 더욱더욱 말라 들어온다. 입술이 바싹 마르고 입안이 침기가 없고 목구멍이 바삭바삭 소리가 날 듯이 마르고, 그러고는 창자 속까지 말라 내려가는 듯하다.

방금 미칠 듯하다. 눈앞에 용용하게 흘러가는 푸른 한강이 어릿어릿하고 쏴― 쏟아지는 수통 꼭지가 보이는 듯하다.

P는 배고픈 고비는 많이 겪어 보았으나 이대도록 목마른 참은 당하기 처음이다. 배는 고프면 기운이 없고 착 가라앉을 뿐이었지만 목이 극도로 마름에는 금시 미치고 후덕후덕 날뛸 것 같다.

일어나서 삼청동 꼭대기로 올라가면 산골짜기의 물도 있고 또 우물도 있기는

주목!

33 → 이 문장 이후로는 숙취 때문에 괴로워하며 물을 마시기 위해 몸부림치는 P의 모습이 잘 드러나 있어.

수능 만점 선생님

하다. 그러나 이 어두운 밤에 어디가 어딘지 보이지 아니할 테고 또 우물에는 두레박도 없을 것이다.

겨우겨우 참아 가며 몇 시간을 삐대었다. 실상 한 시간도 못 되는 동안이지만 P에게는 여러 시간인 듯만 싶었다.

그런 뒤에 겨우 물지게 소리를 듣고 그는 수통 있는 곳을 찾아 뛰어나갔다.

사정 이야기도 변변히 하지 아니하고 쏟아지는 수통 꼭지에 매어 달려 한 동이는 되리시피 냉수를 들이켰다. 물장수가 어이가 없어 멀끔히 쳐다보고만 있다가 P의 꾸벅 하고 돌아서는 등 뒤에다 혀를 끌끌 찬다.

밥보다도 더 다급하게 그립던 물을 실컷 들이켜고 나니 찌뿌듯하게 엉킨 듯 불쾌하던 취기도 적이 걷히고 정신이 말쑥하여졌다.

P는 새삼스럽게 양복을 벗어 던지고 다시 자리에 파묻혔다. 이제는 잠이 십리나 달아나고 눈이 초랑초랑하여진다. 그러면서 어젯밤 일이 머리에 떠오른다.

그것은 마치 못 먹을 것을 먹은 것처럼 께름칙한 기억이다. 아무렇게나 씻어 넘겨 버리재도, 그러나 머리 한구석에 박혀 가지고 사라지려 하지 아니하는 어룽(어룽어룽한 점이나 무늬)과 같다. 어떻게 해서라도 시원스러운 해석을 내리고라야 마음이 놓일 것 같다.

정조 대가로 일금 이십 전을 부르는 여자……

방금 세상에는 한 번 정조를 빼앗긴 것으로 목숨을 버려 자살하는 여자가 있다. 그러는 한편 '이십 전도 좋소.' 하는 여자가 있다.

여자의 정조가 그것을 잃었다고 자살을 하도록 그다지도 고귀한 것이라면 '이십 전에도 팔겠소.' 하는 여자가 눈을 멀끔멀끔 뜨고 살아 있는 사실은 무엇으로 설명할 것인가?

또 정조를 '이십 전에도 팔겠소.' 하는 여자가 있도록 그것이 아무렇지도 아니한 것이라면 그것을 한 번 빼앗긴 때문에 생명을 내버리는 여자가 있는 것은 무엇으로 설명할 것인가?

이 두 여자가 모두 건전한 양심의 소유자라고 볼 수는 없다.

그러나 그 가운데 나무라기로 들면 차라리 정조를 빼앗긴 것으로 자살한 여자를 나무랄 것이지 '이십 전에 팔겠소.' 하는 여자는 나무랄 수가 없다.

열여섯 살부터 시작하여 이래 삼 년이나 색주가 집으로 굴러다니는 여자다.

언제 누구에게 귀 떨어진 도덕관념이나 정당한 인생관을 얻어들은 적이 없을 것이다.

술잔을 들고 앉아 한 잔이라도 오는 손님에게 더 먹여 한 푼어치라도 주인의 수입을 도와주면 칭찬이 오니 그만이다.

"고년 어여쁘다. 나하고 ××."

하고 손님이 말하면 그에 좇아 비록 조발(早發, 어떤 꽃이 다른 꽃보다 일찍 핌)일지언정 생리적 만족을 얻는 한편, 그야말로 단돈 이십 전이라도 벌면 그만이다.

옆에서 그것을 시키기는 할지언정 그것이 나쁘다고 가르쳐 주는 사람이 있을 턱이 없는 것이다. 사실 일반 매춘부가 정조적으로 양심을 가진 듯이 보인다는 것은 그 대부분이 되레 한 가식(假飾)에 지나지 못하는 것이다.

그것은 그들에게 있어서 일종의 정당성을 가진 노동인 것이다.

그러니까 그것을 보고 불쌍하다고 여기고 동정을 하는 것은 위문이 폐문이다.[35] 지금 세상은 정당한 성도덕이 서 있는 때도 아니다.

그것은 한 세대에 여러 가지의 시대사조가 헝클어져 있는 때문이다. 그러니까 여자의 정조에 대하여도 일률적으로 선악과 시비를 가릴 수는 없는 것이다.[36]

하룻밤 몸값을 '이십 전도 좋소.' 하는 여자, 그에게는 다른 사람이 갖는 성도덕

[34] ➡ P는 어젯밤에 겪은 일 때문에 느낀 혼란을 해소하고 싶어 해. 이후 이에 관한 P의 상념이 쭉 이어지지.
[35] ➡ 위로하기 위해 방문한 것이 오히려 폐를 끼친다는 뜻이란다.
[36] ➡ 개화 이후 여러 가지 사상이 존재하는 현실에 관해 이야기하고 있어.

수능 만점 선생님

도 없고 따라서 자신을 타락이라서 슬퍼하지도 아니한다.

그 여자 자신을 나무랄 필요도 없는 것이요, 동정을 할 필요도 없는 것이다. 그 여자 자신은 결코 불쌍한 사람이 아니다.

예수의 사랑도 아무리 그 사랑이 크고 넓다 했을지언정 그것은 '불쌍한 사람', '죄 지은 사람'에게 미칠 수 있는 것이다.

'불쌍하지 아니한', '죄 짓지 아니한' 동관의 색주가 계집애에게는 누구의 동정이나 사랑도 일없는 것이다.

'뭣? 관념적이라고?'

그렇다. 관념적이라도 할 수 없다. 그러나 그것은 그 여자의 주관을 객관화한 것이다. 그러니까 그것은 한 엄연한 현실이다.

…… (원문 30여 자 탈락) ……

또 그 병적 현실에 메스를 대는 것은 집단의 역사적 문제이지만 룸펜 인텔리의 결벽과 흥분쯤으로는 문제도 되지 아니한다.

다만 취객이 삼 원 각수(角數 돈을 '원'이나 '환' 단위로 셀 때, 그 단위 아래에 남는 몇 전이나 몇십 전을 이르는 말)를 던져 주었음으로 해서 그 여자는 감격 없는 기쁨을 맛보았을 뿐일 것이다.

'이게 웬 떡이냐…… 어제 저녁에 꿈이 괜찮더니 이런 땡을 잡을 양으로 그랬구나…… 웬 얼간망둥이(얼간이)냐.'

그 계집애는 응당 그렇게밖에는 더 생각되지 아니하였을 것이다. 그것이 결코 무리가 없는 당연한 일이다.

P는 여기까지 생각하고 입맛 쓴 고소를 띠었다.

'흥! 되지 못하게…… 장님이 눈병 앓는 사람더러 불쌍하다고 한 셈인가.'[37]

P는 돌아누우면서 혀를 끌끌 찼다.

9

일천구백삼십사년의 이 세상에도 기적이 있다.

그것은 P가 굶어 죽지 아니한 것이다.[38] 그는 최근 일주일 동안 돈이 생긴 데가

---

[37] ➜ P는 자신의 처지가 어린 작부보다 못하다고 자조하고 있어. 이처럼 작가는 인텔리와 작부를 비교함으로써 당시 인텔리를 비판하고 있지.

[38] ➜ 경제적으로 무능력한 P를 비꼬는 표현이야.

수능에 나올 수도 있어!
수능 만점 선생님

없다. 잡힐 것도 없었고 어디서 벌이를 한 적도 없다.

그렇다고 남의 집 문 앞에 가서 '밥 한술 주시오.' 하고 구걸한 일도 없고 남의 것을 훔치지도 아니하였다.

그러나 그동안 굶어 죽지 아니하였다. 야위기는 하였지만 그래도 멀쩡하게 살아 있다. P와 같은 인생을 이 세상에 하나도 없이 싹 치운다면 근로하는 사람이 조금은 편해질는지도 모른다.

P가 소부르주아 축에 끼이는 인텔리가 아니요 노동자였더라면 그동안 거지가 되었거나 비상수단을 썼을 것이다. 그러나 그에게는 그러한 용기도 없다.⑨ 그러면서도 죽지 아니하고 살아 있다. 그렇지만 죽기보다도 더 귀찮은 일은 그를 잠시도 해방시켜 주지 아니한다.

그의 아들 창선이를 올려 보낸다고 어제 편지가 왔고 오늘은 내일 아침에 경성역에 당도한다는 전보까지 왔다.

오정 때 전보를 받은 P는 갑자기 정신이 난 듯이 쩔쩔매고 돌아다니며 돈 마련을 하였다. 최소한도 이십 원은…… 하고 돌아다닌 것이 석양 때 겨우 십오 원이 변통되었다.

종로에서 풍로니 냄비니 양재기니 숟갈이니 무어니 해서 살림 나부랭이를 간단하게 장만하여 가지고 올라오는 길에 전에 잡지사에 있을 때 안 ××인쇄소의 문선 과장을 찾아갔다.

월급도 일없고 다만 일만 가르쳐 주면 그만이니 어린아이 하나를 써 달라고 졸라 대었다.

A라는 그 문선 과장은 요리조리 칭탈(무엇 때문이라고 핑계를 댐)을 하던 끝에 그는 P가 누구 친한 사람의 집 어린애를 천거하는 줄 알았던 것이다.⑩

"보통학교나 마쳤나요?"

하고 물었다.

"아니요."

P는 솔직하게 대답하였다.

"나이 몇인데?"

"아홉 살."

⑨ ▸ 작가는 현실에 적극적으로 대처하지 않는 지식인의 모습을 비판하고 있어.
⑩ ▸ 문선 과장인 A는 P가 자신의 아들을 인쇄소에 맡기리라고는 생각하지 않고 있어.

주목!

수능 만점 선생님

"아홉 살?"

A는 놀라 반문을 하는 것이다.

"기왕 일을 배울 테면 아주 어려서부터 배워야지요."

"그래도 너무 어려서 원…… 뉘 집 애요?"

"내 자식놈이랍니다."

P는 그래도 약간 얼굴이 붉어짐을 깨달았다.⁴¹ A는 이 말에 가장 놀라운 일을 보 겠다는 듯이 입만 벌리고 한참이나 P를 물끄러미 바라다본다.

"왜? 내 자식이라고 공장에 못 보내란 법 있답디까?"

"아니, 정말 그래요?"

"정말 아니고?"

"괜히 실없는 소리……! 자제라고 해야 들어줄 테니까 그러시지?"

"아니, 그건 그렇잖아요. 내 자식놈야요."

"그럼 왜 공부를 시키잖구?"

"인쇄소 일 배우는 것도 공부지."

"그건 그렇지만 학교에 보내야지."

"학교에 보낼 처지도 못 되고 또 보낸댔자 사람 구실도 못 할 테니까……."⁴²

"거 참, 모를 일이오……. 우리 같은 놈은 이 짓을 해 가면서도 자식을 공부시 키느라고 애를 쓰는데 되려 공부시킬 줄 아는 양반이 보통학교도 아니 마친 자 제를 공장엘 보내요?"

"내가 학교 공부를 해 본 나머지 그게 못쓰겠으니까 자식은 딴 공부를 시키겠 다는 것이지요."

"글쎄 정 그러시다면 내가 내 자식 진배없이 잘 데리고 있으면서 일이나 착실 히 가르쳐 드리리다마는…… 원, 너무 어린데 애차랍잖아요?"

"애차라운 거야 애비 된 내가 더하지요만 그것이 제게는 약이니까……."

P는 당부와 치하를 하고 인쇄소를 나왔다. 한 짐 벗어 놓은 것같이 몸이 거뜬하 고 마음이 느긋하였다.

그는 집으로 올라가는 길에 싸전에 쌀 한 말을 부탁하고 호배추도 몇 통 사들

⁴¹ ➡ P는 아버지로서 자신의 무능함을 깨닫고는 부끄러움을 느끼지.

⁴² ➡ P는 자신처럼 아들이 고등 교육을 받아도 가난한 삶에서 벗어나지 못할 것이라고 생각하고 있어.

집중!

수능 만점 선생님

였다. 그렇저렁 오 원을 썼다.

　십 원 남은 중에 주인 노인에게 육 원을 내어 주니 입이 귀밑까지 찢어진다. 그 끝에 P가 사 온 호배추를 내어 주며 김치를 담가 달라고 하니 선선히 응낙한다. 그리고 자식을 데리고 자취를 하겠다니까 깍두기야 간장이야 된장 같은 것을 아까운 줄 모르고 날라다 주곤 한다.

10

　이튿날 전에 없이 첫새벽에 일어난 P는 서투른 솜씨로 화롯밥을 지어 놓고 정거장으로 나갔다.

　그의 형에게서 온 편지에 S라는 고향 사람이 서울 올라오는 길에 따라 보낸다고 했으니까 P는 창선이보다도 더 낯이 익은 S를 찾았다.⑬

　과연 차가 식식거리고 들어서매 인간을 뱉어 내놓는 찻간에서 S가 창선이를 데리고 두리번거리며 내려왔다.

　<u>어디서 생겼는지 새까만 고쿠라 양복을 입고 이화표 붙은 학생 모자를 쓰고 거기다가 보따리를 하나 지고 무엇 꾸린 것을 손에 들고 차에서 내리는 어린아이</u>⑭…… 저게 내 자식이니라 생각하니 P는 어쩐지 속으로 얼굴이 붉어지며 한편 가엾기도 하였다.

　S가 두 손에 짐을 가득 들고 두리번거리다가 가까이 온 P를 보고 반겨 소리를 지른다. 창선이가 모자를 벗고 학교식으로 경례를 한다. 얼굴을 자세히 보니 너댓 살 적에 보던 것보다 더한층 저의 외가를 닮았다. P는 그것이 몹시 불만이었다.

　"그새 재미나 좋았나?"

　S의 하는 첫인사다.

　"뭘 그저 그렇지……. 괜한 산 짐을 지고 오느라고 애썼네."

　P는 이렇게 인사 겸 치하를 하였다.

　"원, 천만에……! 그 애가 나이는 어려도 어떻게 속이 찼는지……. 너 늬 아버

⑬ ➔ 그동안 P는 아들과 교류를 거의 하지 않았음을 알 수 있어.
⑭ ➔ P의 생각과는 다르게 P의 형은 창선이를 서울로 유학 보내려 했음을 알 수 있는 옷차림이지.

지 알어보겠니?”

S는 창선이[45]를 돌아보며 웃는다. 창선이는 고개를 숙이고 수줍은지 아무 대답도 아니 한다.

P는 S와 창선이를 데리고 구름다리로 올라왔다.

“저희 외할머니가 저 양복이야 떡이야 모두 해 가지고 자네 댁에까지 오셨더라네…… . 오셔서 어제 떠나는데 정거장까지 나오셨는데 여러 가지 신신당부를 하시데…… 자네에게 전하라고.”

S는 P가 그다지 듣고 싶지도 아니한 이야기를 뒤따라오며 늘어놓는다. 그의 가슴에는 옛날의 반감이 솟구쳐 올랐다.

“별걱정 다 하던 게로군…… . 내 자식 내가 어련히 할까 봐 쫓아다니며 그래!”

“그래도 노인들이야 어데 그런가…… . 객지에서 혼자 있는데 데리고 있기 정 불편하거든 당신에게로 도루 보내게 하라고 그러시데…… .”

“그 집에 내 자식이 무슨 상관이 있어서 보내라는 거야? ……보낼 테면 그때 데려왔을라구…… .”

P는 그것이 모두 그와 갈린 아내의 조종인 줄 알기 때문에 더구나 심정이 났다. 화가 나는 대로 하면 어린아이가 입고 온 양복도 벗겨 내던지고 싶었으나 꿀꺽 참았다.

11

일찍 맛보아 보지 못한 새 살림을 P는 시작하였다.

창선이가 도착한 날 밤.

창선이는 아랫목에서 삭삭 잠을 자고 있다. 외롭게 꿈을 꾸고 있으려니 생각하매 전에 없던 애정이 솟아오르는 듯하였다.

이튿날 아침 일찍 창선이를 데리고 ×× 인쇄소에 가서 A에게 맡기고 안 내키는 발길을 돌이켜 나오는 P는 혼자 중얼거렸다.

“레디메이드 인생이 비로소 겨우 임자를 만나 팔리었구나.”[46]

---

⑤ ➡ 다른 등장인물과는 다르게 왜 창선만 한글 이름을 썼을까? 그건 창선만 아직까지는 레디메이드 인생을 살고 있지 않기 때문이지.

⑥ ➡ 아들을 인쇄공으로 취직시킨 자신에 대한 자조적인 표현이라고 할 수 있어.

내신 준비!

수능 만점 선생님

그룹 채팅(P 외 다수)
지금 당장은 힘들더라도 결원이 있다면 꼭 부탁드리겠습니다.
P
빈자리가 있어야지.
K사장
일자리 문제 ㅠㅠ
선생님

정리해 볼까요(그룹 채팅)

● **작가에 대해서 알아볼까요?**

킬링 포인트

채만식 작가는 1902년 전라북도 군산에서 태어났어. 서울 중앙 고등 보통학교를 거쳐 일본 와세다 대학을 중퇴했지. 〈동아일보〉와 〈조선일보〉에서 기자 생활을 했고, 1925년 단편 「세 길로」로 등단했어. 희곡 「사라지는 그림자」와 단편 「부촌」 등 동반 작가적 성향의 작품을 발표하기도 했단다. 1934년에는 「레디메이드 인생」, 「인텔리와 빈대떡」 등을 발표하면서 작가로서의 입지를 다졌고, 이후로도 「치숙」과 같은 풍자성이 짙은 작품을 창작했지.
채만식 작가는 「레디메이드 인생」, 「치숙」 등을 통해 인텔리가 양산되지만, 그들에게 기회가 오지 않는 식민지 사회를 비판하고 있어. 그는 일제의 검열을 피하고자 풍자라는 우회적 방법을 통해 부정적인 사회 현실을 작품에 담았단다.

OOPS!
읽음

암울했던 일제 강점기에 '풍자'라는 도구로 세상과 소통했던 작가로군요!

● **작품에 대해서 정리해 보죠!**

킬링 포인트

작가 : 채만식
갈래 : 풍자 소설
배경 : 시간적 – 1930년대 | 공간적 – 서울(경성)
시점 : 전지적 작가 시점
주제 : 식민지 시대의 지식인 실업자가 겪는 비애와 좌절
출전 : 〈신동아〉(1934)

킬링 포인트

무조건 알아야 해!

이 소설은 식민지 시대의 지식인 실업자가 겪는 고통과 좌절을 표현한 작품이야. P는 고등 교육을 받았지만 실업자란다. 그는 K사장에게 일자리를 부탁하지만 거절당하지. 게다가 아들 창선이 서울로 올라온다는 편지를 받고 심란해해. 마침 친구인 M과 H가 찾아오고, 그들은 함께 술을 마시지. 다음 날, P는 인쇄소에 아들을 견습공으로 취직시킨단다.
제목인 '레디메이드 인생'은 대량 생산되어 팔리기만을 기다리는 기성품처럼 양산되어 어딘가에 취직되기만을 기다리는 지식인들의 삶을 의미해. 1930년대는 대공황 시기였고, 많은 사람이 잉여 인력이 되어 여기저기 일자리를 찾아 헤맸지. 이러한 당시의 시대상을 P라는 지식인을 통해 잘 보여 주고 있어.

OOPS!
읽음

오늘날처럼 많은 사람이 실업으로 고통받던 시대의 이야기네요!

● 구조적 접근을 꼭 알아야 해요!

칼럼 포인트

발단: P는 K사장에게 일자리를 부탁했다가 거절당함
고등 교육을 받고도 실업자인 P는 K사장을 찾아가 취직을 부탁해. 하지만 K
사장은 일자리가 없다는 이유로 P의 부탁을 거절하지.

전개: P는 레디메이드 인생을 양산한 사회를 비판함
P는 해마다 수많은 인텔리가 양산되는 시대에 레디메이드 인생을 살고 있는
자신의 처지를 한탄하지. 셋방으로 돌아오니 형에게서 편지가 와 있었어. P의
아들인 창선을 서울로 올려 보낸다는 내용이었지.

위기: P는 친구들과 함께 법률 책을 저당 잡히고 술을 마심
때마침 P와 친한 M과 H가 찾아와. 세 사람은 H의 법률 책을 저당 잡혀서 받
은 돈으로 술을 마시지. 어린 작부를 만난 P는 그녀가 정조를 대가로 돈을 바
라자, 그녀에게 돈을 집어 던지며 뛰쳐나오고 말아.

절정: P의 아들인 창선이 서울로 올라옴
P는 아들 창선이 올라온다는 소식에 돈을 변통해. 그러고는 인쇄소에 들러 문
선 과장에게 아들에게 일을 가르쳐 달라고 부탁하지.

결말: P는 창선을 인쇄소에 취직시킴
P는 인쇄소에 아들을 맡기게 돼. 그러면서 레디메이드 인생이 팔렸다고 자조
하지.

1930년대 무능한 인텔리의 모습을 느낄 수 있는 작품이네요. 주인공의 무
력감이 고스란히 전해져서 안타까운 마음이 들어요.

👍100점

● P의 뇌 구조를 알아볼까요?

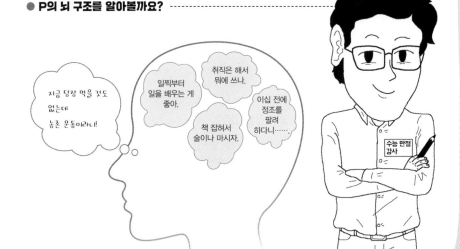

1 이 작품에 대한 설명으로 옳지 <u>않은</u> 것은?

① 풍자를 통해 당대 현실을 비판하고 있다.
② '레디메이드 인생'이란 기성품으로서 어딘가에 팔리기만을 기다리는 처지를 조롱하는 뜻을 담고 있다.
③ 고등 교육을 받았음에도 취직하지 못하는 지식인들의 고뇌와 애환을 그리고 있다.
④ 젊은 지식인들의 삶을 이해하지 못하는 기성세대의 모습이 나타나 있다.
⑤ 어린 아들에게 일을 시켜 자신을 부양하게 하려는 매정한 아버지의 모습을 엿볼 수 있다.

2 다음 밑줄 친 부분이 의미하는 바를 <u>바르게</u> 설명한 것은?

> 일찍 맛보아 보지 못한 새 살림을 P는 시작하였다.
>
> 창선이가 도착한 날 밤.
>
> 창선이는 아랫목에서 삭삭 잠을 자고 있다. 외롭게 꿈을 꾸고 있으려니 생각하매 전에 없던 애정이 솟아오르는 듯하였다.
>
> 이튿날 아침 일찍 창선이를 데리고 ×× 인쇄소에 가서 A에게 맡기고 안 내키는 발길을 돌이켜 나오는 P는 혼자 중얼거렸다.
>
> "<u>레디메이드 인생이 비로소 겨우 임자를 만나 팔리었구나.</u>"

① P는 인쇄 기술자로 성장한 아들을 보며 뿌듯해하고 있다.
② P는 자신의 평생 꿈이 이루어져 기뻐하고 있다.
③ P는 자신과는 달리 아들이 남들과 다른 길을 갈 수 있게 되어서 안도하고 있다.
④ 아들에게 일을 배우게 하는 자신의 상황을 자조적으로 표현하고 있다.
⑤ 인신매매가 일반화된 사회에 대한 슬픔이 드러나 있다.

3 이 작품의 서술상 특징으로 옳지 <u>않은</u> 것은?

① 특정 인물의 입장에서 이야기가 진행되고 있다.
② '나'가 주변 인물을 관찰하는 1인칭 관찰자 시점이다.
③ 순행적 구조로 전개되는 작품이다.
④ 설명과 보여 주기 방식이 동시에 나타나고 있다.
⑤ 등장인물들의 이름을 영어 이니셜로 표현해 더욱 객관적인 느낌을 준다.

4 이 작품의 P와 다음 작품의 윤 직원 영감이 대화를 나눈다고 할 때 옳지 <u>않은</u> 내용은?

> 윤 직원 영감은 팔을 부르걷은 주먹으로 방바닥을 땅 치면서 성난 황소가 영각을 하듯 고함을 지릅니다.
>
> "화적패가 있너냐아? 부랑당 같은 수령(守令)들이 있너냐? ……재산이 있대야 도적놈의 것이요, 목숨은 파리 목숨 같던 말세(末世)년 다 지내가고 오…… 자 부아라, 거리거리 순사요, 골골마다 공명헌 정사(政事), 오죽이나 좋은 세상이여…… 남은 수십만 명 동병(動兵) 군사를 일으킴을 히여서, 우리 조선 놈 보호히여 주니, 오죽이나 고마운 세상이여? 으응? ……제 것 지니고 앉어서 편안하게 살 태평 세상, 이걸 태평천하라구 허는 것이여, 태평천하! …… 그런디 이런 태평천하에 태어난 부잣놈의 자식이, 더군다나 왜 지가 떵떵거리구 편안허게 살 것이지, 어째서 지가 세상 망쳐 놀 부랑당 패에 참섭을 헌담 말이여, 으응?"

① P: 영감님 자식도 지식인이지만, 취업이 잘 안 되는 모양이군요.
② 윤 영감: 내 손주 녀석들은 대학 졸업 후에 군수나 경찰청장이 될 수 있었소!
③ P: 요즘처럼 고등 교육을 받아도 취업이 쉽지 않은 세상에 너무 큰 기대 아닌가요?
④ 윤 영감: 무슨 소리! 내 손주 녀석은 할 수 있었소! 일본인들이 태평천하를 가져다 준 세상에서 사회주의 운동만 하지 않았더라면!
⑤ P: 그러게 말이에요. 돈만 있다면 레디메이드 인생처럼 정해진 대로 편하게 살 수 있는 세상인데 말이지요.

5 어린 아들을 인쇄소에 취직시킨 P의 행동을 통해 작가가 비판하고자 하는 바를 서술하시오.

> P는 어린 아들을 교육하지 않고 일찌감치 인쇄소에 보내 일하게 함으로써 식민지 시대의 교육을 비판하고 있다. 고등 교육을 해도 취직이 되지 않는 현실을 꼬집은 것이다. 또한 작가는 자신이 일하는 것이 아니라 아들을 일하게 하는 P를 통해 체면과 허위에 찬 무능력한 지식인 계층을 비판하고 있다.

● **수능 만점 선생님의 감상 꿀팁** ------------------------------

> 이 소설을 제대로 이해하기 위해서는 당시의 사회적 배경을 반드시 알아야 해. 당시에는 일제의 문화 정책 때문에 지식인들이 늘어났고, 이와 맞물려 대공황이 찾아왔지. 이렇듯 노동자의 수가 갑자기 늘어나서 실업자도 많아진 거야. 작가는 이러한 시기에 제자리를 찾지 못하고 기성품처럼 살고 있는 주인공의 모습을 풍자적인 문체로 표현했다는 점을 꼭 기억하자!

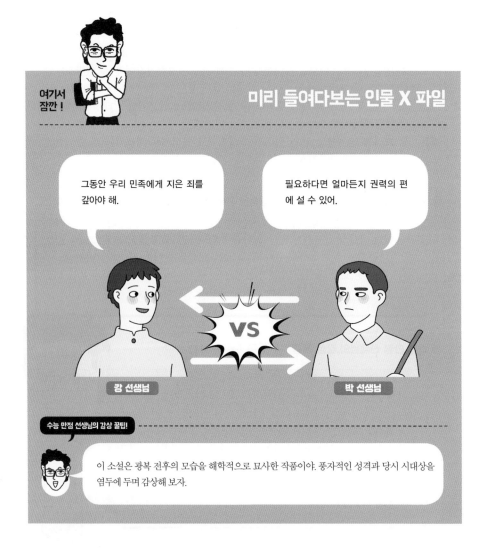

이상한 선생님

#모든 선생님이 다 훌륭한 건 아니지

1

우리 박 선생님은 참 이상한 선생님이었다.

박 선생님은 생긴 것부터가 무척 이상하게 생긴 선생님이었다. 키가 한 뼘밖에 안 되어서 뼘생 또는 뼘박이라는 별명이 있는 것처럼, 박 선생님의 키는 작은 사람 가운데서도 유난히 작은 키였다. 일본 정치 때에, 혈서로 지원병에 지원했다 체격 검사에 키가 제 척수(尺數, 치수)에 차지 못해 낙방이 되었다면, 그래서 땅을 치고 울었다면, 얼마나 작은 키인지 알 일이다.

그런 작은 키에 몸집은 그저 한 줌만 하고. 이 한 줌만 한 몸집, 한 뼘만 한 키 위에 깜짝 놀랄 만큼 큰 머리통이 위태위태하게 올라앉아 있다. 그래서 박 선생님 또 하나의 별명은 대갈장군이라고도 했다.❶

머리통이 그렇게 큰 박 선생님 얼굴은 어떻게 생겼느냐 하면, 또한 여느 사람과는 많이 달랐다.

뒤통수와 앞이마가 툭 내솟고, 내솟은 좁은 이마 밑으로 눈썹이 시꺼멓고, 왕방울 같은 두 눈은 부리부리하니 정기가 있고도 사납고, 코는 매부리코요, 입은 메기입으로 귀 밑까지 넓죽 째지고, 목소리는 쇠꼬챙이로 찌르는 것처럼 쨍쨍하고.

이런 대갈장군인 뼘생 박 선생님과 아주 정반대로 생긴 이가 강 선생님이었다.

---

❶ ➔ 등장인물의 외양을 우스꽝스럽게 묘사하고 있어. 이를 통해 박 선생님에 대한 '나'의 태도를 짐작할 수 있지.

강 선생님은 키가 크고, 몸집도 크고, 얼굴이 너부룻하고, 얼굴이 검기는 해도 순하여 사나움이 든 데가 없고, 눈은 더 순하고, 허허 웃기를 잘하고, 별로 성을 내는 일이 없고, 아무하고나 장난을 잘 하고…….❷ 강 선생님은 이런 선생님이었다.

뺌박 박 선생님과 강 선생님은 만나면 싸움이었다.

하학^(下學. 학교에서 그날의 수업을 마침)을 하고 나서, 우리가 청소를 한 교실을 둘러보다가 또는 운동장에서 (그러니까 우리들이 여럿이는 보지 않는 곳에서 말이다) 두 선생님이 만날라치면, 강 선생님은 괜히 장난이 하고 싶어 박 선생님을 먼저 건드리곤 했다.

"뺌박아, 담배 한 대 붙여 올려라."

강 선생님이 그 생긴 것처럼 느릿느릿한 말로 이렇게 장난을 청하고, 그런다 치면 박 선생님은 벌써 성이 발끈 나 가지고

"까불지 말아, 죽여 놀 테니."

"애야, 까불다니, 이 덕집엔 좀 억울하구나……. 아무튼 담배나 한 개 빌리자꾸나."

"나두 뻐젓한 돈 주구 담배 샀어."

"아따 이 사람, 누가 자네더러 담배 도둑질했대나?"

"너두 돈 내구 담배 사 피우란 말야."

"에구 요 재리^(매우 인색한 사람을 낮잡아 이르는 말)야! 몸이 요렇게 용잔하게^(못생기고 연약하게) 생겼거들랑 속이나 좀 너그럽게 써요."

"몸 크구서 속 못 차리는 건, 볼 수 없더라."

하나는 커다란 몸집을 해 가지고 싱글싱글 웃으면서, 하나는 한 뺌만 한 키에 그 무섭게 큰 머리통을 한 얼굴을 바싹 대들고는 사나움이 졸졸 흐르면서, 그렇게 마주 서서 싸우는 모양은 마치 큰 수캐와 조그만 고양이가 마주 만난 형국이었다.❸

❷ ➡ 박 선생님과 대조되는 강 선생님의 모습을 묘사하고 있어. 두 사람에 대한 소개를 통해 앞으로 이들이 대립각을 세우게 될 것임을 짐작할 수 있지.

❸ ➡ '나'가 본 강 선생님과 박 선생님의 모습이야. 박 선생님은 조금 옹졸한 사람임을 알 수 있지.

내신 준비!

수능 만점 선생님

다른 학교에서도 다 그랬을 테지만 우리 학교에서도 그때 말로 '국어'라던 일
본 말, 그 일본 말로만 말을 하게 하고 엄마 아빠 할 적부터 배운 조선말은 아주
한 마디도 쓰지 못하게 했다.❹

그러나 주재소의 순사, 면의 면 서기, 도 평의원을 한 송 주사, 또 군이나 도에
서 연설하러 온 사람, 이런 사람들이나 조선 사람끼리 만나도 척척 일본 말로 인
사를 하고 이야기를 했지, 다른 사람들이야 일본 사람과 만났을 때 말고는 다들
조선말로 말을 하고, 그래서 학교 문밖에만 나가면 만판 조선말로 말을 하는 사
람들이요, 더구나 집에 돌아가면 어머니, 아버지, 언니, 누나, 아기 모두들 조선말
을 했다. 그러니까 우리도 교실에서 공부를 하고 나와 운동장에서 우리끼리 놀
고 할 때에는 암만 해도 일본 말보다 조선말이 더 많이, 더 잘 나왔다.

학교에서고 학교 밖에서고 조선말로 말을 하다 선생님한테 들키는 날이면 경
을 치는 판이었다. 선생님들 중에서도 제일 심하게 밝히는 선생님이 뼘박 박 선
생님이었다.❺ 교장 선생님이나 다른 일본 선생님은 나무라기만 하고 마는 수가
있어도, 뼘박 박 선생님만은 절대로 용서가 없었다.

나도 여러 번 혼이 나 보았다.

한번은 상준이 녀석과 어떡하다 쌈이 붙었는데 둘이 서로 부둥켜안고 구르면
서 이 자식아, 저 자식아, 죽어 봐, 때려 봐, 하면서 한참 때리고 제기고(팔꿈치나 발꿈치
따위로 지르고) 하는 참이었다.

그런데, 느닷없이

"고랏! 조셍고데 겡까 스루야쓰가 이루까(이놈아! 조선말로 쌈하는 녀석이 어딨어)."

하면서 구둣발길로 넓적다리를 걷어차는 건, 정신없는 중에도 뼘박 박 선생님
이었다.

우리 둘이는 그 자리에서 뺨이 붓도록 따귀를 맞았고, 공부 시간에 들어가지
도 못하고 그 시간 동안 변소 청소를 했고, 그리고 조행(操行, 태도와 행실을 아울러 이르는 말) 점
수를 듬뿍 깎였다.

이렇게 뼘박 박 선생님한테 제일 중한 벌을 받는 때가 언제냐 하면, 조선말로

❹ 민족 말살 정책을 시행하던 당시의 시대상을 알 수 있는 부분이야.
❺ 박 선생님은 누구보다 앞장서서 친일 행적을 보이고 있어.

수능 만점 선생님

지껄이다 들키는 때였다.

강 선생님은 그와 반대로 아무 시비가 없었다.

교실에서 공부를 할 때 빼고는 그리고 다른 선생님, 그중에서도 교장 이하 일본 선생님과 뺌박 박 선생님이 보지 않는 데서는, 강 선생님은 우리한테 일본 말로 말을 하지 않았다. 우리가 일본 말을 해도 강 선생님은 조선말을 하곤 했다.

우리가 어쩌다

"선생님은 왜 '국어'로 안 하세요?"

하고 물으면 강 선생님은 웃으면서

"나는 '국어'가 서툴러서 그런다."

하고 대답했다.

그렇지만 우리가 보기에도 강 선생님은 일본 말이 서투른 선생님이 아니었다.❻

3

해방이 되던 바로 그 이튿날이었다.

여름 방학으로 놀던 때라, 나는 궁금해서 학교엘 가 보았다. 다른 아이들도 한 오십 명이나 와 있었다.

우리는 해방이라는 말은 아직 몰랐고, 일본에 전쟁이 지고 항복을 한 것만 알았다.

선생님들이, 그중에서도 뺌박 박 선생님이 그렇게도 일본(우리 대일본 제국)은 결단코 전쟁에 지지 않는다고, 기어코 전쟁에 이기고 천하에 못된 미국, 영국을 거꾸러뜨려 천황 폐하의 위엄을 이 전 세계에 드날릴 날이 머지않았다고, 하루에도 몇 번씩 그런 말을 해 쌓던 그 일본이 도리어 지고 항복을 하다니, 도무지 모를 일이었다.

직원실에는 교장 선생님과 두 일본 선생님 그리고 뺌박 박 선생님, 이렇게 네 분이 모여 앉아서 초상난 집처럼 모두 코가 쑤욱 빠져 가지고 있었다.❼

❻➜ 강 선생님은 소극적으로 일제에 저항하는 인물이야. 지식인으로서 최후의 양심을 지키는 것이라고 할 수 있지.

우리는 운동장 구석으로 혹은 직원실 앞뒤로 끼리끼리 모여 서서 제가끔^(제각기) 아는 대로 일본이 항복한 이야기를 하고 있었다.

그때 6학년에 다니던 우리 사촌 언니 대석이가 뒤늦게야 몇몇 동무와 함께 떨떨거리고 달려들었다. 대석 언니는 똘똘하고 기운 세고 싸움 잘하고, 그러느라고 선생님들한테 꾸지람과 매는 도맡아 맞고, 반에서 성적은 제일 꼴찌인 천하 말썽꾼이었다. 대석 언니네 집은 읍에서 십 리나 되는 곳이었고, 그래서 오늘 아침에야 소문을 들었노라고 했다.

대석 언니는 직원실을 넌지시 넘겨다보더니 싱끗 웃으면서 처억 직원실 안으로 들어섰다.

직원실 안에 있던 교장 선생님이랑 다른 두 일본 선생님이랑은 못 본 체하고 고개를 숙이고 있는데, 뻠박 박 선생님이 눈을 흘기면서 영락없이 일본 말로

"난다^(왜 그래)?"

하고 책망을 했다.

대석 언니는 그러나 무서워하지 않고 한다는 소리가

"선생님, 덴노헤이까가 고오상^(천황 폐하가 항복)했대죠?"

하고 묻는 것이다.

뻠박 박 선생님은 성을 버럭 내어 그 큰 눈방울을 부라리면서 여전히 일본 말로

"잠자쿠 있어. 잘 알지두 못하면서…… 건방지게시리."

하고 쫓아와서 곧 한 대 갈길 듯이 을러댔다.

대석 언니는 되돌아 나오면서 커다랗게 소리쳤다.

"덴노헤이까 바가^(천황 폐하 망할 자식)!"

"……."

만일 다른 때 누구든지 그런 소리를 했다간 당장 큰일이 날 판이었다. 그러나 교장 선생님이랑 두 일본 선생님은 그대로 못 들은 척 코만 빠뜨리고 앉았고, 뻠박 박 선생님도 잔뜩 눈만 흘기고 있을 뿐이지 아무렇지도 않았다. 그런 걸 보면 정녕 일본이 지고, 덴노헤이까가 항복을 했고, 그래서 인제는 기승을 떨지 못하

❼ ▶ 박 선생님은 일본 사람만큼이나 일제의 패망에 망연자실하고 있네.
❽ ▶ 대석 언니의 행동을 통해 박 선생님이 일제의 패망과 함께 선생님으로서의 권력 역시 잃어버렸음을 알 수 있어.

는 모양인 것 같았다.❽

마침 강 선생님이 땀을 뻘뻘 흘리면서 헐떡거리고 뛰어왔다. 강 선생님은 본집이 이웃 고을이었다.

"오오, 느이들두 왔구나. 잘들 왔다. 느이들두 다들 알았지? 조선이, 우리 조선이 해방이 된 줄 알았지? 얘들아, 우리 조선이 독립이 됐단다, 독립이! 일본은 쫓겨 가구…… 그 지지리 우리 조선 사람을 못 살게 굴구하시하구^(남을 얕잡아 낮추고) 피를 빨아먹구 하던 일본이, 그 왜놈들이 죄다 쫓겨 가구, 우리 조선은 독립이 돼서 우리끼리 잘 살게 됐어, 잘 살게."

의젓하고 점잖던 강 선생님이 그렇게도 들이 날뛰고 덤비고 하는 것은 처음 보았다.

"자아, 만세 불러야지 만세. 독립 만세, 독립 만세 불러야지. 태극기 없니? 태극기, 아무두 안 가졌구나! 느인 참 태극기가 어떻게 생겼는지 구경도 못 했을 게다.❾ 가만있자, 내 태극기 만들어 가지구 나올게."

그러면서 강 선생님은 직원실로 들어갔다.

강 선생님이 직원실로 들어서는 것을 보고 교장 선생님이랑 두 일본 선생님은 인사를 하려고 풀기 없이 일어섰다.

강 선생님은 교장 선생님더러 말을 했다.

"당신들은 인제는 일없어. 어서 집으로 가 있다가 당신네 나라로 돌아갈 도리나 허우."

"……."

아무도 대꾸를 못 하는데, 뻠박 박 선생님이 주저주저하다가

"아니, 자상히^(자세히) 알아보기나 하구서……."

하니까 강 선생님이 버럭 큰소리로 말한다.

"무엇이 어째? 자넨 그래 무어가 미련이 남은 게 있어 왜놈들하고 대가리 맞대구 앉아서 수군덕거리나? 혈서로 지원병 지원 한 번 더 해 보고파 그러나?❿ 아따, 그다지 애닯거들랑 왜놈들 쫓겨 가는 꽁무니 따라 일본으로 가서 살지 그러나. 자네 같은 충신이면 일본서두 괄시는 안 하리."

❾ ➡ 일제의 민족 말살 정책으로 태극기마저 구경해 보지 못한 아이들의 현실을 보여 주고 있어.

❿ ➡ 강 선생님은 그동안 박 선생님에게 쌓인 분노를 표출하고 있지.

"……."

뺨박 박 선생님은 그만 두말도 못 하고 얼굴이 벌게서 어쩔 줄을 몰라 했다. 뺨박 박 선생님이 남한테 이렇게 꼼짝 못하는 것을 보기는 처음이었다.

강 선생님은 반지(半紙, 얇고 하얀 질 좋은 일본 종이)를 여러 장 꺼내 놓고 붉은 잉크와 푸른 잉크로 태극기를 몇 장이고 그렸다. 그려 내놓고는 또 그리고, 그려 내놓고 또 그리고, 얼마를 그리면서, 그러다 아주 부드럽고 조용한 목소리로

"여보게 박 선생?"

하고 불렀다. 그러고는 잠자코 담배만 피우고 앉아 있는 뺨박 박 선생을 한 번 돌려다보고 나서 타이르듯 말했다.

"내가 좀 흥분해서 말이 너무 박절했나(인정이 없고 쌀쌀했나) 보이. 어찌 생각하지 말게……. 그리고 인제는 자네나 나나, 그동안 지은 죄를 우리 조선 동포 앞에 속죄해야 할 때가 아닌가?[11] 물론 이담에, 민족이 우리를 심판하고 죄에 따라 벌을 줄 날이 오겠지. 그러나 장차에 받을 민족의 심판과 벌은 장차에 받을 심판과 벌이고, 시방 당장 조선 민족의 한 사람으로 할 일이 조옴 많은가? 우리 같이 손목 잡구 건국에 도움 될 일을 하세. 자아, 이리 와서 태극기 그리게. 독립 만세부터 한 바탕 부르세."

"……."

뺨박 박 선생님은 아무 소리도 않고 강 선생님 옆으로 와서 태극기를 그리기 시작했다.

그 뒤로 강 선생님과 뺨박 박 선생님은 사이가 매우 좋아졌다.

뺨박 박 선생님은 학과 시간마다 우리에게 여러 가지 좋은 이야기를 많이 해 주었다. 일본이 우리 조선을 뺏어 저의 나라에 속국으로 삼던 이야기도 해 주었다.

왜놈들은 천하의 불측한(생각이나 행동 따위가 괘씸하고 엉큼한) 인종이어서 남의 나라와 전쟁하기를 좋아하는 백성이라고 했다.[12] 그래서 임진왜란 때에도 우리 조선에 쳐들어왔고, 그랬다가 이순신 장군이랑 권율 도원수한테 아주 혼이 나서 쫓겨 간 이야기도 해 주었다.

집중!

⑪ ➡ 강 선생님은 지식인으로서 일제에 항거하지 못한 자신의 태도에 대해 죄의식을 가지고 있어.

⑫ ➡ 박 선생님은 그새 입장을 바꿔서 일제에 대한 비판을 쏟아 내고 있네.

수능 만점 선생님

우리 조선은 역사가 사천 년이나 오래되고 그리고 세계의 어떤 나라 못지않게 훌륭한 문화가 발달된 나라라는 이야기도 해 주었다.

뺌박 박 선생님은 한편으로 열심히 미국 말을 공부했다. 그러면서 우리더러 졸업을 하고 중학교에 가거들랑 미국 말을 무엇보다도 많이 공부하라고, 시방은 미국 말을 모르고는 훌륭한 사람이 되지 못한다고 했다.

뺌박 박 선생님은 한 일 년 그렇게 미국 말 공부를 하더니, 그다음부터는 미국 병정이 오든지 하면 일쑤(흔히 또는 으레 그러는 일) 통역을 하고 했다. 중학교에 다닐 때에 조금 배운 것이 있어서 그렇게 쉽게 체득했다고 했다.

미국 병정은 벼 공출(供出, 국민이 국가의 수요에 따라 농업 생산물이나 기물 따위를 의무적으로 정부에 내어놓음)을 감독하러 와서 우리 뺌박 박 선생님을 꼬마 자동차에 태워 가지고 동네동네 돌아다녔다. 뺌박 박 선생님은 미국 양복을 얻어 입고, 미국 담배를 얻어 피우고, 미국 통조림이랑 과자를 얻어먹고 했다.[13]

해방 뒤에 새로 온 김 교장 선생님이 갈려 가고 강 선생님이 교장이 되었다. 강 선생님이 교장이 된 다음부터는, 뺌박 박 선생님은 강 선생님과 도로 사이가 나빠졌다.

우리는 한 번 뺌박 박 선생님이 미국 담배를 피우고 있는 것을, 교장 선생님이

"자넨 그걸 무어라구, 주접스럽게 얻어 피우곤 하나?"

하고 핀잔하는 것을 보았다.

강 선생님은 교장이 된 지 일 년이 못 되어서 파면을 당했다.

어른들 말이, 강 선생님은 빨갱이라고 했다. 그래서 파면을 당했노라고 했다. 또 누구는, 뺌박 박 선생님이 강 선생님을 그렇게 꼬아 댄 것이지, 강 선생님은 하나도 빨갱이가 아니라고도 했다.[14]

강 선생님이 파면을 당한 뒤를 물려받아 뺌박 박 선생님이 교장 선생님이 되었다. 교장이 된 뺌박 박 선생님은 그 작은 키가 으쓱했다.

뺌박 박 선생님은 미국을 침이 마르도록 칭찬했다. 이 세상에 미국같이 훌륭한 나라가 없고, 미국 사람같이 훌륭한 백성이 없다고 했다. 우리 조선은 미국 덕분에 해방이 되었으니까 미국을 누구보다도 고맙게 여기고, 미국이 시키는 대로

⑬ ➡ 박 선생님은 미군정이 들어서자 권력에 아첨하기 위해 그들 편에 섰어. 아주 약삭빠른 모습을 보여 주고 있지.

⑭ ➡ 당시 친일파는 광복 후 친미파가 되어 일제 강점기 때 반일 성향을 가졌던 인물들을 빨갱이로 몰아가기도 했어. 시대상을 잘 보여 주는 말이지.

수능 만점 선생님

순종해야 하느니라고 했다.

우리가 혹시 말끝에 "미국 놈……."이라고 하면, 뻠박 박 선생님은 단박 붙잡아다 벌을 세우곤 했다. 전에 "덴노헤이까 바가."라고 한 것만큼이나 엄한 벌을 주었다.[15]

"이놈아 아무리 미련한 소견이기로, 자아 보아라. 우리 조선을 독립시켜 주느라구 자기 나라 백성을 많이 죽여 가면서 전쟁을 했지. 그래서 그 덕에 우리 조선이 왜놈의 압제에서 벗어나서 독립이 되질 아니했어? 그뿐인감? 독립을 시켜 주구 나서두 우리 조선 사람들 배 아니 고프구 편안히 잘 살라고 양식이야, 옷감이야, 기계야, 자동차야, 석유야, 설탕이야, 구두야, 무어 죄다 골고루 가져다주지 않어? 그런데 그런 고마운 사람들더러, 미국 놈이 무어야?"

벌을 세우면서 뻠박 박 선생님은 이렇게 꾸짖곤 했다.

우리는 뻠박 박 선생님더러 미국에도 덴노헤이까가 있느냐고 물었다. 미국에 덴노헤이까가 있지 않고서야 그렇게 일본의 덴노헤이까처럼 우리 조선 사람을 친아들과 같이 사랑하고, 우리 조선 사람들이 잘 살도록 근심을 하며, 온갖 물건을 가져다주고 할 이치가 없기 때문이었다(해방 전에 뻠박 박 선생님은, 덴노헤이까는 우리 조선 사람들을 일본 사람들과 같이 사랑하고, 우리 조선 사람들이 잘 살기를 근심하신다고 늘 가르쳐 주곤 했다).

뻠박 박 선생님은 미국에는 덴노헤이까는 없고, 덴노헤이까보다 훌륭한 '돌멩이'라는 양반이 있다고 대답했다.

우리는 그럼 이번에는 그 '돌멩이'라는 훌륭한 어른을 위하여 미국 신민노세이시(미국 신민서사)를 부르고, 기미가요(일본의 국가) 대신 돌멩이 가요를 부르고 해야 하나 보다고 생각했다.

아무튼 뻠박 박 선생님은 참 이상한 선생님이었다.[16]

---

[15] ➡ 박 선생님의 이런 모습은 기회주의자의 언행을 풍자하고 있다고 볼 수 있지.
[16] ➡ 박 선생님은 너무나도 금세 자신의 입장을 바꾸는 사람이야. 순박한 아이들의 눈에도 이런 모습이 이상하게 보이지.

집중!

수능 만점 선생님

정리해 볼까요(그룹 채팅)

● 작가에 대해서 알아볼까요?

킬링 포인트

채만식 작가는 1902년 전라북도 군산에서 태어났어. 서울 중앙 고등 보통학교를 거쳐 일본 와세다 대학을 중퇴했지. 〈동아일보〉와 〈조선일보〉에서 기자 생활을 했고, 1925년 단편 「세 길로」로 등단했어. 희곡 「사라지는 그림자」와 단편 「부촌」 등 동반 작가적 성향의 작품을 발표하기도 했단다. 1934년에는 「레디메이드 인생」, 「인텔리와 빈대떡」 등을 발표하면서 작가로서의 입지를 다졌고, 이후로도 「치숙」과 같은 풍자성이 짙은 작품을 창작했지.
여러 작품에서 일제를 비판한 채만식 작가는 『친일인명사전』에도 이름을 올린 작가야. 하지만 광복 후 「민족의 죄인」을 통해 자신의 친일 행각에 대해 통렬한 반성을 보였지. 그의 뛰어난 작품성과는 별개로 과거 친일 행각을 했다는 부분은 비판적으로 이해해야 할 필요가 있어.

읽음

밝은 면과 어두운 면을 동시에 지닌 작가로군요. 두 가지 모습에 관해 더 알아봐야겠어요.

👍100점

● 작품에 대해서 정리해 보죠!

킬링 포인트

작가 : 채만식
갈래 : 단편 소설, 현대 소설
배경 : 시간 – 일제 강점기 및 광복 직후 | 공간 – 어느 국민학교
시점 : 1인칭 관찰자 시점
주제 : 기회주의적인 인물의 부조리한 모습

킬링 포인트

무조건 알아야 해!

이 작품은 기회주의적인 인물에 대한 관찰을 통해 그런 사람들의 부조리한 모습을 고발하고 비판하고자 한 소설이야. 박 선생님은 조선말을 하는 학생들을 호되게 혼내지만 강 선생님은 그렇지 않지. 그래서 광복한 다음 날, 박 선생님은 강 선생님과 다르게 시무룩한 모습을 보여. 이후 강 선생님은 교장 선생님이 되지만 이내 빨갱이로 몰려 학교에서 쫓겨나고, 교장 선생님 자리는 박 선생님이 차지하게 되지.
이 소설이 당시 권력에 아첨하며 자신의 이권을 챙기고자 한 사람들을 비판하고자 했다는 점에 비추어 보면, 박 선생님의 외양을 못나게 묘사한 것은 작가의 의도라고 볼 수 있어. 또한 두 선생님의 대립 구도를 어린아이의 시선으로 바라봄으로써 비판을 더욱 극대화했지.

읽음

외모로 사람을 평가해선 안 되지만, 이 작품에는 작가의 의도가 담겨 있었군요!

👍100점

킬링 포인트

발단: 박 선생님과 강 선생님은 서로 티격태격하는 사이임
뺌박이라는 별명을 가진 박 선생님은 유독 못난 외모를 지니고 있어. 그는 키가 크고 순한 외모를 지닌 강 선생님과 티격태격하며 지내지.

전개: 박 선생님은 조선말을 사용하는 학생들을 혼냄
박 선생님은 조선말을 사용하는 학생들을 보면 혼내지만, 강 선생님은 그렇지 않아. 오히려 학생들이 일본 말을 할 때 조선말을 사용하지.

위기: 광복 후에 박 선생님의 태도가 달라짐
광복 다음 날 학교에 가 보니 교장 선생님과 일본인 선생님들 그리고 박 선생님은 기를 펴지 못하고 있어. 강 선생님은 진심으로 기뻐하며 태극기를 흔들자고 하지. 박 선생님은 일본의 패망 이후 일본을 비판하는 말을 많이 해.

절정: 박 선생님은 미국 말을 열심히 공부함
강 선생님은 새로운 교장 선생님이 돼. 얼마 후, 강 선생님은 빨갱이로 몰려 파면당하고 공석이 된 교장 선생님 자리를 박 선생님이 차지하게 되지. 박 선생님은 미국 말을 엄청 열심히 공부해.

결말: 우리는 박 선생님을 이상하다고 생각함
박 선생님은 우리에게 미국은 엄청 고마운 나라이며 그들의 말에 순종해야 한다고 말해. 우리는 그런 박 선생님의 모습을 보며 이상하다고 생각하지.

OOPS!
읽음

박 선생님을 통해 기회주의자의 모습을 생생하게 느낄 수 있었어요! 지금 시대에도 이렇게 살면 안 되겠다는 생각도 들었고요.

👍100점

● **박 선생님의 뇌 구조를 알아볼까요?** ------------------------------

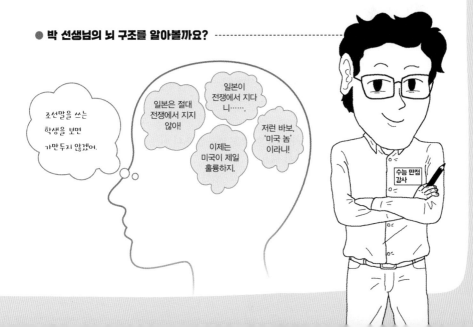

조선말을 쓰는 학생을 보면 가만두지 않겠어.

일본은 절대 전쟁에서 지지 않아!

이제는 미국이 제일 훌륭하지.

일본이 전쟁에서 지다니……

저런 바보, '미국 놈'이라니!

수능 만점 감사

내신·수능 만점 키우기

1 이 작품을 읽고 토론한 내용으로 옳지 <u>않은</u> 것은?

① 박 선생님은 일제와 미국 편에 기꺼이 서는 것으로 보아 기회주의자임이 틀림없어.

② 강 선생님은 빨갱이라는 이유로 쫓겨났지만, 사실은 박 선생님이 모함한 것 아닐까?

③ 대석 언니는 박 선생님의 따뜻하고 강직한 인간됨을 보여 주는 인물이라고 할 수 있어.

④ 순박한 '우리'의 시선을 통해 박 선생님의 성격이 더 부각된다고 할 수 있어.

⑤ 작가는 인물들의 생김새를 통해서 인물의 성격을 알 수 있도록 의도한 것이 아닐까?

2 다음 글에 등장하는 '나'와 이 작품의 박 선생님이 대화한 내용으로 옳지 <u>않은</u> 것은?

> 나는 죄선 여자는 거저 주어도 싫어요.
>
> 구식 여자는 얌전은 해도 무식해서 내지인하고 교제하는 데 안 됐고, 신식 여자는 식자나 들었다는 게 건방져서 못쓰고, 도무지 그래서 죄선 여자는 신식이고 구식이고 다 제에발이야요.
>
> 내지 여자가 참 좋지 뭐. 인물이 개개 일자로 이쁘것다, 얌전하것다, 상냥하것다, 지식이 있어도 건방지지 않것다, 좀이나 좋아!
>
> 그리고 내지 여자한테 장가만 드는 게 아니라 성명도 내지인 성명으로 갈고, 집도 내지인 집에서 살고, 옷도 내지 옷을 입고, 밥도 내지식으로 먹고, 아이들도 내지인 이름을 지어서 내지인 학교에 보내고……
>
> 내지인 학교라야지 죄선 학교는 너절해서 아이들 버려 놓기나 꼭 알맞지요.
>
> 그리고 나도 죄선말은 싹 걷어치우고 국어(일본 말)만 쓰고요.
>
> 이렇게 다 생활 법식부텀도 내지인처럼 해야만 돈도 내지인처럼 잘 모으게 되거든요.
>
> — 채만식, 「치숙」 중

① 박 선생님: 학생들이 쓰라는 일본 말을 쓰지 않으니 아주 버릇이 잘못 들었어요. 정신을 차리게 혼쭐을 내야 해요.

② '나': 박 선생님은 참된 선생님이시군요. 조선 사람들도 국어(일본어)를 써야 성공할 수 있지요.

③ 박 선생님: 천황 폐하는 조선인들을 친아들처럼 아끼고 사랑하신단 말이에요.

④ '나': 아무렴 나라에서 백성들을 못살게 굴려고 하겠어요?

⑤ 박 선생님: 그러니까 우리 조선인들도 똘똘 뭉쳐서 일본인들에게 저항해야 해요.

3 다음 글을 읽고 상황에 맞는 속담을 가장 <u>적절히</u> 활용한 것은?

> 우리는 뻠박 박 선생님더러 미국에도 덴노헤이까가 있느냐고 물었다. 미국에 덴노헤이까가 있지 않고서야 그렇게 일본의 덴노헤이까처럼 우리 조선 사람을 친아들과 같이 사랑하고, 우리 조선 사람들이 잘 살도록 근심을 하며, 온갖 물건을 가져다주고 할 이치가 없기 때문이었다(해방 전에 뻠박 박 선생님은, 덴노헤이까는 우리 조선 사람들을 일본 사람들과 같이 사랑하고, 우리 조선 사람들이 잘 살기를 근심하신다고 늘 가르쳐 주곤 했다).
> 뻠박 박 선생님은 미국에는 덴노헤이까는 없고, 덴노헤이까보다 훌륭한 '돌맹이'라는 양반이 있다고 대답했다.
> 우리는 그럼 이번에는 그 '돌맹이'라는 훌륭한 어른을 위하여 미국 신민노세이시를 부르고, 기미가요 대신 돌맹이 가요를 부르고 해야 하나 보다고 생각했다.

① '밑 빠진 독에 물 붓기'라고 아무리 박 선생님이 미국을 칭찬해 봐야 '돌맹이'라는 사람은 박 선생님을 도와주지 않아.
② 박 선생님은 이 작품에서 '약방의 감초' 같은 존재야.
③ '울며 겨자 먹기'라고 박 선생님은 억지로 미국을 추켜세우고 있어.
④ 박 선생님은 '간에 붙었다 쓸개에 붙었다 하는' 사람이로군.
⑤ '사공이 많으면 배가 산으로 간다'고 박 선생님과 '우리'는 미국을 찬양하는 방식에 대해 갈등의 조짐을 보이고 있어.

4 강 선생님은 광복 이후에 '그동안 지은 죄를 우리 조선 동포 앞에 속죄해야 할 때'라고 말한다. 이 문장의 의미를 작가의 친일 행적과 연관 지어 서술하시오.

아주 중요해!

OOPS!

> 채만식은 일제 강점기에 친일 활동을 한 적이 있다. 그는 광복 이후 「민족의 죄인」을 통해 이에 대한 죄의식을 토로했다. 강 선생님의 발언은 작가의 이런 역사의식과 관련이 있다고 볼 수 있다. 살아남기 위해 친일 활동을 했지만, 이는 민족에 대한 죄이며 반성이 필요하다는 것이다.

● **수능 만점 선생님의 감상 꿀팁**

> 이 소설은 광복 전후 자신의 이익을 위해 반민족적인 행위도 서슴지 않았던 기회주의자들을 풍자한 작품이야. 작가는 이러한 기회주의자들을 비판하고 있지만, 동시에 자신의 친일 행적도 반성하고 있음을 기억하자.

수능 만점 강사

여기서
잠깐!

미리 들여다보는 인물 X 파일

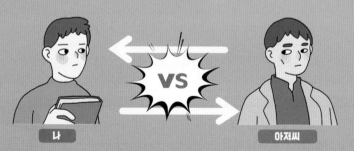

아저씨는 정말 무능한 사람이야.
이 사회에 하등 도움이 되지 않
는군!

정말 딱한 조카야. 잘못된 가치관
을 옳다고 믿으며 살아가고 있으
니…….

나

VS

아저씨

수능 만점 선생님의 감상 꿀팁!

이 소설은 '나'가 친척 아저씨에 대해 어떻게 생각하는지를 중심으로 이야기가 진행되고 있어.
작가가 비판하고자 하는 것이 무엇인지, 왜 이런 구조를 취해야 했는지에 관해 생각하며 작품
을 감상해 보자.

#무능해도 한심, 가치관이 잘못돼도 한심

우리 아저씨 말이지요? 아따 저 거시키, 한참 당년에 무엇이냐 그놈의 것, 사회주의라더냐 막걸리라더냐, 그걸 하다 징역 살고 나와서 폐병으로 시방 앓고 누웠는 우리 오촌 고모부 그 양반……

뭐, 말두 마시오. 대체 사람이 어쩌면 글쎄…… 내 원!

신세 간데없지요.❶

자, 십 년 적공(積功, 많은 힘을 들여 애를 씀), 대학교까지 공부한 것 풀어먹지도 못했지요. 좋은 청춘 어영부영 다 보냈지요. 신분에는 전과자라는 붉은 도장 찍혔지요. 몸에는 몹쓸 병까지 들었지요. **이 신세를 해 가지골랑은 굴속 같은 오두막집 단칸 셋방 구석에서 사시장철 밤이나 낮이나 눈 따악 감고 드러누웠군요.❷**

재산이 어디 집 터전인들 있을 턱이 있나요. 서 발 막대 내저어야 짚검불(마른 짚) 하나 걸리는 것 없는 철빈(鐵貧, 더할 수 없이 가난함)인데.

우리 아주머니가, 그래도 그 아주머니가, 어질고 얌전해서 그 알량한 남편 양반 받드느라 삯바느질이야 남의 집 품빨래야 화장품 장사야, 그 칙살스런(하는 짓이나 말따위가 잘고 더러운 데가 있는) 벌이를 해다가 겨우겨우 목구멍에 풀칠을 하지요.

어디루 대나 그 양반은 죽는 게 두루 좋은 일인데 죽지도 아니해요.

우리 아주머니가 불쌍해요.❸ 아, 진작 한 나이라도 젊어서 팔자를 고치는 게 아니라, 무슨 놈의 수난 후분(後分, 늙은 뒤의 운수나 처지)을 바라고 있다가 끝끝내 고생을 하는지.

❶ ➡ 아저씨에 대한 '나'의 생각을 한 문장으로 보여 주고 있어.
❷ ➡ 현재 아저씨의 상황이야. 사회주의 활동으로 말미암아 전과자가 된 모습이지.
❸ ➡ 친척 아주머니에 대한 '나'의 생각이야.

주목!

수능 만점 선생님

근 이십 년 소박(疏薄, 처나 첩을 박대함)을 당했지요.

이십 년을 설운 청춘 한숨으로 보내고서 다 늦게야 송장 여대치게('빤치게'의 사투리) 생긴 그 양반을 그래도 남편이라고 모셔다가는 병 수발 들랴, 먹고살랴, 애(마음과 힘 의 수고로움)가 진(盡)하고 다니는 걸 보면 참말 가엾어요.

그게 무슨 죄다짐(죄에 대한 갚음)이람? 팔자, 팔자 하지만 왜 팔자를 고치지를 못하고서 그래요. **우리 죄선(조선) 구식 부인네들은 다아 문명을 못하고 깨지를 못해서 그러지.**❹

그 양반이 한시바삐 죽기나 했으면 우리 아주머니는 차라리 신세 편하리다.

심덕 좋겠다, 솜씨 얌전하겠다 하니, 어디 가선들 자기 일신 몸 가누고 편안히 못 지내요?

가만 있자, 열여섯 살에 아저씨네 집으로 시집을 갔다니깐, 그게 내가 세 살 적이니 꼬박 열여덟 해로군. 열여덟 해면 이십 년 아니오.

그때 우리 아저씨 양반은 나이 어리기도 했지만, 공부를 한답시고 서울로 동경으로 십여 년이나 돌아다녔고, 조금 자라서 색시 재미를 알 만하니까는 누가 이쁘달까 봐 이혼하자고 아주머니를 친정으로 쫓고는 통히(전혀) 불고(不顧, 돌아보지 않음)를 하고……

공부를 다 마치고 오더니만, 그담에는 그놈의 짓에 들입다 발광해 다니면서 명색 학생 출신이라는 딴 여편네를 얻어 살았지요. 그 여편네는 나도 몇 번 보았지만 상판대기라고 별반 출(내놓을) 수도 없이 생겼습데다. 그 인물로 남의 첩이야? 일색 소박은 있어도 박색 소박은 없다(아름다운 여자는 남편에게 종종 소박을 당해도, 그렇지 않은 여자는 소박을 당하는 일이 적다)더니, 사실 소박맞은 우리 아주머니가 그 여편네다 대면 월등 이뻤다우.

그래 그 뒤에, 그 양반은 필경 붙들려 가서 오 년이나 전중이(징역살이하는 사람을 속되게 이르는 말)를 살았지요. 그동안에 아주머니는 시집이고 친정이고 모두 폭 망해서 의지가지없이(의지할 만한 데가 없이) 됐지요.

그러니 어떻게 해요? 자칫하면 굶어 죽을 판인데.

할 수 없이 얻어먹고 살기도 해야 하려니와, 또 아저씨 나오는 것도 기다려야 한다고 나를 반연(攀緣, 무엇에 이르기 위한 연줄로 삼음) 삼아 서울로 올라왔더군요. 그게 그러

❹ ➡ '나'는 조선 사람들을 부정적으로 인식하고 있지.

니까 아저씨가 나오던 그 전해로군.

그때 내가 나이는 어려도 두루 납뛴^(날뛴) 보람이 있어서 이내 구라다 상네 식모로 들어갔지요.

그 무렵에 참 내가 아주머니더러 여러 번 권면을 했지요. 그러지 말고 개가^(改嫁, 결혼했던 여자가 남편과 사별하거나 이혼해 다른 남자와 결혼함)를 가라고. 글쎄 어린 소견에도 보기에 퍽 딱하고 민망합디다.

계제^(階梯, 어떤 일을 할 수 있게 된 형편이나 기회)에 마침 또 좋은 자리가 있었고요. 미네 상이라고 미쓰꼬시 앞에서 바나나 **다다끼우리**^(投賣), 손해를 무릅쓰고 주식이나 채권을 싼값에 팔아 버리는 일)❺를 하는 인데 사람이 퍽 좋아요.

우리 집 다이쇼^(주인)도 잘 알고 하는데, 그이가 늘 나더러 죄선 오깜 상하고 살았으면 좋겠다고, 중매 서 달라고 그래쌌어요.

돈은 모아 둔 게 없어도 다 벌어먹고 살 만하니까 그런 사람 만나서 살면 아주머니도 신세 편할 게 아니냐구요.

그런 걸 글쎄, 몇 번 말해도 흉한 소리 말라고 듣질 않는 걸 어떡허나요.

아무튼 그런 것 말고라도 참, 흰말^(터무니없이 자랑으로 떠벌리거나 허풍을 떠는 말)이 아니라 이날 이때까지 내가 그 아주머니 뒤도 많이 보아 주었다우. 또 나도 그럴 만한 은공이 없잖아 있구요.

내가 일곱 살에 부모를 잃었지요. 그러고 나서 의탁할 곳이 없이 됐는데 그때 마침 소박을 맞고 친정살이를 하는 그 아주머니가 나를 데려다가 길러 주었지요.

그때만 해도 그 집이 그다지 군색하게 지내진 않았으니깐요. 아주머니도 아주머니지만 종조^(從祖, 할아버지의 형 또는 아우) 할머니며 할아버지도 슬하에 딴 자손이 없어서 나를 퍽 귀애하겠지요.

열두 살까지 그 집에서 자랐군요.

사 년이나마 보통학교도 다녔고.

아마 모르면 몰라도 그 집안에 그렇게 치패^(致敗, 살림이 결딴남)하지만 않았으면 나도 그냥 붙어 있어서 시방쯤은 전문학교까지는 다녔으리다.

이런 은공이 있으니까 나도 그걸 저버리지 않고 그래서 내 깜냥에는 갚을 만

❺ ➤ '나'는 조선말이 아닌 일본 말을 자주 사용하고 있어. 이를 통해 '나'의 현실 인식을 조금은 짐작할 수 있지.

치 갚노라고 갚은 셈이지요.

허기야 요새도 간혹 아주머니가 찾아와서 양식 없다는 사정을 더러 하곤 하는 데 실토정(實吐情, 사정이나 심정을 솔직하게 말함) 말이지 좀 성가시기는 해요.⁶

그러는 족족 그 수응을 하자면 내 일을 못 하겠는걸. 그래 대개 잘라 떼기는 하지요.

그렇지만 그 밖에, 가령 양명절 때면 고깃근이라도 사 보낸다든지, 또 오며가며 들러 이야기 낱이라도 한다든지, 그런 건 결단코 범연히(차근차근한 맛이 없이 데면데면히) 하진 않으니까요.

아무튼 그래서, 아주머니는 꼬박 일 년 동안 구라다 상네 집 오마니로 있으면서 월급 오 원씩 받는 걸 그대로 고스란히 저금을 하고, 또 틈틈이 삯바느질을 맡아다가 조금씩 벌어 보태고, 또 나올 무렵에 구라다 상네 양주(兩主, 부부)가 퍽 기특하다고 돈 칠 원을 상급으로 주고, 그런 게 이럭저럭 돈 백 원이나 존존히 됐지요.

그 돈으로 방 한 칸 얻고 살림 나부랭이도 조금 장만하고 그래 놓고서 마침 그 알량꼴량한 서방님이 놓여나오니까(잡혔던 곳에서 풀려나오니까) 그리로 모서 들였지요.

놓여나오는 날 나도 가서 보았지만, 가막소(감옥) 문 앞에 막 나서자 아주머니가 기다리고 있으니까 그래도 눈물이 핑 돌던데요.

전에 그렇게도 죽을 동 살 동 모르고 좋아하던 첩년은 꼴도 안 뵈구요. 남의 첩년이란 건 다 그런 거지요, 뭐.

우리 아저씨 양반은 혹시 그 여편네가 오지 않았나 하고 사방을 휘휘 둘러보던데요. 속이 그렇게 없다니까. 여편네는커녕 아주머니하고 나하고 그 외는 어리친 개새끼 한 마리 없더라.

그래 막, 자동차에 올라타려다가 피를 토했지요. 나중에 들었지만 가막소 안에서 달포 전부터 토혈을 했다나 봐요.

그래 다 죽어 가는 반송장을 업어 오다시피 해다가 뉘어 놓고, 그날부터 아주머니는 불철주야로, 할 짓 못 할 짓 다 해 가면서 부스대고 날뛴 덕에 병도 차차로 차도가 있고, 그러더니 인제는 완구히 살아는 났지요.⁷ 뭐 참 시방은 용 꼴인걸요, 용 꼴.

부인네 정성이 무서운 겝다.

⑥ ➜ 아주머니에 대한 '나'의 인식이 바뀌고 있음을 알 수 있어.

⑦ ➜ 아주머니는 남편에게 헌신적인 조선 여성을 상징하는 인물이야.

내신 준비

수능 만점 선생님

꼬박 삼 년이군. 나 같으면 돌아가신 부모가 살아오신대도 그 짓 못 해요.

자, 그러니 말이지요. 우리 아저씨라는 양반이 작히나 양심이 있고 다 그럴 양이면, 어허, 내가 어서 바삐 몸이 충실해져서, 어서 바삐 돈을 벌어다가 저 아내를 편안히 거느리고, 이 은공과 전날의 죄를 갚아야 하겠구나…… 이런 맘을 먹어야 할 게 아니냐구요?

아주머니의 은공을 갚자면 발에 흙이 묻을세라 업고 다녀도 참 못다 갚지요.

그러고저러고 간에 자기도 이제는 속 차려야지요. 하기야 속을 차려서 무얼 하재도 전과자니까 관리나 또 회사 같은 데는 들어가지 못하겠지만, 그야 자기가 저지른 일인 걸 누구를 원망할 일도 아니고, 그러니 막 벗어부치고 노동이라도 해야지요.

대학교 출신이 막벌이 노동이란 게 꼴 가관이지만 그래도 할 수 없지, 뭐.

그런 걸 보고 가만히 나를 생각하면, 만약 우리 증조할아버지네 집안이 그렇게 치패를 안 해서 나도 전문학교를 졸업을 했으면, 혹시 우리 아저씨 모양이 됐을지도 모를 테니 차라리 공부 많이 않고서 이 길로 들어선 게 다행이다…… 이런 생각이 들어요.❽

사실 우리 아저씨 양반은 대학교까지 졸업하고도 이제는 기껏 해먹을 거란 막벌이 노동밖에 없는데, 보통학교 사 년 겨우 다니고서도 시방 앞길이 환히 트인 내게다 대면 고츠카이(소사(小使). 관청이나 회사, 학교, 가게 따위에서 잔심부름을 시키기 위해 고용한 사람)만도 못하지요.

아, 그런데 글쎄 막벌이 노동을 하고 어쩌고 하기는커녕 조금 바시시 살아날 만하니까 이 주책꾸러기 양반이 무슨 맘보를 먹는고 하니, 내 참 기가 막혀!❾

아니, 그놈의 것하고는 무슨 대천지원수가 졌단 말인지, 어쨌다고 그걸 끝끝내 하지 못해서 그 발광인고?

그러나마 그게 밥이 생기는 노릇이란 말인지? 명예를 얻는 노릇이란 말인지. 필경은, 붙잡혀 가서 징역 사는 놀음?

아마 그놈의 것이 아편하고 꼭 같은가 봐요. 그렇길래(그렇기에) 한 번 맛을 들이면 끊지를 못하지요?

그렇지만 실상 알고 보면 그게 그다지 재미가 난다거나 맛이 있다거나 그런

❽ '나'는 아저씨가 공부를 많이 해서 이상해졌다고 생각하고 있어.
❾ 아저씨는 아직도 사회주의 활동에 대한 미련을 버리지 못했네.

것도 아니더군 그래요. **부랑당**(불한당. 떼를 지어 돌아다니며 재물을 마구 빼앗는 사람들의 무리) **패던데요.**
하릴없이(조금도 틀림이 없이) **부랑당팹디다.⑩**

저 서양 어디선가, 일하기 싫어하는 게으름뱅이 몇 놈이 양지쪽에 모여 앉아서 놀고먹을 궁리를 했더라나요. 우리 집 다이쇼가 다 자상하게 이야기를 해 줍디다.

게, 그 녀석들이 서로 구론(口論)을 하기를, 자, 이 세상에는 부자가 있고 가난한 사람이 있고 하니 그건 도무지 공평한 일이 아니다. 사람이란 건 이목구비하며 사지육신을 꼭 같이 타고났는데, 누구는 부자로 잘살고 누구는 가난하다니 그게 될 말이냐. 그러니 부자가 가진 것을 우리 가난한 사람들하고 다 같이 고르게 나눠 먹어야 경우가 옳다.

야— 그거 옳은 말이다. 야— 그 말 좋다. 자— 나눠 먹자.

아, 이렇게 설도를 해 가지고 우 하니 들고일어났다는군요.

아—니, 그러니 그게 생 날 부랑당 놈의 짓이 아니고 무어요?

사람이란 것은 제가끔 분지복(分之福, 타고난 복)이 있어서 기수를 잘 타고 나든지 부지런하면 부자가 되는 법이요, 복록(福祿, 복되고 영화로운 삶을 이르는 말)을 못 타고 나든지 게으른 놈은 가난하게 사는 법이요, 다 이렇게 마련인데, 그거야말로 공평한 천리인 것을, 딥다 불공평하다게 될 말이오? 그러고서 억지로 남의 것을 뺏어 먹자고 들다니 그놈들이 부랑당이지 무어요.

짓이 부랑당 짓일 뿐 아니라, 또 만약에 그러기로 들면 게으른 놈은 점점 더 게으름만 부리고 쫓아다니면서 부자 사람네가 가진 것만 뺏어 먹을 테니 이 세상은 통으로 도적놈의 판이 될 게 아니오? 그나마, 부자 사람네가 모아 둔 걸 다 뺏기고 더는 못 먹여 내는 날이면 그때는 이 세상 망하는 날이 아니오?

저마다 남이 농사지어 놓으면 그걸 뺏어 먹으려고 일 않고 번둥번둥 놀 것이고, 남이 옷감 짜 놓으면 그걸 뺏어다가 입으려고 번둥번둥 놀 것이고 그럴 테니 대체 곡식이며 옷감이며 그런 것이 다 어디서 나올 데가 있어야지요. 세상 망할 밖에!

글쎄 그놈의 짓이 그렇게 세상 망쳐 놀 장본인 줄은 모르고서 가난한 놈들, 그 중에도 일하기 싫은 게으름뱅이들이 위선 당장 부자 사람네 것을 뺏어 먹는다니

⑩ ➡ 사회주의에 대한 '나'의 생각이야.

까 거기 혹해 가지골랑 너도나도 와 하니 참섭(參涉, 어떤 일에 끼어들어 간섭함)을 했다는구려.

바로 저 아라사('러시아'의 우리말 표기)가 그랬대요.

그래서 아니나 다를까 농군들이 곡식을 안 만들기 때문에 사람이 수만 명씩 굶어 죽는다는구려. 빠안한 이치지 뭐.

위선(우선) 먹기는 곶감이 달다(앞일은 생각해 보지도 아니하고 당장 좋은 것만 취하는 경우를 비유적으로 이르는 말)고 그 지랄들을 했다가 잘코사니(미운 사람의 불행을 고소하게 여길 때 하는 말)야!

아 그런데, 그 못된 놈의 풍습이 삽시간에 동서양 각국 안 간 데 없이 퍼져 가지골랑 한동안 내지(內地, 외국이나 식민지에서 본국을 이르는 말. 여기서는 일본을 말함)[11]에도 마구 굉장히 드세게 돌아다녔고, 내지가 그러니까 멋도 모르는 죄선 영감상들도 덩달아서 그 흉내를 냈다나요.

그렇지만 시방은 그새 나라에서 엄하게 밝히고 금하고 한 덕에 많이 너끔해졌고 그런 마음먹는 사람은 별반 없다나 봐요.

그럴 게지, 글쎄. 아, 해서 좋을 양이면야 나라에선들 왜 금하며 무슨 원수가 졌다고 붙잡다가 징역을 살리나요.

좋고 유익한 것이면 나라에서 도리어 장려하고, 잘할라치면 상급도 주고 그러잖아요.

활동사진이며 스모며 만자이(만담)며 또 왓쇼왓쇼(일본 전통 축제의 하나)랄지 세이레이 나가시(일본 전통 행사)랄지 라디오 체조랄지 그런 건 다 유익한 일이니까 나라에서 설도도 하고 그러잖아요.

나라라는 게 무언데? 그런 걸 다 잘 분간해서 이럴 건 이러고 저럴 건 저러라고 지시하고, 그 덕에 백성들은 제각기 제 분수대로 편안히 살도록 애써 주는 게 나라 아니오?

그놈의 것 사회주의만 하더라도 나라에서 금하질 않고 저희가 하는 대로 두어두었어 보아? 시방쯤 세상이 무엇이 됐을지…….

다른 사람들도 낭패 본 사람이 많았겠지만, 위선 나만 하더라도 글쎄 어쩔 뻔했어! 아무 일도 다 틀리고 뒤죽박죽이지.

내 이상과 계획은 이렇거든요.[17]

⑪ ➜ '나'는 사회주의에 대해 반감을 느끼고, 일제의 식민 통치에 동화된 모습을 보이고 있어.

아주 중요해!

수능 만점 선생님

우리 집 다이쇼가 나를 자별히 귀애하고 신용을 하니까 인제 한 십 년만 더 있으면 한밑천 들어서 따로 장사를 시켜 줄 그런 눈치거든요.

그러거들랑 그것을 언덕 삼아 가지고 나는 삼십 년 동안 예순 살 환갑까지만 장사를 해서 꼭 십만 원을 모을 작정이지요. 십만 원이면 죄선 부자로 쳐도 천석꾼이니, 뭐 떵떵거리고 살 게 아니냐구요.

그리고 우리 다이쇼도 한 말이 있고 하니까, 나는 내지인 규수한테로 장가를 들래요. 다이쇼가 다 알아서 얌전한 자리를 골라 중매까지 서 준다고 그랬어요. 내지 여자가 참 좋지요.

나는 죄선 여자는 거저 주어도 싫어요.⑬

구식 여자는 얌전은 해도 무식해서 내지인하고 교제하는 데 안 됐고, 신식 여자는 식자나 들었다는 게 건방져서 못쓰고, 도무지 그래서 죄선 여자는 신식이고 구식이고 다 제에발이야요.

내지 여자가 참 좋지 뭐. 인물이 개개 일자로 이쁘겄다, 얌전하겄다, 상냥하겄다, 지식이 있어도 건방지지 않다, 좀이나 좋아!

그리고 내지 여자한테 장가만 드는 게 아니라 성명도 내지인 성명으로 갈고, 집도 내지인 집에서 살고, 옷도 내지 옷을 입고, 밥도 내지식으로 먹고, 아이들도 내지인 이름을 지어서 내지인 학교에 보내고……

내지인 학교라야지 죄선 학교는 너절해서 아이들 버려 놓기나 꼭 알맞지요.⑭

그리고 나도 죄선 말은 싹 걷어치우고 국어(일본 말)만 쓰고요.

이렇게 다 생활 법식부텀도 내지인처럼 해야만 돈도 내지인처럼 잘 모으게 되거든요.

내 이상이며 계획은 이래서 그 십만 원짜리 큰 부자가 바로 내다뵈고, 그리로 난 길이 환하게 트이고 해서 나는 시방 열심으로 길을 가고 있는데, 글쎄 그 미쳐 살기 든 놈들이 세상 망쳐 버릴 사회주의를 하려 드니, 내가 소름이 끼칠 게 아니냐구요? 말만 들어도 끔찍하지!

세상이 망해서 뒤집히면 그래 나는 어쩌란 말인고? 아무것도 다 허사가 될 테니 그런 억울할 데가 있더람?

---

⑫ ➡ 작가는 '나'의 꿈을 밝힘으로써 잘못된 생각을 지닌 '나'를 비판하고 있지.
⑬ ➡ '나'는 일제에 동화되어 조선을 무시하고 있어.
⑭ ➡ '나'는 조선인으로서 민족적 자부심이 사라진 인물임을 알 수 있지.

집중!
수능 만점 선생님

뭐 참, 우리 집 다이쇼 말이 일일이 지당해요.

여느 절도나 강도나 사기나 그런 죄는 도적이면 도적을 해 가는 그 당장, 그 돈만 축을 내니까 오히려 죄가 가볍지만, 그놈의 것 사회주의인지 지랄인지는 온 세상을 뒤죽박죽을 만들어 놓고 나라를 통째로 소란하게 하니까 도저히 용서할 수가 없대요.

용서라니! 나 같으면 그런 놈들은 모조리 쓸어다가 마구 그저 그냥······.⑮

그런 일을 생각하면, 털어놓고 말이지 우리 아저씨가 그 양반도 여간 불측스러워(생각이나 행동 따위가 괘심하고 엉큼한 데가 있어) 뵈질 않아요. 사실 아주머니만 아니면 내가 무슨 천주학(天主學, 가톨릭교)이라고 나쁜 병까지 앓는 그 양반을 찾아다니나요. 죽는 대도 코도 안 풀어 붙일걸.

그러나마 전자의 죄상을 다 회개를 하고 못된 마음을 씻어 버렸을 세말이지, 뭐 흰 개꼬리 삼 년이라더냐, 종시 그 모양일걸요.

그러니깐 그게 밉살머리스러워서, 더러 들렀다가 혹시 마주앉아도 위정(일부러) 뼈끝 저린 소리나 내쏘아 주고 말을 다잡아 가지골랑 꼼짝 못하게시리 몰아세워 주곤 하지요.

저번에도 한번 혼을 단단히 내주었지요.⑯ 아, 그랬더니 아주머니더러 한다는 소리가, 그 녀석 사람 버렸더라고, 아무짝에도 못 쓰게 길이 들었더라고 그러더라나요.

내 원, 그 소리를 듣고 하도 어처구니가 없어서!

대체 사람도 유만부동(類萬不同, 비슷한 것이 많으나 서로 같지 않음)이지, 그 아저씨가 나더러 사람 버렸느니 아무짝에도 못 쓰게 길이 들었느니 하더라니, 원 입이 몇 개나 되면 그런 소리가 나오는 구멍도 있누? 죄선 벙어리가 다 말을 해도 나 같으면 할 말 없겠더구먼서도, 하면 다 말인 줄 아나 봐?

이를테면 그게 명색 훈계 비슷한 거렷다? 내게다가 맞대 놓고 그런 소리를 하다가는 되잡혀서 혼이 날 테니까 슬며시 아주머니더러 이르란 요량이던 게지?

기가 막혀서······ 하느님이 사람의 콧구멍을 두 개로 마련하기 참 다행이야.

글쎄 아무려면 내가 자기처럼 다아 공부는 못 하고 남의 집 고조(雇助, 가게 일을 보아 주는 점원) 노릇으로, 반또(경비원)로 이렇게 굴러먹을 값에 이래 보여도 표창을 두 번이

⑮ ➡ '나'는 일본인 주인에게 들은 내용을 바탕으로 사회주의를 비판하고 있어.

⑯ ➡ '나'는 아저씨와 자주 말다툼한다는 것을 알 수 있어.

나 받은 모범 점원이요, 남들이 똑똑하고 재주 있고 얌전하다고 칭찬이 놀랍고, 앞길이 환히 트인 유망한 청년인데,[⑰] 그래 자기 눈에는 내가 버린 놈이고 아무짝에도 못 쓰게 길이 든 놈으로 보였단 말이지?

하하, 오옳지! 거 참 그렇겠군. 자기는 자기 하는 짓이 옳으니까 남이 하는 짓은 다 글렀단 말이렷다? 그러니까 나도 자기처럼 그놈의 것 사회주의인지 급살 맞을 것인지나 하다가 징역이나 살고 전과자나 되고 폐병이나 앓고, 다 그랬더라면 사람 버리지도 않고 아무짝에도 못 쓰게 길든 놈도 아니고 그럴 뻔했군그래!

흥! 참…… 제 밑 구린 줄 모르고서 남더러 어쩌구저쩌구 한다는 게, 꼭 우리 아저씨 그 양반을 두고 이른 말인가 봐.

그날도 실상 이랬더라우.[⑱] 혼을 내주었더니, 아주머니더러 그런 소리를 하더란 그날 말이오.

그날이 마침 내가 쉬는 날이길래 아주머니더러 할 이야기도 있고 해서 아침결에 좀 들렀더니, 아주머니는 남의 혼인집으로 바느질을 해 주러 갔다고 없고, 아저씨 양반만 여전히 아랫목에 가서 드러누웠어요.

그런데 보니깐 어디서 모두 뒤져냈는지, 머리맡에다가 헌 언문 잡지를 수북이 쌓아 놓고는 그걸 뒤져요. 그래 나도 심심 삼아 한 권 집어 들고 떠들어 보았더니, 뭐 읽을 맛이 나야요. 대체 죠선 사람들은 잡지 하나를 해도 어찌 모두 그 꼬락서니로 해 놓는지.

사진도 없지요, 망가(만화)도 없지요. 그러고는 맨판 까달스런 한문 글자로다가 처박아 놓으니 그걸 누구더러 보란 말인고?

더구나 우리 같은 놈은 언문도 그런대로 뜯어보기는 보아도 읽기에 여간 괴롭지가 않아요.

그러니 어려운 언문하고 까다로운 한문하고를 섞어서 쓴 글은 뜻을 몰라 못 보지요. 언문으로만 쓴 것은 소설 나부랭인데, 읽기가 힘이 들 뿐 아니라 또 죠선 사람이 쓴 소설이란 건 재미가 있어야죠. 나는 죠선 신문이나 죠선 잡지하구는 담쌓고 남 된 지 오랜걸요.

잡지야 뭐 〈킹구〉나 〈쇼넹구라부〉 덮어 먹을 잡지가 있나요. 참 좋아요. 한문

---

⑰ ➡ '나'는 스스로를 성실하고 전도유망한 사람이라고 생각하고 있어.

⑱ ➡ '나'는 아저씨가 자신을 비난했던 과거를 회상하고 있어. 이 작품이 역순행적 구성을 취하고 있음을 알 수 있는 부분이란다.

내신 준비!

수능 만점 선생님

글자마다 가나^(일본어를 적는 데 쓰이는 음절 문자)를 달아 놓았으니 어떤 대문을 척 펴 들어도 술술 내리읽고 뜻을 행하니 알 수가 있지요.

그리고 어떤 대문을 읽어도 유익한 교훈이나 재미나는 소설이지요.

소설 참 재미있어요. 그중에도 기쿠지 캉^[菊池寬] 소설…… 어쩌면 그렇게도 아기자기하고도 달콤하고도 재미가 있는지. 그리고 요시가와 에이지^[吉川英治], 그의 소설은 진찐바라바라^(칼싸움) 하는 지다이모노^(역사물)인데 마구 어깻바람이 나구요.

소설이 모두 그렇게 재미가 있지요, 망가가 많지요, 사진이 많지요, 그러고도 값은 좀 헐하나요. 십오 전이면 바로 고 전달치를 사 볼 수 있고, 보고 나서는 오 전에 도루 파는데요.

잡지도 기왕 하려거든 그렇게나 해야지, 죄선 사람들은 제엔장 큰소리는 곧잘 하더구면서도 잡지 하나 반반한 거 못 만들어내니!

그날도 글쎄 잡지가 그 꼴이라, 아예 글은 볼 멋도 없고 해서 혹시 망가나 사진이라도 있을까 하고 책장을 후르르 넘기노라니깐 마침 아저씨 이름이 있겠나요! 하도 신통해서 쓰윽 펴들고 보았더니 제목이 첫 줄은 경제, 사회…… 무엇 어쩌구 잔주를 달아 놨겠지요.^⑲

그것만 보아도 벌써 그럴듯해요. 경제는 아저씨가 대학교에서 경제를 배웠으니까 경제 속은 잘 알 것이고, 또 사회는 그것 역시 사회주의를 했으니까 그 속도 잘 알 것이고, 그러니까 경제하고 사회주의하고 어떻게 서로 관계가 되는 것이며 어느 편이 옳다는 것이며 그런 소리를 썼을 게 분명해요.

뭐, 보나 안 보나 속이야 빠안하지요. 대학교까지 가설랑 경제를 배우고도 돈모을 생각은 않고서 사회주의만 하고 다닌 양반이라 경제가 그르고 사회주의가 옳다고 우겨 댔을 거니까요.

아무렇든 아저씨가 쓴 글이라는 게 신기해서 좀 보아 볼 양으로 쓰윽 훑어봤지요. 그러나 웬걸 읽어 먹을 재주가 있나요. 글자는 아주 어려운 자만 아니면 대강 알기는 알겠는데, 붙여 보아야 대체 무슨 뜻인지를 알 수가 있어야지요.

속이 상하길래 읽어 보자던 건 작파하고서 아저씨를 좀 따잡고 몰아세울 양으로 그 대목을 차악 펴놨지요.

"아저씨?"

⑲ ➜ 아저씨가 잡지에 사회주의에 관한 글을 기고하고 있음을 알 수 있어.

"왜 그러니?"

"아저씨가 여기다가 경제 무어라구 쓰구, 또 사회 무어라구 썼는데, 그러면 그게 경제를 하란 뜻이오? 사회주의를 하란 뜻이오?"

"뭐?"

못 알아듣고 뚜렛뚜렛(어리둥절해 눈을 이리저리 굴림)해요. 자기가 쓰고도 오래돼서 다 잊어버렸거나, 혹시 내가 말을 너무 까다롭게 내기 때문에 섭뻑 대답이 안 나왔거나 그랬겠지요. 그래 다시 조곤조곤 따졌지요.

"아저씨…… 경제란 것은 돈 모아서 부자 되라는 것 아니오? 그런데, 사회주의란 것은 모아 둔 부자 사람의 돈을 뺏어 쓰는 것 아니오?"

"이 애가 시방!"

"아─니, 들어 보세요."

"너, 그런 경제학, 그런 사회주의 어디서 배웠니?"

"배우나마나, 경제란 건 돈 많이 벌어서 아껴 쓰구 나머지 모아 두는 게 경제 아니오?"

"그건 보통, 경제한다는 뜻으루 쓰는 경제고, 경제학이니 경제적이니 하는 건 또 다르다."

"다를 게 무어요? 경제는 돈 모으는 것이고, 그러니까 경제학이면 돈 모으는 학문이지요."

"아니란다. 혹시 이재학(理財學, 경제 현상을 분석하고 연구하는 학문)이라면 돈 모으는 학문이라고 해도 근리(近理, 이치에 가까움)할지 모르지만 경제학은 그런 게 아니란다."

"아─니, 그렇다면 아저씨 대학교 잘못 다녔소. 경제 못하는 경제학 공부를 오년이나 했으니 그게 무어란 말이오? 아저씨가 대학교까지 다니면서 경제 공부를 하구두 왜 돈을 못 모으나 했더니, 인제 보니깐 공부를 잘못해서 그랬군요!"[20]

"공부를 잘못했다? 허허, 그랬을는지도 모르겠다. 옳다, 네 말이 옳아!"

이거 봐요 글쎄. 단박 꼼짝 못하잖나. 암만 대학교를 다니고, 속에는 육조를 배포했어도 그렇다니깐 글쎄…….[21]

"아저씨?"

---

[20] ➡ 학문이 부족한 '나'는 도리어 아저씨에게 경제를 잘못 배웠다고 말하고 있어.

[21] ➡ 아저씨는 '나'의 말에 어이가 없어서 옳다고 대꾸했지만, '나'는 아저씨가 자신을 인정했다고 생각하고 있어.

아주 중요해!

수능 만점 선생님

"왜 그러니?"

"그러면 아저씨는 대학교를 다니면서 돈 모아 부자 되는 경제 공부를 한 게 아니라 모아 둔 부자 사람네 돈 뺏어 쓰는 사회주의 공부를 했으니 말이지요……."

"너는 사회주의가 무얼루 알구서 그러냐?"

"내가 그까짓 걸 몰라요?"

한바탕 주욱 설명을 했지요.

내 얼굴만 물끄러미 올려다보고 누웠더니 피식 한 번 웃어요. 그러고는 그 양반이 하는 소리겠다요.

"그게 사회주의냐? 부랑당이지."[22]

"아—니, 그럼 아저씨두 사회주의가 부랑당인 줄은 아시는구려?"

"내가 언제 사회주의가 부랑당이랬니?"

"방금 그리잖았어요?"

"글쎄, 그건 사회주의가 아니라 부랑당이란 그 말이다."

"거 보시우! 사회주의란 것은 그렇게 날부랑당이어요. 아저씨두 그렇다구 하면서 아니래시오?"

"이 애가 시방 입심 겨룸을 하재나!"

이거 봐요. 또 꼼짝 못하지요? 다아 이래요, 글쎄…….

"아저씨?"

"왜 그러니?"

"아저씨두 맘 달리 잡수시오."

"건 어떻게 하는 말이냐?"

"걱정 안 되시우?"

"나 같은 사람이 걱정이 무슨 걱정이냐? 나는 네가 걱정이더라."

"나는 뭐 버젓하게 요량이 있는걸요."

"어떻게?"

"이만저만한가요!"

또 한바탕 주욱 설명을 했지요. 이야기를 다 듣더니 그 양반 한다는 소리 좀 보아요.

㉒ ➡ '나'가 사회주의에 대해 잘못 이해하고 있음을 알 수 있는 부분이야.

주목!

수능 만점 선생님

"너두 딱한 사람이다!"[24]

"왜요?"

"……"

"아─니, 어째서 딱하다구 그러시우?"

"……"

"네? 아저씨?"

"……"

"아저씨?"

"왜 그래?"

"내가 딱하다구 그러셨지요?"

"아니다, 나 혼자 한 말이다."

"그래두……"

"이 애?"

"네?"

"사람이란 것은 누구를 물론허구 말이다. 아첨하는 것 같이 더러운 게 없느니라."

"아첨이오?"

"저─ 위로는 제왕, 밑으로는 걸인, 그 모든 사람이 위선 시방 이 제도의 이 세상에서 말이다, 제가끔 제 분수대루 살어가는 데 있어서 말이다, 제 개성을 속여가면서꺼정 생활에다가 아첨하는 것 같이 더러운 것이 없고, 그런 사람 같이 가련한 사람은 없느니라. 사람이란 건 밥 두 그릇이 하필 밥 한 그릇보다 더 배가 부른 건 아니니까."

"그건 무슨 뜻인데요?"

"네가 일본인 여자와 결혼을 해서 성명까지 갈고 모든 생활 법도를 일본화하겠다는 것이 말이다."

"네, 그게 좋잖어요?"

"그것이 말이다, 진실로 깊은 교양이나 어진 지혜의 판단에서 우러나온 것이라면 그도 모를 노릇이겠지. 그렇지만 나는 보매, 네가 그런다는 것은 다른 뜻으

---

[24] ➔ 사회에 대해 제대로 인지하지 못하고 일제에 동화되어 살아가는 '나'를 아저씨는 딱하다고 말하고 있어.

주목!

수능 만점 선생님

로 그러는 것 같다."⁴⁰

"다른 뜻이라니요?"

"네 주인의 비위를 맞추고, 이웃의 비위를 맞추고 하자고……."

"그야 물론이지요! 다이쇼의 신용을 받아야 하고, 이웃 내지인들 하구도 좋게 지내야지요. 그래야 할 게 아니겠어요?"

"……."

"아저씨는 아직두 세상 물정을 모르시오. 나이는 나보담 많구 대학교 공부까지 했어도 일찌감치 고생살이를 한 나만큼 세상 물정은 모릅니다. 시방이 어느 세상인데 그러시우?"

"이 애?"

"네?"

"네가 방금 세상 물정이랬지?"

"네."

"앞길이 환하니 트였다구 그랬지?"

"네."

"환갑까지 십만 원 모은다구 그랬지?"

"네."

"네가 말하는 세상 물정하구 내가 말하려는 세상 물정하구 내용이 다르기도 하지만, 세상 물정이란 건 그야말로 그리 만만한 게 아니다."²⁵

"네?"

"사람이란 건 제아무리 날구 뛰어도 이 세상에 형적(形跡, 사물의 형상과 자취를 아울러 이르는 말) 없이 그러나 세차게 주욱 흘러가는 힘, 그게 말하자면 세상 물정이겠는데, 결국 그것의 지배하에서 그것을 따라가지 별수가 없는 거다."

"네?"

"쉽게 말하면 계획이나 기회를 아무리 억지루 만들어 놓아도 결과가 뜻대루는 안 된단 말이다."

"젠장, 아저씨두…… 요전 〈킹구〉라는 잡지에두 보니까, 나폴레옹이라는 서양

㉔ ➡ '나'에 대한 작가의 인식이 잘 드러난 대사야.

㉕ ➡ 아저씨는 '나'가 미래를 너무 낙관적으로 바라보고 있다고 생각하지.

영웅이 그랬답디다. 기회는 제가 만든다구. 그리고 불가능이란 말은 바보의 사전에서나 찾을 글자라구요. 아 자꾸자꾸 계획하구 기회를 만들구 해서 분투(奮鬪, 있는 힘을 다함) 노력해 나가면 이 세상 일 안 되는 일이 어디 있나요? 한 번 실패하거든 갑절 용기를 내 가지구 다시 일어서지요. 칠전팔기 모르시오?"

"나폴레옹도 세상 물정에 순응할 때는 성공했어도, 그것에 거슬리다가 실패를 했더란다. 너는 칠전팔기해서 성공한 몇 사람만 보았지, 여덟 번 일어섰다가 아홉 번째 가서 영영 쓰러지구는 다시 일어나지 못한 숱한 사람이 있는 건 모르는구나?"

"그래두 두구 보시우. 나는 천하 없어두 성공하구 말 테니……. 아저씨는 그래서 더구나 못써요. 일해 보기두 전에 안 될 줄로 낙심 먼저 하구……."

"하늘은 꼭 올라가 보구래야만 높은 줄 아니?"

원 마지막 가서는 할 소리가 없으니깐 동에도 닿지 않는 비유를 가져다 둘러대는 걸 보아요. 그게 어디 당한 말인고? 안 올라가 보면 뭐 하늘 높은 줄 모를 천하 멍텅구리도 있을까?[26] 그만해 두려다가 심심하기에 또 말을 시켰지요.

"아저씨?"

"왜 그래?"

"아저씨는 인제 몸 다아 충실해지면 어떡허실려우?"

"무얼?"

"장차……."

"장차?"

"어떡허실 작정이세요?"

"작정이 새삼스럽게 무슨 작정이냐?"

"그럼 아저씨는 아무 작정 없이 살어가시우?"

"없기는?"

"있어요?"

"있잖구?"

"무언데요?"

"그새 지내 오던 대루……."

아주 중요해!

㉖ '나'는 아저씨의 반론에 말문이 막히자, 속으로 반박하고 있어.

수능 만점 선생님

"그러면 저 거시키 무엇이냐 도루 또 그걸……?"

"그렇겠지."

"아저씨?"

"……."

"아저씨?"

"왜 그래?"

"인젠 그만두시우."

"그만두라구?"

"네."

"누가 심심소일(심심풀이로 어떤 일을 하며 시간을 보냄. 또는 그런 일)루 그러는 줄 아느냐?"

"그렇잖구요?"

"……."

"아저씨?"

"……."

"아저씨?"

"왜 그래?"

"아저씨 올해 몇이지요?"

"서른셋."

"그러니 인제는 그만큼 해 두고 맘 잡어서 집안일 할 나이두 아니오?"

"집안일은 해서 무얼 하나?"[27]

"그렇기루 들면 그 짓은 해서 또 무얼 하나요?"

"무얼 하려구 하는 게 아니란다."

"그럼, 아무 희망이나 목적이 없으면서 그래요?"

"목적? 희망?"

"네."

"개인의 목적이나 희망은 문제가 다르니까…… 문제가 안 되니까…….."

"원, 그런 법도 있나요?"

---

[27] → 아저씨는 끝까지 지식인으로서의 자존심을 버리지 못하고 있어. 이를 통해 작가는 당시 지식인 계층까지 비판하고 있지.

"법?"

"그럼요!"

"법이라……!"

"아저씨?"

"……"

"아저씨?"

"왜 그래?"

"아주머니가 고맙잖습디까?"

"고맙지."

"불쌍하지요?"

"불쌍? 그렇지, 불쌍하다면 불쌍한 사람이지!"

"그런 줄은 아시느만?"

"알지."

"알면서 그러시우."

"고생을 낙으로, 그 쓰라린 맛을 씹고 씹고 하면서 그것에서 단맛을 알아내는 사람도 있느니라. 사람도 있는 게 아니라, 사람마다 무슨 일에고 진정과 정신을 꼬박 거기다가만 쓰면 그렇게 되는 법이니라. 그러니까 그쯤 되면 그때는 고생이 낙이지. 너의 아주머니만 두고 보더라도 고생이 고생이면서 고생이 아니고 고생하는 게 낙이란다.⁰"

"그렇다고 아저씨는 그걸 다행히만 여기시우?"

"아—니."

"그러거들랑 아저씨두 아주머니한테 그 은공을 더러는 갚어야 옳을 게 아니오?"

"글쎄, 은공을 모르는 건 아니지만……"

"그러니 인제 병이나 확실히 다아 나으신 뒤엘라컨……"

"바뻐서 원……"

글쎄 이 한다는 소리 좀 보지요? 시치미 뚜욱 떼고 누워서 바쁘다는군요!

사람 속 차릴 여망 없어요. 그저 어디로 대나 손톱만큼도 쓸모는 없고 남한테

㉘ ➡ 아저씨는 궤변을 늘어놓고 있어. 자신의 행동을 고칠 생각도 없어 보이지.

사폐만 끼치고, 세상에 해독만 끼칠 사람이니,[⑱] 뭐 하루바삐 죽어야 해요. 죽어야 하고, 또 죽어서 마땅해요. 그런데 글쎄 죽지를 않고 꼼지락꼼지락 도로 살아나니 성화라구는, 내…….

그룹 채팅(나 외 다수)

아저씨, 사회주의란 것은 부자들의 돈을 빼앗아 쓰는 거 아닙니까?

나

아저씨 그런 건 어디서 배웠니?

제대로 공부하세요. 선생님

㉙ ➡ 아저씨에 대한 작가의 생각이 반영된 대사라고 할 수 있어. 작가는 무능하고 현실 착오적인 인생을 사는 지식인들을 비판하고 있지.

집중!

수능 만점 선생님

정리해 볼까요(그룹 채팅)

● 작가에 대해서 알아볼까요? ---

킬링 포인트

채만식 작가는 1902년 전라북도 군산에서 태어났어. 서울 중앙 고등 보통학교를 거쳐 일본 와세다 대학을 중퇴했지. 〈동아일보〉와 〈조선일보〉에서 기자 생활을 했고, 1925년 단편 「세 길로」로 등단했어. 희곡 「사라지는 그림자」와 단편 「부촌」 등 동반 작가적 성향의 작품을 발표하기도 했단다. 1934년에는 「레디메이드 인생」, 「인텔리와 빈대떡」 등을 발표하면서 작가로서의 입지를 다졌고, 이후로도 「치숙」과 같은 풍자성이 짙은 작품을 창작했지.

채만식 작가는 사회의 문제점을 비판적인 시각으로 바라봤어. 고등 교육을 받았지만, 사회에서 그 어떠한 역할도 주어지지 않은 지식인의 괴로움 등을 사실적으로 그려 냈지. 「치숙」에서도 그 면모가 제대로 드러나고 있단다.

읽음

지식인의 고뇌에 관심이 많았던 풍자 전문 작가로군요!

👍 100점

● 작품에 대해서 정리해 보죠! ---

킬링 포인트

작가 : 채만식
갈래 : 풍자 소설
배경 : 시간적 – 일제 강점기 | 공간적 – 서울(경성)
시점 : 1인칭 관찰자 시점
주제 : 일제 식민 통치에 순응하는 '나'와 사회주의 사상을 가진 아저씨와의 갈등
출전 : 〈동아일보〉(1938)

킬링 포인트

무조건
알아야 해!

이 소설은 일제에 순응하는 '나'와 사회주의 사상을 가진 아저씨와의 갈등을 그린 작품이야. '나'는 일본인 주인 밑에서 일하고 있는 점원인데, 주인과 손님들에게 칭찬을 받을 정도로 그 생활에 물들어 있어. 반면 아저씨는 사회주의 운동을 하며 아내를 힘들게 만드는 사람이야. '나'는 말싸움 끝에 아저씨를 사회에 해만 끼치는 사람이라고 생각하게 된다.

이렇듯 이 작품은 당시 지식인들의 고뇌와 일제 식민 통치에 길들여지고 있는 사람들의 모습을 잘 보여 주고 있어. 조카인 '나'의 시선으로 아저씨를 바라봄으로써 풍자의 기법을 활용하고 있지. 이러한 기법은 독자가 '나'를 비판적인 태도로 바라보고, 아저씨를 측은하게 생각하는 효과를 가져다준단다.

읽음

자신의 태도를 자랑스럽게 여기는 '나'를 비판의 대상으로 삼고 있는 점이 신선하게 다가왔어요!

👍 100점

킬링 포인트

발단: 사회주의 운동을 해서 감옥에 수감되었던 아저씨는 출소 후 폐병을 앓음

아저씨는 사회주의 운동에 가담해 감옥에 수감되었던 인물이야. 폐병까지 걸려 골방에 사시사철 누워 있는 사람이기도 하지.

전개: '나'는 아저씨와 아주머니 모두를 답답하다고 생각함

신여성과 바람이 나 새살림을 차렸던 아저씨에게 아주머니는 이십 년 가까이 소박을 맞았어. '나'는 아주머니에게 여러 번 개가를 권하지만 번번이 거절하지. 아저씨는 여전히 사회주의 운동에 대한 미련을 버리지 못하고 있어.

위기: '나'는 일본인처럼 살겠다고 다짐함

'나'는 열심히 일본인 주인 밑에서 일해 가게도 차리고, 일본인 여자와 결혼해 일본 학교에 아이를 보내겠다는 꿈을 가지지.

절정: '나'가 아저씨를 비판함

우연히 아저씨 집에 들른 '나'는 아저씨가 쓴 글을 보고는 아저씨와 논쟁하게 돼. '나'는 아저씨가 세상 물정을 모른다고 비판하고, 아저씨는 일본에 동화된 '나'를 딱하게 여기지.

결말: '나'는 아저씨 같은 사람이 하루바삐 죽어야 한다고 생각함

아저씨와의 언쟁 끝에 결국 '나'는 사회에 해악만 끼치는 아저씨가 하루바삐 죽어야 한다고 생각하지.

OOPS! **읽음**

철저하게 일제에 동화된 '나'와 지식인으로서 무력한 삶을 살아가는 아저씨 모두 가엾다는 생각이 들어요.

👍100점

● '나'의 뇌 구조를 알아볼까요? --

1 이 작품에 대한 설명으로 옳지 <u>않은</u> 것은?

① 1인칭 주인공 시점으로 이야기가 진행되고 있다.
② '나'의 시선을 통해 세상을 바라보고 있다.
③ '나'는 당시 사회 현실에 무지한 인물이다.
④ 전형적인 풍자 소설에 해당한다.
⑤ 작가는 '나'와 아저씨 모두를 비판의 대상으로 삼고 있다.

2 이 작품의 서술상 특징으로 옳은 것은?

① 역순행적 구조를 통해 글의 구조적 깊이를 더하고 있다.
② 대부분 사건이 대화를 통해 전개되고 있다.
③ '말하기(Telling)'보다 '보여 주기(Showing)'식으로 이야기가 진행되고 있다.
④ 역설과 해학을 활용해 등장인물을 우스꽝스럽게 묘사하고 있다.
⑤ 인물에 대한 비판 의식을 통해 사회 문제를 분명하게 드러내고 있다.

3 다음 글에서 밑줄 친 부분의 의미로 옳은 것은?

> "아저씨?"
> "왜 그러니?"
> "아저씨두 맘 달리 잡수시오."
> "건 어떻게 하는 말이냐?"
> "걱정 안 되시우?"
> "나 같은 사람이 걱정이 무슨 걱정이냐? 나는 네가 걱정이더라."
> "나는 뭐 버젓하게 요량이 있는걸요."
> "어떻게?"
> "이만저만한가요!"
> 또 한바탕 주욱 설명을 했지요. 이야기를 다 듣더니 그 양반 한다는 소리 좀 보아요.
> "너두 딱한 사람이다!"

① 세상의 무서움을 모르고 저렇게 천진난만하다니.
② 종업원으로 살아가는 처지가 불쌍하구나.
③ 현실을 제대로 알지 못하고 일제의 종으로 살아가려 하다니.
④ 한심한 나와 엮이다니 딱하구나.
⑤ 사회주의에 대해 제대로 알지 못하다니.

4 다음 글의 '나'와 이 작품의 '나'가 대화를 나눈다고 할 때 옳지 않은 것은?

〈앞부분 줄거리〉

'나'는 극심한 가난에서 벗어나기 위해 어머니, 아내와 함께 간도로 이주한다. 간도에서의 행복한 생활을 꿈꾸던 '나'는 현실이 그렇지 않다는 것을 깨닫게 된다. 온 가족은 먹고살기 위해 닥치는 대로 일하게 된다.

나는 여태까지 세상에 대하여 충실하였다. 어디까지든지 충실하려고 하였다. 내 어머니, 내 아내까지도 뼈가 부서지고 고기가 찢기더라도 충실한 노력으로 살려고 하였다. 그러나 세상은 우리를 속였다. 우리의 충실을 받지 않았다. 도리어 충실한 우리를 모욕하고 멸시하고 학대하였다. 우리는 여태까지 속아 살았다. 포악하고 허위스럽고 요사한 무리를 용납하고 옹호하는 세상인 것을 참으로 몰랐다. 우리뿐 아니라 세상의 모든 사람들도 그것을 의식하지 못하였을 것이다. 그네들은 그러한 세상의 분위기에 취하였었다. 나도 이때까지 취하였었다. 우리는 우리로서 살아온 것이 아니라 어떤 험악한 제도의 희생자로서 살아왔다.

김 군! 나는 사람들을 원망치 않는다. 그러나 마주에 취하여 자기의 피를 짜 바치면서도 깨지 못하는 사람을 그저 볼 수 없다. 허위와 요사와 표독과 게으른 자를 옹호하고 용납하는 이 제도는 더욱 그저 둘 수 없다.

– 최서해, 「탈출기」 중

① 「치숙」의 '나': 저는 일본인 주인에게 잘 보여서 가게도 얻고 일본인 여자하고도 결혼할 거예요.

② 「탈출기」의 '나': 아니, 현실은 그렇게 되지 않을 것입니다. 이 세상은 우리를 모욕하고 멸시하고 학대하고 있어요.

③ 「치숙」의 '나': 그런 생각은 불한당 같은 사회주의자들이나 하는 거예요!

④ 「탈출기」의 '나': 당신은 지금 마주에 취해서 현실을 제대로 보지 못하고 있어요. 저는 그런 당신을 그저 보고만 있을 수 없습니다.

⑤ 「치숙」의 '나': 그렇군요! 제가 잘못 생각했네요. 저도 이 불합리한 현실을 바꾸기 위해 노력하겠어요.

● **수능 만점 선생님의 감상 꿀팁** -

이 작품은 '나'가 아저씨를 비판하는 내용으로 이루어진 소설이야. 하지만 작가는 일제에 영합하려고만 하는 '나'를 오히려 비판의 대상으로 삼고 있지. 작품 전반에 깔린 이러한 반어적 표현을 꼭 이해하자.

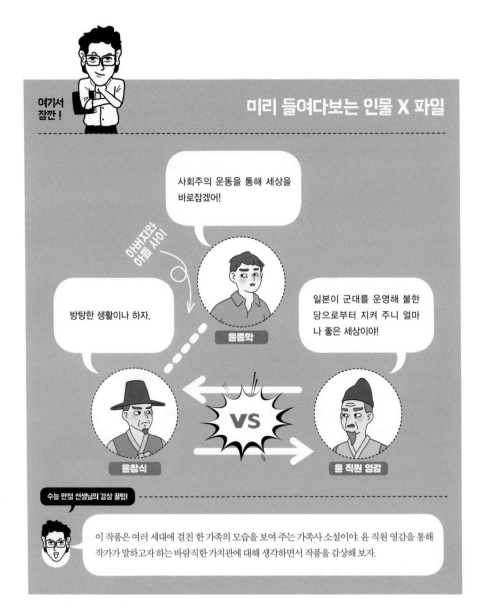

여기서
잠깐!

미리 들여다보는 인물 X 파일

사회주의 운동을 통해 세상을
바로잡겠어!

아버지와
아들 사이

방탕한 생활이나 하자.

일본이 군대를 운영해 불한
당으로부터 지켜 주니 얼마
나 좋은 세상이야!

윤종학

VS

윤창식

윤 직원 영감

수능 만점 선생님의 감상 꿀팁!

이 작품은 여러 세대에 걸친 한 가족의 모습을 보여 주는 가족사 소설이야. 윤 직원 영감을 통해
작가가 말하고자 하는 바람직한 가치관에 대해 생각하면서 작품을 감상해 보자.

태평천하

#천박하게 태평천하를 부르짖던 가족의 몰락사

〈앞부분 줄거리〉

윤 직원은 계동의 큰 부자다. 하지만 지독한 구두쇠여서 인력거꾼에게 주는 낮은 삯도 아까워하고, 데리고 다니는 기생에게 한 푼도 주려 하지 않는다. 또한 그는 소작인에게 땅을 빌려주는 것도 그들에 대한 큰 호의라고 생각한다.

윤 직원의 아버지는 화적 떼에 의해 목숨을 잃었다. 그는 일본인들이 조선에 들어와 자신의 목숨과 재산을 지켜 준다고 생각한다. 윤 직원은 가문을 빛내기 위해 양반을 사고 족보에 도금하는 것으로도 모자라 손자인 종수와 종학을 각자 군수와 경찰서장으로 만들려고 한다. 하지만 아들 창식은 노름에 빠져 있고, 종수 역시 방탕하게 생활한다. 그래서 윤 직원이 종학에게 거는 기대는 날로 커져만 간다.

망진자(亡秦者)는 호야(胡也)니라❶

일찍이 윤 직원 영감은 그의 소싯적 윤 두꺼비 시절에, 자기 부친 말 대가리 윤용규가 화적의 손에 무참히 맞아 죽은 시체 옆에 서서❷, 노적이 불타느라고 화광이 충천한 하늘을 우러러,

"이놈의 세상, 언제나 망하려느냐?"

"우리만 빼놓고 어서 망해라!"

❶ ➔ 이 말은 외부의 적이 아닌 내부의 적이 진을 망하게 한다는 뜻이야. 이 작품과 연관 짓는다면, 윤 직원 영감의 집안은 외부 문제가 아닌 내부 문제로 망한다는 것을 의미하지.

❷ ➔ 윤 직원 영감의 부친은 화적 떼에 의해 죽었어. 윤 직원 영감의 왜곡된 역사의식을 형성하는 데 영향을 준 사건이지.

수능에 나올
수도 있어!

수능 만점 선생님

하고 부르짖은 적이 있겠다요.

이미 반세기 전, 그리고 그것은 당시의 나한테 불리한 세상에 대한 격분된 저주요, 겸하여 웅장한 투쟁의 선언이었습니다.

해서 윤 직원 영감은 과연 승리를 했겠다요. 그런데…….

식구들은 시아버지 윤 직원 영감이 보기가 싫은 건넌방 고 씨만 빼놓고, 서울 아씨, 태식이, 뒤채의 두 동서, 모두 안방에 모여 종수를 맞이하는 예를 표하고, 그들의 옹위 아래 윤 직원 영감과 종수는 각기 아랫목과 뒷벽 앞으로 갈라 앉았습니다. 방금 점심 밥상을 받을 참입니다.

"너 경손 애비, 부디 정신 채리라!"

윤 직원 영감이 종수더러 곰곰이 훈계를 하던 것입니다. 안식구가 있는 데라 점잖게 경손 애비지요.

"……정신을 채려야 헐 것이 늬가 암만히여두 네 아우 종학이만 못히여! 종학이는 그놈이 재주두 있고 착실히여서, <u>너치름 허랑허지두</u> ^(언행이나 상황 따위가 허황하고 착실하지 못하지도) <u>않고 그럴 뿐더러</u>❸ 내년 내후년이며넌 대학교를 졸업허잖냐? 내후년 이지?"

"네."

"그렇지? 응, 그래, 내후년이면 대학교 졸업을 허구 나와서, 삼 년이나 다직 사년만 찌들어 나머넌 그놈은 지가 목적헌, 요새 그 목적이란 소리 잘 쓰더구나, 응? 목적…… 목적헌 경부가 되야 각구서, 경찰서장이 된 담 말이다! 응? 알겄어."

"네."

"<u>그러닝개루 너두 정신을 바싹 채리 각구서, 어서어서 군수가 되야야 않겄냐?</u>❹ ……아, 동생 놈은 버젓한 경찰서장인디, 형 놈은 게우 군 서기를 댕기구 있담! 남부끄러서 어쩔 티여? 응? ……아 글씨, 군수 되구 경찰서장 되구 허머넌, 느덜 좋구 느덜 호강이지 머 그 호강 날 주냐? 내가 이렇기 아등아등 잔소리를 허넌 것두 다 느덜 위히여서 그러지, 나는 파리 족통만치두 상관 어야! 알어듣냐?"

"네."

❸ ➜ 윤 직원 영감은 종학과 다르게 방탕한 생활을 하는 종수를 꾸짖고 있어.

❹ ➜ 윤 직원 영감의 계획은 종수를 군수로, 종학을 경찰서장으로 만드는 거야. 그렇게 해서 집안의 명예를 높이고자 하지.

내신 준비!

수능 만점 선생님

"그놈 종학이는 참말루 쓰겄어! 그놈이 어려서버텀두 워너니 나를 자별허게(본디부터 남다르고 특별하게) 따르구, 재주두 있구 착실허구, 커서두 내 말을 잘 듣구…… 내가 그놈 하나넌 꼭 믿넌다, 꼭 믿어. 작년 올루 들어서 그놈이 돈을 어찌 좀 히피 쓰기는 허넝가 부더라마는, 그것두 허기사 네게다 대머는 안 쓰는 심이지. 사내자식이 너처럼 허랑허지만 말구서, 제 줏대만 실헐 양이면 돈을 좀 써두 괜찮언 법이여…… 그래서 지난달에두 오백 원 꼭 쓸 디가 있다구 핀지히였길래 두말 않고 보내 주었다!"

마침 이때, 마당에서 헴헴, 점잖은 밭은기침(소리도 크지 아니하고 힘도 그다지 들이지 않으며 자주 하는 기침) 소리가 납니다. 창식이 윤 주사가 조금 아까야 일어나서, 간밤에 동경서 온 전보 때문에 억지로 억지로 큰댁 행보를 하던 것입니다.[5]

윤 주사는 토방으로 내려서는 아들 종수더러, 언제 왔느냐고, 심상히 알은체를 하면서, 역시 토방으로 내려서는 두 며느리의 삼가로운 무언의 인사와, 마루까지만 나선 이복 누이동생 서울 아씨의 입인사를 받으면서, 방으로 들어가서는 부친 윤 직원 영감한테 절을 한 자리 꾸부리고서, 아들 종수한테 한 자리 절과, 이복동생 태식이한테 경례를 받은 후, 비로소 한옆으로 꿇어앉습니다.[6]

"해가 서쪽으서 뜨겄구나?"

윤 직원 영감은 아들의 이렇듯 부르지도 않은 걸음을, 더욱이나 안방에까지 들어온 것을 이상타고 꼬집는 소립니다.

"……멋허러 오냐? 돈 달라러 오지?"

"동경서 전보[7]가 왔는데요……."

지체를 바꾸어 윤 주사를 점잖고 너그러운 아버지로, 윤 직원 영감을 속 사납고 경망스런 어린 아들로 둘러놓았으면 꼬옥 맞겠습니다.

"동경서? 전보?"

"종학이 놈이 경시청에 붙잡혔다구요?"

"으엉?"

외치는 소리도 컸거니와 엉덩이를 꿍 찧는 바람에, 하마 방구들이 내려앉을

⑤ ➡ 윤 직원 영감은 아들 창식과 사이가 좋지 않음을 알 수 있지.
⑥ ➡ 여러 이복동생의 존재를 통해 도덕적으로 깨끗한 집안이 아님을 보여 주고 있어.
⑦ ➡ '전보'를 통해 이 작품은 극적인 결말을 맞이하게 돼.
⑧ ➡ 이 작품의 특징인 판소리적 사설이 사용된 부분이야. 윤 직원 영감을 우스꽝스럽게 표현하고 있단다.

수능에 나올 수도 있어!
수능 만점 선생님

뻔했습니다.❽ 모여 선 온 식구가 제가끔 정도에 따라 제각기 놀란 것은 물론이구요.

윤 직원 영감은 마치 묵직한 몽치(짤막하고 단단한 몽둥이)로 뒤통수를 얻어맞은 양, 정신이 멍해서 입을 벌리고 눈만 휘둥그랬지, 한동안 말을 못하고 꼼짝도 않습니다.

그러다가 이윽고 으르렁거리면서 잔뜩 쪼글트리고 앉습니다.

"거, 웬 소리냐? 으응? 으응? ……거 웬 소리여? 으응? 으응?"

"그놈 동무가 친 전본가 본데, 전보가 돼서 자세는 모르겠습니다."

윤 주사는 조끼 호주머니에서 간밤의 그 전보를 꺼내어 부친한테 올립니다. 윤 직원 영감은 채듯 전보를 받아 쓰윽 들여다보더니 커다랗게 읽습니다. 물론 원문은 일문이니까 몰라보고, 윤 주사네 서사 민 서방이 번역한 그대로지요.

"종학, 사상 관계로, 경시청에 피검……이라니? 이게 무슨 소리다냐?"

"종학이가 사상 관계로 경시청에 붙잡혔다는 뜻일 테지요!"

"사상 관계라니?"

"그놈이 사회주의에 참예를……."

"으엉?"

아까보다 더 크게 외치면서, 벌떡 뒤로 나동그라질 뻔하다가 겨우 몸을 가눕니다.

윤 직원 영감은 먼저에는 몽치로 뒤통수를 얻어맞은 것 같이 멍했지만, 이번에는 앉아 있는 땅이 지함(地陷, 땅이 움푹 가라앉아 꺼짐)을 해서 수천 길 밑으로 꺼져 내려가는 듯 정신이 아찔했습니다.

그러나 그것은 결단코 자기가 믿고 사랑하고 하는 종학이의 신상을 여겨서가 아닙니다.❾

윤 직원 영감은 시방 종학이가 사회주의를 한다는 그 한 가지 사실이 진실로 옛날의 드세던 부랑당(불한당) 패가 백 길 천 길로 침노하는 그것보다도 더 분하고, 물론 무서웠던 것입니다.

진(秦)나라를 망할 자 호(胡, 오랑캐)라는 예언을 듣고서, 변방을 막으려 만리장성을 쌓던 진시황, 그는 진나라를 망한 자 호가 아니요, 그의 자식 호해(胡亥)임을 눈으

❾ ➡ 윤 직원 영감의 정신이 아득해진 이유는 자신의 집안이 망할까 봐 걱정하는 데서 오는 두려움 때문이야. 손자에 대한 사랑 때문은 아니지.

내신 준비!
수능 만점 선생님

로 보지 못하고 죽었으니, 오히려 행복이라 하겠습니다.⑩

"사회주의라니? 으응? 으응?"

윤 직원 영감은 사뭇 사람을 아무나 하나 잡아먹을 듯, 집이 떠나게 큰 소리로 포효를 합니다.

"……으응? 그놈이 사회주의를 허다니! 으응? 그게, 참말이냐? 참말이여?"

"허긴 그놈이 작년 여름 방학에 나왔을 때버틈 그런 기미가 좀 뵈긴 했어요!"

"그러머넌 참말이구나! 그러머넌 참말이여, 으응!"

윤 직원 영감은 이마로 얼굴로 땀이 방울방울 배어 오릅니다.

"……그런 쳐 죽일 놈이, 깎어 죽여두 아깝잖을 놈이! 그놈이 경찰서장 허라닝개루, 생판 사회주의 허다가 뎁다 경찰서에 잡혀? 으응? ……오사육시(誤死戮屍, 형벌로 죽임을 당하고 이미 죽은 시체의 목을 다시 벰. 몹시 저주하는 말)를 헐 놈이, 그놈이 그게 어디 당헌 것이라구 지가 사회주의를 히여? 부잣놈의 자식이 무엇이 대껴서 부랑당패에 들어?"

아무도 숨도 크게 쉬지 못하고, 고개를 떨어뜨리고 섰기 아니면 앉았을 뿐, 윤 직원 영감이 잠깐 말을 그치자 방 안은 물을 친 듯이 조용합니다.

"……오죽이나 좋은 세상이여? 오죽이나……."

윤 직원 영감은 팔을 부르걷은 주먹으로 방바닥을 땅 치면서 성난 황소가 영각(소가 길게 우는 소리)을 하듯 고함을 지릅니다.

"화적패가 있너냐아? 부랑당 같은 수령(守令)들이 있너냐? ……재산이 있대야 도적놈의 것이요, 목숨은 파리 목숨 같던 말세(末世)년 다 지내가고오…… 자 부아라, 거리거리 순사요, 골골마다 공명헌 정사(政事), 오죽이나 좋은 세상이여…… 남은 수십만 명 동병(動兵, 군사를 일으킴)을 히여서, 우리 조선 놈 보호히여 주니, 오죽이나 고마운 세상이여? 으응? ……제 것 지니고 앉어서 편안허게 살 태평 세상, 이걸 태평천하라구 허는 것이여, 태평천하!⑪ ……그런디 이런 태평천하에 태어난 부잣놈의 자식이, 더군다나 왜 지가 떵떵거리구 편안허게 살 것이지, 어찌서 지가 세상 망쳐 놀 부랑당패에 참섭(參涉, 어떤 일에 끼어들어 간섭함)을 헌담 말이여, 으응?"

땅바닥을 치면서 벌떡 일어섭니다. 그 몸짓이 어떻게도 요란스럽고 괄괄한지, 방금 발광이 되는가 싶습니다. 아닌 게 아니라 모여 선 가권(家眷, 호주나 가구주에게 딸린 식

---

⑩ → 윤 직원 영감의 집안을 망하게 한 원인은 다른 이들과의 문제가 아닌 자식들 때문임을 일화에 빗대서 말하고 있어.

⑪ → 윤 직원 영감은 지금 세상이 일본이 조선을 보호해 주는 태평한 세상이라고 생각해. 반어적 표현이 돋보이는 부분이란다.

아주 중요해!

수능 만점 선생님

구)들은 방바닥 치는 소리에도 놀랐지만, 이 어른이 혹시 상성(喪性, 본래의 성질을 잃어버리고 전혀 다른 사람처럼 됨)이 되지나 않는가 하는 의구의 빛이 눈에 나타남을 가리지 못합니다.

"……착착 깎어 죽일 놈! ……그놈을 내가 핀지히여서, 백 년 지녁을 살리라구 헐걸! 백 년 지녁 살리라구 헐 테여……. 오냐, 그놈을 삼천 석 거리는 직분히여 줄라구 히였더니, 오냐, 그놈 삼천 석거리를 톡톡 팔어서, 경찰서으다가 사회주의 허는 놈 잡어 가두는 경찰서으다가 주어 버릴걸! 으응, 죽일 놈!"

마지막의 으응 죽일 놈 소리는 차라리 울음소리에 가깝습니다.

"……이 태평천하에! 이 태평천하에……."

쿵쿵 발을 구르면서 마루로 나가고, 꿇어앉았던 윤 주사와 종수도 따라 일어섭니다.

"……그놈이, 만석꾼의 집 자식이, 세상 망쳐 놀 사회주의 부랑당패에, 참섭을 히여, 으응, 죽일 놈! 죽일 놈!"

연해 부르짖는 죽일 놈 소리가 차차로 사랑께로 멀리 사라집니다.⑫ 그러나 몹시 사나운 그 포효가 뒤에 처져 있는 가권들의 귀에는 어쩐지 암담한 여운이 스며들어, 가뜩이나 어둔 얼굴들을 면면상고(面面相顧, 아무 말도 없이 서로 얼굴만 물끄러미 바라봄), 말할 바를 잊고, 몸 둘 곳을 둘러보게 합니다. 마치 장수의 주검을 만난 군졸들처럼…….

⑫ ➡ 이 작품의 특징 중 하나는 경어체를 사용했다는 점이야. 이는 인물에 대한 풍자와 조롱을 극대화해 준단다.

수능 만점 선생님

정리해 볼까요(그룹 채팅)

● 작가에 대해서 알아볼까요?

채만식 작가는 1902년 전라북도 군산에서 태어났어. 서울 중앙 고등 보통학교를 거쳐 일본 와세다 대학을 중퇴했지. 〈동아일보〉와 〈조선일보〉에서 기자 생활을 했고, 1925년 단편 「세 길로」로 등단했어. 희곡 「사라지는 그림자」와 단편 「부촌」 등 동반 작가적 성향의 작품을 발표하기도 한단다. 1934년에는 「레디메이드 인생」, 「인텔리와 빈대떡」 등을 발표하면서 작가로서의 입지를 다졌고, 이후로도 「치숙」과 같은 풍자성이 짙은 작품을 창작했지.

여러 작품에서 일제를 비판한 채만식 작가는 『친일인명사전』에도 이름을 올렸어. 하지만 광복 후 「민족의 죄인」을 통해 자신의 친일 행각에 대해 통렬한 반성을 보였지. 그의 뛰어난 작품성과는 별개로 과거 친일 행각을 했다는 부분은 비판적으로 이해해야 할 필요가 있어.

 문학성은 뛰어난 작가였지만, 친일 행각이라는 인생의 오점을 남겼군요!

👍 100점

● 작품에 대해서 정리해 보죠!

작가 : 채만식
갈래 : 풍자 소설, 사회 소설
배경 : 시간적 – 1930년대 | 공간적 – 서울
시점 : 전지적 작가 시점
주제 : 일제 강점기 한 지주 집안의 갈등과 몰락
출전 : 〈조광〉(1938)

이 소설은 일제 강점기 한 지주 집안의 갈등과 몰락을 그린 작품이야. 서울에서 이름난 부자인 윤 직원 영감은 지독한 수전노란다. 윤 직원 영감은 집안을 크게 일으키고자 하는 욕심이 있어. 하지만 아들 창식과 손자 종수는 방탕한 생활을 하며 윤 직원 영감의 기대와는 벗어난 삶을 살지. 그래서 윤 직원 영감은 일본에서 유학 생활을 하고 있는 둘째 손자 종학에게 큰 기대를 걸고 있어. 하지만 어느 날 일본에서 종학이 사회주의 운동에 가담했다는 소식이 전해지고, 윤 직원 영감은 격노하지.

이렇듯 이 작품은 지주이자 고리대금업자인 윤 직원 영감의 가족사를 통해 당시 사회 구조의 모순과 중산 계층의 부정적인 모습을 풍자하고 있단다.

 작가의 다른 작품인 「치숙」과 마찬가지로 부정적인 인물을 주인공으로 내세운 풍자 소설이군요!

👍 100점

● 구조적 접근을 꼭 알아야 해요!

발단: 윤 직원 영감이 삯을 깎기 위해 인력거꾼과 실랑이를 벌임
큰 부자로 이름난 윤 직원 영감은 인력거꾼과 돈 몇 푼을 가지고 언쟁할 만큼 지독한 수전노야. 그는 소작인들에게 무거운 소작료를 매기면서도 자신이 그들에게 큰 은혜를 베풀고 있다고 여기지.

전개: 윤 직원 영감은 일본인들에게 감사한 마음을 가짐
윤 직원 영감은 화적 떼 때문에 아버지를 잃었어. 따라서 일본인들이 군대를 이끌고 들어와 화적 떼를 몰아내 준 것에 대해 감사하게 생각하지.

위기: 윤 직원 영감은 손자인 종학에게 기대를 걺
윤 직원 영감은 집안을 부흥시키기 위해 양반 족보를 사기도 해. 그는 손자인 종수와 종학이 각각 군수와 경찰서장이 되기를 바라지. 하지만 그의 기대와는 달리 아들 창식과 손자 종수는 방탕하고 퇴폐적인 생활을 한단다.

절정: 종학이 사회주의 활동으로 경찰에 체포됨
자손들이 재산을 축내고 있는 어느 날. 일본에서 윤 영감에게 전보가 하나 오지. 전보의 내용은 종학이 사회주의 운동을 하다가 경찰에 체포되었다는 것이었어.

결말: 손자의 체포 소식에 윤 직원 영감이 격노함
윤 직원 영감은 자신이 가장 아끼는 손자인 종학이 그가 가장 혐오하던 사회주의 운동에 연루되었다는 소식을 듣고는 이 좋은 '태평천하'에 왜 그런 일을 하느냐며 오열하지.

사회에 대한 잘못된 인식을 가지고 있는 어리석은 인물의 가족사가 매우 흥미롭네요!

100점

● 윤 직원의 뇌 구조를 알아볼까요?

1 이 작품에 대한 설명으로 옳지 <u>않은</u> 것은?

① 판소리적 사설을 활용하고 있다.
② 이상적인 인물을 주인공으로 내세우고 있다.
③ 비속어와 사투리 등을 적절히 활용하고 있다.
④ 전지적 작가 시점에서 이야기를 서술하고 있다.
⑤ 주인공을 풍자함으로써 식민 치하의 바람직한 가치관을 설파하고 있다.

2 이 작품의 서술상 특징으로 옳지 <u>않은</u> 것은?

① 경어체의 문장을 통해 인물에 대한 조롱과 풍자를 극대화하고 있다.
② 서술자가 작중에 직접 개입해 작가의 생각을 드러내고 있다.
③ 반어적 표현을 통해 인물의 부정적인 면모를 드러내고 있다.
④ 사투리 등을 활용해 생동감을 더해 주고 있다.
⑤ 상징적인 물건을 통해 평온한 사회 현실을 예찬하고 있다.

3 윤 직원 영감에 대한 설명으로 옳지 <u>않은</u> 것은?

① 왜곡된 사회 인식을 가지고 있다.
② 자신이 소작농들에게 큰 은혜를 베풀고 있다고 생각한다.
③ 자식들과의 사이가 좋지 않다.
④ 종학의 체포 소식에 충격을 받았다.
⑤ 사회주의 사상에 깊은 감명을 받았다.

4 다음 글을 통해 작가가 말하고자 하는 바로 옳지 <u>않은</u> 것은?

> 진(秦)나라를 망할 자 호(胡)라는 예언을 듣고서, 변방을 막으려 만리장성을 쌓던 진시황, 그는 진나라를 망한 자 호가 아니요, 그의 자식 호해(胡亥)임을 눈으로 보지 못하고 죽었으니, 오히려 행복이라 하겠습니다.

① 윤 직원 영감의 집안이 몰락할 것을 암시하고 있다.
② 집안 외부의 문제가 아닌 내부의 문제로 몰락할 것임을 상징한다.
③ 집안의 몰락을 보지 않고 죽는 것이 행복한 일임을 말하고자 한다.
④ 윤 직원 영감의 자식들이 문제를 일으키고 있음을 의미한다.
⑤ 종학뿐만 아니라 창식과 종수도 집안의 몰락에 원인을 제공하고 있음을 의미한다.

5 다음은 염상섭의 「삼대」에 대한 설명이다. 두 작품에 대한 반응으로 옳지 <u>않은</u> 것은?

> 「삼대」는 일제 강점기를 배경으로 삼대에 걸친 세대 간 갈등과 재산 상속을 둘러싼 집안의 갈등을 그린 작품이다. 봉건주의 가치관을 신봉하는 조 의관, 개화기 세대를 대표하는 조상훈, 할아버지나 아버지 세대와는 다르지만 특별한 의식 없이 살아가는 조덕기, 이 세 사람의 가치관 차이를 통해 당대의 이념적 흐름을 보여 준다. 삼대에 걸친 가족사 소설이라는 점에서 「태평천하」와 구조적 유사성을 지닌다.

① 종혁: 윤 직원 영감과 조 의관은 봉건적인 가치를 중시하는 인물들이야. 양반의 족보를 사기 위해 애쓰는 모습을 보면 알 수 있지.

② 혜진: 창식과 조상훈은 개화기 세대로서 새로운 교육을 받았지만, 방탕한 생활을 한다는 점에서 공통점을 찾을 수 있어.

③ 진희: 종학과 덕기는 이전 세대와는 다른 모습을 보여 주지만, 종학과는 달리 덕기는 별 사상 없이 살아간다는 점에서 차이점을 보여 주지.

④ 수현: 두 작품 모두 삼대에 걸친 일가족의 모습을 통해 이전 세대보다 새로운 세대가 더 바람직하다고 강조하고 있어.

⑤ 민호: 두 작품을 보면 당시 격변하는 시대 속에서 사람들의 의식과 가치가 어떻게 변화해 가는지를 알 수 있어.

6 이 작품의 제목인 '태평천하'가 의미하는 바를 서술하시오.

> 이 작품이 발표된 1930년대는 일제가 우리 민족의 정체성을 말살시키고, 사상 문제에 철저한 탄압을 가하던 시기였다. 따라서 이 시기에 대부분 조선인은 가난에 시달리고, 윤 직원 영감 같은 부자와 친일파만이 편안한 생활을 영위했다. 즉, 작가는 반어적 표현을 통해 당시 시대가 전혀 태평하지 않았음을 말하고 있다.

● **수능 만점 선생님의 감상 꿀팁**

> 이 작품은 소시민을 착취하는 윤 직원 영감의 모습을 통해 당시 사회의 모순과 친일파의 부정적인 모습을 나타내고 있어. 경어체의 문장이나 반어적인 수법을 통해 인물에 대한 조롱과 풍자를 극대화하고 있다는 점을 놓치지 말자.

여기서
잠깐!

미리 들여다보는 인물 X 파일

팔 한쪽 없이 살아온 것도 힘들었는데, 아들은 다리를 잃다니!

한쪽 다리 없이 앞으로 대체 어떻게 살아가야 할까?

아버지와
아들 사이

만도

진수

수능 만점 선생님의 감상 꿀팁!

이 소설은 한 부자(父子)에게 닥친 수난을 통해 우리 근현대사의 아픔을 함축적으로 나타낸 작품이야. 제2차 세계 대전과 6·25 전쟁 등 우리 민족이 연이어 겪어야 했던 비극이 개인에게 어떠한 영향을 끼쳤는지 생각하면서 읽어 보자.

수난이대

#수난이라는 건 이렇게 극복해 나가는 거야

진수가 돌아온다. 진수가 살아서 돌아온다.❶ 아무개는 전사했다는 통지가 왔고, 아무개는 죽었는지 살았는지 통 소식이 없는데, 우리 진수는 살아서 오늘 돌아오는 것이다. 생각할수록 어깻바람이 날 일이다. 그래 그런지 몰라도 박만도는 여느 때 같으면 아무래도 한두 군데 앉아 쉬어야 넘어설 수 있는 용머리재를 단숨에 올라채고 만 것이다. 가슴이 펄럭거리고 허벅지가 뻐근했다. 그러나 그는 고갯마루에서도 쉴 생각을 하지 않았다. 들 건너 멀리 바라보이는 정거장에서 연기가 물씬물씬 피어오르며 삐익 기적 소리가 들려왔기 때문이다. 아들이 타고 내려올 기차는 점심때가 가까워 도착한다는 것을 모르는 바 아니다. 해가 이제 겨우 산등성이 위로 한 뼘 가량 떠올랐으니, 오정(午正, 낮 열두 시)이 되려면 아직 차례 멀은 것이다. 그러나 그는 공연히 마음이 바빴다. 까짓것, 잠시 앉아 쉬면 뭐 할 끼고.

만도는 손가락으로 한쪽 콧구멍을 누르면서 팽! 마른 코를 풀어 던졌다. 그리고 휘청휘청 고갯길을 내려가는 것이다.

내리막은 오르막에 비하면 아무것도 아니었다. 대구(대고, 계속해 자꾸) 팔을 흔들라치면 절로 굴러 내려가는 것이다. **만도는 오른쪽 팔만을 앞뒤로 흔들고 있었다.**❷ 왼쪽 팔은 조끼 주머니에 아무렇게나 쑤셔 넣고 있는 것이다. 삼대독자가 죽다니 말이 되나, 살아서 돌아와야 일이 옳고말고. 그런데 병원에서 나온다 하니 어디를 좀 다치기는 다친 모양이지만, 설마 나같이 이렇게사 되지 않았겠지. 만도는 왼쪽 조끼 주머니에 꽂힌 소맷자락을 내려다보았다. 그 소맷자락 속에는 아

❶ ➡ 6·25 전쟁에 참전했던 아들이 돌아온다는 사건으로 작품이 시작되고 있어.
❷ ➡ 만도가 한쪽 팔이 없다는 걸 알려 주는 대목이지.

무엇도 든 것이 없었다. 그저 소맷자락만이 어깨 밑으로 덜렁 처져 있는 것이다. 그래서 노상 그쪽은 조끼 주머니 속에 꽂혀 있는 것이다. 볼기짝이나 장딴지 같은 데를 총알이 약간 스쳐갔을 따름이겠지. 나처럼 팔뚝 하나가 몽땅 달아날 지경이었다면 그 엄살스런 놈이 견뎌 냈을 턱이 없고말고.[3] 슬며시 걱정이 되기도 하는 듯, 그는 속으로 이런 소리를 주워섬겼다.

내리막길은 빨랐다. 벌써 고갯마루가 저만큼 높이 처다보이는 것이다. 산모퉁이를 돌아서면 이제 들판이다. 내리막길을 쏘아 내려온 기운 그대로, 만도는 들길을 잰걸음 쳐 나가다가 개천 둑에 이르러서야 걸음을 멈추었다. 외나무다리[4]가 놓여 있는 조그마한 시냇물이었다. 한여름 장마철에 들어설라치면 배꼽이 묻히는 수도 있었지마는, 요즈막엔 무릎이 잠길 듯 말 듯한 물인 것이다. 가을이 깊어지면서부터 물은 밑바닥이 환히 들여다보일 만큼 맑아져 갔다. 소리도 없이 미끄러져 내려가는 물을 가만히 내려다보고 있으면 절로 이촉(잇몸 속에 들어 있는 이의 뿌리)이 시려 온다.

만도는 물기슭에 내려가서 쭈그리고 앉아 한 손으로 고의춤(고의나 바지의 허리를 접어서 여민 사이)을 풀어 헤쳤다. 오줌을 찌익 갈기는 것이다. 거울 면처럼 맑은 물 위에 오줌이 가서 부글부글 끓어오르며 뿌우연 거품을 이루니 여기저기서 물고기 떼가 모여든다. 제법 엄지손가락만씩 한 피리('피라미'의 사투리)도 여러 마리다. 한 바가지 잡아서 회쳐 놓고 한잔 쭈욱 들이켰으면…….

군침이 목구멍에서 꿀꺽했다. 고기 떼를 향해서 마른 코를 팽팽 풀어 던지고, 그는 외나무다리를 조심히 디뎠다.

길이가 얼마 되지 않는 다리였으나 아래로 몸을 내려다보면 제법 아찔했다. 그는 이 외나무다리를 퍽 조심한다.

언젠가 한번, 읍에서 술이 꽤 되어 가지고 홍청거리며 돌아오다가, 물에 굴러 떨어진 일이 있었던 것이다. 지나치는 사람이 없었기에 망정이지, 누가 보았더라면 큰 웃음거리가 될 뻔했었다. 발목 하나를 약간 접쳤을 뿐, 크게 다친 데는 없었다. 이른 가을철이었기 때문에 옷을 벗어 둑에 널어놓고 말릴 수는 있었으나 여간 창피스러운 것이 아니었다. 옷이 말짱 젖었다거나 옷이 마를 때까지 발가

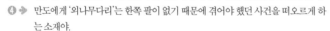
❸ ➡ 만도는 애써 괜찮은 척하고 있지만, 아들이 무사한지 내심 불안감을 느끼고 있어.
❹ ➡ 만도에게 '외나무다리'는 한쪽 팔이 없기 때문에 겪어야 했던 사건을 떠오르게 하는 소재야.

내신 준비!
수능 만점 선생님

벗고 기다려야 한다거나 해서가 아니었다. 팔뚝 하나가 몽땅 잘라져 나간 흉측한 몸뚱이를 하늘 앞에 드러내 놓고 있어야 했기 때문이었다.❺ 지나치는 사람이 있을라치면, 하는 수 없이 물속으로 뛰어 들어가서 얼굴만 내놓고 앉아 있었다. 물이 선뜩해서 아래턱이 덜덜거렸으나, 오그라붙는 사타구니를 한 손으로 꽉 움켜쥐고 버티는 수밖에 없었다.

"흐흐흐……."

그때 일을 생각하면 지금도 곧 웃음이 터져 나오는 것이다. 하늘로 쳐들린 콧구멍이 연방 벌름거렸다.

개천을 건너서 논두렁길을 한참 부지런히 걸어가노라면 읍으로 들어가는 한길이 나선다. 도로변에 먼지를 부옇게 덮어쓰고 도사리고 앉아 있는 초가집은 주막이다. 만도가 읍내 나올 때마다 한 번씩 들르곤 하는 단골집인 것이다. 이 집 눈썹이 짙은 여편네와는 예사로 농을 주고받는 사이다.

❺ ➡ 만도가 팔 한쪽을 잃은 자기 자신을 매우 부끄럽게 여기고 있음을 알 수 있어.

술방 문턱을 들어서며 만도가,

"서방님 들어가신다."

하면, 여편네는,

"아이 문둥아, 어서 오느라."

하는 것이 인사처럼 되어 있었다. 만도는 여간 언짢은 일이 있어도 이 여편네의 궁둥이 곁에 가서 앉으면 속이 절로 쑥 내려가는 것이었다.

주막 앞을 지나치면서 만도는 술방 문을 열어 볼까 했으나, 방문 앞에 신이 여러 켤레 널려 있고, 방 안에서 웃음소리가 요란하기 때문에 돌아오는 길에 들르기로 하였다.

신작로에 나서면 금시 읍이었다. 만도는 읍 들머리에서 잠시 망설이다가, 정거장 쪽과는 반대되는 방향으로 걸음을 옮겼다. 장거리를 찾아가는 것이었다. 진수가 돌아오는데 고등어나 한 손(한 손에 잡을 만한 분량을 세는 단위) 사 가지고 가야 될 거 아닌가, 싶어서였다. 장날은 아니었으나, 고깃전에는 없는 고기가 없었다. 이것을 살까 하면 저것이 좋아 보이고 그것을 사러 가면 또 그 옆의 것이 먹음직해 보였다. 한참 이리저리 서성거리다가 결국은 고등어 한 손이었다. 그것을 달랑달랑 들고 정거장을 향해 가는데, 겨드랑 밑이 간질간질해 왔다. 그러나 한쪽밖에 없는 손에 고등어를 들었으니 참 딱했다. 어깻죽지를 연방 위아래로 움직거리는 수밖에 없었다.

정거장 대합실에 들어선 만도는 먼저 벽에 걸린 시계부터 바라보았다. 두 시 이십 분이었다. 벌써 두 시 이십 분이니 내가 잘못 보았나? 아무리 두 눈을 씻고 보아도 시계는 틀림없는 두 시 이십 분이었다. 한쪽 걸상에 가서 궁둥이를 붙이면서도 곧장 미심쩍어 했다. 두 시 이십 분이라니, 그럼 벌써 점심때가 겨웠단 말인가? 말도 아닌 것이다. 자세히 보니 시계는 유리가 깨어졌고 먼지가 꺼멓게 앉아 있었다. 그러면 그렇지, 엉터리였다. 벌써 그렇게 되었을 리가 없는 것이다.

"여보이소, 지금 몇 싱교?"❻

맞은편에 앉은 양복쟁이한테 물어보았다.

"열 시 사십 분이오."

"예, 그렁교."

❻ ➡ 사투리를 통해 만도의 순박한 성격을 효과적으로 드러내고 있어.

만도는 고개를 굽실하고는 두 눈을 연방 껌벅거렸다. 열 시 사십 분이라, 보자 그럼 아직도 한 시간이나 넘어 남았구나. 그는 안심이 되는 듯 후유, 숨을 내쉬었다. 궐련을 한 개 빼 물고 불을 댕겼다.

정거장 대합실에 와서 이렇게 도사리고 앉아 있노라면, 만도는 곧잘 생각나는 일이 한 가지 있었다. 그 일이 머리에 떠오르면 등골을 찬 기운이 좍 스쳐 내려가는 것이었다. 손가락이 시퍼렇게 굳어진 이끼 낀 나무토막 같은 팔뚝이 지금도 저만큼 눈앞에 보이는 듯했다.

바로 이 정거장 마당에 백 명 남짓한 사람들이 모여 웅성거리고 있었다.❼ 그중에는 만도도 섞여 있었다. 기차를 기다리고 있는 것이었으나, 그들은 모두 자기네들이 어디로 가는 것인지 알지를 못했다. 그저 차를 타라면 탈 사람들이었다. 징용에 끌려 나가는 사람들이었다. 그러니까 지금으로부터 십이삼 년 옛날의 이야기인 것이다.

북해도 탄광으로 갈 것이라는 사람도 있었고 틀림없이 남양 군도로 간다는 사람도 있었다. 더러는 만주로 가면 좋겠다고 하기도 했다. 만도는 북해도가 아니면 남양 군도일 것이고, 거기도 아니면 만주겠지, 설마 저희들이 하늘 밖으로야 끌고 가겠느냐고 아무렇지도 않은 듯이 그 들창코로 담배 연기를 푹푹 내뿜고 있었다. 그러나 마음이 좀 덜 좋은 것은 마누라가 저쪽 변소 모퉁이 벚나무 밑에 우두커니 서서 한눈도 안 팔고 이쪽만을 바라보고 있는 때문이었다. 그래서 그는 주머니 속에 성냥을 두고도 옆 사람에게 불을 빌리자고 하며 슬며시 돌아서 버리곤 했다.

플랫폼으로 나가면서 뒤를 돌아보니 마누라는 울 밖에 서서 수건으로 코를 눌러 대고 있는 것이었다. 만도는 코허리가 쩡했다.❽ 기차가 꽥꽥 소리를 지르면서 덜커덩! 하고 움직이기 시작했을 때는 정말 덜 좋았다. 눈앞이 뿌우옇게 흐려지는 것을 어쩌지 못했다. 그러나 정거장이 까맣게 멀어져 가고 차창 밖으로 새로운 풍경이 획획 날아들자, 그제야 아무렇지도 않아지는 것이었다. 오히려 기분이 유쾌해지는 것 같기도 했다.❾

❼ ➔ 만도는 정거장에 갈 때마다 생각나는 일이 있어. 그 일을 회상 방식으로 자연스럽게 소개하고 있지.   ❽ ➔ 일제 강점기에 강제 징용으로 어쩔 수 없이 헤어져야 했던 가족들의 아픔이 드러나는 장면이야.   ❾ ➔ 만도가 순박하고 낙천적인 성격을 지녔음을 알 수 있어.

집중!

수능 만점 선생님

바다를 본 것도 처음이었고, 그처럼 큰 배에 몸을 실어 본 것은 더구나 처음이었다. 배 밑창에 엎드려서 꽥꽥 게워 내는 사람들이 많았으나, 만도는 그저 골이 좀 띵했을 뿐 아무렇지도 않았다. 더러는 하루에 두 개씩 주는 뭉치 밥을 남기기도 했으나, 그는 한꺼번에 하루 것을 뚝딱해도 시원찮았다.

모두들 내릴 준비를 하라는 명령이 떨어진 것은 사흘째 되는 날 황혼 때였다. 제가끔 봇짐을 챙기기에 바빴다. 만도도 호박덩이만 한 보따리를 옆구리에 덜렁 찼다. 갑판 위에 올라가 보니 하늘은 활활 타오르고 있고, 바닷물은 불에 녹은 쇠처럼 벌겋게 출렁거리고 있었다. 지금 막 태양이 물 위로 뚝딱 떨어져 가는 것이었다. 햇덩어리가 어쩌면 그렇게 크고 붉은지 정말 처음이었다. 그리고 바다 위에 주황빛으로 번쩍거리는 커다란 산이 둥둥 떠 있는 것이었다. 무시무시하도록 황홀한 광경에 모두들 딱 벌어진 입을 다물 줄 몰랐다. 만도는 어깨마루를 버쩍 들어 올리면서, 히야 고함을 질러 댔다. 그러나 섬에서 그들을 기다리고 있는 것은 숨 막히는 더위와 강제 노동과 그리고, 잠자리만씩이나 한 모기떼……. 그런 것뿐이었다.⑩

섬에다가 비행장을 닦는 것이었다. 모기에게 물려 혹이 된 자리를 벅벅 긁으며, 비 오듯 쏟아지는 땀을 무릅쓰고, 아침부터 해가 떨어질 때까지 산을 허물어 내고, 흙을 나르고 하기란, 고향에서 농사일에 뼈가 굳어진 몸에도 이만저만한 고역이 아니었다. 물도 입에 맞지 않았고, 음식도 이내 변하곤 해서 도저히 견디어 낼 것 같지가 않았다. 게다가 병까지 돌았다. 일을 하다가도 벌떡 자빠지기가 예사였다. 그러나 만도는 아침저녁으로 약간씩 설사를 했을 뿐, 넘어지지는 않았다. 물도 차츰 입에 맞아 갔고, 고된 일도 날이 감에 따라 몸에 배어 드는 것이었다. 밤에 날개를 치며 몰려드는 모기떼만 아니면 그냥저냥 배겨 내겠는데, 정말 그놈의 모기들만은 질색이었다.

사람의 일이란 무서운 것이었다. 그처럼 험난하던 산과 산 틈바구니에 비행장을 닦아 내고야 말았던 것이다. 허나 일은 그것으로 끝나는 것이 아니고, 오히려 더 벅찬 일이 닥치는 것이었다. 연합군의 비행기가 날아들면서부터 일은 밤중까지 계속되었다.⑪ 산허리에 굴을 파 들어가는 것이었다. 비행기를 집어넣을

⑩ ➡ 강제 징용된 사람들이 겪었던 처참한 상황이 자세하게 드러난 부분이란다.
⑪ ➡ 제2차 세계 대전이 일어나자, 일제는 강제 징병과 징용을 통해 조선인들을 더욱 가혹하게 수탈했어.

수능에 나올
수도 있어!

수능 만점 선생님

굴이었다. 그리고 모든 시설을 다 굴속으로 옮겨야 하는 것이었다.

　여기저기 다이너마이트 튀는 소리가 산을 흔들어 댔다. 앵앵앵 하고 공습경보가 나면 일을 하던 손을 놓고 모두가 굴 바닥에 납작납작 엎드려 있어야 했다. 비행기가 돌아갈 때까지 그러고 있는 것이었다. 어떤 때는 근 한 시간 가까이나 엎드려 있어야 하는 때도 있었는데 차라리 그것이 얼마나 편한지 몰랐다. 그래서 더러는 공습이 있기를 은근히 기다리기도 했다. 때로는 공습경보의 사이렌을 듣지 못하고 그냥 일을 계속하는 수도 있었다. 그럴 때면 모두 큰 손해를 보았다고 야단들이었다. 어떻게 된 셈인지 사이렌이 미처 불기 전에 비행기가 산등성이를 넘어 달려드는 수도 있었다. 그럴 때는 정말 질겁을 하는 것이었다. 가장 많은 손해를 입는 것도 그런 경우였다. 만도가 한쪽 팔뚝을 잃어버린 것도 바로 그런 때의 일이었다.

　여느 날과 다름없이 굴속에서 바위를 허물어 내고 있었다. 바위 틈서리에 구멍을 뚫어서 다이너마이트를 장치하는 것이었다. 장치가 다 되면 모두 바깥으로 나가고, 한 사람만 남아서 불을 댕기는 것이다. 그리고 그것이 터지기 전에 얼른 밖으로 뛰어나와야 되었다.

　만도가 불을 댕기는 차례였다. 모두 바깥으로 나가 버린 다음 그는 성냥을 꺼냈다. <u>그런데 웬 영문인지 기분이 께름칙했다.</u>⑫ 모기에게 물린 자리가 자꾸 쏙쏙 쑤시는 것이다. 긁적긁적 긁어 댔으나 도무지 시원한 맛이 없었다. 그는 이맛살을 찌푸리면서 성냥을 득 그었다. 그래 그런지 몰라도, 불은 이내 픽 하고 꺼져 버렸다. 성냥 알맹이 네 개째에서 겨우 심지에 불이 당겨졌다. 심지에 불이 붙는 것을 보자 그는 얼른 몸을 굴 밖으로 날렸다. 바깥으로 막 나서려는 때였다. 산이 무너지는 듯한 소리와 함께 사나운 바람이 귓전을 후려갈기는 것이었다. 만도는 정신이 아찔했다. 공습이었던 것이다. 산등성이를 넘어 달려든 비행기가 머리 위로 아슬아슬하게 지나가는 것이었다. 미처 정신을 차리기도 전에 또 한 대가 뒤따라 날아드는 것이 아닌가. 만도는 그만 넋을 잃고 굴 안으로 도로 달려 들어갔다. 달려 들어가서 굴 바닥에 아무렇게나 팍 엎드러져 버리고 말았다. 그 순간이었다. 쾅! 굴 안이 미어지는 듯하면서 다이너마이트가 터졌다. 만도의 두 눈에서 불이 번쩍했다.

⑫ ➡ 만도는 본능적으로 불행한 일이 일어날 것임을 느끼고 있어.

만도가 어렴풋이 눈을 떠 보니, 바로 거기 눈앞에 누구의 것인지 모를 팔뚝이 하나 아무렇게나 던져져 있었다. 손가락이 시퍼렇게 굳어져서, 마치 이끼 긴 나무토막처럼 보이는 것이었다. 만도는 그것이 자기의 어깨에 붙어 있던 것인 줄을 알자, 그만 으악! 하고 정신을 잃어버렸다. 재차 눈을 떴을 때는 그는 폭삭한(부피만 있고 매우 엉성한 물건이 보드랍게 가라앉거나 쉽게 부서지는) 담요 속에 누워 있었고, 한쪽 어깻죽지가 못 견디게 쿡쿡 쑤셔 댔다. 절단 수술은 이미 끝난 뒤였다.

쾌애액— 기적 소리였다.[13] 멀리 산모퉁이를 돌아오는가 보다. 만도는 앉았던 자리를 털고 벌떡 일어서며, 옆에 놓아두었던 고등어를 집어 들었다. 기적 소리가 가까워질수록 그의 가슴은 울렁거렸다. 대합실 밖으로 뛰어나가 플랫폼이 잘 보이는 울타리 쪽으로 가서 발돋움을 하였다.

째랑째랑 하고 종이 울자, 잠시 후 차는 소리를 지르면서 달려들었다. 기관차의 옆구리에서는 김이 픽픽 풍겨 나왔다. 만도의 얼굴은 바짝 긴장되었다. 시커먼 열차 속에서 꾸역꾸역 사람들이 밀려 나왔다. 꽤 많은 손님이 쏟아져 내리는 것이었다. 만도의 두 눈은 곧장 이리저리 굴렀다. 그러나 아들의 모습은 쉽사리 눈에 띄지 않았다. 저쪽 출찰구(出札口. 차나 배에서 내린 손님이 표를 내고 나가거나 나오는 곳)로 밀려가는 사람들의 물결 속에, 두 개의 지팡이를 의지하고 절룩거리며 걸어 나가는 상이군인이 있었으나, 만도는 그 사람에게 주의를 기울이지는 않았다.[14]

기차에서 내릴 사람은 모두 내렸는가 보다. 이제 미처 차에 오르지 못한 사람들이 플랫폼을 이리저리 서성거리고 있을 뿐인 것이다. 그놈이 거짓으로 편지를 띄웠을 리는 없을 건데……. 만도는 자꾸 가슴이 떨렸다. 이상한 일이다, 하고 있을 때였다. 분명히 뒤에서,

"아부지!"

부르는 소리가 들렸다. 만도는 깜짝 놀라며, 얼른 뒤를 돌아보았다. 그 순간, 만도의 두 눈은 무섭도록 크게 떠지고 입은 딱 벌어졌다. 틀림없는 아들이었으나, 옛날과 같은 진수는 아니었다. 양쪽 겨드랑이에 지팡이를 끼고 서 있는데, 스쳐가는 바람결에 한쪽 바짓가랑이가 펄럭거리는 것이 아닌가.

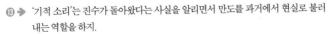
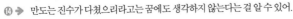

13 ➡ '기적 소리'는 진수가 돌아왔다는 사실을 알리면서 만도를 과거에서 현실로 불러내는 역할을 하지.

14 ➡ 만도는 진수가 다쳤으리라고는 꿈에도 생각하지 않는다는 걸 알 수 있어.

만도는 눈앞이 노오래지는 것을 어쩌지 못했다. 한참 동안 그저 멍멍하기만 하다가, 코허리가 찡해지면서 두 눈에 뜨거운 것이 핑 도는 것이었다.

"에라이, 이놈아!"

만도의 입술에서 모지게 튀어나온 첫마디였다. 떨리는 목소리였다. 고등어를 든 손이 불끈 주먹을 쥐고 있었다.

"이기 무슨 꼴이고, 이기."

"아부지!"

"이놈아, 이놈아……."

만도의 들창코가 크게 벌름거리다가 훌쩍 물코를 들이마셨다.

진수의 두 눈에서는 어느 결에 눈물이 꾀죄죄하게 흘러내리고 있었다. 만도는 모든 게 진수의 잘못이기나 한 듯 험한 얼굴로,

"가자, 어서!"

무뚝뚝한 한마디를 내던지고는 성큼성큼 앞장을 서 가는 것이었다.

진수는 입술에 내려와 묻는 짭짤한 것을 혀끝으로 날름 핥아 버리면서, 절름절름 아버지의 뒤를 따랐다.

앞장서 가는 만도는 뒤따라오는 진수를 한 번도 돌아보지 않았다. 한눈을 파는 법도 없었다.[15] 무겁디무거운 짐을 진 사람처럼 땅바닥만을 내려다보며, 이따금 *끙끙거리면서 부지런히 걸어만 가는 것이다.* 지팡이에 몸을 의지하고 걷는 진수가 성한 사람의, 게다가 부지런히 걷는 걸음을 당해 낼 수는 도저히 없었다. 한 걸음 두 걸음씩 뒤지기 시작한 것이, 그만 작은 소리로 불러서는 들리지 않을 만큼 떨어져 버리고 말았다. 진수는 목구멍을 왈칵 넘어오려는 뜨거운 기운을 꾹 참느라고 어금니를 야물게 깨물어 보기도 하였다. 그리고 두 개의 지팡이와 한 개의 다리를 열심히 움직여 대는 것이었다.

앞서 간 만도는 주막집 앞에 이르자, 비로소 한 번 뒤를 돌아보았다. 진수는 오다가 나무 밑의 그늘에서 오줌을 누고 있었다. **지팡이는 땅바닥에 던져 놓고, 한쪽 손으로는 볼일을 보고, 한쪽 손으로는 나무 둥치를 감싸안고 있는 모양이 을씨년스럽기 이를 데 없는 꼬락서니였다.**[16] 만도는 눈살을 찌푸리며, 으음! 하고

⑮➡ 만도는 아들이 부상을 입었다는 사실에 큰 절망을 느끼고 있어.

⑯➡ 만도가 처음으로 진수의 모습을 제대로 보는 장면이야. 만도는 아들의 힘겨운 모습을 보고는 마음이 착잡해지지.

수능에 나올 수도 있어

수능 만점 선생님

신음 소리 비슷한 무거운 소리를 토했다. 그리고 술방 앞으로 가서 방문을 왈칵 잡아당겼다.

기역 자 판 안에 도사리고 앉아서 속옷을 뒤집어 까고 이를 잡고 있던 여편네가 킥 하고 웃으며 후닥닥 옷섶을 여몄다. 그러나 만도는 웃지를 않았다. 방문턱을 넘어서면서도 서방님 들어가신다는 소리를 내뱉지 않았다. 아마 이처럼 뚝뚝한 얼굴을 하고 이 술방에 들어서기란 처음일 것이다. 여편네가 멋도 모르고,

"오늘은 서방님 아닌가 배."

하고 킬킬 웃었으나, 만도는 으음! 또 무거운 신음 소리를 했을 뿐 도시 기분을 내지 않았다. 기역 자 판 앞에 가서 쭈그리고 앉기가 바쁘게,

"빨리 빨리."

재촉을 하였다.

"하따나, 어지간히도 바쁜가 배."

"빨리 꼬빼기(곱빼기)로 한 사발 달라니까구마."

"오늘은 와 이카노?"

여편네가 쳐 주는 술 사발을 받아 들며, 만도는 후유…… 하고 숨을 크게 내쉬었다. 그리고 입을 얼른 사발로 가져갔다. 꿀꿀꿀, 잘도 넘어가는 것이다. 그 큰 사발을 단숨에 비워 버리고는, 도로 여편네 눈앞으로 불쑥 내밀었다. 그렇게 거들빼기로 석 잔을 해치우고사 으으윽! 하고 게트림(거만스럽게 거드름을 피우며 하는 트림)을 하였다. 여편네가 눈을 휘둥그레 가지고 혀를 내둘렀다. 빈속에 술을 그처럼 때려 마시고 보니, 금세 눈두덩이 확확 달아오르고, 귀뿌리가 발갛게 익어 갔다.

술기가 얼큰하게 돌자, 이제 좀 속이 풀리는 성싶어 방문을 열고 바깥을 내다보았다.[17] 진수는 이마에 땀을 척척 흘리면서 저만큼 오고 있었다.

"진수야!"

버럭 소리를 질렀다.

"이리 들어와 보래."

진수는 아무런 대꾸도 없이 어기적어기적 다가왔다. 다가와서 방문턱에 걸터앉으니까, 여편네가 보고,

"방으로 좀 들어오이소."

내신 준비!

⑰ → 만도는 깊은 절망감에 빠져 있었지만 술을 마시자 금세 마음이 풀어져. 그의 낙천적인 성격이 잘 드러나는 부분이지.

수능 만점 선생님

하였다.

"여기 좋심더."

그는 수세미 같은 손수건으로 이마와 코언저리를 아무렇게나 훔친다.

"마 아무 데서나 묵어라. 저, 국수 한 그릇 말아 주소."

"야."

"꼬빼기로 잘 좀⋯⋯. 참지름도 치소, 알았능교?"^⑱

"야아."

여편네는 코로 히죽 웃으면서 만도의 옆구리를 살짝 꼬집고는, 소쿠리에서 삶은 국수 두 뭉텅이를 집어 들었다.

진수가 국수를 훌훌 끌어 넣고 있을 때, 여편네는 만도의 귓전으로 얼굴을 살짝 갖다 댄다.

"아들이가?"

만도는 고개를 약간 앞뒤로 끄덕거렸을 뿐, 좋은 기색을 하지 않았다. 진수가 국물을 훌쩍 들이마시고 나자, 만도는,

"한 그릇 더 묵을래?"

하였다.

"아니예."

"한 그릇 더 묵지 와."

"고만 묵을랍니더."

진수는 입술을 싹 닦으며 푸시시 자리에서 일어났다.

주막을 나선 그들 부자는 논두렁길로 접어들었다. 아까와 같이 만도가 앞장을 서는 것이 아니라, 이번에는 진수를 앞세웠다. 지팡이를 짚고 찌긋둥찌긋둥 앞서 가는 아들의 뒷모습을 바라보며, 팔뚝이 하나밖에 없는 아버지가 느릿느릿 따라가는 것이다.^⑲ 손에 매달린 고등어가 대구 달랑달랑 춤을 추었다. 너무 급하게 들이마셔서 그런지, 만도의 배 속에서는 우글우글 술이 끓고, 다리가 휘청거렸다. 콧구멍으로 더운 숨을 훅훅 내불어 보니 정신이 아른해서 역시 좋았다.

"진수야!"

⑱ → 아들에게 조금이라도 맛있고 양 많은 국수를 주고 싶어 하는 만도의 마음이 드러나.

⑲ → 주막에 들어서기 전과 다르게 부자가 보조를 맞춰 걷고 있어. 두 사람의 관계가 조금씩 회복되고 있는 거지.

아주 중요해!

수능 만점 선생님

"예."

"니 우째다가 그래 됐노?"

"전쟁하다가 이래 안 됐심니꺼. 수류탄 쪼가리에 맞았심더."[20]

"수류탄 쪼가리에?"

"예."

"음……."

"얼른 낫지 않고 막 썩어 들어가기 땜에 군의관이 짤라 버립디더, 병원에서 예."

"……."

"아부지!"

"와?"

"이래 가지고 우째 살까 싶습니다."

"우째 살긴 뭘 우째 살아? 목숨만 붙어 있으면 다 사는 기다. 그런 소리 하지 마라."[21]

"……."

"나 봐라, 팔뚝이 하나 없어도 잘만 안 사나. 남 봄에 좀 덜 좋아서 그렇지, 살기사 와 못 살아."

"차라리 아부지같이 팔이 하나 없는 편이 낫겠어예. 다리가 없어 노니, 첫째 걸어 댕기기에 불편해서 똑 죽겠심더."

"야야. 안 그렇다. 걸어 댕기기만 하면 뭐하노, 손을 지대로 놀려야 일이 뜻대로 되지."

"그러까예?"

"그렇다니까. 그러니까 집에 앉아서 할 일은 니가 하고, 나댕기메 할 일은 내가 하고, 그라면 안 되겠나, 그제?"[22]

"예."

진수는 가벼운 한숨을 내쉬며 아버지를 돌아보았다. 만도는 돌아보는 아들의 얼굴을 향해 지그시 웃어 주었다.

---

[20] ➙ 부자가 본인들의 의지와 상관없이 민족적 수난을 겪고 있다는 점이 드러나.

[21] ➙ 만도는 아들의 모습을 보고 누구보다 절망했지만, 이내 아들을 위로하는 긍정적인 자세를 보이고 있어.

[22] ➙ 이후 두 사람이 함께 힘을 합쳐 생활해 나가리라는 것을 알 수 있지.

내신 준비!

수능 만점 선생님

술을 마시고 나면 이내 오줌이 마려워지는 것이다. 만도는 길가에 아무렇게나 쭈그리고 앉아서 고기 묶음을 입에 물려고 하였다. 그것을 본 진수는,

"아부지, 그 고등어 이리 주이소."

하였다.

팔이 하나밖에 없는 몸으로 물건을 손에 든 채 소변을 볼 수는 없는 것이다. 아버지가 볼일을 마칠 때까지, 진수는 저만큼 떨어져 서서 지팡이를 한쪽 손에 모아 쥐고, 다른 손으로 고등어를 들고 있었다. 볼일을 다 본 만도는 얼른 가서 아들의 손에서 고등어를 다시 받아 든다.

개천 둑에 이르렀다. 외나무다리가 놓여 있는 그 시냇물이다.[23] 진수는 슬그머니 걱정이 되었다. 물은 그렇게 깊은 것 같지 않지만, 밑바닥이 모래흙이어서 지팡이를 짚고 건너가기가 만만할 것 같지 않기 때문이다. 외나무다리는 도저히 건너갈 재주가 없고⋯⋯. 진수는 하는 수 없이 둑에 퍼지고 앉아서 바짓가랑이를 걷어 올리기 시작했다.

만도는 잠시 멀뚱히 서서 아들의 하는 양을 내려다보고 있다가,

"진수야, 그만두고, 자아 업자."

하는 것이었다.

"업고 건너면 일이 다 되는 거 아니가. 자아, 이거 받아라."

고등어 묶음을 진수 앞으로 민다.

진수는 픽 난처해하면서, 못 이기는 듯이 그것을 받아 들었다. 만도는 등허리를 아들 앞에 갖다 대고, 하나밖에 없는 팔을 뒤로 버쩍 내밀며,

"자아, 어서!"

했다.

진수는 지팡이와 고등어를 각각 한 손에 쥐고, 아버지의 등허리로 가서 슬그머니 업혔다. 만도는 팔뚝을 뒤로 돌리면서, 아들의 하나뿐인 다리를 꼭 안았다. 그리고,

"팔로 내 목을 감아야 될 끼다."

했다.

진수는 무척 황송한 듯 한쪽 눈을 찍 감으면서, 고등어와 지팡이를 든 두 팔로

23 → 여기에서 '외나무다리'는 두 사람에게 닥친 수난을 의미한단다.

수능 만점 선생님

아버지의 굵은 목덜미를 부둥켜안 았다.

만도는 아랫배에 힘을 주며, 끙! 하고 일어났다. 아랫도리가 약간 후 들거렸으나 걸어갈 만은 했다. 외나 무다리 위로 조심조심 발을 내디디 며 만도는 속으로, 이제 새파랗게 젊은 놈이 벌써 이게 무슨 꼴이고. 세상을 잘못 만나서 진수 니 신세도 참 똥이다, 똥. 이런 소리를 주워섬 겼고(들은 대로 본 대로 이러저러한 말을 아무렇게나 늘 어놓았고), 아버지의 등에 업힌 진수는 곧장 미안스러운 얼굴을 하며,

'나꺼정 이렇게 되다니, 아부지 도 참 복도 더럽게 없지. 차라리 내가 죽어 버렸더라면 나았을 낀데……' 하고 중 얼거렸다.

만도는 아직 술기가 약간 있었으나, 용케 몸을 가누며 아들을 업고 외나무다 리를 조심조심 건너가는 것이었다.

눈앞에 우뚝 솟은 용머리재가 이 광경을 가만히 내려다보고 있었다.[24]

내신 준비!

수능 만점 선생님

[24] ➡ 묘사를 통해 잔잔한 여운을 남기는 구절이지.

정리해 볼까요(그룹 채팅)

● 작가에 대해서 알아볼까요? --

킬링 포인트

하근찬 작가는 1931년 경상북도 영천에서 태어났어. 1957년 단편 소설 「수난이
대」가 〈한국일보〉 신춘문예에 당선되어 문단에 나왔지. 이후 1959년에 발표한
「흰 종이수염」이 주목을 받으면서 본격적으로 창작 활동을 하게 돼.
하근찬 작가는 주로 농촌을 배경으로 제2차 세계 대전에서 6 · 25 전쟁으로 이
어지는 우리 민족의 아픈 역사를 사실적으로 그려 냈어. 그의 작품 속에는 민
족적 수난 때문에 고통을 받는 평범하고 어리숙한 농촌 사람이 많이 등장한단
다. 하지만 그들은 쓰러지지 않고 스스로의 길을 개척해 가는 강인한 사람들이
지. 이처럼 하근찬 작가의 문학은 고통과 슬픔 속에서 솟아오르는 희망과 의지
를 담고 있어.

읽음

이 작품을 읽으면서 우리나라의 아픈 역사가 평범한 사람들의 삶에 큰 영
향을 끼쳤다는 걸 알 수 있었어요.

● 작품에 대해서 정리해 보죠! --

킬링 포인트

작가 : 하근찬
갈래 : 단편 소설, 전후 소설
배경 : 시간적 – 6 · 25 전쟁 이후 | 공간적 – 경상도의 작은 마을
시점 : 전지적 작가 시점
주제 : 평범한 이들에게 닥친 수난과 이를 극복하려는 자세
출전 : 〈한국일보〉(1957)

킬링 포인트

무조건
알아야 해!

「수난이대」는 민족적 수난을 겪게 된 부자(父子)가 함께 고통을 극복해 나가는
모습을 그린 소설이야. 한쪽 팔이 없는 만도는 전쟁에 나간 아들이 돌아온다
는 소식에 정거장으로 향하지. 언덕을 넘고, 그에게 굴욕을 안겼던 외나무다리
도 건너 정거장에 도착한 만도는 강제 징용되던 날을 떠올려. 산속에 비행장을
만드는 일을 하던 만도는 갑작스러운 공습에 한쪽 팔을 잃게 되지. 열차가 도
착하고 아들을 찾던 만도는 한쪽 다리를 잃은 진수를 보게 돼. 큰 절망에 빠진
만도는 단골 주막에서 술을 잔뜩 마신 뒤에야 마음이 풀려서 진수의 이야기를
듣게 되지. 외나무다리 앞에서 만도는 진수를 등에 업고, 진수는 손에 고등어
를 들어. 이렇게 두 사람은 힘을 합쳐서 다리를 건너간단다.

읽음

부자에게 닥친 비극은 우리 민족이 겪어야 했던 역사적 수난의 압축
같아요. 하지만 시련을 함께 극복해 나가는 두 사람의 모습에서 희망도
느껴졌어요!

킬링 포인트

발단: 만도는 아들의 귀환 소식에 정거장으로 향함

만도는 전쟁에 나갔던 아들의 소식을 듣게 돼. 그는 고깃간에 들러 고등어 한 손을 사 들고 이른 시간에 정거장에 도착하지.

전개: 만도는 강제 징용으로 말미암아 팔을 잃게 됨

만도는 아들을 기다리면서 강제 징용으로 마을을 떠나던 날을 떠올려. 산속 비행장을 만드는 일에 동원된 그는 매우 열악한 환경에서 힘든 노동에 시달리게 되지. 그러다가 폭발 사고로 한쪽 팔을 잃고 말아.

위기: 진수가 한쪽 다리를 잃은 채 나타남

열차가 도착하고, 진수는 한쪽 다리를 잃은 모습으로 만도 앞에 나타나. 큰 절망을 느낀 만도는 주막에 가서 술을 잔뜩 마시지.

절정: 만도가 진수를 위로함

수류탄 때문에 다리를 잃은 진수는 앞으로 어떻게 살아야 할지 막막하다고 한탄해. 만도는 팔이 없는 것보다는 다리가 없는 게 낫지 않느냐며 아들을 위로하지.

결말: 부자가 함께 외나무다리를 건너감

두 사람은 외나무다리와 맞닥뜨려. 만도는 진수를 등에 업고, 진수는 만도가 들고 있던 고등어를 옮겨 들고 함께 강을 건너가지.

읽음

부자에게 일어난 일을 따라가다 보면 우리 역사의 아픔을 고스란히 느낄 수 있어요. 두 사람이 함께 외나무다리를 건너는 마지막 장면에서는 가슴이 찡했어요.

👍100점

● 만도의 뇌 구조를 알아볼까요? ----------------------------

내신·수능 만점 키우기

1 이 작품에 대한 설명으로 옳은 것은?

① 농촌을 배경으로 제2차 세계 대전에서 6·25 전쟁으로 이어지는 민족의 시련을 그리고 있다.
② 1인칭 주인공 시점을 통해 작중 인물의 내면을 자세하게 묘사하고 있다.
③ 일제 강점기 초반에 자행되었던 일제의 가혹한 통치 정책을 엿볼 수 있다.
④ 6·25 전쟁 이후 서울 소시민들의 모습을 사실적으로 묘사하고 있다.
⑤ 비판적이고 객관적인 태도로 시대 상황을 그리고 있다.

2 다음에서 밑줄 친 소재를 **잘못** 이해하고 있는 사람은?

> • 길이가 얼마 되지 않는 다리였으나 아래로 몸을 내려다보면 제법 아찔했다. 그는 이 <u>외나무다리</u>를 퍽 조심한다.
> • <u>외나무다리</u>는 도저히 건너갈 재주가 없고……. 진수는 하는 수 없이 둑에 퍼지고 앉아서 바짓가랑이를 걷어 올리기 시작했다.
> • 만도는 아직 술기가 약간 있었으나, 용케 몸을 가누며 아들을 업고 <u>외나무다리</u>를 조심조심 건너가는 것이었다.

① 재훈: 외나무다리는 부자에게 닥친 시련이라고 볼 수 있어.
② 희연: 만도에게 외나무다리는 한쪽 팔로 살아가는 어려움을 절감하게 한 곳이기도 해.
③ 지수: 한쪽 다리를 잃은 진수는 혼자서는 외나무다리를 건너기가 어려워.
④ 하진: 부자가 함께 외나무다리를 건너는 마지막 장면은 함께라면 시련도 이겨 낼 수 있다는 희망을 전해 줘.
⑤ 혜선: 외나무다리가 있는 이상, 두 사람은 과거의 시련에서 벗어나기 힘들겠어.

3 다음 밑줄 친 부분과 가장 의미가 **비슷한** 소재는?

> 한참 이리저리 서성거리다가 결국은 <u>고등어 한 손</u>이었다.

① <u>외나무다리</u>가 놓여 있는 조그마한 시냇물이었다.
② 도로변에 먼지를 부옇게 덮어쓰고 도사리고 앉아 있는 초가집은 <u>주막</u>이다.
③ 정거장 대합실에 들어선 만도는 먼저 벽에 걸린 <u>시계</u>부터 바라보았다.
④ "<u>꼬빼기로 잘 좀</u>……. <u>참지름도 치소</u>, 알았능교?"
⑤ 눈앞에 우뚝 솟은 <u>용머리재</u>가 이 광경을 가만히 내려다보고 있었다.

4 이 작품의 마지막 장면을 영상화하려고 한다. 가장 <u>어색한</u> 것을 고르면?

	원문	영상
①	만도는 아랫배에 힘을 주며, 끙! 하고 일어났다. 아랫도리가 약간 후들거렸으나 걸어갈 만은 했다.	일어서는 만도의 두 다리와 만도를 꼭 붙잡고 있는 진수의 팔을 번갈아가며 잡는다.
②	이제 새파랗게 젊은 놈이 벌써 이게 무슨 꼴이고. 세상을 잘못 만나서 진수니 신세도 참 똥이다. 똥.	두 사람이 함께 외나무다리를 건너는 모습을 찍다가 만도의 얼굴을 클로즈업한다.
③	'나꺼정 이렇게 되다니, 아부지도 참 복도 더럽게 없지. 차라리 내가 죽어 버렸더라면 나았을 낀데…….'	만도의 표정과 진수의 착잡한 표정을 화면 분할을 통해 함께 보여 준다.
④	<u>만도는 아직 술기가 약간 있었으나, 용케 몸을 가누며 아들을 업고 외나무다리를 조심조심 건너가는 것이었다.</u>	휘청거리는 모습을 슬로 모션으로 잡아 위태로움을 부각한다.
⑤	눈앞에 우뚝 솟은 용머리재가 이 광경을 가만히 내려다보고 있었다.	드론을 이용해 부자가 다리를 건너가는 장면을 원거리에서 담는다.

5 만도의 성격에 관해 설명하고, 이러한 성격이 이 작품의 결말에 어떠한 영향을 끼쳤는지 서술하시오.

> 만도는 어리숙하지만 낙천적이고 긍정적인 성격을 지니고 있다. 다리를 잃은 아들과 함께 외나무다리를 건널 수 있는 것도 만도의 낙천적인 성격 덕분이다. 만도가 낙담하지 않고 힘든 일을 털어 버렸기 때문에 두 사람이 함께 시련을 극복해 나간다는 결말로 마무리된 것이다.

● **수능 만점 선생님의 감상 꿀팁** --------------------------

> 이 작품은 팔을 잃은 아버지와 다리를 잃고 돌아온 아들이 함께 집으로 돌아간다는 단순한 구성을 통해 민족적 수난의 역사를 압축적으로 표현하고 있어. 두 사람이 함께 다리를 건너는 마지막 장면은 꼭 기억해 두자. 이 장면은 힘을 합치면 시련을 극복해 나갈 수 있다는 희망을 나타내지.

여기서
잠깐!

미리 들여다보는 인물 X 파일

나는 잘못이 없는데 나비를 잡아서 경환이 녀석에게 바치라니, 아버지도 너무해!

우리 동네에서는 내가 하는 거에 시비 거는 사람이 아무도 없다고!

바우 VS 경환

수능 만점 선생님의 감상 꿀팁!

이 작품은 어린 바우가 계급 차이로 갈등을 겪고, 이를 통해 아버지의 마음을 깨닫게 되는 내용이 담긴 성장 소설이야. 마름과 소작농의 관계 등 당대 상황을 떠올리며 작품을 감상해 보자.

나비를 잡는 아버지

#바우와 아버지의, 찡하고 인상적인 화해 장면

황혼의 종로로 방향을 돌려서
뻐스는 떠난다. 경쾌하게.❶

건들어진 노랫소리가 푸른 언덕을 넘어온다. 바우는 송아지를 뜯기며, 밤나무 그늘에 앉아 그림 그리는 책을 펴 들었다.❷ 송아지가 움직이는 대로 자리를 옮겨 왔으며, 옆으로 풀을 뜯는 송아지 모양을 그리느라 열심히 들여다보고 연필을 놀리고 하더니, 잠시 멈추고 귀를 기울인다. 그리고 "흥!" 하고 빈정거리는 웃음을 한번 웃고는, 그 소리가 듣기 싫다는 듯 그편에 등을 대고 돌아앉는다.

'겨우 서울 가서 공부한다고 배워 가지고 온 것이 유행가 나부랭이 하고 나비 잡는 것하구.'

지난해 봄에 바우와 경환이는 한날에 그곳 소학교를 졸업을 하였다. 경환이는 서울로 상급 학교를 가고, 바우 자기는 집에서 꾸벅꾸벅 땅이나 파며 있지 않으면 아니될 때,❸ 바우는 무척 슬퍼하고 억울해하고, 따라서 경환이를 부러워도 하였다. 바우 자기가 값없이 보내는 그 하루하루에 경환이는 좋은 학교, 훌륭한 선생 아래서 날마다 새로워 가고 높아 갈 것을 생각할 때, 바우는 가만히 있지 못했다. 그 상급 학교에 가지 못하는 벌충(손실이나 모자라는 것을 보태어 채움)을 여기다 하려는 듯이 틈 있는 대로 그림을 그리었고, 그것으로 즐거움이 되었다.

그리고 얼마 전에 그 경환이가 하기휴가(여름휴가)를 하고 서울서 집에 돌아왔

❶ ➡ 서울 상급 학교에 진학한 경환이 서울에서 배워 온 유행가야. 상급 학교에 진학할 수 없었던 바우에게는 거슬릴 수밖에 없는 노랫소리지.

❷ ➡ '그림'은 상급 학교에 가지 못한 바우의 아쉬움을 달래 주지만, 이로 말미암아 아버지와 대립하게 되지.

❸ ➡ 상급 학교 진학은 바우와 경환의 계급 차이를 가장 명백하게 드러낸단다.

수능에 나올
수도 있어!

수능 만점 선생님

다. 그러나 전보다 얼굴빛이 희어지고, 바지통이 넓은 양복에 흰 테두리의 모자를 멋지게 쓴 것이 달라졌을 뿐, 하는 일이라고는 고작, 서울이 얼마나 좋고 자기 다니는 학교가 얼마나 훌륭한 곳인가를 자랑하는 것과 활동사진 배우 중 누구는 어떻고 누구는 어쩌고, 그리고 잡된 유행가를 부르고, 동네 어린아이들을 몰고 다니며 나비를 잡는 것이 전부였다. 아마 경환이 자기는 이러는 것으로 전일 보통학교 때 늘 바우에게 성적으로 머리를 눌려 오던 분풀이를 하려는 듯이 뻐기며 다니는 것이다. 바우는 그 꼴이 곱게 보일 수 없었다.

꽃 피는 남산으로 방향을 돌려서
뻐스는 떠난다, 가로수 그늘.

노랫소리는 점점 가까워 온다. 그리고 잠시 언덕 너머가 떠들썩하더니, 호랑나비 한 마리❹가 피로한 나래로 갈팡질팡 날아와 밤나무 가지에 야트막하게 앉는다. 바우는 그 나비를 쉽게 잡을 수 있었다. 그리고 잠깐 그 호사스런 모양, 찬란한 빛깔을 들여다보다가 도로 날려 보내려 할 즈음, 언덕 위로 동네 아이들의 머리가 불쑥불쑥 나타나며, 뒤미처(그 뒤에 곧 잇따라) 경환이가 나비 잡는 채를 휘두르며 뛰어 내려온다. 경환이는 바우가 앉아 있는 밤나무 그늘로 들어서며,

"너, 호랑나비 어디로 날아가는지 봤니?"

하다가는, 바우 손에 잡히어 있는 나비를 보고는 반색(매우 반가워함)을 한다.

"나 다우."

하고 으레 줄 것으로 알고 손을 내미는 것이나, 바우는 그 손을 툭 쳐 버리고 몸을 돌린다.

"넌 무슨 까닭으로 어린애들을 몰고 다니며 앰한 나비를 못살게 하는 거냐?"

"뭐?"

하고 경환이는 뜻하지 않은 말에 잠시 멍하니 바라보다가

"누가 장난으로 잡는 거냐? 학교서 숙제를 냈어. 동물 표본을 만들어 오라고."

"장난 아니면, 벌써 너 나비 잡기 시작한 지가 며칠이냐. 그동안에 못 잡아도 백 마리는 잡았겠구나. 거 다 동물 표본 만들고도 모자라서 또 잡는 거냐?"

"모두 못 쓰게 잡았으니까 그렇지. 날개가 상하구."

❹ ➡ 갈등의 계기가 되는 소재야.

내신 준비!

수능 만점 선생님

하더니, 경환이는 변색(變色, 놀라거나 화가 나서 얼굴빛이 달라짐)을 하고 한 발자국 다가서며,

"넌 남이 나빌 잡건 말건 무슨 상관이냐, 건방지게."

"나두 상관할 만해서 그런다."

"무슨 상관이야?"

"너 때문에 담부턴 나비 구경을 못 하게 되겠으니까 허는 말이다."

하고, 바우는 경환이 얼굴을 마주 노리다가

"늬가 동물 표본을 만들기 위해 나비가 필요하다면 난 그림 그리는 데 필요한 나비야. 너만 위해서 생긴 나비는 아니지."

그러나 경환이는 "흥!" 하고 코웃음을 친다. 바우는 한층 음성을 높여 계속한다.

"그리고 어린아이들에게 잡된 유행가는 너 왜 가르치는 거냐? 부르고 싶으면 네나 부르지."

이 말엔 매우 괘씸한 모양, 경환이는 낯을 붉히며 대든다.

"이 동네서 나 하는 거 시비할 사람 없어. 건방지게 왜 이래?"❺

하는 그 말 속엔 분명 자기는 마름(지주를 대리해 소작권을 관리하는 사람) 집 외아들로서 지위가 높은 몸, 너 같은 소나 뜯기는 놈에게 시비를 받을 몸이 아니라는 빈정거림이 있다. 바우는 썩 비위가 상해서

"흥!"

하고 마주 코웃음을 치고, 그리고 좀 더 골을 올리려고 두 손가락에 날개를 접어 쥔 나비를 이것 너 줄까, 하는 시늉으로 경환이 등을 향해 두어 번 겨누다가 그대로 공중으로 날려 버린다. 나비는, 방향이 없이 어지러이 한 바퀴 맴을 돌더니 언덕 아래로 높았다 낮았다 날아간다. 경환이는 갑자기 몸을 날려 그 나비를 쫓아간다. 그러다가 나비가 아래 논 가운데로 날아가자 뒤돌아서 바우를 무섭게 한번 눈을 흘겨보고 그리고 돌 하나를 집어 근처에서 풀을 뜯고 있는 송아지를 때리고는 언덕 아래로 달아났다.❻

그러나 경환이의 심술은 이것만으로 고만두지 않았다. 송아지에게 먹을 만치 풀을 뜯기고, 언덕 아래로 몰고 내려와 수수밭 모퉁이를 돌아섰을 때, 바우는 다시금 놀랐다. 개울 건너 바우네 참외밭에서 경환이란 놈이 나비 잡는 채를 휘두

❺ ➡ 경환은 마름의 아들이어서 대부분 소작농인 동네 주민들이 자신을 못 건드린다고 생각해.

❻ ➡ 이기적이고 제멋대로인 경환의 성격을 행동을 통해 간접적으로 제시하고 있어.

르며 날뛰고 있다.❼ 그까짓 송장나비를 잡으려고 그러는 것이 아닐 텐데, 경환이는 그 나비를 쫓아 구두 신은 발로 지금 한창 참외가 열기 시작하는 넝쿨을 함부로 질겅질겅 밟으며, 이리 뛰고 저리 뛰고 한다. 일부러 그러는 것이 분명하다. 나비를 잡는 척 참외밭으로 몰아넣고 참외 넝쿨을 결딴내는 것이리라. 바우는 눈이 뒤집혔다. 더욱이 그 참외밭은 장차 햇곡식 나기 전까지의 바우 집 식구들의 식량을 거기다 예산하고 있는 것이요, 바우 자기도 참외가 잘 열면 책 한 권쯤 사 달래려고 벼르고 있던 터다. 바우는 나는 듯 개울을 건너 뒤로 쫓아가 등줄기를 한 번 후리고 그리고

"인마, 눈 없어? 이거 못 봐?"

하고 낭자한 그 자취를 손으로 가리키며,

"넌 남의 집 농사 결딴내두 상관없니, 인마?"

그러나 경환이는,

"우리 집 땅 내가 밟았기로 무슨 상관이야."❽

하고, 기가 막히다는 듯 "피이!" 하고 고개를 옆으로 돌린다. 그러나 사실 기가 막히기는 바우다.

"우리 집 땅?"

하고, "허 참!" 하늘을 쳐다보고 탄식하고는,

"땅은 너희 집 거라두 참이('참외'의 사투리) 넝쿨은 우리 집 거 아니냐? 누가 이 집 땅을 밟는대서 말야. 우리 집 참이 넝쿨을 결딴내니까 말이지."

그러니 경환이는 머리에 썼던 운동모자를 벗으며 한 발자국 다가선다.

"너이 집 참이 넝쿨은 그렇게 소중히 알면서, 어째 남의 나비 잡는 건 훼방을 놓는 거냐? 나두 장난으로 잡는 건 아냐."

"장난이 아닌지는 몰라도 넌 나비를 잡는 거고, 우리 집은 참이 넝쿨은 거기서 양식도 팔고 그래야 헐 것이거든. 그래, 나비가 중하냐, 사람 사는 게 중하냐?"

바우는 팔을 저어 시늉하며 어느 것이 소중하냐고 턱을 대는데, 경환이는

"나두 거기 학교 성적이 달린 거야."

하고 "피이!" 하며 업신여기는 웃음을 짓더니,

"너이 집 집안 살림을 내가 알 게 뭐냐."

❼ ➡ 바우와 경환의 갈등이 심해지는 원인이지.

❽ ➡ 경환은 소작농인 바우네 밭까지 자신의 것이라고 여기고 있어.

하고 같은 웃음으로 좌우를 돌라본다. 개울 건너 길가에 동네 아이들이 모여섰고, 그 뒤로 지게를 진 어른들도 섰다. 바우는 낯이 화끈 달았다.

"뭐, 인마?"

하고 대뜸 상대의 멱살을 잡고

"그래서 남의 참외밭 결딴내는 거냐? 나빈 우리 집 참외밭에만 있구 다른 덴 없어, 인마?"

경환이는 멱살을 잡힌 채 이리저리 목을 저으며,

"이게 유도 맛을 보지 못해 이래. 너, 다 그랬니, 다 그랬어?"

하고 어르다가 날래게 궁둥이를 들이대고 팔을 낚어 넘겨치려 하나 그러나 원체 나무통처럼 버티고 섰는 바우의 몸은 호리호리한 경환의 허리 힘으로는 꺾이지 않았다.[9] 도리어 바우가 슬쩍 딴죽을 걸고 밀자 경환이 자신이 쿵 나둥그러졌다. 그러나 쓰러졌다가 다시 일어설 때 경환이는 손에 돌을 집어 들고 얼굴에 울음을 만들고는

"이 자식아, 남 나비 잡는 사람, 왜 때리고 훼방을 놓는 거야, 왜!"

하고 비겁하게 돌 든 손을 머리 위로 쳐들어 겨누는 것이다. 결국 싸움은 이때껏 아이들 등 뒤에 입을 벌리고 서서 보고만 있던 동네 어른 하나가 성큼성큼 개울을 건너가 사이를 뜯어 놓고 그리고 경환이를 참외밭 밖으로 이끌어 나간 것으로 끝났으나, 그러나 경환이가 손목을 이끌려 가면서 연해 뒤를 돌아보며, 어디 두고 보자고 벼르던 그 말이 허사가 아니었다.

바우가 자기 집 장독간 앞에서 벌통을 들여다보고 앉았는데, 경환이 집에서 부엌 심부름을 하는 계집아이가 왔다. 바우는 까닭 없이 가슴이 성큼했다.

"바우 어머니, 집에 있수?"

하고, 계집아이는 안방과 부엌을 기웃거리다가 마당에 섰는 바우를 보고,

"너, 우리 집 서울 학생 때렸니?"

하고 쳐다보다가 대답이 없으니까,

"너 야단났다. 우리 집 아씨가 막 역정이 나서 너이 어머니 불러오래, 얘."

마침 우물에서 돌아오는 바우 어머니를 보고 계집아이는 다시 한번 그 말을 옮겨 들리며 함께 문밖으로 사라졌다.

'난 잘못한 거 없으니까.'

내신 준비!

❾ ➡ 바우의 체격이 경환보다 훨씬 우위에 있음을 알 수 있지.

수능 만점 선생님

하면서 바우는 가슴이 두근거리었다. 일없이^(아무런 까닭이나 실속 없이) 뒤꼍으로 갔다, 마당으로 나왔다 하며 어머니가 돌아올 때를 기다리면서 조마조마한다.

먼저, 아버지가 뒷밭에서 돌아왔다. 이맛살을 찌푸린 얼굴로, 아버지는 기색이 좋지 못하다. 호미를 마당 가운데 던지더니 아버지는 갑자기 큰소리를 냈다.

"참이밭에서 누구하구 싸웠니?"

바우는 벌통 앞에 돌아앉아서 말이 없다.^⑩

"너두 눈 있거든 참이밭에 좀 가 봐. 넝쿨 하나 성한 게 있나. 인마, 그 밭에 도지^(도조. 남의 논밭을 빌려서 부치고 논밭을 빌린 대가로 해마다 내는 벼)가 을만지 아니?^⑪ 벼루 열 말야. 참이는 안 돼두 낼 것은 내야지. 그리고 허구한 날 먹을 건 먹어야지. 그런 걱정은 없구, 인마, 참이밭에서 싸움이 뭐냐, 싸움이."

바우는 벌통 앞에서 일어서며 볼멘소리로

"누가 싸웠나. 경환이가 나비를 잡는다고 참이밭에서 막 넝쿨을 밟길래 말린 거지."

그러나 아버지는 일층 음성을 거슬렸다.

"내가 뭐랬어. 참이밭 근처서 멀리 떠나지 말고 지키랬지. 그놈의 그림책, 이리 내놔라. 그것만 잡고 앉았으면 정신없다가 참이밭을 결딴내는 것두 몰랐지, 인마."

하고, 그 그림책을 찾는 것처럼 두리번거리고 뒤꼍으로 가며 아버지는 혼잣말로, 서울 가서 공부한 것이 나비 잡는다고 남의 집 참외밭 결딴내는 거냐고 중얼거리며^⑫ 울타리에서 호박잎을 따고 있다. 아마 부러진 참외 넝쿨을 그것으로 이어 보려는 것이리라. 조금 후, 아버지는 호박잎을 따 가지고 나오며,

"너이 어머니 어디 갔니?"

그러나 바우는 경환이 집에서 어머니를 불러 갔다는 말은 아니 나왔다. 묵묵히 바우는 대답이 없다. 하지만 아버지는 더 묻지 않아도 좋았다. 바로 그 어머니가 상기한 얼굴로 대문을 들어섰다.

어머니는 다짜고짜로 바우에게로 달려가 등줄기를 후리고는

"자식이 어떻게 했으면 어미 망신을 그렇게 시키니. 어서 나비 잡아 가지고 가서 빌어라, 빌어."

⑩ ➡ 행동을 통해 불쾌하고 억울한 감정을 드러내고 있어.
⑪ ➡ 아버지의 말을 통해 소작농 생활의 어려움을 짐작할 수 있어.
⑫ ➡ 사실 아버지는 경환이 잘못했다는 것을 알고 있어.

집중!

수능 만점 선생님

그리고 아버지를 향하고는,

"당신도 가 보우. 바깥사랑에서 부릅디다."

아버지는 어리둥절하여 바우와 어머니를 번갈아 쳐다보다가,

"어떻게 된 일이야, 응?"

그러나 어머니는 바우를 향해서만 또,

"남 나빌 잡거나 말거나 내버려 두지 어쭙잖게 훼방을 놓는 거냐?"

"누가 훼방을 놓았나? 남의 참이밭에 들어가 그러기에 못 하게 말린 거지."

"아, 늬가 밤나뭇골 언덕에서 손에 잡았던 나비까지 날려 보내며 뭐라구 그랬다는데그래."

그리고 어머니는 경환이 집 안주인이 꾸중꾸중하더라는 것, 그리고 바우가 나비를 잡아 가지고 와서 경환이에게 빌지 않으면 내년부턴 땅 얻어 부칠 생각을 말라더란 말을 옮기며 또 바우에게

"어서 나비 잡아 가지고 가서 빌어라, 빌어."⑬

아버지는 연해 끙끙 땅이 꺼지는 못마땅한 소리로 뒷짐을 지고 마당을 오락가락하며 무섭게 눈을 흘겨 바우를 본다. 그리고 바우는 어머니가 등을 미는 대로 부엌으로 뒤곁으로 피하다가는 대문 밖으로 나갔다. 그러나 담 밑에 붙어 서서 움직이지 않는 바우를 어머니는 쫓아 나와 다조진다(일이나 말을 바짝 재촉하다).

"이렇게 고집을 부리고 안 가면 어떡헐 셈이냐. 땅 떨어져도 좋겠니? 너두 소견이 있지."

그러나 바우는 어슬렁어슬렁 길로 나가더니 우물 앞 정자나무 앞에 이르자 걸음을 멈추고 동네 노인들이 장기를 두고 앉았는 것을 넋을 놓고 들여다보고 섰다. 장기가 두 판이 끝나고 세 판이 끝나고 모였던 사람이 헤어져도 바우는 자리를 뜨지 않는다. 바우는 다만 자기가 조금도 잘못한 것이 없는 것, 그러니까 누구에게든 머리를 굽힐 까닭이 없다는 고집이 정자나무통만큼 뻣뻣할 뿐이었다.

해가 저물었다. 지붕 너머로 바우 집 굴뚝에도 연기가 오르고 그리고 그 연기가 잦아든 때에야 바우는 슬슬 눈치를 살피며 대문을 들어섰다.

그러나 건넌방 쪽에 눈이 갔을 때 바우는 크게 놀랐다. 아궁이 앞에 위하던 그림 그리는 책이 조각조각 찢기어 허옇게 흩어져 있다.⑭ 바우는 그 앞에 이르러

---

⑬ ➡ 아버지가 이렇게 말한 이유는 마름이 땅을 내주지 않으면 당장 농사조차 지을 수 없기 때문이지.

내신 준비!

수능 만점 선생님

멍멍히 내려다보고 섰는데 등 뒤에서 아버지 음성이 났다.

"인마, 남은 서울 학교 다녀서 다 나비도 잡고 그러는 건데 건방지게 왜 다니며 훼방을 놓는 거냐, 훼방을."

그리고 바우가 그림 그리는 것과 그것은 아랑곳없는 일일 텐데 아버지는

"담부턴 내 눈앞에 그 그림 그리는 꼴 보이지 말아라. 네깐 놈이 그림 그걸루 남처럼 이름을 내겠니, 먹고살게 되겠니?"[15]

하고, 돌아서 문밖으로 나가려다가 다시 돌아서며 아버지는

"나빈 잡아 갔지?"

하고 다져 묻는다. 바우는 고개를 숙인 채 묵묵하다. 아버지는 기가 막힌 듯 잠시 건너다보기만 하다가 언성을 높였다.

"이때껏 나가서 뭘 했어. 인마, 간 봄에 늙은 아비가 땅 얻어 부치느라고 갓은 애 다 쓰던 것을 네 눈으로도 보았지? 가뜩한데 너까지 말썽일 게 뭐냐. 어서 가서 빌지 못하겠어?"

아버지는 담뱃대 끝으로 바우의 수그린 머리를 찌를 듯 겨눈다. 그러는 대로 바우는 슬금슬금 피할 뿐, 조금도 걸음을 옮기려 하지 않는다.

"그래도 네 고집만 실 테냐. 그럴라거든 아주 나가거라. 아주 나가."

하고, 아버지는 빗자루를 들고 나섰다. 이런 때 어머니가 방에서 나와 그걸 빼앗아 던져 버리고,

"가서 빌기만 허면 뭘 하우. 나빌 잡아 가야지. 그리고 지금은 어두워서 잡겠수? 내일 잡아 가라지."

그리고 어머니는 바우의 등을 밀며

"어서 올라가 저녁이나 먹어라."

하지만 아버지는 여전히 못마땅한 눈으로 흘겨보며,

"저런 놈 저녁은 먹여 뭘 해. 아주 내쫓으라니깐그래."

하고, 자기가 먼저 문밖으로 나간다. 어머니는 그 아버지가 들어오기 전에 어서 저녁을 먹으라고 권한다. 그러나 바우는 섰는 자리에 그대로 고개를 숙이고 어머니가 달랠수록 더 짜증만 낸다. 한종일 아버지 어머니에게 애매한 미움을 받고 또 그림책을 찢기우고 한 그 억울한 심정이 가슴속에 벅차 다른 무엇이 들

⑭ ➤ 소작농의 아들인 바우에게 헛된 꿈을 심어 주고 싶지 않아서 그림책을 찢은 거야.
⑮ ➤ 아버지는 신분의 제약 때문에 바우가 성공하기 어렵다고 생각하지.

집중!

수능 만점 선생님

어갈 여지가 없었다.[16]

　이튿날 아침이다. 건넌방 모퉁이서 바우는 아버지와 얼굴이 마주쳤다. 아버지는 어제와 다름없는 그 얼굴 그 음성으로 부엌에서 아침을 짓는 어머니를 향해 소리쳤다.

　"오늘도 저놈이 제 고집만 세고 나빌 잡아 가지 않거든, 밥 주지 말어."

　그리고 바우를 향해서는

　"오늘은 나빌 잡아 가지고 가 봐야 허지. 그러지 않으려거든 영 집에 들어올 생각 말어라, 인마."

　아버지가 보이지 않는 곳에 이르자, 어머니는 부엌에서 나와 작은 음성으로 바우를 달랜다.

　"아버지 속상하시게 하지 말고, 오늘은 나빌 잡아 가지고 가 봐라. 땅이 떨어지거나 하면 너는 좋겠니? 생각해 봐라."

　바우는 여전히 말이 없다. 어머니는 그것을 바우가 순종하는 뜻으로 여긴 모양, 부엌에서 아침을 차리기에 분주하였다.

　"얼른 밥 차려 줄게, 먹고 나가 봐."

　그러나 바우는 어머니가 밥상을 날라 오기 전에 자기가 먼저 슬며시 집 밖으로 나갔다. 밥을 열 끼를 굶는 한이 있더라도 그 경환이 앞에 나비를 잡아 가지고 가서 머리를 숙이기는 무엇보다 싫었다. 아들의 그만한 체면쯤 보아줄 줄 모르고 자기네 요구만 고집하는 아버지가 그리고 어머니까지 바우는 무척 야속했다. 노여웠다.

　바우는 동구 밖 아랫마을로 가는 길가 축동(물을 막기 위해 크게 쌓은 둑), 버드나무 그늘 밑을 고개를 숙여 생각에 잠기며 걷는다. 아침부터 요란스레 매미는 울고, 속상하게 눈에 보이는 것은 여기저기 풀 위로 너풀거리는 나비다. 바우는 그 나비를 피해 가는 듯 문득 걸음을 바꿔 뒷산으로 올라갔다. 거기서 바우는 일상 하던 버릇으로 풀을 베어 널고 그 위에 벌렁 나둥그러져 하늘을 쳐다본다. 집에서보다 갑절 어버이에게 대한 야속함과 노여움이 사무친다.

　'아버지 말대로 정말 집을 나오고 말까? 그러면 아버지도 뉘우칠 때가 있겠지. 그리고 서울 같은 도회로 나가서 어떻게 고학(苦學, 학비를 스스로 벌어서 고생하며 배움)이라도 해 볼까?'

---

[16] ➡ 잘못한 게 없는 바우는 얼마나 억울할까? 이게 다 계급 차이 때문에 벌어진 일이야.

내신 준비!

수능 만점 선생님

바우는 정말 그렇게 해 볼 것처럼 벌떡 일어선다. 그리고 걸음 걸리는 대로 따라 산 아래로 내려간다. 산 중턱쯤 이르렀다. 건너다보이는 맞은편 언덕을 너머 메밀밭 두덩(우묵하게 들어간 땅의 가장자리에 약간 두두룩한 곳)에 허연 사람의 그림자가 엎드렸다 일어섰다 하며 무엇을 쫓는 모양으로 움직인다.[17]

'흥! 경환이 저놈이 또 나비를 잡는구나.'

하고, 바우는 입가에 업신여기는 웃음을 짓는다. 산을 또 좀 내려와 바라볼 때 경환이로 본 그것은 어른이 분명했다.

'흥! 경환이란 놈이 저이 집 머슴을 시켜 나비를 잡게 하는구나.'

그리고 바우는 또 한 번 같은 웃음을 웃는다.

바우는 산을 내려와 맞은편 언덕 위로 올라섰다. 그리고 가까운 거리에서 메밀밭을 내려다보았을 때, 그는 놀라 벌린 입을 다물지 못했다. 경환이 집 머슴으로 본 사람은 남 아닌 바로 자기 아버지였다.[18] 아버지는 농립(농립모, 여름에 농사일을 할 때 쓰는 모자)을 벗어 들고 나비를 쫓아 엎드렸다 일어섰다 하며 그 똑똑지 못한 걸음으로 밭두덩을 지척지척 돌고 있다.

바우는 머리를 얻어맞은 듯 멍하니 아래를 바라보고 섰다. 그러다가 갑자기 언덕 모래 비탈을 지르르 미끄러져 내려가며 그렇게 빠른 속력으로 지금까지 잠기어 있던 어둔 마음에서 벗어나 그 아버지가 무척 불쌍하고 정답고 그리고 그 아버지를 위하여서는 어떠한 어려운 일이든지 못할 것이 없을 것 같고, 바우는 울음이 되어 터져 나오려는 마음을 가슴 가득히 참으며 언덕 아래 메밀밭을 향해 소리쳤다.

"아버지!"

"아버지!"

"아버지!"[19]

[17] ➡ 바우와 아버지 사이의 갈등이 해소되는 계기를 마련해 주는 장면이야.
[18] ➡ '아버지의 사랑'이라는 주제 의식을 느낄 수 있지.
[19] ➡ 바우가 아버지의 상황을 이해했음을 알 수 있어. 아버지와 바우 사이의 갈등은 금방 해결되겠지?

수능 만점 선생님

정리해 볼까요(그룹 채팅)

● **작가에 대해서 알아볼까요?**

킬링 포인트

현덕 작가는 1909년 서울에서 태어났어. 본명은 현경윤이야. 1927년 〈조선일보〉 신춘문예 동화 부문에 「달에서 떨어진 토끼」가 당선되고, 1932년 동화 「고무신」이 〈동아일보〉 신춘문예에서 가작으로 선정되며 동화 작가로 활동했지. 1938년 〈조선일보〉 신춘문예에 「남생이」가 당선되며 문단에 정식으로 등단했단다. 주로 1938년부터 1940년까지 소설과 동화를 발표했어. 6 · 25 전쟁 중 월북한 이후 행적에 대해서는 자세히 알려지지 않았어.

현덕 작가는 농촌 공동체가 해체되어 가는 1930년대를 사실적으로 그리며 사회에 대한 비판 의식을 드러냈어. 특히 어린아이의 시선으로 일제 강점기 조선의 모순적인 사회상을 그리고, 그 속에서 성장하는 아이들을 담은 작품들이 많단다.

읽음

이 작품은 바우와 경환의 갈등을 통해 일제 강점기 당시에 존재했던 마름과 소작농의 계급 차이를 그리고 있네요!

● **작품에 대해서 정리해 보죠!**

킬링 포인트

작가 : 현덕
갈래 : 단편 소설, 성장 소설
배경 : 시간적 – 1930년대 | 공간적 – 한 농촌 마을
시점 : 전지적 작가 시점
주제 : 아버지의 사랑

킬링 포인트
무조건
알아야 해!

「나비를 잡는 아버지」는 마름과 소작농이라는 계급 차이와 그로 말미암은 갈등을 잘 드러낸 작품이야. 소작농의 아들인 바우는 자신보다 공부를 못했는데도 상급 학교로 진학한 경환이 마음에 들지 않아. 바우는 학교 숙제라며 나비를 마구 잡는 경환의 행동에 화가 나서 경환이 나비를 잡지 못하게 방해하지. 결국 두 사람은 싸우게 되고, 경환은 부모님에게 이 사실을 이른단다. 바우의 부모님은 마름의 화를 사 농사를 짓지 못하게 될까 봐 바우에게 나비를 잡아서 사과하라고 하지. 바우는 자신을 이해해 주지 않는 아버지가 미워서 집을 나갈 생각까지 하지만, 아버지가 나비를 잡는 모습을 보게 돼. 이렇듯 이 작품은 바우와 경환의 싸움 때문에 생겨난 아버지와 아들의 갈등이 해소되는 과정을 그리고 있단다.

읽음

일제 강점기라는 암울한 시대에 일어난 사건을 정말 사실적으로 표현한 작품 같아요!

● 구조적 접근을 꼭 알아야 해요!

킬링 포인트

발단: 경환과 바우가 나비 때문에 다툼
소작농의 아들인 바우는 자신보다 멍청하지만 마름의 아들이라 서울에서 상급 학교를 다닐 수 있는 경환이 마음에 들지 않아. 경환은 학교를 핑계 삼아 나비를 잡아 대고, 바우는 경환이 나비를 잡지 못하게 하며 두 사람 사이에 시비가 붙지.

전개: 경환과 바우가 바우네 참외밭에서 싸움을 벌임
화가 난 경환은 나비를 잡는답시고 바우네 참외밭에 들어가 밭을 망쳐 놓아. 두 사람은 싸우게 되고, 이를 지켜보던 동네 어른이 결국 싸움을 말리지.

위기: 바우의 부모님이 바우에게 사과를 종용함
경환은 싸움 사실을 부모님에게 알려. 바우 부모님은 나비를 잡아서 경환에게 사과하라고 하지만, 바우는 그렇게 하지 않지. 바우 아버지는 바우의 그림책을 찢어 버리며 화를 내.

절정: 바우는 자신을 이해해 주지 않는 부모님에게 분노함
바우는 억울한 마음에 집을 나서게 돼. 집을 떠날 생각까지 하던 바우는 멀리서 누군가 나비를 잡는 모습을 보고, 경환이나 경환네 머슴이라고 생각하며 비웃지.

결말: 바우가 나비를 잡는 아버지를 발견함
나비를 잡는 사람은 바우의 아버지였어. 이를 본 바우는 아버지의 마음을 이해하게 되고, 아버지를 부르며 달려가지.

OOPS! 읽음

바우의 심정을 따라가다 보니 소작농 같은 서민들이 당시에 얼마나 억울하고 힘들었을지 조금은 이해가 됐어요.

👍100점

● 아버지의 뇌 구조를 알아볼까요?

1 이 작품에 대한 설명으로 옳지 <u>않은</u> 것은?

① 전지적 작가가 작중 인물의 심리를 전달한다.
② 1930년대 농촌을 배경으로 이야기가 전개된다.
③ 주로 인물과 인물 사이의 갈등이 나타난다.
④ 전통적인 가족 개념이 근대화로 말미암아 해체되는 모습을 묘사하고 있다.
⑤ 바우와 경환의 갈등을 통해 당대 계급 차이를 드러내고 있다.

2 다음 중 인물의 성격과 심리를 드러내는 방식이 <u>다른</u> 하나는?

① 바우는 무척 슬퍼하고 억울해하고, 따라서 경환이를 부러워도 하였다.
② 바우는 그 손을 툭 처 버리고 몸을 돌린다.
③ 뒤돌아서 바우를 무섭게 한번 눈을 흘겨보고 그리고 돌 하나를 집어 근처에서 풀을 뜯고 있는 송아지를 때리고는 언덕 아래로 달아났다.
④ 장기가 두 판이 끝나고 세 판이 끝나고 모였던 사람이 헤어져도 바우는 자리를 뜨지 않는다.
⑤ 아버지는 농립을 벗어 들고 나비를 좇아 엎드렸다 일어섰다 하며 그 똑똑지 못한 걸음으로 밭두덩을 지척지척 돌고 있다.

3 다음 밑줄 친 부분에 대한 설명으로 옳은 것은?

> 그리고 잠시 언덕 너머가 떠들썩하더니, 호랑나비 한 마리가 피로한 나래로 갈팡질팡 날아와 밤나무 가지에 야트막하게 앉는다.

① 작중 인물의 심리 상태가 투영된 소재다.
② 작중 인물 사이 갈등의 발단이 되는 소재다.
③ 작중 인물이 다른 인물을 떠올리게 하는 소재다.
④ 작중 인물의 각성을 이끄는 소재다.
⑤ 비극적인 결말의 복선이 되는 소재다.

4 아버지가 다음 글과 같은 행동을 한 이유를 추측해 볼 때, 가장 <u>어색한</u> 것은?

> 그러나 건넌방 쪽에 눈이 갔을 때 바우는 크게 놀랐다. 아궁이 앞에 위하던 그림 그리는 책이 조각조각 찢기어 허옇게 흩어져 있다.

① 바우가 그림을 그리기보다 가업을 이어 농부가 되기를 바랐기 때문이다.
② 바우가 사과하러 가지 않아서 화가 났기 때문이다.
③ 소작농의 아들인 바우가 실현되기 어려운 꿈을 꾸는 것을 원하지 않기 때문이다.
④ 그림을 그릴 시간에 나비를 잡아 사과하러 가기를 원했기 때문이다.
⑤ 바우의 그림 실력이 형편없었기 때문이다.

5 다음은 이 작품에 등장하는 단어의 뜻을 표준국어대사전에서 찾은 것이다. 이를 참고로 이 작품에 관해 이야기할 때 반응으로 옳지 <u>않은</u> 것은?

> 마름³ 「명사」 지주를 대리하여 소작권을 관리하는 사람.≒사음.
> 소작¹ (小作) 「명사」 『농업』 농토를 갖지 못한 농민이 일정한 소작료를 지급하며 다른 사람의
> 농지를 빌려 농사를 짓는 일.≒반작.

① 성지 : 경환이 제멋대로 굴었던 건 아버지가 소작권을 관리하는 권한이 있기 때문이었군.
② 하성 : 바우가 경환보다 머리가 좋았지만 상급 학교에 갈 수 없었던 것도 부모님의 계급 차이 때문이었어.
③ 영진 : 이런 처지였으니 바우의 부모님은 끝까지 바우가 잘못을 저질렀다고 생각한 거야.
④ 현민 : 겉으로 보면 두 아이의 싸움이지만, 그 이면에는 계급 차이로 말미암은 갈등이 있었구나.
⑤ 혜린 : 일제 강점기라는 암울한 시대 상황 속에서 계급 차이로 말미암은 차별까지 겪어야 했다니……. 소작농들의 삶은 정말 힘들었겠어.

6 바우의 아버지는 바우에게 화내며 나비를 잡아 경환에게 사과할 것을 종용한다. 하지만 마지막 장면에서는 직접 나비를 잡는다. 이와 같은 행동의 변화가 의미하는 바를 서술하시오.

> 바우의 아버지는 소작농이다. 마름에게 밉보여서 소작을 부칠 땅을 잃게 된다면 가족들의 생계를 책임질 수 없다. 아버지가 경환에게 사과하라며 바우에게 화낸 것도 경환이 마름의 아들이기 때문이다. 아버지는 경환이 잘못했다는 사실을 알고 있으며, 바우의 마음 역시 이해한다. 하지만 바우가 사과하지 않으면 가족 모두가 위험에 처하게 된다. 그래서 아버지는 바우 대신 나비를 잡은 것이다.

● **수능 만점 선생님의 감상 꿀팁**

> 이 작품을 감상할 때는 시대적 상황과 등장인물들의 계급 차이에 주목해야 해. 잘못을 저지르지 않았는데도 사과해야 하는 상황에 놓였던 바우의 억울함은 당대 사회의 모순을 드러내지. 이 작품은 이러한 당시 사회의 부정적인 면모를 사실적으로 표현했어. 하지만 아버지의 사랑으로 모든 갈등이 해소되며, 모순적인 사회에 대한 비판이 무뎌진 건 아쉬운 점이라고 볼 수 있단다.

미리 들여다보는 인물 **X** 파일

여기서
잠깐!

돈을 돌려줬다고? 흥, 말도 안
돼! 문기 녀석, 본때를 보여 줘
야지!

내 잘못을 솔직하게 이야기해야
하는데…… 말을 꺼내기가 너무
두려워.

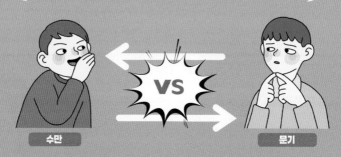

수만

VS

문기

 수능 만점 선생님의 감상 꿀팁!

이 소설은 하나의 잘못을 숨기기 위해 계속해서 잘못을 저지르게 되는 소년이 겪는 양심의 가
책을 섬세하게 묘사하고 있어. 인물의 심리 변화와 외적·내적 갈등의 양상에 주목하며 읽어
보자.

#또 한번 깨닫는 정직의 중요성

중문 안 안반(떡을 칠 때 쓰는 두껍고 넓은 나무 판) 뒤에 숨기어 둔 공이 간 데가 없다. 팔을 넣어 아무리 더듬어도 빈탕이다. **문기는 가슴이 두근거리기 시작하였다.❶**

'혹 동네 아이들이 집어 갔을까?'

도리어 그랬으면 다행이다. 만일에 그 공이 숙모 손에 들어가기나 했으면 큰일이다.

문기는 아무 일 없는 태도로 전일과 다름없이 안마당에서 화초분에 물을 준다. 그러면서 연해 숙모의 눈치를 살핀다. 숙모는 부엌에서 저녁을 짓는다. 마루로 부엌으로 오르고 내릴 때 얼굴이 마주치는 것이나 문기는 자기를 보는 숙모 눈에 별다른 것이 없다 싶었다. 문기는 차츰 생각을 고친다.

'필시 공은 거지나 동네 아이들이 집어 갔기 쉽지. 그렇잖으면 작은어머니가 알고 가만있을 리 있나.'

조금 후 문기는 아랫방으로 내려갔다.

그리고 책상 서랍을 열어 보았을 때 문기는 또 좀 놀랐다. 서랍 속에 깊숙이 간직해 둔 쌍안경이 보이질 않는다. 그것뿐이 아니다. 서랍 안이 뒤죽박죽이고 누가 손을 댔음이 분명하다.

'인제 얼마 안 있으면 작은아버지가 회사에서 돌아오시겠지. 그리고 필시 일은 나고 말리라.'

문기는 책상 앞에 돌아앉아 책을 펴 들었다.

그러나 눈은 아물아물 가슴은 두근두근 도시 글이 읽어지질 않는다.❷

---

❶ ➡ 문기가 어떠한 잘못을 저지른 상황이라는 것을 알 수 있어.
❷ ➡ 소심한 문기의 성격이 행동으로 드러나고 있어.

집중!

수능 만점 선생님

　　며칠 전 일이다.❸ 문기는 저녁에 쓸 고기 한 근을 사 오라고 숙모에게 지전(紙錢, 종이돈) 한 장을 받았다. 언제나 그맘때면 사람이 붐비는 삼거리 고깃간이다. 한참을 기다려서 문기 차례가 왔다. 문기는 지전을 내밀었다. 뚱뚱보 고깃간 주인은 그 돈을 받아 둥구미(짚으로 둥글고 울이 깊게 결어 만든 그릇)에 넣고 천천히 고기를 베어 저울에 단 후 종이에 말아 내밀었다. **그리고 그 거스름돈으로 지전 아홉 장과 그 위에 은전 몇 닢을 얹어 내주는 것이 아닌가.**❹ 문기는 어리둥절하였다. 처음 그 돈을 숙모에게 받을 때와 고깃간 주인에게 내밀 때까지도 일 원짜리로만 알았던 것이다. 문기는 돈과 주인을 의심스레 쳐다보았다. 허나 그는 다음 사람의 고기를 베느라 분주하다. 문기는 주뼛주뼛하는 사이 사람에게 밀려 뒷줄로 나오고 말았다. 그러나 다시 생각하면 정말 숙모가 일 원짜리를 준 것인지 아닌지 모르겠다. 아니라면 도리어 큰일이 아닌가. 하여튼 먼저 숙모에게 알아볼 일이었다. 문기는 집을 향해 돌아가면서도 연해 고개를 기웃거리며 그 일을 생각하였다. 내가 잘못 본 것인가, 고깃간 주인이 잘못 본 것인가 하고.

　　골목 모퉁이를 꺾어 돌아섰다. 서너 간 앞을 서서 동무 수만이가 간다. 문기는 쫓아가 그와 나란히 서며

　　"너 집이 인제 가니?"

　　하고 어깨에 손을 걸고

　　"이거 이상한 일 아냐?"

　　"뭐가 말야?"

내신 준비

❸ ➡ 이 작품은 현재와 과거를 오가는 서술 방식을 사용하고 있단다.
❹ ➡ 문기가 갈등을 느끼는 계기가 되는 사건이야.

수능 만점 선생님

"고길 사러 갔는데 말야. 난 일 원짜리로 알구 냈는데 십 원으로 거슬러 주니 말야."

"정말야? 어디 봐."

문기는 손바닥을 펴 돈과 또 고기를 보였다. 수만이는 잠시 눈을 끔벅끔벅 무슨 궁리를 하는 듯 문기 얼굴을 보고 섰더니

"너 이렇게 해 봐라."

"어떻게 말야?"

"먼저 잔돈만 너이 작은어머니에게 주거든."⑤

"그리고 어떡해."

"그리고 아무 말 없거든 내게로 나와. 헐 일이 있으니."

"무슨 헐 일?"

"글쎄, 그러구만 나와. 다 좋은 일이 있으니."

마침내 문기는 수만이가 이르는 대로 잔돈만 양복 주머니에서 꺼내 놓았다. 숙모는 그 돈을 받아 두 번 자세히 세 보고 주머니에 넣고는 아무 말 없이 돌아서 고기를 씻는다. 그래도 문기는 한동안 머뭇머뭇 눈치를 보다가 슬며시 밖으로 나갔다 그리고 문밖엔 수만이가 이상한 웃음으로 그를 맞이하였다.

수만이가 있던 좋은 일이란 다른 것이 아니었다. 거리에서 보고 지내던 온갖 가지고 싶고 해 보고 싶은 가지가지를 한번 모조리 돈으로 바꾸어 보자는 것이다.

그러나 문기는

"돈을 쓰면 어떻게 되니."

"염려 없어. 나 하는 대로만 해."

하고 머뭇거리는 문기 어깨에 팔을 걸고 수만이는 우쭐거리며 걸음을 옮긴다. 하긴 문기 역(또한) 돈으로 바꾸고 싶은 것이 없지 않은 터, 그리고 수만이가 시키는 대로 하기만 하면 남이 하래서 하는 것이니까 어떻게 자기 책임은 없는 듯싶었다.⑥ 그리고 수만이는 수만이대로 돈은 문기가 만든 돈, 나중에 무슨 일이 난다 하여도 자기 책임은 없으니까 또 안심이었다. 이래서 두 소년은 마침내 손이 맞고 말았다.

⑤ ➡ 약삭빠르고 용의주도한 수만의 성격을 알 수 있어.

⑥ ➡ 문기는 잘못을 저질렀지만, 순간적인 욕심에 사로잡혀 이를 합리화하고 있네.

그래도 으슥한 골목을 걸을 때에는 알 수 없는 두려움에 가슴이 두근거리었으나 밝은 큰 한길로 나오자 차차 다른 기쁨으로 변했다.[7] 길 좌우편 환한 상점 유리창 안의 온갖 것이 모두 제 것인 양, 손짓해 부르는 듯했다. 드디어 그들은 공을 샀다. 만년필을 샀다. 쌍안경을 샀다. 만화책을 샀다. 그리고 활동사진 구경도 갔다. 다니며 이것저것 군것질도 했다.

그리고 그 남저지('나머지'의 사투리) 돈으로 또 한 가지 즐거운 계획이 있었다. 조그만 환등 기계(그림, 사진, 실물 따위에 강한 불빛을 비추어 그 반사광을 렌즈로 확대해서 영사하는 조명 기구) 한 틀을 사자는 것이다. 이것을 놀려 아이들에게 일 전씩 받고 구경을 시킨다. 그리고 여기서 나오는 것으로 두고두고 용돈에 주리지 않도록 하자는 계획이다. 하고 오늘 저녁부터 그 첫 착수를 하자는 약조였다.

그러나 이 즐거운 계획을 앞두고 이내 올 것은 오고 말았다. 안방에서 저녁상을 받고 앉았던 삼촌은 문기를 불렀다.[8] 두 번 세 번 문기야, 소리가 아랫방 창을 울린다. 방 안에서 문기는 못 들은 양 대답지 않는다. 그러나 네 번째는 안방 미닫이를 열고 삼촌은

"문기 아랫방에 없니?"

댓돌 위에 신이 놓여 있는데 없는 양 할 수는 없다. 기어이 문기는 그 삼촌 앞에 나가 무릎을 꿇고 앉지 않을 수 없었다. 삼촌은 잠잠히 식사를 계속한다. 그 상 밑에, 안반 뒤에 숨겨 두었던 공이 와 있다. 상을 물릴 임시에 삼촌은 입을 열었다.

"너 요새 학교에 매일 갔었니?"

"네."

삼촌은 상 밑에 그 공을 굴려 내며

"이거 웬 공이냐?"

"수만이가 준 공예요."[9]

"이것두?"

하고 삼촌은 무릎 밑에서 쌍안경을 꺼내 들었다.

"네."

[7] ➡ 문기가 느끼는 감정과 심리 변화를 작가가 직접 서술하고 있어.
[8] ➡ 문기가 잘못을 인지하고 죄책감을 느끼게 되는 계기야.
[9] ➡ 문기는 삼촌에게 혼날까 봐 또다시 거짓말을 하고 있어. 이러한 거짓말은 상황을 악화시키지.

집중!

수능 만점 선생님

"수만이란 얼마나 돈을 잘 쓰는 아인지 몰라두 이 공은 오십 전은 줬겠구나. 이건 못 줘두 일 원은 넘겨 줬겠구."

그리고 삼촌은

"수만이란 뭣하는 집 아이냐?"

문기는 고개를 숙이고 앉아 말이 없다. 삼촌은 숭늉을 마시고 상을 물렸다.

"네 입으로 수만이가 줬다니 네 말이 옳겠지. 설마 늬가 날 속이기야 하겠니. 하지만 남이 준다고 아무것이고 덥적덥적 받는다는 것두 좀 생각해 볼 일이거든." ⑩

삼촌은 다시 말을 계속한다.

"말 들으니 너 요샌 저녁두 가끔 나가 먹는다더구나. 그것두 수만이에게 얻어 먹는 거냐?"

문기는 벌겋게 얼굴이 달아 수그리고 앉았다. 삼촌은 잠시 묵묵히 건너다만 보고 있더니 음성을 고쳐 엄한 어조로

"어머님은 어려서 돌아가시구 아버지는 저 모양이시구, 앞으로 집안을 일으킬 사람은 너 하나야. 성실치 못한 아이들하고 얼려^(어울려) 다니다 혹 나쁜 데 빠지거나 하면 첫째 네 꼴은 뭐구 내 모양은 뭐냐. 난 너 하나는 어디까지든지 공부도 시키구 사람을 만들어 주려구 앤데 너두 그 뜻을 받아 주어야 사람이 아니냐."

그리고 삼촌은 어떻게 뒤뚝 맘 한번 잘못 가졌다가 영 신세를 망치고 마는 예를 이것저것 들어 말씀하고는 이후론 절대 이런 것 받아들이지 말라는 단단한 다짐을 받은 후 문기를 내보냈다.

문기는 아랫방에 내려와 혼자 되자 삼촌 앞에서보다 갑절 얼굴이 달아올랐다. 지금까지 될 수 있는 대로 생각지 않으려고 힘을 써 오던 그편에 정면으로 제 몸을 세워 놓고 보지 않을 수 없었다.⑪ 그러자 자기라는 몸은 벌써 삼촌의 이른바 나쁜 데 빠지고 만 것이었다. 그야 자기는 수만이가 시켜서 한 일이니까 잘못이 없다는 것이지만 당초에 그것은 제 허물을 남에게 미루려는 얄미운 구실이 아니고 뭐냐. 그리고 문기는 이미 삼촌을 속이었다. 또 써서는 아니 될 돈을 쓰고 말았다. 아아, 일찍이 어머니를 여의고 아버지란 사람은 일상 천량만량하고 허한 소리만 하면서 남루한 주제에 거처가 없이 시골 서울로 돌아다니는 사람이

⑩ ▶ 삼촌은 문기의 말을 믿고 있어. 이로 말미암아 문기는 더 큰 죄책감을 느끼게 된단다.

⑪ ▶ 문기는 처음으로 자신의 잘못에서 기인한 양심의 가책과 마주하고 있어.

고, 어려서부터 문기를 길러 낸 사람이 삼촌이었다. 그리고 조카의 장래를 자기의 그것보다 더 중히 알고 염려하며 잘되어 주기를 바라는 삼촌이었다. 문기도 그 삼촌의 기대에 어그러지지 않는 인물이 되어 보이겠다고 엊그제도 주먹을 쥐고 결심하던 문기가 아니냐. 생각할수록 낯이 뜨거워지는 일이다.

마침내 문기는 공과 쌍안경을 집어 들고 문밖으로 나갔다.⑫ 어둑어둑 저물어 가는 한길이다. 문기는 골목으로 들어섰다. 대낮에 많은 사람 가운데서 거리낌 없이 가지고 놀던 그 공이 지금은 사람이 드문 골목 안에서도 남이 볼까 두려워졌다. 컴컴해질수록 더 허옇게 드러나 보이는 커다란 공을 처치하기에 곤란해 문기는 옆으로 꼈다 뒤로 돌렸다 하며 사람의 눈을 피한다. 쌍안경이 든 불룩한 주머니가 또 성화다. 골목 하나를 돌아서 나올 즈음 문기는 모르고 흘리는 것인 양 슬며시 쌍안경을 꺼내 길바닥에 떨어뜨리었다. 그리고 걸음을 빨리 건너편 골목으로 들어간다. 개천가 앞에 이르렀다. 거기서 문기는 커다란 공을 바지 앞에 품고 앉아서 길 가는 사람이 없기를 기다린다.

자전거가 가고 노인이 오고 동(언제부터 언제까지의 동안이 뜬 그 중간)을 타서 문기는 허옇게 흐르는 물 위로 공을 던져 버리었다. 이어 양복 안주머니에 간직해 두었던 남저지 돈을 꺼내 들었다. 그것도 마저 던져 버리려다가 문득 들었던 손을 멈춘다. 그리고 잠시 둥실둥실 물을 따라 떠나가는 공을 통쾌한 듯 바라보다가는 돌아서 걸음을 옮긴다.

문기는 삼거리 고깃간을 향해 갔다. 그리고 골목으로 돌아가 남저지 돈을 종이에 싸서 담 너머로 그 집 안마당을 향해 던졌다.⑬

그제야 문기는 무거운 짐을 풀어 놓은 듯 어깨가 거뜬했다. 아까 물 위로 둥실둥실 떠가던 그 공, 지금은 벌써 십 리고 이십 리고 멀리 떠갔을 듯싶은 그 공과 함께 문기는 자기의 허물도 멀리 사라져 깨끗이 벗어난 듯 속이 후련했다. 그리고

'다시는 다시는.'

하고 문기는 두 번 다시 그런 허물을 범하지 않겠다고 백 번 다지며 집을 향해 돌아간다.

⑫ ➡ 문기는 양심의 가책에서 벗어나기 위해 행동에 나서고 있어. 하지만 이런 행동은 근본적인 해결책이 아니어서 새로운 갈등으로 이어지지.
⑬ ➡ 이러한 행동들은 문기의 내적 갈등을 일시적으로 해소하는 역할을 한다.

내신 준비!!

수능 만점 선생님

그러나 문기는 그것만으로는 도저히 자기 허물을 완전히 벗을 수 없었다. 그가 자기 집 어귀에 이르렀을 때 뜻하지 않은 것이 기다리고 있다 나타났다.

"너 어디 갔다 오니?"

하고 컴컴한 처마 밑에서 수만이가 튀어나오며 반긴다.

"지금 느이 집 다녀오는 길이다."

그리고 문기 어깨에 팔 하나를 걸고 한길을 향해 돌아서며

"어서 가자."

약조한 환등 틀을 사러 가자는 것이다. 극장 앞 장난감 가게에 있는 조그만 환등 틀을 오고 가는 길에 물건도 보고 금도 보아 두었던 것이다. 그리고 오늘 낮에도 보고 온 것이언만 수만이는

"그새 팔리지나 않았을까?"

하고 걸음을 재촉한다. 문기는 생각 없이 몇 걸음 끌려가다가는 갑자기 그 팔을 쳐 내리며 물러선다.

"난 싫다."

수만이는 어리둥절해 쳐다본다.

"뭐 말야. 환등 틀 사기 싫단 말야?"

"난 인제 돈 가진 것 없다."

"뭐?"

하고 수만이는 의외라는 듯 눈이 둥그레지다가는 금세 능청스런 웃음을 지으며

"너 혼자 두고 쓰잔 말이지? 그러지 말구 어서 가자."

"정말 없어. 지금 고깃간집 안마당으로 던져 주고 오는 길야. 공두 쌍안경두 버리구."

하고 문기는 증거를 보이느라고 이쪽저쪽 주머니를 털어 보이는 것이나 수만이는 흥 하고 코웃음을 친다.

"누군 너만 못 약을 줄 아니?"

그리고 연신 빈정댄다.

---

⑭ ➡ 문기의 내적 갈등은 일시적으로 해소됐지만, 이로 말미암아 새로운 갈등이 발생해. 이야기가 다른 방향으로 전개될 것임을 알 수 있지.

⑮ ➡ 수만은 문기의 말을 믿지 않아. 이는 새로운 갈등이 생기는 계기가 된단다.

“고깃간 집 마당으로 던졌다? 아주 펑계가 됐거든.”

“거짓말 아니다. 참말야.”

할 뿐, 문기는 어떻게 변명할 줄을 몰라 쳐다보기만 하다가 고개를 떨어뜨리고 울상을 한다.⑯

“오늘 작은아버지에게 막 꾸중 듣구. 그리고 나두 인젠 그런 건 안 헐 작정이다.”

“그래두 나구 약조헌 건 실행해야지. 싫으면 너는 빠져도 좋아. 그럼 돈만 이리 내.”

하고 턱 밑에 손을 내민다.

“정말 없대두 그래.”

수만이는 내밀었던 손으로 대뜸 멱살을 잡는다.

“이게 그래두 느물거든.”

이런 때 마침 기침을 하며 이웃집 사람이 골목으로 들어서자 수만이는 슬며시 물러선다. 그러나

“낼은 안 만날 테냐. 어디 두고 보자.”⑰

하고 피해 가는 문기 등을 향해 소리쳤다.

이튿날 아침이다. 학교를 가는 길에 문기가 큰 한길로 나오자 맞은편 판장(널빤지)에 백묵으로 커다랗게 ‘김문기는’ 하고 그 밑에 동그라미 셋을 쳐 ‘○○○했다.’⑱ 하고 쓰여 있다. 그리고 학교 어귀에 이르러 삼거리 잡화상 빈지판(‘용지판’의 사투리. 벽이 무너지지 않도록 문지방 옆에 대는 널빤지 조각)에도 같은 것이 쓰여 있는 것이다. 문기는 이번에도 무춤하고(놀라거나 어색한 느낌이 들어 갑자기 하던 짓을 멈추고) 보다가는 얼른 모자를 벗어서 이름자만 지워 버렸다. 그러는 것을 건너편 길모퉁이서 수만이가 일그러진 웃음으로 보고 섰다. 그리고 문기가 앞으로 지나가자

“왜, 겁이 나니? 짓게.”

하고 뒤를 오면서 작은 소리로

“그래, 정말 돈 너만 두고 쓸 테냐? 그럼 요건 약과다.”

그리고 수만이는 추근추근(성질이나 태도가 검질기고 끈덕진 모양)하게 쫓아다니며 은근히

---

⑯ ➔ 문기의 소심한 성격이 드러난 부분이야.

⑰ ➔ 다음 날 새로운 사건이 일어나리라는 것을 알 수 있어.

⑱ ➔ 죄책감에 찬 문기를 협박하기 위한 첫 번째 방법이야.

집중!

수능 만점 선생님

골리었다. 철봉 틀 옆에 정신없이 선 문기를 불시에 다리오금을 쳐 골탕을 먹게 하였다. 단거리 경주 연습을 하는 척 달음박질을 하다가는 일부러 문기 앞으로 달려들어 몸째 부딪는다.[19] 그리고 으슥한 곳에서 단둘이 만나는 때면 수만이는

"너, 네 맘대루만 허지. 나두 내 맘대루 헐 테다. 내 안 풍길 줄 아니? 풍길 테야."

하고 손을 들어 꼽는다.

"풍기기만 하면 첫째 학교에서 쫓겨날 것이요, 둘째 너희 집에서 쫓겨날 것이요, 그리고 남의 걸 훔친 거나 일반이니까 또 그런 곳으로 붙들려 갈 것이요"

하고는 또

"풍길 테다."

사실 그다음 시간 교실을 들어갔을 때 문기는 크게 놀랐다. 칠판 한가운데 '김문기는 ○○○ 했다.'가 커다랗게 쓰여 있다.[20] 뒤미처 선생님이 들어왔다. 일은 간단히 선생님이 한번 쳐다보고 누구 장난이냐, 하고 쓱쓱 지워 버리고는 고만이었지만 선생님이 들어오고 그것을 지우기까지의 그동안 문기는 실로 앞이 캄캄했다.

그러나 수만이는 그것으로 고만두지 않았다. 학교를 파해 거리로 나와서는 한층 심했다. 두어 간 문기를 앞세워 놓고 따라오면서 연해 수만이는

⑲ ➡ 수만은 용의주도하게 문기를 협박하고 있어. 협박에 넘어간 문기는 결국 또 다른 잘못을 저지르게 되지.

⑳ ➡ 선생님과 반 학생들의 시선을 이용해 문기를 더욱더 압박하고 있어.

수능 만점 선생님

"앞에 가는 아이는 공공공했다지."

그리고 점점 더해 나중엔 도적질을 거꾸로 붙여서

"앞에 가는 아이는 질적도했다지."

하고 거리거리 외며 따라오는 것이다.

문기 집 가까이 이르렀다. 수만이는 문기 앞으로 다가서며 작은 음성으로 조졌다.

"너, 지금으로 가지고 나오지 않으면 낼은 가만 안 둔다. 도적질했다 하구 똑바루 써 놓을 테야."

문기는 여전히 못 들은 척 걸음만 옮긴다. 자기 집 마당엘 들어섰다. 숙모는 뒤곁에서 화초 모종을 하는지 여기 심어라 저기 심어라 하고 아랫집 심부름하는 아이와 이야기하는 소리가 날 뿐 집 안엔 아무도 없다.

그리고 눈앞에 보이는 불장(부엌 벽의 안쪽이나 바깥쪽에 붙여 만든 장) 안 앞턱에 잔돈 얼마와 지전 몇 장이 놓여 있다.[21] 그리고 문밖엔 지금 수만이가 돈을 가지고 나오기를 기다리고 섰다. 여기서 문기는 두 번째 허물을 범하고 말았다.

"진작 듣지."

하고 빙그레 웃는 수만이 얼굴에다 뺨을 때리듯 돈을 던져 주고 문기는 달아났다.

급한 걸음으로 문기는 네거리 하나를 지났다. 또 하나를 지났다.

또 하나를 지났다. 걸음은 차차 풀이 죽는다. 그리고 문기는 이런 생각을 하였다.

'자기는 몰래 작은어머니 돈을 축냈다. 그러나 갚으면 고만 아니냐. 그 돈 값어치만큼 밥도 덜 먹고 학용품도 아껴 쓰고 옷도 조심해 입고, 이렇게 갚으면 고만 아니냐.'

몇 번이고 이 소리를 속으로 되뇌며 문기는 떳떳이 얼굴을 들고 집으로 들어갈 수 있을 만한 뱃심을 만들려 한다. 그러나 일없이(아무런 까닭이나 실속 없이) 공원으로 거리로 돌며 해를 보낸다.

날이 저물어서 문기는 풀이 죽어 집 마루에 걸터앉았다. 숙모가 방에서 나오다 보고

㉑ ➡ 수만의 협박에 몰린 문기는 결국 눈앞의 돈을 지나치지 못해.

수능 만점 선생님

"너 학교에서 인제 오니?"

그리고 이어

"너 혹 붙장 안의 돈 봤니?"

하다가는 채 문기가 입을 열기 전에 숙모는

"학교서 지금 오는 애가 알겠니. 참 점순이 고년 앙큼헌 년이더라. 낮에 내가 뒤꼍에서 화초 모종을 내고 있는데 집을 간다고 나가더니 글쎄 돈을 집어 갔구나."

문기는 잠잠히 듣기만 한다. 그러나 속으로는 갚으면 고만이지, 소리를 또 한 번 외어 본다.

그날 밤이었다. 아랫방 들창 밑에 훌쩍훌쩍 우는 어린아이 울음소리가 났다.[22] 아랫집 심부름하는 아이 점순이 음성이었다. 숙모가 직접 그 집에 가서 무슨 말을 한 것은 아니로되 자연 그 말이 한 입 건너 두 입 건너 그 집에까지 들어갔고, 그리고 그 집주인 여자는 점순이를 때려 쫓아낸 것이다. 먼저는 동네 아이들이 모여 지껄지껄하더니 차차 하나 가고 둘 가고 훌쩍훌쩍 우는 그 소리만 남는다. 방 안의 문기는 그 밤을 뜬눈으로 새웠다.

이튿날 아침이다. 문기는 밥을 두어 술 뜨다가는 고만둔다. 그 돈을 갚기 위한 그것이 아니다. 도시 입맛이 나지 않았다. 학교엘 갔다. 첫 시간은 수신(修身, 지금의 도덕 과목) 시간, 그리고 공교로이 제목이 '정직'이다. 선생님은 뒷짐을 지고 교단 위를 왔다 갔다 하며 거짓이라는 것이 얼마나 악한 것이고 정직이 얼마나 귀하고 중한 것인가를 누누이 말씀한다. 그리고 안경 쓴 선생님의 그 눈이 번쩍하고 문기 얼굴에 머물렀다 가고 가고 한다.[23] 그럴 때마다 문기는 가슴이 뜨끔뜨끔해진다. 문기는 자기 한 사람에게만 들리기 위한 정직이요 수신 시간인 듯싶었다. 그만치 선생님은 제 속을 다 들여다보고 하는 말인 듯싶었다.

운동장에서도 문기는 풀이 없다. 사람 없는 교실 뒤 버드나무 옆 그런 데만 찾아다니며 고개를 숙이고 깊은 생각에 잠기거나 팔짱을 찌르고 왔다 갔다 하기도 한다. 그러다 누가 등을 치면 소스라쳐 깜짝깜짝 놀란다.

언제나 다름없이 하늘은 맑고 푸르건만 문기는 어쩐지 그 하늘조차 쳐다보기

---

22 → 점순이의 울음소리는 문기의 죄책감을 심화시키는 소재야.

23 → 선생님은 상황을 모르지만, 문기는 죄책감 때문에 선생님의 시선을 민감하게 받아들이고 있어.

집중!

수능 만점 선생님

가 두려워졌다. 자기는 감히 떳떳한 얼굴로 그 하늘을 쳐다볼 만한 사람이 못 된다 싶었다.

언제나 다름없이 여러 아이들은 넓은 운동장에서 마음대로 뛰고 마음대로 지껄이고 마음대로 즐기건만 문기 한 사람만은 어둠과 같이 컴컴하고 무거운 마음에 잠겨 고개를 들지 못한다. 무엇보다도 문기는 전일처럼 맑은 하늘 아래서 아무 거리낌 없이 즐길 수 있는 마음이 갖고 싶다. 떳떳이 하늘을 쳐다볼 수 있는, 떳떳이 남을 대할 수 있는 마음이 갖고 싶었다.[24]

오후 해 저물녘이다. 문기는 책보를 흔들흔들 고개를 숙이고 담임 선생님 집 앞을 왔다가는 무춤하고 섰다가 그대로 지나가고 그대로 지나가고 한다. 세 번째는 드디어 그 집 문 안을 들어서서 선생님을 찾았다. 선생님은 문기를 안방으로 맞아들이었다. 학교에서 볼 때 엄하고 딱딱하던 선생님은 의외로 부드러이 웃는 낯으로 문기를 대한다. 문기는 선생님 앞에 엎드려 모든 것을 자백할 결심이었다. 그런데 선생님의 부드러운 태도에 도리어 문기는 말문이 열리지 않았다. 다음은 건넌방에서 어린애가 울어 못했다. 다음은 사모님이 들락날락하고 그리고 다음엔 손님이 왔다. 기어이 문기는 입을 열지 못한 채 물러 나오고 말았다.

먼저보다 갑절 무겁고 컴컴한 마음이었다. 도저히 문기의 약한 어깨로는 지탱하지 못할 무거운 눌림이다. 걸음은 집을 향해 가는 것이지만 반대로 마음은 멀어진다. 장차 집엘 가서 대할 숙모가 두려웠고 삼촌이 두려웠고 더욱이 점순이가 두려웠다.

어느덧 걸음은 삼거리를 건너고 있었다. 문기 등 뒤에서 아주 멀리 뿡뿡 하고 자동차 소리와 비켜라 하는 사람의 소리가 나는 듯하더니 갑자기 귀밑에서 크게 울린다. 언뜻 돌아다보니 바로 눈앞에 자동차 머리가 달려든다. 그리고 문기는 으쓱하고 높은 데서 아래로 떨어져 가는 듯싶은 감과 함께 정신을 잃고 말았다.[25]

얼마 동안을 지났는지 모른다. 문기가 어렴풋이 눈을 떴을 때 무섭게 전등불이 밝아 눈이 부시었다. 문기는 다시 눈을 감았다. 두 번째 문기는 눈을 뜨자 희미하게 삼촌의 얼굴이 나타나며 그것이 차차 똑똑해지더니 삼촌은

집중!

[24] → '하늘'은 문기의 양심을 상징하는 소재야.
[25] → '교통사고'는 문기가 모든 일을 터놓을 수 있도록 하는 소재란다.

수능 만점 선생님

"너 내가 누군 줄 알겠니?"

하고 웃지도 않고 내려다본다. 문기는 이것도 꿈인가 하고 한번 웃어 주려면서 그대로 맑은 정신이 났다. 문기는 병원 침대 위에 누워 있었다. 어디 아픈 데는 없으면서도 몸을 움직일 수는 없다. 삼촌은 근심스런 얼굴로 내려다본다.

"작은아버지."

하고 문기는 입을 열었다. 그리고

"저는 마땅히 받아야 할 벌을 받은 거예요."

하고 문기는 눈을 감으며 한마디 한마디 그러나 똑똑하게 처음부터 끝까지 먼저 고깃간 주인이 일 원을 십 원으로 알고 거슬러 준 것, 그 돈을 써 버린 것, 그리고 또 붙장 안의 돈을 자기가 훔쳐 낸 것, 이렇게 하나하나 숨김없이 자백을 하자 이때까지 겹겹으로 몸을 싸고 있던 허물이 한 꺼풀 한 꺼풀 벗어지면서 따라 마음속의 어둠도 차차 사라지며 맑아지는 것을 문기는 확실히 깨달을 수 있었다. 마음이 맑아지며 따라 몸도 가뜬해진다. 내일도 해는 뜨고 하늘은 맑아지리라. 그리고 문기는 그 하늘을 떳떳이 마음껏 쳐다볼 수 있을 것이다.㉖

㉖ → 문기는 삼촌에게 모든 것을 털어놓고 비로소 양심의 가책을 덜었어. 이를 통해 모든 갈등이 해결되었음을 알 수 있지.

정리해 볼까요?(그룹 채팅)

● 작가에 대해서 알아볼까요? --

킬링 포인트

현덕 작가는 1909년 서울에서 태어났어. 본명은 현경윤이야. 1927년 〈조선일보〉 신춘문예 동화 부문에 「달에서 떨어진 토끼」가 당선되고, 1932년 동화 「고무신」이 〈동아일보〉 신춘문예에서 가작으로 선정되며 동화 작가로 활동했지. 1938년 〈조선일보〉 신춘문예에 「남생이」가 당선되며 문단에 정식으로 등단했단다. 주로 1938년부터 1940년까지 소설과 동화를 발표했어. 6 · 25 전쟁 중 월북한 이후 행적에 대해서는 자세히 알려지지 않았어.

현덕 작가는 아이들이 등장하는 작품을 많이 썼어. 그는 「하늘은 맑건만」 등의 작품에서 아이들을 무조건 순수하고 이상적인 존재로 그리지 않고, 아이들의 성장을 사실적으로 묘사해 높은 평가를 받았단다.

읽음

이 작품과 아이들이 등장하는 작가의 다른 작품을 비교해 봐도 좋을 것 같아요.

 100점

● 작품에 대해서 정리해 보죠! --

킬링 포인트

작가 : 현덕
갈래 : 단편 소설, 성장 소설
배경 : 시간적 – 1930년대 | 공간적 – 어느 마을
시점 : 전지적 작가 시점
주제 : 정직하게 살아가는 것의 중요성
출전 : 〈소년〉(1938)

킬링 포인트

무조건
알아야 해!

이 소설은 양심의 가책을 통해 성장하는 한 소년의 심리를 섬세하게 그린 작품이야. 문기는 심부름을 갔다가 거스름돈을 많이 받게 돼. 친구 수만의 꼬드김에 넘어간 문기는 남은 돈으로 공과 쌍안경을 사지. 하지만 삼촌의 훈계를 듣고 양심의 가책을 느껴 산 물건과 돈을 모두 없애 버려. 이를 믿지 않은 수만은 돈을 내놓으라며 집요하게 문기를 괴롭히지. 결국 문기는 숙모의 돈을 훔쳐 수만의 괴롭힘에서 벗어나지만, 아랫집 점순이가 누명을 쓰고 쫓겨나자 죄책감은 커져만 가. 문기는 선생님에게 사실을 털어놓으려 하지만, 선생님 댁에 가서도 말을 꺼내지 못하고 나오다가 교통사고를 당하지. 병원에서 깨어난 문기는 삼촌을 보자마자 모든 일을 털어놓는단다. 문기는 그제야 양심의 가책이 사라지는 걸 느끼지.

읽음

문기의 생각이 섬세하게 묘사된 덕분에 마지막 장면에서 주제 의식이 더욱 뚜렷이 드러나네요!

 100점

킬링 포인트

발단: 고깃간에 심부름하러 간 문기가 거스름돈을 더 받게 됨

문기는 숨겨 둔 쌍안경과 공이 사라져서 걱정에 빠져. 문기는 숙모 부탁을 받고 고기를 사러 갔다가 거스름돈을 많이 받게 되지. 친구 수만의 꼬드김에 넘어간 문기는 원래 받아야 하는 거스름돈만 숙모에게 돌려주고 남은 돈으로 사고 싶었던 물건을 사.

전개: 삼촌의 훈계를 들은 문기는 죄책감에 물건을 버림

삼촌은 공과 쌍안경이 어디서 났느냐고 묻고, 문기는 수만이 사 줬다고 거짓말해. 양심의 가책을 느낀 문기는 물건을 버리고 돈은 고깃간에 돌려주지.

위기: 문기가 수만의 협박을 받아 숙모의 돈을 훔침

수만은 문기가 돈을 혼자서만 쓰려 한다고 여기고는 문기를 괴롭혀. 수만의 협박에 이기지 못한 문기는 숙모의 돈을 훔쳐 수만에게 건네지. 숙모는 점순이가 돈을 훔쳤다 생각하고, 점순이는 누명을 쓰고 쫓겨나게 돼. 문기는 더욱 큰 죄책감에 시달리지.

절정: 선생님에게도 사실을 털어놓지 못한 문기가 교통사고를 당함

문기는 선생님에게 사실을 털어놓으려 하지만, 선생님 집에 가서도 아무 말도 못 해. 선생님의 집을 나선 문기는 교통사고를 당해 정신을 잃지.

결말: 병원에서 깨어난 문기가 삼촌에게 모든 사실을 고백함

문기는 병원에서 삼촌을 보자마자 지금까지 있었던 일을 모두 사실대로 고백한단다.

읽음

계속되던 갈등이 결말 부분에서 완전히 해소되었군요! 현재와 과거를 오가는 전개 방식도 흥미로워요!

👍100점

● **문기의 뇌 구조를 알아볼까요?**

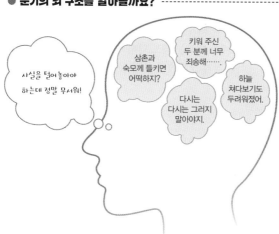

사실을 털어놓아야 하는데 정말 무서워!

삼촌과 숙모께 들키면 어떡하지?

키워 주신 두 분께 너무 죄송해……

하늘 쳐다보기도 두려워졌어.

다시는 다시는 그러지 말아야지.

수능 만점 감사

1 이 작품에 대한 설명으로 옳지 <u>않은</u> 것은?

① 전지적 작가가 인물의 심리를 직접 설명하고 있다.
② 과거와 현재를 오가는 서술 방식을 활용하고 있다.
③ 반어적인 표현을 통해 인물을 입체적으로 묘사하고 있다.
④ 인물의 심리 상태가 반영된 소재가 등장한다.
⑤ 시대 상황을 엿볼 수 있는 소재가 등장한다.

2 다음 대사를 통해 알 수 있는 인물의 심리로 옳지 <u>않은</u> 것은?

①	"먼저 잔돈만 너이 작은어머니에게 주거든."	약삭빠른 수만은 문기를 이용해 돈을 쓸 궁리를 하고 있다.
②	"돈을 쓰면 어떻게 되니."	소심한 문기는 돈을 쓰는 데 주저하고 있다.
③	"수만이가 준 공예요."	문기는 삼촌에게 혼나는 것이 두려워서 거짓말하고 있다.
④	"너 혹 불장 안의 돈 봤니?"	문기를 의심하는 숙모는 문기를 떠보기 위해 일부러 질문을 던졌다.
⑤	"저는 마땅히 받아야 할 벌을 받은 거예요."	문기는 모든 비밀을 털어놓으려고 한다.

3 밑줄 친 부분에 대한 설명이 옳지 <u>않은</u> 것은?

① 중문 안 안반 뒤에 숨기어 둔 공이 간 데가 없다.
→ 작중 인물의 심리가 변화하며 소재를 대하는 태도 역시 변화한다.
② 그리고 그 거스름돈으로 지전 아홉 장과 그 위에 은전 몇 닢을 얹어 내주는 것이 아닌가.
→ 갈등의 계기가 되는 소재다.
③ 그리고 활동사진 구경도 갔다.
→ 시대 상황을 엿볼 수 있는 소재다.
④ 자기는 감히 떳떳한 얼굴로 그 하늘을 쳐다볼 만한 사람이 못 된다 싶었다.
→ 작중 인물의 심리가 반영된 소재다.
⑤ 문기는 병원 침대 위에 누워 있었다.
→ 새로운 갈등이 시작되는 공간적 배경이다.

4 다음 글에 나타난 문기의 상황과 가장 잘 어울리는 사자성어는?

> 철봉 틀 옆에 정신없이 선 문기를 불시에 다리오금을 쳐 골탕을 먹게 하였다. 단거리 경주 연습을 하는 척 달음박질을 하다가는 일부러 문기 앞으로 달려들어 몸째 부딪는다.
>
> (…)
>
> 그리고 문밖엔 지금 수만이가 돈을 가지고 나오기를 기다리고 섰다. 여기서 문기는 두 번째 허물을 범하고 말았다.
>
> "진작 듣지."
>
> (…)
>
> 그날 밤이었다. 아랫방 들창 밑에 훌쩍훌쩍 우는 어린아이 울음소리가 났다. 아랫집 심부름 하는 아이 점순이 음성이었다.
>
> (…)
>
> 방 안의 문기는 그 밤을 뜬눈으로 새웠다.

① 상전벽해(桑田碧海): 세상일의 변천이 심함을 비유적으로 이르는 말

 ② 설상가상(雪上加霜): 난처한 일이나 불행한 일이 잇따라 일어남을 이르는 말

③ 전화위복(轉禍爲福): 재앙과 근심, 걱정이 바뀌어 오히려 복이 됨

④ 이심전심(以心傳心): 마음과 마음으로 서로 뜻이 통함

⑤ 초지일관(初志一貫): 처음에 세운 뜻을 끝까지 밀고 나감

5 이 작품에 등장하는 갈등의 양상을 크게 두 가지로 분류하고, 두 가지 갈등이 작품 전개에 어떠한 영향을 끼치는지 서술하시오.

내신 준비!

OOPS!

> 이 작품에 등장하는 갈등은 크게 인물의 내적 갈등, 그리고 인물과 인물 간의 외 적 갈등으로 나눌 수 있다. 문기의 내적 갈등은 사실을 밝히는 것과 숨기는 것 사 이에서 일어난다. 이러한 내적 갈등에 따른 문기의 선택은 수만과의 다툼 등 외적 갈등을 불러일으키기도 한다. 외적 갈등은 작품의 전개를 흥미롭게 해 준다.

● **수능 만점 선생님의 감상 꿀팁**

> 이 작품은 양심의 가책을 느끼는 소년을 통해 정직한 삶의 중요 성을 전달하고 있어. 섬세한 묘사가 사실성을 더해 작품성을 높였다는 사실에 주목하자. 또한 작품 속 갈등이 마지막 장 면에서 완전히 해소되면서 작품 의식을 뚜렷하게 드러 내고 있다는 점을 기억해 두자.

수능 만점 강사

여기서 잠깐!

미리 들여다보는 인물 X 파일

남자고 러브레터고 지긋지긋해! 하지만 혼자 있을 때는 사랑 이야기에 빠져들지.

깐깐한 B사감이 저런 행동을 하다니, 왠지 불쌍한 마음이 드는걸.

B사감 **VS** 처녀들

수능 만점 선생님의 감상 꿀팁!

이 소설은 추리 소설 같은 구성을 통해 B사감의 위선을 폭로하는 작품이야. 풍자와 해학을 통해 완성도를 높였지. 한 인물의 상반된 성격이 만들어 내는 아이러니에 집중하며 읽어 보자.

B사감과 러브레터

#B사감의 실체를 낱낱이 밝히다

C여학교에서 교원 겸 기숙사 사감 노릇을 하는 B여사라면 딱장대(성질이 온화한 맛이 없고 딱딱한 사람)요, 독신주의자요, 찰진 야소꾼(기독교인)으로 유명하다.❶ 사십에 가까운 노처녀인 그는 주근깨투성이 얼굴이 처녀다운 맛이란 약에 쓰려도 찾을 수 없을 뿐 아니라, 시들고 거칠고 마르고 누렇게 뜬 품이 곰팡 슬은 굴비를 생각나게 한다.

여러 겹 주름이 잡힌 훌렁 벗겨진 이마라든지, 숱이 적어서 법대로 쪽찌거나 틀어 올리지를 못하고 엉성하게 그냥 빗어 넘긴 머리꼬리가 뒤통수에 염소 똥만하게 붙은 것이라든지, 벌써 늙어 가는 자취를 감출 길이 없었다. 뾰족한 입을 앙 다물고 돋보기 너머로 쌀쌀한 눈이 노릴 때엔 기숙생들이 오싹 하고 몸서리를 치리만큼 그는 엄격하고 매서웠다.❷

이 B여사가 질겁하다시피 싫어하고 미워하는 것은 소위 '러브레터'였다. 여학교 기숙사라면 으레 그런 편지가 많이 오는 것이지만 학교로도 유명하고 또 아름다운 여학생이 많은 탓인지 모르되 하루에도 몇 장씩 죽느니 사느니 하는 사랑 타령이 날아 들어왔다.❸ 기숙생에게 오는 사신을 일일이 검사하는 터이니까 그 따위 편지도 물론 B여사의 손에 떨어진다. 달짝지근한 사연을 보는 족족 그는 더할 수 없이 흥분되어서 얼굴이 붉으락푸르락, 편지 든 손이 발발 떨리도

---

❶ ➜ B사감의 성격을 강렬한 표현을 사용해 드러냈어. 이는 결말의 반전과 극적 효과를 높여 준단다.

❷ ➜ 서술자가 직접적 제시 방법을 사용해 B사감의 성격을 말해 주고 있어.

❸ ➜ 자유연애 풍습이 이미 널리 퍼져 있었던 당시 시대상을 엿볼 수 있지.

수능에 나올 수도 있어!

수능 만점 선생님

록 성을 낸다.

아무 까닭 없이 그런 편지를 받은 학생이야말로 큰 재변이었다. 하학하기가 무섭게 그 학생은 사감실로 불리어 간다. 분해서 못 견디겠다는 사람 모양으로 쌔근쌔근하며 방안을 왔다 갔다 하던 그는, 들어오는 학생을 잡아먹을 듯이 노리면서 한 걸음 두 걸음 코가 맞닿을 만치 바싹 다가 들어서서 딱 마주선다. 웬 영문인지 알지 못하면서도 선생의 기색을 살피고 겁부터 집어먹은 학생은

한동안 어쩔 줄 모르다가 간신히 모기만한 소리로,

"저를 부르셨어요?"

하고 묻는다.

"그래 불렀다. 왜!"

팍 무는 듯이 한마디 하고 나서 매우 못마땅한 것처럼 교의(交椅, 의자)를 우당퉁탕 당겨서 철썩 주저앉았다가 학생이 그저 서 있는 걸 보면,❹

"장승이냐? 왜 앉지를 못해."

하고 또 소리를 빽 지르는 법이었다.

스승과 제자는 조그마한 책상 하나를 새에 두고 마주 앉는다. 앉은 뒤에도,

"네 죄상을 네가 알지!"

하는 것처럼 아무 말없이 눈살로 쏘기만 하다가 한참 만에야 그 편지를 끄집어내어 학생의 코앞에 동댕이치며,

"이건 누구한테 오는 거냐?"

하고 문초를 시작한다.

앞 장에 제 이름이 쓰였는지라,

"저한테 온 것이야요."

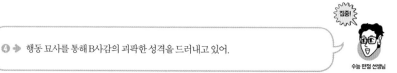

❹ ➡ 행동 묘사를 통해 B사감의 괴팍한 성격을 드러내고 있어.

집중!

수능 만점 선생님

하고 대답 않을 수 없다. 그러면 발신인이 누구인 것을 채쳐^(재촉해) 묻는다.

그런 편지의 항용으로 발신인의 성명이 똑똑지 않기 때문에 주저주저하다가 자세히 알 수 없다고 내대일 양이면,

"너한테 오는 것을 네가 모른단 말이냐."

하고 불호령을 내린 뒤에 또 사연을 읽어 보라 하여 무심한 학생이 나즉나즉 하나마 꿀 같은 구절을 입술에 올리면, B여사의 역정은 더욱 심해져서 어느 놈의 소위인 것을 기어이 알려 한다. 기실 보도 듣도 못한 남성의 한 노릇이요, 자기에게는 아무 죄도 없는 것을 변명하여도 곧이듣지를 않는다. 바른대로 아뢰어야 망정이지 그렇지 않으면 퇴학을 시킨다는 둥, 제 이름도 모르는 여자에게 편지할 리가 만무하다는 둥, 필연 행실이 부정한 일이 있으리라는 둥…….

하다못해 어디서 한번 만나기라도 하였을 테니 어찌해서 남자와 접촉을 하게 되었느냐는 둥, 자칫 잘못하여 학교에서 주최한 음악회나 바자에서 혹 보았는지 모른다고 졸리다 못해 주워 댈 것 같으면 사내의 보는 눈이 어떻더냐, 표정이 어떻더냐, 무슨 말을 건네더냐, 미주알고주알 캐고 파며 어르고 볶아서[5] 넉넉히 십 년감수는 시킨다.

두 시간이 넘도록 문초를 한 끝에는 사내란 믿지 못할 것, 우리 여성을 잡아먹으려는 마귀인 것, 연애가 자유이니 신성이니 하는 것도 모두 악마의 지어 낸 소리인 것을 입에 침이 없이 열에 띄어서 한참 설법을 하다가 닦지도 않은 방바닥(침대를 쓰기 때문에 방이라 해도 마룻바닥이다)에 그대로 무릎을 꿇고 기도를 올린다. 눈에 눈물까지 글썽거리면서 말끝마다 하느님 아버지를 찾아서 악마의 유혹에 떨어지려는 어린 양을 구해 달라고 뒤삶고 곱삶는 법이었다.

그리고 둘째로 그의 싫어하는 것은 기숙생을 남자가 면회하러 오는 일이었다. 무슨 핑계로 하든지 기어이 못 보게 하고 만다. 친부모, 친동기간이라도 규칙이 어떠니, 상학^(上學, 학교에서 그날의 공부를 시작함) 중이니, 무슨 핑계를 하든지 따돌려 보내기가 일쑤다. 이로 말미암아 학생이 동맹 휴학을 하였고 교장의 설유^(說諭, 말로 타이름)까지 들었건만 그래도 그 버릇은 고치려 들지 않았다.

이 B사감이 감독하는 그 기숙사에 금년 가을 들어서 괴상한 일이 '생겼다'느니보다 '발각되었다'는 것이 마땅할는지 모르리라.[6] 왜 그런고 하면 그 괴상한

내신 준비!

[5] → B사감이 실제로는 남자에게 관심이 많다는 것을 알 수 있지.
[6] → 새로운 사건의 시작을 알리며 분위기를 전환시키고 있어.

수능 만점 선생님

일이 언제 '시작된' 것은 귀신밖에 모르니까.

그것은 다른 일이 아니라 밤이 깊어서 새로 한 점이 되어 모든 기숙생들이 달고 곤한 잠에 떨어졌을 제 난데없는 깔깔대는 웃음과 속살속살하는 말낱이 새어 흐르는 일이었다.❼ 하룻밤이 아니고 이틀 밤이 아닌 다음에야 그런 소리가 잠귀 밝은 기숙생의 귀에 들리기도 하였지만, 자던 잠결이라 뒷동산에 구르는 마른 잎의 노래로나, 달빛에 날개를 번뜩이며 울고 가는 기러기의 소리로나 흘려들었다. 그렇지 않으면 도깨비의 장난이나 아닌가 하여 무시무시한 증이 들어서 동무를 깨웠다가 좀처럼 동무는 깨지 않고 제 생각이 너무나 어림없고 어이없음을 깨달으면, 밤소리 멀리 들린다고, 학교 이웃집에서 이야기를 하거나 또 딴 방에 자는 제 동무들의 잠꼬대로만 여겨서 스스로 안심하고 그대로 자 버리기도 하였다.

그러나 이 수수께끼가 풀릴 때는 왔다.❽ 이때 공교롭게 한방에 자던 학생 셋이 한꺼번에 잠을 깨었다. 첫째 처녀가 소변을 보러 일어났다가 그 소리를 듣고, 둘째 처녀와 셋째 처녀를 깨우고 만 것이다.

"저 소리를 들어 보아요. 아닌 밤중에 저게 무슨 소리야."

하고 첫째 처녀는 호동그래진 눈에 무서워하는 빛을 띤다.

"어제 밤에 나도 저 소리에 놀랐었어. 도깨비가 났단 말인가?"

하고, 둘째 처녀도 잠 오는 눈을 비비며 수상해한다. 그중에 제일 나이 많을 뿐더러(많아 보았자 열여덟밖에 아니 되지만) 장난 잘 치고 짓궂은 짓 잘하기로 유명한 셋째 처녀는 동무 말을 못 믿겠다는 듯이 이윽히 귀를 기울이다가,

"딴은 수상한걸. 나도 언젠가 한번 들어 본 법도 하구먼. 무얼 잠 아니 오는 애들이 이야기를 하는 게지."

이때에 그 괴상한 소리는 땍때굴 웃었다. 세 처녀는 으쓱하며 귀를 소스라쳤다. 적적한 밤 가운데 다른 파동 없는 공기는 그 수상한 말마디를 곁에서나 나는 듯이 또렷또렷이 전해 주었다.

"오, 태훈 씨! 그러면 작히^(오죽) 좋을까요."

간드러진 여자의 목소리다.

"경숙 씨가 좋으시다면 내야 얼마나 기쁘겠습니까! 아아, 오직 경숙 씨에게 바

❼ ➡ 기숙사에서 일어난 '괴상한 일'을 청각적 이미지를 통해 생생하게 그리고 있네.

❽ ➡ 사건의 진상이 밝혀질 것을 서술자가 직접 알리고 있어. 이 작품은 전지적 작가 시점으로 쓰였거든.

수능에 나올
수도 있어!

수능 만점 선생님

친 나의 타는 듯한 가슴을 인제야 아셨습니까!"

정열에 뜨인 사내의 목청이 분명하였다. 한동안 침묵…….

"인제 고만 놓아요. 키스가 너무 길지 않아요. 행여 남이 보면 어떡해요."

아양 떠는 여자 말씨.

"길수록 더욱 좋지 않아요. 나는 내 목숨이 끊어질 때까지 키스를 하여도 길다고는 못 하겠습니다. 그래도 짧은 것을 한하겠습니다."

사내의 피를 뽑는 듯한 이 말 끝은 계집의 자지러진 웃음으로 묻혀 버렸다.

그것은 묻지 않아도 사랑에 겨운 남녀의 허물어진 수작이다. 감금이 지독한 이 기숙사에 이런 일이 생길 줄이야! 세 처녀는 얼굴을 마주 보았다. 그들의 얼굴은 놀랍고 무서운 빛이 없지 않았으되 점점 호기심에 번쩍이기 시작하였다. 그들의 머릿속에는 한결같이 로맨틱한 생각이 떠올랐다. 이 안에 있는 여자 애인을 보려고 학교 근처를 뒤돌고 곰돌던 사내 애인이, 타는 듯한 가슴을 걷잡다 못하여 밤이 이슥하기를 기다려 담을 뛰어넘었는지 모르리라.

모든 불이 다 꺼지고 오직 밝은 달빛이 은가루처럼 서리인 창문이 소리 없이 열리며 여자 애인이 흰 수건을 흔들어 사내 애인을 부른지도 모르리라.

활동사진에 보는 것처럼 기나긴 피륙을 내리어서 하나는 위에서 당기고 하나는 밑에 매달려 디룽디룽하면서 올라가는 정경이 있었는지 모르리라.❾

그래서 두 애인은 만나 가지고 저와 같이 사랑의 속살거림에 잦아졌는지 모르리라……. 꿈결 같은 감정이 안개 모양으로 부시게 세 처녀의 몸과 마음을 휩싸 돌았다.

그들의 뺨은 후끈후끈 달았다. 괴상한 소리는 또 일어났다.

"난 싫어요. 난 싫어요. 당신 같은 사내는 난 싫어요."

이번에는 매몰스럽게 내어 대는 모양.

"나의 천사, 나의 하늘, 나의 여왕, 나의 목숨, 나의 사랑, 나를 살려 주어요, 나를 구해 주어요."

사내의 애를 졸리는 간청…….

❾ ➡ 활동사진은 영화를 의미해. 이 시대 사람들도 연애를 주제로 한 영화 등에 이미 익숙해져 있음을 알 수 있지.

수능 만점 선생님

"우리 구경 가 볼까?"

짓궂은 셋째 처녀는 몸을 일으키며 이런 제의를 하였다. 다른 처녀들도 그 말에 찬성한다는 듯이 따라 일어섰으되 의아와 공구(恐懼, 몹시 두려움)와 호기심이 뒤섞인 얼굴을 서로 교환하면서 얼마쯤 망설이다가 마침내 가만히 문을 열고 나왔다. 쌀벌레 같은 그들의 발가락은 가장 조심성 많게 소리 나는 곳을 향해서 곰실곰실 기어간다. 컴컴한 복도에 자다가 일어난 세 처녀의 흰 모양은 그림자처럼 소리 없이 움직였다.

소리 나는 방은 어렵지 않게 찾을 수 있었다. 찾고는 나무로 깎아 세운 듯이 주춤 걸음을 멈출 만큼 그들은 놀랐다. 그런 소리의 출처야말로 자기네 방에서 몇 걸음 안 되는 사감실일 줄이야![10] 그렇듯이 사내라면 못 먹어 하고 침이라도 뱉을 듯하던 B여사의 방일 줄이야. 그 방에 여전히 사내의 비대발괄(억울한 사정을 하소연하면서 간절히 청해 빎)하는 푸념이 되풀이되고 있다……

나의 천사, 나의 하늘, 나의 여왕, 나의 목숨, 나의 사랑, 나의 애를 말려 죽이실 테요. 나의 가슴을 뜯어 죽이실 테요. 내 생명을 맡으신 당신의 입술로……

셋째 처녀는 대담스럽게 그 방문을 빠끔히 열었다. 그 틈으로 여섯 눈이 방 안을 향해 쏘았다. 이 어쩐 기괴한 광경이냐![11] 전등불은 아직 끄지 않았는데 침대 위에는 기숙생에게 온 소위 '러브레터'의 봉투가 너저분하게 흩어졌고 그 알맹이도 여기저기 두서없이 펼쳐진 가운데 B여사 혼자―아무도 없이 제 혼자 일어나 앉았다. 누구를 끌어당길 듯이 두 팔을 벌리고 안경을 벗은 근시안으로 잔뜩 한곳을 노리며 그 굴비쪽 같은 얼굴에 말할 수 없이

⑩ ➡ 사건의 진상이 드러나는 부분이야.
⑪ ➡ 서술자가 사건에 대해 직접 평가를 내리고 있어.

집중!

수능 만점 선생님

애원하는 표정을 짓고는, 키스를 기다리는 것같이 입을 쭝긋이 내어 민 채 사내의 목청을 내어 가면서[12] 아깟말을 중얼거린다. 그러다가 그 넋두리가 끝날 겨를도 없이 급작스레 앵돌아지는 시늉을 내며 누구를 뿌리치는 듯이 연해 손짓을 하면서 이번에는 톡톡 쏘는 계집의 음성을 지어,

"난 싫어요. 당신 같은 사내는 난 싫어요."

하다가 제물에(저 혼자 스스로의 바람에) 자지러지게 웃는다. 그러더니 문득 편지 한 장(물론 기숙생에게 온 '러브레터'의 하나)을 집어 들어 얼굴에 문지르며,

"정 말씀이야요. 나를 그렇게 사랑하셔요. 당신의 목숨같이 나를 사랑하셔요? 나를, 이 나를."

하고 몸을 추스르는데 그 음성은 분명히 울음의 가락을 띠었다.[13]

"에그머니, 저게 웬일이야!"

첫째 처녀가 소곤거렸다.

"아마 미쳤나 보아, 밤중에 혼자 일어나서 왜 저리고 있을꾸."

둘째 처녀가 맞방망이를 친다…….

"에그 불쌍해!"

하고 셋째 처녀는 손으로 고인, 때 모르는 눈물을 씻었다…….[14]

⑫ ➡ 남자 연기를 하는 B사감의 모습을 자세히 묘사함으로써 B사감의 이율배반적인 성격을 더욱 강조하고 있단다.

⑬ ➡ 이중적인 삶을 살고 있는 B사감의 감정을 느낄 수 있어.

⑭ ➡ 세 학생은 B사감을 비웃지 않고 그녀에게 연민을 느껴. B사감의 이중적인 행동은 인간이라면 누구나 가지고 있는 본성이기 때문이지.

내신 준비!

수능 만점 선생님

정리해 볼까요(그룹 채팅)

● 작가에 대해서 알아볼까요?

킬링 포인트

현진건 작가는 1900년 대구에서 태어났어. 일본 세이조 중학, 상해 호강 대학 등에서 수학했으며 조선일보사, 동아일보사 등에서 기자로 일하기도 했지. 현진건 작가는 1920년 〈개벽〉에 「희생화(犧牲化)」를 발표하며 등단했단다. 이상화, 나도향 등의 작가와 함께 동인지 〈백조〉를 창간하기도 했지.

현진건 작가는 「빈처」, 「운수 좋은 날」 등 사실주의적 묘사가 돋보이는 단편 소설들을 남겼어. 「B사감과 러브레터」는 현진건 작가의 다른 단편들과 구별되는 독특한 작품이야. 인물의 상반된 성격을 통해 아이러니를 표현하고, 이를 통해 작품의 주제를 선명히 드러내고 있기 때문이란다.

읽음

현진건 작가의 작품답게 당시 풍습이나 상황, 인물 묘사가 정말 사실적이었어요. 다른 작품들과 비교하며 읽어 봐도 재밌겠어요!

● 작품에 대해서 정리해 보죠!

킬링 포인트

작가 : 현진건
갈래 : 단편 소설, 풍자 소설, 사실주의 소설
배경 : 시간적 – 1920년대 | 공간적 – 경성의 C여학교
시점 : 전지적 작가 시점
주제 : 이중적인 인간성에 대한 풍자
출전 : 〈조선문단〉(1925)

킬링 포인트

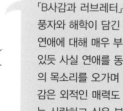
무조건 알아야 해!

「B사감과 러브레터」는 여학교 기숙사라는 제한적인 공간에서 일어난 사건을 풍자와 해학이 담긴 문체로 그려 낸 작품이야. 작중 주인공인 B사감은 남자나 연애에 대해 매우 부정적인 반응을 보이지만, 러브레터를 읽는 모습에서 알 수 있듯 사실 연애를 동경하고 있지. B사감의 상반된 자아는 혼자서 남자와 여자의 목소리를 오가며 러브레터를 읽는 매우 극단적인 형태로 나타나게 돼. B사감은 외적인 매력도 없는 데다가 기숙사라는 제한적인 공간에서 살기에 낮에는 사랑하고 싶은 본능을 눌러야만 해. 밤에 이를 표출하려다 보니 기행을 벌이게 된 거지. B사감의 이중성은 결국 인간 본연의 모습이야. 그렇기에 학생들도 그녀를 동정하지. 이를 이해하면 이 작품에서 휴머니즘을 느낄 수 있단다.

읽음

B사감의 기행은 정말 충격적이었어요! 덕분에 한 인물의 이중성이 그려 내는 아이러니에 대해서는 확실히 이해할 수 있었지요. 이중적인 자아를 어쩌다가 저런 식으로 표출하게 됐을까 불쌍하기도 하고요.

👍100점

● 구조적 접근을 꼭 알아야 해요!

킬링 포인트

발단: 깐깐한 B사감은 학생들을 엄격하게 대함

독신주의자에다 독실한 기독교 신자인 B사감은 학생들을 엄격하게 대하지.

전개: B사감은 러브레터와 남자의 면회를 싫어함

B사감은 학생들이 남자들에게 러브레터를 받는 것을 가장 싫어해. 러브레터를 받은 학생에게 발신인이 누구냐며 추궁하기도 하지. B사감은 심지어 가족의 면회도 막아. 학생들이 동맹 휴학을 하고 교장이 설득해도 소용없지.

위기: 기숙사에서 이상한 소리가 들림

언제부턴가 학생들이 모두 잠든 한밤중에 깔깔거리는 웃음소리나 속닥속닥하는 말소리가 들려오지. 어느 날, 세 학생은 동시에 깨어나 이 소리를 듣게 돼. 학생들은 애인을 보기 위해 남자가 몰래 들어온 게 아닐까 하는 로맨틱한 상상을 하지.

절정: 학생들은 러브레터를 읽는 B사감을 목격함

세 학생은 B사감의 방에서 목소리가 흘러나오는 것을 알고 깜짝 놀라지. 한 학생이 용기를 내서 방문을 열어 본단다. 그러자 학생들에게서 빼앗은 러브레터들과 B사감의 모습이 보여.

결말: B사감의 이중적인 모습을 알게 된 학생들은 연민을 느낌

세 학생은 B사감의 이중적인 모습을 보고 동정과 연민을 느끼지.

OOPS! 읽음

이 작품은 추리 소설식 구성이어서 흥미로웠어요! 발단과 전개 부분에서는 B사감의 깐깐한 모습이 잘 표현되었는데, 절정에서 러브레터를 읽는 상반된 모습이 나오면서 아이러니한 인물의 성격을 더욱 잘 느낄 수 있었어요.

👍100점

● B사감의 뇌 구조를 알아볼까요?

내신·수능 만점 키우기

1 이 작품에 대한 설명으로 <u>옳은</u> 것은?

① 개인과 초월적인 세계의 대립을 갈등의 주축으로 삼고 있다.
② 1인칭 주인공 시점을 통해 개인의 내면을 면밀하게 표현하고 있다.
③ 풍자와 해학을 통해 작품의 극적 효과를 배가시키고 있다.
④ 이야기 속에 이야기가 담긴 액자식 구성을 취하고 있다.
⑤ 현실과는 동떨어진 가상의 공간을 배경으로 하고 있다.

2 다음 중 인물의 성격을 드러내는 방식이 <u>다른</u> 것은?

① 얼굴이 처녀다운 맛이란 약에 쓰려도 찾을 수 없을 뿐 아니라, 시들고 거칠고 마르고 누렇게 뜬 품이 곰팡 슬은 굴비를 생각나게 한다.
② 기숙생들이 오싹 하고 몸서리를 치리만큼 그는 엄격하고 매서웠다.
③ 그는, 들어오는 학생을 잡아먹을 듯이 노리면서 한 걸음 두 걸음 코가 맞닿을 만치 바싹 다가 들어서서 딱 마주선다.
④ "장승이냐? 왜 앉지를 못해." 하고 또 소리를 빽 지르는 법이었다.
⑤ 한참 설법을 하다가 닦지도 않은 방바닥에 그대로 무릎을 꿇고 기도를 올린다.

3 각 소재에 대한 설명으로 옳지 <u>않은</u> 것은?

① 기숙사 : 제한된 공간으로서 모든 사건이 일어나는 공간적 배경이다.
② 러브레터 : B사감의 이중적인 모습을 드러내는 핵심적인 소재다.
③ 면회 : B사감의 변모를 예측할 수 있게 하는 역할을 한다.
④ 활동사진 : 당시 시대상을 파악할 수 있는 소재다.
⑤ B사감의 방 : B사감이 숨겨진 내면의 욕구를 분출하는 공간이다.

4 다음 글에서 묘사하고 있는 사건에 대해 <u>잘못</u> 설명한 것은?

> 그것은 다른 일이 아니라 밤이 깊어서 새로 한 점이 되어 모든 기숙생들이 달고 곤한 잠에 떨어졌을 제 난데없는 깔깔대는 웃음과 속살속살하는 말낱이 새어 흐르는 일이었다.

① 인물의 위선적인 면모가 드러나게 되는 사건이다.
② 작품 후반부에 사건의 진상이 드러나며 극적 효과를 배가시킨다.
③ 제한된 공간에서 일어난 사건으로, 내부의 인물을 통해 진상이 드러난다.
④ 사건의 진상을 알게 된 인물들은 인간적인 연민을 보인다.
⑤ 작가는 사건을 통해 비인간적인 한 개인의 일탈을 풍자한다.

5 이 작품에 등장하는 인물을 대상으로 인터뷰를 진행한다고 할 때, 질문에 대한 대답으로 옳지 <u>않은</u> 것은?

대상	질문	대답
① C학교 학생	B사감의 평판은 어떤가요?	그분은 정말 무섭고 깐깐한 분이에요. 남자를 싫어하시는 게 틀림없어요.
② C학교 교장	B사감에 대해 조처하실 계획은 없으신가요?	가족까지 면회를 안 시켜 주는 건 너무했다 싶었는데, 말을 해도 안 들으니 어쩌겠습니까.
③ 러브레터를 받은 학생	B사감에게 불려 갔을 때 기분이 어땠나요?	저는 잘 모르는 일에 관해 계속 물어보시니까 너무 힘들었어요. 마지막엔 기도까지 하시지 뭐예요.
④ 첫째, 둘째 처녀	B사감의 정체를 알고 나서 무슨 생각이 들었나요?	비웃음이 나오려는 걸 꾹 참았어요. 그냥 우습다는 생각만 들더라고요.
⑤ 셋째 처녀	B사감의 비밀을 발견했을 때 눈물을 흘린 이유는 무엇인가요?	많이 놀라긴 했지만, 안쓰럽다는 생각이 많이 들었거든요.

6 이 작품에서 휴머니즘을 느낄 수 있는 이유는 무엇인지 서술하시오.

> B사감은 이중생활을 하는 위선적 인물이다. 이 작품은 풍자와 해학이 담긴 문체로 B사감의 이율배반적인 모습을 폭로하고 있다. 하지만 이 작품은 B사감의 문제적인 모습을 비난하는 데 그치지 않고, 이를 발견한 세 학생의 반응을 통해 인간적인 연민을 보이고 있다. B사감의 기행은 돌출된 개인의 일탈이 아니라 인간이라면 누구나 보일 수 있는 본연의 모습이기 때문에 학생들 역시 B사감을 조롱하지 않고 연민과 동정을 보이는 것이다. 이러한 반응을 통해 독자들 역시 B사감에게 인간적인 연민을 느끼게 된다.

● **수능 만점 선생님의 감상 꿀팁** ------------------------------------

> 이 작품은 B사감의 상반된 모습이 만들어 내는 아이러니를 해학적 문체와 풍자를 통해 그리고 있어. 마지막에 진상이 드러나는 추리 소설식 구성이 아이러니를 더욱 강조한다는 점도 꼭 기억하자. 마지막 장면을 통해 알 수 있는 이율배반적인 인물상은 인간 본연의 모습이라는 점도 잊어서는 안 되겠지!

미리 들여다보는 인물 X 파일

여기서 잠깐!

고향에 가시니 반가워하는 사람이 있습디까?

반가워하는 사람이 다 뭐기오, 고향이 통 없어졌더마. 참 가슴이 터지드마, 가슴이 터져…….

기차에서 만난 사이

나

그

수능 만점 선생님의 감상 꿀팁!

이 소설은 일제 강점기인 1920년대 중반의 조선 사회를 배경으로, 일제의 수탈로 말미암은 우리 민족의 비참한 삶을 다룬 작품이야. 고향을 떠나 유랑 생활을 하던 '그'가 '나'에게 들려주는 이야기에 귀를 기울여 보자.

고향

#고향을 잃고 떠도는 비참함을 이해하시나요

대구에서 서울로 올라오는 차중에서 생긴 일이다. 나는 나와 마주 앉은 그를 매우 흥미 있게 바라보고 또 바라보았다. 두루마기 격으로 기모노를 둘렀고, 그 안에서 옥양목 저고리가 내어 보이며, 아랫도리엔 중국식 바지를 입었다. 그것은 그네들이 흔히 입는 유지 모양으로 번질번질한 암갈색 피륙으로 지은 것이었다. 그리고 발은 감발을 하였는데 짚신을 신었고, 고부가리로 깎은 머리엔 모자도 쓰지 않았다. 우연히 이따금 기묘한 모임을 꾸미는 것이다. 우리가 자리를 잡은 찻간에는 공교롭게 세 나라 사람이 다 모였으니, 내 옆에는 중국 사람이 기대었다. 그의 옆에는 일본 사람이 앉아 있었다. ==그는 동양 삼국 옷을 한 몸에 감은 보람이 있어 일본 말로 곧잘 철철대이거니와 중국 말에도 그리 서툴지 않은 모양이었다.[1]==

"도꼬마데 오이데 데수까^(어디까지 가십니까)." 하고 첫마디를 걸더니만 동경이 어떠니 대판이 어떠니 조선 사람은 고추를 끔찍이 많이 먹는다는 둥 일본 음식은 너무 싱거워서 처음에는 속이 뉘엿거린다는 둥 횡설수설 지껄이다가 일본 사람이 엄지와 곤지 손가락으로 짧게 끊은 꼿꼿한 윗수염을 비비면서 마지못해 까땍까땍하는 고개와 함께 "소오데수까^(그렇습니까)."란 한마디로 코대답^(탐탁하지 아니거나 대수롭지 아니하게 여겨 건성으로 하는 대답)을 할 따름이요, 잘 받아 주지 않으매 그는 또 중국인을 붙들고서 실랑이를 한다. "니쌍나올취, 니씽섬마." 하고 덤벼 보았으나 중국인 또한 그 기름 낀 뚜우한^(말수가 적고 묵직한) 얼굴에 수수께끼 같은 웃음을 띨 뿐이요 별로 대꾸를 하지 않았건만, 그래도 무에라도 연해 웅얼거리면서 나를 보고 웃어 보

❶ ➡ '그'가 조선, 일본, 중국의 복색이 고루 섞여 있는 남루한 차림인 것으로 보아 고달픈 유랑 생활을 했음을 짐작할 수 있어.

집중!

수능 만점 선생님

었다.

그것은 마치 짐승을 놀리는 요술쟁이가 구경꾼을 바라볼 때처럼 훌륭한 제 재주를 갈채해 달라는 웃음이었다. **나는 쌀쌀하게 그의 시선을 피해 버렸다.❷** 그 주적대는(아는 체하며 요란스럽게 떠들어대는) 꼴이 어줍지 않고 밉살스러웠다. 그는 잠깐 입을 닫치고 무료한 듯이 머리를 덕억덕억 긁기도 하며 손톱을 이로 물어뜯기도 하고 멀거니 창밖을 내다보기도 하다가 암만해도 지절대지 않고는 못 참겠던지 문득 나에게로 향하며 "어디꺼정 가는기오."라고 경상도 사투리로 말을 붙인다.

"서울까지 가오."

"그런기오. 참 반갑구마. 나도 서울꺼정 가는데. 그러면 우리 동행이 되겠구마."

나는 이 지나치게 반가워하는 말씨에 대하여 무어라고 대답할 말도 없고 또 굳이 대답하기도 싫기에 덤덤히 입을 닫쳐 버렸다.

"서울에 오래 살았는기오?"

그는 또 물었다.

"육칠 년이나 됩니다."

조금 성가시다 싶었으되 대꾸 않을 수도 없었다.

"에이구, 오래 살았구마. 나는 처음 길인데 우리 같은 막벌이꾼이 차를 내려서 어디로 찾아가야 되겠는기오? 일본으로 말하면 '기진야도' 같은 것이 있는기오."

하고 그는 답답한 제 신세를 생각했던지 찡그려 보였다. 그때 나는 그의 얼굴이 웃기보다 찡그리기에 가장 적당한 얼굴임을 발견하였다. 군데군데 찢어진 경성드뭇한(많은 수효가 듬성듬성 흩어져 있는) 눈썹이 올올이 일어서며 아래로 축 처지는 서슬에 양미간에는 여러 가닥 주름이 잡히고 광대뼈 위로 뺨살이 실룩실룩 보이자 두 볼은 쪽 빨아든다. 입은 소태나 먹은 것처럼 왼편으로 삐뚤어지게 찢어 올라가고 **조이던 눈엔 눈물이 괸 듯, 삼십 세밖에 안 되어 보이는 그 얼굴이 십 년가량은 늙어진 듯하였다.❸ 나는 그 신산스러운**(보기에 사는 것이 힘들고 고생스러운 데가 있는) 표정에 **얼마쯤 감동이 되어서 그에 대한 반감이 풀리는 듯하였다.❹**

"글쎄요, 아마 노동 숙박소란 것이 있지요."

내신 준비!

❷ ➡ '나'는 첫인상만으로는 '그'를 탐탁지 않게 생각하지.

❸ ➡ '그'는 당시 우리 민족의 비참한 현실을 보여 주는 인물이란다. '그'의 삶을 토대로 일제의 식민지 정책에 대한 작가의 비판 의식이 나타나지.

❹ ➡ '나'와 '그'가 점점 정서적으로 가까워지고 있음을 알 수 있어.

수능 만점 선생님

노동 숙박소에 대해서 미주알고주알 묻고 나서,

"시방 가면 무슨 일자리를 구하겠는기요."

라고 그는 매달리는 듯이 또 재우쳤다.

"글쎄요, 무슨 일자리를 구할 수 있을는지요."

나는 내 대답이 너무 냉랭하고 불친절한 것이 죄송스러웠다. 그러나 일자리에 대하여 아무 지식이 없는 나로서는 이외에 더 좋은 대답을 해 줄 수가 없었던 것이다. 그 대신 나는 은근하게 물었다.

"어디서 오시는 길입니까."

"흥, 고향에서 오누마."

하고 그는 휘 한숨을 쉬었다. 그러자 그의 신세타령의 실마리는 풀려 나왔다. <u>그의 고향</u>❺은 대구에서 멀지 않은 K군 H란 외딴 동리였다. 한 백 호 남짓한 그곳 주민은 전부가 역둔토(역의 급전으로 준 둔토)를 파먹고 살았는데 역둔토로 말하면 사삿집(개인 소유의 집) 땅을 붙이는 것보다 떨어지는 것이 후하였다. 그러므로 넉넉지는 못할망정 평화로운 농촌으로 남부럽지 않게 지낼 수 있었다. 그러나 세상이 뒤바뀌자 그 땅은 전부가 동양 척식 회사의 소유에 들어가고 말았다. 직접으로 회사에 소작료를 바치게나 되었으면 그래도 나으련만 소위 중간 소작인이란 것이 생겨나서 저는 손에 흙 한번 만져 보지도 않고 동척엔 소작인 노릇을 하며 실작인에게는 지주 행세를 하게 되었다. 동척(東拓, 동양 척식 회사)에 소작료를 물고 나서 또 중간 소작인에게 긁히고 보니 실작인의 손에는 소출의 삼 할도 떨어지지 않았다. 그 후로 '죽겠다', '못 살겠다' 하는 소리는 중이 염불하듯 그들의 입길에서 오르내리게 되었다. 남부여대(男負女戴, '남자는 지고 여자는 인다.'는 뜻으로 가난한 사람들이 살 곳을 찾아 떠도는 것을 말함)하고 타처로 유리하는 사람만 늘고 동리는 점점 쇠진해 갔다.

지금으로부터 구 년 전 그가 열일곱 살 되던 해 봄에, (그의 나이는 실상 스물여섯이었다. 가난과 고생이 얼마나 사람을 늙히는가.) 그의 집안은 살기 좋다는 바람에 서간도로 이사를 갔다. 쫓겨 가는 운명이거든 어디를 간들 신신하랴. 그곳의 비옥한 전야도 그들을 위하여 열려질 리 없었다. 조금 좋은 땅은 먼저 간 이가 모조리 차지를 하였고 황무지는 비록 많다 하나, 그곳 당도하던 날부터 아침거리 저녁거리 걱정이라 무슨 행세로 적어도 일 년이란 장구한 세월을 먹고 입어 가며

❺ ➡ 일제의 수탈로 고향을 잃고 유랑하며 참담한 삶을 살아가는 사람들이 많아졌지.

거친 땅을 풀 수가 있으랴. 남의 밑천을 얻어서 농사를 짓고 보니 가을이 되어 얻는 것은 빈주먹뿐이었다. 이태^(두 해) 동안을 사는 것이 아니라 억지로 버티어 갈 제 그의 아버지는 우연히 병을 얻어 타국의 외로운 혼이 되고 말았다. 열아홉 살밖에 안 된 그가 홀어머니를 모시고 악으로 악으로 모진 목숨을 이어 가는 중 사년이 못 되어 영양 부족한 몸이 심한 노동에 지친 탓으로 그의 어머니 또한 죽고 말았다.

"모친꺼정 돌아갔구마.", "돌아가실 때 흰 죽 한 모금 못 자셨구마." 하고 이야기하던 이는 문득 말을 뚝 끊는다. 그의 눈이 번들번들함은 눈물이 쏟아졌음이리라. 나는 무엇이라고 위로할 말을 몰랐다. 한동안 머뭇머뭇이 있다가 나는 차를 탈 때에 친구들이 사 준 정종 병마개를 빼었다. 찻잔에 부어서 그도 마시고 나도 마셨다. 악착한 운명이 던져 준 깊은 슬픔을 술로 녹이려는 듯이 연거푸 다섯 잔을 마신 그는 다시 말을 계속하였다. 그 후 그는 부모 잃은 땅에 오래 머물기 싫었다. 신의주로 안동현으로 품을 팔다가 일본으로 또 벌이를 찾아가게 되었다. 구주 탄광에 있어도 보고 대판 철공장에도 몸을 담아 보았다. 벌이는 조금 나았으나 외롭고 젊은 몸은 자연히 방탕해졌다. 돈을 모으려야 모을 수 없고 이따금 울화만 치받치기 때문에 한곳에 주접^(住接, 한때 머물러 삶)을 하고 있을 수 없었다. 화도 나고 고국산천이 그립기도 하여서 훌쩍 뛰어나왔다가 오래간만에 고향을 둘러 보고 벌이를 구할 겸 서울로 올라가는 길이라 한다.

"고향에 가시니 반가워하는 사람이 있습디까?"

나는 탄식하였다.

"반가워하는 사람이 다 뭐기오, 고향이 통 없어졌더마."^⑥

"그렇겠지요. 구 년 동안이면 퍽 변했겠지요."

"변하고 뭐고 간에 아무것도 없더마. 집도 없고 사람도 없고 개 한 마리도 얼씬을 않더마."

"그러면 아주 폐농이 되었단 말씀이오?"

"흥, 그렇구마. 무너지다가 담만 즐비하게 남았즈마. 우리 살던 집도 터야 안 남았겠는기오."

하고 그의 찌는 듯한 목은 높아졌다.

내신 준비!

⑥ ➡ 일제의 수탈로 농토를 빼앗기고 황폐해진 고향의 모습을 보여 주는 부분이야.

수능 만점 선생님

"썩어 넘어진 서까래, 뚤뚤 구르는 주춧는! 꼭 무덤을 파서 해골을 헐어 젖혀 놓은 것 같더마. 세상에 이런 일도 있는기오? 백여 호 살던 동리가 십 년이 못 되어 통 없어지는 수도 있는기오, 후!"

하고 그는 한숨을 쉬며 그때의 광경을 눈앞에 그리는 듯이 멀거니 먼 산을 보다가 내가 따라 준 술을 꿀꺽 들이켜고,

"참! 가슴이 터지드마, 가슴이 터져."

하자마자 굵직한 눈물 뒤 방울이 뚝뚝 떨어진다.

나는 그 눈물 가운데 음산하고 비참한 조선의 얼굴[7]을 똑똑히 본 듯싶었다.

이윽고 나는 이런 말을 물었다.

"그래, 이번 길에 고향 사람은 하나도 못 만났습니까."

"하나 만났구마, 단지 하나."

"친척 되시는 분이던가요."

"아니구마, 한 이웃에 살던 사람이구마."

하고 그의 얼굴은 더욱 침울해진다.

"여간 반갑지 않으셨겠지요."

"반갑다마다, 죽은 사람을 만난 것 같더마. 더구나 그 사람은 나와 까닭도 좀 있던 사람인데……."

"까닭이라니?"

"나와 혼인 말이 있던 여자구마."

"하!"

나는 놀란 듯이 벌린 입이 닫히지 않았다.

"그 신세도 내 신세만이나 하구마."

하고 그는 또 이야기를 계속하였다. 그 여자[8]는 자기보다 나이 두 살 위였는데 한 이웃에 사는 탓으로 같이 놀기도 하고 싸우기도 하며 자라났었다. 그가 열네 살 적부터 그들 부모 사이에 혼인 말이 있었고 그도 어린 마음에 매우 탐탁하게 생각하였었다. 그런데 그 처녀가 열일곱 살 된 겨울에 별안간 간 곳을 모르게 되었다. 알고 보니 그 아비 되는 자가 이십 원을 받고 대구 유곽(창녀들이 모여서 몸을 팔던 집이나 그 구역)에 팔아먹은 것이었다. 그 소문이 퍼지자 그 처녀 가족은 그 동리에서

⓻ → 우리 민족과 조국의 모습을 뜻해.
⓼ → 또 다른 조선의 얼굴로, 당대 여성들의 비참한 삶의 모습을 보여 주지.

집중!

수능 만점 선생님

못 살고 멀리 이사를 갔는데 그 후로는 물론 피차에 한 번 만나 보지도 못하였다. 이번에야 빈터만 남은 고향을 구경하고 돌아오는 길에 읍내에서 그 아내 될 뻔한 댁과 마주치게 되었다. 처녀는 어떤 일본 사람 집에서 아이를 보고 있었다. 궐녀(厥女, 말하는 이와 듣는 이가 아닌 여자를 이르는 삼인칭 대명사)는 이십 원 몸값을 십 년을 두고 갚았건만 그래도 주인에게 빚이 육십 원이나 남았었는데 몸에 몹쓸 병이 들고 나이 늙어져서 산송장이 되니까 주인 되는 자가 특별히 빚을 탕감해 주고 작년 가을에야 놓아 준 것이었다. 궐녀도 자기와 같이 십 년 동안이나 그리던 고향에 찾아오니까 거기에는 집도 없고 부모도 없고 쓸쓸한 돌무더기만 눈물을 자아낼 뿐이었다. 하루해를 울어 보내고 읍내로 들어와서 돌아다니다가 십 년 동안에 한 마디 두 마디 배워 두었던 일본 말 덕택으로 그 일본 집에 있게 되었던 것이었다.

"암만 사람이 변하기로 어째 그렇게도 변하는기오? 그 숱 많던 머리가 훌렁 다 벗어졌더마. 눈은 푹 들어가고 그 이들이들하던 얼굴빛도 마치 유산을 끼얹은 듯하더마."

"서로 붙잡고 많이 우셨겠지요."

"눈물도 안 나오드마. 일본 우동 집에 들어가서 둘이서 정종만 따라 마시고 헤어졌구마."

하고 가슴을 짜는 듯이 괴로운 한숨을 쉬더니만 그는 지낸 슬픔을 새록새록이 자아내어 마음을 새기기에 지쳤음이더라.

"이야기를 다 하면 무얼 하는기오."

하고 쓸쓸하게 입을 다문다. 나 또한 너무도 참혹한 사람살이를 듣기에 쓴 물이 났다.❾

"자, 우리 술이나 마저 먹읍시다."

하고 우리는 서로 주거니 받거니 한 되 병을 다 말리고 말았다. 그는 취흥에 겨워서 우리가 어릴 때 멋모르고 부르던 노래를 읊조렸다.

볏섬이나 나는 전토는
신작로가 되고요ㅡ.

❾ ➡ '나'는 처음에는 '그'의 기이한 복장과 행동에 반감을 보였지만, '그'의 이야기를 듣고 난 후에는 깊은 연민과 슬픔을 느끼고 있어.

말마디나 하는 친구는
감옥소로 가고요—.[10]
담뱃대나 떠는 노인은
공동묘지 가고요—.
인물이나 좋은 계집은
유곽으로 가고요—.[11]

[10] → 일제의 정책을 비판하는 지식인은 감옥에 간다는 뜻이지.
[11] → 아름다운 여성은 결국 창기가 될 수밖에 없다는 뜻이야. 이 민요는 암울한 시대 상
황에서 우리 민족이 겪은 수난과 고통을 압축적으로 보여 준다.

수능 만점 선생님

정리해 볼까요(그룹 채팅)

● **작가에 대해서 알아볼까요?**

킬링 포인트

현진건 작가는 1900년 대구에서 태어났어. 일본 세이조 중학, 상해 호강 대학 등에서 수학했으며 조선일보사, 동아일보사 등에서 기자로 일하기도 했지. 현진건 작가는 1920년 〈개벽〉에 「희생화(犧牲化)」를 발표하며 등단했단다. 이상화, 나도향 등의 작가와 함께 동인지 〈백조〉를 창간하기도 했지. 대표작으로는 「빈처」, 「술 권하는 사회」, 「운수 좋은 날」, 「불」, 「B사감과 러브레터」, 「고향」과 장편 소설 『적도』, 『무영탑』 등을 꼽을 수 있단다.

현진건 작가는 김동인 작가와 함께 근대 단편 소설의 선구자로 꼽히고, 염상섭 작가와 함께 사실주의를 개척한 작가로 평가받아. 그의 소설은 식민지 치하에서 핍박받는 우리 민족의 참상을 사실주의 작가로서 정확하고 섬세한 문체로 표현하고 있단다.

읽음

아하! 어쩐지 「고향」에서도 등장인물의 슬픈 삶을 사실적으로 표현했다고 생각했어요!

● **작품에 대해서 정리해 보죠!**

킬링 포인트

작가 : 현진건
갈래 : 단편 소설, 액자 소설, 사실주의 소설
배경 : 시간적 – 일제 강점기 | 공간적 – 서울행 열차 안
시점 : 1인칭 관찰자 시점
주제 : 일제의 수탈로 말미암은 우리 민족의 참혹한 삶
출전 : 〈조선일보〉(1926)

킬링 포인트

무조건 알아야 해!

이 소설은 일제 강점기인 1920년대 조선 사회를 배경으로 하고 있어. 일제의 수탈로 황폐해진 농촌과 고향을 잃고 참담한 삶을 살아가는 우리 민족의 모습을 사실적으로 보여 주는 작품이지. 기차 안에서 '나'는 '그'의 행동을 탐탁지 않게 여기지만, '그'의 이야기를 들으면서 깊은 연민을 느끼게 돼. 그리고 일제의 수탈로 비참해진 조선의 현실을 되새겨 보며 '그'의 이야기에 공감하게 되지. 또한 이 소설은 '나'와 '그' 사이의 바깥 이야기와 '그'가 겪은 안 이야기로 나누어지는 액자식 구성을 보이고 있어. '그'의 이야기를 통해 식민지 현실이 얼마나 개인의 삶을 비참하게 만들었는지 사실적으로 느낄 수 있단다. 그래서 이 소설을 사실주의 문학의 전형이라고 하지.

읽음

이 소설 속의 이야기는 비단 한 사람의 인생이 아닌, 그 시대 우리 민족의 아픈 삶이라는 것을 느꼈어요.

발단: '나'는 서울행 기차 안에서 '그'를 만남
'나'는 서울행 기차 안에서 동양 3국의 옷을 한 몸에 감은 듯한 '그'를 보게 돼. 처음에 '나'는 '그'의 모습을 탐탁지 않게 여기지. '그'는 일본인, 중국인과의 대화가 여의치 않자 '나'에게 말을 건단다.

전개: '나'는 '그'의 사정을 듣게 됨
'나'는 '그'와 대화를 나누게 되고, '그'의 신산스러운 모습에 동정을 느끼게 돼. 그러고는 '그'의 사정을 듣게 되지.

위기: '그'는 고향을 잃고 유랑 생활을 하던 이야기를 들려줌
'그'는 신세타령을 시작하면서 농토를 잃고 떠돌게 된 기구한 이야기를 들려주지. '그'는 유랑 생활을 하며 힘들게 돈을 벌지만, 결국 가진 것 없이 황폐해진 고향으로 돌아오게 돼.

절정: '그'는 옛 연인을 다시 만난 이야기를 들려줌
'그'는 옛 연인과 고향에서 다시 만나게 돼. 하지만 그녀도 자신 못지않게 비참한 인생을 살았다는 것을 알게 되지.

결말: '그'는 술에 취해 민요를 흥얼거림
'그'의 이야기를 듣던 '나'도 깊은 슬픔을 느끼지. '그'는 쓸쓸하게 이야기를 마치며 '나'에게 술을 권해. 그러고는 어릴 때 멋모르고 부르던 민요를 흥얼거린단다.

OOPS!

'그'가 '나'에게 들려주는 이야기가 작가가 전하고자 한 메시지라고 생각해요. '그'의 이야기를 들으며 점점 깊게 공감하는 '나'의 모습에도 주목해야겠어요.

👍100점

● '나'의 뇌 구조를 알아볼까요?

1 이 작품에 대한 설명으로 옳지 **않은** 것은?

① '나'는 서울로 가는 기차 안에서 '그'의 이야기를 듣게 된다.
② 시점은 1인칭 관찰자 시점이다.
③ 인물 간의 갈등을 중심으로 사건이 전개된다.
④ 이야기 속에 이야기를 담은 액자식 구성을 취하고 있다.
⑤ '그'는 당시 우리 민족의 비참한 현실을 보여 주는 인물이다.

2 1920년대 조선의 현실을 고려했을 때, 이 작품의 제목인 '고향'이 상징하는 것으로 옳은 것은?

① 지배 계급의 착취와 억압으로 비참한 농민들의 삶을 상징한다.
② '그'의 행복했던 과거를 상기시키는 곳이다.
③ 암울한 분위기에서도 가족 간의 유대감을 형성했던 곳이다.
④ 일제의 수탈에 적극적으로 저항했던 곳이다.
⑤ 일제의 수탈로 황폐해진 조선 농촌과 고향을 잃은 사람들을 상징하는 곳이다.

3 이 작품에서 '그'에 대한 '나'의 첫인상으로 옳은 것은?

① '그'의 신산스러운 모습이 안쓰러웠다.
② '그'의 개방적인 성격에 호감을 느꼈다.
③ '그'의 기이한 복장과 행동을 탐탁지 않게 여겼다.
④ 심심하던 차에 말동무가 생겨 반가웠다.
⑤ '그'의 유창한 외국어 실력에 감탄했다.

4 다음 글을 바탕으로 이 작품의 구성을 세 부분으로 나누어 서술하시오.

> 「고향」은 이야기 속에 이야기를 담은 액자식 구성을 취하고 있는데, '나'와 '그' 사이의 바깥 이야기와 '그'에게 벌어지는 안 이야기로 나눌 수 있다. 바깥 이야기는 안 이야기를 하기 위한 액자의 기능을 한다. 따라서 실질적으로 작가가 다루고자 하는 이야기는 안 이야기라고 할 수 있다. 이러한 액자식 구성을 통해 작가의 현실 비판 의식을 엿볼 수 있다.

 처음: 서울로 가는 열차 안에서 '나'가 '그'의 신세타령을 듣게 된 경위를 서술한 부분이다.
중간: 고향을 떠난 '그'의 비참한 유랑 생활을 서술한 부분이다.
끝: 술에 취한 '그'가 민요를 부르는 부분이다.

5 이 작품의 상징적인 의미를 해석한 것으로 옳지 <u>않은</u> 것은?

질문	답
'그'의 3개국 복장은 무엇을 상징하는가?	① '그'가 고향을 잃고 떠돌이 생활을 했다는 것을 말해 준다.
'조선의 얼굴'은 무엇을 상징하는가?	② 우리 민족의 얼굴, 즉 비참한 현실을 나타낸다.
민요의 의미는 무엇인가?	③ 당시 사회상을 집약적으로 제시해 주제를 압축하는 역할을 한다.
'그'의 옛 연인은 어떤 인물인가?	④ 자신의 신념에 따라 부정적인 현실에 적극적으로 대항하는 인물이다.
제목인 '고향'은 무엇을 상징하는가?	⑤ '그'의 고향은 우리 모두의 고향, 즉 잃어버린 조국이라고 할 수 있다.

6 다음 글의 괄호 안에 들어갈 말을 차례대로 알맞게 짝지은 것은?

> 「고향」은 일제 강점기 때 우리 농민들의 비참한 생활상을 형상화한 작품이다. 작가는 (   ) (이)라는 인물을 통해 당시 황폐화된 농촌과 고향을 잃은 사람들의 생활상을 고발하고 있다. 이러한 점은 (   ) 문학의 전형을 잘 보여 준다.

① 나, 낭만주의　　② 그, 민족주의　　③ 그, 사실주의　　④ 그녀, 표현주의　　⑤ 그, 사실주의

7 이 작품은 작가의 현실 고발정신을 엿볼 수 있는 사실주의 소설이다. 그렇다면 작가는 어떤 역사적 사실을 비판하고 있는지 간략히 서술하시오.

내신 준비!

> 고향을 잃고 유랑 생활을 하던 '그'를 통해 1920년대 일제 강점기, 즉 일제의 수탈로 고향을 잃은 우리 민족의 참담한 삶을 형상화해 당시 일제의 식민지 정책을 비판하고 있다.

● **수능 만점 선생님의 감상 꿀팁**

> 이 작품은 일제 강점기인 1920년대 조선 사회와 일제의 수탈로 참담하게 살아가는 우리 민족의 모습을 보여 준다는 점을 기억하자. 그리고 액자식 구성을 통해 작가가 우리에게 전하고자 하는 이야기는 '그'의 이야기, 즉 액자 안의 이야기라는 것도 놓치지 말자.

미리 들여다보는 인물 X 파일

여기서
잠깐!

이놈의 조선 사회! 내가 할 수 있는 일은 그저 술을 들이키는 것밖에 없구나!

남편이 돌아와서 팔자가 펼 줄 알았건만……. 왜 술만 마시는 거지?

부부 사이

남편

아내

수능 만점 선생님의 감상 꿀팁!

이 소설은 일제 강점기를 살아가던 지식인의 좌절과 분노를 그린 작품이야. 아내의 시점에서 이야기가 진행되고 있다는 점에 주의하며, 당대 지식인인 남편의 생각을 능동적으로 파악해 보자.

술 권하는 사회

#취하지 않으면 오늘과 이 시대를 버틸 수 없구나

"아이그, 아야."

홀로 바느질을 하고 있던 아내는 얼굴을 살짝 찌푸리고 가늘고 날카로운 소리로 부르짖었다. 바늘 끝이 왼손 엄지손가락 손톱 밑을 찔렀음이다. 그 손가락은 가늘게 떨고 하얀 손톱 밑으로 앵두 빛 같은 피가 비친다. 그것을 볼 사이도 없이 아내는 얼른 바늘을 빼고 다른 손 엄지손가락으로 그 상처를 누르고 있다. 그러면서 하던 일가지를 팔꿈치로 고이고이 밀어 내려놓았다. 이윽고 눌렀던 손을 떼어 보았다. 그 언저리는 인제 다시 피가 아니 나려는 것처럼 혈색이 없다. 하더니, 그 희던 꺼풀 밑에 다시금 꽃물이 차츰차츰 밀려온다. 보일 듯 말 듯한 그 상처로부터 좁쌀 낱 같은 핏방울이 송송 솟는다. 또 아니 누를 수 없다. 이만하면 그 구멍이 아물었으려니 하고 손을 떼면 또 얼마 아니 되어 피가 비치어 나온다.

인제 헝겊 오락지(오라기. 새끼나 종이 따위의 좁고 긴 조각)로 처매는 수밖에 없다. 그 상처를 누른 채 그는 바느질고리에 눈을 주었다. 거기 쓸 만한 오락지는 실패 밑에 있다. 그 실패를 밀어내고 그 오락지를 두 새끼손가락 사이에 집어 올리려고 한동안 애를 썼다. 그 오락지는 마치 풀로 붙여 둔 것같이 고리 밑에 착 달라붙어 세상 집혀지지 않는다. 그 두 손가락은 헛되이 그 오락지 위를 긁적거리고 있을 뿐이다.

"왜 집혀지지를 않아!" ❶

그는 마침내 울듯이 부르짖었다. 그리고 그것을 집어 줄 사람이 없나 하는 듯이 방 안을 둘러보았다. 방 안은 텅 비어 있다. 어느 뉘 하나 없다. 호젓한 허영(虛影. 빈 그림자)만 그를 휩싸고 있다. 바깥도 죽은 듯이 고요하다. 시시로 퐁퐁 하고 떨어

❶ ➜ 아내가 울부짖는 표면적인 이유는 바늘에 찔렸기 때문이야. 하지만 아내의 마음을 힘겹게 하는 근본적인 원인은 남편이지.

아주 중요해!

수능 만점 선생님

지는 수도의 물방울 소리가 쓸쓸하게 들릴 뿐, 문득 전등불이 광채를 더하는 듯 하였다. 벽상에 걸린 패종의 거울이 번들하며, 새로 한 점(예전에 시간을 세던 단위)을 가리키려는 시침이 위협하는 듯이 그의 눈을 쏜다. 그의 남편은 그때껏 돌아오지 않았었다.

아내가 되고 남편이 된 지는 벌써 오랜 일이다. 어느덧 7, 8년이 지났으리라. 하건만 같이 있어 본 날을 헤아리면 단 일 년이 될락 말락 한다. 막 그의 남편이 서울서 중학을 마쳤을 제 그와 결혼하였고, 그러자마자 고만 동경에 부급(負笈, 유학)한 까닭이다.[2] 거기서 대학까지 졸업을 하였다. 이 길고긴 세월에 아내는 얼마나 괴로웠으며 외로웠으랴! 봄이면 봄, 겨울이면 겨울, 웃는 꽃을 한숨으로 맞았고 얼음 같은 베개를 뜨거운 눈물로 데웠다. 몸이 아플 때, 마음이 쓸쓸할 제, 얼마나 그가 그리웠으랴! 하건만 아내는 이 모든 고생을 이를 악물고 참았었다. 참을 뿐이 아니라 달게 받았었다. 그것은 남편이 돌아오기만 하면! 하는 생각이 그에게 위로를 주고 용기를 준 까닭이었다. 남편이 동경에서 무엇을 하고 있나? 공부를 하고 있다. 공부가 무엇인가? 자세히 모른다. 또 알려고 애쓸 필요도 없다.[3] 어찌 하였든지 이 세상에서 제일 좋고 제일 귀한 무엇이라 한다. 마치 옛날이야기에 있는 도깨비의 부자 방망이 같은 것이려니 한다. 옷 나오라면 옷 나오고, 밥 나오라면 밥 나오고, 돈 나오라면 돈 나오고……, 저 하고 싶은 무엇이든지 청해서 아니 되는 것이 없는 무엇을, 동경에서 얻어 가지고 나오려니 하였었다. 가끔 놀러 오는 친척들이 비단옷 입은 것과 금지환(金指環, 금으로 만든 가락지) 낀 것을 볼 때에 그 당장엔 마음 그윽이 부러워도 하였지만 나중엔 '남편만 돌아오면……' 하고 그것에 경멸하는 시선을 던지었다.

남편이 돌아왔다. 한 달이 지나가고 두 달이 지나간다. 남편의 하는 행동이 자기의 기대하던 바와 조금 배치되는 듯하였다. 공부 아니한 사람보다 조금도 다른 것이 없었다. 아니다, 다르다면 다른 점도 있다. 남은 돈벌이를 하는데 그의 남편은 도리어 집안 돈을 쓴다. 그러면서도 어디인지 분주히 돌아다닌다. 집에 들면 정신없이 무슨 책을 보기도 하고, 또는 밤새도록 무엇을 쓰기도 하였다.

"저러는 것이 참말 부자 방망이를 맨드는 것인가 보다."[4]

아내는 스스로 이렇게 해석한다.

또 두어 달 지나갔다. 남편의 하는 일은 늘 한 모양이었다. <mark>한 가지 더한 것은 때때로 깊은 한숨을 쉬는 것뿐이었다.</mark>❺ 그리고 무슨 근심이 있는 듯이 얼굴을 펴지 않았다. 몸은 나날이 축이 나 간다.

"무슨 걱정이 있는고?"

아내는 따라서 근심을 하게 되었다. 하고는 그 여윈 것을 보충하려고 갖가지로 애를 썼다. 곧 될 수 있는 대로 그의 밥상에 맛난 반찬가지를 붙게 하며 또 고

❺ ➜ 일제 강점기를 살아가는 지식인으로서의 고뇌가 드러나는 대목이란다.

음(䑋飮, 고기나 생선을 진한 국물이 나오도록 폭 삶은 곰국) 같은 것도 만들었다. 그런 보람도 없이 남편은 입맛이 없다 하며 그것을 잘 먹지도 않았다.

또 몇 달이 지나갔다. 인제 출입을 뚝 끊고 늘 집에 붙어 있다. 걸핏하면 성을 낸다. 입버릇 모양으로 화난다, 화난다 하였다.

어느 날 새벽, 아내가 어렴풋이 잠을 깨어, 남편의 누웠던 자리를 더듬어 보았다. 쥐이는 것은 이불자락뿐이다. 잠결에도 조금 실망을 아니 느낄 수 없었다. 잃은 것을 찾으려는 것처럼, 눈을 부시시 떴다. 책상 위에 머리를 쓰러뜨리고 두 손으로 그것을 움켜쥐고 있는 남편을 보았다. 흐릿한 의식이 돌아옴에 따라, 남편의 어깨가 덜석덜석 움직임도 깨달았다. 흑, 흑 느끼는 소리가 귀를 울린다. 아내는 정신을 바짝 차리었다. 불현듯이 몸을 일으켰다. 이윽고 아내의 손은 가볍게 남편의 등을 흔들며 목에 걸리고 나오지 않은 소리로,

"왜 이러고 계셔요."

라고 물어보았다.

"……."

남편은 아무 대답이 없다. 아내는 손으로 남편의 얼굴을 괴어 들려고 할 즈음에, 그것이 뜨뜻하게 눈물에 젖는 것을 깨달았다.

또 한 두어 달 지나갔다. 처음처럼 다시 출입이 잦아졌다. 구역이 날 듯한 술 냄새가 밤늦게 돌아오는 남편의 입에서 나게 되었다. 그것은 요사이 일이다. 오늘 밤에도 지금까지 돌아오지 않았다. 초저녁부터 아내는 별별 생각을 다 하면서 남편을 고대고대하고 있었다. 지루한 시간을 속히 보내려고 치웠던 일가지를 또 꺼내었다. 그것조차 뜻같이 아니 되었다. 때때로 바늘이 헛되이 움직이었다. 마침내 그것에 찔리고 말았다.

"어데를 가서 이때껏 오시지 않아!"❻

아내는 이제 아픈 것도 잊어버리고 짜증을 내었다. 잠깐 그를 떠났던 공상과 환영이 다시금 그의 머리에 떠돌기 시작하였다. 이상한 꽃을 수놓은, 흰 보 위에 맛난 요리를 담은 접시가 번쩍인다. 여러 친구와 술을 권커니 잡거니 하는 광경이 보인다. 그의 남편은 미친 듯이 껄껄 웃는다. 나중에는 검은 휘장이 스르르 하는 듯이 그 모든 것이 사라져 버리더니 낭자한 요리상만이 보이기도 하고, 술병

내신 준비!

❻➡ 아내가 울부짖은 근본적인 원인을 알 수 있는 부분이야.

수능 만점 선생님

만 희게 빛나기도 하고, 아까 그 기생이 한 팔로 땅을 짚고 진저리를 쳐 가며 웃는 꼴이 보이기도 하였다. 또한 남편이 길바닥에 쓰러져 우는 것도 보이었다.

"문 열어라!"

문득 대문이 덜컥하고 혀가 꼬부라진 소리로 부르는 듯하였다.

"네."

저도 모르게 대답을 하고 급히 마루로 나왔다. <u>잘못 신은, 발에 아니 맞는 신을 질질 끌면서 대문으로 달렸다.</u>❼ 중문은 아직 잠그지도 않았고 행랑방에 사람이 없지 않지마는 으레 깊은 잠에 떨어졌을 줄 알고 자기가 뛰어나감이었다. 가느름한 손이 어둠 속에서 희게 빗장을 잡고 한참 실랑이를 한다. 대문은 열렸다.

밤바람이 선득하게 얼굴에 안친다. 문밖에는 아무도 없다! 온 골목에 사람의 그림자도 볼 수 없다. 검푸른 밤빛이 허연 길 위에 그믈그믈 깃들었을 뿐이었다.

아내는 무엇에 놀란 사람 모양으로 한참 멀거니 서 있었다. 문득 급거(急遽 몹시 서둘러 급작스러운 모양)히 대문을 닫친다. 마치 그 열린 사이로 악마나 들어올 것처럼…….

"그러면 바람 소리였구먼."

하고 싸늘한 뺨을 쓰다듬으며 해쭉 웃고 발길을 돌리었다.

"아니 내가 분명히 들었는데…… 혹 내가 잘못 보지를 않았나? ……길바닥에 나 쓰러져 있었으면 보이지도 않을 터야…….''

중간 문까지 다다르자 별안간 이런 생각이 그의 걸음을 멈추게 하였다.

"대문을 또 좀 열어 볼까? ……아니야, 내가 헛들었지. 그래도 혹…… 아니야, 내가 헛들었지."

망설거리면서도 꿈꾸는 사람 모양으로 저도 모를 사이에 마루까지 올라왔다. 매우 기묘한 생각이 번개같이 그의 머리에 번쩍인다.

"<u>내가 대문을 열었을 제 나 몰래 들어오지나 않았나……?</u>"❽

과연 방 안에 무슨 소리가 나는 것 같았다. 확실히 사람의 기척이 있다. 어른에게 꾸중 모시러 가는 어린애처럼 조심조심 방문 앞에 왔다. 그리고 문간 아래로 손을 대며 하염없이 웃는다. 그것은 제 잘못을 용서해 줍시사 하는 어린애 같은 웃음이었다. 조심조심 방문을 열었다. 이불이 어째 움직움직하는 듯하였다.

---

❼ → 남편을 향한 아내의 사랑을 느낄 수 있는 대목이란다.

❽ → 객관성과 논리성을 잃은 아내의 생각을 통해 남편을 향한 기다림이 얼마나 큰지 알 수 있어.

집중!

수능 만점 선생님

"나를 속이려고 이불을 쓰고 누웠구먼."

하고 마음속으로 소곤거렸다. 가만히 내려앉는다. 그 모양이 이것을 건드려서는 큰일이 나지요 하는 듯하였다. 이불을 펄쩍 쳐들었다. 빈 요가 하얗게 드러난다. 그제야 확실히 아니 온 줄 안 것처럼,

"아니 왔구먼, 안 왔어!"[9]

라고 울듯이 부르짖었다.

남편이 돌아오기는 새로 두 점이 훨씬 지난 뒤였다. 무엇이 털썩 하는 소리가 들리고 잇달아,

"아씨, 아씨!"

라고 부르는 소리가 귀를 때릴 때에야 아내는 비로소 아직도 앉았을 자기가 이불 위에 쓰러져 있음을 깨달았다. 기실, 잠귀 어두운 할멈이 대문을 열었으리만큼 아내는 깜박 잠이 깊이 들었었다. 하건만 그는 몽경(夢境, 꿈속)에서 방황하는 정신을 당장에 수습하였다. 두어 번 얼굴을 쓰다듬자마자 불현듯 밖으로 나왔다.

남편은 한 다리를 마루 끝에 걸치고 한 팔을 베고 옆으로 누워 있다. 숨소리가 씨근씨근한다. 막 구두를 벗기고 일어나 할멈은 검붉은 상을 찡그려 붙이며,

"어서 일어나 방으로 들어가세요."

라고 한다.

"응, 일어나지."

나리는 혀를 억지로 돌리어 코와 입으로 대답을 하였다. 그래도 몸은 꿈쩍도 않는다. 도리어 그 개개풀린(졸리거나 술에 취해서 눈에 정기가 흐려진) 눈을 자려는 것처럼 스르르 감는다.[10] 아내는 눈만 비비고 서 있다.

"어서 일어나셔요. 방으로 들어가시라니까."

이번에는 대답조차 아니 한다. 그 대신 무엇을 잡으려는 것처럼 손을 내어젓더니,

"물, 물, 냉수를 좀 주어."

라고 중얼거렸다.

할멈은 얼른 물을 따라 이취자(泥醉者, 술이 많이 취한 사람)의 코밑에 놓았건만, 그 사이

내신 준비!

⑨ ➡ 남편의 부재를 실감한 아내의 허탈함이 느껴져.

⑩ ➡ 남편은 정신을 못 차릴 정도로 술에 많이 취했음을 알 수 있어.

수능 만점 선생님

에 벌써 아까 청을 잊은 것같이 취한 이는 물을 먹으려고도 않는다.

"왜 물을 아니 잡수셔요."

곁에서 할멈이 깨우쳤다.

"응, 먹지, 먹어."

하고, 그제야 주인은 한 팔을 짚고 고개를 든다. 한꺼번에 물 한 대접을 다 들이켜 버렸다. 그러고는 또 쓰러진다.

"에그, 또 눕네."

하고, 할멈은 우물로 기어드는 어린애를 안으려는 모양으로 두 손을 내어민다.

"할멈은 고만 가 자게."

주인은 귀찮다는 듯이 말을 한다.

이를 어찌해 하는 듯이 멀거니 서 있는 아내도, 할멈이 고만 갔으면 하였다. 남편을 붙들어 일으킬 생각이야 간절하였지마는, 할멈이 보는데 어찌 그럴 수 없는 것 같았다. 혼인한 지가 7, 8년이 되었으니 그런 파수^(破羞, 기간)야 되었으련만 같이 있어 본 날을 꼽아 보면 그는 아직 갓 시집온 색시였다.[11]

"할멈은 가 자게."

란 말이 목까지 올라왔지만 입술에서 사라지고 말았다. 마음 그윽히 할멈이 돌아가기만 기다릴 뿐이었다.

"좀 일으켜 드려야지."

가기는커녕 이런 말을 하고 할멈은 선웃음을 치면서 마루로 부득부득 올라온다. 그 모양은 마치 '주인 나리가 약주가 취하시거든, 방에까지 모셔다 드려야 제 도리에 옳지요.' 하는 듯하였다.

"자아, 자아."

할멈은 아씨를 보고 히히 웃어 가며, 나리의 등 밑으로 손을 넣는다.

"왜 이래, 왜 이래. 내가 일어날 테야."

하고, 몸을 움직이더니, 정말 주인이 부스스 일어난다. 마루를 쾅쾅 눌러 디디며, 비틀비틀, 곧 쓰러질 듯한 보조^(步調, 걸음걸이의 속도나 모양 따위의 상태)로 방문을 향하여 걸어간다. 와지끈 하며 문을 열어젖히고는 방 안으로 들어간다.

---

⑪ → 이처럼 당대에는 제대로 된 결혼 생활을 하지 않은 채 남편이 유학 가는 경우가 많았어.

집중!

수능 만점 선생님

아내도 뒤따라 들어왔다. 할멈은 중간 턱을 넘어설 제, 몇 번 혀를 차고는, 저 갈 데로 가 버렸다.

벽에 엇비슷하게 기대어 있는 남편은 무엇을 생각하는 듯이 고개를 숙이고 있다. 그의 말라붙은 관자놀이에 펄떡거리는 푸른 맥을 아내는 걱정스럽게 바라보면서 남편 곁으로 다가온다. 아내의 한 손은 양복 깃을, 또 한 손은 그 소매를 잡으며 화한 목성으로,

"자아, 벗으셔요."

하였다.

남편은 문득 미끄러지는 듯이 벽을 타고 내려 앉는다. 그의 쭉 뻗친 발끝에 이 불자락이 저리로 밀려간다.

"에그, 왜 이리 하셔요. 벗자는 옷은 아니 벗으시고."

그 서슬에 넘어질 뻔한 아내는 애달프게 부르짖었다. 그러면서도 같이 따라 앉는다. 그의 손은 또 옷을 잡았다.

"옷이 구겨집니다. 제발 좀 벗으셔요."라고 아내는 애원을 하며 옷을 벗기려고 애를 쓴다. 하나, 취한 이의 등이 천 근같이 벽에 척 들러붙었으니 벗겨질 리가 없다. 애를 쓰다 쓰다 옷을 놓고 물러앉으며,

"원 참, 누가 술을 이처럼 권하였노."[12]

라고 짜증을 낸다.

"누가 권하였노? 누가 권하였노? 흥, 흥."[13]

남편은 그 말이 몹시 귀에 거슬리는 것처럼 곱씹는다.

"그래, 누가 권했는지 마누라가 좀 알아 내겠소?"

하고 낄낄 웃는다. 그것은 절망의 가락을 띤, 쓸쓸한 웃음이었다. 아내도 따라 방긋 웃고는 또 옷을

⑫ ➡ 아내는 술을 마신 게 남편의 의지가 아니라 누군가 남편에게 술을 권했기 때문이라고 생각하고 있어.

⑬ ➡ 남편은 아내를 은연중에 무시하고 있어. 그래서 아내의 말을 비꼬고 있지.

내신 준비!

수능 만점 선생님

잡으며,

"자아, 옷이나 먼저 벗으셔요. 이야기는 나중에 하지요. 오늘 밤에 잘 주무시면 내일 아침에 알으켜 드리지요."

"무슨 말이야, 무슨 말이야. 왜 오늘 일을 내일로 미루어. 할 말이 있거든 지금 해!"

"지금은 약주가 취하셨으니, 내일 약주가 깨시거든 하지요."

"무엇? 약주가 취해서?"

하고 고개를 쩔레쩔레 흔들며,

"천만에, 누가 술에 취했단 말이오. 내가 공연히 이러지, 정신은 말뚱말뚱하오. 꼭 이야기하기 좋을 만해. 무슨 말이든지……, 자아."

"글쎄, 왜 못 잡수시는 약주를 잡수셔요. 그러면 몸에 축이 나지 않아요."

하고 아내는 남편의 이마에 흐르는 진땀을 씻는다.

이취자는 머리를 흔들며,

"아니야, 아니야. 그런 말을 듣자는 것이 아니야."

하고 아까 일을 추상(追想, 지나간 일을 돌이켜 생각함)하는 것처럼, 말을 끊었다가 다시금 말을 이어,

"옳지, 누가 나에게 술을 권했단 말이요? 내가 술이 먹고 싶어서 먹었단 말이요?"

"자시고 싶어 잡수신 건 아니지요. 누가 당신께 약주를 권하는지 내가 알아낼까요? 저…… 첫째는 화증이 술을 권하고, 둘째는 하이칼라(high collar, 서양식 유행을 따르는 일 또는 그런 사람)가 약주를 권하지요. [14]"

아내는 살짝 웃는다. 내가 어지간히 알아맞혔지요 하는 모양이었다.

남편은 고소(苦笑, 쓴웃음. 어이가 없거나 마지못해 웃음을 지음)한다.

"틀렸소, 잘못 알았소. 화증이 술을 권하는 것도 아니고, 하이칼라가 술을 권하는 것도 아니오. 나에게 술을 권하는 것은 따로 있어. 마누라가, 내가 어떤 하이칼라한테나 홀려 다니거나, 그 하이칼라가 늘 내게 술을 권하거니 하고 근심을 했으면 그것은 헛걱정이지. 나에게 하이칼라는 아무 소용도 없소. 나의 소용은 술뿐이오. 술이 창자를 휘돌아, 이것저것을 잊게 만드는 것을 나는 취할 뿐이오."

[14] ➡ 아내는 '누가' 술을 권했느냐에 대해서만 이야기하고 있어. 남편과 아내의 생각이 다르다는 것을 나타내지.

집중!

수능 만점 선생님

하더니, 홀연 어조를 고쳐 감개무량하게,

"아아, 유위유망(有爲有望. 일을 할 만한 능력이 있고 앞으로 잘될 싹수나 희망이 있음)한 머리를 알코올로 마비 아니 시킬 수 없게 하는 그것이 무엇이란 말이오."

하고, 긴 한숨을 내어 쉰다. 물큰물큰한 술 냄새가 방 안에 흩어진다.

아내에게는 그 말이 너무 어려웠다. 고만 묵묵히 입을 다물었다. 눈에 보이지 않는 무슨 벽이 자기와 남편 사이에 깔리는 듯하였다. 남편의 말이 길어질 때마다 아내는 이런 쓰디쓴 경험을 맛보았다. 이런 일은 한두 번이 아니었다. 이윽고 남편은 기막힌 듯이 웃는다.

"흥, 또 못 알아듣는군. 묻는 내가 그르지, 마누라야 그런 말을 알 수 있겠소. 내가 설명해 드리지. 자세히 들어요. 내게 술을 권하는 것은 화중도 아니고 하이칼라도 아니요, 이 사회란 것이 내게 술을 권한다오. 이 조선 사회란 것이 내게 술을 권한다오.⑮ 알았소? 팔자가 좋아서 조선에 태어났지, 딴 나라에 났다면 술이나 얻어먹을 수 있나……."

사회란 무엇인가? 아내는 또 알 수가 없었다. 어찌하였든 딴 나라에는 없고 조선에만 있는 요릿집 이름이려니 한다.⑯

"조선에 있어도 아니 다니면 그만이지요."

남편은 또 아까 웃음을 재우친다(빨리 몰아치거나 재촉하다). 술이 정말 아니 취한 것같이 또렷또렷한 어조로,

"허허, 기막혀. 그 한 분자 된 이상에야 다니고 아니 다니는 게 무슨 상관이야. 집에 있으면 아니 권하고, 밖에 나가야 권하는 줄 아는가 보아. 그런 게 아니야. 무슨 사회란 사람이 있어서 밖에만 나가면 나를 꼭 붙들고 술을 권하는 게 아니야……. 무어라 할까……. 저 우리 조선 사람으로 성립된 이 사회란 것이, 내게 술을 아니 못 먹게 한단 말이오. ……어째 그렇소? ……또 내가 설명을 해 드리지. 여기 회(會)를 하나 꾸민다 합시다. 거기 모이는 사람 놈치고 처음은 민족을 위하느니, 사회를 위하느니 그러는데, 제 목숨을 바쳐도 아깝지 않으니 아니 하는 놈이 하나도 없어.⑰ 하다가 단 이틀이 못 되어 단 이틀이 못 되어……."

한층 소리를 높이며 손가락을 하나씩 둘씩 꼽으며,

⑮ → 남편은 사회의 부조리함 때문에 괴로워하며 무력감을 느끼고 있어.

⑯ → 아내는 '사회'라는 개념을 이해하지 못하고 있어. 이러한 차이가 남편과 아내 사이를 더욱 멀어지게 한다.

⑰ → 1920년대 당시 조선 지식인 사회에 많은 분열이 있었음을 알 수 있어.

내신 준비!

수능 만점 선생님

"되지 못한 명예 싸움, 쓸데없는 지위 다툼질, 내가 옳으니 네가 그르니, 내 권리가 많으니 네 권리 적으니…… 밤낮으로 서로 찢고 뜯고 하지, 그러니 무슨 일이 되겠소. 회뿐이 아니라, 회사이고 조합이고…… 우리 조선 놈들이 조직한 사회는 다 그 조각이지.[18] 이런 사회에서 무슨 일을 한단 말이오. 하려는 놈이 어리석은 놈이야. 적이 정신이 바로 박힌 놈은 피를 토하고 죽을 수밖에 없지. 그렇지 않으면 술밖에 먹을 게 도무지 없지. 나도 전자에는 무엇을 좀 해 보겠다고 애도 써 보았어. 그것이 모두 수포야. 내가 어리석은 놈이었지. 내가 술을 먹고 싶어 먹는 게 아니야. 요사이는 좀 낫지마는 처음 배울 때에는 마누라도 알다시피 죽을 애를 썼지. 그 먹고 난 뒤에 괴로운 것이야 겪어 본 사람이 아니면 알 수 없지. 머리가 지끈지끈 아프고 먹은 것이 다 돌아 올라오고…… 그래도 아니 먹은 것보담 나았어. 몸은 괴로워도 마음은 괴롭지 않았으니까. 그저 이 사회에서 할 것은 주정꾼 노릇밖에 없어……[19]"

"공연히 그런 말 말아요. 무슨 노릇을 못해서 주정꾼 노릇을 해요! 남이라서……."

아내는 부지불식간(不知不識間, 생각하지도 못하고 알지도 못하는 사이)에 흥분이 되어 열기 있는 눈으로 남편을 바라보고 불쑥 이런 말을 하였다. 그는 제 남편이 이 세상에 가장 거룩한 사람이려니 한다. 따라서 어느 뉘보다 제일 잘될 줄 믿는다. 몽롱하나마 그의 목적이 원대하고 고상한 것도 알았다. 얌전하던 그가 술을 먹게 된 것은 무슨 일이 맘대로 아니 되어 화풀이로 그러는 줄도 어렴풋이 깨달았다. 그러나 술은 노상 먹을 것이 아니다. 그러면 패가망신하고 만다. 그러므로 하루바삐 그 화가 풀리었으면, 또다시 얌전하게 되었으면 하는 생각이 그의 머리를 떠날 때가 없었다. 그리고 그날이 꼭 올 줄 믿었다. 오늘부터는, 내일부터는…… 하건만, 남편은 어제도 술이 취하였다. 오늘도 한 모양이다.

자기의 기대는 나날이 틀려 간다. 좇아서 기대에 대한 자신도 엷어 간다. 애달프고 원통한 생각이 가끔 그의 가슴을 누른다. 더구나 수척해 가는 남편의 얼굴을 볼 때에 그런 감정을 걷잡을 수 없었다. 지금 저도 모르게 흥분한 것이 또한 무리가 아니었다.

---

⑱ ➡ 일제 강점기를 살아가던 지식인은 모순적인 사회 상황에 좌절했고, 이는 부정적인 현실 인식으로 이어졌단다.

⑲ ➡ 당대 지식인의 저항이 구체적인 행동으로 나아가지 않고, 분노와 좌절이라는 소극적 단계에 머무르고 있다는 걸 알 수 있어.

집중!

수능 만점 선생님

"그래도 못 알아듣네그려. 참, 사람 기막혀. 본정신 가지고는 피를 토하고 죽든지, 물에 빠져 죽든지 하지, 하루라도 살 수가 없단 말이야. 흉장(胸腸, 가슴)이 막혀서 못 산단 말이야. 에엣, 가슴 답답해."

라고 남편은 소리를 지르고 괴로워서 못 견디는 것처럼 얼굴을 찌푸리며 미친 듯이 제 가슴을 쥐어뜯는다.

"술 아니 먹는다고 흉장이 막혀요?"[20]

남편의 하는 짓은 본체만체하고 아내는 얼굴을 더욱 붉히며 부르짖었다.

그 말에 몹시 놀란 것처럼 남편은 어이없이 아내의 얼굴을 바라보더니 그다음 순간에는 말할 수 없는 고뇌의 그림자가 그의 눈을 거쳐 간다.

"그르지, 내가 그르지. 너 같은 숙맥더러 그런 말을 하는 내가 그르지.[21] 너한테 조금이라도 위로를 얻으려는 내가 그르지. 후후."

스스로 탄식한다.

"아아, 답답해!"

문득 기막힌 듯이 외마디 소리를 치고는 벌떡 몸을 일으킨다. 방문을 열고 나가려 한다. 왜 내가 그런 말을 하였던고? 아내는 불시에 후회하였다.

남편의 저고리 뒷자락을 잡으며 안타까운 소리로,

"왜 어디로 가셔요? 이 밤중에 어디를 나가셔요? 내가 잘못하였습니다. 인제는 다시 그런 말을 아니 하겠습니다. ……그러게 내일 아침에 말을 하자니까……."

"듣기 싫어. 놓아, 놓아요."

하고 남편은 아내를 떠다 밀치고 밖으로 나간다. 비틀비틀 마루 끝까지 가서는 털썩 주저앉아 구두를 신기 시작한다.

"에그, 왜 이리하셔요. 인제 다시 그런 말을 아니 한대도……."

아내는 뒤에서 구두 신으려는 남편의 팔을 잡으며 말을 하였다. 그의 손은 떨고 있었다. 그의 눈에는 단박에 눈물이 쏟아질 듯하였다.

"이건 왜 이래, 저리로 가!"

배앝는 듯이 말을 하고 획 뿌리친다. 남편의 발길이 뚜벅뚜벅 중문에 다다랐

㉑ → 아내는 남편의 비유적인 표현을 이해하지 못하고 엉뚱한 질문을 하고 있어.

㉑ → 남편은 자신을 이해하지 못하는 아내 때문에 더욱 괴로움을 느끼고 결국 집을 떠나게 돼.

내신 준비!

수능 만점 선생님

다. 어느덧 그 밖으로 사라졌다. 대문 빗장 소리가 덜컥 하고 난다. 마루 끝에 떨어진 아내는 헛되어 몇 번,

"할멈! 할멈!"

하고 불렀다. 고요한 밤공기를 울리는 구두 소리는 점점 멀어 간다. 발자취는 어느덧 골목 끝으로 사라져 버렸다. 다시금 밤은 적적히 깊어 간다.

"가 버렸구먼, 가 버렸어!"

그 구두 소리를 영구히 아니 잃으려는 것처럼 귀를 기울이고 있는 아내는 모든 것을 잃었다 하는 듯이 부르짖었다. 그 소리가 사라짐과 함께 자기의 마음도 사라지고, 정신도 사라진 듯하였다. 심신이 텅 비어진 듯하였다. 그의 눈은 하염없이 검은 밤안개를 물끄러미 바라보고 있다. 그 사회란 독한 꼴을 그려 보는 것 같이…….

쏠쏠한 새벽바람이 싸늘하게 가슴에 부딪친다. 그 부딪치는 서슬에 잠 못 자고 피곤한 몸이 부서질 듯이 지긋하였다.

죽은 사람에게서나 볼 수 있는 해쓱한 얼굴이 경련적으로 떨며 절망한 어조로 소곤거렸다.

"그 몹쓸 사회가, 왜 술을 권하는고!"⑳

⑳ ➜ 남편의 말과 상황을 이해하지 못하는 아내의 괴로움이 집약적으로 드러나는 구절이야.

집중!

수능 만점 선생님

정리해 볼까요(그룹 채팅)

● 작가에 대해서 알아볼까요?

킬링 포인트

현진건 작가는 1900년 대구에서 태어났어. 일본 세이조 중학, 상해 호강 대학 등에서 수학했으며 조선일보사, 동아일보사 등에서 기자로 일하기도 했지. 현진건 작가는 1920년 〈개벽〉에 「희생화(犧牲化)」를 발표하며 등단했단다. 이상화, 나도향 등의 작가와 함께 동인지 〈백조〉를 창간하기도 했지.

현진건 작가는 사실적인 묘사와 세련된 구성으로 단편 소설의 기법을 완성한 작가로 평가돼. 「빈처」, 「술 권하는 사회」 등에서 일제 강점기를 살아가는 지식인의 고뇌를 사실적으로 묘사해 호평을 받았지. 당시 지식인 사회에 대해 자조 이상의 비판 의식이 없다는 지적도 있지만, 일제의 검열 때문에 우회적으로 비판할 수밖에 없었던 상황도 고려해야 한단다.

읽음

이 작품은 지식인 사회를 비판하며 당대의 문제점을 지적하고 있군요. 작가 역시 1920년대를 살았던 지식인이다 보니 더욱 사실적으로 느껴지네요!

 100점

● 작품에 대해서 정리해 보죠!

킬링 포인트

작가 : 현진건
갈래 : 단편 소설, 사실주의 소설
배경 : 시간적 – 1920년대 | 공간적 – 서울
시점 : 전지적 작가 시점
주제 : 일제 강점기를 살아가던 지식인의 고뇌
출전 : 〈개벽〉(1921)

킬링 포인트
무조건
알아야 해!

「술 권하는 사회」는 일제 강점기라는 부조리한 시대를 살아야 했던 지식인의 좌절과 고뇌를 그린 작품이야. 아내는 결혼하자마자 동경 유학을 떠난 남편이 귀국만 하면 모든 일이 해결되리라 기대하지. 하지만 남편은 돌아왔는데도 술만 마실 뿐 아무 일도 하지 않아. 어느 날, 술에 잔뜩 취해 들어온 남편에게 아내는 술을 권하는 게 누구냐고 묻지. 남편은 이 사회가 술을 권한다고 대답해. 하지만 아내는 남편의 말을 제대로 이해하지 못하지. 남편은 모이면 싸우기만 하는 조선 지식인들에 대해 비판을 늘어놓고, 이런 사회에서는 주정꾼이 될 수밖에 없다고 한탄해. 아내는 술을 마시지 않으면 되지 않느냐고 대꾸하지. 답답함을 느낀 남편은 아내가 잡는 것도 뿌리치고 집에서 나가 버린단다.

읽음

이 작품을 통해 일제 강점기 지식인들이 느꼈을 좌절과 분노에 대해 조금이나마 이해할 수 있었어요.

 100점

킬링 포인트

발단: 아내는 바느질하며 남편을 기다림

아내는 혼자 바느질하다 손가락을 찔려 짜증을 내. 아내는 남편을 기다리지만, 남편은 늦은 시간까지 돌아오지 않지.

전개: 남편은 유학에서 돌아온 후 술만 마시러 다님

남편은 결혼하자마자 동경으로 유학을 떠났어. 아내는 남편만 돌아오면 생활이 나아지리라고 믿으며 긴 시간을 버티지. 하지만 유학에서 돌아온 남편은 매일 술만 마시러 다녀.

위기: 술에 취한 남편이 집에 돌아옴

남편은 술에 잔뜩 취해 새벽 2시가 되어서야 집에 들어와. 남편은 행랑 할멈의 도움을 거절하고 겨우 방에 들어오지.

절정: 남편은 사회에 대해 한탄하지만, 아내는 이를 이해하지 못함

아내는 누가 술을 권했느냐고 짜증을 내고, 남편은 사회가 술을 권한다며 부조리한 사회와 지식인들을 비판해. 남편은 이런 상황에서는 술을 마시는 것 외에 할 수 있는 일이 없다고 한탄하지만, 아내는 남편이 하는 말을 이해하지 못하지.

결말: 남편은 집을 떠나고 아내는 한탄함

남편은 자신의 말을 이해하지 못하는 아내 때문에 더욱더 답답함을 느끼고 집을 나가 버려. 아내는 몹쓸 사회가 왜 술을 권하느냐며 한탄하지.

OOPS! 읽음

두 사람의 생각 차이가 위기와 절정을 거치며 잘 드러나요. 결국 결말에서는 안타깝게도 남편이 집을 나가 버리는군요!

👍100점

● 남편의 뇌 구조를 알아볼까요?

1 이 작품에 대한 설명으로 옳지 <u>않은</u> 것은?

① 실제 작가의 체험이 녹아 있는 자전적 소설이다.
② 1920년대 일제 강점기 시대의 모순적인 사회상이 드러난다.
③ 액자식 구성을 활용해 작품의 재미를 더하고 있다.
④ 작중 인물은 시대 상황에 대해 소극적인 저항을 보인다.
⑤ 시대적 상황을 엿볼 수 있는 소재가 배치되어 있다.

2 다음 대화를 읽고 유추한 내용으로 가장 옳지 <u>않은</u> 것은?

> "그래도 못 알아듣네그려. 참, 사람 기막혀. 본정신 가지고는 피를 토하고 죽든지, 물에 빠져 죽
> 든지 하지, 하루라도 살 수가 없단 말이야. 흉장이 막혀서 못 산단 말이야. 에엣, 가슴 답답해."
> "술 아니 먹는다고 흉장이 막혀요?"
> "그렇지, 내가 그렇지. 너 같은 숙맥더러 그런 말을 하는 내가 그렇지. 너한테 조금이라도 위
> 로를 얻으려는 내가 그렇지. 후후."

① 남편은 아내에게 뿌리 깊은 혐오감을 느끼고 있다.
② 두 사람의 생각 차이는 원활한 의사소통을 막고 있다.
③ 아내는 남편이 하는 말을 문자 그대로 받아들이고 있다.
④ 지식인 남성과 전통적 여성의 결혼이 이 같은 상황을 만들어 냈다.
⑤ 두 사람의 대화는 남편이 집을 나가는 사건의 원인이 된다.

3 다음 글에서 밑줄 친 부분의 이유를 추측한 것으로 가장 <u>적절한</u> 것은?

> " (…) 그렇지 않으면 술밖에 먹을 게 도무지 없지. (…) 그래도 아니 먹은 것보담 나았어.
> 몸은 괴로워도 마음은 괴롭지 않았으니까. <u>그저 이 사회에서 할 것은 주정꾼 노릇밖에 없
> 어…….</u>"

① 알코올 중독으로 술을 마시지 않으면 금단 증상이 나타나기 때문이다.
② 술을 마시며 조선 사회의 미래에 대해 계획을 세우는 '회'에 참여하기 때문이다.
③ 지식인들과 어울리기 위해 술자리에 나갈 수밖에 없기 때문이다.
④ 아내보다 술집에서 만난 사람들과 마음이 잘 맞기 때문이다.
⑤ 부조리한 사회에 대한 괴로움을 해소하는 수단이 술밖에 없기 때문이다.

4 이 작품을 남편의 시각에서 재구성하려고 한다. 작중 남편의 행동에 속마음을 덧붙이려고 할 때 <u>어색한</u> 것은?

작중 남편의 행동	남편의 속마음
① 한 가지 더한 것은 때때로 깊은 한숨을 쉬는 것뿐이었다. 그리고 무슨 근심이 있는 듯이 얼굴을 펴지 않았다.	'이제 귀국해 내 뜻을 펼쳐 보려고 했는데, 이 사회는 너무나도 참담하군!'
② 아내는 손으로 남편의 얼굴을 괴어 들려고 할 즈음에, 그것이 뜨뜻하게 눈물에 젖는 것을 깨달았다.	'사내로 태어나 아내조차 책임지지 못하는 내가 사회에서 무슨 일을 하겠는가?'
③ 구역이 날 듯한 술 냄새가 밤늦게 돌아오는 남편의 입에서 나게 되었다.	'현실이 이러하니 내가 할 수 있는 건 술에 취하는 것밖에 없어.'
④ 그 말에 몹시 놀란 것처럼 남편은 어이없이 아내의 얼굴을 바라보더니 그다음 순간에는 말할 수 없는 고뇌의 그림자가 그의 눈을 거쳐 간다.	'내가 무슨 생각을 하고 있는지 이 사람은 조금도 이해하지 못했군!'
⑤ 비틀비틀 마루 끝까지 가서는 털썩 주저앉아 구두를 신기 시작한다.	'집에 있어 봤자 답답함만 더할 뿐이야. 차라리 술을 더 마시러 가야겠어.'

5 이 작품은 남편이 아닌 아내의 시선에서 진행된다. 이러한 방식으로 얻을 수 있는 효과는 무엇인지 서술하시오.

내신 준비!

> 아내는 남편의 말과 행동을 이해하지 못한다. 따라서 독자들은 작품에 드러난 정보와 당대 상황에 대한 추론을 통해 남편의 상황을 종합적으로 판단해야 한다. 이러한 과정은 작품을 읽는 재미를 더해 줄 뿐만 아니라 작품에 대한 이해도 풍부하게 만든다.

● **수능 만점 선생님의 감상 꿀팁**

> 이 작품은 부조리한 시대를 살아가야 했던 지식인들의 무력감과 좌절감을 사실적으로 그리고 있어. 아내의 시선에서 남편의 행동과 상황을 이해하기 위해서는 시대적 상황에 대해 적극적으로 추론하는 과정이 필요하단다. 이를 통해 당대 지식인의 상황과 심경을 이해해 보자.

미리 들여다보는 인물 X 파일

이렇게 운이 좋을 수가 있나! 그런데 왜 이렇게 마음이 불안할까?

여보, 오늘은 평소와 느낌이 달라요. 함께 있어 줄 수 없나요?

부부 사이

김 첨지

아내

수능 만점 선생님의 감상 꿀팁!

이 소설은 일제 강점기를 살아가던 소시민 김 첨지의 비극적인 하루를 그리고 있어. '운수 좋은 날'이라는 제목이 주는 효과를 생각하며 감상해 보자.

운수 좋은 날

#설렁탕 한 그릇이 가져다준 행운과 비극

새침하게 흐린 품이 눈이 올 듯하더니 눈은 아니 오고 얼다가 만 비가 추적추적 내리는 날이었다.❶ 이 날이야말로 동소문 안에서 인력거꾼 노릇을 하는 김 첨지에게는 오래간만에도 닥친 운수 좋은 날❷이었다.

문안에, 거기도 문밖은 아니지만 들어간답시는 앞집 마나님을 전찻길까지 모셔다 드린 것을 비롯하여 행여나 손님이 있을까 하고 정류장에서 어정어정하며 내리는 사람 하나하나에게 거의 비는 듯한 눈길을 보내고 있다가 마침내 교원인 듯한 양복쟁이를 동광 학교까지 태워다 주기로 되었다.

첫 번에 삼십 전, 둘째 번에 오십 전. 아침 댓바람에 그리 흔치 않은 일이었다. 그야말로 재수가 옴 붙어서 근 열흘 동안 돈 구경도 못한 김 첨지는 십 전짜리 백동화 서 푼, 또는 다섯 푼이 찰깍 하고 손바닥에 떨어질 제 거의 눈물을 흘릴 만큼 기뻤었다. 더구나 이날 이때에 이 팔십 전이라는 돈이 그에게 얼마나 유용한지 몰랐다. 컬컬한 목에 모주 한 잔도 적실 수 있거니와 그보다도 앓는 아내에게 설렁탕 한 그릇도 사다 줄 수 있음이다.

그의 아내가 기침으로 쿨룩거리기는 벌써 달포(한 달이 조금 넘는 기간)가 넘었다. 조밥도 굶기를 먹다시피 하는 형편이니 물론 약 한 첩 써 본 일이 없다.❸ 구태여 쓰려

❶ ➡ 비 오는 날씨가 어두운 분위기를 형상화하고 있어.
❷ ➡ 이 작품의 제목이자 반어적인 표현(아이러니)을 보여 주는 구절이야.
❸ ➡ 김 첨지 가족의 극심한 가난을 엿볼 수 있는 부분이지.

수능에 나올
수도 있어!

수능 만점 선생님

면 못쓸 바도 아니로되 그는 병이란 놈에게 약을 주어 보내면 재미를 붙여서 자꾸 온다는 자기의 신조에 어디까지 충실하였다. 따라서 의사에게 보인 적이 없으니 무슨 병인지는 알 수 없으나, 반듯이 누워 가지고 일어나기는커녕 새로 모로도 못 눕는 걸 보면 중증은 중증인 듯. 병이 이대도록 심해지기는 열흘 전에 조밥을 먹고 체한 때문이다. 그때도 김 첨지가 오래간만에 돈을 얻어서 좁쌀 한 되와 십 전짜리 나무 한 단을 사다 주었더니 김 첨지의 말에 의지하면 그 오라질 년이 천방지축(天方地軸, 못난 사람이 종작없이 덤벙대는 일)으로 냄비에 대고 끓였다. 마음은 급하고 불길은 달지 않아 채 익지도 않은 것을 그 오라질 년이 숟가락은 고만두고 손으로 움켜서 두 뺨에 주먹덩이 같은 혹이 불거지도록 누가 빼앗을 듯이 처박질하더니만 그날 저녁부터 가슴이 당긴다, 배가 켕긴다 하고 눈을 홉뜨고 지랄병을 하였다. 그때 김 첨

내신 준비!

❹ ➡ 겉으로는 아내를 매몰차게 대하지만, 속으로는 아내를 사랑하는 김 첨지의 태도에서 아이러니를 느낄 수 있어.

수능 만점 선생님

지는 열화와 같이 성을 내며,

"에이, 오라질 년, 조랑복^(짧게 타고난 복력)은 할 수가 없어, 못 먹어 병, 먹어서 병! 어쩌란 말이야! 왜 눈을 바루 뜨지 못해!"

하고 앓는 이의 뺨을 한 번 후려갈겼다. 흡뜬 눈은 조금 바루어졌건만 이슬이 맺히었다.❺ 김 첨지의 눈시울도 뜨끈뜨끈하였다.

이 환자가 그러고도 먹는 데는 물리지 않았다. 사흘 전부터 설렁탕 국물이 마시고 싶다고 남편을 졸랐다.

"이런 오라질 년! 조밥도 못 먹는 년이 설렁탕^❺은. 또 처먹고 지랄병을 하게."

라고 야단을 쳐 보았건만, 못 사 주는 마음이 시원치는 않았다.

인제 설렁탕을 사 줄 수도 있다. 앓는 어미 곁에서 배고파 보채는 세살먹이 개똥이에게 죽을 사 줄 수도 있다. 팔십 전을 손에 쥔 김 첨지의 마음은 푼푼하였다^(모자람이 없이 넉넉하다).

그러나 그의 행운은 그걸로 그치지 않았다. 땀과 빗물이 섞여 흐르는 목덜미를 기름 주머니가 다 된 왜목^(倭木, 광목) 수건으로 닦으며, 그 학교 문을 돌아 나올 때였다. 뒤에서 "인력거!" 하고 부르는 소리가 난다. 자기를 불러 멈춘 사람이 그 학교 학생인 줄 김 첨지는 한 번 보고 짐작할 수 있었다. 그 학생은 다짜고짜로,

"남대문 정거장까지 얼마요."

라고 물었다. 아마도 그 학교 기숙사에 있는 이로 동기 방학을 이용하여 귀향하려 함이리라. 오늘 가기로 작정은 하였건만 비는 오고, 짐은 있고 해서 어찌할 줄 모르다가 마침 김 첨지를 보고 뛰어나왔음이리라. 그렇지 않으면 왜 구두를 채 신지 못해서 질질 끌고, 비록 '고구라' 양복일망정 노박이로 비를 맞으며 김 첨지를 뒤쫓아 나왔으랴.

"남대문 정거장까지 말씀입니까."

하고 김 첨지는 잠깐 주저하였다. 그는 이 우중에 우장도 없이 그 먼 곳을 철벅거리고 가기가 싫었음일까? 처음 것, 둘째 것으로 고만 만족하였음일까? 아니다, 결코 아니다. 이상하게도 꼬리를 맞물고 덤비는 이 행운 앞에 조금 겁이 났음이다. 그리고 집을 나올 제 아내의 부탁이 마음에 켕기었다.❻ 앞집 마나님한테서 부르

---

❺ ➔ 아내를 향한 김 첨지의 애틋한 마음이 드러나는 소재야.

❻ ➔ 김 첨지는 오랜만에 돈을 벌 기회를 잡지만, 아내에 대한 걱정을 떨치지 못해. 이 갈등은 작품 내내 이어지지.

수능에 나올 수도 있어!

수능 만점 선생님

러 왔을 제 병인은 그 뼈만 남은 얼굴에 유월의 생물 같은 유달리 크고 움푹한 눈에 애걸하는 빛을 띠며,

"오늘은 나가지 말아요. 제발 덕분에 집에 붙어 있어요. 내가 이렇게 아픈데……."

라고, 모기 소리같이 중얼거리고 숨을 걸그렁걸그렁 하였다. 그때에 김 첨지는 대수롭지 않은 듯이,

"아따, 젠장맞을 년, 별 빌어먹을 소리를 다 하네. 맞붙들고 앉았으면 누가 먹여 살릴 줄 알아."

하고 훌쩍 뛰어나오려니까 환자는 붙잡을 듯이 팔을 내저으며,

"나가지 말라도 그래, 그러면 일찍이 들어와요."

하고, 목메인 소리가 뒤를 따랐다.

정거장까지 가잔 말을 들은 순간에 경련적으로 떠는 손, 유달리 큼직한 눈, 울 듯한 아내의 얼굴이 김 첨지의 눈앞에 어른어른하였다.

"그래 남대문 정거장까지 얼마란 말이오?"

하고 학생은 초조한 듯이 인력거꾼의 얼굴을 바라보며 혼잣말같이,

"인천 차가 열한 점에 있고 그다음에는 새로 두 점이던가."

라고 중얼거린다.

"일 원 오십 전만 줍시오."

이 말이 저도 모를 사이에 불쑥 김 첨지의 입에서 떨어졌다. 제 입으로 부르고도 스스로 그 엄청난 돈 액수에 놀랐다. 한꺼번에 이런 금액을 불러라도 본 지가 그 얼마 만인가! 그러자 그 돈 벌 용기가 병자에 대한 염려를 사르고 말았다. 설마 오늘 내로 어쩌랴 싶었다. 무슨 일이 있더라도 제일제이의 행운을 곱친 것보다도 오히려 갑절이 많은 이 행운을 놓칠 수 없다 하였다.

"일 원 오십 전은 너무 과한데."

이런 말을 하며 학생은 고개를 기웃하였다.

"아니올시다. 잇수로 치면 여기서 거기가 시오 리가 넘는답니다. 또 이런 진날은 좀 더 주셔야지요."

하고 빙글빙글 웃는 차부의 얼굴에는 숨길 수 없는 기쁨이 넘쳐흘렀다.

내신 준비!

❼ ➡ 김 첨지는 궁핍함 때문에 아내에 대한 걱정을 애써 모르는 척하고 있어.

수능 만점 선생님

"그러면 달라는 대로 줄 터이니 빨리 가요."

관대한 어린 손님은 이런 말을 남기고 총총히 옷도 입고 짐도 챙기러 갈 데로 갔다.

그 학생을 태우고 나선 김 첨지의 다리는 이상하게 거뿐하였다. 달음질을 한다느니보다 거의 나는 듯하였다. 바퀴도 어떻게 속히 도는지 구른다느니보다 마치 얼음을 지쳐 나가는 스케이트 모양으로 미끄러져 가는 듯하였다. 언 땅에 비가 내려 미끄럽기도 하였지만.

이윽고 끄는 이의 다리는 무거워졌다. 자기 집 가까이 다다른 까닭이다. 새삼스러운 염려가 그의 가슴을 눌렀다.[8]

'오늘은 나가지 말아요. 내가 이렇게 아픈데……'

이런 말이 잉잉 그의 귀에 울렸다. 그리고 병자의 움쑥 들어간 눈이 원망하는 듯이 자기를 노리는 듯하였다. 그러자 엉엉하고 우는 개똥이의 곡성[9]을 들은 듯싶다. 딸국딸국 하고 숨 모으는 소리도 나는 듯싶다.

"왜 이러우, 기차 놓치겠구먼."

하고 탄 이의 초조한 부르짖음이 간신히 그의 귀에 들어왔다. 언뜻 깨달으니 김 첨지는 인력거를 쥔 채 길 한복판에 엉거주춤 멈춰 있지 않은가.

"예, 예."

하고, 김 첨지는 또다시 달음질하였다. 집이 차차 멀어갈수록 김 첨지의 걸음에는 다시금 신이 나기 시작하였다. 다리를 재게 놀려야만 쉴 새 없이 자기의 머리에 떠오르는 모든 근심과 걱정을 잊을 듯이.

정거장까지 끌어다 주고 그 깜짝 놀란 일 원 오십 전을 정말 제 손에 쥠에, 제 말마따나 십 리나 되는 길을 비를 맞아 가며 질퍽거리고 온 생각은 아니하고 거저나 얻은 듯이 고마웠다. 졸부나 된 듯이 기뻤다. 제 자식뻘밖에 안 되는 어린 손님에게 몇 번 허리를 굽히며,

"안녕히 다녀옵시오."

라고 깍듯이 재우쳤다.(빨리 몰아치거나 재촉하다)

---

8 ➡ 큰돈을 받아도 아내를 향한 걱정은 여전히 줄어들지 않아.

9 ➡ 비극적인 결말을 암시하는 복선이라고 할 수 있지.

수능에 나올
수도 있어!

수능 만점 선생님

　　그러나 빈 인력거를 털털거리며 이 우중에 돌아갈 일이 꿈밖이었다. 노동으로 하여 흐른 땀이 식어지자 굶주린 창자에서, 물 흐르는 옷에서 어슬어슬 한기가 솟아나기 비롯하매 일 원 오십 전이란 돈이 얼마나 괜찮고 괴로운 것인 줄 절절히 느끼었다. 정거장을 떠나는 그의 발길은 힘 하나 없었다. 온몸이 옹송그려지며 당장 그 자리에 엎어져 못 일어날 것 같았다.

　　"젠장맞을 것, 이 비를 맞으며 빈 인력거를 털털거리고 돌아를 간담. 이런 빌어먹을, 제 할미를 붙을 비가 왜 남의 상판을 딱딱 때려!"

　　그는 몹시 화증을 내며 누구에게 반항이나 하는 듯이 게걸거렸다. 그럴 즈음에 그의 머리엔 또 새로운 광명이 비쳤나니, 그것은 '이러구 갈 게 아니라 이 근처를 빙빙 돌며 차 오기를 기다리면 또 손님을 태우게 되는지도 몰라'란 생각이었다. 오늘 운수가 괴상하게도 좋으니까 그런 요행이 또 한 번 없으리라고 누가 보증하랴. 꼬리를 굴리는 행운이 꼭 자기를 기다리고 있다고 내기해도 좋을 만한 믿음을 얻게 되었다.[10] 그렇다고 정거장 인력거꾼의 등쌀이 무서우니 정거장 앞에 섰을 수는 없었다. 그래 그는 이전에도 여러 번 해 본 일이라 바로 정거장 앞 전차 정류

집중!

⑩ ➡ 김 첨지는 온종일 운수가 좋아서 쉽게 집으로 돌아가지 못하고 있어.

수능 만점 선생님

장에서 조금 떨어지게 사람 다니는 길과 전찻길 틈에 인력거를 세워 놓고 자기는 그 근처를 빙빙 돌며 형세를 관망하기로 하였다. 얼마 만에 기차는 왔고 수십 명이 나 되는 손이 정류장으로 쏟아져 나왔다. 그중에서 손님을 물색하는 김 첨지의 눈 엔 양머리에 뒤축 높은 구두를 신고 망토까지 두른 기생퇴물인 듯, 난봉 여학생인 듯한 여편네의 모양이 눈에 띄었다. 그는 슬근슬근 그 여자의 곁으로 다가들었다.

"아씨, 인력거 아니 타시랍시오?"

그 여학생인지 뭔지가 한참은 매우 태깔(거만한 태도)을 빼며 입술을 꼭 다문 채 김 첨지를 거들떠보지도 않았다. 김 첨지는 구걸하는 거지나 무엇같이 연해연방(끊임 없이 잇따라 자꾸) 그의 기색을 살피며,

"아씨, 정거장 애들보담 아주 싸게 모셔다 드리겠습니다. 댁이 어디신가요?"

하고 추근추근하게도 그 여자가 들고 있는 일본식 버들고리짝에 제 손을 대었다.

"왜 이래, 남 귀찮게."

소리를 벽력같이 지르고는 돌아선다. 김 첨지는 어랍시오 하고 물러섰다.

전차는 왔다. 김 첨지는 원망스럽게 전차 타는 이를 노리고 있었다. 그러나 그 의 예감은 틀리지 않았다. 전차가 빡빡하게 사람을 싣고 움직이기 시작하였을 제 타고 남은 손 하나가 있었다. 굉장하게 큰 가방을 들고 있는 걸 보면 아마 붐비는 차 안에 짐이 크다 하여 차장에게 밀려 내려온 눈치였다. 김 첨지는 대어 섰다.

"인력거를 타실랍시오?"

한동안 값으로 승강이를 하다가 육십 전에 인사동까지 태워다 주기로 하였다. 인력거가 무거워지매 그의 몸은 이상하게도 가벼워졌고 그리고 또 인력거가 가 벼워지니 몸은 다시금 무거워졌건만 이번에는 마음조차 초조해 온다. 집의 광경 이 자꾸 눈앞에 어른거리어 인제 요행을 바랄 여유도 없었다.⑪ 나무 등걸이나 무 엇 같고 제 것 같지도 않은 다리를 연해 꾸짖으며 갈팡질팡 뛰는 수밖에 없었다. 저놈의 인력거꾼이 저렇게 술이 취해 가지고 이 진땅에 어찌 가노, 라고 길 가는 사람이 걱정을 하리만큼 그의 걸음은 황급하였다. 흐리고 비 오는 하늘은 어둠침 침하게 벌써 황혼에 가까운 듯하다.⑫ 창경원 앞까지 다다라서야 그는 턱에 닿은 숨을 돌리고 걸음도 늦추잡았다. 한 걸음 두 걸음 집이 가까워 올수록 그의 마음조

⑪ ➡ 시간이 흐를수록 아내를 향한 걱정이 더 커지고 있어.

⑫ ➡ 날씨를 통해 작품의 분위기를 조성하고 있어.

⑬ ➡ 이 소설은 전지적 작가 시점이어서 스스로는 깨닫지 못한 김 첨지의 마음을 서술 자가 직접 설명하고 있어.

내신 준비!

수능 만점 선생님

차 괴상하게 누그러졌다. 그런데 이 누
그러움은 안심에서 오는 게 아니요 자기
를 덮친 무서운 불행을 빈틈없이 알게
될 때가 박두한 것을 두려워하는 마음에
서 오는 것이다.[13]

그는 불행에 다닥치기(일이나 사건 따위가 가까이 이르기) 전 시간을 얼마쯤이라도 늘리려
고 버르적거렸다. 기적에 가까운 벌이를
하였다는 기쁨을 할 수 있으면 오래 지니
고 싶었다. 그는 두리번두리번 사면을 살
피었다. 그 모양은 마치 자기 집, 곧 불행
을 향하고 달려가는 제 다리를 제 힘으로
는 도저히 어찌할 수 없으니 누구든지 나
를 좀 잡아다고, 구해다고 하는 듯하였다.

그럴 즈음에 마침 길가 선술집에서 그의
친구 치삼이가 나온다. 그의 우글우글 살찐 얼굴
에 주홍이 돋는 듯, 온 턱과 뺨에 시커멓게 구레나룻이 덮였거늘 노르탱탱한 얼굴
이 바짝 말라서 여기저기 고랑이 패이고 수염도 있대야 턱밑에만 마치 솔잎 송이
를 거꾸로 붙여 놓은 듯한 김 첨지의 풍채하고는 기이한 대상을 짓고 있었다.

"여보게 김 첨지, 자네 문안 들어갔다 오는 모양일세그려. 돈 많이 벌었을 테니
한잔 빨리게."

뚱뚱보는 말라깽이를 보던 맡에 부르짖었다. 그 목소리는 몸집과 딴판으로 연
하고 싹싹하였다. 김 첨지는 이 친구를 만난 게 어떻게 반가운지 몰랐다. 자기를
살려 준 은인이나 무엇같이 고맙기도 하였다.

"자네는 벌써 한잔 한 모양일세그려. 자네도 오늘 재미가 좋아 보이."

하고 김 첨지는 얼굴을 펴서 웃었다.

"아따, 재미 안 좋다고 술 못 먹을 낸가. 그런데 여보게, 자네 왼몸이 어째 물독
에 빠진 새앙쥐 같은가. 어서 이리 들어와 말리게."

선술집은 훈훈하고 뜨듯하였다. 추어탕을 끓이는 솥뚜껑을 열 적마다 뭉게뭉
게 떠오르는 흰 김, 석쇠에서 뻐지짓뻐지짓 구워지는 너비아니 구이며 제육이
며 간이며 콩팥이며 북어며 빈대떡…….[14] 이 너저분하게 늘어놓인 안주 탁자에

김 첨지는 갑자기 속이 쓰려서 견딜 수 없었다. 마음대로 할 양이면 거기 있는 모든 먹음 먹이를 모조리 깡그리 집어삼켜도 시원치 않았다 하되 배고픈 이는 위선 분량 많은 빈대떡 두 개를 쪼이기로 하고 추어탕을 한 그릇 청하였다. 주린 창자는 음식 맛을 보더니 더욱더욱 비어지며 자꾸자꾸 들이라 들이라 하였다. 순식간에 두부와 미꾸리 든 국 한 그릇을 그냥 물같이 들이키고 말았다. 셋째 그릇을 받아 들었을 제 데우던 막걸리 곱빼기 두 잔이 더웠다. 치삼이와 같이 마시자 원원이[원래부터] 비었던 속이라 찌르르 하고 창자에 퍼지며 얼굴이 화끈하였다. 눌러 곱빼기 한 잔을 또 마셨다.

김 첨지의 눈은 벌써 개개풀리기 시작하였다. 석쇠에 얹힌 떡 두 개를 숭덩숭덩 썰어서 볼을 불룩거리며 또 곱빼기 두 잔을 부어라 하였다.

치삼은 의아한 듯이 김 첨지를 보며,

"여보게 또 붓다니, 벌써 우리가 넉 잔씩 먹었네, 돈이 사십 전일세."

라고 주의시켰다.

"아따 이놈아, 사십 전이 그리 끔찍하냐. 오늘 내가 돈을 막 벌었어. 참 오늘 운수가 좋았느니."

"그래 얼마를 벌었단 말인가."

"삼십 원을 벌었어, 삼십 원을! 이런 젠장맞을 술을 왜 안 부어…… 괜찮다, 괜찮아. 막 먹어도 상관이 없어. 오늘 돈 산더미같이 벌었는데."[15]

"어, 이 사람 취했군, 그만두세."

"이놈아, 그걸 먹고 취할 내냐, 어서 더 먹어."

하고는 치삼의 귀를 잡아 치며 취한 이는 부르짖었다. 그리고 술을 붓는 열다섯 살 됨직한 중대가리에게로 달려들며,

"이놈, 오라질 놈, 왜 술을 붓지 않어."

라고 야단을 쳤다. 중대가리는 희희 웃고 치삼을 보며 문의하는 듯이 눈짓을 하였다. 주정꾼이 이 눈치를 알아보고 화를 버럭 내며,

"에미를 붙을 이 오라질 놈들 같으니, 이놈 내가 돈이 없을 줄 알고."

하자마자 허리춤을 훔칫훔칫 하더니 일 원짜리 한 장을 꺼내어 중대가리 앞에 펄쩍 집어던졌다. 그 사품에 몇 푼 은전이 잘그랑하며 떨

어진다.

"여보게, 돈 떨어졌네. 왜 돈을 막 끼얹나."

이런 말을 하며 일변 돈을 줍는다. 김 첨지는 취한 중에도 돈의 거처를 살피는 듯이 눈을 크게 떠서 땅을 내려다보다가 불시에 제 하는 짓이 너무 더럽다는 듯이 고개를 소스라치자 더욱 성을 내며,

"봐라 봐! 이 더러운 놈들아, 내가 돈이 없나, 다리 뼉다구를 꺾어 놓을 놈들 같으니."

하고 치삼이 주워 주는 돈을 받아,

"이 원수엣 돈! 이 육시(戮屍, 이미 죽은 사람의 시체에 다시 목을 베는 형벌)를 할 돈!"

하면서 풀매질을 친다. 벽에 맞아 떨어진 돈은 다시 술 끓이는 양푼에 떨어지며 정당한 매를 맞는다는 듯이 쨍하고 울었다.⑯

곱빼기 두 잔은 또 부어질 겨를도 없이 말려 가고 말았다. 김 첨지는 입술과 수염에 붙은 술을 빨아들이고 나서 매우 만족한 듯이 그 솔잎 송이 수염을 쓰다듬으며,

"또 부어, 또 부어."

라고 외쳤다.

또 한 잔 먹고 나서 김 첨지는 치삼의 어깨를 치며 문득 껄껄 웃는다. 그 웃음소리가 어떻게 컸던지 술집에 있는 이의 눈은 모두 김 첨지에게로 몰리었다. 웃는 이는 더욱 웃으며,

"여보게 치삼이, 내 우스운 이야기 하나 할까. 오늘 손을 태우고 정거장에 가지 않았겠나."

"그래서."

"갔다가 그저 오기가 안됐데그려. 그래 전차 정류장에서 어름어름하며 손님 하나를 태울 궁리를 하지 않았나. 거기 마침 마나님이신지 여학생이신지(요새야 어디 논다니와 아가씨를 구별할 수가 있던가) 망토를 잡수시고 비를 맞고 서 있겠지. 슬근슬근 가까이 가서 인력거 타시랍시오 하고 손가방을 받으려니까 내 손을 탁 뿌리치고 홱 돌아서더니만 '왜 남을 이렇게 귀찮게 굴어!' 그 소리야말로 꾀꼬리 소리지, 허허!"

수능에 나올 수도 있어!

⑯ ➤ 돈을 중시하는 자본주의 사회에 대한 작가의 비판 의식이 드러난 부분이란다.

수능 만점 선생님

김 첨지는 교묘하게도 정말 꾀꼬리 같은 소리를 내었다. 모든 사람은 일시에 웃었다.

"빌어먹을 깍쟁이 같은 년, 누가 저를 어쩌나, '왜 남을 귀찮게 굴어!' 어이구 소리가 처신도 없지, 허허."

웃음소리들은 높아졌다. 그러나 그 웃음소리들이 사라지기도 전에 김 첨지는 훌쩍훌쩍 울기 시작하였다.

치삼은 어이없이 주정뱅이를 바라보며,

"금방 웃고 지랄을 하더니 우는 건 또 무슨 일인가."

김 첨지는 연해 코를 들이마시며,

"우리 마누라가 죽었다네."⑰

"뭐, 마누라가 죽다니, 언제?"

"이놈아 언제는, 오늘이지."

"예끼 미친놈, 거짓말 말아."

"거짓말은 왜, 참말로 죽었어, 참말로……. 마누라 시체를 집에 뻐들쳐 놓고 내가 술을 먹다니, 내가 죽일 놈이야, 죽일 놈이야."

하고 김 첨지는 엉엉 소리를 내어 운다.

치삼은 흥이 조금 깨어지는 얼굴로,

"원 이 사람이, 참말을 하나 거짓말을 하나. 그러면 집으로 가세, 가."

하고 우는 이의 팔을 잡아당기었다.

치삼이 끄는 손을 뿌리치더니 김 첨지는 눈물이 글썽글썽한 눈으로 싱그레 웃는다.

"죽기는 누가 죽어."

하고 득의가 양양.

"죽기는 왜 죽어, 생떼(당치도 않은 일에 억지를 부리는 떼)같이 살아만 있단다. 그 오라질 년이 밥을 죽이지. 인제 나한테 속았다."

하고 어린애 모양으로 손뼉을 치며 웃는다.

"이 사람이 정말 미쳤단 말인가. 나도 아주먼네가 앓는단 말은 들었는데.⑱"

---

⑰ → 김 첨지는 아내가 죽었을 수도 있다는 생각을 처음으로 입 밖으로 내고 있어.

⑱ → 김 첨지는 아내의 죽음에 대한 생각을 부정하려고 하지만 불안은 사라지지 않아. 계속 내리는 비는 불안감을 더해 주지.

수능 만점 선생님

하고 치삼이도 어느 불안을 느끼는 듯이 김 첨지에게 또 돌아가라고 권하였다.

"안 죽었어, 안 죽었대도그래."

김 첨지는 화증을 내며 확신 있게 소리를 질렀으되 그 소리엔 안 죽은 것을 믿으려고 애쓰는 가락이 있었다. 기어이 일 원어치를 채워서 곱빼기 한 잔씩 더 먹고 나왔다. 굳은비는 의연히 추적추적 내린다.⑱

김 첨지는 취중에도 설렁탕을 사 가지고 집에 다다랐다. 집이라 해도 물론 셋집이요, 또 집 전체를 세든 게 아니라 안과 뚝 떨어진 행랑방 한 칸을 빌려 든 것인데 물을 길어 대고 한 달에 일 원씩 내는 터이다. 만일 김 첨지가 주기를 띠지 않았던들 한 발을 대문에 들여놓았을 제 그곳을 지배하는 무시무시한 정적, 폭풍우가 지나간 뒤의 바다 같은 정적에 다리가 떨렸으리라. 쿨룩거리는 기침 소리도 들을 수 없다. 그르렁거리는 숨소리조차 들을 수 없다. 다만 이 무덤 같은 침묵을 깨뜨리는, 깨뜨린다느니보다 한층 더 침묵을 깊게 하고 불길하게 하는, 빡빡 하는 그윽한 소리, 어린애의 젖 빠는 소리가 날 뿐이다.⑲ 만일 청각이 예민한 이 같으면 그 빡빡 소리는 빨따름이요, 꿀떡꿀떡하고 젖 넘어가는 소리가 없으니 빈 젖을 빤다는 것도 짐작할는지 모르리라.

혹은 김 첨지도 이 불길한 침묵을 짐작했는지도 모른다. 그렇지 않으면 대문에 들어서자마자 전에 없이,

"이 난장(亂杖, 고려·조선 시대에 신체의 부위를 가리지 아니하고 마구 매로 치던 고문) 맞을 년, 남편이 들어오는데 나와 보지도 않아, 이 오라질 년."⑳

이라고 고함을 친 게 수상하다. 이 고함이야말로 제 몸을 엄습해 오는 무시무시한 증을 쫓아 버리려는 허장성세(虛張聲勢, 실력이 없으면서 허세로 떠벌림)인 까닭이다.

하여간 김 첨지는 방문을 왈칵 열었다. 구역을 나게 하는 추기(추깃물. 송장이 썩어서 흐르는 물), 떨어진 삿자리(갈대를 엮어서 만든 자리) 밑에서 나온 먼지내, 빨지 않은 기저귀에서 나는 똥내와 오줌내, 가지각색 때가 켜켜이 앉은 옷내, 병인의 땀 썩은 내가 섞인 추기가 무딘 김 첨지의 코를 찔렀다.㉑

방 안에 들어서며 설렁탕을 한구석에 놓을 사이도 없이 주정꾼은 목청을 있는 대로 다 내어 호통을 쳤다.

---

⑲ ➡ 죽은 어미의 젖을 빠는 개똥이의 모습이 비참함을 한층 더하고 있어.

⑳ ➡ 김 첨지는 아내의 죽음을 직감했지만 일부러 허세를 부리고 있어.

㉑ ➡ 아내가 죽었다는 사실을 후각적 이미지를 통해 전달하고 있어

수능에 나올 수도 있어!

수능 만점 선생님

"이런 오라질 년, 주야장천(晝夜長川, 밤낮으로 쉬지 않고 연달아) 누워만 있으면 제 일이야! 남
편이 와도 일어나지를 못해."

라는 소리와 함께 발길로 누운 이의 다리를 몹시 찼다. 그러나 발길에 채이는 건
사람의 살이 아니고 나무 등걸과 같은 느낌이 있었다.

이때에 빽빽 소리가 응아 소리로 변하였다. 개똥이가 물었던 젖을 빼어 놓고 운
다. 운대도 온 얼굴을 찡그려 붙여서 운다는 표정을 할 뿐이다. 응아 소리도 입에
서 나는 게 아니고 마치 배 속에서 나는 듯하였다. 울다가 울다가 목도 잠겼고 또
울 기운조차 시진(澌盡, 기운이 쑥 빠져 없어짐)한 것 같다.

발로 차도 그 보람이 없는 걸 보자 남편은 아내의 머리맡으로 달려들어 그야말
로 까치집 같은 환자의 머리를 꺼들어 흔들며,

"이년아, 말을 해, 말을! 입이 붙었어, 이 오라질 년!"

"……."

"으응, 이것 봐, 아무 말이 없네."

"……."

"이년아, 죽었단 말이냐, 왜 말이 없어."

"……."

"으응, 또 대답이 없네. 정말 죽었나 버이."

이러다가 누운 이의 흰 창을 덮은 위로 치뜬 눈을 알아보자마자,

"이 눈깔! 이 눈깔! 왜 나를 바라보지 못하고 천장만 보느냐, 응."

하는 말끝엔 목이 멨다. 그러자 산 사람의 눈에서 떨어진 닭의 똥 같은 눈물이 죽은 이의 뻣뻣한 얼굴을 어룽어룽 적시었다. 문득 김 첨지는 미친 듯이 제 얼굴을 죽은 이의 얼굴에 한데 비벼 대며 중얼거렸다.

"설렁탕을 사다 놓았는데 왜 먹지를 못하니, 왜 먹지를 못하니……. 괴상하게 도 오늘은 운수가, 좋더니만……."[22]

㉒ ➔ 김 첨지의 이 말은 '운수 좋은 날'이라는 제목이 가진 반어적인 표현을 극대화하고 있단다.

정리해 볼까요(그룹 채팅)

● 작가에 대해서 알아볼까요? --

킬링 포인트

현진건 작가는 1900년 대구에서 태어났어. 일본 세이조 중학, 상해 호강 대학 등에서 수학했으며 조선일보사, 동아일보사 등에서 기자로 일하기도 했지. 현진건 작가는 1920년 〈개벽〉에 「희생화(犧牲化)」를 발표하며 등단했단다. 이상화, 나도향 등의 작가와 함께 동인지 〈백조〉를 창간하기도 했지.

사실주의 문학의 기틀을 다졌다는 평가를 받는 현진건 작가는 「빈처」, 「술 권하는 사회」, 「운수 좋은 날」 등 식민지 시대를 사실적으로 그려 낸 단편 소설들과 장편 역사 소설 「무영탑」 등 많은 작품을 남겼어. 특히 그가 남긴 단편 소설의 문장과 구성 등은 근대 단편 소설을 양식화했다는 평가를 받고 있단다.

읽음

「운수 좋은 날」을 읽으며 1920년대 식민지의 아픔을 생생하게 느낄 수 있었던 이유가 있었군요!

👍 100점

● 작품에 대해서 정리해 보죠! --

킬링 포인트

작가 : 현진건
갈래 : 단편 소설, 식민지 소설, 사실주의 소설
배경 : 시간적 – 1920년대 | 공간적 – 경성
시점 : 전지적 작가 시점(부분적으로 3인칭 관찰자 시점)
주제 : 식민지 시절 하층민의 궁핍한 삶과 삶의 아이러니
출전 : 〈개벽〉(1924)

킬링 포인트
무조건
알아야 해!

「운수 좋은 날」은 식민지 시대 전형적인 하층민인 인력거꾼 김 첨지의 하루를 통해 삶의 아이러니를 그려 낸 소설이야. 김 첨지는 아픈 아내에게 제대로 된 밥 한 끼 먹이지 못할 정도로 궁핍해. 그는 아내를 사랑하지만, 겉으로는 제대로 표현하지 못하지. 비가 내리던 어느 날, 김 첨지는 오랜만에 많은 손님을 태우는 '운수 좋은 날'을 맞이하게 돼. 하지만 김 첨지는 불길함을 느끼고 집에 들어가는 대신 친구를 만나 술을 마시지. 그는 아내가 부탁했던 설렁탕을 사서 집으로 돌아가지만, 아내는 이미 죽은 후였어. 운이 좋았던 이날은 사실 아내가 죽은 운수 나쁜 날이었던 거지. 이러한 내용과 제목을 통해 아이러니를 느낄 수 있단다. 또한 이 작품은 사실주의 소설로서 인물의 행동과 상황을 탁월하게 묘사하고 있어. 김 첨지의 궁핍한 삶을 묘사한 부분을 통해 당시 하층민의 삶의 모습도 엿볼 수 있단다.

읽음

가장 운수가 좋았던 날이 알고 보니 가장 비극적인 날이었군요! 이 소설을 읽으니 아이러니, 즉 반어적 상황이 무엇인지 확실하게 이해가 돼요!

👍 100점

칼림 포인트

발단: 김 첨지가 많은 돈을 벌게 됨
인력거꾼 일을 하는 김 첨지는 운수가 좋게도 아침부터 손님을 둘이나 태우게 돼. 김 첨지는 아픈 아내가 집에 있어 달라고 부탁했던 것이 마음에 걸리지만, 아내가 먹고 싶다던 설렁탕을 사 줄 수 있는 돈을 벌 수 있어 뿌듯해하지.

전개: 불안함에 귀가를 서두르려는 김 첨지
김 첨지는 학생 손님을 태우게 되고 큰돈을 받게 돼. 김 첨지는 아내를 생각할 때마다 불길하지만, 애써 모른 척하고 싶어서 다른 손님을 받지. 김 첨지는 우여곡절 끝에 다른 손님을 태워 돌아오게 되지만 불안감은 더욱 커져.

위기: 김 첨지는 집에 들어가는 시간을 늦추기 위해 선술집에서 시간을 보냄
김 첨지는 일을 다 마치고 선술집에서 친구를 만나 술을 마셔. 술에 취한 김 첨지는 아내가 죽었다고 말하며 울다가 아내가 죽었을 리 없다고 반박하는 등 혼란스러운 모습을 보이지.

절정: 김 첨지가 설렁탕을 사 들고 집으로 향함
오랜 시간을 미적거리던 김 첨지는 결국 아내가 부탁한 설렁탕을 사 들고 집으로 향해. 그는 집으로 들어서기도 전에 불길함을 감지하지.

결말: 김 첨지가 아내의 죽음을 알게 됨
김 첨지는 개똥이가 죽은 아내의 젖을 빠는 소리를 듣게 돼. 김 첨지는 화를 내고 죽은 아내를 발로 차기도 하지만 이내 아내의 죽음을 받아들이지.

읽음

제목 '운수 좋은 날'은 발단과 결말 부분에 등장하면서 비극적인 상황을 강조해 주고 있네요!

👍100점

● **김 첨지의 뇌 구조를 알아볼까요?** ----------

조랑복은 할 수가 없어! 조밥도 못 먹는 처지에 설렁탕은 무신!

왜 나가지 말라고 했을까?

설렁탕 한 그릇 사다 줄 수 있겠어.

개똥이에게 죽을 먹여야지.

아내가 죽었을 리 없어.

수능 만점 강사

1 이 작품에 대한 설명으로 옳은 것은?

① 1920년대를 살아가는 하층민들의 희망찬 모습을 그리고 있다.
② 아이러니가 드러나는 제목을 통해 결말의 비극성을 강조하고 있다.
③ 주인공인 김 첨지는 병든 아내보다 돈을 중시하는 인물이다.
④ 낭만적인 묘사를 통해 당대 사회상을 드러내고 있다.
⑤ 1인칭 관찰자 시점을 통해 등장인물의 생각을 명확하게 그려 내고 있다.

2 다음 글에서 밑줄 친 ㉠~㉤에 대한 설명으로 옳지 <u>않은</u> 것을 모두 고르면? (2개)

> "이런 오라질 년! ㉠조밥도 못 먹는 년이 설렁탕은. 또 처먹고 지랄병을 하게."
> 라고 야단을 쳐 보았건만, 못 사 주는 마음이 시원치는 않았다.
> 인제 ㉡설렁탕을 사 줄 수도 있다. 앓는 어미 곁에서 배고파 보채는 세살먹이 개똥이에게
> 죽을 사 줄 수도 있다. ㉢팔십 전을 손에 쥔 김 첨지의 마음은 푼푼하였다.
>
> (…)
>
> 발로 차도 그 보람이 없는 걸 보자 남편은 아내의 머리맡으로 달려들어 그야말로 ㉣까치집
> 같은 환자의 머리를 꺼들어 흔들며,
> "이년아, 말을 해, 말을! 입이 붙었어, 이 오라질 년!"
>
> (…)
>
> "㉤설렁탕을 사다 놓았는데 왜 먹지를 못하니, 왜 먹지를 못하니……. 괴상하게도 오늘은
> 운수가, 좋더니만……."

① ㉠ - 김 첨지 가족의 가난이 드러나는 소재다.
② ㉡ - 작가가 의도적으로 배치한 복선으로 사건 해결의 실마리를 제공한다.
③ ㉢ - 현대와는 다른 과거의 시대상을 엿볼 수 있다.
④ ㉣ - 극 전개에 반전을 선사하며 독자에게 신선함을 준다.
⑤ ㉤ - 김 첨지에게 닥친 비극을 더욱 두드러져 보이게 하는 소재다.

3 "괴상하게도 오늘은 운수가, 좋더니만……."에 드러난 표현 기법과 같은 것은?

① 이것은 소리 없는 아우성 – 유치환, 「깃발」 중
② 나 보기가 역겨워 가실 때에는 죽어도 아니 눈물 흘리오리다 – 김소월, 「진달래꽃」중
③ 거봐, 너도 북어지 너도 북어지 너도 북어지 – 최승호, 「북어」 중
④ 얇은 사 하이얀 고깔은 고이 접어서 나빌레라 – 조지훈, 「승무」 중
⑤ 보고픈 마음 호수만 하니 눈 감을 밖에 – 정지용, 「호수」 중

4 다음은 학생들이 이 작품을 읽고 토론한 내용이다. <u>올바르게 이해한 학생만</u> 고른 것은?

> 우진: 아픈 아내에게 하는 행동을 보니 김 첨지는 아내를 사랑하지 않는 것 같아.
> 재환: 아니야. 눈시울이 뜨끈뜨끈해진 걸 보니 김 첨지는 겉으로 표현하지 못할 뿐, 내심
>   아내를 사랑하고 있어.
> 진영: 아픈 아내가 설렁탕이 먹고 싶다는 데도 야단을 치다니, 돈이 없으니 마음도 야박
>   해진 것 같아.
> 지훈: 그래도 아내가 갑자기 설렁탕 국물이 먹고 싶다는 걸 보니 건강해진 게 틀림없어.
> 성우: 고생해서 돈을 벌자마자 아내와 아들 생각을 하고 있네.

① 우진, 지훈　　② 우진, 성우　　③ 재환, 진영　　④ 진영, 지훈　　⑤ 재환, 성우

5 이 작품을 단편 드라마로 만든다고 할 때 준비 사항으로 옳지 <u>않은</u> 것은?

① 날씨	기상청에 문의해 비가 내리는 날짜를 확인한다.
② 소품	1920년대에 실제로 사용된 동전과 인력거 자료를 확인한다.
③ 배경	과거 모습을 담기 위해 남대문 정거장 등 당시 사진을 확인한다.
④ 등장인물	김 첨지는 인력거꾼이므로 체격이 크고 건강미 넘치는 인물을 캐스팅한다.
⑤ 홍보	'식민지 하층민의 궁핍한 삶을 사실적으로 묘사한 명작'이라는 문구를 넣는다.

6 '운수 좋은 날'이라는 제목이 주는 효과를 작품의 내용, 주제와 엮어서 서술하시오.

> 김 첨지가 많은 돈을 벌 수 있었던 '운수 좋은 날'은 아픈 아내가 죽는 비극적인
> 날이었다. '운수 좋은 날'이라는 제목은 반어적 표현으로서 삶의 아이러니라는
> 주제를 드러내며, 작품의 비극성을 강조하는 효과가 있다.

● **수능 만점 선생님의 감상 꿀팁**

> 김 첨지는 아내를 향한 사랑을 직접 드러내지 않는 인물이야.
> 하지만 김 첨지의 행동 묘사와 '설렁탕'이라는 소재를 통해 아
> 내를 향한 사랑을 느낄 수 있지. 또한 '설렁탕'이라는 소재는
> 김 첨지에게 닥친 비극을 강조하기도 해. '운수 좋은 날'이라
> 는 제목은 내용이 주는 아이러니를 한층 더 강조해 주
> 고 있단다. 1920년대를 살아가던 하층민들의 비극적
> 인 삶의 모습도 엿볼 수 있고 말이지.

여기서
잠깐!

미리 들여다보는 인물 X 파일

늙고 병든 영감 곁에 있으면 뭐하나. 얼른 도망가서 편하게 살자고!

아내도 도망간 판국에 아이까지 보내야 한다니! 그럴 수는 없어!

아내, 조수

VS

송 영감

수능 만점 선생님의 감상 꿀팁!

이 소설을 읽을 때는 주인공인 송 영감의 심리 상태에 주목해야 해. 노인의 심리 상태에 작가의 주제 의식이 담겨 있거든. 자신이 마치 송 영감이 된 것처럼 생각하고 읽는다면 작가가 말하고 자 하는 바를 더 생생하게 느낄 수 있을 거야.

#송 영감이 불꽃처럼 또렷하게 남긴 장인 정신

이년! 이 백 번 죽에두 쌀 년! 앓는 남편두 남편이지만, 어린 자식을 놔두구 그래 도망을 가? 것두 아들놈 같은 조수 놈하구서⋯⋯❶ 그래 지금 한창 나이란 말이디? 그렇다구 이년, 내가 아무리 늙구 병들었기루서니 거랑질(비럭질. 남에게 구걸하는 짓을 낮잡아 이르는 말)이야 할 줄 아니? 이녀언! 하는데, 옆에 누웠던 어린 아들이, 아바지, 아바지이! 하였으나 송 영감은 꿈속에서 자기 품에 안은 아들이 아바지, 아바지이! 하고 부르는 것으로 알며, 오냐 데건('저건'의 사투리) 네 에미가 아니다! 하고 꼭 품에 껴안는 것을, 옆에 누운 어린 아들이 그냥 울먹울먹한 목소리로 아버지를 불러, 잠꼬대에서 송 영감을 깨워 놓았다.

송 영감은 잠들기 전보다 더 머리가 무겁고 언짢았다. 애가 종내 훌쩍훌쩍 울기 시작했다. 오, 오, 하며 송 영감은 잠꼬대 속에서처럼 애를 끌어안았다.❷ 자기의 더운 몸에 별나게 애의 몸이 찼다. 벌써부터 이렇게 얼리어서 될 말이냐고, 송 영감은 더 바싹 애를 껴안았다. 그리고 훌쩍이는 이제 일곱 살 난 애를 그렇게 안고 있는 동안 송 영감은 다시 이 어린것을 두고 도망간 아내가 새롭게 괘씸했다. 아내와 함께 여드름 많던 조수가 떠올랐다. 그러자 그 아들 같은 조수에게 동년배의 사내와 사내가 느끼는 어떤 적수감(敵手感, 재주나 힘이 서로 비슷한 사람에게 느끼는 감정)이 불길처럼 송 영감의 괴로운 몸을 휩쌌다.

송 영감 자신이 집증(執症, 병의 증상을 살펴 알아내는 일) 잡히지 않는 병으로 앓아누웠기 때

❶ ▶ 송 영감이 갈등하는 가장 큰 이유야. 전통적인 가족 제도의 해체를 상징하기도 하지.
❷ ▶ 송 영감은 아내가 도망간 상황에서 아이에게 더 큰 책임감을 느끼며 안쓰러워하고 있어.

집중!

수능 만점 선생님

문에 조수가 이 가을로 마지막 가마에 넣으려고 거의 혼자서 지어 놓다시피 한 중옹 통옹 반옹 머쎄기 같은 크고 작은 독들이 구월 보름 가까운 달빛에 하나하나 도망간 조수의 그림자같이 느껴졌을 때, 송 영감은 벌떡 일어나 부채 방망이를 들어 모조리 깨부수고 싶은 충동을 받았으나, 다음 순간 내일부터라도 자기가 독을 지어 한 가마 채워 가지고 구워 내야 당장 자기네 부자^(父子)가 살아갈 것이라는 생각에 미치면서는, 정말 그러는 수밖에 다른 도리가 없다고 지그시 무거운 눈을 감아 버렸다.❸

　날이 밝자 송 영감은 열에 뜬 머리를 수건으로 동이고 일어나 앉아, 애더러는 흙 이길 왱손이^(흙을 반죽하는 사람)를 부르러 보내 놓고, 왱손이 올 새가 바빠서 자기 손으로 흙을 이겨 틀 위에 올려놓았다. 송 영감의 손은 자꾸 떨리었다. 그러나 반쯤 독을 지어 올려, 안은 조마구^(용기를 제작할 때 사용하는 도구) 밖은 부채마치^(조마구와 함께 옹기를 제작할 때 사용하는 도구)로 맞두드리며 일변 발로는 틀을 돌리는 익은 솜씨만은 앓아눕기 전과 다를 바 없는 듯했다. 왱손이가 흙을 이겨 주는 대로 중옹 몇 개를 지어 냈다.

　그러나 차차 송 영감의 솜씨에는 틈이 생기기 시작했다. 더구나 조마구와 부채마치로 두드려 올릴 때, 퍼뜩 눈앞에 아내와 조수의 환영이 떠오르면 짓던 독을 때리는지 아내와 조수를 때리는지 분간 못하는 새, 독이 그만 얇게 못나게 지어지곤 했다. 그리고 전^(용기 등 물건의 위쪽 가장자리가 조금 넓적하게 된 부분)을 잡는 손이 떨려, 가뜩이나 제일 힘든 마무리의 전이 잘 잡혀지지를 않았다. 열 때문도 있었다. 영감은 쓰러지듯이 짓던 독 옆에 눕고 말았다.

　송 영감이 정신이 들었을 때는 저녁때가 기울어서였다. 왱손이도 흙 몇 덩이를 이겨 놓고 가고 없었다. 언제부터인가 바깥 저녁 그늘 속에 애가 남쪽 장길을 향해 쪼그리고 앉아 있었다. 어머니를 기다리는 거리라. 언제나처럼 장 보러 간 어머니가 언제나처럼 저녁때면 조수에게 장감^(장거리. 장을 보아 오는 물건)을 지워 가지고 돌아올 줄로만 아직 아는가 보다.

　밖을 내다보던 송 영감은 제 힘만이 아닌 어떤 힘으로 벌떡 일어나 다시 독 짓기를 시작하는 것이었으나, 이번에는 겨우 한 개를 짓고는 다시 쓰러지듯이 눕고 말았다.❹

❸ ➔ 송 영감은 조수에게 분노를 느끼지만, 생계를 위해 분노를 억누르고 있어.
❹ ➔ 송 영감은 아이에 대한 책임감으로 독을 지으려고 하지만, 건강이 많이 악화되었음을 알 수 있지.

주목!

수능 만점 선생님

다음에 송 영감이 정신이 든 것은 아주 어두운 속에서 애가 흔들어 깨워서였다. 울먹이던 애가 깨나는 아버지를 보고 그제야 안심된 듯이 저쪽에서 밥그릇을 가져다 아버지 앞에 놓았다. 웬 거냐고 하니까 애가, 앵두나무 집 할머니가 주더라고 한다. 송 영감은 확 분노가 치밀어, 누가 거랑질해 오라더냐고 밥그릇을 밀쳐놓자 애가 훌쩍훌쩍 울기 시작했다.❺ 송 영감은 아침에 어제의 저녁밥 남은 것을 조금 뜨는 것처럼 하고는 하루 종일 아무것도 입에 대지 않은 것을 생각하고는, 애도 아직 저녁을 못 먹었을지 모른다고 밥그릇을 도로 끌어다 한 술 입에 떠 넣으며 이번에는 애 보고, 맛있으니 너도 먹으라는 것이었으나, 자신은 입맛을 잃은 탓만도 아닌 무엇이 밥 넘기려는 목에서 치밀어 올라오곤 해, 좀처럼 밥을 넘길 수가 없었다.

다음 날 아침에는 송 영감이 죽인지 밥인지 모를 것을 끓였다. 여전히 입맛은 없었으나 어제저녁처럼 목이 메어 오르는 것은 없었다. 오늘도 또 지어 올리는 독을 말리느라고 처음에는 독 밖에 피워 놓았다가 독이 한 반쯤 지어지면 독 안에 매달아 놓은 숯불의 숯내까지가 머리를 더 무겁게 했다. 사십 년래 없이 숯내를 다 먹는 듯했다. 송 영감은 어제보다 더 쓰러져 넘어지는 도수(度數, 거듭하는 횟수)가 많았다. 흙 이기던 왱손이가 이래서는 도무지 한 가마 채우지 못하리라고 송 영감에게 내년에 마저 지어 첫 가마에 넣도록 하는 게 어떠냐고 몇 번이고 권해 보았으나 송 영감은 일어났다가는 쓰러지고, 일어났다가는 쓰러지고 하면서도 독 짓기를 그만두려고 하지는 않았다.❻

송 영감이 한번 쓰러져 있는데 방물장수 앵두나무 집 할머니가 와서, 앓는 몸을 돌봐야 하지 않느냐고 하며, 조미음(좁쌀로 쑨 미음) 사발을 송 영감 입 가까이 내려놓았다. 송 영감은 어제 어린 아들에게 거랑질해 왔다고 고함을 쳤던 일을 생각하며, 이 아무에게나 친절한 앵두나무 집 할머니에게 미안한 생각이 들어, 어제만 해도 애한테 밥이랑 그렇게 많이 줘 보내서 잘 먹었는데 또 이렇게 미음까지 쑤어 오면 어떡하느냐고 했다. 앵두나무 집 할머니는 그저, 어서 식기 전에 한 모금 마셔 보라고만 했다.❼ 그리고 송 영감이 미음을 몇 모금 못 마시고 사발에서 힘없이 입을 떼는 것을 보고 앵두나무 집 할머니는, 정말 이 영감이 이번 병으로

❺ ➡ 자존심이 센 송 영감의 성격을 알 수 있는 부분이야.
❻ ➡ 송 영감에게 독을 짓는 것은 생존의 방식이자 자아를 실현하는 과정이기 때문이야. 그의 장인 정신이 돋보이는 구절이기도 하지.
❼ ➡ 앵두나무 집 할머니의 친절함이 잘 드러난 부분이야.

내신 준비!!

수능 만점 선생님

죽으려는가 보다는 생각이라도 든 듯, 당손이('맏아들'의 사투리)를 어디 좋은 자리가 있으면 주어 버리는 게 어떠냐고 했다.[8] 송 영감은 쓰러져 있던 사람 같지 않게 눈을 홉떠 앵두나무 집 할머니를 쏘아보았다. 그리고 어느새 송 영감의 손은 앞에 놓인 미음 사발을 앵두나무 집 할머니에게로 떠밀치고 있었다. 그런 말하러 이런 것을 가져왔느냐고, 썩썩 눈앞에서 없어지라고, 송 영감은 또 쓰러져 있던 사람 같지 않게 고함쳤다. 앵두나무 집 할머니는 송 영감의 고집을 아는 터라 더 무슨 말을 하지 않았다.

앵두나무 집 할머니가 가자, 송 영감은 지금 밖에서 자기의 어린 아들이 어디로 업혀 가기나 하는 듯이 밖을 향해 목청껏, 당손아! 하고 애를 불러 대기 시작했다. 그러다가 애가 뜸막(짚, 띠, 부들 등으로 지붕을 이은 막집) 문에 나타나는 것을 이번에는 애의 얼굴을 잊지나 않으려는 듯이 한참 쳐다보다가 그만 기운이 지쳐 눈을 감아 버리고 말았다. 애는 또 전에 없이 자기를 쳐다보는 아버지가 무서워 아버지에게 더 가까이 가지 못하고 섰다가, 아버지가 눈을 감자 더 겁이 나 훌쩍이기 시작했다.

날이 갈수록 송 영감은 독 짓기보다 자리에 쓰러져 있는 때가 많았다. 백 개가 못 차니 아직 이십여 개를 더 지어야 한 가마 충수(充數, 정해 놓은 수효를 채움)가 되는 것이다. 한 가마를 채우게 짓자 하고 마음만은 급해지는 것이었으나, 몸을 일으키다가 도로 쓰러지며 흰 털 섞인 노랑수염의 입을 벌리고 어깻숨(어깨를 들먹거리면서 가쁘게 쉬는 숨)을 쉬곤 했다.

그러한 어느 날, 물감이며 바늘을 가지고 한돌림 돌고 온 앵두나무 집 할머니가 찾아와서는 마침 좋은 자리가 있으니 당손이를 주어 버리고 말자는 말로, 말이 난 자리는 재물도 넉넉하지만 무엇보다도 사람들 마음씨가 무던하다는 말이며, 그 집에 전에 어떤 젊은 내외가 살림을 엎어 치우고 내버린 애를 하나 얻어다 길렀는데 얼마 전에 그 친아버지 되는 사람이 여남은 살이나 된 그 애를 찾아갔다는 말이며, 그때 한 재물 주어 보내고서는 영감 내외가 마주 앉아 얼마 동안을 친자식 잃은 듯이 울었는지 모른다는 말이며, 그래 이번에는 아버지 없는 애를 하나 얻어다 기르겠다더라는 말을 하면서, 꼭 그 자리에 당손이를 주어 버리고 말자고 했다. 송 영감은 앵두나무 집 할머니와 일전의 일이 있은 뒤에도 앵두

집중!

[8] ➔ 또 다른 갈등 양상이 전개되는 부분이야. 앞서 말한 전통적인 가족 제도의 해체와도 관련이 있단다.

수능 만점 선생님

나무 집 할머니가 애를 통해서 먹을 것 같은 것을 보내는 것이, 흔히 이런 노파에게 있기 쉬운 이런 주선이라도 해 주면 나중에 자기에게 돌아오는 것이 있어 그걸 탐내서 그러는 건 아니라고, 그저 인정 많은 늙은이라 이편을 위해 주는 마음에서 그런다는 것만은 아는 터이지만,❾ 송 영감은 오늘도 저도 모를 힘으로, 그런 소리를 하려거든 아예 다시는 오지도 말라고, 자기 눈에 흙 들기 전에는 내놓지 못한다고 했다. 앵두나무 집 할머니는 그렇게 고집만 부리지 말고 영감이 살아서 좋은 자리로 가는 걸 보아야 마음이 놓이지 않겠느냐는 말로, 사실 말이지 성한 사람도 언제 무슨 변을 당할는지 모르는데 앓는 사람의 일을 내일 어떻게 될는지 누가 아느냐고 하며, 더구나 겨울도 닥쳐오고 하니 잘 생각해 보라고 했다. 송 영감은 그저 자기가 거랑질을 해서라도 애를 굶기지는 않을 테니 염려 말라고 했다.❿

앵두나무 집 할머니가 돌아간 뒤, 송 영감은 지금 자기가 거랑질을 해서라도 애를 굶기지는 않겠다고 했지만, 그리고 사실 아내가 무엇보다도 자기와 같이 살다가는 거랑질을 할 게 무서워 도망갔음에 틀림없지만, 자기가 병만 나아 일어나는 날이면 아직 일등 호주라는 칭호 아래 얼마든지 독을 지을 수 있다는 생각과 함께, 이제 한 가마 독만 채워 전처럼 잘만 구워 내면 거기서 겨울 양식과 내년에 할 밑천까지도 나올 수 있다는 희망으로 어서 한 가마를 채우자고 다시 마음이 조급해지는 것이었다.⓫

하루는 송 영감이 날씨를 가려 종시 한 가마가 차지 못하는 독을 왱손이의 도움을 받아 밖으로 내고야 말았다. 지어진 독만으로라도 한 가마 구워 내리라는 생각이었다. 독 말리기, 말리기라기보다도 바람 쐬기다. 햇볕도 있어야 하지만 바람이 있어야 한다. 안개 같은 것이 낀 날은 좋지 못하다. 안개가 걷히며 바람 한 점 없이 해가 갑자기 쨍쨍 내리쬐면 그야말로 걷잡을 새 없이 독들이 세로 가로 터져 나간다. 그런데 오늘은 바람이 좀 치는 게 독 말리기에 아주 좋은 날씨였다.

독들을 마당에 내이자 독 가마 속에서 거지들이, 무슨 독을 지금 굽느냐고 중얼거리며 제가끔의 넝마 살림들을 안고 나왔다. 이 거지들은 가을철이 되면 이렇게 독 가마를 찾아들어 초가을에는 가마 초입에서 살다, 겨울이 되면서 차차 가마가 식어 감에 따라 온기를 찾아 가마 속 깊이로 들어가며 한겨울을 나는 것이다.

송 영감은 거지들에게, 지금 뜸막이 비었으니 독 구워 내는 동안 거기에들 가 있으라고 하려다가 그만두었다. 전에 없이 거지들을 자기 집에 들인다는 것이 마치 자기가 거지나 되는 것처럼 느껴졌던 것이다.[12]

가마에서 나온 거지들은 혹 더러는 인가를 찾아 동냥을 가고, 혹 한 패는 양지 바른 데를 골라 드러누웠고, 몇 이는 아무 데고 앉아서 이 사냥 같은 것을 하기 시작했다.

송 영감도 양지에 앉아서 독이 하얗게 마르는 정도를 지키고 있었다.

독들을 가마에 넣을 때가 되었다. 송 영감 자신이 가마 속까지 들어가 전에는 되도록 독이 여러 개 들어가도록만 힘쓰던 것을 이번에는 도망간 조수와 자기의 크기 같은 독이 되도록 아궁이에서 같은 거리에 나란히 놓이게만 힘썼다. 마치 누구의 독이 잘 지어졌나 내기라도 해 보려는 듯이.

늦저녁 때쯤 해서 불질이 시작됐다. 불질, 결국은 이 불질이 독을 쓰게도 못 쓰게도 만드는 것이다. 지은 독에 따라서 세게 때야 할 때 약하게 때도, 약하게 때야 할 때 지나치게 세게 때도, 또는 불을 더 때도 덜 때도 안 된다. 처음에 슬슬 때다가 점점 세게 때기 시작하여 서너 시간 지나면 하얗던 독들이 흑색으로 변한다. 거기서 또 너더댓 시간만 때면 독들은 다시 처음의 하얗던 대로 되고, 다음에 적색으로 됐다가 이번에는 아주 샛말갛게(매우 산뜻하게 맑게) 되는데, 그것은 마치 쇠가 녹는 듯, 하늘의 햇빛을 쳐다보는 듯이 된다. 정말 다음 날 하늘에는 맑은 햇빛이 빛나고 있었다.

곁불 놓기를 시작했다. 독 가마 양옆으로 뚫은 곁창 구멍으로 나무를 넣는 것이다.

이제는 소나무를 단으로 넣기 시작했다. 아궁이와 곁창의 불길이 길을 잃고 확확 내쏟다. 이 불길이 그대로 어제 늦저녁부터 아궁이에서 좀 떨어진 한곳에

⑫ ➔ 송 영감은 스스로의 처지를 부끄러워하고 있어. 그래서 거지들의 처지가 자신과 다르지 않다고 생각한 거지.

일어나 앉았다 누웠다 하며 한결같이 불질하는 것을 지키고 있는 송 영감의 두 눈 속에서도 타고 있었다.

이렇게 이날 해도 다 저물었다. 그러는데 한편 곁창에서 불질하던 왱손이가 곁창 속을 들여다보는 듯하더니, 분주히 이리로 달려오는 것이었다. 송 영감은 벌써 왱손이가 불질하던 곁창의 위치로써 그것이 자기의 독이 들어 있는 자리라는 것을 알고 왱손이가 뭐라기 전에 먼저, 무너앉았느냐고^(무너져서 내려앉았느냐고) 했다. 왱손이는 그렇다고 하면서, 이젠 독이 좀 덜 익더라도 곁불질을 그만두고 아궁이를 막아 버리자고 했다. 그러나 송 영감은 그저, 그만두라고 할 때까지 그냥 불질을 하라고 했다.

거지들이 날이 저물었다고 독 가마 부근으로 모여들었다.

송 영감이, 이제 조금만 더, 하고 속을 죄고 있을 때였다. 가마 속에서 갑자기 뚜왕! 뚜왕! 하고 독 튀는 소리가 울려나왔다. 송 영감은 처음에 벌떡 반쯤 일어나다가 도로 주저앉으며 이상스레 빛나는 눈을 한곳에 머물린 채 귀를 기울였다. 송 영감은 가마에 넣은 독의 위치로, 지금 것은 자기가 지은 독, 지금 것도 자기가 지은 독, 하고 있었다. 이렇게 튀는 것은 거의 송 영감의 것뿐이었다.^⑬ 그리고 송 영감은 또 그 튀는 소리로 해서 그것이 자기가 앓다가 일어나 처음에 지은 몇 개의 독만이 튀지 않고 남은 것을 알며, 왱손이의 거치적거린다고 거지들을 꾸짖는 소리를 멀리 들으면서 어둠 속에 그만 쓰러지고 말았다.

다음 날 송 영감이 정신이 들었을 때에는 자기네 뜸막 안에 뉘어 있었다. 옆에서 작은 몸을 오그리고 훌쩍거리던 애가 아버지가 정신 든 것을 보고 더 크게 훌쩍거리기 시작했다. 송 영감이 저도 모르게 애보고 안 죽는다, 안 죽는다, 했다. 그러나 송 영감은 또 속으로는, 지금 자기는 죽어 가고 있다고 부르짖고 있었다.^⑭

이튿날 송 영감은 애를 시켜 앵두나무 집 할머니를 오게 했다. 앵두나무 집 할머니가 오자 송 영감은 애더러 놀러 나가라고 하며 유심히 애의 얼굴을 쳐다보는 것이었다. 마치 애의 얼굴을 잊지 않으려는 듯이.^⑮

앵두나무 집 할머니와 단둘이 되자 송 영감은 눈을 감으며, 요전에 말하던 자리에 아직 애를 보낼 수 있겠느냐고 물었다. 앵두나무 집 할머니는 된다고 했다.

⑬ ➔ 송 영감의 독 짓는 실력이 젊은 조수에게 밀리고 있음을 알 수 있어. 장인 정신의 붕괴를 상징한단다.　⑭ ➔ 본인의 죽음을 직감한 송 영감은 결국 자신의 자존심을 굽히고 아이를 입양 보내야겠다고 결심하게 돼.　⑮ ➔ 아이와의 마지막을 조금이라도 더 기억하려는 부성애를 느낄 수 있어.

수능에 나올 수도 있어!

수능 만점 선생님

얼마나 먼 곳이냐고 했다. 여기서 한 이삼십 리 잘 된다는 대답이었다. 그러면 지금이라도 보낼 수 있느냐고 했다. 당장이라도 데려가기만 하면 된다고 하면서 앵두나무 집 할머니는 치마 속에서 지전 몇 장을 꺼내어 그냥 눈을 감고 있는 송 영감의 손에 쥐어 주며, 아무 때나 애를 데려오게 되면 주라고 해서 맡아 두었던 것이라고 했다.

송 영감이 갑자기 눈을 뜨면서 앵두나무 집 할머니에게 돈을 도로 내밀었다. 자기에게는 아무 소용없으니 애 업고 가는 사람에게나 주어 달라는 것이었다. 그러고는 다시 눈을 감았다. 앵두나무 집 할머니는 애 업고 가는 사람 줄 것은 따로 있다고 했다. 송 영감은 그래도 그 사람을 주어 애를 잘 업어다 주게 해 달라고 하면서, 어서 애나 불러다 자기가 죽었다고 하라고 했다.[16] 앵두나무 집 할머니가 무슨 말을 하려는 듯하다가 저고릿고름으로 눈을 닦으며 밖으로 나갔다.

송 영감은 눈을 감은 채 가쁜 숨을 죽이고 있었다. 그리고 무슨 일이 있더라도 눈물일랑 흘리지 않으리라 했다.

그러나 앵두나무 집 할머니가 애를 데리고 와 저렇게 너의 아버지가 죽었다고 했을 때, 감은 송 영감의 눈에서는 절로 눈물이 흘러내림을 어찌할 수 없었다. 앵두나무 집 할머니는 억해 오는 목소리를 겨우 참고, 저것 보라고 벌써 눈에서 썩은 물이 나온다고 하고는, 그러지 않아도 앵두나무 집 할머니의 손을 잡은 채 더 아버지에게 가까이 갈 생각을 않는 애의 손을 끌고 그곳을 나왔다.

그냥 감은 송 영감의 눈에서 다시 썩은 물 같은, 그러나 뜨거운 새 눈물 줄기가 흘러내렸다.[17] 그러는데 어디선가 애의 훌쩍훌쩍 우는 소리가 들리는 듯했다. 눈을 떴다. 아무도 있을 리 없었다. 지어 놓은 독이라도 한 개 있었으면 싶었다. 순간 뜸막 속 전체만 한 공허가 송 영감의 파리한 가슴을 억눌렀다. 온몸이 오므라들고 차 옴을 송 영감은 느꼈다.

그러는 송 영감의 눈앞에 독 가마가 떠올랐다. 그러자 송 영감은 그리로 가리라는 생각이 불현듯 일었다. 거기에만 가면 몸이 녹여지리라. 송 영감은 기는 걸음으로 뜸막을 나섰다.

거지들이 초입에 누워 있다가 지금 기어 들어오는 게 누구라는 것도 알려 하

⑯ ➔ 아이가 자신에게 정을 떼고 새로운 곳에 쉽게 정착하도록 하기 위해서야.
⑰ ➔ 여기서 '썩은 물'은 자신의 지난날에 대한 회한, '뜨거운 새 눈물 줄기'는 죽음을 결심한 송 영감의 의지를 뜻한다고 볼 수 있어.

내신 준비!

수능 만점 선생님

지 않고, 구무럭거려⁽ᵐᵃᵗᵘ ᶜᵉᵒⁿᶜᵉᵒⁿʰⁱ ᶻᵃᵏᵏᵘ ᵘᵐᶻⁱᵏ'ᵉᵒ⁾ 자리를 내주었다. 송 영감은 한 옆에 몸을 쓰러뜨렸다. 우선 몸이 녹는 듯해 좋았다.

그러나 송 영감은 다시 일어나 가마 안쪽으로 기기 시작했다. 무언가 지금의 온기로써는 부족이라도 한 듯이. 곧 예사 사람으로는 더 견딜 수 없는 뜨거운 데까지 이르렀다. 그런데도 송 영감은 기기를 멈추지 않았다. 그렇다고 그냥 덮어 놓고 기는 것은 아니었다. 지금 마지막으로 남은 생명이 발산하는 듯 어둑한 속에서도 이상스레 빛나는 송 영감의 눈은 무엇을 찾고 있는 것이었다. 그러다가 열어젖힌 곁창으로 새어 들어오는 늦가을 맑은 햇빛 속에서 송 영감은 기던 걸음을 멈추었다. 자기가 찾던 것이 예 있다는 듯이. 거기에는 터져 나간 송 영감 자신의 독 조각들이 흩어져 있었다.

송 영감은 조용히 몸을 일으켜 단정히, 아주 단정히 무릎을 꿇고 앉았다. 이렇게 해서 그 자신이 터져 나간 자기의 독 대신이라도 하려는 것처럼.⑱

⑱ ➡ 죽음을 통해 자신의 예술혼을 완성하고자 하는 모습이지.

정리해 볼까요(그룹 채팅)

● **작가에 대해서 알아볼까요?** --

킬링 포인트

황순원 작가는 1915년 평안남도 대동군에서 태어났어. 1931년 〈동광〉에 시 「나의 꿈」을 발표하며 등단했지. 1940년에는 단편집 「늪」을 발표하면서 소설 창작에 힘쓰게 됐단다. 장편 「나무들 비탈에 서다」로 예술원상을, 「신들의 주사위」로 대한민국 문학상 본상을 수상했어. 대표작으로는 「소나기」를 비롯해 「별」, 「독 짓는 늙은이」, 「카인의 후예」, 「나무들 비탈에 서다」 등을 꼽을 수 있단다. 황순원 작가의 단편 소설들은 주로 현재형 문장을 사용하고, 인물들 간의 대화보다는 감각적 묘사와 서술적 진술이 주를 이루고 있어. 이 때문에 그의 작품은 '시적인 소설'이라는 평가를 받았지. 이는 우리가 감상한 「독 짓는 늙은이」에서도 쉽게 파악할 수 있는 특징이야.

읽음

황순원 작가의 소설은 간결하면서도 세련된 느낌을 주는 것 같아요.

👍100점

● **작품에 대해서 정리해 보죠!** --

킬링 포인트

작가 : 황순원
갈래 : 순수 소설
배경 : 시간적 – 근대화 초기 | 공간적 – 어느 시골 마을
시점 : 전지적 작가 시점
주제 : 전통을 지키려는 한 노인의 집념과 좌절
출전 : 〈문예〉(1950)

킬링 포인트

무조건
알아야 해!

「독 짓는 늙은이」는 전통적인 가치가 무너져 내리는 현실 속에서 한 노인이 전통을 지키고자 노력하지만, 결국 변화하는 현실에 패배하는 모습을 다룬 작품이야. 송 영감의 아내는 젊은 조수와 도망가 버려서 송 영감은 아이와 생계를 위해 독 짓는 일을 계속해야 하지. 송 영감은 병으로 자꾸 쓰러지고, 그 모습을 본 앵두나무 집 할머니는 아이를 다른 집에 보내자고 제안해. 송 영감은 처음에 그 제안을 거절하지만, 자신의 죽음을 직감하고는 그 제안을 받아들이지. 이 소설은 문학적 아름다움 중에서 비장미가 두드러지는 작품이라고 할 수 있어. 특히 송 영감이 스스로 가마 속에 들어가 죽음을 맞이하는 마지막 장면에서 비장미를 느낄 수 있단다.

읽음

결말이 너무 비극적이에요. 하지만 그만큼 송 영감의 장인 정신이 잘 느껴져서 결말이 더욱 숭고하게 느껴지네요.

👍100점

● 구조적 접근을 꼭 알아야 해요!

킬링 포인트

발단: 송 영감의 아내가 조수와 함께 도망감
송 영감은 평생 독 짓는 일을 업으로 삼아 온 사람이야. 그의 아내는 병든 남편과 아이를 두고 젊은 조수와 함께 도망쳐 버리지.

전개: 송 영감은 독 짓기를 계속하려고 하지만 뜻대로 되지 않음
송 영감은 아내와 조수에 대한 분노로 조수가 만들어 놓은 독을 부숴 버리려고 하지만, 생계를 위해 독을 더 만들어야겠다고 생각하지. 송 영감은 독을 지으며 쓰러지기를 반복해.

위기: 앵두나무 집 할머니가 당손이를 남의 집에 주자고 함
송 영감이 곧 죽을 것 같다고 생각한 앵두나무 집 할머니는 송 영감에게 당손이를 양자로 보내자고 제안해. 하지만 송 영감은 앵두나무 집 할머니에게 고함치며 제안을 거절하지.

절정: 송 영감이 독을 굽다가 쓰러짐
그 이후에도 앵두나무 집 할머니는 계속 송 영감에게 아이를 양자로 보내자고 제안해. 송 영감은 거랑질을 해서라도 직접 아이를 키우겠다고 말하지. 송 영감은 독을 굽는 중에 조수의 독은 멀쩡한데 자신의 독만 튀고 있는 것을 알게 돼. 결국 그는 어둠 속에서 쓰러지고 말지.

결말: 송 영감이 아이를 남의 집에 보내고 가마 속으로 들어감
자신의 죽음을 직감한 송 영감은 앵두나무 집 할머니에게 아이를 보내겠다고 말해. 아이가 떠난 후 송 영감은 병든 몸을 이끌고 가마 속으로 들어간단다.

  읽음

송 영감을 둘러싼 현실의 변화가 중요하군요! 구조적인 측면에서도 이 부분에 유의하면서 감상해야겠어요.

👍100점

● 송 영감의 뇌 구조를 알아볼까요?

어떻게 어린 자식마저 버리고 달아날 수가 있지?

아이가 거랑질을 해 오다니……

아이를 다른 집에 보낼 순 없지.

내가 죽을 날도 머지않았군.

죽어도 내 예술혼은 꺼지지 않겠지.

수능 만점 강사

1 이 작품의 서술상 특징으로 옳은 것은?

① 섬세한 묘사를 통해 몽환적인 분위기를 연출하고 있다.
② 역순행적 구조로 극적 긴장감을 고조시키고 있다.
③ 역경을 극복하는 주인공을 통해 주제 의식을 분명하게 드러내고 있다.
④ 절제된 문장과 서사적 묘사로 주인공의 비극적인 모습을 부각하고 있다.
⑤ 1인칭 주인공 시점으로 인물의 내면을 생생하게 전달하고 있다.

2 이 작품에서 느껴지는 문학적 아름다움으로 옳은 것은?

① 우아미(優雅美)
② 숭고미(崇高美)
③ 비장미(悲壯美)
④ 골계미(滑稽美)
⑤ 순수미(純粹美)

3 다음 밑줄 친 부분에서 느껴지는 주인공의 심리로 옳지 않은 것은?

> 그러나 송 영감은 다시 일어나 가마 안쪽으로 기기 시작했다. 무언가 지금의 온기로써는 부족이라도 한 듯이. 곧 예사 사람으로는 더 견딜 수 없는 뜨거운 데까지 이르렀다. 그런데도 송 영감은 기기를 멈추지 않았다. 그렇다고 그냥 덮어놓고 기는 것은 아니었다. 지금 마지막으로 남은 생명이 발산하는 듯 어둑한 속에서도 이상스레 빛나는 송 영감의 눈은 무엇을 찾고 있는 것이었다. 그러다가 열어젖힌 결창으로 새어 들어오는 늦가을 맑은 햇빛 속에서 송 영감은 기던 걸음을 멈추었다. 자기가 찾던 것이 예 있다는 듯이. 거기에는 터져 나간 송 영감 자신의 독 조각들이 흩어져 있었다.
> <u>송 영감은 조용히 몸을 일으켜 단정히, 아주 단정히 무릎을 꿇고 앉았다. 이렇게 해서 그 자신이 터져 나간 자기의 독 대신이라도 하려는 것처럼.</u>

① 장인으로서의 자존심을 지키고자 한다.
② 도를 깨우쳐 현실을 초월하고자 한다.
③ 지난날의 번뇌와 고통을 잊고자 한다.
④ 깨진 독과 함께 인생을 마무리하고자 한다.
⑤ 현실에 좌절한 자신의 모습을 순순히 받아들이고자 한다.

4 다음 글에서 ㉠과 ㉡이 의미하는 바를 쓰시오.

> 그냥 감은 송 영감의 눈에서 다시 ㉠썩은 물 같은, 그러나 ㉡뜨거운 새 눈물 줄기가 흘러내렸다. 그러는데 어디선가 애의 훌쩍훌쩍 우는 소리가 들리는 듯했다. 눈을 떴다. 아무도 있을 리 없었다. 지어 놓은 독이라도 한 개 있었으면 싶었다. 순간 뜸막 속 전체만 한 공허가 송 영감의 파리한 가슴을 억눌렀다. 온몸이 오므라들고 차 옴을 송 영감은 느꼈다.

 ㉠: 자신의 지난날에 대한 후회와 좌절
㉡: 죽음으로써 예술혼을 완성하고자 하는 의지

5 이 작품의 내용과 일치하지 <u>않는</u> 것은?

① 송 영감의 아내는 조수와 함께 도망쳤다.
② 송 영감은 독 짓기를 통해 생계를 유지하고 자아를 실현하고자 한다.
③ 앵두나무 집 할머니는 자신의 이익을 위해 아이를 입양 보내고자 한다.
④ 거지들은 송 영감의 불안감을 대변하는 인물들이다.
⑤ 송 영감은 독과 함께 자기 자신을 승화시키고자 한다.

6 송 영감이 갈등하는 이유를 '파괴되어 가는 전통'이라는 측면에서 서술하시오.

내신 준비!
OOPS!

> 송 영감은 조수와 아내가 도망쳤고, 병든 몸 때문에 친자를 다른 집의 양자로 보내야 하며, 평생을 바쳐 만들어 온 독에서도 조수에게 실력이 밀리는 등 지금까지 살아온 일상과 다른 상황에 놓여 있다. 이는 전통적인 가족 제도의 붕괴와 장인 정신의 해체를 의미한다고 볼 수 있다. 송 영감은 전통을 지키기 위해 변화하는 세상에 대항하면서 갈등을 겪었다고 할 수 있다.

● **수능 만점 선생님의 감상 꿀팁**

> 이 작품의 바탕을 이루는 갈등 양상은 송 영감과 젊은 조수의 대립 관계라고 할 수 있어. 송 영감은 전통을 뜻하고, 조수는 새로운 시대의 변화를 의미한다는 점도 꼭 기억하자. 절제된 문장과 서사적 묘사가 전통을 지키고자 하는 송 영감의 모습을 더욱 극적으로 만들어 준다는 점도 놓치지 말자.

수능 만점 강사

미리 들여다보는 인물 X 파일

돌아가신 엄마가 누이처럼 못생겼을 리 없어! 누이가 너무 미워.

이제 어머니도 안 계시니 불쌍한 동생은 내가 챙겨야만 해.

남매 사이

아이

누이

수능 만점 선생님의 감상 꿀팁!

이 작품은 세상을 떠난 어머니에 대해 환상을 지닌 아이가 누이와의 관계를 통해 성장해 가는 모습을 담은 소설이야. 누이를 대하는 아이의 태도 변화에 주의하며 감상해 보자.

별

#아이의 눈과 마음에 박힌 두 개의 별

　동네 애들과 노는 아이를 한동네 과수(寡守, 남편을 여의고 홀로 된 여자) 노파가 보고, 같이 저자에라도 다녀오는 듯한 젊은 여인에게 무심코, 쟤(저) 동복(同腹, 한 어머니의 배에서 남. 또는 그런 관계의 사람) **누이가 꼭 죽은 쟈 오마니 닮았디❶** 왜, 한 말을 얼김(어떤 일이 벌어지는 바람에 자기도 모르게 정신이 얼떨떨한 상태)에 듣자 아이는 동무들과 놀던 것도 잊어버리고 일어섰다. 아이는 얼핏 누이의 얼굴을 생각해 내려 하였으나 암만해도 떠오르지 않았다. 집으로 뛰면서 아이는 저도 모르게, 오마니 오마니, 수없이 외었다. 집 뜰에서 이복동생을 업고 있는 누이를 발견하고 달려가 얼굴부터 들여다보았다. 너무나 엷은 입술이 지나치게 큰 데 비겨 눈은 짭짭하니 작고, 그 눈이 또 늘 몽롱히 흐려 있는 누이의 얼굴. 아홉 살 난 아이의 눈은 벌써 누이의 그런 얼굴 속에서 **기억에는 없으나 마음속으로 그렇게 그려 오던 돌아간 어머니❷**의 모습을 더듬으며 떨리는 속으로 찬찬히 누이를 바라보았다. 참으로 오마니는 이 누이의 얼굴과 같았을까. 그러자 제법 어른처럼 갓 난 이복동생을 업고 있던 열한 살 잡이 누이는 전에 없이 별나게 자기를 자세히 들여다보는 동복 남동생에게 마치 어머니다운 애정이 끓어오르기나 한 듯이 미소를 지어 보였을 때, 아이는 누이의 지나치게 큰 입 새로 드러난 검은 잇몸을 바라보며 누이에게서 돌아간 어머니의 그림자를 찾던 마음은 온전히 사라지고, 어머니가 누이처럼 미워서는 안 된다고 머

---

❶ ➡ 아이가 누이를 미워하게 되는 원인이 되는 말이야.
❷ ➡ 어린 나이에 어머니를 여읜 아이는 어머니에 대한 환상을 지니고 있어.

수능 만점 선생님

리를 옆으로 저었다. 우리 오마니는 지금 눈앞에 있는 누이로서는 흉내도 못 내게스레 무척 예뻤으리라.❸ 그냥 남동생이 귀엽다는 듯이 미소를 짓고 있는 누이에게 아이는 처음으로 눈을 흘기며 무서운 상을 해 보였다. 미운 누이의 얼굴이 놀라 한층 밉게 찌그러질 만큼. 생각다 못해 종내 아이는 누이가 꼭 어머니 같다고 한 동네 과수 노파를 찾아 자기 집에서 왼편 쪽으로 마주 난 골목 막다른 집으로 갔다. 마침 노파는 새로 지은 저고리 동정에 인두질을 하고 있었다. 늘 남에게 삯바느질을 시켜 말쑥한 옷만 입고 다녀 동네에서 이름난 과수 노파가 제 손으로 인두질을 하다니 웬일일까. 그러나 아이를 보자 과수 노파는 아이보다도 더 의아스러운 듯한 눈치를 하면서 인두를 화로에 꽂는다. 아이는 곧 노파에게, 아니 우리 오마니하구 우리 누이하구 같이 생겼단 말은 거짓말이죠? 했다.❹ 노파는 더욱 수상하다는 듯이 아이를 바라보다가 그러나 남의 일에는 흥미 없다는 얼굴로, 왜 닮았디, 했다. 아이는 떨리는 입술로 다시, 아니 우리 오마니 입하구 누이 입하구 다르게 생기디 않았이요? 하고 열심히 물었다. 노파는 이번에는 화로에 꽂았던 인두를 뽑아 자기 입술 가까이 갖다 대어 보고 나서, 반만큼 세운 왼쪽 무릎 치마에 문대고는 일감을 잡으며 그저, 그러구 보믄 다르든 것 같기두 하군, 했다. 아이는 인두질하는 과수 노파의 손 가까이로 다가서며 퍼뜩 과수 노파의 손이 나이보다는 젊고 고와 보인다는 생각을 하면서, 우리 오마니 닛몸은 우리 누이 닛몸터럼 검디 않구 이뻤디요? 했다. 과수 노파는 아이가 가까이 다가와 어둡다는 듯이 갑자기 인두 든 손으로 아이를 물러나라고 손짓하고 나서 한결같이 흥 없이, 그래앤, 했다. 그러나 아이만은 여기서 만족하여 과수 노파의 집을 나서 그 달음으로 자기 집까지 뛰어오면서, 그러면 그렇지 우리 오마니가 누이처럼 미워서야 될 말이냐고 속으로 수없이 되뇌었다. 안뜰에 들어서자 누이가 안 보임을 다행으로 여기며 방 안으로 들어갔다. 그리고 책상 앞으로 가 란도셀(작은 배낭) 속에서 산수책을 꺼내다가 그 속에 인형을 발견하고 주춤 손을 거두었다. 누이가 비단 색 헝겊을 모아 만들어 준 낭자(여자의 예장에 쓰는 딴머리의 하나. 쪽 찐 머리 위에 덧대어 얹고 긴 비녀를 꽂음)를 튼 예쁜 각시 인형이었다. 그리고 아이가 언제나 란도셀 속에 넣어 가지고 다니는 인형이었다. 과목은 요일을 따라 바뀌었으나 항상 란도셀 속에

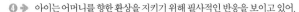

❸ ➡ 아이는 어머니를 아주 아름다운 이상적인 존재로 여기고 있어. 이 환상 때문에 아이는 누이를 미워하게 된단다.

❹ ➡ 아이는 어머니를 향한 환상을 지키기 위해 필사적인 반응을 보이고 있어.

이 인형만은 변함없이 들어 있었다. 아이는 인형을 꺼내 들었다. 그러나 지금 아이는 이 인형의 여태까지 그렇게 예쁘던 얼굴이 누이의 얼굴이나처럼 미워짐을 어쩔 수 없었다. 곧 아이는 인형을 내다 버려야 한다는 걸 느꼈다. 그걸 품에 품고 밖으로 나섰다. 저녁 그늘이 내린 과수 노파가 사는 골목을 얼마 들어가다 아이는 주위에 사람 없는 것을 살피고 나서 주머니에서 칼을 꺼냈다. **칼끝으로 땅을 파 가지고 거기에다 품속의 인형을 묻었다.**❺ 그러고는 그곳을 떠났다. **인형인가 누이인가 분간 못할 서로 얽힌 손들이 매달리는 것 같음을 아이는 느꼈다.**❻ 그러나 아이는 어머니와 다른 그 손들을 쉽사리 뿌리칠 수 있었다. 골목을 다 나온 곳에서 달구지를 벗은 당나귀가 아이의 아랫도리를 찼다. 아이는 굴러 나가동그라졌다. 분하다. 일어난 아이는 당나귀 고삐를 쥐고 달구지 채로 해서 당나귀 등에 올라탔다. 당나귀가 제 꼬리를 물려는 듯이 돌다가 날뛰기 시작했다. 아이는, 그럼 우리 오마니가 누이처럼 생겼단 말이가? 누이처럼 생겼단 말이가? 하고 당나귀가 알아나 듣는 것처럼 소리를 질렀다. 당나귀가 더 날뛰었다. 아이의, 누이처럼 생겼단 말이가 하는 소리가 더 커 갔다. **그러다가 별안간 뒤에서 누이의 데런! 하는 부르짖음 소리를 듣고 당나귀 등에서 떨어지고 말았다.**❼ 땅에 떨어진 아이는 다리 하나를 약간 삔 채로 나자빠져 있었다. 누이가 분주히 달려왔다. 그러나 아이는 누이가 위에서 굽어보며 붙들어 일으키려는 것을 무지스럽게^(우악스럽게) 손으로 뿌리치고는 혼자 벌떡 일어나, 삔 다리를 예사롭게^(평소처럼) 놀려 집으로 돌아왔다.

갓 난 이복동생을 업어 주는 것이 학교 다녀온 뒤의 나날의 일과가 되어 있는 누이가, 하루는 아이의 거동에서 자기를 꺼리고 있다는 것을 눈치채고는 그런 동생을 기쁘게 해 주려는 듯이, 업은 애의 볼기짝을 돌려 대더니 꼬집기 시작했다. 물론 누이의 손은 힘껏 꼬집는 시늉만 했고, 그럴 적마다 그 작은 눈을 힘주는 듯이 끔쩍끔쩍하였지만, 결국은 애가 울지 않을 정도로 조심하면서 꼬집어 대는 것이었다. 사실 줄곧 누이에게만 애를 업히는 의붓어머니에게 슬그머니 불평 같은 것이 가고 누이에게는 동정이 가던 아이였다. 그러나 이날 아이는 자기를 기

❺ ➡ 아이는 누이의 사랑을 부정함으로써 어머니를 향한 환상을 지키려 하고 있어.
❻ ➡ 아이는 누이의 사랑을 거부하고 있지만, 내심 누이를 향한 마음이 남아 있기에 주저하고 있어. ❼ ➡ 아이는 당나귀 등에서 떨어져 다리를 삐어. 이 같은 상황은 작품 말미에 반복되면서 아이의 감정을 끌어내는 역할을 하지.

아주 중요해!

수능 만점 선생님

껍게나 해 주려는 듯이 이복동생의 볼기짝을 힘껏 꼬집는 시늉을 하는 누이에게 재미있다는 생각이 일기는커녕 도리어 밉고, 실눈을 끔쩍일 적마다 흉하게만 여겨졌다. 아이는 문득 누이를 혼내어 줄 계교^(計巧, 요리조리 헤아려 보고 생각해 낸 꾀)가 생각났다. 그는 날렵하게 달려가 이복동생의 볼기짝을 진짜로 꼬집어 댔다. 그리고 업힌 애가 울음을 터뜨리는 걸 보고야 꼬집기를 멈추고 골목으로 뛰어가 숨었다. 이제 턱이 밭은 의붓어머니가 달려 나와, 왜 애를 그렇게 갑자기 울리느냐고 누이를 꾸짖으리라. 아이는 골목에서 몰래 의붓어머니가 나오기만 기다렸다. 사실 곧 의붓어머니는 나왔다. 그리고 또 어김없이 누이를 내려다보면서, 앨 왜 그렇게 갑자기 울리니, 했다. 아이는 재미나 하는 장난스러운 미소를 떠올렸다. 그러나 다음 순간 아이는 누이의 대답이 어떨까 하는 생각이 들면서, 이번에는 저도 모르게 미소가 걷히고 귀가 기울어졌다. 그렇게 자기들에게 몹쓸게 굴지는 않는다고 생각되면서도 어딘가 어렵고 두렵게만 여겨지는 의붓어머니에게 겁난 누이가 그만 자기가 꼬집어서 운다고 바로 이르기나 하면 어쩌나. 그러나 누이는 의붓어머니가 어렵고 힘들고 두렵게 생각되지도 않는지 대담스레 고개를 들고, <mark>아마 내 등을 빨다가 울 젠 배가 고파 그런가 봐요,</mark>^❽ 하지 않는가. 아, 기묘한 거짓말을 잘 돌려댄다. 그러나 지금 대담하게 의붓어머니에게 거짓말을 하여 자기를 감싸 주는 누이에게서 어머니의 애정 같은 것이 풍기어 오는 듯함을 느끼자 아이는, 우리 오마니가 누이 같지는 않았다고 속으로 부르짖으며 숨었던 골목에서 나와 의붓어머니에게로 걸어갔다. 그러고는, 난 또 애 업구 어디 넘어디디나 않았나 했군, 하면서 누이의 등에서 어린애를 풀어내고 있는 의붓어머니에게 아이도 이번에는 겁내지 않고, 이자 내가 애 엉뎅일 꼬집었이요, 했다.

아이는 옥수수를 좋아했다. 옥수수를 줄줄이 다음다음 뜯어먹는 게 참 재미있었다. 알이 배고^(촘촘하고) 곧은 자루면 엄지손가락 쪽의 손바닥으로 되도록 여러 알을 한꺼번에 눌러 밀어 얼마나 많이 붙은 쌍둥이를 떼 낼 수 있나 누이와 내기하기도 했었다. 물론 아이는 이 내기에서 누이한테 늘 졌다. 누이는 줄이 곧지 않은 옥수수를 가지고도 꽤는 잘 여러 알 붙은 쌍둥이를 떼 내곤 했다. 그렇게 떼 낸 쌍둥이를 누이가 손바닥에 놓아 내밀어 아이는 맛있게 그걸 집어먹기도 했었다.

❽ ➜ 누이는 아이를 위해 거짓말하고 있어. 동생을 생각하는 마음이 크다는 것을 알 수 있지.

수능 만점 선생님

그러나 이날 아이는 누이가, 우리 누가 많이 쌍둥이를 만드나 내기할까? 하는 것을 단박에, 싫어! 해 버렸다. 누이는 혼자 아이로서는 엄두도 못 낼 긴 쌍둥이를 떼 냈다. 아이는 일부러 줄이 곧게 생긴 옥수수자루인데도 쌍둥이를 떼 내지 않고 알알이 뜯어먹고만 있었다. 누이는 금방 뜯어낸 쌍둥이를 아이에게 내주었다. 그러나 아이는 거칠게, 싫어! 하고 머리를 도리질하고 말았다. 누이가 새로 더 긴 쌍둥이를 뜯어내서는 다시 아이에게 내밀었다. 그러나 **누이가 마치 어머니나처럼 굴 적마다 도리어 돌아간 어머니가 누이와 같지 않다는 생각으로 해서 더 누이에게 냉정할 수 있는 아이**[9]는, 내민 누이의 손을 쳐 쌍둥이를 떨궈버리고 말았다. 그러던 어떤 날 저녁, 어둑어둑한 속에서 아이가 하늘의 별을 세며 별은 흡사 땅 위의 이슬과 같다고 생각하고 있는데, 누이가 조심스레 걸어오더니 어둑한 속에서도 분명한 옥수수 한 자루를 치마폭 밑에서 꺼내어 아이에게 쥐어 주었다. 그러나 아이는 그것을 먹어 볼 생각도 않고 그냥 뜨물항아리(곡식을 씻어 내부 옇게 된 물을 담는 항아리) 있는 데로 가 그 속에 떨구듯 넣어 버렸다.[10]

아이는 또 땅바닥에 갖가지 지도 같은 금을 그으며 놀기를 잘했다. 바다를 모르는 아이는 바다 아닌 대동강을 여러 개 그리고, 산으로는 모란봉을 몇 개고 그리곤 했다. 그러다가 동무가 있으면 땅따먹기도 했다. 상대편의 말을 맞히고 뼘을 재어 구름이 피어오르는 듯한 땅과 무성한 나무 같은 땅을 만드는 게 재미있었다. 그날도 아이는 옆집 애와 길가에서 땅따먹기를 하고 있었다. 옆집 애의 땅한테 아이의 땅이 거의 잠식당하고 있었다. 한쪽 금에 붙어 꼭 반달처럼 생긴 땅과 거기에 붙은 한 뼘 남짓한 땅이 남았을 뿐이었다. 그것마저 옆집 애가 새로 말을 맞히고 한 뼘 재 먹은 뒤에는 반달에 붙은 땅이 또 줄었다. 이번에는 아이가 칠차례였다. 옆집 애가 말을 놓았다. 그것은 아이의 반달 땅 끝에서 한껏 먼 곳이었다. 그러나 아이는 기어코 반달 끝에다 자기의 말을 놓았다. 옆집 애는 아이의 반달 땅에 달린 다른 나머지 땅에서가 자기의 말이 제일 가까운데 왜 하필 반달 끝에서 치려는지 이상히 여기는 눈치였다. 사실 아이의 어디까지나 반달 끝에다 한 뼘 맘껏 돌러 재어 동그라미를 그어 놓았으면 얼마나 아름다울지 모르겠다는

⑨ ➡ 아이는 어머니에 대한 환상을 지키기 위해 일부러 누이에게 더 매몰차게 굴고 있어.

⑩ ➡ 아이는 자신을 어머니처럼 돌봐 주는 누이를 거부하고 있어. 아이의 생각이 아직 미숙하다는 것을 알 수 있지.

수능에 나올 수도 있어!

수능 만점 선생님

계획[⑪]을 옆집 애는 알 턱 없었다. 아이는 반달 끝에서 옆집 애의 말까지의 길을 닦았다. 이번에는 꼭 맞혀 이 반달 위에 무지개 같은 동그라미를 그어 놓으리라. 아이의 입은 꼭 다물어지고 눈은 빛났다. 뒤이어 아이는 옆집 애의 말을 겨누어 엄지손가락에 버텼던 장가락^('가운뎃손가락'의 사투리)를 퉁겼다. 그러나 아이의 장가락 손톱에 맞은 말은 옆집 애의 말에서 꽤 먼 거리를 두고 빗나갔다. 옆집 애가 됐다는 듯이 곧 자기의 말을 집어 들며 아이가 아무리 먼 곳에 말을 놓더라도 대번에 맞혀 버리겠다는 득의의 미소를 떠올렸다. 그러면서 아이의 말 놓기를 기다리다가 흐려지지도 않은 경계선을 사금파리^(사기그릇의 깨어진 작은 조각) 말을 세워 그었다. 아이의 반달 끝이 이지러지게 그어졌다. 아이가, 이건 왜 이르캐? 하고 고함쳤다. 옆집 애는 곧 다시 고쳐 금을 그었다. 옆집 애는 아이가 자기의 땅을 줄게 그어서 그러는 줄로 알았는지, 이번에는 반달의 등이 약간 살찌게 그어 놓았다. 아이는 그래도, 것두 아냐! 했다. 그러는데 어느새 왔었는지 누이가 등 뒤에서 옆집 애의 말을 빼앗아서는 동생을 도와 반달의 배가 부르게 긋기 시작했다. 그러나 아이는 누이가 채 다 긋기도 전에 손바닥으로 막 지워 버리면서, 이건 더 아냐! 이건 더 아냐! 하고 소리 질렀다.

하루는 아이가 뜰 안에서 혼자 땅바닥에다 지도 같은 금을 그으며 놀고 있는데, 바깥에서 누이가 뒷집 계집애와 싸우는 소리가 들려, 마침 안의 어른들이 듣지 못하고 있는 것을 다행으로 열린 대문 새로 내다보았다. **아이가 늘 이쁘다고 생각해 오던 뒷집 계집애[⑫]**의 내민 역시 이쁜 얼굴에서, 그래 안 맞았단 말이가? 하는 말소리가 빠른 속도로 계속되는 대로, 또 누이의 내민 밉게 찌그러진 얼굴에서는, 안 맞디 않구, 하는 소리가 같은 속도로 계속되고 있었다. 땅따먹기 하다가 말이 맞았거니 안 맞았거니 해서 난 싸움이 분명했다. 어느 편이 하나 물러나는 법 없이 점점 더 다가들면서 내민 입으로 자기의 말소리를 좀 더 이악스레^(기세가 굳세고 끈덕지게) 빠르게들 하고 있는데, 저쪽에서 뒷집 계집애의 남동생이 달려오더니 다짜고짜로 누이에게 흙을 움켜 뿌리는 것이 아닌가. 그러자 뒷집 계집애의 이쁜 얼굴이 더 내밀어지며, 그래 안 맞았단 말이가? 하는 소리가 더 날카롭게 빠

⑪ ▶ 승부와 상관없이 자신이 원하는 그림을 그리려 하는 아이의 순수한 모습이 드러나.

⑫ ▶ 아이는 자신의 어머니가 매우 아름다웠을 것이라고 믿고 있어. 그래서인지 외적인 아름다움에 집착하는 모습을 보이지.

수능에 나올 수도 있어!

수능 만점 선생님

르게 계속되는 한편, 누이는 먼저 한 걸음 물러나며, 안 맞디 않구 하는 소리도 떠져 갔다. 뒷집 계집애의 남동생이 또 흙을 움켜 뿌렸다. 뒷집 계집애의 남동생이 흙을 움켜 뿌릴 적마다 이쪽 누이는 흠칫흠칫 물러나며 말소리가 줄고, 뒷집 계집애의 말소리는 더욱 잦아 갔다. 그러자 아이는 저도 깨닫지 못하고 대문을 나서 그리로 걸어갔다. 아이를 보자 뒷집 계집애의 남동생이 우선 흙 뿌리기를 멈추고, 다음에 뒷집 계집애가 다가오기를 멈추고, 다음에 계집애의 말소리가 늦추어지고, 다음에 누이가 뒷걸음치던 걸음을 멈추었다. 그리고 누이는 뒷집 계집애의 남동생처럼 자기의 남동생도 역성을 들러 오는 것으로만 안 모양이어서 차차 기운을 내어 다가 나가며, 안 맞디 않구, 안 맞디 않구, 하는 소리를 점점 빠르게 회복하고 있었다. 거기 따라 뒷집 계집애는 도로 물러나며 점차, 그래 안 맞았단 말이가? 하는 소리를 늦추고 있고, 뒷집 계집애의 남동생도 한옆으로 아이를 피하고 있었다. 그러나 아이는 싸움터로 가까이 가자 누이의 흥분된 얼굴이 전에 없이 더 흉하게 느껴지면서, 어디 어머니가 저래서야 될 말이냐는 생각에, 냉연하게^(쌀쌀맞게) 그곳을 지나쳐 버리고 말았다. 그리고 등 뒤로 도로 빨라지는 뒷집 계집애의 말소리와 급작스레 떠 가는 누이의 말소리를 들으면서도 아이는 누이보다 이쁜 뒷집 계집애가 싸움에 이기는 게 옳다고 생각하며^⑬ 저만큼 골목 어귀에서 여물을 먹고 있는 당나귀에게로 걸어갔다.

열네 살의 소년이 된 아이는 뒷집 계집애보다 더 이쁜 소녀와 알게 되었다. 검고 맑고 깊은 눈하며, 깨끗하고 건강한 볼, 그리고 약간 노란 듯한 머리카락에서 풍기는 숫한 향기. 아이는 소녀와 함께 있으면서 그 맑은 눈과 건강한 볼과 머리카락 향기에 온전히 홀린 마음으로 그네를 바라보기만 하면 그만이었다.^⑭ 그러나 소녀 편에서는 차차 말없이 자기를 쳐다보기만 하는 아이에게 마음 한구석으로 어떤 부족감을 느끼는 듯했다. 하루는 아이와 소녀는 모란봉 뒤 한 언덕에 대동강을 등지고 나란히 앉아 있었다. 언덕 앞 연보랏빛 하늘에는 희고 산뜻한 구름이 빛나며 떠가고 있었다. 아이가 구름에 주었던 눈을 소녀에게로 돌렸다. 그러고는 소녀의 얼굴을 언제까지나 들여다보기 시작했다. 소녀의 맑은 눈에도 연

⑬ → 아이는 아름다운 뒷집 아이가 누이보다 어머니에 가까운 존재라고 생각해.

⑭ → 아이는 아름다운 소녀에게서 어머니를 찾고 싶어 하고, 소녀와 함께하며 안정을 느끼려 하지.

아주 중요해!

수능 만점 선생님

보랏빛 하늘이 가득 차 있었다. 이제 구름도 피어나리라. 그러나 이때 소녀는 또 자기만 말끄러미 바라보고 있는 아이에게 느껴지는 어떤 부족감을 못 참겠다는 듯한 기색을 떠올렸는가 하면, 아이의 어깨를 끌어당기면서 어느새 자기의 입술을 아이의 입에다 갖다 대고 비비었다. 아이는 저도 모르게 피하는 자세를 취하였으나 서로 입술을 비비고 난 뒤에야 소녀에게서 물러났다. 벌떡 일어났다. 그리고 아이는, 거친 숨을 쉬면서 상기돼 있는 소녀를 내려다보았다. 이미 소녀는 아이에게 결코 아름다운 소녀는 아니었다. 얼마나 추잡스러운 누인가. 이 소녀도 어머니가 아니라는 생각이 불현듯 떠올랐다.⑮ 아이는 소녀에게서 돌아섰다. 소녀는 실망과 멸시로 찬 아이의 기색을 느끼며 아이를 붙들려 했으나 아이는 쉽게 그녀를 뿌리치고 무성한 여름의 언덕길을 뛰어내릴 수 있었다.

하늘에 별이 별나게 많은 첫가을 밤이었다. 아이는 전에 땅 위의 이슬 같이만 느껴지던 별이 오늘 밤엔 그 어느 하나가 꼭 어머니일 것 같은 생각이 들어,⑯ 수많은 별을 뒤지고 있었다. 그러나 아이는 곧 안에서 누구를 꾸짖는 듯한 아버지의 음성에 정신을 깨치고 말았다. 아이는 다시 하늘로 눈을 부었으나 다시는 어느 별 하나가 어머니라는 환상을 붙들 수는 없었다. 아쉬웠다. 다시 아버지의 누구를 꾸짖는 듯한 음성이 들려 나왔다. 아이는 아쉬운 마음으로 아버지의 음성이 들려오는 창 가까이로 갔다. 안에서는 아버지가 두 번 다시 그런 눈치만 뵀단 봐라, 죽여 없애구 말 테니, 꼭대기 피두 안 마른 년이 누굴 망신시킬려구, 하는 품이 누이 때문에 여간 노한 게 아닌 것 같았다. 좀한 일에는 노하는 일이 없는 아버지가 이렇도록 노함에는 심상치 않은 일이 일어났음에 틀림없었다. 의붓어머니의 조심스런 음성으로, 좌우간 그편 집안을 알아보시구레, 하는 말이 들려 나왔다.⑰ 이어서 여전히 아버지의, 알아보긴 쥐뿔을 알아봐! 하는 노기 찬 음성이 뒤따랐다. 이번엔 누이의 나직이 떨리는 음성이 한 번, 동무의 오래비야요, 했다. 이젠 학교두 고만둬라, 하는 아버지의 고함에, 누이 아닌 아이가 등골이 서늘해짐을 느꼈다. 그러면서 얼마 전에 누이가 호리호리한 키에 흰 얼굴을 한 청년과 과수 노파가 살고 있는 골목 안에 마주 서 있는 것을 본 일이 생각났다. 그때 누

⑮ ➜ 아이는 아름다운 소녀를 어머니와 동일시하려 하지만, 소녀의 행동으로 말미암아 소녀가 어머니 같은 존재가 될 수 없다는 사실을 깨닫게 돼. ⑯ ➜ 아이는 세상을 떠난 어머니를 환상적 존재인 '별'로 인식하고 있네. ⑰ ➜ 누이를 매도하는 아버지와 다르게 의붓어머니는 누이의 마음을 헤아리려 하고 있어.

주목!

수능 만점 선생님

이는 청년이 한반 동무의 오빠인데 심부름을 왔다고 변명하듯 말했고, 아이는 아이대로 그저 모른 체하고 있었으나, 속으로는 누이 같은 여자와 좋아하는 청년의 마음을 정말 모르겠다고 생각했었다. 그 청년과 누이가 만나는 것을 집안에서도 알았음에 틀림없었다. 지금 안에서 의붓어머니의 낮으나 힘이 든 음성으로, 얘 넌 또 웬 성냥 장난이가! 하는 것만은 이제는 유치원에 다니게 된 이복동생을 꾸짖는 소리리라. 요사이 차차 의붓어머니가 어렵고 두렵기만 한 게 아니고 진정으로 자기네를 골고루 위해 주고 있다는 것을 깨닫게 된 아이는, 동복인 누이의 일로 의붓어머니를 걱정시키는 것이 아버지에게보다 더 안됐다고 생각됐다. 다시 의붓어머니의 조심성 있고 은근한 음성으로, 너두 생각이 있갔디만 이제 네게 잘못이라두 생기믄 땅속에 있는 너의 어머니한테 어떻게 내가 낯을 들겠니, 자 이젠 네 방으루 건너가라, 함에 아이는 이번에는 의붓어머니의 애정에 얼굴이 달아오르면서, **정말 누이가 돌아간 어머니까지 들추어내게 하는 일을 저질렀다가는 용서 않는다고 절로 주먹이 쥐어졌다.**[18] 어디서 스며 오듯 누이의 흐느끼는 소리가 들려왔다. 두 번 다시 그런 일만 있었단 봐라, 초매('치마'의 사투리)루 묶어서 강물에 집어넣구 말디 않나, 하는 아버지의 약간 노염은 풀렸으나 아직 엄한 음성에, 아이는 이번에는 또 밤바람과 함께 온몸을 한 번 부르르 떨었다.

꽤 쌀쌀한 어떤 날 밤이었다. 의붓어머니가 아버지에게 애걸하다시피 하여 학교만은 그냥 다니게 된 누이보고 아이가, 우리 산보 가, 했다. 누이는 먼저 뜻하지 않았던 일에 놀란 듯 흐린 눈을 크게 떠 보이고 나서 곧 아이를 따라나섰다. 밖은 조각달이 달려 있었다. 그리고 수많은 별들이 빛나고 있었다. 싸늘한 바람이 불어왔다. 바람이 불어올 적마다 별들은 빛난다기보다 떨고 있는 것만 같았다. 아이는 앞서 대동강 쪽으로 난 길을 접어들었다. 누이는 그저 아이를 따랐다. 어둑한 속에서도 이제 누이를 놀래어 주리라는 계교 때문에 아이의 얼굴은 미소가 떠올라 있었다. 강둑을 거슬러 오르니까 더 써느러웠다. 전에 없이 남동생이 자기를 밖으로 이끌어 낸 것을 의아하게 여기는 눈치로, 그러나 즐거운 듯이 누이가 아이에게, 춥디 않니? 했다. 아이는 거칠게 머리를 옆으로 저었다. 젓고 나서 어둠으로 해서 누이가 자기의 머리 저음을 분간치 못했으리라고 깨달았으나 아

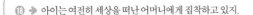

18 ➔ 아이는 여전히 세상을 떠난 어머니에게 집착하고 있지.

이는 그냥 잠자코 말았다. 누이가 돌연 혼잣말처럼, 사실 나 혼자였다믄 벌써 죽구 말았어, 죽구 말디 않구, 살믄 멀 하노[19] …… 그래두 네가 있어 그렇디, 둘이 있다 하나가 죽으믄 남는 게 더 불쌍할 것 같애서 …… 난 정말 그래, 하며 바람 때문인지 약간 느끼는 듯했다. 아이는 혹시 집에서 누이의 연애 사건을 알게 된 것이 자기가 아버지나 의붓어머니에게 고자질한 것으로 잘못 알고 있지나 않나 하는 생각이 들자, 누이를 쓸어안고 변명이나 할 듯이 획 돌아섰다. 누이도 섰다. 그러나 아이는 계획해 온 일을 실현할 좋은 계기를 바로 붙잡았음을 기뻐하며[20] 누이에게, 조매 벗어라! 하고 고함을 치고 말았다. 뜻밖에 당하는 일로 잠시 어쩔 줄 모르고 섰다가 겨우 깨달은 듯이 누이는 어둠 속에서 조용히 저고리를 벗고 어깨치마를 머리 위로 벗어 냈다. 아이가 치마를 빼앗아 땅에 길게 폈다. 그리고 아이는 아버지처럼 엄하게 가루 눠라! 했다. 누이는 또 곧 순순히 하라는 대로 했다. 그러나 아이는 치마로 누이를 묶어 강물에 집어넣는 차례에 이르러서는 자기의 하는 일이면 누이가 죽는 한이 있더라도 아무 항거(抗拒, 순종하지 않고 맞서서 반항함) 없이 도리어 어머니다운 애정으로 따라할 것만 같은 생각이[21] 들며, 누이가 돌아간 어머니와 같은 애정을 베풀어서는 안 된다고 치마 위에 이미 죽은 듯이 누워 있는 누이를 그대로 남겨 둔 채 돌아서 그곳을 떠나고 말았다.

누이는 시내 어떤 실업가의 막내아들이라는 작달막한 키에 얼굴이 검푸른, 누이의 한반 동무의 오빠라는 청년과는 비슷도 안 한 남자와 아무 불평 없이 혼약을 맺었다. 그러고 나서 얼마 안 되어 결혼하는 날, 누이는 가마 앞에서 의붓어머니의 팔을 붙잡고는 무던하나 슬프게 울었다. 아이는 골목에 몸을 숨기고 있었다. 누이는 동네 아낙네들이 떼어 놓는 대로 가마에 오르기 전에 젖은 얼굴을 들었다. 자기를 찾고 있음에 틀림없다고 생각하면서도, 아이는 그냥 몸을 숨기고 있었다. 그리고 누이가 시집간 지 또 얼마 안 되는 어느 날, 별나게 빨간 놀이 진 늦저녁 때 아이네는 누이의 부고(訃告, 사람의 죽음을 알림. 또는 그런 글)를 받았다. 아이는 언뜻 누이의 얼굴을 생각해 내려 하였으나 도무지 떠오르지가 않았다. 슬프지도 않았다. 그러다가 아이는 지난날 누이가 자기에게 만들어 주었던, 뒤에 과수 노

19 ➡ 누이는 연애 사건으로 매우 힘들어하지만, 동생을 생각하는 마음으로 견디고 있어. 20 ➡ 누이에 대한 미움이 누이를 죽이고 싶다는 생각으로까지 발전했다는 걸 알 수 있어. 21 ➡ 아이는 누이의 사랑이 어머니의 사랑같이 깊다는 사실을 깨달았어. 하지만 그 생각을 애써 거부하고 있지.

내신 준비!

수능 만점 선생님

파가 사는 골목 안에 묻어 버린 인형의 얼굴이 떠오를 듯함을 느꼈다.²² 아이는 골목으로 뛰어갔다. 거기서 아이는 인형 묻었던 자리라고 생각 키우는 곳을 손으로 팠다. 흙이 단단했다. 손가락을 세워 힘껏 힘껏 파 댔다. 없었다. 짐작되는 곳을 또 파 보았으나 없었다. 벌써 썩어 흙과 분간치 못하게 된 지가 오래리라. 도로 골목을 나오는데 전처럼 당나귀가 매어 있는 게 눈에 띄었다. 그러나 전처럼 당나귀가 아이를 차지는 않았다. 아이는 달구지채에 올라서지도 않고 전보다 쉽사리 당나귀 등에 올라탔다.

당나귀가 전처럼 제 꼬리를 물려는 듯이 돌다가 날뛰기 시작했다. 그리고 아이는 당나귀에게나처럼, 우리 누이를 왜 쬑엔! 왜 쬑엔! 하고 소리 질렀다. 당나귀가 더 날뛰었다. 당나귀가 더 날뛸수록 아이의, 왜 쬑엔! 왜 쬑엔! 하는 지름소리_(목청을 높여서 크게 내는 소리)가 더 커 갔다. 그러다가 아이는 문득 골목 밖에서 누이의, 데런! 하는 부르짖음을 들은 거로 착각하면서, 부러 당나귀 등에서 떨어져 굴렀다. 이번에는 어느 쪽 다리도 삐지 않았다. 그러나 아이의 눈에는 그제야 눈물이 괴었다.²³ 어느새 어두워지는 하늘에 별이 돋아났다가 눈물 괸 아이의 눈에 내려왔다. 아이는 지금 자기의 오른쪽 눈에 내려온 별이 돌아간 어머니라고 느끼면서, 그럼 왼쪽 눈에 내려온 별은 죽은 누이가 아니냐는 생각에 미치자 아무래도 누이는 어머니와 같은 아름다운 별이 되어서는 안 된다고 머리를 옆으로 저으며 눈을 감아 눈 속의 별을 내몰았다.²⁴

아주
중요해!

수능 만점 선생님

22 ➡ 아이는 누이가 죽은 뒤에야 누이의 사랑을 깨닫고 있어.   23 ➡ 이 장면은 아이가 누이 때문에 당나귀 등에서 떨어졌던 과거 장면과 대비된단다. 아이는 이를 통해 누이를 그리워하게 되지.   24 ➡ 누이는 죽음으로써 아이의 마음속에 별 같은 존재로 남게되었어. 하지만 아이는 이를 애써 무시하고 있지.

정리해 볼까요(그룹 채팅)

● 작가에 대해서 알아볼까요?

킬링 포인트

> 황순원 작가는 1915년 평안남도 대동군에서 태어났어. 1931년 〈동광〉에 시 「나의 꿈」을 발표하며 등단했지. 1940년에는 단편집 「늪」을 발표하면서 소설 창작에 힘쓰게 됐단다. 장편 「나무들 비탈에 서다」로 예술원상을, 「신들의 주사위」로 대한민국 문학상 본상을 수상했어. 대표작으로는 「소나기」를 비롯해 「별」, 「독 짓는 늙은이」, 「카인의 후예」, 「나무들 비탈에 서다」 등을 꼽을 수 있단다. 황순원 작가는 시적인 소설을 썼다고 평가받고 있어. 간결하고 세련된 문체와 감각적인 묘사, 토속적인 정서 등이 작품의 특징이지. 특히 「별」, 「소나기」 등은 순수하면서도 슬프고 아름다운 분위기를 자아내 많은 사랑을 받았단다.

읽음

> 소설의 문장 하나하나가 참 시적이라는 느낌을 받았는데, 이유가 있었군요!

 100점

● 작품에 대해서 정리해 보죠!

킬링 포인트

> **작가** : 황순원
> **갈래** : 단편 소설, 성장 소설
> **배경** : 시간적 – 가을 | 공간적 – 대동강 변 어느 마을
> **시점** : 전지적 작가 시점
> **주제** : 누이의 죽음을 통한 소년의 성장
> **출전** : 〈인문평론〉(1941)

킬링 포인트
무조건
알아야 해!

> 「별」은 세상을 떠난 어머니의 환상에 집착하던 아이가 누이의 죽음을 계기로 성장하는 모습을 담은 소설이야. 아이는 세상을 떠난 어머니가 못생긴 누이와 닮았다는 이야기를 듣자, 누이를 미워하게 돼. 어머니에 대한 환상을 지키기 위해 일부러 누이를 거부하는 거지. 누이의 연애가 발각되자, 아이는 누이에게 분노를 품고 누이를 대동강에 빠뜨리려다가 그만둬. 순종적인 누이에게서 어머니의 모습을 발견했기 때문이지. 누이는 사랑하지 않는 남자와 결혼한 후 머지않아 죽게 돼. 누이의 부고를 받은 아이는 그제야 누이의 사랑을 깨닫고 눈물을 흘리지. 하지만 누이 같은 사람이 별이 되어서는 안 된다며 애써 누이를 마음에서 몰아내려 해. 아이는 누이의 죽음으로 말미암아 성장했지만, 아직 미성숙한 모습이 남아 있는 셈이지.

읽음

> 아이는 어머니에 대한 집착으로 누이에게 많은 상처를 줬군요. 누이가 죽고 나서야 누이의 사랑을 깨닫게 되다니, 너무 마음이 아파요.

 100점

킬링 포인트

발단: 아이는 죽은 어머니와 누이가 닮았다는 이야기를 들음

아이는 누이가 죽은 어머니와 닮았다는 말을 우연히 듣게 돼. 어머니가 세상에서 제일 아름답다고 믿는 아이는 누이를 미워하게 되지.

전개: 아이는 누이를 매몰차게 거부함

아이는 누이가 준 인형을 버리고, 누이가 도와주려고 할 때마다 차갑게 거절해. 이복동생을 꼬집어 누이를 곤경에 빠뜨리고, 싸우는 누이를 돕지도 않지. 아이는 예쁜 소녀를 알게 되지만, 소녀가 입을 맞추자 실망하게 돼.

위기: 아이는 누이를 강물에 빠뜨리려고 함

누이는 부모님 몰래 남자를 만났다가 크게 혼나. 아이는 어머니 이야기까지 나오게 한 누이에게 분노하지. 결국 아이는 누이를 강물에 빠뜨리려고 해. 하지만 누이가 자신의 말에 순순히 따르는 모습을 보고는 단념하지.

절정: 아이는 시집간 누이의 부고를 들음

누이는 사랑하지 않는 사람과 결혼하게 되고, 얼마 지나지 않아 죽어. 아이는 누이의 부고를 듣고, 누이가 준 인형을 찾으러 가지만 찾지 못하지.

결말: 아이는 누이를 그리워하며 눈물을 흘림

아이는 당나귀 등에 올라타 왜 누이를 죽였느냐고 소리를 지르다가 떨어져. 아이는 그제야 누이의 죽음을 실감하고 눈물을 흘리지. 아이는 누이 역시 별이 되어 내려왔다고 느끼지만, 그 별을 몰아내기 위해 눈을 감아.

OOPS! 읽음

아이는 결말에 가서야 누이의 소중함을 깨닫게 되는군요. 작품 전개에 따라 아이가 성장하는 게 인상 깊어요.

👍100점

● **아이의 뇌 구조를 알아볼까요?**

어머니는 세상에서 가장 아름다울 거야! 누이가 어머니를 닮았을 리 없지.

누이는 늘 나를 다정히 대해 주네.

누이가 어머니를 닮았을 리 없지.

예쁜 소녀도 어머니와 다르구나.

못난 누이는 별이 되어선 안 돼!

수능 만점 감사

1 이 작품에 대한 설명으로 옳은 것은?

① 무분별한 외모 지상주의를 비판하고 있다.
② 산업화로 말미암아 사람들이 떠나간 시골 마을이 배경이다.
③ 한 인물이 성장하는 모습을 담고 있다.
④ 역순행적 구조를 보이고 있다.
⑤ 건조한 문체를 활용해 사실성을 높이고 있다.

2 다음 밑줄 친 부분과 성격이 같은 소재는?

> 누이가 비단 색 헝겊을 모아 만들어 준 낭자를 튼 예쁜 각시 인형이었다.

① 책상 앞으로 가 란도셀 속에서 산수책을 꺼내다가 그 속에 인형을 발견하고 주춤 손을 거두었다.
② 그러나 아이는 기어코 반달 끝에다 자기의 말을 놓았다.
③ 뒷집 계집애의 남동생이 달려오더니 다짜고짜로 누이에게 흙을 움켜 뿌리는 것이 아닌가.
④ 아이는 옥수수를 좋아했다.
⑤ 아이가 치마를 빼앗아 땅에 길게 폈다.

3 다음 글을 읽고 나올 수 있는 반응으로 옳지 <u>않은</u> 것은?

> 아이는 지금 자기의 오른쪽 눈에 내려온 별이 돌아간 어머니라고 느끼면서, 그럼 왼쪽 눈에 내려온 별은 죽은 누이가 아니냐는 생각에 미치자 아무래도 누이는 어머니와 같은 아름다운 별이 되어서는 안 된다고 머리를 옆으로 저으며 눈을 감아 눈 속의 별을 내몰았다.

① 재환 : 돌아가신 어머니를 닿을 수 없는 존재인 별로 표현한 게 낭만적이야.
② 지수 : 아이는 누이를 인정하지 않으려 했지만, 누이의 죽음은 왼쪽 눈에 내려온 별이 누이라는 생각을 하게 했네.
③ 현빈 : 아이는 누이의 죽음을 통해 한층 성장했다고 볼 수 있어.
④ 성우 : 눈을 감아 누이 생각을 내모는 걸 보니 아직 완전한 성장에 이르지는 못한 것 같아.
⑤ 진영 : 눈 속의 별을 내모는 걸 보니 아이는 앞으로 누이를 생각하지 않을 것 같아.

4 이 작품을 희곡으로 각색하기 위해 작중 대사에 지문을 추가하려 한다. 어색한 지문을 고르면?

①	우리 오마니 닛몸은 우리 누이 닛몸터럼 검디 않구 이뻤디요?	(기대에 찬 눈빛으로)
②	내가 애 엉뎅일 꼬집었이요.	(침울한 표정으로)
③	너두 생각이 있갔디만 이제 네게 잘못이라두 생기믄 땅속에 있는 너의 어머니한테 어떻게 내가 낯을 들겠니.	(걱정스러운 목소리로)
④	사실 나 혼자였다믄 벌써 죽구 말았어, 죽구 말디 않구, 살믄 멀 하노.	(조용조용한 목소리로)
⑤	우리 누이를 왜 쥑엔! 왜 쥑엔!	(울부짖으며)

5 다음 내용과 가장 어울리는 사자성어를 적으시오.

> 손가락을 세워 힘껏 힘껏 파 댔다. 없었다. 짐작되는 곳을 또 파 보았으나 없었다. 벌써 썩어 흙과 분간치 못하게 된 지가 오래리라.

 망양보뢰(亡羊補牢) : 이미 어떤 일을 실패한 뒤에 뉘우쳐도 아무 소용이 없음을 이르는 말

6 이 작품에서 '별'이 의미하는 것은 무엇인지 서술하시오.

내신 준비!

OOPS!

> 별은 아름답고 환상적이지만 닿을 수 없는 존재다. 이는 아이의 마음속에 자리 잡은, 세상을 떠난 어머니의 이미지와 같다. 마지막 장면에서 아이는 죽은 누이 역시 별이 되는 게 아닐까 생각한다. 이는 아이가 누이의 사랑을 깨달을 수 있을 정도로 성장했음을 나타낸다. 결국 '별'은 그리움의 대상이자, 아이의 성숙을 드러내는 소재라고 할 수 있다.

● **수능 만점 선생님의 감상 꿀팁**

> 이 작품 속 아이는 '아름다운 어머니'라는 환상을 지키기 위해 누이를 거부해. 아이는 누이가 죽고 나서야 누이의 사랑을 깨닫게 되지. 누이의 죽음을 통해 아이의 정신이 한층 성장한 거야. 하지만 아이는 마음속에서 별이 된 누이를 밀어내려 하지. 마지막 장면을 다양하게 해석해 본다면 이 작품의 가치를 더욱 만끽할 수 있을 거야.

미리 들여다보는 인물 X 파일

여기서 잠깐!

아, 쟤 앞에선 왜 이렇게 가슴이 두근거리는 거야. 바보처럼!

이 진흙물 흔적은 도랑 건널 때 저 애 등에서 옮은 물이구나. 잘 간직해야지…….

좋아하는 사이

소년

소녀

수능 만점 선생님의 감상 꿀팁!

이 소설은 소년과 소녀의 짧고 순수한 사랑을 서정적으로 그린 작품이야. '소나기'를 비롯한 여러 소재가 사건 전개에 어떠한 영향을 끼치는지, 또 인물의 심리가 어떻게 변화하는지 살피며 감상하자.

소나기

#한 폭의 수채화 같은 풋풋한 사랑 이야기

소년은 개울가에서 소녀를 보자 곧 윤 초시네 증손녀 딸이라는 걸 알 수 있었다. 소녀는 개울에다 손을 잠그고 물장난을 하고 있는 것이다. 서울서는 이런 개울물을 보지 못하기나 한 듯이.

벌써 며칠째 소녀는, 학교에서 돌아오는 길에 물장난이었다. 그런데 어제까지 개울 기슭에서 하더니, 오늘은 징검다리 한가운데 앉아서 하고 있다.

소년은 개울둑에 앉아 버렸다. 소녀가 비키기를 기다리자는 것이다.[1]

요행 지나가는 사람이 있어, 소녀가 길을 비켜 주었다.

다음 날은 좀 늦게 개울가로 나왔다.

이날은 소녀가 징검다리 한가운데 앉아 세수를 하고 있었다. 분홍 스웨터 소매를 걷어 올린 팔과 목덜미가 마냥 희었다.

한참 세수를 하고 나더니, 이번에는 물속을 빤히 들여다본다. 얼굴이라도 비추어 보는 것이리라. 갑자기 물을 움켜 낸다. 고기 새끼라도 지나가는 듯.

소녀는 소년이 개울둑에 앉아 있는 걸 아는지 모르는지 그냥 날쌔게 물만 움켜 낸다. 그러나 번번이 허탕이다. 그대로 재미있는 양, 자꾸 물만 움킨다. 어제처럼 개울을 건너는 사람이 있어야 길을 비킬 모양이다.

[1] 소년의 소극적이면서도 소심한 성격이 드러난 부분이야.

그러다가 소녀가 물속에서 무엇을 하나 집어낸다. 하얀 조약돌이었다. 그러고는 벌떡 일어나 팔짝팔짝 징검다리를 뛰어 건너간다.

다 건너가더니만 홱 이리로 돌아서며,

"이 바보."

조약돌이 날아왔다.❷

소년은 저도 모르게 벌떡 일어섰다.

단발머리를 나풀거리며 소녀가 막 달린다. 갈밭 사잇길로 들어섰다. 뒤에는 청량한 가을 햇살 아래 빛나는 갈꽃뿐.

이제 저쪽 갈밭머리로 소녀가 나타나리라. 꽤 오랜 시간이 지났다고 생각했다. 그런데도 소녀는 나타나지 않는다. 발돋움을 했다.❸ 그러고도 상당한 시간이 지났다고 생각됐다.

저쪽 갈밭머리에 갈꽃이 한 옴큼 움직였다. 소녀가 갈꽃을 안고 있었다. 그리고 이제는 천천한 걸음이었다. 유난히 맑은 가을 햇살이 소녀의 갈꽃머리에서 반짝거렸다. 소녀 아닌 갈꽃이 들길을 걸어가는 것만 같았다.

소년은 이 갈꽃이 아주 뵈지 않게 되기까지 그대로 서 있었다. 문득 소녀가 던진 조약돌을 내려다보았다. 물기가 걷혀 있었다. 소년은 조약돌을 집어 주머니에 넣었다.

다음 날부터 좀 더 늦게 개울가로 나왔다. 소녀의 그림자가 뵈지 않았다. 다행이었다. 그러나 이상한 일이었다. 소녀의 그림자가 뵈지 않는 날이 계속될수록 소년의 가슴 한구석에는 어딘가 허전함이 자리 잡는 것이었다. 주머니 속 조약돌을 주무르는 버릇이 생겼다.

그러한 어떤 날, 소년은 전에 소녀가 앉아 물장난을 하던 징검다리 한가운데에 앉아 보았다. 물속에 손을 잠갔다. 세수를 하였다. 물속을 들여다보았다. 검게 탄 얼굴이 그대로 비치었다. 싫었다.

소년은 두 손으로 물속의 얼굴을 움키었다. 몇 번이고 움키었다. 그러다가 깜짝 놀라 일어나고 말았다. 소녀가 이리로 건너오고 있지 않느냐.

주목!

❷ ▶ 소년의 소극적인 태도에 대한 소녀의 불만이 표출되어 있어. 더불어 소년에 대한 관심도 엿볼 수 있지.

❸ ▶ 소녀에 대한 소년의 관심이 커졌다는 것을 드러내고 있어.

수능 만점 선생님

숨어서 내가 하는 일을 엿보고 있었구나. 소년은 달리기를 시작했다. 디딤돌을 헛디뎠다. 한 발이 물속에 빠졌다. 더 달렸다.❹

몸을 가릴 데가 있어 줬으면 좋겠다. 이쪽 길에는 갈밭도 없다. 메밀밭이다. 전에 없이 메밀꽃 냄새가 짜릿하니 코를 찌른다고 생각됐다. 미간이 아찔했다. 짭짤한 액체가 입술에 흘러들었다. 코피였다. 소년은 한 손으로 코피를 훔쳐 내면서 그냥 달렸다. 어디선가 '바보, 바보' 하는 소리가 자꾸만 뒤따라오는 것 같았다.

토요일이었다.

개울가에 이르니 며칠째 보이지 않던 소녀가 건너편 가에 앉아 물장난을 하고 있었다.

모르는 체 징검다리를 건너기 시작했다. 얼마 전에 소녀 앞에서 한번 실수를 했을 뿐, 여태 큰길 가듯이 건너던 징검다리를 오늘은 조심스럽게 건넌다.

"애."

못 들은 체했다. 둑 위로 올라섰다.

"애, 이게 무슨 조개지?"

자기도 모르게 돌아섰다. 소녀의 맑고 검은 눈과 마주쳤다. 얼른 소녀의 손바닥으로 눈을 떨구었다.

"비단조개."❺

"이름도 참 곱다."

갈림길에 왔다. 여기서 소녀는 아래편으로 한 삼 마장(거리의 단위로 오 리나 십 리가 못 되는 거리)쯤, 소년은 우대로(위쪽으로) 한 십 리 가까운 길을 가야 한다.

소녀가 걸음을 멈추며,

"너, 저 산 너머에 가 본 일 있니?"❻

벌 끝을 가리켰다.

"없다."

"우리 가 보지 않으련? 시골 오니까 혼자서 심심해 못 견디겠다."

"저래 뵈도 멀다."

---

❹ ➡ 소녀를 좋아하는 마음과 더불어 소년의 내성적이면서도 소심한 성격이 드러난 부분이야. ❺ ➡ 소년과 소녀의 첫 대화 매개체란다.

❻ ➡ 독자로 하여금 호기심을 불러일으키고 있어.

집중!

수능 만점 선생님

"멀면 얼마나 멀기에? 서울 있을 땐 사뭇 먼 데까지 소풍 갔었다."

소녀의 눈이 금세 바보, 바보, 할 것만 같았다.

논 사잇길로 들어섰다. 벼 가을걷이하는 곁을 지났다.

허수아비가 서 있었다. 소년이 새끼줄을 흔들었다. 참새가 몇 마리 날아간다. 참, 오늘은 일찍 집으로 돌아가 텃논⁽집터에 딸린 논⁾의 참새를 봐야 할걸, 하는 생각이 든다.

"야, 재밌다!"

소녀가 허수아비 줄을 잡더니 흔들어 댄다. 허수아비가 대고⁽무리하게 자꾸⁾ 우쭐거리며 춤을 춘다. 소녀의 왼쪽 볼에 살포시 보조개가 패었다.

저만치 허수아비가 또 서 있다. 소녀가 그리로 달려간다. 그 뒤를 소년도 달렸다. 오늘 같은 날은 일찌감치 집으로 돌아가 집안일을 도와야 한다는 생각을 잊어버리기라도 하려는 듯이.

소녀의 곁을 스쳐 그냥 달린다. 메뚜기가 따끔따끔 얼굴에 와 부딪친다. 쪽빛으로 한껏 개인 가을 하늘이 소년의 눈앞에서 맴을 돈다. 어지럽다. 저놈의 독수리, 저놈의 독수리, 저놈의 독수리가 맴을 돌고 있기 때문이다.

돌아다보니 소녀는 지금 자기가 지나쳐 온 허수아비를 흔들고 있다. 좀 전 허수아비보다 더 우쭐거린다.

논이 끝난 곳에 도랑❶이 하나 있었다. 소녀가 먼저 뛰어 건넜다.

거기서부터 산 밑까지는 밭이었다.

수숫단을 세워 놓은 밭머리를 지났다.

"저게 뭐니?"

"원두막."

"여기 참외, 맛있니?"

"그럼, 참외 맛도 좋지만 수박 맛은 더 좋다."

"하나 먹어 봤으면."

소년이 참외 그루에 심은 무밭으로 들어가, 무 두 밑을 뽑아 왔다. 아직 밑이 덜 들어 있었다. 잎을 비틀어 팽개친 후 소녀에게 한 개 건넨다. 그러고는 이렇게 먹어야 한다는 듯이 먼저 대강이를 한 입 베물어 낸 다음, 손톱으로 한 돌이 껍질을

❶ ➡ 소년이 소녀를 업고 건너게 된 계기, 즉 둘이 더욱 가까워지는 계기가 되는 소재지.

집중!

수능 만점 선생님

벗겨 우쩍 깨문다.

소녀도 따라 했다. 그러나 세 입
도 못 먹고,

"아, 맵고 지려."

하며 집어던지고 만다.

"참, 맛없어 못 먹겠다."

소년이 더 멀리 팽개쳐 버렸다.

산이 가까워졌다.

단풍이 눈에 따가웠다.

"야아!"

소녀가 산을 향해 달려갔다. 이번은 소년이 뒤
따라 달리지 않았다. 그러고도 곧 소녀보다 더 많은 꽃을 꺾
었다.

"이게 들국화, 이게 싸리꽃, 이게 도라지꽃……."

"도라지꽃이 이렇게 예쁜 줄은 몰랐네. 난 **보랏빛**❶이 좋아! ……근데 이 양산
같이 생긴 노란 꽃이 뭐지?"

"마타리꽃."

소녀는 마타리꽃을 양산 받듯이 해 보인다. 약간 상기된 얼굴에 살포시 보조
개를 떠올리며.

다시 소년은 꽃 한 옴큼을 꺾어 왔다. 싱싱한 꽃가지만 골라 소녀에게 건넨다.

그러나 소녀는,

"하나도 버리지 말어."

산마루께로 올라갔다.

맞은편 골짜기에 오순도순 초가집이 몇 모여 있었다.

누가 말한 것도 아닌데 바위에 나란히 걸터앉았다. 별로 주위가 조용해진 것
같았다. 따가운 가을 햇살만이 말라 가는 풀 냄새를 퍼뜨리고 있었다.

"저건 또 무슨 꽃이지?"

적잖이 비탈진 곳에 칡덩굴이 엉켜 끝물(그해의 맨 나중에 나는 것) 꽃을 달고 있었다.

❶➡ 앞으로의 비극을 암시하는 색이야.

"꼭 등꽃 같네. 서울 우리 학교에 큰 등나무가 있었단다. 저 꽃을 보니까 등나무 밑에서 놀던 동무들 생각이 난다."

소녀가 조용히 일어나 비탈진 곳으로 간다. 꽃송이가 달린 줄기를 잡고 끊기 시작한다. 좀처럼 끊어지지 않는다. 안간힘을 쓰다가 그만 미끄러지고 만다. 칡덩굴을 그러쥐었다.

소년이 놀라 달려갔다. 소녀가 손을 내밀었다. 손을 잡아 이끌어 올리며, 소년은 제가 꺾어다 줄 것을 잘못했다고 뉘우친다.❾

소녀의 오른쪽 무릎에 핏방울이 내맺혔다. 소년은 저도 모르게 생채기(긁혀서 생긴 작은 상처)에 입술을 가져다 대고 빨기 시작했다.❿ 그러다가 무슨 생각을 했는지 홱 일어나 저쪽으로 달려간다.

좀 만에 숨이 차 돌아온 소년은,

"이걸 바르면 낫는다."

송진을 생채기에다 문질러 바르고는 그 담음으로 칡덩굴 있는 데로 내려가 꽃 달린 몇 줄기를 이빨로 끊어 가지고 올라온다. 그러고는,

"저기 송아지가 있다. 그리 가 보자."

누렁 송아지였다. 아직 코뚜레도 꿰지 않았다.

소년이 고삐를 바투 잡아 쥐고 등을 긁어 주는 척 훌쩍 올라탔다. 송아지가 껑충거리며 돌아간다.

소녀의 흰 얼굴이, 분홍 스웨터가, 남색 스커트가 안고 있는 꽃과 함께 범벅이 된다. 모두가 하나의 큰 꽃묶음 같다. 어지럽다. 그러나 내리지 않으리라. 자랑스러웠다. 이것만은 소녀가 흉내 내지 못할 자기 혼자만이 할 수 있는 일인 것이다.⓫

"너희, 예서 뭣들 하느냐?"

농부 하나가 억새풀 사이로 올라왔다.

송아지 등에서 뛰어내렸다. 어린 송아지를 타서 허리가 상하면 어쩌느냐고 꾸지람을 들을 것만 같다.

그런데 나룻(수염)이 긴 농부는 소녀 편을 한번 훑어보고는 그저 송아지 고삐를

❾ ➡ 등장인물의 행동은 물론 그의 내면세계까지 설명하며 이야기를 이끌어 가는 방식인 전지적 작가 시점이 나타나 있어.

❿ ➡ 소녀를 위하고 걱정하는 마음이 소년의 적극적인 행동을 이끌어 내고 있네.

⓫ ➡ 이 소설의 시점은 주로 3인칭 관찰자 시점인데, 이처럼 전지적 작가 시점이 나타나기도 해.

내신 준비!

수능 만점 선생님

풀어내면서,

"어서들 집으로 가거라. 소나기[12]가 올라."

참 먹장구름[13] 한 장이 머리 위에 와 있다. 갑자기 사면이 소란스러워진 것 같다. 바람이 우수수 소리를 내며 지나간다. 삽시간에 주위가 보랏빛으로 변했다.

산을 내려오는데 떡갈나뭇잎에서 빗방울 듣는 소리가 난다. 굵은 빗방울이었다. 목덜미가 선뜻선뜻했다. 그러자 대번에 눈앞을 가로막는 빗줄기.

비안개 속에 원두막이 보였다. 그리로 가 비를 그을 수밖에.

그러나 원두막은 기둥이 기울고 지붕도 갈래갈래 찢어져 있었다. 그런 대로 비가 덜 새는 곳을 가려 소녀를 들어서게 했다. 소녀의 입술이 파랗게 질려 있었다. 어깨를 자꾸 떨었다.

무명 겹저고리를 벗어 소녀의 어깨를 싸 주었다. 소녀는 비에 젖은 눈을 들어 한번 쳐다보았을 뿐, 소년이 하는 대로 잠자코 있었다. 그러면서 안고 온 꽃묶음 속에서 가지가 꺾이고 꽃이 이그러진 송이를 골라 발밑에 버린다. 소녀가 들어선 곳도 비가 새기 시작했다. 더 거기서 비를 그을 수 없었다.

밖을 내다보던 소년이 무엇을 생각했는지 수수밭 쪽으로 달려간다. 세워 놓은 수숫단 속을 비집어 보더니 옆의 수숫단을 날라다 덧세운다. 다시 속을 비집어 본다. 그러고는 소녀 쪽을 향해 손짓을 한다.

수숫단 속은 비는 안 새었다. 그저 어둡고 좁은 게 안됐다. 앞에 나앉은 소년은 그냥 비를 맞아야만 했다. 그런 소년의 어깨에서 김이 올랐다.

소녀가 속삭이듯이, 이리 들어와 앉으라고 했다. 괜찮다고 했다. 소녀가 다시 들어와 앉으라고 했다. 할 수 없이 뒷걸음질을 쳤다. 그 바람에, 소녀가 안고 있는 꽃묶음이 우그러들었다.[14] 그러나 소녀는 상관없다고 생각했다. 비에 젖은 소년의 몸 내음새가 확 코에 끼얹혀졌다. 그러나 고개를 돌리지 않았다. 도리어 소년의 몸기운으로 해서 떨리던 몸이 적이 누그러지는 느낌이었다.

소란하던 수숫잎 소리가 뚝 그쳤다. 밖이 멀개졌다.

수숫단 속을 벗어 나왔다. 멀지 않은 앞쪽에 햇빛이 눈부시게 내리붓고 있었다. 도랑 있는 곳까지 와 보니, 엄청나게 물이 불어 있었다. 빛마저 제법 붉은 흙

내신 준비!

수능 만점 선생님

⑫ ➡ 소녀의 비극적 결말의 원인을 제공하는 소재야. 소년과 소녀의 짧고 순수한 사랑을 상징하기도 하지.

⑬ ➡ 어두운 분위기를 조성하면서 위기감을 고조시키는 소재야.

⑭ ➡ 소녀의 비극적인 운명을 암시하는 복선이라고 할 수 있어.

탕물이었다. 뛰어 건널 수가 없었다.

소년이 등을 돌려 댔다. 소녀가 순순히 업히었다. 걷어 올린 소년의 잠방이(짧게 만든 홑겹으로 지은 바지)까지 물이 올라왔다. 소녀는, 어머나 소리를 지르며 소년의 목을 그러안았다.

개울가에 다다르기 전에 가을 하늘이 언제 그랬는가 싶게 구름 한 점 없이 쪽 빛으로 개어 있었다.

그 뒤로 소녀의 모습이 보이지 않았다. 매일같이 개울가로 달려와 봐도 뵈지 않았다. 학교에서 쉬는 시간에 운동장을 살피기도 했다. 남몰래 5학년 여자 반을 엿보기도 했다. 그러나 보이지 않았다.

그날도 소년은 주머니 속 흰 조약돌만 만지작거리며[15] 개울가로 나왔다. 그랬더니 이쪽 개울둑에 소녀가 앉아 있는 게 아닌가.

소년은 가슴부터 두근거렸다.

"그동안 앓았다."

알아보게 소녀의 얼굴이 해쓱해져 있었다.

"그날 소나기 맞은 탓 아냐?"

소녀가 가만히 고개를 끄덕였다.

"인제 다 낫냐?"

"아직도……."

"그럼 누워 있어야지."

"하도 갑갑해서 나왔다. ……그날 참 재밌었어. ……근데 그날 어디서 이런 물이 들었는지 잘 지지 않는다."

소녀가 분홍 스웨터 앞자락을 내려다본다. 거기에 검붉은 진흙물 같은 게 들어 있었다.

소녀가 가만히 보조개를 떠올리며,

"이게 무슨 물 같니?"

소년은 스웨터 앞자락만 바라보고 있었다.

"내, 생각해 냈다. 그날 도랑을 건널 때 내가 업힌 일 있지? 그때 네 등에서 옮은 물이다."

소년은 얼굴이 확 달아오름을 느꼈다.

[15] ➡ 소녀에 대한 그리움을 드러내는 행동이라고 할 수 있어.

집중!
수능 만점 선생님

갈림길에서 소녀는,

"저, 오늘 아침에 우리 집에서 대추⑯를 땄다. 낼 제사 지내려구……."

대추 한 줌을 내어 준다. 소년은 주춤한다.

"맛봐라. 우리 증조할아버지가 심었다는데, 아주 달다."

소년은 두 손을 오그려 내밀며,

"참, 알도 굵다!"

"그리구 저, 우리 이번에 제사 지내고 나서 좀 있다 집을 내주게 됐다."

소년은 소녀네가 이사해 오기 전에 벌써 어른들의 이야기를 들어서, 윤 초시 손자가 서울서 사업에 실패해 가지고 고향에 돌아오지 않을 수 없게 됐다는 걸 알고 있었다. 그것이 이번에는 고향 집마저 남의 손에 넘기게 된 모양이었다.

"왜 그런지 난 이사 가는 게 싫어졌다. 어른들이 하는 일이니 어쩔 수 없지 만……."

전에 없이 소녀의 까만 눈에 쓸쓸한 빛이 떠돌았다.

소녀와 헤어져 돌아오는 길에 소년은 혼잣속으로 소녀가 이사를 간다는 말을 수없이 되뇌어 보았다. 무어 그리 안타까울 것도 서러울 것도 없었다.⑰ 그렇건만 소년은 지금 자기가 씹고 있는 대추알의 단맛을 모르고 있었다.

이날 밤, 소년은 몰래 덕쇠 할아버지네 호두밭으로 갔다.

낮에 봐 두었던 나무로 올라갔다. 그리고 봐 두었던 가지를 향해 작대기를 내리쳤다. 호두 송이 떨어지는 소리가 별나게 크게 들렸다. 가슴이 선뜩했다. 그러나 다음 순간, 굵은 호두야 많이 떨어져라, 많이 떨어져라, 저도 모를 힘에 이끌려 마구 작대기를 내리치는 것이었다.

돌아오는 길에는 열이틀 달이 지우는 그늘만 골라 짚었다. 그늘의 고마움을 처음 느꼈다.

불룩한 주머니를 어루만졌다. 호두 송이를 맨손으로 깠다가는 옴이 오르기 쉽다는 말 같은 건 아무렇지도 않았다. 그저 근동(近洞, 가까운 이웃 동네)에서 제일가는 이 덕쇠 할아버지네 호두를 어서 소녀에게 맛보여야 한다는 생각만이 앞섰다.⑱

그러다 아차 하는 생각이 들었다. 소녀더러 병이 좀 낫거들랑 이사 가기 전에

⑯ ➡ 소년을 위하는 소녀의 마음이 담긴 소재야.
⑰ ➡ 앞둔 이별에 대한 아쉬움을 강조하기 위해 반어법이 사용되었어.
⑱ ➡ 소년의 소극적인 성격이, 소녀를 좋아하는 마음 때문에 적극적으로 바뀌었음을 알 수 있어.

집중!

수능 만점 선생님

한번 개울가로 나와 달라는 말을 못 해 둔 것이었다. 바보 같은 것, 바보 같은 것.

이튿날, 소년이 학교에서 돌아오니 아버지가 나들이옷으로 갈아입고 닭 한 마리를 안고 있었다.

어디 가시느냐고 물었다.

그 말에도 대꾸도 없이 아버지는 안고 있는 닭의 무게를 겨냥해 보면서,

"이만하면 될까?"

어머니가 망태기를 내주며,

"벌써 며칠째 '걀걀' 하고 알 낳을 자리를 보든데요. 크진 않아도 살은 쪘을 거예요."

소년이 이번에는 어머니한테 어디 가시느냐고 물어보았다.

"저, 서당골 윤 초시 댁에 가신다. 제사상에라도 놓으시라고⋯⋯."

"그럼, 큰 놈으로 하나 가져가지. 저 얼룩 수탉으루⋯⋯."

이 말에 아버지는 허허 웃고 나서,

"인마, 그래도 이게 실속이 있다."

소년은 공연히 열적어^(좀 겸연쩍고 부끄러워), 책보를 집어던지고는 외양간으로 가, 쇠잔등을 한번 철썩 갈겼다. 쇠파리라도 잡는 척.

개울물은 날로 여물어 갔다.

소년은 갈림길에서 아래쪽으로 가 보았다. 갈밭머리에서 바라보는 서당골 마을은 쪽빛 하늘 아래 한결 가까워 보였다.

어른들의 말이, 내일 소녀네가 양평읍으로 이사 간다는 것이었다. 거기 가서는 조그마한 가겟방을 보게 되리라는 것이었다.

소년은 저도 모르게 주머니 속 호두알을 만지작거리며, 한 손으로는 수없이 갈꽃을 휘어 꺾고 있었다.

그날 밤, 소년은 자리에 누워서도 같은 생각뿐이었다. 내일 소녀네가 이사하는 걸 가 보나 어쩌나, 가면 소녀를 보게 될까 어떨까.

그러다가 까무룩 잠이 들었는가 하는데,

"허, 참 세상일도⋯⋯."

마을 갔던 아버지가 언제 돌아왔는지,

"윤 초시 댁도 말이 아니야, 그 많던 전답을 다 팔아 버리고, 대대로 살아오던

집마저 남의 손에 넘기더니, 또 악상^(惡喪, 부모보다 먼저 자식이 죽는 일)까지 당하는 걸 보면 ⑲......."

남폿불 밑에서 바느질감을 안고 있던 어머니가,

"증손이라곤 계집애 그 애 하나뿐이었지요?"

"그렇지. 사내애 둘 있던 건 어려서 잃구......"

"어쩌믄 그렇게 자식 복이 없을까."

"글쎄 말이지. 이번 앤 꽤 여러 날 앓는 걸 약두 변변히 못 써 봤다더군. 지금 같아서는 윤 초시네두 대가 끊긴 셈이지. ......그런데 참, 이번 계집애는 어린것이 여간 잔망스럽지^(맹랑한 데가 있지) 않어. 글쎄, 죽기 전에 이런 말을 했다지 않어? 자기가 죽거든 자기 입던 옷을 꼭 그대로 입혀서 묻어 달라구^⑳......."

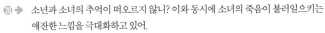

정리해 볼까요(그룹 채팅)

● **작가에 대해서 알아볼까요?**

킬링 포인트

황순원 작가는 1915년 평안남도 대동군에서 태어났어. 1931년 〈동광〉에 시 「나의 꿈」을 발표하며 등단했지. 1940년에는 단편집 『늪』을 발표하면서 소설 창작에 힘쓰게 됐단다. 장편 「나무들 비탈에 서다」로 예술원상을, 「신들의 주사위」로 대한민국 문학상 본상을 수상했어. 대표작으로는 「소나기」를 비롯해 「별」, 「독 짓는 늙은이」, 「카인의 후예」, 「나무들 비탈에 서다」 등을 꼽을 수 있단다. 황순원 작가는 서정적인 아름다움을 극대화함으로써 소설을 시처럼 쓴다는 평가를 받았어. 초기에는 동화적이면서도 환상적이고 순진한 세계를 다루었지. 후기에는 전쟁과 이데올로기가 담긴 무거운 주제의 작품을 썼단다.

읽음

아하! 어쩐지 「소나기」에서도 시적이면서도 서정적인 문체가 엿보이더라고요.

👍100점

● **작품에 대해서 정리해 보죠!**

킬링 포인트

작가 : 황순원
갈래 : 단편 소설, 성장 소설
배경 : 시간적 – 가을 | 공간적 – 어느 시골
시점 : 3인칭 관찰자 시점(부분적으로 전지적 작가 시점)
주제 : 소년과 소녀의 순수한 사랑
출전 : 〈신문학〉(1953)

킬링 포인트

무조건
알아야 해!

「소나기」는 서정적이고 시적인 문체로 소년과 소녀의 때 묻지 않은 아름다운 사랑을 목가적 배경 속에서 그린 작품이란다. '소나기'는 위기감과 긴장감을 조성하는 소재이면서 소년과 소녀의 짧고 순수한 사랑을 잘 드러내는 상징이기도 하지. 농촌에서 자란 순박한 시골 소년은 서울에서 온 윤 초시네 증손녀 딸인 소녀에게 관심을 보이는데, 처음에는 소극적인 모습을 보이다가 소녀를 좋아하는 마음에 점차 적극적인 성격으로 변해 간단다. 소녀는 서울에서 살다가 시골로 오게 됐는데, 개울가에서 처음 만난 소년에게 조약돌을 던지며 먼저 관심을 표현하지. 인물의 심리나 분위기를 조성하는 자연과 더불어 이 두 사람의 순수한 사랑이 작가 특유의 담백한 묘사를 통해 아름답게 그려지고 있단다.

읽음

네, 저도 소년과 소녀의 순수한 사랑을 담은 작품이라고 생각했어요. 개인적으로 소녀의 죽음이 참 안타까웠지만, 소년이 소녀를 만나고 좀 더 적극적인 모습으로 변해 가는 모습이 참 인상 깊었어요.

👍100점

킬링 포인트

발단: 소년과 소녀의 만남

소년은 개울가에서 소녀를 만나게 돼. 소년은 그 소녀가 윤 초시네 증손녀 딸이라는 걸 알게 되지. 어느 날, 소녀는 소년에게 조약돌을 던지며 관심을 드러내.

전개: 산에 놀러 감

며칠 뒤 소녀는 비단조개 이름을 물어보고는 소년에게 산에 같이 가자고 제안하지. 두 사람은 가을 들판을 달리며 허수아비도 보고 원두막도 본단다. 소년은 송아지를 태워 주며 소녀와 놀다가 소나기를 만나게 돼.

위기: 소나기를 만나 더욱 가까워짐

두 사람은 소나기를 피해 수숫단 속에 들어가. 소년은 소녀에게 자신의 겹저고리를 벗어 주기도 하고 수숫단을 날라 덧세워 주지. 비가 그친 후 돌아오는 길에 소년은 소녀를 업고 불어난 도랑을 건너게 돼.

절정: 소녀가 이사 간다는 소식을 들음

그 뒤로 소녀의 모습을 볼 수 없었던 소년은 어느 날 개울둑에 앉아 있는 소녀를 보게 돼. 그러고는 소녀가 그동안 아팠다는 얘기를 전해 듣지. 소나기를 맞은 뒤 많이 앓았고 아직도 앓고 있다고 말이야. 소녀는 소년에게 대추를 건네며 곧 이사 가게 됐다는 말을 해.

결말: 아버지로부터 소녀의 죽음을 전해 들음

이후 소년은 마을에 갔다 온 아버지를 통해 소녀의 죽음을 전해 듣게 돼.

OOPS!
읽음

이 작품에서는 역시 '소나기'가 중요한 소재이고, 위기 단계에 등장해 위기감과 긴장감을 조성하는군요.

👍100점

● 소년의 뇌 구조를 알아볼까요?

다음엔 내 마음을 좀 더 적극적으로 표현해 보자.

개처럼 징검다리에 앉아 볼까?

아, 내가 꽃송이를 꺾어다 줄걸.

얘를 업고 도랑을 건너야지.

그날 이후 많이 아팠구나.

수능 만점 강사

내신·수능 만점 키우기 --------------------------

1 이 작품의 특징으로 가장 옳은 것은?

① 긴 문장을 통해 인물의 심리를 나타낸다.
② 여름을 배경으로 사물을 아름답게 묘사한다.
③ 줄곧 어두운 분위기로 이야기를 끌고 간다.
④ 인물의 심리가 간접적으로 드러난다.
⑤ 액자식 구성을 취하고 있다.

2 이 작품의 구성은 다섯 부분으로 나눌 수 있다. 다음은 어떤 단계에 해당되며, 그 단계의 특징은 무엇인지 쓰시오.

> "어서들 집으로 가거라. 소나기가 올라."
> 참 먹장구름 한 장이 머리 위에 와 있다. 갑자기 사면이 소란스러워진 것 같다. 바람이 우수수 소리를 내며 지나간다. 삽시간에 주위가 보랏빛으로 변했다.

 위기 단계, 갈등이 깊어지고 긴장감이 고조된다.

3 다음 글에 주로 나타난 서술자 시점과 같은 시점이 사용된 것은?

> 몸을 가릴 데가 있어 줬으면 좋겠다. 이쪽 길에는 갈밭도 없다. 메밀밭이다. 전에 없이 메밀꽃 냄새가 짜릿하니 코를 찌른다고 생각됐다. 미간이 아찔했다. 찝찔한 액체가 입술에 흘러들었다. 코피였다. 소년은 한 손으로 코피를 훔쳐 내면서 그냥 달렸다. 어디선가 '바보, 바보' 하는 소리가 자꾸만 뒤따라오는 것 같았다.

① 이날은 소녀가 징검다리 한가운데 앉아 세수를 하고 있었다. 분홍 스웨터 소매를 걷어 올린 팔과 목덜미가 마냥 희었다.
② 물속을 들여다보았다. 검게 탄 얼굴이 그대로 비치었다. 싫었다.
③ 허수아비가 서 있었다. 소년이 새끼줄을 흔들었다. 참새가 몇 마리 날아간다.
④ 이렇게 먹어야 한다는 듯이 먼저 대강이를 한 입 베물어 낸 다음, 손톱으로 한 돌이 껍질을 벗겨 우쩍 깨문다.
⑤ 소년은 생채기에 입술을 가져다 대고 빨기 시작했다. 그러다가 무슨 생각을 했는지 홱 일어나 저쪽으로 달려간다.

4 다음은 이 작품에 대해 토론한 내용이다. <u>적절한</u> 의견으로 묶인 것은?

> 미정: 작가는 인물의 행동이나 상징적 소재를 통해 간접적으로 인물의 심리를 전달하고 있어. 마
> 지막에 생략법을 사용했더라면 좀 더 여운을 줄 수 있었을 텐데.
> 선규: 소녀의 성격은 점점 소극적으로 변하고 있는 반면, 소년의 성격은 점점 적극적으로 변하고
> 있군.
> 재희: 소나기는 비극적 결말, 즉 소녀의 죽음의 원인이자 짧고 순수한 사랑을 상징하는 것 같아.
> 동진: 소나기는 위기감과 긴장감을 조성하고 있어. 소나기를 맞은 이후 두 사람 사이가 멀어져서
> 안타까웠어.

① 미정, 재희   ② 미정, 동진   ③ 선규, 재희   ④ 선규, 동진   ⑤ 재희, 동진

5 다음은 이 작품의 내용에 대한 질문과 답을 적은 것이다. ①, ②에 들어갈 말을 각각 서술하시오.

질문	답
소녀가 소년에게 조약돌을 던진 이유는?	소년에 대한 관심을 먼저 표현한 것이다.
'도랑'이라는 소재의 역할은 무엇인가?	소년과 소녀가 더욱 가까워지는 계기를 마련해 준다.
농부의 등장은 어떤 효과를 주는가?	① 분위기의 변화로 새로운 사건을 암시한다.
소년이 돌아오는 길에 "열이틀 달이 지우는 그늘만 골라 짚"은 이유는 무엇인가?	② 몰래 호두를 딴 것에 대한 죄의식 때문이다.
소녀의 유언에 담긴 마음은 무엇인가?	소년과의 추억을 간직하고 싶다.

● **수능 만점 선생님의 감상 꿀팁**

> '소나기'는 위기감과 긴장감을 조성하는 동시에 소년과 소녀가 가
> 까워지는 계기가 된다는 점, 또 두 사람의 짧고 순수한 사랑을 상
> 징한다는 것을 꼭 기억하자. 소년의 성격은 소극적에서 점점 적
> 극적으로, 반대로 소녀의 성격은 적극적에서 점점 소극적으로
> 바뀌는 등 인물의 심리 변화에도 주목하자.

미리 들여다보는 인물 X 파일

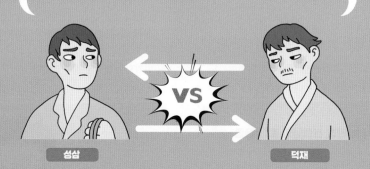

덕재는 왜 바보처럼 피난 가지 않은 거야?
이 녀석이랑 오랜만에 학 사냥이나 한번
해야겠다…….

왜 날 풀어 주는 거지? 내가 도망갈 때를
노려 죽이려고 하나? 아니면 혹시?

성삼   덕재

수능 만점 선생님의 감상 꿀팁!

이 소설은 비정한 이념 전쟁 속에서도 잃지 않은 인간성과 우정에 초점을 맞춘 작품이야. 갈등
의 고조와 해소가 이루어지는 공간적 배경과 핵심 소재인 '학'이 의미하는 바를 이해하며 감상
하도록 하자.

학

#이념 대립도 없애 버린 유년 시절의 추억

삼팔 접경의 이 북쪽 마을은 드높이 갠 가을 하늘 아래 한껏 고즈넉했다.

주인 없는 집 봉당에 흰 박통(쪼개지 아니한 통째로의 박)만이 흰 박통만을 의지하고 굴러 있었다.

어쩌다 만나는 늙은이는 담뱃대부터 뒤로 돌렸다. 아이들은 또 아이들대로 멀찌감치서 미리 길을 비켰다. 모두 겁에 질린 얼굴들이었다.❶

동네 전체로는 이번 동란에 깨어진 자국이라곤 별로 없었다. 그러나 어쩐지 자기가 어려서 자란 옛 마을은 아닌 성싶었다.

뒷산 밤나무 기슭에서 성삼이는 발걸음을 멈추었다. 거기 한 나무에 기어올랐다. 귓속 멀리서, 요놈의 자식들이 또 남의 밤나무에 올라가는구나, 하는 혹부리 할아버지의 고함 소리가 들려왔다. 그 혹부리 할아버지도 그새 세상을 떠났는가, 몇 사람 만난 동네 늙은이 가운데 뵈지 않았다.

성삼이는 밤나무를 안은 채 잠시 푸른 가을 하늘을 치어다보았다. 흔들지도 않은 밤나무 가지에서 남은 밤송이가 저 혼자 아람(밤 따위가 충분히 익어 저절로 떨어질 정도가 된 상태)이 벌어져 떨어져 내렸다.

임시 치안대 사무소❷로 쓰고 있는 집 앞에 이르니, 웬 청년 하나가 포승에 묶이어 있다.

이 마을에서 처음 보다시피 하는 젊은이라, 가까이 가 얼굴을 들여다보았다. 깜

---

❶ ➡ 성삼을 대하는 사람들의 태도를 통해 성삼의 입장이 예전과는 다르다는 것을 알 수 있어.

❷ ➡ 당시의 시대상을 알려 주는 소재야. 6·25 전쟁 중임을 알 수 있지.

수능 만점 선생님

짝 놀랐다. 바로 어려서 단짝 동무였던 덕재가 아니냐.

천태에서 같이 온 치안 대원에게 어찌 된 일이냐고 물었다. 농민 동맹 부위원장을 지낸 놈인데 지금 자기 집에 잠복해 있는 걸 붙들어 왔다는 것이다. 성삼이는 거기 봉당 위에 앉아 담배를 피워 물었다.

덕재를 청단까지 호송하기로 되었다. 치안 대원 청년 하나가 데리고 가기로 했다.

성삼이가 다 탄 담배꼬투리에서 새로 담뱃불을 댕겨 가지고 일어섰다.

"이 자식은 내가 데리구 가지요."

덕재는 한결같이 외면한 채 성삼이 쪽은 보려고도 하지 않았다.

동구 밖을 벗어났다.

성삼이는 연거푸 담배만 피웠다. 담배 맛은 몰랐다. 그저 연기만 기껏 빨았다 내뿜곤 했다. 그러다가 문득 이 덕재 녀석도 담배 생각이 나려니 하는 생각이 들었다. 어려서 어른들 몰래 담 모퉁이에서 호박잎 담배를 나눠 피우던 생각이 났다.❸

그러나 오늘 이놈에게 담배를 권하다니 될 말이냐.

한번은 어려서 덕재와 같이 혹부리 할아버지네 밤을 훔치러 간 일이 있었다.❹ 성삼이가 나무에 올라갈 차례였다. 별안간 혹부리 할아버지의 고함 소리가 들려왔다. 나무에서 미끄러져 떨어졌다. 엉덩이에 밤송이가 찔렸다. 그러나 그냥 달렸다. 혹부리 할아버지가 못 따라올 만큼 멀리 가서야 절로 눈물이 찔끔거려졌다. 덕재가 불쑥 자기 밤을 한 줌 꺼내어 성삼이 호주머니에 넣어 주었다…….

성삼이는 새로 불을 댕겨 문 담배를 내던졌다. 그러고는 이 덕재 자식을 데리고 가는 동안 다시 담배는 붙여 물지 않으리라 마음먹는다.

고갯길❺에 다다랐다. 이 고개는 해방 전전해 성삼이가 삼팔 이남 천태 부근으로 이사 가기까지 덕재와 더불어 늘 꼴 베러 넘나들던 고개다.

성삼이는 와락 저도 모를 화가 치밀어 고함을 질렀다.

"이 자식아, 그동안 사람을 몇이나 죽였나?"

그제야 덕재가 힐끗 이쪽을 바라다보더니 다시 고개를 거둔다.

"이 자식아, 사람 몇이나 죽였어?"

덕재가 다시 고개를 이리로 돌린다. 그러고는 성삼이를 쏘아본다. 그 눈이 점점 빛을 더해 가며 제법 수염발 잡힌 입언저리가 실룩거리더니,

"그래 너는 사람을 그렇게 죽여 봤니?"

이 자식이! 그러면서도 성삼이의 가슴 한복판이 환해짐을 느낀다. 막혔던 무엇이 풀려 내리는 것만 같은. 그러나,

"농민 동맹 부위원장쯤 지낸 놈이 왜 피하지 않구 있었어? 필시 무슨 사명을 맡구 잠복해 있는 거지?"

덕재는 말이 없다.

"바른대루 말해라. 무슨 사명을 띠구 숨어 있었냐?"

그냥 덕재는 잠잠히 걷기만 한다. 역시 이 자식 속이 꿀리는 모양이구나. 이런 때 한번 낯짝을 봤으면 좋겠는데 외면한 채 다시는 고개를 돌리지 않는다.

성삼이는 허리에 찬 권총을 잡으며,

"변명은 소용없다. 영락없이 넌 총살감이니까. 그저 여기서 바른대루 말이나 해 봐라."

덕재는 그냥 외면한 채,

"변명은 할려구두 않는다. 내가 제일 빈농(貧農, 가난한 농민)의 자식인 데다가 근농꾼 (부지런하고 성실하게 농사짓는 농민)이라구 해서 농민 동맹 부위원장 됐든 게 죽을죄라면 하는 수 없는 거구, 나는 예나 이제나 땅 파먹는 재주밖에 없는 사람이다."

그리고 잠시 사이를 두어,

"지금 집에 아버지가 앓아누웠다. 벌써 한 반년 된다."

덕재 아버지는 홀아비로 덕재 하나만 데리고 늙어 오는 빈농꾼이었다.

칠 년 전에 벌써 허리가 굽고 검버섯이 돋은 얼굴이었다.

"장간 안 들었냐?"

잠시 후에,

"들었다."

"누와?"

"꼬맹이와."

❸ ➡ '담배'는 성삼과 덕재의 추억을 상기시키는 소재야.
❹ ➡ 성삼과 덕재의 또 다른 추억이야. 이 추억은 둘의 갈등을 해소하는 역할을 한단다.
❺ ➡ 성삼과 덕재의 갈등이 고조되는 장소야.

내신 준비!

수능 만점 선생님

아니 꼬맹이와? 거 재미있다. 하늘 높은 줄 모르고 땅 넓은 줄만 알아, 키는 작고 뚱뚱하기만 한 꼬맹이. 무던히 새침데기였다. 그것이 얄미워서 덕재와 자기는 번번이 놀려서 울려 주곤 했다. 그 꼬맹이한테 덕재가 장가를 들었다는 것이다.

"그래 애가 몇이나 되나?"

"이 가을에 첫애를 낳는대나."

<u>성삼이는 그만 저도 모르게 터져 나오려는 웃음을 겨우 참았다.</u>❻ 제 입으로 애가 몇이나 되느냐 묻고서도 이 가을에 첫애를 낳게 됐다는 말을 듣고는 우스워 못 견디겠는 것이다. 그러지 않아도 작은 몸에 큰 배를 한 아름 안고 있을 꼬맹이. 그러나 이런 때 그런 일로 웃거나 농담을 할 처지가 아니라는 걸 깨달으며,

"하여튼 네가 피하지 않구 남아 있는 건 수상하지 않어?"

"나두 피하려구 했었어. 이번에 이남서 쳐들어오믄 사내란 사낸 모조리 잡아 죽인다구 열일곱에서 마흔 살까지의 남자는 강제루 북으로 이동하게 됐었어. 할 수 없이 나두 아버질 업구라두 피난 갈까 했지. 그랬드니 아버지가 안 된다는 거야. 농사꾼이 다 지어 놓은 농살 내버려 두구 어딜 간단 말이냐구. 그래 나만 믿구 농사일루 늙으신 아버지의 마지막 눈이나마 내 손으루 감겨 드려야겠구, 사실 우리 같이 땅이나 파먹는 것이 피난 간댔자 별수 있는 것두 아니구……."

<u>지난 유월 달에는 성삼이 편에서 피난을 갔었다.</u>❼ 밤에 몰래 아버지더러 피난 갈 이야기를 했다. 그때 성삼이 아버지도 같은 말을 했다. 농사꾼이 농사일을 늘어놓구 어디루 피난 간단 말이냐. 성삼이 혼자서 피난을 갔다. 남쪽 어느 낯선 거리와 촌락을 헤매 다니면서 언제나 머리에서 떠나지 않는 건 늙은 부모와 어린 처자에게 맡기고 나온 농사일이었다. 다행히 그때나 이제나 자기네 식구들은 몸 성히들 있다.

고갯마루를 넘었다. 어느새 이번에는 성삼이 편에서 외면을 하고 걷고 있었다. 가을 햇볕이 자꾸 이마에 따가웠다. 참 오늘 같은 날은 타작하기에 꼭 알맞은 날씨라고 생각했다.

<u>고개를 다 내려온 곳</u>❽에서 성삼이는 주춤 발걸음을 멈추었다.

저쪽 벌 한가운데 흰옷을 입은 사람들이 허리를 굽히고 섰는 것 같은 것은 틀림없는 학 떼였다. 소위 삼팔선 완충 지대가 되었던 이곳. 사람이 살고 있지 않은 그

❻ ➜ 성삼의 마음이 허물어지고 있음을 보여 주는 장면이야.

❼ ➜ 성삼이 덕재의 처지를 이해하게 되는 상황적 요소라고 할 수 있어.

❽ ➜ 성삼과 덕재의 갈등이 해소되는 곳이야. 고갯길을 따라 고조되었던 인물들의 감정이 가라앉는다는 의미로 보면 돼.

아주 중요해!

수능 만점 선생님

동안에도 이들 학들만은 전대로 살고 있는 것이었다.

지난날 성삼이와 덕재가 아직 열두어 살쯤 났을 때 일이었다. 어른들 몰래 둘이서 올가미를 놓아 여기 학 한 마리를 잡은 일이 있었다. 단정학❾(丹頂鶴, 붉은 볏을 가진 학)이었다. 새끼로 날개까지 얽어매 놓고는 매일같이 둘이서 나와 학의 목을 쓸어안는다, 등에 올라탄다, 야단을 했다. 그러한 어느 날이었다. 동네 어른들의 수군거리는 소리를 들었다. 서울서 누가 학을 쏘러 왔다는 것이다. 무슨 표본인가를 만들기 위해서 총독부의 허가까지 맡아 가지고 왔다는 것이다. 그 길로 둘이는 벌로 내달렸다. 이제는 어른들한테 들켜 꾸지람 듣는 것 같은 건 문제가 아니었다. 그저 자기네의 학이 죽어서는 안 된다는 생각뿐이었다. 숨 돌릴 겨를도 없이 잡풀 새를 기어 학발목의 올가미를 풀고 날개의 새끼를 끌렀다. 그런데 학은 잘 걷지도 못하는 것이다. 그동안 얽매여 시달렸던 탓이리라. 둘이서 학을 마주 안아 공중에 투쳤다. 별안간 총소리가 들렸다. 학이 두서너 번 날갯짓을 하다가 그대로 내려왔다. 맞았구나. 그러나 다음 순간, 바로 옆 풀숲에서 펄럭 단정학 한 마리가 날개를 펴자 땅에 내려 앉았던 자기네 학도 긴 목을 뽑아 한 번 울음을 울더니 그대로 공중에 날아올라, 두 소년의 머리 위에 둥그러미를 그리며 저쪽 멀리로 날아가 버리는 것이었다. 두 소년은 언제까지나 자기네 학이 사라진 푸른 하늘에서 눈을 뗄 줄을 몰랐다……

"애, 우리 학 사냥이나 한번 하구 가자."

성삼이가 불쑥 이런 말을 했다. 덕재는 무슨 영문인지 몰라 어리둥절해 있는데,

"내 이걸루 올가밀 만들어 놀께 너 학을 몰아오너라."

포승줄을 풀어 쥐더니, 어느새 잡풀 새로 기는 걸음을 쳤다.

대번 덕재의 얼굴에서 핏기가 걷혔다. 좀 전에, 너는 총살감이라던 말이 퍼뜩 머리를 스치고 지나갔다. 이제 성삼이가 기어가는 쪽 어디서 총알이 날아오리라.

저만치서 성삼이가 홱 고개를 돌렸다.

"어이, 왜 멍추(기억력이 부족하고 매우 흐리멍덩한 사람을 낮잡아 이르는 말)같이 서 있는 게야? 어서 학이나 몰아오너라."

그제서야 덕재도 무엇을 깨달은 듯 잡풀 새를 기기 시작했다.

때마침 단정학 두세 마리가 높푸른 가을 하늘에 곧 날개를 펴고 유유히 날고 있었다.❿

❾ ➡ 성삼과 덕재의 갈등이 해소되었음을 암시하는 소재야.

❿ ➡ 이 작품의 주제를 암시하는 문장이야. 자유롭게 날아가는 학들처럼 성삼과 덕재도 이념과 분노에서 벗어났다는 것을 알 수 있단다.

내신 준비!!

수능 만점 선생님

정리해 볼까요(그룹 채링)

● 작가에 대해서 알아볼까요?

킬링 포인트

> 황순원 작가는 1915년 평안남도 대동군에서 태어났어. 1931년 〈동광〉에 시 「나의 꿈」을 발표하며 등단했지. 1940년에는 단편집 『늪』을 발표하면서 소설 창작에 힘쓰게 됐단다. 장편 「나무들 비탈에 서다」로 예술원상을, 「신들의 주사위」로 대한민국 문학상 본상을 수상했어. 대표작으로는 「소나기」를 비롯해 「별」, 「독 짓는 늙은이」, 「카인의 후예」, 「나무들 비탈에 서다」 등을 꼽을 수 있단다. 황순원 작가는 소설을 쓸 때 서정적 아름다움과 예술성을 추구했어. 아마도 그가 시인으로 문학의 길에 들어섰기 때문일 거야. 황순원 작가의 작품은 간결하고도 세련된 문체, 다양한 기법, 휴머니즘의 정신, 전통에 대한 애정 등을 갖추고 있어 우리나라 현대 소설의 전범으로 평가받고 있지.

읽음

> 시인으로 활동하던 감성을 통해 독자적인 작품 세계를 구축했군요!

 👍 100점

● 작품에 대해서 정리해 보죠!

킬링 포인트

> **작가** : 황순원
> **갈래** : 전쟁 소설
> **배경** : 시간적 – 1950년 가을 | 공간적 – 38선 근처의 시골 마을
> **시점** : 3인칭 관찰자 시점(부분적으로 전지적 작가 시점)
> **주제** : 이념을 넘어서는 따뜻한 우정(우리 민족의 동질성 회복)
> **출전** : 〈신천지〉(1953)

킬링 포인트
무조건
알아야 해!

> 「학」은 사상과 이념의 대립으로 갈등하게 되는 주인공들의 우정을 다룬 작품이란다. 성삼과 덕재는 같은 마을에서 나고 자란 친구야. 하지만 6 · 25 전쟁으로 성삼은 남한의 치안대에서, 덕재는 북한의 농민 동맹에서 부위원장 일을 하게 되지. 두 친구는 다른 이념에 대한 분노로 갈등을 겪지만, 같은 추억을 떠올리고 대화를 나누면서 우정을 회복하게 된다는 내용이야.
> 이 작품을 읽을 때는 성삼의 내적 갈등과 성삼과 덕재 간의 외적 갈등을 눈여겨봐야 하고, 두 사람의 갈등을 해소하게 해 주는 소재의 기능을 잘 살펴봐야 해. 성삼의 추억을 불러일으키는 '호박잎 담배'는 두 사람의 갈등을 해소하게 해 주고, 작품의 제목이기도 한 '학'은 주제를 암시한다는 점을 이해해야 한단다.

읽음

> 전쟁이 낳은 비극적 상황 속에서 잃어버렸던 인간성과 우정을 회복하게 된다는 따뜻한 이야기군요! 성삼이 덕재를 죽이겠다고 할 때는 가슴이 정말 아팠어요.

 👍 100점

발단: 마을에 감도는 공포

성삼은 피난 후 마을로 돌아와. 그는 자신과 마주치는 사람들의 분위기가 달라진 것을 보고, 이 마을에서 자신의 처지가 달라졌음을 인지하지.

전개: 임시 치안대에 포로로 잡힌 덕재를 보고 성삼은 호송을 자처함

임시 치안대 건물로 간 성삼은 그곳에서 포로로 잡힌 덕재를 보게 돼. 깜짝 놀란 성삼은 잠시 생각에 잠긴 후에 그를 청단까지 호송하겠다고 자처하지. 그와 동시에 성삼은 덕재와의 추억을 떠올리게 돼.

위기: 성삼은 고갯길을 오르며 덕재를 추궁함

마을 어귀에 있는 고갯길을 오르며 무슨 꿍꿍이가 있는 것은 아닐지 의심한 성삼은 덕재를 추궁해. 하지만 그는 별다른 속셈이 없었지. 오히려 성삼은 덕재의 근황을 듣고는 웃음을 터뜨리게 돼.

절정: 성삼은 덕재의 처지를 이해하게 됨

성삼은 덕재가 얼마 전에 결혼했고, 곧 아이가 태어난다는 사실을 알게 돼. 성삼은 불과 얼마 전까지만 해도 자신의 처지가 덕재와 다르지 않음을 떠올리고는 덕재를 이해하게 되지.

결말: 성삼과 덕재가 학 사냥을 함

고갯길에서 내려온 성삼은 덕재에게 옛 추억을 떠올리며 학 사냥을 함께하자고 제안해. 성삼의 엉뚱한 제안에 덕재는 어리둥절해하지만, 이내 성삼의 의도를 깨닫고는 학 사냥에 동참하지.

OOPS!
읽음

이 작품에서는 고갯길을 따라 인물 간의 갈등이 고조되고 해소되는 것과 '학'의 상징성이 중요하군요.

👍 100점

● **성삼의 뇌 구조를 알아볼까요?** --

나는 너를 용서할 수 없어! 너는 반드시 총살감이야!

마을 어른들이 나를 피하는군.

덕재 녀석과의 추억이 떠올라.

꼬맹이랑 결혼했다고?

덕재나 나나 비슷한 처지군.

수능 만점 강사

내신·수능 만점 키우기

1 이 작품의 서술상 특징을 <u>바르게</u> 지적한 것은?

① 인물의 심리를 상징적 소재를 통해 간접적으로 드러내고 있다.
② 전지적 작가 시점을 통해 작가가 주제를 직접 드러내고 있다.
③ 은유적 표현을 통해 상황을 섬세하게 묘사하고 있다.
④ 과거 회상을 통해 사건 해결의 실마리를 제시하고 있다.
⑤ 해학적 문체를 사용해 인물을 역설적으로 묘사하고 있다.

2 다음 중 이 작품을 통해 유추할 수 있는 내용이 <u>아닌</u> 것은?

① 성삼은 치안 대원이 되었다.
② 성삼과 덕재는 어렸을 때 한 마을에서 살았다.
③ 덕재는 아버지를 위해 마을에 숨어 있었다.
④ 우리나라의 아픈 역사인 6·25 전쟁이 발발했다.
⑤ 성삼은 꼬맹이를 좋아했었다.

3 다음은 이 작품을 읽고 학생들이 토론한 내용이다. 틀린 내용을 말한 학생은?

> 민아: '호박잎 담배'는 성삼과 덕재의 갈등을 해소하게 만들어 주는 핵심 소재야.
> 한준: '고갯길'은 이야기를 진행시키고, 갈등을 극대화하는 역할을 하고 있어.
> 수현: 아이들이 성삼을 무서워하는 것으로 보아, 성삼은 아이들을 괴롭힌 것이 틀림없어.
> 태현: '삼팔 접경', '피난' 등의 단어로 미루어 보아 전쟁 중의 상황임을 알 수 있어.
> 지윤: 학을 잡기 위해 덕재를 풀어 주는 것을 보면, 성삼은 학 사냥을 정말 좋아하는 것 같아.

① 민아, 한준　　② 한준, 수현　　③ 태현, 지윤　　④ 민아, 지윤　　⑤ 수현, 지윤

4 다음 중 이 작품에 대한 설명으로 적절하지 <u>않은</u> 것끼리 묶은 것은?

> ㄱ. 성삼은 덕재에 대한 분노로 말미암아 내적 갈등이 아닌 외적 갈등만 표출한다.
> ㄴ. 마지막 장면에서 학이 날아가는 모습은 덕재가 자유의 몸이 된 것을 암시한다.
> ㄷ. '호박잎 담배'와 '밤'이라는 소재를 통해 성삼의 내적 갈등이 심화된다.
> ㄹ. 공간은 '마을, 동구 밖, 고갯길, 들판'의 순서로 바뀌고, 이에 따라 이야기가 진행된다.
> ㅁ. 삼팔선 완충 지대인 벌판에서 학이 날아오르는 모습은 덕재와 성삼이 본격적인 학 사냥
>   에 나섰음을 의미한다.

① ㄱ, ㄴ　　② ㄴ, ㄷ　　③ ㄷ, ㄹ　　④ ㄱ, ㅁ　　⑤ ㄹ, ㅁ

5 다음 장면에서 대화가 전개되는 양상으로 가장 <u>적절한</u> 것은?

> 고갯길에 다다랐다. 이 고개는 해방 전전해 성삼이가 삼팔 이남 천태 부근으로 이사 가기까지 덕재와 더불어 늘 꼴 베러 넘나들던 고개다.
>
> 성삼이는 와락 저도 모를 화가 치밀어 고함을 질렀다.
>
> "이 자식아, 그동안 사람을 몇이나 죽였냐?"
>
> 그제야 덕재가 힐끗 이쪽을 바라보더니 다시 고개를 기운다.
>
> "이 자식아, 사람 몇이나 죽였어?"
>
> 덕재가 다시 고개를 이리로 돌린다. 그러고는 성삼이를 쏘아본다. 그 눈이 점점 빛을 더해 가며 제법 수염발 잡힌 입언저리가 실룩거리더니,
>
> "그래 너는 사람을 그렇게 죽여 봤니?"

① 타인의 주장에 감화됨
② 새로운 갈등이 등장함
③ 협상을 통해 서로 원하는 것을 얻어 냄
④ 갈등이 점차 고조됨
⑤ 자신의 죄를 뉘우치고 회개함

6 성삼과 덕재는 이념을 신봉하기보다는 이념에 의해 갈라진 입장 때문에 대립하고 있다. 이를 잘 보여 주는 문장을 적고 간략히 설명하시오.

> "변명은 할려구두 않는다. 내가 제일 빈농의 자식인 데다가 근농꾼이라구 해서 농민 동맹 부위원장 됐든 게 죽을죄라면 하는 수 없는 거구, 나는 예나 이제나 땅 파먹는 재주밖에 없는 사람이다."
>
> → 덕재는 자신의 신념에 의해서가 아니라 '빈농의 자식인 데다가 근농꾼'이어서 농민 동맹 부위원장이 되었다. 즉, 덕재에게 이념은 중요한 의미를 지니는 것이 아니라고 할 수 있다.

● **수능 만점 선생님의 감상 꿀팁** ----------

> 이 작품에서는 공간의 변화에 따라 성삼의 고뇌가 바뀌는 것에 주목할 필요가 있어. 공간마다 존재하는 성삼과 덕재의 추억 역시 중요한 사항이란다. '학'은 성삼과 덕재의 갈등이 해소됨을 암시하는 중요한 소재이기 때문에 꼭 기억해 두도록 하자.